焦循著作集

雕菰樓文學七種

（上）

陳居淵 主編
徐宇宏 駱紅爾 校點

鳳凰出版社

圖書在版編目（CIP）數據

雕菰樓文學七種 / (清) 焦循著 ; 陳居淵主編 ; 徐宇宏, 駱紅爾校點. -- 南京 : 鳳凰出版社, 2018.6
（焦循作品集）
ISBN 978-7-5506-2774-1

Ⅰ. ①雕… Ⅱ. ①焦… ②陳… ③徐… ④駱… Ⅲ. ①中國文學－古典文學－作品綜合集－清代 Ⅳ. ①I214.92

中國版本圖書館CIP數據核字(2018)第084440號

書名	雕菰樓文學七種
著者	(清)焦循 著　陳居淵 主編　徐宇宏　駱紅爾 校點
責任編輯	吴　瓊
裝幀設計	姜　嵩
出版發行	鳳凰出版社(原江蘇古籍出版社) 發行部電話025-83223462
出版社地址	南京市中央路165號,郵編:210009
出版社網址	http://www.fhcbs.com
照排	南京凱建圖文製作有限公司
印刷	江蘇鳳凰通達印刷有限公司 南京市六合區冶山鎮,郵編:211523
開本	880×1230毫米　1/32
印張	35.625
字數	675千字
版次	2018年6月第1版　2018年6月第1次印刷
標準書號	ISBN 978-7-5506-2774-1
定價	220.00圓（全二册）

(本書凡印裝錯誤可向承印廠調换,電話:025-57572508)

鄉試，結果都以種種原因而未能如願。直至嘉慶六年（一八〇一），焦循終於考中了舉人，這離他參加第一次的鄉試已相隔十四年之久了。嘉慶七年，焦循已近『不惑』之年，已經没有當年那種意氣奮發的進取精神，但是他未能徹底擺脱讀書做官的誘惑，毅然踏上北去之路，參加在京師舉行的禮部會試。然而，清代科場本是混濁之地，賄賂、舞弊現象時常發生，正所謂『三場辛苦磨成鬼，兩字功名誤煞人』。榜發，焦循落選。當時在朝尚書英和、彭元瑞、朱珪等考官都爲之嘆息，不明其中的緣故。焦循會試受挫後，失望地回到揚州，决意從此放棄科舉。

嘉慶十一年，焦循應揚州知府伊秉綬的邀請，參與編纂《揚州圖經》、《揚州文粹》兩稿，從而將其所得到的酬金，購置了位於半九書塾左邊被稱爲『雕菰淘』的五畝地，建築新樓。新樓四面置窗，面對柳樹堤，背面靠近竹園，距離黄玨橋東北約半里地路，橋的外面就是白茆湖，行人往來趨市，帆檣出没，遠近魚燈牧唱，春秋耕獲，盡納於牖。樓下置書櫃，收藏生平所寫的著述草稿，以爲歿後神智所栖托。壙以藏骨，栖以息魂，名樓爲『雕菰樓』。從那時開始，他深居簡出，足不入城，婉拒友朋之間的一切應酬活動，居家著述，潛心學術研究。

嘉慶二十二年，焦循在完成了《易學三書》的寫作後，開始着手編撰《孟子正義》。這時他的身體健康狀况也出現了明顯的變化，常年患有的足疾之病，從一年一發到『連月

前言

焦循字理堂，一字里堂，乳名橋慶，晚號里堂老人，江蘇甘泉（今揚州邗江黄珏）人。生於清乾隆二十八年（一七六三），卒於清嘉慶二十五年（一八二〇）。清代乾嘉之際的著名經學家與易學家，揚州學派的重要代表人物。

焦循出生在一個三世傳《易》的書香門第之家，曾祖父焦源、祖父焦鏡、父親焦蔥皆『有隱德，傳易學』。焦循幼年聰慧，三歲時，就能識别『栽』、『裁』兩字。八歲時已初露才華，他運用閲讀屈原《楚辭》時所獲取的知識，準確識辨了『馮夷』兩字的讀音，得到了鄉賢的讚賞。乾隆四十四年（一七七九），焦循趕赴揚州，參加入學資格的童子試。由於能辨析字的讀音和解釋字義，得到了主考官劉墉（一七一九—一八〇四）的鼓勵和推薦，[illegible]揚州著名的安定書院學習。

[illegible]（一七八五），焦循準備參加三年一次的鄉試，不幸父親病逝，按照清代[illegible]服喪期間的學生都不能參加科舉考試。此後，焦循又多次參加

必發，每發痛徹骨』。同時，不間斷地從事寫作，也使他的左臂痙攣不止，直接影響到他的右手不能執筆。焦循深感時間的緊迫，於是對自己四十餘年來的學術思想及所作詩文進行了一次回顧與結集，取名《雕菰集》。

嘉慶二十五年（一八二〇）六月，也就是在編定《雕菰集》的第三年，焦循足疾再次復發，并且迅速轉化爲瘧疾，持續高燒不退，完全病倒。在病床上綿延至七月，雖然家人延請名醫積極用藥醫治，但是效果并不明顯。焦循自知『吾之病不能起矣』，便於這年的七月二十四日，對兒子焦廷琥交待了後事。二十六日，拒絕服藥。二十七日辰時，這位乾嘉之際最負盛名的學者，帶著最終未能親手録完《孟子正義》手稿的遺憾，溘然長逝，年五十有八。

焦循治學嚴謹，著述宏富，識見精卓，『於學無所不通，著書數百卷，尤邃於經』，在中國經學、易學、哲學、史學、文學、語言文字學、自然科學等諸多領域均有深入的研究和重要的建樹：

一、易學的新象數範式

綜觀焦循一生的學術研究，他用力最勤、功力最深、成就最鉅、影響最大的是對易學的研究。他著有《雕菰樓易學》（《易學三書》）、《易話》、《易廣記》等多種，不囿於象數與義理而獨樹一幟，發明『旁通、相錯、時行，破舊説之非』，從而論證《周易》六十四卦的三百八十四爻之間的運動規律，拓展了漢代的象數易學，在當時被譽爲易學史上『非漢，非晉唐，非宋，發千古未發藴』的奇葩。

焦循認爲，『旁通』是《周易》六十四卦中的卦爻一陰一陽的互相置换，以每卦中的陰陽互易而轉换或得到另一卦爲其主要目的。根據他的歸納，其主要内涵如下：一、旁通卦爻必須陰陽兩兩相對。二、旁通卦爻的陰陽轉换，必須依次序進行。三、旁通的目的是使各爻各正其位。所謂陰陽兩兩相對，是指旁通卦爻必須符合一陰一陽相對而成立的卦組。如《乾》卦六爻全係陽爻組成，那麽與《乾》卦相旁通的卦一定是《坤》卦，因爲《坤》卦六爻全係陰爻組成，由六爻全陽的《乾》卦與六爻全陰的《坤》卦相對，《乾》、《坤》兩卦的旁通方能成立。據此，《周易》六十四卦依上述原則類推，分别成《乾》《坤》，《震》《巽》，《坎》《離》等三十二組旁通卦。所謂有次序地進行爻位運動轉换，是針對每卦的初、二、三爻分别與四、五、六爻相互置换而言。其次序首先由每卦的第二爻與第五爻之間進行，再初爻與第四爻、第三爻與上爻之間進行。爻位之間的轉换，一般先從本卦中尋求，如本卦不具備轉换條件，則推及它的旁通卦。如《歸妹》六爻中符合爻位置换條件的僅第二爻和第五爻，初爻與第四爻、三爻與上爻因屬性相同而無法爻位置换。《歸妹》的旁通卦是《漸》卦，按旁通原則爻位置换，即成《既濟》卦。《既濟》是《周易》六十四卦中爻位皆正之卦，因此通過旁通使卦爻各正其位。

基於對『旁通』的認識，焦循又運用『相錯』，即以六十四卦中的三十二組旁通卦爲依據，進行卦與卦之間的轉換。現據他的歸納，其主要内涵如下：一、凡旁通卦的下卦相互置換而成相錯。如《同人》與《師》兩卦相錯成《訟》、《明夷》兩卦，反之亦然。二、凡旁通卦二五爻位置換，而組合成新卦的相錯。如《乾》、《坤》兩卦二五爻位置換得《同人》與《比》兩卦。《同人》與《比》相錯爲《否》與《既濟》兩卦，反之《否》、《既濟》相錯亦爲《同人》與《比》兩卦。三、凡旁通卦初四爻位或三上爻位置換而組合成新卦的相錯。如《乾》、《坤》兩卦初四或三上爻位置換而成《小畜》、《復》、《夬》、《謙》四卦。《小畜》與《復》相錯爲《益》、《泰》兩卦，《夬》與《謙》相錯爲《泰》、《咸》兩卦，反之亦然。四、凡旁通卦先二五後三上或初四爻位置換而組合成新卦的相錯。六十四卦中只有《家人》、《屯》、《革》、《蹇》、《需》、《明夷》等六卦。《家人》與《屯》相錯爲《益》、《既濟》兩卦，《革》與《蹇》相錯爲《咸》、《既濟》兩卦，《需》與《明夷》相錯爲《泰》、《既濟》兩卦，反之亦然。

『時行』，是焦循通過『旁通』和『相錯』的卦爻位置換運動後，將《周易》六十四卦作爲一個必然聯繫的整體加以考察。如焦循曾將六十四卦中言『元』者集攏爲二十四卦，以『時行』法則進行各卦之間的爻位置換，全面闡述了『元』字在諸卦中『或明言之，或互言之』的意義所在。《易通釋》『元』條云：『《易》之言「元」者二十四卦。《乾》、《坤》、《屯》、《訟》、《比》、《履》、《泰》、《大有》、《隨》、《蠱》、《臨》、《復》、《无妄》、《大畜》、《離》、《頤》、《損》、《益》、

《萃》、《升》、《井》、《革》、《鼎》、《涣》。……八卦始於《乾》、《坤》，六十四卦生於八卦。其行也，以元、亨、利、貞，而括其要，不過元而已。反復探求，覺易道如此，易之元如此。蓋合全《易》而條貫之，而後知《易》之稱元者如此也。』以『時行』來揭示卦爻間的聯繫，體現了他對《周易》變通理論的改造。

同時，焦循爲了對《周易》作更爲細緻入微的『實測』研究，又將傳統數學和傳統訓詁學引入《易》學研究。如他根據中國傳統數學的『乘方』法則，發現了六十四卦排列組合的秘密，即以求得開六次幂（開五乘方）的計算方法，類推出六十四的排列組合。我們知道，二進位是以『〇』與『一』兩種符號分別代表陰『— —』陽『——』兩爻的，焦循則改以『甲』、『乙』表示每卦的陰陽爻畫。他説：『論數之理取於相通，不偏舉數，而以甲、乙明之。』如《乾》卦由六根陽爻組成，則以六個『甲』來表示。又如《觀》卦，則以二個『甲』四個『乙』來表示二根陽爻和四根陰爻。依照這樣甲乙相間排列組合，焦循用傳統數學中的『五乘方』予以計算。所謂『五乘方』，係數學中的初等代數部分，用現代數學符號可表示爲$(a+b)^6$，如果把其式展開，便得到『$a^6+6a^5b+15a^4b^2+20a^3b^3+15a^2b^4+6ab^5+b^6$』的結果。若把『A』、『B』代表『甲』和『乙』，由『甲』和『乙』代表陰陽兩爻，那麽六十四卦的『五乘方』計算後的排列組合便可呈現出七種不同形式。又如《周易》的《漸》卦的『初六』、『六二』、『九三』、『六四』、『九五』、『上九』六爻辭皆取象於『鴻』，歷來論《易》者都釋

『鴻』爲鳥名（或大雁之名，虞翻説；或水鳥之名，王弼説）。根據《漸》卦的整個内容考察，解釋『鴻』爲鳥名較爲合理。然而焦循依據《爾雅》、《康誥》等字書與文獻，以同音假借爲原則，認爲『洪』、『鴻』古音相通，因此解釋『鴻』爲『代』。他的理由是《周易》的卦爻辭本出於周公之手，而《釋詁》等篇又是周公的著作，以周公之書解釋周公之辭，『此鴻、代之訓，以爲即疏解《漸》卦之鴻可也』。據此，鴻、代兩字互相假借，一以貫之，經文由此互相鈎貫。焦循認爲『非明九數之齊同、比例，不足以知卦畫之行』，『以六書假借，達九數之雜糅。事有萬端，道原一貫，義在變通而辭爲比例，以此求《易》，庶幾近焉』。這無疑爲焦循建構新象數學範式提供了一條新的途徑。焦循承三世家傳易學之統，熔融象數、義理、數理於一爐，鼎薪炮藥，歷經三十餘年的易學研究，引起了當時學界的震動，被贊許爲『石破天驚』、『精鋭之兵』。焦循也因此以『江南名士』享盛名於大江南北，被清代乾嘉學者推崇爲一代通儒。

二、古經意義的新探索

焦循一生没有擔任過任何官職，始終與學術相伴，以著書爲事，學術著作既是他的人生傳記，也是他思想演變的心路歷程。他以樸學爲起點，對《毛詩》、《尚書》、《禮記》、《左傳》、《論語》等儒家經典進行了系統的梳理與研究，呈現出對古經意義新探索的特徵。

一、三釋《毛詩》。焦循著有《毛詩鳥獸草木蟲魚釋》、《毛詩地理釋》、《詩毛鄭異同釋》三種，前二種就《詩經》中有關草、木、鳥、獸、蟲、魚之名和有關國、郡、城市的疆域，山脉河流的走向，某一地名的地理位置以及沿革等考證。後者則是比較漢代毛亨與鄭玄詮釋《詩經》的異同。最後又將上述三書結集爲《毛詩補疏》五卷，列有一百七十六條考證。其特點是圍繞『揚毛抑鄭』、『力糾毛詩正義之失』、『辨析毛鄭異同』三個方面的論述。如《詩·邶·柏舟》：『我心匪鑒，不可以茹。』《毛傳》謂：『鑒，所以察形也。茹，度也。』鄭《箋》：『鑒之察形，但知方圓，白黑。不能度其真僞，我心非如是鑒，我於衆人之善惡外内，心度知之。』焦循認爲這是曲解了《毛傳》的原意，認爲『茹即謂察形，鑒可茹我，心非鑒故不可茹；如可察形，則知兄弟不可據，而不致逢彼之怒矣』，所以『《箋》迂曲，非《傳》義』。又如『招招舟子，人涉卬否』。《毛傳》謂：『招招，號召之貌；舟子，舟人，主濟渡者。』《鄭箋》：『舟人之子，號召當渡者，人皆從之而渡，我獨否。』焦循指出，此詩的『涉』字，與《毛傳》首章『由膝以上爲涉』一句的『涉』字，意義相同，《鄭箋》與毛義異。又如他認爲『宋明之人，不知詩教，士大夫以理自持，以幸直抵觸，其群相習成風，性情全失，而疑《小序》者，遂相率而起，余謂《小序》之有裨於詩，至切至要』。這顯然是回應宋明理學家衝破《毛詩序》另立新説，對傳統詩教的新的挑戰，具有批評宋明理學家以心性詮釋《詩經》，重新確立《毛詩》權威，確認《詩序》美刺功能的意藴。

二、重評《孔傳》。焦循所著《尚書孔氏傳補疏》，一名《尚書補疏》，二卷。所列六十二條考證，討論的主題有二：一是《尚書孔傳》雖是僞書，但是它的解釋較漢代馬融、鄭玄等經師更爲精詳，具有思想史上的價值。二是《堯典》未亡，《大禹謨》、《皋陶謨》原爲一篇。他認爲：『東晉晚出《尚書孔傳》，至今日稍能讀書者皆知其僞。雖然其增多二十五篇，僞也。其《堯典》以下，至《秦誓》二十八篇，固不僞也。則試置其僞作之二十五篇，而專論其不僞之二十八篇，且置其爲假託之孔安國，而論其爲魏晉間人之傳，則未嘗不與何晏、杜預、郭璞、范寧等先後同時，晏、預、璞、寧之傳注，可存而論，則此傳亦何不可存而論？』同時，焦循又指出僞《孔傳》的解經較馬融、鄭玄、王肅等漢魏各家的訓注更爲精詳，并列舉僞《孔傳》的七大優點，認爲經典辨僞不同於經典注釋，它不是長於思辨的領域而應是一種相互印證的、實證的活動，而這種活動，在本質上應該主要落實到對經典原始材料的具體分析，因此是一種經驗性的思考。另一方面，經典辨僞又不同於經典研究，經典研究不以創造符合意識形態的權威形象爲己任，而是對經典中已塑造出來的權威形象加以觀照，闡明其内在的精確含義和價值。這種闡明，實際上包括了經典的古代意義與傳注的現代詮釋的統一。因此，儘管已被證明爲僞書，但仍具有思想史上的價值。

三、崇尚《禮記》。焦循又著《禮記補疏》三卷，一名《禮記鄭氏注補疏》，是焦循所作群經補疏之一，也是焦循在早年所作《禮記索隱》五卷的基礎上删定而成，全書列有一百一十五條考證。其特點主要有三：一是以補充孔穎達《禮記正義》的疏漏，二是糾正鄭玄注釋《禮記》的失誤，三是闡發禮學思想。如卷三《中庸》『費而隱』條，注：『費，猶佹也，道不費則仕。』焦循説：『《釋文》：「費，本又作拂。」《詩·皇矣》：「四方以無拂。」《箋》云：「拂，猶佹也。言無復佹戾文王者。」佹通詭，訓戾，亦訓譎。上文「素隱行怪」，注云：「言方鄉辟害隱身，而行佹譎。」佹，異也。既以「佹」明「怪」，又以「譎」明「佹」；既以「佹譎」明「行怪」，又以「佹」明「費」。蓋謂隱不可佹，仕亦不可佹也。心鄉於隱，則無論可隱不可隱，而一以隱爲鄉，則其隱爲佹，此不可一於隱者也。若可隱而一以不隱爲事，則必佹道。佹而仕，所謂佹遇也。君子之道，若必佹而乃得仕，則君子不仕矣，故云「費而隱」，此不可一於仕者也。道不費則仕，言不佹遇則仕，不論世之治否。孔、孟固栖栖於春秋戰國矣，不肯佹遇，故不仕也。《正義》云：「君子之人遭值亂世，道德違費，則隱而不仕。」以「費」指世，非注義。「素隱」至「費而隱」，當爲一章。』此既認爲《正義》將世道誤以爲人道，又指鄭玄不當以『素隱行怪』至『費而隱』之間斷章。類似的辨析注疏異同，可以説是焦循《禮記補疏》的最大特徵。他又提出以禮學取代理學，他説：『後世不言禮而言理。……唯先王恐刑罰之不中，務於罪辟之中求其輕重，析及毫芒，無有差謬，故謂之「理」。其官即謂之理官。而所以治天下則以禮，不以理也。』從而提出與程朱理學相反的另一種判斷是非的標準，即一種新的價值觀念。

四、體悟《論語》。焦循又著《論語補疏》三卷，所列七十四條考證，涵蓋了除《季氏》之外的《論語》十九篇，對孔子的『忠恕』、『一以貫之』、『異端』等思想作了更爲精緻的論證和發揮。如《論語》的《爲政》篇：『子曰：「攻乎異端，斯害已矣。」』然而關於『異端』的解釋，歷代衆説紛紜。何晏認爲『小道爲異端』，皇侃認爲是有别於『五經正典』的『雜書』，宋代邢昺則提出是『諸子百家之書』，朱熹指出爲楊墨佛老之流。由於孟子曾經批評過楊、墨的『爲我』、『兼愛』等思想，所以朱熹不過是引申了孟子的觀點而已。焦循則認爲『異端』是指事物的兩端，無論是執哪一端，都可視爲異端。儒家也僅是兩端中的一端，與楊朱、墨子、子莫無異，關鍵是將兩端貫通，即所謂的『聖人之道，貫乎爲我、兼愛、執中者也』。特别是焦循認爲伏羲、文王、周公的思想，本來是由《周易》以符號的形式來表達的，所以難爲常人所理解，而《論語》則彌補了這一缺憾，《論語》事實上就是《周易》的注脚，這也是焦循研究《論語》的一大亮點。

五、質疑《左傳》。在焦循的諸經補疏中，引人注目的還有《春秋左傳補疏》，一稱《左氏春秋傳杜氏集解補疏》，共五卷。《春秋左氏傳》是一部記載春秋時代魯國歷史及春秋歷史的編年史書。作爲古代解釋《春秋》的『三傳』（其他二傳爲《春秋公羊傳》、《春秋穀梁傳》）之一，在漢代并没有立爲官學，雖然劉向、劉歆父子都袒護《左傳》，如劉向作

《新序》、《説苑》、《列女傳》等書，直接采用了《左傳》的内容； 而劉歆則竭力爲《左傳》争取官學地位，但是當時學者的普遍意見，都認爲它是『不傳』《春秋》。特别是經過杜預的解釋，稱其爲『書』、『不書』、『先書』、『故書』、『不言』、『不稱』、『書曰』等稱『變例』爲孔子新例，而且對歷史上所謂的『弒逆之臣』都著力維護，引起了後世的譏諷。焦循同樣力斥《左傳》之非，轉而論證杜預之奸，認爲杜預是『司馬氏之私人，杜恕之不肖子，而我孔子作《春秋》之蟊賊』，杜預的失誤在於違背了聖人的遺訓，淆亂了君臣大義，導致他作出了錯誤的判斷，給後世造成了惡劣的影響，誠如他在序言中所説的『杜預者，且揚其辭而暢衍之，與孟子之説大悖，《春秋》之義遂不明』。在封建社會，孔孟之道既是讀書人的信仰，也是讀書人的行事準則，一旦被認爲違背了孔孟之道，那你也就成爲公衆批評的對象，成爲歷史的罪人，即使你在學術研究方面曾經作出過炫世的成就，也難以消除人們對你的偏見，而這種偏見也始終影響著對你的正確評價。這種嚴厲的批評，除了焦循確信春秋筆法之外，其背後正深藏著他所持有的歷史正統觀念。可以説，焦循的《左氏春秋傳杜氏集解補疏》從正反兩面提供了此類的例證。

三、多元化的經學理念

乾嘉學林，碩儒輩出，一生致力於傳統經學研究的焦循，淡泊明志，甘自清貧，以弘揚儒家文化爲己任而筆耕不輟，尤其是他所提出的經學不是考據，實彙而通之，自得其性靈等經學理念，頗具時代特色。

乾嘉之際，雖然考據學如日中天，但是其自身的種種弊端也日益顯露出來。如森嚴的門户，煩瑣的治學方法，狹隘的研究範圍，復古的癖好等，受到了來自社會各方面的批評，也引起了思想敏鋭的焦循的思考。當時學界有所謂『著述』與『考據』的争論。袁枚認爲古文與考據的差别，前者屬形而上之學，不需要讀很多書，後者屬形而下之學，其特點是讀書非博不能詳。古文是『道』，考據是『器』。如果以價值來衡量，那麽古文是『作』，考據是『述』，古文的價值高於考據。孫星衍則認爲著作與考據并没有本質上的差異，古人的著作，也就是古人的考據，因此今人所作考據必然超越古人所作的著作。他認爲歷史上的任何一家之學，都來自於同一淵源，之所以成爲淵源，是因爲不斷地對它進行再解釋的工作，而這種再解釋的工作實際上就是考據工作。在焦循看來，『考據』不能等同於『經學』，更不能將『著作』混同於『考據』，他批評純粹的『考據』（求古不求是）爲『拾骨之學』和『本子之學』，認爲經學就是儒學。至於如何研究經學，焦循提出了匯而通之的經學理念。

『通』，是焦循論學中施用最爲頻繁的一個詞。如『旁通』、『類通』、『變通』、『情通』、『通核』、『貫通』等等，它們各自都代表特定的意義。這裏所説的『貫通』，是焦循在强調經學研究『實測而知』的基礎上，進一步溶融各家而鍛鑄新説。他在《辨學》一文中，曾列舉了乾嘉經學研究的五種代表性特徵：一是『通核』，二是『據守』，三是『校讎』，四是『摭拾』，五是『叢綴』。在這五類特徵中，校讎亦即校勘，它是經學研究中的專門之學。焦循認爲它的弊端是『不求其端，任情删易，往往改者之誤，失其本真』。摭拾和叢綴，是在經學研究中歸屬資料、彙集、輯佚，也包括自己的心得體會。焦循則認爲它的弊端是『功力至繁，取資甚便，不知鑒别，以贋爲真』和『不顧全文，信此屈彼，故集義所生，非由義襲，道聽途説』，因此它稱不上真正的學問。至於據守，焦循又認爲它的特點是『信古太深，謂傳注之方堅確不易，不求於心，固守其説，一字句不敢議，絶浮游之空論，衛古學之遺傳』。它的弊端是『跼蹐狹隘，曲爲之原，守古人之言，而失古人之心』。顯然這是針對當時唯漢是尊的考據派而發，因爲他曾批評考據家『唯漢是求，而不求其是。於是拘於傳注，往往扡格經文』。所以『據守』也不爲焦循所取，理想的經學研究方式便是『通核』。他指出：『通核者，主以全經，貫以百氏，協其文辭，揆以道理。人之所蔽，獨得其間，可以别其是非，化拘滯，相授以意，各慊其衷。其弊也，自師成見，亡其所宗，故遲鈍苦其不及，高明苦其太過焉。』經學研究著眼於全經前後是否貫通，通過對局部與某些細節上文字名物的考證，參考各種現有成果，得出己見，這是通核的優點。然而『自師成見』、『高明太過』，容易再蹈宋儒空論性心的覆轍，這是通核的弊端。爲了揚長避短，還應『彙而通之』，『析而辨之』，『融會經之全文，以求經之義，不爲傳注所拘牽，此誠經學大要也』，唯有如此，才能領悟聖賢經典的精義所在。

經學研究重在疏通證明，這本來是從事考證學者的治學傳統。如清初著名考據學家閻若璩就認爲『事之真者，無往不多其貫通，事之贋者，無往不多其抵牾』，根據經書前後是否貫通，確定其内容和觀點的真僞。乾嘉之際，戴震提出『溯流知源』、『循根達杪』、『尋求端緒』、『俾歸條貫』，經過精密的分析與綜合、演繹與歸納的過程以達到『思之貫通』，從而明辨是非。而焦循的貫通，則側重於彙通百家，對不同的學術流派兼容并蓄，并以自己對經書的感悟來體驗聖人之道。也正因此，焦循又提出了『自得其性靈』的經學理念。他説：『經學者，以經文爲主，以百家子史、天文術算、陰陽五行、六書七音等爲輔，匯而通之，析而辨之，求其訓詁，核其制度，明其道義，得聖賢立言之旨，以正立身經世之法。以己之性靈，合諸古聖之性靈，并貫通於千百家著書立言者之性靈。』焦循提出『無性靈不可以言經學』的這一經學思想是深刻的。嘉慶時代，清王朝衰象已現，時勢在變，學風亦隨之而變，熱衷於『譏切時政』的今文經學異軍突起，會通漢、宋學術的呼聲漸高，漢學考據已成明日黄花。既有他企圖重塑儒學傳統的努力，也有他總結乾嘉漢學的宏願。焦循經學理念多元化的品格，一方面繼承和發展了清初至乾嘉經學研究的求實精神，一方面又體現了乾嘉學術自身發展的歷史要求，而這種精神和要求，在他的史學研究中將得到更爲充分的體現。

四、方志學的精卓史識

焦循在史學的研究，主要體現在編纂地方志學的精卓史識。嘉慶十一年，伊秉綬任揚州知府，主持編纂《揚州圖經》，邀請焦循、江藩等人先輯《揚州圖經》與《揚州文粹》二書，在兩書的基礎上編撰《揚州府志》。焦循在接到編撰《揚州府志》的邀請後，即於嘉慶十二年上書伊秉綬説：『承委分辦《圖經》一事，所分十門，已彙萃成帙；所采文章可備徵實者，亦得十五册，約二千餘篇。惟所頌體例，僅用纂録，不易一字，而標以出處，此誠取信於古，恐有鑿空誣僞之病也。然鄙意揆之，有未盡然者。』并親自擬定體例：紀二，圖五，表三，略十，傳一，考二。即：『南巡紀』（爲天子之事，必當尊之爲紀）、『恩澤紀』、『總圖』、『四境保甲圖』、『水道圖』、『江洲圖』、『廨宇圖』、『氏族表』、『選舉表』（無功業文章，而但有科第者，雖宰相、狀元僅列一名於此表中，不必别爲列傳）、『職官表』、『地理略』（宜分保甲，而統之以巡司，又統之以縣。如史書中地理志體例。而寺廟、橋梁、村鎮，皆按里按方，詳而書之）、『河渠略』、『鹽筴略』、『漕運略』、『政略』（職官之姓名履歷，既編爲表，有美政可書者，入此略中）、『軍事略』（歷代大事，無過於軍，統纂於此，則事志不必毁）、『金石略』、『藝文略』（用《新唐書》之例，凡人之不必列傳者，但收其爵里於書名之下，則列傳中，省無限閑文）、『户口略』、『田賦略』、『列傳』（不必多列子目）、『沿革考』、『古迹考』。阮元爲了使《揚州圖經》内容更加完備，又搜羅了揚州府所屬各大族家譜輯成《氏族表》一門，同時又立《圖説》一門，分遣各鄉保繪製所轄方圓三四里之圖，包括山川、道路、橋梁、建築物等，這樣一邑之形的來龍去脉、古今沿革便可盡收眼底。

嘉慶十七年（一八一二），當時已出任河南學政的姚文田在《揚州圖經》的基礎上，又編撰了《廣陵事略》六卷，刊行於河南開封。嘉慶二十年，伊秉綬赴北京補官，道經揚州，與焦循在北湖南塘阮公樓會面，談及《揚州圖經》時，又詢問了《揚州文粹》的編撰情況。由於該書稿都分存在各位編撰者手中，尚未最後結集定稿。不久，伊秉綬病逝於揚州。焦循即以手中文章三百零一篇編爲《揚州足徵録》二十七卷，專記揚州之事，其原則爲『事有關乎揚者，不必揚人之文』，這與《揚州文粹》的『存揚人之文，非揚州者不取』的原則已爲異趣。嘉慶十一年，焦循有感於『北湖自明嘉、隆以來，偉人奇士相繼而起，惜乎故家子弟淪在耕漁，先正遺篇消亡八九，傳説不齊，有同影響，深有憾於載筆之無人也』，於是董理舊文，徵諸文獻，次爲一篇。凡叙六、記十、傳二十一、書事八、述二，共四十七篇，其中包括水系、古迹、忠孝、節義、文學、武事，總取名爲《北湖小志》。阮元稱其爲『足覘史才』。

正是在參與編撰《揚州圖經》、《揚州文粹》、《北湖小志》的過程中，焦循對怎樣編撰方志，有了新的認識，從而提出了編撰《揚州府志》的個人意見：一，朱彝尊《日下舊聞考》與黄叔璥的《南臺舊聞》重古略今，所以采用了纂録體。然而方志是反映古今一郡的歷史風貌，因重在説明今天，若半爲纂録，别出心裁，體例不一，容易引起誤解。二，方志中所援引行狀、行述，一般都來自子孫編撰，不當繁複稱用『先府君』，或『先王父』等名。三，方志中所據典籍，因考察其真僞，謹慎下筆，不至於以假亂真。四，凡對古代文獻有所改移，則應加以説明。五，對於史傳之文，互爲詳略，不當取其所需而有所遺漏。六，如果僅以纂録，不兼收并采，不僅給編撰者造成困難，也會給讀者帶來不便。

上述六點修志意見，頗能發現焦循對純用纂録的形式編撰方志非常不滿。其實，與焦循同時代的章學誠在《文史通義·外篇》一文中，認爲史家有『著述之史』、『纂輯之史』的區别，認爲『著作之史，宋人以還，絶不多見。而纂輯之史，則以博雅爲事，以一字必按據爲歸，錯綜排比，整煉而有翦裁，斯爲美也』。同時，章學誠對宋元明以來視方志爲地理專書或應酬文墨予以駁斥：『方志而爲纂類，初非所忌。正忌纂類而以地理專門自畫，不如方志之爲史裁，又不知纂類所以備著述之資，而自以爲極天下之能事。』章學誠對方志的理解，顯然是針對戴震而發。戴震曾編撰過《汾州府志》和《汾州縣志》，其特色詳於地理沿革，而章學誠則强調文獻而輕視沿革。焦循對於兩家的各執一端，則采取了調和折衷的態度。認爲方志通古今，應依《史記》之例，而《史記》一直被章學誠贊爲具有『圓而神』的佳作，但焦循又强調方志爲釋地之作，這與戴震所謂『地以考地理』相近。所不同的是焦循假借公羊家『所見異辭』、『所聞異辭』、『所傳聞異辭』歷史觀念，重在證實當時的地理事迹，如所擬《揚州圖經》目録中就列有《沿革考》與《古迹考》二類，從而爲後人編寫地方志書提供了重要的借鑒。

五、傳統算學的再創造

焦循對中國傳統數學發生濃厚的興趣，是在他的早年。那時年僅十二三歲的焦循，在熟讀『三蘇』文的同時，也閲讀了史地、天文、算術一類的書籍。他曾明確表示：『吾嘗見爲人作傳志者，九九未嫻，便稱善算；人僅學究，輒擬程朱；許以通經，而莫徵所得；但調平側，乃曰詩人。真贋不辨，是非混淆。』於是立下研究史地、天算之志。乾隆五十二年（一七八七），焦循在揚州壽氏鶴立堂擔任家庭教師，因得摯友顧超宗相贈《梅氏叢書》，於是致力於算學研究，與當時算學名家汪萊、李鋭時時會面，商討有關數學問題，被譽爲『談天三友』。這一時期，焦循先後完成了《釋輪》二卷、《釋橢》一卷、《釋弧》三卷、《加减乘除釋》八卷、《天元一釋》二卷，以上五種合刻爲《里堂學算記》。乾隆六十年，焦循先後閲讀了梅文鼎《弧三角舉要》、《環中黍尺》以及戴震的《勾股割圜記》，深感梅書『繁復無次序』，戴書又『務爲簡奥』，於是『取二書參之』而撰《釋弧》。『上篇釋正弧弦切之用，中篇釋内外垂弧之義，下篇釋次形及矢較之術』。三年後，焦循又覺所論『立表之理不明，則裁弧爲弦之法不備，宜補之』。因此重新修改，將原來所論的六弧八線補爲上卷，原來的上、中兩卷合爲一卷，下卷未改，重成三卷。《釋弧》主要討論了三角八線的産生和球面三角形的解法。此書被錢大昕讚爲『於正弧斜弧次形矢較之用，理無不包，法無不備』。

嘉慶元年（一七九六），焦循在研究球面三角的基礎上，認爲弧線的産生，緣於諸輪，輪徑相交，才能形成各種球面三角形。所謂『輪之弗名，法無從附』，於是又撰《釋輪》二卷，『以明立法之意，由於實測』。上卷闡明諸輪異同。下卷解釋弧線的變化，論述丹麥天文學家第谷（Tyco Brahe，一五四六—一六〇一）天文學理論中的本輪、次輪的幾何原理。

同年，焦循因康熙的《甲子曆》用諸輪法，而雍正的《癸卯曆》則用橢圓法，橢圓法較諸輪法更爲先進，但『義藴深密，未易尋究』，爲了便於初學者，於是『擇其精要，析而明之』，作《釋橢》一卷，論述了意大利天文學家凱西尼（Giovanni Domenico Cassini，一六二五—一七一二）天文學理論中的橢圓的幾何原理。上述三種基本是總結當時天文學中的數學基礎知識。然而焦循在數學研究方面所作出突出貢獻的，則是他撰寫的《加減乘除釋》。

《加減乘除釋》，焦循草創於乾隆五十九年（一七九四年），後應阮元之邀作『齊魯游』而一度中斷，歷經五年，於清嘉慶三年完成。該書的宗旨，即以『加減乘除爲綱，以九章分注而辨明之』。全書共八卷，第一、五兩卷主要論述數的加減運算規則；第二卷主要論述二項式的乘方運算；第三卷主要論述數的乘除運算規則；第四、六卷主要論述分數的性質及其運算規則；第七卷主要論述各類比例問題；第八卷主要論述加減乘除四則運算規則。全書共列出九十三條運算規則，每一條即相當於現代數學中的一條定理或公式。探討與總結了中國古代數學的運算規律與理論，開創了借用甲、乙、丙、丁等天干文字來表達運算定律符號（相當於我們今天使用的a、b、c、d等拉丁字母）的先例，并且對傳統的運演算法則作了詳細的闡明，其中包括『加法交換法則』、『加法結合法則』、『乘法交換法則』、『乘法結合法則』、『加法對乘法的分配法則』等，這在當時數學研究領域是一項創舉。焦循説：『以甲加乙，或乙加甲，其和數等。』據此，用現在的運算符號來表示即：$a+b=b+a$。焦循説：『先以甲乙相加，後加以丙；或先以乙丙相加，後加以甲；或先以甲丙相加，後加以乙，其得數皆相等。』據此，用現在的運算符號來表示即：$(a+b)+c=(b+c)+a=(a+c)+b$。焦循説：『以甲乘乙，尤之以乙乘甲也。』據此，用現在的運算符號表示即：$a\times b=b\times a$。焦循説：『三數相乘爲連乘，或先以甲乘乙，連以丙乘之；或先以丙乘乙，連以甲乘之；或先以甲乘丙，連以乙乘之，其得數皆等。』據此，用現在的運算符號表示即：$(ab)c=(bc)a=(ca)b$。焦循説：『以甲中分之，各乘以乙，合之如甲乙相乘；甲盈朒分之，各乘以乙，合之其數等。』據此，用現在的運算符號表示即：$(a+b)c=ac+bc$。焦循説：『減乙於甲而加丙，則甲少一丙乙之差。減丙於甲而加乙，則甲多一丙乙之差。』據此，用現在的運算符號表示即：$(a-b)+c=a-(b-c)$，$(a-c)+b=a+(b-c)$。焦循説：『若乙丙之差如甲乙之差，則以乙加乙，以丙加甲。或以乙減甲，以丙減乙，其差皆平。』據此，用現在的運算符號表示即：$(b+b)-(a+c)=0$，$(a-b)-(b-c)=0$。焦循説：『甲自乘，乙自乘，又甲乙互乘而倍之，其數等。』據此，用現在的運算符號表示即：$(a+b)(a+b)=aa+ab+ba+bb=a^2+2ab+b^2$。焦循説：『以甲自乘再乘，以乙自乘再乘，又以乙乘甲幂，以甲乘乙幂，各三之，其數等。』據此，用現在的運算符號來表示即：$(a+b)^3=a^3+3a^2b+3ab^2+b^3$。焦循説：『以甲除乙，以丙乘之得丁，丁之于丙，尤乙之於甲。』據此，用現在運算符號來表示即：$(b\div a)\times c=d$，$d\div c=b\div a$。上述十例，可以説焦循的《加減乘除釋》是在研究吸收了前人數學成果的基礎上所作出的開創性研究成果。與此同時，焦循又提出了『理本自然』、『名後法先』、『數先形後』等數學思想，試圖從邏輯與哲學的理論上來彌補中國傳統數學少有理論的缺陷，在中國數學思想史上也有重大建樹。

六、審美情趣的個性化

十八世紀的學術界，樸學獨盛。吴派、皖派和以揚州學者爲主體的揚州學派以純漢學形式的古文經學研究，籠罩學壇，考據著述如林，人材輩出。他們不僅經學研究有相當的造詣，而且對文學理論和詩文創作也有獨到的見解。他們的學術修養、審美情趣，無不打上樸學的印記。然而豐碩的樸學成果，反將他們的藝術個性掩没不彰，其中最具代表的莫過於焦循所提出的『揚花抑雅』的戲劇論和『形意相合』的時文論的文學思想。

乾隆五十七年（一七九二），焦循曾在揚州城書肆購得舊書一部，書中所載均爲前人討論戲曲之語，而且詳證博引，内容十分豐富，缺點是雜亂無章。嘉慶十年（一八〇五）焦循養病家居，一時無法聚精會神地研究經史之學。於是將該部舊書作了一番整理，取名《劇説》。現存《劇説》六卷，搜集唐宋以來有關論述戲曲的文獻資料，其中包括戲曲的遺聞軼事與一些戲曲故事的來源演變等，引用書籍達一百六十餘種，尤以考證見長。由於《劇説》多爲輯録前人『論曲論劇之語』，所以焦循的個人見解并不多。唯有《花部農譚》專論地方戲曲劇目，較爲集中地體現了焦循的戲曲理論。

《花部農譚》僅一卷，是焦循病逝前一年（一八一九）所作，對當時揚州地區盛行的地方戲曲如《桃花女》、《劈山救母》、《義兒恩》、《藥茶計》、《五雷轟陣》、《釣金龜》、《鐵邱墳》（一名《打金冠》）、《龍鳳閣》、《兩狼山》、《雙珠記》、《清風亭》、《賽琵琶》、《紅逼宫》等戲劇進行了考證與評論。

首先，焦循認爲花部應當與雅部并重。所謂『花部』，指清代乾隆年間昆腔以外的各地方戲劇曲種，又稱『亂彈』，以寓貶低之意。所謂『雅部』，即指北京、揚州等都市爲士大夫所崇尚的昆腔戲劇曲種，以示其『高雅』之意。當時昆腔已日趨衰落，代之而起的弋陽腔、梆子腔、二簧調等地方戲劇曲種却廣泛流行。由於它們的表現風格較昆腔粗獷，語言也較通俗，所以爲人喜聞樂見。在焦循看來，昆曲雖然極諧於律，但是過於繁瑣，缺乏激情；而花部則音調慷慨，往往能激發人心。焦循曾將花部的《清風亭》，與昆腔的《雙珠天打》、《西樓記》三劇中都有虛構的『雷殛』情節作了一番比較，認爲花部所塑造的藝術形象遠在雅部之上。

其次，花部提供了通俗易懂、爲人喜聞樂見的風格。焦循在《花部農譚》中曾論《逼宫》中司馬師勾畫的紅臉，認爲如果按照正史《晋書》中『饒有風采，沈毅多大略』的描述來塑造司馬師個人形象的話，那豈不是成了『幅巾鶴氅，白面疏髭』的孔明形象！後來戲劇中的司馬師往往被勾畫成紅花臉，并誇張地表現他『目有瘤疾』的形貌特徵，同時又在黑髯上加入一縷紅髯，以示由眼瘤血污染所致，從而頭戴紫金冠，插雉雞翎，身穿紅蟒，佩帶寶劍，呈現出一個獨特的藝術形象，即如焦循所謂的『優之爲技也，善肖人之形容，動人歡笑，與今無異耳』。焦循曾贊花部『其詞直質，雖婦孺亦能解。其音慷慨，血氣爲之動蕩』，而且一再表示『余獨好之』、『余獨喜之』，上述這段引文正説明花部具有通俗明瞭、容易爲百姓喜聞樂見的這一特徵。并從藝術真實不同於生活表面真實的角度，充分肯定了司馬師的人物造形，這也正是花部藝術創造的魅力所在。

再次，花部是百姓審美情趣的表現形式。如焦循認爲《賽琵琶・女審》與王實甫的

《西厢記·拷紅》、高則誠的《琵琶記》相比，其高明之處，就在於『不難摹其傳情，全在摹其追悔』，『摹』即『摹仿』，『情』則指現實生活中人的感情。换言之，富有藝術感染力的戲曲，不但是使觀者得到愉悦，即所謂『此劇自三官堂以上，不啻坐淒風苦雨中，咀茶齧檗，鬱抑而氣不得申。忽聆此快，真久病頓甦，奇癢得搔，心融意暢，莫可名言，《琵琶記》無此也』。而且是通過演員模仿人物形象來反映現實，亦即所謂『適妻帥兒女以功歸，上以獄事若干件令決之，陳世美在焉。妻乃據皋此，高坐堂上。陳囚服縲紲至，匍匐堂上，見是其故妻，慚怍無所容。妻乃數其罪責讓之，洋洋千餘言。説者謂《西厢·拷紅》一劇，紅（娘）責老夫人爲大快，然未有快於《寒琵琶·女審》一劇者也』。因爲《琵琶記》中的蔡伯喈在騙得功名、孝名、二妻，御旨加封後，雖然背親棄妻，被人所不齒，但受盡磨難、辱凌的趙五娘僅得到一『貞女』的空名而安之若素。此種結局的處理，也只是一種給受害者的道義上的某種補償，談不上對肇事者有所懲罰。而《賽琵琶·女審》不僅使陳世美受到應有的懲罰，而且秦香蓮揚眉吐氣，最後以勝利告終。這樣的結局，既能滿足廣大普通百姓的審美情趣，也表達了他們的共同審美理想，所以説『大快人心』。

焦循從文學進化的觀念出發，認爲每一個時代的文學，都有其自身的特點，如果純粹地在原有文學樣式上打轉，一味貴古賤今，都不是推動文學前進的正路。他將宋金以來出現的『曲』（包括戲曲與散曲）放在中國文學發展的演變中來考察，把元曲和詩經、楚辭、漢賦、魏晋六朝隋的五言詩、唐代的律詩、宋人的詞相提并論，并把戲曲家關漢卿等人與屈原、李白、杜甫并列，充分肯定了戲曲在中國文學發展史上的重要地位，這是難能可貴的。焦循的這一觀點也直接影響到後來的王國維。也正因此，焦循的《花部農譚》雖然僅有一卷，而且尚不滿三千五百字，但是在當時敢於公開從理論上給予花部的肯定和支持的專書也只有此卷，它所顯示的文學思想價值已遠遠超出了其文學理論的價值，不僅成爲人們研究古代戲曲理論必讀的經典之作，而且爲近代文學的發展與研究拓展了新的領域。

七、傳統堪輿學的反思

嘉慶十七年（一八一二），焦循在撰寫《雕菰樓易學三書》之餘，應友人汪廷掌（即汪光烜）的請求，撰寫了《八五偶譚》一書，以主客設問的形式，列出二十六個專題，對當時廣泛流行的氣、五陽、五行、八卦及羅盤指南針等堪輿學的理論依據和操作工具作了深入的辨析，并就堪輿學的起源、堪輿與《周易》的關係作了詳細深入的闡明，尤其對當時社會上盛行的《葬書》、《青囊奥語》、《天玉經》等相宅之書作了有力的批判。

首先，焦循辨析堪輿學中的『三合』理論。他説：『術士之書，叢雜不一，獨三合、十二長生最爲可徵。三合之名，見於《春秋穀梁傳》，云：「獨陰不生，獨陽不生，獨天不生，三合而後生。」穀梁赤乃子夏之門人，其説必有所授，是三合者，孔氏之遺言也。葬棄生氣，三合而後生，捨此求生，難乎其爲生矣。』所謂『三合』，也稱『三元』，即以一百八十年爲一周天，第一甲子六十年爲上元，第二甲子六十年爲中元，第三甲子六十年爲下元，合稱三元。它以水、木、金、火、土五行推論作爲依據，分别由申、子、辰相合爲水局，寅、午、戌相合爲火局，已、酉、丑相合爲金局，亥、卯、未相合爲木局，是一種較爲古老的相宅方法，即所謂的『獨陰不生，獨陽不生，獨天不生，三合而後生』。根據三國魏人徐邈的解釋：古人稱萬物負陰而抱陽，冲氣以爲和。這種以陰陽之『氣』相宅的方法是有其中國哲學的依據，那就是《周易》中的陰陽變化觀念。然而將《周易》的陰陽觀念與『氣』聯繫在一起的則是先秦哲學家老子，他在《道德經》中早就説過『萬物負陰而抱陽，冲氣以爲和』。宋代張載對此更有進一步的發揮，他在《正蒙·太和》篇中説：『太虚無形，氣之本體，其聚其散，變化之客形爾。』氣是萬物之源，處於千變萬化的狀態之中，而且是不生不滅，『氣之爲物，散入無形，適得吾體；聚爲有象，不失吾常……聚亦吾體，散亦吾體，知死之不亡者，可與言性矣』，這種可聚可散，不生不滅的『氣』的理論，體現在堪輿中便有所謂的生氣、死氣、陽氣、陰氣、土氣、地氣、乘氣、聚氣、納氣等説法。焦循對『三合』説的論證，正表明他試圖以『氣』的理論對古代『三合』相宅觀念進行一次哲學的解釋。既然『三合』之説出自孔子遺言，那麽它也就是名符其實的孔子真傳。這樣，焦循也就爲『三合』之説的合理性找到了儒家元典的依據。至於所謂的『十二長生』，即指《周易》的十二辟卦，一稱十二月卦，即除坎、震、離、兑四正卦外的六十卦，按照君、公、侯、卿、大夫五種等級，分成五組，每組十二卦，復、臨、泰、大壯、夬、乾、姤、遯、否、觀、剥、坤等十二卦爲一組，故稱十二辟卦。漢代易學家孟喜以此十二卦代表一年十二月，又具體代表一年中的二十四節氣中的十二個中氣（月首爲節，月中爲中），十二卦共七十二爻，又代表七十二候（每一節氣分爲初、次、末三候）。之所以將這十二卦來代表十二月，是因爲這十二卦中剛柔二爻的變化正可體現陰陽二氣的消長過程。因此，無論是『三合』，還是『十二長生』，實際上都是焦循以《周易》的理論來探討堪輿之學的。

其次，焦循論證堪輿學中的『形法』之説。所謂『形法』，顧名思義，即以考察山川地形選擇有利環境的建築理論。在堪輿家看來，選擇有利的建築環境，無非要考慮到『龍』、『穴』、『砂』、『水』、『向』五大要點。『龍』指山脉，根據山形，即可判斷其爲飛龍、卧龍、降龍等，如三國時的諸葛亮的住所被稱爲『卧龍崗』就是一例。『砂』即丘陵或高坡，它作爲建築宅基的屏護，實含有紗帳帷幕的内涵。水對於人的生活起居至爲重要，而形法理論也每每將山與水相聯繫在一起，即人們常説的『水隨山而行，山界水而止』。『穴』和『向』都是決定建築的實際位置和方位。這五大要點共同組成了堪輿相宅理論的支點，一直爲古代堪輿家所遵循不移。然而焦循却提出疑議，認爲形法源自古代音樂。他根據北斗運行的規律與一年二十四節氣的關係來説明氣象與物象，并且又在古代音律的特徵與相應的氣候特徵相通的原則上，將十二律與一年二十四個節氣相配，從而認定古代堪輿學與古代音律相通，這不僅給堪輿學披上了神秘的外衣，而且也給古代音律塗上了神秘的色彩。

再次，對堪輿學的批判。堪輿學的起源雖然較早，但是它的正式流行，那是在中國歷史上的晉代之後，其標誌便是這時期堪輿學大師的輩出和堪輿學圖書的正式出版。如被譽爲堪輿學鼻祖的郭璞的《葬書》，唐代的楊筠松的《疑龍經》、《撼龍經》、《青囊奥語》等。焦循也與歷史上的批評家一樣，從學理上力糾《葬書》之非，以還堪輿學的本來面目。如他雖然贊同郭璞《葬書》中關於『地有四勢，氣從八方』的堪輿學理論，但是他認爲《葬書》在描述預選墓址時，却違背了堪輿學的基本理論，錯誤地使用地支概念，從而出現了擇時與方位之間的矛盾，批評其爲『愚極』。又對楊筠松、曾文迪所著《青囊奥語》所言九星是否就是北斗時，焦循明確指出這是欺人之談。這種對《葬書》、《青囊奥語》的質疑，實際上否定了當時堪輿家將郭璞《葬書》視爲堪輿學的權威經典。

堪輿之學，在明清兩代廣泛流行，成爲封建社會知識階層中的一個重要行當，社會影響很大，在所謂的三教九流之中，堪輿位列第四（俗稱『一流舉子二流醫，三流丹青四地理，五星六爻，七僧八道九行棋』），僅次於讀書人、醫生和畫師，足見其地位和公衆重視的程度之高。然而堪輿學所帶有迷信色彩的内容繁複駁雜，玄之又玄，它所能起到的實際作用應該説主要是心理的。就信奉者而言，它不外乎填補人的特殊心理，尋求一種精神慰藉而已。就中國儒家文化及其古代輝煌的建築文化遺産而言，它的影響也是極其有限的。然而，焦循對堪輿學的闡明與批判，這在清代乾嘉之際的學術界，可謂空谷足音。

八、晚年的學術追求

從嘉慶二十一年（一八一六）年起，步入晚年的焦循，在完成《雕菰樓易學三書》和結集自己詩文雜著的《雕菰集》後，他的最大願望，就是兑現他在二十歲時曾許下的諾言，重新詮釋《孟子》一書。爲了實現三十年前的夙願，嘉慶二十三年的十二月初七日，鑒於《孟子長編》已脱稿，焦循又以『古之精通《易》理，深得伏羲、文王、周公、孔子之旨者，莫如孟子。生孟子後，而能深知其學者，莫如趙氏。惜僞疏舛駁乖謬，文義鄙俚，未能發明其萬一，思作《孟子》一書』而開始編撰三十卷本的《孟子正義》。

《孟子正義》以疏解趙岐『章句』爲主，既『於趙氏之説或有所疑，不惜駁破以相規正』，又不墨守唐人强調『疏不破注』的注經原則，博采經史傳注，參考了從清初顧炎武、毛奇齡到友人王引之等有關於《孟子》者六十餘家，首先編撰《孟子長編》十四帙，然後逐日稽考，殫精竭慮，從嘉慶二十三年十二月起稿，至次年七月，撰成《孟子正義》三十卷。其子焦廷琥後來追述其父在編撰該書嘔心瀝血的過程時説：『戊寅十二月初七日，開筆撰《正義》。自恐懈弛，立簿逐日稽省，仍如前此注《易》。簡擇《長編》之可采與否者，有不達則思，每夜三鼓後不寐，擁被尋思，一一檢而考之。語不孝曰：「著書各有體，非一例也。有以己見貫串取精，前人所已言不復言，余撰《易學三書》及《六經補疏》是也。有全録人所言，而不參以己見，余輯《書義叢鈔》是也。有采擇前人所已言，而以己意裁成，損益於其間，余撰《孟子正義》是也。」』焦循摯友黄承吉説：『此書一出，實可謂義疏、正義之準則，後之作者因其例以發明《禮》、《傳》諸經，當如百川趨海，匯爲千古巨觀。』可見，這部看似以訓釋訓詁名物爲主的皇皇巨著，其價值正在於它通過對《孟子章句》的實證分析，從而對《孟子》進行新的詮釋。首先，他基於『古之精通《易》理，深得伏羲、文王、周公、孔子之旨者，莫如孟子』這一理念，認爲給《孟子》一書作疏，其難有十，其中第一難就是『孟子道性善，稱堯舜，實發明羲、文、周、孔之學，其言通於《易》，而與《論語》、《中庸》、《大學》相表裏，未可以空悟之言臆之』。這在中國易學史或孟子學史上可謂石破天驚之論。他認爲《孟子》一書闡發的易學的『通變神化之道』，即『孟子深於《易》，悉於聖人通變神化之道，故篇首言先王之道，而要之以道揆，蓋不獨平天下宜如是也。人倫日用，均宜如是。既明援天下以道，道何在？通變神化也』。其次，《孟子》一書還闡發了易學『感而遂通之性』。否定了孟子『我固有之』的性善論，進一步批評宋明理學家把人性分爲氣質之性與義理之性，混淆了善惡界限，『性爲人生而静，其與人通者，則情也，欲也』。『人生而静，天之性也；感於物而動，性之欲也』。既然欲出於性，欲是性之欲，那麽『故格物不外乎欲己與人同此性，即同此欲。舍欲則不可以感通乎人，惟本乎欲以爲感通之具，而欲乃可窒』。從而與他的《易》學感通理論聯繫在一起。再次，如果説上述『通神變化之道』、『感而遂通之性』是焦循《孟子正義》所顯現的易學意義的話，那麽他同樣以易學的道德學説來論證《孟子》有關理想人格的思想。我們知道，在《孟子》一書中凡稱『聖人』或『大人』的一般特指那些曾經達到過最高精神境界的理想人格。如所謂『聖人，人倫之至也』，又如『居仁由義，大人之事備矣』，『大人者，言不必信，行不必果，惟義所在』等等，綜觀這些稱呼的内涵或主要標準，不外是完全地踐履了人倫道德規範和創造了不朽的社會功利兩個方面。不過，從普遍意義上來説，孟子曾將人的品格分爲四等。

顯然，《易傳》所説的『大人』或『聖人』，正是基於這種淵源於宇宙自然因而又是高出人的社會生活的精神品質，這種理想人格具有人倫的典範和智慧的化身二重特徵。也正因此，不難理解焦循爲什麽説『聖人在位，謂之大人』。此解《易》之言大人，蓋即謂此。而孟子之言大人，蓋即謂此。孟子深於《易》，唯黄帝、堯舜通變神化，乃足以當之，故又進於天民一等也』。

由於儒家學説中的理想人格，主要體現人們在現世社會生活的背景下，以道德實踐爲根本内容來構建的。如孔子在回答子貢『如有博施於民，而能濟衆，可謂仁乎』的發問時説：『何事於仁，必也聖乎？』然而焦循所理想中的大人，也是活動於民間，其德澤施於民衆的大才大德之人。因此從根本上説，焦循在詮釋《孟子》有關理想人格的思想時，雖然未能翻出孔孟學説本身，但他企圖以易學理論來具體論證，無疑是一種可貴的嘗試，從而也透視出焦循之所以向慕『大人』，實是他終生追求的理想人格。可以説，焦循以抱病之軀所完成的《孟子正義》，正是他思想與學術的最後呈現。梁啓超説：焦循『注《易》既成，才著手做此書，已經垂老，書才成便死了。……這書雖以訓釋名物爲主，然於書中義理也解得極爲簡當。里堂於身心之學，固有本原，所以能談言微中也。總之，此書實在後此新疏家模範作品，價值是永永不朽的』。

焦循病逝後，阮元久久不能釋懷，以極其哀惋贊嘆的心情特意爲他撰寫了《通儒揚州焦君傳》，以爲該書『多下己意，合孔孟相傳之正指』，又在文末評曰：『焦君與元年相若，且元族姐夫也。弱冠與阮齊名。自阮服官後，君學乃精深博大，遠邁於阮矣。今君雖殂，而學不朽。阮哀之切，知之深。綜其學大指而爲之傳，且名之爲通儒，諗之史館之傳儒林者，曰：斯一大家，曷可遺也。』焦循在清學史上無疑屬於通人之一。與同時代的學術通人相形，他的學問之淵博，勝過惠棟；他的思想之深度，可與戴震比肩。他所留存的思想與學術，不僅僅是他那個時代的歷史迴響，而且也是今天我們發展中國特色社會主義文化，建設社會主義文化强國而值得共同審視的一份彌足珍貴的文化遺産。

值此焦循誕生二百五十年之際，我們特編纂《焦循著作集》，以誌紀念。根據上述焦循學術思想的特點，將擬定由『雕菰樓易學』、『雕菰樓經學』、『雕菰樓史學』、『雕菰樓文學』、『雕菰樓算學』、『雕菰樓未刊稿本』六部分組成。全書體例説明如下：

一、底本，大部分取自焦循自定的《焦氏叢書》本。

二、校勘，以阮元所刻《皇清經解》本、《焦氏遺書》本、《文選樓叢書》本和《續修四庫全書》本等爲主，其他各種刊本則擇善而從，以正排校舛誤。注意本校，亦重他校。

三、分段，基本依照原書，個別段落予以重分，以清眉目。

四、標點，原刊無標點，現皆按照古籍整理通行體例施以新式標點。

五、注釋，凡原刊遺漏、筆誤、文字訛誤者，予以改正并在注釋中加以説明。凡本書引用他書删改者，均於注中并録原文，以資比照。中文譯名及譯文，依原刊不加新譯保持原樣。

六、版式，遵原刊爲繁體竪排。舊字形改爲新字形，部分異體字、俗字保留。改夾注雙行小字爲單行小字。

由於時間久遠，焦循有些著作已經散失無存，全書雖名『著作集』，然恐難以符實了。另，全書編纂中錯誤難免，敬祈讀者批評指正。

陳居淵

二〇一一年十月於復旦大學

校點説明

《雕菰樓文學七種》，由《雕菰集》、《劇説》、《花部農譚》、《仲軒詞》、《紅薇翠竹詞》、《易餘籥録》、《憶書》等七書組成，共五十九卷。現將上述七種版本的基本情況簡述如下：

一、《雕菰集》二十四卷，現有的主要版本，一是《文選樓叢書》本，二是《蘇州文學山房聚珍版叢書》本，三是《叢書集成初編》本，四是稿本，剩一至六卷，現藏《國家圖書館》。二、《劇説》六卷，現有的主要版本，一是《誦芬室讀曲叢刊》本，二是《讀曲叢刊》本，三是《曲苑》本，四是《重訂曲苑》本，五是《國學基本叢書》本，六是《中國文學參考資料小叢書》本，七是手寫稿本，藏國家圖書館等多處。三、《花部農譚》一卷，現有主要版本，一是手寫稿本，二是《續修四庫全書》本，三是清光緒至宣統（一八七五至一九一一）徐世昌《懷豳雜俎》本，四是中國戲曲出版社一九六〇年出版的《中國古典戲曲論著集成》本等。四、《仲軒詞》一卷、《紅薇翠竹詞》一卷，現有的主要版本，一是大城劉湝年抄本，二是儀徽吴丙湘於光緒十一年（一八八五）的校刊本，三是臺灣新文豐出版社《叢書集成續編》本。五、《易餘籥録》二十卷，現有的主要版本，一是清光緒十一年（一八八五）吴丙湘的《傳硯齋叢書》本，二是清光緒十二年（一八八六）李盛鐸《木犀軒叢書》本，三是臺灣新文豐出版社《叢書集成續編》本。六、《憶書》六卷，現有的主要版本，一是手寫稿本，現藏上海圖書館善本室，二是光緒十年（一八八四）李盛鉉抄本，現藏國家圖書館，三是趙之謙的《仰視千七百二十九鶴齋叢書》本，四是民國十八年（一九二九）紹興墨潤堂書苑影印本，五是《叢書集成初編》本等。

此次整理，《雕菰集》底本取《文選樓叢書》本，《蘇州文學山房聚珍》本爲校本，簡稱『聚珍本』。《劇説》底本取《誦芬室讀曲叢刊》本，《中國文學參考資料小叢書》本爲校本，簡稱『小叢書』本。《花部農譚》底本取《續修四庫全書》本，《中國古代戲曲論著集成》本爲校本，簡稱『戲曲論』本。《仲軒詞》、《紅薇翠竹詞》底本皆取吴丙湘校刊本，劉湝年抄本爲校本，簡稱『劉本』。《易餘籥録》底本取《傳硯齋叢書》本，《木犀軒叢書》本爲校本，簡稱『木犀齋』本。《憶書》底本取《仰視千七百二十九鶴齋叢書》本，《叢書集成初編》本爲校本，簡稱『叢書集成』本。『七書』的校點過程中，也參考了近年來所出版的各種整理本，注重校勘異同，重分段落，正文不作改動，凡與原著約引而出典相異者均出校記。

需要説明的是，焦循尚有《雕菰樓詞話》一卷、《易餘曲録》一卷，前者收録於中華書局一九八六年排印本《詞話叢編》，後者見於一九四〇年中華書局聚珍仿宋排印本《新曲苑》第二十一種，然而細檢兩者内容與《易餘籥録》所録内容基本一致，爲了避免重出，這次不再列入《雕菰樓文集七種》中。『七書』中的《雕菰集》、《劇説》和《花部農譚》由徐宇宏校點，《仲軒詞》、《紅薇翠竹詞》、《易餘籥録》和《憶書》由駱紅爾校點。我對『七書』所録原文作了復校和審訂，如果校點有不當或失誤之處，敬請讀者熱情指正。

二〇一六年春

陳居淵

目録

卷三　詩

卷四　詩

卷五　詩

卷六　贊頌銘

卷九　解

卷十二 議 答問 狀……二七二

卷十三　書

卷十四　書

卷十五　序

卷十六　序

卷十九　記

卷二十　記

卷二十一 傳

卷二十二　碑　墓志銘　墓表……四九三

卷二十三　事略　書事

《雕菰集》

《劇説》

《花部農譚》

徐宇宏校點

雕菰集

卷一 賦

感大人賦并序

乾隆己亥，夏五月，諸城劉文清公時以侍郎督學江蘇，按部至揚州。循年十七，應童子試。公課士簡肅，惡浮僞之習，試經與詩賦尤慎重，用是試者甚罕。循幼從范先生學詩古文辭，至是往試，公取爲附學生。覆試日，公令教授金先生呼曰：『詩中用「韞韾」字者，誰也？』循起應之。教授令立俟堂下，良久，燈燭光耀，公自内出。循拜，公止之。公視循衣冠殊樸質，顔色甚懌，問二字何所本。循以《文藪·桃花賦》對，謹述其音義。公喜曰：『學經乎？』循對曰：『未也。』公曰：『不學經，何以足用？爾盍以學賦者學經？』顧謂教授金先生曰：『此子識字，今入郡學以付汝。』詢循所寓遠，令巡官執炬送歸寓。明日，公謁，公復呼循至前曰：『識之：不學經，無以爲生員也。』循歸，乃屏他學而學經。循之學經，公之教也。越二十年，嘉慶壬戌，會試在京師，時公已相，兩過公之門而不敢謁。又數年，公卒於位。循以病家居，聞公卒，北面蒲伏而哭，益從事於經學，不敢忘公之教也。感而爲賦，以示後人。其辭曰：

嗟余生之羸鈍兮，又里居之多僻。倚先德之相承兮，不囿我於鄉壁。既瀏𡃂之孔戒兮，惟函通之我責。方負劍而孩笑兮，即畫字以爲識。初鼓篋以從師兮，誦《風》《雅》之三百。師悃悃其善誘兮，俾吟咏於朝夕。首震之以性靈兮，絣縱之以典籍。道古人之可似兮，期躋躡乎偉迹。紘《柟榴》而大巫兮，琳亦《應機》而爲雄伯。憲硜硜而窮《雅》故兮，善琅琅而注《選》册。鍇嘽嘽以《繫傳》兮，鉉硿硿於篆畫。或人謂此紛紜兮，非仕宦之所急。嫿鋈質以棲遲兮，義膠言而莫擇。思濛濛而漸汔兮，樞蹇蹇以日迫。維大人能牖人兮愚爲之開，若清風之吹曙兮道無塵埃。日月之高敻兮公示以階，枝柯之紛賾兮公授以荄。魂氣之游散兮公棲之以骸，雨潦之無歸兮公導之以江、淮。屏糟粕而飲以醇醪兮，尊佳穀於鹵萊。余乃皇皇以識路兮，輕衆口之予嬄。恥奥境之未見兮，悔前習之已乖。撫年華之尚駐兮，冀名學於方來。行阬岸兮或墜，寢筆札兮在懷。鬼入夢兮與競，髮近爇兮半灰。閔荒歉其無食兮，探微言以療飢。恤羸病其不支兮，跼惰寙而冥思。既超遥而長征兮，惟鉛槧之日隨。年倏忽其五十兮，嗟目眊而齒危。心悠悠而未已兮，就學業於何時。慕遠至而央迂滯兮，合禄利之騁馳。涸陽神以妙索兮，數寫定而猶疑。風雨瀟瀟兮秋夜長，雞鳴不已兮天有光。魂迂迂而不寐兮，道邈邈而弗忘。瞑雙眸而回溯兮，儼攝齊於公堂。凛嚴嚴而在上兮，爰仁我以春陽。獎士類以定品兮，泰有善之必揚。進小家而共語兮，膺無微之弗彰。拔英彦於韋褐兮，淑立賢之無方。甄僑肸於菰蘆兮，亮何用之不臧。第鑒别於淑慝兮，祇擬議於短長。惟大人之化育兮，乃物與之无亡。譬農夫之力穡兮，彼收穫於倉箱。兹耕菑而灌沃兮，培荒薉而爲良。體元亨而知始兮，柄消息之有常。頤童蒙而祛蔽兮，孚解悖而包荒。官大德而不居兮，利美利而時行。允忠勤於乃職兮，合參贊於維皇。系曰：於休大人，嶽降神兮。以訓四方，則蒸民兮。謂肅如霜，春靄靄兮。謂介于石，澤沛沛兮。謂直如繩，與人同兮。謂立如岱，變則通兮。經爲人師，舊章率兮。受在吾身，知之實兮。

招亡友賦有序

顧子超宗歿三年矣，今以庚戌八月某日葬。水不容刀，竟成宋遠。三板之封，未獲親壙。是夕也，風雨慘凜，撫卷杳然。有有無無，顧子忽來，起而延之，神定景絶。更寐而求，蟲鳴啾啾。燈暗復耀，寂無人語，起視庭外，濕雲東西，欲月欲雨。巡宇而呼，仰空而嘯。懷思往昔，傷感倍加。因作賦以招之。其辭曰：

嗚乎噫嘻！子胡不來哉？精氣結身，不鬼而人。道由於中，子何不神哉？朔死而仙，董鬼辨言。越昔之哲，疇往不反。子獨不能還哉？太山土伯，紲鬼酷嚴。薜荔攫人，舜赤肉焱。嚇愚弄葸，豈於子而敢哉？有見於涂，突御申車。伊没猶靈，子之能都。子豈神之無哉？肆帝式耆，隆以賓師。九閽之上，左右雲墀。其不許子以歸哉？懿有盤餐，朝夕實難。母頽婦寡，弟謀已殫。秋猋夕雨，將泣將嘆。乃營於家而友之諼哉？走亦寠軀，匿江之隅。子故未識，道非崎嶇。子神虚靈，豈不見而是趨哉？厥地之北，環沱翼哉。厥地之南，山如墨哉。厥地之東，筱蒙蒙哉。厥地之西，瓦葺齊哉。厥地之門，無犬屯哉。厥地之室，奄且密哉。室之疏櫺，柴若櫛哉。旋以風笭，發即至哉。鳩子散霸，履我即哉。苦榛祕醇，味清逸哉。烏答赭芰，錯丹漆哉。豕肫毛莫，盈於屋哉。香稌刈新，炊如玉哉。宿醅醇良，釅可渥哉。鴻譚辨博，無人妒哉。木牀無塵，克棲客哉。故籍從衡，供檢繹哉。析疑究惑，共此夕哉。走思疇昔，侘傺作哉。覯於射宫，互甹夆哉。同登於豫，交式蒙哉。凌唐屏宋，舊學崇哉，走與子共此衷哉。櫛繁鈎隱，不畏難哉，走與子共此專哉。喪齊迭服，哀煢煢哉，走與子共此鞠凶哉。疇嘆户疫，食指殰哉，走與子共此艱哉。年小氣越，介青紫哉，走與子共此自喜哉。襭經糾史，競爲新異，互争而詾，相詆不已，於詢嘩何不可再哉？炎熱席炙，棧南闤朔，甄疇析卦，寒生於席，於高曠何不如昔哉？寺壁岑寂，蛬語斷續，茹飫《風》《雅》，評蟲訂木，於叙論何不可復哉？春煦樹采，雜坐素友，共醉而蹶，卬左爾右，於豪狂何令其已哉？已走之文，昔爲流泉，今凝雲哉，子來爲走評哉。已走之學，化羹而酏，琱作樸哉，子來爲走成哉。已走之志，以華爲臺，質爲子哉，子來爲走貞哉。嗚乎噫嘻！子胡不來哉？

假山石賦有序

故太守牛公，性恬逸，雅愛泉石。自謂與勞力尋山，不若使山就已；與游於山，而盡歷其險阻，不若盡括其險阻，使自獻於目中。工某以技自神，累石作山，有峰有壁，有泉有林，有池有梁，高三尺，廣二尺，縮一尺，對之不異千百尺之勢。江都焦循，獲侍其下。時夏月炎熱，淡風滿襟，塵慮盡滌，若游匡廬，恍坐岳鹿。退而賦之，以志其狀。其辭曰：

岹岹者山，巉巉者石，涓涓者泉，盤盤者路，密密者林。林菉石白，石巖若檐，泉注若雨，深曲莫測，險怪邕兆。神游目登，欲倦且苦。冥求人居，驚似匿虎。俯眂絶顛，一寸萬尺。闊亦如掌，挺亦如杖，鋭角鈍支，插插搶搶，維石之上。蠕然蛟轉，隤然鼃俯，鬼頭螭鼻，虬爪犬牙，維石之下。巖棠偉起，離合委墮，維石之左。流之所旋，巑列其齒，維石之右。瘦若病鵠，蒼若舊琴，蹇蹇削削，孤峰秀林，萬壑含怒，一泉成音，維石之南。廓拓其张，豐郁其色，茂密之木，翠填陰塞，尖峰倒鍼，懸崖横翼，維石之北。

象棋賦有序

世俗貴弈而賤象，余怪焉。象棋之戲，其名著於《楚辭》。古之通儒，多有撰述，傳亦古矣。厥類止七，厥棋止三十有二。厥路每半，縱者九，横者五。一棋之用，變億化萬，斜直錯綜，運之不竭。若弈者，盡三百六十一，而更無餘力。是故義蘊若精，用思若奥，小慧之夫，可盡其技。象之爲術，婦孺農牧，無不可能。及其至也，雖巨儒名賢，莫敢自擅。奕難而易，象易而難，表之爲賦，以洛識者。辭曰：

演豕鹿之羆豹，布坶野之貙离。抒片縑之咫尺，括千軍之紛披。行或斜而或直，用倏正而倏奇。各盡其用，以衛一人。旝以動而遥擊，駟相連而互牽。駕雷輜以蔽路，練勁卒以披堅。訴長驅以入蔡，元拒水而敹秦。藴《陰符》之詭譎，抱《玉帳》之幽元。勢彭贔而制敵，機疾駭以争進。非潛思而渺算，疇擅譽而號賢。何傒窺而譋視，久屈鬱而莫伸。

鼉賦有序

庚戌春暮，觀獲鼉者。是物也，好鳴而善怒，因致篧之。感而作賦。其辭曰：

懿爾好鳴，遠近其聲，斯足以焚其身。懿爾好怒，憤積腹鼓，斯足以夷其股。大道何爲，諾諾靡靡。壽躙於寂，橐越於隨。厥問無戎，疇娼其躬。卬卬善矜，莫與莽蜂。揚子斷要，仲孺拘囚。李范無類，雲華以收。不過之賞，豈可倖求。蚼蟟逞口，竿承於條。其伊何爲，夫夫黿黿。虛莫之表，可敖可遊。退藏之族，何患何憂？螋溺影而過狡，蟲叩頭而甚柔。肆吾形之自適，以旦作而昏休。

弔松賦有序

余齋閣前，松一株，先人手植也，歷四十年。高三丈，枝葉翠鬱，挺然無紆曲。其所植邱，去地數尺，樹益高。離宅數里，即見此，往往指爲識焉。乙巳，先人捐館舍，松乃憔悴，迄今三年，以漸而死。余自外歸，家人驚告，繞樹視之，淚下沾襟。謹陳茶果，祭而弔之。其辭曰：

聞歲寒之可耐兮，孰不欽夫後凋。何造化之不可測兮，倏顛頷而寂寥。其荆棘不可與居兮，恥溷迹於莪桃。抑主人之既逝兮，甘身殞於夙交。懷移根兮曩昔，勤培漑兮益邱土。閱日月兮幾年，長支柯兮百尺。風吹兮聲謖謖，雲覆兮景旅旅。携尊壺而具蘭肴兮，布几筵於其下。家君據上坐而抱孫兮，先慈擎杯而笑語。諸婦奉觴而上壽兮，兄若弟兮歌且舞。斯何如之嘉祥兮，人融融而樹蒼蒼。鵂鶹拾爪而夜哭兮，凶獨降於吾堂。吾堂凶降兮吾圃荒，吾圃荒兮君葉黄。石粼粼兮苔蘚碧，草芊芊兮蠲尾光。屋欹欹兮僦他氏，竹疎疎兮崩頽牆。君其感此而抑鬱兮，悲盛衰如此而神愴。君神愴兮君乃死，予亦人情兮奚遣此！撫摩仰望兮淚如矢，松兮松兮長已矣！

卷二　詩

荒年雜詩

三月無雨種，四月無雨栽。昨宵雨若鏑，猛至驅塵埃。東鄰摘野蕨，西鄰莳園萊。園萊葉黄蝨，野蕨根傾頹。

采采山上榆，榆皮剥已盡。采采墓門茅，茅根不堪吮。千錢二斗粟，百錢二斗糠。賣衣買糠食兒女，賣牛買粟供耶孃。無牛何以耕？無衣何以燠？休問何以耕，休問何以燠。未必秋冬時，一家猶在屋。

未死不忍殺，已死不必覆。出我橐中刀，刳彼身中肉。瓦鬴燒枯苗，煎煎半生熟。羸瘠無脂膏，和以山溪蔌。生者如可救，死者亦甘服。此即妻與孥，一嚼一號哭。哭者聲未收，滿體乍寒縮。少刻氣亦絶，又滿他人腹。

稚子啼路旁，哀哀歲六七。問兒何爲啼，不食已二日。昨從阿耶來，今早阿耶去。

言去乞水漿，置兒卧此處。行者憐其孤，携歸備驅馭。餓久腸胃枯，不堪任充飫。

孤村苦盜賊，相集防不虞。鳴鐃出林竹，張炬然溪蘆。初昏迄黎明，遠近聲相呼。攀木坐屋角，四顧時彎弧。叢榛有人匿，互警施刀鈇。一炬草木盡，衝烟走雄狐。

春作農家子，冬爲求乞兒。豈無百畝田，泥土難療飢。親鄰亦如此，稱貸將何之。不甘閉户死，猶望長者施。一家六七口，沿路相追隨。亦云春月至，還家耕新菑。昨夜北風起，老父死高堤。稚子凍斃盡，霜雪埋其屍。妻子曉辭去，不知曾夫誰。顫栗卧野寺，衣淺難支持。餓死在旦夕，名姓孰問知。

縣令乘車來，省視災與饑。蠕蠕村中民，匍匐前致詞。形骸骨立語孱弱，長官救我呼聲遲。長官向民語：爾衆勿傷悲。一日告大府，三日奏天墀。有錢買新絮，有米炊香糜。事無十日遠，少俟無遷移。蠕蠕村中民，匍匐稱仁慈。拜送長官去，相顧形嬉嬉。

富人有長者，捐米施饘粥。架廠環數畝，邑宰坐中屋。嘓啄桑中蠶，旁午散南北。家有父與母，老病久枵腹。哀告給半筐，將歸救窮蹙。

丙午二月末，嚴寒勝殘臘。裸體蹲門檐，驅之莫容内。背倚相爲凿，男女任叢雜。孰知骨瘠冷不容，霜華著肉吹寒風。皮黑若漆痛不覺，頭顱如散心如空。終夜喔喔預鬼泣，曉來滿地横僵蟲。昨日死十七八，今日死廿三四。荻槽卷如蠶，一穴百十殣。君不見，農夫餓死西原頭，鳶烏攫腸犬食臂。

李貞女詩

古者不室即不父，葬不入兆廟無主。上殤立後惟大宗，士庶未昏死即腐。俞家郎，年十五，瓦棺只合埋園圃。如今立嗣如成人，祭薦不絶名載譜。子承祧，孫繼祖，誰之力歟李貞女。貞女二八年，父母將别許。貞女矢志志不移，血淚垂垂語師姆：投繯白刃吾所甘，恨不捐生入泉土。一死徒傷父母心，死者泯没終無補。誓將以妾存吾夫，竟入夫家守貧窶。二十喪服除，三十操舂杵。四十殯尊章，五十諸侄撫。六十遭凶荒，糠覈衣藍縷。今年七十稱稀古，白髮飄蕭尚勤苦。女而不婦誰之云，同心何必生同處。或云未嫁義可斷，此言迂腐殊齟齬。前朝未仕歸新朝，往往慙恧假此語，吾恐猶羞見此女。

巴貞女挽歌

貞女者何巴氏女，張子繼室聘未娶。行年十七聞夫凶，前婦遺兒二歲許。兩家父母愛惜深，未行昏者可從父。再嫁之禮《禮》所詳，貞女大笑周公腐。夫面未見穴可同，兒包未懷身可撫。《柏舟》既矢母諒人，洒然竟入張家宇。輪三周兮御者誰？襜車素白淒秋雨。桃夭夭兮霜烈烈，鴛帳空兮繐帷舞。婦未成兮母德全，撫摩畫痒忘寒暑。孰知天道不可測，檐前老菟啼聲怒。臘月雷轟六月冰，嬰兒攫去苛於虎。懷内珍珠亦已空，胸中金石原如堵。讀書如此乃真儒，不識字兮光與禹。今以戊申十一月，痛哉發痘歸泉土。九年節全睹。青裙獨守夜風清，女自甘兮人若苦。吾聞貞女幼讀書，《女箴》《閨範》皆操蕙蘭香，清泉皓月堪爲伍。僭效龍門太史筆，丰神描畫遺千古。世有杜夔歌此歌，柔面男兒色或沮。

姑惡惡有序

哀枉不申也。伶人妻淫，畏婦見，迫污之，婦拒不從，以剪刀殺於雪中。伶人故伺候巨室，不知妻淫，且衛妻，託巨室屬邑令，又以錢賂婦家，遂不理也。

姑惡惡，不敢言姑惡。姑惡惡，不敢隨姑惡。此身既許夫，此身不許姑。姑心不念子，妾心不念死。妾死化作東門榆，東門榆莢稱無姑。妾死不化姑惡鳥，不言姑惡言姑好。兩親不訟官不追，妾陰爲之爲姑保。

趙氏門前杞有序

趙氏子，取未久，游於遠方十年，妻守無他志，書至曰：『吾不歸，子可以嫁矣。』婦怨而死。

趙氏門前杞，青青向溪水。君始出門去，送君雙立此。君留青絲纓，妾贈昏時纚。別時妾十七，屈指延一紀。歡喜開君書，華苹忽飛絮。知心孰如君，信妾未他去。知身別有婦，欲妾別有夫。趙氏門前杞，對此獨躊躇。新枝別將無，舊枝今摧枯。君猶念妾身，妾懷君厚情。欲生如情何？欲嫁如情何？

周縣丞奴有序

周縣丞奴陳德者，越人也。臺灣賊起，周被執，奴左右之十餘日。及周遇害，奴奮殺賊，賊支解之。

主人食者君之祿，奴所食者主人粟。海隅狂魅興妖氛，主人罵賊義不辱。賊群如鬼團風沙，賊刃如霜落喬木。頭顱斷矣聲猶蒼，血飛一天滿地肉。主人行匆速，小人殺賊來追逐。

雲貞行有序

女子雲貞，其夫以罪戍邊，寄以書，闕吏啓之，辭深婉嫻麗，有詩人《汝墳》、《君子于役》之風。寶應朱君士彥志之以詩，事可見矣。書中有『楓亭分手』之語，共傳爲仙遊縣人也。

郎戍伊犁城，妾住仙遊縣。萬里一封書，開書當妾面。郎本武健兒，負氣樂勇戰。涼秋木葉脱，禽肥出沙甸。郎騎青玉虬，右挾僕姑箭。一發斃雙狼，聲名塞人羨。郎面猶如昔，年年春夢見。

哀小甲有序

小甲某，執盜於市，盜刺之，至死不釋。時壬子冬至前十日也。

奉職無貴賤，盡忠無顯微。兹冬苦不雨，盜賊鑽城扉。東家囷失米，西家篋亡衣。城西有小甲，發奮獨呀呷。夜别妻與女，朝别兄與母。我任在驅賊，賊擾我色沮。幼女啼牽衣，耶出須早歸。壯士瞋目怒，拂衣去不顧。氈笠短後衫，持梃俟邑路。慘慘市橋月，烈烈衝冠髮。一賊伏深巷，擊刺起倉卒。壯士未及防，白刃飛秋霜。身遇十數創，格鬥聲愈張。行人遠避匿，邏卒失人色。天昏朔風黑，身死賊亦得。義勇如斯人，捐軀得其職。以之作將帥，孔武報王國。以之作守令，循良必堪式。所惜未知書，知書者何如？

虎鯊吟有序

吹沙小魚，俗謂之虎鯊。湖中人張瓦取之，以當蔬菜。乙巳、丙午，湖水旱涸，種類頓絶八九年矣。今秋復繁衍如昔，足爲豐年安樂之象，因咏其事。

年歉魚頓竭，年豐魚復生。小物不足記，生死關民情。憶昔值荒歲，有田無能耕。農夫率妻子，就食梁與荆。荆、梁遠復遠，途路嗟難行。制府川中來，巨艘移新秔。居者不餓死，散者歸鄉閎。畜牧漸蕃息，倉困漸充盈。婚嫁締新特，滋衍生孩嬰。小者善啼哭，大者能趨行。驅雞衛糧穀，候門習送迎。鄰里具斗酒，勸樂相囂訇。農夫暗垂泣，衷苦言難明。閨中舊有婦，凍死無墳塋。膝下舊有子，賣往他鄉城。聚首更何日，恨淚空頻傾。

惠民阿姊行有序

惠民縣有殺人一家而火焚其屋者，於燼中得一臂一鈇。其女訴諸縣，縣不理，轉相訴者五年。甲寅，畢撫軍來，閲案牘，知其冤，適總督兩湖，以是屬繼撫玉公廉之，果得被殺狀，置前不受理及訊鞫不實者於法。國人快之，且壯女之不屈也。

阿姊年十九，阿弟年十一。阿姊咽咽向弟説，耶孃慘變賊潛逸。阿姊抱屍臂，阿弟持鈇鐵。俯伏公堂叫地天，長官大怒聲如裂：爾父及母天所災，誰與健訟唆兒來？兒泣不能語，姊泣欲語官不許。坐兒誣訴飭隸拘，與姊持抱相哀呼。姊憤訴於上，上官受其狀。定案誰能翻？冤沈咎以謗。反復悲鳴秋復春，形容骨立衣如鶉。指天自誓誓以死，大仇不雪吾不已。龐娥剸刃終非謀，惟望朝廷代爲理。至誠所格天垂閔，攫挐鳥雀來鷹隼。五年疑獄一朝伸，行道之人涕爲隕。讎人戮，阿姊病，一孱女子見天性。阿姊歸，長官走，民冤不理誰之咎？

番薯吟有序

定海諸生李巽占，家赤貧，謹於事母。授徒數里外，每食必歸。食已，復至。主人怪之，詰以故，久之乃曰：『家貧，母食番薯，何忍獨飯也？』學使訪得實，表之，又給以金。始却不肯受，語以歸養母，乃感泣再拜持去。

母食米，兒食薯，母心不豫。母食薯，兒食米，兒能不泣涕？海水洶洶浪拍天，中有斯人行獨賢。使君與金謝不受，無名得此身之咎。使君曰：女勿却，姑買市中珍，歸爲賢母樂。李生叩首納金去，兩眼紛紛淚如雨。

甬江棄婦行有序

鎮海諸生劉赤江，棄其妻丁，別聘於姜。丁歸母家，守志不嫁。學師率學中弟子來報於學，使者革其衿。始劉父利姜之財，姜慕赤江有文名，可希仕進，至是姜惡之，復脅劉父毁昏。劉父亦悔前事，迎丁歸。夫婦相泣，和好如初。丁之兄允平求復赤江，許之，邑人以爲善。按其事以作此歌。

阿翁怒，阿婦出。使君怒，青衿黜。翁不是婦實愛子，子與婦離乃若此。東家許女爲衿青，衿兮衿兮今已矣。還爾英瓊瑤，還我金錯刀。子衿既革兩婦失，阿翁垂涕自羞慄。鄉鄰向翁説：此意不難決。使君之怒非苛責，以婦守夫不他適。婦爲誰家矢志堅？使君尚爾嘉貞白。翁曰：兒，驅爾車，迎婦歸來還舊廬。夫曰：婦，整爾裾，公姑念爾今伻予。婦拜翁姑泣不起，爲儂不肖貽夫恥。夫聽斯言悲復悲，負君之咎予何辭？孔雀東南飛，化爲連理枝。昔爲商與參，今爲瑟與琴。飛鴞食桑椹，相感成好音。棄婦歸，使君喜，復生之衿斯可已。過而能改即君子，父慈子孝敦鄉里，使君此舉咸稱美。

四哀詩

李鍾源有序

家貧，以星命爲業，謹以事母，嚴以課弟，敝衣藿食，爲善不倦。甲寅之秋，送余江上，以弟相托。歸日，值君卧病，明日遂死。

有道之士，不忮不求。親怡弟立，抑又何憂？病榻呻吟，奄留一夕。萬苦忍死，見弟乃没。蒼蒼昊天，速此嘉客。草木向春，斯人標格。

王準有序

家於湖北，從父於閩，就昏來江都。性情任俠，能文章，有豪縱之氣。壬子，游幕南昌，遂病，病中迫欲見父，方及閩而卒。

寂室草長，黯然銷魂。唧唧夜語，或泣或言。別離之夕，我送於門。回顧不去，永以貌存。三年之別，頓聞君死。聞君之死，又三年矣。

顧之逵有序

吴中諸生，乙卯秋，遇於秦淮水榭中。明年，自浙至吴，至其書室，得睹藏書。時校刊《列女傳》，值君病死。死數月，書方刊成。

抱沖奕奕，目光照人。鶴作形氣，書爲性真。我識君屋，背城面津。丹鉛縱横，誦讀不輟。誦讀不輟，今輟且絶。將旅吴閶，我欲迂行。

郎炳有序

余從阮學士校文山左，於萊州、濰縣得《説經卷》，闡方田、句股之理甚悉，心契之。檢册，僅十幾齡耳。未幾，没於濟南。家貧旅櫬，頗爲傷心。

我惟子識，子不我聞。閱子之文，辨特於群。考子之年，日曙時春。聞子之死，愴然不已。子命朝菌，吾蹤雪鴻。無端之合，造此忡忡。

龍山慈孝歌

守將孤，土賊起。民避賊，走鄉里。賊縛民，割如豕。龍山深兮山有廬，賊氛未及姑奔趨。朝看龍山雲，暮看龍山月。惟求父意歡，不計兒心竭。何日欃槍星，化作飛塵沒。飛塵滿山郭，欃槍有時落。賊向郭中喧，曷必山中索？天言庸行人間略，頓以凶驚易歡樂。揭竿張刃到山居，子泣追呼父就縛。賊衆多如蠶，賊刃白如雪。兒言父老軀如鐵，我肉猶肥足咀齧。父呼宗祀何堪絶？兒有頭顱莫輕折。父子喧争向賊説，賊群掩面生悲咽。忽然聲嘯出林中，雲黑天昏山石裂。木葉狂飛水吠波，甲兵十萬鳴金戈。少時聲静見天霽，人蹤寂寂空山阿。空山阿，賊群去。孝與慈，千秋著。題斯室，揭君署。青松夭矯生堂前，傳是當年争死處。一樹仰而立，一樹俛而從。堂爲慈孝堂，松爲慈孝松。六百年來時代改，堂址荒蕪樹何在？精英豈令久沈埋，龍山山石生光采。慈孝家風世世傳，父曰宜修子曰然。屋三楹，室二筵。慈孝圖，慈孝篇。丹青晝〔一〕兮貞石鐫，心血籌之二十年。嗟乎堂成父不見，淋漓涕淚龍山前。龍山前，龍山後，龍山左，龍山右，慈孝堂成山不朽。

慈竹居有序

平湖朱孝廉，爲弼之祖父，以兩兄累，繫於蜀中閱四十年。乾隆乙巳，始得赦歸。有子一，孫五，皆婦高教之成立。今歲，孝廉應禮部試在都，心動亟歸，而祖母已前卒，哀慟不已，以石門方君所繪《慈竹居圖》索人爲詩。慈竹居者，孝廉養祖母處也。因其所説，述而爲詩。

弟代兄，繫蜀獄。婦代夫，主家族。資兩地，薪水足。教兒成，兒入蜀。兒又死，孫號哭。撫諸孫，教且育。四十年，夫始歸。去時雙鬢青，歸時霜鬢飛。去時兒在抱，歸時孫滿帷。歸來五載復死别，夫死婦病病幾絶。徙居北郭間，種竹耐霜雪。耐霜雪，慈竹居，阿孫鄉薦登公車。去時大母餞，歸來不見大母面，哀哀血淚垂如綫。吁嗟乎！慈

〔一〕「晝」，疑當作「畫」。

竹居。

琴歌爲楊鑑亭妾作有序

鑑亭以主政謫戍伊犂，至是放歸。

先生不歸兮，殯君之妻兮，哺君之兒兮。自甘長此別離兮，先生歸來兮。

兒郎偉有序

癸亥秋，水溢堤壞，鳩工修之，種以楊柳。築者請爲歌，以宣其力。

築堤築堤莫惜力，土嬉水怒塞不得，水不避土土失職，兒郎偉。築堤築堤莫惜力，築堤不成力不息，不如速成歸早食，兒郎偉。築堤築堤莫惜力，阿兄在南我在北，與兄合攏在此刻，兒郎偉。築堤築堤莫惜力，明日風吹雪如織，老父涉之僵且跌，兒郎偉。

兒郎偉，種柳深，深易生。兒郎偉，種柳多，生相争。兒郎偉，欒交末，立蔑傾。兒郎偉，僢而弛，茹結縈。兒郎偉，侈者節，風不驚。兒郎偉，岐者北，蠡者更。兒郎偉，扃厥本，埕厥莖。兒郎偉，守勿輟，摳或擎。兒郎偉，萌舍下，升其情。兒郎偉，紹在顛，厥力并。兒郎偉，日寸積，月丈盈。兒郎偉，長若戟，短若纓。兒郎偉，陰蔽暍，利衆行。兒郎偉，波不溢，木長榮。兒郎偉，豐年屢，稱爲觵。兒郎偉，楊柳密，湖水平。兒郎偉，歲甲子，觀厥成。

蝗變蚊有序

嘉慶甲子三四月間，突有巨蚊齧人。相傳蝗卵所化，喜而賦此。

蝗來食我粟，蚊來食我肉。願食我肉，勿食我粟。食肉肉瘦人尚存，粟盡飢寒啼一村。田祖有神再拜謝，鳴鐃擊鼓翳桑下。

黄鳥吟有序

有夫婦販藕者，爲盜掠其財物，蒯甲莫肯爲力，飢餓夜啼，哀不可聞。爲按其聲而永之，時甲子四月。

黄鳥自食粟，桑扈自食花。黄鳥自食花，黄鳥自有家。南山穀樹大於屋，兩雛呱呱夜投宿。大聲大笑出巢顛，鬼鳥如車食人肉。肉苦不可食，食我巢中花。歷過秋霜復冬雪，花上腥紅舌上血。黄鳥自食花，黄鳥自有家。有家不能歸，有粟不能飽。不願樹生花，只願不生鬼車鳥。

弔忠毅李將軍詩三首

黑水洋邊黑風起，妖渠竄脱將軍死。縶馬埋輪竟不歸，化作海上寒潮飛。潮去潮来萬騶從，咄咄怒與風伯訟。

莫招公魂，公魂不肯歸來。誓爲厲鬼殺狂寇，寇一日不靖，一日不回。

皜皜舟山月，矗矗衝冠髮。款款烈士心，矯矯將軍骨。白骨歸同安，英風匝閩越。

擬殘形操二首有序

嘉慶戊辰七月，有人夢岳神決一囚，衆婦人擁唾之。所夢囚，果創發斷首。

爾頭不中兮，天爲之修。爾頭不植兮，天爲之劉。貍既爲貍兮，貍又何尤？貍知畏人兮，不知畏天。天奪爾魄兮，爾頭不全。貍戴貍頭兮，貍不知其然。

擬古諺

目注日景，不見其行。目注花苞，不見其信。肥瘦短長，不知己身。

杜弼

昔有杜弼，以潔繩物。陳之以兵，神喪語吃。我有貍奴，饕餮狼籍。笞而逐之，三返三斥。既逐既斥，群鼠乃出。終夜唧唧，白晝滿室。乃思貍奴，求之中野。貍奴既歸，鼠不敢下。

酒興

一杯唇吻齏蠢，二杯甘香勺藥，三杯瀸瀸作惡。匪苦無以甘甘，匪燠無以寒寒。天道有寒有暑，君子或出或處。雨久得霽若親，霽久得雨若珍。

却梅一首示賣花者

昔人種梅，孤山之側。我非不好，憎此殘客。世多林逋，競買其白。我俗未蠲，不知泉石。

友人贈金無所用購木解其半作屋其半作棺或謂余任達作此解之

屋乃生棺，棺實死屋。用掩腐軀，曷悦人目？運死想即成，或觀我生幽不明，謂一致，猶近名。

鸜鵒辭有序

李生以紙乞書《鸜鵒辭》，不知何辭也？適柘巔鵲巢中二卵墮，色深青。童子曰：此鸜鵒卵也。作此以貽李生。

鸜鵒鸜鵒，獨漉獨漉。乃鵲之居，爲爾之屋。鵲不爾争，爾惟雛之鞠。爾雛既生，啞啞夜鳴。爾雛既多，不容奈何。

湖之魚有序

歲壬申，水溢，春麥既没，秋又無稻。冬十月，湖魚頓生，一夫日可得數十頭。賴以不飢。作《湖之魚》以紀其盛。

湖之魚，其魚鱨鯊。方之舟之，鳩我室家。湖之魚，其魚鰋鯉。泳之游之，偕我婦子。豈曰無禾？我魚實多。豈曰無麥？魚千魚百。有魚在笱，何患無糧？有魚入市，何患無裳？有裳不寒，有糧不飢。不寒不飢，不良何爲？既乘其波，爰授爾罟。昨日號咷，今日笑語。長官不知，尚賑尚予。敬告長官，我腹飽矣。

筋骨篇

筋骨就衰，神魄知本。我夢我考，康强善飯。我夢我妣，笑言於梱。我嬉在側，總角而婉。兩目驚開，音容頓遠。輾轉於牀，眠不可穩。西風兩耳，落葉半尺。雞鳴膠膠，燈癯月白。我臂風痺，左右捫摵。白虎囓人，我疚孔劇。我同我心，其臭如蘭。酣恬不已，朝暾引丸。駕舟者叟，迓我湖干。淮水正溢，烟波彌漫。北風吹人，霜鬢生寒。造叟之居，於三十里。殺雞爲黍，見其二子。長者吹籥，幼者擊鼓。飲以清酤，式歌且舞。

賣牛

春水暵麥，秋水暵禾。冬水洊至，有牛奈何？賣牛買舟，射鴨中流。賣牛買罟，得鯉於渚。牛食山，人食水。人不魚，牛不鬼。

買石

一石七尺，吾嫌其孤。泛刀於湖，盡途之紆。戴風而趨，載歸四瓘。如腴如枯，如巧如愚，如耄如雛，如同如殊，如人如吾。兂兂荼荼，巘巘區區。

伊太守挽歌

大清嘉慶十年，汀州伊君來守揚州。時揚州湖水漲溢，見水不見田。一。君來撫之，州民獲全，去邪慝，表仁賢。吏不敢撓法，民不用詐諼。二。嘗按部召縣吏，數讓旃，決旃爾。犯法在不赦，下車儔儔自言。以薄責，省乃愆。至今胥吏恒述，斯實太守賢。三。愚民吃菜事魔，小懲謹無良，民不敢復然。受君創者感泣，念太守德教，不以執迷軀命捐。四。君以憂去，讀書山中秋水園。九年復出用世，過揚州，值溽暑天。體偶不良，牀笫纏綿。消息理未盡，遂爾溘逝長眠。五。始傳君復任，民喜如顛。聞君之逝，泣涕漣漣。述君故事，被之哀弦。六。嗟乎嗟乎！身疾病兮跧里居。不遐棄兮來魚魚，期會語兮雷陂廬。戒僕夫兮膏墨車，倚樓楯兮臨清渠。笑言洽兮雲氣噓，崇樸素兮誅虛徐。此何日兮五月初，風雨驟兮煩熱除。臨别去兮攬余袪，言不盡兮情有餘。七。九月蕈兮霜天秋，送君歸兮江之頭。人不見兮江水流，魂歸里兮清名留，疇余好兮心悠悠。八。

卷三　詩

顔光禄作織女寄牽牛詩擬爲牽牛答詩

列宿何繁繁，配惟予二人。尺素何淒淒，勸君毋泫然。二曜步孔稷，上帝恩亦頻。君姑事機杼，余姑勤力田。

壬寅春雨雪十數日不能出客亦不至轉以詩自娱録之得十二首

漬久地自透，錢鈍入亦深。梅花抱孤傲，植之依石陰。君能遠市味，風雪豈相侵。

郁郁甕中酒，悠悠江上琴。

春水煮春茗，其味香以輕。瓦溝瀉天液，喚僕移瓶罌。受小而委大，倏忽乃滿盈。

浮漫宜早遏，不遏將毋傾。

煨茶燒春雪，茶烟滿窗牖。帶濕然柳枝，緑雲儼在手。一啜清風生，妙味入胸久。
阮籍嗟窮途，此際復何有？
乘飽究書緒，心静因神迷。手弛帙自落，垂首從斜攲。髑髏亦何擾？葛藟亦何遺？
觸案頓驚悟，神味來遲遲。
甲鍪久不解，城池將爲苂。汲泉洗枯硯，次弟除塵氛。泉水净如鑑，頃刻成烏雲。
烏雲有時散，紅日有時曛。
霾曀匿蟾魄，蕭室苦沈晦。挑燈惜膏竭，草短復將墜。風聲雜驢嘶，雪氣迫狗吠。
獨坐思古人，揶揄知鬼誶。
驢老怯風雪，張頰長悲鳴。訥訥向人語，艌作求食情。寒畦有野緑，裹以鬆中秔。
飽齕健足骨，吾將踏新晴。
柴門向橋畔，漁人繫船立。衬袨縫羊皮，風雪半侵濕。掀須發款靄，凝目待魚集。
冈起得蜆蛤，招手喚兒拾。
雪密漬衣寒，泥肥藥田瘠。農人志在食，奚恤濕襏襫。一家分兩船，往來沿沙磧。
飯熟聞婦呼，扣船歸蔀宅。
晝晦午若西，樹畔歸寒鴉。肅肅擲殘雪，紛紛飛墨花。近林必掠地，將宿先蹓華。
樂兮此雅志，避弋依幽遐。

郇人敬社神，縣燈若帆席。細雨透燈紙，燈光滉紅白。朔風嘯空野，寒星滿春澤。
婦子喜年豐，倚門話今昔。
橋下水如夢，橋上雪如練。人過雪中橋，行行赴僧院。隔溪鐘磬清，穿林燈火見。
枯坐懷孤禪，天人息交戰。

秋水

同此長川流，入秋見殊異。鷗鷺樂閒静，夫渠歇紅翠。平旦長吏心，古今恨人淚。
莊生多達觀，大道此中寄。

雨後憶田家景事

猛雨拂炎熱，晴雲澹天地。烏犍柳下眠，郇老理田器。欣欣塍中緑，生意滿郊遂。
白鳥時飛飛，小立破平翠。
牆破東南隅，青青竹與桑。呼兒姑編籬，其言頓且詳。牆下韭葉肥，泥濕蹴易傷。
無稻腹何果，無蔬難進觴。

鄰翁扶笻來，相見言依依。君家囤中麥，曾貰無遲違。入市二斗餘，携將百錢歸。阿甥爲牙郎，言值當尤微。

橋畔溪水新，游魚唼芳杜。新婦單葛裙，結作漁家罟。榆陰生微涼，左右蔽炎午。稚子牽鳴蟬，飛飛怒鄰母。

浩歌行飲李氏齋中作

上策或流涕，出關或棄繻。當時殊自壯，其意將何如？人生富貴即無命，焉能坐致無趨競。得來卿相知何年，何如眼前行樂餘聽天？君家有酒香如梅，我來豪飲擎瑗杯。座上之客盡豪士，歡呼諧謔喧霆雷。君不見項下須，蕭蕭未必蒼仍烏。君不見杯中酒，長鯨吸盡斟還有。鶺鴒自啄還自呼，公卿皂隸皆同朽。君家太白曾云爾：古來萬事東流水。

北門送客行

朝從北門來，莫從北門去。來時共一心，去時分兩處。寒風著素秋，晨雞報旅曙。

孤篷草樹間，飛行悵神助。囊無緑綺琴，欲訴難徑語。嗟哉泉下人，徘徊發長慮。

題吴玉松太史雲除夕游山圖

忙者何日閒？閒者何日忙？誰道歲云暮，舉世宜皇皇。俗喜嚮喧熱，君意故冰鐵。此游知無心，披圖信風節。

題黄宗易縣尉恩長印譜作

雕蟲非壯夫，何爲事佔畢？白骨難千年，名字空稱述。溶溶吴水春，澮澮邗城日。爲我寫古懷，君有刀如筆。

題朱敬亭郡丞棫乘查圖

危莫危，乘枯查。險莫險，大海水。海水立萬丈，波濤發奇響。孤蹤渺何處？迷離入烟霧。變化看桑田，忘機識鷗趣。吁嗟乎！天上斗牛分，人間吴越路。君既之乎斗牛，兹復來於揚州。試問曲江水，曾如天漢流？君不見西海之查星月挂，衡陽之查作妖怪。查兮查兮豈不靈，千年萬年皮常青。查中人，聽我一言：八月之望，織女一日一周。朝在北，夕在南。查十二，歲一周。身經乎窫窳之窟，耳聆乎精衛之音。窫窳蠕蠕多如蠶，精衛啾啾愁不堪。查中人，何不乘桂楫、泛沙棠？紫微帝座光皇皇。三台四輔，正位中央。君乘雲漢之升氣，自東井，逾天潢。宿閣道，繞王良。倚魁柄兮聯文昌，從輔弼兮稽首天王。查中人，切莫效海上客，袖中空得支機石。

乙卯閏二月三日小滄浪亭修禊

濼水出西郭，北流成明湖。空亭面清漲，山色盈四隅。春半草木長，未與江南殊。岸柳著微緑，池鳧乳新雛。開櫺揖蒼翠，遠風吹烟蕪。良辰隔春閏，匝月遥相須。使君發清興，少長邀與俱。余來詣山左，千里馳崎嶇。勝會值孫謝，風咏追沂雩。聚散豈有常？及時宜嬉娱。落日滿城堞，長嘯沿歸途。

佛峪

朝從佛峪游，五步一回曲。縣厓愕人意，亂石躓馬足。窗收鐵角雲，樹接龍潭緑。安得李營邱，圖之饋凡俗。

龍洞

佛峪之西北，五里至龍洞。仰度不盈尺，躋入亦容衆。玲瓏百步餘，烟雲任迎送。巍巍公子樓，的的仙人甕。

官柳

聖朝治盗之法法天地，不以人治以木治。山東劇盗馬上來，横截客商商莫避。夾道青青植楊柳，楊柳成衙觸馬首。千里真成草木兵，十圍詎出將軍肘。天鶉一啄欃槍落，飛鴞食椹民懷樂。清陰喜見四方分，行人之得暍人托。今年游迹匝山左，車塵十丈春烟鎖。舊枝老禿新枝高，舊枝枯立新枝裹。新枝舊枝歲相易，來者去者日千百。太平已久路塵清，樹不邀功自青碧。吁嗟乎！爲國之楨報天子，道旁官柳猶如此。

香樟

道旁老樟樹，不虞霜雪侵。幽香作花氣，紅葉盈春林。三五聚古墓，千百生遥岑。下夾緑谿曲，時雜青松陰。鵧鳩鳴朝風，旅人懷好音。當年爨下桐，斲作中郎琴。柯亭望不遠，秀色開煩襟。

烏篷

縮盈二丈餘，廣不足五尺。采績錯蛟文，烏油墁篷席。元衣而繡裳，篆車墨其鬲。牖户時一開，秋鱗却鱓脊。

江鰩柱

春從甬江游，海族笑初識。鮮荔未獲嘗，河魨此當食。每飯索庖厨，動疾説豈惑。桃花官渡春，漁師散網罭。萬里浄無塵，生民樂何極。昨聞孫將軍，奮勇殺海賊。

晚泊慈谿

泊舟待潮至，倚櫓望山色。落日散餘紅，陰靄褪微墨。一鳥投遥岑，群艘列比翼。今夕餘姚東，來朝上虞北。

林庾泉歸天長索余詩爲母壽

恭人姓熊氏，累世簪與纓。曾祖澹岡公，尚書班六卿。王父官翰林，宇内馳其聲。中丞爲之父，觀察爲之兄。嫁爲林氏婦，夫子司北城。御史互相劾，吏議當質成。阿姑年既老，聞變豈不驚。旦夕病危急，醫藥須經營。囊無一錢澀，膝下聞哀鳴。恭人曰已矣，旦晝思專精。冤者賴以白，病者且更生。恭人曰已矣，返里偕南行。隱居西山西，曲曲湖水縈。秋燈課兒讀，春雨驅奴耕。謝家林下風，相對有餘清。乙酉迄丙午，家事艱支撑。况以歲荒歉，阡陌枯禾秔。食指既煩衆，生養尤關情。有子曰道原，豪俠先知名。劍欲天外倚，對人肝膽傾。得興萬言昜，放懷千金輕。黔滇蜀閩粵，萬里吟長征。西秦曁東魯，往來邛洛京。交友遍天下，聲譽喧鏵訇。慷慨論今古，叱咤吞鱣鯨。歸來見慈母，藐然如孩嬰。孝敬有如此，母教知可貞。恭人年七十，健不殊生平。時誦釋氏書，借以怡神明。兒輩未可效，戒訓何純誠。余今客於越，相聚皆豪英。主人阮學使，誼爲恭人甥。庚泉前致詞，春莫言歸程。五月二日吉，上壽稱兕觥。學使述姆德，一一符鄉評。觲觲坐中客，各自抒華菁。余緣學使言，譜以和琴箏。

禹陵

曉出東城闉，乘舟探禹穴。溪勢極縈紆，山色信奇絶。紅垣峙巒曲，翠木抱危岊。巍巍窆石亭，石半已經折。上有古篆文，撫讀惜摩滅。浙東山水清，此獨標神烈。迹古氣即厚，心異境乃别。古陵多假稱，斯地非僞設。施施抒曠懷，凜凜執恭節。《禹貢》昔披讀，《山經》久校閱。潛處寄遥思，情性日迂拙。

同年哥

自杭州至衢，呼舟子曰『同年哥』，其妻曰『同年嫂』。

同年哥，竹皮爲笠棕爲簑，上灘不得如灘何。同年嫂，人言十五容顔好，容顔今共秋山老。家住蘭谿女鋪東，往來送客江郎道。江郎山接仙霞關，行人南去舟空還。還時經過捉差處，鋃鐺繫頸當差去。垂頭典賣衣與釵，哥問餘錢嫂不語。

江山船

中廣尋有二只盈，頭廣周尺一尺朒。巨檣十丈尾上喬，男力如牛女儇黠。上灘校似下灘難，秋蚊負山蟯轉丸。下灘校似上灘易，雙櫓摇摇逐奔騎。新秔炊熟客加餐，小犬吠波老猪睡。

鸕鳥船

義烏之舟曰鸕鳥，兩頭纖纖中亦小。遇石塞途努以肩，身有棕衫不袚衦。婺州水狹不容舟，賴此長驅入窅窱。或云此類姦宄藏，每於月黑行探囊。不比大船巧於取，劫掠惟以温柔鄉。君不見西安渡口叫孤雁，船頭新立旌貞坊。

由蘭谿至金華道中

終日但紅樹，奇觀快初獲。迎人發春采，萬鶴攢丹額。偶然見蕭疎，星星數點赤。王師殺匪苗，人血滯戈戟。回轉入隅曲，炊烟聚茅宅。間有橘柚黃，亦雜椶櫚碧。風雨起前村，胭脂惜狼籍。葉盡柏子垂，千株繞遥澤。乍驚桃落花，又詫寒梅白。

喜舍弟歸自太原

吾弟意脱略，有氣無黄金。奮往忽甜苦，心可形不禁。脉脉遠游子，十載無歸吟。高堂互相念，夢語喧寒衾。閉門寄妻子，對人粧聾喑。使人骨肉合，曷憚風霜侵。洪流決曹沸，阻滯舟淮陰。兩月伴老困，笑語消秋鐔。才得就京邸，蹤迹占觜參。井陘石若鑢，朔氣横蕭槮。三更逐騾脚，叱咤防姦壬。驅車到陽曲，卸任方開襟。君整合歡酒，我彈歸去琴。素鮮壯游癖，山多耐登臨。所來爲君事，事畢甘浮沈。來去六千里，往返無機心。幽燕少年志，束髮久相欽。任俠滿河汾，交游誰古今。肝膽在澹泊，人言空淺深。我昨自太末，歲杪還舊林。家書適遠至，撥火探離音。澹墨無數行，道德相規箴。自言時悔過，詞氣何愔愔。我父昔在日，仁義懷璆琳。争心息雛鶩，道力穿重椹。蓋棺察里論，賢愚稱棐忱。吾弟得遺意，我愧言同岑。勉哉勿蹉跎，一蹶艱追尋。平渡大河水，失足污牛涔。

题黄次和雙橋一石一梅花圖

雙橋之間室如斗，我來吟詩索君酒，幾年君我江湖走。太翁七十鬚眉白，竹杖椶鞵對庭客。今來空見階前石，郎君十五神仙骨。寒嚼梅花咏明月，梅花寂寞郎君没。

题汪飲泉林屋幽居圖

君生廊廟器，何以懷山林？才遠絶争意，古人多素心。我家南湖南，寂寂無塵侵。欲招作鄰里，晨夕同高吟。春鷗待晴棹，寒竹容鳴琴。昔年良友約，結鄰棲湖陰。其人既已没，舊話難追尋。

歙縣方雨村贈紅豆以詩謝之

與君謀面初，贈我相思子。人生多别離，念念長如此。靈根數畝滋，君家故園裹。云植百餘年，華實乃兼美。厥華霜雪容，一縷紅須掎。三載實方結，梂梂角相抵。實老紅亦堅，又必三年始。豈無旦夕成，春風熟桃李。豈無易合交，瞬息異生死。莫謂成之艱，樗蒲非所齒。不解長相思，一室自千里。

阻風燕磯三日病滞下甚劇

前年乙卯秋，阻風泊江口。假此愜游志，歷遍衆山藪。今秋復阻風，疾病蹇行走。卧數蟲鳥音，自愧强閉口。夕夕怨風烏，時時疑岸柳。柳枝有折痕，别離送未久。白門秋色佳，羈留亦天厚。人病思室家，此外復何有？

病愈有作

待月轉風雨，寒庭立幽闇。移步值枯葉，葉破響驚膽。百慮頓消滅，叢柯見苛慘。

天界寺

昔年展誦青邱詩，天界佛寺名乃知。洪武創業造此寺，徵辟名士時居之。我游金陵十一次，今年始獲到此地。壁破猶存龍鳳文，門扃疑匿狐狸魅。草深覓路問村娃，老僧赤脚迎供茶。小樹扶疎出檐宇，滿階不見辛夷花。

自平望之昆山

闊處渺無際，窄處兩岸逼。一闊間一窄，自然成消息。我從平望來，歧路入旁側。是時仲冬夜，水月共一色。開窗面寒漪，風氣觸有力。烟霧頓蒼茫，舟子路不識。泊舟菰蘆中，月落水光黑。高卧待天明，夜永曙久匿。夢中聞伊呀，舟人喧早食。推篷一遠觀，昆山塔在北。

邳州渡

邳州渡，闊幾丈，岸斷橋摧水聲響。有船渡人不渡車，驅車欲行仍徐徐。水深路没行不得，以錢買路路乃識。月落雞鳴火數叢，馬嘶人語烟波中，鞭馬上岸馬力窮。邳州渡，渡實難。聞説新來好官長，禁人掘橋掘者杖。

吴玉松太史言刑部戴金溪嘗道僕所著書明日至鐵廠訪之

四十始入都，自怯時閉户。一二舊交外，未敢强與伍。戴君久聞名，學識貫今古。何以知鄙人，神交托肝腑。我居柳巷南，與君隔數武。晨夕可過從，嘉言藥愚魯。聞君性在書，力學耐辛苦。退食即冥探，不自知簪組。儒生一登第，文章等糞土。遂令仕與學，判若農與賈。子産吏之良，博物昔所取。長安冠蓋區，酬應日旁午。勢利誘我心，不絕已如縷。何以操吾真，舍經莫爲主。讀律不讀經，終非堯舜輔。聞知性在書，於政豈小補。

麈尾

疲騾非驥子，附尾多飢蠅。幸有麈在手，不容頭上騰。取與幸無礙，卑賤亦自矜。好雨東南來，晨涼葛不勝。既令塵氣匿，又禁炎威蒸。放手且酣睡，一夢清如冰。

泊車邏

人言下水速，無如風打頭。况以長江船，行此運河流。車邏一夜泊，白鳥飛如鷗。入舟食人血，揮去旋復留。門窗待天風，軒轅垂珠旒。片月東方生，青草光油油。屈指到家日，將及仍逗遛。非關人智短，造化難强求。

鰍魚口

才過露筋祠，又入鰍魚口。舍去大船乘小舟，一湖茭葉横魚罶。雨後湖田早稻肥，田邊野鳥見人飛。農夫相見説田事，不問長安幾日歸。

村居草木詩有序

昔江淹遷謫閩中，作《草木頌》，蘇氏《園中草木詩》亦京師倡和之作。壬戌六月，余自都中歸，閒處静觀，别有所會。撫時憶昔，感從中來，亦得十一篇。偶同於蘇，實非效之也。

客游亦云倦，歸家值長夏。槐老舊枝欹，新肄復盈把。愛惜不肯修，時時墮檐瓦。

無名青草生，參差没人踝。湖莊遠市城，門外無車馬。

幼女種秋葵，葵生正盈尺。葉才鴨脚舒，秀立見風格。摘葉令婦烹，清香發嫩碧。

昔人盤中餐，難語食肉客。吾愛向日誠，開花宜倍惜。

竹老笋不豐，新篁苦短瘦。當窗緑一叢，凉氣生晴晝。晨起翻古書，陰陰益神秀。

惜乎蒿與藜，相雜且爭茂。持鐮絶其根，蒼耳刺滿袖。

去冬程先生，貽我《芄蘭圖》。《爾雅》幾回讀，細驗囊中荼。吾村多此物，柔蔓緑牆隅。

晨起度枝葉，頗與圖中殊。化機任天地，形迹真難拘。

臭樹花實香，或以名棄之。傷哉耳代目，抱質空自知。衆惡我必察，不令鈇鐵施。

花開簇紅玉，一椓數十枝。折向膽瓶中，人擬夭桃姿。

萱草北堂發，見之憂乃忘。勺藥不堪贈，籬畔開青棠。南風來悠悠，風中挾幽香。

靜坐得天性，萬物同相羊。及時足怡悦，多事懷秋霜。栽柳二十年，酬我緑深深。主人多遠游，閒此溪上陰。流光迅如電，人老木成林。幻影歲更易，舊迹焉追尋。打起枝上蜩，嘒嘒煩虛襟。先人好花木，手植半零落。我憶垂髫時，誦讀不知樂。窗外三老梅，風雪破寒萼。旁有百尺松，孤峻入雲幕。枯根不忍去，相思影依約。尚有木蘭樹，扶疏勝於昔。山茶老而豔，初春門紅白。海棠有子孫，新條抱蘚石。六月衆花過，翠葉亦清適。叢桂何耽耽，豈惟香可摘？吾族聚一村，四圍擁喬木。屋瓦密相次，家家稻粱足。迄今三十春，丁口日消蹙。雖言命運艱，亦爲廢耕讀。舊屋無二三，檀伐惟存穀。荒園不成式，先業未移更。自昔無梧桐，梧桐多秋聲。祖宗世仁厚，接物全春生。後人永宜念，莫愛朝菌榮。良木自不腐，何爲口舌争？

阮中丞得陶陵鼎送置焦山邀同人以詩賸之作五言一首

隃糜鼎之鄉，陶陵鼎之國。自西而徂東，祝事薦鬼食。歲月既久遠，深泊不得息。所歷知幾家，主人今始得。琅嬛仙館中，摩挲辨古式。平湖朱孝廉，考古有特識。定陶亦稱陶，泲水逕西北。將軍大司馬，送葬奉上敕。定陶共王陵，官厨器不嗇。此鼎汧所供，有據匪私臆。僉曰鼎幸哉，得依主人側。主人曰否否，萬事不易測。我生保護之，子孫難世德。萬一鼎失所，我心能無惻？爲鼎計久長，窮思周四極。焦山江海間，卜之蔡食墨。筮人諏日吉，飭匠備裝飾。匱以文木雕，衣以古錦織。設醴衎嘉賓，酬酢日西昃。人各譜新聲，工歌壯行色。從此鼎入山，烟霞自深匿。評議任游人，永勿墮貨殖。鼎身廿一鐫，鼎蓋卅五刻。陳列非一枚，消磨歸朽蝕。悠悠二千載，獨傳豈人力？寄語山之僧，晨夕慎瑩拭。文王舊鼎存，與山同不泐。此地無嘩囂，相從守元默。

田家

春晴未耕作，邀我聽新鶯。小舟六人坐，泛泛隨波行。相去僅二里，屈曲成遥程。舍舟入蓬室，環坐杯頻傾。園蔬味真妙，笑傲忘隱名。谷風東南來，吹雨作寒聲。可無皂隸至，歡飲到三更。

治平寺

我居湖水南，閒行水之澳。四面波如烟，屈曲達僧屋。巍然一殿存，佛龕飛蝙蝠。破垣倚孤墳，棲遲供漁牧。僧詎耐荒寂，扃户去不復。鄰家見客來，煮水潤枯腹。此寺肇自唐，此地本平陸。南北爲通途，千家聚邦族。桑田既成海，周環但水復。東望露筋祠，烟波隔春木。孤帆甓社來，淼淼接淮瀆。吾居咫尺間，蹤迹徒鹿鹿。今年爲此游，自謂有餘福。陰雲連湖波，昏黑忽蔽目。欲探壁上碑，手摩不能讀。

石坊

石坊立墓前，樹伐石孤立。痾癢任牛摩，糞污任鳥集。偶爾乘小舟，曲從小澗入。迤邐至墓前，向墓謹長揖。凝眸辨坊字，字上苔花澀。葵心郭隱君，不仕無官職。曾爲鄉飲賓，高風重邦邑。吾里俗故淳，耕讀各安習。願勿見異遷，野稊雜嘉粒。先民有遺德，光輝長熠熠。

登甘泉山

南嘗登會稽，北亦瞻泰岱。惟此甘泉山，若彼皆不逮。豈真較彼高？近我則偏愛。三月既生霸，隨意約同輩。十里沿溪行，由面達山背。野鳥餘春聲，青松作閒態。巍巍靈雨臺，四望目無礙。湖光遠接天，桑田繡其內。金牛一點烟，北固澹如黛。前人未品題，此山乃韜晦。或云斗之精，七峰與天配。山神不受諛，不必向山誶。山根有人家，竹籬聞犬吠。

薙草

一月不薙草，當門如亂絲。呼僮急芟盡，莫使稍留遺。猛雨至如箭，秋花皆傾欹。乃知花本弱，賴草相扶持。賴草相扶持，爾花安用之？呼童亦拔去，讓月鋪階墀。

夜渡朱家湖迷路入畢家淘

舟子不識湖中路，强意勞勞入烟霧。家住湖西舟北行，問之不得言其故。是時月黑東風狂，猛雨如箭斜入艙。魚簖遏波作八陣，盤桓欲進悲羊腸。草邊漁父正酣夢，笭箵作枕手抱甕。此地從無估客來，夜静何爲成市鬨？向前拱手問所在，指點垂楊見高塏。性定雙眸頓有光，東西南北原無改。

奉和董晉卿士錫湖上對月詩

鼉鼊上榻魚入几，漁舟艤泊柴門里。三十六陂連一湖，對月吟詩董夫子。夫子家是毗陵人，一經授受來湖濱。盈虚欲向望舒問，澒洞忽逢馮夷嗔。蟾光四布無遮障，琉璃一色鋪秋浪。閒時放艇老樹顛，稻田茅屋居其下。吾家住此五百年，屢憑異漲居不遷。湖中風俗舊淳厚，吾田雖没吾天全。湖上年年蕩洪水，波光月色明千里。續君高歌别有哀，人心風浪何時已。

先人手植山茶向時左畔生一小株二十年高五尺許矣其右又生一株越五六年高二尺今春開花殊可人意

誰謂難養如其蕃，不惟有子兼見孫。大者高過屋，次者齊牆垣。小者二尺許，斷斷連一根。稱爲兒女花，信手非浮言。今春春寒放花晚，左枝先發隨朝暾。杏花已落柳花白，倏然穌軩堆盈盆。或云此種號鐵殼，兩花僢足聯雙璊。他種花期可人力，惟兹開落皆天恩。《永昌二芳記》其盛，品題我亦符南園。猩唇犀甲任比例，後凋宜同松柏論。萬物多態即多媚，此花深厚能久存。初開適丁海棠醉，末後尚及紅藥翻。風雨摧折侑滿地，顏色不涴苔蘚痕。古人愛菊愛蓮不知此，太息對花浮清尊。

賣花人以野卉一叢見遺花類牽牛葉似杏而有齒伊云紫金鍾核之乃桔梗花耳

日日服藥餐草根，見花見葉不相識。花傭詭譎隱真名，檢遍《神農經》乃得。市人但詫形色奇，豈知治肺有神力。凭闌對花拭倦目，隱見無常詎花獨。市中女子知韓康，階下纍囚辨張禄。射策空傳任賢輝，吟詩那有羅公福。

叢竹中植紅薇十數本長夏盛開

春花多豔不能久，秋花能久豔不足。夏日烈烈赫如炙，海棠桃杏葉銷緑。紅薇梢頭初破紅，輕綃纈出摇薰風。七縷斜牽一趺繫，别致不與凡花同。我品衆花此第一，奇麗鮮柔静雅逸。生長籬落知者誰？野女攀折老犍齜。鄭重移來修竹間，幾叢絳雪翠雲環。木榻夢回枯眼豁，茗罏烟細午心閒。心閒眼豁疏闌畔，日影東移啼鳥换。朗誦《樊南集》裏詩，一樹濃姿獨來看。

讀易有悟忽聞竹中鳥聲

盈虚消息相爲根，自然升降無有痕。酷熱不雨萬牛喘，獨卧北窗無人門。鳥托修篁不知暑，呢呢嬌啼小兒女。竹牀茶竈午風清，抛卷移神聽爾語。天機一一静中生，不辨辨之旁通情。彼適作聲此適聽，清濁柔厲皆時行。非閲《陰符》及《莊》《老》，迹象幽元趣枯槁。抱一終爲一所鈐，牢籠萬態惟蒼顥。

擬古三首

絲黑不復白，髮白不復黑。去曰積何處，流光不知息。孜孜讀道書，或哂費日力。冥思入三微，苦志迓五賊。乘墉義弗克，惟困乃反則。

蕊繁發華小，葉盛成實稀。造化有消息，君子宜知幾。富貴徒百年，子孫嗟式微。淵哉札八兒，獨能明其機。根本辨澆厚，情性何是非。

雪明不若月，月白不若雪。雪白乃易緇，月明恒見缺。優優惟大圜，萬物育無別。隨性爲浮沈，權境變酒血。鄭圃禦寇居，東海魯連節。固哉橛駒株，硜硜石之砎。

兩君咏有序

江都黄春谷承吉，甘泉李濱石鍾泗，年相若，才器亦同，皆善余。乾隆壬子、癸丑間，時共詩酒，晨夕相見。乙卯後，余餬口四方，踪迹少疎闊，然歸則必聚。嘉慶辛酉，余與濱石同舉於鄉。乙丑，余丁内艱，旋以病自廢，而春谷於是年成進士，作令於粤西之恭城。濱石以丁卯春入都，落魄不能返，今年没於京邸。春谷亦以事罷官。聞而慨之，作《兩君咏》。

造化鑄詩魄，一官遠南征。南方多木客，其吟幽且清。簿書日力餘，唱和成奇聲。五載悵離別，幻念增遥情。灕江春悠悠，爲君籌歸程。糠覈殊自慚，離索安農耕。懷人向湖月，矯首時孤鳴。幸哉何易于，可之揚其名。柳州文自雄，遷謫豈爲榮？歸來作詩人，壇坫無主盟。相對鬢如雪，雄辨猶平生。

右春谷

君死在今夏，死别當前春。君志邁鵬鶚，我病羞逡巡。晨夕昔與共，存殁今殊倫。一棺二千里，家世徒清貧。孤雛未識字，伶仃稀昏姻。旅魂長不歸，跋涉緣何因？我生善齟齬，君我獨相親。尊親白髮垂，雞黍爲我陳。尤與阿兄好，阿兄天且仁。江南草樹秋，送我江之濱。吾弟弱好弄，勿憚口舌頻。歸來阿兄殁，雁影孤風塵。壬戌同北征，抵足棲雙輪。鈴聲晃燈影，歌泣皆天真。夜起憶往事，矍矍須向晨。公達果先亡，門户依何人？

右濱石

足　疾

水涌夏不暑，賊寒寇我足。將學野鷺拳，傑僎一水曲。悲哉褚彦回，不見邱靈鞠。

題阮梅叔亨珠湖漁隱圖

十里狀若掌，草堂在巨擘。四面圍湖波，一綫達方宅。山光入樓蒼，帆影隙樹白。左右多漁家，往來但田客。本無車馬喧，洵乎塵囂隔。古者士大夫，子弟授田耕。貴者不忘賤，耕者豈不榮？與爲紈絝兒，願爲鄉曲英。兄貴弟驕佚，識者譏爲傖。兄貴弟隱退，舉世稱錚錚。非真好漁釣，少豈無宦情？方在田野間，凜凜時戒盈。處求學業積，出輔大化成。所懷在道義，畎畝猶簪纓。

記得一首哭汪孝嬰

記得秦淮上，與君初結交。君思入淵窱，余性非剿鈔。邂逅臭味合，情誼因投膠。記得歲丁巳，與君各家居。探賾析疑滯，千里憑尺書。記得長江頭，阻風維客舟。君從蘆中來，月上方如鈎。記得余在京，君向六安去。有客賫書來，超超見元箸。知君學力深，孤詣絶攸助。君身清且羸，歐心爲君慮。記得癸亥秋，課農納禾稼。君騎匹馬來，訪我田間舍。記得丙寅春，初月二日吉。君來十日留，縱言集一室。放船風雪中，清興邁古逸。是年余在城，與君隔數武。記得余注《易》，得即貢君睹。君爲施丹黄，直諒判去取。是年夏秋間，君往測海水。記得與君别，送君東門市。明年君入都，信宿揚州城。晤君一夕譚，明日君長行。君主大金吾，進君修國史。書成授校官，吾聞爲君喜。記得君書來，示我《黄山記》。云得王孫鍋，辨識古篆字。明年又書來，追溯昔年事。漉酒烹鱻鱗，嘉貺念亡弟。亡弟墓草生，没世已五歲。記得開君書，芄蘭横泗涕。癸酉秋試後，余季偕君來。余以脚下痛，相見遂遲回。孰知返棹去，未幾歸泉臺。泉臺歸一載，余尚未聞知。聞知有凶信，傳言余尚疑。績溪胡孝廉，竹邨君高足。狀君上史館，移書向余屬。開讀胡君書，悲君真不禄。親老兒幼孤，何以繼饘粥？官冷况清高，瓶中久無粟。脉脉爲君思，淒淒爲君哭。從此秦淮水，思君不忍游。從此豆花下，蟲語聲啾啾。思君對飲此，不忍獨持甌。思君風雪中，不忍泛輕舟。不忍開舊笥，愁見君手迹。不忍上小亭，上有君書額。記得前年書，問我注《周易》。《周易》稿未成，稿成用請益。今年稿寫成，何處續君魄？君魄果續乎？燈花夜幽碧。

冬日雜吟九首

窗外曜靈發，几上蘭膏眇。引扇息蘭膏，滿室見天曉。攝衣出庭除，天光動雲表。

犮犬鳴庭葉，儷雀鬥霜篠。亭午方罷餐，餘霞上林杪。

乘車赴寒坰，道旁陳人宅。歲月稽括樅，富貴繫碑石。游魂淼何之？假借著形迹。
形迹焉久存？青青生宿麥。

古墓犁爲田，古田築爲墓。消息如川流，逝者誰能駐？村媪無是非，抵掌話今古。
村老無禮儀，酌酒辨賓主。捆藁障隙風，掎柯運齊斧。計歲爲饔飧，方寸絶城府。隨序
樂有餘，自食力勤苦。

勤苦在祖父，游惰在子孫。粗糲日以厭，視聽日以昏。既耻樸陋見，鮮服行市門。
市門無藉多，交結爲攀援。惟詡飲博豪，不聞田舍言。田舍一朝盡，單孑無饔飧。

儒者崇空虚，聚徒説心性。莠民亦效之，左道干法令。食芹莫食蛭，食蛭生疴病。
事儒莫事魔，事魔絶身命。大道若路然，孝弟重百行。烹肉養尊親，殷殷告衆姓。

有客游京師，謁選將親民。問我將親民，親民將奚先？我久事躬耕，所悉惟耕田。
植苗須及早，鋤稗莫待老。稗老良苗稀，植早粒堅好。養樹當柔條，教兒當懷抱。

負販不得意，白頭爲蒙師。茅堂僂背入，窗紙明朝曦。童子六七人，課餘相爲炊。
瓦盆燒枯桑，一屋春熙熙。珠盤粟米習，雜字券莂宜。捫蝨誨不倦，安用風雲詞？

白雲幕寒月，開門乍翹首。不見雲東行，却道月西走。長河已西落，無復箕與斗。
參伐乘南檐，肅氣生觜口。

夜永不肯寐，秉燭觀短書。神鬼雖寓言，感人何悽如。經史殊謹嚴，難以遍里閭。著述重懲勸，苛細分誠虛。擁衾念疇昔，親故來徐徐。叙論猶平生，形骸未覺疎。雞鳴高樹顛，驚晤增欷嘘。

冬煖作

風輕聽冰璺，雨簡見沙斑。渾是二三月，却忘四九天。袒裘摘梅葉，開帘放爐烟。草緑竹籬下，日赤紙窗邊。太歲度尚贉，青陽駿疾還。前夕凍方满，今晨雪未慳。嚴肅頓銷斂，和仁竝昭宣。愚儒辨勝復，天意重生全。罔魚延飢歲，種麥耕荒田。

後湖觀打魚歌

秦淮水淺白魚貴，主人爲客具鮮味。賭酒樓前客醉多，打魚湖上人歸未？昨日雞鳴山寺登，北窗開共老僧憑。蓮葉田田雜漁艇，蠑螈蜥易行苔塍。

卷四　詩

春日新晴

雨歇楊橋後，春從晴處加。元駒歸砌穴，黄犢卧檐牙。燕捉風中絮，魚吞水上花。餳簫聲唤過，窗外夕陽斜。

己亥金陵道中

紛紜蝠燕競如何？只有秋光極目多。水向客船飛白馬，山迎人面點青螺。六朝故迹千年在，百里寒江半日過。一枕西風吹入鬢，曉來壯氣幾消磨。

九日

此日宜持吏部螯，吾家賸得是牢騷。人非陶令何須菊？詩勝劉郎不在糕。兩岸風聲催塢葉，一天霜影醉溪毛。藥爐茶竈蕭條甚，枯坐頻將短鬢搔。

姚仁和百歲

誰訝雞窠事未真，村中已有百年身。能譚三世以前事，不見少時相與人。短鬢插花猶帶黑，布袍補線却安貧。竹篗到處春風暖，坊表宜邀帝澤新。

戊申元旦

絲雞蠟燕俗相仍，備物吾家笑未曾。老去梅花多似叟，薙殘柳樹半成僧。經綸懶話晁家令，風采誰摹張季鷹。兩瓮屠蘇十日醉，酕醄也博酒徒稱。

訪鍾保岐懷

離群何自滌疵瑕，訪友城闉夕照斜。滿案亂書同我癖，迎門秋柳識君家。信知著作身堪等，須趁頭顱髩未華。爲問鏗鏗説經語，可能分與伏虔車。

答詩

鍾懷

久欽著述足三餘，未許登龍轉恨如。前日幸來張霸宅，有人取去茂陵書。一瓻饋後還應速，十脡將時望豈虛。若得石倉窺秘奥，焚香濯露閉門居。

舟行

江南又秋矣，來此亦何依？仰聽百帆嘯，眠看兩岸飛。蕭蕭客中髩，淅淅肩上衣。啓窗望山色，夕陽淋翠微。

題攝山僧寺壁

所爲本雞肋，來斯意益枯。石留雲影静，松護月痕孤。豈尚繫凡念，殊堪息病軀。佛龕燈火碧，長坐對檐鼯。

哭顧超宗

翹首徒然問太虛，思君幾次淚沾袽。一生辛苦但謀口，半死沈吟猶讀書。果是奚囊病昌谷，恨無遺頌出相如。早知才大嬰天妒，也卧湖濱作老漁。

十年相處作交游，死後丰神想處留。傲物每張青白眼，養親時作稻粱謀。更無讜論來雙耳，尚有讖言到九幽。自是衆人皆欲殺，而今猶未愜心不？

輿尸兩世尤堪痛，白髮衰親正倚門。半榻殘燈横病骨，一湖寒水隔秋魂。縱然命蹇何應死，説到名傳豈易言？郭有道碑吾不愧，文章今且爲君論。

寄阮芸臺孝廉

人生不易聚，相念爲多疎。四五年前面，三千里外書。期頤山上鯉，富貴水中苴。努力事傳述，此堪比太虚。

江邨二首寄城中諸子

舊橐携來兩卷經，江邨聊自寄吾形。風催帆月流窗白，雨帶山烟入硯青。晝永只聞群雀語，林深時有片雲停。年來益老漁樵性，愛傍幽閒自醉醒。

橋竹林花絶市塵，又因坐静覺情生。大江來去舟何定，良友别離杯獨擎。屋上鳩聲愁夜雨，梁間燕子愛新晴。幾時共買平山棹，盡取詩人一一評。

嘔血

病魅何爲忽我侵？丹霞冉冉出胸襟。爲多轇轕猶難死，别有膏肓尚未鍼。不見項瘻成左癖，幾人身痿作書淫。山妻對此休驚怪，紙上編斕吐到今。

答朱休臣

從來杜母重知名，慚愧齊竽逐隊行。狗曲怒嘗逢博士，龍頭句敢壓彌明。聞雞野店君先舞，種樹重堂我未成。莫道珠光爲科目，秀才胸次有蒼生。

原作

朱士彥

租驢博士鎮相逢，被酒何人識乃公？坐擁百城胸列宿，行吟七字氣成虹。大兒文舉今安在？老子韓非傳許同。嶢社蚌珠知有意，相期携手鳳池東。

内人三十

鴻萊風味可追尋，聊向秋花酒共斟。七八年來忘我困，三千卷裏託君心。內人責釵珥，買書百餘種。綠葵紫莧勞烹飪，布襪棉裘費剪紝。爲笑良人多賤骨，不妨姑效《白頭吟》。

秋居

田事已半畢，秋居知適然。豆稀遥見兔，柳落静聞蟬。爽氣開眉宇，閒心生暮天。自甘陶令拙，才效子雲元。

枯坐

枯坐識物理，吾知豈有涯？鳥飛窗閃日，魚上水生花。勞瘁覺仕路，清虚憶道家。聖人難謬托，吾自繫匏瓜。

董子祠時兩淮鹽院董公椿新修。

甍瓦碧參差，巍巍董相祠。學超《三傳》外，鬼辨六朝時。幔古飛仙蝠，廊空穴細蚳。昨聞檄修葺，遠邇慕經師。

琴

吟到無聲處，心平指亦柔。舉頭窗滿月，傾耳室生秋。至味詎難得，俗懷終遠不？鄰人發深省，獨起坐寒樓。

老將

百戰功成後，將軍已白頭。袒衣觀箭迹，把酒話兵謀。塞骨悲同伴，山碑聽永留。封侯少年志，疎雨灞橋秋。

贈邱縣劉松嵐明府

忘盡宰官身，風流賀季真。詩情山石瘦，人意水雲春。值此太平世，皆爲堯舜民。無容效龔遂，談笑即經綸。

秋暮

秋暮日半落，瞑光上竹亭。蕭疎風後葉，明滅雨中螢。獨坐向階砌，冥思得性靈。
五年斷杯酒，今夜覺初醒。

雞鳴寺

山頂結伽藍，登臨性所躭。一湖低檻北，萬竈疊窗南。鬼嘯臺邊石，僧眠閣外龕。
鐘聲鳴不住，日影下烟嵐。

大疫室人幾死弟復感之不寐作此

壺内三更盡，胸中百感消。劍寒謀殺鬼，樹落怯鳴梟。仗酒謝愁鬱，攤書作寂寥。
連朝陰雨濕，倚壁坐秋宵。

追咏九日二首

九日過不覺，於兹已二旬。茱萸空入藥，雞犬自成春。病骨幸能健，荒年豈獨貧。醉醒皆野馬，無酒亦何嗔？

歲死逢陽九，唐虞固值之。疫深驚夜哭，穫少慮春飢。案有書堪讀，胸知命不移。桓家本無故，焉用入山爲？

幽居二首

幽居怯拜迎，獨處正怡情。對雨琴聲暗，看花酒念生。檐光尚殘臘，詩思欲新晴。漫道隨時樂，非真即好名。

病後惟嗜静，閒中亦廢經。佃農知候雨，兒女競譚星。細鳥無端聚，垂楊有意青。學踈焉足用？未敢志公廷。

露筋祠

曉開八閘鋪，莫宿露筋祠。此去一千里，離家十二時。冰聲過船激，燈影出林遲。高卧待春色，小邨霜滿茨。

汜水

秦郵過未了，汜水石堤邊。湖鳥下寒堡，村尨吠夜船。苦吟得新句，微醉覓高眠。爲不離鄉慣，縈縈客夢牽。

漁溝

漁溝三十里，南望隔河濱。堠影出寒樹，車聲入暮塵。平原任馳目，陰壑未知春。道上多豪客，揚鞭不問人。

陰平

曉入陰平道，行行正早春。度溪鞭馬急，計里讀碑頻。舊俗憶鄒魯，荒墳辨漢秦。嶧山過不盡，日影落寒津。

西旺

四圍山色裏，小道入東昌。碎石鋪爲屋，枯苗疊作牀。戰風燈影亂，回夢柝聲長。布被眠方穩，驢車催又忙。

長山途中寒食

細雨密濛濛，斜從撲面風。不堪寒食節，況又客途中。草襯新墳碧，花攢遠堠紅。青州明日到，酬酒奠喬公。謂樗友。

同作

孫韶

七度逢寒食，勞勞總客中。人行滄海右，夢繞大江東。珂馬蕭蕭雨，春衣側側風。小山桃杏在，應傍故窗紅。

青州五首

駝山高入海雲中，地轄三齊本自雄。古冶墓寒春草瘦，蒲姑城晚夕陽紅。千年遺事餘鴻爪，萬里浮光到馬瞳。昨夜老楸花下宿，夢魂何處覓愚公？

丞相園亭鎖院西，雲門山色繞成堤。苔階木老龍蛇卧，石洞烟深鼠雀迷。國有名儒平衆議，家多令嗣與人齊。白羊青草渾閑事，舊話傳來共品題。

籬下何人肯寄居？停車再拜趙公廬。牧之自不宗長慶，康樂真能創永初。此日河淮流正合，當年蠻觸戰無餘。寫神刻骨俱千古，太息《談龍》一卷書。

偃師奇士老經生，葵莧蕭條駐此城。北里頓消淫女曲，南牆誰買令君名。指揮渤海翻波色，談笑牛山落葉聲。我爲懷人尋往事，范公祠外祝鳩鳴。

顔監文章脉未删，掄才喜值趙閑閑。靈蛇珠老俱仍網，赤豹春深盡露斑。客夢昨縈金嶺鎮，車塵遥望穆陵關。壯游明日蓬萊去，又與仙人共往還。

登州雜詩四首

車驅千里外，地極九州東。平朔月痕見，當頭斗柄中。風聲喧日夜，蜃氣出青紅。欲拜田横客，淒淒墓草叢。

海氣作寒烟，登州四月天。大魚鮮入骨，高樹緑猶拳。夜火烏狐戍，腥風黑虎泉。三更人語寂，坐擁舊青氊。

地僻濱於海，民風益見聞。喪冠常日戴，僵骨早年焚。婦女都能織，生徒半善文。當年轅博士，詩教有餘薰。

聞道蓬萊上，金銀舊有臺。白雲仙市合，黑豆賈帆來。嶼色連朝霧，濤聲走迅雷。登臨一憑眺，搔首獨徘徊。

江定甫贈刀作詩酬之

孟勞聲裏見霜鋒，練影森森出數重。有客丁寧休鎩鶴，幾年辛苦學雕龍。武城雞擾傳良吏，渤海牛眠羡老農。我乏瓊瑶酬未得，敝裘羸馬鎮相從。

答詩

江安

南州無夢入中宵，折盡歸心客思遥。持贈意無文璀隱，善藏語愧漆園超。百金我豈勞裝飾，七字君真費鑿琱。篋裏寒芒飛去後，却添麗句勝瓊瑶。

寒亭

千里黄腄路，寒亭兩度過。封疆判齊紀，争戰始澆戈。樹起風中嘯，沙翻月下波。登臺覓碑石，撫字一摩挲。

芸臺學使招同馬秋藥比部徐惕庵太守顔運生教授孫蓮水江定甫兩文學小滄浪亭雅集

渤海方歸日，明湖復見招。荻肥船路狹，柳静馬聲遥。卷幔心愈闊，看山酒易消。漁洋佳會地，風味至今饒。

勝地至已熟，兹來實過常。詩圖堪效吕，序稿合鎸王。自愧秋蠅附，真教夢鹿忘。還家話晨夕，盛事耀江鄉。

半城

飯罷青駝寺，行行宿半城。石危窮馬力，谷邃滿車聲。遠樹藏村店，官墩紀客程。抵家期可計，山月伴三更。

紅葉

老杜休吟玉露凋，閒看紅葉過紅橋。轉因霜信添濃麗，誰爲秋山破寂寥？牆角又迷春後眼，江頭時趁晚來潮。衰年庾信悲揺落，到此文章色倍饒。

蟹舍漁莊小徑通，寒山如火欲燒空。桃源隱約溪光外，雅墨分明夕照中。何到殘秋纔炫目，不妨幾日又驚風。盈虛無定憑天地，一度飄零一度紅。

落葉

高勢不可住，紛紛辭故枝。委形修竹裏，回首落花時。鶴脛朝留響，蟲窠冷挂絲。隔溪蕭寺外，有客動秋思。

西湖四首

清波門外曉暾紅，路轉幽蹊一綫通。野鴿乍飛仙塔隙，寒龙遥吠殯宫叢。好探小李臨摹本，還憶髯蘇濬築功。行過六橋烟柳畔，湖光山色總空濛。

稽首焚香滿市蹊，三天竺寺禮菩提。樓觀面面山無縫，泉出津津地有臍。巒角殘碑隋創造，巖要老石宋鐫題。此間聞達韜先路，欲向烟蘿帶月躋。

文瀾高閣接天衢，澹澹春風繞四隅。屋外鐘聲隨巷曲，簾前苔色著衣無。行從樹杪山俱見，坐對藤陰鳥不呼。萬卷琳琅堪借讀，客中未與故鄉殊。

幾處高峰隔亂雲，西泠橋下碧波分。梅花十畝彌陀宅，柏樹千章宰相墳。石骨似蠶叢遠鹿，櫓聲如雁入殘曛。太平喜逐登臨樂，管領湖山仗使君。

雪後泛舟

錢塘新雪後，放棹入空濛。山水連天白，樓臺出樹紅。寒光動群鶩，暝色逐孤篷。橋畔林逋墓，年年向晚風。

生日有作

半生何事可追尋，亂緒難教縶寸陰。竟日笑歌良友誼，他鄉起卧老親心。寒山無意隨春緑，旅雁多聲入夜沈。不效文泉作文家，囊中賸有伯牙琴。

和　詩

汪光爔

宛委藏書迹可尋，游踪天許到山陰。六星却應文昌宿，二月三日，爲文昌神誕日，里堂適與同日。萬卷能傳博士心。略比坡仙記紗縠，不徒詹尹問升沈。客窗相對誰知己，只有松弦舊館琴。里堂善鼓琴，宗《松弦館譜》。

從芸臺學使按試紹興和學使呈諸友原韻

昨佐論文魯道回，之江又聽角聲催。自慚鐵硯空磨盡，且喜雲山飽看來。已信冰心作山立，敢將枯眼隔紗開。鄞中二萬稱先覺，授受從知有異才。

送人歸東吴

錢塘東渡幾聯牀，君見飛花忽憶鄉。風雨一春寒客夢，湖山千里重詩囊。鐘聲隱隱吴城近，帆影悠悠越水長。八月重來共秋禊，海神祠外晚潮涼。

湖州弔吴薗次太守

髯蘇之後見先生，魚鳥江湖老性情。百畝蒲蓮鄰赤岸，三年冠蓋客烏程。先生以康熙四年守湖，七年罷。道場山遠浮秋舫，墨妙亭空弔晚鶯。賴有詩詞著遺迹，故園回首鍛烟横。

舟宿富陽和蔣竹塘孝廉調韻

新詩吟罷筆無停，此地先生憶昔經。遠水下如心脉脉，秋山疎共髮星星。三更夢短潮催急，一里舟連火露青。明日鷺絲灘上去，江流多少唤人醒。

七里瀨登子陵釣臺

夾岸曉烟開，清晨泛棹來。嶂隨舟尾合，波讓石根回。纜影争飛鳥，灘聲覺遠雷。

雪泥誰有迹？惆悵子陵臺。

出七里瀨行建德道中

十里出嚴瀨，高寬見地天。水奔當石立，山遠入窗全。回望但烟霧，遥詢得市廛。黄昏大羊鋪，燈火百家連。

過蘭谿至蘿蔔灘

曉發蘭谿邑，灘流淺若斯。寸途移病蹩，衆力嘯狂鴟。利涉見來者，畏難呼左之。誰家樂秋穫，碓齒聽遲遲。

過帽頭灘至龍游

潭深舟力通，此際樂無窮。野塔亂帆白，枯山分樹紅。閒心寄灘鷺，暝色帶秋虹。爲念親身健，摇摇短夢中。

人日立春汪比部對琴先生棣會郡中諸老輩賦詩屬余步韻

緑楊春接兩家宜，吹到晴光澹碧滋。華髮正簪諸子勝，草堂已滿故人詩。幾年憔悴慚佳節，前輩風流稱盛時。四海融融開壽域，更誰甘學病支離。

丁巳十二月立春前一日小集李冠三周南寸草齋中同咏者十三人

竟日泥鉛槧，不如擎酒杯。友朋悵新舊，歲月怒遲回。寸草齋方葺，寒梅花正開。有懷分動息，誰剪北山萊。

快園雅集詩

廿年困行役，慚附入仙群。譚藝各心得，問名皆昔聞。古今存勝地，聚散感浮雲。奮爲主人醉，蒼蒼曙色分。

秋夕晚静閣聽琴

琴聲在高閣，秋弦生孤春。傾聽亦饒客，幽寂如無人。叢蕉戰紅粟，老梧成碧鄰。隔窗罷棋局，争念非天真。

題吴縣孫蔚堂花南老屋填詞圖并懷李尚之

昔日秦淮水，三年異淺深。花南老詞客，秋邸獨相尋。示我讀書處，有人同素心。尚之近多故，莫對作哀吟。

歲乙卯熊柱卿邀同人於塔影園爲文酒之會今三年矣柱卿復修前事人倍於昔而舊日同人則没者與未至者居其半分牋搦管感慨繫之即以寄凌二仲子

塔影湖光竝宛然，浮生何境不雲烟。頓從譚笑生悲思，轉爲交游勝昔年。宿草誰澆當席酒，鯉魚聊寄隔江箋。遥思仲子宣城署，獨把秋豪著《太元》。

楊都尉大壯移鎮安慶有書來作此以答

手種村邊木，冬來緑更深。幾時踐前約，居此共高吟。著述儒生業，功名壯士心。朝廷方重寄，未許入山林。

足痺

生平不食蕨，何故足攣如。人道昔元晏，嘗因痿著書。懺躬糾過切，擁被入思徐。莫向村鄰説，衰親老病餘。

燕磯阻風

幾日石尤風，蕭蕭蘆荻叢。揚州在何處？愁望白波中。游興昨猶動，歸心客盡同。誰能如燕子，飛到蜀岡東。

同作

葉覲廷

燕子磯邊泊，檣烏一望中。無端三日住，猶幸幾人同。高嶺銜西日，空江卷北風。游蹤隨地轉，漫道不如蓬。

辛酉元旦登吴山弟一峰

今年弟一日，來登弟一峰。春光何地早？客興此時濃。風協卜秋熟，浪恬銷海烽。吾家世耕讀，願作太平農。

和詩

李　鋭

吴山最高處，杖策試登臨。活水自空闊，浮雲成古今。與君一載别，同抱百年心。展卷殷勤讀，深情寄短吟。

景物憑詩寫，江天本畫成。深情生遠眺，雅抱在躬耕。憐我今爲客，頻年住此城。

定持登覽意，又閱一春晴。

絶頂捫蘿上，君真弟一流。胸中春自滿，天際客同游。寒雨殘年盡，晴烟曉郭浮。　顧廣圻

東西覽湖海，別有最高樓。

直上三千級，同遊六七人。雲開滄海日，香透古梅春。臘雪殘年盡，晴光早歲新。　陳鴻壽

會當費蠟屐，一躡謝公塵。

不知春意早，臨眺自欣然。湖海來新色，風光隔舊年。豪情千嶂上，詩思百花前。　羅永符

我亦頻登覽，輸君一日先。

直上吴山頂，誰爲弟一流。歲知殘臘盡，人喜最高游。眼底春如海，空中日滿樓。　許珩

今年詩思早，梅放百花頭。　阮亨

題范賜湖廣文松下采菊圖

東閣梅初放，金陵草正芳。一官從昔冷，三徑豈全荒？眼有詩書讀，心同古木長。和光開霽月，皎志烈清霜。把酒學彭澤，結亭追道鄉。隨時怡性命，無事決行藏。短髩侵秋老，疎巾覺露涼。何人識幽意？繪此境蒼蒼。

王江涇

十里王江汛，當年有戰塵。將軍方殺賊，宰相已讒人。落月平橋夜，開花野市春。可憐戚少保，猶要媚廷臣。

登雞鳴埭歸舟自蓮花橋步至地樓與兒子廷琥聯句得十韻

纔過鷄鳴埭，還來上地樓。予。塔雲行漸逼，徑竹轉偏幽。琥。叢木夕陽晚，遠巒孤寺秋。予。到門鐘正永，拂檻霧初收。琥。坐久不忍去，愛深忘别游。予。此真絶囂俗，誰信在城陬。琥。結伴得佳興，同汪、張諸君。思親生舊愁。己亥，隨先人游此。予。地形今始識，風景昔應留。琥。茶舍坐茅屋，歸途乘小舟。予。家家燈火出，人影聚橋頭。琥。

送汪孝嬰之六安

君勢未可住，驢車催客程。才爲一月聚，又作六安行。握手更何日，著書難獨成。

寸懷言不盡，相對且無聲。

同孫蓮水遊龍井遂至理安寺

數載杭州客，初來看石泓。閣前雙澗合，樹杪一湖明。迹數遥村虎，烟寒古壁鐺。問僧最幽處，指點越山行。

路從峰頂下，山在樹中寒。見寺入修竹，過橋分淺湍。石邊樵語細，霜後茗花殘。更結何時約，同來坐翠巒？

題安定書院壁

千里歸來乍息肩，敝裘猶帶武林烟。韶光廿載真虛過，學舍三間且醉眠。窗外寒枝增幻影，予壬寅有《題舍壁》詩云：『驚人似鬼窗前樹。』夢中亡友認當年。舊時同舍生顧超宗、團香山、王東山今俱已下世。霜花滿地雞鳴夜，回首何人懶著鞭。

張古愚太守敦仁招同趙味辛司馬何蘭士太守孫淵如觀察暨江子屏汪孝嬰李濱石雨中泛湖夕飲於倚虹園

冷雨侵人未減歡，一舟來往興無端。豈緣太守襟懷放，只爲名流聚會難。自愧獨無珠在握，也來同喚酒頻乾。要知政簡庭無訟，莫當紅橋禊事看。

堰頭遇談階平

渡河已三日，驅車到堰頭。故人一相見，聊慰客中愁。夜語入殘夢，春寒失敝裘。此行意宜奮，莫當作依劉。

劉智廟有序

廟中神，問土人莫知誰何。按《晋志》：『武帝時，侍中平原劉智，嘗改黄初術。』今廟所在，正古平原地，爲祀侍中無疑，詩以表之。

絶學人知少，荒祠晋侍中。若非名不朽，何以祀無窮？野店三更月，征車五夜風。史書誰遍讀，乾象獨劉洪。

任邱道中

任邱北去水成湖，昨歲懷襄警帝都。寺破靈神愁夜雨，村墟老馬惑歸途。喜看麥氣浮郊甸，忍見鳩形集市衢。共沐聖朝天子德，頻施饘粥勝醍醐。

題闈中壁壬戌三月十四日

兩鬢蕭疎已欲霜，才來京國學觀場。文章未解趨風氣，禄命惟知聽顥蒼。夢裏歸心縈故里，燈邊夜語集諸方。卷簾已是三更後，月影如金上棘牆。

崇效寺看花

古刹稱幽僻，閒來駐小車。已過三月半，才見一林花。僧老面如木，藤枯影作蛇。

登樓望郊麥，翹首莫思家。

同鄭柿里兆珏劉芙初嗣綰唐竹虚鑾汪珊樵朝黼游釣魚臺

古臺負幽致，結伴出西城。柳外遠山影，駝邊春水聲。風高宜席地，興至亦飛觥。座有能歌者，喑嗚作劍鳴。

贈别汪珊樵

同里復同志，四十始相親。離别在明日，笑言止一春。深情徵古誼，醉語入天真。此况不肯釋，泱泱馬足塵。

鄭州

春從鄭州過，又向鄭州歸。水溢市魚賤，年荒官樹稀。車聲愁遠道，帽影逐斜暉。尚未全雞德，何年始息機？

與朱椒堂月下聯句二首

木葉蕭蕭下，爲弼。官齋秋已深。倚闌對寒月，循。聽角多清音。爾我同爲客，弼。行藏共此心。誰人足千古，循。但感歲華侵。弼。

相聚亦無定，循。萍踪信所遭。思家還久立，弼。論古欲長號。燈影短猶黑，循。雁聲鳴漸高。傲霜殘菊在，弼。微醉鼓餘豪。循。

效四靈體

詩派應教重永嘉，吟來春已到村家。山溪暴長知融雪，野草初生認種花。日力且憑閒處惜，虚名休向眼前誇。連朝社酒忘賓主，扶醉歸來日未斜。

吾　無

吾無芻牧責，水旱不須論。農叟泣無食，江潮喜到門。嘉禾亦已没，隴畝尚知存。

莫管馮夷怒，臨流看月痕。

蟹

相習不知味，只今方穆然。猶之秋雨後，却是荻花邊。旅食懷千里，還家又一年。持螯誰吏部，風尚合歸田。

共放

小舟如一葉，共放入村南。無意逐烟水，偶然來野庵。滿天生雨意，半日得僧談。興盡速歸去，閒游亦戒貪。

汪孝嬰訪予湖中喜而有作

秋水久圍屋，故人何處來？隙蟲鳴未已，籬豆正花開。不覺遂三載，相看且一杯。馬嘶人欲去，怪是夕陽催。

今歲

今歲纔知此是家，匆匆誰道惜年華。蟹肥便結空中沬，葵老猶開肂上花。結習未能忘筆硯，機心時許入烟霞。《汝墳》豈爲閒民賦？但笑周磐意太奢。

百尺梧桐閣爲汪小魯作有序

蛟門比部以『百尺梧桐』名閣，荒廢，售他姓久矣。小魯之高祖適園孝廉，與比部爲兄弟。小魯今讀書處，亦兩桐，甚修，以昔名署之。

年年看種樹，幾處長風烟。高閣豈殊昔？雙桐正屹然。達人知有後，座客且無前。變化誰能定？長懷《馬訟》篇。

鶯

從來多道爾，果是聽來頻。弄影恰宜柳，鳴春解衒人。門前芳草暗，陌上女歌新。

野老怪多事，殊堪見性真。

郭　公

豈無百夫長，何用爾催耕？未曙舌已瘁，方春農不驚。稻粱争貴賤，桑柘雜陰晴。我願如農圃，關心聽此聲。

與汪孝嬰登泰州望海樓

泰州余至十三次，今日登樓得共君。屈指二十七年過，盛衰生死如烟雲。西望圌山青似髮，東觀滄海净無氛。與君高唱《皇華》曲，城外野田嘶馬群。

夕　陽

共道夕陽好，晚來晴更宜。才明半灣水，已上最高枝。雨脚逐雲去，虹頭飲澗遲。人情知易厭，不肯駐多時。

湖　村

湖村足棲止，兩歲覺秋清。霜肅葉還緑，吟高鳥不驚。競心緣病息，衰髮逐秋生。只願親身健，年荒亦太平。

惡　竹

惡竹斬不盡，今年生更多。甚妨花入眼，不見月成波。亦有雲霄意，其如鷹獮何？又憐相蓄久，自怨亦蹉跎。

哭殤孫貴齡

比到童烏事亦虚，眼前恨淚忍徐徐。一家歡笑皆憑女，幾日悲傷孰慰余？況是老親扶病日，不堪荒歲輟耕餘。秋風燐火黄昏月，望爾魂歸就我居。

己巳仲秋楊竹盧都尉過半九書塾小飲明日作此乞和

喜迓高軒過水濱，一年情事幾芳辰。寒潭映月成雙璧，老樹經霜作半人。病骨嶙峋難縱酒，秋天寥廓共垂綸。宵來又動迎詩興，要學松陵互主賓。

庚午九月二日竹盧都尉邀往誦芬莊看桂

都尉相招過水莊，半天風雨近重陽。心當閒後能多味，花到秋深更有香。白酒黄雞人共醉，髩絲禪榻夢初長。功名千古知誰識，莫道狂夫似點狂。

登雕菰樓有作

開窗但楊柳，坐久身不知。鷺起人烟盡，牛鳴即澗遲。閒心變書史，病骨識天時。昔日張公子，猶存千首詩。

風雨破蕉葉作七言啫之

斜風猛雨夏成秋，籬外芭蕉緑正抽。一一上如官進級，絲絲解似刃屠牛。豈因渭長彈文妒，不爲山僧寫字留。聞道太剛容易折，如君神致本清柔。

白　菊

陶令東籬下，幽香此未更。態常惟避目，開後欲銷争。葉葉得天意，年年只自生。聊將一樽酒，坐對夜霜清。

答友人

病軀無頼豈逃名，慚愧嵇康論養生。籬下月無須貨買，山中學必仗書行。結菰爲筏供春犢，種柳成衙待早鶯。莫謂東西未能辨，孤高原不似逢萌。

閒吟

多事勞勞閲古今，偶抛書卷學閒吟。横窗老竹間新竹，喚曉春禽變夏禽。好共農夫課晴雨，不須詹尹卜升沈。餘生又是三年過，壁上無弦舊有琴。

階下决明盛開偶得一律

翠羽金錢又幾年，柴門寂寂閉朝烟。那知小草曾如許，得遇詩人亦偶然。藉卉不從周僕射，書名已謝李平泉。杜陵老去神應在，秋雨誰吟弟一篇？

坐

閉户坐終日，豈知情僞真？迹閒心有古，地遠客無人。亂石得生意，野花成好春。苦吟今不肯，隨興傲東鄰。

偶然

窮古鬱不得，拋書向曲廊。石紋隨雨見，柳杪得秋强。轉以梛聲静，因教午夢長。偶然成小賦，何用擬《長楊》。

鷹

有爾便愁人，平原不見春。無情長作勢，欲攫故藏身。化育惟天地，威嚴亦鬼神。可憐凡燕雀，肅羽向荒榛。

塾中海棠自戊辰開後四五年不花癸酉春三月盛開光豔照人花老矣恐發洩太過明歲又將不花流連不已記之以詩

尚擁羊裘小檻邊，燕支萬點恰當筵。坐看春盡如殘臘，且喜花開勝舊年。夜雨關心頻起早，野桃生妒莫争先。同心只有丁香結，慚愧霜毛欲墮顛。

村居五首

交疎緣地僻，俗巧亦天真。酒待明年客，橋行昨日人。鼓聲村社晚，帆影漕舟春。偶爾登樓望，知吾在水濱。

亭高春蕩漾，廊净月分明。鳥習客猶近，花疎雨亦輕。撫弦忘舊曲，翻史識稀名。鄰里時來醉，鰕魚可作羹。

情性人争怪，年來未盡除。禱神生病樹，賣米益奇書。果誘雛孫讀，蔬分老婢鋤。衣裳常不整，謭僿更何如？

時時窮《易》理，日日對名花。思苦家人笑，庭空衆鳥嘩。寸陰憐白髮，多病羡丹砂。奥義何年盡？吾知亦有涯。

病已如皇甫，元才效子雲。簿書仍素志，麋鹿豈同群？消息參時物，辛勤述聖文。唯憐陸魯望，摭辨有誰聞？

後村居五首有序

友人謂余閒逸，學陸魯望之爲人，作前詩白之。友人仍不喻，復爲此詩。

但習山中性，村居異市城。雨餘春尚在，樹過月逾明。徑表參差緑，蛙更遠近聲。門前諸亞旅，報道已深耕。

豐歉隨天意，無人且閉門。晝長侵墨短，風静覺花喧。食李笑陳仲，登高讓伯昏。讀書非外鑠，何事不窺園？

自以書成癖，不因身病閒。思融真得第，義隱勝投艱。風艇折如澗，烟林遠當山。放懷馳倦目，頓爾破元關。

板牀終日坐，倏是十年秋。綴石瘦於草，種梧高過樓。經才能不滯，吟已若成囚。幾欲告知己，書緘又自收。

絶學共誰語，方將怪我癡。思經千度變，故未一豪持。曉月雞鳴候，春燈鼠瞷時。鬼神正來告，此境少人知。

王黄州以錦帶花名不雅馴改曰海仙余植數本今年盛開錦帶之名尚矣斥之爲俗未以爲然詩以解之

名貴真能勝海棠，千秋知己未茫茫。却看居士衫邊色，又道仙人海上妝。短插竹籬扶燦爛，用《淮南子》。細飛梅雨伴潢洋。《楚辭》『潢洋而不可帶』，王逸讀仄聲，然《太元》『淵潢洋，包無方』讀平。朝來正檢《昭明集》，書味花光兩不妨。

哭鄭柿里舍人

不意凋零又見君，初聞涕淚落紛紛。空令趙壹思宣孟，更有何休識伍員。昏嫁未完兒女事，丹黄空著漢唐文。一尊遥向青冥酹，愁問江東日暮雲。

野外

攤書几上任縱横，策杖閒從野外行。柳樹一年高一尺，人家三世已三更。夕陽黄葉蕭蕭下，秋水烏篷緩緩撑。興到忽然思作吏，欲將蘿薜易簪纓。

僕素少交游邇年家處尤多疎闊昨歲聞武進臧上舍卒於京師今又接歙縣孝廉方正程先生訃愴然久之率成二首

臧上舍庸

同輩推君弟一流，南樓别後遂千秋。真人昔有徐無鬼，儒行誰如許散愁。只以《詩》《書》爲性命，絶無城府在交游。招魂欲到燕臺去，幾度臨風淚未收。

程孝廉方正瑶田

九十經師老伏生，立言能令孔《書》明。高糧辨後纔知稷，磬折懸時果中衡。俗眼自驚爲創論，後人宜奉作先程。春空靄靄春雲暖，想見須眉物外情。

放船一首丙子秋分日作

田苗爛盡水盈湖，石外閒花興不孤。紫瓣疊開秋勺藥，赤須倒捲山茨菇。紙窗日入暑猶灼，木榻蟲來夜有呼。且自放船烟雨際，好尋漁子話菰蘆。

咏茄

酪酥嘉味滿秋畦，爛煮登盤日未西。座上無僧誰畏鼠？山中有客且烹雞。鄉風自昔鮭爲菜，幻想何堪稻作齏。莫怪田間多寂寞，昆侖曾綴紫瓜題。

製棺成詩以落之

生憎蠅蚋怕狐狸，贏葬王孫亦過奇。無分疆場依馬革，何人江水學鴟夷。瓜犀蔗節徒增慨，白髮青山自有詩。豈是司空能作達，吾生如寄總如斯[一]。

至後有序

自去歲以來，未曾作詩。偶有所興，半月始成，時戊寅十二月十八日。

至後剛三日，陽添幾髮程。劚藤寬樹縛，埽秫罷雞争。閉户久無客，吟詩半不成。夜來風雨逼，高枕聽寒更。

己卯除夕枕上作

夢中親友未凋零，笑語方温夢又醒。髩雪半因陳籍白，眼花時共遠山青。烈風窗外鳴鴉鵲，活火鐺邊煮朮苓。且喜雛孫初學咏，吟聲不與歲華停。

[一]《憶書》亦載有此詩而略有不同：「過」，《憶書》作「太」；「豈是」，《憶書》作「莫道」。

開窗

開窗及清曉，起坐碧軒東。看雨飛天外，招春入座中。硯和催墨易，梅老作花紅。昨夜家書至，慈親樂正融。

卷五 詩

古意

不願郎富貴，願郎長在家。郎富蓄姬妾，郎貴游京華。
與雀角其飛，雀善而我惡。與棁争其負，棁强而我弱。
食豆不可生，食瓜不可熟。位置各有宜，戒郎休反覆。
郎在洛陽城，妾住長干里。洛陽春多花，花開結紅子。

題畫

顰眉坐秋屋，夫征何日復？夢起驚夫歸，急自施膏沐。

新月和族兄子均韻

一似人生一二旬，精英未顯匿烟濱。自嗤青眼非如霧，熟視偏將地問人。

六合道中

曉辭六合趁清和，遥迓江風入素羅。十里垂楊青不斷，車聲停處酒旗多。

長干里

門巷無苔夕照斜，紅樓扃處笑聲賒。可知落葉秋風裏，個個良人盡戀家。

方景二公祠

衰絰緋衣事不同，各抒肝膽建奇忠。而今烟雨蘭陵路，不見燕王見兩公。

病起柬顧超宗

半榻殘書畫影侵，此身多分已成蟫。病軀新起渾無意，坐看落花飛小禽。

歸來

硯田耕穫笑迂疎，鎮日優游歲又除。倉卒歸來驢背晚，半山殘雪兩囊書。

喜張萼樓廷暉至

男兒不走萬里路，何事得吟千首詩？人世別離何足定，逢君又是落花時。

秋夜

秋夜長且清，秋心淡且平。三更燈欲暗，風雨助潮聲。

坐

讀書坐秋夜，夜永寒生席。启户疑月光，蟹飛半湖白。

送羅養齋歸海州

昨日良朋去，懷之已斷腸。不堪重送客，轉似自離鄉。

莫愁湖

暮出西門行，秋心亦秋水。渺渺莫愁湖，寂寞李公子。

看棋

蠻觸争持智各殫，旁觀我色獨無難。乃知人世争榮辱，最妙身從局外看。

聽曲

不慣温柔久斷癡，紅牙敲處亦相思。筵前多是悲歌客，只唱秋風易水辭。

西子

黄金不鑄舞衣裳，太息弓由鳥盡藏。豈是無情是無福，風流消受只吴王。

荀卿墓

凜凜龍門筆，文章合孟荀。可憐千古後，猶念楚春申。

歷下亭

浩浩明湖水，蕭蕭歷下亭。更吟秋柳句，兩岸柳絲青。

題王椒畦孝廉畫山水

亂竹枝宜斬，枯林葉未皴。欲教春意滿，還問作圖人。

題美人對鏡圖

采采幽蘭花，曉起自粧靚。深淺休問郎，只問青銅鏡。

章邱道中

又整征衣冒曉塵，歷城東去古關津。可知司馬墳前柳，緑到車前已暮春。

牛山

車塵十丈老孱顔，髩影飄蕭曉度關。涕泗幾隨春絮落，又迎風雨過牛山。

阮學使試登州畢邀游蓬萊閣望海市不得或舉蘇長公禱海神事因作此以解之

翠阜重樓本是空，老泉居士信天窮。日華五色誰迷目？幻影無端入倦瞳。

濰　河

十丈風沙一丈波，平明驅馬渡濰河。來從東海神山上，對此涓流又若何？

小姑河即姑尤。

黃縣東稱萊子國，珠橋南接小姑河。回頭風雪聊城夜，千里齊封兩月過。

秦　淮

秦淮秋水生，逢君值秋夕。對酒須豪歌，同心不易獲。

烏　鎮

布衾如鐵睡難憑，寂寂黄昏月未升。一曲吴歌聲斷續，女桑深處有疏燈。

錢塘江

客懷何處寫澄空，曉渡錢塘趁好風。西望桃花東望海，輕舟三五白波中。

孝娥江

西望錢塘百里遥，孝娥江口夜停橈。青松鶻立白雲起，鐵弩不鳴秋不潮。

錢清江

十里炊烟樂太平，熙熙何記有司名。村尨不吠夜無吏，盡取百錢官亦清。

復過梁湖

面面層巒生遠烟，梁湖春色更逾前。沿溪樟樹葉俱落，放遍一山紅杜鵑。
古墓瘦藤懸老柏，石橋流水激殘沙。農夫閒立牯牛卧，紅雪滿田開澱花。

紹興試院夜興

中宵獨自倚簾櫳，鎖院無聲萬籟空。橋下清波漾春月，戟花如雪滿牆東。

渡錢塘江望六和塔

昨夜春潮帶雨聽，西興驛口畫船停。曉來江上看西岸，一塔獨紅山樹青。

之衢州望家書不至

秋風吹起片帆馳，曉送新涼上鬢絲。連夜夢魂顛倒甚，思親未已又思兒。

出衢州十里宿雞鳴山下

鹿鳴石室望不遠，縱横百船雙塔西。衢州十月似八月，蟋蟀夜鳴紅樹溪。

定　山

江流東轉向錢塘，百丈蒼烟迸冷光。船似蚍蜉任南北，山靈曾憶沈東陽。

白秋海棠

不解相思更可憐，自甘岑寂已年年。夜來微雨過幽閣，秋月半牆人未眠。

秋江曲

郎從江北行，妾在江南住。江上芙蓉花，是妾停船處。
一夜金風急，千帆趁落暉。妾欲乘風去，聞郎幾日歸。
早看鴛鴦飛，暮看鴛鴦宿。鴛鴦有時飛，鴛鴦有時宿。

題女子郝玉蟾畫

一女凭樓，窗外楊柳十餘株，一仙女行波浪中。

長江千里夢曾經，曉望江流去不停。夫婿封侯在何日？樓頭楊柳又青青。
誑我休言河伯婦，殢人真有洛川神。我按空侯公莫渡，烟波淼淼正愁人。

題程左恬風木圖

秋雨秋風夜滿湖，無邊落葉雁聲孤。挑燈我正愁難寐，又展君家《風木圖》。

石門

松老橋邊春水痕，羔羊塘外晚烟昏。寒深二月青猶鎖，十里枯桑過石門。

西湖柳枝

兒家家住西湖西，兒家門對蘇公堤。虧得蘇公築堤好，讓人栽柳讓鶯啼。

茗花

不妒山茶三月豔，却分嶺上早梅香。此身本是霜爲魄，那畏枝頭殺菽霜。

題合歡蘭畫

誰寫《合歡蘭》？爲作合歡句。本爲君子交，莫當青棠樹。
不信花枝若此開，圖中描出費疑猜。深林果是無人伴，自吐幽芳自往來。

竹柏樓有序

吳中袁又愷廷檮，生六歲而孤，母韓哺之，十五年不下樓，君子稱其節焉。

憶自良人没，傷心十五年。年年樓上月，寒照一兒眠。

白溝河答濱石

停車且問酒如何？休聽琵琶《子夜歌》。繞岸青青萬行柳，春風已渡白溝河。

北征曲

吾家瀕湖構園宅，宅外烟光水光白。行來十日惟見山，樹裏塵飛作湖色。

題孟東郊詩集二首

時比喪侶猿，忽疾看花馬。一得一失間，可憐孟東野。

東野詩則寒，東野心則熱。人心自有春，何爲怨鶗鴂？

壬戌五月晦日江文叔邀同汪晋蕃張開虞蔣春榭袁又愷集康山草堂

穆穆清華堂，坐久暑不知。窗外一池水，梧桐花滿枝。

枝上兩黄鸝，飛飛桐樹西。不知時已夏，猶自向人啼。

杭州雜詩有序

壬戌七月，以阮撫軍之招，復客武林，至冬而歸。理所作詩，得絶句二十二首。

百畝何堪兩月晴，水車聲送客舟行。塘棲一夜傾盆雨，明日錢塘米價平。《塘棲夜雨》

送客樟亭首重分，灘江萬里接燕雲。孤舟莫厭天涯遠，白髮堂前正念君。《送汪小竹之粤西》

扁舟無賴逐飛鴉，小睡方濃日又斜。覺有餘香吹入夢，錢王祠外白荷花。《錢王祠》

摘句尋章苦未休，諸生若个覓封侯。軍書海上新來報，又斬妖狼四十頭。《謝顧千里贈孫、吴兵書》

陰陰小雨到三更，對影擎杯事不成。豈是寒灰埋鏡魄，二分原在故鄉明。《中秋無月》

聚散無端悵水萍，劉郎風骨自亭亭。落花時節燕臺醉，十里松風又共聽。《喜晤劉芙初》

西陵驛口帆初出，赤岸山頭木未摧。若个要逢胥種怒，如霜一綫卷秋來。《登吴山見潮》

疎燈無焰泣寒蟲，寂寂官齋小院東。獨坐秋窗讀《秋水》，雨聲和葉下梧桐。《夜坐》

石楠聽雨憶霜晨，款段騎來湖水濱。佳話今年足登記，孤山秋訪二高人。《訪李尚之

臧在東》

陶詩一卷尋常和，醉卧柴桑我未能。欲眺鍾彭上廬阜，吴山今日却慵登。《九日》

共訪青山學問禪，修篁左右夾吟鞭。放生池外鵝如雪，閒傍疎籬自在眠。《與程竹庵顧鄭香游雲棲》

去年到此茗花落，今歲來游花正開。九處溪流萬竿竹，蒼苔樵路久徘徊。《理安寺》

才看潮上又潮還，醉倚江樓夕照閒。記得西陵泊船處，故人猶自識蕭山。《江樓小酌》

青青無柰曉霜何，屈指春風幾度過。階下苔痕正幽潔，怪他猶半戀枝柯。《梧葉》

話到蒼生念亦癡，霜鋒解珮未嫌遲。祖鞭自讓君先著，莫忘官齋夜話時。《與朱椒堂夜話》

自有東籬好樂群，無心也慕出山雲。幾年浪許人間買，身價曾教到十分。《見傍花村菊》

積堂妙句樗庵畫，清極皆同百尺條。莫要坐當秋雨後，一亭黄葉夜蕭蕭。《題〈桐陰覓句圖〉》

老榦扶疎圍潑屋，清寒到底足盤桓。荒園亦有梅花樹，歲暮看來學冷官。《題〈繞屋梅花圖〉》

惡竹應教斬萬竿，騷人例作菉葹看。雪屏真是知蘭者，只畫疎疎幾葉蘭。《雪屏畫蘭》

老作孝廉殊自愧，四十得孫良可欣。老母呼喚速歸去，煮酒烹豚告祖墳。《得家書

口占》

車聲古道記春初，幾日匆匆返舊廬。今日訪君與君別，北新關外柳堪梳。《別程沅香同年》

青錢二百風一篷，帶江船映江波紅。帶到瓜洲解纜去，率然不見烟波中。《帶江口號》

寒食曲二首

寒食吹寒風，不令花破蕚。非妒花易開，爲惜花易落。

寒食風兼雨，冒雨添墓土。楊葉聲蕭蕭，楊花不堪舞。

擬樂府

針線層層密，嚴寒恐襲肌。不思衣到日，已是脱棉時。

抱孫

寒天何事太匆忙，鎮日携孫趁夕陽。若遇漢陽龐太守，又將微意測任棠。

戊辰之春塾中海棠盛開意有所觸率爲兩絶句

賤日看來亦悟稀，桃花人面尚嫌肥。低頭只是嬌無力，才遇東風便亂飛。

三年依舊此花身，不爲愁多減却春。闌外胭脂開滿樹，看花只少白頭人。

高義

高義雲霄未易償，囊中寶劍夜生光。當時恨不籠鸚鵡，隴樹年年唤二郎。

決明

陰蟲竈底訴秋哀，輾轉寒衾小夢回。我有孤懷誰決得，欲披風雨問花來。

村居漫興五首

四月湖村澤草肥，桔槔聲裏鷺絲飛。日長犬卧柴門静，饁婦携筐柳外歸。

生長江淮不記年，魚鰕爲飯水爲田。頭銜署作魚蠻子，斜著莎衫坐釣船。

籬門風雨隔枯桑，幾日人稱杜五郎。昨夜夢中思薦士，太平身世豈相忘。

髀邊翠影秧連馬，背上秋聲雨擊篷。《禾譜》不呈蘇玉局，《耒經》今讀陸龜蒙。

病懶非關與世疎，歸奇顧怪品何如？往來偏不嫌孤寂，半有溪農半老漁。

偶書黄山谷蘇東坡事

仰面卧繩牀，伸足闌楯外。細雨息炎蒸，生平無此快。

欲坐木末亭，山高乏足力。猛悟身所居，如何歇不得。

曉起

偶然擎酒杯，醉卧無甘苦。曉起髩生涼，方知夜來雨。

不寐

不寐起枯坐，秋天不肯曉。大星來熒熒，蛩聲在莎草。

三月晦日效宋人咏牡丹

國色真如此，羞予髩半皤。一叢過四十，未許説花多。

立春

雪晴今見曉暾開，影褪南檐弟幾階？人道是春剛半日，分明青已上枝來。

買菊

重陽風雨遍揚州，買得秋花又一秋。説是傲霜吾不信，朝來籬下總垂頭。

奉和楊竹盧都尉

一秋能得幾番晴，野菊枝枝向日生。趁此不從花下醉，風風雨雨最淒清。

贈漁父

烟水菰蘆一釣橫，偶然相遇説平生。姓名本未傳人世，不用逢人變姓名。

迎春柳

春歸無意與春迎，簇簇金衣妒早鶯。不似長亭送春絮，任風吹去作浮萍。

觀村劇

桑柘陰濃鬧鼓笳，是非身後屬誰家。人人都道團圓好，看到團圓日已斜。
太平身世許清閒，况是疎傭髩已斑。爲笑羅洪先不達，狀元中後始歸山。是日演此劇。

夏月階下小花數種相續開謝偶然成咏

錢兒葵

藕葉生方小，榆莢青尚鬱。茙茙階下葵，亦道阿堵物。

鐵線蓮

花開瓣若蓮，莖抽須似鐵。不比鷓鴣枝，風吹容易折。

纏枝牡丹

蔓衍滿籬落，嬌柔露痕曉。纏向牡丹邊，天香一枝小。

水　桂

惟有水木樨，枝葉發奇秀。蓑蓑白石旁，深林匿遠岫。

五月白菊

寒翠有本性，何妨近煩熱。不必到霜時，似傲見晚節。

金絲桃

鄴下黄須兒，爾竟强哉矯。鵙鳴衆芳歇，鎗鎗出叢篠。

紫玉簪

仙人函關來，雲氣尚盈幘。雖道折齒牙，亦將五素易。

凌霄

多文不自富，依人上層級。耐久顏不衰，更染胭脂汁。

小樓

秋花竹外見餘紅，寂寂柴門念未空。四面漁聲三面月，小樓高卧似舟中。

春寒二首

十載清明未去家，又看插柳記年華。連朝風雨寒如許，留住梅花待杏花。
已過春分未覺春，寒風冷雨晝侵人。偶然柳外黑雲活，白鳥一雙飛水濱。

落花曲三首

片片吹來細雨中，兒童恨欲誚東風。美人老去成黃土，花到明年却又紅。

吾生豈有涯，眼前足爲樂。莫憐紅滿地，尚有花未落。

人心自悲樂，天時獨往來。莫憐紅滿地，尚有花未開。

苔

簾外朝朝雨，階前處處苔。莫嫌春寂寞，自有落花來。

草

不借澆培力，開花亦自春。同爲天地育，分別是何人？

雞聲

雞聲催起獨徘徊，屋角牽牛花正開。幾點踈星半輪月，晨光一片自東來。

銀薇

洗净胭脂别作神，絲絲微帶一分春。可知紅紫紛綸地，中有香山白姓人。

初夏雜咏

村尨催我夢魂歸，坐起開門但落暉。忽有異香來鼻觀，海桐花外野薔薇。

斑鳩兩兩立牆東，細草如茵襯落紅。病不窺園剛幾日，笋尖高下緑叢中。

雁來紅

秋窗雨過雁來時，七尺珊瑚見一枝。恐怕被人疑是莧，拚將老血化胭脂。

秋勺藥

瀟瀟昨夜響空階，竹外紅薇送影來。最好一叢秋勺藥，不須沾雨便先開。

乙亥春丁香海棠盛開喜羅養齋汪掌廷至

二月三月春風催，紅花白花相間開。蔣家三徑何嘗寂，多謝羊求次弟來。

友人論史事作此示之

莫道宏恭讒，休嫌石顯訴。可知蕭望之，曾殺韓延壽。

司徒笑銅臭，不能免其子。卓哉長安城，與賊戰而死。可憐馬子卿，酒肆題詩句。但知宇文周，惟識齊王豫。

哰哰

哰哰小犬吠門東，緩步柴門曳短笻。一路水聲帆影白，收租船返月明中。

夜來二首

夜來風雨聽樓東，曉見晴光映日紅。柳色漸深花漸滿，草堂人坐燕聲中。

又著新書半尺餘，半春寂寂子雲居。昨朝買得船如葉，撑到花邊問老漁。

巴蕉舒弟四葉其畔罌粟鮮紅豔麗詩以當畫

朝暾初散滿天霞，折脚鐺喧正煮茶。坐看緑巴蕉葉畔，一枝紅豔米囊花。

薄暮坐紅薇翠竹亭望湖時己卯十二月。

寒烟渺渺欲黄昏，猛見春光到蓽門。疎柳夕陽帆影外，淡紅遥帶一村村。

卷六　贊頌銘

讀書三十二贊有序

本朝文學之盛，一洗元、明之陋。僕讀諸君子著述，心嚮往之，意有所契，隨贊其末。集之良久，具三十有二首。僅就耳目所及，容再續之。

曉庵遺書王寅旭，名錫闡，吴江人。

天算之學，首推王公。製器立法，貫西於中。日法反古，退朔技窮。短爲西獨，長與中同。中術不修，使西見功。一言以蔽，惟天之從。日食求邊，理密數通。唐之一行，漢之劉洪。

學春秋隨筆萬充宗，名斯大，鄞人。　甬上跛翁，説《禮》最優。余之所慕，尤在《春秋》。**春秋説**惠半農，名士奇，元和人。　稱君無道，邪説謬悠。平情定罪，亂賊焉廋？奉武縱逆，納糾忘讎。隱閔書薨，特筆所修。大義明孔，權衡逾劉。半農惠氏，實爲其仇。州蒲勝楚，功駕孫周。三郤孤忠，顯潛表幽。

音學五書顧亭林，名炎武，昆山人。

聲音之學，當求諸《詩》。季立之後，顧氏成之。四聲一貫，叶何爲哉？入聲雖閏，亦與平謀。祝州提折，夫又何疑？以今泥古，實爲陋才。

古文尚書疏證閻百詩，名若璩，太原人，居山陽。　**尚書後案**王西沚，名鳴盛，嘉定人。　**古文尚書集注音疏**江艮庭，名聲，元和人。

古文之僞，發之自宋。潛邱閻氏，詳疏博綜。毛氏《冤詞》，徒爲市閧。光禄《後案》，復賈餘勇。處士江公，用平衆訟。鄭疑亦區，孔是亦用。《二十八篇》，乃可以誦。

曆算全書梅定九，名文鼎，宣城人。

本朝曆學，推梅與王。王核而精，梅博而詳。千秋絶詣，自梅而光。

赤水遺珍循齋，名㲄成。

循齋穆穆，妙悟獨彰。謂東來法，是有借根。古天元一，實其濫觴。《洞淵》《九容》，於以不亡。

聖門釋非録毛大可，名奇齡，蕭山人。

西河謣謣，譏者有人。我獨好之，有功聖門。帝王務本，孝弟即仁。忠恕一貫，明德新民。聖道聖學，此之謂神。遅非鄙士，由豈欺臣。隱括戾正，用雪諸賢。

儀禮句讀張稷若，名爾岐，濟陽人。

儀禮章句吴中林，名廷華，仁和人。

儀禮正譌金璞園，名曰追，嘉定人。

《儀禮》十七，讀者苦難。明三百年，束之不觀。蒿庵處士，繼絶守殘。考其脱誤，二百餘言。仁和吴氏，審定益單。分章斷句，頓失其繁。金子《正譌》，賈《疏》亦完。

禹貢錐指

易圖明辨胡朏明，名渭，德清人。

畫地開方，爲《禹貢》圖。重河遷徙，決鄃塞瓠。鄴流既絶，胙派亦枯。脉絡井井，變白爲烏。孰克成之？其處士胡。《易圖明辨》，厥績益幠。衆數流弊，大聲疾呼。先天方位，屬之丹家。

周官禄田考沈冠雲，名彤，吴江人。

官多田寡，爲《周禮》謗。果堂考之，乃斥其妄。自公而降，自井而上。官爵公田，厥數適當。尚有餘財，他用以廣。郊野之官，不名州黨。不易再易，通三以量。減以攝試，增以加賞。

鄉黨圖考江慎修，名永，婺源人。

《論語》一書，人無不習。叩以典故，目瞪氣蠱。婺源老儒，考核獨及。著書餉世，人得摭拾。抑知江君，爲學不厭。天文律吕，古今地邑。六書七音，罔不精洽。用之此書，衆妙乃集。

孟子字義疏證戴東原，名震，休寧人。

性道之譚，如風如影。先生明之，如昏得朗。先生疏之，如示諸掌。人性相近，其善不爽。惟物則殊，知識罔罔。仁義中和，此來彼往。各持一理，道乃不廣。以理殺人，與聖學兩。

易例　易漢學　左傳補注惠定宇，名棟，元和人。

東吴惠氏，四世傳經。至於徵士，學古益精。弼康告退，荀虞列庭。例明派别，祛蔽開冥。學者知古，惟君是程。《春秋》左氏，以古學名。征南違舛，誰破其熒？補而注之，功在先生。

通藝録程易疇，名瑶田，一字易田，歙人。

首種之稷，定爲高粱。《九穀》既辨，枲草亦詳。《盤折》中縣，鼓從股横。千年之誤，疏通證明。琴音分度，禮服徵喪。尚象識器，畫井知方。實事求是，窮極微芒。允哉《通藝》，軼漢駕唐。

溉堂述古録　史記釋疑錢岳原，名塘，嘉定人。

《溉堂述古》，莫如三江。毗陵爲北，陽羨爲中。北會於匯，南江虵東。《班志》不易，其説宜宗。律吕曆算，生平所工。用此釋史，人誰與同？大歲大陰，左右分官。大陰紀歲，故建焉逢。

禮箋金輔之，名榜，歙人。

殿撰金君，學長於《禮》。十人取一，爲正羨卒。古《司馬法》，豈穰苴説？國服之息，農與賈二。秦郡漢國，窮原及委。以初爲常，經紀遂戾。戊寅歲差，《麟德》攸棄。穎達安之，説經斯泥。

深衣釋例　弁服釋例任子田，名大椿，興化人。

《禮》有弁服，其制伊何？侍御任君，考得爲多。尋收實冕，云弁者訛。詳徵博辨，若别江河。深衣之屬，益爲繁瑣。領交袷曲，襦縮袍垂。褶袴兩物，一布一羅。袴爲裳變，故協朝儀。

爾雅正義邵二雲，名晋涵，餘姚人。

《爾雅》邢《疏》，實多闕略。邵君鏗鏗，毅然而作。考其訛舛，補其脱落。審定伊平，取材兹博。劉李孫樊，遺文悉獲。桑扈竊脂，確指其錯。列以七證，砎然如石。

經讀考異武虚谷，名億，偃師人。

一卷之經，互爲句讀。或與上連，或與下屬。學究不知，株守其獨。古訓沈没，説鑿解曲。偃師武君，識高學渥。辨其析離，明其斷續。義證兩從，兼收並録。小學之功，此誠菽粟。

文史通義章石齋，名學誠，山陰人。

紀事之學，莫如章侯。述而不造，功在咨諏。陶鑄群言，點竄塗句。辭恐己出，不違如愚。描摹關鍵，學究文儒。卓哉班馬，骫矣韓歐！學者師此，庶端厥趨。

六書音均表　説文注　詩經小學段懋堂，名玉裁，金壇人。

惟之支脂，分而爲三。惟十七部，用統衆音。轄聲於部，弗紊弗淫。何以證之？《離騷》《國風》。學宗許慎，例殊張參。音轉義一，賴君指南。假借之妙，獨契於心。毛詩訓詁，於是可尋。

詩聲類孔巽軒，名廣森，曲阜人。

陽九陰九，相對互轉。東與冬殊，虞與模判。求之益精，嗣顧江段。段無去聲，三代兩漢。孔無入聲，與段相反。分例説《詩》，最爲明遠。

孟子四考周耕厓，名廣業，海寧人。

邵武士人，假名孫奭。作《孟子疏》，淺陋謬劣。耕厓周君，考覈維力。出處時地，爲亞聖翼。逸文異本，遐搜幽弋。章句章指，引事僻匿。陳賈拜妻，《繁露》可識。孔子墨突，《賓戲》匪則。

經籍籑詁　**十三經校勘記**阮伯元，名元，儀徵人。

使君按越，諭乃諸生。訓詁之學，遂集大成。嘉惠學者，以牖群經。群經之刻，訛缺不明。校以衆本，審訂獨精。於説經者，饋以法程。

二十一史考異錢竹汀，名大昕，字曉徵，嘉定人。

儈事之學，博大精微。於何爲極，遷固修祁。地詳沿革，算澈中西。職官制度，考核靡遺。以斯治史，乃得會歸。孰云乙部，易於經師？

廣雅疏證王懷祖，名念孫，高郵人。　**經義述聞**伯申，名引之。

訓詁聲音，經之門户。不通聲音，不知訓詁。訓詁不知，大道乃沮。字異聲同，義通形假。或轉或因，比例互著。高郵王氏，鄭許之亞。借張楫書，示人大路。《經義述聞》，以子翼父。

説文聲系姚秋農，名文田，歸安人。

歸安姚君，洞平聲學。聲近聲轉，兩言而足。轉爲異類，近仍一族。貫而系之，如弗貫肉。脣吻互異，變在鄉曲。天籟自發，部居豈鞠。通人之言，使我三復。

述學汪容甫，名中，江都人。

明經顓顓，無書弗讀。擷其精華，謂之《述學》。《周官》古書，其徵有六。《職方》一篇，中告自穆。《左氏》所叙，神鬼夢卜。福善禍淫，史職用告。《三九》之釋，形容與曲。《婦人無主》，厥辨尤篤。

燕樂考原凌次仲，名廷堪，歙人，居海州。

琵琶四弦，一弦七調。二十有八，燕樂可究。宫商角羽，惟徵弗就。唐有五弦，廢先七角。古律何在？上凡五六。九宫之訛，沈氏不覺。虚理難據，實譜易蹈。學博凌君，克明其奥。

衡齋算學汪孝嬰，名萊，歙人。

汪君孝嬰，天授以敏。數學精深，獨入於理。人所共可，君知其否。一問兩答，以難秦李。兩形互易，創立新式。貫通和較，縷析正負。探赜索隱，邁越諸子。

句股細草李尚之，名鋭，元和人。

李君尚之，深於古術。太初以下，一一詳述。用集大成，古無其匹。宋金六家，衛朴、姚舜輔、李德卿、譚玉、楊級、耶律履。殘缺廢脱。用道古法，積年數出。仁卿之書，説天元一。校而通之，秘奥以發。惟兹《細草》，僅露其蘖。

大戴禮記解詁王實齋，名聘珍，南城人。

王君實齋，治《大戴記》。孔壁古文，德所自取。不雜諸家，文亦無異。酬校之士，異端蜂起。坊賈是依，類書是采。《家語》所引，實乃肅改。據以增删，惟經之疚。君則詁之，一仍於舊。

琴旨王吉途，名坦，南通州人。　**黄鐘通韻**都四德，文乾氏，長白人。

黄鐘小素，三因四開。以三應五，獨下一徽。定爲宫聲，音得所歸。吉途之説，是造於微。陽律管合，陰律琴諧。以六互一，七均不違。有正無變，順逆是維。文乾之説，夫其庶幾。

兩將軍贊有序

漢平陵朱雲請尚方斬馬劍，斷張禹頭；唐北平陽城哭伏延英門，欲壞白麻，不許裴延齡相，直矣。吾尤慕辛慶忌、張萬福，以赳赳虎臣，而感激論救，從容勞揖。讀史至此，合而贊之。

奕奕辛君，漢左將軍。鄙哉相禹，直哉臣雲。請尚方劍，斬此佞臣。罪死不赦，誰能解紛？叩頭流血，惟辛子真。免冠解綬，以死力争。天怒遂霽，且以直旌。槐里廢令，慷慨上聞。狄道武夫，匪舊匪親。激以忠誼，感以至誠。下全狂直，上顯聖明。

張君桓桓，孔武有力。防秋京師，禦寇厥職。有裴延齡，實亂唐國。讒害忠良，如蠅在棘。諸苛細者，結舌屏息。惟陽大夫，當此心惻。哭伏延英，指斥奸慝。竟日不去，罪且不測。惟君見之，嘆爲難得。國有直臣，焉慮河北？吾年八十，見此盛德。長揖勞之，敢不銘勒？凌烟巍巍，不愧丹墨。

宋兩先生贊

李泰伯覯

處有道世，而進民言。居草野中，而念元元。禮以安民，克探其原。公輔之才，先生有焉。里閭有惡，如棘在膚。鋒我矛戟，誅此魅狐。賊實有黨，反陷以辜。幸生盛世，衷白災除。

孫泰山復

《春秋》之學，發微尊王。用誅亂賊，豈曰韓商。誰毁誰譽？誰嫉其良？衆口譊譊，莫知其方。一舉不第，歸而著書。彼陸魯望，豈其同乎？摭辨何在？托身幽遐。先生非隱，以爲國華。

李孟贊有序

元臣以李孟爲第一，讀《元史》，慕而贊之。

布衣李孟，有宰相才。國賴以奠，身不可摧。時飛時伏，弗峻弗隤。如日冒燭，若龍湓虺。識居衆始，功答心裁。干戈化武，杞梓收材。一代文治，惟公式開。道融吴許，節邁劉崔。留侯鄴侯，輝映九垓。

陳節母頌有序

歙縣王君廷暉，以素册介里中孫詔九乞余爲文，以彰母節。節孝之事，余所樂稱也。

惜不知節母夫及父名字，本末年月亦未詳，聊述其大略而頌之。頌曰：

節母陳氏，尖山下人。十九于歸，相敬若賓。六年而孀，我生不辰。呱呱兩雛，未能負薪。既遠兄弟，誰卹我貧？纖纖十指，用以成春。嗷嗷三口，恃以存身。藐孤既長，誨之諄諄。撫之成立，授以昏姻。子能服賈，以腆其親。子復有子，母年七旬。四十五載，縞衣棊巾。如波息井，如霜在筠。君子高之，以爲世陳。

孝斛銘有序

木斛口方六寸，底方一尺五寸，高一尺二寸，前面鐫『萬曆甲辰年立』六字，後面鐫一『孝』字。徑一尺，左鐫『租斛』二字，右鐫一『官』字。循高祖父震鳴公遺物也。歲久脱落，扃之以鐵，乃復舊觀。因銘之：

念昔我祖，以讓爲德。瘠田百畝，力耕而食。終儉且勤，生産以殖。倉庾既盈，出納有則。請於有司，用頒此式。五世以來，詩書稼穡。耕有攸餘，祭用厥仂。施予則奢，醉飽以嗇。惠分及鄰，課完於國。子孫紹之，勿浮而實。惟實斯敦，惟浮乃踣。孝于惟孝，守之無極。

改水車爲書櫝銘有序

歲甲戌四月至七月，不雨。沿湖之農，日夜引水救苗，車具爲之敝。既易而新之，其敝者，將用以爨。余惜其有功於農，而以勞致病，病致棄也。解而察其實，可成一巨櫝。乃授工以式，凡五日，櫝成。高六尺有六寸，廣五尺九寸，深一尺七寸。從分爲二，緯之以級，有四：上一級庋經，中二級庋史，下一級庋考訂經史之書。飾以漆，樞之以金，置之倚洞淵九容數注易室中。因銘：

以勞始，以逸終。潤枯萎，時乃功。進厥職，文在中。世世守之无攸窮。

相墩銘有序

譚者謂甘泉山之峰有七，象斗，其四周之墩二十有八，象列宿，相墩其一也。墩先不著名，雍正間歸於相翁業。業與其弟度，世居邵伯鎮，既有此墩，植柳千百頭，起屋數个，兄弟觴咏其上，因名曰『友軒』。迄今幾十年，柳叢蔟，遠望不辨株榦，惟緑一邱，三面臨湖水，故又名其屋曰『近湖草堂』。東鄰漕河，四方賢士大夫，北征南游，皆往來於側，好其幽逸明瑟。登而久之，或發爲詩歌。於是，墩遂以相名，而著於遠近。余家在白茆湖西，出門即見墩，泛湖而東，必過此。相君搏九，時廉余之蹤迹，漉酒以俟。搏九，業子也。序其地而爲之銘：

報德之維值箕斗，山脉作突兩湖口。厥草菰蘆厥木柳，中有一軒名曰友。春帆千疊迎户牖，秋榔聲聲發漁叟。我乘舴艋入烟藪，神恬不覺坐之久。主人飲我竹葉酒，我醉放歌衆擊缶。紛争蝠燕尚何有？相兮墩兮兩不朽。

勁雪銘有序

階下有石，高二尺許，上鋭而左直，百餘載矣。邇年以來，遍體吐白如洒，謚之曰『勁雪』。人曰信也，乃鐫於石之左畔而銘之：

不曰堅乎？其骨已鐵。不曰白乎？其表已雪。不隨於風，不枯於熱。形之在中，維介乃潔。君子之貞，烈士之節。

團扇銘爲黄蒼雅作

周規徑矩，表和裏勁。月白風清，慎持其柄。

不雕硯銘有序

余十四歲時，族祖父倫士翁以此硯見遺，今三十年矣！銘曰：

不雕不琢，其象璞。若瘻若腫，其狀木。圓而稜兮，澤而肅。

黄珏橋關帝廟鐵鐘銘

水土平，百穀成。復即命，安農耕。宜孫子，事父兄。斗行午，長物盈。造衡鐘，聲如鯨。慶隆盛，禮神明。歡以忭，和而鳴。億萬載，長鏗鍧。

木瓜杖銘

大厦可以蔽風雨，杖亦爲身之輔。

桃杖銘

入山伴我，毒蟲却，物彪左。

古藤杖銘有序

從兄金門，以古藤杖遺我，云是百許年物。

我力尚重爾太輕，俟我力輕，與爾偕行。我年尚寡爾太多，爾傾我持，爾如我何？

卷七　雜著

申戴

《王惕甫未定稿》載上元戴衍善述戴東原臨終之言曰：『生平讀書，絶不復記，到此方知義理之學，可以養心。』因引以爲排斥古學之證。江都焦循曰：非也。凡人嗜好所在，精氣注之。游魂雖變，而靈必屬此，況臨歿之際哉？余丁卯春三月病劇，昏卧七日，他事不復知，惟《周易雜卦》一篇往來胸中，明白了析，曲折畢著。平日用力之淺深，嗜好之誠僞，於此時驗之。平日所習而臨終昧昧忘之者，必其事平日本未嘗精氣注之也。東原生平所著書，惟《孟子字義疏證》三卷、《原善》三卷最爲精善，知其講求於是者，必深有所得，故臨歿時，往來於心。則其所謂『義理之學，可以養心』者，即東原自得之『義理』，非講學家《西銘》、《太極》之義理也。余嘗究東原説經之書，如《毛鄭詩補注》等篇，皆未卒業，則非精神之所專注，宜其不復記也。吾見以貨利起家者，病革時，口惟言田舍事不已，精神所注，在田舍也；有奔走場屋而未利者，臨殁無所知，喉中太息於鼎甲某某可羡，精神所注，在科第也。吾於東原臨殁之言，知其生平所得力，而精魄所屬，專在《孟子字義疏證》一書，其他讀書不記者，本非所自得也。是故淺深真僞，非人所能知也，己則知之，己亦不自知也，臨殁則自知之。浮慕於學古之名而託於經，非不研究『六書』，爭制度文物之是非，往往不待臨殁而已忘矣。夫東原，世所共仰之通人也，而其所自得者，惟《孟子字義疏證》、《原善》。所知覺不昧於昏瞀之中者，徒恃此戔戔也。噫嘻危矣！

非　隱

人不可隱，不能隱，亦無所爲隱。有周公、孔子之學而不仕，乃可以隱稱。然有周公、孔子之學，則必不隱。許由、巢父、沮、溺、荷蓧丈人、直郭、平原、朱桃椎、仲長、子光之流耳，自負其孤子之性，自知不能益人家國，托迹於山谿林莽，以匿其拙，故吟咏風月則有餘，立異矯世、苦節獨行則有餘，出而操天下之柄則不足。巢父、許由，必不能治鴻水；沮、溺、丈人，必不能驅猛獸、成《春秋》，以懼亂臣賊子；四皓、嚴光，必不能與蕭、曹、鄧、寇並立勳業。是故耕而食，鑿而飲，分也。出則爲殷浩、房琯貽笑天下。宜於朝則朝，宜於野則野。聖人之藏，所以待用也。無可用之具而自托於隱，悖也。隱，不隱者也，故曰不可隱，不能隱，亦無所爲隱。

翼錢三篇有序

少詹事錢竹汀先生，通儒也。愚嘗謁之吴門，其容和，其言達，靄靄可親。身後十年，始讀其《潛研堂文集》。譚者或疑之。蓋其言有有爲言之者，乃爲疏通之，以爲之《翼》，凡三篇。

錢先生曰：『父子、兄弟，以天合者也；夫婦，以人合者也。以天合者，無所逃於天地之間，而以人合者，可制以去就之義。堯、舜之道，不外乎孝弟。孝弟之衰，自各私其妻始。妻之於夫，其始固路人也，以室家之恩聯之，以情易親，至於夫之父母，夫之兄弟、姊妹，夫之兄弟之妻，皆路人也，非有一日之恩，第推夫之親以親之，其情固已不相屬矣。矧婦人之性貪而吝，柔而很，而築里姑姊之倫，亦婦人也，同居而志不相得，往往有之，其真能安於義命者，十不得一也。先王設爲可去之義，義合則留，不合則去。俾能執婦道者，可守從一之貞，否則惟割伉儷之愛，勿傷骨肉之恩。故嫁曰歸，出亦曰歸，以此坊民，恐其孝衰於妻子也。然則聖人於女子，抑之不已甚乎？曰去婦之義，非徒以全丈夫，亦所以保匹婦。後世閭里之婦，失愛於舅姑，讒間於叔妹，抑鬱而死者有之；或其夫淫酗凶悍，寵溺嬖媵，凌逼而死者有之。準之古禮，固有可去之義，亦何必束縛之，禁錮之，置之必死之地以爲快乎？先儒戒寡婦之再嫁，以爲「餓死事小，失節事大」，予謂全一女子之名，其事小，得罪於父母兄弟，其事大。故父母兄弟不可乖，而妻則可去，去而更嫁，不謂之失節。使其過在婦，與不合而嫁，嫁而仍窮，自作之孼，不可逭也。使其過不在婦，與出而嫁於鄉里，猶不失爲善婦，不必强而留之，使夫婦之道苦也。自七出之法不行，而「牝雞之晨」日熾，夫之制於婦者，隱忍而不能去，甚至於破家絶嗣，而有司之斷斯獄者，猶欲合之。知女之不可事二夫，而不知失婦道者，雖事一夫，未可以言烈也。知臣之不可事二君，而不知失臣節者，雖事一君，未可以言忠也。此未諭先王制禮之意也。』卷八《答問五》。

焦循曰：先生此言，蓋目擊夫厚妻子、薄骨肉，及寵妾而棄妻、恃悍而逆夫者，而有激言之也。吾聞之《序卦傳》云：『有天地然後有萬物，有萬物然後有男女，有男女然後有夫婦，有夫婦然後有父子，有父子然後有君臣，有君臣然後有上下，有上下然後禮義有所措。』男女生於天地，夫婦定於人，夫婦定而後君臣、父子乃定。陸賈《新語·道基篇》云：『先聖仰觀天文，俯察地理，圖畫乾坤，以定人道，民始開悟，知有父子之親，君臣之道〔一〕，長幼之序。於是百官立，王道乃生。』《白虎通》暢其説云：『古之時，未有三綱六紀，民人但知其母，不知其父……於是伏羲仰觀象於天，俯察法於地，因夫婦，正五行，始定人道，畫八卦以治天下。』譙周《古史考》稱：『伏羲制嫁娶，以儷皮爲禮。』然則伏羲之前，夫婦之道不定。夫婦不定，則有母而無父。同父而後有兄弟，兄弟不可以母序也。故父子、兄弟雖天屬，而其本則端自夫婦之道定。《昏義》云：『男女有别，而後夫婦有義；夫婦有義，而後父子有親；父子有親，而後君臣有正。』鄭氏《注》云：『言子受氣性純故孝，孝則忠也。』夫婦之别，關乎忠孝。』如是，苟夫可以去妻，妻可以去夫，則夫婦之道仍不定。天下之爲夫婦者，稍一不合，紛紛如置弈棋，非其道也。且『七出』者，以其婦之可出也，若遇不在婦而出之，先王無是法矣。且夫由人道之不定，而一旦定之，或有不便者，故立法爲可去，數千載後，夫婦之道久定矣，則可去之法不能行。如古者，一聚一都，各爲君長，則不得不封建。久而定於一，則封建不可行。古今之道，不可一端視也。失婦道，雖事一夫，不可言烈，然則不妨事二夫矣。失臣節，雖事一君，未可言忠，然則不妨事二君乎？先生之言激矣。其出也，仍返之母家乎？抑嫁之鄉里乎？其嫁也，夫家嫁之乎？聽婦自適人乎？或有司主之乎？抑私出之乎？嫁之鄉里，而夫又不良，乃一嫁再

〔一〕《道基篇》中，『道』作『義』，且『義』後有『夫婦之别』四字。

嫁之不已乎？

右《上篇》

錢先生曰：『古之孝者，立身行道，揚名於後世，以顯父母。揚名者，揚己之名也。父母之樂，莫樂乎有令子，而人子之善，莫善於爲聖賢。身爲聖賢，而父母即爲聖賢之父母。古稱大聖，惟周公、孔子，周公之父聖也，孔子之父未必聖也，而其爲聖人之父，則叔梁與文王並稱無愧也，何顯如之？後之君子，不務立己之身，而務飾親之美。余見近人家傳、行述，日繁一日，學必程、朱，文必韓、柳，詩必李、杜，書必鍾、王，究之，皆妄説也。夫過情之聲聞，君子恥之，子孫而以無實之名加諸先人，是恥其親也。欺人而人不信，欺親而親不安，以是爲孝，何孝之有？《論語》二十篇，嘗言郰人之子，而不言郰人行事。孟母之賢見於他書，而《七篇》略不及焉。豈孔、孟之欲顯其親，不如後之君子哉？顯親之道，在乎立身，親果有善，何待子孫言之？子孫言之，徒使後人疑之，惡在其能顯親也？親之名，聽諸公論，而己之名，可以自勉。君子疾没世而名不稱，其斯以爲孝乎？』卷十七《原孝上》。

焦循曰：此亦先生有激之言也。人子不能實述其親之善，顧程、朱之，韓、柳之，李、杜之，誠妄也。然人子之妄，不在程、朱、韓、柳、李、杜其親，而在不能知其親之善，而縷述之，而泛程、朱、韓、柳、李、杜其親也。夫爲人子，而程、朱、韓、柳、李、杜其親，猶爲人臣而堯、舜其君也。堯、舜其君，不可爲不忠，程、朱、韓、柳、李、杜其親，不可爲不孝。惟徒以虚名，而遺其實事，乃爲欺其親。隱微之節，外人不知之，人子心乎其親則知之，故有外人不能知，必俟人子述之者。抑即外人言之，或不詳，亦必人子細言之。《祭統》曰：『鼎有銘，銘者，自名也。自名以稱揚其先祖之美，而明著之後世者也。爲先祖者，莫不有美焉，莫不有惡焉。銘之義，稱美而不稱惡，此孝子孝孫之心也，惟賢者能之。』又云：『其先祖無美而稱之，是誣也；有善而弗知，不明也；知而弗傳，不仁也。』『誣』固不可，『不明』『不仁』，又惡乎可？親有善，聽之公論，不待子孫傳之，是『知而弗傳』也。稱美不稱惡，爲『孝』爲『賢』，經之教人如是，其意深矣。先生稽古有年，詎不知《記》之文如是？第以世俗不能左右其親，親之善不能知，不能傳，而徒程、朱、韓、柳、李、杜其親，正所謂『不明』『不仁』，正所謂『誣』。不然，先生固自述其先大父、先考矣，且述其亡妻王恭人矣。妻有善，尚曰豈有賢如吾妻而無後者，而乃禁人之賢其祖父乎？先生賢其妻，即縷述妻之事；賢其先大父、先考，即縷述其先大父、先考之事。然則先生爲是言也，欲人實述其親之賢，而不徒程、朱、韓、柳、李、杜其親也。不然，何先生之大父、之考、之亡妻王恭人，不畏人疑，不聽諸公論也？

右《中篇》

錢先生曰：『孟子言孔子成《春秋》，而「亂臣賊子懼」，孟子固言《春秋》者，天子之事也，述王道以爲後王法，防其未然，非刺其已然也。太史公曰：「撥亂世，反之正，莫近乎《春秋》。」又曰：「有國家者，不可以不知《春秋》，前有讒而弗見，後有賊而不知；爲人臣子者，不可以不知《春秋》，守經事而不知其宜，遭變事而不知其權。《春秋》之法行，而亂臣賊子無所容其身，故曰懼也。」凡篡弑之事，必有其漸，聖人隨事，爲之杜其漸。楚商臣、蔡般之弑，子不子，父亦不父也；許止不嘗藥，非大惡，而特書弑，以明孝子之義，非由君有失德。故楚、蔡之君不書葬，而許獨書葬，所以責楚、蔡二君之不能正家也。書閽弑吴子餘祭，戒人君之近刑人也。書盜弑蔡侯申，戒人君之疏大臣而近小人也。楚子虔弑於乾谿，書其地，著役之久也。宋公與夷、齊侯光、楚子虔，以好戰而弑，晉侯州蒲以誅戮大臣而弑，經皆先文以見義，所以爲有國家者戒，至深切矣。《左氏傳》曰：「凡弑君稱君，君無道也。稱臣，臣之罪也。」後儒多以斯語爲詬病，愚謂君誠有道，何至於弑？遇弑者，皆無道之君也。其賊之有主名者，書名以著臣之罪，其微者不書，不足書也。無主名者，亦闕而不書，史之慎也，非恕臣之罪也。聖人修《春秋》，述王道以戒後世，俾其君爲有道之君，正心修身，齊家治國，各得其所，又何「亂臣賊子」之有？若夫篡弑已成，據事而書之，良史之職耳，非所謂其義則竊取之者也。秦、漢以後，亂賊不絶於史，由上之人無以《春秋》之義見諸行事故爾。故惟孟子能知《春秋》。』卷七《答問四》。

焦循曰：先生此言，顧司業棟高嘗言之也，云：『元凶劭及安慶緒、史朝義之徒，雖日揭其策，以示於前，而彼不知懼也。且亦夫人能書之，何待聖人？况人已成爲簒逆而懼之，亦復何益？聖人作《春秋》，蓋有防微杜漸之道，爲爲人君父者言之，則《書》所云「制治於未亂，保邦於未危」是也；爲爲人臣子者言之，則《禮》所云「齒路馬有誅」是也。』見《春秋大事表》卷四十五。顧司業之説如此，先生本之也。雖然，孟子自謂『亂臣賊子懼』，不謂君父懼也。萬充宗氏曰：『《春秋》弒君，有稱名、稱人、稱國之異，《左氏》定例，以爲「稱君，無〔一〕道，稱臣，臣之罪」，甚矣！其説之頗也。《孟子》曰：「世衰道微，邪説暴行有作。」所謂「暴行」，即弒父弒君是也；所謂「邪説」，即「亂臣賊子」。與其儕類，將不利於君，必飾君之惡，張己之功，造作語言，誣惑衆庶是也。有邪説以濟其暴，遂若其君真可弒，而已可告無罪然者。相習既久，故柄下移，群臣知有私門而不知公室。且鄰封執政，相倚爲姦，凡有逆節，多蔽過於君，鮮有罪及其臣者。如魯、衛出君，師曠、史墨之言可證也。《左氏》之例，亦猶是耳。於弒君而謂「君無道」，是《春秋》非討亂賊，而反爲之先導矣。「邪説」之惑人，亦至此乎？』先生言後儒以《左氏傳》爲『詬病』者，指萬氏此言也。夫萬氏之言是也。人之性所以異於禽獸者，以其知有父子、君臣也。孔子贊《易》，謂『子弒其父，臣弒其君，由辨之不早辨』，人知『辨』，即知『懼』。《易》之教，示人以『辨』，

〔一〕『無』前脱『君』字。

《春秋》之教，示人以『懼』，惟『邪説』蔽之，則不知『懼』。自孔子作《春秋》，直書其弑，不論其君父之無道，而臣子之惡，無可飾免。自有《春秋》，而天下後世，無不明大義所在。宋劭、梁珪，固即伏誅，即司馬師、劉裕、蕭道成、高歡、宇文泰之流，奸竊已成，而舉義師以討賊者，代不乏人。明成祖，亦歡、泰之類也，以『靖難』爲名，自飾以周公輔成王，一聞方正學、卓惟恭等簒奪之言，遂怒而磔其身，夷其族。其怒也，即其『懼』也。蓋《春秋》既成，不能使『亂臣賊子』絶迹於天下，而能使天下知其爲『亂臣賊子』。天下人人皆知『亂臣賊子』之惡無所容。雖有元凶劭、安慶緒、史朝義之徒，豈能晏然於心，不一動乎？孔子作《春秋》，蓋知『亂臣賊子』必由是而知懼。此聖人通神明之德，類萬物之情，與伏羲、文王作《易》之心，一以貫之者也。至許止之不嘗藥而書葬，萬氏直據《左氏》之文斷爲有心毒殺，不當以偶不嘗藥即加以極惡之名。顧司業且暢言之，斥《穀梁》爲誣妄矣。萬、顧之書具在，學者其參而觀之。

右《下篇》

述難一

孔子曰『述而不作』，學者亦曰『述而不作』，然惟孔子能述伏羲、堯、舜、禹、湯、文王、周公，惟孟子能述孔子。孟子殁，罕有能述者也。述其人之言，必得其人之心；述其人之心，必得其人之道。學者以己之心，爲己之道，以己之道，爲古人之言，曰吾述也，是托也，非述也。學者不以己之心求古人之言，朝夕於古人之言，而莫知古人之心，而曰吾述也，是誦也，是寫也，誦寫非述也。孔子贊《易》，韋編至於三絶，其於伏羲、文王之意，已無弗明。無弗明而後贊之，所以爲述也。述孔子者，若何其爲述也？孔子修《春秋》曰：『其事齊桓、晋文，其文則史，其義吾竊取之。』孟子之説《書》也，曰『吾於《武成》，取二三策而已』，以至仁伐至不仁，何其血之流杵？其論《詩》也，曰『以意逆志，不以辭害志』。然則述也者，述其義也，述其志也。不以志而持其言，有不可通，則曰古人如是説也；有不善，則曰吾有所受之也。古人所望於後人者，固如是乎哉？聖人之道，日新而不已。譬諸天度，愈久而愈精，各竭其聰明才智，以造於微，以所知者著焉，不敢以爲述也，則庶幾其述者也。

述難二

《記》曰：『作者之謂聖，述者之謂明。』『作』『述』無等差，各當其時而已。人未知而已先知，人未覺而已先覺，因以所先知先覺者教人，俾人皆知之覺之，而天下之知覺自我始，是爲『作』。已有知之覺之者，自我而損益之，或其意久而不明，有明之者，用以教人，而作者之意復明，是之謂『述』。上古知母不知父，則夫婦不定。伏羲知夫婦定，而後有父子、君臣、上下，於是作八卦，而天下皆知有夫婦之别，而彝倫由是叙。上古茹毛飲血，不知有火化也，燧人知之，而教人火化，而天下遂皆知有火化；不知有耕耨也，神農知之，而教人耕耨，而天下遂皆知有耕耨。其他作杵臼，作舟楫，作宫室，作棺椁，作弧矢，作書契，作車乘，凡自未知未覺，而使天下共知之，共覺之，皆『作』也。孔子之世，所作於前者，已無不備，孔子從而明之，使古聖人之教續延於萬世，非不作也，時不必作也。生伏羲、神農、堯、舜之後，别思所以作之，則不知而作矣。故孔子曰：『殷因於夏禮……周因於殷禮……雖百世可知。』『因』即述也，乃伏羲、神農、堯、舜之教，三王之所因，非孔子述之。人莫能述也，孔子述之。而伏羲、神農、堯、舜之教，明於萬世，此述之功，所以獨歸孔子也。孔子所以爲萬世師也。且夫老、莊、楊、墨之徒，莫不自以爲能述。今世説墨子之書者，尚推原其祖神禹，本史佚矣，然而孟子辭而闢之，直斥爲無父無君，等諸禽獸，何也？有孔子之述，而伏羲、神農、堯、舜之教明，其異乎伏羲、神農、堯、舜之教者，皆知其非述也。墨翟述禹，而實悖乎禹；許行述神農，而實悖乎神農；老、莊之徒述黄帝，而實悖乎黄帝；陳摶、邵雍述伏羲，而實悖乎伏羲。宋、元以來，人人讀孔子之書，皆自以爲述孔子，而甲詆乙爲異端，乙斥甲爲楊、墨，究之孔子所以述伏羲、神農、堯、舜之教者，果有能得之者乎？述孔子者，果能述孔子之所述乎？吾知其難矣。

述難三

學者好詆諆人，人不易詆也。非能是人，不能非人。非人而不中其所非，是爲妄非。是人而不中其所是，是爲妄是。故善述者，能道人之是，能道人之非。學宋、元人之學者，非漢、魏矣。學漢、魏人之學者，非宋、元矣。猶之學冶者非陶，學農者非圃。老於農而後可非農，精於冶而後可非冶。門外者不知門内之淺深。是故能述之，乃能非之，能非之，乃能述之。是其是，非其非，古人樂之。道其是，而非古人之所是，古人疾之。疾之者，疾其持之而失其所爲是也，則不如其詆之也。

述難四

學者詡於人，輒曰吾述乎爾。問其何爲乎述，則曰學孔子也。孔子所謂『克己復禮爲仁』、『善人爲邦百年』，皆古語，且『元者，善之長』、『亨者，嘉之會』、『利者，義之和』，『貞者，事之幹』。述穆姜也，『出門如見大賓，使民如承大祭』；述胥臣也，『視其所以，觀其所由，察其所安』，『己所不欲，勿施於人』，則《周書》、《管子》所已言也。吾述乎爾，吾學孔子乎爾。然則所述奈何？則曰：漢學也。嗚乎！漢之去孔子，幾何歲矣？漢之去今，又幾何歲矣？學者，學孔子者也。學漢人之學者，以漢人能述孔子也，乃舍孔子而述漢儒。漢儒之學，果即孔子否邪？穆姜，婦人也，胥臣、管仲，齊桓、晉文之臣也，而孔子述之，則孔子而生近世，必不屏絕唐、宋、元、明而專取漢人也明矣。夫孔子，述堯、舜者也。孔子之述堯、舜，見於《易》者一，見於《論語》者六，惟『執中』述堯之言，餘則探其微，且能道其病。蓋深契乎堯、舜之道之所以是，雖胥臣、管仲、穆姜之言，而實足以明堯、舜之道則取之，不必持堯、舜之言以爲述堯、舜也。學者述孔子而持漢人之言，惟漢是求，而不求其是，於是拘於傳注，往往扞格於經文，是所述者漢儒也，非孔子也。而究之漢人之言，亦晦而不能明，則亦第持其言，而未通其義也，則亦未足爲述也。且夫唐、宋以後之人，亦述孔子者也。持漢學者，或屏之不使犯諸目，則唐、宋人之述孔子，詎無一足徵者乎？學者或知其言之足徵，而取之又必深諱其姓名，以其爲唐、宋以後之人，一若稱其名，遂有礙乎其爲漢學者也。噫！吾惑矣。

述難五

善述人者如善醫，各審其人之陰陽、表裏、虚實，研究而洞悉之，然後用攻用補，用涼用熱，各如其人之病，而無我之心也。不善醫者，先具一病，以擬其人，未視脉診色，方藥案狀先已立乎其心，或縣一不切之藥，以泛應千百人之病。市人以其工酬應，假聲氣，而惑之。然而善醫者，能各審其人之病，而無我之心，則必於陰陽、表裏、虚實之故，骨空、經脉、營衛、度數之理，金石、水火、飛潛、草木之性，無一物不深索而窮究。不名一物，而無物不明。雖有奇證怪脉，人視爲不可解，自我按之，了然於重輕生死之間。學者述人，必先究悉乎萬物之性，通乎天下之志，一事一物，其條理縷析分别，不窒不泥，然後各如其所得，乃能道其所長，且亦不敢苟也。其人著撰雖千卷之多，必句誦字索，不厭其煩，雖一言之少，必推求遠思，不忽其略，得其要，挹其精，舉而揚之，聚而華之，隱者標之，奥者易之，繁者囊之，縮者修之，鬱者矢之。善醫者存人之身，善述者存人之心，故重乎述也。不善述者，拂人之長，引而歸於己之所知，好惡本歧，去取寡當。繪人者嫌眇而著瞭，惡僂而形直，美則美矣，而非其人矣。或曰：著其眇，形其僂，遂肖其人乎？夫徒著其眇，形其僂，而不肖其人，然則善述者，固不在眇不眇、僂不僂也。

續蟹志

瀕湖而居者，以蟹爲田，編竹以爲簖。簖者，斷也，所以斷截其路，而誘取之也。每簖值百金，大者數百金。或東而西，或北而南，隨兩岸相去之遠近布焉。間三四步，曲其勢作門，門内歧以邃，忽寬忽狹，忽曲忽直。其奥覆以笛，空一隅置竹匣，形圓而鋭，字之曰『老人頭』，高出簖上尺許，蟹之隨流而下者阻於簖，不知返也。求所以越之者，則必循而行，見門焉，喜且入。入門且以爲出門，不知柴之繞而逼也。始而裕，繼而隘，始而直，繼而曲，且繼而昏以黑。至於曲且黑也，求直且光者而趨之，仍不知返也。趨至隅，隅有光露天，而周其身者益迫。苦迫而就光，必緣以上，於是乃困諸匣中。噫！愚矣。蟹有善飛者，吐其沫以爲翼，昏時則翕翕然憑諸空中，簖不能制，弋不能及，然好火。漁者舉火以誘之，則就而投諸地。噫！愚矣。夫湖闊數百里，至狹之港，亦數十里，南通於江，東入於海，不跳躑於洪濤巨波之中，隱匿於蘋藻旁午之所，甘局促於罟罧之中而不能脱，困躓於釜鑊之地而不知悔。宜吞舟之魚所不屑唉，而埳井之鼃所粲然笑也。甫里先生志其輪穗之義，以廣夫不求聖人之言者。余湖居，諳蟹之性，悲蟹之愚，而慨然於知進不知退，因續陸氏之《志》以爲志云。

書鵜

湖有鳥如鶴，而色不潔，喙修尺餘，喙下肉囊大可容二斗，喙張則囊鼓翼開，兩目熒熒顧人，俗呼曰突犂。突犂者，鵜之緩聲也。戊午夏四月，偶止樹間，爲漁者所獲，持至村市中。市人不識，目以爲怪。好事者買以錢二百，畜諸鴨籠，每日所食，盡魚數斤，苦不能膳，持貨於城。是冬十月，余寓城中，相傳市有鳳皇，同人相約往觀，則蔽以次幕，標以彩繢，一人鳴鐃，侈大其説，斂錢而後與視，觀者競入如螘。余心頗爲之動，從入窺之，則向之鵜爾。嗟乎！鵜，常物也，或怪之，或貴之，鵜果知乎？否乎？方其失水而就禽也，死生不可必，而孰知其珍重如此也。設一旦人厭而不觀，其死生又不可必矣。余好爲蟲鳥之學，涉獵於《爾雅》諸書，素知其狀，且見其所由來也，爰感而爲之書。

卷八　辨論

辨學

今學經者衆矣，而著書之派有五：一曰通核，二曰據守，三曰校讎，四曰摭拾，五曰叢綴。此五者，各以其所近而爲之。通核者，主以全經，貫以百氏，協其文辭，揆以道理，人之所蔽，獨得其間，可以別是非，化拘滯，相授以意，各慊其衷；其弊也，自師成見，亡其所宗，故遲鈍苦其不及，高明苦其太過焉。據守者，信古最深，謂傳注之言，堅確不易，不求於心，固守其說，一字句不敢議，絕浮游之空論，衛古學之遺傳；其弊也，跼蹐狹隘，曲爲之原，守古人之言，而失古人之心。校讎者，《六經》傳注，各有師授，傳寫有訛，義蘊乃晦，鳩集衆本，互相糾核；其弊也，不求其端，任情删易，往往改者之誤，失其本真，宜主一本，列其殊文，俾閱者參考之也。摭拾者，其書已亡，間存他籍，采而聚之，如斷圭碎璧，補苴成卷，雖不獲全，可以窺半；是學也，劬力至繁，取資甚便，不知鑒别，以贋爲真，亦其弊矣。叢綴者，博覽廣稽，隨有心獲，或考訂一字，或辨證一言，略所共知，得未曾有，溥博淵深，不名一物；其弊也，不顧全文，信此屈彼，故集義所生，非由義襲，道聽塗説，所宜戒也。五者兼之則相濟。學者或具其一而外其餘，余患其見之不廣也，於是乎辨。

辨名上

顧處士炎武，謂積洿之風，宜救之以名，余昔以爲然，既而疑焉。名之所繫，有其實，而以類應之，顧氏欲用之以救世風，不識救之云者，因其實而予以名邪？抑因其名而賞以利邪？名者，君子忘之，小人亦忘之。君子曰吾盡吾分而已，小人曰吾求吾欲而已，求其欲，不必動以名也。名不可以動之，則以賞誘之，副此名者予官，不副此名者屏而斥之。如是，而人動以名矣。動以名，又烏知其真副此名與否與？且夫干人以利者，不難干人以名，以利敝世風，知之易，以名敝世風，知之難。天下知有名，則向之竭心思，盡才力，以從事於喪廉寡恥者，易而竭心思，盡才力，以從事於名，標榜衒粥，馳騖於虛浮，揣摹於形似，相習以耳，共趨於聲。以干譽之巧，爲悦人之謀，而玩忽苟且之習潛結於中，遂貽禍於風俗。余閲《魏志》，至正始之間，及老蘇論所稱不近人情者，不覺愕然，汗爲之下也。古者樂正所以教人，司徒所以取士，司馬所以官人，所爲視其所以，觀其所由，察其所安。堯曰『試可乃已』，舜曰『明試以功』，誠欲絶天下之虚僞，防厚貌深姦之以漸而至，不聞相尚以名也。如曰『救之』云乎，則宜曰積洿之風，宜救之以實，賞而誘之以名，不若賞而誘之以事。向之竭心思，盡才力，以甘於喪廉寡恥者，有所欲也，乃如是則得，如彼則不得，將相率而趨於事功。雖有小人，獲其用矣。嗚呼！名所以治君子，賞所以治小人，未有無所欲而喪廉寡恥者也。

辨名下

君子之名在己，小人之名在人。孔子曰『必得其名』，又曰：『君子疾没世而名不稱焉。』太上立德，其次立功，其次立言，謂之三不朽。若是，名之貴也。此後世所以多名士也。然則名士之稱，何始乎爾？季春之令曰：『勉諸侯，聘名士，禮賢者。』蔡氏《章句》曰：『名士者，德行貞絶，道術通明，王者不得臣，隱居不在位者也。〔一〕』嗚乎！名士之所以爲名士者，固如是矣。名士之所以爲名士者，必德行貞純，道術通明，固如是矣。夫德

〔一〕『德行』前脱『謂其』二字；『隱居』前脱『而』字。

行貞純，大賢以上也；道術通明，王佐之器也。求諸聖門，其顔氏之子乎？三代以下，鮮其人矣。是故有治平安定之學，而德器不足；有仁讓、廉潔、孝弟、忠義之風，而或短於才略；抑德稱於鄉里，學術藴於中，而急於功名，勇於仕進。此三者，猶不足以當之。彼李膺、張儉之流，夏侯、何、鄧之屬，虚相煽惑，以亂人心，以禍天下。嗚乎！名士之所以爲名士者，詎如是乎哉？是故慕之者曰：彼人也，我亦人也，彼籍籍公卿間，我泯泯也。求所以致名之由，摹仿焉以相附，幸而附焉，躍躍乎持以自豪矣。惡之者曰：何爲乎名士也？歌詩不明聲律，珥筆未知體格，與一握算，未知横竪，而詡詡焉托古昔以輕友朋，何爲乎名士也？嗚乎！慕者之云，孔子所謂『色取仁而行違，居之不疑』者也。惡者之云，孔子所謂『亡而爲有，虚而爲盈，約而爲泰，無恒』者也。名士之所以爲名士者，詎如是乎哉？史書之叙一人也，動曰『自是知名』，謂緣是而姓氏顯於世也。夫科第之崇，技藝之精，優伶伎妾之黠，浮屠異術之幻，甚至姦回邪辟，迂謬乖舛，其姓氏皆可著於世，皆可謂之知名。名士者，豈知名之謂也？知名士之名所由立，則品尊而至難，知品尊而至難，則慕之而不敢附，核其真實而不敢誣。

貞女辨上

或謂古無貞女之名，非也。《後漢書·百官志》：『三老掌教化，凡有孝子順孫，貞女義婦……皆扁志其門，以興善行。』然則今之旌表貞女，自漢已然。或曰古之貞女，非今之貞女也。《魏書·列女傳》：貞女兕先氏，許嫁彭老生，未及成禮，老生逼之，不肯從，被殺。『詔曰……雖處草萊，行合古迹，宜賜美名……號曰「貞女」。』則貞女者，非未昏夫死守貞不嫁之謂也。嗚乎！引是説者，蓋讀書不廣矣。劉向《列女傳》卷四《貞順傳》，首列召南申女，稱其許嫁於酆，夫家禮不備而欲迎之，不肯往，遂致之獄，作詩曰：『雖速我獄，室家不足。』兕先之事，黯與此合。故其時謂之合古迹，以『貞女』號之。《列女傳》又云：『衛宣夫人者，齊侯之女也。嫁於衛，至城門，而衛君死……入，持三年之喪，畢，弟立請曰：「衛，小國也，不容二庖，請願同庖。」終不聽。作詩曰：「我心匪石，不可轉也。我心匪席，不可卷也。」』詩人美其貞一，故舉而列之於《詩》。此即未昏夫死不嫁者也。兕先合於申女之事，得以貞女名，世之未昏夫死不嫁者，乃不容附諸衛宣夫人之列，説者罪矣。劉向爲《魯詩》學，經之所傳，漢儒之所重可知也。

貞女辨下

古之貞女少，今之貞女多，何也？古男女議昏晚，聘與娶一時事，故如衛宣夫人者偶也。今人齠齔議昏，或遲五年，或遲十年，甚至二三十年，聘與娶縣隔甚遠，其中死亡疾病，自不能免。且古之昏禮，以親迎爲定，故《曾子問》未親迎以前，或遭父母之喪，可以再娶再嫁；親迎在路，聞婿之父母死，則『改服』而『趨喪』。又親迎之日已定，而女死則婿服齊衰，婿死則女服斬衰。是古之夫婦以親迎爲定也。今則不然。國律：許嫁女已報婚書及有私約而輒悔者，笞五十。雖無昏書，但曾受聘財者亦是。一報昏書，受聘財，而上以之聽民訟，下以之定姻好，不必親迎，而夫婦之分定。古定以親迎，而夫死嫁之可也。今定以納采，則一納采，而夫死嫁之不可也。《禮》曰：生乎今之世，反古之道，菑必逮夫身。吾爲議貞女者危之。

誣親辨

有言於焦子者曰：親不可誣也。周公稱文、武，孔子不稱叔梁，子思稱仲尼，不稱伯魚，粉飾諛辭，俾見者指摘而詬詈焉，非所以愛其親也。予惑於是，以請於吾子。焦子對曰：親不可誣，誠然也。不誣焉可矣。必孔子而後述，後世將無述者，豈孝子之心也？述其親者，必以孔子之言行加之，則誣不孔子也？而乃心數之曰：吾之親，非善人。非善人，豈人子所忍乎？人雖爲不善，其生平亦必有數端之善，即鄉里宗族，於身後平心論之，且將有分别道之者，况本有善之可述乎？故親之善素明於人，不可曰人知之，遺老既盡，雖豐功偉績，且有莫能言者矣。親之不善素明於人，不可曰違之難，吾恥於人之揶揄也。善雖一，不善雖九，一固非誣矣，稱其一，且足以調其九，並一而没之，不善遂逾乎十。居下流而不能力以障之，任其決，使惡歸焉，誣不更甚矣乎？是故親雖不善，猶將索其善而述之，必欲孔子其親，所以誣也。孔子其親而不能，乃孔子其身乎？孔子德爲聖人，足以顯其親，爲大孝，己則無德以爲親顯，又吝於言，生是子者，何不幸之甚也？

四聲陰陽辨

古不分四聲，沈休文、周彦倫始定平、上、去、入。宋、元以來，詞曲家分陰平、陽平，此實天地自然之音，而足以補休文、彦倫所不及也。夫謂之陰陽者，猶夫平、上、去、入之稱，故又名空堂。蓋空之呼空，堂之呼堂，不啻陰之呼陰，陽之呼陽也；即不啻平呼平，仄呼仄，上呼上，去入呼去入；即不啻宫呼宫，商呼商，角呼角，徵羽呼徵羽也。取字之聲，以爲聲之鵠，不取字之義，以象聲之義也。或謂平有陰陽，仄亦有陰陽，甚謂上有上之陰陽，去入有去入之陰陽。夫平之有陰陽，猶仄之有上、去、入，謂上、去、入有陰陽，豈謂陰平陽平亦有上、去、入乎？蓋不明陰陽之呼，取聲不取義也。或又謂以陰陽分三十六字母，夫三十六字母，爲平聲者二十二，爲仄聲者十四，而平聲爲陽者十二，爲陰者十。謂見爲疑之陰，則疑爲陽平，醫爲陰平，疑之上、去、入爲擬、義、乙，醫之上、去、入亦爲擬、義、乙。溪爲陰平，奇爲陽平，奇之上、去、入爲起、棄、吃，溪之上、去、入亦爲起、棄、吃。其平聲則分爲醫、疑，爲溪、奇，而上、去、入則同一擬、義、乙，起、棄、吃，果何陰陽之可分乎？謂透爲端之陽，則透之平可呼頭，亦可呼偷。端之仄可呼短、斷、奪，短、斷、奪之平，亦可呼東團切，又何陰陽之可分乎？若謂顛屬端母，故典、殿、窒屬顛，爲上、去、入之陰聲；田屬定母，故殄、電、咥屬田，爲上、去、入之陽聲，抑知殄、電、咥之平呼田？亦可呼天？而典、殿、窒之平可呼顛？亦可呼低連切？蓋既名之爲陰爲陽，則不得又爲上、去、入；既名之爲上、去、入，則不得又爲陰陽。如以義也，則陰宜重濁而下沈，陽宜輕清而上浮，何得反其用？故古人取宫、商、角、徵、羽以名七音，取平、上、去、入以名四聲，其名皆無義理，但以聲明聲，見古人用意之精妙。以陰陽名陰平陽平，名有義理，昧乎以聲明聲之妙，而惑滋起矣。此陰陽之稱，不如空堂之稱爲愈也。至於讀有輕重，唱有緩急，此則陰陽皆有之，不獨上、去，前人論之詳矣。明乎陰陽之名爲以聲明聲，又何疑於上、去、入之有陰陽也？

二十八調辨

十二律以五音旋之，則有六十；以七音旋之，則有八十四。隋、唐以來，燕樂僅有二十八調，元、明用六宮十一調而已。或疑八十四、六十之數非其實，然不必疑也。如以喉、舌、齒、牙、唇各依等韻，則必有若干音，然其中有重複者，有蹇澀不可以音者，有風土各地之不同者，以理排之有此數，以口調之則不足矣。制之爲字，又不及其音之半。《説文》九千餘字便於用，而人人共識者又不及其半。《玉篇》以下，字日增，而有音無字者仍多。不得以所用者少，遂疑古之字本少，亦不得以字不及音之數，遂疑並無此音聲。調之有八十四，其理如是也，其相習而便於口、中於耳固無幾何。古音不盡悦耳，後世既求其悦耳，又取其便於肄習，故日減日少，無可疑也。姜白石《徵招序》引唐田畸《聲律要訣》云：『徵與二變之調，咸非流美，故自古少徵調曲也。』白石又云：『黄鍾之徵，以黄鍾爲母，不用黄鍾乃諧。故隋、唐舊譜，不用母聲。』然則以其不流利不諧，故不用徵與二變之調。譬如入聲，一涉咏嘆，便非本字，故北曲派入三聲，南曲雖有入聲，而其實仍以平聲唱之。蓋人聲出口，戛然即止，若直如其聲，便無音節，不中聽矣。無徵調亦如是也。徵之缺如，是宋、元不用羽、角，不用高宫，可知其故。然則八十四調，止用二十八，又止用十七，可類推矣。夫聖人之制禮也，經禮三百，曲禮三千；其制刑也，五刑之屬三千，亦備其條理而已矣。執於理不能權其用，不且求黄鐘之徵於林鐘，而貽落韻之譏哉！

文章强弱辨

文之强弱，不在形而在骨，不在骨而在氣，不在氣而在神。得乎形者知形，得乎神者知神。善繪事者，先以淡墨，一山一樹，至百十漬，仍著以淡；俗手以濃墨取之，齷齪盈幅，按之索然，其强弱可知也。有人焉，頎然皾然，介胄而立，左持矛，右挾盾，力不能勝一匹雛，可謂强乎？有人焉，若不勝衣，臞然而骨立，千鈞可舉也，可謂弱乎？舉物若有物者，力不勝也；舉物若無物者，力有餘也。舉物若有物，其力見；舉物若無物，其力不見。以力之見爲力，弗等其物焉，且以爲不足舉也。蟻之負粒，蜣之轉丸，見其負不見其粒，見其轉不見其丸，以爲蟻之力强也，不亦傎乎？故形之肥，不必壽於形之瘠，其神不同也。善醫者，切其脉以窮其神，不執其形也。然則形弱者神强與？神强形亦必强，神弱形亦必弱。强弱，非肥瘠之謂也。黄楊之細，自堅於樗櫟之大數圍，方寸之鐵，可以殺人，豈徑丈之楮所能抗乎？壬戌四月在京師，有論文之强弱者，乃爲之辨。

象刑辨

象刑之説，荀子屏爲世俗之説，而破之曰：『以爲治邪，則人固莫觸罪，非獨不用肉刑，亦不用象刑矣。以爲人或觸罪矣，而直輕其刑，然則是殺人者不死，傷人者不刑也。罪至重而刑至輕，庸人不知惡也，亂莫大焉。』又云：『殺人者死，傷人者刑，是百王之所同也，未有知其所由來者也。刑稱罪則治，不稱罪則亂。』俱見《正論篇》。荀子辨之當矣，信乎世俗之説也。或曰孔子言『道之以政，齊之以刑，民免而無恥』，奈何唐、虞之世，而尚用刑？曰：孔子言治天下宜先德禮，而後政刑，非舍刑而專以禮也。道之以德，德者，惠也，因民之所利而利之，使民有恒産，足以事父母，畜妻子，然後齊之以禮，民皆相格而恥於不善。如是，則雖有刑而不用，惟養之教之，而仍犯乎罪則刑之。孟子曰：『民無恒産，因無恒心，苟無恒心，放辟邪侈，無不爲矣。及陷乎罪，然後從而刑之，是罔民也。』然則有恒産而無恒心，則刑之不爲罔。曾子謂陽膚曰：『上失其道，民散久矣，如得其情，則哀矜而勿喜。』失道，失養之教之之道，得其情則殺人傷人，實有證據而不誣，斯時亦惟哀矜之於心，而不可寬其罪也。孔子贊《易·噬嗑》『初九』曰：『小人不恥不仁，不畏不義，不見利不勸，不威不懲。小懲而大戒，此小人之福也。』又贊《噬嗑》『上九』云：『小人以小善爲無益而弗爲也，以小惡爲無傷而弗去也，故惡積而不可揜，罪大而不可解。』夫至於不可揜不可解，則亦不可寬矣。然則勸以利，又必懲以威，恥以仁，勸以利，道之德，而齊之禮也。畏以義，懲以威，道之政，而齊之刑也。君子不必惠也，而自懷刑，小人惠而後懷刑，則刑以濟其德。俗吏之於刑也，慎其大而忽其小。聖人之於刑也，勤其小以防其大。小懲之，大戒之，不使至於不可揜，不可解，是治之於未也。忽於小而民不知懲，至於不可揜，不可解，雖曰殺一人以懲衆人，而此一人，則已刑矣。治之於未則威此，即以懲此，故有改悔而無傷害也。有虞氏封山濬川，即『象以典刑』，『典刑』，常刑，謂五刑也；『象』者，似也。以五刑之常法，傳之自古，似續之不改也。常刑之中，有宥之之法，宥之以流，亦自古常法而象之者也。然宥之以流，流亦大罪，僅輕於五刑耳。舜思寡天下之過而小懲之，於是『作』爲『官刑』、『教刑』、『贖刑』、『鞭』、『扑』以厲之，使出『金』以罰之，使之知恥知畏，以戒其不仁不義。如是，則民知改過，改過則五刑乃不用，並流宥亦可解矣。言『作』以別於『象』，是小懲也，在道德齊禮之後者也。何以知其道德齊禮也？於『教』字知之，亦於『災眚』〔一〕知之。蓋既爲之制恒産，則宜有恒心，惟水旱疫癘之

〔一〕《尚書·舜典》原作『眚災』。

餘，足以損其衣食，而民之犯法也猶可原，故『眚災』肆赦。惟既命司空『平水土』，無災矣，命后稷『播時百穀』，民無飢矣，命契爲司徒，『敬敷五教』，使知父義、母慈、兄友、弟恭、子孝，則齊以禮矣。且諄諄於『庶頑讒説』，而『侯以明之，撻以記之』，書以識之，以期其改悔而『並生』。苟至此而仍不知改悔，不能相格，是冥頑不靈，與禽獸何異矣，賊而刑之可也。故曰『格則承之庸之』，所謂『有恥且格』也，『否則威之』，所謂『怙終賊刑』也。『官刑』『教刑』『贖刑』不屬諸士，《吕刑》云：『伯夷降典，折民惟刑。』『折』即『哲』，民愚，降以典禮，或猶不能從，撻、扑以去其愚，此刑之用於伯夷者，小懲之也。其屬之士者，『五刑有服，五服三就』，常刑也，『五流有宅，五宅三居』，流宥也，皆象於古者，故亦曰『象刑』。《益稷》云：『方施象刑惟明。』此刑之用於皋陶者，所以待罪大惡積者也。伏生《書傳》云：『古者有禮，然後有刑，是以刑省。無禮而齊之以刑，是以繁也。』無禮而專任刑，孔子弗取也。禮而後刑，唐、虞不廢矣。爲象刑之説者曰：以蒙巾當墨，以草纓當劓，以菲履當刖，以艾韠當宫，布衣無領當大辟。此誠世俗之説，如兒戲者也。堯、舜之世，恤功於民，以教祇德，雖有五刑，象而不用耳。此爲勝殘去殺，亦爲神武不殺，非民有可殺之罪，而徒畫衣冠異章服已也。

褒姒辨

《國語》載褒姒事，荒唐舛錯，有不可不辨者。其説曰：夏之衰也，褒人之神化爲二龍，以同於王庭，而言曰：『余，褒之二君也。』龍降固不足怪，以爲褒神之所化龍一物以爲能言，何太怪也？其説曰：卜請其漦而藏之，吉，策告之，龍亡而漦在。夏自是衰。後起周禍，何以云『吉』？且孔甲氏有御龍之官，方豢而食之。孔甲爲桀之祖，相去僅十數年，何忽重視之？卜所以處之也，孔甲時方降二龍，何其後又有二龍降也？其説曰：夏亡，傳匵於殷、周，至厲王末，『發而觀之，漦流於庭』。又曰：『使婦人裸而譟之，化爲元蚖，入後宫，童妾未齔而遭之〔一〕。既笄而孕，當宣王時生。』既遭於後宫之處，妾必自齔及笄，歷十三四年而始孕，厲王以三十七年奔彘，越十四年，宣王立，喪亂之餘，童妾即仍在宫中，而其孕也，何以決其爲所遭之蚖？幽王三年，嬖褒姒，八年，立褒姒之子伯服爲太子，由宣王初至此，褒姒宜生五十餘歲，褒人何獻此老婦以脱罪，而王且寵之？況舉烽諸事又後此數年，而年已六十矣。其説曰：不夫而育，懼而棄之，爲弧服者方觸於路，夫

〔一〕『入後宫』，《國語·鄭語》原作『以入於王府』；又，『童妾』前脱『府之』二字。

婦哀其夜號也，取之，逃於褒。夫婦既畏僇而逃，尚何顧道中棄子？且童妾之棄子，必有人棄之也，夫婦逃矣，必畏人而遠匿，豈敢遷延待人去而取之？即見棄者，無以決其爲童妾之子，即棄者見此夫婦，亦無以知其爲弧服之人，弧服之夫婦，何所據而告之褒君？褒君何所據而告之周人？周人又何所據以褒姒即童妾之子乎？説始於《國語》，《國語》本之史伯，史伯則引於《訓語》。是時當幽王初年，正寵褒姒之時，褒君方以爲己女而獻之，而名之曰褒姒。誰得以童妾問之？又何所據實，遂書諸《訓語》哉？《國語》，左氏之書也，獵於各國史書巫僞之傳，真僞莫辨，而董仲舒、劉向、司馬遷諸君，憑而信之。王仲任作《論衡》，以辨古今之妄説，於此則比諸吞薏履拇，以爲氣性之隨時。劉知幾撰《史通》，以駁記載之浮言，於此且方諸壞門謀社，以謂軍國之重典。辨之，以補柳先生之《非國語》。

宰孔論

余讀《春秋傳》，得良臣一，曰劉伯蚠，得佞臣一，曰宰周公孔。景王之末，晋霸衰，楚氛横，内則子朝、賓起之難，紛紛摇動其社稷。蚠始立，與單子輔佐，以平内難，又合十八國諸侯於召陵以制楚。東遷後二百餘年，以王臣奮發有爲，乃心王室者，蚠一人而已。

卒以諸侯不和，霸臣求賂，身死於軍，大業不就。嗚乎！蜀之諸葛孔明，其比類也。莊、僖之間，天下不知有王，至於取温麥、中王肩，而鄭、宋、魯、衛之君，簒弑争逐，朝盟於東，夕黨於西，紊亂不定，如弈棋然。齊桓用管仲，崛起東海，以尊周爲己任，經營數十年，乃爲召陵之盟。使是時王室之臣，有伯𥂕其人者，内外夾輔，號召天下諸侯，革荆之僭王，復西周之盛，固無難者。僖五年秋，諸侯盟首止，以定世子，王使周公孔召鄭伯曰：『吾輔〔一〕汝以從楚，輔之以晋，可以少安。』於是鄭伯恃王命，遂叛盟，而楚旋有滅弦之舉。此謀即實出於王。當使孔之時，孔豈不可强諫而止之？止之不可，以死争之。不然，棄國而逃，不奉此命也。既有此命，桓於是日服鄭之不暇，而楚之無王益甚。又十數年，鄭始乞盟，爲葵邱之會。是時也，襄王於齊桓，非孔之所能間，乃值賜胙而歸，道遇晋君，力詆桓之非，止獻之赴。嗚乎！其情見矣。向之王命，非孔謀之而誰邪？夫葵邱之會諸侯，方虞天下之不來，晋來矣，而孔間之，其不欲桓霸之成，王室之安，若惟恐楚之或詘者。幸而不能殺桓貶桓，苟能殺之，能貶之，幾何不爲岳之檜哉？唐末，冤朐盜起，李克用以步卒萬七千赴京師，石堤、良田之戰，大庯、西華之捷，功第一，過汴，朱全忠醉之而火其驛，請討之，不許。及克用以兵助王重榮，全忠請討之，議者不可，宰相張濬受全忠

〔一〕『輔』，《左傳僖公五年》作『撫』。

賂，獨以爲可，討之而敗。余閱《五代史》至此，惡全忠之不臣，而深恨於濬。當全忠之燒上源，其無君之機已露，濬能贊其君，許克用之請，以討克用者佐克用，克用忿激之餘，濟以天子之靈，全忠之禽，未可知也。建中四年，朱泚圍奉天，不三日，則城陷，李懷光千里勤王，解厄於累卵之勢，盧杞不納，而懷光遂叛。二相之奸，先後一轍。宰孔者，非其類與？嗟乎！內有劉岔，外無齊桓；外有齊桓，內有宰孔，此周之所以不競也夫？

虞翻論

權既爲吴王，宴諸臣佐。權行酒至翻，翻陽醉伏地。權去，翻起。權怒，欲擊之，侍坐者莫不惶懼，以大司農劉基諫而止。權因敕左右：『自今酒後言殺，皆不得殺。』君子曰：權自是失言矣。翻解經亞於賈、鄭，其諫騁獵長富春，練謀深識，時無其匹。方曹公辟之，翻曰：『盜跖欲以餘財污良家邪？』是時，權款於魏，受魏封吴王，此翻所以侮也。權宜曰：『自今不當殺者，雖言殺，不得殺。』乃以酒後爲令，則小人作奸，將以酒後售其術，而僇君子，斥賢士，皆以其不酒後而莫敢言矣。故其後徙翻交州，而莫之諫也。

葉李論

葉李在宋理宗朝，以太學生伏闕攻賈似道，竄於漳州。元世祖以李剛直，過留夢炎遠，甚是也。然李之在尚書也，與桑哥共事，浮沈不一規正，致揚州儒學正李淦上言攻之，又何異夢炎之於似道邪？焦子論之曰：恃氣者不可以久也。氣有陰陽，陰則柔，陽則剛，柔而無學則諂，剛而無學則矜。李以太學生劾似道，矜之氣乘之也，非有道義配之也。孟子曰：『人有不爲也，而後可以有爲。』孔子以『不在其位，不謀其政』。身爲諸生，國政非己所宜與，爲太學生劾似道，所以入中書省比桑哥也。凡學之不深而氣之不馴者，聞見所不及，勢位所不侔，每以局外之身形爲憤激，及徐而身入其中，未有不依違隨俗者。故臨難不屈之人，必非高言死節之人也。何也？氣爲之也。氣爲之，氣盡則餒矣。市儈見人之交易也，必多方説其貨之不值，而哂買者之受欺，明日群相約而共議焉，則盡反昔之所言，而惟恐交易之不果合。何也？昔之身在事外，今之身在事中也。嗚乎！非學之深，而能自持乎哉？且學者之病，合則相標榜，分則相詆訶，有人之見存也。有人之見存，則於不當爲而爲，亦必於當爲而不爲。孔子稱子路曰：『不忮不求，何用不臧？』『不求』，則無標榜之習；『不忮』，則無詆訶之私。其處也，力學之不暇，何暇於朝政之議？竭力於孝弟、忠恕而不足，何敢論宰相之賢否？所以蓄其德，醞釀其才略有如此者。宋南渡以來，陳東、歐陽澈之風，天下慕之，或假是爲名高以振動流俗，究之無補於時，無補於學，如葉李者，又何足責哉？偶閱《元史》至此，論之以示子弟門人輩云。

西魏書論

《西魏書》，謝蘊山先生所撰也。乾隆乙卯秋，遇桐城胡雒君於金陵，雒君以是書見遺。於時譚者或疑之，蓋未識著書之體也，因爲之辨。

議者云：正統之傳，自漢、魏而晉、宋、齊、梁，以至於陳，作《西魏書》，是無梁、陳也。夫如是，是不獨《西魏書》可不作，而魏收之《魏書》、李百藥之《北齊書》、令狐德棻之《周書》均可以廢。何也？非正統之所在也。夫魏自晋世開基，歷年永久，與有河、洛，視梁、陳以篡竊得國，短促偏安，有以過之，豈梁、陳所得而統之乎？亦猶遼之承於唐，傳金及元，非宋所得而統也。且《春秋》，魯史也，孔子修之，内魯而外諸國，豈謂魯可以統諸國乎？主客之勢然也。推之以言乎説經，唐人撰《正義》，於鄭康成、王弼、杜預諸君，主此則客彼，主彼則客此，其體有如是也。下之如元人之曲，近代之時文，無不以主客爲體裁。學究衍陽虎、淳于髡之言，未有不以孔、孟爲外者，豈真敢外孔、孟哉？其體然也。

乃獨於《西魏書》疑之，亦爲不善悟矣。司馬遷，漢人也，作《項羽本紀》；陸游，宋人也，作《南唐書》，況生千百年後，而作《西魏書》乎？正統之辨，莫嚴於昭烈之於孫、曹。余嘗以是通諸後世，以爲蕭詧猶在，不可帝陳，晋立太原，未當尊郭。以是言之，則姚氏之《陳書》可廢矣。唐得天下於隋，隋承魏、周者也，宜内魏而外梁、陳，唐時南北諸史並列，不使偏廢，又何疑於《西魏書》之作乎？況《西魏書》之作，所以奪北齊之統，無與於梁、陳。祖梁、陳之篡竊而外魏，復祖高氏之篡竊而外西魏，爲此論者，不獨於著書主客之體有不明，並大公大義之所在，亦不暇顧也。

良知論

歲丁巳，授徒村中，有以朱、陸、陽明爲問者。案，數百年來，人宗紫陽，自陽明表章陸氏，而良知之學，復與朱子相敵。邇年講漢儒之學者，又以朱、陸、王並斥，而歸諸佛、老。余謂紫陽之學，所以教天下之君子；陽明之學，所以教天下之小人。紫陽之學，用之於太平寬裕，足以爲良相；陽明之學，用之於倉卒苟且，足以成大功。人心之分，邪正而已矣。世道之判，善惡而已矣。正則善，善則事上順，事親孝，事長恭。至若行其所當然，復窮其所以然，誦習乎經史之文，講求乎性命之本，此惟一二讀書之士能之，未可執顓愚頑梗者而强之也。良知者，良心之謂也。雖愚不肖，不能讀書之人，有以感發之無不動者。陽明以浙右儒生，削平四省之盜，本以至誠，發爲忠憤，麾其所部，獨入險阻，而會剿之兵，始以寬圍掣肘者，至是亦踊躍協力。方其謫龍場也，諸苗奉之，日與説愛親敬長，而諸苗皆悦。其所驅而戰也，則知府、知縣及降附之賊，而皆用命。自横水始，至斷藤峽止，大小百數十寨，所至無不摧破。余讀《文成全集》，至檄利頭，諭頑民，札安宣慰，及所以與屬官謀告士卒者，無浮辭，無激言，真能以己之良心，感動人之良心。夫會剿之大吏，未易合也；府縣文官，懦書生也；黄金、龍川諸賊新附，未可信也；苗民，性之至野者也；土司宣慰，强梗難服也；安仁、三邑頑民，抗之有年也。當是時，從容坐論，告之以窮理盡性之學，語之以許、鄭訓詁之旨，可乎？牧民者，苟發其良心，不爲賊盜，不相争訟，農安於耕，商安於販，而後一二讀書之士，得盡其窮理格物之功。孔子曰：『民可使由之，不可使知之。』子夏曰：『雖曰未學，吾必謂之學。』此之謂與！天下讀朱子之書，漸磨瑩滌，爲名臣巨儒，其功可見。而陽明以良知之學，成一世功，效亦顯然。然則爲紫陽、陽明之學者，無容互訾矣。

愚孝論

李氏之子，以親疾刲股肉，至於死。或誚其愚，且詆其非。焦子稱之，何也？稱其愚也。刲股之爲愚，不獨智者知之，愚者亦知之。余嘗與湖蕩中絶不知書之人語説及此，皆知刲股愚孝不可爲。李氏之子居郡城，素讀書，其知之當更過於湖蕩中諸無識者。一旦臨親之疾，而行之自若，向所知爲愚者，固忘之。其忘之，何也？心一於親，不知其愚，亦不知其爲不愚也。蓋當是時，爲之親者，奄息欲絶，呻吟在牀，求之醫藥弗效，求之鬼神亦弗效，苟有可以活親者，無弗爲也。斯時之可以活親者，誠舍刲割之事，别無所出，而且傳之故老，載諸簡編者，皆刺刺稱其效之如響，奈何以其愚不一試之？且以是爲愚，必反是行，其智矣。處人倫之中，可以智乎？必依於古，仿於經，以自著其學，則至性之地，而已出之有心，有心行之，雖不愚，不必即爲孝。無心行之，雖涉於愚，不得謂之非孝。李氏之子，謂之孝而愚可也，謂之愚而非孝不可也。世有好貨財、私妻子，不養其父母，斯爲忘親而好利。夫忘親而好利，不如好名而不忘親。好名而不忘親，不如忘名而不忘親。李氏之子，可以風矣。或以其敝風俗，壞人心，將欲使天下之人忘其親而用其智與？余恐邪説之惑人，急爲論而明之。

周易用假借論

『六書』有假借，本無此字，假借同聲之字以充之，則不復更造此字。如許氏所舉『令』、『長』二字，『令』之本訓爲『發號』，『長』之本訓爲『久遠』，借爲官吏之稱，而官吏之稱，但爲令爲長，别無本字。推之，『而』爲『面毛』，借爲『而乃』之『而』，『爲』爲『母猴』，借爲『作爲』之『爲』，無可疑者也。又有從省文爲假借者，如省狎爲甲，省旁爲方，省杜爲土，省虞爲吴，或以爲避繁就簡，猶可言耳。惟本有之字，彼此互借，如『麓』、『録』二字，本皆有者也，何必借『録』爲『麓』？『壺』、『瓠』二字，本皆有者也，何必借『瓠』爲『壺』？疑之最久，叩諸深通『六書』之人，説之皆不能了。近者學《易》十餘年，悟得比例、引申之妙，乃知彼此相借，全爲《易》辭而設，假此以就彼處之辭，亦假彼以就此處之辭。如『豹』、『礿』爲同聲，與『虎』連類而言，則借『礿』爲『豹』，與『祭』連類而言，則借『豹』爲『礿』；『沛』、『紱』爲同聲，以其『剛揜』於《困》下，則借『沛』爲『紱』，以其成《兑》於《豐》上，則借『紱』爲『沛』。各隨其文以相貫，而聲近則以借而通。竊謂本無此字而假借者，作『六書』之法也；本有此字而假借者，用『六書』之法也。古者命名辨物，近其聲即通其義，如『天』之爲『顛』，『日』之爲『實』；《説文》。『春』之爲『蠢』，『秋』之爲『愁』；《鄉飲酒》

義。『嶽』之爲『犕』，『岱』之爲『代』，『華』之爲『穫』；《白虎通》。『子』之爲『滋』，『丑』之爲『紐』；《律書》。『卯』之爲『冒』，『辰』之爲『振』；《律志》。『仁』之爲『人』，『義』之爲『我』；《春秋繁露》。『禮』之爲『體』，《禮器》。『富』之爲『福』，《郊特牲》。『銘』之爲『名』，《祭統》。『及』之爲『汲』，《公羊傳》。『桑』之爲『喪』，《士喪禮注》。『栗』之爲『慄』，《白虎通》。『踟蹰』之爲『蜘蛛』，《嘯賦》。『汍瀾』之爲『芄蘭』，《息夫躬絶命辭》。無不以聲義之通而爲字形之借。故聞其名，即知其實，用其物，即思其義。欲其夷也，則以雉名官；欲其聚也，則以鳩名官；欲其户止也，則以扈名官。以曲文其直，以隱藴其顯，其用至精，施諸《易》辭之比例、引申，尤爲神妙矣。是故柏人之過，警於迫人，秭歸之地，原於姊歸，《後漢書·和帝紀注》。髮忽蒜而知算盡，《慕容紹宗事》。屐露卯而識陰謀，《晋五行志》。即『楊』之通於『揚』，『娣』之通於『稊』也。梁簡文、沈約等集有藥名、將軍名、郡名等詩。唐權德輿詩云：『藩宣秉戎寄，衡石崇位勢。年紀信不留，弛張良自愧。』『宣秉』、『石崇』、『紀信』、『張良』，即『箕子』、『帝乙』之借也。陸龜蒙詩：『佳句成來誰不伏，神丹偷去亦須防。風前莫怪携詩稿，本是吴吟盪槳郎。』『伏』、『神』、『防』、『風』、『稿』、『本』，即『蒺藜』、『莧陸』之借也。温飛卿詩：『井底點燈深燭伊，共郎長行莫圍棋。玲瓏投子安紅豆，入骨相思知不知？』借『燭』爲『屬』，借『圍棋』爲『違期』，即借『蚌』爲『邦』，借『鮒』爲『附』之遺也。『相思』，爲紅豆之名，『長行』，爲雙陸之名，借爲男之行而女之思，即『高尚其事』爲逸民，『匪躬之故』爲臣節，借爲當位之高，失道之匪也。合《艮》『手』《坤》『母』而爲『拇』，合《坎》『弓』《艮》『瓜』而爲『弧』，即孔融之離合也。『樽酒』爲『尊卑』之『尊』，『蒺藜』爲『遲疾』之『疾』，即子夜之雙關也。文、周繫《易》之例，晦於經師，尚揚其波，存其迹於文人詩客之口，其辭借其義則質，知其借而通之，瞭乎明確乎實也。或以比《莊》、《列》之寓言，則彼幻而此誠也；或以比説士之引喻，則彼詭而此直也；即以比《風》詩之起興，亦彼會於言辭之外，而此按於字句之中也。《易》辭之用假借也，似俳也而妙也，似鑿也而神也，非好學深思心知其意者，不足與言之也。

卷九　解

性善解一

性善之説，儒者每以精深言之，非也。性無他，食色而已。飲食、男女，人與物同之。當其先民，知有母不知有父，則男女無别也；茹毛飲血，不知火化，則飲食無節也。有聖人出，示之以嫁娶之禮，而民知有人倫矣；示之以耕耨之法，而民知自食其力矣。以此示禽獸，禽獸不知也。禽獸不知，則禽獸之性不能善。人知之，則人之性善矣。以飲食、男女言性，而人性善不待煩言，自解也。禽獸之性不能善，亦不能惡。人之性可引而善，亦可引而惡，惟其可引，故性善也。牛之性可以敵虎，而不可使之咥人，所知所能，不可移也。惟人能移，則可以爲善矣。是故惟習相遠，乃知其性相近，若禽獸，則習不能相遠也。

性善解二

聖人何以知人性之皆善？以己之性推之也。己之性既能覺於善，則人之性亦能覺於善，第無有開之者耳。使己之性不善，則不能覺，己能覺，則己之性善。己與人同此性，則人之性亦善，故知人性之善也。人之性不能自覺，必待先覺者覺之，是故非性無以施其教，非教無以復其性。

性善解三

性何以善？能知，故善。同此男女、飲食，嫁娶以爲夫婦，人知之，鳥獸不知之；耕鑿以濟飢渴，人知之，鳥獸不知之。鳥獸既不能自知，人又不能使之知，此鳥獸之性所以不善。人縱淫昏無恥，而己之妻不可爲人之妻，固心知之也；人縱貪饕殘暴，而人之食不可爲己之食，固心知之也，是性善也。故孔子論性，以不移者屬之『上知下愚』。愚則仍有知，鳥獸直無知，非徒愚而已矣。世有伏羲，不能使鳥獸知有夫婦之别，雖有神農、燧人，不能使鳥獸知有耕稼、火化之利。人之不善者，不能孝其父，亦必知子之當孝乎己；不能敬其長，亦必知卑賤之當敬乎己。知子之當孝乎己，知卑賤之當敬乎己，則知孝弟矣。鳥獸不知孝其父，亦不知子之當孝乎己；不知敬其長，亦不知卑賤之當敬乎己。文學技藝，才巧勇力，有一人能之，不能人人能之，惟男女、飲食，則人人同此心。故論性善，徒持高妙之説，則不可定，第於男女、飲食驗之，性善乃無疑耳。

性善解四

性善之可驗者有三：乍見孺子入井，必有怵惕惻隱之心，一也；臨之以鬼神，振之以雷霆，未有不悔而禱者，二也；利害之際，爭訟喧囂，無不自引於禮義，無不自飾以忠孝、友悌，三也。善之言靈也，性善猶言性靈，惟靈則能通，通則變，能變，故習相遠。

性善解五

孟子曰：『口之於味，有同耆也，易牙先得我口之所耆者也。如使口之於味也，其性與人殊，若犬馬之與我不同類也，則天下何耆皆從易牙之於味也？』此於口味指出性字，可知性即在飲食；曰『其性與人殊』，可知人性不同於鳥獸。同一飲食，而人能耆味，鳥獸不知耆味。推之同一男女，人能好色，鳥獸不知好色，惟人心最靈，乃知耆味好色。知耆味好色，即能知孝弟忠信、禮義廉恥，故禮義之悦心，猶芻豢之悦口。悦心、悦口，皆性之善。《淮南·泰族訓》云：『民有好色之性，故有大昏之禮；民有飲食之性，故有大饗之誼；有喜樂之性，故有鐘鼓筦弦之音；有悲哀之性，故有衰經哭踊之節。先王之制法，因民之所好，而爲之節文者也……皆人之所有於性，而聖人之所匠成也。故無其性，不可教訓；有其性，無其養，不能遵道。』《修務訓》云：『陰陽之所生，血氣之精……喜而合，怒而鬥，見利而就，辟害而去，其情一也……然爪牙雖利，筋骨雖强，不免制於人者，知不能相通，才力不能相一也。』此蓋孔門七十子之遺言，故善言性者，《孟子》之後惟《淮南子》。

知命解上

子夏述孔子之言曰：『死生有命。』孟子曰：『是故知命者，不立乎巖牆之下。』二説以相反，實相通也。凡死生窮達，屬於天者爲命，不屬於天者則非命，故曰『莫非命也，順受其正』。『莫』之言無也，無者，禁戒之詞，謂無使非命而死也。厭於巖牆而死，與桎梏而死，皆爲非命，故曰『桎梏而死』者，非正命也。死生有命，正謂不可死於非命。顔子三十二而終，此受於天之命也，不可强者也。雖大賢如顔子，不能改殀爲壽，所謂『殀壽不貳，修身以俟』是也。若爲牆所厭，則是不自慎，而自折其軀體，非命也。子畏於匡，顔淵後，子曰：『吾以汝爲死矣。』顔淵曰：『子在，回何敢死？』曾點使曾參，過期而不至，人皆見曾點曰：『無乃畏邪？』曾點曰：『彼雖畏，我存，夫安敢畏？』見《吕氏春秋·勸學篇》。死於畏，猶死於厭。見《檀弓》。顔、曾不敢死於畏，即孟子不立巖牆之下之意也，已可轉移趨辟者也。若顔子三十二而終，則不可轉移趨辟者也。不可轉移趨辟者，命也。是故命宜死而營謀以得生，命宜窮而營謀以得達，非知命也。命可以不死，而自致於死；命可以不窮，而自致於窮，亦非知命也。舉一概而皆委之於命，是爲不知命。

知命解下

聖人在尊位，君天下，則可造天下之命，君一國，則可造一國之命，故自王侯以至令長，皆有以司人之命。孔子不能得位，則道不行，而天下之命不能造，故云：『道之將行也與？命也。道之將廢也與？命也。』孟子以仁之於父子，義之於君臣，禮之於賓主，智之於賢者。聖人之於天道，與口鼻耳目四體，同指爲命，天下之飢命在稷，天下之溺命在禹，此口鼻耳目之命也。逸居無教，則近禽獸，勞來匡直，命在司徒，此仁義禮智天道之命也。百姓之飢寒，囿於命，君子造命，使之不飢不寒，皆有以遂其生。百姓之愚不肖，囿於命，君子造命，使之不愚不肖，皆有以育其德。於是天下之命，自聖人而造，惟聖人不得位，則不特民之生無以遂，即己之生亦待人而後遂。故味色、聲臭、安佚，聽之於命，不苟得，不妄求，不以爲性也，是知命也。聖人不得位，民之德無以育，而己之德則不必待人而後育，故庸行之謹，庸言之信，率之於性，而不聽之於命也，是知命也。聖人以己之命聽諸天，以天下之命任諸己，故栖栖皇皇，不肯與沮溺、荷蕢同其辟世。聖人於天道，不謂命也。孔子『五十而知天命』，知，即知此命也。又曰：『不知命，無以爲君子也。』『君子』者，長人者也。能造命則仁矣，故曰：『體仁足以長人。』視百姓之飢寒，不能拯之衽席，視百姓之愚不肖，不能開其習俗，付之無可如何，是不知命。不知命，故無以爲君子。《易傳》曰：『樂天知命，故不憂。』『樂天』者，保天下。保天下，則溺由己溺，飢由己飢，『各正性命，保合太和』矣。如是爲樂天，即如是爲知命。第以守窮任運爲知命，非孔子之所云知命也。

格物解一

格物者何？絜矩也。格之言來也，物者對乎己之稱也。《易傳》云『遂知來物』，物何以來？以『知來』也。來何以知？神也。何爲神？『寂然不動，感而遂通』也。何爲通？反乎己以求之也。『己所不欲，勿施於人』，則足以格人之所惡，『己欲立而立人，己欲達而達人』，則足以格人之所好。爲民父母，不過民之所好好之，民之所惡惡之，用之於家則家齊，用之於國則國治，用之於天下則天下平。物格則知所好惡。誠意者，誠此好惡也，故曰『如好好色，如惡惡臭』，好而知其惡，惡而知其美，能格物以致知也。人莫知其子之惡，莫知其苗之碩，不能格物以致知也。故格物者，絜矩也。絜矩者，恕也。所藏乎身不恕而能喻諸人者，未之有也。不能格物，則所藏乎身不恕矣。

格物解二

飲食、男女，人之大欲存焉。聖人於己之有夫婦也，因而知人亦欲有夫婦；於己之有飲食也，因而知人亦欲有飲食安飽。先以及父兄，因而及妻子，人人親其親，長其長，而天下平矣。於是，與人相接也，以我之所欲所惡，推之於彼，彼亦必以彼之所欲所惡，推之於我，各行其恕，自相讓而不相爭，相愛而不相害。平天下，所以在絜矩之道也。孟子稱『公劉好貨』，『太王好色』，『與百姓同之』。使有積倉而無怨曠，此伏羲、神農、黄帝、堯、舜以來，修己安天下之大道。若必屏妃妾，減服食，而於百姓之飢寒仳離，漠不關心，是克伐怨欲，不行苦心潔身之士，孔子所謂『難而非仁』者也。絶己之欲，不能通天下之志，物不可格矣。

格物解三

感於物而動，性之欲也，故格物不外乎欲己與人同此性，即同此欲。舍欲則不可以感通乎人，惟本乎欲以爲感通之具，而欲乃可窒。人有玉而吾愛之，欲也，若推夫人之愛玉，亦如己之愛玉，則攘奪之心息矣。能推，則欲由欲寡；不能推，斯欲由欲多。不知格物之學，不能相推，而徒曰過其欲，且以教人曰遏其欲，天下之欲可遏乎哉？孔子七十而『從心所欲，不踰矩』，『矩』即『絜矩』之矩。以心所欲爲矩法，而從之不踰者，所惡於上，不以使下也；所惡於下，不以事上也；所惡於前，不以先後也；所惡於後，不以從前也；所惡於右，不以交於左也；所惡於左，不以交於右也。向也求於子臣弟友而反求未能者，未能從心所欲，不踰矩也。從心所欲，不踰矩，格物之學也。

一以貫之解

孔子言『吾道一以貫之』，曾子曰『忠恕而已矣』。然則『一貫』者，『忠恕』也。『忠恕』者何？成己以及物也。孔子曰：『舜其大知也與？舜好問，而好察邇言，隱惡而揚善，執其兩端，用其中於民。』孟子曰：『大舜有大焉，善與人同，舍己從人，樂取於人以爲善。』舜於天下之善，無不從之，是真一以貫之。以一心而容萬善，此所以大也。孔子告顔淵曰：『克己復禮爲仁。』惟『克己』，斯能舍己。人惟自據其所學，不復知有人之善，故不獨邇言之不察，雖明知其善，而必相持而不相下。荀子所謂『持之有故，言之成理』。凡後世九流、二氏之説，漢、魏南北經師門户之争，宋、元、明朱、陸、陽明之學，其始緣於不恕，不能舍己克己，善與人同，終遂自小其道，近於異端，使明於聖人一貫之指，何以至此？今夫學術異端則害道，政事異端則害治，意見異端則害天下國家。孟子曰：『物之不齊，物之情也。』雖其不齊，則不得以己之性情，例諸天下之性情，即不得執己之所習所學、所知所能，例諸天下之所習所學、所知所能，故有聖人所不知而人知之，聖人所不能而人能之。知己有所欲，人亦各有所欲，己有所能，人亦各有所能，聖人盡其性以盡人物之性，因材而教育之，因能而器使之，而天下之人，共包函於化育之中，致中和，天地位焉，萬物育焉。是故人之有技，若己有之，保邦之本也；己所不知，人豈舍諸？舉賢之要也；知之爲知之，不知爲不知，力學之基也。克己則無我，無我則有容天下之量，有容天下之量，以善濟善，而天下之善揚；以善化惡，而天下之惡亦隱。貫者，通也，所爲通神明之德，類萬物之情也。惟事事欲出乎己，則嫉忌之心生；嫉忌之心生，則不與人同而與人異；不與人同而與人異，執一也，非一以貫之也。《易傳》曰：『天下何思何慮？天下同歸而殊途，一致而百慮。』『何思何慮』，言何爲乎思，何爲乎慮也。以途既殊，則慮不可不百，慮百則不執一也。何晏引此解『一以貫之』而倒其文，以爲『殊途而同歸，百慮而一致』，申之曰：知其元，則衆善舉矣。韓伯康注《易》曰：『少則得，多則惑。塗雖殊，其歸則同，慮雖百，其致不二。苟識其要，不在博求，一以貫之，不慮而盡矣。』《莊子》引《記》曰：『通其一而萬事畢。』此何晏、韓康所出也。夫通於一而萬事畢，是執一也，非一以貫之也。貫則不執矣，執則不貫矣。執一則其道窮矣，一以貫之，則能通天下之志矣。『同人于野，利君子貞』，『一以貫之』之謂也；『否之匪人，不利君子貞』，執一之謂也。以執爲貫，是以烏喙爲嘉蔬，認鵂鶹爲鸞鷟焉矣已。孔子又謂子貢曰：『女以予爲多學而識之者與？』曰：『然。非與？』曰：『非也。吾〔一〕一以貫之。』聖人惡夫不知而作者，曰：

〔一〕據《十三经注疏》：『吾』當作『予』。

『多聞擇其善者而從之，多見而識之，知之次也。』『次』者，次乎『一以貫之』者也。多學而後多聞多見，多聞多見，則不至守一先生之言，執一而不博。然多仍在己，未嘗通於人，未通於人，僅爲知之次，而不可爲大知。必如舜之舍己從人，而知乃大。不多學則蔽於一曲，雖兼陳萬物而縣衡無其具。乃博學則不能皆精，吾學焉，而人精焉。舍己以從人，於是集千萬人之知，以成吾一人之知，此一以貫之，所以視『多學而識者』爲大也。孔子非不『多學而識』，『多學而識』不足以盡。若曰我非『多學而識』者也，是『一以貫之』者也。『多學而識』，成己也，『一以貫之』，成己以及物也。僅多學而未一貫，得其半，未得其全，故非之。自何晏、韓康蔽於莊、老，誤以『何思何慮』爲不思不慮，而一貫之義，遂戾謬不可以訓。非思慮不能貫，但『多學而識』不能一以貫之者，正由不思不慮也，多識於己而又思以通之於人，此『忠恕』也，此一貫之學也。

攻乎異端解上

《論語》：『攻乎異端，斯害也已。』談者以指楊、墨、佛、老，於是爲程、朱之學者，指陸氏爲異端，而王陽明之徒，又指程、朱爲異端。此二字遂不啻洪水猛獸，亂臣賊子，正不必然。『攻』猶摩也，『我有好爵，吾與爾靡之』，『靡』即摩，摩即攻。『他山之石，可以攻玉』，『他』者，異也，『攻』者，磑切磨錯之也。『已』者，止也，各持一理，此以爲異已也而擊之，彼亦以爲異已也而擊之，未有不成其害者，豈孔子之教也？『異端』猶云兩端，攻而摩之，以用其中而已。《漢賢良策問》云：『或曰良玉不琢；又云非文無以輔德，二端異焉。』然則『異端』之云，第謂説之不同耳，故諸葛長民《貽劉敬宣書》云：『異端將盡，世路方夷。』則凡異己者，通稱爲異端，至晉世猶然也。《韓詩外傳》云：『別殊類使不相害，序異端使不相悖。』此即發明《論語》之義。蓋『異端』者，各爲一端，彼此互異，惟執持不能通則悖，悖則『害』矣。有以攻治之，所謂序異端也，斯害也已，謂使不相悖也。彼此磑切磨錯，使紊亂害於道者，悉順而和焉，故爲序。序者，時也。一人冬夏俱裘，悖矣。一人冬夏俱葛，悖矣。一人冬夏不裘不葛，而俱以袷，亦悖矣。所以悖者，失其序也。互相攻錯，令裘屬之冬，葛屬之夏，袷屬之春秋，則皆不失其序，而害止矣。《大學》：『斷斷兮無他技』，鄭《注》云：『他技，異端之技也。』經文自發明云：『其心休休焉，其如有容焉。人之有技，若己有之；人之彦聖，其心好之，不啻若自其口出。』『有容』而『若己有』，則善與人同，故『能保子孫黎民』而爲利，『媢疾』不通，則執己之一端，不能容人，故不能保子孫黎民而至於殆。殆即害也，害止則利也。有兩端則異，執其兩端，用其中於民，則有以摩之而不異。相觀而善之謂摩。人異於己，亦必己異於人，互有是非，則相觀而各歸於善。是以我之善觀彼，以摩彼之不善，亦以彼之善觀我，以摩我之不善也。故任昉撰《王儉集序》云：『攻乎異端，歸之正義。』『義』者，宜也。歸之於宜，何異之有？漢范升以《費氏易》、《左氏春秋》爲異端而排之。陳欽稱『《左氏》孤學少與，遂爲異家之所覆冒』，此又以斥《左氏》爲異家，異家即異端。惟賈逵通《五經》之説，奏曰：『三代異物，損益隨時，故先帝博觀異家，各有所采。《易》有施、孟，復立梁邱，《尚書》有歐陽，復立大、小夏侯，《三傳》之異，亦猶是也。』荀子曰：『聖人……兼陳萬物而中縣衡焉。』『中縣衡』，則有以序之，此損益所以隨時也。袁紹客多豪俊，並有才説，見鄭康成儒者，未以通人許之，競設異端，百家互起。康成依方辯對，咸出問表，皆得所未聞，莫不嗟服。蓋以儒者執一不能通，故各爲一端以難之。康成本通儒，不執一，故依方辯對，謂於衆異之中，衷之以道也。如賈、鄭之學，可謂能攻乎異端矣。《易》曰：『乘其墉弗克，句。攻吉。』《傳》曰：『乘其墉，義弗克也，其吉，則困而反則也。』以『困而反則』釋『攻』字，有未善則困，反己而歸於法，即『攻』也，斯『害』也已，故『攻吉』也。

攻乎異端解下

然則孟子距楊、墨，非乎？孟子於楊、墨，辭而闢之。楊子爲我，執於爲我也；墨子兼愛，執於兼愛也。執一即爲異端，孟子恐其不明也，而舉一執中之子莫。然則凡執一者，皆能賊道，不必楊、墨也。楊子惟知爲我，而不知兼愛；墨子惟知兼愛，而不知爲我；子莫但知執中，而不知有當爲我當兼愛之事。楊則冬、夏皆葛也，墨則冬、夏皆裘也，子莫則冬、夏皆袷也。趨時者，裘、葛、袷皆藏之於篋，各依時而用之，即聖人一貫之道也。使楊思兼愛之説不可廢，墨思爲我之説不可廢，則恕矣，則不執一矣。聖人之道，貫乎爲我、兼愛、執中者也。善與人同，同則不異矣。曾子居武城，寇至則去，寇退則反；顔子居陋巷，不改其樂，而不同於楊子之爲我者，不執一也。禹治水，勞身焦思，過門不入，而不同於墨子之兼愛者，不執一也。故曰『禹、稷、顔回同道』，又曰『禹、稷、顔子易地則皆然』。惟易地皆然，則不執一。然則孟子之距楊也，距其執於爲我也；其距墨也，距其執於兼愛也。距其執，欲其不執也。執則爲楊、墨，不執則爲禹、稷、顔、曾。孟子學禹、稷、顔、曾者也，則亦以楊、墨、子莫之道，攻而摩之，以合於權而已矣。《記》曰：『夫言豈一端而已？夫各有所當也。』太史公曰：『人道經緯萬端，規矩無所不貫。』

君子喻於義小人喻於利解

古者『雖王公士大夫之子孫，不能屬於禮義，則歸之庶人。雖庶人之子孫，積文學，正身行，能屬於禮義，則歸之卿〔一〕士大夫』。《荀子·王制篇》。卿士大夫，君子也；庶人，小人也。貴賤以禮義分，故君子、小人以貴賤言，即以能禮義不能禮義言。能禮義，故喻於義；不能禮義，故喻於利。無恒産而有恒心者，惟士爲能，君子喻於義也；若民則無恒産，因無恒心，小人喻於利也。惟小人喻於利，則治小人者，必因民之所利而利之。故《易》以君子孚於小人爲利。君子能孚於小人，而後小人乃化於君子，此教必本於富，驅而之善，必先使仰足事父母，俯足畜妻子。儒者知義、利之辨，而舍利不言，可以守己，而不可以治天下。天下不能皆爲君子，則舍利不可以治天下之小人，小人利而後可義。君子以利天下爲義，是故利在己，雖義亦利也；利在天下，即利即義也。孔子言此，正欲君子之治小人者，知『小人喻於利』。

殺身成仁解

孔子謂『志士仁人，無求生以害仁，有殺身以成仁』，解者引比干之諫、夷齊之餓，固矣。然殺身不必盡刀鋸鼎鑊也。舜勤衆事而野死，冥勤其官而水死，爲民禦大災，捍大

〔一〕『卿』後脱『相』。

患，所謂『仁』也。以死勤事，即是殺身成仁。苟自愛其身，則禹不胼胝，顏色不黧黑，竅氣不塞，足不偏枯，而水不平，民生不遂，田賦不能成，即是不能『成仁』，則爲『求生以害仁』也。管仲不死，而相桓公，霸諸侯，一匡天下，民到於今受其賜，是『成仁』不必『殺身』。夫聖賢之死不死，審乎仁不仁，非謂仁必死也，非謂死則仁也。

使無訟解

孔子曰：『聽訟，吾猶人也。必也，使無訟乎？』《大學》引之而申言云：『無情者不得盡其辭，大畏民志，此謂知本。』鄭康成解『情』爲實，謂『使誠其意，不敢訟』。此說也，吾疑焉。

虛誕無實之辭不敢訟，然則不虛誕則敢訟矣，何得爲『無訟』？且使民畏懼之不敢訟，亦非真『無訟』也，又何以爲『知本』？夫天下之本在國，國之本在家，家之本在身，故自天子以至於庶人，壹是皆以修身爲本，知修身則知本矣。然而修身在正心、誠意、致知，致知在格物，格物者，旁通情也。情與情相通，則自不争，所以『使無訟』者，在此而已。聽訟者以法，法愈密而争愈起，理愈明而訟愈煩。吾猶人也，謂理不足持也，法不足恃也，旁通以情，此格物之要也。修身爲齊家、治國、平天下之本，格物爲致知、誠意、正心、修身之本，故兩言此謂『知本』。忿懥恐懼，好樂憂患，情也。不得其正者，不能格物也，不能通情也，能格物則能近取譬矣。親愛、賤惡、畏敬、哀矜、敖惰，亦情也，而譬焉，則好而知其惡，惡而知其美矣。而物格矣，所藏乎身，既恕則身修，因而喻諸人，則絜矩之道行於天下，天下之人皆能絜矩，皆能恕，尚何訟之有？好人之所惡，惡人之所好，則不能恕，不能絜矩，是謂『拂人之性』，性拂而情不通，物不格矣。『己所不欲，勿施於人』，則在家無怨，在邦無怨，無怨則不争，不争則無訟。情通於家則家齊，情通於國則國治，情通於天下則天下歸仁而天下平。《大學》特指出『情』字『性』字，以爲格物之目，而於絜矩之道暢言之。《易傳》曰：『各正性命，保合太和，乃利貞。』又曰：『利貞者，性情也。』『保合太和』則『無訟』，而歸其本於性情。夫人皆相見以情，而己獨無情，志乃畏矣。民自畏其無情，則天下皆情矣。天下皆情，自不得獨以無情之辭盡。不得也，非不敢也。孔子『使無訟』之言，余見引之者五，賈誼之《疏》，《大戴·禮察篇》所録也，《文學對大夫之論》，《鹽鐵論》對以斥杜周、王温舒之用刑法。《史記·酷吏傳序》所祖也。賈誼謂慶賞刑罸無私如天地，惟禮能絶惡於未萌。王符《潛夫論》云『上聖不務治民事，而務治民心』，引『必使無訟』之文而解之曰：『導之以德，齊之以禮，務厚其情，而明則務義。民親愛則無相害傷之心，動思義則無姦邪之心。』『厚其情』而明恕也，恕則克己，克己則復禮，克己復禮，則天下歸仁。民志畏則有恥，有恥且格，格即格物也。上格物以化其下，天下之人亦皆格焉，格則各以情通而『無訟』而天下平。

讀易韋編三絶解

《史記·孔子世家》稱：『孔子讀《易》，韋編三絶。』門人問曰：『孔子天縱之聖，何至於《易》而不能解，韋編至於三絶？是困而知之矣。吾子學《易》有年，請解其義。』

余解之曰：『孔子讀《易》，韋編三絶，非不能解也，正是解得其參伍錯綜之故，讀至此卦此爻，知其與彼卦彼爻相比例引申，遂檢彼以審之，由此及彼，又由彼及彼，千脉萬絡，一氣貫通，前後互推，端委迭見，所以韋編至於三絶。即此「韋編三絶」一語，可悟《易》辭之參伍錯綜。孔子讀《易》如此，後人學《易》無不當如此，非如此不足以知《易》也。若云一見不解，讀至千百度至於「韋編三絶」乃解，失之矣。』

卷十　説

説聚

《易傳》曰：『方以類聚，物以群分。』此聖人治世之大法也。上古之世，人道未定，不特人與人相雜，亦且人與禽獸相雜，人以禽獸爲食，禽獸亦以人爲食。男女無別，人知有母而不知有父，無長幼之序，無尊卑貴賤之等，人之行同於禽獸。伏羲氏思有以聚之，而先定人道，使男女有別，各嫁娶以爲夫婦，乃有家。有夫婦而後有父子，乃有類。類者，父子相繼續也。由一本而九族，各以其類聚，互相爲婚姻。於是，由一族以及千百族，人乃與人聚，而不爲禽獸所害。聚則争，因立君長以統治之，乃有國。國之所聚，與家之所聚相經緯焉。父子有親而親親有殺，君臣有義而尊賢有等，有等殺而群乃分，有所分而聚乃可治。五穀之雜於草木也，猶人之雜於禽獸也，神農氏辨而聚之，不特穀與穀聚，而穀之中爲麥、爲粱、爲黍、爲稷、爲稻、爲麻、爲菽，亦各以類而聚。推之於果於蔬，無不使以類聚。其百穀果蔬之外，又辨其性之所宜，或用爲藥以治疾，或用爲器以利用。於禽獸之中辨其爲六畜：雞、豚、狗、彘，可以養老；服牛乘馬，可以致遠，亦各蓄其種而聚焉。伏羲氏盡人之性，神農氏盡物之性，治世之法，兩聖人盡之。儒者稱『三皇』，或配以燧人，或配以女媧，余謂伏羲、神農兩聖人，未有能配之者也。

説方上

天之道圓，惟圓乃直，後人以同流合污爲圓，非圓也。地之道方，惟方乃通，後人以絶物忤世爲方，非方也。圓則自强而無所依倚，同流合污則依倚不能自强；方則推廣而無所崖岸，絶物忤世則崖岸不能推廣。方之言旁也，天旁通於地，故地之德方，處乎中，東西南北在其四旁，則爲四方，并四隅言之，則爲八方，極而言之，則爲萬方。方非以隅角名之也，『自强不息』，則得乎道之圓，『厚德載物』，則得乎道之方。厚以載物，則能旁通，自强成己也，載物及物也。物在己旁而推而通之，德施普矣，普即方也，故絶物忤世者反乎方者也。陽湖孫觀察惡道之不方也，作《釋方》，乃未悉乎方之道也，因爲之説。

説方下

形之有隅角者稱方，何也？隅猶言遇，角猶言較。有兩則遇，亦有兩乃較。物折則一爲二，故折而有隅角者爲方。方者，併也，有兩乃可言併也。天，一也，地配於天則二也，故方屬地。如母配於考則稱妣，妣者，比也，比亦方也，故妣屬母。若以四旁言之，《詩》云『東方之日兮』，固指天而言，是天亦可稱方，天固無稜也。地道方而形則圓，夫何惑焉？

説隅

《説文》：『隅，从自，禺聲，陬也。』《文選·魏都賦》劉逵《注》：『聚居爲陬。』陬之爲聚，猶諏之爲聚。凡物由分而合爲聚，兩線相引，其合處或角，以其聚則爲陬，以其遇則爲隅。遇者會也，會者合也。《廣雅》陬隅，同訓隈。《説文》：『隈，水曲隩也。』《釋名》：『曲，局也。』《爾雅·釋言》：『局，分也。』有兩則分，亦有兩乃聚，『隅』、『陬』、『隈』皆以兩得名，廉从兼得聲。兼，并也，故『隅』亦名廉。廉，稜也。《廣雅·釋詁》。稜，威也。《後漢·

班彪傳注》。威，畏也。《考工記》：『恒當弓之畏』，『畏』讀如『秦師入隈』之『隈』，是『隈』即『畏』也。畏也者必撓，撓，曲也，故隈爲曲。凡心一則直，貳則曲，兩而合則愛，兩而分則畏。畏愛異而同，故偎从畏而訓愛，《記》曰：『畏而愛之』，則兼其義也。愛通僾，而義爲隱，隱之義又通於曲，愛者，仁也，於是仁爲惻隱，而隱曲之隱，與畏愛之愛，遂相轉注，可通而通矣。《列子·湯問篇》：『乃命禺彊』，張湛《注》：『禺與隅同。』《管子·侈靡篇》：『是爲十禺』，《注》云：『禺，猶區也。』《論語》：『區以别矣，别亦分也。』《淮南·氾論訓》：『此見隅曲之一指』，《注》云：『隅曲，室中之區隅。』《荀子·榮辱篇》：『安知廉恥隅積』，《注》云：『隅，一隅，謂其分也。』隅以『分』爲義，故云『區隅』。區之於歐，猶隅之於偶，偶爲兩，知隅亦爲兩。《史記·封禪書》之『木禺』，即《孟嘗君傳》之『木偶』，故《大雅》『維德之隅』，《劉熊碑》作『維德之偶』，隅即偶也。隅與愚同聲，愚，鈍也。以義推之，凡兩線相交，其正者爲方，其鋭者爲角，其鈍者爲隅。

説權一

法不能無弊，有權則法無弊。權也者，變而通之之謂也。法無良，當其時則良，當極寒而濟之以春，當極暑則和之以秋，此天道之權也。故爲政者，以寬濟猛，以猛濟寬。夏尚忠，殷尚質，周尚文，所損所益，合乎道之權。《易》之道在於趨時，趨時則可與權矣。若立法者，必豫求一無弊者而執之，以爲不偏不過，而不知其爲子莫之『執中』。夫楊子之『爲我』，墨子之『兼愛』，當其時則無弊。邇言不能皆善，舜用之而當，則惡隱而善揚，中即在兩端，執而用之於民，舜之權也。治寒而用烏附，治熱而用硝黄，無弊也，用而當，則烏附、硝黄之惡隱矣。苟惡其毒苦，而擇不寒不熱、和平無害之味投之，鮮不誤矣。故以權用法，猶因病用藥，以將來之有弊，而致廢見在宜行之法，不知權者也。以前此之有弊，而致廢見在宜行之法，亦不知權者也。

説權二

先進於禮樂，野人也。後進於禮樂，君子也。孔子用之，乃不從後進之君子，而從先進之野人。或曰：後進者不得爲君子也，稱之爲君子，詭詞也，不知此聖人示人以權也。野人質勝文，君子文質彬彬矣。當孔子時，文勝質之時也，從先進則以質勝文，與文勝質相和，乃可以至彬彬之君子。譬如湯至沸，以寒水和之，乃得其平。故聖人之教人也，兼人則退之，退則進之；王者之化俗也，國奢示之以儉，國儉示之以禮，可與權治天下，如運諸掌。

説權三

《春秋公羊傳》曰：『權者何？反於經然後有善者也。』《論語》：『可與立，未可與權。』《唐棣之華》：『偏其反而』，《注》云：『賦此詩者，以言權道反，而後至於大順。』説者疑於經不可反。

夫經者，法也。法久不變，則弊生，故反其法以通之。不變則不善，故反而後有善。不變則道不順，故反而後至於大順。如反寒爲暑，反暑爲寒，日月運行，一寒一暑，四時乃爲順行。恒寒恒燠，則爲咎徵。禮減而不進則消，樂盈而不反則放，禮有報而樂有反，此反經所以爲權也。《孟子》論鄉原云：『君子反經而已矣。經正則庶民興，庶民興，斯無邪慝矣。』一鄉皆稱原人，衆皆悦之，自以爲是，是共相習爲同流合污，於忠信廉潔，似是而非矣。孔子反之，以爲德之賊。衆悦以爲善而不知變，孔子以爲賊，而思狂士，狂士與鄉原，相反者也，故爲反經。反經而經乃正，經正而衆乃知似是而非者之非堯、舜之道也。衆以同流合污爲經，則經不正，反之而以堯、舜之道爲經，則經正矣。衆與於堯、舜之道，而同流合污之邪慝乃退，此反經即《公羊傳》之反經。公羊家之言，蓋有所授也。學者重視經，駭於反經之言，是不知權之爲權，亦不知經之爲經。

説權四

經者何？常也。常者何？久也。《易》：『窮則變，變則通，通則久』，未有不變通而能久者也。『《乾》以易知，《坤》以簡能，《易》則易知』，『易知則有親』，『有親則可久』，易即變通也。常本衣裳之裳，其訓久者，通於長，長从兀从匕，匕即化。《説文》言久則變化，非變化不可以久，亦未有久而不變化者也。常亦庸也，《説文》：『庸，用也。从用从庚。庚，更事也。』『更』猶變也。子思子作《中庸》，直以『庸』字名書，一則云『君子之中庸，君子而時中』，以『時』字解『庸』字，非變通不可以趣時也；一則云『執其兩端，用其中於民』，以『用』字解『庸』字，非變通不可以利用也；又以『天下之達道爲和』，而以中和明『中庸』，『達』即通也。於是暢言之云：『庸德之行，庸言之謹，有所不足，不敢不勉，有餘不敢盡，不足則增，有餘則減。』此變通也。所爲『庸』也，即所謂常也。《易傳》云：『庸言之信，庸行之謹』，亦申之云：『善世而不伐，德博而化。』世者，『代』也，謂更代而變化也。權之於稱也，隨物之輕重以轉移之，得其平而止，物增損而稱，則長平轉移之力也。不轉移則隨物爲低昂，而不得其平，故變而後不失常，權而後經正。

説權五

仁、義、禮、知、信，萬古行之而不易，故曰『五常』。『五常』即五行之性，見《樂記注疏》。故黄帝考建『五常』，謂五氣行天地之中，以候其天和。見《素問·五運行大論》。春秋寒暑，迭相爲經，權在其中矣。恭、慎、勇、直，經也。無禮則勞，無禮則葸，無禮則亂，無禮則絞，不知權也，故聖人之轉移天下也以禮。仁、知、信、直、勇、剛，經也。不好學，則其蔽愚，其蔽蕩，其蔽賊，其蔽絞，其蔽亂，其蔽狂，不知權也，故君子之轉移氣質也以學。君子之於天下也，無適也，無莫也。義之與比，大人者，言不必信，行不必果，惟義所在。然則禮也，學也，惟其義也。雖然，非禮之禮，非義之義，大人弗爲，則禮義之中又有權焉。可與共學，未可與適道；可與適道，未可與立；可與立，未可與權。學未至於權，未善也。儒者自持所學，曰吾禮也，吾義也，是乎己而非乎人，出者奴而入者主，其始害於道，其究禍於天下國家。非禮義之有害也，亦害於不知權而已矣。

説權六

聖人以權運世，君子以權治身，權然後知輕重，非權則不知所立之是非，鮮不誤於其所行，而害於其所執。《周易》以『易』名書，《屯》之《既濟》曰：『即鹿无虞，惟入于林中，君子幾不如舍。』『虞』者，度也，度然後知長短。權與度一也，惟度乃知幾，『幾』者，吉之先見者也。《中孚·初九》：『虞吉』，『虞』乃『吉』，權乃無害也。孔子曰：『五十以學《易》，可以無大過矣。』學《易》何以『無大過』？以其能變通也。許、虞、仲、夷逸以權，何也？謂放言也。隱居爲身中清，放即發也，言而當，故發中權，言之無過，逸民之權也。無可無不可，聖人之權也。虞、仲、夷逸者，放言而外，未必皆權矣。孟子曰：『男女授受不親，禮也。嫂溺援之以手，權也。』又曰：『嫂溺不援，是豺狼也。』豺狼，禽獸也，禽獸不能轉移，人則能轉移，自守於禮，而任嫂之死於溺，此害於禮者也，援則反乎禮而善矣。娶妻如何，必告父母，禮也。告則不得娶，以懟父母，且至於無後，無後爲不孝之大，故曰『舜不告而娶』，爲無後也，是舜之反經也。任人問屋廬子：『食色與禮孰重？』而語之曰：『以禮食則不得食，以親迎則不得妻。』夫親迎之不得妻，猶之告則不得娶也。『不告而娶』，舜行之矣。娶妻固有不必待親迎者，孟子舉紾兄之臂，與逾牆摟處子，而顯示之曰：『不揣其本，而齊其末，方寸之木，可使高於岑樓，金重於羽者，豈謂一鈎金與一輿羽之謂？』權之義，分之析之明且盡矣。親迎，禮也，必親迎則不得妻，失男女之時，絶祖宗之祀，雖不親迎，可也。摟其處子，則强暴淫亂之夫，王者所誅，君子所不齒，寧無妻不爲也。孔子『章甫』、『逢掖』，其常也，微服，反常也。必儒衣儒冠，以攖桓魋之怒，是輕生也。子羔處難而不由竇，則孔子以爲愚爲不知權也。曾子易簀，未安而終，易簀固死，不易簀亦死，不敢久於安也。微服則不死，不微服則死，不敢苟於死也，皆權也。陳代曰：『不見諸侯，宜若小然。今一見之，大則王，小則霸。枉尺而直尋，宜若可爲也。』『枉尺』，一鈎金也；『直尋』，一輿羽也。以不親迎而得妻推之，故曰『宜若可爲』。不知不親迎，反乎經而不枉乎道，經可反也，道不可枉也。枉己者未有能直人者也，故曰『君子欲仕，又惡不由其道』，『不由其道』而往，爲鑽穴逾牆之類，非徒不親迎之類也。虞翻説《易·漸》卦云『三動失位』，『三』已得位又變受上，權也。欲正人之不正，先自居於不正，而後受上之易焉，此正陳代『枉尺』、『直尋』之説，何得爲權？

説權七

《史記》、《漢書》不爲紀信立傳，附見《項羽》、《高帝本紀》亦寥寥，非特筆，檢之殊不快。及閲董子《春秋繁露》，乃知其故。

當時重公羊學，公羊家以逢丑父爲『欺三軍，當斮』。董子凡三言之，一以爲不如祭仲之知權，《竹林第三》。一以爲不如轅濤塗之不宜執，《精華第五》。一以比楚子虔之殺蔡世子。《觀德第三十三》。謂獲虜逃遁者，君子所甚賤。丑父措其君於人所甚賤，以生其君，《春秋》以爲不知權而簡之。前正而後有枉者，謂之邪道，雖能成之，《春秋》不愛，欺三軍爲大罪，於晋其免頃公，爲辱宗廟於齊。由法論之，則丑父欺而不中權，忠而不中義。漢之紀信，即齊之丑父也。當時之論丑父如此，則不滿於紀信可知。方以紀信爲邪道。司馬氏與董子同時，其習聞之矣，此紀信所以簡之，不立傳也。按：《公羊傳》『欺三軍』之言出自晋，晋之斮之也固宜。亦未嘗有譏丑父爲邪道，爲不知權。董子據晋人之言，以爲丑父『欺三軍』，則是以司寇據讎敵之片言，以入被誣者之罪。若謂丑父是時宜與頃公同死社稷，見《竹林》。尤爲迂論。頃公歸而賓媚人成盟，晋師退矣。頃公發憤有爲，齊且大振。晋侯且高其義，畏其德，使諸侯復歸其侵地。若與丑父同死靡笄之下，晋率魯、衛之軍，直入徐關，國已無主，其屏更不可測。頃公之遁，無異孔子之微服過宋。孔子微服不爲辱，頃公何辱之有？紀信之於沛公，所繫尤大。當時無信誑楚，高帝安危正不可知，漢且由是滅矣。謂漢四百年天下，紀信實與之，可也。余謂逢丑父、紀信千古之大忠，非身死於國亡事敗之後，無補於君父者可較也。君子知權莫過於是，董仲舒以爲不如祭仲，失之甚矣。況《左氏》述丑父之言，晋人實免之。晋人固許其忠，詎有忠於事君而爲枉爲邪道者乎？公羊氏以祭仲爲知權，姑置勿論，董子斥丑父不知權，董子固未知權也夫？

説權八

董子之言曰：『陽爲德，陰爲刑，刑反德而順於德。』亦權之類也。天以陰爲權，以陽爲經，經用於盛，權用於末，此以見天之顯經隱權，前德而後刑也。董子於是乎淺言權矣。權反經以合道，此一陰一陽之所以神。權在陰陽迭用之中，陰不可爲權也，德以施惠，刑以正邪，可以與，可以無與，非權則傷惠。古稱刑爲常刑，刑，法也，亦經也。而天討有罪，五刑五用，用者，庸也，或流，或贖，或赦，或賊，平其輕重以爲之。典刑之中有權焉，而刑不可爲權也。劉劭《人物志》曰：『術家之流，不能創制垂則，而能遭變用權，權智有餘，公正不足。』此以『公正』爲經。『創制垂則』，盛時之事也，『遭變用權』，所謂權用於末也。劭之説同於董子。然則董子之權，術家之權，非聖人之權。術家之權，孟子所云『機變之巧』也。蓋有王者之權，有霸者之權，有君子之權，有小人之權。王者以權平天下，霸者以權富其國，君子以權修身，小人以權詐人。通其變，使民不倦，神而明之，使民宜之，王者之權也。善用非其有，使非其人，動言摇辭，萬民可得而親，霸者之權也。君子之權，孔子、孟子所言是也。小人之權，董仲舒、劉劭所云是也。小人之權宜隱，君子之權不可離。無權則賊道矣，是故荀子曰：『人無動而不可不與權俱。』

說矜

有老儒病，將死，取生平著述草稿視之，悉付諸火。門人問曰：『若此儒者，可謂能自謹矣？』余曰：『未也，此矜心乘之也。人莫患乎自以爲孔子。自以爲孔子，則惟覺己之言是，而天下之言非。惟覺己之言是，而天下之言非，則不復能察天下之言，而其學不進。其始血氣僨滿，昏瞀自持，既老而衰，衰而病，漸知己之言未能加乎天下之言，而天下之言之加乎己者，又不甘下之。下之不甘，勝之不能，則不如火之。嗚乎！是可哀矣。夫人各有其性靈，各有其才智。我之所知，不必勝乎人；人之所知，不必同乎己。惟罄我之才智，以發我之樞機，不軌乎孔子可也。存其言於天下後世，以俟後之人參考而論定焉。老儒自矜其言，又恐人之斥之駁之也，至於火其言。存其言於天下後世，無一人斥之駁之，惟孔子一人。而漢、唐、宋以來，且有疑孔子者矣。彼老儒者，乃欲天下後世無疑己者也，則自視且過乎孔子矣。』

説定上

顧亭林語潘稼堂曰：『人最忌以未定之書示人。』此言是也，而不然也。自以爲定，誠定乎？人以爲未定，誠未定乎？夫以爲定，亦自以爲定耳。而人之視人之書也，恒以爲不足定，定不定果何是乎？少時之作，壯而視之，或以爲未定；壯時之作，老而視之，或以爲未定。然究之少壯之作，不必誠不定，老年之見，不必其遂定。人之學，自求其善而已矣，定不定，己不能知，人亦不能知。夫天下之言，未有能定者也。

説定下

井田封建，聖人所制也，而後世遂不可行，則聖人之言且不定也。故有定於一時，而不能定於萬世者；有定於此地，而不能定於彼地者；有定於一人，而不能定於人人者，此聖人所以重通變之學也。然而有定於一時，即定於萬世者；有定於此地，即定於彼地者；有定於一人，即定於人人者。何也？人倫也，孝弟也，仁義也，忠恕也，聖人定之，不容更有言也。更有言使不定其所定，則楊、墨之執一也。佛氏之棄人倫，滅人性也。已别有所定，以定聖人之言，聖人所已定者，遂不定不能窮其微，察其僞，且以未定爲定，而聖人之言，其不容更定者，乃莫得其所定也。是則惑之深，而害之大矣。

理説

君長之設，所以平天下之争也。故先王立政之要，因人情以制禮，故曰：『能以禮讓爲國乎何有？』天下知有禮而恥於無禮，故射有禮，軍有禮，訟獄有禮，所以消人心之忿而化萬物之戾。漸之既久，摩之既深，君子以禮自安，小人以禮自勝，欲不治，得乎？後世不言禮而言理。九流之原，名家出於禮官，法家出於理官，齊之以刑則民無恥，齊之以禮則民且格，禮與刑相去遠矣。惟先王恐刑罰之不中，務於罪辟之中，求其輕重，析及豪芒，無有差謬，故謂之理，其官即謂之理官，而所以治天下則以禮，不以理也。禮論辭讓，理辨是非。知有禮者，雖仇隙之地，不難以揖讓處之，若曰雖伸於理，不可屈於禮也。知有理者，雖父兄之前，不難以口舌争之，若曰雖失於禮，而有以伸於理也。今之訟者，彼告之，此訴之，各持一理，譊譊不已。爲之解者，若直論其是非，彼此必皆不服，説以名分，勸以孫順，置酒相揖，往往和解。可知理足以啓争，而禮足以止争也。明人吕坤有《語録》一書，論理云：『天地間惟理與勢最尊，理又尊之尊也。廟堂之上言理，則天子不得以勢相奪，即相奪，而理則常伸於天下萬世。』此真邪説也。孔子自言『事君盡禮』，未聞持理以要君者，吕氏此言，亂臣賊子之萌也。

文説一

學者以散行爲古文。散行者，質言之者也。其質言之，何也？有所以言之者，而不可以不質言之也。夫學充於此而深有所得，則見諸言者自然成文，如江河之水，隨高下曲折以爲波濤，水不知也。倘無所以言之者，而徒質言之，諄諄於字句、開合、呼應、頓挫之間，是揚行潦以爲瀾，列枯骨、朽荄吹嘘之以爲氣，剿襲雷同，粦瞻可憎，試思所欲質言者何在，而爲是喋喋也？是故學爲古文者，必素蓄乎所以言之者，而後質言之。古文者，非徒質言之者也。

文説二

文有達，而無深與博。達之於上下四旁，所以通其變，人以爲博耳；達之於隱微曲折，所以窮其原，人以爲深耳。譬如泛舟於湖，港汊繁多，土人指而告之，終茫然莫能釋。

及往來其間，歷有年所，而支分派别瞭然於胸中。乃知土人所縷述者，原未嘗溢於所有之外，且向者土人之所述，今且得而自述之也。醫之達者，其治疾每爲庸醫所詬病，往往其應如嚮，又未嘗不詫爲神奇。不知第明其所以然之理，而行其所當然，如人本之南，忽東行，非奇也，南有水，必東乃得梁也。故非深博，不可爲文；非深博，不可論人之文。

文説三

夫謂文無深與博，亦即無所爲簡。行千里者以千里爲至，行一里者以一里爲至。《左氏春秋》，一人之筆也，或一二言而止，或連篇累牘，千百言而不止。一二言未嘗不足，千百言未嘗有餘，災變戰伐，下至瑣褻猥鄙之事，無不備載。未聞徒舉其大端而屏其細故，以爲簡也，而文自簡。明康海作《武功志》，不啻殘磚敗瓦，而處人於荒村僻巷間也，而説者稱羨之，良可怪矣。

詩説

余有老柘二株，枝蒲疎，召善攻木者修剔之。乃登柘以繩先縛其枝，而後斧之，慮枝落傷柘下花藥故也。《小弁》之詩曰：『伐木掎矣，析薪杝矣。』《毛傳》云：『伐木者掎其顛，析薪者隨其理。』《箋》云：『掎其顛者不欲妄踣也。』《疏》云：『畏木倒而掎之。』乃知詩人所咏，即野人伐木之情狀，而鍊一『掎』字以寫之。凡析薪，以斧縱斫之，受鋒處隨木理而裂，多衺行，是爲『杝』也。《疏》以『施』明『杝』，施者，衺也。見《淮南子·要略訓注》。余屋後土垣圮於雨，召佃客築之。群運土邪許，魚貫而集，集而後築垣成矣。以繩纏柳，鞭之便堅，土受鞭而斂矣。《綿》之詩曰：『捄之陾陾，度之薨薨。築之登登，削屢馮馮。』《毛傳》云：『捄，虆也；陾陾，衆也；度，居也；登登，用力也；削牆鍛屢之聲，馮馮然。』《箋》云：『捄，捊也；度，猶投也。築牆者捊聚壤土，盛之以虆，而投諸版中。』詩人寫築牆之情事，尤詳細如繪，以虆盛土，投之版中而築之，築其上也，其旁必有溢出板者。則『削』之『屢』之，『屢』爲古『婁』字，婁者，斂也。斂之使堅，必用鍛，鍛者，椎也。椎而斂之，即今以繩纏柳而鞭之也。《士喪禮》『牢中旁寸』，《注》云：『牢讀爲樓，樓爲削約握之。』『樓』通『婁』，『削約』即斂，則『削屢』之『屢』，亦可讀爲『牢』，牢之即堅之。堅之由於鍛之，故曰鍛屢，鍛屢猶鍛鍊也。『削』用鍤，『屢』用鞭，二字尤鍊甚。說詩者以晚唐姚合、賈島爲尖酸瑣碎，其體卑靡，病在刻意雕琢，偶舉此二條以訊之。

詞説一

學者多謂詞不可學，以其妨詩古文，尤非説經所宜。余謂非也。人禀陰陽之氣以生者也，性情中必有柔委之氣寓之，有時感發，每不可遏，有詞曲一途分洩之，則使清勁之氣長流存於詩古文。且經學須深思冥會，或至抑塞沈困，機不可轉，詩詞足以移其情，而轉豁其樞機，則有益於經學不淺。文武之道，一張一弛。古人一室潛修，不廢絃歌，其旨深微，非得陰陽之理，未云與知也。惟專於是，則不可耳。

詞説二

詞不難於長調，而難於長句；詞不難於短令，而難於短句。短至一二字，長至九字十字。能長不可界斷，短不致牽連，乃見力之大。短不牽連尚易，長不界斷，雖名家有難之者矣。古人用長句，往往同一調，而句或可斷於此，亦可斷於彼者，皆不可斷其音，以緩爲頓挫，字字可頓挫，而實不必斷。吴夢窗自度《金盞子》調云：『新雁又無端送人江上，短亭初泊。』此九字句，余所謂緩調，字字可停頓也。乃或據《竹山詞》而讀『又』字爲句，竹山固本諸夢窗，乃據竹山以衡夢窗，可乎？

時文説一

時文之體，全視乎題。題有虛實兩端，實則以理爲法，虛則以神爲法。考核典禮，敷衍藻麗，皆其後也。故時文家能達不易達之理，能著不易傳之神，乃爲大家。題有截上截下，以數百字而適完此一二句之神理，古文無是也。題有截因而有牽連鈎貫者，其即離變化，尤未可以苟作，故極題之枯寂險阻，虛仄不完，而窮思渺慮，如飛車於蠶叢鳥道中，鬼手脱命，争於纖豪，左右馳騁而無有失。至於御寬平而有奥思，處恒庸而生危論，於諸子中，有近乎莊、列、申、韓、鄧析、公孫龍。然諸子之説根於己，時文之意根於題，實於六藝、九流、詩賦之外，别具一格也。余嘗謂學者所輕賤之技，而實爲造微之學者有三：曰弈，曰詞曲，曰時文。

時文説二

季蕃問曰：『時文莫善於章、陳兩家之文，往往深僻其意。然則何如而後能深僻其意也？』

余曰：『深僻者，形也，非意也。兩家之意，雖初學俗手亦能之。夫章、陳之文之深僻者，其形則然也。匪獨章、陳，凡時文皆然。庸、奇、清、濁、淺、深、華、樸，均以形別之。古文以意，時文以形。舍意而論形，則無古文；舍形而講意，則無時文，故二者不可以相通。然則時文易工乎？曰：惟以形，工之尤難。』

時文説三

學究之以時文教人也，動曰理法。夫時文之理法，第時文之理而已矣，時文之法而已矣。如學詩者有詩之理法，學詞者有詞之理法，學書者有書之理法，學績事者有績事之理法。推之醫卜、堪輿、陶冶、梓匠，莫不各有理與法，時文其一也。舍理法不可以爲時文，猶之舍理法即不可以爲詩詞、書畫、醫卜、堪輿、陶冶、梓匠，而究之，其爲時文之理法而已。設以醫之理法用諸書畫，吾知其不通也。以陶人之理與法用諸冶，詩之理與法用諸時文，又夫人而知其不可也。則執時文之理與法，遂以爲即聖賢修己、治人、齊家、治國之理與法然乎哉？且時文之理法盡於明人，明人之於時文，猶唐之詩，宋之詞，元之曲也。執成宏之樸質、隆萬之機局以盡時文，不異執陳子昂、孟襄陽、韋蘇州以盡詩，執姜白石、張玉田以盡詞，亦學究之見而已矣。

昭穆説

昭穆，周制也。父爲昭，子爲穆。七廟所祀，親盡則祧，無可疑也。疑者以七廟親盡則毁，設有兄弟嗣位者，將共昭穆乎？抑兄昭而弟穆乎？又有以孫繼祖者，將祧其二主乎？抑虚其一廟乎？以弟繼兄，以孫繼祖，則將有親盡不毁者乎？且將有親未盡而毁者乎？竊謂昭穆之制，即所以定父子承統之制。文王之位，不傳於伯邑考之子而傳於武王，則無以孫繼祖之事矣。周公大聖人，武王不以天下未定，禮樂未興，舍孺子而授以天位，周公攝相，必復辟以歸政於成王，則無以弟紹兄之事矣。既無以孫繼祖之事，又無以弟紹兄之事，則父常爲昭，子常爲穆，親盡則祧，又何疑乎？於是有十五生子、一娶九女之制，所以廣其嗣。設不幸而如宋之仁宗、明之武宗，則以昭穆相當者，繼嗣而繼統焉。周公爲萬世立法，而寓其意於昭穆之制，論古者宜因昭穆以推見其立法之心，乃紛紛聚訟者何哉？

岳神説

湖中人乙負甲穀，甲愿而乙黠。乙治酒飲甲，曰：『將券來，吾庚爾穀。』甲欣欣持券，率家子弟以筐往。乙受之，則曰：『吾不負爾也。衆何爲來？』詭與訌而訟之縣，甲不勝。訴諸府，府亦以其無券也而曲之，甲又不勝。而訴諸司，司曲之亦如府。將訴諸撫軍，家人曰：『無券，終無直子者，徒損錢耳！』適除夕，甲衣冠過乙，曰：『明日元旦，請同詣岳廟，訴諸神。吾狀已具，特告君，君其亦具狀來。』明旦，甲持狀至岳廟，則乙已先在，揖甲曰：『吾誠負君。券故在，請如券庚君穀。君勿訴神也。』夫竭數年之力，求白於縣、府、司而不得，一旦不煩言而得諸神。說曰：此聖人所以以神道設教也。夫不測之謂神，聖而不可知之之謂神。聖人神而明之，通其變，使民不倦，故曰：『民可使由，不可使知。』彼知吾之好惡，而有以窺我，則用我之刑賞喜怒，以行其詐，而民倦矣。倦者，無嚴憚之謂也。《中庸》之末也，言君子之所不可及，惟人之所不見，因引《詩》曰『尚不愧于屋漏』，又引《詩》曰『奏假無言，時靡有争』，又引《詩》曰：『上天之載，無聲無臭。』以明君子不賞而民勸，不怒而民威於鈇鉞。人之畏天也，以其無聲臭也；人之畏鬼神也，以其不可度也。君子先心退藏於密，吉凶與民同患，所以神武而不殺。此舜所以無爲而治也與？

卷十一　釋考

釋　月

歲戊午，與高郵沈方鍾鈁晤於金陵之旅舍。方鍾語余曰：『月之有魄也，虚與實與？有形而暗與？抑無形而空與？六月之下弦，歲星交於月，星貫弧背，自兩角間出，令有形而暗也，則星不得見矣。星故上於月。今月之魄不可以掩星，意者其虚而無形者邪？』余時無以應，歸而思之。《白虎通德論》云：『日之爲言實也，常滿有節；月之爲言闕也，有滿有闕也。所以有闕者〔一〕何？歸功於日也。』其在《説文》，篆文作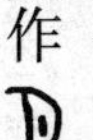，云『月闕也，太陰之精，象形』。夫月三五而盈，三五而闕，制字不象其盈，而必象其闕者，豈非以形之本闕乎哉？蓋日之形如球，月之形如釜，常受日之光以爲半圓，故其弧背常

〔一〕『者』，原脱，据《白虎通義》補。

向於日，陰承陽之義也。且日乘於天，月生於地，月猶水也，水隨日而潮，月隨日而滿，陰主凝，得陽則起而充焉。弧背所以向日，日之氣充之而弧也，然不必星之交月而知之矣。魄而有形，則當其弦也，必半明而半黑矣。今其半不著其黑也，弦之外蒼蒼者，天也，初生明時，有圓影一規，漸至上弦，轉無此影，尤可見矣。聖人知之，故制月之字而象其闕云爾。

釋 軹

《記》云：『六尺有六寸之輪，軹崇三尺有三寸，加軫與轐焉，四尺也。』此度之見於經文者甚明。曰四尺，而不曰軫與轐七寸，則不得定軫與轐爲七寸可見。六尺六寸，三尺三寸，皆言其奇零牙圍轂長之數，皆比例至於微秒，則此四尺之數，必非統總約略之數又可見。則於此因軫、轐之圍以求其徑，因其徑以求所謂四尺者安在？則軹之所在，可以意推矣。竊以軫圍一尺一寸，方徑二寸七分五釐，當兔圍一尺五寸二分三釐六豪，方徑三寸八分零九豪，轐之厚與此平，則轐亦厚三寸八分零九豪矣，軫、轐合厚六寸五分五釐九豪。又度軹崇三尺三寸，由軹心至軸之上，又高於軹者半軸，軸圍一尺三寸二分，圓徑四寸二分零一五六，半之爲二寸一分零零七八，以半軸合軫、轐，共八寸六分五九七八，則較四尺之數又多，以七寸減軫、轐半軸之合數，羨一寸六分五釐九七八。由此推之，則輿底板必上與軫平，軫下當飛出輿底板一寸六分五九七八也。轐帖於輿底板，與輿中互宜，亦一寸六分五九七八也，於軫減一寸六分五九七八，羨一寸一分零九七八，於轐減一寸六分五九七八，羨二寸二分五釐零七八，合軫全數、轐羨數及半軸之數成七寸，與軹爲四尺也。軜宜與轐平，而礙於前後軫之飛出，則必於飛出礙軜之處，刻爲方缺，以限軜。所謂軓者，蓋即此。車之名多矣，而祭獨於軹與軓，蓋聖人以無形之地爲神，軹居轂中而軹無形，軓居軫中而軓無形，此所以祭也。

釋閾

《曲禮》：『大夫士出入君門，由闑右，不踐閾。』《正義》云：『出入不得踐履門限，所以爾者，一則自高，二則不净，並爲不敬。』此最可疑。無論公門之尊，即士庶之家，出入者豈有踐於閾上之理？公門高，其閾亦必高，雖極不敬，何至登於其上以自高而不絜耶？《顧命》：『大輅在賓階面，綴輅在阼階面。』《考工記》：『路門不容乘車之五个，應門二轍參个。』《樂師注》云：『王如有車出之事，登車於大寢西階之前，反降於阼階之前。』然則門有車行，車行則閾不得置。今官署門限，每日必徹去以通人行，何致不俟其徹去而踐履之？余嘗思其故。《玉藻》：「賓入不中門，不履閾。」鄭氏以「不履閾」屬上，「賓入不中門」一氣貫下，而注之云：「辟尊者所從也。」則不獨「中門」爲「尊者所從」，而此閾亦「尊者所從」。蓋閾與門限有别，掩兩扉，則用門限投於兩棖而不設臬，啓門則徹去門限，而設兩臬。設兩臬則門分爲三，其兩臬之間爲中門，臬東、臬西爲人臣出入所由，則不設閾，兩臬間則設閾。蓋兩臬即連於閾上。惟不入中門，故不履閾，此中門之閾，惟君出入履之，亦惟鄰國之君來出入履之，不獨本國之臣不踐此閾，即來聘之客亦不敢履此閾。故下申言云：「公事自闑西，私事自闑東。」「闑東」、「闑西」無閾，則由之。兩闑之間有閾，則不敢踐，所爲「辟尊者所從也」。《士冠禮》及《特牲饋食禮》皆云：「席於門中，闑西閾外。」「門中」、「闑西」，即兩闑間之東也。此處有閾，則闑外無閾，《聘禮》：「擯者出……立於門中以相拜。」《記》云「儐者立於閾外以相拜」，亦閾在門中之證。「闑西」二字，緊屬「門中」，謂爲「門中」之「闑西」，非門西之「闑西」也。於是《曲禮》言「大夫士出入君門，由闑右，不踐閾」可得而明。「不踐閾」所以「由闑右」，「由闑右」所以「不踐閾」，「闑右」即「闑西」也，「由闑右」則「不踐閾」，由「門中」之「闑西」則必踐閾。此《注》明云「辟尊者所從」，而孔氏不知門有兩闑，以爲「自高」、「不净」，失之矣。

釋仂

《王制》：『祭用數之仂』，《説文》作『扐』。『仂』即『扐』也。《易》：『筮以四揲之餘爲扐。』此制國用之法，三年餘一，則一年餘三分之一，而一年所用爲四分之三，合之爲四分。是每年所入，以四分之，猶《易》『筮之以四揲也』。於此四分之外，先取一分，以爲祭用。如先有扐二十一，而後知得少陽四七之數；先有扐十三，而後知得老陽四九之數。故借揲筮之扐以名之也。設如五十里之國，爲田萬二千五百畝，畝一鍾，鍾六斛四斗，共八萬斛，以四四數之，每分二萬，以二萬爲所蓄，以六萬爲一歲經用，則無扐。惟先扐一分以爲祭之用，譬如先取一萬斛以爲扐，餘七萬斛，四分之，每分一萬七千五百斛，即以此一萬七千五百斛爲所蓄，而以五萬二千五百斛爲一歲經用。『玩』下云『祭，豐年不奢，凶年不儉』，則『祭』之用有一定之數，故先存此數，而後四分之。其每年經用，則量入爲出，因豐耗爲奢儉也。『喪，三年不祭』，即以每年祭之用，合以爲喪之用，故『喪用三年之仂』。聖人重祭，於一『仂』字見之。而『曰暴』、『曰浩』、『不奢』、『不儉』，與上文量入爲出互相發明。見量入爲出，用諸一年經費，不用諸喪祭，喪祭之用，不因豐凶爲奢儉者也。鄭康成謂『仂爲用其什一』，則在一歲經用之内，歲有豐耗，則祭不能無奢儉矣。方慤《禮記解義》：『以數之仂爲一年所用四分之一』，『四分之一』，即爲所蓄以備凶荒。每年有祭，而所蓄僅足充祭，而三年必餘一年者何在乎？惟仂在四分之外，雖極歉之年，必先存此仂，他用有不足，以三年所蓄者補之。

釋鬯

《春官》『鬯人』：『凡王弔臨，共介鬯。』鄭司農云：『鬯，香草，王行弔喪被之。』《疏》引《王度記》『天子以鬯，諸侯以薰，大夫以蘭，士以蕭，庶人以艾。『薰』、『蘭』、『蕭』、『艾』，皆香草，『鬯』與之類，故《詩》『秬鬯一卣』，《毛傳》亦云『香草也。築煑合而鬱之曰鬯』。鬱者，鬱積之謂也。肆師祭祀之日，及果築鬻。鄭司農云：『築香草，煮以爲鬯。』鬱人『凡祭祀，賓客之祼事，和鬱鬯以實彝而陳之』。鄭司農云：『鬱，草名，十葉爲貫，百二十貫爲築，以煮之鐫中，停於祭前。鬱爲草若蘭。』此以『鬱』爲草名，『築煮』之則名『鬯』，與毛公合，而鬱之之説異。鄭康成則謂『鬱金香草，宜和鬯』。又云：『鬯，釀秬爲酒，芬香條暢於上下也。』其箋《詩》也，則云：『秬鬯，黑黍酒也。』是以『鬱』爲草名，『鬯』爲酒名，與《毛傳》異，與鄭司農亦異。試爲通考之。

《雜記》云：『暢，臼以椈，杵以梧。』『暢』即『鬯』。顔師古注《漢書》云：『鬯，古暢字是也。』『臼』、『杵』，築器，冠以『鬯』字，則『鬯』出於築，非酒名。《説苑》云：『鬯者〔一〕百草之本，上暢於天，下暢於地，無所不暢，故天子以鬯爲贄。』《春秋繁露》云：『天子用暢……積美陽芬香以通之天。暢亦取百香之心，獨末之，合之爲一，而達其臭味〔二〕。』《水經注》引應劭《風俗記》云：『鬱，芬草也。百草之華，煮以合釀黑黍。』然則『鬱』、『鬯』皆指『百草之華』，以其氣暢達，則稱之爲『鬯』，以其鬱積而合成，則稱之爲『鬱』。故以『鬱』爲香草可也，以『鬱』爲鬱積亦可也，以『鬯』爲香草可也，以『鬯』爲暢達亦可也。鬯人大喪共鬯以沃尸，王齊，共秬鬯以給淬浴，斷無以酒浴者，弔臨被介鬯酒，則何以言被司尊彝？凡六尊六彝之酌，鬱齊獻酌。《注》引《郊特牲》云：『汁獻涗於醆酒。』彼《注》云：『謂泲秬鬯以醆酒也。獻當讀莎，齊語也。秬鬯者，中有煮鬱，和以盎齊摩莎，泲之出其香汁，因謂之汁莎，鬱人亦言和鬱鬯以實彝。』是『鬱』、『鬯』必俟和於酒，而『鬱』、『鬯』非酒也。蓋築香草釀成之，謂之鬱鬯，所以釀之用黍，故又曰秬鬯。釀之爲鬯，非釀之爲酒也。今人擣諸香草之屑，合之稻米，摶以爲佩，宋陳敬集、沈立、洪芻等十一家爲《香譜》四卷，即詳其事。俗稱之爲香料，即鬯之遺製也。用於祼則和醆酒而泲之，用於

〔一〕『者』，原脱，据《説苑修文》補。
〔二〕據《春秋繁露·執贄》，『臭』後衍『味』。

浴則和水以供之，用於弔喪則不和而被之。被之即佩之也。鬯人泛掌諸鬯，鬱人主灌酌，職有不同，故名有各異。以鬯爲香草者，從其本也。

廣陵考一

《春秋·哀公九年》：『秋，吳城邗，句。溝通江、淮。』杜預《集解》云：『於邗江築城穿溝，東北通射陽湖，西北至末口入淮，通糧道也。今廣陵邗江是。』杜預時中瀆故道未改，所述如是。胡渭《禹貢錐指》本《水經注》作《溝通江淮圖》。以《水經》考之，胡所圖未是也，今詳析之。

《水經注》云：『中瀆水，首受江於廣陵郡之江都縣，舊江水道也。昔吳將伐齊，北霸中國，自廣陵城東南築邗城，城下掘深溝，謂之韓江，亦曰邗溟溝。自江東北通射陽湖，《地理志》所謂渠水也。西北至末口入淮，此一段言吳之邗溝也。』《注》云：『自永和中，江都水斷其水，上承歐陽引江入埭六十里，至廣陵城。中瀆水自廣陵北出武廣湖東、陸陽湖西，二湖東西相直五里，水出其間，下注樊梁湖，此一段謂永和中所改之邗溝道也。』《注》又云：『舊道東北出，至博芝、射陽二湖，西北出夾邪，乃至山陽矣。』此所云『舊道』，即永和前吳所『溝通』之故道。《漢志》云：『江都縣渠水，首受江，北至射陽入湖。』蓋博芝與射陽南北相連，中瀆水自廣陵東南直北入博芝、射陽二湖，不注樊梁也。《注》又云：『至永和中，患湖道多風，陳敏因穿樊梁湖北口，下注津湖，逕渡，渡十二里方達北口，直至夾邪。』此又申言永和中所改之道，由樊梁湖注津湖至夾邪，不復由博芝、射陽矣。蓋博芝、射陽在東，樊梁在西。既至樊梁，不得又繞於博芝也。胡氏作《圖》，以邗水入樊湖，又由樊湖入博芝湖，竟合吳之舊道與永和改道爲一，於酈氏之文未細審矣。謝靈運《撰征賦》云：『爰薄方與，乃届歐陽，入夫江都之域，次乎廣陵之鄉。』此由歐陽而江都，由江都而廣陵。陳太建五年北伐，徐敬成爲都督，乘金翅自歐陽引埭上泝江，由廣陵自樊梁湖下淮。此由廣陵而樊梁，由樊梁而淮，與《水經注》所叙永和水道合。

廣陵考二

《史記・六國表》：『楚懷王十年，城廣陵。』廣陵之名始見於此。《陳涉世家》：『陵人秦嘉』，《漢書・陳勝傳》作『凌人秦嘉』，《地理志》：『泗水國有凌縣。』《水經注・淮水篇》言：『凌水出凌縣，東流逕其縣故城東，而東南流注於淮。』則凌縣自在淮水之北，後漢雖屬廣陵郡，而嘉實非淮以南之人。臣瓚謂嘉爲廣陵人，或以郡稱之。然指稱《陳勝傳》所云，則當是誤陵人爲廣陵人耳。《水經注》言『廣陵郡，在楚、漢間爲東陽郡』，文穎以嘉爲東陽郡人，蓋亦以凌縣嘗隸廣陵郡。在楚、漢間廣陵既稱東陽，凌即宜隸東陽也。乃東陽雖即廣陵，凌縣在楚、漢時未必屬之。且《史記》稱『銍人董緤』、『符離人朱雞石』、『取慮人鄭布』、『徐人丁疾』之類，皆以縣不以郡，則東陽甯君自爲東陽縣之甯君。秦嘉以《陳涉世家》稱『陵人』，故於此略之，而『陵人』正與『銍人』、『徐人』等一例，必不緣郡名而稱廣陵東陽也。乃《高帝紀集解》引《陳涉世家》亦云：『秦嘉，廣陵人。』而於《陳涉世家》『陵人秦嘉』，則引《地理志》泗水國凌縣，《漢書注》引臣瓚説，則作『陵人秦嘉』，無『廣』字。嘉固凌縣人，不得與廣陵混矣。《宋書·州郡志》有『廣陵令』，亦『凌令』之訛。

廣陵考三

《漢書·地理志》：廣陵國四縣：廣陵、江都、高郵、平安；臨淮郡所屬，有射陽、鹽瀆、東陽、海陵、輿、堂邑。後漢則皆隸於廣陵郡。其泗水國之凌，東海郡之海曲即海西。亦隸之，而海陵則省。杜佑《通典》以東陽爲即盱眙，以射陽爲即山陽。杜之説非也。《漢書·地理志》於臨淮之海陵，注明『有江海會祠』，則其地之瀕江瀕海可知也。《枚乘傳》：乘爲吴王濞郎中，上書諫濞云：『轉粟西鄉，陸行不絶，水行滿河，不如海陵之倉。』臣瓚云：『海陵，縣名也，有吴太倉。』後漢既省海陵，而『東陽』下即注明有『長洲澤，吴王濞太倉在此』，則東陽、海陵本屬相連，既併海陵於東陽，而海陵之倉遂在東陽之地。互核前後兩《志》，瞭然如繪也。劉昭《續漢志注補》云『東陽縣多麋』；《博物記》『十千爲群，掘食草根，其處成泥，名曰麋畯』；《太平寰宇記》載『麋塽於海陵』，麋塽即麋畯，亦以東陽即海陵矣。《水經注》謂：『廣陵城在楚、漢之間爲東陽郡，高祖六年，爲荆國，十一年，爲吴城，即吴王濞所築。』是則以廣陵先爲東陽郡，後罷郡，但存東陽縣耳。盱眙爲義帝所都，楚、漢間自有其地，前漢爲都尉治所，後漢分東陽屬廣陵，而盱眙自屬下邳，何得合爲一哉？《項羽本紀》言：東陽少年殺其令相，立陳嬰爲長。東陽有令長，爲縣無疑。廣陵人召平爲陳王徇廣陵，陳嬰爲東陽令史，儼然兩地。蓋東陽郡自治廣陵，廣陵爲附郡之縣，東陽縣自在廣陵之東，東陽郡不治東陽也。漢廣陵國包於臨淮郡之中，後漢并爲廣陵郡，則自安平、江都、堂邑以東，直至於海，皆爲廣陵郡地。晋武帝分立臨淮郡，則以東陽、高郵隸之。《三國志・陳矯傳》云『廣陵東陽人』，《晋書・陳騫傳》云『臨淮東陽人』，騫爲矯子，幼隨父仕魏，魏拜使持節、都督淮北諸軍事，進爵廣陵侯。時廣陵在淮以南，騫持節於淮北，已不復以廣陵爲家。《晋書》稱『臨淮東陽』，第因太康所分設而稱之耳。後漢省海陵，並入東陽。晋則廣陵郡有海陽，《注》云『有江海會祠』，與《漢書》『海陵』《注》同，知海陽即海陵也。晋省安平而有海陽，《荀羨傳》云『東陽之石鼈』，《隋書・地理志》言『石鼈入於安平』。然則晋以後，漢之東陽爲海陽，即以後漢之安平爲東陽，東陽乃由東南漸移至西北，而晋之東陽即殊乎漢之東陽。其後立盱眙郡，於是東陽又廢，蓋其地并入盱眙郡中，爲陽城、直瀆之境。杜佑以東陽即盱眙，此誤晋以後之東陽爲漢之東陽也。《宋書·州郡志》：臨淮太守領射陽、東陽。此屬南徐州，乃僑立於江南者，而江北遂無此二縣。《隋志》：『梁於永福縣置涇城、東陽二郡，陳并二郡爲沛郡，周改沛郡爲石梁郡，改沛縣爲石梁縣，省横山縣入焉。開皇初，郡廢。大業初，改縣曰永福。』《唐志》：『武德七年，析六合置石梁縣，以六合、石梁二縣置方州。』蓋永福在今天長、儀徵、六合之間，梁之東陽立於此。《太平寰宇記》：『東陽故城，在盱眙縣東七十五里。』以爲不知何時所立，以地準之，盱眙東之東陽故城，乃晋之東陽，非漢縣，亦非梁縣也。

廣陵考四

《水經注》以中瀆水『自廣陵出山陽白馬湖，逕山陽城西，即射陽縣之故城也……漢高祖六年，封楚左令尹項纏爲侯國……世祖建武十五年，封子荆爲山陽公，治此』。《通典》以射陽即山陽，蓋本諸此。按：章懷太子注《臧洪列傳》以射陽故城在安宜縣東，安宜城在今寶應縣西南，劉昭《郡國志注補》明言射陽有梁湖、博支湖，梁湖即樊梁湖，在今高郵城西北，博支即博芝，在寶應城東南九十里，二湖屬之射陽，則射陽地不獨當今之寶應，而且南縕高郵矣。《水經》言淮水東過淮陰縣北，中瀆水出白馬湖東北注之，今之淮安、山陽，乃漢之淮陰縣地，而鹽瀆、平安、射陽則分得今鹽城、山陽、寶應縣地。大約射陽在中瀆水之東，平安在中瀆水之西北，抵於淮南及梁湖，安宜在今寶應縣之西南，則在白馬湖之西。蓋唐之安宜即漢之平安，其地西入今之天長，而今之興化，則漢之高郵、海陵地，今之靖江、通州、如皋，則漢之東陽、海陵地。故以今之揚州準漢之廣陵郡，不得謂平安即今寶應，亦不得謂射陽非今之寶應也；不得謂東陽非今之泰州，亦不得謂海陵即今之泰州也。若淮安之有山陽縣始於東晋，漢之山陽郡屬兖州，在今金鄉、魚臺之間，東漢封荆爲山陽公，即兖州之山陽郡，酈氏以射陽故城當之。東漢之初，射陽名未改，何得以山陽公而治此？酈氏生於北方，南方水地，往往淆誤，此其一也。

廣陵考五

《漢書·百官公卿表》云：『諸侯王，高帝初置……掌治其國……内史治國民，中尉掌武職，丞相統衆官……景帝中五年，令諸侯王不得復治國，天子爲置吏，改丞相曰相……成帝綏和元年，省内史，更令相治民，如郡太守，中尉如郡都尉。』杜佑《通典》云：

『郡爲諸侯王國者，置内史以掌太守之任。』然則王國有内史、有相，而無太守矣。《漢書》：廣陵太守二人，一爲王建，一爲陳萬年。王建爲廣陵太守，當成帝元延元年，是時廣陵哀王獲以鴻嘉四年薨，靖王守以元延二年立，中間六年無王，建爲太守，適當其時，猶有説也。乃廣陵厲王胥以武帝元狩六年立，至宣帝五鳳三年自殺，而陳萬年爲廣陵太守在神爵元年，是時廣陵王國如故，何以有太守？且不獨此也，膠東國有太守延廣，當武帝太初三年時，則膠東載〔一〕王通平之五年也。《孔光傳》：光舉故東平太守成公敞爲尚書令，當成帝綏和間，其爲太守宜在前，故云『故東平太守』也。而東平煬王雲以建平三年自殺，綏和以前，則王國如故也。《儒林傳》：『泠豐爲甾川太守。』泠豐爲顔安樂弟子，當在宣帝時。甾川頃王遺以武帝元封二年立，歷三十五年，當昭帝元平元年薨。思王終古立，歷二十八年，當元帝初元三年薨。考王尚立，歷六年，當永光四年薨。孝王横立。是歷武、昭、宣、元，皆爲王國也。因又考之，中山懷王脩以地節元年立，十五年薨，當五鳳三年，元帝初元五年，立清河王爲中山王，其間十二年，中山無王。而《百官表》稱：甘露四年，『中山相加守廷尉』，然則王國之相，郡之太守，其名可通稱。故晋袁喬以司馬領

〔一〕『載』當作『戴』。

廣陵相，謝元〔一〕以兖州刺史領廣陵，此廣陵相即廣陵太守，沿漢時王國名也。

廣陵考六

杜佑《通典》謂三國時，魏以廣陵爲重鎮，引文帝幸廣陵、張遼屯海陵爲證。考之，非也。

廣陵故屬徐州，袁術據壽春時，廣陵已屬術，術使吴景爲廣陵太守，術稱帝，景乃委郡去。吕布襲下邳，先主東取廣陵，術與之戰，而布不争。可知自陶謙以來，歷備及布，雖主徐州，而廣陵亦非所屬。建安二年，曹公征術，術棄軍走渡淮，是時廣陵蓋爲曹得，故曹公使陳登爲廣陵太守也。《先賢行狀》言孫策圍登於匡琦城，退而復來，登求救於曹公，公遷登爲東城太守，孫權遂跨有江外。曹公臨江，有自悔不用陳元龍計之嘆。是時曹公正與劉表相持，孫策且有入許之志。新定江東，北破廬江，曹公不暇與争，徒使登遷，亦勢使之也。及荆州既下，赤壁喪師，孫權既攻合肥，建都秣陵，立濡須隖以爲重鎮，濡須在和、滁之間，爲廣陵之上游，既扼其要，則堂邑以東，魏不復能守。所謂『跨有江

〔一〕即『谢玄』。

外』者，以此東城在九江，是時曹地在鳳、壽以西，故遷登於此，而以廣陵一帶棄於吳，所以有『封豖』『爪牙』之嘆也。建安十八年，曹公攻濡須口不克，恐江濱郡縣爲權所略，徹令內移，民轉相驚，自廬江、九江、蘄春、廣陵，户十餘萬，皆東渡江，江西遂虛。江西謂江北。合肥以南，惟有皖城，然則是時廣陵民户逃亡，郡縣皆廢。《宋書・州郡志》云『三國時，江淮爲戰争之地，其間不居者各數百里』，其射陽、海陵、高郵、江都、鹽城等縣，明注三國時廢，曹公是時惟經營於壽春、合肥之間，豈復能使淮東荒廢之區更爲保障乎？十九年，孫權破皖，獲太守朱光，使呂蒙爲廬江太守，屯尋陽，其後蘄春亦爲吳有，則沿江郡縣盡入於吳，廣陵又何足論？《孫韶傳》言『韶食曲阿、丹徒……爲廣陵太守』，又云：『韶爲邊將數十年……常以警疆埸、遠斥堠爲務，先知動静，而爲之備……青、徐、汝、沛頗來歸附。淮南濵江屯堠皆徹兵遠徙，淮、泗、江、淮之地，不居者各數百里。』韶以赤烏四年卒，其爲廣陵太守，在權未爲吳王之前，即在建安十八年後，魏之斥堠遠徙淮、泗，則廣陵之地，魏不復能守之，而實韶之所拓也。乃民户既殘，城居荒廢，韶雖爲太守，其實仍駐丹徒以遥領之。廣陵治本在射陽，地邇淮、泗，鄧艾屯田，作白水、石鼈等陂，正在射陽界內。然則高郵以北，魏戍所在，吳亦不得居之也。嘉禾三年，權率衆圍合肥新城，使孫韶等向廣陵、淮陽。周魴誘曹休，亦稱孫韶入淮，是廣陵爲韶之門户，與廬江並峙者也。權既遷都武昌，魏文帝有窺江南之意，黄初三年，使曹休、張遼乘舟至海陵，臨江以窺之。

時吕範主丹陽，徐盛守廬江，孫韶領廣陵，遂於洞口拒之。值大風，船没，休乃得乘舟至海陵，使臧霸襲徐陵。徐陵，今常州地，海陵對岸也。時休爲揚州刺史，與遼同駐合肥，僅乘天幸臨江而旋。遼之殁於江都，亦居舟次耳，非屯江都而卒於是也。五年，魏文帝爲水軍，親御龍舟，循蔡、潁浮淮，幸壽春，揚州界。九月，遂至廣陵，赦青、徐二州。《劉子揚傳》云『五年幸廣陵泗口』。然則文帝是年僅緣淮至泗口而已。泗口屬廣陵郡地，故曰『遂至廣陵』。『幸壽春、揚州界』者，亦第循淮水至揚州界，究亦未幸壽春耳。明年八月，帝以舟師自譙循渦入淮，從陸道幸徐，九月，築東巡臺，冬十月，行幸廣陵故城，臨江觀兵。徐地在泗州、臨淮之間，見《括地志》、《太平寰宇記》。蓋由泗州陸行至廣陵，言廣陵故城，則地廢可知。然而戎卒十餘萬，旌旗數百里，徐盛用薄落圍假樓以耀之，孫韶遣高壽於徑路以要之，早嘆吴之有人，悚然於天之限南北，而副車羽蓋且失，自是不敢更窺江左，而廣陵之不得爲魏鎮，不更彰明較著乎？《晉書·宣帝紀》云：黄初『五年，天子南巡，觀兵吴疆……六年，天子復大興舟師征吴』。又云：『天子自廣陵還洛陽。』天子即魏大帝，幸廣陵而謂之觀兵吴疆，則廣陵固吴地矣。五鳳二年，孫峻當國，有北伐之志，使馮朝城廣陵，拜將軍吴穰爲廣陵太守。至是始城廣陵，足證前此之廢。《孫峻傳》云：『峻欲城廣陵，朝臣知其不可城，而畏之莫敢言，惟滕允諫止，不從，而功竟不就。』時峻將北伐，故城廣陵，使馮朝督徐州諸軍，將以是爲重鎮以制魏。明年，使吕據等由江都入淮侵魏，事未定而峻遇害，吕據亦返。不獨魏之伐不果，而廣陵之城亦不就。然則終三國時，廣陵皆廢。論其所屬，則吴得而有之，魏不得而有之也。此篇采入《府志》。

廣陵考七

宋、齊南兗州之境，北至於淮，南至於江，東至於海，西至今泗州、盱眙，西南至今江浦、六合。而漢之東陽、射陽、平安三縣，不爲南兗州所領，東陽、射陽二縣，僑置於江南之南徐州，平安一縣廢而不置，竊爲疑焉。已而思之，蓋漢廣陵一郡之地，析其東南爲海陵郡，析堂邑以西爲秦郡，析平安以西爲盱眙郡，析射陽以北爲山陽郡，廣陵太守所治，止江都、廣陵、高郵、海陵四縣而已。故《宋志》於山陽郡，明注爲『射陽縣境』，山陽所領山陽、鹽瀆、左鄉、東城四縣，蓋射陽、鹽瀆、平安之地所分矣。盱眙郡所領考城、陽城、直瀆、信都、睢陵五縣。盱眙之西，若今之滁州、臨淮等地，已别屬馬頭、歷陽等郡。而盱眙五縣，其必東統天長，而組入漢之平安矣。南齊於山陽郡立北兗州，而陽平一郡所領泰清、永陽、安宜、豐國，即寄山陽境内，而安宜即漢之平安也。《南齊志》稱盱眙郡『陽平石鼈，田稻豐饒』，石鼈在今寶應縣之西，地屬寶應，北周於此立石鼈縣，隋并入安宜。然則平安一縣，西入盱眙，東入山陽，故晉、宋廢而不見，於此可考矣。

廣陵考八

晉安帝立盱眙郡，領考城、陽城、直瀆三縣。南齊之盱眙郡，所領三縣如故。永明七年，割山陽官瀆以西爲壽張，割直瀆、破釜以東爲淮安，同隸東平郡。《太平寰宇記》云：『白水陂，在寶應縣西八十五里，與盱眙縣破釜塘相連。』今寶應縣西與盱眙縣界上有白水塘故迹，即白水陂也。然則破釜以東，正當今寶應縣地。以是準之，可知南齊僑立東平一郡，正在今寶應之地，且可知直瀆一縣之地，本有寶應之半也。《南齊志》言陽平郡寄治山陽，《周山圖傳》言『表於石鼈立陽平郡，見納』。然則石鼈即當時山陽境内，而當時之山陽，有今寶應之半矣。

廣陵考九

宋、齊之廣陵，屬南兖州，即今揚州府是矣。而《魏書·地形志》云：『東豫州，太和十九年，置〔一〕治廣陵城，孝昌三年陷，武定七年復。』又云：『廣陵郡，興和中分，東豫州置。』領縣五：宋安、光城、安蠻、新蔡、汝南，皆興和中置。《隋書·地理志》云：『汝南郡……新息……後魏置東豫州，梁改……淮州』。《梁書》：太清元年，改『北廣陵爲淮州』。此廣陵爲北魏所置，非南兗之廣陵也。然兩廣陵，一瀕江北，一瀕淮北，皆爲南北分争之地，或屬南，或隸北，史書所稱，往往惑人，爲通考之。

南兗之廣陵，自宋及梁，皆爲南地。元嘉二十七年，雖經魏太武之蹂躪，然第失人民，而土地未損，至梁太清時，南康嗣王蕭會理以前，皆南朝刺史鎮之。侯景之亂，使董紹先代會理，而廣陵遂爲侯景所有。來嶷、祖皓雖倡義誅紹先，旋亦覆敗，而景將侯子鑒、郭元建復爲南兗刺史矣。北兗刺史蕭祇，以州降魏，於是，今寶應以北屬魏，南半屬侯景。魏遜於高齊，齊遣辛術圍陽平，郭元建赴援，拒之，則陽平、石鼈尚爲景地。《北齊書·辛術傳》言：王僧辯破侯景，南兗州刺史郭元建以傳國璽送術。先是，陳霸先雖出廣陵，納郭元建之部曲三千人，而廣陵之地已入於齊矣，齊改爲東廣州，而梁、陳所設南兗州刺史，皆遥領，無實地。承聖三年，霸先攻廣陵城，秦州刺史嚴超達圍涇州，侯瑱、張彪出石梁，魏遣步六汗薩救

〔一〕據《魏书》：『置』當作『晋』。

涇州。是時秦州尚屬梁，秦州，今六合也，涇州、石梁，今天長也。《北齊書》：天保六年，梁秦州刺史徐嗣徽以州内附。是爲梁紹泰元年。至此而江北諸州乃盡没於齊。陳宣帝太建五年，吴明徹北伐，明徹攻秦郡，克仁州，進逼壽陽，别遣程文季圍涇州，進攻盱眙，仍隨明徹圍壽陽。時都督黄法𣰰同樊毅、任忠出歷陽，入合肥之郛，克霍州。明徹又别遣徐度之子徐敬成，自歐陽上泝，由廣陵出樊梁湖，下淮，克淮陰、鹽城、山陽三郡，進克鬱州。合諸傳觀之，明白如繪。歷陽，今和州。樊毅自隨黄法𣰰由和州而合肥，而霍州，與潁徐敬成未嘗一路也。《樊毅傳》云：『毅率衆攻廣陵楚子城，拔之。擊走齊軍於潁口，齊拔〔一〕滄陵，又破之。』《蕭摩訶傳》云：摩訶從攻秦郡。《北齊書·皮景和傳》云：吴明徹圍壽陽，敕令皮景和與賀拔伏恩等赴救，頓兵淮口，頻有催促，始渡淮，屬壽陽已陷，狼狽北還。陳將蕭摩訶率步騎於淮北滄陵城截。蓋樊毅從黄法𣰰既克霍州，遂合兵壽陽，與蕭摩訶同破齊師於滄陵。此一役也，南兖之廣陵，徐敬成下之；東豫之廣陵，樊毅克之。於是，南北兩廣陵，皆入於陳。《周書》：大象元年十一月，『韋孝寬拔壽陽……梁士彦拔廣陵，陳人退走，於是江北盡平』。而《陳書》太建十一年十一月亦書：周將梁士彦圍壽陽，克之，又克霍州、南北兖、晋三州及盱眙、山陽、陽平、馬頭、秦、歷陽、沛、北

〔一〕『拔』當爲『援』。

譙、南梁等九郡。譙、北徐二州，淮南之地盡歸於周。此梁士彦所拔之廣陵，即南兗之廣陵。蓋自南而北，極於東豫州之廣陵，自北而南，極於南兗州之廣陵，各書攻克之所及也。韋孝寬已拔壽陽，則東豫之廣陵既拔可知。徐敬成已下山陽、淮陰、陽平，則南兗之廣陵既下可知，是又可按文而辨之者。《周書》大定元年書：陳將周羅㬋攻陷胡墅，蕭摩訶寇江北。胡墅乃江北瀕江之縣，亦不復能深入，蓋自韋孝寬盡平江北，而廣陵遂不復南矣，此南兗州之廣陵也。東豫之廣陵，在晉、宋本不名廣陵。自魏神麚四年，攻滑臺，河南悉没於北，而是地遂爲扼要。宋明帝太始二年十二月，薛安都引魏軍，而淮北四州及豫州、淮西地遂失，而北廣陵乃入於魏，魏顯祖皇興之二年也。《地形志》稱『東豫州，太和十九年，置治廣陵城』，太武封魯爽弟魯秀爲廣陵公。《孝文帝紀》：太和三年十一月，『隴西王元琛三將出廣陵』，此皆魏之廣陵。十九年，緣田益宗來降，始於廣陵立東豫州。州立於是年，廣陵非立於是年也。直至魏末，元慶和來降梁，而東豫之廣陵乃復屬於南。《梁書・裴邃傳》云：子之禮『别攻魏廣陵城，平之』。《夏侯夔傳》云：普通八年，敕夔帥壯武將軍裴之禮出義陽道。是時譙州刺史湛僧智，圍魏東豫州刺史元慶和於廣陵，入其郛，慶和請降。『詔以僧智領東豫州，鎮廣陵。夔引軍屯安陽，又遣偏將屠楚城』。《地形志》言『孝昌三年陷』是也。北廣陵既入於梁，於是魏人又分東豫州，别立廣陵郡。《地形志》言『廣陵郡，興和中分〔一〕置』是也。《魏書》：孝昌三年九月，東豫州刺史元慶和以渦陽内屬」，太清二年正月，東魏克渦陽，《地形志》言『武定七年復』是也。陳太建五年，樊毅攻廣陵楚子城，即夏侯夔所屠之廣陵楚城也。吴明徹攻壽陽，齊人退於金城，明年，廣陵金城降，即此金城也。至此南北兩廣陵又歸於南，至太建十一年，而南北兩廣陵又入於北。其稱北廣陵者，蓋元慶和之降，夏侯夔、裴之禮之攻在普通八年，改爲淮州在太清元年，其未改名淮州之前，此十數年中，稱此地爲北廣陵也。凡爲東豫州之廣陵者如此。

廣陵考十

南兖之名，始於宋永初元年，歷齊、梁、陳，皆鎮廣陵。而《魏書·地形志》云：『南兖州，正光中置，治譙城。領郡七，縣二十一。』《隋書·地理志》『譙郡，後魏置南兖州』，周改亳州，今屬潁州府。地近河南，故舊以隸河南也。《魏書·孟表傳》云：『因事南渡，事蕭鸞，爲馬頭太守……十八年，表據郡歸誠，除輔國將軍、南兖州刺史，領馬頭太守，賜爵

〔一〕『置』前脱『東豫州』三字。

譙縣侯，鎮渦陽。』又《王肅傳》云：『蕭鸞遣將裴叔業寇渦陽，劉藻等救之，爲叔業所敗，肅表求更遣軍援渦陽。詔曰：「……當作必剋之舉，不可爲狐疑之師，徒失南兗也。」』太和時，南兗治渦陽，不治譙。渦陽，今鳳陽府之蒙城縣地，正光改治譙城，則移而西北矣。自正光以來，歷北齊、周、隋，凡稱南兗州者，皆譙也。《北齊書》所載南兗州刺史鮮于世榮、東方老、李希光、堯傑、崔劼、叱于苟生、封述，凡七人，行南兗州事一人，羊肅。唐獨孤及《毗陵集·唐鄭府君墓誌銘》云：『齊中書監，南兗州刺史，諱述祖，公之六代祖。』《北齊書·鄭述祖傳》作『兗州刺史』。凡此皆譙也。

廣陵考十一

《魏書·田益宗傳》云：太和『十九年，拜員外散騎常侍，都督光城、弋陽、汝南、新蔡、宋安五郡諸軍事，冠軍將軍，南司州刺史，光城縣開國伯……後以益宗既渡淮北，不可仍爲司州，乃於新蔡立東豫州，以益宗爲刺史』。按：孟表以十八年爲南兗州刺史，治渦陽。裴叔業之圍渦陽，在十九年之後，是時南兗、東豫儼分爲二，一在淮水以北，一在淮水以南，不相混也。惟《地形志》言太和十九年，置東豫州，『治廣陵城』，則新蔡爲廣陵矣。而東豫州刺史元慶和降梁，梁以湛僧智爲東豫州刺史，鎮廣陵。而《梁書》則稱『元慶和以渦陽内屬』，於是，魏分東豫州之宋安、光城、安蠻、新蔡、汝南爲廣陵，梁遂以元慶和所降之廣陵爲淮州。然則一廣陵也，既爲新蔡，又爲渦陽矣乎？竊爲考之。東豫領郡六，其孝昌三年陷於梁者，在東豫州所屬，則汝南郡之南，新息東，新蔡郡之固始、鮦陽、苞信、汝陽，新蔡郡之苞信，弋陽郡之弋陽。在南兖州所屬，則下蔡郡之樓煩、下蔡、臨淮、龍亢，譙郡。又云：『譙州，景明中置渦陽郡，孝昌中陷，武定七年復置州。治渦陽城。』然則慶和之降，東豫之廣陵、南兖之渦陽，一時並陷。故史或稱廣陵，或稱渦陽，而梁則以廣陵、渦陽等凡所降之地，統爲淮州。於是，廣陵與渦陽合。究之，廣陵非渦陽也。說者指廣陵即渦陽，未加深考耳。

廣陵考十二

晋義熙七年以前，不分南徐、南兖之名，徐、青、兖刺史，不必皆治廣陵，而廣陵之地則隸之。義熙七年，分淮北爲北徐，淮南爲徐州。而南兖之稱始於宋永初。永初以前，凡稱徐州、兖州，皆非北徐、北兖。故武帝所加司、豫、北徐、雍四州刺史，則稱北徐，以別於徐。而王仲德爲北兖州刺史，亦自别於兖州也。永初二年，加徐州爲南徐，於是淮北但曰徐。元嘉八年，始分江以南爲南徐，江以北爲南兖。然則永初二年以後，元嘉八年以前，凡稱南兗州、南徐州，正無分於江南北，是時南徐刺史與南兗刺史，同在江以北也。元嘉三十年正月，并南兗於南徐，六月，復分南徐，立南兗。則二月至五月，南徐刺史兼治南兗，而廣陵屬南徐矣。《申恬傳》云恬從父兄永歷青、兗二州刺史，在高祖踐阼前。恬父宣，元嘉初亦歷青、兗二州刺史，元嘉初，青、兗爲北青、北兗，而永初以前，南兗單稱兗，北兗加『北』字，此申永所爲青、兗二州，蓋蒙下、申宣所爲青、兗二州，皆北青、北兗也。《州郡志》言兗州刺史，『武帝平河南，治滑臺』。平滑臺在義熙十二年，僞兗州刺史韋華率衆降，遣北兗州刺史王仲德平滑臺，十月，至雒陽，平河南。蓋前此兗州刺史治廣陵，自僞兗州刺史韋華降，乃立北兗州刺史，使王仲德領之，既平滑臺，即治於此。申永歷兗州刺史，蓋在王仲德之後。此時兗州刺史治廣陵者，世子領之，豈申永新附之人所得爲哉？故申永爲青、兗二州刺史，雖在武帝未踐阼以前，自爲北青、北兗，而非廣陵所治之青、兗也。檀道濟爲兗州大中正，道濟爲高平金鄉人，是時北兗已得，故爲其鄉之大中正。此兗州亦非南兗，是皆宜推而通者也。

廣陵考十三

東廣州刺史，見於《北齊書》者，惟王敬寶一人，附《王則傳》末，亦見《段榮傳》，謂之廣陵刺史，互相詮釋，明東廣州即廣陵，史文之善也。《陳書·高帝紀》：『梁大寶三年，侯景將郭元建奔齊，高祖納其部曲三千人而還……七月，廣陵僑民朱盛、張象潛結兵襲齊刺史温仲邕，遣使來告，高祖率衆濟江以應之。會齊人來聘，求割廣陵之地，王僧辯許焉。高祖引軍還南徐州，江北人隨軍而南者萬餘口。』按：陳霸先攻廣陵城王敬寳，在齊天保五年，當梁承聖三年，而大寶三年即承聖元年，是年三月，郭元建獻傳國璽於辛術，七月，僑民襲齊刺史温仲邕，則仲邕即齊東廣州刺史也。蓋郭元建既降於齊，不復爲南兖刺史，而以仲邕代之，仲邕被襲，或殺或亡，俱未可知，王敬寳在其後，當由廣陵既割而授之。後敬寳與蕭軌等攻建業，没於梁，在天保七年，梁之太平元年。《南史·陳本紀》：紹泰二年三月，『齊遣水軍儀同蕭軌、厙狄伏連、堯難宗、東方老，侍中裴英起，東廣州刺史獨孤辟惡、洛州刺史李希光……出栅口，向梁山……六月……虜蕭軌、東方老、王敬寳、李希光、裴英起、王僧智等四十六人』。是役，王敬寳與東廣州刺史獨孤辟惡同行，則是時敬寳之東廣州刺史，已辟惡代之矣。其後，東廣州刺史不見於史。蓋齊之重鎮在譙，不在廣陵，故吴明徹北伐，大軍直趨壽春，而廣陵一路，但令徐敬成平之，而廣陵亦城守不敢出。《太平寰宇記》云：『吴宫臺在縣西北四里……陳將吴明徹圍北齊東廣州刺史敬子猷增築。』子猷爲東廣州刺史，蓋在王敬寳後，其即指徐敬成時乎？

廣陵考十四

《隋書·地理志》：吴州有四，皆屬職方揚州。一云：『江都郡，梁置南兖州，後齊改爲東廣州〔一〕，後周改爲吴州。開皇九年，改爲揚州，置總管府。大業初，府廢。』于顗始爲東廣州刺史，嗣進爲吴州總管。此吴州即東廣州，是爲江都之吴州也。一云：『吴郡，陳置吴州，平陳，改曰蘇州。大業初，復曰吴州。』《宇文述傳》云：前軍陷吴州，蕭瓛以餘衆保包山。此吴郡之吴州也。一云：『會稽郡，梁置東揚州……平陳，改曰吴州，置總管府。大業初，府廢，置越州。』《韋冲傳》云吴州賊帥羅慧方聚衆攻婺州，此會稽之吴州也。其一云：『鄱陽郡，梁置吴州，陳廢。平陳，置饒州。』此吴州，隋所不置，姑無論矣。其吴州之置於隋者三，而有總管府者，江都與會稽兩郡。而江都之吴州，既於開皇九年改爲揚州，則九年以後之吴州總管，爲會稽之吴州矣。《隋書》稱『吴州總管』者，于顗之外三人，其一宇文弼，以開皇二十年正月爲吴州總管；其一楊异，以開皇十二年九月爲吴州總管，至二十年九月，楊异卒。《宇文弼傳》説文不明，《楊异傳》則稱晋王鎮揚州，詔至，

〔一〕『東廣州』後脱『陳復曰南兖』一句。

异每歲一與王相見。是時晋王已在江都，而异在會稽，相去遥遠，故歲一相見。异以二十年九月卒，弥以二十年正月爲吴州總管者，必是時异老病不能治事，使弥攝而代之。而异越八月乃卒，仍以吴州總管書之，以其卒於官也。此二人皆會稽之吴州。周大象元年十一月，取陳江北地，是時南兖始屬於周。《周書・趙文表傳》云：大象中，文表拜吴州總管，『時開府于顗爲吴州刺史……手刃文表……隋文以諸方未定，恐顗爲變，遂授顗吴州總管』。《隋書・于顗傳》云：高祖受禪，文表弟詣闕，稱兄無罪。上令案其事，貶爲開府。《賀若弼傳》云：『高祖受禪，有并江南之志，拜弼爲吴州總管，與壽州總管源雄，並爲重鎮。』則弼蓋繼顗爲之者，此皆江都之吴州，故賀若弼伐陳，自吴州出師，即自其鎮出也。平陳後，吴州既改，弼爵亦加，吴州總管一職，以趙文表始，賀若弼終，止此三人而已。

蔡中郎焦君贊考

蔡中郎所撰《焦君贊》，或謂即贊焦孝然。按：孝然事，詳見《三國志注》。《魏略》言中平末，白波賊起，時先年二十餘，隨同郡侯武陽客於揚州。白波賊起於靈帝中平五年，蔡中郎死於獻帝初平三年，相距止四年，正孝然客揚州時。况前此其名未顯，其年甚少，烏得而贊之而君之？建安初，大陽長朱南猶以先爲亡士，欲捕取，以武陽言，給食，令埋疫病死人。至魏受禪後，結瓜牛廬，潔身獨處。又以伐吳爲《牂羊》之歌，人始知爲隱者。在中郎時，正未知有孝然也。中郎《贊》云：『鶴鳴九皋，音亮帝側。乃徵乃用，將受袞職。』則焦君嘗徵薦及之，孝然無是也。《贊》云『昊天不弔，賢人遘慝』，又云『惜哉朝廷，喪兹舊德』，則是歿後之辭，且必焦君固嘗身列朝廷也。孝然當嘉平中，太守賈穆造廬與食，司馬景王使安定太守董經，因事過視，經以爲大賢，皆在中郎後數十年，亦絶無徵辟入仕之事，與《贊》語全不合，《贊》非爲孝然無疑。惜乎焦君元墨之德，傳自中郎，而里居、名字，則至今莫可考也。

卷十二　議　答問　狀

國史儒林文苑傳議

謹案：太史公創《儒林列傳》，推本孔子，尊崇『六藝』。班氏踵之，所列之人皆經學也，其以文章名家，如枚乘、東方朔之流，皆有專傳。范氏《後漢書》，始目爲《文苑》。後世史書，或有或無，或分或合，以視乎一代文學之盛衰。是故正始以後，人尚清談，迄晋南渡，經學盛於北方。大江以南，自宋及齊，遂不能爲儒林立傳。梁天監中，漸尚儒風，於是《梁書》有《儒林傳》，《陳書》嗣之，仍梁所遺也。魏儒學最隆，歷北齊、周、隋，以至唐武德、貞觀，流風不絕，故《魏書·儒林傳》爲盛。是豈休文黜學，伯起崇儒，亦由其時興廢使然也？唐修《晋書》，强爲具數，而范甯、郭璞輩，既別有論列，所謂儒林者，自劉兆一二人外，半不足以稱兹目。是其崇尚虛元，滅裂典章，史臣業已嘆之。唐重詩賦，經學寥寥，至以王紹宗、歐陽詢徒工書法者，用足儒學之數，助、匡、質雖曰傳經，而《三傳》已束高閣，浚井者第求美水，而儒效可睹矣。《宋史》分道學於《儒林》，然蔡元定即考亭之徒，陸九淵倡心性之説，宋之儒林，不外道學，分之，實無可分也。有明二百七十年，拾宋人之餘，以《大全》、《講章》取士，歸熙甫試文，用鳥獸魚鼈，無不咸若，房官遂以爲怪。間有不安空陋，如楊慎、季本者，已屬景星慶雲，而於漢、魏經學，猶隔霄壤。來知德以反卦説《易》，當時駭爲創獲，則一代之經學可知矣。我朝列聖，天縱多能，通天地人之全，承伏羲、黄帝、堯、舜、禹、文之學； 欽定諸經，博采衆説； 兩舉博學鴻儒，一舉經明行修；自天文、術算、律吕、音韻以至詩詞、類書，無不纂訂，以惠天下。乾隆間，詔開《四庫全書》館，讎校寫録，分貯中外。竊謂國初如黄宗羲、顧炎武，雖已崇尚實學，漸遠空疎，而風氣初開，道猶未備，至是陶鎔伊久，迂滯悉銷，經學文章，遂爲二千年來所莫能埒，以揚聖天子稽古文思之德，以彰二百年禮樂庠序之化。則國史《儒林》、《文苑》兩傳，誠未可以漢、唐、宋、明爲例，如台教所稱關係甚重云云也。擬爲七則，以備芻蕘。

一曰徵實。家傳碑銘，出諸子弟所請，每多譽辭，往往泛許通經，僞臚撰述，若第據傳聞，不采蘊蓄，則趙賓之《易》可淆施、孟矣。今夫政績名德，必求諸輿論，乃公而可憑； 經學文章，必覈之本書，斯切而匪泛。乾隆四十年以前，大都收入《四庫全書》，然其時祇登已故之人，縱有毛萇、伏勝，一息尚存，義從屏棄，則生康熙三四十年後者，容有未與者矣。譬如京房、費直之《易》，嚴彭祖、顔安樂之《春秋》，皆《史記》所不書，蘭臺之帙，不得專守龍門也。或按名索其遺書，或令各家自呈，庶幾山澤之癯，無憂滲漏，虚聲之士，不致濫竽也。

二曰長編。無著述者勿論矣。篇籍既存，淺深精觕，可按而得也。周覽之不厭其煩，深研之不憚其刻。舍學究公家之言，摘精神獨得之處。一言偉卓，不以細遺；累卷通明，不以繁節。使條枚悉櫝，宧奥盡融，若示諸掌，若貫於弗，一展閲，洞見作者苦心。譬如縣八銖之鏡，神妖莫潛；萃五侯之鯖，肥瘠並陳矣。

三曰兼收。小黄得隱士之説，托於孟氏；瑕邱傳《穀梁》之經，吶於董生，《漢書》並著之。河北守服、鄭之學，青州奉王、杜之教，《魏書》兩存之。兼收備録，史氏之法也。本朝經學昌明，門户胥化，偏論之則采氣獨呈，彙舉之則精華大備。一古文《書》也，有閻徵君之《疏證》，即有毛檢討之《冤詞》；有齊宗伯之《序録》，又有王光禄之《後案》。陸清獻譏詆姚江，湯文正移書破之，而皆不失爲名臣。至於吴人説《易》，父子殊方。惠士奇《易説》，獨申己意，其子棟《周易述》，則持守舊説。徽士談天，師弟異轍。江永宗西法，戴震重中法。文則易堂、堯峰，一張一弛；詩則阮亭、秋谷，或隱或見。昔范蔚宗鄙專相傳祖之固，元行冲恥不言服、鄭之非。至於今日，括囊大典，網羅衆家，既已次爲長編，則亦不容偏廢耳。

四曰鑒别。《儒林》、《文苑》兩傳既分，則各隸者不宜訛雜，蓋經生非不嫻辭賦，文士或亦有經訓，是必權其重輕，如量而授。竊謂黄梨洲宗羲、毛大可奇齡、全椒山祖望詩文富矣，而學實冠乎文；朱竹垞彝尊、姜西溟宸姜〔一〕、汪鈍翁琬非不説經，而文究優於學。王寅旭錫闡、梅定九文鼎、陳泗源厚耀之推步，録於《疇人傳》中者，尚有可采。顧寧人炎武之音學，潘耒有《類音》，毛先舒有《韻學通旨》，近時金壇段玉裁有《六書音韻表》。王交河蘭生之律吕，德清胡彦昇有《樂律表微》。胡滄曉煦、惠定宇棟之《易》，胡精於宋《易》，惠長於漢《易》。萬充宗斯大、顧復初棟高之《春秋》，胡朏明渭之《禹貢》，閻百詩若璩之《尚書》，安邑宋鑒有《尚書考辨》。張稷若爾岐之《儀禮》，仁和吴廷華有《儀禮章句》，山陰馬駉有《儀禮易讀》，歙人凌廷湛亦最長此禮。邵二雲晋涵之《爾雅》；高郵賈稻孫亦爲此學。近時王念孫有《廣雅疏證》。王白田懋竑之服膺朱子，他人講程、朱理學，皆浮游剿襲而已，惟懋竑一生用力於朱子之書，考訂精核，乃真考亭功臣。萬季野斯同之論定明史，《史記》本屬《春秋》，則亦「六藝」也。《唐書》郎餘令、敬播，皆列儒學。竊謂精於史學者入之，但能叙事者入《文苑》。方望溪苞、齊息園召南、周書昌永年、陸耳山錫熊之校輯諸書，比之孔穎達、褚無量等，略舉四人，非謂止此四人也。江慎修永、戴東原震、錢溉亭塘之聲音訓詁、名物象數，近時若程瑶田《通藝録》，揚州任大椿、李惇、劉台拱、顧九苞等，皆爲此學。皆於『儒林』爲近。同一校讎也，何義門焯宜屬『文苑』，批評甲乙，沿劉須溪、孫月峰、鍾伯敬、茅鹿門一派。盧召弓文弨宜置『儒林』。比之陸德明、孫奭。同之博物也，錢辛楣大昕宜入『儒林』，所博者在學。袁子才枚宜歸『文苑』，所博者在文。推之

〔一〕『姜』，当作『英』。

馬宛斯驌、沈果堂彤、陳亦韓祖範、應嗣寅撝謙、孔顨軒廣森、朱笥河筠、金檠齋榜、武虚谷億、王西莊鳴盛、江艮庭聲、任幼植大椿、張皋文惠言、汪容甫中，皆『儒林』之選也。略舉所知，非謂止此數人。魏叔子禧、尤西堂侗、施愚山閏章、田古歡雯、周櫟園亮工、吴梅村偉業、陳其年維崧、吴園次綺、汪蛟門懋麟、馮山公景、杭堇浦世駿，皆『文苑』之雄也。亦略舉如此，其實宜入『文苑』者甚多。他若孫奇逢、李中孚之徒，説經説理無甚過人。孫有《讀易大旨》，乃晚年所作。中孚《二曲集》，亦演姚江之説而已，如宋之种放，明之王艮。確能自守蒿萊，不趨軒冕，以入『隱逸』，於類爲安。顧炎武、黄宗羲亦不仕，乃學識精博，則宜入《儒林傳》矣。抑或立德可依卓行，政事不愧循良，以著述核之，宜去宜取，宜彼宜此，自有條而不紊矣。

五曰詳載。班、范《儒林傳》，分别師承，脉絡井井，蓋其时各守一家之學，第明析其授受，而其學已著。至於司馬相如、董仲舒、張衡、崔駰之流，則詳列其賦、頌、策、論諸文，揚雄且録其《太元〔一〕》、《法言》，叙王符、仲長統，節録其《潛夫論》、《昌言》兩書，何也？鴻功鉅業，直叙自明，學問文章，非博引無以信後。故醫若倉公，日者若司馬季主，方復詳其診籍，備其問答，其位賤，其望微，非同公卿大夫功烈在人耳目。以術藝傳，必詳其術藝之過人；以經學文章傳，必詳其經學文章之過人。不然，於十二閑中獨指其

〔一〕即『太玄』。

駿，不有以試其俶儻權奇之迹，何以表異於牝牡驪黄也？後來諸史，若陳奇辨天水，范縝論『神滅』，祖冲之上《新術表》，劉勰叙《文心雕龍》，顔之推賦《觀我生》，柳芳論姓系，周濂溪説《太極圖》，聶崇義證圭璧釜鑊，李覯考訂明堂，無不詳徵博引，不厭瑣細。惟其諸史所列之人，不必皆有徵實，抑或原有可采，而史臣失之耳。我朝儒學，以考核通貫爲長，竊謂爲諸人立傳，宜以《道古》、《潛研》兩集所載，閻若璩、梅文鼎、萬季野、惠士奇、錢塘、江永、戴震諸傳爲式，舉長編所録，精之又精，核之又核，或直録其篇，或節揭其要。如戴震之學，錢氏詳矣，然其生平所得，尤在《孟子字義》一書，所以發明理道情性之訓，分析聖賢老釋之界，至精極妙，錢氏略舉之，尚未詳著之也。悉屏旁觀褒異之虚文，備列當身著述之明證。史貴實，莫實如之；史貴直，莫直如之；史貴信，莫信如之。本朝文集，鉅製孔多，如謝少宰《平定兩金川説》、《六書正説叙》，寧不媲美相如，補翼叔重？推斯以索，美不勝收。既以標一人之實迹，即以揚昭代之文治，不亦盛哉！

六曰公論。《儒林》以經，《文苑》以文。或有小節不拘，而文學實堪入選，則瑕瑜並見，互不容没。楊政之剛果任情，牟長之墾田不實，徐邈之委蛇自安，張吾貴之好爲詭説，李業興之疵毁謾駡，劉炫之俳諧輕侮，顔師古之多引後生，前史皆直筆書之矣。杭氏作《閻若璩傳》，稱其『喙長才黜』，錢氏所作傳，則諱而不言。毛奇齡好爲侮謾之詞，全椒山惡之，並詆毁其經學。竊謂學不可誣，疵不必諱，述其學，兼著其疵可也，不當因其疵而遂没其學也。

七曰附見。一傳而衆人附之，史之通例也。然談天、雕龍之附孟子，郄慮、王基、任嘏之附鄭康成，非謾然矣。乃大曆十子，盧綸何以冠錢、郎？程門四先生，楊時何後於游、謝？此非以甫附杜，以戬附張可比也。大抵人士蕃多，剪裁任意，孰主孰客，非有定規。惟以徵實次爲長編，既已豪髪可鑑，形神莫遁矣。其精且博者，取爲正傳。或片長足采，或一脉相承，以類而從，庶乎公允。若夫雖有撰述，無甚發明，則第存篇目於《藝文志》，而注其姓氏、里居，如《新唐書》之體例可也。随其人之著述爲詳略，随其詳略爲位置，不徇於名，不嫌於昵，無則連州合郡不妨空缺，有則父子兄弟不難並書。循以衰病餘生，聞此盛舉，又值司此事者，皆石渠、天禄之才。一隅之見，宜覆醬瓿。辱承下問，妄獻愚忱云爾。

勘倭本鄭注孝經議

武康徐熊飛所得日本《鄭注孝經》一本，以《經典釋文》及《正義》核之，固有合者，而舛而不備者甚多。今略舉其可疑者。

《諸侯章》。《釋文》有『費用約儉，奢泰爲溢』等文，明皇《注》云：『費用約儉，謂之

「制節」。慎行禮法，謂之「謹度」。無禮爲「驕」，奢泰爲「溢」。』《正義》云：『此依鄭《注》釋「制節」也。』其他雖未言依鄭，而『奢泰爲溢』一語，明注《釋文》。疑其皆本諸鄭。此刻惟有『費用約儉』語，其下皆異。可疑一也。

《釋文》有『薄賦斂，省徭役，列土封疆』等文，『列土』蓋『列士』之訛，乃解『富貴不離其身……保其社稷』語也。此刻『保其社稷』下，無『列土封疆』注，而繫『薄賦斂，省徭役』於『和其人民』下，然則『列土封疆』，將亦解『和其人民』乎？可疑二也。

《卿大夫章》。《釋文》有『夜莫也懈惰』五字，此刻云『夜暮也，以事天子勿懈惰』。按：《釋文》『也』字連『懈』字，此則相間矣。明皇《注》云：『懈，惰也。』以『惰』釋『懈』，鄭《注》恐亦如是，易『也』爲『勿』。可疑三也。

《士章》。明皇《注》云：『言愛父與母同，敬父與君同。』《正義》云：『此依孔《傳》也。』下列劉炫云云。《注》又云：『言事父兼愛與敬也。』《正義》云：『此依王《注》也。』《注》又云：『移事父孝以事於君，則爲忠矣。移事兄敬以事於長，則爲順矣。』《正義》云：『此依鄭《注》也。』既分爲『依孔』、『依王』、『依鄭』，則大義必殊，非止字句之小異也。此刻云：『愛與母同，敬與君同，并此二者事父之道也。』此正合孔、王二說。可疑四也。

《庶人章》。《釋文》於『以養父母』下，有『行不爲非，度財爲費，什一而出，無所復謙』等文，此刻云：『行不爲非爲謹身，富不奢泰爲節用，度財爲費，父母不乏也。』揆之《釋文》，『行不爲非』解『謹身』，『度財爲費』解『節用』，申言『度財』之義，云『什一而出，無所復謙』，『謙』即不足之義。此十六字一連貫注，詞義皆足，乃通貧富而言之，非戒『奢泰』也。此刻之《注》，乃解『節用』爲『富不奢泰』，遠非鄭義，且不曰『無所復謙』，而言『父母不乏』。可疑五也。

《釋文》：『故患不及其身也善。』此刻有上句，無『善』字，但云『未之有者』，『未之有也』，不辭。可疑六也。

《三才章》。《釋文》有『孝弟恭敬，民皆樂之』，八字相連，此刻有之，而繫『孝弟恭敬』於『民之行也』下，分繫『民皆樂之』於『不肅而成』下，云『順治天下，下民皆樂之』。可疑七也。

《孝治章》。《釋文》有『聘問天子無恙』語，此刻云『古者諸侯大夫聘問天子，天子待之以禮』，無『無恙』字。《釋文》又有『郊迎芻禾百車以客禮待之，夜設庭尞，當爲王者侯者』等文，盧氏《拾大行人疏》、《御覽》所引，此刻有之。《釋文》『故得萬國之歡』下，又有『五年一巡守，勞來』等文，盧氏《拾王制疏》引《孝經注》云：『諸侯五年一朝天子，天子亦五年一巡守。』揆之《王制疏》，乃類舉其略，『五年一朝』，即撮上節注也。此刻無『天子巡守』文，而複舉『諸侯五年一朝』。可疑八也。

《聖治章》。明堂者，天子布政之宮，明皇《注》也。《正義》引鄭氏曰：『明堂居國之南。南是明陽之地，故曰明堂。』此刻之《注》，同於明皇，而鄭所云無之。又，《釋文》有『於朝，越嘗重譯』等文，此云『周公行孝朝，越嘗重譯來貢』，刻此者云據《釋文》，『孝』下少一『於』字，然『行孝於朝』文未善，無『於』字則不合《釋文》。可疑九也。

經文『因嚴以教敬，因親以教愛』，《釋文》有『致其樂親近於母』等文，此蓋解『親』、『愛』，若曰『嚴近於父，親近於母』，『親』字斷句。此刻《注》云：『因親近於其父，教之爲愛。』改『母』爲『父』，復增『其』字，與《釋文》之義便殊。可疑十也。

《五刑章》。盧校《釋文》云：『科條三千，謂劓、墨、宫割、臏、大辟。穿窬盜竊者劓，劫賊傷人者墨，男女不與禮交者宫割，壞人垣牆、開人關鑰者臏手，殺人者大辟。』此刻注：『五刑，謂墨、劓、剕、宫割、大辟也。』易『科條三千』爲『五刑』二字，與明皇《注》合。又盧氏校書，好自改易，其考證云：『「臏」，舊脱，今補，《吕刑》作「剕」，《尚書大傳》、《白虎通》俱作「臏」。』又於『鑰』下增『者臏』，云：『二字今補。』揆之通志堂本，無此諸字。《釋文》斷續爲體，不必補，且《釋文》於經文下，有所訓解，每即用本注，此『五刑之屬三千』下注云：『墨、劓、剕、宫、大辟。』明皇《注》亦作『剕』。然則盧氏所補之『臏』字，烏知舊非『剕』字？而此刻本作『臏』，竟同於盧氏所補。可疑十一也。

《廣至德章》。《釋文》有『天下父事三老，天子〔一〕兄事五更』等語。此刻《注》云：『天子無父，父事三老。天子無兄，兄事五更。』多二『無』字。《正義》云：『舊注用應劭《漢官儀》：「天子無父，父事三老，兄事五更。」』舊注未必即是鄭《注》。可疑十二也。

其後《跋》云：『右今文《孝經鄭注》一卷，《群書治要》所載也。其經文不全者，據注疏本補之。』《群書治要》，未識彼地何書。相傳魏徵所纂。揆其所云，蓋就是書摭拾而出，如近人拾《太平御覽》以成書也。即真鄭注，當時已經删節，故經文且有不全，而所拾之注，其果即裔然所獻之殘文邪？乃今考之，其中少有菁華，則皆見於《釋文》注疏諸書。而諸書所見，此中不備者十之七八，雖真鄭注，亦已糟粕。夫鄭氏所以足重者，菁華也，去其菁華，止存糟粕，雖親見其操筆而書，亦何足重？且鄭氏《詩箋》、《禮注》，並立學官，其他殘注散見典籍中者，光采自不可没，又安用此疑似之糟粕爲乎？然世人賤目而貴耳，疏存而念亡。《禮注》、《詩箋》，通者甚鮮，而《易》、《書》、《論語》等注，則争相拾之不倦。設此本廢而不存，數十年後有言及者，必有惜此書之不梓行，而深恨傳播者之無其人，抑或别有傳之者，竟以爲真正鄭《注》復出。如向之皇侃《論語疏》、孔氏《古文孝經》，直信不疑，雖不同《三墳》、《詩説》之無稽，而古人傳聞異辭之義，或有所未合。竊謂莫如存之，

〔一〕『天子』二字，衍文。

而題曰『日本鄭注《孝經》』不使混於學官所立諸經傳，而置其真僞於不論不議，則既絶後人以耳代目之議，亦絶海外以僞書入中國之萌。其《叙》云：『志在傳諸瀛海之西。』抑知中國所重，正不用此糟粕邪？嘉慶六年五月二十六日，江都焦循議。

依斗定尺議

依斗定尺之法，極精於理，且便於用，天文家用一萬分爲日周通法，即此義也。其法宜用通分，依斗之方以爲尺，析一尺爲十寸，即以一寸爲龠，十寸爲合，百寸爲升，千寸爲斗，萬寸爲石。以此尺量得修若干，廣若干，高若干，三者連乘通分，得寸數，隨萬、千、百、十收之，即石、斗、升、合，稍識九九者，皆能算之。若不用通分，則以立方一尺爲斗，廣尺修尺高丈爲石，廣丈修丈高尺爲十石，立方一丈爲百石，廣丈修丈高十丈爲千石，大約立方十丈以上，寸數紛繁，可參用此立方不及十丈者，通分寸數爲便。

郡縣議議

顧亭林致書黄梨洲云：『炎武中年以後，不過從諸文士之後，積以歲月，窮探古今，於聖賢《六經》之旨，國家治亂之原，生民根本之計，漸有所窺。』其自任如此。於是，尊之者以爲亭林非文章之士，而王佐之才也。余則惑焉。

余家塾有其所著《日知録》，少時閲之，其摘録古書，足以備掌故考核，固猶是文章之習焉爾。今偶於浙人所選文集中，見其所爲《郡縣議》九篇，自詡之詞曰：『後之君，苟欲厚民生、强國勢，則必用吾言。』細揆之，其謬戾不可勝言。幸而亭林以文士老死，萬一有用於世而得行其説，其害有甚於王安石之行新法。新法之弊已著，無不隨聲以詈，而亭林之説，則惜其不仕於世以大展其學。吾爲亭林幸，又爲尊亭林者太息焉。古之所以行封建者，一以酬功臣，一以存故國，天下安之也。且建一國，則其屬有卿、有大夫、有士，而學校之立，司馬之升，不廢也。今天下之縣數千，而舉數千人使世爲令，田賦悉歸之，此數千人者，果皆足以闢土地，治田野，蕃樹木，修溝洫，固城郭，實倉廩，興學校，屏賊盜乎？果皆能使人民樂業乎？亭林之言曰：『使天下之爲縣令者，不得遷，又不得歸，其身與縣終，子孫世世處之，不職者流，貪以敗官者殺。』不誠小兒語邪？夫才難，孔子所嘆也。中人以下，全視乎驅使省察，以爲賢否。天下之勢，以三十年言之，大約生才不過數十人耳。今以縣令數千餘人，而人人期其才，安得數千百龔、黄以應之也？緣不知其才，而試之三年，而後即真吾恐紛紛然試之不已，而所謂『厚民生、强國勢』者，無日而定。無已，又設太守三年一代，御史一年一代。

葉正則謂官無封建，吏有封建者，此則大吏無封建，小吏有封建。令之子賢，而不得爲太守、御史，令之子不肖，而不難於爲令，非令之子孫，布衣草野之士，得爲太守、御史，加於令之上而察之，而太守、御史之子孫，又不得如縣令之世有其官。其戾於古而不當於事情，可無煩言而自詘。不謂寧人素有經濟王佐之名，而立論乃若此其悖也！其説固必不能行於世。然學者詘於其名，或不察其言也。議之，以爲聽言者例。

俗禮答問一

俗間祭婦人，多用舅姑爲主，不用夫。或問焦子曰：『夫不祭妻，禮何爲其然也？』焦子對曰：『夫不祭妻，禮文以餕餘言之也。謂餕餘之祭，唯夫之於妻，父之於子，可不祭，其他皆祭也。且夫不祭者，以其尊也。舅之於婦益尊矣，子之有父，猶婦之有舅姑也。父不祭子，而舅可祭婦乎？』

俗禮答問二

或問焦子曰：『今之喪，斂衣不用紐，禮與？』

焦子對曰：『《喪大記》「結絞不紐」，則今之不用紐者，沿古制也。乃古者生時衣帶，取其可解，則用紐。紐，猶今俗所謂活結耳。殁則不復解衣帶，皆用死結，所謂不紐也。今既不用紐，亦不復用帶，則大非矣。』

俗禮答問三

或問焦子曰：『居三年喪，未卒哭而死，以斬縗斂，禮與？』

焦子對曰：『非禮也。父母之喪三年，以凶服斂，是無除服之時也。死則侍親地下矣，可凶服侍乎？』

俗禮答問四

或問焦子曰：『服既除，以葬故而斬衰，禮與？』

焦子對曰：『非禮也。古者天子七月而葬，諸侯五月，大夫三月，士逾月。國律：職官、庶民，三月而葬；又曰：凡有喪之家，必依禮安葬，若惑於風水，及托故停柩在家，經年暴露不葬者，杖八十。無除服而葬者也，故古無久不葬者。改葬之服，昌黎議之極詳。

不得已而改葬，服緦焉可也。』

咎由人己對示二李生本善、元善

癸丑之春，焦子居，門人自外至，卒然問曰：『咎由於己與由人者有間乎？』曰：『有間。咎由於人者，聖賢不去也。然則時人之所惑者宜矣。』曰：『爾何聞？』曰：『今有大吏索其屬銀，屬不堪其迫，竊國課與之，事發，均伏誅。街里市巷之間，以迫憐屬，謂其非貪吏也。如夫子言，不已然與？』焦子艴然曰：『惡是何言？吾所謂咎由於人者，非此之謂也。南山之麓，有獸曰狌，狌愛酒焉，人誘以醉而刺其血。小平之津，有魚曰鱣，巨鱗多口，重千斤，甘人之餌而致於屠。其誘與餌，人也，使匿巒樾之間，潛淵泉之當，當，底也。安分而守命焉，人不得而致之矣。君子讀書稽古，一畝之宮，可以宅身，自食其力，以全其天，雖有貪夫，其何我迫？即或抱用世之才，資格而進之，屈伸之間，聽其自至，於彼何求？於我何脅？且處以逸吾身，仕以逸吾世。當路之人，舉我升我，是欲我措其學於世也，措焉可矣。當路之人抑我滯我，是不欲我措其學於世也，不措焉可矣。惑者昧焉，不以人之用捨爲進退，而以人之喜怒爲榮辱，其未得也。不恤謟阿婞褻以獻其肺腑，醵錢稱貸以供其夤緣，以爲竭此精力，捨此性情，一旦可以榮祖考，光宗族鄉黨，吐其氣於友朋，振其勢於妻妾子弟。枉尺而直尋，迂腐者未足以語此。不知吾之志既卑，吾之可輕可賤之態，已備入於當路者之心。當路而賢也，必惡而遠之。倘其不然，不過謂是人也，可供我之役使，收之於家奴養子之列，而乃不以爲辱以爲榮，求援之不已，彼亦求報之不已。我已受其恩，又益望其加恩，於是雖得罪於天子之法，不敢不應大吏之求，卒之事敗身誅，悔之莫及。其咎也，人與？已與？小子聽之，願介而窮，毋辱而顯也。介而窮，身屈而心伸也；辱而顯，身伸而心屈也。』門人聞之，欣然而退，守其真，固其神，將誦讀以終其身。

屬文稱謂答

胡西棽先生問姑丈、姊丈、姨丈之稱於阮侍郎，侍郎轉以問余，擬此以答。

問曰：『從母之夫俗稱姨夫，若入文章，似難落筆。遍檢《爾雅》、《儀禮》皆無此條。姑丈、姊丈亦是邪？非邪？』循按：《爾雅·釋親》：『父之姊妹曰姑。』男子謂女子先生爲姊。姑之夫，無明文。姊妹之夫謂之私，《詩》『譚公爲私』是也。姑夫之稱，見於六朝者，如梁江千一姑夫朱異，《梁書·江千一傳》。北周蕭子雲爲王褒之姑夫。《周書·王褒傳》。姊夫之稱，漢時已然。《郭林宗別傳》稱林宗就姊夫貸錢五千。見《太平御覽》。此皆俗稱用諸屬文者也。《爾雅》：『妻之姊妹同出爲姨，母之姊妹爲從母。』然則姨者，所以稱妻之姊妹，非謂母之姊妹也。姨之夫，《爾雅》謂之『亞』，古亦稱僚婿、友婿。從母之夫稱不載焉，然而從母之稱姨亦古矣。《左傳》『穆姜之姨子也』，杜注：『穆姜，姨母之子。』《三輔決録》云：『周季貢，班固姊之子也，喪婦，作《問神》，姨曹大家難之〔一〕。』大家爲周之從母，則通稱從母爲姨，自周至漢已然。姨夫之稱，宋時猶專屬妻姊妹之夫，歐陽文忠詩『大姨夫作小姨夫』是也。竊嘗思之，父母、兄弟、舅姑，定稱也。父之兄弟，依父爲重，則曰世父、叔父，其妻又因世父、叔父而重，則曰世母、叔母。母之姊妹，依母爲稱，則曰從母，其内兄弟、外兄弟、從母兄弟，則稱其父母爲父母，故其子即依兄弟爲稱也。父之姊妹屬之父，而不可稱母；母之兄弟屬之母，而不可稱父。猶夫之父同於父而非父，夫之母同於母而非母。故同爲舅姑之稱，依父母而通其變也。因其爲姑之夫稱曰姑夫，因其爲姊之夫稱曰姊夫。名以義起也，《晉書》：『王廙，元帝之姨弟也。』杜少陵《寄狄明府》詩云：『梁公曾孫我姨弟。』從母既通稱姨，則通稱從母兄弟爲姨兄弟可也。《北史》：元義納太后妹，明帝呼曰姨父。從母既稱曰母，則從其類，謂其夫爲姨父可也。或名以義起，則稱姨之夫爲姨夫可也。曰從母夫不辭，則姨夫尚矣。丈者，古人泛稱，《論語》謂老

〔一〕『喪』前脱『善屬文』三字；『姨』前脱『其』字。

者曰『丈人』，《儀禮》謂男子曰『丈夫』，皆無定號。今之稱姨丈、姑丈、姊丈者，俗稱無可典據者也，若施之於文，則無不可。賦、頌、贊、論、祭文、檄之類，無取乎此。惟叙事文用之，或述時人之言，於辭氣中稱姨丈、姑丈、姊丈皆可，猶官名地名，不必强作古稱也。或叙其人之親誼，則稱曰姨夫亦可。必欲典雅，則先稱從母之姓氏，以夫繫之，隨文運用，存之一心而已。文章之道有二，説經論古之文，就古論古，不可羼入時俗；行狀、墓志之文，主於述當時之事，即爲將來之典要，不必過於拘古也。

學童讀爾雅答

鮑席芬之子六齡，其塾師將授之以《爾雅》，問於余。余曰：非所以教也。古者六年教之數與方名，九年教之數日，十年學書記、幼儀，十有三年學樂、誦《詩》、舞勺，成童舞象，學射御，二十而冠，始學禮。博學不教。數者，一至十之數也；方名者，東、西、南、北也；日者，干支時日數，計之使知朔望、中節、歲陽、歲陰之名也；書記者，書爲『六書』，記爲計字之誤，《九章算術》也。射御、書數，皆有用於世，故自幼習之。既入小學，春誦夏弦，秋學禮，冬讀書，學政之掌專於樂官。孔子曰：『小子何莫學乎詩？』『不學詩，無以言。』童子血氣無定，性相近，習相遠，其間甚微。且誦且弦，使機之所蓄，畢達而無所鬱遏，善善惡惡，勃然於心志間，善氣盈則陽神長，陽神長則愚闇消。聰明日益，滯塞日開，有以達古今之志，而不爲迂儒，故詩之教最先。而又慮其肆也，節之以禮，則陰陽得所調，而中和之德於是基之。孔子之教，莫要於此。至《爾雅》訓詁，雖不外乎『六書』，然學之，習其藝，通其義，無容誦爲也。漢初，經學久廢，先王之教湮，蕭何草律，以學童能諷九千字以上得爲史，更進而通於六體，則爲尚書。天下動於利禄，從而趨之，閭里書師合《蒼頡》、《爰曆》、《博學》三篇，斷六十字爲一章，以取便於誦習。今所存《急就章》，叠簇文字，絶無條理，即其類也。揚子雲取有用者，作爲《訓纂》，可知前此但務諷字之多，可以干禄，於古人教書數之旨，已屬兩途。乃其時《爾雅》屬《孝經》，不屬小學，固未嘗教童子以是也。孝文立《爾雅》博士，《漢書》不言，見趙岐、《孟子題辭》。然豹文之鼠，惟一終軍能識，則當時習之者亦甚少。蓋其時經生各習一師，第守其師之説，不復能究其師學之所出，故《爾雅》雖訓詁之指歸，而執《爾雅》之文，即能通《五經》之義，貫群聖之言，此非通儒碩學未易言。此三尺之童，經文未誦，先以《爾雅》授之，不啻嫁甫入門，早言杵臼，子氏猶在，瞷馬來歸，不亦傎乎？大抵徒誦其文，莫知其義，而《爾雅》一書，遂成閭里書師課蒙本子，亦枉矣乎。且《爾雅》以訓詁爲文，率以一二字句强以連之，氣已抑塞而不暢達。以方萌之機，封之使錮，如噎如吃，不可以誦。所謂長言永嘆，莫之有也。陽氣不宣，虚靈漸鈍，其帙雖終，茫然罔覺，欲其通經書，善屬文，吾知難矣。竊謂教童子者，宜瀹其性靈，導其善志，養其和氣，蓄其道德，不速其成，不誘以利，不飾以虛。果有出人之才，不必讀《爾雅》，《爾雅》自能爲之用。世之通儒，非從幼年讀《爾雅》來也。若謂近年考試之文，間有以用《爾雅》字句獲者，緣是而爲教，則非余所知矣。

請立北湖耆舊祠狀

辛酉科舉人焦循，爲留存舊迹，呈明存案事。竊縣治北湖黄玨橋鎮市中，有舊屋一所，係前明忠臣梁公于涘之宅，梁賣與謝公承貴。今謝姓後人因屋久圮壞，將售於人。謝係循母黨至戚，不忍以前賢舊迹，母家遺屋，一旦拆毁，污穢於屠酤之手，勉力歸謝之價，契買投税在案。竊以梁公之忠，昭於《明史》，已恩旨入祀忠義祠。謝公父子之孝義，亦載於邑志。循願己力修葺，即立梁公牌位，奉祀於内，以謝公祔之。其里中孝弟、忠信，行誼載於史志者，俟更爲斟酌入祀，名爲『北湖耆舊祠』，不招僧道，不雜祀他神。但循所契買，他姓不得争占，循之子孫亦不得擅賣於人。爲此將史志所載梁公、謝公事實，録呈臺下，賞示存案，俾忠孝舊宅，不致就湮，或亦於風俗人心不無有裨。嘉慶二十一年正月二十三日。

卷十三　書

上王述庵侍郎書一

循頓首謹上述庵侍郎大人閣下：昔韓退之、皇甫持正署名於牛奇章旅寓，而奇章緣是知名，古人好士之風，可感百世。語循者每言閣下高誼過於昌黎。丁未、戊申間，閣下弭節江西，揚州之士自江西歸者，必數稱援引獎誘之善，不少衰。循，賤士也，家世寒微，僻居下里，惟以先祖父之訓，不敢爲世俗學。成童而後，涉獵經書，始究程、朱，漸採服、鄭。幸私淑於良友，乃尋求於舊説。然而賦資庸劣，朝誦夕忘，好爲深思，往往自塞。或以循蹈無益之艱途，失科舉之近效，誠爲知言。特相守有年，神與之習，不能舍也。前年，閣下以按事至高郵、句容，道經江都，晤汪員外對琴先生，言於京師見焦某所爲文，眷眷問循之學業。對琴先生還，即語循，循不禁感泣涕零，莫能自已。當是時，閣下以君事在途，非草茅請見之日，且一隙可乘，即思攀附，徘諧躁競，執政所醜。況乎鵬鶚在雲，非鶺鴒之所從，楓江餘句，藐小孟嘗，分應自匿，故至今高誼惟寤寐懷之，不敢晋謁。前月在安定書院中，見方君仕煌，言閣下告假歸里，遍求當世名士，又計及於循。循與仕煌相交素深，或仕煌阿於所好，於閣下前謬爲稱道耳。今天子以文治致太平，表三代之遺文，革元、明之陋習，大江南北數千里中，所方駕康成，比肩叔重者，不下數十餘人。循第如小兒之學孩笑，村女之粧内家，何足一顧？然而閣下之情不能忘矣。夫六合之賦陳，覽者以爲愚；《春秋》之名稱，逐者以爲亂。素非針芥，衡鑒妄希。斥辱之羞，咎由自取。乃喬木下樛，而葛藟蔓於草；河海廣納，而行潦涸於塗。形已斛㴋，復遠芳澤，師資坐失，悔誤何如？是故《三都》之成，必就正於皇甫；《蜀道》之咏，亦求益於季真。庸下之材，雖遠遜左、李，而陶鎔造就，閣下非今之龍門乎？謹以所刻《群經宫室圖》一函，薰沐呈覽琴書之下，幸賞斧政，不勝悚慄戰懼之至。

上王述庵侍郎書二

循頓首上大人閣下：歲癸丑，曾以所刻《群經宫室圖》一函，交方文學仕煌呈覽。前年晤崇明黄蒼雅太學，去年秋晤汪對琴比部，皆云大人言次屢問及循。切思循以鄉俗鄙儒，絶無知識，數承關注，銘感無盡。夫瓮蟫壁蟢，不度阿棟之高，往往以杊木下垂，遂緣而思附。循以恃愛之故，不禁妄有所求。明知其妄，而不能自已者，誠心服大人者甚深，蓄之蓋已久也。循居甘泉之北鄉，地僻無師學，惟先人之教，以爲生員所重在學術，不在科甲，於是命之究習經書，博覽典籍。循淺陋，實無以承先人之訓。然而先人教子弟之法，似有可述者。方今盛朝曠典，命郡縣舉孝廉方正，以六品官用。謹以先人之言行，證諸宗族鄉里，似於此有無愧者。慟已没世，不能邀朝廷之恩，乃據朝廷所重，以求大人先生一言，以銘墓石，則或非粉飾虚誣，以妄煩君子之筆也。大人之門，胡君量、張君焱與循皆交好，嘗稱大人謙以接下，於闡微顯幽之事，尤無所拒，每有求者，必親自撰著，不假手於人。竊謂墓石之志，必求德行事功卓然於世之人，又必工於文辭，足以行遠，所慮者或以其人卑賤，令門人子弟輩操觚爲之，而不收於集，則亦終於湮没耳。大人德行、事功、文章三者，並立而不朽，又復謙厚和平，好揚人善。循不覺狂喜雀躍，假一隙之可以攀援，頓忘勢分之隔，敢以所生墓志爲請。伏乞念先人苦節一生，嘗以著作，循惟犬馬不忘，以報盛德。本擬正月到浙，叩頭哀乞，適以他故，尚遲時日。中心汲汲，不禁檮昧。先此上稟，謹録先人《事略》一卷，恭呈台閲，不勝恐懼之至。嘉慶丁巳正月初十日謹上。

乞程易疇先生爲先人作墓志書

循頓首。之江别後，旦暮神馳。邇聞先生杖履清佳，精神倍舊，奇脉之診，良不虚也。循因母病，不敢出門者三年矣。今冬十月，不幸至於大故。哀慟之餘，莫知所出。惟思人子所以事親，親有善行可傳而不能述，大罪也。欲述其親之善行，而徒求之高爵顯官，以炫燿庸庸者之耳目，不乞諸當世之鴻儒碩學，亦惑也。竊念今世，齒德兼備如先生，學問精妙如先生，著書滿家如先生，而不孝循又獲與同時，又嘗爲先生不棄，實親言笑，有父母之行，而不求先生鉅筆爲文，以附大集以傳，不孝之罪與惑又勝論哉？謹將先父、先嫡母、先母事略呈覽，乞賜一銘墓之文，以光泉壤。幸憐而許之，感且不朽。能賜親筆一書，雖或行草，用裝潢以傳之子孫，則更感惠不淺矣。不孝焦循蒲伏稽首。

上座師英尚書書

循再拜老夫子門下：去年奉稟，厚蒙俯覽。今春賜答手書，展誦之下，曷勝感激！循自壬戌歸家，即留心於《易》。越十二年，至乙亥，成《易學》四十卷。循以聖學深微，未容遽測，稿雖數易，未敢語人。前年宫保阮公索循稿本，並勉促撰完，今年擬以此稿呈請教誨。五月間，親自手寫，至十月，左臂筋痛，牽掣右腕，不能速書，内中《圖略》一本，《章句》第七卷以下，係雇他人寫完。正在覓便寄入京師，適同門汪煜有信寄來湖中，道老夫子有信，問循所著之書且命『寄一二種看看』，循病伏鄉里，動息無狀，辱承關注至此。因記宋仁宗時，天下太平，韓、富、范、歐諸賢，同輔於朝，時平陽孫復舉進士不中，受范公教，因學《春秋》，著《尊王發微》十二卷，傳於齊魯間。南城李覯應制科未第，歸而學禮，著《禮論》七篇、《周禮致太平論》五十一篇，請正於范公、富公。説者謂君明臣忠之世，草野儒生，得以修明經學。循之才不及孫、李兩君，而幸所生之世，文治光昌，明良喜起，遠過於慶曆、皇祐之時。疾病餘生，既不能效力於簿書奔走，苟得於經學中稍有所就，以彰聖朝之化及於鄉僻者如此，是則循之志爾。謹以所作《易章句》十二卷、《易通釋》二十卷、《易圖略》八卷，共爲《雕菰樓易學》四十卷，叩頭再拜，呈於座下，伏乞誨正，指其疵謬，求賞大序一篇，冠之卷首，不勝悚惕依戀之至。嘉慶丙子十二月初一日。

奉檄上制府書

淮、揚病水者三年矣。大人奉命總督兩江，即檄部内人士，以治水便宜策上。兩郡之人紛紛以策上者，蓋數百十人矣。顧高堰之水下洩於高、寶諸湖，其東以漕堤束之，設諸閘，閘啓則水又洩於下河，以東北入於海。上河人與下河人利害異，下河以北與下河以南之利害又異，故淮人之策必異於揚人，而寶應人之策必異於高郵人，高郵人之策又必異於江都、甘泉人。同一寶應、高郵、江都、甘泉人，而居湖以西者，其策必異於居運河以西之人。同一高郵人，而居北者，必異於居南之人。何也？各地之利害既異，則各地人之策亦必異，往往至於相反，勢使然也。循上河人也，居湖以西者十世，閱年四百有奇，固深知水之利害。然而所深知之利害，不能出乎所居之地之外，則宜於此，未必宜於彼。故今日治河、淮之水，必使數千里之形勢括諸一心，數千年治水之成法深悉而貫通之，不以一人之策爲去取，不以數百十人之策之不同爲惑，不欣動於新奇，不徒襲乎陳言，胸有成竹而後用，效有必驗而後行。土人之策，恐未可偏據也。

與朱椒堂兵部書

循頓首白：十年不晤，僻處湖濱，無緣通候。昨壽昌歸，述與先生連屋而居，且道已補兵部實缺。曩者官齋夜語，由是可見諸行事。循頻年汲汲，徒托空言。邇年專力學《易》，著有《雕菰樓易學》一書。嘗手寫兩通，一就正於阮宫保，一就正於英大冢宰，均蒙獎掖，以爲可存。幾思與吾仁兄商訂之，以卷帙多，未及更寫，姑言大略。《易》之道，大抵教人改過，即以寡天下之過。改過全在變通，能變通即能行權，所謂『使民宜之』，『使民不倦』，『窮則變，變則通，通則久』。聖人格致誠正，修齊治平，全於此『一以貫之』。則《易》所以名『易』也，《論語》、《孟子》已質言之，而卦畫之所之，其比例、齊同，有似九數，其辭則指其所之，亦如句股割圓，用甲乙丙丁子丑等字，指其變動之迹，吉凶利害，視乎爻之所之，泥乎辭以求之，不啻泥甲乙丙丁子丑之義，以索算數也。惟其中引申發明，其辭之同有顯而明者。如『密雲不雨，自我西郊』，《小過》、《小畜》同；『先甲三日』、『先庚三日』，《蠱》與《巽》同；其『冥升』、『冥豫』、『敦復』、『敦艮』、『敦臨』、『同人于郊』、『需于郊』之類，多不勝指數。又多用『六書』之轉注、假借。轉注，如『冥』即『迷』，『顛』即『窒』，『喜』即『樂』；假借，如借『繻』爲『需』，《説文》。借『蒺』爲『疾』，《韓詩外傳》。借『豚』爲『遯』，黄穎説。借『祀』爲『巳』，虞翻。推之，『鶴』即『隺然』之『隺』，『祥』即『牽羊』之『羊』，『禄』即『即鹿』之『鹿』，『礿』即『納約』之『約』，『拔』即『寡髮』之『髮』，『昧』即『歸妹』之『妹』，『胇』即『德積』之『積』，『沛』即『朱紱』之『紱』。彼此訓釋，實爲兩漢經師之祖。其聲音相借，亦與三代金石文字相孚。非明九數之齊同、比例，不足以知卦畫之行；非明『六書』之假借、轉注，不足以知《彖辭》、《爻辭》、《十翼》之義；不明卦畫之行，不明《彖辭》、《爻辭》、《十翼》之義，不足以知伏羲、文王、周公、孔子之道；不知伏羲、文王、周公、孔子之道，不足以知格致誠正、修齊治平之學。循離群索居，獨學無耦，漫以大略，請教先生，以爲何如？書之不盡，聊以當一夕談耳。嘉慶二十二年秋八月十九日。

寄朱休承學士書

循頓首休承仁兄大人：京師一别，十有五年。循丁卯春病絶七日乃甦，用是諸念悉屏，專心學《易》，跧伏湖濱，遂與世疎。然風雨之夕，孤坐無與，每思良友，心竊惘然。今四月間，李冠三兄有字來村中，道及仁兄信中詢及鄙人，不勝感涕，乃思奉一書，未得其便，遲遲至今也。循邇年别無善狀，惟於《易》稍有所見，卷帙繁多，未能遠寄，已稍述大略，質之王君伯申。大抵聖人之教，質實平易，不過欲天下之人，『各正性命，保合太和』而已。其義理，《論語》、《孟子》闡發無餘。君子、小人，猶陰陽、寒暑，貴而在上，自王公以至令長皆君子也，賤而在下，農工商賈皆小人也。在君子宜孚於小人，在小人宜進於君子。故寒往暑來，亦暑往寒來；日往月來，亦月往日來；小往大來，亦大往小來。大來固吉，小來亦非凶也。《泰》卦下天上地，尊卑倒置，而謂之『泰』者，以其能『變通』也，故曰『勿恤其孚』。卦本有恤，『勿恤』者，以其有孚也。《否》上天下地，而謂之『否』者，以其不能『變通』也，故曰『否之匪人，不利君子貞』。《否》卦原是君子，以不能孚於小人，一己獨正，故不利也。陰陽有尊卑而無善惡，『尊而光』，『卑而順』，皆善也，上慢下暴，皆不善也。惟寒變爲暑，暑變爲寒，乃爲『時行』，乃爲『天道』，乃爲『大和』，是之爲『泰』。若當寒而燠，當暑而凉，恒寒恒燠，即反時爲災，斯謂之『否』。解者以陽外陰内爲『否』，陽内陰外爲『泰』，是以秋冬爲『否』，春夏爲『泰』矣。明曰『變通』，配四時，是寒暑皆時也，其往來皆通也。通即『泰』也。寒極承以春夏，固是『泰』；暑極承以秋冬，亦是『泰』，『否』極而『泰』，由君子能通之；『泰』極而『否』，由君子不能通之。以『否』極而『泰』比諸寒極而暑，『泰』極而『否』比諸暑極而寒，則儗失其倫矣。自『泰』、『否』之義不明，而大小、往來之義遂晦。於是各持一君子道長之見，而攻擊傾軋，即使得正，而已不利於君，不利於民，所謂『不利君子貞』也，是真『否』也。《易》道但教人『旁通』彼此。相與以情，『己所不欲』，則『勿施於人』，『己欲立達』，則『立人達人』。此以情求，彼亦以情與，自然『保合太和，各正性命』。大舜舍己從人，善與人同，斯乃『同人于野』，『利君子貞』，孔子謂之『仁』，謂之『恕』，《大學》以爲『絜矩』。此實伏羲以來，聖聖相傳之大經大法，故曰『不可貞』。曰『貞凶』，爲但知是己不能孚人者戒也。循所見《易》之大旨如此，略述之以質之仁兄。循讀東原戴氏之書，最心服其《孟子字義疏證》，説者分别漢學、宋學，以義理歸之宋，宋之義理誠詳於漢，然訓故明乃能識羲、文、周、孔之義理，宋之義理，仍當以孔之義理衡之，未容以宋之義理，即定爲孔子之義理也。

上郡守伊公書

循頓首公祖墨卿先生執事：承委分辨《圖經》一事，所分十門，已彙萃成帙。所采文章可備徵實者，亦得十五册，約二千餘篇。惟所須體例，僅用纂録，不易一字，而標以出處，此誠取信於古，恐有鑿空誣僞之病也。然鄙意揆之，有未盡然者。

近時朱竹垞《日下舊聞》、黄玉圃《南臺舊聞》皆用此體，而其書實皆述古，不及今時事。若郡縣志書，盧牟今古，則有不可徒以纂録成書者。夫汲於古者，纂而編之，其驗於今者，無書名可述，無卷數可言，豈其詭設所由來乎？若使半爲纂録，半出心裁，則是醯醬合於酒漿，狐貉蒙於絺綌。前此《雍正府志》、《甘泉縣志》，體例雜糅，頗堪哂笑，職此之故，不合一也。行狀、行述，作於子孫，所稱不曰『先府君』即曰『先王父』，將仍其稱乎？抑易其名乎？仍其稱，斷無此理，易其名，則已非行狀、行述矣。若已易其名，而仍繫以行狀、行述，則名爲徵實，已蹈虚誣。顧案牘之文不删，誚明儒之修史；隋代之稱朱汰，譏唐士之疏經。設如小吏書供，前朝頌聖，亦仍而列之乎？不合二也。且事有原諸典籍而其説非誠，播自傳聞而偏爲至確，此符生之録，不及趙逸之舌也。山川道里，十目共徵，道德文章，百聲均合，轉以其不見於書，而概從屏棄，何輕目而重筆也？不合三也。

前古之書，或數行之中，僅取一語，割之則脉絡不完，備之則字句冗費，且有前後相間，不容備載，仍將裁彼偏辭，成我專義。夫班固改《列傳》一二字，已名《漢書》；馬遷述荆軻數百言，不稱《國策》。但明言所本，不復瑣述書名，既憑我意爲改移，又舉而歸之古昔。不合四也。史傳之文，互爲詳略，或此篇之意，待彼而通，今節取一端，莫測首尾，是必集腋成裘，釀花爲蜜。況長勺師馳，別傳『摽劍』；熒澤敗績，更記『藏肝』，合則簇爲奇觀，析則傷其零亂。不合五也。至於孟子述庾斯，業殊盲左；史遷論艾獵，似襲於莵，如謂載籍可憑，書堪盡信，徒以臚列爲藏拙之巧，不且以草創失潤色之權。不合六也。且夫獺祭之謀，有同賣菜，宜兼收而並采，難主一而廢百，勢必汗牛充棟，紙不勝書，作者既徒見其煩，閲者恐難終其卷。不合七也。割裂則本末不明，堆垛則繁複無次，果使纂録之書可以千古，則是衛湜之《禮記集説》高出康成，李昉之《太平御覽》賢於杜佑矣。不合八也。纂録之書，最忌罣一漏萬，卷帙不得不多。既多矣，始則抄寫難，繼則刻難，刻矣而印又難，印矣而購者又難。劉表之牛，徒堪享士；莊生之木，止以全天。不合九也。

『典』、『謨』、『誓』、『誥』，讀《書》者判以七觀；『雅』、『頌』、『豳』、『南』，學《詩》者亦分四體。《史記》作『本紀』、『世家』、『列傳』、『書』、『表』，以各歸其例，本諸是也。至《元史》則增以《國語》、《明史》且別出《天圖》，莫不按事立格，依文樹義。今概用纂録，不分紀傳，不列書表，將上述天子之恩，下等編氓之例，已非臣子敬謹之所宜。而一郡典型，千秋著作，僅以供詩人之取料，矜博尚奢，有肉無骨。不合十也。

鄙見竊謂國史宜本《漢書》，郡志當依《史記》。何也？漢武斷代，則前不連古，後不及今，國史之例也。《史記》上及軒轅，下終漢武，郡志之例也。郡志爲土地之書，宜先釋地，爲嘉慶十二年之郡志，則嘉慶十二年見在之城郭、河渠、都里、疆域，以及寺觀、橋梁、田賦、户口，皆目驗而知，實莫實於此矣。是必按而記之，書其實迹，不厭於詳，不嫌於瑣，是爲所見異辭也。由今日而上推之，則六十歲人可識四十年事，四十歲人可識二十年事，水某年而湮塞，城某年而築修，職官之更代，士科之甲乙，稽之册籍，詢諸故老，是爲所聞異辭也。事遠年湮，咨詢莫及，既不可見，復不可聞，無可奈何，乃檢之故籍，以求十一於千百，説以異而成疑，書或禆而難據，所爲傳聞異辭也。今轉以傳聞爲本，聞見爲虚，舍實事求是之路，趨無可奈何之途，鄙所不敢爲然也。竊觀太史公《自序》，歷歷道其本原，而每傳『贊』，有曰『余觀《春秋》、《國語》』，『余讀牒記』，『太史公讀《秦記》』，『余讀孟子書』，『余讀《商君開塞耕戰書》』，『余讀《離騷》、《天問》、《哀郢》』，『余讀孔子書』，『吾讀管氏《牧民》、《山高》、《乘馬》、《輕重》、《九府》及《晏子春秋》』，可爲博覽群書矣。然惟《尚書》、《論語》，信而取之，而《禹本紀》、《山海經》所有怪物，則不敢言。百家言黄帝，其軼見於他説，非好學深思心知其意，固難爲淺見寡聞者道也。其不盡古籍而纂録之可知。且既本《國策》、《世本》等書，而孟嘗君則必徵之於過薛，信陵君則必徵之大梁之墟，於禹疏九河，則必徵之於長城亭障。賤耳貴目，雖古事猶然，其管、晏、趙盾之事，略所共傳，别書新説，穰苴、孫武，不論其兵法，而論其行事，則今日之載諸『二十四史』者，已如日月經天，設令史遷當此，果備録之耶？他如項羽則聞之周生，衛青則聞之蘇建，荆軻則聞之公孫季功，韓信則聞之淮陰人言，是皆訪於時人，而不必求之故紙者也。至於《田叔傳》，則曰『余與仁善』，《韓安國傳》，則曰『余與壺遂定律術〔一〕，觀韓長孺之義』，《李廣傳》則曰『余睹李將軍』，《游俠傳》則曰『吾觀郭解』，《酈生傳》則曰『平原君之子與余善』，是以得具論之。凡史公同時之人，無不詳悉書之，至今讀者，孰謂其私於故人也？且古書具在，學者刺取之，皆可成書，而見聞可及，略之不言，日愈多而事愈湮矣。

不揣檮昧，妄獻芻蕘，伏乞俯而察之，並擬目録於左：

南巡紀。天子之事，必當尊之爲紀。

恩澤紀。

總圖。

四境保甲圖。

水道圖。分上、下河。

〔一〕『術』，當作『曆』。

江洲圖。界限里數畫清。

廨宇圖。

氏族表。

選舉表。無功業文章而但有科第者，雖宰相、狀元，僅列一名於此表中，不必别爲立傳。

職官表。

地里略。宜分保甲，而統之以巡司，又統之以縣，如史書中地里志體例，而寺廟、橋梁、村鎮，皆按里按方，詳而書之。

河渠略。

鹽筴略。

漕運略。

政略。職官之姓名履歷，既編爲表，其有美政可書者，入此略中。

軍事略。歷代大事，無過於軍，統纂於此，則事志不必設。

金石略。

藝文略。用《新唐書》之例，凡人之不必立傳者，但書其爵里於書名之下，則列傳中，省無限閑文。

户口略。

田賦略。

列傳。不必多立子目。

沿革考。

古迹考。

覆姚秋農先生書

六月十二日，奉到手書，備悉一切。所示《揚州府志》條例畫一之處，謹承教誨。所商諸條，先生不以循爲鄙謬，下采芻蕘，蓋先生心有折衷，而謙讓不肯自發，知循素性野質，欲代一暢發之也。請據所知條述，以備采摘。

來札云舊志訛謬應删者，於各卷低一格載案語，仍存其名，以備覆檢。此條極是。然細審之，其辨有三：如《隱逸》之應曜，《孝子》之董永，《方技》之趙達，《武功》之陳憲，《名臣》之徐宣，此直於正傳中删之，顯辨其誤可也。所辨一也。若如《忠義》之王信，舊志稱其忠，《元史》、《明史》言其叛，人禽之判，繫於一言，若竟删之，而指以爲叛，則失傳信、傳疑之義，是惟仍存舊志原文，而注補異文於下，所謂互異則雙行列載者，於此類爲宜也。《節婦》、《孝子》中，頗有此類，似當以忠厚之心，行明察之義。所辨二也。修志時，耳目所屬，不無濫竽，才識所囿，遂多儌幸，遲之數十年，但存三五行之空言，存而列之，徒覺無聊，文獻無徵，但形其穢，續修者遂毅然删去。以《康熙志》較《萬曆志》，已十删其二三，以《雍正志》較《康熙志》，又十删其三四，職此故也。循原其所删者，考其行事，往往爲必不可删之人。如孝子孔應試，割肉三十二處，又抉一目，可稱奇孝，不在蕭日曠之下，舊志删去，令人扼腕。因而推之，其空言無可考者，未必皆濫竽徼幸。大抵修志者苟率完事，使孝子仁人之精氣不揚也，删之則不敢，存之則煩冗。循焚香拜誓，反復以求其例，則附書之體爲宜。史於《忠孝》、《文苑》，每用此法，誠仁人之用心，既不煩冗，亦不失體裁，省泛語一二行，即可存姓名三五輩，守畫一之例，而勢將概從剗削，或任煩叢，循不敢也，並叩頭再拜，求諸君子留意於此也。所辨三也。

來札云各傳内詔令奏疏之類皆不録，以省煩冗，擇其要者入《藝文志》。古藝文但紀書目。是説循有請焉。志書以詩文爲藝文，最是陋習。一開此門，而山魅木客皆可以七言惡詩，夤緣收入，此志之所以煩冗而不貴也。竊謂文與詩，必有關於事實者，隨類取入，如《溝洫志》載『賈讓三策』，《禮樂志》載《房中》諸歌也。其有關古迹者，必如文文山之《賈家莊》、《鮎魚壩》諸作，迹見於詩，詩即是證。若偶然遊眺行吟，無關情事，雖杜少陵、蘇東坡，亦宜在禁例，所以防煩冗也。奏疏之文，一生精血，莫要於此。如劉瑜之忠，全見諸所上之書，若分而爲藝文，不異竭其精髓，但存皮殼，而其文孤懸於別卷，亦全失精采，是斷不可者也。欲省煩冗，轉增紛擾，譬之魂魄，合聚則爲生機，分置皆成死物。前年與阮大中丞言論及此，中丞以爲然，所以別有《文粹》一書，以收詩文，志中不設此類。中丞答先生札中，稱唐、宋之文篇篇俱載者，指《文粹》而言也。劉瑜等『正史』之所有，本無籍於志書之傳，删去其奏議，不過秉筆者之無識，尚不足爲重輕。若有賴志以傳者，則所關非小。如孝子陳嘉謨救父不得，上書於轉運使，而投於水，其精神氣節，畢見於所上之書，舊志將書删去，而孝子之烈遂索然矣。循竭力求之，僅得半篇，爲之憤鬱者二日，不得不深咎於前此修志者之不載也。且必未能免俗，取詩文爲藝文，亦惟取其有切於揚州者而登之。如劉瑜奏疏所論宦官宮妾，於揚州七邑漠不相涉，入《瑜傳》則瑜之生氣勃然，入《藝文》殊爲無謂矣。《史》、《漢》於司馬相如、揚雄、班固等，備載其文，所以然者，其人以文學傳，非空言市語所能表著，必取其生平所撰著，標其一二，以見梗概。古史臣用意之深也。若於相如、班固傳中，删去諸文，雖極口贊其工文善賦，皆成市語，而其人之精神不出。循謂揚州文學，如曹、李之於《文選》，二徐之於《説文》，此二書爲萬古之精華，而揚州洩之，爲天下學者之性命，而廣陵兼之。則曹憲、李善之傳，必從《文選》中討論之，徐鍇、徐鉉之傳，必從《説文》中討論之。如《上文選注表》、《説文序》，均當載入。《宋史·徐鉉傳》本載《説文序》。近時文學之盛，在前如陳厚耀、喬萊、汪楫、顧圖河、王式丹、張符驤、王懋竑、吴世杰、夏之蓉等，在後則如李惇、汪中、劉台拱、賈稻孫、顧九苞、任大椿、鍾懷等，皆宜從其所著書及文集中探而詳之。循生諸君子後，思有以光顯之，不憚越俎而謀，死者之所望，未死者之責也。幸毋將血脉所關，輕爲分奪，是皆不録之説。循所泥首再拜，爲吾郡諸英靈請也。

來札云史集中以最詳要者列爲正文，其他事迹互異，或須補采，或須考證，雙行列各條之下，如《三國志補注》之例，分注之説是也。正文、注文之列，亦未容溷。《三國志注》，因事存録，陳壽不載，故注以補之。撰《三國志》者一人，注補者又一人，雖有詳要宜登正文者，不得與陳壽之原文相連屬，勢也。今之府志，一人爲之，而一人注之，與裴氏注《三國志》之例原有不同。惟羅願《新安志》，《程靈洗傳》用《陳書》，而以《南史》之異文注於下；《蘇瓌傳》用《唐書》，而以《宰相表》之異文注於下。蓋其文既異，勢不得兩存於正文，不得已而用分注之體，或有所考辨亦然。若本無異同，則參取連屬，無容分注，惟其不明注所出，故不見針線之迹耳。竊謂正文與注文，體有一定，如夫人之不可作婢，胥隸之不可爲官，孰主孰客，不容以一例執之。循嘗因所定之例而求之，其變有七：果其人之事實見於史集者，止有一文，如《隱逸》之韓績，《孝子》之沈正，直録其文爲正文，注明出處，本無異文，亦無考證，無容注補，此常例也。例之一也。若事實見於數處，其一詳要可取，他皆不足以入正文，如《釋老》之王遠知，《唐書・才伎傳》，首尾雅正，直取爲正文，其《龍城録》、《雲笈經》荒渺之語，近如小説，止以入注，不必連屬也。例之二也。若有數文而互爲詳要，亦無異同，如《臧洪傳》，一見《三國志》，一見《後漢書》，又見《後漢所著本事方鈎取連屬爲正文，而《宋史》及《文獻通考》所載書名而入正文者，亦連屬之，《獨醒雜志》一條，以爲正文，審之不詳不要，乃小説之言，止可入注，而正文尚虛，則於其雙行爲補注，亦例之不容不變者也。例之六也。許學士，一代醫師，《宋史》無傳，舊志本載，但稱有人題詩，不言爲神翁事，附注於下，即有考證則雙行之例也，有連屬於正文，有同而異，則分注之，此即互異者注之之例也。金鼇之詩，見《輟耕録》，而《雲麓漫抄》所傳，原無分於主客，宜並采而連屬之，以爲正文。其《鐵圍山叢談》所紀，與《家世舊聞》事《鐵圍山叢談》、《清波雜志》、《輟耕録》、《家世舊聞》、《春渚紀聞》，各記一事，聚之則成一之五也。其人並無正文，而拾各書以爲正文，其中亦分主客，如《釋老》之徐神翁，其見於證之於汪右丞之詩。詩不可登正文，故既刺取連屬之，且注之，例之不得不變者也。例得此字，方知《鳳池吟稿》之架閣欒秉德即鳳，而鳳之爲架閣，直中書省，督運宣、徽，乃皆具，則必參之各書，以成傳體，如字里官秩，傳之正文也。欒鳳字秉德，見《萬姓統譜》，考鳳附見《胡大海傳》，王鼎附見《花雲傳》，陳堯輔附見《崔儒秀傳》，以爲正文，則首尾不實皆宜作正文，不當注補，則集腋成裘，釀花爲蜜，亦例之不容不變者也。例之四也。欒於《夢溪筆談》者，已非一處，而其推步治曆之要，又零星見於《玉海》、《元史》等書，其事也。例之三也。若其人之事實，史集並無正文，必博取而叢拾之，如《術藝》之衛朴，散見紀》，皆宜録爲正文，譬如三院彙題，六卿共議，惟各取其善者而參之，此勢之不容不變者而舊志所采，轉入於注，此例之又一變也。例之七也。此七例皆從第一例變而通之，如《易》之飛伏，自一世，至於五世，又有遊魂歸魂之變，如九數之少廣，自一乘以至九乘，又有正負益積之變，似不畫一而實畫一。《易》『窮則變，變則通』，若執一常例，以馭一切，必左支右詘，而不可以通矣。

循自三月以來，每於不可通者，窮日夜苦思，以求其通，因得附書、連屬二體，以濟正例之窮，庶免煩冗、漏略兩病。願先生俯察其愚，倘所説有可取，竊謂諸公可以參用之，凡一切拘迫窘遏之患可以消，而排纂類書之誚庶幾免也。先生知我，故敢戇言，幸恕無狀。不宣。

與孫淵如觀察論考據著作書

循讀新刻大作《問字堂集》，精言卓識，茅塞頓開。尤善者，《復袁太史》一書，力鋤謬説，用彰聖學，功不在《孟子》下，反復久之，拜服拜服。惟著作考據之説，似有未盡，妄附鄙見，上諸左右。

循謂仲尼之門，見諸行事者，曰德行，曰言語，曰政事；見諸著述者，曰文學。自周、秦以至於漢，均謂之學，或謂之經學。漢時各傳其經，即各名其學。如《易》之有施、孟、梁邱三家，《詩》之有韋、褚、匡、翼、王食、長孫，《大戴》有徐氏，《小戴》有橋楊氏，《公羊》、《穀梁》有嚴氏、梁氏，及尹、胡、申、章、房氏，均以學名，無所謂『考據』也。其列諸《藝文志》者，首以《易》、《書》、《詩》、《禮》、《樂》、《春秋》、《論語》、《孝經》、小學謂之『六藝』，即《儒林傳》諸君所傳之學也；次以《諸子》，則名之曰某家者流；又次曰《詩賦家》、《兵家》，其天文、術譜、五行、蓍龜、雜占，謂之曰《數術》；醫方、房中、神仙術，謂之曰《方技》。當時有專守一經者，有兼他經者，各爲章句，以相授受。其學諸子者，有若楊王孫學黄、老，晁錯學刑名，于定國學法，主父偃學縱横，趙充國學兵。其詩賦家則謂之曰詞章，枚乘、司馬相如其人也。有兼之者，則曰通某經，善屬文，則曰通某經百家之書，則好古學，長於術數，未聞以通經學者爲考據，善屬文者爲著作也。賈、鄭大儒繼作，以百家諸子之書，術數讖緯之學，一切通之於經，盡化以前專家章句之習，破古今師法之争，爲經學大成，亦仍謂之經學。經學者，以經文爲主，以百家子史、天文術算、陰陽五行、六書七音等爲之輔，彙而通之，析而辨之，求其訓故，核其制度，明其道義，得聖賢立言之指，以正立身經世之法。以己之性靈，合諸古聖之性靈，並貫通於千百家。著書立言者之性靈，以精汲精，非天下之至精，孰克以與此？不能得其精，竊其皮毛，敷爲藻麗，則詞章詩賦之學也。其在史曰賈山，涉獵書記，不能爲醇儒。山工於詞章，不得爲醇儒者，以習其粗，不知其精也。史又曰：廣川受《易》、《論語》、《孝經》皆通，好文詞方技。然則文詞與方技一類，屏諸通經之外，以其於經僅有皮毛也。蓋惟經學可言性靈，無性靈不可以言經學。故以經學爲詞章者，董、賈、崔、蔡之流，其詞章有根柢，無枝葉。而相如作《凡將》，終軍言《爾雅》，劉珍著《釋名》，即專以詞章顯者，亦非不考究於訓故名物之際。晉、宋以來，駢四儷六，間有不本於經者。於是蕭統所選，專取詞采之悦目。歷至於唐，皆從而仿之，習爲類書，不求根柢，性情之正，或爲之汩。是又詞章之有性靈者，必由於經學，而徒取詞章者不足語此也。趙宋以下，經學一出臆斷，古學幾亡。於是，爲詞章者，亦徒以空衍爲事，並經之皮毛亦漸至於盡，殊可閔也。王伯厚之徒，習而惡之，稍稍尋究古説，摭拾舊聞。此風既起，轉相仿效，而天下乃有補苴掇拾之學。此學視以空論爲文者，有似此粗而彼精，不知起自何人，强以『考據』名之，以爲不如著作之抒寫性靈。嗚乎！可謂不揣其本而齊其末矣。本朝經學盛興，在前如顧亭林、萬充宗、胡朏明、閻潛邱，近世以來，在吴有惠氏之學，在徽有江氏之學、戴氏之學，精之又精，則程易疇名於歙，段若膺名於金壇，王懷祖父子名於高郵，錢竹汀叔侄名於嘉定。其自名一學著書授受者，不下數十家，均異乎補苴掇拾者之所爲，是直當以經學名之，烏得以不典之稱之所謂『考據者』混目於其間乎？若袁太史所稱，擇其新奇隨時擇録者，此與經學絶不相蒙，止可爲詩料、策料，在『四部』書中爲『説部』，世俗考據之稱，或爲此類而設，不得竊附於經學，亦不得誣經學爲此概以『考據』目之也。『著作』之名，見於班孟堅《賓戲》，其辭云：『取捨者，昔人之上務。著作者，前列之餘事。』推其以著作爲『餘事』，倘以道與器配之，正是『取捨』爲道，『著作』爲器。今袁太史以『考據』爲器，著作爲道，已異於班氏之説。且漢時所謂著作者，專爲掌修國史之稱，或曰『著作東觀』，或曰『典著作』是也。魏、晋、南北朝，直名掌史之官爲著作郎，乃無端設一『考據』之目，又無端以著作歸諸抒寫性靈之空文，此不獨『考據』之稱有未明，即著作之名亦未深考也。袁氏之説不足辨，而『考據』之名不可不除。果如補苴掇拾，不能通聖人立言之指，則袁氏之説轉不爲無稽矣。乾隆乙卯三月二十日。

與劉端臨教諭書

循頓首謹啓端臨先生足下：先生之學，久聞汪君容甫言之。己酉之春，曾乞容甫札求謁左右，後未果渡江，至今殊歉歉也。邇因阮學使之約，客遊於越，適程君中之自丹徒來，道先生知鄙人名，且索拙作《宫室圖》，謹以一部呈上，幸進而教之也。循謂經學之道，亦因乎時。漢初，值秦廢書，儒者各持其師之學，守之既久，必會而通，故鄭氏注經，多違舊説。有明三百年來，率以八股爲業，漢儒舊説，東諸高閣。國初經學萌芽，以漸而大備。近時數十年來，江南千餘里中，雖幼學鄙儒，無不知有許、鄭者，所患習爲虚聲，不能深造而有得。蓋古學未興，道在存其學，古學大興，道在求其通。前之弊，患乎不學，後之弊，患乎不思。證之以實，而運之於虚，庶幾學經之道也。乃近來爲學之士，忽設一『考據』之名目，循去年在山東時，曾作札與孫淵如觀察，反覆辨此名目之非。蓋儒者束髮學經，長而遊於膠庠，以至登鄉薦，入詞館，無不由於經者。既業於經，自不得不深其學於經，或精或否，皆謂之學經，何考據之云然？先生當世大儒，後學之所宗，仰出一言以正其名，俾共知儒者之學，有深淺，無同異，則不致以虚聲漫附，亦不致視爲艱途，以阻其功力也。循無狀，願明示以正其誤，不甚悚惕冀幸之至。

卷十四　書

復江艮庭處士書

循謹復艮庭先生足下：循所爲《群經宫室圖》一書，乃庚戌年授徒深港時所作。既而病嘔血，醫者以爲中死法，同學及門人輩以此付刻。原稿於正書中偶雜古體，當時未及改正，至今頗悔之。顔黄門、陸博士所言，皆通論也。昨接台札，指摘是書俚俗之字，承教，感謝之極！其太俗如尊所斥者，當檢出改之爾。又來札稱鄙作徵引浩博，考核詳明，城涂壇學之等，可稱精細無遺議，循欣愧無地，叩頭！叩頭！又蒙於書中，言『位宁』、『榮霤』、『門臬』三條，細加訂正，不吝教誨。夫人新著一書，閲者翻一二葉，即置去，非覆醬瓿，即飽蠹腹。先生不以循爲淺陋，屈意終覽，示以可否，誠今之古人，不勝敬服。循承教令更詳之，因復取經文傳注，及先生之言，合諸予心，三閲晝夜，終難釋然，不敢不復諸長者。

循易鄭君『榮霤』之説者，所以明『四霤』非『四阿』，引《喪大記》明諸侯有『榮』，引《斯干》詩者，明天子有『榮』，蓋『榮』與『霤』，天子諸侯皆有，惟『四阿』天子有之，諸侯則無，鄙意篇中甚明著。然此條易鄭義，不敢向先生多辨也。朝中爲『廷』，宮中爲『庭』，二字自別。《説文》又云：『廇，中庭也。』『宗廇』，《爾雅》爲梁棟之名，則此『庭』指屋内言。《儀禮》射、聘、喪、祭等禮皆言中庭，皆指階下無屋處言，則『中庭』爲『中廷』之通借，如《盤庚》之『廷』作『庭』也。凡朝中俱謂之『廷』，則不獨燕朝有『中廷』，即不獨燕朝之『中廷』左右謂之『位』，邵氏《爾雅正義》云：『凡治朝、外朝，群臣皆以廷之左右爲位。』若『宁』爲門屏之間，與朝亦別，當宁者負宁而立，猶當扆爲負扆也。君背宁立於門外，臣向宁立於廷之左右，非謂門屏之間爲治朝也。人君宁立處爲宁，方百步爲朝，混之爲一，似非古訓。諸侯内屏在路門内，則自屏至應門，中隔一路門，解門屏之間，舍路門遠取應門，遂以《爾雅》『門屏之間』一語專屬諸侯，於天子乃不得不改爲應門，路門之間爲宁。江氏慎修之説迂矣。《論語》『過位』，包與孔兩家自異，不可强合。《曲禮下》『卿位』鄭《注》云：『卿位，卿之朝位也。』卿朝於治朝，是治朝有位。《正義》引『鄉黨過位』，鄭氏《注》云：『「過位」，謂入門右北面，君揖之位，言入門右北面，則是卿大夫之位。言君揖，則在治朝。』然則『過位』之『位』，鄭氏正指治朝臣位言，其鄭氏亦有誤乎？君方下車而過，孔子之色勃足躩，可無疑也。一臬、二臬，判自孔、賈。所以斷爲二臬者，正以鄭氏《玉藻注》與賈氏合也。《玉藻》云：『君入門，介拂臬，大夫中棖與臬之間，士介拂棖。』《注》云：『君入必中門，上介夾臬，大夫介、士介雁行於後。』『夾臬』緊承『君』言，『雁行』緊承『上介』言，則『夾』者與君『夾』，後者後於『上介』無疑。鄭又申明『雁行』之義云：『示不相沿也。』蓋令大夫士亦隨介拂臬，則嫌於相沿，故一『中棖』、『臬』之間，一『拂棖』如雁行之斜行。《聘禮注》引《玉藻》而釋之云：『門中門之正也。』以『門中』代『中門』，知爲門之中，非『棖』、『臬』之間，『棖』與『臬』之間非正也。又云『不敢與君並，由之敬也。』正以兩『臬』之中，惟君獨行，賓不敢並，若一臬分行兩畔，不可爲並矣。然此猶不足以定鄭氏『兩臬』之指。惟下又云：『介與擯者雁行，卑不逾尊者之迹，亦敬也。』此語即發明『不相沿』之義，謂『上介』尊於大夫，大夫尊於士，『上介』既『拂』、『臬』，大夫不敢沿之亦『拂』、『臬』以逾其迹，故『中棖』、『臬』之間以爲敬，若經文之『中門』，即『棖』、『臬』之間，則賓不中門，大夫反中門，斷無此理。若謂獨行不可中門，隨可中門，則大夫不敢逾『上介』之迹，而轉敢逾君之迹，恐非鄭氏義也。

循易鄭氏處，先生辨之，不敢多辨。惟以先生遵鄭之故，轉至違鄭，是則急急欲與先生共議者矣。循學無師傳，竊謂西京拘守之法，至鄭氏而貫通，其經注炳如日星，不難於阿附而難於精核。果有以補其所不足，則經賴以明，不則其書自在，非易者所能蔽。《詩》箋多異《毛傳》，《禮》注屢更先鄭，鄭氏説經之法正如是也。先生以忠信待循，循不敢自匿所知，以負盛意，立言無狀，伏乞諒之！更賜以教誨，幸甚幸甚！

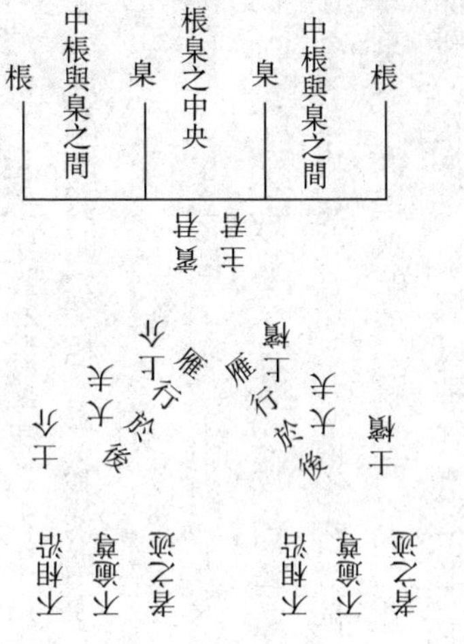

右賈氏兩臬之圖

右孔氏一臬之圖

復蔣徵仲書

接來札，知用力於《論語》之學甚勤。僕向亦嘗用力於是經，爲《論語問答記》二卷。所説『過位』及『立不中門』二條，已舉其大略入《群經宫室圖》中。去年夏間，江艮庭先生書來，辨此二條之誤，僕當以書復之。秋末又有書來，僕念草野著書，各信所是，非可用以相攻詰，遂受之不復置辨。然而私意則辨之久也，請録與足下參之。

按諸經之言『位』者，如『聖人之大寶曰位』，天子一位，此別爲一義，若《天官》宰夫掌治朝之法，以正王及三公六卿大夫群吏之位，《夏官》司士正朝儀之位，辨其貴賤之等。此位亦屬泛言，惟《爾雅》與『宁』並舉，則訓曰『中庭左右』，《説文》亦以『中庭左右』爲『位』。是『位』之名，實有其地可指。《論語》言『中門』，言『閾』，言『堂』，言『階』，均以地言，則此『過位』之『位』，當亦必以實有之地言，非泛説也。君所立門屏之間自名『宁』，不名『位』，故《曲禮疏》引鄭氏《論語注》亦以『卿位』爲言，真至當不可易，獨包氏以爲『君之空位』。夫捨『中庭左右』之訓，則『位』皆泛指，何以專屬於君？『空位』之稱，尤非典要。僕爲《宫室圖》時，實未見鄭氏此注，後檢得之，深喜己説之有所合。繼又見陳用之《禮書》亦如此説，益幸鄙見之不孤也。孔氏謂門有一臬，賈氏謂門有二臬。考《玉藻》，既云

『君入門，介拂闑，大夫中棖與闑之間，士介拂棖』，又云『賓入不中門』，『賓不中門』，斷無大夫轉『中門』之理。鄭《注》云：『君入必中門，上介夾闑，大夫介士介雁行於後，示不相沿也。』又注《聘禮》云：『介與擯者雁行，卑不逾尊者之迹。』賈氏以兩『闑』間爲『中門』，主君與卿擯夾闑，賓君與卿介夾闑，主與賓並，自卿以下『雁行』於後，若『中門』即『棖』、『闑』之間，必大夫隨君後，何以爲『不相沿』、『不逾尊者之迹』？孔氏《玉藻疏》引皇氏、崔氏之説，以爲『中門』即『棖』與『闑』之間。按：《曲禮》『立不中門』《注》云：『中門，棖、闑之中央。』言『棖、闑』之『中央』，未始非兩『棖』兩『闑』之『中央』，無以見其即爲『棖』與『闑』之間。皇、崔之説，蓋以鄭言『棖、闑之中央』，爲《玉藻》『棖』與『闑』之間，不知『棖』與『闑』之間，與『棖、闑之中央』，文相似而實有異也。然非以主賈之故，因强鄭《注》以就之也。既細揆諸《玉藻》、《聘禮》兩《注》，又細衡言『中央』、言『間』之别，且以經文求之，觀《説文》『半門爲户』、『兩户爲門』，是兩『棖』之間，統謂之『門』，『門』之司啓閉者謂之『闑』，又謂之『扉』，『闑』則所以介此門者，曰『中門』，則『中於門』矣，曰中『棖闑之間』，則中於『棖闑之間』矣，曰『闑門左扉，立於其中』，則居『扉』之中矣，經文分明可見。有時謂之『門中』，猶不必其正中，如《士冠禮》、《特牲饋食禮》云『門中，闑西閾外』，《聘禮》言『立於門中以相拜』，此如『室中』爲一室之中，『房中』爲一房之中，『廟中』爲一廟之中，是亦『門』爲大名之證。若不曰『門中』而曰『中門』，則正中矣，猶『中堂』必中於堂，『中庭』必中於庭，『中席』必中於席，『中道』必中於道。『棖』與『臬』之間，可稱『中門』，將『中堂』、『西楹』之間可稱『中堂』，『中庭』以東亦可稱『中庭』。僕嘗因『西堂下』之名而定『西堂』之所在，因『東夾南』之名而定『東夾』之所在，是可因『門』與『棖』、『臬』之名而辨『中門』之非『棖』、『臬』間也。《玉藻》『闑門左扉，立於其中』，與《士喪禮》『闑門東扉，主婦立於其內』同。明云『闑門左扉』，可知『扉』屬於門，而不可冒『門』。明云『闑』、『扉』『立於其中』，則『中』屬於扉，而不可以冒『中門』。《注》云『明堂』、『門中』，此亦泛言，未見其以『門』爲『扉』，以『扉』中爲『中門』也。江公引『闑門左扉』以證一臬，故明辨若此。僕於鄭《注》，每不肯捨心之安以强爲附和，使《曲禮注》真如皇氏之説，亦必舍此而不從。今揆夫言『中央』，與言『間』，言『棖臬之中央』，與言『棖與臬之間』，終有不同，故不敢誣之耳。皇氏亦止言『棖臬之中央』，但言『君』在『臬東』，『賓』在『臬西』，則是以『門』止一『臬』也。願察而正之，江公處不復與辨，恐徒滋口説也。

答鄭柿里舍人問夾南夾北書

張太史《儀禮圖》，以『夾北』置『北階』下，本敖繼公《儀禮集説》。敖云：『東夾北，北堂下之東方也。』蓋趙宋時説經者，以夾室夾於房，東夾在東房之東，故以北堂下東方爲夾北，與鄭《注》以『夾北在房中』不同。張太史既依鄭氏爲圖，以夾室置房之南，乃不用鄭氏『夾北在房中』之《注》，而用敖氏以『夾北』在『北堂下』，則違鄭義，亦失敖義矣。生千載後，推求千載以上之制度名物，苐就經文字句間審之，未必其即合也。我之所審者如此，彼之所審者如彼，互有精粗，而不必其相軋也。循向爲《群經宫室圖》，始亦就前人已成之圖求之，以其與經文字句有不合，遂改訂爲今圖。『東夾南』、『東夾北』之名，明見《公食大夫禮》，如江慎修、戴東原之圖，則不復有此兩地，故别擬爲圖，惟『東堂』向東，而『夾室』在其西，乃有『夾南』、『夾北』之地。鄭氏以『夾』在『東堂』之北，『堂』在『東夾』之南，鄭注《特牲饋食》固以『夾北』在房矣。而《公食大夫禮》『大夫立於東夾南』，則宜是在『東堂』北近『夾』室之處，乃當時大夫則立於階下，其於『夾』也，尚隔一『東堂』，何不云『東堂南』，乃云『東夾南』？則『夾』固不在『堂』之北，『堂』固不在『夾』之南。且『西堂』下既當西壁，則『西堂』自面西壁爲是。『西堂』如是，『東堂』可知。『東堂』既面東壁，則『夾』在其西。於是，『南』指堂下無所隔，而得稱『夾南』，『北』當東房得稱『夾北』。依是爲圖，庶於經文爲合，而非敢謂古之『夾』室定如是也。學者果能位置夾南、夾北而無所隔，則原不必定如鄙擬之圖也。鄭氏亦疑於是，而云『西堂』，『西夾室之前近南』耳。又云『東夾南』，『東西節也』。取『節』於『夾』，明『東』於『堂』，意以『夾』與『堂』爲一物，在『北』爲『夾』之室，近『南』爲『夾』之『堂』，則『堂』亦可有『夾』名，以是周旋『夾南』之名耳。

而於『夾北』之在『房中』，則未有他議。張太史依敖説，以『夾北』置於『北堂下』，鄭氏無此文也。『北堂下』之於東夾，隔『北堂』又隔『東房』，在『夾南』而混『堂』之名於『夾』，尚不能安於心，在『夾北』而混『北堂』、『東房』之名於『夾』，雖鄭氏亦不作此想，惡在可以服人之心？此地自有『北堂下』之名，不應舍此『北堂下』之實，而用此可疑之名也。

循向以各求所知，不必相勝。吾兄舉太史此圖，問其是否？謂循所以不與辨者，或以其爲然，乃循固不以爲然也。請申言之。

《公食大夫禮》：『立於夾北者宰也。』《注》云：『宰，宰夫之屬也。』『西面南上』，則必從宰夫而立，宰夫尊，立於南，其屬則立於宰夫之北，而『内官之士』又在宰之東北，蓋皆立於房也。下云『宰夫自東房授醯醬』，又云『宰夫自東房薦豆六』，則宰夫立『東房』甚明。前云宰立『東夾北，西面南上』，兼宰夫而言也。此云『宰夫自東房』，兼宰而言也。『醯醬』、『六豆』、『六簋』之設，宰夫主之，宰佐之，宰若遠立北堂下，豈無所事乎？將有事而登降，不勝其煩乎？至於『宰右執鐙，左執蓋，由門入，升自阼階，盡階，不升堂。授公以蓋，降出，入反位』，鄭《注》：『此宰爲大宰，宰夫之長。』則非立夾北爲『宰夫』之屬者。賈公彦以『此宰即彼宰』，《疏》云：『宰位〔一〕東夾北，西面南上，令以蓋降，出送於門外，

〔一〕『宰位』後脱『在』字。

乃更入門，反於東夾北位。』賈説是也。蓋前此宰立房中夾北，佐宰夫設豆設簠，至是出門執鐙授公，又復位於房中夾北者。此下『宰夫設鉶』、『授粱飯』，又必宰佐之。蓋凡宰夫之具，皆饌於東房，自東房而設而授，非宰夫一人所能勝。此宰所以必立於『東夾北』，而『東夾北』必在東房。不然，宰僅有『執鐙』一事，何不竟立於門外，而乃必『立北堂下』？趨出趨入，僅爲一鐙，可謂迂矣！且遠立『北堂下』，於設俎、設簠，皆不能目見，何以恰好當其時而出『執鐙』也？則必有探而告之者，亦甚煩矣。惟其佐宰夫於房中，當此『設黍稷六簠』之後，即趨出取鐙，於事爲便。至其由東房而出也，或迂由北階。然循謂夾通房，有户以達東堂，則由房而夾而堂而下階而出門也。經文不言，可意會之。抑又思之，『房中』而指之曰『夾北』，正謂『夾』有户通『房』，宰立於此，便至於夾，由東堂以達於外，故不曰立於東房，而曰『立於夾北』。此無明文，尤學者所不敢言耳。

上錢辛楣少詹事論七政諸輪書

循頓首：所呈《釋弧》三卷，蒙賜覽，並給序文，不勝愧謝之至！循又有《釋輪》二篇，明七政諸輪所以用弧三角之理，以有數條未能以舊説爲信，請以就正有道。梅徵君論次輪上之實體嘗向太陽，推之五星，誠有然者。若太陰之次輪行倍離，所云向日者，其止謂爲太陽所攝，恒行離日之倍度，非謂其體之向太陽邪？且五星之歲輪與日天同大，其歲輪繞日軌迹爲伏見輪，與本天同大。今月之次輪視均輪尤小，既行倍離，則其軌迹不能成圈。與本天同大，意者五星與日有定距，太陰次輪與星有不同者與？又火星之歲輪半徑，忽大忽小，有本天高卑及太陽高卑之差，星與太陽同在最高，與同在最卑，其相距甚異。梅徵君火星本法云火星，兼論太陽之高卑，要不能改其徑綫之大致。今以求法考之，以均輪所當之矢爲兩差之比例以相加，則其徑綫隨本輪矢之高下爲高下，有不能不改其大致者矣。江氏慎修言諸星歲輪應日之本輪，火星獨應日之體，故有太陽高卑。按高卑之差，惟有不同心之異，其輪則同心。今推求火星次輪之法，在最卑時，其半徑爲最小，稍離乎最卑之左右，增損一分一秒，則本輪之矢隨之而長，即半徑之度隨之以增。規此成圖，必大於本圈，而不同於不同心圈與伏見輪之狀。或者火星之次輪，本割入太陽天內，高卑之差，緣是以起，然又無從得其貫通，竊思弟谷以來，諸輪之設，或左行，或右行，或倍行，或三倍行，或自遠，或自近，或自平遠，或以本輪爲心，大率皆以實測所得之數，假爲法象，以曲求其合，故不能比而同之也。循愚鈍多疑惑，梅、江之説，有不能了然於心，惟明教之。幸甚！

答李尚之書一

四月二十四日，接得尊札一通、《測圓海鏡》一部。循於李仁卿學士之書，學之五年，粗知其用。去冬臘月，方得吾兄所校本讀，精細足正舊校之誤。第十四間〔一〕下總括算法，有益後學，與欒城之書並垂千古，夫又何疑？兄謂相消爲近方程直除，與借根用加減異，真精確不刊。乃循嘗細推之，天元一之相消，與方程直除亦微有不同，何也？方程兩色各備和較，故可以異加，亦可以同加，和較備則消息相通也。天元一本消之前，有和而較不備，或有較而和不備，其寄數又數之兩列。不啻盈不足之有出率，有差數，故止可異加，必不可同加，亦如盈不足之必用同減異加也。及既相消合而爲一，其和較始備，和在冪，則天元爲益從，和在天元，則冪爲益隅，以正負别之。正與正、負與負爲同名，正與負爲異名。從與積同名相加有益積，秦道古謂之『投胎』，從與積異名相消，有翻積，秦道古謂之『换骨』。推而核之，和在隅乃有益積，和在從乃有翻積；和在隅，益從大於初商則益積，初商大於益從則不益積；和在從，較數小於初商則翻積，初商小於較數則不翻積，

〔一〕據《測圓海鏡》正文，『間』當作『問』。

是爲少廣之變境，又非方程所能盡也。至於寄分之以乘代除，《九章算術》中已有之。一爲七人賣馬，一爲太倉之返，或豫乘以省後之除，或彼乘以代此之除，其義一也。歙縣汪孝嬰能精思冥索，往往得未曾有。秋間省中當得相聚，此復不備。

答李尚之書二

去年四月一晤，滿擬午節後入城，可以盤桓數日，不意老母一病，卧牀二百日，至於十月，遂遭大故。中間雖入城兩次，皆是朝發暮返。方寸既亂，朋友之誼遂疏，聚散分合，信亦有命，可慨可哭。今歲晤袁壽階，知吾兄爲元和、吴縣兩明府所延，館穀較上年轉善，甚爲兄喜。又可信人生得失，全不關乎榮謀鈎致之力，於此益可長氣節厲廉隅耳。弟連年被水，田園悉没，不得已授徒於城，爲餬口計，景况殊惡，不堪道也。孝嬰之館地，去弟甚近，春夏之交，往來最密，然以其居停禮貌少衰，六月間毅然而去，近則鐵制府召去量海口，赴海曲矣。弟終日孤坐，頗傷離索，中夜不寐。每思得吾兄與孝嬰争辨一室，而弟從旁評論之，不可得也。我輩無益於世，國計民生，何事可信？惟是此孜孜半生者，庶幾成就，俾心神血氣，不致散軼而不合則可矣。來札言餘暇可以著書，此尤爲兄喜者也。《揚州圖經》一事，看來未易得成，即成，未易得佳。弟雖濫竽其中，亦碌碌因人而已。吾鄉楊都尉竹廬先生，博雅君子也，素精樂律，邇來學《九章》弧矢之術，於弧三角頗有所得，久慕吾兄，思一結納，今之吴興，過蘇，索弟一札，爲訪兄之媒，兄不可交臂失之也。

答汪孝嬰問師道書

五月初四日，接尊札一通，并所賜《論語通釋跋尾》一首，謝謝！所設問師道一條，於争讓之間，務求至精至當。竊謂禮讓理争，在師弟之間則又有説。《孟子》云：『父子之間不責善，古者易子而教之。』然則師弟之間不可不責善矣。父子無可離之道，而師則進以禮，退以義，責善可也。責善而不聽，則去可也。然又曰：『不憤不啓，不悱不發，舉一隅不以三隅反，則不復。』又曰：『中人以上，可以語上，中人以下，不可以語上。』則是『責善』之中又有道焉。爲之徒者，至托言齒痛而不讀書，是其『不憤不悱』，不能『以三隅反』，『中人以下』之資，而必『啓』之，『發』之，『復』之，而語以上，是執一也，是不知義也。有鄙夫問於我，空空如也，我叩其兩端而竭焉。聖人教人，亦因其人之所知所能而道之，非必預期其效，而以我之所知所能務强諸人也。故曰『人不知而不愠』，又曰：『傳不習乎？』我傳諸人而人不習，是我傳之未得其道，是我執己之見以强之人，而使人不能習，非聖人叩其兩端而竭之道也。總之，教人者，以人得其益爲歸，或法言，或巽與，或至於不屑教誨，皆欲其人之有成而已矣。聖人『誨人不倦』，所以爲仁，非以口舌争之，客氣間之。自視師道之尊，責善之盡，而不計其人之可以有成也。是故其人賢而師抑之，師之罪也；其人愚而師强之，亦師之罪也。孔子明日遂行，孟子浩然有歸志，此見諸侯則然，於弟子不爾也。中棄不中，才棄不才，賢不肖相去不能以寸，緣我之棄，致其父兄責善而離，師亦不恕矣哉！

答鄭耀庭書

昨舍弟道及足下高誼，怪弟今歲不赴公車，且爲籌行李之資，自任可幫助百金，尤爲感激涕零，容當面謝。但循不北行之故，實有苦心。壬戌正月北行，家母送至舟中，舟已過橋甚遠，望見吾母尚立岸側，翹首而望，心甚悽惻。五月歸，家母甚歡。及秋間往浙，與母别，家母則曰：『歸家才兩月，又行，吾近年多病，甚不似往年强健矣。』明日上船，家母以鮮鰿魚四尾盛水桶中，令婢携置船上，家母曰：『恐路上澹泊，可烹食之。』循時惻然，留二尾在家，带二尾行。既行，念念在心，遂屢思歸。故冬月歸來，決意家居訓蒙，不復作遠遊計矣。去秋受濕氣，以致尻内脹痛，呻吟痛楚者四十餘日，家母時以爲憂。近雖安好，神色未健。一旦遠行，兩地懸挂，此實弟不出之苦心，非樂安佚而輕仕進也。至外間擬今歲大總裁必是朱石君先生，謂循去必獲進士，可希鼎甲，不可失此機會。弟既讀書，習舉子業，豈不樂得進士鼎甲哉？竊謂亦有命焉！乾隆丙午，弟丁外艱，而是年朱石君先生主江南試。一聞試題，弟即作《過位升堂考》一篇。已而魁墨出，竟如弟所言。時人頗爲弟惜，然循惟悲感而已。庚戌、辛亥，胡文恪公督學江蘇，兩試俱優等，文恪數稱譽於學師。學師遂補舉循爲優生。時合郡之人，無不以弟必得優貢，或欣慶之，或嫉忌之，紛紛籍籍。乃以他事，文恪與奇大中丞議不合，並此而罷。可見無非有命，命不宜得，即往試，誠遇朱公主試，亦必以他故間之。奈何以不可知之事，而奔走恐後耶？天稍暖，當入城面候，並祈代致意柿里舍人。不具。嘉慶乙丑正月二十一日。

答汪晋蕃書

循白：僕今歲村居訓蒙，以爲無舟車跋涉之苦，然而去家太近，則瑣屑之事頗聞於耳而累於心，兼之有濕熱痔瘡諸小疾，不時煩擾，殊自悶悶。兩月以來，惟有兩事自課，其一算法，其一形家之書。算法學習有年，大約皆苦究其難者奥者。近來於至淺至近處求之，頗覺向之至難至奥，與至淺至近者原屬一貫。如《算法統宗》有九狐、七鵬之術，梅總憲正其誤，以爲不可通，今細審之，梅氏之説尚非通法。法見《赤水遺珍》。蓋狐一頭九尾，鵰九頭一尾，今有七十二頭八十八尾，是必以九乘共頭，以一乘共尾，得數相減爲實，以九與一相減除之，得總數，以九與一相加除之，得分數，其理淺近易明。梅氏不用一乘共尾，蓋以一數乘猶不乘，故用省去。其法原未誤。但雖移諸七十三頭九十七尾爲可通，《算法統宗》，雖此亦不可通。移其法於二頭八尾，八頭二尾，或五頭三尾，三頭五尾，遂不可算。又如張邱建《算經》有雞翁之術，云雞翁一直錢五，雞母一直錢三，雞雛三直錢一，凡百錢買雞百隻，問翁、母、雛各幾何？此即差分之三色法也，用乘除交互駁之自得。而李淳風、劉孝孫之流，詭爲算法，云置錢一百於地，以九爲法除之，得雞母之數，不盡者返減下法，爲雞翁之數，餘爲雛數。以此法按之本題，固不爲錯，若易一題，如《術數記遺注》中所舉，翁一直五，母一直四，雛四直一，此術便不可用，亦非通法也。蓋古人算法，往往就一通以求簡便，不知法愈簡便，則愈隱秘，而理愈不明。今欲一一明其理，達其用，括《九章》之條，且核難題之本原，而以一綫通之，著爲《加減乘除釋》一書，方立稿本，約歲許乃可成也。形家之書，《疑龍》、《撼龍》、《倒杖》諸篇，似丹元子《步天歌》，誦之甚可消暑。《青囊天玉》則音節古奧，亦唐人歌行樂府之變格，説唐詩者，鮮言及此。《黄帝宅經》，後人依托。二十四門，羅金以爲正針，又加以中針縫針，即二十四氣析之爲七十二候，《淮南子》《天文》、《時則》二訓詳之矣。《乾鑿度》言天氣三微而成一著，鄭康成《注》云：

『每一卦生三氣，五日爲一微，十五日爲一著，二十四山分七十二穿山虎，即三微成一著之義。』蓋有一歲，即有四時，有四時即有十二月，有十二月即有二十四時之變，有二十四氣即有七十二候。楊曾術士，不知其原，以十二支爲先天，干維爲後天，非也。其陽左行，陰右行，則與六律、六吕合陰陽之聲同。占夢觀天地之會，亦以陽建左旋，陰厭右旋。此《疏》引鄭《志》，言建戌厭寅，寅與申對，辰與戌對，申近庚故知庚辰；又言四月陰建於未破於癸，未破癸者，未與丑對而近癸也。惟二十四山，癸在丑前，庚在申前，故云申近庚，丑近癸，以申合庚，是用縫針之支合中針之干，而庚在申之左，是以支左旋而合干也。以丑合癸，是用中針之支，合縫針之干，而癸在丑之右，是以支右旋而合干也。鄭氏所引，本諸古堪輿家，最爲可據。三針之用，一以貫之，而雙山元空之名，殊惑人意。他如納甲、納音，均思一一考正之，使左道邪説，不誅自退。此俟與肯堂共商之。

因問及日來功課，略以數條相復。天時寒燠不一，老兄身體康健否？念念。丁巳六月，循白。

寄段懋堂先生書

循頓首白：循幼爲《毛詩》學，苦陸璣《疏》多訛缺，而陸佃、羅願輩又不明古義，嘗萃數年之力，成《毛詩草木鳥獸蟲魚釋》一書，而以陸氏《疏》掇拾考辨於末，謹録數條請正。

『黄鳥』，《傳》訓『搏黍』；『倉庚』，《傳》訓『鵹黄』。《爾雅》『皇黄鳥』不與『倉庚』、『楚雀』並釋，鄭稱『黄鳥宜食粟』，《傳》又云『綿蠻小鳥貌』，倉庚既不食粟，亦非小鳥，《方言》合而爲一，恐非《爾雅》義。《爾雅》、《説文》並訓『椅』爲『梓』，訓『鱣』爲『鯉』，《詩》『梓』與『椅』並言，『鯉』與『鱣』並言，《傳》曰『椅，梓屬』，《箋》曰『鱣，大鯉』。竊謂其物分而類則同者，可取以相訓，《爾雅》訓『蝘蜓爲守宫』，《説文》以『桑』釋『柘』，其例亦然。郭氏竟分『鱣』、『鯉』爲二者，非。《爾雅》：『唐蒙女蘿』、『女蘿兔絲』，孫炎云别三名。按：《毛詩》於『唐』云『唐，蒙菜名』；於《小雅》『女蘿』云『女蘿兔絲，松蘿也』。於彼明指『唐』爲菜，菜則必非施于松上之『女蘿』。觀《毛傳》分釋，則《爾雅》『唐蒙』及下『女蘿兔絲』，明屬二物，中衍『女蘿』二字，或一『女蘿』爲『松籮』之訛，似宜依《毛傳》正《爾雅》之誤也。《説文》訓『荅』爲小尗，『豆』爲食肉器，古於『尗』無稱『豆』者，『荅』、『豆』音轉，故誤『荅』爲『豆』。劉徽《九章算術》尚稱『荅』而不稱『豆』。『蹉蹬豌豋』，凡从『豆』者皆俗字，以『豆』訓『尗』，恐是漢、魏間之俗稱，非古義，故《説文》亦以豉爲枝俗。《説文》：『雔』字重文，『隼』云『一曰鶉字』。按：『鶉』即鵻省，《國語》有『隼集于陳廷』，韋《注》訓之爲『鶚』，《廣雅》鵻、鶚、鷲、雕爲一物，《山經》：『景山多鷲，黑色。』劉向以『隼』爲黑祥，是『隼』即鷲，《虞氏易》：『離爲隼，鶉人鳥旗，七斿，以象鶉火。』《注》云：『鳥隼爲旗，旗象鶉火，而用鳥隼。』則『鶉火』即鶉火。《左傳》卜偃引童謡『鶉之賁賁』，而下舉『鶉火』以證之，『賁賁』，與《表記》引《詩》同，則《詩》『鶉之奔奔』，當亦是鶉。惟有『縣鶉兮』，《毛傳》特訓爲『小鳥』，今本無「小」字，依《七經孟子考》文。乃爲鶕鶉也。《説文》：『虫，一名蝮。』『虺，以注鳴』，《詩》：『爲虺爲蛇』，與蛇並稱，宜是『虫』之借，與『胡爲虺易〔一〕』之『虺』不同。《説文》：『芀，葦華也。』今《爾雅》『葭華』，《注》者一爲『葭』，一名『華』。按：下文以『蘆』訓『葭』，此不應以『華』訓『葭』。且『葭』之名『華』，別無典據，以《説文》例之，『葭』、『華』二字乃『芀』字之釋。《説文》：『一來二縫』，《詩正義》引作『二夆』。董彦遠《除正字啓》作『一朿』，按：下文接云『象芒刺之形』，則此『一朿』、『二夆』四字，謂字形而言也。《朿部》『朿，木芒也，象形』，僅从一冂。來有二𠆢，『來』之『𠆢』即『朿』之『冂』也，以『朿』而从二『冂』，故象芒刺之多。『夆』，牾也。以其刺人爲牾，故云『二夆』。『二夆』即二冂，謂『來』字爲一『朿』字而有兩夆也。或謂『二夆』爲『兩岐』，似非是。《爾雅》：『瓞瓝其紹瓞。』《毛傳》云：『瓜，紹也。瓞，瓝也。』『瓜』無『紹』之訓，此『瓜，紹也』三字，乃連上『「不絶貌言」，若曰不絶貌者瓜紹也』。《豳風》『蜎蜎者蠋』，《傳》云：『蜎蜎，蠋貌。』桑，蟲也，其文法同。『條榣』，『榣』字《説文》所無，《爾雅》、《説文》皆作『柚』，《説文》引《禹

〔一〕『易』，《詩經・小雅・正月》原作『蜴』。

貢》『橘柚』，此『柚』乃《列子·湯問篇》之『櫾』，《説文》亦别有『櫾』字。按：由、舀二字相通，《鄭風》『左旋右抽』，《説文》引作『搯』，『抽』之爲『搯』，即不異『柚』之爲『稻』，蓋『柚』與『稻』爲一字。『橘柚』之『柚』當作『櫾』，『櫾』之作『柚』轉是假借。以『橘柚』證柚條，非《毛傳》義。《説文》『鳩』訓『鶻鳩』，『棗』訓『羊棗』，『鳩棗』非『羊棗』、『鶻鳩』之專名，與《爾雅》有未合矣。當世聲音訓詁之學如先生，實集二千年之大成，敢以所見奉質，望教正之。幸甚！

與周維周論古音書

市俗以稻之不黏者爲秈，其黏者爲穤。足下以『秈』字不典，謂宜作『山』，直是稻之出於山田者耳。僕夜來思之有會於古音，特爲足下述之。

市俗讀『秈』，不作『山』音，而呼爲『宣』。竊謂此正古音之存於今可考者也。《春秋·襄公五年》『仲孫蔑、孫林父〔一〕會吴于善稻』。《穀梁傳》云：『吴謂善伊，謂稻緩。』『緩』从『爰』得聲，凡从『爰』之字，與从『宣』之字通，如《國策》之『狐咺』，《吕氏春秋》作

〔一〕『孫』前脱『衛』字。

「狐援」，《毛詩》「終不可諼兮」，《大學》作「諠」，「焉得諼草」，《説文》作「藼草」，重文作「萱」，「緩」與「諼」、「援」同聲，故《爾雅·釋訓》云：「爰爰，緩也。」是「緩」音即「爰」也。《釋言》云：「宣，緩也。」是「緩」从「爰」，其音即「宣」也。可證周時「緩」字正呼作「宣」。吳人謂稻爲「緩」，即是呼「稻」爲「宣」。今之「秈」字音「宣」，乃「緩」字之别也。且寫作「秈」者，亦有由矣。《説文》：「山，宣也。」《廣雅》同。《春秋説題辭》：「山之爲言宣也。」「山」、「爰」、「宣」古音近，是呼「稻」爲「山」，即是呼「稻」爲「宣」。呼「稻」爲「宣」，即是呼「稻」爲「緩」。加「禾」作「秈」，俗字也。呼「稻」若「宣」，是吳之音未改也。惟今人呼「緩」呼「山」，皆與「宣」之音遠，而《穀梁傳》「吳謂稻緩」之聲遂莫解。於是市俗呼「稻」爲「秈」之聲，亦弗知其原矣。余嘗謂市俗之音可以推見古音，此其一端也。

與王欽萊論文書

循白：吾子論文，於古取韓昌黎，於今取朱梅庵，不樂字句瑣細及文氣佶聱者，足見天分之高。雖然，此猶據昌黎、梅庵以言文，而未嘗即文以言文也。是猶即文之當然者以言文，而未嘗即文之所以然者以言文也。天下之物，各適於用。文何用？有用之一身者，有用之天下者，有用之當時者，有用之百世者。科舉應試之文，用之一身者也；應酬交際之文，用之當時者也。二者之於文，皆無足重輕。若夫朝廷之誥，軍旅之檄，銘功紀德之作，興利除弊之議，關於軍國之重，民物之生，是文之用於天下也。然必仕而在上，有才藝足以達者任之。布衣之士，窮經好古，嗣續先儒，闡彰聖道，竭一生之精力，以所獨得者聚而成書，使《詩》、《書》六藝有其傳，後學之思，有所啓發，則百世之文也。乃總其大要，惟有二端：曰意，曰事。意之所不能明，賴文以明之。或直斷，或婉述，或詳引證，或設譬喻，或假藻績，明其意而止。事之所在，或天象算數，或山川郡縣，或人之功業道德，國之興衰隆替，以及一物之情狀，一事之本末，亦明其事而止。明其事，患於不實；明其意，患於不精。學者知明事之難於明意矣，以事不可虚，意可以縱也。然説經之文，主於意，而意必依於經，猶叙事之不可假也。孔子之《十翼》，即訓故之文，反復以明象變，辭氣與《論語》遂别，後世注疏之學，實起於此。依經文而用己之意以體會其細微，則精而兼實，故文莫重於注經。叙事則就事以運其事，必令千載而下，覽其文而事之豪末畢著，《禹貢》、《儀禮》、《左氏春秋傳》是也。吾嘗窮而推之，意與事不可以言明，莫若琴音與算法。然言算者，先以甲乙子丑等施諸圖，然後指而論之。言音者，先講明句挑吟揉之例，然後按而誌之。閲二者之書，布算以推其數，撫弦以理其音，不差豪末，此文之至奇至巧至瑣細而佶聱者也。使避瑣細佶聱之名，則琴音不可記，算數不可明，周公之《儀禮》不必作，孔子之《説卦》、《雜卦》不必撰，豈理也哉？如謂此非文，則惟如韓之記毛穎，蘇之論范增、留侯，而始謂之文乎？願足下窮文之所以然，主於明意明事，且主於意與事之所宜明，不必昌黎、梅庵，不必不昌黎、梅庵，不必瑣細佶聱，不必不瑣細佶聱也。天寒遠客，幸珍重之。不宣。

與趙寬夫論文書

嚴君厚民來，以大作文集見示，且令鄙人爲之可否。披讀再三，《静海烈女傳》一篇，已乎録藏半九書塾中，其餘諸遊記、諸跋、諸祭文、尊太夫人行述，皆不朽之作，惜乎未能備録也。僕幼受先君子教，年四十〔一〕即習爲古文，其間涉獵所及，雖學經、學六書、學算、學詩賦，而於屬文之法，蓋未嘗一日離。向來好與人辨論，不自審顧，率多直言。坐是友朋日疏，呵責時至，數年來遂不敢漫向人語。今讀大集，不覺故態復萌，妄爲增損，未知獲罪高明否？近來經學盛著，古文講者極稀。得足下爲之兩浙之間，一倡百應，則此道且由是而振，惟是不守於己，不誘於人，氣以理充，神隨事出，務令本末兼融，細大咸備。地雖千里，請遥共勉之，何如？

〔一〕疑爲『十四』之誤。

答羅養齋書

七月間一晤，循即歸湖。越一月，往秀水，旋游吴興。九月到錢塘，方接得汪晋兄五月間手札，道足下選録近人詩稿，屬循抄數首郵寄。以匆遽未得暇，少間當寫寄呈政也。循往年家居，每歲詩不過數首，去年遊齊魯，半年得詩五十首，今遊吴越，半年得六七十首。蓋山川舊迹與客懷相摩蕩，心神血氣，頗爲之動，動則詩思自然溢出。境與時不同，則詩思亦異。嘗取十數年詩稿統觀之，前後筆墨不可强合。然則一人之詩，少、壯、老已不能無異，况一邑乎？又况天下乎？孔子録十五《國風》，《二南》之詩，自異於《邶》、《鄘》、《衛》，《邶》、《鄘》、《衛》自異於《齊》、《秦》，《齊》、《秦》自異於《曹》、《檜》。其下爲漢魏、爲六朝、爲唐、爲宋、爲金、爲元，而六朝中又爲晋宋、爲齊梁、爲周隋。唐分爲初、爲盛、爲中晚，宋分爲西昆、爲西江、爲永嘉。而其每代之人，各成一派。陳思之於魏文，兄弟而殊科；必簡之於少陵，祖孫而異轍，不能同亦不必同。昭明選文始用己意以定去取。竊謂選詩之法，當就一人之身，先論其所處之境，究其所學之派，然後就其派而求之，以存一家之學。若立一成見，比天下而從之，其本然之面目既失，而一己之見烏保其不偏？故論作詩之法不可因人，選詩之法不可因己，足下以爲然否？足下選詩之意有同然者否？若夫定中正之規，一天下之風氣，此朝廷之事，非士大夫所敢效矣。循頓首白。

與歐陽制美論詩書

足下札來，言得聞春谷説詩，因謬贊及僕。夫詩無難知也，古人春誦夏弦，秋冬學禮讀書，試思書何以云讀？詩何以必弦誦？可見不能弦誦者，即非詩也。何以能弦誦？我以情發之，而又不盡發之，第長言永嘆，手舞足蹈。若有不能已於言，又有言之而不能盡者，非弦而誦之，不足以通其志而達其情也。鼓無當於五音，僅用以節樂，不可與詩相和，故詩中間有一二急促之音，乃用以爲節，若一詩皆然，則止可以鼓，不可以弦。止可以鼓，不可以弦，則鼓詞矣。周公作《多士》、《多方》，反覆詳盡，而《東山鴟鴞》之詩，則情餘於意，意餘於言。然則『貽王』何不用文？『誥民』何不用詩？感以情非同諭以意也。周、秦、漢、魏以來，直至於唐杜少陵、白香山諸名家，體格雖殊，不乖此指。晚唐以後，始盡其辭，而情不足。於是詩與文相亂，而詩之本失矣。然而人之性情，其不能已者，終不可抑遏而不宣，乃分而爲詞，謂之『詩餘』。故五代之詞，六朝、初唐之遺音也。宋人之詞，盛唐、中唐之遺音也。詩亡於宋而遁於詞，詞亡於元而遁於曲，譬如淮水之宅，既奪於河，而淮水匯爲諸湖，求淮水於桃源、安東之間不可見，求淮水於白馬、甓社之中轉可見也。然淮終是淮，河終是河，詞終是詞，詩終是詩。僕二十年來，學詩、學文、學詞，誠思詩還其爲詩，文還其爲文，詞還其爲詞，如五穀皆能辨之，黍、稷、稻、粱各歸一囷，不至淆亂於一端，其稂、莠、稊、稗，似是而非者，則鋤而去之也。詩本於情，止於禮義，被於筦弦，能動盪人之血氣。故有市井之心，不可以爲詩；有軒冕之心，不可以爲詩；有媢嫉之心，不可以爲詩；有驕肆之心，不可以爲詩；有寒儉狹小之心，不可以爲詩；有偏頗怪僻之心，不可以爲詩；有矜能鬥勝之心，不可以爲詩；有雷同剿襲之心，不可以爲詩；有婦人女子之心，不可以爲詩。是故議論，非詩也；謾罵，非詩也；諂諛，非詩也；俳優，非詩也；非不說理、拘於理者，非詩也；非不隸事、滯於事者，非詩也；非不寫景、飾其景者，非詩也；非不考古、泥於古者，非詩也。總之，未作詩之先，意中必有所不可已之處。始而性情所鼓，盈天地間皆吾意之所充，若千萬言寫之而不足者。遲之又久，神漸斂，氣漸翕，即而取之無有也。至於鬼神不能通其慮，風雷不能助其奮，而後鬱而徐之，積而出之，引而伸之，辭不必至，性已先之。雖簡亦深，雖平亦曲，雖率亦神。其文也不縟，其質也不俚。斯庶乎味之而不窮，尋之而愈有也。至於釀之以經術，廣之以聞見，本之於德行，則又在平時矣。足下有意於詩乎！爲暢言之如右，高明以爲何如？

答黄春谷論詩書

昨歐陽制美自城中寄足下書來，知詩集已付刻，又讀所自爲序文，言簡而精，而鮮外語一言，尤可爲詩人之鵠，非僅自言也。《毛詩序》曰『在心爲志，發言爲詩』；又曰：『情動於中而形於言。』古人本事親從兄之樂，而至於手舞足蹈，不幸遭值變故，牢愁哀怨不可告人，均發於聲音而爲詩。故其哀樂之致，不必盡露於辭，而常溢於言外。譬之於琴，指已離弦而音猶在耳。是非寄托遥深，何以有此？是故孟子論説詩之法，在『以意逆志』，而不以辭。辭，外也；意志，内也。説詩者徒以辭謂之固，作詩者徒以辭又何以爲詩哉？亡友顧子超宗，每與僕言論及此，深慨夫作詩者多，而詩日以亡，欲講明『温柔敦厚』之旨，起而正之。戊申，超宗没世。十餘年來，求其所爲詩歌，僅得一五言絶句，餘皆零落。然於風雨之晨，吟而永之，覺古調猶在人間也。庚戌、辛亥以來，始識吾子。聞子論詩，與超宗之言後先一轍，竊幸超宗之志可以嗣，此所以屬吾子編詩至數數耳。雖然，僕又思之，意餘於辭，辭遂於意，辭有不明，意終爲晦。故徒以辭者，辭不必明也，明其辭而詩益索也；辭遂於意者，辭不可不明也，明其辭其情益見也。去秋僕在錢塘，適劉孝廉嗣綰自都中來。僕有詩曰：『落花時節燕臺醉，十里松風又共聽。』蓋以唐人李紳赴鎮會稽，思遊天竺、靈隱而不暇，因慨然有『十里松風』之句。僕自念與劉下第歸來，方有此遊，若使如李紳赴鎮，勤於王事，轉不得共聽此松風耳。事非深僻，意亦淺露，而閱者乃以爲『松風』當改作『松濤』。僕當時默然，退而將此詩注明，藏諸篋中。因思韓非子之作《説儲》也，自爲經而自爲傳，謝靈運作《山居賦》，顔之推作《觀我生賦》，皆自爲之注，良有以也。夫山川都邑之地，草木鳥獸之名，古今得失之迹，情之所托，物即隨之。且夫觸事言懷，不嫌瑣末，辭指幽遠，比興無端。故掇襭之訓通，而和平之象見；哆侈之義釋，斯悔怨之情通。與其俟諸後人，十不得五，莫若自爲箋注，貢厥端倪，倘刻已將竣，不妨別爲一卷，續之於後，亦古式也。足下以爲何如？癸亥十一月至日，焦循白。

卷十五　序

代阮侍郎撰萬氏經學五書序

歲乙卯，某承命視學兩浙，丁教授杰以萬君《經學五書》請某序，將以廣其傳，且使浙之士知所重也。按黄黎洲之《序》云：『充宗姑以其所得，參考諸儒，必求其精粗一貫，本末兼該，鑿然可舉而措之，無徒與衆説争長黄池，則所以救浙學之弊者其在此。』夫黄氏此言，其有見於浙之學者，務於攻擊前儒，因發其端以正之與？竊謂争之説有二端：未深核乎衆説之本原，私臆所屬，求勝先正，此不可者也。力學之久，積疑成斷，了然有得於心，以補正前人之缺與誤，此學經者所不可廢也。西漢經學初興，各承師説。東漢鄭康成出，於杜子春、鄭大夫諸注之外，折以己説，而經賴以明。熊安生以《三禮》授徒，於先儒所未悟者，皆發明之，孔穎達撰《禮記正義》，半取於是，而經賴以明。他如劉炫規杜，孫毓評毛，同異並呈，是非互見，鑑以磨礲而愈光，絲以涚湅而益熟。孔子曰『當仁不讓於師』，『不讓』者，争之謂也。吾恐浙之學者，執黎洲之説，習爲精粗本末之空譚，隨聲附和，於先儒指趣明奉之而陰置之，不敢言其非，亦莫能道其是，則攻詰之弊息而高閣之弊起矣。萬氏之學，以經釋經，不苟同於傳注，其説郊禘、宗法諸制度，及《春秋隨筆》、《周官辨非》兩書，立體嚴正，析理精密，其迹似争，而實非數十年冥索之功未易有此。某讀其書，甚有望乎浙之士奮然自勵，不以攻擊爲長，亦不以浮游相尚，進求乎聖賢立説之旨，以求會乎漢唐注疏之通，則嗣萬君而起者，吾有取焉。

代阮撫軍作喪服足徵録序

歙之通儒程易田先生《通藝録》，所論説宗法、溝洫、古器、九穀、草木等篇，精確不刊，海内宗之久矣。嘉慶七年，歲次壬戌，某修葺杭州聖廟。既落成，以舊樂器敝損不堪考擊，迎先生來，考訂鐘律吹管協之，裁玉爲磬，股鼓句倨，一合於古。先生從容出近所著《喪服足徵記》七卷見示。《儀禮》此篇，自子夏爲《傳》，鄭康成氏間以爲失誤。後之儒者，或疑鄭《注》之非，大率皆憑執空論，無有確證，雖譊譊辨議，終不足以定是非之準。先生一以經文爲本，窮其疑似於豪末之間，聖人制禮精義，一旦昭著，所以裨益經學，啓發後人，非淺鮮也。試揭其精要略述於左。

『緦麻』篇末云：『長殤、中殤降一等，下殤降二等，齊衰之殤中從上，大功之殤中從下。』鄭氏以爲《傳》文，注云：『是婦人爲夫之族著殤服〔一〕法。』盛世佐疑之云：『不專指婦人，後人散《傳》文於經文下，數語無所屬，故綴於末。』然未嘗以全經核之也。又，《傳》於『小功殤服』問云：『中殤何以不見也？大功之殤中從上，小功之殤中從下。』鄭《注》云：『大功小功，皆謂服其成人。』郝敬疑之云：『大功小功謂殤服，鄭《注》固執作解。』然亦未嘗以全經核之也。先生以考成人齊衰，見於殤服者十四人，並長殤、中殤大功，下殤小功。大功見於殤服者十一人，並長殤小功，中下緦麻。而成人小功親，無中下殤服，是以成人之服言之。所謂『齊衰之殤中從上，大功之殤中從下』者，以殤服言之，則所謂『大功之殤中從上，小功之殤中從下』也。因斷『長殤中殤降一等』四語爲經文。於是經傳雜陳之中，條理一貫，而『緦麻』章『庶孫之中殤』，亦無容改『中』爲『下』矣。

『不杖期』，『惟子不報』，《傳》曰：『女子子適人者，爲其父母期，故言不報也。』《注》云：『男女同不報耳……《傳》惟據女子，似失之〔二〕。』盛世佐疑之云：『男子爲父不服期，不在報中明矣。女子適人，與其餘十人服期同，疑亦在報中，故辨之。』鄭譏《傳》失，

〔一〕『服』，衍文。

〔二〕《儀禮注疏》，『耳』原作『爾』；『女子』後脱『子』。

未達斯義。』然未嘗以經文核之也。先生則考上經『姑姊妹女子子適人無主者，姑姊妹報』，而不言女子不報。此經言『姑姊妹女女子無主者……惟子不報』，而不言『姑姊妹報』，斷其爲互見互省之例。又此章，經『公妾及大夫之妾爲其父母〔一〕』《傳》云：『何以期也？妾不得體君，得爲其父母遂也。』《注》云：『然則女君有以尊降其父母者與？……此《傳》似誤矣。』郝敬疑之云：『《傳》未嘗謂女君可降其父母也，謂妾之父母君同。凡人妾自爲重服以自遂，以君之貴尚不厭妾。此父母之喪所以爲重，《傳》安得誤？』然未嘗以經文核之也。先生則考：『公妾、大夫之妾，爲其子。《傳》云「妾不得體君，爲其子得遂也」。』於是知妾之於父母，宜以妾之於子例。而鄭氏以女君爲例，爲擬不於倫也。

『大功』章：『大夫之妾爲君子庶子，女子子嫁者、未嫁者爲世父母、叔父母、姑姊妹。』馬融舊讀，以『大夫之妾』爲建首，下二『爲』字貫之。鄭氏謂『女女〔二〕子嫁者、未嫁者』別起貫下，而斥《傳》文爲『不辭』。朱子嘗疑之，以爲舊讀正得《傳》義。嗣是依舊讀、疑鄭《注》者甚衆，然均未以經文核之，而鄭《注》與舊説尚兩可也。先生則考：『女子在室爲世父母、叔父母服期，出降旁親，當服大功。今嫁大夫，當降服小功。』又考：『女子

〔一〕《儀禮注疏》原作：『公妾以及士妾爲其父母。』

〔二〕據經文，『女』當作『子』。

嫁者不降正親，而降旁親。』於是，經文章句與《傳》文，可不迷於所往矣。

至於高祖之不制服，小功之可以娶婦，從父昆弟之孫不服緦麻，素食非白食，弟之妻稱婦，精言妙解，窮極隱微，傳聖人制禮之心於千百年之後，非好學深思，心知其意，何以能此？夫融會經之全文，以求經之義，不爲傳注所拘牽，此誠經學之大要也。讀先生此書，不惟明於此經之文，庶乎知通經之路矣。因付梓以公諸世。

代阮撫軍撰春秋上律表序

余巡撫兩浙，於西湖建詁經精舍，祀許叔重、鄭康成兩先生，選諸生肄業其中。諸生能習推步之學者不乏人，范生景福其一也。歲癸亥，生以所步《春秋朔閏日食表及説》請正於余，而乞爲之名。竊謂孔子作《春秋》，備天地人三統之學，故子思子贊其事曰：『上律天時，下襲水土。』本『欽若』以紀四時，即『祖述』之旨也。尊建子而書春王，則『憲章』之義也。或記司術之過，或明伐鼓之非。左氏引而申之，躍如也。其後劉歆、安岦之徒，造訂諸術，必上驗於《春秋》。杜征南爲《左氏》學，亦因宋仲子十家之法，考訂《春秋》朔閏。故不通《春秋》，不足以知術；不知術，亦不足以通《春秋》；不知術，不通《春秋》，不足以紹聖人『祖述』、『憲章』之志。用是命之曰《春秋上律表》，所以嘉范生之能治《春秋》

也。且范生之書，其善有四焉：天文術算之學，至本朝而大備，天下學者或疑其深微奥秘，不敢學習。范生習之不十年，而能發明如是，學者庶觀而效焉，而知是學之本易明。善之一也。治經者患拘執而不能通，劉氏《規過》，孔穎達辭而闢之，規者不必俱非，闢者亦難悉當。杜氏於『襄二十七年』頓置兩閏，生直言其非；而『莊二十五年』六月辛未爲七月之朔，則稱杜氏爲不可易。揆之於義，是非不詭，庶幾不泥古，不違古，爲説經之通。善之二也。疇人子弟諳其技，不能知其義，依法布算，不愆於數。其中進退離合之故，莫之或知，故不能變化以推古經。生之言曰『置閏可移，食限不能移』，又謂『欲定閏必推中氣』，又謂『斟酌置閏以合干支，尤當斟酌置閏以合食限』。於是用平朔不用定朔，用恒氣不用定氣，用食限不用均數，本諸《時憲》，參之《長曆》，可謂好學深思心知其意。善之三也。奉《時憲》上考之法，以明春秋司曆之得失，以決《三傳》之異同，以辨杜氏之是非，以課《三統》、《大衍》、《授時》以來上推之疎密。俾學者知聖人作《春秋》，爲本朝時憲之嚆矢，而本朝之制時憲，實爲聖人《春秋》之脉絡。善之四也。具此諸善，可知生用力之勤，研究之細。其治經也，無學究拘執之習；其治曆也，非星翁術數之求。由此而進焉，固未可量其所税矣。余樂道其書之概，而爲之序。

王處士纂周易解序

今學究之談義理者，起於爲八股時文，而中於科第爵禄之見。其童而習者，惟知有講章，講章之所引據，則采摘於宋儒語録。故爲是學者，舍宋人一二剩語，遂更無所主。不自知其量，猶沾沾焉假義理之説以自飾其淺陋，及引而置之義理之中，其芒然者如故也。處士王薌城先生，名方魏，字大名，明南京吏部員外郎納諫之孫，慈溪令玉藻之仲子。始從父於浙，既而歸湖，隱居授徒，不應科舉。一鄉之人，服其道，重其品，稱之曰先生。時祖若父之門生故人多居顯貴，數以書邀之，均不應，自以勝代遺民，閉門自守，不入城市者三十許年。所著有《周易廣義》，以本義大略，申其説而廣之也。《纂解》者，其晚年之書，明太極、陰陽、爻象、占變大旨，不煩言而舉其要，凡五篇，手録附諸《廣義》之後。蓋先生無志榮禄，不爲科舉文，特津津於義理中者數十年，精熟於宋儒道學之書，又能見諸躬行，信於鄉里。此真能學宋儒之學，非中於科第爵禄之見者所可擬之爲倫也。循自入小學，稍知識字，借讀先生遺書，先生之曾孫從重字容若，與先人爲中表兄弟，守祖父遺書，雖貧困難苦，不輕示人。循乞之再三，始見其《纂解》一册。未一月，先生舊廬不戒於火，遺帙盡焚，而此册以循借讀，巋然獨存。嗚乎！其命也夫。先生善書法，片紙隻字，里人重之，而甚不易得。此本爲其手迹，尤可寶焉。時乾隆戊申春二月，焦循序。

後漢書訓纂序

《後漢書訓纂》者，元和惠徵士棟所著書也。歲丁未，余授徒城中，與汪君晋蕃之居近。晋蕃家多藏書，每借閲，而是編與焉。晋蕃之尊人對琴先生，工詩詞，風雅倜儻，徵士遊廣陵時，與之交，往來甚密。徵士故多疾，先生以參桂之藥供之，不啻千金。徵士無以報，因以此書贈先生。先生爲之校寫，作楷本，於是有真、草二本，草曰《訓纂》，真曰《補注》，皆藏於對琴先生家，外無有也。先生重氣節，負性純篤，方其官刑曹，在京師以勁直著名。繼遭横逆，家産頓落。於是二本者，僅存草本，而寫本遂失。是本爲徵士手録，改塗添補，如蚍蜉蟻子之迹。首帙末題『雍正九年以事對簿之暇作，凡十一年而成』。書成以對琴先生嘗語循曰：『惠子在揚時，手訂此書，有所疑，即以片紙至，令爲之核。書成以贈余。然竊人之善，君子恥之，齊邱《化書》，不欲尤而效也。』嗚乎！惠子生爲貴介公子，使其蠱於科名，爲世俗之學，何至以布衣終老？迨訊鞫之際，尤憂虞恇懼之日，乃孜孜矻矻，信而好古。比部篤於友誼，守其書而不欲冒其名。如兩公者，不亦可以爲法乎哉！壬子秋，復於晋蕃借閲，因細爲校定，其卷帙次第，依范蔚宗原書，次司馬氏《志》，及劉昭

《注補》於末，體例仿《史記索隱》，而精核過之。世所傳十五卷者，乃贋本，非其真也。

詩益序

《詩益》者，金壇劉君始興所著也。乾隆辛丑，余始有志於經學，自《毛詩》始，適試於泰州，購之市間。繼而又得桐城葉氏酉《詩經拾遺》，則云述劉子彦之説，子彦即始興之字也。閲《詞科掌録》，劉、葉兩君，俱嘗應乾隆元年博學鴻詞科。葉以監生爲太常卿，王公淓所舉。劉則舉自孫文定公，文定舉五人，首當塗徐文靖，次即始興，始興先舉於鄉。天津王又樸《詩禮堂古文稿》中，有《代衛中丞撰詩益序》，稱金沙劉子司鐸霍邱。序文不足以發明此書之指，故此書不載此序。書共二十卷，爲《詩本傳》八，《詩次問》二，《詩次補言》一，《詩表》二，《總辨》一，《雜辨》六。其發前人所未發者，爲《詩次問》及《詩次補言》。昔九江黄楚望氏，以四十年積思，悟得《春秋》之義，授諸趙東山氏。東山暢發其指，爲《屬辭師説》，謂有策書之體，有聖人筆削之權。余深服其言，以黄、趙之經學，遠在吴澄、許謙之上。劉氏《詩益》之作，謂《詩》有詩人之志，有孔子編《詩》之義。詩人之意顯，孔子之義微。一篇之詩，言其人與事之美惡，而其義止於一君，辭止於一事，引而申之，參而伍之，遂統括乎古今興亡之故，終始王道之迹。有異類同次者，衛共姜《柏舟》、宣姜《牆茨〔一〕》是也；有同類異次者，《小雅·黍苗》、《大雅·崧高》之類是也；有兼收並采、著其淺深、先後以爲義者，鄭、衛諸淫詩、《小雅》燕饗諸詩是也。夫詩人之有美刺，猶史之有褒貶也。褒貶者，直史有之，不必聖人而後有之，故聖人之筆削，在直史褒貶之外；美刺者，詩人有之，不必聖人而後有之，故聖人之編次，在詩人美刺之外。吾謂劉子彦氏之於《詩》，與趙東山氏之於《春秋》，若合符節，其說《小雅》、《大雅》，謂自文王至宣王爲大，自宣王至幽王爲小，而以《鹿鳴》二十二詩間之，大言其盛，小言其衰，以小先大，實以小繼大。按而核之，確不可移。惟辨《小序》，有未當其《本傳》，則未知聲音訓故之學焉。徐文靖所著書顯於世，劉氏此書知者甚鮮，特序而表之。

衡齋算學序

予幼好九九之學，雖求之古書，而不能得其指歸。自交吳中李尚之鋭、歙縣汪孝嬰萊，得兩君切磋之益，於此藝少有進，而兩君亦時時以所得見示，令商論其可否。是時李仁卿、秦道古之書，兩君均未之見也。歲乙卯冬，予在浙，始得《益古演段》、《測圓海鏡》

〔一〕「茨」前脱「有」字。

兩書，急寄尚之。尚之喜甚，爲之疏通證明，復推其術於弧矢，著書以明郭太史《授時草》所用天元一之術也。而予又得秦氏所爲《數學大略》，今名《數學九章》。亦撰爲《天元一釋》、《開方通釋》，以述兩家之學。庚申冬，與尚之同客武林節署中，互相證訂，喜古人絶學復續於今。明年，孝嬰來揚州，因以語之。壬戌春，予在京師，孝嬰自六安寄一書來，甚言秦、李兩家之非，而剖析其可知不可知，《衡齋算學》中弟五册是也。是秋予復在浙，尚之需於孤山。買舟訪之，以孝嬰之書與相參核，尚之深嘆爲精善，復以兩日之力，作《開方三例》，以明孝嬰書之所以然。於是，秦李兩家之學，至此益明。今年村居教徒，稀入城市，出入於農、圃、醫、卜之術。秋八月，有走馬來者，叩門甚迫。童子驚相告。予視之，則孝嬰也。延入塾中，對飲於豆花萒語間。孝嬰謂予曰：『或謂尚之誚吾所著書，有之乎？』予因出尚之所爲《衡齋算學跋》與之。孝嬰怡然曰：『尚之固不我非也。』因謂予曰：『子亦爲我序。』予諾之，孝嬰復走馬去。門人請曰：『秦、李之書，李君疏之，汪君難之，不已異乎？』予曰：『此兩君所以是也。兩漢經生，守一家之言，華藻聲帨，通人鄙其固焉。鄭康成爲禮經作《注》，雖子夏之言猶駁之。秦越人宗岐伯之言，而作《八十一難》。蓋非深入其室者不能疏，亦非深入其室者不能難。得李君之疏，而秦、李之書明；得汪君之難，而秦、李之書益明。古人立言，固樂夫人之深入而難我，不樂人之略觀大意而諂附我也。』門人退，録之以寄孝嬰，即以爲序。嘉慶癸亥中秋前一日，江都焦循撰。

修補六家術序

天算之學有二端：守當時成法，布策推算，無有差戾，術士之學也；明其義藴，貫而通之，闡發古先，以啓來者，儒者之學也。鄭康成、李業興以此治經，司馬遷、李淳風、劉羲叟以此修史，故開方句股之算，三統乾象之術，見諸經注史志者，至今可考。蓋不以此治經，或不知今有爲九數之目，而以爲漢時所有矣，投壺周徑有不明，圓囷之法謬，以爲知借不知還矣。元修宋、金諸史，不爲秦九韶立傳，而所爲大衍、求一、演紀、上元鮮有知者，至所爲曆志，殘缺失次，訛舛尤甚。《元史》載授時術及《李冶傳》，皆不言立天元一法。於是，前賢精義所存，近在數百年間，轉不如漢、晉之遠而可考，是則修史者不通此學之咎也。嗟乎！修史者不能闡發於前，讀史者又不知推步之法，每屏之不敢置一議。一二知算之士，嫺於共習而昧於孤詣，故弧、輪、擶、積之外，雖授時大統，鮮有深究，偶舉古術，輒曰疏而不密。至問所以疏密之故，復格格不能言，是何術士之學多而儒者之學少哉？休寧戴庶常震始校《算經十書》，推歷朝歲實。嘉定錢竹汀少詹事章明古法，撰《三統術衍》，其《二十二史考異》，於曆志析疑訂誤，尤加意焉。吾友元和李尚之鋭爲少詹事高第弟子，親授曆法，獨有心解，閔古法之微，探索諸史，自顓頊、夏、殷、周、魯，下逮元、明數十餘家，存者考而章之，缺者修而補之，窮幽探賾，務求如其術之本意而止，是誠爲千古讀史者啓其扃，亦即爲千古治曆者益其智也。嘉慶庚申冬十一月，循與尚之同客武林節署，因讀其所補《宋金六家術》。『六家』者，宋衛朴之《奉元》，姚舜輔之《占天》，李德卿之《淳祐》，譚玉之《會天》，金楊級之《大明》，耶律履之《乙未》也。術不備載本史，而積年日法間見他帙，已不異『告朔之餼羊』。尚之依相近之元法斗分，推求歲周，據何承天調日法，立强弱之術，以得朔實；又用秦道古演法推求積年，以驗歲朔之權數。頓令古人名曆，斷而復續，學者得以考求舊法，相率而爲儒者之學也。循性好數術，有志於古，而未能究心，今讀尚之此書，昭然發矇。夫有李氏之立天元一，而後知授時術、弧矢相求之妙，有秦氏之演紀，而後知古人推演積年日法之故。秦、李之書，近多有好之者，尚之用以補古曆如此吻合，不由此而更大彰乎？循願與同志者相率而推之也。江都焦循序。

豫章沿革考序

吾友胡雒君客江西時，與修郡志，因爲《豫章沿革考》一卷，列之爲表，而繫之以説明，今之所稱豫章，非春秋時之豫章。既有裨於史書，尤有補於經注，吾信其必傳也。嘗考《隋書·經籍志》地理之書，自摯虞《畿服經》之後，齊陸澄著《地里書》一百四十九卷，梁任昉著《地記》二百五十二卷，於地里之學爲最詳。然澄之書則合一百六十家而後成，昉之書則增八十四家而後成，向非一郡一邑各有所述，二君之著焉取斯？且儒者之學，非身親而心入之，其説不精。一人之身，不能盡天下之地而盡歷之，人人各就其所歷之地，精加考核，以雒君爲之率，即以雒君之書爲之法，積數十年之久，萃數百十人之力，一邑一地，俱有所訂正焉。後有陸澄、任昉者，裒集其成，雒君此書，實爲之嚆矢矣。嘉慶丙辰夏四月。

天慵庵筆記序

嘉慶丙寅秋七月，余患腹疾，兼多愁鬱，終日廢書默坐。門人方灝持一帙來，乃其曾祖小師道人士庶《雜記》手稿，大抵多題畫之作，或詩或跋，又有記所見唐以來畫卷墨迹。雜錯無次序，乃爲録一過，稍加釐葺，爲一卷，附祭文兩首於末。其論畫云：『晋、唐畫不多得，因不常見。若五代、宋人之畫，則不出縱、横兩字。如用筆則有長短大小，斷續頓挫；用墨則有乾濕濃淡，魂魄骨肉；立局則有賓主反側，聚散交插。至於著色煊染，仍然補筆墨之不足，非特塗抹朱緑，爲染工伎倆。故古人筆墨，具見山蒼樹秀，水活石潤，於天地之外別具靈奇。即或率意渾洒，亦皆鍊金成液，棄滓存精，曲盡蹈虚揖影之妙。』又云：『作畫之士，步步脚踏實地，多臨多看，又且熟味唐、宋以來諸家畫論，便不讀萬卷書，行萬里路，神化一境，亦不難歷久而至。』又云：『畫之化者，斡前輩之丰神，融作家之形製，信手結格，隨筆生情，内無宿心，自外無常態。要必讀書養氣，以培其元，然後心醇而筆和，貌古而神逸。』嗚乎！此豈獨工畫之士宜然哉？其所見古人書畫，本名《寓目有緣集》，一一指其微奥，而明非至合作不載，是可稔其生平所得矣。

醫經餘論序

自趙宋人删改《六經》，其害遂及於醫。張景岳之《類經》，猶不過學究家之兔園册，至喻昌改『秋傷於濕』爲『秋傷於燥』，改『裏有寒，外有熱』爲『裏有熱，外有寒』，方中行、程郊倩之流，移易本文，無知妄作，而醫學乃紊矣。吾友羅君浩，字養齋，幼與凌次仲同居海州，涉獵經史，能博覽，善爲歌詩，而兼通於醫。病市醫不讀書，間有讀書，又苦師承無其人，撰《醫經餘論》若干篇，開發聾聵，俾知古人之學不致囿於俗。其論《素問》，以經證經。《陰陽别論》稱『不得隱曲』，說者多不得其解。今以《風論》及《至真要大論》並稱『隱曲不利』，貫而通之，知『隱曲』二字，指男子前陰，故不特舉女子不月以别之。《陰陽應象大論》：『按尺寸，觀浮沈滑濇，而知病所生，以治無過，以診則不失矣。』王大僕讀『無過以診』爲句，以《甲乙經》證之，則知『以治無過』爲句，『以診則不失矣』爲句。其論《金匱》以『水疝氣衝咽狀如炙肉』，證婦人咽中有炙臠，爲有形之邪，阻無形之氣，以咳則其脉弦，與弦則衛氣不行。如『肺飲不弦』，『肺飲』二字句，謂『肺飲』之輕者有『不弦』，但短氣而不咳，其弦則衛氣不行而咳矣，則重矣，非謂『肺飲』無弦脉也。其論《本草》，以《神農經》爲主，而證以南陽之方，以薏苡主筋急拘攣，故《金匱》胸痹緩急者主之，用以健脾利濕，則失其義。茈胡主心腹腸胃中結氣，飲食積聚，寒熱邪氣，知其性行太陰、陽明，潮熱胸脅滿不去，傷寒，陽脉濇，陰脉弦，腹中急痛，皆以茈胡主之，非僅入少陽。若此者，皆以通儒治經之法，用以治醫經，開從來醫家未有之徑。學者由是充之，而醫之術明，而醫之道亦由是而尊。至著述之真僞淺深，治病之緩急分合，用藥之輕重增減，無不造於微。辨四大家之張爲戴人，而非南陽，尤爲特識。語簡而該，篇約而當，洵後學之津梁也。愛其書，序而暴之。嘉慶壬申冬十月望，江都焦循書於半九書塾之蜜梅花館。

九經三傳沿革例序

宋岳珂《九經三傳沿革例》一卷，乾隆戊申興化任侍御始刻之，以爲珂深於經訓，能會通經文上下語義，而證之以注疏釋文，然後求之於諸本異同，覃思旁訊，妙悟瑩澈，非僅以校本之多見該博也。既而鮑氏廷博亦刻桐花館訂本於《知不足齋叢書》。嘉慶甲戌，汪生紹成又影宋本摹刻，尤精善，以遺余，屬爲之序。余令兒子廷琥以任、鮑兩刻本校之，得其異同九十件。乙亥仲春，小雨新晴，開窗置長几，焚香對花，展此卷詳閱，則三本互有優劣。任刻本《泰誓注》言「紂至親雖多，不如周家之多仁人」，此本及鮑刻作「少仁人」。按：今孔《傳》正作「少」。《正義》云：「明多惡不如少善，故言『紂至親雖多，不如周家之少仁人也』。」蓋「多」指億萬，「少」指十人，「少」字是也。任刻本《顧命》「一人冕執脱」，「脱」，實「鋭」字也。按：《説文》以爲「兵器」，今《注》中釋爲「矛屬」，而陸德明又音「以稅反」，且諸本皆作「鋭」，獨越中《注疏》於正文作「脱」爾，《疏》中又皆作「鋭」，今只從衆作「鋭」。此本作「一人冕執鋭」，「鋭」，實「鈗」字也。又越中《注疏》於正文作「鈗」。按：《説文》金部：「鋭，芒也」，「鈗，侍臣所執兵也。」引《周書》此文。故珂以「鋭」字實是「鈗」字，言《説文》以爲「兵器」，乃約「侍臣所執兵」語，申明「鋭」即是「鈗」，而《注》云「矛屬」，則疑與「芒」義相近而合乎「以稅反」之爲「鋭」，諸本又作「鋭」，不敢竟改作「鈗」，故云「只從」。「只從」云者，本宜作「鈗」，而姑作「鋭」也。以上二件，任刻本所不及也。任本開元所書《五經》，往往以俗字易舊文，如以「頗」爲「陂」，以「便」爲「平」之類。《洪範》

『無偏無陂』,《新唐書・藝文志》言開元十四年,元宗〔一〕以『頗』字聲不協,詔改爲『陂』。是『頗』爲舊文,『陂』爲所改。又『王道平平』,《史記》作『便便』,珂蓋以『便』爲舊文,與『頗』一例,『平』爲所改,與『陂』一例。此本作以『平』爲『便』,與上句不畫一矣。任本『神祇』之『祇』,從示而無畫,『祗敬』之『祗』,從示而有畫。底,音抵者上有點,氐,音止者上無點。按:《説文》广部『底』,厂部『厎』,皆從氐聲,下皆有點,而上則一有點,一無點。此本作『底,音抵者下有點,厎,音止者無點』。《説文》惟疒部『疷』字從氐,下無點,广部無從氏之字。珂明以在下者稱畫,以别於在上者稱點。以上二件,又此本所不及也。學者言經學則崇漢,言刻本則貴宋,余謂漢學不必不非,宋板不必不誤,本岳氏讎校之法,以讎校岳氏此書。略述此以應紹成之屬。紹成名昌序,儀徵縣學生,今將爲校官,讎校摹刻,亦類於岳氏云。

刻詩品序

余幼年十二三歲時,好爲小詩,先君以《詩品》示之,曰:『作詩必知詩之品。』讀《詩

〔一〕『元宗』即『玄宗』。

品》，又必知作《詩品》者之品。司空氏立身清潔，不受僞梁之污，舊史誣之，王黄州辨明於闕文十七條。修《新唐書》者，乃依其説，比美元德秀、陽城而傳於卓行。李唐詩人罕有其匹者也。』循受而録之，藏諸篋中二十餘年。往歲，仁和胡學院督學揚州，以『隔溪漁舟』命題，去秋鄉試，詩題又命以『曉策六鼇』。於是友朋就余索觀，而門人子弟輩復請寫録而習誦之，甚苦其煩。聞舊時坊間有專刻本，問之不可得，爰授之梓人，以供習誦者取之便耳。嗟乎！詩道之弊也，用以充逢迎，供諂媚，或子女侏儒之間，導淫教亂。其人雖死，其害尚遺。一二同學之士，憤而恨之，欲盡焚其書。余曰：『是不必校，如治三陰之邪，宜温中益陽，其疾自已，無容抵當承氣之峻也。《詩品》者，非參苓薑桂之輩與？』凡一卷，爲篇二十四，附論詩文二篇於後。嘉慶四年三月望日。

鄭舍人文集序

鄭柿里舍人集，凡序、書、賦各一篇，傳、論各二篇，儷體雜文八篇，古今體詩若干篇。舍人邃於經學，於書無所不窺，篤好昌黎文，手寫其集，能道其宧奥隱微之藴。嘗謂余曰：『古文成絶學矣。』於是，乾隆壬子、癸丑間，以此事相靡切。當是時，余學柳州，嗜好微異，然而用力於此，思有以彰大而振興之，則無不同。瞬息十年，如駒過隙，苦鬱之境，彼此互嘗，則本性情閱歷以宣爲文章，又豈必有所宗法而爲之與？然讀舍人集者，宜知其從昌黎來，特是集中散體文僅數篇，不多載，舍人將不欲以昌黎自見耶？惟舍人知昌黎之深，甚惡夫以貌似者亂其真，而乃知舍人真篤好昌黎者也。嘉慶乙丑六月，江都焦循序。

吴少文詩序

吴君少文，未弱冠即能爲詩歌，講貫於唐、宋以來諸名家者，幾三十年矣。今歲以草稿示余，余爲録古今體共九十八首，爲二卷。大抵多苦吟，而以疎樸出之。樂府近鐵崖，五律七絶，往往逼真唐音。蓋其性情饒真逸，而處境值閑曠，永於詩歌，故市氣絶也。北湖自昔多詩人，流風遺韻，百餘年來不絶如縷。少文幼多疾，不能應舉子試，斯得壹志於詩，豈偶然哉？嘉慶己巳四月。

卷十六　序

石湖遺書序

吾嘗謂人之傳，不傳於人而傳於己，己實有其不可朽者，天必不忍埋而匿之。非不埋而匿之也，埋之愈久而其出也愈光，匿之愈極而其顯也愈盛。余幼年受業表兄秋帆范君，范君嘗謂其族中有石湖其人，隱君子也，不汲汲於名，故其遺書多不傳，而子孫亦無人矣。後於里中遍訪問之，僅得詩三四首，文二三篇而已，而所傳軼事亦無徵信，而莫可如何。丹徒王柳村謂余曰，子向所稱范石湖者，吾見其遺書，蓋存於關南陳氏。越數日，與柳村訪陳氏，陳君素村因以遺稿十數帙示余，皆石湖手迹也。素村因謂余曰：石湖之婿蘇實藏之；蘇之後微，又存於蘇之戚簡氏，簡氏，吾之戚也；簡之後又微，故此稿歸於吾。乃慨然畀余以歸。石湖本名恒美，字德一，後易名荎，即以其先世文穆公之號自號，鐫一印曰『今之石湖』，其没也，即以題其墓。文穆之軒曰『盟鷗』，遂亦稱盟鷗野老，自撰

《盟鷗野老傳》，序其本末甚詳，如陸天隨之作《甫里先生傳》也。余既次其本末於《北湖小志》，乃理其稿而編之，得《讀史小識》一卷，《竹隱居隨筆》二卷，《竹隱居詩集》五卷，《梅花十六咏》一卷，《論語詩》一卷，《文集》四卷，《春雨詞》一卷，《秋吟》一卷，《秋花雜咏》一卷，《柳塘寤語》一卷，《今之石湖詞》一卷，總之爲《石湖遺書》。湖中范氏式微久矣。石湖有二子頲、頡，皆貿易爲商賈負販，不讀書，其後莫可稽考。問諸其門生故人之家，鮮有知者。而是稿歷百年之久，轉徙數家，十猶存其七八，手迹宛然，謂非有鬼物呵護其間不可。康熙邑志載石湖名，寥寥數語，續修邑志者，竟删去之，故今郡邑書無石湖名，石湖之傳亦微矣哉！然當時科第顯奕，仕宦巍赫，片楮寸墨，十不存一，而石湖之書完善如此！余嘆石湖之精氣不可没，而尤流連忻慕於素村之爲人。石湖婿名節臣，節臣子名謙，亦能詩，有《雪堂集》，舊爲雷塘人。素村名嘉惠，好聚書，藏書十餘萬卷，所校釋《焦氏易林》最精，石湖之書實賴之以存云。嘉慶戊辰元旦，江都焦循序。

揚州足徵録序

歲丙寅，汀州伊公守揚州，時撫部阮公在籍，相約纂輯《揚州圖經》、《揚州文粹》兩書，余分任其事。明年，伊公以憂去，撫部亦起服入朝，事遂寢。己巳、庚午間，修《揚州府志》成，即原本於《圖經》也，而《文粹》之稿，則向來分存於所纂輯之人，未嘗選訂。今年乙亥，伊公入都補官，道過揚州，五月二十一日會於雷塘之阮公樓，語及《圖經》，因詢《文粹》。歸檢舊簏，稿之存於余處者具在，爲次第之，自七月至於九月，粗有端緒，而伊公則以肺病卒於揚州邸寓。喪歸，余拜送河干，既爲樂府，鼓琴而歌，以寓〔一〕公之德政，遂爲此書目録一卷，名之曰《揚州足徵録》。『文粹』者，存揚人之文，非揚州者不取也；『足徵録』者，存揚州之事，事有關乎揚者，不必揚人之文也，義各有取乎爾。纂《圖經》時，所有膏火紙筆之費，皆伊公自捐俸以給，同事者趙司馬懷玉、臧文學庸、袁上舍廷檮，今《府志》中多有三君所輯録。近者臧、袁兩君已先伊公於地下，幽明之際，令人愴然。共得文三百一篇，爲卷二十有七。嘉慶二十年九月霜降日，書於半九書塾之雕菰樓。

里堂道聽録序

余生質極鈍，然每得一書，無論其著名與否，必詳閲首尾，心有所契，則手録之。余交遊素少，然每有以著作教我者，無論經史子集以至小説詞曲，必詳讀至再至三，心有所

〔一〕『寓』當为『寫』。據焦廷琥《先府君事略》改。

契，則手録之。歷二三十年，盈二尺許矣。今歲所著《易學三書》，稿粗就而陽氣虛憊，不耐冥思，性又不樂閑曠，求爲其易而不甚用思者。夏秋以來，乃取此而編次之，爲五十卷，令兒子廷琥編寫目録，據耳目所及，非有所軒輊去取於其間。其論説有異同，兼録之，廣聞見，通神明也；忠臣孝子，義士貞婦，心之所慕，恨不能遍；斷獄捕盜，亦録之者，余素有志以州縣官效職而用爲師法也；朝廷典禮，宰輔經綸，則非分所宜言，故不及；其男女贈答，誇淫鬥麗，余所深惡，特絶之。間亦及於神鬼，則以信而有徵，且可爲世戒，無稽者弗及也。先是，壬戌、癸亥間嘗編之，名《道聽録》，今仍其名。苟不即死，更有進，當續乎此耳。嘉慶甲戌秋七月，書於紅薇翠竹亭。

鈔王築夫異香集序

古有六藝、九流、詩賦而無集，集者，經史之雜，而九流、詩賦之變也。經生説經，史臣著史，各有專書矣。其友朋辨難之文，簡篇叙論之作，或出其精華之聚，以破蒙俗，或總其未成之書，以俟參訂，凡足以羽翼乎經，皆經類也。墓銘、行狀、家傳、別傳之等，核其實，去其浮，無撰史之職，可以待撰史者之采用，則史類也。無益於經史，而議論足以成家，駢儷可以悦目，亦有存而不能廢者。蓋本諸經者上也，資乎史者次也，出於九流、詩賦者下也，而皆可以相雜而成集。非此三者，爲尺牘，爲題名，爲諸酬應之文，亦往往傳其集者，則以其人德行功業，愛之敬之，因而珍重其文，非文之傳也；令德行功業不足傳，而徒欲以文傳，而所恃者，止於尺牘、題名及諸酬應之文，非不自許爲作者，無何而飄風野馬矣。吾每閲一集，見時文序、送人序若干篇，壽文、祭文若干篇，無聊之書啓，語録之牙慧，史論之空譚，又若干篇，極力摹所爲關鍵之法，必爲之惜，何也？集之所重不在此也。幼年聞吾鄉王築夫文學深於文章，著《異香集》二卷，間爲他書所引據，大約資於史學者，求之三十年不得。丁巳，授徒湯氏，其所藏有是書，爲興化陸懸圃挺掄所訂，有收藏小印，爲『北湖施氏』。文無多，非無益於經史而尺牘、題名、諸酬應之文也。夏六月，納涼之餘，爲寫一過，次其序事之文爲一卷，説喪禮、宗法及論文之文爲一卷，壽文、祭文、《與汪琬書》之類，悉刊去之，共三十六篇，皆可存，不至爲飄風野馬者。築夫名巖，寶應縣籍，而居於江都。論文曰：『文未出，天下後世不知有此説。既出，天下後世不可無此説。』築夫所爲文，不必能副之，而識見之高有若是。是爲陸氏選刻者，郡志稱其《白田集》四十卷，當更求之，而爲之訂。嘉慶二年八月晦日。

鈔何有軒文集序

余将萃鄉先生之文爲《扬州文集》，遍求之不可多得。乙丑夏四月，門人汪生昌序以此集遺余，余不勝寶惜之。文爲寫本，當年刻未刻不可知，是尤當寶惜耳。向來於邑志中，見載陳霆發《何有軒集》，因考其人。字鳴夏，終於江都學生，又於魏篁中詩集見附載陳鳴夏所作傳，今此本有之，署《丙子科舉人揀選知縣篁中魏君行狀》，而不稱『傳』，宜以此本爲是。此本稱篁中先世有東千公。爲福建兵巡道，與謝遷、顧起元同時。而魏集所載，則爲福建兵巡道者爲扶輪公，再傳有東千公。文章尤有名，與謝遷、顧起元同時，此則是本宜不及魏集所載之確，與郭誌、湯湝、尤璋、郭元釪、元鈺、鮑開宗、唐紹祖、繼祖爲文章之交。與俞太史長城善，序其所爲《百二名家制藝》，又爲之作行狀。大抵長於序事，筆力簡潔，善爲控縱，以振神采。論文章，則是荆川而非鹿門。自謂作文不可依傍古人，當從同以求異，不可舍異以求同，誦其文，誠能自樹立者哉。

余幼年見壁間畫有稱松岑者，詢諸先君。先君曰：『此湖中隱君子坦庵道人之兄子徐懿公也。』繼而見懿公所刻詞集《湖上吟》，知其名元美，其自序稱丁未夏自公車回，知其曾舉孝廉，然問湖中人莫能道其遺事，而此集中有《松岑墓銘》，本末極詳。蓋中順治丁酉科舉人，以淮安府教授内擢國子監監丞，嘗一爲浙江同考官，得士最盛。在淮，每議兵餉治河，爲監司所賢。在國子監，首倡刻《十三經》、《二十一史》板，歸老於家。著有《諧聲集》、《艾言》等書。每力争治河賑荒於有司，有益鄉里，凡千四百餘言。嗚乎！非此書，則松岑之事湮矣！余嘗謂世不乏賢令長，而何易于以孫可之傳；世不乏賢太學生，而何蕃以韓昌黎傳；世不乏貞烈婦人，而高愍女、竇烈婦以李翶之、司空表聖傳；世不乏高儒義士，而元德秀以元次山、李遐叔傳，郭盰、郭航以沈下賢傳；世不乏詭異非常之士，而劉乂以李義山傳；諸侯皆有將，海外國皆有臣，而燕將譚忠及新羅人張保皋、鄭年以杜牧傳，作《唐書》者，皆本其文以入列傳。若是乎人之傳不傳，史之書不書，其權半歸諸當時能屬文之人。然則屬文之人重矣，而可無乎？

鈔雙虹堂文集序

余六七歲，聞里閭父老談陸公吴州督學杭州事，每試日，坐堂上，擬作所命各屬題，頃刻成數篇，心竊記之。已而無意購得公所刻《雙虹堂文集》四帙，無卷數，内載杭州當場制藝自序。而張良御太史爲公作《神道碑》，亦及此事。湖州校士館有《石刻記》，爲公作，此集載之。集中有《西湖講院記》，言嘗構講院於西湖陸宣公祠側。余在杭時，見宣公祠頹圮已甚，豈尚有所謂西湖講院者？蓋已百二十年之久也。讀集中《敢清堂記》，知公嘗爲南旺分司；讀《梅雨潭快亭記》，知公以督學兼備兵海上，皆《神道碑》所不詳。公名舜，字元升，泰州人，康熙甲辰進士。雙虹堂者，其幼年與張詞臣孝廉讀書處。張殁，公不忘舊人，故以名集。《神道碑》言公爲中書舍人，凡撰文，宰相不喜他舍人所爲。今集中有《擬御制十三經序》，蓋是時稿也。碑又稱其在浙時，逆知祖洪勛之邪謀，而先去之，惜乎説之不詳，其本末遂不可考云。

鈔依歸草序

吾友團香山，每道海安張良御太史，名符驤，善古文。歲己未，於市上得其所爲《依歸草》十卷。『依歸』者，依明人歸熙甫之文以爲文也。文不妨有熙甫，亦不妨有學熙甫之文之人。然學熙甫，遂盡屏異於熙甫者，而於熙甫一言一意，皆奉若圭臬，不敢少疑，則非善學熙甫者矣。熙甫泥女子從父之説，而禁室女之守貞，余深惡是説之似是而非，嘗撰《貞女辨》二篇，以祛其妄，世固已共見之。論者皆執《曾子問》之説，抑知《曾子問》之説非謂夫死而嫁也，謂夫遭喪而改嫁也。執此以例諸夫死，亦宜例諸夫未死而遭喪。萬一熙甫之聘妻，舍熙甫而更適人，熙甫甘乎？或熙甫之女已受婿聘，熙甫能因婿之遭喪而改適他姓乎？迂儒讀書不深，强爲立論，往往言之而不能行，行之而適足以亂天下，大率類此。越五年，壬戌，又得其子沆所重校本，前十卷稍有增易，續刻二卷，共文二十篇，其所應試策判與焉，而記閔賓連墓事本末最詳。向聞故老言，平山堂下有兩詩人墓，一爲錢塘潘雪帆問奇，一則賓連，余屢尋之不可得。賓連名麟嗣，其姓名頗見施愚山、王阮亭、魏冰叔等集中，年七十七卒於康熙四十三年六月。已而長子殁，惟餘次子孝磋，鰥且聾，賣卜爲活。賓連之棺，遂二十一年不克葬，至是太史買地葬之。葬之日，會者數十人，皆知名士。互見戴杲來處士、陳定先殿撰詩集中。先是，孝磋貧，劉闇齋矜恤之，太史復商之同人，於是閔在東贈以屋，項鳳千爲之娶妻，歲給以米，太史且將更謀以二十千歲給之。沆曰賓連墓在法海寺前官路右側，於是向傳在平山堂下者，誤也。太史自言康熙乙亥夏，始因王武徵識賓連，而乃眷眷於故人如是，是則無愧於熙甫者矣。嗚乎！巨室之家，一人殁，例求諸顯者爲之傳志，而不計其人之能否，求有序事之工如太史此編所載者，寥寥也。則吾郡百餘年來俎豆於歸氏，而序事有法如此編，尚不足爲學者取法乎哉？故録其文最多云爾。

修葺通志堂經解後序

是書爲休園鄭氏所藏，舊缺《三禮圖》、《學易記》、《讀易私言》、《易雅筮宗》、《周易輯聞》、《春王正月考》、《四書通證》八種，部首無序目，而字畫清秀，蓋康熙間初印本也。乾隆丙午，連歲大饑，余疊遭凶喪，負債日迫於門。有良田數十畝，爲鄉猾所勒買，得價銀僅十數金。時米乏，食山薯者二日，持此銀泣不忍去。適書賈以此書至問售，需值三十金，所有銀未及半，謀諸婦。婦乃脱金簪易銀得十二金，合爲二十七金，問書賈，賈曰『可矣』。蓋歉歲寡購書者，而棄書之家急於得值也。余以田去而獲書，雖受欺於猾，而尚有以對祖父，且喜婦賢，能成余之志。是夕餐麥屑粥，相對殊自懌也。明年丁未，得《春王正月考》於高君學山，又於葉叟處購得《學易記》、《讀易私言》二種。戊申七月，於金陵市口得《三禮圖》。己酉，得《易雅筮宗》。壬子，又購《三禮圖》初印本於黄客。甲寅，於周客之濂溪書屋購得《周易輯聞》、《四書通證》，越二日，大火，濂溪書屋焚無寸木，而二書幸存，如鬼神護之者，亦奇矣！於是假是書之序目核之，已無所缺，命門人李元善録序文，得八葉，加於首。乾隆乙卯、嘉慶丙寅，余客於外，是書乃爲鼠囓數帙，檢之，氣鬱不能釋。今年家居，無賓客之擾，稍爲補葺，自四月至五月，越四十日葺成，次序爲目録一卷，不必如原次，然亦無他意也。嘉慶三年五月十九日。

易圖略自序

余學《易》，所悟得者有三：一曰「旁通」，二曰「相錯」，三曰「時行」。此三者，皆孔子之言也，孔子所以贊伏羲、文王、周公者也。夫《易》，猶天也，天不可知，以實測而知。七政恒星錯綜不齊，而不出乎三百六十度之經緯；山澤水火錯綜不齊，而不出乎三百六十四爻之變化。本行度而實測之，天以漸而明；本經文而實測之，《易》亦以漸而明，非可以虛理盡，非可以外心衡也。余初不知其何爲「相錯」，實測其經文、傳文，而後知比例之義出於「相錯」，不知「相錯」，則比例之義不明。余初不知其何爲「旁通」，實測其經文、傳文，而後知升降之妙出於「旁通」，不知「旁通」，則升降之妙不著。余初不知其何爲「時行」，實測其經文、傳文，而後知變化之道出於「時行」，不知「時行」，則變化之道不神。未實測於全《易》之先，胸中本無此三者之名，既實測於全《易》，覺經文、傳文有如是者乃孔子所謂「相錯」，有如是者乃孔子所謂「旁通」，有如是者乃孔子所謂「時行」。測之既久，益覺非「相錯」、非「旁通」、非「時行」，則不可以解經文、傳文，則不可以通伏羲、文王、周公、孔子之意。十數年來，以測天之法測《易》，而此三者，乃從全《易》中自然契合。既撰爲《通釋》二十卷，復提其要爲《圖略》，凡《圖》五篇，《原》八篇，發明『旁通』、『相錯』、『時行』之義，《論》十篇，破舊説之非，共二十三篇，編爲八卷，次《通釋》後。譬如郭守敬生劉洪、祖冲之、何承天、傅仁均、一行之後，悟得歲實消長，不用積年日法，非能越乎前人，亦由前人之説而密焉耳！夫祖冲之立歲差，傅仁均立定朔，當時泥古者驚爲異説。余以此三事説《易》，亦祖氏之歲差、傅氏之定朔也，知我者益加密焉，余之所深冀也。嘉慶癸酉十一月冬至前五日。

易通釋自序

循承祖父之學，幼年好《易》。憶乾隆丙申夏，自塾中歸，先子問日所課若何，循舉《小畜・彖辭》，且誦所聞於師之解，先子曰：『然所謂「密雲不雨，自我西郊」者，何以復見於《小過》之「六五」？童子宜有會心，其思之也。』循於是反復其故，不可得，推之《同人》、《旅》人之『號咷』，《蠱》、《巽》之『先甲後甲』、『先庚後庚』，《明夷》、《涣》之『用拯馬壯，吉』，益憤塞鬱滯，悒悒於胸腹中，不能自釋。聞有善説《易》者，就而叩之，無以應也。乙巳丁憂，輟舉子業，乃遍求説《易》之書閲之，於所疑皆無所發明。嘉慶九年甲子，授徒家塾，念先子之教，越幾三十年，無以報命，不肖自棄之罪，曷以逃免？竊謂卦起於包犧，八卦成列，因而重之，命之以名。文王以其簡而不易明也，繫以《彖辭》。周公以其簡而不易明也，繫以《爻辭》。『密雲』、『庚』、『甲』，以《爻辭》釋《彖辭》也，『笑』、『號』、『馬壯』，《爻辭》自相釋也，然而猶不易明。我孔子『韋編三絕』而後贊焉，且不一贊而至於十贊者，佐也，引也，佐文王、周公之辭，引而申之也。包犧之封，『參伍錯綜』，文王、周公之《繫辭》，亦『參伍錯綜』，故《小畜》、《蠱》、《明夷》之辭，互見於《小過》、《巽》、《渙》之辭也。文王、周公之辭，以『參伍錯綜』繫之，孔子《十翼》，亦『參伍錯綜』贊之，所以明《易》之道者備矣。『七十子』歿，道在孟子，孟子道『性善』，稱『仁義』，惡楊、墨之執一，斥儀、衍之妾婦，皆所以闡明孔子之學，而吻合乎伏羲、文王、周公之旨，故孟子不明言《易》，而實深於《易》。其商瞿所受，杜田生所傳，散見於孟喜、京房、鄭康成、荀爽、虞翻之說，不絕如縷。惜乎漢、魏諸儒，不能推其所聞，以詳發聖人之藴，各持其見，苗莠雜糅，坐令老、莊異端之流出而争之矣。循既學《洞淵》、《九容》之術，乃以數之『比例』求《易》之『比例』，向來所疑，漸能理解。初有所得，即就正於高郵王君伯申，伯申以爲『精鋭，鑿破混沌』，用是憤勉，遂成《通釋》一書。丙寅，以質歙縣汪君孝嬰、南城王君實齋，均蒙許可。然自以全《易》衡之，未敢信也。丁卯春三月，遘寒疾，垂絕者七日，昏瞀無所知，惟《雜卦傳》一篇往來胸中。既甦，遂一意於《易》。明年，以訟事伺候對簿，改訂一度。己巳，佐歸安姚先生秋農、通州白先生小山修葺郡志，稍輟業。庚午，又改訂一度，终有所格而未通。

身苦善病，恐不克終竟其事。辛未春正月，誓於先聖先師，盡屏他務，專理此經，日坐一室，終夜不寐，又易稿者兩度。癸酉二月，自立一簿，以稽考其業，歷夏迄冬，庶有所就，訂爲二十卷，皆舉經、傳中互相發明者會而通之也。聖人之義，精矣妙矣，後生末學，豈能洞澈其全？得一二端，以俟君子之引而申焉可矣。聖人既以『參伍錯綜』者示其端倪，舍此而他求，烏能合乎？後之説《易》者，或有取乎愚之説也。嘉慶十八年十一月冬至前二日。

禹貢鄭注釋自序

嘉慶壬戌夏五月，自都中歸，阮撫部以書來招往浙，問以古『三江』之説，時撫部撰《浙江考》，宗班固《地理志》，而以鄭康成之説爲非。循曰：鄭氏未嘗非也，鄭氏『三江』之《注》合於班氏，今人所輯之鄭《注》，販自《初學記》者，非鄭《注》也，固詳爲言之。撫部以爲然。蓋近之學者，不求其端，不訊其末，惟鄭之欲聞，乃鄭氏之書見存者，不耐討索，而散而求之殘缺廢棄之餘。於是不辨其是非真僞，務以一句之獲、一字之綴爲工。及其以贋爲真，又不復考其矛盾齟齬之故，甚而拘守僞文，轉强真文以謬與之合，削足以適屨，鍛頭以便冠，而鄭氏之本義汩没於尊鄭之人，使鄭氏受不白之枉，伊誰之咎耶？班氏

《地理志序》云：『采獲舊聞，考迹《詩》、《書》，推表山川，以綴《禹貢》、《周官》、《春秋》，下及戰國、秦、漢焉。蓋其所采博，所擇精，漢世地理之書，莫此爲善。故鄭氏注經，一本於是，或明標所自，或陰用其說。間有不合者，亦必別據《地說》等書，明言其所以易之義，《注》雖殘缺，尚可考而知也。是冬十月，從浙江歸來，寒窗無事，與子弟門人論說及之，因以嘉定王光禄、陽湖孫觀察所集之本爲質，考而核之，編次成卷，專明班氏、鄭氏之學。其於班曰『志』，於鄭曰『注』，而以《水經》、《禹貢》山水地澤所在一篇，條列而辨之於末。其餘枝葉緐多，今無取焉。十二月臘日序。

毛詩地理釋自序

乾隆丁未，館於壽氏之鶴立堂，偶閱王伯厚《詩地里考》，苦其瑣雜，無所融貫，更爲考之。迄今十七年，未及成書。今春家處，取舊稿，删訂其緐冗，録爲一册。凡《正義》所已言者，不復臚列，又以杜征南撰《春秋集解》，兼爲土地名、氏族譜以相經緯，《隋書·經籍志》譜系次於地理，而《三輔故事》、《陳留風俗傳》與陸澄、任昉之書並列，豈非有地則有人，有人則有事？《小序·毛傳》中有及時事者，亦考而說之，附諸卷末，共四卷。

焦子曰：考《春秋》之地理難，考《毛詩》之地理尤難。李吉甫、樂史、歐陽忞諸書，每指一地以爲詩人所咏。浚儀之寒泉阪，以爲衛《詩》之《寒泉》，不知春秋之衛地，不及祥符縣境，七子之吟，何遠及此乎？齊桓城楚邱以遷衛，即戎伐凡伯之楚邱，在成武，宋公享晋侯亦此地，無二楚邱也。班氏志《地理》，杜氏解《春秋》，酈氏注《水經》，均無異説，而唐、宋地書，乃以楚邱在滑。夫帝邱近滑矣，狄可至楚邱，獨不可至帝邱乎？自遷帝邱遂無狄難，而狄乃移害於魯、宋，則楚邱在成武，與武宋接壤可知。後世地書若此類者，尤爲害於經義，故不以爲典要。至於韓侯近燕，《潛夫論》詳之，非晋國之韓原；居常與許常爲齊所侵地，見《管子·大匡》，不必旁引孟嘗之薛，是又前人所已及，不煩改説。若文王伐阮，即《書傳》、《史記》之伐邘，『禰』即『泥中』，公子素即公子士，宛邱爲宛中之名，非邱上有邱，『崔嵬』爲土山戴石，非石山戴土，南仲爲宣王時人，非文王之將。諸如此類，竊自爲斷，雖未必當，或有備後賢之汲取云。嘉慶癸亥三月朔。

毛詩鳥獸草木〔一〕蟲魚釋自序

循六歲，先君子命誦《毛詩》。未幾，隨省墓，泛舟湖中，先君子指水上草謂循曰：是

〔一〕『鳥獸草木』，據目録及續修四庫全書影印稿本，當爲『草木鳥獸』。

所謂『參差荇菜，左右流之』者也。已而讀《論語》，至多識於鳥獸草木之名，私心自喜，遂時時俯察物類，以求合風人之旨。辛丑、壬寅間，始讀《爾雅》，又見陸佃、羅願之書，心不滿之，思有所著述，以補兩家所不足，創稿就而復易者三。丁未，館於城東壽氏，復改訂之，至辛亥訖，爲三十卷。壬子至乙卯，又改一次，未愜也。戊午春，更删棄繁冗，合爲十一卷，以考證《陸璣疏》一卷附於末，凡十二卷。蓋自辛丑至己未，共十有九年，稿易六次，以今之所訂視諸草創之初，十不存一。其間雖他有撰述，必兼治之，歷喪荒疾病爭訟，未嘗或輟。乙卯，爲山左之遊，隨諸行篋，車塵馬足中，聞見所及，時加訂正，蓋亦費日力之甚者矣。書之例，列傳箋釋文正義於右，以己説釋於左，不必釋者，不贅一辭也。不效類書臚列而無所折束，不爲空論，不尚新奇，毛、鄭有非者則辨正之，不敢執一以廢百也。《陸璣疏》太約，後人掇拾之，本非元恪原書，末載齊、魯、韓、毛授受，乃抄襲《兩漢書·儒林傳》，陸爲《毛疏》，不必及三家，而吕東萊《讀詩記》所引陸《疏》，言《毛詩》授受者，與此大異，知掇拾者並未見《讀詩記》也，爲條辨於後。嘉慶己未冬十一月。

論語通釋自序

自周、秦、漢、魏以來，未有不師孔子之人，雖農工商賈厮養隸卒，未有不讀《論語》

者。然而好惡毁譽之私，不獨農工商賈厮養隸卒有之，而士大夫爲尤甚。夫讀孔子書而從事於《論語》，自少且至於老，而好惡毁譽之私不能免，則《論語》雖讀而其旨實未嘗得。讀《論語》而未得其旨，則孔子之道不著。孔子之道所以不著者，以未嘗以孔子之言參孔子之言也。循嘗善東原戴氏作《孟子字義考證》〔一〕，於理、道、天命、性情之名，揭而明之如天日，而惜其於孔子『一貫』、『仁』、『恕』之説，未及暢發。十數年來，每以孔子之言參孔子之言，且私淑孔子而得其旨者，莫如孟子，復以孟子之言參之，既佐以《易》、《詩》、《春秋》、《禮記》之書，或旁及荀卿、董仲舒、揚雄、班固之説，而知聖人之道惟在『仁』、『恕』。『仁』、『恕』則爲聖人，不『仁』不『恕』則爲異端小道。所以『格物致知』、『誠意正心』、『脩身、齊家、治國、平天下』，無不以此。其道大，其事易，自小其器而從事於難，是己而非人，執一而廢百，詎孔子『一貫』之道哉？今年夏五月，鄭柿里舍人以書來，問『未可與權』。適門人論『一貫』，不知曾子『忠恕』之義，因推而説之，凡百餘日，録而次之，得十有二篇：曰《聖》，曰『大』，曰『仁』，曰『一貫忠恕』，曰『學』，曰『知』，曰『能』，曰『權』，曰『義』，曰『禮』，曰『仕』，曰『君子小人』，統而名之曰《論語通釋》。聖人之大，未敢言知，或亦自遠於異端云爾。嘉慶甲子秋九月。

〔一〕『考』，當作『疏』。

群經補疏自序

周易王氏注

《易》之有王弼，説者以爲罪浮桀、紂，近之説漢《易》者，屏之不論不議者也。歲壬申，余撰《易學三書》漸有成。夏月，啓書塾北窗，與一二友人看竹中紅薇白菊，因言《易》。及趙賓解『箕子』爲『荄兹』，或詡其説曰非王弼輩所能知也。余笑而不答。或曰何也？余乃取王弼《注》指之曰：『弼之解「箕子」，用趙賓説，孔穎達不能申明之也。』衆唯唯退。門人進曰：『《正義》者，奉王弼爲準繩者也，乃不能申弼如是乎？』余曰：『非特此也。如讀「彭」爲「旁」，借「雍」爲「甕」，通「孚」爲「浮」而訓爲「務躁」，解「斯」爲「廝」而釋爲「賤役」，諸若此，非明乎聲音訓詁，何足以明之？東漢末以《易》學名家者，稱荀、劉、馬、鄭，荀謂慈明爽，劉謂景升表，表之學受於王暢，暢爲粲之祖父，與表皆山陽高平人。粲族兄凱，爲表女婿，凱生業，業生二子，長宏，次弼，粲二子既誅，業爲粲嗣。然則王弼者，劉表之外曾孫，而王粲之嗣孫，既暢之嗣元孫也。弼之學，蓋淵源於劉，而實根本於暢。宏字正宗，亦撰《易義》，王氏兄弟皆以《易》名，可知其所受者遠矣。故弼之

《易》，以「六書」通借解經之法，尚未遠於馬、鄭諸儒，特貌爲高簡，故疏者輒視爲空論耳。弼天資察慧，通儁卓出，蓋有見於説《易》者，支離傅會，思去僞以得其真，而力不能逮，故知卦變之非而用反對，知五氣之妄而信十二辟，唯之於阿，未見其勝也。解「龍戰」，以《坤》「上六」爲陽之地，固本爻，辰之在巳；解文「柔」、文「剛」，以《乾》二《坤》上言，仍用卦變之自《泰》來，改換其皮毛，而本無真誠也。至局促於乘承比應之中，顢頇於得意忘象之表，道消道長，既偏執於扶陽，貴少貴寡。遂漫推夫卦主，較量於居陰居陽，揣摹於上卦下卦，智慮不出乎六爻，時世謬拘於一卦，洵童稚之藐識，不足與言通變神化之用也。然於《觀》則會及全《蒙》，於《損》亦通諸《剥》道，聰不明之傳，似明「比例」之相同，「觀我生」之爻，願見升降之有合，機之所觸，原有悟心，倘天假之年，或由一隙貫通，未可知也。惜乎秀而不實，稱道者徒飫其康秕，譏刺者莫探其精液。然則弼之《易》，未可屏之不論不議也。』於是每夕納涼柘籬蕉影間，縱言王弼《易》，門人録之，得若干條。立秋暑退，取所録次爲二卷。迄今七年，《易學三書》既成，復取此稿訂之，列諸《群經補疏》之首。有治王弼《易》者，此或可參焉否也。嘉慶戊寅五月五日。

尚書孔氏傳

東晉晚出《尚書孔傳》，至今日稍能讀書者，皆知其僞。雖然，其增多之二十五篇僞也，其《堯典》以下至《秦誓》二十八篇固不僞也。則試置其僞作之二十五篇，而專論其不僞之二十八篇；且置其爲假託之孔安國，而論其爲魏、晋間人之傳，則未嘗不與何晏、杜預、郭璞、范寧等先後同時。晏、預、璞、寧之傳注可存而論，則此傳亦何不可存而論？故王西莊光禄作《後案》，力屏其僞，而于馬、鄭、王《注》外，仍列孔《傳》；江艮庭處士作《集注音疏》，搜録漢人舊説，而於《傳》説亦多取之；孙渊如观察屏孔《传》，而掇辑马、郑，然经文二十八篇，不能不取诸孔《传》之经文。且《傳》之作也，不自顯其姓名，而托諸孔氏，何爲也哉？余嘗綜其《傳》，而平心論之。『曰若稽古帝堯』，『曰若稽古皋陶』，《傳》皆以『順考古道』解之，鄭以『稽古』爲『同天』。『同天』二字，可加諸帝堯，不可施於皋陶。若亦以皋陶爲『同天』，則是人臣可僭天子之稱頌；若以帝堯之『稽古』爲『同天』，以皋陶之『稽古』爲『順考古道』，則文同義異，歧出無理。此《傳》之善一也。『四罪而天下咸服』，《傳》以舜徵用之初，即誅四凶，是先殛鯀而後舉禹；鄭以禹治水畢，乃流四凶。故王肅斥之云：『是舜用人子之功，而流放其父，則爲禹之勤勞，適足使父受殛。舜失五典克從之義，禹陷三千莫大之罪。』此《傳》之善二也。堯舍丹朱以天位授舜，朱雖不肖，不宜自舜歷數其不善。《史記》以無若丹朱傲上加『帝曰』，而《傳》則以爲禹之言。自禹言之則可，自舜言之則不可。此《傳》之善三也。《盤庚》三篇，鄭以《上篇》乃盤庚爲臣時所作。然則陽甲在上，公然以臣假君令，因而即真，此莽、操、師、昭之事，而乃以之誣盤庚，大可怪矣。《傳》皆以爲盤庚爲王時所作。此《傳》之善四也。微子問少師、父師，父師答之，不云少師。鄭以爲少師志在必死，蓋以少師指比干，顧大臣徒志於死，遂不謀國，以出一言，非可爲忠。《傳》雖亦以少師指比干，而於此則云『比干不見，明心同省文』。此《傳》之善五也。《金縢》『我之不辟』，鄭讀爲『避』，謂周公避居於東，又以罪人斯得，爲成王收周公之屬官。殊爲謬悠，説者多不以爲然。《傳》則訓『辟』爲法，『居東』即東征，『罪人』即指禄父、管、蔡。此《傳》之善六也。《明堂位》以周公爲天子，漢儒用以説《大誥》，遂啓王莽之禍。鄭氏不能辨正，且用以爲《尚書》注，而以周公稱王，自時厥後，歷曹、馬以及陳、隋、唐、宋，無不沿莽之故事。而《傳》特卓然以周公不自稱王，而稱成王之命以誥，勝鄭氏遠甚。此《傳》之善七也。爲此《傳》者，蓋見當時曹、馬所爲，爲之説者，有如杜預之解《春秋》，束晳等之僞造《竹書》。舜可囚堯，啓可殺益，太甲可殺伊尹，上下倒置，君臣易位，邪説亂經。故不憚改《益稷》，造《伊訓》、《太甲》諸篇，陰與《竹書》相齮齕。又托孔氏《傳》以黜鄭氏，明君臣上下之義，屏僭越抗害之譚，以觸當時之忌，故自隱其姓名。其訓詁章句之間，誠有未善，然三盤、五誥諸奥辭，《傳》皆一一疏通，雖或有辨難而規正之，終不能不用爲藍本。余既集録二十八篇之解爲《書義叢鈔》，所有私見，著爲此編，與《業鈔》相表裏云。嘉慶戊寅夏四月下弦。

毛詩鄭氏箋

西漢經師之學，惟《毛詩傳》存，鄭箋之，二劉疏之，孔穎達本而增損爲《正義》，於諸經最爲詳善。然毛、鄭義有異同，往往混鄭於毛，比毛於鄭，而聲音訓詁之間疏略亦多。余幼習《毛詩》，嘗爲《地理釋》、《草木鳥獸蟲魚釋》、《毛鄭異同釋》三書，共二十餘卷。嘉慶甲戌莫春，删録合爲一書。戊寅夏，又加增損爲五卷，次諸《易》、《尚書補疏》之後。録既完，客有善説《詩》者，過余曰：孔子論《詩》三百，一言以蔽曰『思無邪』，果何以爲『無邪』？誦《詩》三百，授之以政，果何以能『達使於四方』？果何如而能專對？且何爲而興？何爲而觀？何爲而群？何爲而怨？何爲而事父事君？豈徒精審於聲音訓詁之間，辨别毛、鄭異同之數，遂足以盡《詩》之教乎？余默無以答。夫《詩》，『温柔敦厚』者也。不質直言之，而比興言之；不言理言情，不務勝人而務感人。自理道之説起，人各挾其是非，以逞其血氣，激濁揚清，本非謬戾。而言不本於性情，則聽者厭倦，至於傾軋之不已，而忿毒之相尋，以同爲黨，即以比爲争。甚而假宫闈廟祀儲貳之名，動輒千百人哭於朝門，自鳴忠孝，以激其君之怒，害及其身，禍於其國，全戾乎所以事君父之道。余讀《明史》，每嘆《詩》教之亡，莫此爲甚。夫聖人以一言蔽三百曰『思無邪』，聖人以《詩》設教，其去邪歸正奚待言！所教在『思』，『思』者，容也。『思』則情得，情得則兩相感而不疑，故示之於民則民從，施之於僚友則僚友協，誦之於君父則君父怡然釋。不以理勝，不以氣矜，而上下相安於正，無邪以思致，思以嗟嘆永歌手舞足蹈而致。管子曰：『止怒莫如《詩》。』劉向曰：『夫《詩》，思然後積，積然後流，流〔一〕然後發。』《詩》發於思，思以勝怒，以思相感，則情深而氣平矣，此《詩》之所以爲教與？雖然，訓詁之不明，則《詩》辭不可解，必通其辭，而詩人之旨可繹而思也。《毛傳》精簡，得《詩》意爲多。鄭生東漢，是時士大夫重氣節，而『温柔敦厚』之教疏，故其箋多迂拙，不如毛氏。則《傳》、《箋》之異，不可不分也。明日，以是復諸客，客以爲然，遂書之爲序。嘉慶二十三年夏六月既望。

左氏春秋傳杜氏集解

余幼年讀《春秋》，好《左氏傳》，久而疑焉。及閲杜預《集解》暨所爲《釋例》，疑兹甚矣。孔子因邪説暴行而懼，因懼而作《春秋》，《春秋》成而『亂臣賊子懼』。《春秋》者，所以誅亂賊也。而《左氏》則云：『稱君君無道，稱臣臣之罪。』杜預者，且揚其辭而暢衍之，與《孟子》之説大悖，《春秋》之義遂不明。已而閲《三國・魏志・杜畿傳注》乃知預爲司馬懿女婿。《晋書》預本傳云：祖畿，魏尚書僕射；父恕，幽州刺史。其父與宣帝不相

〔一〕『流』，《説苑》原作『滿』。

能，遂以幽死，故預久不得調。文帝嗣立，預尚帝妹商陸公主，起家拜尚書郎，四年，轉參相府軍事。預以父得罪於懿，廢棄不用，蓋熱中久矣。昭有篡弑之心，收羅才士，遂以妹妻預，而使參府事。預出意外，於是忘父怨而竭忠於司馬氏，既目見成濟之事，將有以爲昭飾，且有以爲懿、師飾，即用以爲己飾，此《左氏春秋集解》所以作也。夫懿、昭、師，亂臣賊子也，賈充、成濟，鄭莊之祝聃、祭足，而趙盾之趙穿也。王凌、毌邱儉、李豐、王經，則仇牧、孔父嘉之倫也。昭弑高貴鄉公，而歸罪於成濟，已儼然托於大義，而思免於反不討賊之譏。師逐君，昭弑君，均假太后之詔以稱君罪，則師曠所謂『其君實甚』，史墨所謂『君臣無常位』者，本有以啓之。預假其說而暢衍之，所以報司馬氏之恩，而解懿、師、昭之惡，夫又何疑？顧射王中肩，即抽戈犯蹕也，而預以爲鄭志在苟免；王討之非，顯謂高貴討昭之非，而昭禦之志在苟免；孔父嘉之義形於色，仇牧之不畏强禦，而預皆鍛鍊深文，以爲無善可褒。此李豐之忠而可斥爲奸，王經之節而可指爲貳，居然相例矣。師、昭習成風，而《左氏傳杜氏集解》適爲之便，故其說大行於晋、宋、齊、梁、陳之世。唐高祖之於隋，亦踵魏、晋餘習，故用預説作《正義》，而賈、服諸家由是而廢。吾於左氏之説，信其

〔一〕『符』當爲『苻』。

爲六國時人爲田齊、三晋等飾也。左氏爲田齊、三晋等飾，與杜預爲司馬氏飾，前後一轍，而孔子作《春秋》之義乖矣。四明萬氏充宗作《學春秋隨筆》，斥《左氏》之頗；吴中惠氏半農作《春秋説》，正杜氏之失；無錫顧氏棟高作《春秋大事表》，特糾杜氏之誤。而預撰《集傳》之隱衷，則未有摘其奸而發其伏者。賈、服舊注，惜不能全見，而近世儒者補《左氏》注，亦徒詳核乎訓詁名物而已。余深怪夫預之忘父怨而事仇，悖聖經以欺世，摘其説之大紕繆者，稍疏出之，質諸深於《春秋》者，俾天下後世共知預爲司馬氏之私人，杜恕之不肖子，而我孔子作《春秋》之蟊賊也。嘉慶丁丑冬十二月除夕。

禮記鄭氏注

《三禮》之名，自漢有之。或以《儀禮》爲經，《禮記》爲傳，或斥《周官》而疑《儀禮》，以爲非聖人作。以余論之，《周官》、《儀禮》，一代之書也；《禮記》，萬世之書也。必先明乎《禮記》，而後可學《周官》、《儀禮》。《記》之言曰『禮以時爲大』，此一言也，以蔽千萬世制禮之法可矣。《周官》、《儀禮》，固作於聖人，乃亦惟周之時用之。設令周公生宇文周，必不爲蘇綽、盧辯之建官；設令周公生趙宋，必不爲王安石之理財。何也？『時爲大』也。且夫所謂『時』者，豈一代爲一時哉？開國之君，審其時之所宜而損之益之，以成一代之典章度數。而所以維持此典章度數者，猶必時時變化之，以捄民之偏而息民之詐。夫上古之世，民苦於不知，其害在愚；中古以來，民不患不知而其害轉在智。伏羲、神農之時，道在哲民之愚，故通其神明，使知夫婦、父子、君臣之倫，開其謀慮，使知樹藝貿易之事。生義、農之後者，知識既啓，詐僞百出，其黠者往往窺長上之好惡以行其姦，假軍國之禁令以濟其賊，惟聰明睿智有以鼓舞而消息之。故黄帝、堯、舜氏作，通其變，使民不倦，神而化之，使民宜之。通其變而又神而化，所爲『民可使由之，不可使知之』，殺之而不怨，利之而不庸，民日遷善，而不知所以爲之者，治之極也。禮之經也，『明明德』矣，又必新民知止，而歸其要於『絜矩』。因天命之性以爲教矣，又必不動而敬，不言而信，而歸其要於無聲無臭。篤恭而天下平，於大有爲而見其恭已無爲，於必得其名而見其民無能名。吾於《禮運》、《禮器》、《中庸》、《大學》等篇得其微焉。余鄉讀《禮記》，嘗爲《索隱》一書，西鄉徐心仲將草稿持去，已而徐物故，莫知所在。十數年來，專力於《易》，未之計也。甲戌夏，尋得零星若干條，次爲五卷，今復删爲三卷，皆少作。第考究訓詁名物，於大道未之能及，衰病氣羸，亦不復能闡其精微而增益之。述其大略於卷首，有力能舉其全者，或由余言推焉可也。嘉慶戊寅七月朔日。

論語何氏集解

余幼時讀《毛詩》訖，即讀《論語》，已而學爲科舉文，習高頭講章，凡存疑蒙引等不下十數家，愈求之，愈不得其要。既見注、疏，遂捨去講章舊説，仍不能豁然也。自學《易》以來，於聖人之道稍有所窺，乃知《論語》一書，所以發明伏羲、文王、周公之恉。蓋《易》隱言之，《論語》顯言之，其文簡奥，惟《孟子》闡發最詳最鬯。如《論語》弟云『性相近』，《孟子》則明言『性善』，謂人『無有不善』；《論語》弟云『知命』，《孟子》則明言『立命』，謂『知命者不立〔一〕巖牆之下』；《論語》弟云『未可與權』，《孟子》則明言『權然後知輕重』，『執中無權，猶執一』，謂『嫂溺不援，是豺狼』，又推及鈎金輿羽，示人以揣本齊末，取譬於閉門被髮，示人以易地皆然。以《孟子》釋《論語》，即以《論語》釋《周易》，無不了然明白，無容别置一辭。至《論語》一書之中，『參伍錯綜』，『引申觸類』，其互相發明之處，亦與《易》例同。如告子貢曰『吾一以貫之』，未言『一貫』何謂也。則又言以『一貫』告曾子，而曾子語門人曰：『夫子之道，忠恕而已矣。』則所謂『一以貫之』者，謂忠恕也。推之，凡言『己所不欲，勿施於人』，『己欲立而立人，己欲達而達人』，皆『一貫』之道也。言『巧言令色』，『左邱明恥之，邱亦恥之』，未言何以可恥也。則又言『巧言令色鮮矣仁』，則知所以可恥者，以其鮮仁也。推之，『仁者其言也訒』，以其不『巧言』也；『色取仁而行違』，以其『令色』也；『剛毅木訥近仁』，木則不『令色』，訥則不『巧言』也。更有言則同而義則異

〔一〕『立』後脱『乎』字。

者，其自相發明尤爲神妙。如言『學而不厭，誨人不倦，何有於我哉』，是不自居矣；而又云『抑爲之不厭，誨人不倦，則可謂云爾已矣』，是又自居矣。原思以『克伐怨欲不行』『爲仁』，子曰：『可以爲難矣，仁則吾不知也。』子張堂堂，子游亦以『爲難能』而『未仁』。乃樊遲問『仁』，則云『仁者先難』；司馬牛問『仁』，則云『爲之難』。或以『難』爲『未仁』，或以『難』爲『仁』。既曰『志士仁人，無求生以害人〔一〕，有殺身以成仁』，又以管仲不死爲『仁』，且云『豈若匹夫匹婦之爲諒也，自經於溝瀆而莫之知也』，不取匹夫匹婦之爲諒，故君子貞而不諒矣。乃又云『友直、友諒』，『益矣』。語子貢曰：『女以予爲多學而識之者與？』曰：『然。非與？』曰：『非也。』乃又云：『蓋有不知而作之者，我無是也，多聞擇其善者而從之，多見而識之。』又曰：『我非生而知之者，好古，敏以求之者也。』又曰：『不如某之好學也。』是又以多學而識自任矣。既云『君子有九思』，又云『以思，無益，不如學也』，又云『學而不思則罔，思而不學則殆』。其論季文子也，則『三思而後行』，曰『再斯可矣』。凡立一言，必反復引申，不執於一，令學者參悟自得。余向嘗爲《論語通釋》一卷，以就正於吾友汪孝嬰，孝嬰苦其簡而未備。迄今十二年，孝嬰已物故，余亦老病就衰，因删次《諸經補疏》，訂爲《論語補疏》二卷，略舉《通釋》之義於卷中，而詳言其大概如

〔一〕『人』當作『仁』。

此，俟更廣《通釋》以求詳備。或余不及詳，俾吾子孫知治《論語》之途徑宜若是，庶乎舉一隅以三隅反也。丙子四月立夏日。

加減乘除釋自序

劉氏徽之注《九章算術》，猶許氏慎之撰《説文解字》。士生千百年後，欲知古人『仰觀』、『俯察』之旨，舍許氏之書不可；欲知古人『參天兩地』之原，舍劉氏之書亦不可。嘉定錢溉亭先生塘，謂《説文》一部之中，聲無統紀，因取許氏書，離析合并，重立部首，系之以聲，其書雖未成，迄今講《説文》者，頗宗其意以著書。循謂古人之學，期於實用，以乂百工察萬品而作書契，分别其事物之所在，俾學者案形而得聲。若夫聲音之間，義藴精微，未可人人使悟其旨趣，此所以主形而不主聲也。惟算亦然。既有少廣句股，又必指而别之，曰方田，曰商功；既有衰分、盈不足、方程，又必明以示之，曰粟米，曰均輸，亦謟其事物之所在，而使學者人人可以案名以知術也。然名起於立法之後，理存於立法之先。理者何？加、減、乘、除之錯綜變化也。而四者之雜於《九章》，則不啻『六書』之聲雜於各部。故同一今有之術，用於衰分，復用於粟米；同一齊同之術，用於方田，復用於均輸；同一弦矢之術，用於句股，復用於少廣。而立方之上，不詳三乘以上之方；四表之測，未盡三率之求之例。踵其後者，又截粟米爲貴賤衰分，移均輸爲借差互徵，名目既繁，本原益晦。蓋《九章》不能盡加、減、乘、除之用，而加、減、乘、除可以通《九章》之窮。孫子、張邱建兩書，似得此意，乃説之不詳，亦無由得其會通。不揆淺陋，本劉氏之意，以加、減、乘、除爲綱，以《九章》分注而辨明之。草創於乾隆甲寅之秋，明年，爲齊、魯遊，遂中輟。嘉慶二年丁巳，授徒村中，無酬應之煩，取舊稿細爲增損，得八卷，竊比於溉亭之於《説文》，庶幾與劉氏相表裏焉。倘有缺誤，願識者補而正之，幸甚！時十二月大寒日。

天元一释自序

天元一之名，不著於古籍，金、元之間，李仁卿學士作《測圓海鏡》、《益古演段》兩書，以暢發其旨趣。宋末秦道古《數學九章》，亦有立天元一法，而術與李異，蓋各有所授也。元世祖并宋之後，郭邢臺用李氏之法造授時術，其學頗顯著於世。明顧箬溪不知所謂，毅然删去《細草》，終明之世，此學遂微。國朝梅文穆公悟其爲歐邏巴借根法之所本，於是世始知天元一之説。然李氏書雖嘗板刻，而海内不多有，故學者習學借根方法，而於天元一之蘊，或有未窺者也。吾友元和李尚之鋭，精思妙悟，究核李氏全書，後辨别天元之相消異乎借根之加減，重爲校注。奥秘益彰，信足以紹仁卿之傳，而補文穆所不逮也。

循習是術，因以教授子弟。或謂仁卿之書，端緒業繁，鮮能知要，因會通其理，舉而明之。而所論相消相減，間與尚之之説差者。蓋尚之主辨天元借根之殊，故指其大概之所近；循主述盈朒和較之理，故析其微芒之所分，閲者勿疑有異義也。嘉慶四年冬十二月除夕。

開方通釋自序

梅勿庵《少廣拾遺》，發明諸乘方，於正負加減之際，闕而未備，故其廉隅繁瑣，步算既艱，亦且莫適於用。循向爲《加減乘除釋》，於此欲貫而通之，反復再三，猶未得立法之要。近來因講明天元一術，於金山文淙閣借得秦道古《數學九章》，其中用開方法，既精且簡，不特與《測圓海鏡》相表裏。究其原，實古《九章》之遺焉。嘉慶庚申冬十一月，與元和李尚之同客武林節署，共論及此。尚之專志求古，於是法尤深好而獨信，相約廣爲傳播，俾古學大著於海内。時談階平教諭亦客督學劉侍郎幕中，時過余寓舍，互相證訂，甚獲友朋講習之益。竊謂乘除之法，負販皆知，至開正負帶從諸乘方，儒者竭精敝神，或有未能了了者。使知道古此法，則自一乘以至百乘千乘，庶幾一以貫通，人人可以布筴而求也。列爲十二式，設問以明之，欲便於初學，故不厭詳爾。辛酉正月人日。

種痘書序

海上程翁名維章，精種痘之術，與先君子最交善。始結廬黄珏橋市，晨夕相過從。已而其妻歿，遂無家，時或寓余家塾。余叩以種痘之術，翁遺一書，然繁瑣不足以盡其神也。乾隆甲辰、乙巳間，復以疑義就正翁，稍稍論及之，其説極平易，亦極神奇。翁每能豫言痘粒之多寡不爽，以詰翁，翁曰：『自天爲之不可測，自人力爲之何不可測？其妙全在於痘母，多之少之，可自母而消息之也。』乾隆辛亥，爲兒子廷琥種痘。嘉慶己巳，爲孫授易種。今年又爲兩幼孫授書、授詩種。以所目驗，證翁之説有不爽者。向時曾述翁之言，爲《種痘書》十篇，今更以所目驗者箋之，以遺里黨，俾知種痘之至順至吉，勿爲他説所惑也。嘉慶二十一年春三月上巳日。

卷十七　序

姚仁和百歲詩序

乾隆丙午夏六月，有乘肩輿於市者，一老人負囊從之，囊中皆錢，童子數十人，繞其輿不能前。輿中人怒，責負囊老人，老人唯唯。已而入市肆飲，盡肉半斤，曰：『吾不耐輿矣。』步行去。負囊老人隨之，不及，汗浹背。輿中人姚姓，仁和名，是日值百歲誕日，謁沿湖諸神廟，肩之者其兩孫，負囊老人其子也，年八十矣。仁和髮尚黑，望之止若六十許人，精力健於子。是時頗有賦詩爲之壽者。西山林丈樞言爲之治酒肉以待賓客，予以未終服，且傷親年不及七旬，有來告者，不忍聽。越一年，丁未，予省婦翁。渡湖，與仁和適同舟，問其所向。曰：『將入城。』『策蹇乎？』曰：『步行。』觀其形樸而厚，類有道者，然而農也。先是，里人將爲之舉於有司，又商人某欲張其事。仁和叩頭謝曰：『我農人，生平未敢上人，故活至今日。一日自肆，非農者所宜，天且促我歲。』用是未舉於有司。

戊申秋，友人以諸壽詩示予，屬予補爲之。或曰：『丙午，仁和已百有一歲，至此百有三歲矣。』予既爲詩，復序其事。

朱登三兄弟同壽序

昔者吾鄉有古道之士，性質高潔，疾污如讎，曰喬君樗友；昔者吾鄉有博學之士，鑒於人倫，洞悉隱微，曰汪君容甫。兩君不輕與人交，不輕許可人，而皆與朱翁善，且皆稱道翁之善不衰。余外家謝氏，與翁爲戚，翁之婿汪君厚庵，爲文舟孝廉之子；其弟昌序嘗從予游，皆能悉翁之家事，余因得聞翁之善甚詳。翁名世連，字登三，兄弟五人，翁居次，而與弟西庚爲孿生。西庚名世齡，生後於兄僅數刻。兩翁異居，而共以貿易硃砂爲業，兄統其事，弟任其勞，雖細務必共議而後行，或有急則互相濟。見故家子弟，必勸以讀書，其貧者佐以膏火之費，賴兩翁成名者非一人。乾隆五十年，郡大飢，親友中貧不自給者，兩翁饋以粟，待兩翁舉火者非一家。製耐飢餅，用糯米棗仁和而成之，食可已飢，鄉里間賴兩翁得存活。有徽州友人某，臨歿，以孤托兩翁。兩翁飲食教誨，爲之婚娶，已而失業，兩翁復收養之，始終不負所托。凡此者，兄倡之，弟和之，歷數十年未嘗有異辭。古者一夫百畝，未室者有餘夫之田，既授室則別爲一夫。其士大夫之家，有采地，有禄，其收族有宗法，而不必以同居爲友悌。世禄井田之法廢，家有私蓄，於是蔡邕之徒以不分財爲義。然而卜式、王商之篤於兄弟，則正著於分財。晉、宋後，人避户役之嚴，往往累世不肯别爨，豈皆友悌之誼使然？余見近有自稱君子者，强慕同居之名，陰以詐狡行乎其間，相見以僞，相鈐以術。至於閨房骨肉，囂争詬誶，不獨簞食豆羹見諸辭色而已。以視兩翁之不同居，而兄倡弟和，樂善不倦，歷數十年無異辭，其賢不肖相去爲何如？余嘗見夫兄弟之同居者，財貨出入之間，齟齬不能相合，若夫不同居而同業，其勢尤不易久處。苟非天性醇篤，真克孝友，鮮不計及錙銖，釀爲嫌怨。兩翁者不同居，而忘其非同居也，共業而忘其爲共業也。如兩翁者，真能友悌，真君子也。登三生經甲，西庚生紳，紳後經甲生半月。兩翁德行同，聲音笑貌同，其子之賢又同。嘉慶乙丑六月，同壽八十，鍾保岐、李濱石諸君子以詩歌相祝，汪慶人作圖，江都焦循述所聞以爲之序。

黄次和七十壽序

乾隆丁未，余館於壽氏之鶴立堂。壽氏之客有潘君掌絲者，詩人也，每過余論詩，必稱有黄子萼棣者，年最少，將來必以詩名家。萼棣者，春谷舊名也。己酉，余始交次和、春谷兄弟，余時年二十七，次和長余十四年，不以余爲野逸，弟畜余甚親。時次和新遷雙橋巷，庭有一奇石，高二尺許，種一梅，題其室爲『雙橋一石一梅花書屋』，余時時飲食其中，拜見其尊甫仰岑先生。先生年七十，言論風采似先子。余每見之如見父，而先生每共余坐譚論，良久不倦。乙卯後，余客山左、浙右，又以會試奔走京師。壬戌後，余家居，而春谷則官於粵西，次和亦客遊，泛江水而南。念向之朝夕相見，詩酒笑言，每當春花和月之下，往來係之。嘉慶丁丑冬，余以事偶入城，春谷已移居流芳巷口大宅，適次和自江南歸。其宅有白石山，高二丈，相傳爲前明所遺，閱百許年。次和、春谷召余飲白石山下。余年已五十有五，而次和則六十有九矣。溯始交時，凡二十有八年。同坐者，李比部冠三、汪司務掌廷、張刺史開虞，皆三十年舊交，撫今話昔，纏綿不已。而次和精神奕奕，須髮尚黑，勝乎余之齒危而髩禿也。笑謂余曰：『余明年七十矣！憶六十時，子嘗以詩祝我，明年當仍祝我以詩。』噫嘻！人生之樂，莫過於兄弟俱存，座中人無不爲次和、春谷欣且慕焉！余歸，思有以爲次和祝，而次和之爲人，其雝雝以孝弟見者，人盡知之。爰述余與次和、春谷始終交好之誼，以爲一觴之助云。

送程定甫赴京師序

吾友程君定甫，伯仲四人，皆深於學，精於屬文。間嘗論其風概：中之深於《詩》，魏公深於《書》，一亭深於《禮》，而定甫深於《易》。每共文酒之會，中之談述古今，委婉不倦，不以年齒自長，不侮人，不計人之侮己；魏公曠達不拘，使市井鄙俗之氣退不能上，時出一二語，無不中事物之要；一亭皭皭謙遜，不欲上人，而縱筆爲詩文，瞬息得千言；定甫一笑一語，必合規矩，是非可否，了然於中，不競於外。相對之間，各盡其美，如四君者，誠闕一而不可。歲丁巳，定甫將遊京師，同人繪圖賦詩以相贈送。或曰與世周旋有二道焉：曰熱，以令人近；曰炫，以自見其才。定甫淵穆其氣，簡默其口，將無以爲涉世資。余謂非也。賡歌喜起之世，卿大夫重實而黜浮，覆言以觀信。定甫爲笏山先生之孫，筠榭先生之子，文章如午橋、魚門兩太史，經學如易田孝廉，皆爲其宗族伯叔，喬石林、王予中諸前輩，世爲其外姻，劉教諭端臨、汪明經容甫爲其交友。氣脉之所淵源，耳目之所濡染，兼以好學深思，根於經，發於史，參以諸子雜家，固有取之不窮、核之不破者。而又忠信誠篤，不致如劉炫、王勃之流，見薄於有道之士，以此涉世，吾知其必有合矣。去年五月，一亭歿，中之及魏公、定甫不勝其悲悼。今定甫復遠遊，別離之況，昆弟間又當何如？定甫與京師士大夫遊，名譽日起，而里中文酒之會，不免傷離索焉。是賦詩送別者，所以樂者半、悲者半也。

贈方鐵珊序

與鐵珊同處浙撫幕中，鐵珊所司繁，暇而爲詩。近益勤，日得數篇，均寫示予，予無能酬也。予生平所好较雜：十幾歲時好呼盧，覺天下事莫勝乎此；既而好飲酒，又若酒勝；既而爲詩，爲古文，亦如呼盧與酒也。其爲詩，始爲李賀，則若詩莫賀若；既而爲白，爲韋、柳，爲元道州，爲皮、陸，爲杜少陵，皆如學賀時。既移詩之好於古文，於周、秦則外漢、魏，於漢、魏則外唐、宋，及入唐、宋之中而索之，而久之，又覺唐、宋人之文，周、秦、漢、魏有未若也。予始好食蒜而惡韭，筵有韭則遠其坐。丁巳，授徒村中，見畦中韭肥秀可愛，試食之，善，每食遂不能去。舊時服黄芩、石膏，每帖可兩許，近則服茱萸、乾薑，惟恐寒藥之入口。而詩與古文迭相疏密，亦如服食然。五六月自都中歸，密於詩，日爲數篇。入秋密於文，與詩遂疎。誦鐵珊諸詩歌，令當六月間，不和之相與競不已也。值與文密，乃爲文以酬之，鐵珊將以非所酬爲怪。然鐵珊今密於詩，烏知不易而密於文？夫執一而不變者，愚也；立乎此以外乎彼者，偏也。鐵珊不愚不偏，其不怪予可決，乃書以贈。

送郡太守伊公歸里序

嘉慶乙丑冬，汀州伊公墨卿先生來守吾郡，興利除害，郡大治。未三年，以憂去，郡之人如失慈父母焉。公以郡志久不修，將網羅軼事，以備著作，命循奔走其間。循因得侍公，見公之起居言笑，藹然君子儒也。時濡墨作隸書，如漢、魏人舊迹。雷翠庭先生，理學名儒也，於公爲鄉前輩。公讀其書，守其學，故學純而品正，措之政事，多有裨於民生國治。公嘗語循，欲梓雷氏遺書，公之素志可知矣。先是，吾鄉北湖有湯家泮者，群盜所聚也，每糾合强掠人物，或斬行木攘舟楫，呼物主以貲贖，甚至逞其淫虐。保甲汛兵，莫敢禁遏。公至，聞其事，檄縣嚴緝，獲其魁聶姓、湯姓及所稱鐵褲子者數人，餘黨駭散，而湯家泮遂無盜。縣役聶兆何者，詭稱道士，率妻子占據東岳廟，講經高會，誘婦女入寺，里之愚民不惜供以錢粟。公廉得狀，擒而杖之，囊其頸，逐其徒，别招僧奉香火，出示諭愚民。民受教，各安農畝，不復爲異端惑，習俗爲之頓改。市井奸猾無端中人以訟，名曰搭臺，民之稍有貲者，多苦其擾，有馬甲者其類也。公察得之，先出示諭之改過，馬不悛，亟究治之，郡中唆帮詐僞之風爲之衰息。嗟乎！朝廷設官，凡以爲民耳。害民者莫如盜賊，惑民者莫如邪説，擾民者莫如刀筆健訟之人。譬之於苗，三者，苗之螟、螣、蟊賊也。公去其螟、螣、蟊賊，則苗而秀，秀而實，各遂其生，各正其性矣。揚州居江、淮之間，宜魚宜稻，煮海爲鹽，其利尤盛。而商賈工藝之流，易於自食其力，以給妻子。所患者賊，而耗之之有盜賊、邪説與刀筆健訟之人也。故治揚者，以去害爲急，害去而民無所耗，即所以養也。三者有所懲，而盜賊改爲良民，邪説化爲善俗，刀筆健訟悔而爲讀書謹愿之士，又所以教也。公除三害，而三善備焉矣。楊竹廬都尉云：『先將軍敏壯公廟，非太守之力，幾不可復。今將去，吾必餞而送之，子其爲之序。』夫公之善政，更僕不勝數，舉其大者，以爲治揚者法。

送吴生序

余嘗尚論古今循吏而心慕之，思爲親民官，難以疾跧伏田里，時時静察夫民之情。吴生承寵，將出而仕爲令。吴生，慷慨知氣節者也，吾恐其忽於微也，因舉而告焉。余見至大之惡，其端每起於至小。升米之飯，可以致死其親；數文之錢，可以刃人於市。近有新試爲吏者，語人曰民頑甚，負千錢亦來訴，斯言失之。余見民有錢五百，販賣果蔬，日可餘百錢，遂足以活其父母妻子。使一旦爲人負之，則生計絶，强者遁於盜賊，弱者輕其軀命，能訴於官者十之一耳，且負之者固知官之微之也。余見奸民每於數之微而誘取之，正以其不能訴，縱訴而官必微之而不理，而民之生乃瘁。余謂俟其訴已遲，平日所以保全之者，宜有以爲之計，保此千錢，即所以保其生，而興仁讓、厚風俗，正從此起。富人千金不足重，貧人一錢不可忽，不能深悉乎民之情，徒以多寡爲輕重，則惑矣。余見民之害莫如訟師，賊盜民可共禦之，訟師民不能禦，惟各恃一訟師爲之敵，於是訟師之價高矣。大抵奸民不能逃保甲之知，訟師不能逃代書之知，代書與訟師爲緣，與保甲容養奸民，同一弊也。余見尋常訟事，官委之幕友，幕友惟憑訟狀之辭，其辭當理，則以爲是；其辭樸拙有罅隙，則指駁以爲非。不知人不能全是全非，其辭之全是而當理者，多訟師爲之也；其辭樸拙有當理有不當理者，代書録其口述無裝點也。余見甲有屋，乙據其垣，皆訟於官。官乃駁甲而是乙，蓋甲之辭質而無飾也。又農人呈券追欠債，其券字輕重大小不齊，因而指爲僞。村農字且不識，焉得有善書者？此尤枉也。余嘗謂保甲、代書二者，宜慎其選。代書得人，則訟師無所施其技；保甲得人，則一方之情僞不能匿。一方之情僞不匿，則民得保其生，辭不厭其樸拙，而必廷訊以研得其情，不輕許和息，則訟師之技自露。語曰：『道千乘之國，敬事而信。』不以千錢之微而忽之，不以辭之樸拙而厭之，『敬事』也。欲民敬，己必先敬；欲民信，己必先信；欲民不犯法，己必先不犯法。官之示民也，固曰不擾民，固曰禁胥吏恐嚇取賄。乃余見偶有路殍，隷伍沓至，責供給，索貨財，匝月爲之不安。民則曰官之示其誑我也，所以勸導乎我、禁戒乎我者，亦具文耳。嗚乎！所藏乎身不恕，而能喻諸民者，未之有也。余嘗讀于清端公政書，其由羅山令至於兩江總督，所臨則獞猺頑獷之民，而戴之若父母；所歷則烟瘴兵戰之區，而理之如運掌。公起副車，固無科甲清華之藉也，其骨鯁清苦，不知有夤緣鑽刺之巧也。然而百姓愛之，豪猾畏之，上官信之，朝使嘆之，外番服之，聖天子優賚之。迄今過雨花臺下，禮其遺像，猶令人興起而仰企之不已。而總其生平，不過敬事而信、節用愛人而已。生固慷慨知氣節者也，余以于公期之，以于公之顯爲生兆，即以于公之政爲生勉。

募修五烈祠序

五烈祠創始于雍正十一年，時新置甘泉邑，錢塘龔君鑑知縣事。廉得邑有奇節五，謀諸汪君應庚，請於朝，立祠在平山堂之西。『五烈』者，池氏、霍氏、喬氏、程氏、周氏也。池生於貧家，許嫁吴廷望，廷望以從軍歿於粤中。其父與女之父議，請妻其仲子，許之矣，女聞而縊死。已而有霍氏，名九，年十九，許嫁於李正榮。李死，女自殺以殉。邑人義之，葬於池氏墓之右，稱『雙烈』，且立爲『雙烈祠』祀之。喬氏，本北湖儒家女，爲媒誤，嫁西城孫姓。孫之母及二女與縣吏通，强喬從之，喬乃閉户以綫縫衣而縊。程氏，項起鵠妻也，起鵠客死嶺外，程氏自經死。周氏，江寧人，適程國材，國材歿，以嫁時衣飾授國材從子曰：『吾夫之鬼不餒，實賴君。』不食二十日死。先後並葬雙烈之側，至是易雙烈祠爲五烈。迄今八十年，久不修葺，屋宇牆壁漸壞，所訴〔一〕像竟有斷破者。竊謂忠孝節烈之事，一邑風教所關，前人創之，後人不可不從而振之。公議捐貲修理，約得若干數，即可就，特質言其略，以謀諸大人先生願出貲者，自署其數於左方。

習禮格序

於《儀禮》十七篇，去《喪服》、《士喪禮》、《既夕》、《士虞禮》四篇，餘十三篇，爲格以習之。紙方尺五寸，如弈枰，作《朝廟圖》一，《庠圖》一，《大夫朝廟圖》一，若門，若曲，若階，若堂，若室，若房，若夾室，若東西堂，若東西榮，若坫，若牆墉屏宁户牖，無不備；削木或石爲棋，若主人，若賓，若介，若僎，若主婦，若宰夫司馬樂工之屬，刻之；或以丹墨書削木或石爲棋，小於前，於諸器物，若聘之圭璋皮馬錦幣，若祭之簠簋鼎俎，燕之爵洗，食之羹醬，樂工之瑟笙，射之弓矢楅乏旌中候正豐觶，冠昏之冠服，刻之；或以丹墨書削木或石爲棋，前以圓，此以橢，書若揖，若拜，若再拜，若興，若坐，若立，若飲，若祭之類於上，

〔一〕『訴』當作『塑』。

或用刻，以十三篇爲之譜。習時，各任一人，或兼之，按譜而行之，若東西左右升降之度，不容紊也，一揖一讓，不容遺也，否則爲負，負者罰。子弟門人，或用心於博弈，思有以易之，爲此格。演之者，必先讀經，經熟其文，熟其節。可多人演之，可少人演之，可一人演之，格有定，不容争也，不容詐也，雖戲也而不詭於正。後之學《禮》者，或有好焉。

舟隱圖序

余始識黄君，君即以《舟隱圖》屬爲詩，歌永其事。時余初釋母服，明年有修府志之役。越四年，歲辛未，乃以《漁家傲》詞題其幅，君復諄諄屬余爲文。余又應之，而未遽報，迄今三年。有楚人年七十許，刺船於真州之江，君奇其貌，邀與飲酒，遂縱言。其人言多近於道，謂君宜難進而易退也，問以姓名，不答而笑。君以爲隱於舟者，作《舟隱圖》。而君既圖之，且不肯忘其人，七八年時有味乎其所謂進之難而退之易也。雖然，請爲君廣之。余以病，家處者十年，每莎笠短衣，與一二佃客雜刺船湖中。不知余姓名者，或亦謂非嘗刺船者也，然余逢人必告以姓名，唯恐人疑余爲隱於舟者。夫人不患乎易於進也，患乎不知所以進者何故。不知所以進者何故，而徒以進爲進，斯易耳。余謂人宜思所以進者何故，則不苟進，而進不苟者，退亦不肯苟。是故古之人不進則已，進則必措其所以欲進者而後退。所欲進者，一日有未愜，雖丁危疑艱困而不肯退，故不易進者恒不易退。彼本無所以可進者而不肯退，固無足道，本有可以進者，一不合而即退，亦豈所以進之義哉？若本無可以進者，而以易進者文之，其去進不肯退者，相去幾何？而巧且過之矣。故與易退，不若勿進。既有所進者，烏得遽以退爲易乎？惜乎舟隱者余不獲見，見則當以此義詰之，此吾所以遲遲未報而至於三年也。

卷十八　跋　書後　題

改堂閒話跋

《改堂閒話》一卷，儀徵陳君萊有著。多清談，或雜以神怪，惟所書金、張二孝女事甚具。歲丙辰，余在浙爲阮侍郎輯《淮海英靈集》，於黃北垞、吴梅查詩集中，得張孝女事，爲之太息感動，急録諸《廣陵詩事》卷中。明年，儀邑濬城河，於岸側得石幢，滌其泥污，字畫畢著，則所書孝女救父本末，是地即被焚處也。縣丞申公感其事，立孝女祠祀之，好事者多作詩歌。客告余不能詳，余代詳之，客駭問何以預知，告以故。時汪慶人在座，曰：『改堂陳氏嘗録之矣。』以此卷示余，且兼録金孝女，謂之『真州雙璧』。其録曰：孝女張氏，居儀徵南城太平庵，父癱瘓不能舉步。適鄰家火，女出呼救父不得，復入門。火勢逼迫，女負父不能勝，傾仆焚死，父仍在背。又金姓女與張居相近，其父緣事被逮，女哭求差役，願以身往，役不許，卒拘繫以去。女送父河干，赴水死。嗟乎！改堂之書，十數葉耳。板刻之存否已不可知，同郡邑之人鮮能悉改堂何人者，慶人以其書孝女事藏之。甚哉！書之朽不朽，於是可見，操觚者不可不慎也。孝女與父焚死，時人未知也。次日火息，灰燼中有兩身相帖，横門閾上，戍骨枯毀，脊骨破出，上片大倍於下，蓋女方十四齡耳！二孝女者，意可憐而節可敬，君子曰宜並祀諸祠云。

武虛谷先生手札跋

乾隆乙卯春二月，予客臨清校士館中，有客自外至，長八尺餘，破帽羊裘，白鬚蕭蕭然，坐與道名姓，乃知偃師武君虛谷，名億，耳聞之久矣。武君以進士官博山縣知縣，縣出琉璃器，大吏檄之，使歲納碗若干件。君力持曰：『博山地不可耕，樹不可蠶，民賴此器以活，今令輸官，民生自此擾矣。且縣至省遠，器易損，運者艱苦，大不便。』大吏怒，屢迫之，終不許。大學士伯和珅使番兒手緝盜於青、萊間，所至婪索，恐喝吏民。至博山，君命逮鎖之。隸不敢，親往手擊踣於地，罵曰：『番兒手例不許出京，爾何來以擾我百姓耶？爾所恃者伯相，吾不畏也。』鞭之，卒以是罷官。吾聞之益都段松苓曰，虛谷每食，麥一斗，高粱酒十斤。是日席間問之，虛谷掀鬚笑曰：『天下豈有此人也！半庶可耳。』虛谷精於金石，通諸經，是夜共宿，聞其緒論，蓋彬彬乎儒之醇也。五月六日，余束裝歸揚州，君以初九日來濟南，寓居大明湖鐵公祠堂，相隔僅一晝。余深悔不爲十日留，相與罄論，得罄胸中未盡之意。嗟乎！揚之於兗，千里而遥，兗之於豫，千里而遥，蹤迹無常，寤寐懷之已耳。或再遇，或終此不遇，亦何可料哉？秋九月，錢塘朱朖齋文藻自山東來，帶有虚谷致余書一函，開而讀之，鬚眉如見，知已授經臨清書院中矣。余在青州，聞博山人稱『父母武公』，且曰自武公去而琉璃輸官矣。余爲欷歔太息，嘗爲詩歌以咏其事，意有不盡，復書於此云。時乾隆六十年十月朔日。

徐惕庵太守手書帖跋

元程願學爲長樂縣尹，民有死非命者，其妻訴不願理，願學呵之曰：『此即殺人賊！』一訊即服。事連富人，富人賄願學，不可。乃賄大吏，移鞫他縣，且以成願學罪。他縣果問如富人意。吏抱成案將署，忽大雷雨，晝晦，棟折瓦墜。官吏震駭，失文書所在，竟真不敢復問。事見趙汸《東山存稿》第七卷《長樂程令君行狀》。乾隆間，萊州府平度州民贅於婦家。婦之母不安於室，强女從之，婿不服，數出言相侵。婦之兄羅，爲勞山道士，以母之訴，拳婿，昏斃於地，復足踢母斃。母躓而婿甦，乃鳴於州，稱婿殺其母。州置婿於理，乃婿先斃伏地，母之傷則足之前所致。州讞辭固云：『道士毆婿伏地，母往勸，婿足起，致母死。』若是則傷宜爲足之後。時徐君愓庵爲萊州府知府，核之，反其獄，州不能平，訴於大吏。而愓庵所驗之傷迹，復驗之頓無，婿亦自認爲己殺，愓庵無以間其口。愓庵素好大言，惡之者衆，將假是以快其忿，相擠下愓庵獄。時徐太夫人居萊，囊無一錢，惟即墨令某時時周之。愓庵在獄，念此獄不平，無以懲不孝，且身死不足惜，坐令老母飢餓抑鬱，非人子。乃於獄中草狀，付弟賫入都，上之。天子動色，命大司寇胡公季堂察其獄，詰婿，婿仍自伏罪如初，十日獄不決。雷聲旦夕繞室鳴，漸震烈，道士將釋出，忽雨，足凝立面北，不能言，詰之，乃自陳母之斃，由己不由婿。愓庵得白。事與願學合，豈偶然哉？愓庵名大榕，常州武進縣人，以其事無詭隨，共呼之爲亂子，亦狂者以不狂爲狂之義也。方其入獄，讎家思絶其食，愓庵豫防之，藏餅餌於懷，得不死，然出獄時，不食三日矣。初梏愓庵於途，民攀轅泣者滿道路，有溪民載筏渡徐太守，他人不得渡。平度州知州於道士自陳之夕，頸生瘍，一夕死，如殺，或曰實自殺也。歲乙卯，余在濟南，聞諸齊人所稱述者如此。時愓庵爲他事罷官，余始於濼源書院馬秋藥院長座上識之，已而屢會於大明湖之水木明瑟軒。愓庵爲人磊落，善談工詩，長於書法，此帖書於濟南者也。尤好遊，濟南龍洞峭壁上，有石梁高十丈，廣數尺，愓庵曾行其上也。

江處士手札跋

乾隆庚戌，余館於深港卞氏宅，嘗撰《群經宫室圖》五十篇，是冬嘔血幾死，遂梓之，疎漏所不免也。吴中處士江君艮庭聲以書規之，規之有未協，至於往復辨論焉。嗚乎！人有撰述以示於人，能移書規之，必此書首尾皆閲之矣。於人之書而首尾閲之，是親我重我，因而規我。其規之當，則依而改之；其規之不當，則與之辨明。亦因其親我重我而不敢不布之以誠，非惡夫人之規己而務勝之也。處士兩書，皆用許氏《説文》體手自篆之，工妙無一率筆，尤足見其德性之醇穆，久珍而藏之篋，恐子孫不知，以爲是與余辨論者，爲素不相好也，特表明之。處士家君名鏐，字貢廷，好釋氏書，自號曰補僧，素食，手寫佛經數十卷。乙卯、丙辰間，同寓武林學院署中，出則共一舟，情好最密。嘗行富春江上，余著野服，散髪放歌；補僧瞑目，凝立誦佛。舟故有伎，伎榻與客榻儕，至是伎驚以爲怪，避去，時以爲噱云。

蜀道歸裝圖跋

乾隆己巳，桐鄉朱君葯房以兄故，胥靡蜀中。兄達官，畏罪自投於水，然無以明也，繫蜀獄三十七年，始得歸。方繫獄時，子八歲，家貧，婦高以紡績所入，供兩地食用，課子讀書爲諸生。子名鴻猷，字薌圃，有至性，與父同，嘗奉母命省父入蜀，往返萬餘里，備極勞瘁。既歸復母命，未幾病殁。又三年，葯房歸，夫婦重見，而子不復在矣！歷四年卒，後十三年，高孺人卒。君子曰：葯房悌弟，高義婦，薌圃孝子，古人卓行，萃於一門，豈適然哉？嘉慶辛酉冬十月，晤右甫孝廉於武林節院，右甫名爲弼，薌園長子也，方持祖母服，以石門方樗庵所作《慈竹居圖》，屬歌咏其事，循爲樂府歌之。明日，右甫曰：『歌子詩，使我涙溢於枕，終夜不能寐。』予詩詎能感人？右甫至性耳！今年自都中歸，復客節院中，與右甫晤語百餘日，又獲睹樗庵所作《蜀道歸裝圖》，爲薌圃入蜀省親作也。圖二幅：一寫棧道崎嶇，策蹇於陰雲古木間；一寫歸來拜母，依依膝前。覽此圖，而孝弟慈節並著紙上。右甫兩手奉圖册，及犀，正色長跪，乞人文辭，涙如欲墜者。嗚乎！吾於此泣數行下矣！樗庵名薫，傳父雪屏翁畫法，浙中畫師無出其右者。家酷貧，幾欲爲浮屠，以祖宗血食不忍去，忍飢植品，卒以窮死。有子廷瑚，號鐵珊，今爲名諸生，亦寓節署中。

夜三鼓，每與右甫過予舍，挑燈劇譚，窗外梧葉墜地如鬼聲，猶刺刺不睡也，今并及之。

湖莊圖跋

嘉慶八年，歲次癸亥，循以母疾不果出遊，授徒於家，秋八月，汪君慶人訪我於半九書塾。先是，我母病喘咳，已而鼻衄，苦右體不良於動，至是疾愈。又前年，余生孫貴齡，是月二十六日值周歲，母歡甚，適汪君來，命循設榻留之。於是相與日乘小舟泛於湖，東至開元寺港，高郵孫虞橋吏部先墓所在也；北至梁家巷，弔忠臣梁飲光之魂，其對岸業柳中，阮招勇將軍之珠湖草堂也；西至北觀音寺，則楊都尉之誦芬莊在焉；南至沈山人家，飲於茅堂，放言高嘯，尋郭隱君之墓石，撫而讀之。汪君以爲勝遊不可不誌，因作圖如右。明年甲子，大水。今年乙丑，水倍於前，莊東之屋倒廢過半，大風拔老樹二十餘株，書塾之垣悉委於浪。吾母以横逆所加，心志鬱鬱，疾發，卧牀百四十日不能起立。夏六月，孫貴齡殤，閏月，子廷琥、女弧矢大病幾殆，迄今羸瘠。夜三鼓，母呻方歇，鐙灺將殘，蓋中秋之後二日也。回憶汪君之來，間越兩歲，而號笑殊情，菀枯異境，悲從中來，愴然莫已！倘汪君重爲湖上之游，對此頹垣，睹斯愁貺，當亦有太息欷歔，低回今昔者矣！爰書圖後，以述兹懷。

緗雅詞跋

詞之有《花間》、《尊前》，猶詩之有漢、魏、六朝也。其北宋則初盛也，其南宋則中晚也。蓋樂府之義，至唐季而絶，遂遁而歸於詞，南宋之詞漸遠於詞矣，又遁而歸於曲，故元、明有曲而無詞。蓋詩亡而詞作，詞亡而曲作。詩無性情，既亡之詩也；詞無性情，既亡之詞也；曲無性情，既亡之曲也。拾枯骨而被以文繡，張朽革而繢以丹青，且刺刺曰吾惡夫人之有性情，但爲此枯骨朽革，不亦災怪矣乎？《三百篇》無非性情，所以可興可怨可觀可群，至宋人始疑其淫奔也，而删之。論詞而欲舍《花間》、《尊前》，不猶玉柏之徒欲舉《桑中》、《鶉奔》之篇，一舉而去之乎？有學究者，痛詆詞不可作，余駭而問以故，曰：『專言情則道不足也。』余曰：『然則有道之士必不爲詞已乎？』曰：『然。』余因朖誦『碧雲天，黄葉地』一首，而學究乃愀然背唾矣。余徐問曰：『范仲淹何人也？』曰：『有道之士也。』余乃告之曰：『此詞正仲淹所作。』以刻本示之。嗚呼！口不言錢者，其藴利必深；口不言情者，其好色必甚。惟其能賦《梅花》，所以成廣平之相業耳！晉卿董先生之論詞，以情爲主，適合乎鄙人之見，因遻論之，以跋其集。

杜胡詞跋

杜胡，謂杜蘅、胡繩，皆香草也。《杜胡詞》，猶言香草詞也。醒齋主人諱憬，與余祖父爲共高祖兄弟，雍正癸卯武科舉人。性至孝，居父母喪，率兩弟居廬，終喪不飲酒食肉，不宿内，吾族中君子人也。讀其詞則温柔旖旎，余嘗謂口不言情者，必非孝弟之人，於先生此集信然。

憑軒遺筆跋

族父熊符先生長先子十二歲，先子於諸兄弟行最稱聲依、熊符兩公，聲依公循不及見。循十一二歲時，初學詩，先子命質諸先生，而請其訓。是時聲韻未調，如燕語黿聲，莫可究辨，而先生不以爲呢喃聒噪也，一一爲之改正，獎而進之，循於是知作詩之門徑。時先生授徒於外，每歲時歸，謁者滿户外，先生一一接之，講論不倦。凡經史疑滯之義，詞賦流别之條，下至街市瑣談，詼諧雅謔，無不叩端而竭，令受者解頤心快而去。先生善書，自小楷以至擘窠大字，求者無不應。室中一神龕，闊丈許，積紙如邱，口講手書，運筆若風雨，而端楷凝重，逼真唐人家法，數十年來未見其似也。精於許氏《説文》，時作篆書或摹印。是時郡中人尚鮮有言《説文》者也，循爲『六書』之學，實起自先生。先生又善畫，工詞曲，登高作賦，揮筆即成。先生殁已三十年，先生所爲詩古文辭，多不存稿，間有存者，零紙片素，未經謄寫，蓋十之一二而已。嘉慶丁卯秋九月，族兄信堂出先生草稿，循爲理之，録得二卷，仿《笠澤叢書》體，合詩、賦、記、傳爲一，名之曰《憑軒遺筆》。先生諱軾，字應瞻，一字熊符，號憑軒，又號直道人。信堂名汝成，先生子也。

蝸牛草堂詩跋

聲依先生諱永，與吾父共高祖兄弟也，博學善屬文，閉户著書，不與市井爲伍。余幼時曾見其古文一帙，今求之不可得。嘉慶丙寅，於族子伊蒲家得七律五首，族兄子均所手寫也。近又求得《蝸牛草堂詩》一卷，合前共三十九首。其七律《夏日即事》云『風過蹴開雙影蝶，雨收留得半聲蟬』；《燕磯晚眺》云『海風回浪生虚白，野霧埋山失遠青』；《編籬》云『秋深不礙迎朝爽，春盡猶堪護落花』；《咏秋海棠》云『曉露恰憐新浴後，夕陽還擬醉眠時』；《賦竹》云『探奇有客何須主，絶俗惟君莫與同』。自然高妙，可云藴藉精深矣。先生嘗作《月令注》。先生殁，無嗣，遺書皆不存，是詩尤宜珍貴也。

書非國語後

一《國語》也，或是之，或非之，而《國語》則至今存。一《非國語》也，或是之，或非之，而《非國語》則至今與《國語》並存。然則是非果何定乎？古人之書，往往是非各半，苟不論其世，則一言且可非可是也。是非既各半，則並存也固宜。孟子不信武成之血流漂杵，學者奉之。東都好讖緯，王仲任爲《論衡》，以斥棄一切陰陽五行之説。宋歐陽公修《唐書》及《五代史》，亦盡削天文徵驗，皆與柳氏義合。夫性與天道，子貢未聞，好語怪異，以感民志，詎足訓也？褒似之事，予嘗辨其謬，惜柳氏未及此，尚有遺耳。此編戊午冬月所寫，壬戌自都中歸，立秋後，病瘧瘧，取誦之，因以與吴武陵、吕道州兩書，及諸論説《非國語》者附焉。是日病愈，乃書其後。

書韓退之毛穎傳後

昌黎韓氏作此文，當時多笑之者，柳州辨之，以明夫張弛拘縱之理，誠通儒之論哉！然而人不能學昌黎，而類能學其《毛穎傳》，人不能服膺柳州他論文之言，而類能服膺其題《毛穎傳》之言，豈真以蜇吻裂鼻縮舌澀齒之物，而可以常服哉？縱易而拘難，張苦而弛便也。且昌黎之前，未有此文，此昌黎之文所以奇。有昌黎之文，踵而效之則陋矣。是故柳州重其文，而未嘗效其作。蘇長公乃有黄甘、陸吉、葉嘉、杜處士、温陶君等傳，不憚再三爲之，其亦好爲俳矣。長公吾且不取，他無論焉。

書喬劍溪選大曆詩〔一〕後

嘉慶庚申，余客武林節署，值刑部汪君芝亭主師席，其齋閣與余寓處相對，君晚夕課徒之暇，不以余村野，每過論詩，相與甚歡。以所藏喬劍溪《大曆詩略》見示，書六卷，自劉長卿至朱放共三十二人，詩五百二十六首。《自序》云：『大曆十子姓氏，載《新書·盧綸傳》，江鄰幾所志乃十一人，互異者三而四，今合傳志，退中孚、發審，進皇甫冉，别爲次弟。劉方平以下十九人，先後翱翔於天寶、貞元之際，不皆與錢、郎諸家接席，而散佚清華之氣，湛若方新，無弗同也，都爲卷末，以盡大曆之體制。』按：劍溪名億，字慕韓，寶應石林侍讀之孫也，以詩名江、淮間，與長洲沈歸愚宗伯之名相埒而不相下。宗伯晚年遭

〔一〕『詩』後脱『略』字。

遇特隆，而劍溪以太學生老，故其名不甚彰顯，晚年遊於山西，爲猗氏書院院長。此書自稱主教郇陽，蓋其晚年本也。所著有《小獨秀齋詩》、《窺園吟稿》、《三晋遊草》、《夕秀軒詩鈔》、《惜餘存稿》，余皆一一見之。亦不專主大曆家數，則此選亦不足以概劍溪耳。汪君論詩，不喜義山、昌谷及韓、蘇諸家，而好陳思、嗣宗，其性情襟抱之高，已非俗下所及。索觀其詩，謙不示人，而惟兢兢以能問於不能焉。閱此卷畢，漫書卷末歸之。芝亭名恩，上元人，己未進士，刑部主事。

書李盱江文集後

漢皇甫嵩、朱雋平黄巾諸賊，威名滿天下。董卓忌嵩，將殺之，以上命徵嵩爲城門校尉。梁衍説嵩，將精兵三萬迎帝以討卓，嵩不從，就徵。李傕作亂，用周惠、賈詡策，以上命徵雋入朝。時陶謙等謀起兵，亦請雋主其師。衆欲應謙，雋曰：『以君召臣，義不俟駕，况天子召乎？』乃辭謙而就傕。范蔚宗謂其舍格天之大業，蹈匹夫之小諒，卒狼狽虎口，爲智士笑。宋盱江李覯獨稱兩公爲古之至忠。焦氏曰：李氏之言信也。君子一言以爲智，一言以爲不智，范氏之言爲不智矣。岳武穆奉金牌之召，罷甲而歸，與嵩、雋後先一轍，謂非盱江之論有以啓之與？故君子成人之美，不必爲當前者言之也。立一言而可以教忠勸孝，聞其言者因而忠且孝焉，則自我成之矣。談者猶謂岳武穆不當奉召而歸也，則范氏之見耳。是故立言者，於君臣、父子、夫婦之際，不可輕也。

書徐文長集後

循三歲依嫡母謝孺人，至十六歲未暫離。乾隆乙巳，嫡母以滯下病不起，時余年二十有三。明年丙午，大饑。又明年丁未，始餬口授徒於城中壽氏宅。甫之館之夕，夢嫡母自門外至，如幼時撫摩鞠育，呼乳名曰：『橋慶，被薄，吾憂爾寒！』急開目，無所見，一燈在几上尚明。迄今二十有七年，余年且五十有一矣。閱《文長集》所爲《感夢祭嫡母文》，憶舊時夢，痛楚不能已，因而書之。

書潛研堂文集後一

吾友臧在東刻其先高王父玉林先生《經義雜記》，請序於錢詹事竹汀先生。先生既爲作序，在東刻入《雜記》，後亦載《潛研堂文集》中，例之通儒顧亭林、陳見桃、閻百詩、惠天牧諸公，嘆爲實事求是，别白精審，真儒者之學，務實而不務名。然則於玉林之書非未寓目者矣，乃《雜記》第十二卷，辨魏三體石經《尚書》，言《隸續》載魏三體石經《左傳》遺字，嘗以《左傳》校之，見内有《尚書大誥》、《吕刑》、《文侯之命》三篇，錯於《左傳》中。蘇氏題爲《左氏》遺字，洪氏承之，皆不知有《尚書》，蓋未嘗徧讀而細考之也，於是歷詳其所錯者而注之矣。而《潛研堂文集》卷三十跋《隸續》云：『洪氏載魏三體石經《左傳》遺字，蓋洛陽蘇望氏模刻本。頃金壇段若膺諦審之，知有《尚書大誥》、《吕刑》、《文侯之命》三篇文錯雜其間。向來考石經者，未之聞也。臧氏生若膺前且百年矣，若膺於《雜記》亦有序文，在東且引段氏説附入此條三字石經文，向果段襲臧之言與？在東與若膺交最深，嘗以爲生平知己，而典質衣物爲刻《詩經小學》，則若膺獨得之見，或不難持贈，此錢氏疑之而特爲微辭與？或曰錢氏序玉林之書，在乾隆五十八年六月，或若膺此説與臧氏適同，而錢氏先見之。余觀錢氏撰《溉亭别傳》，載所定徑一圍三一六有奇，以爲獨得，及聞李尚之稱秦九韶環田三積術，與溉亭之説合，即表於《十駕齋養新録》中，以爲古人有先覺者，則玉林所見亦宜與若膺並舉之，或偶忘之耳。若膺之學，不必以此一端見，其不襲臧氏説，余信之。在東誠篤君子，其不致取段氏獨得之見，以誣其先人，余亦信之。錢氏既存序文於集中，宜不爲微辭。吾恐後之學者持此以疑臧氏也，而明辨之如此。

書潛研堂文集後二

《潛研堂文集》載《周易讀易揲方序》一篇，極稱其善言《易》，論揲蓍、左扐，得一、得三爲奇，得四爲偶，皆獨有所得，不苟同乎先儒。余甚疑其但言『左扐』不言右，甚欲求見其書。夫得一、得三爲奇，得四爲偶，無以見其不苟同於先儒也。歲甲戌冬，方購得此書，内説揲蓍，謂所得六、七、八、九，多寡不齊，改爲左扐得三、得一皆爲陽，合右扐之一與三而並爲陽，左扐得四得二皆陰，則右扐當以四從四以六從二而並爲陰。如是，則太陽八，太陰八，少陽象《震》八、象《坎》八、象《艮》八，少陰象《巽》八、象《離》八、象《兑》八，依張轅二變三變不用掛一，於是乃知錢氏之微辭矣。按：以四四數之，所扐止有一二三四，不得有六，此以右手得六，於數爲謬，顧得六則必留一，四數不揲，以合奇二爲六。夫奇者，奇於母數也。母爲四，而子爲六，子大於母，何以爲奇？揲之日法餘分，以九十四爲日法，未有以九十五爲餘分者也。作《讀易揲方》者，於是説爲非矣。錢氏此序，但舉左手所得，不言右手，又但言左手得一得三得四，而不言得二，正以左手得二，則右手必不容得六，以不言右手明右之非，以不言左手得二明右得六之非，此錢氏之微辭也。然則稱其善言《易》，不苟同於先儒，皆泛爲譽耳。錢氏文外似和平，而可否寓於内，如此類，閱者審焉。

書結埼亭集後

全榭山太史得惡疾，就醫於揚州，雖與馬氏交，而爲之延醫治藥日視疾不少間者，江都朱自天也。朱是時家中落，而爲太史費不資，百計求已其疾，奔走憂勞，不啻骨肉。太史臨歸，泣謝曰：『吾死有知，當投君家作兒孫以報耳！』因相傳自天之孫介福爲榭山後身，雖里巷不經之言，然足以知朱之相待者厚也。太史門人董氏作《年譜》，稱在揚寓馬氏之畬經堂，而朱事不一字及之，豈太史歸未嘗言之耶？抑言之而《年譜》諱其事耶？元和惠徵士棟，嘗病於揚州，需參莫措，汪對琴比部慨然獨持贈，費千金。惠病起，以所撰《後漢書訓纂》酬之，今鷺亭馮先生所刻《後漢書補注》，即此本也，此事世亦鮮知之者。朱名重慶，性簡傲，好作詩，時稱『東城狂士』。

書西鏡録後

梅勿庵先生手批《西鏡録》一册，元和李尚之得諸吴市。其書無撰者姓氏，卷首稱吾中國《九章》，又標曰歐邏巴《西鏡録》，蓋中國人而纂西人之法，爲此書也。首列加減乘除，而名加爲『計』，名減爲『除』，名除爲『分』；繼列定位法、試法、平方立方三乘方法；終之以金法、雙法。金法即《九章》之衰分，雙法即《九章》之盈不足也。梅氏《小廣拾遺》云：『《九章比類》、《算法統宗》，皆有開方作法本原圖，僅及五乘，《西鏡録》廣爲十乘。』竊謂平方立方而至五乘方，其體例已明，明於五乘，雖百乘、千乘亦自瞭如視掌，固不必增耳。時嘉慶庚申冬十月，窮三日力自寫一本。明年辛酉，在金陵市中買得寫本《天步真原》一册，不完，亦有朱書『鼎按』云云。然則勿庵之書散失多矣，《赤水遺珍》舉《四元玉鑑》，是梅氏家曾有之，今求之遂不可得。

自書貞女辨後

余昔曰以歸熙甫論貞女之非也而辨之，頗傳於人間，爲當世君子所可。然時未詳覽熙甫全集，心甚不滿於熙甫。熙甫又撰《張氏女貞節記》，張氏女，未婚守節者也，熙甫比諸微子、箕子、比干之爲三仁，又引夷齊未有禄位於朝，而恥食周粟，孔子謂之仁，以爲論人者，宜取法孔子。熙甫固大悔於前之論矣，後之非貞女者，多本熙甫。而熙甫此記，何未之見耶？惜乎熙甫尚牽於前説，不肯自任其咎。一則曰賢智者之過，聖人所不禁；一則曰雖不要於禮，亦君子所樂道。嗚乎！此而過，此而非禮。將夫死即嫁者，轉得爲禮也哉？國律載條例言，有子婚而故婦能孀守，已聘未娶婦能以女身守志，俱應爲立後。是朝廷立法，明明以未婚守志與已婚孀守者同一揆矣。前辨未及引，補記於此。嘉慶癸亥五月午日書。

題禹航嚴堪忍先生遺像

右幅長三尺七寸，高八寸四分，像修六寸二分，正面少偏左，鼻頎而豐，兩目凝視，一手在袖内朶而下，一手持竹杖作行狀，其右上書『己卯冬日古虞謝弼寫』，其左先生自書，凡三百五十六字，内羨二字。自跋云：『庚辰元夕，同舟至吴門，風雪寒甚，豪結指僵，率意書此。禹航天柱老人阿晋識。』蓋送其子沆公車上京都，以此像授之，而係以誡語也。先生名武順，本名敏，己卯、庚辰，皆明末甲子。沆，順治乙未進士，官至倉場侍郎。先生八世孫杰，與循交善，因得見此卷。杰語循曰：『舊有高江村諸公跋，卷既失而復得，於是諸跋不獲見，而遺像獨存。』嗚乎！知先生之所以存不託諸人也夫。時嘉慶丙寅孟冬之晦。

題阮代公先生把卷圖

江都文學阮代公先生《把卷圖》一卷。北湖阮氏，自榆林衛千户諱文廣，始遷居公道橋。代公先生爲千户公曾孫，諱世衡，博文約禮，兄弟不異火而居，以詩書禮讓教子弟，絶去輕薄佻巧之習，詳見陳鳴夏所撰《北湖梓潼祠碑記》。康熙間，北湖多博學高俊之士，以文章行誼倡率里閭，先生其一也。先生生三子，長諱應武，康熙甲午武舉，官德州衛守備，娶於循從伯曾祖之子。生三子：長諱承勳，太學生，生子嗣環，而以季女女循，故循悉阮氏軼事；太學公仲弟諱承杰，爲叔父康熙癸卯武舉諱大武後，生子嗣璟；季弟諱承熙，爲叔父邑文學諱畫堂後，生四子：奎、嗣琇、嗣琳、嗣球，世守此圖，寶而藏焉。宫保芸臺撫部爲代公先生曾從孫，作讚，命其公子常生以示循。嘉慶二十一年夏五月四日，公子自江西節院歸，携圖訪我於雕菰樓。循敬展卷，焚香北面，再拜瞻仰，因爲之記。是圖正面，盛衣冠坐石上，左手持卷，右肘隱石，兩丹屨踐芳草間，面横羨於從，兩權隱出，眉目秀朖，豐頞微髭須，神色静而和，充而斂，莊而不拘，約四十許歲時。不著繪者名氏。原題讚者九人：畢鋭字穎君，康熙甲辰進士，官貴州平壩衛守備，作讚時年八十一；范荃字德一，處士，自號盟鷗野老；陳廷相字浩海，一字百師，邑增廣生；文九臯字秋翎，號香城，邑學生。四人皆居北湖。王蓉字戩西，號蔗堂，亦嘗居湖，見所贈范荃詞；魯金鉉字上公，自稱淮海一放人，題云：『上章執徐之夏六月自湖郵郡索題』，則城居者也，未詳；湯有光字茗仙，爲『竹西十逸』之一；劉孫發號心庵；徐源字思遠，號秋冶；高天驥字千山，號凛齋。陳題於己卯，畢、文、高題於庚辰，范題於辛巳。辛巳爲康熙四十年，距今嘉慶丙子，凡百十有五年。

卷十九　記

神風蕩寇記

阮侍郎撫浙之明年夏六月，禦賊松門，有神風蕩寇及禽倫貴利事。循始聞，傳述互異，未獲其詳也。冬至浙，寓居撫院署中，閱諸文移手札，又詢諸從至海上者，乃得其本末。

艇匪者，自安南來者也。浙賊曰鳳尾，閩賊曰蔡牽，曰水澳。初，平陽縣海濱老龍頭石山，横亘於海，爲烽火門，其東大崳、小崳，兵守嚴密。乾隆五十一年，調任臺灣，代者不嫻於防，閩賊始識逕路而窺浙。嘉慶元年，閩賊李發枝引艇賊深入，而浙賊附之。時侍郎方督學，按試寧、台，有諸生之家被掠者，贖母，力不及婦，婦乃慘死，生泣訴於侍郎，侍郎有剪滅之志，而非其職也。四年冬，侍郎承命爲兩浙巡撫，艇賊歲至者四稔矣。先是，吏有探之者，賊飲之酒，指艇大言曰：『吾駕大艇，賫十月糧，礮重數千斤，來收税耳！爾大吏宜自計，非吾敵也。』當是時，權衆寡强弱之勢，實不足以殲賊，而土賊閩賊恃艇賊之强益横。巡撫既莅浙，艇賊猶踞台州大陳山及温州三盤嶴，三路犄角。十二月丁未，定海鎮總兵李公長庚，帥舟師趨入賊中轉戰，自午及酉，焚其桅出。有陷於陣者，反篷飛入脱之，賊大駭。提督蒼公保謀以火攻，或漏於賊。五年春正月戊午，賊夜焚岸芻而遁，李鎮軍追之，及粤，夏五月始歸鎮。巡撫以賊情下詢諸官弁及士庶人，定海孝廉方正李巽占言曰：『前此武備廢弛，賊匪始擾，訓練既久，官軍知奮，以各憲之勞心督緝，三鎮之悉力追捕，曾不克擒一渠魁取一全勝者，其故何也？其船巨、礮巨，船外蔽以牛皮網索，使我礮彈不能入。艇既以閩爲向導，閩即藉艇爲聲援。浙洋自南距北一千餘里，我南則彼北，我北則彼南，我當艇則閩肆其劫，我當閩則艇爲之障。且艇强，即遇亦未能必勝；閩狡，即未遇已望而先走。此所以虚縻糧餉而不獲實效也。今分三鎮，各據要地，巡緝本洋，一遇盗船，盡力攻擊，此可以禦閩賊而不可以禦艇賊。禦艇之計，必備大船，配精兵，利器械，擇善將者統之，重之以節制各鎮之權，扼險於閩、浙之交，艇至則盡力攻擊，南竄南追之，與閩師合；北竄北追之，與三鎮兵合。如此則兵力既强，而責有專歸，庶有濟矣。且盗非皆生而爲盗者也，即艇匪半屬閩、廣土著，亦非處心爲盗者也。其以失業之故而竊發者少，以得爲盗之利而聚集者多，其所必需者口糧，皆内地奸民所接濟耳。奸民之出，非防守不嚴，則故縱之弊也。采捕小販，半雜奸民，其偷必多，甚或以被劫呈報，而實與賊通，故難民之中有真有僞，不可不辨也。今欲澄盗源，莫若安民業，嚴行保甲，預絶其通盗之路，漸回其通盗之心，無業者皆遂其生，貪利者盡科其罪，則人亦孰肯冒死而爲之哉？内無奸民，則外盗糧絶，糧絶則潰散。且盗亦人耳，洪波巨浸之中，驚風怒號，崩崖撞激，去死無幾，仰視守法良民安居就業，熙熙然有家人婦子之樂，亦孰不思歸命投誠，而尚忍爲盗哉？故統籌禦盗之策，不厚集其勢，則未易猝除；不力杜其源，則患終未已。而實力奉行，不使滋弊，則又在親民之吏與統領之將耳。如是數年，而盗猶未靖，民猶未安，恐無是理也。』定海教諭王鳴珂陳防禦之事六、攻擊之事三、預籌之事四，言皆可用，且慷慨言曰：『卑職承乏海邦，六載之間，由縣會同督率鄉勇，晝夜防禦，近岸村落幸免蹂躪。蓋礮聲不絶於耳，火光時屬於目者屢矣。珂籍臨安，非瀕海，教職無殺賊任。然見賊匪往來，縛人妻女，繫人父兄，以要人貨，不如約則剖心臠肉，慘不忍言。雖有官兵，莫能痛剿。每一思之，恨不飛食賊肉，爲吾鄉人雪此仇辱！』口陳手畫，目眥並裂。於是，鄞縣知縣郭文誌請合江、閩舟師，黄巖縣知縣周鳳鳴請先滅土盗，台州府教授沈焯請厲武舉以寓約束，黄巖縣教官李其瀾、湯棫講禁商船、漁船，定海縣知縣宋如林請查偷漏，紹興府經歷黄敬修言兵船護商之利、外洋追賊之難，大約俱以造巨船、鑄巨礮爲首務。

先是，弁兵剿賊失利，多以船礮卑小爲辭，至是衆論如一。巡撫乃奏請于上，然以經費重繁，又值川、楚用兵，難於籌款，未有定議。會提督蒼公特請於朝，時廣東按察使吴公俊入覲，亦言奥東兵船行有成效。上可提督之奏，然提督未知巡撫先已入告也。既而謝曰：『僕欲言此久矣，苦人掣肘，故未聞於公。然吾思殺賊以報國耳，雖謫不恤也。』巡撫以浙無大木，工匠不嫻於造船，率官商捐金得十餘萬，盡以給李總兵，使其子弟親丁造船於閩，謂之曰：『此事屬君則屬君耳！吾發銀平色皆足，艇成，不核減工料也。』又於杭州、温州設冶局，鑄鍛大礮四百餘門；令沿海州縣民壯兼習鳥鎗，不增餉而增兵千百，嚴號令，警弛廢，勵廉隅，肅賞罰；檄沿海村岸，十丁立一甲，十甲立一總甲，一村立一總保，一山一嶴，立一嶴長，給以費，使之互糾通賊者，獲之有賞；檄漁户小船，堊以白，編其姓名年貌，屬之埠頭旂長，晨出者暮必返，不返者有稽，遠赴者鳴於長；船之偶者分正脚，私駕者毁其船；檄汛口，凡船出，互稽之，人日持米升五合，驗以印票，私漏者執之，執私漏者賞以所漏之物；檄海濱冶者，遷入城，私造鐵器出城者有誅；檄兵船，漏硝磺以濟賊者斬；檄商船，毋獨行，賊來則禁出海，不遵令者有罰，私充摽客以誤商者誅；檄營汛，察奸民，民有緣商被劫而爲保釋者，有以酒米易賊貨爲之消贓者，吏稽之；檄村嶴壯丁團練，相守望，立耆老紳士之賢者爲長，村有警，鳴鑼相召，有不應者梏其頸；檄府縣營汛，實力同心，賢能者，敬之擢之，弛者、縱胥吏擾民者，疾如仇；遴教職佐雜官數十人，分巡海口，微服步行，率鄉勇線民隨時禦捕，雕木印，令其事無鉅細，直達毋少隱。以故千里海澨，事皆如目睹，而營縣亦互相糾不敢少諱事。於是，定海教諭王鳴珂率鄉勇守黄巖；定海縣知縣宋如林稽空船出口，凡空出者給以照，使賊無所支飾；平陽縣知縣楊鑅肅清漁户、團練、鄉勇二千七百人；鎮海縣知縣魏右曾力行保甲，造鐵槍千杆，民踊躍從者六百，衣上書『勇』字；黄巖縣知縣孫鳳鳴令士民自派壯丁，備木棍、竹筅、鋤耙、石塊，識以旗，旗上書丁名，丁立其下，王鳴珂實統之，沿海之旗，連續如雲，有警，鳴鑼相召，在田農業者，聞聲並集，故賊不敢近岸；太平縣知縣趙擢彤於海岸壘石爲垣，外周以塹，兵勇内伏；寧海縣知縣陳鵬南於健跳、螺師山設劈山礮，以擊賊船之入口者；象山縣知縣徐元梅於石浦泥灣設立礮房。而鎮海之小港、大碶頭，慈溪之後山北，定海之西道頭，臨海之海門、金沙灘，太平之狗洞門、石板殿、黨殼嶴、金清港、石塘，樂清之岐頭、蒲頭、洛西、地嶴，皆奸民偷漏之地，令既行巡，樂清縣之教官王應虞訪有奸民龔大、陸大、阿買等通於賊，誅之。鄞縣之姚家浦，夙爲土盜之藪，官兵不能制，巡撫用計擒其魁姚富衡，其保長首出姚阿三十六人。既而温、台各巡員，獲通盜張周貴、陳大海、王兆才等數十人。又有浙賊潛登岸，僞充鄉勇，刺聽官兵虚實者，皆詰獲，立斬以徇。樂清張阿三素附鳳尾賊，登岸，其兄集族人縊殺之。沿海村民演戲，自約禁偷漏。閩、浙賊窮蹙斷糧，附夷艇。

五月丙戌，窺平陽北關，遂泊於黄沙宫。壬辰，巡撫自杭州之鄞縣，己亥，提督赴台州。李總兵之追賊入粤也，返至閩，值賊蔡牽留擊之，既歸鎮，艇賊已踵至。是時，巨舶未成，提標兵分禦各隘口，李總兵初歸，士卒勞頓未息，巡撫以歷年剿賊，閩師俱至，乃致書於閩，請撥閩舟師會剿。甲戌，巡撫至台州，會提督蒼公保、黄巖鎮總兵岳公璽，爲會剿計。是時夷艇三十餘，踞三盤，水澳、鳳尾、蔡牽各六七十船，水澳南泊玉環外洋，鳳尾及土盜小船散泊大陳、石塘、鰲殼等嶴，蔡牽往來無定。適閩賊與浙賊隙，巡撫謀因其隙而間之，葉萬根薦漁山鄭天選，札玉環同知招之與水澳言。庚戌，艇賊自三盤入深門，岳總兵飭兵船漁船分泊以俟。巡撫具奏，請調閩、粤舟師，略曰：『粤、閩、浙，皆有土匪，而艇匪爲尤甚。日多一日，年復一年，若不亟爲剿滅，則前明倭寇，甚可鑒也。此時船礮未辦，各盜皆萃於浙，臣愚以爲分而捕之，不如合而擒之爲得也。請飭兩廣督臣選鎮臣帶領兵船二十號，乘南風來浙，同閩、浙之師合剿，使夷匪知内地兵力之厚，策應之靈，於三省皆爲有益。』得旨允行。夏六月，巡撫駐守台州，李總兵猶未至，以書速之，自丙午至於丙辰，書六致。辛酉，李總兵統師出洋，癸亥抵普陀，巡韭山。巡撫致以書曰：『立秋已過，捕務尚無眉目。水澳已竄入南洋，夷匪病疫，若會合三鎮，便可試剿。否則，七月中閩師始至，未免太遲矣。』丙寅，李總兵至銅瓦門。丁卯，駐師石浦。時温州鎮總兵胡公振聲亦移師楚門，水澳以間故兩端，退泊玉環與鳳尾鬥，互有傷。夷艇及鳳尾進踞龍王堂、松門之下，環於松門山，計將撲岸，且避風潮也。太平參將李成隆、同知時敏以守兵五百，鄉勇二百，據松門禦之。提督謀火攻，巡撫令台協中軍，造火箭千五百枚，札温州府備水带给涉水軍兵，調撫標兵二百貼防。癸酉，巡撫及提督會定海鎮李公、黄巖鎮岳公於台州校士館之四照樓，謀所以破賊。李總兵曰：『賊，鼠耳，聞師來有日矣，不戰而俟人，非勇也。』即乘小船與岳總兵同赴海門。巡撫即札胡總兵自楚門出，與兩鎮會於金清。人定，風大起且雨，甲戌之子丑，風東轉甚，遣使探兩鎮所在，路阻於水。丙子，有弁鼂水至，言是夕風雨狂烈，獨注龍王堂，雨中有火爇人，賊艇皆破。李總兵船在海門，爲風水所舉，絓於岸木乃止，兩鎮兵船損破大半。胡總兵師在黄華關，風未之及。是時賊奔竄海山，水師船不可駕，參將李成隆婦新産，風雨破其屋，驚死，不顧，率陸路兵由松門涉石塘剿賊。賊乘破舟，猶能以礮拒，且掠商船，皆就禽。有一艇未損，賊數百争乘而没，登岸攘食者，嶴長督鄉勇獲之。參將蔡德耀有五舟，托買米他泛，立褫其冠。太平武生林羽林率鄉勇及鳥鎗兵二十人，乘鳥鳩杉板船，出海搜捕。值鳳尾遺船，相拒甚急，李總兵以八船駛於洋，賊震而退，前後生獲八百餘賊，淹斃約四五千人，獄不足禁，棧郡廳以拘之，首從以下各如律，釋難民之被擄者。李成隆率兵涉水取賊礮，得油布包安南敕文、總兵銅印各四，敕稱『善艚隊大統兵進禄侯倫貴利』。明日，王鳴珂獲三人，一詭爲瘖者，一髮種種者名王貴利，訊之即其人。

元年秋，閩中獲艇賊安南總兵范光喜，供辭述安南事，言阮光平既代黎氏，光平死，傳子光纘，其中稱新阮。黎之甥阮種奔暹羅，暹羅妻以女弟，助之克復農耐，謂之舊阮。歲爲新阮患，新阮之總督陳寶玉，招集粤艇，而肆掠於洋。繼而安南總兵黃文海與賊官五存七隙，以二艇投誠於閩，今造船用其式也。倫貴利者，廣東澄海人，投附安南，與農耐戰有功，封侯，以巡海私結閩盜，來閩、浙劫掠，王弗知也。安南艇七十六，分前、中、後支，貴利統後支者。四印，其一貴利自佩，其三總兵佩，曰耀，曰南，曰金，南、金俱没於海，耀則前日不知其爲總兵而已斬矣。供若此。巡撫磔貴利，以供入奏。天子命軍機大臣字寄兩廣總督，照會安南國王。冬十有二月丙辰，安南國王呈覆，其略曰：『小番世荷天朝恩庇，曠格逾涯，無能酬報，思以慎守疆隅，永作屏翰。祇因本國極南沿海農耐地方，有賊渠阮種，竊據其地，嘯集齊桅盜夥，數爲海程之患。本國海防正緊，間亦收撫艙客，以離賊黨，且助洋面帆柁之役。如倫貴利者，前年依附，作活本國，聽其住泊，同商伴隨在巡防。詎知該犯暗藏頑狡，私瞞小番，敢爾潛約匪船，越赴內洋，肆行搶劫，又敢擅造印劄，轉相誑誘，尤爲情罪重大。甘犯天憲，爲法律所不容。該犯棲居本國海分，馴習既久，悔不能先燭其奸，此實鈐束稍疎所致。仰蒙聖慈普鑒，洞悉肫誠，訓誨有加，天日垂照，恭譯聖諭，直感激於五衷，更悚惶而無似。謹當遵奉訓彝，綏靖封守，飭令本國所委巡海人員，一一嚴加警飭，密施鈐勒，斷不容結同匪夥，越境作非，務期桂海永清，以上副聖天子懷柔之至德，是所自勉也。』

是役也，李成隆率外委林鳳飛、陳際會登山追擊；守備陳世態、把總崔榮華、鄭殿魁、秦得勝於松門，龍王堂、小茭陳獲賊三百餘人；武生林羽林、嶴長朱大錢、義民徐國恩、鄉勇劉向榮等獲賊百餘人；巡員鄧必玉、杜兆勳、易元曜及提標兵武生林兆鼇獲各有差。獲得竹盔紅布包夷冠服，鄉民於水中得紫銅礮二，各重二三千斤，鐵礮重四千斤餘，鐵礮三十餘門，又船桅大者長八丈，其夾長丈餘，以鐵梨、紫榆、青粟等木爲之，椆木櫓長三丈餘，番木碇二丈餘，棕竻長三十餘丈。教諭王鳴珂既擒倫貴利，感海氣，至今病疸。風之三日，閩賊蔡牽入浙洋，平陽副將徐鯤及平陽知縣楊鑅擊之，水澳賊附之南遁。賊登岸掘番薯，鄉勇林深入賊隊，斬其紅衣一人。秋九月，温、黄二鎮舟師大擊水澳於東臼，斃其賊首林亞孫，餘賊附於蔡牽、判夥、侯齊添，共十餘船爲一黨。風後，艇匪餘二船，一没於海，一至閩，糧絶投誠，鳳尾鮮有存者，存者惟蔡牽及侯齊添。明年，土盜陶小貓、張阿愷投誠，言蔡牽有五十船，水澳十七船，二者恃衆敢於拒捕，又有剃鬚、烏艚十二船，晋江、邱念二船，然遇官兵則遠避，而畏舟山李總兵尤甚。六月癸酉之事，天子以爲誠感神應，敕建天后宫、龍王廟於松門，事詳陽湖孫觀察星衍所撰碑記。六年夏四月，巨艇成，巡撫檄每鎮統艇十，每艇統兵八十人，各載紅衣、洗笨等礮，三鎮之合統於李，兩鎮之合統於岳，有知盜不追、臨敵退縮者，參劾治罪。

神風蕩寇後記

聖天子仁勇神武，賞罰明信，將帥用命。嘉慶十三年夏，命阮元復任浙江巡撫。明年春，詔邱良功補授浙江提督，秋八月丙午，殲逆賊蔡牽於温州黑水洋。海寇悉平，閩師合戰之力也。

牽，漳州民，乾隆六十年間入海爲盜。時浙賊鳳尾，閩賊水澳最强，牽及箬黄附之。嘉慶五年夏六月，神風蕩寇之後，鳳尾盜首莊有美，其母李縛獻；水澳賊首林亞孫斃於東臼；惟牽遁於閩。牽之黨侯齊添不睦於牽，收水澳、鳳尾餘孽，別爲一帮。牽忌之，六年冬，與妻誘殺齊添於台州石塘洋。官兵嘗追牽，將及之，一紅衣人自艙中出，緣桅而上，斧其篷索，却令兵船乘風，不可留擊。紅衣者，牽妻也。齊添死，其黨推張阿治爲總盜首，稱『竅嘴帮』，又名『肥餅』。阿治分其黨爲三：小賊首曰『白面角』，即陳角；曰郭潭，又名『烏蛋』；曰紀江均。又有『爛脚』陳黄葵，亦侯之黨也，自爲『新興帮』，又稱『再興帮』，與張阿治並爲浙賊。牽既殺侯齊添，並其衆，七年五月在閩，颶風碎其船，賊黨星散，勢最弱，閩師不能剿滅，遂至瑶山，招集餘賊，然勢未强也。八年正月丁卯朔，牽竄漁山，浙江提督李長庚、温州鎮總兵胡振聲以舟師掩至，牽僅以身免。追至閩，賊糧盡，篷索戰具朽壞，我師據上風，賊不能遁，乃遣其人于興泉、永道，乞降於閩，閩使道赴三沙招撫之。牽又言曰：『果許降，勿令浙兵逼我。』閩又信之，以令箭調浙兵居下風。牽得間，不果降，颺去。自是乃猖獗，無所憚，至於渡臺灣稱王，攻掠城野。九年夏六月，天子命李長庚總統閩、浙水師，以温州鎮、海壇鎮爲兩翼，專捕蔡牽，其金門、黄巖、定海諸鎮，各守其地。總統追賊至境，率師助之，命未下，温州鎮總兵胡振聲殺賊，死之。先是，浙撫造艇既成，名曰『霆船』，船堅壯，載以巨礮。故漁山之役，牽幾獲。牽畏『霆船』，厚賂閩商，更造船大於霆，令商載貨出洋濟牽用，而僞以被劫報官。牽遂能渡横洋，劫臺灣米數千石，及大横洋臺灣船。粤盜朱濆糧斷，牽分米飽之，與濆合。濆駕紅頭艚艍船，猝入閩海，牽、濆共船八十餘，勢甚熾。四月甲申，胡振聲以船工木在閩，往運之。閩人懼賊，止振聲於閩以禦賊。六月戊午朔，越五日壬戌，胡振聲獨率二十四船首擊賊於竿塘，閩師不援，遂陷於陣，同舟八十人同日死。秋七月，賊牽、賊濆以九十船，分三帮入浙，至於黄龍。八月丙子，總統率海壇鎮孫大剛、温州鎮李景曾、黄巖鎮張成、定海鎮羅江泰出普陀，東擊賊於定海北洋，大破之。牽責濆不用命，濆怒先返。牽、濆分，牽勢乃少衰。十年春三月，黄葵率其黨五百人降於浙。

浙盜自鳳尾外，又有『小貓帮』、『補網帮』、『賣油帮』，皆土賊小盜。六年五月，『小貓帮』張阿愷等九十人先後降，餘賊徐亞六等二十四人，象山鄉勇陳元章獲之於玉環冲擔嶼，『小貓帮』滅。六月，温州鎮兵擒丁亞歪四十八人於東日，『補綱帮』滅。七年八月，『賣油帮』盜首楊課率其黨百十五人赴玉環降，『賣油帮』滅。黄葵屢挫於黄巖、定海兩鎮，訓導葉機以鄉勇破之於江南小羊山，至是詣玉環乞降，『新興帮』亦滅。浙海土盜，惟張阿治合小肥餅、邱獭，而蔡牽竄於閩。

是年夏，浙撫阮元以憂歸。李總統致書浙撫清公安泰曰『蔡逆有舟八九十，而長庚所統兵船八十二，浙洋尚有邱搭即邱獭、小肥賓即小肥餅等船三四十，而定、黄、温三鎮兵船，亦不過三四十，自計兵力未足以勝賊。用兵之道，知彼知己，謀出萬全，萬一軍威一挫，所關非細。庚自制府奏定勒限一年以來，奔馳閩、浙，歷涉艱阻，横戈直前，出入死生，徒勞無裨者，緣閩、浙洋面三千餘里，各處兵力俱單，止恃長庚一人往來追捕，或閩或浙，顧此失彼，賊反以逸待勞。前奉有不可徒事尾追之旨，仰見聖明洞鑒，今日之病，實在於此。竊謂閩、浙兩省，必須各立大帮兵船，屬之兩提督，使不分畛域，彼此呼應，如賊在浙界，閩兵即由三沙、四霜一帶策應遏截；在閩界，浙兵亦如之隨賊所竄，勿予以暇，而奸民之火藥篷桅，亦不能源源濟賊，庶事有少豸』云。十二年冬十二月，總統率浙、閩之師追賊入粤海。先是，牽以百船合陸路萬人寇臺灣，總統率金門鎮許松年、澎湖副將王得禄大破之。時所部止三千人，閩不濟師助塞鹿耳門，牽得遁去，然已狼狽不支。奸人濟之，勢復張。已而擊之大星嶼，又擊之浮鷹，牽僅有三船，將就擒，總統中賊礮，遽卒。閩師遠見總帥船亂，竟退，牽遁入安南夷海中。

李公之威，賊畏憚若神，而屢不得志於閩。天子聖神先覺，誅閩將士不渡臺者，逮大吏之掣肘者，洞悉讒忌之口，專任長庚。長庚没，天子震悼，叠下詔書，封長庚三等壯烈伯，謚忠毅，以忠毅戲下士王得禄嗣其職，勉以同心敵愾之義，上以張國威，下以洩衆憤，爲長庚復仇。於是，浙、閩將士，感泣激勵，無不誓以死殺賊。

明年，牽自安南夷洋回棹，朱濆資助之，復與濆合百數十船入浙，浙中土盜張阿治滋擾亦急。浙江巡撫阮元复莅任，夏五月丙午，親駐鄞縣，肅軍政，嚴防禦，增器械，配船礮，募義勇，杜岸奸，尅期剿賊。一月之内，定海鎮兵獲董清秀二十一人於鼠浪湖，提督舟師擒陳丁五十六人於佛肚山，擒陳雄二十四人於羊山，黄巖鎮兵擒林桂二十六人於沙護，黄巖遊擊劉成魁、太平參將福爾敏生擒王宗榮二十三人，象山知縣孫泉雯獲王阿倉三人，玉環同知宋如林生擒李亞羅，義勇船何廷模獲桑四二十四人於韭山，斬首五級，葉機在岱山獲盜十一人，機弟樞追盜至江南崇明，獲一船，生擒李葛十一人，皆張阿治黨，阿治竄於南。秋七月，蔡牽、朱濆入浙，巡撫駐鄞縣督擊，用間以離之。浙江副將項統自閩歸，遇濆於韭山，攻之，獲一船，擒其黨王長，濆竄於閩。已而閩總兵許松年擊斃之，其弟渥領其衆。提督何定江擊牽，牽不敢拒，亦遁於閩。乃并力剿張阿治，擒其黨百六十人，阿治窮蹙。巡撫訪得其母與弟在閩之惠安，密告總督阿林保，總督密飭惠安知縣吴裕仁，擊其母與弟，阿治乃率其黨四百七十六人，礮八十六，乞降，『竅嘴帮』滅。小盜首郭潭、紀江均先滅於閩，陳角投牽黨青筋茂。茂降，角不知所終，其黨惟亞盧存。亞盧一名亞羅，一名駱盧仔，號『小差帮』。冬十二月甲寅，同知陳大琮攻亞盧於魚山外洋，獲其船，擒二十八人，斬五級。十四年夏四月，温州鎮李景曾、定海鎮朱天奇、參將印章、主簿朱錦城、同知陳大琮、候補知縣葉機，共剿之，僅餘數船。提督邱良功初莅任，追之，至温州。秋七月乙亥，颶風覆亞盧船，亞盧溺死，餘二船四十四人，平陽知縣周鎬擒之，浙洋土盜盡平。亞盧溺之日，牽舟亦壞，漂於松門龍王堂，至於定海，邱良功自閩海追擊，攻之，閩師亦至。八月壬辰，浙江提督邱良功、福建提督王得禄、海壇總兵孫大剛、黃巖總兵童鎮陞，合師擊。癸巳雞鳴，童鎮陞率所部首追及賊，賊回拒，鎮陞擊賊篷頂落，守備武定大躍上賊船，擒其黨王烏五十一人，斬首十級，獲其礮械九十，賊落海死者無算，牽由衢港竄入外洋。

先是，李忠毅鎮定海，巡撫阮元與相勉勵，以盡心捕賊爲務。忠毅嘗追賊至極遠外洋，於島嶼獲一猱，貽巡撫，蓄之誠本堂。每聞其啼，巡撫輒曰：『非李總兵奮力剿賊，不聞此聲。』嘗相與賦詩倡和以見志。忠毅以《鹿洲集》貽，《鹿洲集》者，漳浦藍鼎元作，鼎元以其謀佐兄襄毅公平海寇。朱一貴撰《平臺紀略》，以是勉巡撫，且示己志也。巡撫復任時，忠毅已没於賊，慷慨涕泗芄蘭，數親督戰海濱。提督邱莅任，推心相結，親若兄弟，嘗勉之曰：『聖明廑念海洋，無時或釋，殲擒渠魁，仰副旰宵，在此一舉。』又致以書曰：『蔡逆坐船高大，浙師向攻往往不能得力。然賊船雖大而少，兵船雖小而多，若令某鎮隔斷賊黨，不令救援，以隔斷爲功，不以攻獲爲功，别使某鎮高大堅好船若干隻，專伺蔡逆本船，連環施放鎗礮，破其篷胎柁牙，使彼不能行駛。然後更番攻擊，多用火箭火瓶，賊行與行，賊止與止，久久相待，賊之就擒可必矣。』時巡撫將入都祝嘏，又致以書曰：『一切剿捕事宜，諸望專司指揮提挈，並明示將士以功過所在，俾共圖免過立功。元身在省垣，心繫海上。今兩省舟師及所僱商船，共得七八十號，兵力壯甚，殲滅渠魁，定在此舉。捷音不遠，大人與王提軍平賊，即會奏勿遲也。』

牽既竄，閩師以朱渥入閩，南還禦之，浙師北追賊至馬迹，不見賊。己亥，牽由潭頭外洋而南。癸卯，邱良功至普陀，簡舟師窮追南下，甲辰，至牛欄基，諜知牽匿黄巖之魚山。乙巳黎明，追及，賊方起篷南竄，逼之，牽返篷拒，牽所乘緑頭大船，良功揮令衆舟趨而圍。賊以礮擊黄巖鎮船，桅折，時閩師猶在浙，乃合擊，俱乘上風。賊懼，向東南遁，浙師隨擊，自卯至申，斃賊無數。轉戰至黑水深洋，閩師亦至，海壇鎮孫大剛從浙師，與賊船逼，以火燎賊，賊亦以火拒。時夜半，風浪並怒，不得登，賊船隨浪戧出，良功據上風截之，賊莫能遁。丙午寅刻，良功率各舟師聯絡攻擊，牽且拒且逃，右營遊擊陳寶貴左腕傷於礮。午刻，過黑水洋，見清水，良功曰：『深洋窵遠，天且晚，此時不得賊，賊將遁。』大呼，以己舟駢於賊舟東。閩師至，閩舟駢於浙舟東，賊篷與浙篷結，浙篷毀，賊以椗札浙船。決死戰，我兵奮勇，無不一當十，賊多跳水死。賊以矛刺良功，貫腓，流血。邱成勳，良功兄子也，與賊格鬥，墜海死。海壇鎮孫大剛、乍浦參將陳琴、守備李增階各以舟師趨賊，賊火斗及增階藥艙，艙轟，琴兩足傷，舟亦沈。琴、增階遇杉板救，不死。牽僅有二三十人，船漏壞，牽急，將以火投藥艙自轟，浙船被毀掟脱出，閩船遂駢於賊船，賊猶以死拒敵。東風大起，福建提督王得禄、海壇總兵孫大剛力持賊。浙師自外觀之，礮火聯絡。賊以礮擊王得禄，傷額及肘，忍之，揮千總吳興邦以火攻賊船，舵樓脱。牽别子小仁與其黨矮牛等，隔於衆鎮，不能救。牽船裂，與妻子落海死，是爲八月十八日。

越四日庚戌，巡撫赴京師。乙卯，過揚，余餞之北湖相墩，及辨賊事。巡撫曰：「賊平宜幾日矣！」因述所以制賊事宜，時實未知捷音。未幾，閲邱提督報書，乃得其詳。余往來節署者有年，稍知海上本末，嘗慟李、胡兩公之死，自恨儒懦，不能執殳從王事。既聞賊平，大快，頌揚天子之盛德，以示里中父老。里中人莫不欷歔太息，浮太白以相慶也！

或曰：蔡逆之滅，由浙師奮不顧身，首先攻擊，致賊不能遁，閩船大鈍於浙，追及時，賊已垂殆，故收其功耳。焦循曰：否！否！方浙船破，僅存底板，邱將軍足且傷，使非閩師戮力同心，邱將軍縱不罹李、胡之禍，賊亦揚帆去矣。當是時，賊船與浙船結，閩船夾浙船外，浙船毁而閩船又駢於賊船，賊所以滅耳！向者三沙之役，閩地也，而閩誤之；今賊所殲之地，浙地也，而閩助成之。然則賊之生死，視閩、浙合與不合。李忠毅殺賊之勇，詎遜於邱？乃抱恨而殞者，抑又何哉？牽既死，是冬朱渥亦以其黨降於閩，海寇悉平。胡振聲，閩人，嘉慶五年爲黃巖副將，從總兵岳璽擒獲箬黄盗首江文，箬黄滅，授温州鎮總兵。九月，會黄巖鎮滅水澳於狗洞門。六年正月，追侯齊添於披山洋，破之。六月，滅『補網帮』於東日。十月，擊蔡牽於南麂，生擒其黨林照四十四人。八年正月，從李長庚追蔡牽，至閩，牽幾獲。十一月戊戌，夜襲蔡牽於南麂。已亥，與參將李景曾、縣丞王正悦三路掩擊，獲賊九十六人，礮械數百。是役也，振聲身先近賊，牽幾就擒。振聲殺賊之勇亞於李，戰死於閩，聞者悲之。葉機，定海人，由廩生官訓導。八年夏，請以家財募鄉勇，下海捕賊，數有功，巡撫薦之，陞雲和教諭，候補知縣。陳大琮，同安人，壯烈伯李長庚女婿也，安徽候補同知，以諳習出洋，巡撫奏留浙，授同知。

卷二十　記

張滁園治昆明記

康熙初，雲南軍衛領於逆藩將作難時，豐歉而量收之，以市義於民。賊平，額徵於縣，故賦不能供。昆明民土軍屯，既多以兵火輟耕，又軍興時，徭役繁興，官司府署器用，率里民供應而取給於縣，積以爲例。故徭重於賦，賦累於徭，徭賦累重，民力不能支。滁園既爲昆明令，先請於大府，求奏減其賦，不可。乃畫其疆，招徠流亡，給牛種，薄其賦，以舒軍衛之賦，一年墾田千三百七十畝，三年得萬餘畝。於是均其徭，使庶人在官者不能隱庇他户，僧户、道户不能恩免，游手游食者不能逋逃。既均矣，又使里𧉮不能科派，奸民不能包收，城狐社鼠不能侵漁爲弊。舊例，里民於縣署供張外，日出十金爲公費，滁園曰：『令食禄於君，不食傭於民。』請免於制府。制府笑曰：『挈釜甑來乎？』曰：『未也。』『家口幾何？』曰：『子一，客與僕各二。』曰：『仲子之廉，能治劇縣乎？』徐使人瞯之，果如所言。其子且夜寢於地，而積案滯獄，則以數日理訖，皆當，諸臺司大驚異。制府感動，如其請。縣之公費除，而上之取給者亦有以清之矣。昆明池受萬山之水，夏秋暴漲，挾沙石怒流入昆明閘河，由金沙江達於海。砂石既壅，水乃溢浸濱海諸田，歲用民力濬之。晋州者，界於昆明，受東南諸箐之水，舊迹有河道入江，上官議鑿之以通閘河。滌園按其形勢，召工爲圖，袖而言於諸臺司曰：『一河不能兩受，二水不容一注，閘河獨受昆明之水，且力不能吐納沙石。晋地高如建瓴，其沙石确犖之勢十倍，而疏濬之力亦必且十倍，不便，宜罷。』諸臺持之堅，滌園發圖而争曰：『高下在目，何忍陷民於死？』同官皆失色。制府曰：『是也。』議乃寢。於是歲省民力四萬七千，濱海邱墓廬井得不徙。昆明有止善、春登、利城諸里，其田窪突錯出，苦雨苦旱。滌園廉知白沙、馬裊、清水三河可以時旱澇蓄泄其水，年久故道湮，乃親操板臿，躬行勞來，三月而河復，田遂得熟。昆明大、小東門外，舊皆市，墟於兵，爲盗賊穴。滌園創造室廬，以居流亡，移城中騾馬羊諸市實其中，遂成貿廛牧圉，而盗賊絶迹。安阜園者，逆藩之囿也，土曠而不耕，請於臺司耕之，以食孤貧廢疾而無告者。

先是，爲令者多困於徭，至此不事徵比鞭扑，而催科爲十八府最，臺司以爲能。一省之疑獄，經滌園讞則平反，而大吏頗信之。閫帥之僕李殺人，帥戚畹勢甚赫，請寬於臬司，司飲滌園酒，而謂之曰：殺人非李也，以累君。滌園諾諾歸，不言數日。李出，令捕者擒之，李恃勢相抗，捶之數十，乃按之曰：殺人者誰也，證佐一口，遂辭服。有生員訟奪其子之妻者，命捕之，捕者不敢，曰撫軍紀綱之子也，已之，稱疾不視事。居數日，生員來速訟，召於庭中曰：『爾子或不女匹邪？』來，視之則嘉耦，遂稱病癒。命役數十人曰：『車持新婦來，抗則奪之。』無何，奪至。有材官佩刀數十輩，擁於縣門，若無睹也。第命子婦合巹拜於庭，觀者千百，判之曰：『法無娶有夫之婦者，婦乘我車，婿乘我馬，爾役送之歸，有劫者以盜論！』時同里梁五桑、嘉稷在姜青藜將軍幕中，親驗其事，有詩歌之，載所撰《灞陵山人萬里遊草》。滌園每行縣，見儒之貧而美者，富人之有女者，則勸爲昏姻，往往富人得佳婿，貧儒得富妻。昆明學生郝維時曰：『夫子莅仕甫閱歲，而老者安，少者育，飢者食，勞者息，死者殯。男女貧無家者，庶民頑不率教者，子弟窮而不能學者，夫子皆昏之嫁之，化之導之，非所謂因民而利，務實而不務名者哉！』滌園嘗徭役繁重時，其子元貞請告休，滌園曰：『臣不以艱難遺君，父不以危亡棄其子。』又嘗曰：『治冤獄易，均徭賦難。』又曰：『平百里之政，要在長者截之，短者補之，偏重均之，罅漏塞之，梗者鋤之，支蔓絶之，如是而已矣。』滌園治民不言勞，日晷雖數寸，曰猶可坐庭，必庭空而後退食。其子諫之曰：『大人積勞忍飢，曷少緩？』曰：『我何爲一飯不使百姓早出城乎？』昆明一縣，轄於二大府、兩司、三道，兩大府不相下，出則並駕，將觀兵，撫軍以街狹不容兩輿，令知府毁雲津橋南北市屋，民大嘩。滌園馳往止之。知府曰：『不去屋，將去太守！』曰：『當去縣令。』疾走軍門，撫軍曰：『縣令何如？』曰：『無事。聞大府與制府將出甲，恐有命。』徐之曰：『出甲何如？』曰：『滇承大亂，猺猓蠢蠢，所謂耀武觀兵震懾之也。』曰：『聞六千軍同出一門，然否？』曰：『然。』曰：『自迫於隘，巷戰之兵也。不如制府以一軍出南門，大府以一軍由小東門背出，其旗鼓一軍腹出之，會於鵝房，觀者不測，可耀十萬軍容也。』撫軍悦，屋得不毁。觀察使欲以流民所耕之田牧馬，求之期年，滌園終不與。時雖重迕於上，及事後心平，觀察使亦服其理直，不以强項惡之。有市井豪侮鄉縉紳，陳縣懲之。滌園適道謁客，過豪之門，停輿執之，杖將下，聞其婦病，乃止而繫之。明日，縉紳爲求釋，如其請。或問之，曰：『豪貧而戾，且家有病婦，杖之益與縉紳仇。縉紳如處女者也，終不足以勝豪，我縶之，而使縉紳釋之，則怨解矣。』其所以謀民之生，而委曲以體民之情如是。於是昆明之民愛之如父母。偶誤傳其去官，一城大訛，擁制府馬後，叫留數日。治昆明三年，以勞卒於官。死之日，士民聞之，數千人奔哭，不聽其殯，曰萬民請命，上帝必再生，倉皇中未圖其像。有祁洪謙者，陝西人，持圖至，張於庭，泣曰：『昔有獄於縣，公不直我，然誥戒我如父母，我由此而直。一生圖此，祀之久矣！』於是昆明城内外皆圖其形。滇人最重名宦，非有大功德於民者不祠，自莊蹻、司馬相如、諸葛武侯以下，皆可指數，至是請祠。祠之日，諸司與祭，爲立遺愛碑。制府范公承勳哭而奠之曰：『去冬，余赴京展覲，天子重民事，諄諄以守令臧否下問。余敬以滌園對，璽書褒美，不久當至。而忽聞其變，令余太息不置。及歸抵鎮遠，見滇人士感其德，請從事名宦，而道路間之追思嗟嘆者，所在皆是。余乃益重其爲人，而推薦之不誣也。』大姚知縣曲阜孔貞瑄哭曰：『余與公非莫逆交，昔罹禍就訊，未至會城，公預爲圖，維極力周旋，脱犴狴之困，假居停之安，時時唁問，資其困乏。又以虧空鎛大，點石無術，罪且不測。倡義募捐，俠氣所感，上下皆應，竟得三千餘金，補苴粗完。鯫生之命得以苟全者，公之力也！』康熙甲戌閏五月，其子以喪歸，昆明人空城泣送，更有童子數十人擁轄而哭，則義學生徒也。嗚乎！如滁園者，亦可稱古之循吏也哉！

焦子曰：余家藏張畏齋學博元貞書，先君曰：『此循吏張滁園子也，異日倘作吏，宜效滁園。』因以《張氏家乘》二卷示循，載《行狀》、《家傳》、《墓誌銘》、《軼事狀》及昆明人所作奠章碑文甚詳，足以互相考證。既而閱邑志，寥寥不能詳，而以余家所藏問諸邑人，多未見也。余每恨修志者務爲簡略，無論賢否真僞，例以數行限之，當時既不足使閱者興起，後世又無以爲史傳所取裁，遺老既盡，莫可詳考，不亦悲乎？幸而《張氏家乘》藏於吾家，百餘年來，水淹鼠蝕之餘，未嘗消没，因次序爲此篇，以明吾鄉中有不畏上官而愛民如子，處兵燹之後，百利皆興，如張滁園者，或亦可爲後之師範也歟？

滁園名瑾，字去瑕，江都人。幼掠於兵，展轉至參將王叙賓部下，憐之，使伴其子鐵兒讀。時幕下無書記，爲之操翰墨，輒磨盾而成，軍中嘖嘖奇之，久之得歸。康熙癸卯，舉於鄉。庚午，爲昆明縣知縣。是時，王參將之後已微，求得鐵兒厚報之。周彝曰：『余典試入滇，去先生爲令時不二十年，昆明之人語余曰「民間夢寐悲愕，輒見先生行部視事如生平」，蓋爲其邑神云。』

蕭山雙節記

節婦，爲天下之爲婦者法。蕭山『雙節』，爲天下之爲節婦者法。婦人未三十而孀，守三十年，例得旌，州縣歲舉報者恒數十人，書之不勝書也。武進臧庸曰：『蕭山汪楷，爲淇縣典史，卒於官，其繼室王，妾徐，以節著。王無出，撫徐所出如己出，教之成進士。王矜嚴，寡言笑，居處有規矩。徐耐苦力作，擁敗絮二十年不厭。然未足異，人莫患乎自知其賢。世之夫死不再嫁者，苟以節自恃，而倔强乖厲，有不忍聞者矣。』或曰惟性强故能節，吾疑之也。臧庸曰：『汪没，索逋在門，或謀以子幼謝，王不肯，粥田及衣奩，益以女紅所出，曰無貽死者憾，三載畢償。夫有母弟，恒慢其嫂，應之百方。至稱貸爲償飲博之負，將以母還，王與徐皆不肯，王泣留之，竭力盡孝養，得姑歡，曰：「母老離鄉里，死者不安。」』江都焦循曰：『二者皆節婦之所難也。』臧庸曰：『徐所出曰輝祖，幼時侍兩母，夜讀書不習。徐泣涕，奉夏楚請扑之，王數諸夫主前，泣涕腕酸栗，終不忍扑。徐前卒，病革，諄諄屬其子善事主母。』庸又曰：『初，搆釁者不以禮遇徐，徐自持以禮，不出一語較，久之，人盡感愧。』嗚乎！二女同居，食貧嫠，處顛沛造次中，雍雍和睦，各止於禮，而相見以情，古人所難也，而豈徒以節見哉？嘉慶元年丙辰，循自錢塘渡西陵，過蕭山，至於山陰，聞有汪氏雙節事。歲壬戌秋九月，誦吾友臧在東所撰《事略》，始獲詳其本末，於是録而記之，以爲天下後世婦人守節者法。

誠本堂記

嘉慶五年，歲庚申，夏四月，浙江撫軍阮公以書招余。冬十月，爲武林之遊，寓居節署誠本堂之東偏。蓋由大堂入即川堂，循川堂而東越兩曲，斯堂在焉。堂三楹，南北有窗，階下有石闌，梧桐在其東，高且茂，有短竹垣，垣外有石，竦立如人。垣之右爲小竈，爲茶房，梧桐之東有垣屬於堂，檐下有小門，入門南北各三楹相向。東隅有老樹根作三衢，朽蠹，時時生小菌如蜂窠。左有垣，垣外即市巷，署之東止此堂，有『誠本堂』匾懸於檐，書『康熙壬申張鵬翮建』。堂下垣外立石之南，屋前後數十間，頹壞不可住，或以爲厠，或以爲馬棧，或爲工作之所，凡頹者惟梁柱縱横赤立而已。蓋其牆垣本以笛薄爲之，久不易則破，故冬寒夏暑，皆能自垣透入，屋笮亦笛薄所爲，經猛雨則漏。堂下青苔蔓草，錯雜蕪穢，須時時芟刈之，桐陰石闌，不知爲何而設也。辛酉五月，閱郡志，載是宅本前明清軍察院胡宗憲兼浙江巡撫時改爲署，至今因之。乃言川堂之東爲御書樓，又東爲誠本堂，稍南爲自修堂，又東爲箭廳。雍正間，程元章於箭廳建書室三進，以居幕客，而移箭廳於川堂之西。然後知余之所居，即程氏所改建。第止存箭廳與書室之一，其二則南之頹屋赤立者也。自修堂不可識，蓋即今爲廁、爲馬棧及居工匠之所。堂之西今爲巷，達諸署後，而御書樓不存，惟南有御碑亭，則志書所未載也。

嗟乎！當諸屋之建也，樹之桐，立之石，一時娛耳目、供飲燕於此者，何其盛耶！百餘年來，桐長而屋頽，往者未必知也。或曰：凡官吏有挂議去者，嗣至之人，則必移其居處，變其垣屋，此所以頽也。嗚乎！盛衰得失，豈居之所爲乎？古之人若韓退之、蘇子瞻之流，固嘗經黜斥者，乃其所經之地，一亭一驛，後人且徘徊愛惜，頽而復起，又何如乎？余嘗尋梅林遺迹，杳無所見，亦因其敗而去之耶？徐渭以布衣之士，往來幕中，其所居之室，固未可考也。吴門李鋭，與余同屋居，共論經史，窮天人消息之理，固有勝於渭之所學。後之居者，亦知居此堂者之有焦、李兩生耶？今年李歸，余獨處此，風雨之夕，遠念良友，因以爲記。

半九書塾記

嘉慶己巳，纂修郡志，得脩脯金五百，以少半買地五畝，在雕菰淘中，其形盤曲若嬴，以爲生壙。其大半於書塾之乙方，起小樓方丈許，四旁置窗，面柳背竹。黄玨橋在東北半里許，橋外即白茆湖，行人往來趨市，帆檣出没，遠近漁燈牧唱，春秋耕穫，盡納於牖。樓下置櫝，以生平著述草稿貯之，以爲歿後神智所棲托。壙以藏骨，樓以息魂，取淘之名以名樓，曰『雕菰樓』。樓北二老桑，高百尺，翳猷四布。編竹作籬，籬下種蕉數本，設石案一，石墩二，曰柘籬。籬外舊有竹數畝，於竹中闢一逕，隨其勢曲直，以達於後扉。逕東有邱，因邱築小亭，亭外植紅薇十數本，薇表於亭，竹表於薇，長夏花發竹中，晨起坐闌楯間，衆鳥作聲，不知有人，曰『紅薇翠竹』之亭。逕以西隤而下，置屋鋭兩榮，東向面竹，其南黄梅一株，先曾祖父手植也，歷百餘年，舊榦已萎，肄櫱復成樹，扶踈負書塾後，以垣圍其左，不令梅與竹雜生，曰『蜜梅花館』。梅右啓小門通塾，塾故四楹，西一楹，余幼時讀書所在，修葺使明潔，讀《易》其中，近年悟得天元一正負如積之術，全乎《易》理，以數窮《易》，以《易》倚數，日坐室中，苦思寂索，别有所撰述，或賦詩詞不在此，曰『倚洞淵九容數注易室』。室外書塾，先人遺搆也。塾前故有木蘭，高數丈，花時如玉琢浮圖。前年槁於水，不忍去也，又不忍見凋落狀，斷其上枝，存櫪株數尺，覆土作邱，與昔邱邇，標以石峰，高七尺，植雜卉奇石，曰『木蘭冢』。冢東海棠一株，木犀一株，牡丹一株，面木犀，舊有屋作舫狀，雕菰樓在其東北，石刻仲長統小像並《樂志論》嵌於壁，曰『仲軒』。軒南即塾門。軒面西，門面東。門外高柳十數株，間以桃，樓俯其北，啓樓之南窗，緑影滿牀，不見其外。柳下多木夫容、水蕻，夏月，烏犍卧樹側，犨然作聲。木蘭冢而南，山茶一株，與牡丹、木犀、海棠、黄梅、二老桑歲相若，東西各生一小本，垂二十年，春時能隨老本發花，自二月至於四月不歇。連書塾右室有廊，引而申之，帶於山茶，南廊端稍闊，可坐以向花，用蘇長公詩名之，曰『花深少態簃』。或曰：『少態』，誚詞也。余曰：非也。物之有態者，必妖媚，妖媚非典也，長公又稱其後凋耐寒，直以松柏比之矣。彭城劉蒙《論菊》云：『或問菊奚先，曰先色與香而後態。』又云：『安有君子而可以態乎？』以此證坡詩，則『少態』非誚詞也。

半九書塾後記

余葺半九書塾既成，爲文記之。乃每歲水溢則地濕，余素病脾，殊不相得。於是，甲戌冬，冒風雪增其基尺六寸，楹桷窗楯之朽蠹者庚之，凡一月畢。先是，乾隆戊子，余始入塾讀書，先子以地卑濕，計增廣之，並搆亭於竹中。時族人以屋屬居間者來售，先子留其券，與以值，資其瓦木爲修葺用。然族人固聚居於屋也，不忍令他去，亦不索原值，而書塾遂亦不復增廣。乙巳春，先子疾作，筮之不吉，盡取人所欠券焚毁之，而屋券亦焚。夏四月，先子卒，族人於先子爲父輩，遠賈於外，急歸，持香楮泣拜於先人之靈。余以尊止之，則語以前事不諱。乃先人買屋之事人知之，券之焚，人不知也。今年族人復賣此屋，人曰：『是不可賣，固嘗受某值者。』余戚陳君鶴山以語余，余曰：『先人所不忍取，我何言乎？』於是更賣與他姓。族屋拆而余塾適葺成，相去五十年，亦奇矣。令當日執券拆屋，葺塾築亭於五十年之前，烏知不拆於五十年之後？乃五十年後，能守先業，而勉續先人之志，正先人能留餘地以及今耳！特書此爲後記，以示子孫。嘉慶乙亥春二月。

上河水災記上

嘉慶十一年夏五月，淮水又溢於高堰，下注諸湖，漕堤之壩不啓，於是上河之災四年矣。時余授徒城中，月之二十五日，佃客來，喘不能語，言水已平書塾之階石，而勢不已。余家之屋，自門至後室凡四，已没其三。道過汪掌庭家，晤沈皃村，皃村曰：『高郵州有示，明日放車邏壩矣。』或曰壩不易開，下河人數千卧壩上，雖有司莫敢攖。趨至鈔關外，則水長三寸，昏時風雨驟至，愁不能卧，坐以達旦。二十六日，甘泉縣陳公演劇，招余，居停主人飲余，乞問陳公水信。少選，使人回曰：『無畏，今日開車邏壩必矣。』復至鈔關探之，則水已平關上之石，勢且不定。已而關上人嘩云：『荷花塘決矣！』復探於縣，則衙中之樂方奏也。明日寅刻，陳公探水去縣前，猶諱言決，第曰放壩焉云爾。六月初一日，歸晤仲弟，述水事且幸且懼。先是，二十五日夜，弟卧書塾之榻上，水未上階也。夜三鼓雨甚，聞嘩聲，起蹴於水。時東北風烈，浪高數尺，圍於屋，室摇摇然，急呼舟舉家登之。越岸三丈，風逼不能近，水中人屍牛屍及屋苫敗棺，叠至麏集，舟行其間。方及岸，風轉從西來，水頓減尺許，至晚減四尺，令佃客探之，乃知荷花塘及腰鋪共決四五百丈，而是日始放車邏、昭關等壩，而堤之決已莫能救云。水既退，每港口或圩田中有人屍，曹安寺港中最多，叠四十人，有老人衣黄衣者，有婦人帶金釧者，有衣重裘者，暴日中，臭達於路。有一田叠十數屍，有三人與一牛共繫，皆死。一赤體老婦人握一小兒手，雖腐不放。其流屍棲田側者，田主恐其累也，以竹竿遞推之，裹入草中，群魚叢而嘬焉。有櫝鎖之極固，以爲貨也，以鐵擊破之，則一屍衣冠卧其中。濱湖之家，水齊於檐，結筏屋中，男女坐其上，漸浮及楣，穴其瓦以供首之伸縮，如蜂之在房。屋傾則人逐於浪，或五六屍繫一處，或七八屍繫一處，蓋一家知其必死，而不忍散也，皆死於壩未放之先。堤既決，下河人亦如之，皆二十六日事。

上河水災記下

六月五日之暮，忽傳有大水來。六日早，則傳公道橋之市不啓門矣。已而季弟自城中歸，言親見城門包土於蒲，將閉城。又有自城中來者，言故撫軍江家已渡江回徽州。是夕秉燭出西門奔西山者，通夜不輟也。於是，瀕湖之人大嘩，將奔避，而問於余。余曰：徐之。時阮大中丞居憂郡城中，遣人問其故，未返。又有自城來者，言江上之舟滿矣。其未奔者，紛紛蓄麥麪、煤炭，爲居樓計。或言親晤縣幕中人，言高堰鼓出，勢必決，戒勿洩於人。汪掌庭書來，則稱侯二門欲裂，其水恐衝入城，此城中人所以嘩也。嘩至昏，城有酒肆張甲言無驚，城門有示，水不來矣。人心稍定。然移箱篋衣包入舟者，尚紛紛如織，燃炬若晝，市中燭賣盡。夜三鼓，治得阮公書，言揚人嘩甚，皆謂制府有文書飛遞鹽政故也，即遣人問之，則二十六日之札，所言高堰危急者，指二十六日言。又徐州太守禀帖有以身殉水之言，亦二十六日事。又遣人於太守署中問之，太守之驚，緣鹽政而驚也，水必不東。余以此書榜之通衢，嘩乃已。明日入城，城門猶包土，遷者未已。又明日，新城門方包土入蒲，作塞城狀。鮑氏有家人從高堰來，稱洪湖水減六七尺。初九日，余自城歸里，人問水信者不絶，以鮑之言告之。初十日晚，縣中吏以信來，稱水一丈三尺至，余知其妄矣。先是，初五日夜，有盡室渡江者，遇風舟覆於浪，死七人。又有渡江至京口遇盜，盡胠其篋。

朱文正公神道碑後記

余里中吴孝廉重光，乾隆辛卯間謁選山西太原，繼調陽曲，陽曲故稱繁劇難治。時大興太傅朱文正公任布政使司，吴善屬文，公不以俗吏待之，時呼至署，論文賦詩。吴爲公搜訪金石古迹，修晉祠，樹碑石，極歡。一夕急呼吴，吴趨入，公持一券謂吴曰：『吾奉命入朝，計行李資需二百金，特立券，向君謀之。』吴唯唯，不敢受其券。公正色曰：『不受券，是以賄交我也。』吴唯唯受券返。明日，以二百金面致公，公欣然。吴奉公之訓，治陽曲頗有聲，旋爲代州，忽一騎自都中來，賫二百金並公手書至，索券去。吴有門人范華春者，亦余里中士也，居吴幕，親見其事。己亥，范歸里，偕余應秋試，渡江坐舟中，譚及此事，出公手書示余，且曰：『自公去，吴之治乃日窘矣。』越二十年，嘉慶壬戌夏四月初四日，余謁公於西華門之北池，門外車如織，大半皆海内寒士，入門闃然如無人，持刺至左間門塾中，告以求謁意。一閽人起，持刺入，即出曰：『主人坐待客，君自入。』遂入左側門，行花樹，見公衣緋色舊袍，疑立階上，一童子扶之，拱曰：『不可揖，吾足病未愈也。』令坐於左，公遂縱論經學、理學，旁及詩文，無一外語。余受教退，公降階送出左側門，至門塾外，呼閽者曰：『更有何客來，今日偶暇，但延入，吾必見也。』公命車，余唯唯長揖退，出巷外乃登車歸。嗟乎！如公者，真所爲休休有容者也。歲丁卯夏五月，余病新愈，阮大中丞使來，以所撰公《神道碑》見示，讀數過，穆然於公之爲人。公主鄉、會試，余皆以故未與，而獲居答問之列，亦用自幸也。因述所聞見，以附於不賢識小之義云。

登州觀海記

乾隆六十年四月初一日，同儀徵江安、甘泉阮鴻遊登州蓬萊閣望海。是行也，出登州城北門，入備倭城南門，約里許，至蓬萊閣。閣在島上，島高十丈，半山有天后宫，宫門內有六石，兩兩相比，高丈許，紫色圓聳，今名曰『三台石』。由右角門出，北行，上數十級遂臨海，其左爲避風亭，亭後爲蘇公祠，近改爲官厨，蘇公像鬚披面塵，殊不堪。由右歷二十餘級登閣上，閣南北兩面空廠。南望萊陽大山，一塔高入雲表，衆巒環拱，州城雄踞其下，萬竈稠叠。北則海在足下，蒼茫無際，遠帆出没，小如黑豆。是時日色在東，陰霧冪䍥，長山島可望見，他島皆隱霧中。閣距海二三十丈，其下有彈石渦，渦中盡小石，圓潤可玩，東坡取以伴蒲草者也，其白者頗可混玉，但離水則不澤耳。島根遒鋭錯落，海燕千百，呢喃其間。波紋平秀，不似江河之險。道士云其浪廣數里，非人目所能盡，故不見其狀。余嘗過泰山，自其麓仰之，高直與岨崍諸山等。蓋由濟南以來，皆泰山之身，至泰安見其卒耳。嗚乎！泰山不見其高，斯爲至高；東海不見其波，斯爲巨波；聖人不見其德，斯爲大德。以波濤洪洞言海者，不知海者也。已而復登北門城樓。是時天光清朗，海波如鑑。長山島之西見廟島，其東見大竹島、小竹島、紗帽島、鼉磯島，島根有白雲載之，島在半空，天與海接。城上有芻者，問以海市，芻者曰：『四五月天微陰，東北風起，則見於島上，或如城如樓，如山林，如村落，如塔，有小市，有大市，變幻不常，無定日，惟居閣畔者可見之。』一老卒云：『閣上望島有市，島上人望閣亦有市，蓋虛氣也。』或以不見海市爲恨，余曰：『烏知島上人此時不見閣上有市耶？則我輩身在市中而不覺，何有於他人島上市也？』同人皆大笑而返。

壬戌會試記

正月二十二日，駕小舟過湖，至邵伯埭，夜大雨，宿竹巷口。明日，汪年丈舟來，從之。二十七日渡河，二十八日登車，值兩淮鹽漕察院自京來赴任，客寓皆增價數倍。二月初一日至堰頭，遇談階平。初二日過壩頭，有新矼知州魯君善政也，無向來過渡之艱，然每車尚費錢二百。初三日，渡陶溝，梁壞，其水中路已掘之使不平，非多與錢不易過也，晚宿陰平，是日余四十生日，汪年丈殺雞煮酒，爲一夕歡，同席者李濱石、汪星巖、張又籛、喻階符。初四日，雨雪。初十日，宿劉智廟，問土人，不知智爲何人。按：《晉書·律曆志》：『武帝時，有侍中平原劉智，修改黄初術。』漢、晉時，德州爲平原郡，蓋即祀侍中也。十一日至景州，州城爲水齧，有圮者漫河，村市没於水，賣飯於平野廬中。十四日由鄭州城至雄縣，水淹没道路，尚不便於車行。自景州至涿州，一路皆賑粥，提筐者雜聚於市。十七日至蘆溝橋，橋左設茶亭以待會試者，驗批即放行，遂入彰義門，寓南柳巷鄭柿里舍人寓中。三月初一日，吳玉松太史來。明日往候，太史稱刑部戴金溪精於算學，是時未試，不便識其人，試畢始訪之。初四日，與諸同年生公謁座師英煦齋侍郎於史家胡同，師見余甚喜曰：『吾知子之字里堂，江南老名士，屈抑久矣。』予蹙然，師曰：『考試不必趨風氣，主師好尚之不同，往往至於相反，莫如據己之所學而自用之，一聽人之去取，庶不失乎己耳。』余質木，不善自轉移，每持此論，聞師言，益自信。是夜，足痺發，大痛不能屈信。初八日，足稍差，入場坐國字三十五號，遇無錫孫平叔。明晨題紙下，首題：『爲人君，止於仁，爲人臣，止於敬。』場中紛紛以趨風氣爲説，余不知所趨，乃核是題神理以爲文法。出場遇李冠三，索余文，甚稱道之，寫一紙去。張開虞見之曰：『是可得元。』桐城姚孝廉，姬傳先生之子，已欲得元，見余文自失曰：『元當讓焦某矣！』十六日，王伯申來，贈以所著《周秦名字解詁》。十八日，訪戴金溪於鐵廠。十九日，李冠三邀與汪星言[一]、徐德三、朱休臣、李濱石飲於龍王堂楸樹下。二十日，看花於崇效寺。二十二日，鄭舍人邀同劉芙初、汪珊樵、唐竹虚遊釣魚臺。二十九日，奴子病不能溲，呻吟之聲，殊亂人意，十日乃可。初六日，忽有傳余爲會元者，已而販夫販婦皆言之。至初十日早，則公然有報録者賀者十餘起，皆曰會元，聞之者且亦曰此固不愧爲會元者。余曰：『會元卷至末乃拆，日間何得知？此妄説。』趨避於外，然言者固牢不可破。是夜榜發，下第。十二日，往南海店雙關廟見英煦齋師，師方下值，見之太息曰：『命也！命也！吾所見試文二百餘首，惟子文第一，次則王尚旟。吾曾於南齋中向彭芸楣、朱石君兩先生道子文之善，時彭先生亦舉江西一佳篇，榜發皆無之，吾與彭公相對默然。』余告以歸期。二十六日，偕鄭舍人出都。五月二十日抵家。

是役也，凡一百一十六日。昔者歸熙父己未會試，先三日，夢報中會元，而文則爲一時所醜詆。余非夢而夢亦同於熙父，然時則甚傳余之文佳，尚較幸於熙父也。嘉慶七年五月下弦記。

[一]『言』，當作『巖』。

學圃記

歲癸亥，余侍母家居，倦於四方之遊。夏四月，雨累日，驅童剪芍藥之既殘者，就其畦種葵及野菊。適佃客自城中歸，汪晋蕃寄江文叔學圃詩及和詩來，其言曰：『文叔於對山樓之東，收拾老屋一楹，有地畝許，築爲圃，植萱草玉簪，圃之南護以短籬，以牽牛絡之，名之曰「學圃」，屬君爲文記其事。文叔家園亭甲於郡，海内無不知有康山草堂者，余嘗賦詩飲燕於此久矣。文叔抱縕淵逸，雖混迹囂塵中，而性之所適，如白雲在空，非野馬浮埃所能襲染。其吟咏高妙，在孟東野、張文昌之間，故其座上之客，多布衣野淡之士，口不道聲華，身不諳周旋進退儀節，賦詩惟各本其性情，不知以名譽相標榜，宜其闢此圃以相處也。』循，圃人也，今年尤專力於圃，足迹罕入城，而未嘗語人。文叔有事於此，不遠數十里以告於余，文叔其知余哉？且知余之知之也，因爲之記。

雷塘話雨記

嘉慶乙亥夏五月癸卯，阮子仲嘉招余爲雷陂之遊。其使者曰：『舊太守汀州伊公，自江右來，欲訪子於北湖之濱而不果，又不敢速子入郡城，訂以月之乙巳，會於雷陂之阮公樓。』里叟曰：『伊公，賢太守也；子，部民也，宜即趨入城。』又一人曰：『不然。伊公，賢太守也；子，部民也，而不敢速子入城，子宜自亢以成太守賢。』余故懶，又足疾，樂從後一人言。與使者約定，以二十一日會於阮公之樓。明日夜雨，迄旦雨止，趨於雷陂。有僧自城中來，言太守將至，且遣人以余至告。太守與仲嘉至。太守，醇儒也，別九年，氣益醇。語我數年中家居讀書，少有所得，思出而仕，以驗所學。言殊藹藹，須髮視前時少蒼，而精力不倦。遂陪謁招勇將軍墓暨湘圃光禄墓。光禄素好馬，宫保芸臺制軍，以石琢一馬，立墓道前，太守撫石馬讀碑字，坐松下良久。遂與訪隋煬帝陵。先是，陵久荒失。歲乙丑，宫保丁憂居墓廬，尋得其處，太守正守郡，乃修築之。太守隸書『隋煬帝陵』四字勒石，字徑尺許，立陵前。今越十年矣，共撫拭憑弔，復返於樓，仲嘉具酒饌。大風雨自西北來，時農正望雨，開窗觀之。太守徐徐道其所學，示以所刻雷副憲《經笥堂文集》，遂縱言治平之道，曰：『吾過多，何以能寡？此出何以益於民？幸教我！』噫嘻！太守誠醇儒也。雨止，仲嘉邀太守游古木蘭院。余不能從，先行。未十里，大雨如箭，急趨田家茅屋中，則避雨者先有數人在。一眇目者睨曰：『適見君登皇墓墩，其前行者何人也？』皇墓墩者，俗稱煬帝陵之名也。余曰：『舊太守伊公也。』衆大歡曰：『公又來爲吾郡主矣？』余告以方入都，來不來未可知。衆愀然。雨止，各散去，余乃歸。

卷二十一　傳

周縣丞傳

公講大綸，字理夫，其先居山東平度州，五世祖始遷爲直隸天津縣人。乾隆二十年，由貢生捐州同職，改捐鹽課大使，分發福建，丁母憂去官，服除復職，調莆田縣、平海縣丞。公以微職遊歷海疆，垂二十年，廉慎儉貧逾賤民，所衣官服破敝塵垢，十月猶衣紗葛，上官以爲迂，周之弗受。以貧遣妻子歸，孑然一官，特立不倚，最後調臺灣府彰化縣丞。數年，知民頑，憂慮見於色。公狀長八尺餘，豐準，口横闊，面赤色，虬髯。志形於口，坦直無顧忌。任滿，例引見，辭於縣，縣以衣惡，出所服贈之。公以手揮曰：『蓄此所以飽賊也！』謁於道，道詢問民俗好尚，公曰：『民將不孫，殆欲畔也。』道曰：『吾將往察。』曰：『不可。驛馬船具，足以擾民，吏役假官勢科於縣，縣假官至之費科於民，是促之畔矣。』道怒斥不信，假公事滯公於諸羅。未幾，賊匪林爽文果倡衆犯城，遞至諸羅。

公憤曰：『吾亦朝廷官，何坐視城陷？』乃擢鬚奮入縣署。縣令適與老幕客對飲酒，公至，斥曰：『此何時，尚飲酒耶？』縣令曰：『我文官，無力遏賊勢，死也！死也！』公張目，鬚倒起，睨縣令曰：『賊烏合衆，諸羅民素尚義，城雖孤，以死力守之，未必陷也。國家建官，命能守，不命能死，坐致民逆死以塞責，小丈夫也！』終弗聽，恨恨出。趨居民葉友伯家，謀所以禦賊計。是夜，賊已入城，據縣署，有見公者曰『爹也』，縛去。敬公賢，不忍殺，而勸受其僞官，公且駡且諭。副賊以掌摑公頰，公撫頰大哭曰：『此顱乃爲賊污！』以首觸柱，額裂血淋漓。賊猶欲其從也，囚之數日，始遇害。

陳德，浙江紹興府人，公僕也。諸羅陷，公被囚，德左右之未少離，揮之去，德哭泣不言。賊知公不可屈，令副賊何北海者禮待之。北海恨公駡，以刃於乳上刺，德急抱持以身蔽，賊擊之蹶，公乃遇害。德見公之死也，喑嗚叱咤，奪賊刃，奮擊賊。賊又擊之，右臂斷，德大聲呼曰：『吾與賊不兩立也！』以頭揞賊，賊亂擊，亦支解死。乾隆五十一年冬十二月初八日事也。

葉友伯，廣東嘉應州人，商於諸羅，以公廉正，素好公，公亦往來其家。賊縛公去，囚縣獄中，繫髪石上，倒懸於宗。友伯探知，懷橘餅二枚，冒危至囚所，勸公食。既被害，公屍及陳德屍縱横狼籍於榭，上下莫敢收者。友伯至屍所拜哭，藁葬於地。逮大兵剿賊後，知府楊廷椿覓公屍，友伯示其所，掘之，皮膚螘食盡，白骨中惟心具存，赤色炎炎然。

公長子琦，渡海移公柩，友伯復爲之經理盡善云。

琦，字璞亭。公娶於牛，生子四：琦、璋、鼎、瓚，瓚早卒。琦材質穎異，善騎射，精力過人。賊平，福大將軍上公死事狀，欽賜葬祭銀，封爵雲騎尉，子孫廕襲。琦痛父骨未歸葬，以廕官讓弟，渡海至諸羅。家故貧，力貧忍瘁，逾越險阻，哀毁致疾，五十六年秋，卒於揚州。公遇害時，年五十有一，琦年三十有八。公既死，義民乃以死守諸羅，不陷於賊。

焦循曰：公死事狀，琦得之於葉生友伯，諸羅人稱之不異辭。琦以語弟鼎，鼎親語余。考公之生平，即無殉節事，亦古廉吏，豈無所樹立以死自飾哉？當世疑公大言者，至此多嘆服。然陳德之忠，葉生之義，琦之孝友，余苦其不傳也。

直隸總督樸園楊公别傳

楊敏壯公捷，以功賜籍揚州，今爲甘泉縣人。敏壯生湖北驛鹽道懋紹，懋紹生古北口總兵鑄，鑄生三子：長景震，嘉興府知府；次景達，陝西波羅協副總兵；樸園名景素，其季子也，爲叔父象州知州以牧後。幼多疾骨立，貌孱弱不揚，然負大志，不好章句。項後生一瘻，一日自割去，語人曰：『多此肉，殊礙挂珠，且令俯以見人，非壯夫也。』貧不能自給，就江右道幕，稍積餘資，援例捐縣丞。乾隆元年，投效直隸河工，以才爲河道忌嫉，將笞之。公即躍馬馳去，投河帥訴曰：『景素，功臣後，有罪宜殺，不可辱！』且陳河渠利病，帥奇之。三年，補蠡縣丞。八年，陞交河縣知縣。邪教民據靳家庵，愚民爲之惑，公廉得，械其人，燔其經典神像，以其地爲義學。十二年，陞磁州知州。十四年，授天津府知府，晋清河道。丁本生母憂，服闋，補福建糧驛道，調汀漳龍道。漳浦縣奸民蔡榮祖謀叛，公親督員役率營卒擒之，伏誅。二十三年，調補臺灣道。臺灣東界崇山，山内爲生番所居，山外平埔，定爲界内、界外。界内漢民墾種，界外故爲熟番之地，生聚日衆，界内之民侵展禁限，熟番地日促，而漢民地漸近生番，既與熟番搆釁，生番亦乘間焚殺漢民。公案界掘深溝，築土牛以爲之限，請令熟番薙髮留辮，以别於生番，永杜假冒。先是，游民充膺通事社丁，設立大通事，多爲不法，公令社番内通曉漢語者，充當通事，革退漢人之充社丁者。往年修造戰船，入山采木，工匠置寮廠，每一人率小匠百餘名搔擾，與生、熟兩番争鬥戕殺。公釐治之，諸弊悉除。二十五年，正薦卓異，補授汀漳龍道。巨盜黄薦等九人肆毒害民，莫敢擒捕，公生致之，伏誅。三十二年，陞河南按察司使。三十五年，授甘肅布政司使，調直隸布政司使。三十九年，山東妖賊王倫以清水邪教煽聚亡命，陷陽穀、壽張、堂邑，犯臨清州，大學士舒公赫德率勁旅剿之。天子念景素將家子，必知兵，特旨命分守河西，遏賊不西逸。公立詣制府周公元理請兵，時周公屯故城，給兵千二百人，夜與賊遇。公曰：『賊衆我寡，兵新集，未可與戰。天子命我守河西，銳不可失。』下令熄火，跧伏伺其過，乃潛渡河屯西岸。公度兵寡弱，未足以禦，馬上望數里外高屋，問何地，衆曰：『回人禮拜寺。』公喜曰：『可矣。』大呼曰：『吾軍中有回人爲將卒者乎？』有把總自隊中出曰：『把總，回人也。』公禮接之曰：『賊衆我寡，兵新集，恐不足以禦。君之黨忠義素著，盍爲糾結子弟，爲朝廷殺賊？亦建功立業事也。』把總曰：『諾。』即入其禮拜寺，得二千人，勇氣百倍，軍威遂壯。穆維者，健卒也，夜巡浮橋口，見岸東昏黑無人聲，獨持刃潛過橋，見一賊臥礮下，斬之，夾其礮，斷橋索而返。以人頭繫刀上樹，而呼於營曰：『吾殺賊矣！橋可奪也！』衆應起，立焚浮橋。賊趨至，斬賊數百人。賊不能西逸，竄入舊城，以至於滅。方公之將督師也，舉家驚懼，老幕客邵姓者，素豐其餼，至是辭去，奴僕一夕散竄十數人，惟一幕客、二奴從之，實所薄者也。公臨行，謂家人曰：『我將家子，平日以不死疆埸爲恨，不幸死於賊，亦先將軍之榮也。』至是，竟以堵賊得功。賊平，擢山東巡撫。四十一年，皇帝東巡，幸臨清毀橋斷路處，及逆匪竄據之汪家大宅。公陳述剿捕狀，上大悦，公請改臨清爲直隸州，許之。陞兩廣總督，擒獲巨盜劉阿起、嵩高新、尹起明等。調浙閩總督，入覲，過揚州省墓。先是，伯兄以事謫守北路軍臺，仲兄統兵巴里坤，公方赴臺灣道任，重洋絶塞，路隔萬里，而年皆六旬外。至是兩兄皆在籍，聚於舟中，飲酒笑樂，追維離別，各欷歔泣下，相去蓋十餘年耳！四十四年，調補直隸總督，卒於官，年六十九，加贈太子太保，賜祭葬。

焦循曰：樸園本末，余聞之竹廬都尉。都尉，嘉興太守孫也。樸園子炤，字鑑亭，亦善余，有二子，先鑑亭卒，故樸園遂無後。朱生者，黄珏橋市人也，嘗從樸園。樸園巡撫山東時，朱偶歸，市有賣氈笠叟，東阿人，朱以其爲樸園部民，氣陵之。叟憮然曰：『楊撫軍，方面才也，妖賊蜂起，倘西逸，則蔓延不能即平，撫軍守河之功偉矣！然治齊以來，以驕臨民。天子能好人，亦能惡人，恐不能以功名終。君從撫軍遊，宜以慎約相勉，今居里中，尚假威勢嚇旅人耶？』朱默然汗下。思叟之言非常人，明日蹤迹之，不知所在。

阮湘圃先生別傳

循未弱冠時，極爲婦翁阮賡堯太學所愛，時時呼至其齋閣爲文章，芸臺中丞時方應童子試，每來鄉，亦以文爲會。一夕酒酣，太學誦中丞文而大呼曰：『此子必昌吾宗！』循從容問曰：『其文誠絶類軼群乎？』太學曰：『固也。』予卜於其祖父之德，其祖昭勇將軍，從大帥之征苗也，有降苗數千百人，帥將戮之，將軍以死請得生。攖帥怒，百苦之而不悔。已而將軍没於官，家無儲蓄。其父居貧，潔身自守，嘗至某渡口，獲一囊，啓之皆白金，而有官封文書一角，愴然曰：『此事上關國務，下繫人命，宜守俟之。』坐至暮，果有一人至，將投於水，詰之，語以失金，且泣曰：『公事甚急，失此並累本官，不如先死。』乃徐付以囊，不告姓名。楚有舊家女，寠而鬻於倡，得金二百，時封公客漢口，竭囊中資贖之，嫁諸士人。是皆先生貧賤時事。乾隆乙卯春，嘗從先生登佛峪、龍洞，先生教以乘馬法，稍稍習之，至險阻則踢蹐驚愕，而先生控縱自如，馳巉巖間若飛。又嘗馳馬游泰山，往來千里不少倦。中丞督學浙中，按部駐紹興，有鄉中故人謁先生於省署，先生接以禮。故人曰：『清貧若此乎？』先生曰：『家本寒也。』其人徐出二紙曰：『契值千金，爲先生壽，可乎？』先生艴然，白髯翕張，立而斥曰：『吾生平恥苟得財，故貧耳！君奈何無故而爲我壽不恤千金？若曰有乞於吾之子，吾子受朝廷重恩，雖爲清廉官，猶不足報萬一，而以此污之乎？君以禮來，吾接君敢不以禮？君以賄來，恐今不可出此門閾！』其人愕然，叩頭謝罪而退。先生諱承信，字湘圃，詳見《行狀》、《墓表》者不復書。

李孝臣先生傳

先生諱惇，字成裕，號孝臣，世居高郵。祖兼五，太學生；父佩玉，邑增廣生，皆有篤行，邑中稱曰『善人』。惇生而穎異，五六歲善屬對，工巧出人意外，同學者以果餌賄之，托其代，輒應無雷同，師知而奇之。九歲入義學，讀經史一目即記，知州某公嘆以爲神童。先生氣質聰穎，而性情純粹。年十三而孤，事母以孝聞。及居母喪，哀毁瘠墨，痛不欲生。伯兄卒，以長子繼之，事孀嫂如母。孝弟之行，出於天性者然也。先世遺田百畝，僅足饘粥，鄰里宗族宜任恤資助者，必竭力行之，不計家之空乏。與朋友交，和易謙退，無争詰，無嫉妒，故人樂與之親近而無謗聲。爲諸生時，學既成，《六經》之外尤不憚探賾索隱，故通天文、術算、象數之學。每歲科試，學使者輒置高等，於是博洽之名，傳於同學。丁酉拔貢歲，學使者謝公墉注意於惇，時亦以高郵無過惇者。賈君稻孫，先生友也，試前一日卒於泰州之旅舍，賈故貧，先生爲之經營殯事，遂不復與選拔。南昌彭尚書元瑞，時督學兩浙，聞其事，以先生古人，聘諸幕中，且使課其子。己亥鄉試中式，庚子成進士，爲暨陽書院院長，以經學教諸生徒，從者甚衆，其高弟章世繩、王蘇，皆以先生學取高科，名於世。乾隆四十九年八月卒，年五十有一。所著書有《卜筮論》、《尚書古文説》、《金縢大誥康誥三篇論》、《毛詩三條辨》、《大功章爛簡文》、《明堂考辨》、《考工車制考》、《歷代官制考》、《左傳通釋》、《杜氏長曆補》、《史記説文引書字異考》、《渾天圖説》、《群經識小》、《讀史碎金》、《詩集》、《文集》，共若干卷。子四：培青，出嗣伯兄，次培紫，次培碧，三人皆庠生，次培黄。孫一，之華。

後學焦循曰：吾郡自漢以來，鮮以治經顯者。國朝康熙、雍正間，泰州陳厚耀泗源，天文曆算，奪席宣城；寶應王懋竑予中，以經學醇儒爲天下重。於是詞章浮縟之風，漸化於實。乾隆六十年間，古學日起，高郵王黄門念孫、賈文學稻孫、李進士惇實倡其始，寶應劉教諭台拱、江都汪明經中、興化任御史大椿、顧進士九苞起而應之，相繼而起者，未有已也。循訪先生遺書於沈文學鈁，鈁訪諸培紫，培紫以先生《詩集》及《行述》示循，循次其梗概著於篇，而附記吾郡治經之盛云。

顧小謝傳

小謝名鳳毛，字超宗，小謝別字也，揚州興化縣人。父九苞，以通經名儒中乾隆辛丑科進士，卒於天津。超宗幼聰俊，襁褓中，祖母任口授唐詩，率能成誦。十一歲，能解説經書，嘗作天文、地里、禮樂、國璽諸論，和鮑參軍《行路難》詩，時人奇之。十八，應童子試，解《毛詩》『吁嗟乎騶虞』，反復數千言，補弟子員。二十，丁父艱，時家貧乏，兼連歲荒歉，養祖母、母，盡力謀食，不恤勞瘁。然性傲直，非所悦見，則瞑目俯首諾諾然。聞論説有大謬者，起拂袖笑曰：『嚇！』坐是忌者不一人，超宗固自若也。甲辰南巡，召試，欽賜二等。乙巳丁祖母艱，同郡鄭君兆玨延之，講《毛詩》於家塾。超宗以館穀稍可救貧，潛坐不出，披索經史，每夜寤默誦日所讀書，或不記憶，必起然燭，熟之乃已。不好世俗名，凡倡和酬答，拒之不應。有所得不示人，然問之者隨舉一事一物，皆能溯其原流，及其説之異同，歷歷辨之無遺漏。當是時，經學之盛，莫過江南，鈎深索隱，各自樹立。超宗於箋注義疏，不爲異同，惟以强記博覽，堅守先儒之學。然間有論斷，未嘗不精核簡要，厭服衆心。先是，己亥五月，今相國諸城劉公，督學科試，余與超宗同入學，已而同食餼，乃時與之親。明年，余與超宗皆丁大故。超宗時時來湖中，居半九書塾中，抵足夜語。里有與余不相能者，各負氣相角。超宗切責余曰：『奈何外用其神若此？倘先下之，彼出不意，怨即解。胸有此累，何以爲學？』值怨家壽日，超宗趨余往拜祝。超宗蓋不徒益余學問，而規正處己接物之道如此，不愧直諒多聞也。丁未，同在郡城，時時相過，或同牀寢嘗月，夜煮菱角烹茗，譚論至三鼓。明年戊申夏月，超宗病瘧。超宗素讀古醫書，頗泥其法，自用藥療治，及冬十一月遊吴中歸，忽變哮喘，遂殁於郡城王君思雷家，年二十有七。時甫中副車，傳聞闈中已前列第四人，以對策詆王肅及僞孔安國《書傳》而抑之，亦命也夫？自病至死十餘日，始則醫藥之繁，繼則棺衾哭泣之凶，王君不以爲忌，且多方謀之，君子以爲長者，王君也。學音韻律吕於嘉定錢教授塘，撰有《楚辭韻考》、《入聲韻考》、《毛詩韻考》，皆得錢君之指。又撰《毛詩集解》、《童子求雨考》、《三代田制考》，均未成。嗚乎！超宗將渡江過余，擁被夜譚，謂余曰：『吾得一訓導官可供母，則閉户著書矣！然素羸，必不壽，吾死，賴子以傳！』時無病，距死時二十日也。

亡友汪晋蕃傳

汪晋蕃名光爔，號芝泉，以儀徵籍入學，補廪膳生，居江都。其先世歙人，父棣，仕爲刑部郎，政事文章，卓然不朽，世所稱對琴先生也。晋蕃爲刑部長子，與弟掌廷同以文學名。刑部晚年家居，與老友數人怡情詩酒，兩君各以藝從，每春月探棲靈古梅，流連其下，望者慕之。晋蕃天性誠篤，與人言不及俗事，學術文藝則娓娓不倦。少處豐儉而好禮，長處困乏，不以升斗爲憂。言笑之際，不諳忌諱，而未嘗侮人，不矯情立厓岸，而取予不苟。經學深於《尚書》，字櫛句解無滯義，兼習《毛詩》、《禮記》，通其大旨。尤好《易》，彙集漢、魏諸家，考而釋之。謂《乾鑿度》言《乾》貞子左行，《坤》貞未右行，歲終次從於《屯》、《蒙》。《屯》爲陽貞，於丑左行；《蒙》爲陰貞，於寅右行，歲終則從其次卦，鄭氏以《屯》、《蒙》、《需》、《訟》明之。然則以次者指《序卦》之次，始《乾》、《坤》，次《屯》、《蒙》，次《需》、《訟》，以兩卦主一歲，故云三十二歲期而周，六十四卦與卦氣值日迴殊，漢上不以《需》、《訟》爲次，而用《謙》、《睽》、《升》、《臨》，非鄭氏義也。又難云：陽卦左行，陰卦右行，惟《泰》從正月左行至六月，《否》從七月左行至十二月，《泰》、《否》獨相隨左行，明諸卦不然。而惠氏作《爻辰圖》，《乾》、《坤》諸卦皆左行，與鄭氏不已異乎？其好學深思，不逐口耳附和如此。蘇、李、建安而後，名家之詩，多能成誦。每有吟咏，典麗端凝，不涉浮薄，熟《文選》理，不苟作。督學使侍郎胡公月課揚郡，取晉蕃卷，通屬第一，而疑其僞，按部時扃試詩古文辭，慨然嘆曰：『苦心孤詣，深得《選》體，非貌似者矣！』又以《秋興賦》見賞於轉運曾公。於是學者稍稍知晉蕃能駢體文。舊有肺疾，寒則舉發。去年爲甚，掌廷竭力醫治之，今春夏間少愈。秋八月，應省試歸，病復作，遂卒，時爲嘉慶丁卯，年四十有三。病中尚手批《大戴禮記》、《文選》不置云。

焦循曰：乾隆丁未、戊申間，余館於壽氏，與汪氏兄弟交。時興化『二顧』超宗、仲嘉亦讀書郡城中，往來譚藝，契若金石。汪容甫曰：『晉蕃，長者也，可與論文。』余嘗冬夜與晉蕃飲容甫齋閣，快論至三鼓，雪深二尺許，容甫酣卧榻上，睨曰：『他人不易有也。』不二十年，超宗、容甫、晉蕃先後没世，回思若旦夕事，悲哉！晉蕃既没，檢篋中，得其手纂《易》稿二帙，以遺其孤復基、延埰，又有與余論爻辰一書，略舉其概於篇。

石埭儒學教諭汪君孝嬰别傳

吾友汪君孝嬰，嘉慶丁卯，以優貢生赴朝考京師。戊辰，入國史館纂修《天文》、《時憲志》，既成，天子嘉其通曉數學，授教諭，選石埭儒學教諭。癸酉冬十一月，卒於官。明年甲戌冬十二月，其弟子績溪縣舉人胡君培翬，移書於循曰：『國史館修《儒林傳》，館內諸公徵先師事迹。竊思先師《六經》子史罔不通貫，而天文算術，是其專門，非得精通九數者不能道。且先師所學，與自來各家異同出入，未易悉其涂徑。伏唯先生於數學著有成書，先師寓揚時，惟與先生往來商搉，倘不吝惠施，俯從所請，爲撰別傳一篇，將先師心得，詳悉揭出，以便上之史館，感且不朽。』嗚乎！孝嬰信没矣！自丁卯與孝嬰别去，秋省試後，孝嬰與舍弟同舟至揚，信宿遽去，循村居，以足疾未獲一晤。近者傳聞其没，猶未敢信，得胡君書，而孝嬰信没矣！孝嬰少余五歲，自訂交於秦淮旅舍，至今二十餘年，雖遠隔數千里，有所得必郵寄，相與論訂。歲丙寅，余館城中，與孝嬰館相去數武，尤朝夕聚。然孝嬰之學，深妙入微，恐不足以盡其藴，姑述所知，質之胡君，惟大人先生采摘焉。

孝嬰姓汪氏，諱萊，號衡齋，徽州歙縣人也。徽州之學，自江文學永倡其先，戴庶常震、金殿撰榜、程孝廉方正瑶田踵而興焉。江氏精西人法，戴氏飾以《古九章》割圓，故天文術算，與宣城梅氏相伯仲，東吴錢少詹事大昕、教授塘遥相應和。然孝嬰生於歙，其學實自得，不由師授。弱冠後，讀書於吴葑門外，數年苦心冥索，盡得中西之秘，亦未嘗與吴中師友相接。天資敏絶，性能攻堅，極繁賾幽秘，他人翻覆再三，未能理其緒，而孝嬰目一二過，默識静會，已洞悉其本原，而貫達其條目，是非間隙，豪髮莫遁。人所言不復言，所言皆人所未言與人所不能言，故其著述無多卷，而簡奧似周、秦古書。八綫之制，終於三分取一，用益實歸除法求之。孝嬰以一表之真數，僅得十之二，因悟得五分之一通弦與五分之三通弦，交錯爲三角形，比例立法，以取五分之一之通弦，而弦切之數益密。梅氏《環中黍尺》有以量代算之術，惟求倚平儀外周之兩角，而縮於内半周之角未詳。孝嬰以爲易，更立新法量取，不倚外周之角度，而三角之量法乃全。堆垛有求平三角、立三角、尖堆積法，不及三乘方以上，孝嬰推而補之，自三乘四乘以上之尖堆，皆可由根知積，因及諸物遞兼之法，以補《古九章》所未備。凡此引伸觸類，無不探幽索隱，條疏層解。所尤獨得者，爲糾正梅文穆公句股知積之術，及指識天元一、正負開方之可知不可知。文穆《赤水遺珍》稱有句股積及股弦和較，求句股向無其法，苦思力索，立法四條，其門生丁維烈又造減從翻積開三乘方法，文穆許之。孝嬰曰：句股形等積等弦和，帶從立方形等積等高闊和，皆有兩形互易，如句二十，股二十一，弦二十九，句弦和四十九，句股積二百一十；句十二，股三十五，弦三十七，句弦和亦四十九，句股積亦二百一十。若問者暗執一形，則對者交盲兩數，梅、丁諸公，法成而不可用，遂創立有兩積相等、兩句弦和相等求兩句股形之法。其法四倍句股積自乘，句股和除之，爲帶從長立方積，以句弦和爲從，開得數爲兩句弦較之中率，自乘爲帶從平方積，又以中率與句弦和相減爲長闊和，求得長闊兩根，爲兩句弦較，用句弦較與句股和，求得兩句股形各數。蓋悟得兩句弦較及兩句弦較減一句弦和之餘，必爲連比例之三率，兩句弦較必爲首末二率，兩較減一和之餘必爲中率，句弦和必爲三率併，故求得首末兩率，即得兩句弦較之數。又悟得同積之邊彼此可互三次之乘，先後可通，故四倍句股積自乘即兩形之倍句，相乘爲底，兩形之股相乘爲高，又以股自乘，同於句弦和乘句弦較，則以句弦和除股自乘原可得句弦較。今之兩倍句不同數，相乘之兩股亦不同數，則句弦和乘之不得句弦較，而得兩句弦較之中率。蓋句弦和既爲三率併，則此一句弦較爲首率者，用減此一句弦和，所餘倍句即中末二率，彼一句弦較爲末率者，用減彼一句弦和，所餘倍句即首中二率，故兩倍句相乘，即猶以中末乘首中，而兩倍句相乘爲底，兩股相乘爲高者，化爲中率。再乘爲立方三率併爲帶從。故以句弦和爲從，開立方即得中率，又以中率自乘，與首末二率相乘等。故以中率自乘爲平方積，以首末二率爲長闊和，得長闊即得首末，得首末即得兩句弦較之數。是術也，窮消息之原，鑿旁通之徑，所謂成變化而行鬼神者矣。元李冶傳《洞淵》、《九容》之術，撰《測圓海鏡》、《益古演段》，以明天元一。如積相消，其究必用正負開方，互詳於宋秦九韶《數學九章》。本朝梅文穆公雖指天元一爲西人借根所由來，而正負開方則未有闡明者。元和李鋭尚之，特爲讎校，謂《少廣》一章得此始貫於一，好古之士，翕然相從。孝嬰獨推其有可知有不可知，如《測圓海鏡・邊股》第五問，圓城求徑二百四十步與五百七十六步共數，而李仁卿專以二百四十爲答；《數學九章・田域》第二題，尖田求積二百四十步與八百四十步共數，而秦道古專以八百四十爲答。乃自二乘方以下，縷析推之，得九十五條，凡幾根數爲帶從長闊較則可知，爲帶從長闊和則不可知。又推得幾真數少幾根數又多幾平方與一立方積等，多少糅雜，和較莫定，立法以審之，以幾平方數用幾立方數除之得數乘幾根數，以較幾真數。若少於真數，則以幾平方爲高闊較，是爲可知，若多於真數，則或幾平方數，爲通分法三母總數，幾真數爲三母維乘之共數，幾根數爲通分之共子。如二如六如十二，設真數一百四十四，少二百零八根積多二十平方積與一立方積相等，則三數皆同，是爲不可知也。

孝嬰於《六經》，務在熟習本文，博通注疏，原始要終，以一知半解爲陋。《儀禮·士虞禮》記虞沐浴不櫛，《注》云『今文曰沐浴』，歷來校者不言其所謂，或以今文曰『沐浴』，則古文不曰『沐浴』，今本作『沐浴』宜有訛。孝嬰曰：『否。《注》謂古文作沐浴不櫛，今文作沐浴無不櫛，二字所異，在不櫛之有無，不在沐浴之增減也。』《史記》太初元年，年名焉逢攝提格，是爲甲寅，《漢書》述《三統》，推太初元年歲名丙子，說者不能決。孝嬰曰：『《三統》，劉歆所作，王莽以火德消盡，土德當代，太初元年甲寅，數至建國元年則爲丙午。莽急欲即真，萬不能待戊己之年，故更元年爲己巳，則冠土於火之上，遂改太初甲寅爲丙子。又僞爲超次之法，遠托諸十四萬三千二百三十九年之前，以爲太極上元起於丙子，超若干法至建國元年，恰爲己巳。此與即位之日用戊辰、令天下以戊子代甲子意同。歆以之欺莽，莽以之欺天下。』凡說經史，不苟同於人類此。熟於許氏《說文》，工篆，餘事亦爲詩歌。性淵穆和易，與人接無厓岸，有以所著撰相質，必首尾研究，再三否者直乙之，是者爲之疏通證明。程氏瑶田撰《磬折古義》，以明一矩有半之句倨，謂設縣於股，在鼓上稍右，股横於上，所以壓之使正。泥成説者或疑之，孝嬰核以重心比例之法，而磬鼓直縣之制以定。或得舊井闌石，有字磨滅，衆傳會爲蜀延熙時物，孝嬰細審，力闢其誣。或勸其周旋世故，終崛强不少假借。其官石埭也，公事依例獨行，不爲利疚威惕，故食貧茹苦，無異諸生時。嘗雨中步游黄山，作游記一卷。石埭東南郭柳家梁，有媪斸田，得銅器二斛相附，有古篆文。孝嬰量得大者，口徑今尺八寸十分寸之九，邊侈一寸十分寸之一，腹寬底殺，容積寸二百三十六，辨其當下篆，爲『蜀郡成都楊旦造，傳子孫』十字；小者容積一百二十寸，形與大者同，辨其當下篆，爲『陵陽子明受王孫釜，作礮用沸』十二字。劉向《列仙傳》紀子明上黄山采五石脂沸水而服，此其沸石之器，『旦』爲楊王孫名，可補班氏《漢書》。急分俸錢購得之，日手摩挲，以爲娱樂，而甑中生塵不計也。春秋四十有六。所著《衡齋算學》七卷行於世。

論曰：今世精九數之學者，惟孝嬰及李尚之鋭。尚之善言古人所已言，而闡發得其真；孝嬰善言古人所未言，而引伸得其間。尚之精實，如詩之有少陵也；孝嬰超異，如詩之有太白也。秦、李之學，爲郭太史《授時草》開其先，有明三百年，莫有能知者。唐順之、顧應祥自謂知算，而於《測圓海鏡》授時術，不知立天元爲何事，竟删《細草》去之。本朝重實學，盡收兩家之書於《四庫全書》中，而天下好學深思之士，乃得從而彰顯焉。正負開方，發明於尚之，俾古學微而復著，而可知不可知，則自孝嬰啓其端。尚之亦深嘆爲窮幽極微，爲算氏之最，撰《開方三例》以證明之。所云一答，即可知者也，所云不止一答，即不可知者也。所爲《三例》，以隅實同名者不可知，隅實異名而從廉正負不雜者可知；隅實異名而從廉正負相雜，其從翻而與隅同名者可知，否則不可知；隅實異名，即帶從之長闊較也，隅實同名，即帶從之長闊和也。尚之以隅實同名異名，明一答與不止一答，孝嬰以長闊和較明可知與不可知，其義一也。至孝嬰謂幾真數少幾根積多，幾平方與一立方等，即尚之所謂『實負從正，廉負隅正，爲隅實異名而正負相雜』者。以商數乘隅與廉相減，隅數多於廉，則減去廉之負而存隅之正，隅從兩正，當一實負仍從爲隅實之較；隅數少於廉，則減去隅之正而存廉之負，廉實兩負，當一從正仍從爲隅實之和。以立方除平方，猶以隅廉相減，以根數乘減餘而少於真數，則真數爲和，即從爲較矣；以根數乘減餘而多於真數，則真數爲較，即從爲和矣。尚之言多少在廉隅，孝嬰言多少在從實，隅多於廉，斯從少於實，故尚之以多爲一答，孝嬰以少爲可知；廉多於隅，斯實少於從，故尚之以少爲不止一答，孝嬰以多爲不可知。尚之究乎既商之後，孝嬰審於未商之先，言若殊趨，義實互證。親此者或斥彼，邇彼者或詆此，故相傳其齮齕焉。然而絕學之顯，端由兩君，實關乎盛朝文治之盛，謹備述之，而他從略云。

葉霜林傳

葉霜林，本名永福，字英多，甘泉文學生，繼而悔入學爲多事，乃易名曰英，號霜林，故所遺人書札及題名，皆曰葉英云。癸卯夏，余於劉君昆珊家始識之，聞其譚江南山水不倦，語淫及詩。是時余心識其人，而未嘗與之深交。越五年，丁未冬，江子屏與霜林至，霜林前匍匐再拜不起，余驚不敢答，繼而從容言曰：『吾有子，欲從君遊，此所以乞也。』明日其子至，余授以學，自此歷十餘月不見。己酉春，金餘山家兩僕來掖余行，余錯愕問，不答。至則霜林拱立待已久，恭敬再拜，正色言曰：『吾生平有薄技，每一作，神與氣並竭，半月始復。先生竭神氣教吾子，吾當竭神氣以報德。餘山知吾意，故羅先生至耳！』乃凝神說靖康南渡事，聲淚交下，座客無人色。有勞之者，霜林哂曰：『英爲先生勞，非爲君勞，何勞爲？』又二年不見。辛亥冬，曳破屨索一袖至余館中，謂余曰：『英素好歐陽舍人書，得舊拓碑半紙，摹二十年，然不喜爲人書，爲人書亦不作正書。今以一年之力求得紙，又瞑目坐十日，然後作正書，所以報先生也。』再拜而去。不擇交，不濫交，氣投合可日日見，否則雖要之不見，亦不知其處所。與僧石莊交，嘗起卧於桃花庵中，然倏去倏來無蹤迹，或同席譚笑，忽不辭去，或數日不見，而草樹間有霜林誦詩聲。有餘錢可一日醉盡，乏時嘗餓卧數日。時於友人索錢，時或周之，忍餓不受也。病痰咳，依棲女家。丁巳秋八月卒，年六十五。葬其先世葉侍郎墳北三里。

焦循曰：稱霜林者，多舉其技。然以技傳者，大抵供游説奔走已耳。壬子秋試，霜林數約余遊莫愁湖僧寺閣上，時寺閣荒寂，有僧二，一老病，一愚騃，霜林率卧閣上，數日不去。甲寅後，閣新葺，遊人盛多，余復約霜林往，霜林笑不答，余無以强霜林行也。

陳達夫傳

余族祖績園先生，少與李敏達公子星垣交。公子以武職官江南，嘗往來其署中，門下多奇人，遂識陳翁達夫。達夫，故泰興舊族，美須髯，貌偉岸，聲如洪鐘，善導引，工技擊，以拳勇槍法聞，於太乙壬遁、九宮風角，無不精驗。晚年家揚州，先子因績園先生亦與達夫交。時先子年四十，未有子，達夫爲推之曰：『勿憂郎君，不馬馳來，且羊負來矣！』癸未二月，余生，先子神其言。未彌月，即以余生日干支乞爲推修短貴賤，達夫遲之又久，以一紙遺，朱墨識别，當時迂闊其言，以爲非珞琭家體，置之神櫝中。余稍長，意氣鋭發，自期既不細，亦不知以機變倜張逆人，以爲其説不經，頗厭置之，别求精此術者，不下十數輩，歷三十許年，余已五十矣。既病卧里中，每夜坐思達夫之言，始覺其無不驗，而向者神櫝中之紙，已付諸鼠螙，莫可蹤迹，乃憶其説，述之如左：

余干癸乙、辛壬，支未卯、卯辰，壬、癸、辛爲三奇，辛加卯爲魁星，宜以文章得科第。然日金也，四辰馬也，兄弟皆馬也，一夫執策，五蹄決奔，憊矣。神智上升，印綬下伏，害擊於福，譬胎於毒。且夫壬、癸者，木之母也，辰、未者，印而財也，禄我之鄉，反以羸我，我生之家，朋以睽我，鬼在黄泉，身以鑄焉，巧賚於天，權出於墓，將官愈張而害愈起，其鬱鬱於生而斤斤於死乎？

焦子曰：達夫以李青蓮、蘇玉局相比擬，余不敢當也。然謂我生者累我，誠不爽矣。屈指數之，蓋數十事。每思達夫之言，則我生之初，有與性俱來者矣，又何却焉？達夫謂庚午、辛未間，當得好官，然衡古人知命之學，自癸亥至今九年，閉户不出，著書成一家言，庶幾鬱鬱者可以已乎！江都方七善相人，謂余四十五當死，不死，必得官。余丁卯三月死，七日復活，是年適四十五。方七從黄君春谷官粤西，殁於恭城縣署中。

汪節母吴太恭人家傳

嘉慶二十三年，歲次戊寅，冬十月初七日，汪節母吴太恭人年七十，以壽終。母之子光炬哀慟盡禮，謂循素親邇，悉母之行，屬爲靈表。循卑且陋，未敢爲尊者誄，而又不能自默。顧母之大節，光烜已上之有司大吏，請旌於朝，恩許建坊，崇祀節孝祠，其本末載諸公牘暨郡縣志書，可徵信於後世。江都縣學教諭范公鑑，舉節母之略云：節婦吴氏，生於乾隆十四年八月十九日，於乾隆三十八年十月，適候選知府汪集，爲繼妻，年二十五歲。於乾隆四十三年八月初四日，夫殁，年三十歲，至嘉慶十年，守節二十七年，見年五十七歲，事在乙丑，迄今又十有三年，凡守節四十年云。吴爲歙縣豐溪望族，自明代遷揚州，世以儒顯。母之祖父枚，康熙庚子舉人，觀政兵部職方司候補主事，父文鎏，爲名諸生，讀書至老不衰。母幼秉家教，知大義。母之曾祖姑吴太夫人以苦節傳，母既孀，每夕焚香拜誓，願弗替先人志節。蜀岡有五烈祠，祀邑中婦人以節烈傳者，母奉祀四十年未輟。先是，族中尊輩以母之年少，初治家，諜之戒門者勿傳，及入内，見規矩嚴密，悚然敬且悦。母終身勤針黹，未冬即理絮衣，族戚中乏者，手縫紉遺之，必整且潔，此里閭所共傳者，循之聞也。歲戊戌，慎庵公卒，母于歸方五年，未有子，惟側室鄭生一女，哀毁中有咻之者，言嗣子宜早定，時光烜方十歲，讀書塾中。光烜，刑部對琴先生次子也。母出不意，詣刑部宅，入塾，抱之輿中。衆方訾訾議不已，母携十歲兒，正色凝立，曰：『未亡人依故夫遺命：後此兒句，昭穆次叙相當句，他勿與矣！』衆不能競，刑部亦不及辭，遂定嗣。而覬覦者謀怵之以官，復搆訟，母坦然詣縣廷，官不能屈，凡歷四年乃已。丁未，余交汪子晋蕃，因及其弟光烜，時光烜侍母居左衛街老宅。循往候，一羸奴候門，一矮奴侍客，供茶茗，皆樸拙，俛首低語中，門外無婢媪之迹，耳不聞笑語聲，門庭闃然。座上客大都譚藝賦詩，有裨言行，絶無小慧便佞，俳諧博弈。循以譾僿，母時命留飲食之，因得登堂拜謁。母面厚重豐頤，莊静嚴穆，言論從容，洵乎大家之風。時光炬已成立，母以家事委之，刑部年七十許，晉蕃奉養無少缺。母謂光炬雖出爲己後，其本生父若兄，宜盡孝友，時迎刑部於己宅，敬禮備臻，以舒光炬之情。數召晉蕃，令誦説史事於側，俾其兄弟相近。已而刑部卒，晉蕃夫婦亦卒，所遺子女母携至家，飲食教誨之，衣襦襪屨，皆親爲之治。母六十後，悠游自適，如無能者。家有小園，花時，率衆女孫環坐滿前，顧以爲樂。人見其和，不見其肅，人見其虚静而恬漠，不見其智。循與光炬交三十年，所親見能歷歷言之，謹述以遺當時大人先生爲節母撰志銘者。

卷二十二　碑　墓志銘　墓表

孝女王淑春墓碑

孝女父，儀徵諸生，名法夔，老而貧，肄業安定書院中，月僅得一金，不足以贍衣食，雖有子，不能養也。孝女痛之，誓不嫁。以針黹得錢，供父饘粥，已則時時忍飢。冬月，手凍龜血出，身寒戰，工作不輟，父賴以不餓死。某年月日，法夔病歿，孝女以頭觸壁，額裂，得盡孝死。

嗚呼！余與法夔同書院者十年，法夔年七十餘，目昏眊。每見其刻苦爲文，漏三下，猶以卷就燈下作字。今乃知其戀戀於每月之一金者，誠憐若女之心力之竭也。然終以老黜去。自是孝女之境益窘，而所以供之益艱。鞠躬盡瘁，死而後已。如淑春者，可謂能竭其力矣，孝之純矣！江都明經袁君世勳，集同人爲之殯葬於法夔墓側，請旌於朝。昔李文公作《高愍女碑》曰：『賞一女而天下勸，亦王化之大端也。』辛酉四月，余往武林，與韓君衛勳同舟，韓屬余爲文表其墓，已而忘之。冬十月，復往浙，復與韓君同舟，韓君讓余曰：『令孝女之事不彰者，子之咎也。』余蹙然，因爲之述。

鄭孝子墓志銘

孝子姓鄭氏，名禧，字錫五，繼伯父達爲子，本生父爲上，居鎮江。伯父居江都，孝子五歲渡江，育於伯父所，至性所流，宗族稱孝。數年，父病，中死法，孝子年甫十餘，憂盧面墨色，侍疾不寐，髮髦盡亂，斗孛夜號，草木之滋，百計思效。既遭喪，哭踊哀戚，過於常人，以哀毀致病，病八年而卒，年二十有二，卒於乾隆四十年五月之三日，葬甘泉之西境造石街之陽。娶俞氏，生子宗、偉，偉以其先人軼事告於循，乞志厥墓。乃周訪於其宗人，宗人曰：『孝子性和平，節儉恭讓；好讀唐、宋人書，效董宗伯書法畢肖。既病，恐戚其生父母心，呼之，忍疾而侍也。』或曰孝子之侍疾，嘗割肉以進，此所以病焉。嗚呼！世俗之孝，吾不爲孝子重，惟其蜾蠃負之，恩同毛裏，齒才丱角，大節克成，非其天性之純全，曷克臻是？是可傳矣。銘曰：

繼嗣之立，争奪之林。惟合以利，孰誠其心。鄭君秩秩，貊其德音。孝子惟孝，著江北南。勒之貞珉，以爲世欽。

喬先生墓志銘

先生名椿齡，字樗友，甘泉縣人。沈酣六藝之精，涉獵百家之迹，故其操筆爲文，厚而不愚，樸而不陋，論文非漢、魏不出諸口，作文非漢、魏不安於心。然而所遇，止博士弟子員，高等屢試，餼廩未食，命之窮也，可勝感乎！篤於友朋，不效酒食標榜之習，過則相規，直言無隱，故人樂與之遊，而復憚其口。雖有放逸不羈之士，見之無不自斂抑。年五十不昏娶，不事生人産，性情高潔自好，世或以怪誕目之。儀徵阮元嘗從之遊，既貴，先生未嘗通一問，及視學山東，延先生佐文事，乃以乾隆癸丑十月往，明年三月卒於青州。弟某某迎柩歸，於某月某日葬於某地，禮也。循識先生十年，時獲聞先生之論。將往齊，與語於泰州旅舍，自此遂不能見。越一年，循至青州，先生卧榻尚存，具雞酒黍飯，向榻而祭，乙卯二月晦夜三鼓也。五月自山左歸，尚未有志先生墓者，因爲之志。銘曰：

瞻彼齊城，驅馬宵征。月孤山冷，想見先生。

李嵩泉墓志銘

甘泉李濱石鍾泗之兄鍾源，字嵩泉。余未識其弟，先識君。君事母孝，愛其弟而能教之不倦。每弟會文友家，家無僮僕，君輒自持燈或雨具，立其家門外，待弟出與歸，雖寒夜，嘗露立雨雪中，弟屢泣辭之，終不改。自不娶，爲弟聘婦。竭力營一室，將遷居而歿，是可痛也！先是，余過其門，必以餅餌延余食，自不食，而勸於旁曰：『吾弟年少學淺，望勿以爲市交也。』甲寅，余與濱石同舟，試於省，送余坐舟中，良久，復諄以弟相屬，語次嗚咽，余訝之。八月二十日，與濱石歸，君已病篤，卧帳中，問之，尚與余言。是夜，周姓醫投以石膏，明晨遂死，年止三十。君素赤貧，以星命爲業。每判吉凶，趨避無不驗，日得錢可三百，足養母以及弟，餘且以濟乞人，或張路燈。余每叩其學，則笑不語，强之，則曰：『餬口耳！何可言？』後見其篋中書，第坊間俗刻五星節氣，差謬甚多，然而世之講西法分秒不戾者，未如其術之驗也，是亦天之所以助善人與？然而夭其年者何也？是年某月某日，君之弟鍾泗葬君於城西某原，禮也。君歿，余有詩哀之，即用以爲銘。

儀徵縣學生鄭君暨節婦吴孺人墓志銘

嘉慶十一年　月　日，内閣中書鄭兆珏，葬其考容千府君暨母節母吴孺人於金陵琵琶街之原，禮也。府君諱涵，先世居歙，繼遷於金陵，再遷於揚州。祖爲翰，贈中議大夫，父鑑元，誥封中憲大夫。君幼好學，能文章，劉石庵先生督學江蘇，取爲儀徵縣學生。春秋三十，卒於乾隆丙戌秋八月，厝於城西仙人掌之側。越四十年，嘉慶乙丑冬十月，吴孺人卒。又一年，始合葬。君之卒也，四方知名之士，作詩歌以哀之。奴隸臧獲及鄰里市巷之人，多謂君不宜歿，迄今猶然。是時，君長子兆玉甫三歲，次子兆珏猶在娠，吴孺人年二十六耳！孺人善事翁姑，姑有痼疾，調護尤謹。撫兩子皆成立，凡守節四十年。乾隆乙卯，舉於有司，建坊於門。循與兆玉、兆珏交二十年，君已前歿，未獲瞻仰顔色，時時拜見吴孺人，言論風格，肅然見家法。又嘗誦君之遺文而惜君之才，則信乎其不宜歿也。孫四人，烜、炤、炘，兆玉出；煕，兆珏出。銘曰：

人惜君歿，吾謂君存。君於何存？存於人言。如熯思潤，如冬思暄。有斐君子，人不可諼。穆穆節母，維邦之媛。美哉同穴，夫貴妻尊。

甘泉優貢生鍾君墓志銘

君卒之明年，夏四月，君之子負二囊來，皆君著述草稿，乞循爲理之。明日啓囊，得十三種：曰《春秋考異》，論『三傳』也；曰《説書》，解《尚書》也；曰《區別録》，考訂《毛詩》之草木蟲魚也；曰《論語考古》，發《魯論》之疑滯也；曰《祭法解》，核古祀典也；曰《周官識小》，經緯諸職而類釋之也；曰《讀選雜述》，補《文選》注之不及也；曰《興藝塾問答》，與子弟門人輩講説之所録也；曰《漢儒考》，表兩漢經師也；曰《興藝塾筆記》，曰《考古録雜論》，經籍之所叢也；曰《覺庵日記》，甲寅、乙卯間記日所行之事也；曰《筠心館集》，詩古文詞也。《日記》首尾完善，録雖瑣屑，間及哀傷，而夷曠之風露於楮表。誦而味之，可以消市心焉。文止數篇，詩則備矣。其餘零星斷爛，卷帙未完。窮三日力，刺其精華，爲君寫之，統得四卷，名之曰《攷厓考古録》。攷厓者，君別字也。

君諱懷，字保岐。鍾氏世爲揚州甘泉縣人，先世業賈，至君而貧。君樂道知命，不以貧賤自損其性情。雖饘粥不繼，不廢嘯歌。好著書，而不與世争名，故世罕知者。以爲列身横舍，則科舉之文分所宜習，於是有八函時文之選，然未嘗汲汲於科名也。未弱冠，補甘泉縣學生，應省試十三次，屢經困躓。君惟自訟，不知怨尤。嘉慶甲子，諸城侍郎劉公督學江蘇，重君之爲人，嘆君之學，舉君爲優貢生，君慨然有知己之感！然自謂譽咎殊多，不稱此目，家庭叙説言屢及之。居恒禮法自守，訂祀先之儀，率其子弟，必敬必誠。與朋友交必以信，謀事必忠，往來酬接之度，不瀆不慢。性素和易，而人亦莫能狎也。春秋四十有五，卒於舉優貢生之明年七月十七日。娶同邑李氏，舉一子葵嘉。葵嘉葬君有日矣。循與君交善，因爲君銘。銘曰：

柳青青兮識君之門，春融融兮想君之魂。立言不朽兮即身之存，魂無不之兮藏身於西山之原。

代阮宮保撰王善香觀察墓志銘

維大清嘉慶十六年冬十二月壬戌，河南分守河北彰懷衛兵備道王君，以王事勞瘁，卒於陽武城之邸。十七年夏六月戊申，其孤以喪歸。十八年春三月壬午，葬于松江府婁縣四十三保二區八圖絲字圩新阡，禮也。君諱如金，字式二，號善香。其先爲汴人，宋南渡後，世爲華亭人。明萬曆朝，君七世祖陞以丙辰進士，仕爲太僕寺卿。生鋁，鋁生三子：長曰日藻，户部尚書；次曰湑，候選兵馬司正指揮，爲君高祖。楨，康熙辛未進士，選庶吉士，爲君曾祖。祖晋，河南衛輝府知府，爲君祖。興堯，山東兖沂曹濟道，爲君父。

君始以通判來浙江，署玉環同知。捕盜有功，以同知用移河南，借補儀睢通判，署開封府。值吉林索倫兵進剿楚賊，君總理軍需局，奉委以察哈爾馬八千匹送軍營，君以口馬至緩，先以它馬資用。大吏以爲能，奏入，賜花翎，題補蘭儀同知。會河決歸德睢州，君日籌工料，夜親堵築，露處風雪中，寒襲左目絡蹙。功既成，遵川、楚例，加捐知府，題補衛輝。引見，上顧君目，詢得致疾狀，頷之。未幾，進山西河東道，歷山東兖沂曹濟道。河帥李公謂不足以盡君才，奏請調河北，遂終于位。君之才，著於河防軍需，而惠愛之及於民也，最顯于晉。歲甲子，晉大饑，君方莅河東道，撫恤之，民得以存活。先是，晉産鹽於古鹽池，既汰商，均課地丁，趨利者多私販而課病。君籌之，以爲非復商不可，議先疏濬姚暹渠，以培鹽井之源，然後復官以治，招商以理。巡撫伯公麟用其議，入告，奏可。秦、晉之民，以河南、北兩岸灘地訐訟，吏不能下，君曰：『秦、晉之争，以水無常耳。水在秦則晉利，水在晉則秦利，利不利視水，南北而科，不以利增，不以不利減，故互争。然水無常，而地自在。宜合兩地，各分其半，而丈其可耕者，使官不征無利之科，民不私無科之利。』於是，數十年之争，一朝而决。秦糴于晉，民不肯集，衆阻之，以爲晉粟不足以贍晉，何及於秦？君諭以糴不可遏，乃召富室出資，乘鹽車赴洛，以穀返糴之價如糴之價。蓋以晉穀糶秦，而補以洛穀，秦獲其糴，而晉價不增。君之以兖沂曹濟道移河北也，當伏秋盛漲，在曹已防護無虚日，至是考城舊南堤决，君設筏拯民於危，而食以食，其中牟之將決者，則馳往力護得安。上賞，加按察使銜。君自夏及秋，躬冒暑濕，乃致疾，仍不自安，奔走於大風中，故不起，春秋五十有七。娶趙氏，封淑人，先君二十一年卒。子清華，廣西候補同知。妾黄氏，生清時，候補主事。女子子三人，孫二人：秉樞、秉衡。夫衛輝府，君之祖所舊守也，兖沂曹濟道，君之父遺澤之所在也。而君皆嗣任之，當時以爲祖孫父子，先後治一官，傳爲美談。君判儀睢時，君之兄錫奎以翰林出守潁州，潁與豫壤相接，是時兩親健，兄弟迎養，迭往來睢、潁之間，道上人指而識之，欣然慨慕，以爲盛事。君兄之子嫁阮氏，爲吾弟亨婦，與君爲婚姻，知君之行事。君之孤以狀請銘，故爲銘。其辭曰：

以勤報君，以惠答民，以政嗣親，以敏成仁，以勞忘身。刻之貞珉，以示後人。

名醫李君墓志銘

嘉慶十年秋七月，名醫李君卒。卒之日，予家人兒女咸哀泣，湖中農人有泣於路者，皆君所活也。先是，閏月，予子女及子婦病瀕於危，君活之，距君之卒止一月。君諱炳，字振聲，號曰西垣，儀徵縣人。幼習三世之書，苦不能得其藴，乃學《易》，十年而有得。曰：『治病之要，不外陰陽消息而已。陽生陰死，醫爲人求其生，故必使陽長而陰消，用寒涼峻厲則傷其元。惟陽主通汗吐下，所以亨也。利者義之和，其德在秋，火亢必有以和之，火齊白虎，所以和也。用陰以輔陽，非用以伐陽，貞元相續，而天行所以不已也。』時予有説《易》之書，謂《易》之當位，即岐伯所云當位，君見之欣然曰：『醫理在《易》，先生可與言醫矣。』君又曰：『帝出乎《震》，《震》爲東方木。木者，人之所以始也。肝膽之氣存則生，消則死。俗醫嫉肝木如寇讎，務制而勝之，生氣乃日損，而人壽益促。』君尤所自得者，曰『肝之本在右，而行於左』。學者駭其言，多攻之。歙人汪彦超爲舉一證曰：『《秦越人書》謂肝七葉，左三右四，右贏其一，斯爲本乎？』予亦舉兩證曰：『肝爲乙木，乙爲庚妻，妻必從夫，宜其本在右；鄭康成之注《周禮》「疾醫」也，言「肝氣涼，肺氣熱」，賈公彦申其説云：「肝在心下近右，其氣當秋。」是肝右之説，不始自君矣。』然予驗之十數年，凡右脇痛者，君以甘緩之，和以勺葯，無不應手痊，治肺必劇，乃知君以積驗得之。真能發前人所未言，可爲後世法也。彼攻者烏足以知之？群苦《金匱》無善注，乃撰《金匱要略注》二十二卷，能抉其微。録生平治驗之案，爲《西垣診籍》。惡吴又可《温疫論》之惑人也，作《辨疫瑣言》以糾之，謂大黄治疫，本於耶律楚材，又可竊之而不知其義，妄造達原，飲用草果、黄芩，以剥人生氣，且疫爲陰濁入人口鼻，當以芳香勝之，立清氣，飲用大黄，有漬法、蒸法、同煮、略煮諸法，取其氣而不取其味，意尤造於微。嗚呼！習醫者多不通經，或有假經語以爲緣飾者，又莫能發其精微，以會通於神農、黄帝之指。自宋、金、元、明以來，能好學深思心知其意者，其惟君乎！君卒年七十七，遺孤止二歲。是年九月，葬君於蜀岡之陰。君爲貧人賤士治疾，必竭盡心力，寒暑暮夜，聞召即行，而短於伺候富室顯者，故身後無餘財。胸有定見，不善隨衆浮沈。病已則戒勿藥，不屑以調理爲名奔走射利。或製一方，令服百劑數十劑，不更增損，均與世俗醫相反，而識者遂希。至於生死，在呼吸之際，人攻君補，人塞君通，人寒君熱，以口舌争之而不足，以身名性命誓而決之。手調其藥，而坐驗其啜，不效不已。及其愈也，所報或無一錢，君以爲快。嘗往來吴越、荆楚之間，所交落落，然而譚論風采，聞者好之。説醫之文，簡而有法。間爲詩歌，不甚溺也。予既録其診籍爲《李翁醫記》，復述其生平梗概及學之所得，以垂於石。銘曰：

惟人思之，知君術之神；惟人嫉之，知君學之真。財利所在，讓之他人。拙於求富，巧於濟貧。人喜用克，君獨以春。贈以陽和，不殺而仁。每乘舴艋，泛我湖漘。囊中有帙，指奥以醇。人驚論創，實中於倫。爲語學者，維兹有津。問而師之，以保庶民。

表叔王容若墓志銘

乾隆五十九年秋七月，表叔王容若卒於余家之半九書塾，年七十有二。嘉慶元年丙辰正月，葬於余莊之北，去余宅三十步。君爲明儒吏部郎納諫之裔孫，高祖父玉藻，明崇禎癸未進士，選慈溪縣知縣，升都給事中。曾祖父方魏，以處士終。祖父祖修，歲貢生，生君父衡北及循祖母。及循生子女，君又抱持飲食之。循十歲前，日夕相依，君時說古人孝弟忠烈故事，暇時教以書數，循之習九九，實始於君。壯年多力，善拳勇，好理鄉黨間不平事。居余家五十年，凡片紙零鐵棄諸地，一一收拾，積一篋，往往得所用。娶某氏，無子。

銘曰：

湖中闞閱，實惟王氏。著書滿家，直道如矢。至於容若，乃爾式微。祖無宦積，焉得輕肥。生不妄取，死無餘財。人謂君愚，君量實恢。布衣莎帽，清若寡鵠。不墮祖風，困窮何辱？衣冠之嗣，孰如君賢？不忮不求，惟君有焉。葬君近我，良於墓祭。銘君於石，以告後世。

吴完甫墓志銘

嘉慶六年辛酉夏六月某日，詩人吴梅村學士之曾孫完甫，以貧卒於揚州，年三十六。哀哉！君諱某，醇篤恭敬，訥於語言，多巧思，善刻石摹印，不屑屑講章法，自能工，亦非仿秦、漢以飾苟率。嘗以三乘方算法問余，余與言，唯唯似未喻。明日發爲圖，窮極微妙。久客揚州，友朋以其孤子，爲娶婦劉氏。婦有母病瘻，君飲食之，婦生男女四五人。君不善治生，日用遂蹙，憂鬱至嘔血，病，又以服藥日增費百錢，境益窘矣，遂不起。君與汪大贇交最深，汪葬君於某原。銘曰：

泰伯之裔，世居婁東。穆穆祭酒，爲詩人宗。三世而後，至君乃窮。君性沉默，與人則恭。君多才藝，思入而通。天與君慧，而困厥躬。依人江北，餓守蒿蓬。兒衣百結，婦嘆於宫。篆刻不輟，運刀成風。对客笑语，自比斯翁。寒餓外襲，愁鬱内攻。神氣日剥，如木有蟲。君年方壯，君算則終。頓聞君歿，我心忡忡。衣食所累，至此鞠凶。魂兮歸來，棲於寒松。爰刻哀辭，藏之地中。

代阮撫軍撰雲南府通判岸亭陳君墓志銘

君諱聖修，字念祖，號岸亭，廣西平樂人，原籍浙江山陰。曾祖理，官平樂司獄，遂移籍焉。祖廷綸，康熙庚辰進士，廬州府知府。考齊襄，舉孝廉方正，江西廣饒九南道，得男九人，君敘第三。生而岐嶷，善讀書，工於屬文，以太學生中乾隆庚辰舉人，援豫工例，授湖南貴陽縣知縣，調益陽。丁外艱，去官。服除，歷任江西之建昌、鄱陽、吴城，安徽之太和、蕪湖，所治政績有聲。陞雲南府通判，未及任而卒。君生於雍正十一年十月，距乾隆五十八年九月，年六十一。安人凌氏，生子四，伯、季先於君卒，仲廣興，叔廣凝。某年某月某日，葬君於某地，禮也。君令益陽時，值山水破堤，民大饑，未及請，先發倉米十萬斛賑之。無爲州水衡壩壞，州人議移建，君方署州事，以爲棄地讓水，非所以恤民，不如於要害處，開引河而增壩以護之。依君議，民賴以安。又嘗署和州，州舊有僉丁貼費之例，君議照屯田，按畝增追，給運丁自措，時以爲便。蓋君以經濟之才，施於宰牧，不徒以奉職者免上議，矢公者靖輿評，求之古人，可謂賢矣。先是，君仲兄聖傳爲臺灣縣丞，值林匪之變，慷慨駡賊，慘罹於難，天子以雲騎尉褒其身，且廕其後，無嗣，故以廣凝爲之子。廣凝重性理之學，好金石之文，鍾於孝友，志在表揚，以君行狀屬某志諸石。爲之銘曰：

邑宰之任，視古諸侯。化繇德駿，民視風鳩。會稽名駱，東郡無蝨。牛依淮守，虎拜荆州。繄古有然，維君则侔。虞賓巨族，楚産名流。清白世守，仕學用優。生秉異質，出建嘉猷。卅年作宰，萬里言游。春風拂鮚，陰雨隨騶。民隱既恤，官方式修。無偏無黨，不剛不柔。狗先羊問，犢共車留。破械同豫，發倉比攸。荻圩增霸，穎閘穿溝。利民民立，禱神神酬。通經足用，臨事克謀。具我壺漿，衎我朋儔。梅花東閣，明月南樓。板輿朝豫，民瘼宵籌。蒼黎在臆，皓髮生頭。績方報最，形頓歸幽。羊燈寂寂，蝗冪悠悠。女捐簪珥，童罷謡謳。遺書百帙，貞石千秋。魂棲芳草，墓表長楸。湘雲皖水，人去香浮。

節孝臧君墓表

君姓臧氏，諱禮堂，字和貴，常州武進縣人。高祖琳，以經學著名。父繼宏，母章，生子四人：伯庸，仲鱓，君次叔，季屺。君生有至性，天倫而外，別無所樂，秉質樸鈍。師事伯兄庸，每受經，人一己百，務獲乃已，遂通『六書』故训之學，尤長讎校，學者推之。然而性命所存，則父母而已。父病痎瘧，冬夜畏寒，又不樂近火，君每夕潛身被中，既温復潛起，三歲不間，未嘗令父聞知。父殁三日，水漿不入口，三年不入内。母病風，須服桑膏，君熬之，火薰目盡腫，卒以爲常，侍母疾不遠左右。母或詣親戚家，則奔隨輿後，下輿則扶掖以行，雖內室婦女群集，不知避。人信其誠篤，亦鮮有怪者。壬戌夏，母病甚，忽愈，方君持父喪，哀毁骨立，十歲未復。家貧無僮僕，居恒爭自操作，至是乃不能勝。乙丑四月，客長興，未三月，家書七發，問母安否。未幾病歸，遂不起。既卒，撫其左肱，有肉長三寸如蝎，突出膚表。其婦泣曰：『夫之羸，由割臂肉而起。夫在不敢言也！』先是，庸遊粵東，於南海得二利削，以問兩弟，君佩之。值母病甚，醫謝不治，君目視婦令先寢，外扃之，明晨有血漬於樓，覆以灰不掃。是夕，有小婢窺見君持所佩削盡臂，走樓下，已而煎藥，向銚長跽，若有所祝。母服藥曰：『今日藥濃甚！』病竟愈。君自割後創潰，歲餘乃合。每日忍痛作歡，而血氣精魄實耗於此。君風尚醇默，禮義所在，争之不少匿，不諳人世周旋之習，其迹近戇，而君率性行之，中於倫慮。伯兄庸，舊名鏞堂，至是改今名。君作書規之曰：『君子已孤不更名。蘇忿生、宓不齊，皆二名也。名以傳信，取名不定，字號太多，反致岐惑。』仲兄嗜億錢，泣涕以諫，不聽，日夜隨之。仲感悟，然後已。娶婦之夕，以事舅姑之禮，編爲詩歌，使女儐朖誦。婦竦聽畢，乃合巹。婦偶失母意，君呼而讓之曰：『爾獲罪吾母，斯我之讎。與爾約：三年無過，許復合，否則出矣。』匝歲，婦克盡事姑禮，弟屺泣請之，乃睦。君卒于嘉慶十年閏六月二十八日，春秋僅三十。配胡氏，無子，有二女。是年八月三日，葬君於豐西鄉祖墓之側。庸傷君甚，私謚君曰節孝先生。

君所撰《孝子孝女孝婦傳》共百卷，《説文經考》十三卷，《尚書集解按》六卷，《鄭氏義門傳志》二卷，《先考遺事》一卷，《愛日居筆記》四卷。君之歿也，大興朱相國作誄辭以哀之。孝弟之節，人不間於其父母昆弟之言。君以行爲本，學爲末，故著述之業不復詳書，而特書君之行，以表於石。

伯祖心若府君墓表

府君初名炳，字沛然，後以字行，遂名沛然，字心若。吾曾祖文生公之長子，吾祖鑑千公之伯兄。墓在澗陳壩北，祔於文生公墓之西，南面於澗。府君幼師事王君祖修。王氏自吏部公納諫以來，世守石簣陶氏之法，府君習之，不能售於有司，復師事郭進士嗣齡。進士時以王、胡之文教授於鄉里，習之益不得售。府君持之堅，不肯爲世俗文。安溪李相國之門人胡公素好守溪文，適督學江南，得府君試文，奇之，以爲童子中何有此老學，取爲郡學生，時府君年四十矣。目短視，廣面，須如戟。胡公笑謂曰：『子之貌何不類儒者？』府君峻其聲曰：『儒者何貌？孔子貌似倛矣。』聞者肅然。郭進士修《江都志》，議與同事者某公不合，某公以虚譽自炫者也。明日府君遇於市，執而數之曰：『昔者爾所言，姑與余論諸市中。』乃盡破其所説，某公莫能對，明日引去。甘泉令張公宏運將穿溝引湖，繞西山而南入江，所費既衆，且將壞墳墓田宅之當其地者，里人汹懼。值令至，府君往謁，力陳不可，令艴然，府君隨至縣庭復争之。先是，里中奸民利於此而嗾令，令惑之，聞府君争當於理，稍悔悟。適大吏亦以爲不便於民，乃止。府君樸誠不欺，見義勇於爲，鄉黨憚畏之，有口角訴誶，得府君一言即解。舉爲約正，每朔望集民教之。當是時，里中鮮訟者，農夫或終年不入城市。宣化使者涂公按部至里，見府君勤於教，而民俗於諸鄉獨淳，謂府君曰：『君百里才，老於鄉官，屈也！』聞諸吾父云。乾隆某年月日，卒於家，年六十八。娶高氏，生子男一，蘭；女一，適管一清。管以庶吉士改魏縣令，迓府君至署，府君惟布衣羊裘而已。孫男三：待、得、徹。得、徹少失學，不能擇友，以飲博盡蕩其家業，遂以窮死。府君手著時文稿數百篇，手訂明人程墨，及震川、守溪、思泉、鶴灘諸名家文稿，均存得處，乃失之至於盡。墓久不修，從兄待整葺之。追憶所知，述而刊諸石，以告後人。

族父訓導公墓表

訓導公之曾祖茂卿公，諱明選，與我高大父震鳴公爲同祖兄弟。祖賡泰，字載歌，父南傑，字萬士，皆世讀書，爲名諸生。公諱率祖，字履安，以歲貢生官望江縣訓導。卒於官。娶龔氏，生子二，長汝驤，次汝龍，以汝驤爲兄繹祖後。已而汝龍殁，汝驤亦先公殁。公叔父南吉生暉祖，暉祖生汝翼。至是，汝翼竭力迎喪，自望江歸，與龔孺人合葬於某原。公天性純粹，承祖父之學，安貧守道，語默動息，未嘗稍溢規矩。讀書外不知有嗜好，著述外不知有師友。居城中，從學者數十人。嘗與友人論經義，疑滯未及解，將之湖中，當北行，過市衢觸人而南行，數里乃悟。其心之專篤，不可渝易有如此也。公之兄繹祖，工騎射，能文章，壯遊京師，爲康親王所知。王重其才器，不許假歸。及殁，王召公迎喪，且憫其兄，將及其弟。公至臨兄喪，即位哭極哀，然不一謁王。王使人導之來，叩頭謝曰：『王之恩，没世不能忘。率祖今日爲兄來，見王爲不敬兄。持兄喪而見王爲不敬王，請俟異日。』竟以柩歸。王嘆曰：『南人善謁，秀才乃若是耶？』使人追贈以金扇，傳諭曰：『有子弟入京，持此扇來。』公再拜受之，卒不見。汝驤字鳳來，以時文名，《隨月讀書樓課藝》中有載者。自茂卿公以文名於明萬曆、天啓間，至鳳來五世，幾二百年，祖孫父子兄弟皆讀書，無一貿易者。鳳來無子，汝翼字民望，亦無子。民望始不讀書，以貧投水死。是可哀也！民望，忠厚長者，嘗以家藏時文稿數十篇示余，今亦散失矣，惟載歌公所著《澹園詩義》，嘗刻木者，余收藏之。其他著不復可得。訓導公軼事，先君屢稱之，惜乎未更請於先君，所聞僅如是而止。今公既無子孫，門人鮮有存者，循稍稍知屬文，不既此時表之，恐後世遂泯焉。方公之迎兄喪入京師，學中人多黜之。及不謁王而歸，鄉黨士大夫或哂或惜，以爲迂儒，唯先君及族人時若以爲徐孺子、申屠子龍之風也。其人没，其風不可没；其後絶，其名不可絶。用述舊聞，以刊諸石。

范氏墓表

循祖父生三女，季適范。循幼時，隨先子至姑家，姑之翁南宫范翁，壽八十，夫人吕並存。姑夫名之瑶，字崑池。姑之子徵麟，字彬文，號秋帆，甘泉學生，娶循族父麗左公女，生二子，長選，次金。一堂四世，何其盛也！循自幼受業於彬文師。已而南宫翁卒，吕夫人繼卒。越十年而姑夫崑池卒。遐〔一〕前卒，其母瘵卒，彬文師繼娶循族父印瞻公女。數年而師卒，金之妻朱卒，姑母及族姊姑婦相繼卒。今年金又卒，四十年而四世十口盡没！金無子，繼娶於沈，生一女，猶襁褓也，哀哉！先是，姑夫崑池合葬南宫翁、吕夫人於許莊之南，彬文師葬父及妻於墓之西北隅。師卒未葬，至是五棺同日葬。師善爲歌詩，每日吟咏不輟。處赤貧，以舌耕養父母，未嘗干人。性好山水，值省試，清晨出遊牛首山，忘携錢，忍餓終日，其興勃然。循從師七年，師授以《騷》賦古文。年十七，以詩賦

〔一〕『遐』，疑當爲『選』。

受知於劉文清公，師之教也。三四年來，屢夢見師，相向泣涕。去年秋八月間，偶隱几，見師隔溪立，奔汗如雨，遥謂曰：『吾窮甚，吾無以爲家也。』今啓所厝棺，和𧑒欲脱，更一年，幾不可葬，是非循之咎與？是非循之咎與？嘉慶丁卯十二月十三日。

吴氏先塋表

黄玨橋鎮西三里田吕家巷，巷南有塋，面西，澗水繞其左，曰吴氏先塋。余里中吴氏有二：一從徽州來，再傳曰椿年，生重光，官至代州知州；一從高郵來，曰輔君，輔君生美枝，美枝生堯佐，堯佐字從周。少孤，善事其寡母，貿易四方，以艱苦積貲，置田宅，稱温飽。生二子，長曰體仁，字敬元，樸素有父風，次曰體倫，字慎徽，甘泉學生。是塋葬從周公，敬元、慎徽兩公左右祔。從周公娶於周，敬元公娶於仇，慎徽公娶於潘，皆合葬。先是，椿年有厚德，里人謂代州之貴，所以報也。周孺人以勤儉佐夫，以忠厚訓子孫，睦姻任恤，其鄰里鄉鄙而知之者鮮。其孫太學生宗贇謂余曰：『周孺人嘗買櫝，愛之，已而廉知爲某氏物，憮然曰：「鄰里也，萬一至吾家睹此，何以相對？」急反櫝，不取值。鄰里娶婦者，往爲之儐。新婦貧家女，衣裙不能具，孺人甫見，急解裙衣之，不使娶婦者知婦無裙也。他行事多類是。』嗚呼！慷慨厚施，有餘財者類皆能也。惟以仁恕之心，隨其所遇，而委曲周全，纏綿無已。無高奇異俗之名，而尺布斗粟，誠誼將之，惠之所及，無迹可求，天之報之，必有興起如代州者。愼徽公每至書肆，率檢破螽不完，或詩文集不著名者，購歸整治之，曰：『好藏書者，以板計，以名求。此其所棄也，余不取，或竟廢矣。』此用意之微，與周孺人之心適合，知其教於家者深也。太學君虞其子孫忘先德之所貽，思有以彰之，屬其同里友人焦循書其事以表於墓。

李氏兩大夫阡表

嘉慶二十有四年，歲己卯，皇帝萬壽，詔內外大小各官，得以己官品級封贈厥父母。於是，刑部主事甘泉李周南請贈其王考國彦、考商山皆爲奉直大夫，請贈其王妣節婦胡，請封其母凌，皆爲宜人。凌太宜人受封後旬許，以壽終。是年十二月丁酉，周南奉妣之柩，與考合窆，祔於王考塋內，屬其同年生焦循文以表之。李氏，其先蘇州黄花嶺人，明世宗時遷揚，遷揚之祖曰思洲。思洲生玉生，玉生生良相。良相字公達，娶於王，繼娶於朱，生三男，長國賓字价藩，次即國彦字美士，次國士，幼殤。公達公早卒，朱年三十，撫兩孤並成立。价藩公生五男，美士公又早卒，胡太宜人時年二十有八，未有子，以价藩公第幾子商山爲子。商山字芝田，生二男，周南、鼓南，皆凌太宜人出也。李氏自玉生公以下，皆治生，有業在邵伯鎮，世守之以供歲時祭祀，給衣食，世以忠樸誠壹聞。胡太宜人既後芝田公，芝田公甫四歲，胡憐愛之如己出。芝田公事胡太宜人，無間於所生。已而胡太宜人以業授芝田公，督責嚴，芝田公承益誠，既娶有子矣。少有過誤，胡太宜人色不懌，芝田公暨凌太宜人輒恪立齊懼，潛變所行，覘色解乃亦解。家世居郡城，去邵伯鎮數十里，歲大半居肆舍，時時歸省侍寢食，以日所出内取與告。及胡太宜人殁，哀毁盡禮。先是，美士公葬城北法海寺旁，胡太宜人以地卑濕，遷城西金匱山，至是合葬，既今所祔阡。時乾隆四十一年，乃以母節請旌於有司，建坊入祠。芝田公貌清癯，愛潔，好蓄書籍花卉，自號曰逸亭，與人接極和，然不苟訾笑，不輕諾。雖貿易，實以儒道行之，故所居積率折閲，而市井駔儈得以詭詐謀侵侮之，芝田公默受不與校。周南以公瘁病，請棄業，公憮然曰：『此業爲吾祖母、母兩世孤孀所遺，母嗣我，坐付此業，旦夕以先世百數十年所延戒勿墮。今以侮故而棄，是棄吾母也，未有以易之，吾奚忍？』乾隆六十年，芝田公卒，年五十二。向者市井駔儈益肆其謀，凌太宜人蹙然謂周南曰：『汝父不校，厚也。爲人子漠然置之，非孝也。父始殁，汝未第而先業遽捐，非父志也。』周南乃赴吏自言，謀者不得逞，竟復其業，母教也。芝田公雖出嗣，於其本生兄弟，友愛殊甚，凌太宜人睦於先後。仲兄垣圮，厭傷人，或持之，禍不測，芝田公憂甚，趣周南營救，幾被讃，仲兄得無事。聞者背相議曰：『若素好書玩花石古器，嘗目以爲柔，今重兄辱而輊子讃，確乃如是邪！』

仲兄無子，生一女，芝田公爲立嗣，凌太宜人撫其女出室如己女。先是，周南娶於陳，生二男五女，皆殤；鼓南早卒，妻何，年甚少，生遺腹子官保。凌太宜人上承事孀姑，克盡其孝；下撫孀婦，克盡其慈。夫存則相夫以成其厚，夫歿則教子以成其孝，以一身介兩孀之間，孝於姑而姑之節彰，慈於婦而婦之節著，年七十六。周南成進士，妾張又連舉二男，宗保、安保，何亦苦節自安，能慰其姑。官保長成，能讀書。皆目見且生受封乃歿，天之報施，豈偶然哉？

君子曰：李氏一門，男仁婦貞，母賢子順，是可以風矣。然循見婦人無子者，多不願爲夫立後，先業轉可付諸異族。乃觀胡太宜人之教芝田公，其愛人能之，其嚴非至誠，孰能與於此？卒使芝田公盡瘁以守其業，且以孫貴，貤贈及夫。美士公雖早卒，而名顯於世。吾述芝田公、凌太宜人事，尤感慨追慕於胡太宜人也。因爲之題曰『李氏兩大夫阡』云。

殤孫冢志

余少子廷繡，生於乾隆壬子九月，殤於乾隆乙卯六月。今幼孫貴齡，生於嘉慶壬戌八月，殤於嘉慶乙丑六月。皆生於壬死於乙，亦異矣！廷繡死，余在外，其瘞處不可蹤迹。貴齡殤之日，即瘞於莊西四畝田左側隴上，哀之惜之！爲之銘曰：

愚抵賢否，初生悉良。長不成器，不如幼殤。維爾幼殤，我心則傷。纍此尺土，以爾形藏。余文不朽，爾死不亡。

卷二十三　事略　書事

先考事略

先考嘗謂循曰：『吾家世世以忠厚退讓爲法，吾高祖仰湖公諱文科爲江都刑房吏，以慈祥稱，未嘗妄受一錢。今西分一派，人丁蕃衍，皆修德所致也。此缺長房承之，違於先訓，子孫遂絶，不可懼哉！吾曾祖震鳴公行二諱明暘，與諸弟析居。既而諸弟疑其産厚，索承分田補之，公即如所索不校。吾祖母卞孺人，生於饒裕，幼年惟知作詩及畫，既歸吾祖文生公，公行五諱源，諸嫂嫉孺人奩厚，迫之析爨，而遺以先世債負，孺人盡以釵珥償債。時僅薄田數十畝，與文生公躬耕自給，並徵高壽，子孫林立，家業復舊，時以錢穀周恤諸侄，不念舊憾，親戚鄉鄰至今奉爲家範爾。祖鑑千公諱鏡，嘗元旦衣冠謁關聖廟，路遇族中無賴子，窘辱至污毁其帽，人以爲必結訟，公歸，易帽而出。明日，無賴子自愧請罪，公念其貧，且厚給之。其他可知也。吾族自永樂間聚處於湖，分上下兩莊，今惟吾屋尚存。』指樓屋曰：『此嘉靖間物，得不拆者，忠厚退讓所積而留也。』

先考諱蕙，字佩士，妣王氏，爲明吏部觀濤先生諱納諫之元孫女。王氏世以《易》名家傳，至曾孫祖修以通儒爲明經，以《易經》授徒。先考爲明經外孫，得聞王氏説《易》之法，以咯血病，應小試一次，即納粟爲太學生。先考幼年事父母之節，循不及見，然於親族中，極睦婣任恤之行。胞弟藿，幼殤，每墓祭必親詣而泣。女兄二人：長適史，無子而孀，爲之置田，以供口食；次適徐，早卒，遺孤女，教育婚嫁如己出。母舅之子容若，貧而無子，飲食之五十餘年。好善樂施予，族姓親戚有待以舉火者，死喪濟以棺斂之費，於孀婦孤子周之尤力。乾隆三十三年，歲饑，出粟以濟，循時六歲，及見之。先考承祖遺田八九百畝，以施故，家漸落，不懈也。貸者不能償則還其券，佃户貧者減其田租。有戚謝姓貸稻二百石，將賣屋，昏夜至曰：『吾負債多，他人皆利子錢，惟君否。不忍負君，幸即偕去取屋值，少遲他人得矣。』先考艴然曰：『君奈何以祖遺宅償債？我豈逼人賣屋錢也？』卒不取。家既中落，復屢值荒歲，乃稱貸於人，將如期，賣田以償。適戚有喪，悵然曰：『吾尚有田賣，不可使親戚無所殯。』分而予之。先考性情和易，無疾言厲色，間有横逆至，受而不報。嘗賣田，有爲受田者謀，使酬以錢，而代行其譎，受田者不忍欺先考，告以實。先考曰：『非伊之詐，吾故使之也。』戒家人不可使某知之，恐其自愧。有牛五頭，族人賣之，又有豕一圈，族子紿以代販，久不歸價，先考無一疾言，待之如常。及卒，族子至柩前，流涕不能已。居家儉約，衣裘器物，與親族朋友共之，不還，未嘗往索，往往至損壞而後歸之，未嘗有難色。新置鐙，族人借而賣之。有椅十二，族人借置其家十年，己屋中轉無有也，然處之率如常。先考口不諧謔，足不履非禮之地。嘗偕人渡江，風大作，舟幾覆，同舟者曰：『未有方正如焦某而沈於江者，吾輩可無恐也。』有樂生者善相人，謂先考兩目如蠶眠，法無子。越十餘年，樂生相之，曰：『君兩目之蠶化爲紅色，此厚德之證，當得子。』已而果然。先考生於康熙壬寅正月十六日，卒於乾隆乙巳四月二十九日，年六十有四。卒之前年，自筮之，知數將盡，啓笥取人所負之券毁諸火，負於人者償之，曰：『不欲令子孫失忠厚之道。』蓋先後所毁嚴正甫等之券，不翅數千金云。娶謝孺人，又納循生母殷孺人。殷孺人生循及循之弟律、徵。孫廷琥、廷纁，循出；廷琮，律出；延鐵，徵出。纁與鐵皆殤。琥生四歲，先考始卒。蓋四十外始得循，猶及見孫。乙巳冬十二月二十四日，與謝孺人合葬於本宅東數十步。先考於宅左構書塾十餘間，植以群卉。賓客至者雖卑幼，必親加禮貌，坐與言不倦，語不及義，則正色婉言謝之。善青鳥家言，通郭景純諸家之學，熟於《焦氏易林》，筮則用之，每有奇驗。

先考教子弟多格言，循謹録於左方：

昨聞談科名者，有『敲門磚』之説，謂不必根柢經術，但求塗飾有司耳目，便可騙得。余爲之駭甚！試思朝廷設科，非翰林不入内閣，所期望於士人者何如？乃以騙爲名，不願子孫之效之也。

曾子稱顔子：『有若無，實若虚，以能問於不能，以多問於寡。』孟子述顔子之言云：『舜何人也？予何人也？』有爲者亦若是，學顔子者學其虚心，又當學其立志。孔子言：『慮以下人』，又言：『當仁不讓於師。』顔子與孔子合。

灌夫鄙程不識耳語，韓建疑唐昭宗眼語，可知處己接物，必要正大磊落，不獨免爲人鄙，亦且免爲人疑。否則不足立名，亦不足保身。

或謂宰予何以短喪？余曰：古人居喪之禮非如今人，今人止不衣采服、不與考試耳，於古人居喪之禮，能一年行之乎？

『不忮不求，何用不臧？』不求易，不忮難。讀書就正有道，則宜用求，而斷絶忮心。

孫禮慕郎顗名德，求與親近，顗不許，遂爲孫禮所害。小人知慕名德，正可進而教之。蕭望之絶鄭朋，周堪絶華龍，皆受其害，或假韓魏公書動蔡君謨，韓公轉爲致書關中得官。學蕭之峻，尤宜學韓之量。

魏張遼與其護軍武周有隙。遼見胡質，質辭以疾。遼問之，質曰：『古人之交也，取多知其不貪，奔北知其不怯。聞流言而不信，故可終也。武伯南身爲雅士，往者將軍稱之，不容於口，今以睚眦之恨，乃爲嫌隙。况質才薄，豈能終好？是以不願也。』遼感言，復與周平。胡質之説，可爲交友格言，宜三復之。

毁譽皆不可有，以二者較之『諛墓』，猶可不必責備賢者。蘇子瞻論賈誼之黜，緣於不結交絳、灌。誼若結交絳、灌，因而不黜，何以爲賈誼？

文中子言謗之要，曰『無辨』。

張公藝九世同居，書『忍』字。余謂非也。忍則不能融化，忿蓄於内，久之將有不可忍者。父子兄弟之間，惟相通以誠，有所疑必使釋之，令共見其心。本無忿，何容忍？或言家庭之間，宜相退讓，此亦相率而爲浮僞耳，亦何能久乎？

《新唐書》列司空圖於《卓行傳》，蓋本王禹偁《五代史闕文》，《闕文》稱圖以清直避世，終身不事梁祖，誠唐之陶元亮也。唐之詩人，當爲弟一。所著《二十四詩品》，亦當爲歷來論詩者弟一。爾輩好作詩，宜細讀《詩品》，尤宜學作《詩品》者之人品。

《五代史》載韋震爲人强敏，有口辨，後乃病瘖。又《范延光傳》云：『初，秘瓊殺董温〔一〕而取其貲，延光又殺瓊而取之，而終以貲爲光遠所殺，而光遠亦不能免也。』歐公不好二氏之説，而史書之所載嚴切若此。

伍被始説淮南不當反，爲敗之計也。繼爲畫策，爲成之計也。及敗，乃自上書

〔一〕『温』後脱『其』字；『而』衍文。

告反。真反覆小人，以此受戮，不爲枉矣。

俗稱西王母爲仙人，嘗閱《漢書注》：『西王母，狀〔一〕如人，豹尾虎首，蓬髮暠然。』然則西王母非仙人也。大抵清心寡欲，和平其氣，自可延年。幼年見戚姓中有好神仙之説者，始而煉氣吐納，既而屏妻離母，獨處山中，采松葉爲食，久之，脾病吐利而殁。豈不哀哉？

世俗居喪，有逢七之禮，或詆爲道家之事。余謂『七日來復』，爲陰消陽長之候，每七日而望死者復生，未始非孝子思親無已之心也。

周子云：『唯人也得其秀而最靈。』惟靈故能推物，不能推，故不可爲靈。物阻於天，而能盡其所不阻；人阻於欲，而不異全阻於天，則人不如物矣。

見穿窬當思其貧，處貧當思不可爲穿窬。

怒人之欺我，當思其平日有益我處，更思其將來豈無益我處，又思彼雖欺我，我未嘗不因此而有受益處，則怒自潛消矣。

爲一善舉而使人不可受，則厚反爲薄，誠於善者自能委曲，使施之無迹，受之無愧。如是乃有濟，且亦可恒也。否則，高興爲之，非出於沽名，即出於市恩，既不可

〔一〕『狀』前脱『其』字。

長，人亦不信。

『餘慶』、『餘殃』，聖人言之。大抵陽善報之顯，陰善報之隱。如以沽名爲善，亦以名報之。昔之稱君子者，後或不昌，稱小人者，後或繁盛，此其際微矣。

吾家世村居，一衣一食，皆賴牛耕。古人蜡祭迎貓，爲其食田鼠；祭虎，爲其食田彘；其時用人耕，不用牛耕，故不聞祭牛耳。今則力田之事全賴之，果腹之物甚多，何必食此？

人與我争名，則自斂其矜；人與我争利，則自戒其貪。不矜不貪，人曷争乎？人有求於我者，必我有所餘也；人有忌乎我者，亦必我有所餘也。分所餘以給人之求，斂所餘以消人之忌，胸中自然坦蕩矣。

今日爲生員，不可因有司之多取而抗糧；異日爲有司，不可因多取而致人之抗糧。

相地之學，發於郭景純『乘生氣』一言，大儒朱子、蔡子皆精之。大凡元氣清剛直行，其極處必旋繞成圜，所謂結穴處也。清氣直行，濁氣分於兩畔，則砂矣。清吉濁凶，故葬必當氣之旋處也。非獨地理有然，人之清氣，行於中旋而爲首，其濁者分爲四支。草木之清氣，直行爲榦，旋處成華實，其濁者分爲枝葉。凡有氣者，陽奇陰偶，無不皆然，不獨地氣而已。然必有德者，以陽遇陽，相感成吉，若無德者，以濁入清，且相混而爲濁矣。如水雖澄澈，以污泥投之，水亦變潔爲穢，何吉之有？郤子爲韓子分謗，晋所以勝齊也。朋友共事，全以分謗爲要。自不受過，而以過諉諸友朋，人何以堪？譬如兩友，乙有求於甲，而屬己爲之居間，於甲則曰吾本不當言，乙迫之也，於乙則曰吾本極言，甲堅不許也。及事成，又據爲德色。此不能全己之交，復不能全甲、乙之交，則市交也。

己有求於友，不可竭人之忠，盡人之歡。友有求於己，不可不竭己之忠，盡己之歡。

先妣謝孺人事略

先妣謝孺人，生於康熙庚子正月二十九日，卒於乾隆乙巳九月初五日，享年六十有六。循生母殷孺人，生循三歲，謝孺人撫育之至十五歲，凡十有二年，寢食未嘗離側。循幼多疾，謝孺人懷抱行，十四夜不寐，足盡腫，婢媪請代，孺人曰：『先姑在日，望孫不得，臨終以是爲憾。今得兒，敢委諸乃輩乎？』循生於癸未，越三年丙戌，弟律生，又四年庚寅，長妹生，又二年壬辰，次妹生，甲午弟徵生，皆與循同母，而孺人愛之皆如己出。孺人生父諱銓，字雙南，叔父諱天齊，字覲南，邑學生，叔母虞氏無所出，養孺人爲女。嫁時粧奩及時節饋送，皆覲南公主之。孺人往來兩家，備極孝敬。循幼年隨孺人之外家，稱雙南公曰五公公，稱覲南公曰六公公。兩公年八十餘，須髮皓然，一鄉皆稱有道之士。循既隨孺人飲食起卧，孺人教以書數，口授《毛詩》及古孝弟忠信故事。多置紙筆，令臨寫字，每至兩外祖家，或兩外祖至吾家，孺人令循出所書字呈於兩公，或當前作對句，兩公率撫摩以爲笑樂。孺人同母兄玉來早殁，嫂范氏善鼓琴，多識前言往行，孺人與嫂最親厚，每歲迎之同處。時循家田園所出頗足衣食，孺人不自逸，夕時呼循生母共績麻枲，或貼錫箔爲冥鏹，嫂范及甥女徐亦往往共爲之。手勤女紅，口中相論説嘉言懿行，循與諸弟妹環聽之，率以爲常。甥女徐者幼失母，孺人視如己女，長嫁於裔，已而孀，孺人待之終身不少衰，徐視孺人，亦不異於母。孺人病時，苦脊骨痛，不習於席，生母殷孺人及徐迭以手相間，二十餘日，兩腕盡腫。及卒，徐慟之尤甚。殷孺人哭踊極哀，服期年，喪盡如禮。孺人讀書而不作詩，曰：『詩非婦人事也。』嘗曰：『先祖姑卞孺人，最深於詩，晚年以爲戒，後世婦女宜守之勿忘。』先府君好施予，或值空乏，孺人多方成之。循年十八娶婦，孺人愛婦如女，然婦寢偶東首，孺人切責之曰：『左尊，夫所居，何爲僭之？』立命改正。和睦之中，而嚴肅如此。循生子虎兒，孺人抱持之如抱循。卒之夕，呼婦抱孫至榻前，撫孫之手曰：『何冷如是？』慈惠之性，至死不變，蓋泣涕終身而不能報。

先妣殷孺人事略

吾母殷太孺人，以乾隆甲戌事我府君，時我適母謝孺人年三十有四矣。先是，吾祖鑑千公卒，服既除，謝孺人謂吾府君曰：『翁之喪無孫成服，吾之咎也。亟求宜子者納之。』府君未果行。至是復謂府君曰：『姑年六十，忍令不抱孫乎？』遂聘吾母，兼納陳。陳性憨多詐，嫉吾母，旦夜搆釁，或以去諷吾母，母曰：『不可。婦人從一，吾去焉歸？』或勸府君、謝孺人逐去陳，母又請曰：『不可。留我去人，將謂我何？我姑避之。』宅西北半里許有范庄者，佃客所聚也，有茅屋，母與兩孀媪居之，悉屏首飾鮮衣，習爲田事，凡耕耨刈獲之術，盡諳其利病，而能其勞瘁。謝孺人益重吾母之賢，亟迎歸。明年生女，未幾殤。遂生不孝循及弟律、徵。姑夫范之瑶每稱道兩孺人事，循聞之也。謝孺人撫循等如己出，乃以家事盡委吾母曰：『吾爲君撫子，君爲我理家。』戒僕婢『凡米鹽酒食之議，此後無問我』。殷太孺人既理家事，法度井然。然雖細務，必請於謝孺人而後行，既行必告，未嘗自專。乾隆癸卯春，謝孺人病噎，臥牀兩月餘，吾母侍疾謹。謝孺人命小婢啓笥，出釵簪衫服語吾母曰：『此先翁姑給我，使爲婦也，今授君。』吾母泣涕受之，親湯藥掖持不輟。已而謝孺人病愈，於是親族間有嘉禮，延謝孺人襄其事者皆令吾母代之。越二年，乙巳四月，吾府君卒，謝孺人傷之致疾，至九月亦卒。病中脊骨苦痛，吾母以兩手承之月餘，腕腫若瓠，謝孺人以手撫吾母之頤曰：『向者吾女壽死，深自痛惜！今即在，焉能如君？』既卒，吾母以所受釵若衫，命循等用以斂，盡納於棺，曰：『昔重違孺人意，姑受耳，非我意也。今仍歸諸孺人。』徒跣踊哭，髽髮戴枲，不異子婦之事舅姑，一時以爲善。嘉慶乙丑十月初四日，吾母殷太孺人卒，去謝孺人卒後二十年，年亦六十有六。先是，吾祖母王孺人，亦年六十六而卒。王孺人性嚴恪，治家有法，謝孺人和柔溫惠，戚黨懷之。吾母誠以待人，禮以持己。府君棄世之後，食貧茹苦，以勤儉率諸婦。非其道，雖一絲一粟，飭循等不妄受。愛護子孫若珍寶，惟讀書督之最嚴，櫌楚撻扑不恤。婿黄，其父失教，以虛飾誤之，深以爲恨，病中課其作文，猶切切也。吾母以夏四月病，至九月望後，坐起謂循等曰：『先君以車迎我，先孺人念我甚，我亦念之，今將去矣。』又二十日乃終。是年十二月初六日，祔葬於府君、謝孺人合窆之穴。

揀選知縣李君濱石事狀

李鍾泗，字濱石，其先淮安人。父世璉，號紫峰，精李虛中之術，賣卜揚州市，遂爲甘泉人。紫峰多隱德。嘗曰：『吾生子宜有興者。』及生濱石，而紫峰卒。濱石兄鍾源，字嵩泉，承父業，日得錢以養老母及幼弟。濱石因得讀書，師事同邑黄先生依宣。黄先生名洙，今以進士官山東縣令者也。時爲諸生，館於濮，濱石往附學。值歲饑，米貴，終日或不得食，每歸飯，餐兩麥餅即往，忍餓苦學。嵩泉閔之，令改業習負販，曰：『弟庶幾得飽食。』乃投轅門橋市口洋貨鋪中。甫入之次日，誤觸玻璃瓮碎，大窘。或曰：『爾窶人，何以償此？』適主至，熟視之曰：『君固從書房中來乎？』曰：『然。』曰：『讀書好事，何改而習此業？』濱石泣語以故，且告以能屬文，家有老母，兄一人竭力以養，苦不足，思改業以助兄，或者老母可日得一再飽耳！主人愴然良久，謂之曰：『姑居我家，爲我司筆墨事，可不廢書。』居數日，黄先生過市，見濱石，呼之曰：『何月餘不入塾中？』語以故。黄先生曰：『吾以汝別從他人學。固若此，奈何不我訴？』即携去衣食之。明年，入學爲生員，益自刻苦，用是學日進，與江都黄春谷爲性命交，以文藝相靡切，時稱『黄李』。春谷名承吉，戊午解元，乙丑進士，時爲諸生，負才氣，英雋倜儻，落落寡偶。濱石謙遜和藹，善下人，學者多樂與之交。每詩文之會率邀之，濱石無不應，或一日兼赴，至則走筆成千言，無率語。然名教自守，未嘗隨人可否，聞議論有不當於義，直言正之，不少顧忌，友朋間服其直，而益樂親其人。嘉慶辛酉舉於鄉，明年下第歸。丁母憂，服除，入京師揀選知縣。歲己巳，卒於京邸，年三十九。濱石於經，長於《左氏春秋》。工爲歌詩及賦頌箴誄雜文，空所依傍而不愆於則。善飲酒，不拒不競，三爵之後，笑語益温，未嘗至於沈湎。

故每有讌集，非濱石不歡。天性善記，或示以文，似未深閱，然久之，默誦不遺一字。乾隆壬子秋，吴太史椿舉於鄉，實未豫以文示人，而同人已有其稿。蓋吴嘗口向人誦，而濱石適耳之，榜後默憶著録，僅異同十數言。其穎異類此。循與李君周南，皆與濱石爲同年生。李君以書屬循曰：『子知濱石深，今適當修府縣志，奈何不編次其本末以乞於大人先生，或賴以不朽。』循不敢辭，謹狀如右。

書謝少宰遺事

謝金圃少宰，督學江蘇者二。乾隆丁酉，值拔貢歲，少宰按部至揚州，遴選極精慎之慮，於江都得汪中容甫，於興化得顧九苞文子。二君以經學重，揚州之士，知屏俗學，咀茹《六經》，自少宰得二君始也。於泰州得陳燮理堂，於儀徵得江德量成嘉、程贊和中之，於高郵得宋綿初守端，於甘泉得郭均職民，於寶應得劉玉麟又徐，皆升高能賦，作器能銘。自有選拔以來，未有此盛。初，高郵擬拔李惇孝臣，孝臣通《三禮》之學，善天文律算，其名與容甫並稱，適賈田祖稻孫卒於旅寓。稻孫者，高郵老儒，深於治經，汪、李之學所從出也。稻孫貧不能斂，李亦貧，爲乞諸同人，助以成殯，遂不及與選拔之試，乃選宋君。孝臣經學醇儒，篤於行誼，少宰重之尤在是。容甫素放言，好臧否人，少宰獨服其學，以汪惡礮，命司礮者俟汪遠始發聲，又薦其才於兩淮鹺使，已入其署中矣。適少宰月課書院諸生徒，鹺使以不與課詰汪，汪恚，振褏去。明日，鹺使晤少宰，告以故，少宰正色曰：『予之上容甫，爵也。如以學，則予於容甫北面矣。予何敢令容甫課？』容甫聞之，爲泣下也。少宰以乙卯夏四月卒於京邸，冬十一月，喪歸。墓銘行狀，當世大人先生自詳説之。其遺事僅著於揚州者，或未遍知，謹書以附諸後。

書王鷺亭事

余之識王君十年矣，王君以甲辰四月卒。偶檢舊簏，得向所撰《王君事略》，鼠嚙過半，庚子秋間筆也。苦冗且瑣，又悲王君事無以傳，乃志之，以俟采風者之録。

王君名聯，字鷺亭，泰州人。善詩古文，精制藝，飆於庠。乾隆庚子科，偕友人沈應鄉試金陵，沈病喉欲歸，時去試期僅五六日。病者貧蹇，勢又將死，王君獨慷慨送之，至龍潭，宿於客邸，沈病益亟，呼有鬼，命王伴之卧，其口中臭腐穢觸鼻，王君自若。中夜起，沈坐肩輿中不自持，君步行以背衛之於兩扃之間。未幾，沈斃於路，輿者欲散，君以義感之，始得殯於丹徒之某寺中。余讀《新唐書》，見張道源送其友屍歸，史臣躋諸忠義之列。如王君者，又豈多讓耶？明日，沈之弟至，求王君不可見。他日有以此事問王君者，王君曰：『我無之也。』君嘗買一僮，僮每泣，詢之，曰：『吾安慶人，思父母耳！』王君爲求得其親族歸之。至今譚厚德事，莫不舉王君云。

書裔烈娥事

楊升庵作《孝烈婦唐貴梅傳》，歸熙甫書張貞女事，皆不憚刺刺言之。夫貴梅以府官毛旺受賕不獲雪，而傳於升庵之文，張貞女以張副使邱評事得賄，將寢其事，以熙甫之爭得白。裔烈娥死事，與張、唐前後若合符節。恭逢盛世，有賢太守爲之理，而請旌於朝，一時紳士建祠祀之，以視貴梅之遇毛旺，張貞女之遇張副使邱評事，幸不幸何啻霄壤！向嘗彙輯府詳、志傳、詩文爲一卷，亦云備矣。然傳聞之詳略異同，恐後之人惑之也，復爲書其事。

吾鄉黄玨橋之裔姓，爲望族，瀕湖而居曰裔莊，無他族。娥家獨貧，父病將死，亟覓婿，爲媒誤，許西門孫大成，時娥年二十一。終喪，年二十四。康熙辛丑冬十月，適孫，媒云孫銀鋪，實則磨豆乳爲業。姑魏，有女二人，長適陳爾德，次適凌九齡。爾德迎父柩江西，九齡父以婦不安於室，控縣存案。於是二女居母家。有縣吏楊綏萬及孫成武，與其母子通，魏漸呼娥出，娥扃户自守。明年正月，呼益迫，乃告夫，約俱死，碎鏡及梳具，示不復爲人。十三日夜，夫婦甫縊，鄰覺，救之不得死。二月，歸而哭訴於母，並告兄振遠，但言有外人往來，言之不明。中夜，持母袂泣，臨去，檢母篋中青白線各一縷，曰：『兒必不玷辱祖宗！』是爲三月二十二日。四月初三日，成武、綏萬相繼來宿，十日不去。十七日夜，魏迫呼娥出，娥不應，魏惡詈之，不應。諸淫醉裸而譟窗下，娥乃用青白線合上下裏衣，縫紉至足，更以青白線縊而死。線斷墜地，魏覺不救，惟以婦縊駭客去。盡有其裝物，以病死聞其母。娥之舅祖郭進士嗣齡曰：『母老憊，兄皆鄉愚，惟鄰人悉其慘，嘉其烈。平日以母家遠，每遇非禮，必泣拜鄰，謂將來務作證，以白吾潔。』江都黃湄曰：『娥死，鄰人、鄉人、塗之人皆奔走太息，號泣拜屍下。』或語侵魏，魏反唇焉。衆激而嘩，俄集數千百人訴諸府。知府曲阜孔公繼涵親鞫之，獄成，創諸淫如令，設具親祭於柩前，葬平山堂之右岡，樹坊曰『清白銘心』。撫軍吳公聞之，給扁曰『捐軀明志』。初，娥死，大成自刎不殊，魏匿箱籠什物，寄金麗生家，嗚坊報縣，言娥積銀四錢將買布，爲大成索去買豆，以致自縊。江都令不能察，會衆嗚於府。府飭儀徵令檢驗，知娥事情實，乃駁縣。振遠供出凌姓休歸，弔閱縣卷，如所供。孫家傭工名二子者，亦供男女曖昧本末。坊差又獲孫成武於金麗生家。魏氏等不能諱，獄乃具。余聞諸振遠曰：『楊綏萬，縣吏也，故縣庇之，府終以裸譟爲綏萬諱，僅科以杖，不罪其强逼也。哀哉！』然太守讞語云：『人非甚不得已，孰肯輕棄其生？』黃湄爲碣文云：『烈婦之縊，諸淫逼之。諸淫之逼，姑嗾之。

夫非嗾之逼之，亦何不得已之有？』儀徵方石川先生表其墓云：『諸淫伺大成他往，裸譟窗下。』而府詳則云：『是日大成與裔氏同處，成武等自無窘辱之事，因姦威逼之條，自難向孫成武等比儗。』嗚乎！大成在室，其母雖淫，能呼其婦出乎？孔公，賢太守也，而庇一縣吏，吾爲之惜矣。

乾隆丁未間，有伶人朱三者，縱其妻淫，呼婦迫污之，婦不肯，卒以剪刀殺諸雪中。時有爲之説者，又賂父母家，官乃不理。吾友汪晉蕃作檄以討之，余亦撰樂府辭，歌咏其事。惜不能如升庵、熙甫之文，足以傳婦、雪婦。用是思孔公之賢，又何可多得也？

歲壬戌，余在錢塘，館阮撫軍署中，見秀水章原姑死烈詳文。先是，原姑父坤元，姑與母居樓，年十九，縣匪張五者，屬唐士方、張勝林强委禽，父不肯，而許北門楊姓。五乃率其徒沈文英、周高譟於門，誣女嘗私與之盟。姑聞大泣，是夜縊死，辛酉九月二十日事也。議者引鄉曲愚民隨口斥辱之例，欲寬五之罪，撫軍不許，曰：『始而謀娶，既而誣辱於門，當用死律。』卒議絞，而姑請旌。或曰：『五，縣隸也，諱爲衣工，欲寬者，得毋以隸故耶？』余嘗録其案於《道聽録》中。

振遠與余爲中表親，其年九十餘，賣魚市中。乾隆乙未夏六月，縣隸陳猴者，誣振遠抗魚税，繫其子辱之，致其子投水死。邑令王某亦以隸故，不欲明其事，給棺錢笞責而已，振遠遂傷痛至於死，去娥死時五十三年。

書江都兩生

乾隆辛丑、壬寅之間，余宿西門外都天廟中，有爲僧司洒埽而夜讀書者，叩之，爲徐姓，西南鄉董家老壩人。寺僧曰：『其家故農，不欲其爲儒而困苦之，故逃於此，志儒不肯易也。』奇之。戊申冬十一月，吾友顧超宗病歿於郡城，徐來佐殮事，引一人至曰，此周生，素慕顧君爲人，生未獲一見，今聞其歿，來與屍晤。兩人遂與屍共卧一宿而去。時徐與周同讀書都天廟中，頗不爲世俗學。明年，同入學爲生員。徐以妹妻周，其氣誼甚相得，然不合則争，争而至於詈，詈之不已，至於相毆流血，旁人莫能解也。兩生皆好古而性戇。徐與黄承吉應鄉試省中，黄偶論算學，徐不能答，明日入場，繳白卷出，疾趨市中購算學書，歸習之。一年，與昔所論者發之，而黄已忘前事矣。周生爲『三禮』學甚專，所著書草稿尺許，每戴破帽，布衫不繫帶，携其書行市中，見者以爲狂。徐素患心疾，每旦服牛肉，醫以地黄治之，大劇，又投以人参、硫黄，遂死。徐既死，周益狂，每面斥人，行市中無有與語者，生亦不屑與人語也，已而亦死。各蓄書數千卷，至是皆散失。悲哉！徐名復，字心仲；周名室輔，字維周。兩生死，如兩生之狂且戇者稀矣。然而兩生死，求其孜孜於實學中，務有得於己而不干於人，又不禁太息於兩生之戇而狂也。

書家奴陶裕婦杜氏與張芰塘

余家奴陶裕，娶於杜，十年而裕死。里俗：夫死，妻自度不能守者，則葬時不詣墓所。裕葬，杜不往，哭亦不甚哀，衆人方疑之。時裕父榮及幼子福，以余家中落，忽颺去，惟杜存。先母謝孺人憐之，恐其將他適人也，呼令依母家，杜氏泣涕抱其孤，叩頭再拜去。時其父已殁，與母共起居。母死，則依其寡姊。面嚴若鐵，心冷若冰，數十年未嘗苟笑。撫其子，爲之娶婦，今有孫矣，竟不嫁。先母殷孺人問其葬裕時何以不往送，杜曰：『其時天冷，又半夜，若往送，置孤子於何處？是時惟知夫死則孤子爲重，其嫁不嫁，原無關於送不送也！』先母重其節，每來，戒家人善視之，然杜至則執僕婦之役如舊時。先嫡母謝孺人病，來侍疾，數十夜不睡，凡有事無不來任其勞苦。先是，福病瘵死，榮老病死，杜皆葬之以禮。榮父斌及母妻久未葬，至是並深葬合祔，竭力累土，裒然成墳。歲時寒食，親賫羹飯紙錢拜其家，誠敬不輟。杜氏性謹愿誠樸，嫁裕時才十八，隨夫居余家，服洒掃爨汲之役，粧飾極質，人多笑之。其夫或有過當責，杜則泣涕，請代受杖，謂夫質弱不能勝也。裕殁於乾隆乙未年，時杜氏年二十七，今現年五十九歲，已守節三十二年，可否刻入碑石，伏乞察核。

卷二十四　祭文哀辭

告先聖先師文

循家三世習《易》。循幼秉父教，令從《十翼》求經。然弱冠已前，第執趙宋人説，二十歲從事於王弼、韓康伯注，二十五歲後，進而求諸漢、魏，研究於鄭、馬、荀、虞諸家者，凡十五年。年四十一，始盡屏衆説，一空己見，專以《十翼》與上、下兩經，思其參互融合，脉絡緯度，凡五年，三易其稿。四十五歲時，三月八日，病寒，十八日昏絶，至二十四日復甦，妻子啼泣，戚友唁問，一無所知，惟《雜卦傳》一篇，朖朖於心。既甦，默思此傳，實爲贊《易》至精至要之處，二千年説《易》之人，置之不論，或且疑之，是固我孔子神爽聿昭，以循有志於此經，所以昏瞀之中，開牖其心，陰示厥意。於是科第仕宦之心盡廢，不憚寒暑，不與世酬接，甫於參伍錯綜中，引申觸類，悟得《易》之所以爲逆數，以往來旁通，成天地之能，定萬物之命。盡改舊稿，著爲三書：一曰《通釋》，二曰《圖略》，三曰《章句》。鎔貫零散，比櫛凝鬱，索之三年，稍識其指，隨加增損塗乙，既盈，更寫清本。去年悟得『時』字、『利』字之義，不畏煩複，自三月以來，未出村中，將前此所脱之稿，重加刪改，則又十去六七。循幸生聖世，沐享太平，自料才薄，不勝簿書，惟鈍而好思，不苦艱蹇，庶幾闡明此經，上報君父，精耗神敝，不敢自惜。特循年已五十，脾病時發，每一冥索，僅及五六，神氣遂竭。聖學無窮，英賢踵出，循惟倡其先，精之又精，俟之後人。陳祧説夢，某不敢托布算之法，一策未安，必更端復起，『參』、『兩』、『倚數』之書，亦宜如是。非敢争名故自立異，經異昭明，不任景響，不涉外術，循所深願。謹告先聖先師，伏惟鑒之。

代詁經精舍祭許祭酒鄭司農文

唯兩君：淵源先聖，總貫群英。萬物咸睹，六藝遂明。書師斷合，鄉壁詭更。《三蒼》之旨，闇乎晦盲。許君正之，古訓用宏。師習説讀，各持以争。既寡遠至，孰與粹精。鄭君定之，經義以平。聖朝崇學，文德風行。東南之士，兩君是程。唯守臣某，湖山肇祀，牖我諸生。天子命之，備物薦誠。典儀永式，雅樂和鳴。君其昭格，以助化成。

祭故鹽運使司馥園鹿公文

嗚乎！太上立德，其次立功。惟公之懿，功良德豐。上勤軍國，下惠商工。窮操冰鑑，化協金鎔。矯矯穆穆，和而不同。其在先世，宏莊倉豈。俠著東林，亭彰北海。醴須芝茹，揚光發采。瑰奇之概，天鍾秀靈。淹通六藝，明貫諸經。甫官鄉校，繼宰邑廷。河汾之側，士謹民安。自北徂南，涖臨江浙。天子命之，來司鹺臬。布乃公誠，脩其直節。鹽丁竈賈，歡忭躍悦。清儉之風，侯冰侯雪。惟兹講院，建立有年。自公之來，振怠扶顛。延師論學，拯我之偏。嚴其獎罰，生我之虔。鼓我壯志，寡我過愆。給我薪火，安我誦弦。閑我器識，恬我性天。我功賴課，我守賴堅。我粥公粥，我饘公饘。我非木石，能無感焉？嗚乎哀哉！長松春槁，德星晨流。三年未遠，頓反於幽。杳杳之神，將何以求？哲人往矣，我心悠悠。敢履公廷，率我同儔。我哀聊洩，公其鑒不！

祭故御史馮孟亭先生文

昔之君子，仕優則學。郤卿守惇，文子獎擢。邦家之光，以啓後覺。不朽有三，昭於河岳。惟公德崇，英華鴻卓。裹乎良玉，表稱重較。世德相承，巍科連拾。尺五深嚴，宣公早入。采播瀛濤，春生袴褶。歲次丙子，掄才南國。一過郊群，遂空冀北。江淮之士，迄今生色。旋入南臺，鐵冠司直。以母之憂，哀毀去職。遂謝簪纓，益親楮墨。閉户著書，開蒙解惑。與古爲徒，维士之則。公之季君，爲講院師。我慚私淑，宫牆莫窺。講公之書，公教以垂。玉溪朋黨，公雪其譏。浮華無行，正論則持。緣情綺靡，其惟試詩。披文相質，何爲易之？夏侯歐陽，經傳父子。紬書石室，世爲太史。鹽澤之味，揚於河水。我酌其流，懷源之美。嗚乎哀哉！南瞻檇李，海風吹愁。昔年柳折，太息風流。哲人萎矣，使我心憂。木山在簏，寂寞隱邱。率我同門，生芻一束。乘彼江流，來越之曲。矢我愚誠，以爲公告。

祭外舅阮太學文

嗚乎哀哉！懿公之年，壽徵於耋。公之精神，如冰如鐵。公年十五，遊於山左。策馬華不，長呼幘墮。二十歸里，門寂如水。溷迹魚鹽，大隱於市。間有公言，鉳箭不設。爲公之交，甑塵可徹。瓶有旨酒，衎我嘉賓。我有蘭言，益爾智神。發以風霆，人挹陽春。渾爾形骸，相見以真。循生無狀，公獨予珍。品以驪黄，重以昏姻。蘋魚之教，棋巾食貧。歲維乙巳，我丁鞠凶。哀哀苦𠩺，或我甹夆。遺我良謀，惟善之從。十年蘿蔦，托以青松。年來餬口，千里客蹤。前趨青兖，維暮之冬。送我湖濱，絮語從容。一載來歸，公笑携笻。詢以舊事，感慨惺忪。旅雁宵鳴，我又南征。琴書契闊，魂夢紆縈。頓有伻來，凶訃驚聞。悠悠越水，冥冥夜台。鵂鶹朝翔，鵋鳩夜哀。須眉邈矣，使我心摧。且聞伻言，尤可悼痛。弱孫幾齡，梨棗素弄。蒿里方歌，童烏又慟。幻影無端，浮漚一夢。嗚乎哀哉！謹以樽酒，佐以山羞。遥望甘泉，惟靈之求。竹風增戚，涕雨成秋。悲憤少洩，惟公鑒不！

哀程一亭文有序

嘉慶元年，歲丙辰，循客於越，聞吾友程一亭文學以五月初十日病殁，愴然不能食累日，爲文以哀之。

蘭蕙之樹，芳而易靡。人世别離，莫如生死。與君結交，十年於此。雲甕三更，書筒半里。如彼春風，挹於朝芷。南船北騎，驅我以貧。陟彼崔嵬，嗟我懷人。去年魯道，客遺雙鱗。螿姑喜拔，尺蠖初伸。歸來昭君，君方抱戚。寶瑟新僵，遺衣在壁。藥臼秋寒，繩牀夜寂。更有童烏，苗而不秀。竹馬焚灰，瓦棺瘞囿。三拜方歸，百憂咸遘。誰遺斯懷？乃伊爲疢。心共詩歐，人如鶴瘦。朔風晨冽，送我於南。陽神强立，言笑猶堪。凄凄别緒，叠叠深譚。蕪城春遠，越水烟含。凶喪忽訃，疑信豈參？嗚乎已矣！昌谷終埋，江東誰識？鉛槧塵封，束編蝨蝕。室有孤雛，豈甘就食？夜静呱啼，呼耶不得。八口之家，餘此弱息。屈指幾時，説之心畫。君有兄弟，風雨情傷。撫君之子，以騰以驤。君多素友，永矢弗忘。道書校梓，維嘉之揚。生猶野馬，命若燐光。有形必滅，何資短長？文章不朽，道德恒昌。雖夭亦壽，縱死不亡。以爲君慰，翹首蒼蒼。

汪母李安人哀辭有序

嘉慶庚申四月朔，吾友汪飲泉以母夫人之喪訃於循，且告曰：『先母辛苦一生，絶無能傳之者，懇爲文，勿爲應酬之作，感且不朽！』嗚乎！循何人哉？烏足以傳安人？夫飲泉所謂無能傳之者，所以傳母夫人者至矣，循復何言？夫其情哀矣，因飲泉之哀而哀，即緣飲泉之所述而述。嗚乎！循復何言！

其辭曰：

彩繢易彰，太素鮮識。才無能言，維婦之職。行無能宣，乃婦之德。女有遠聲，匪家之則。昔年羅綺，今且食貧。歷境自易，立德恒春。操乃井臼，絜乃蘩蘋。已安於素，人覺其辛。遵彼南陔，厥草油油。嬿嬿者子，載泣載歌。承明金馬，將滙其流。揚名顯親，抑又何憂？吁嗟乎！蘭本春傷，松釵夜落。寒風吹衣，衣中絮薄。謂母我縫，搶呼誰諾？嗚乎蒼天，哀何時却！

謝景張哀辭有序

嗚乎！予去年病，爾不解帶而卧者十餘日，禱於神，示願損壽以益予！已而予活，越一年爾死，則誠以爾之生易予之死耶？爾病呼予，予竟不能以爾所損之壽復還爾，又不能通黄帝、岐伯之旨以活爾。嗚乎！予負爾也！歲甲子，爾始從予遊。見予知算，而私學之，不十日，《九章》三角之術明。予每作算，令爾布棋設筴，罔或差也。見予説經，而私學之，不一年，漢、唐同異之派明。予每注經，令爾旁蒐博采，罔或遺也。爾故善書，予告以波磔之法，乃舍唐而學晋。爾故習時文，予告以八股之體，乃棄時俗而趨先正。爾性誠篤，不好鮮衣酒食，惟書史日親。居予書塾中，去家半里，數月不顧其妻子。予自授徒以來，信而從，視予若父者，惟爾一人。予以爲予之學，將來賴爾以延，予所著書，將來可付爾，不致消歸於冥漠間也，而爾竟死矣！爾名文英，年二十有六。

辭曰：

信鬼神之司命兮，必福善而禍淫。至性如子兮，奚有僭於厥心？疇昔之日，兄子病革，子舍命以求醫兮，果竭神而喪魄。將視骨肉若路人兮，轉福壽而安全。將蔑長上之死而不顧兮，乃克享夫大年。印呵壁以冥叩兮，孰牖我以真銓。嗚乎噫嘻！吾知之矣，顔短命兮冉疾惡。安國曁輔嗣兮，不三十而凋落。古聖人與賢人兮，德豈不孚於冥漠。惟秉賦之有窮兮，匪鬼神之用削。既爾宗之不振兮，亦吾命之多薄。洵芝草之難長兮，抑醴泉之易涸。悵樸學之不覯兮，尚何嗜之克樂。嘆曰：黄昏寂寂，風滿帷兮。書策塵封，人何之兮。雞窗夢醒，惟爾思兮。燈闌目落，魂歸來兮！

祭黄氏妹文

嘉慶己卯春二月乙丑，循以清酌庶羞，告於黄氏妹之靈曰：

嗚乎！自丁卯之冬，迎爾棺歸厝於此，蓋十有二年矣！余以衰病，不復遠出，跧伏於家，著書度日。每當風雨初晴，夕陽明樹，輒步村西，徘徊於墓，幽明雖間，笑言如晤。本擬結一草庵，永遠守護，緣爾之夫婿，自爾殁世以來，尚未再娶，因此遲遲，踟躕瞻顧。去年秋月，爾夫婿以病，物故於焦山之僧舍。爾之小叔篤仁孝之情，申友于之愛，既返兄柩，復迎嫂骨，擇於月之五日，合葬爾夫婦於雷塘祖塋，先一日來啓爾棺。嗚乎！爾隨夫之日，自此得以永終，而余離别之感，轉莫能自遣矣。憶爾生於庚寅，余年八歲，父母以長姊初殤，謂爾再世。爾之幼也，天資明慧，爾之長也，性情柔惠。其在室也，吾親憐之，其既嫁也，爾姑賢之。食貧茹苦，爾意安之。特以意外之讒，突來飑易，吾母既因爾而沈痾，爾遂亦因母而羸瘠。爾死之後，讒人之族，世濟其凶，猶肆妄言，棄爾荒叢。余時深慟，遍告於里中大人先生與兩弟，迎爾而歸。然而生死從夫，爾之志也。爾小叔云，時在金陵，嫂忽入夢，絮語依依，如嗟如痛，明日則兄信來，病方知重，則爾一日不忘夫之心，於此可見矣。讒爾之人，身死幾夕，其子既惡疾短年，其婦亦生歸兄室。天網恢恢，餘殃惡積，想爾已知之，則爾亦可伸眉於地下矣。而今而後，魂棲黄氏之塋，終作黄家之鬼。勉進一卮，怡然而逝。

邵太宜人誄辭

邵太宜人，太學生慕陳阮君室也。生三男二女，長常生，出嗣官保芸臺先生，次蔭捷，次蔭惠，蔭惠爲從伯父佩玉後。嘉慶丁丑夏四月二十八日，宜人以疾終於内寢，春秋五十有七。常生時官户部四川司主事，在京師聞赴奔歸，乞余爲文。余誼爲至戚，悉宜人勤儉之德，因次叙行事，以爲之誄。其辭曰：

博陵舊族，適於陳留。壼範幼習，婦德日脩。和若青春，潔如嚴秋。静以義立，動與禮游。嗚乎哀哉！始歸君子，家道食貧。木牀蓍席，集蓼之辛。賃舂舉案，亦備其勤。既勤既儉，既解其屯。浸裕厥境，弗逸其身。嗚乎哀哉！君子于役，悠悠十年。誰持門户？宜人有焉。惟兒暨女，相隨以肩。課兒以讀，春誦夏弦。教女以德，婦功婦言。雞鳴而起，懲嬾於眠。闔必親啓，計口爲饘。盥漱尚未，洒埽以先。藏羅於市，旅畂於田。井井躖躖，各凜無喧。日之夕矣，一家安妥。篝燈於室，女右兒左。己獨不安，户必親鎖。邏爾井竈，勿貽水火。可以粱肉，疏糲餐之。可以羅綺，裙布衍之。可以逸樂，勞瘁單之。君子素疾，藥餌安之。久而無倦，未或難之。身有沈疴，轉自寬之。心之憂矣，德之覃也。嗚乎哀哉！爰有嫿姒，相與依倚。去年秋月，姒病而死。宜人傷之，哀思不已。春正月吉，人方慶喜。思之不見，大慟幾骩。先後之情，親愛如此。葬姒之日，余婦歸邵。宜人方疾，就毉於城。聞余婦歸，趣歸而迎。風雨連朝，乃遏其行。婦不克俟，遂隔幽冥。四月三日，余往視疾。經脉雖虚，形神尚實。行步如常，語音未失。自云無它，惟食之窒。一月未周，傷哉乃卒。嗟嗟宜人，其勤可師。嗟嗟宜人，其儉可思。嗟嗟宜人，其德可知。余爲世告，以作此辭。

焦循著作集

雕菰樓文學七種

（下）

陳居淵　主編
徐宇宏　駱紅爾　校點

鳳凰出版社

劇說

劇説卷一

乾隆壬子冬月，於書肆破書中得一帙，雜録前人論曲、論劇之語，引輯詳博，而無次序。嘉慶乙丑，養病家居，經史苦不能讀，因取前帙，參以舊聞，凡論宫調音律者不録，名之以『劇説』云。　穀雨日記。

《樂記》云：『新樂，進府退府，姦聲以濫，溺而不止，及優侏儒，獶雜子女，不知父子，樂終不可以語，不可以道古。』注云：『獶，獮猴也，言舞者如獮猴戲也，亂男女之尊卑。「獶」或爲「優」。』疏云：『《漢書》檀長卿爲獮猴舞，是狀如獮猴。』《左傳·襄公二十八年》：『慶氏以其甲環公宫。陳氏、鮑氏之圉人爲優。慶氏之馬善驚，士皆釋甲束馬而飲酒，且觀優，至于魚里。』《正義》云：『優者，戲名也。』史游《急就篇》云：『倡優俳笑。』是優俳一物而二名。今之散樂，戲爲可笑之語而令人笑是也。《史記·滑稽列傳》：『優孟者，故楚之樂人也，爲孫叔敖衣冠，抵掌談語；歲餘，像孫叔敖，楚王及左右不能别也。莊王置酒，優孟前爲壽，莊王大驚，以爲孫叔敖復生也，欲以爲相。』又：『優旃者，秦倡朱儒也，善爲笑言，然合于大道。』然則優之爲技也，善肖人之形容，動人之歡笑，與今無異耳。

《樂府雜録》云：『開元中黄繙綽、張野狐弄參軍，始自漢館陶令石躭。躭有贓犯，和帝惜其才，免罪。每宴樂，即令衣白夾衫，命優伶戲弄辱之，經年乃放。後爲參軍，誤也。』

《教坊記》云：『凡欲出戲，所司先進曲名。上以墨點者，即舞；不點者，即否。謂之「進點」。』按：今演戲，伶人呈戲目于尊客，以墨選之，曰『點戲』，仍古之遺稱。

《教坊記》又云：『大面出北齊蘭陵王長恭，性胆勇而貌婦人，自嫌不足以威敵，乃刻木爲假面，臨陣著之，因爲此戲。亦入歌曲。』按：今净稱『大面』，其以粉、墨、丹、黄塗于面以代刻木而有是稱耶？然戲中亦間用假面。

《輟耕録》云：『唐有傳奇，宋有戲曲、唱諢、詞説，金有院本、雜劇，其實一也，元朝院本、雜劇始釐爲二。院本則五人：一曰副净，古謂之「參軍」；一曰副末，古謂之「蒼鶻」，鶻能擊禽鳥，末可打副净，故云；一曰引戲；一曰末泥；一曰孤裝。又謂之「五花爨弄」。或曰：「宋徽宗見爨國人來朝，衣裝、鞵履、巾裹、傅粉墨，舉動如此，使優人效之以爲戲。」又有「䫻段」，亦院本之意，但差簡耳，取其如火䫻易明而易滅也。其間副净有散説，有道念，有筋斗，有科泛。教坊色長魏、武、劉三人鼎新編輯。魏長于念誦，武長于筋斗，劉長于科泛。至今樂人宗之。』

《名義考》云：『今戲角有生、旦、凈、丑之名，嘗求其義而不得。偶思《樂記》注「如獮猴」之説，乃知「生」，「狌」也，猩猩也。《山海經》：「猩猩人面，豕聲，似小兒啼。」「旦」，「狚」也，猵狚也。《莊子》：「猨，猵狚以爲雌。」「凈」，「猙」也。《廣韻》：「似豹，一角，五尾。」又云：「似狐，有翼。」「丑」，「狃」也。《廣韻》：「犬性驕。」又：「狐狸等獸迹。」謂俳優之人如四獸也。所謂「獶雜子女」也。末猶「末厥」之「末」，「外」猶「員外」之「外」。《猥談》云：『生、凈、丑、末等名，有謂反其事而稱，又或托之唐莊宗，皆謬也。此本金、元闤闠談吐，所謂「鶻伶聲嗽」，今所謂「市語」也。生即男子，旦曰「妝旦色」，凈曰「凈兒」，末曰「末尼」，孤乃「官人」，即其土音，何義理之有！南戲出于宣和以後，南渡時，謂之「温州雜劇」。後漸轉爲「餘姚」、「海鹽」、「弋陽」、「昆山」諸腔矣。』《道聽録》云：『元人院本，打者：一副凈，一副末，一引戲，一末泥，一孤裝，猶梨園之有生、旦、外、末、凈、丑、貼。七字之義，或云反語。生爲「熟」，丑爲「好」，旦爲「夜」，貼爲「帮」，凈爲「鬧」，末爲「始」，可也；若外爲「内」，則牽强矣。』

《莊嶽委談》云：『凡傳奇以戲文爲稱也，無往而非戲文也，故其事欲謬悠而無根也，其名欲顛倒而無實也，反是而求其當焉，非戲也。故曲欲熟而命以生也，婦宜夜而命以旦也，開場始事而命以末也，塗污不潔而命以凈也。凡此，咸以顛倒其名也。中郎之耳順而婿卓也，相國之絶交而娶崔也，《荆釵》之詭而夫也，《香囊》之幻而弟也。凡此，皆以謬悠其事也。近爲傳奇者，若良史焉，古意微矣。古無外與丑，丑即副净，外即副末也。』又云：『今優伶輩呼「子弟」，大率八人爲朋，生、旦、净、丑、副亦如之。元院本止五人，故有「五花」之目：一曰副净，古之參軍也；一曰副末，又名蒼鶻，可擊群鳥，猶副末可打副净；一曰末泥；一曰孤裝。而無所謂生、旦者，蓋院本與雜劇不同也。元雜劇旦有數色：所謂「裝旦」，即正旦也；「小旦」，即今副旦也；以墨點破其面，謂之「花旦」，今惟净、丑爲之。』

《樂府雜録》云：『蘇中郎，後周士人蘇葩，嗜酒，落魄，自號「中郎」。每有歌場，輒入獨舞。今爲戲者，著緋，戴帽，面正赤，蓋狀其醉也。』

《復齋漫録》云：『張景交通曹人趙諫，斥爲房州參軍。景爲《屋壁記》，略曰：「近制，州縣參軍無員數，無職守，悉以曠官敗守、違戾政教者爲之。凡朔望饗宴，使與焉。人一見之，必指曰：『此參軍也。』當爲其罪矣。至于倡優爲戲，亦假爲之以資玩笑，况真爲者乎？」』

《穀城山房筆塵》云：『優人爲優，以一人幞頭衣緑，謂之「參軍」；以一人髽角敝衣，如僮僕狀，謂之「蒼鶻」。參軍之法，至宋猶然，似院本及戲文裝净之狀，第不知其節奏耳。』

《近峰聞略》云：『參軍至唐，爲故事，名「副净」。』

《雲麓漫抄》云：『近日優人作「雜班」，似雜劇而簡略。金官制有文班、武班；若醫、卜、娼、優，謂之「雜班」。每宴集，伶人進，曰「雜班上」。故流傳至此。』

《應庵隨録》云：『古之優人，于御前嘲笑，不但不避貴戚大臣，雖天子、后妃亦無所諱，如唐中宗時内宴唱《回波詞》是也。』

《暖姝由筆》云：『有白有唱者，名「雜劇」；用弦索者，名「套數」；扮演戲文，跳而不唱，名「院本」。』

《國初事迹》云：『洪武時，令樂人張良才説評話，良才因做場擅寫「省委教坊司」招子，貼市門柱上。有近侍言之，太祖曰：「賤人小輩，不宜寵用！」令小先鋒張焕縛投于水。』

《莊嶽委談》云：『古教坊有雜劇而無戲文者，每公家開宴，則百樂具陳，兩京六代，不可備知。唐、宋小説，如《樂府雜録》、《教坊記》、《東京夢華録》、《武林舊事》等編，録頗詳。唐制，自歌人之外，特重舞隊，歌舞之外，又有精樂器者，若琵琶、羯鼓之屬。此外俳優雜劇，不過以供一笑，其用蓋與傀儡不甚相遠，非雅士所留意也。宋世亦然。南渡稍見净、丑之目，其用無以大異。前朝浸淫勝國，崔、蔡二傳奇迭出，才情既富，節奏彌工，演習梨園幾半天下，雖有衆樂，無暇雜陳矣。』

《紫桃軒雜綴》云：『張鎡，字功甫，循王之孫，豪侈而有清尚。嘗來吾郡海鹽，作園亭自恣。令歌兒衍曲，務爲新聲，所謂「海鹽腔」也。』《菽園雜記》云：『嘉興之海鹽，紹興之餘姚，寧波之慈溪，台州之黄巖，温州之永嘉，皆有習爲倡優者，名曰「戲文子弟」。』

《宋史新編》云：『理宗在位久，董宋臣、盧允升作夫容閣、蘭香亭，宫中進倡優、傀儡，以奉帝遊宴。』

《宋史·樂志》云：『女弟子隊六，曰「采蓮隊」，衣紅羅生色綽子，繫裙，戴雲鬟髻，乘彩船，執蓮花。』

《麈史》云：『衣冠之制，上下混一。嘗聞杜祁公欲令人吏、技術等官，少爲差别。後韓康公又議改制，如人吏公袍倍加襈，俗所謂「黄義襴」者是也。幞頭合帶牛耳者，今之優人多爲此服。』

《霏雪録》云：『宋高宗時，饔人瀹餛飩不熟，下大理寺。優人扮兩士人相貌，各問其年。一曰：「甲子生。」一曰：「丙子生。」優人曰：「此二人皆合下大理。」高宗問故，對曰：「餄子、餅子皆生，與餛飩不熟者同罪耳。」上大笑，赦原饔人。』

《四朝聞見録》云：『韓用兵既敗，須髩皆白，莫知所爲。伶優因上賜宴，設樊遲、樊噲，旁一人曰「樊惱」。問樊遲：「誰與取名？」對以：「孔子所取。」又揖問樊噲，曰：「爾誰取？」曰：「漢高所命。」又揖樊惱，曰：「誰名汝？」對曰：「樊惱自取。」』

《説圃識餘》云：『一伶人作不識字官，稱：「難做！」吏曰：「官不過判耳。每判日，當先書案上，但依畫判之。」從一日至三日，皆依畫判去；至四日，不能；至五六日，擲筆下走，曰：「做不成！一日難似一日矣！」』

陸務觀云：『嘗記先人説：紅鞋飾帶，始唐莊宗施之優人。』

《癸辛雜志》云：『嘗聞梨園舊樂工云：凡大燕集，樂初作，必先奏引子。如大石調引子，則自始至終，凡絲竹歌舞，皆爲大石調。直至別奏引子，方隨以改爲耳。又云：凡燕集初作，或用上字，或用工字，然必須衆樂皆然，是謂「諧和」；或有一時煞尾參差不齊，則謂之「不和」，必有口舌不樂等事。前後驗之，無不然者。以此推之，則樂之關乎治亂，爲不誣矣。』

《齊東野語》云：『女冠吴知古用事，内宴，演參軍。教坊輩請簽文書，參軍怒曰：「我方聽鬻栗！」』

《都城紀勝》云：『雜劇中先做熟事一段，名曰「艷段」。次做雜劇。或添一人，名曰「裝孤老」。凡影戲，乃京師人初以素紙雕鏃，後用裝色裝皮爲之，其話本與講史書者頗同，大抵真假相半。公忠者雕以正貌，奸邪者與之醜貌，蓋亦寓褒貶于世俗之眼戲也。』

《輟耕録》云：『稗官廢而傳奇作，傳奇作而戲曲繼。金季、國初，樂府猶宋詞之流，傳奇猶宋戲曲之變，世謂之雜劇。金章宗時，董解元所編《西廂記》，世代未遠，尚罕有人能解之者，况今雜劇中曲詞之冗乎？』

《筆塵》云：『杜佑曰，「窟儡子」亦曰「傀磊子」，本喪雅也，漢末始用之于嘉會，北齊高緯尤好之。今俗懸絲而戲，謂之「偶人」，亦傀儡之屬也。又有以手持其末，出之幃帳之上，則正謂之「窟儡子」矣。』又云：『漢有魚龍百戲。齊、梁以來，謂之「散樂」。樂有舞盤伎、舞輪伎、長蹻伎、跳劍伎、吞劍伎、擲倒伎，今教坊百戲，大率有之，惟擲倒不知何法，疑即「翻金斗」。「翻金斗」字義，起于趙簡子之殺中山王，以頭委地，而翻身跳過，謂之「金斗」』。按：今之演劇者，以頭委地，用手代足，憑虚而行，或縱或跳，旋起旋側，其捷如猿，其疾如鳥，令見者目炫心驚，蓋即古人擲倒伎也。

《樂郊私語》云：『海鹽州少年，多善樂府，其傳多出于澉川楊氏。當康惠公存時，節俠風流，善音律，與武林阿里海涯之子雲石交善。雲石，翩翩公子，無論所制樂府、散套，駿逸爲當行之冠，即歌聲高引，上徹雲漢。而康惠獨得其傳。今雜劇中有《豫讓吞炭》、《霍光鬼諫》、《敬德不伏老》，皆康惠自製，第去其著作姓名。』

《水東日記》云：『今書坊相傳射利之徒，僞爲小説雜書。南人喜談如漢小王光武、楊六使文廣，北人喜談如繼母大賢等事，甚多。農工商販，抄寫繪畫，家畜而人有之。癡騃女婦，尤所酷好，好事者因目爲「女通鑒」。甚者，吕文穆、王龜齡諸名賢，百態誣蔑，作爲戲劇，以爲佐酒樂客之具。士大夫不以爲非，亦相率而推波助瀾，遂泛濫而莫之救。』

《溪山餘話》云：『歌詞代各不同，而聲亦易亡。元人變爲曲子，今世踵襲，大抵分爲二調：曰南曲，曰北曲。胡致堂所謂「綺羅香澤之態，綢繆宛轉之度」，正今日之南詞也；「登高望遠，舉首高歌，而逸懷浩氣超乎塵垢之表」者，近于今日之北詞也。』

《彙苑詳注》云：『曲者，詞之變。金、元所用北樂，緩急之間，詞不能按，乃更爲新聲以媚之。而諸君如貫酸齋、馬東籬輩，咸富有才情，兼善音律，遂擅一代之長。但大江以北，漸染北語，時時采入，而沈約四聲，遂闕其一。東南之士，未盡顧曲之周郎，蓬掖之間，又稀辨撾之王應，稍稍復變新體，號爲「南曲」，高拭則誠，遂掩前後。大抵北主勁切、雄麗，南主清峭、柔遠，雖本才華，務諧音律。譬之同一師承，頓、漸分教；俱爲國臣，文、武異科。今談曲者往往合而舉之，良可笑也。』

嘉、隆間，松江何元朗畜家僮習唱，一時優伶俱避舍，然所唱俱北詞，尚得蒜酪遺風。何又教女鬟數人，俱善北曲，爲南教坊頓仁所賞。頓隨武宗入京，盡傳北方遺音，獨步東南，暮年流落，無復知其伎者。其論曲，謂：『南曲簫管，謂之「唱調」，不入弦索，不可入譜。』沈吏部南九宫譜盛行，而北九宫反無人問。頓老又云：『弦索九宫，或用滚弦，或用花和、大和，釤弦皆有定則；若南九宫，無定則可依。且笛管稍長短其聲，便可就板；弦索若多一彈，少一彈，即䄂呆板矣。』吴下以三弦合南曲，而又以簫管叶之，此唐人所云『錦襖上著簑衣也』。簫管可入北詞，而弦索不入南詞，蓋南曲不伏弦節奏也。北詞中亦有不叶弦索者，如鄭德輝、王實甫，間亦不免。元人多嫺北調，而不及南音。成、弘間，沈青門、陳大聲輩，南詞宗匠；同時康對山、王渼陂俱以北擅場。王初學填詞，先延名師，學唱三年，而後出手。章邱李太常中麓，亦以填詞名，與康、王交，而不嫺度曲，如所作《寶劍記》，生硬不諧，且不知南曲之有入聲，自以《中原音韻》叶之，以致見誚吳儂。同時惟馮海粟差爲當行。此外吳中詞人，如唐伯虎、祝枝山、梁伯龍、張伯起輩，縱有才情，俱非本色矣。今傳誦南曲，如『東風轉歲華』，云是元人高則誠，不知乃陳大聲與徐髯翁聯句也。陳名鐸，號秋碧，大聲其字也，金陵人，官指揮使。節録《蝸亭雜訂》。

《客座贅語》云：『萬曆以前，公侯與縉紳及富家，凡有燕會、小集多用散樂，或三四人，或多人，唱大套北曲；若大席，則用教坊打院本，乃北曲四大套者。中間錯以撮墊圈、觀音舞，或百丈旗，或跳墜子。後乃變而盡用南唱，歌者止用一小拍板，或以扇子代之，間有用鼓板者。今則吳人益以洞簫及月琴，益爲悽慘，聽者殆欲墮淚。大會則用南戲，其始止二腔：「海鹽」、「弋陽」，後則又有「四平」。近又有「昆山腔」，較「海鹽」更爲清柔而婉折也。』

《真珠船》云：『元曲如《中原音韻》、《陽春白雪》、《太平樂府》、《天機餘錦》等集，《范張雞黍》、《王粲登樓》、《三氣張飛》、《趙禮讓肥》、《單刀會》、《敬德不伏老》、《蘇子瞻貶黃州》等傳奇，率音調悠揚，氣魄雄壯。後有作者，鮮與爲京。蓋當時，台省元臣、郡邑正官及雄要之職，中州人多不得爲之，每沈抑下僚，志不得伸，如關漢卿乃太醫院尹，馬致遠行省務官，宫大用釣台山長，鄭德輝杭州路吏，張小山首領官，其他屈在簿書、老于布素者，尚多有之。于是以其有用之才，而一寓之乎聲歌之末，以抒其拂鬱感慨之懷，所謂「不得其平而鳴焉」者也。』又云：『古之四方皆有音，今歌曲但統爲南、北二音。如《伊州》、《涼州》、《甘州》、《渭州》，本是西音，今並爲北曲。由是觀之，則《擊壤》、《衢歌》、《卿雲》、《南風》、《白雲》、《黄澤》之類，《詩》之篇什，漢之樂府，下逮關、鄭、白、馬之撰，雖詞有《雅》、《鄭》，並北音也。若南音，則《孺子》、《接輿》、《越人》、《紫玉》、吴歈、楚艷以及今之戲文，皆是。然三百篇無南音，《周南》、《召南》皆北方也。』

《警心録》云：『陳淳祖爲賈似道之客，守正爲諸客所疾，内人亦惡之。一日，諸姬争寵，密竊一姬鞋，藏淳祖牀下，意欲並中二人。賈入齋，見之心疑，夜驅此姬至齋門誘之，淳祖不答，繼以大怒。賈乃知其無他，遂勘諸姬，得其情。由是極契淳祖，後遂有知南安軍之命。金元院本演其事。』

楊用修云：『《漢郊祀志》：優人爲假飾伎女，蓋後世裝旦之始也，然未必如後世雜劇、戲文之爲，緣其時郊祀皆奏樂章，未有歌曲耳。』

《西河詩話》云：『明玉照宫承應，有御前王留子雜劇。王留子，見元曲。或云天啓六年，有鐘鼓司僉書王進朝，綽號「王瘤子」，善抹臉詼諧，如舊時優伶。「留子」，即

「瘤子」。』

丹邱先生《論曲》云：『雜劇有正末、副末、狚、狐、靚、鴇、猱、捷譏、引戲九色之名。正末者，當場男子能指事者也，俗謂之「末泥」。副末執磕瓜以扑靚，即古所謂「蒼鶻」是也。當場之伎曰「狚」，狚，猨之雌者也，其性好淫，今俗訛爲「旦」。狐，當場裝官者也，今俗訛爲「孤」。靚，傅粉墨戲笑供諂者也，粉白黛緑，古稱「靚妝」，故謂之「妝靚色」，今俗訛爲「净」。妓女之老者曰「鴇」，鴇似雁而大，無後趾，虎文，喜淫而無厭，諸鳥求之即就，世呼「獨豹」者是也。凡妓女總稱曰「猱」，猱，亦猨類，喜食虎肝腦，虎見而愛之，輒負于背，猱乃取蝨遺虎首，虎即死，取其肝腦食焉，以喻少年愛色者，亦如遇猱然，不至喪身不止也。捷譏，古謂之「滑稽」，雜劇中取其便捷譏謔，故云。引戲，即院本中之「狚」也。』又云：『构肆中戲房出入之所，謂之「鬼門道」，言其所扮者皆已往昔人，出入于此，故云「鬼門」。愚俗無知，以置鼓于門，改爲「鼓門道」，後又訛爲「古」，皆非也。元曲或言『向古道』，或言『向古門道』。蘇東坡詩有云：「搬演古人事，出入鬼門道。」』

周挺齋《論曲》云：『良家子弟所扮雜劇，謂之「行家生活」；倡優所扮，謂之「戾家把戲」。蓋以雜劇出于鴻儒碩士、騷人墨客所作，皆良家也，彼倡優豈能辦此？故關漢卿以爲：「非是他當行本事，我家生活，他不過爲奴隸之役，供笑獻勤，以奉我輩耳。子弟所扮，是我一家風月。」雖復戲言，甚合于理。』又云：『院本中有娼夫之詞，名曰「緑巾詞」，雖有絶佳者，不得並稱樂府。如黄幡綽、鏡新磨、雷海青輩，皆古名娼，止以樂名呼之，亘世無字。今趙明鏡訛傳趙文敬，張酷貧訛傳張國賓，皆非也。』

《武林舊事》所列『官本雜劇段數』，曰《六么》，曰《瀛府》，曰《梁州》，曰《伊州》，曰《新水》，曰《薄媚》，曰《大明樂》，曰《降黄龍》，曰《胡渭州》，曰《逍遥樂》，曰《石州》，曰《大聖樂》，曰《中和樂》，曰《萬年歡》，曰《熙州》，曰《道人歡》，曰《長壽仙》，曰《法曲》，曰《延壽樂》，曰《賀皇恩》，曰《采蓮》。『采蓮隊』見《宋史・樂志》，其餘可類推矣。又有所謂『爨』者，如《鐘馗爨》、《天下太平爨》之類；有所謂『孤』者，如《思鄉早行孤》、《迓鼓孤》之類；有所謂『妲』者，如《襤哮店休妲》、《老姑遺妲》之類；有所謂『酸』者，如《襤哮負酸》、《眼藥酸》之類。《輟耕録》所列『院本名目』，所謂《法曲》、《伊州》、《新水》、《瀛府》、《逍遥樂》、《萬年歡》、《降黄龍》，屬『和曲院本』；所謂孤酸旦等，目爲『諸雜大小院本』。考元人劇中，其題目、正名有云『還牢末』者，則正末當場也；有云『貨郎旦』者，則正旦當場也。《録鬼簿》關漢卿有《擔水澆花旦》、《中秋切鱠旦》，吴昌齡有《貨郎末泥》，尚仲賢有《没興花前秉燭旦》，楊顯之有《跳神師婆旦》，其義亦同。孤，謂『官』；酸，謂『秀士』。凡稱酸，謂正末扮秀士當場也。至有云『酸孤旦』者，則三色當場；有云『雙旦降黄龍』者，則兩旦當場；云『旦判孤』，云『老孤遺旦』，皆可類推。

《莊嶽委談》云：『世謂秀才爲「措大」。元人以秀才爲「細酸」，《倩女離魂》首折，末扮細酸爲王文舉是也。「細酸」字面僅見此。今俗尚有此稱。」按：今元曲《倩女離魂》雜劇中，無『細酸』二字。

元曲皆四折，或加楔子。惟《趙氏孤兒》五折，又有楔子。

生、旦、浄、丑，考元曲無『生』之稱，末即『生』也。有正末，又有冲末、副末、小末，《任風子》劇中冲末扮馬丹陽，正末扮任屠，《碧桃花》冲末扮張珪，副末扮張道南，《貨郎兒》冲末扮李彦和，小末扮李春郎是也。小末亦稱『小末尼』，《東堂老》『正末同小末尼上』是也。冲末又稱『二末』，《神奴兒》冲末扮李德義，後稱李德義爲『二末』是也。今人名刺，或稱『晚生』，或稱『晚末』、『眷末』，或稱『眷生』，然則『生』與『末』通稱，尚爲元人之遺歟？旦有正旦、老旦、大旦、小旦、貼旦、色旦、搽旦、外旦、旦兒諸名。《中秋切鱠》正旦扮譚記兒，旦兒扮白姑姑，《碧桃花》老旦扮張珪夫人，正旦扮碧桃，貼旦扮徐端夫人，《張天師夜斷辰句月》搽旦扮封姨，旦兒扮桃花仙，正旦扮桂花仙，《救風塵》外旦扮宋引章，《貨郎旦》外旦扮張玉娥，《玉壺春》貼旦扮陳玉英，《神奴兒》大旦扮陳氏，《陳摶高卧》鄭恩引色旦上，《誤入桃源》小旦上云『小妾是桃源仙子侍從的』是也。有單稱旦者，《抱妝盒》正旦扮李美人，旦扮劉皇后，旦兒扮寇承御，《倩女離魂》旦扮夫人，正旦扮倩女是也。丑、浄、外三色，名與今同，乃《碧桃花》外扮薩真人，外又扮馬、趙、温、關天將，是同場有五外；《陳州糶米》外扮韓魏公、吕夷簡，《争報恩》外扮趙通判，外又扮孤，《楚昭王疏者下船》外扮孫武子、伍子胥，《小尉遲認父歸朝》外扮徐茂公、房元齡，皆同場有二外；《謝金吾詐拆清風府》外扮焦贊、孟良、岳勝，是同場有三外。《百花亭》二净扮雙解元、柳殿試闘上，《舉案齊眉》二净扮張小員外、馬舍上，《殺狗勸夫》、《東堂老》並二净扮柳隆卿、胡子傳，《合汗衫》净扮卜兒、净扮陳虎，《陳州糶米》净扮劉衙内、净扮小衙内，皆同場有二净。副净之名，見《竇娥冤》之張驢兒。《墻頭馬上》冲末扮裴尚書引老旦扮夫人上，第二折夫人同老旦嬷嬷上，是當場有二老旦。《蝴蝶夢》外引冲末扮王大、王二，《范張雞黍》正末扮范巨卿同冲末扮孔仲仙、張元伯，是當場有二冲末；《桃花女》小末扮石留住，又小末扮增福，第四折石留住、增福同場，是當場有二小末。《陳州糶米》丑扮楊金吾，又二丑扮二斗子，是同場有三丑。末、旦、净、丑之外，又有孤、俫兒、孛老、邦老、卜兒等目。《貨郎旦》冲末扮孤，《殺狗勸夫》外扮孤，《勘頭巾》净扮孤，扮孤者無一定也；《金線池》搽旦扮卜兒，《秋胡戲妻》、《王粲登樓》並老旦扮卜兒，《合汗衫》净扮卜兒，是扮卜兒者無一定也；《貨郎旦》净扮孛老，《瀟湘雨》外扮孛老，《薛仁貴榮歸故里》正末扮孛老，《硃砂擔》冲末扮孛老，是扮孛老者無一定也。蓋孤者，官也；卜兒者，婦人之老者也；孛老者，男子之老者也。俫兒多不言以何色扮之，惟《貨郎旦》李春郎前稱『俫兒』，後稱『小末』，則前以小末扮俫兒。蓋俫兒者，扮爲兒童狀也。春郎前幼，當扮爲兒童，故稱『俫兒』；後已作官，則稱『小末』耳。邦老之稱，一爲《合汗衫》之陳虎，一爲《盆兒鬼》之盆罐趙，一爲《硃砂擔》之鐵旛竿白正，皆殺人賊，皆以浄扮之，然則邦老者，蓋惡人之目也。《殺狗勸夫》『祗從取砌末上』，謂所埋之死狗也；《貨郎旦》『外旦取砌末付浄科』，謂金銀財寶也；《梧桐雨》『正末引宫娥挑燈拿砌末上』，謂七夕乞巧筵所設物也；《冤家債主》『和尚交砌末科』，謂銀也；《誤入桃源》『正末扮劉晨、外扮阮肇各帶砌末上』，謂行李包裹或采藥器具也；又『浄扮劉德引沙三、王留等將砌末上』，謂春社中羊酒紙錢之屬也。

近安慶『帮子腔』劇中，有桃花女與周公《鬥法》、沈香太子《劈山救母》等劇，皆本元人。又《義兒恩》，兒問罪在獄，適兒赦而盗殺，母誤盗屍爲兒屍，全本《蝴蝶夢·趙頑驢偷馬殘生送》一折也。又有《五雷轟》者，演孫臏事，内有卜子夏，此正本元人劇《馬陵道》中有卜商也。

《裴少俊墻頭馬上》，白仁甫作，《録鬼簿》作《鴛鴦簡墻頭馬上》。《便宜行事虎頭牌》，李直夫作，《録鬼簿》作《武元皇帝虎頭牌》。《李素蘭風月玉壺春》，武漢臣作，《録鬼簿》有《鄭瓊娥梅雪玉堂春》，無此目。《陶學士醉寫風光好》，戴善夫作，《録鬼簿》無此目。《翠紅鄉兒女兩團員》，楊文奎作，《録鬼簿》無此人。《半夜雷轟薦福碑》，馬致遠作，《録鬼簿》無此目。《包待制三勘蝴蝶夢》，關漢卿作，《録鬼簿》無此目。《河南府張鼎勘頭巾》，孫仲章作，《録鬼簿》陸登善有此目，孫仲章無此目。《李太白匹配金錢記》，喬孟符作，《録鬼簿》題爲《唐明皇御斷金錢記》；別有《柳眉兒金錢記》，平陽人石君寶作。《楊氏女殺狗勸夫》，不傳作者名氏，《録鬼簿》題有《王脩然斷殺狗勸夫》，爲蕭德祥作，今此劇孤自稱王脩然，當即蕭作。《張天師斷風花雪月》，吴昌齡作，《録鬼簿》作《張天師夜祭辰鈎月》。《趙盼兒風月救風塵》，關漢卿作，《録鬼簿》作《烟月舊風塵》，『舊』蓋『救』之訛。《同樂院燕青博魚》，李文蔚作，《録鬼簿》題有《報冤臺燕青撲魚》及《燕青射雁》二目，無《燕青博魚》。

元曲止正旦、正末唱，餘不唱。其爲正旦、正末者，必取義夫、貞婦、忠臣、孝子，他宵小市井，不得而干之。余謂：時文入口氣，代其人論説，實同于曲劇。而如陽貨、王歡等口氣之題，宜斷作，不宜代其口氣。吾見近人作此種題文，竟不啻身爲孤裝、邦老，甚至助爲訕謗、口角，以逼肖爲能，是當以元曲之格度爲法。

《虎頭牌》旦扮茶茶，金元人多呼女爲『茶茶』。

《西河詞話》云：『古歌舞不相合，歌者不舞，舞者不歌；即舞曲中詞，亦不必與舞者搬演照應。自唐人作《柘枝詞》、《蓮花鏇歌》，則舞者所執，與歌者所措詞，稍稍相應，然無事實也。宋末有安定郡王趙令畤者，始作《商調鼓子詞》，譜《西廂傳奇》，則純以事實譜詞曲間，然猶無演白也。至金章宗朝，董解元，不知何人，實作《西廂》搊彈詞，則有白有曲，專以一人搊彈并念唱之。嗣後金作清樂，仿遼時大樂之製，有所謂「連廂詞」者，則帶唱帶演，以司唱一人、琵琶一人、笙一人、笛一人，列坐唱詞，而復以男名末泥、女名旦兒者，并雜色人等，入句欄扮演，隨唱詞作舉止。如「參了菩薩」則末泥祗揖，「只將花笑撚」則旦兒撚花類。北人至今謂之「連厢」，曰「打連厢」、「唱連厢」，又曰「連厢搬演」。大抵連四厢舞人而演其曲，故云。然猶舞者不唱，唱者不舞，與古人舞法無以異也。至元人造曲，則歌舞合作一人，使句欄舞者自司歌唱，而第設笙、笛、琵琶以和其曲，每入場，以四折爲度，謂之「雜劇」。其有連數雜劇而通譜一事，或一劇，或二劇，或三、四、五劇，名爲「院本」。《西厢》者，合五劇而譜一事者也，然其時司唱猶屬一人，仿連厢之法，不能遽變。往先司馬從寧庶人處得《連厢詞例》，謂：「司唱一人，代句欄舞人執唱。」其曰「代唱」，即已逗句欄舞人自唱之意。但唱者止二人，末泥主男唱，旦兒主女唱也。若雜色入場，第有白無唱，謂之「賓白」。「賓」與「主」對，以説白在賓，而唱者自有主也。至元末明初，改北曲爲南曲，則雜色人皆唱，不分賓主矣。少時觀《西厢記》，見一劇末必有《絡絲娘》煞尾一曲，于演扮人下場後復唱，且復念正名四句，此是誰唱，誰念。至末劇扮演人唱《清江引》曲齊下場後，復有《隨煞》一曲，正名四句，總目四句，俱不能解唱者、念者之人。及得《連厢詞例》，則司唱者在坐間，不在場上，故雖變雜劇，猶存坐間代唱之意。』

王實甫《西厢記》不標净、旦、丑之名，曰『紅』，曰『鶯』，曰『本』，曰『惠』，曰『生』，曰『杜』，曰『飛』。然則曰『生』者，謂『張生』，非優人脚色之名爲『生』也。《琵琶記》則生、旦爲類矣。乃《西厢》第二折：『末上云：自家是狀元坊店小二哥。』以下但標『末上』二字，自亂其例。

《碧雞漫志》云：『《伊州》見于世者凡七商曲：大石調、高大石調、雙調、小石調、歇指調、林鐘商、越調。《六幺》行于世者四：曰黄鐘羽，即般涉調；曰夾鐘羽，即中吕調；曰林鐘羽，即高平調；曰夷則羽，即仙吕調。元微之《法曲》詩云：「明皇度曲多新態，宛轉浸淫易沈著。《赤白桃李》取花名，《霓裳羽衣》號天樂。」樂天亦云：「法曲法曲歌《霓裳》。」按：明皇改《婆羅門》爲《霓裳羽衣》，屬黄鐘商，即今之越調。宫伎佩七寶瓔珞舞此曲，曲終珠翠可掃。歐陽永叔云：「人間有《瀛府》、《獻仙音》二曲。《瀛府》屬黄鐘宫。」《鐵圍山叢談》云：『唐開元時有若《望瀛》、《法曲》者傳于今，實黄鐘之宫。』《嘉祐雜志》云：「同州樂工翻河中黄幡綽《霓裳譜》，鈞容樂工程士守别依《法曲》造成。教坊伶人花日新見之，題其後云：《法曲》雖精，莫近《望瀛》。」』觀此，則《武林舊事》、《輟耕録》所謂《六幺》、《瀛府》、《法曲》、《伊州》之類，皆以音調分别之，如今之『昆腔』、『弋腔』及『安慶』、『湖廣』、『秦腔』、『京腔』等也。《六幺》中有所謂《孤奪旦六幺》，《法曲》中有《孤和法曲》，則優伶、色目，各腔皆有也。

《輟耕録》有『邦老家門』。邦老，疑即『鮑老』之訛聲。相傳有詩云：『鮑老當年笑郭郎，笑他舞袖太郎當。若教鮑老當筵舞，舞更郎當袖轉長。』一曰《脚言脚語》，一曰《則是便是賊》。『孤下家門』，一曰《朕聞上古》，一曰《刀包待制》，一曰《絹兒來》。『撅倈家門』，一曰《受胎成氣》。『都子家門』，一曰《後人收》，一曰《桃李子》，一曰《上一上》。《教坊記》曲名有《緑腰》、《涼州》、《薄媚》、《伊州》、《甘州》。《緑腰》，即『六幺』也，唐、宋、元相承，尚可尋究。

《知新録》云：『合生，即院本、雜劇也。《唐書·武平一傳》云：「中宗宴殿上，胡人襪子、何懿唱合生，而歌言淺穢。平一上書曰：『比來妖伎、胡人、街童、市子，或言妃主情貌，或列王公名賢，歌詠舞踏，號曰「合生」。始自王公，稍及閭巷。』」按此，則知唐明皇梨園之戲，又本於此。』

又《懷鉛録》云：『古梨園傳粉墨者，謂之「參軍」，亦謂之「艶」。艶，《廣韻》云：「妝飾也。」今傅粉墨謂之「浄」，蓋「艶」之訛也。扮婦人者謂之「狚」，又與「獺」通。《莊子》云：「猨，猵狚以爲雌。」東廣微云：「猨以獺爲婦。」蓋喻婦人意，遂省作「旦」也。蒼鶻謂之「末」者，《周禮》：「四夷之樂有《韎》。」《東都賦》云：「《佅》、《佅》、《兜》、《離》，罔不畢集。」蓋優人作外國裝束者也。一曰「末泥」，蓋倡家隱語，如「爆炭」、「崖公」之類，省作「末」。又云「末泥色主張，引戲分付，副末色打諢」。又《都城紀勝》：「雜扮，或名雜旺，又名鈕元子，又名拔和，乃雜劇之散段，多是借裝爲山東、河北村人以資笑，今之打和鼓、捻梢子、散耍，皆是也。」今之丑脚，蓋「鈕元子」之省文。《古杭夢遊録》作「雜班」、「扭元子」、「拔和」。』又云：『演戲而以班名，自宋雲韶班起。考宋教坊外，又有「鈞容直」、「雲韶班」二樂。宋太祖平嶺表，得劉氏閹官聰慧者八十人，使學于教坊，初賜名「簫韶部」，後改名「雲韶班」。「鈞容直」，軍樂也，在軍中善樂者，初名引龍直，以備行幸騎導，淳化中改爲鈞容直。後世總稱爲班也。』

《聞見近録》云：『南京去汴河五里河次，謂之「河市」，凡郡有宴設，必召河市樂人。故至今俳優曰「河市樂人」者，由此也。』

《唐闕史》云：『咸通中，優人李可及者，滑稽諧戲，獨出輩流。嘗因延慶節，緇黃講論畢，次及倡優爲戲，可及乃儒服斂巾，褒衣博帶，攝齊以升崇座，自稱「三教論衡」。其隅坐者問曰：「既言博通三教，釋迦如來是何人？」對曰：「是婦人。」問者驚曰：「是何也？」對曰：「《金剛經》云：敷座而坐。或非婦人，何煩夫坐然後兒坐也？」上爲之啓齒。又問曰：「太上老君何人也？」對曰：「亦婦人也。」問者益所不喻，乃曰：「《道德經》云：吾有大患，是吾有身。倘非婦人，何患于有娠乎？」上大悦。又曰：「文宣王何人也？」對曰：「婦人也。」問者曰：「何以知之？」對曰：「《論語》云：沽之哉，沽之哉，我待價者也。向非婦人，待嫁奚爲？」上意極歡，寵錫甚厚。』

《金樓子》云：『有人以優師周穆王，甚巧，能作木人，趨走俯仰如人，鎖其頤則可語，捧其手則可舞。王與盛姬共觀，木人瞚其目招王左右侍者。王大怒，欲誅優師。優師大怖，乃剖木以示王，皆附會革木所爲，五臟完具。王大悦。乃廢其肝，則目不能瞋；廢其心，則口不能語；廢其脾，則手不能運。王厚賜之。』

《清波雜志》云：『宣和間，鈞天樂部焦德者，以諧謔被遇，時借以諷諫。蔡京以鄰地爲西園，毁民屋數百間。一日，京在園中，顧謂德曰：「西園與東園何如？」德曰：「東園嘉木繁蔭，望之如雲；西園人民起離，淚下如雨。可謂東園如雲，西園如雨。」語聞，抵罪。』

《樂府雜録》云：『咸通以來，有范傳康、上官唐卿、吕敬遷等三人弄假婦人。』案：此優人作旦之始。

《委巷叢談》云：『紹興間内宴，有優人作善天文者云：「世間貴官人，必應星象，我悉能窺之。法當用渾儀，設玉衡，若對其人窺之，見星而不見其人。玉衡不能猝辦，用銅錢一文亦可。」乃令窺光堯，云：「帝星也。」秦師垣，曰：「相星也。」韓蘄王，曰：「將星也。」張循王，曰：「不見其星。」衆皆駭，復令窺之，曰：「中不見星，只見張郡王在錢眼内坐。」殿上大笑。俊最多貲，故譏之。』

《閒燕常談》云：『政和中，何執中爲首台，廣殖貲産，邸店之多，甲於京師。時有以舊印行吉觀國所試《爲君難》小經義稱爲上皇御製者，人競傳誦。會大宴，伶官爲優戲，相謂曰：「官家萬機之暇何所爲？」曰：「不過燕樂爾。」曰：「不然，亦如舉子作文義。」

問：「何以知之？」遂舉《爲君難》義誦一過，乃以手加額，北鄉贊嘆，説：「聖意匪獨俯同韋布之士，留神經術，仰見兢兢圖治，不安持守之深意。天下幸甚！」又問：「宰相退朝之暇何所爲？」曰：「亦作文義。」問：「何義？」曰：「爲臣不易義。」乃批其頰曰：「日掠百二十貫房錢，猶自不易裏！」蓋俚語以貧窶爲「不易」也。』

《明史紀事本末》云：『汪直用事久，勢傾中外，天下凛凛。有中官阿丑，善詼諧，恒于上前作院本，頗有譎諫風。一日，丑作醉者酗酒狀，前遣人佯曰：「某官至！」酗罵如故。又曰：「駕至！」酗亦如故。曰：「汪太監來！」醉者驚迫帖然。旁一人曰：「駕至不懼，而懼汪太監，何也？」曰：「吾知有汪太監，不知有天子。」又一日，忽效直衣冠，持雙斧，趨蹌而行。或問故，答曰：「吾將兵惟仗此兩鉞耳。」問：「鉞何名？」曰：「王越、陳越也。」上微哂。』

劇説卷二

《宙載》云：『《湖廣志》：「安陸州董仲，漢董永子，母乃織女，生仲而靈異，數篆符，鎮邪怪。」近日院本以董仲舒爲永子，不知仲舒生于西漢，永爲東漢末人，不惟相隔遠甚，亦且侮褻先儒。或以永子名仲，遂以仲舒當之耶？』《莊嶽委談》云：『今傳奇有所謂《董永》者，詞極鄙陋，而其事實本《搜神記》，非杜撰也。』又云：『《連環》亦本元曲。或稱李長吉詩「榼榼銀龜騎白馬，傅粉美人大旗下」，以爲即吕布美人，殊不知傅粉自説吕貌，非姬妾也。』按元曲：吕布美人貂蟬，小字紅昌。《河上楮談》云：『世俗戲文、小説，有《斬貂蟬》、《關索鮑三娘》等記，流傳傅會，真僞混淆。然蜀有關索嶺，又有鮑家莊，不知何也。』

《録鬼簿》載白仁甫所作劇目有《祝英臺死嫁梁山伯》，宋人詞名亦有《祝英臺近》。《錢塘遺事》云：『林鎮屬河間府有梁山伯、祝英臺墓。』乾隆乙卯，余在山左，學使阮公修《山左金石志》，州縣各以碑本來。嘉祥縣有《祝英臺墓碣文》，爲明人刻石。丙辰客越，至寧波，聞其地亦有祝英臺墓。載于志書者詳其事，云：『梁山伯、祝英臺墓，在鄞西十里接待寺後，舊稱「義婦冢」。』又云：『晋梁山伯，字處仁，家會稽。少遊學，道逢祝氏子，同往。肄業三年，祝先返。後山伯歸，訪之上虞，始知祝爲女子，名曰英臺。歸告父母求姻，時已許鄮城馬氏。山伯後爲縣令，嬰疾弗起，遺命葬鄮城西清道原。明年，祝適馬氏，舟經墓所，風濤不能前。英臺臨冢哀痛，地裂而埋壁焉。事聞于朝，丞相謝安封「義婦冢」。』此説不知所本，而詳載志書如此。乃吾郡城北槐子河旁有高土，俗亦呼爲『祝英臺墳』。余入城必經此。或曰：『此隋煬帝墓，謬爲英臺也。』

鍾嗣成作《録鬼簿》，以董解元居首，云：『以其創始，故列諸首。』又云：『胡正臣，杭州人，董解元《西厢記》自「吾皇德化」，至于終篇，悉能歌之。』《筆談》云：『董解元《西厢記》，曾見之盧兵部許，一人援絃，數十人合座，分諸色目而遞歌之，謂之「磨唱」。盧氏盛歌舞，然一見後無繼者。趙長白云「一人自唱」，非也。』按：今之『馬上戳』，本此。

輝縣褚邱，去百泉四十里，有白馬將軍祠，土人多崔姓，而近又有鄭村。有演崔鄭傳奇者，土人以石擊之。見《書影》。《曠園雜志》云：『唐鄭太常恒暨崔夫人、鶯鶯合祔墓，在淇水之西北五十里，曰舊魏縣，蓋古淇澳也。明成化間，淇水横溢，土崩石出，秦給事貫所撰志銘在焉。犂人得之，鬻諸崔氏，爲中亭香案石。久之，尋得其家，有胥吏名吉者識之，白于縣令邢某，置之邑治。志中盛傳夫人四德咸備，乃一辱于元微之《會真記》，再辱于關漢卿、王實甫之《西厢記》。歷久而志銘顯出，爲崔氏洗冰玉之耻，亦奇矣。』《詩辨坻》云：『陳仲醇《品外録》載《唐郑府君夫人崔氏合祔墓志銘》，秦貫所撰也，陳因據此辨《會真》之誣，用意可謂長者。後余見此拓本，楷書微兼隸體，筆意遒古，而詞亦質雅。第志稱府君諱遇不諱恒，而眉山黄恪復以《會真》年月參之，此碑所謂崔氏者，其生平尚長雙文四歲。蓋滎陽、博陵，世通昏姻，誌中崔、鄭，不必便爲鶯、恒，仲醇但欲爲雪崔之地而弗深考耳。

《西厢記》始于董解元，固矣；乃《武林舊事》雜劇中有《鶯鶯六么》，則在董解元之前。《録鬼簿》王實甫有《崔鶯鶯待月西厢記》，同時睢景臣有《鶯鶯牡丹記》。王實甫止有四卷，至草橋店夢鶯鶯而止，其後乃關漢卿所續（詳見《曲藻》及《南濠詩話》）。李日華改實甫北曲爲南曲，所謂《南西厢》，今梨園演唱者是也。關所續亦依于董，惟董以張珙用法聰之謀，携鶯奔于杜太守處；關所續則杜來普救寺也。王實甫全依董解元，惟董以敵賊下書者爲法聰，實甫改爲惠明。日華南曲則一沿王、關耳。傖父漫譏漢卿所續之非，蓋未見董詞也。查伊璜以關所續未善，更作《續西厢》四折，大概仍用董、關，而增以應制、賦詩，即用『待月西厢』之句；又夫人欲以紅娘配鄭恒，紅娘不許而欲自縊。事皆蛇足，曲亦村拙，遠不及漢卿矣。碧蕉軒主人作《不了緣》四折，則本『自從别後减容光』一詩而作也：崔已嫁鄭恒，張生落魄歸來，復尋蕭寺訪鶯鶯，不可復見。情詞悽楚，意境蒼涼，勝于查氏所續遠甚，董、關而外，固不可少此別調也。明人又有《續西廂昇仙記》，序稱盱江韻客所撰，謂紅娘成佛，而寫鶯鶯之妒；鄭恒訴于陰官，鬼使擒鶯，紅來救之。意在懲淫、勸善，但詞意未能雅妙耳。

卓珂月有《新西廂》，其自序云：『崔鶯鶯之事以悲終，霍小玉之事以死終，小説中如此者，不可勝計，乃何以王實甫、湯若士不能脱傳奇之窠臼耶？余讀其傳而慨然動世外之想，讀其劇而靡然興俗内之懷，其爲風與否，可知也。《紫釵記》猶與傳合，其不合者止復甦一段耳，然猶存其意。《西廂》全不合傳，若王實甫所作，猶存其意；至關漢卿續之，則本意全失矣。余所以更作《新西廂》也，段落悉本《會真》，而合之以崔、鄭墓碣，又旁證之以《微之年譜》，不敢與董、王、陸、李諸家争衡，亦不敢蹈襲諸家片字，言之者無飾，聞之者足以嘆息。蓋崔之自言曰：「始亂之，終棄之，固其宜也。」而微之自言曰：「天之尤物，不妖其身，必妖于人。」合二語可以蔽斯傳也。』

《琵琶記》説者各不同。《留青日札》云：『高明，温州瑞安人，以《春秋》中元，至正四年乙酉第，授處州録事，改調浙東閫幕都事，轉江西行臺掾，又轉福建行省都事。方國珍留幕下，不從。旅寓明州櫟社，以詞曲自娱。因感劉後村詩，作《琵琶記》。有王四者，以學聞。則誠與友善，勸之仕。登第後，棄妻周氏，贅太師不花家。則誠作此以諷，取琵琶上四字爲王四云爾。元人呼牛爲「不花」，故謂牛太師，而伯喈曾附董卓，乃以之托名焉。高祖微時，常奇此戲文，御極，召則誠，以疾辭。使者以記上，於是捕王四，置極刑。東嘉後卒于寧海。』《曲藻》云：『高則誠《琵琶記》，其意欲以譏當時一士大夫，而托名蔡伯喈，不知其説。偶閲《説郛》所載唐人小説：「牛相國僧孺之子繁，與同人蔡生邂逅文字交，尋同舉進士，才蔡生，欲以女弟適之。蔡已有妻趙矣，力辭不得。後牛氏與趙處，能卑順自將。蔡仕至節度副使。」其姓事相同，一至于此，則誠何不直舉其人，而顧誣蠛賢者至此耶？』毛德音評《琵琶記》，引《大圜索隱》云：『高東嘉名則誠，元末人，與王四相友善。王四亦當時知名士，後以顯達改操，遂棄其妻周氏而坦腹於時相不花氏家。東嘉欲挽救，不可得，乃作此書諷之。而托名蔡邕者，以王四少賤嘗爲人傭菜；趙五娘者，以姓傳自「趙」至「周」而適五也；牛丞相者，以不花家居牛渚也；記以琵琶名，以有四「王」字也；所謂張太公者，東嘉自寓也。』又《真細録》云：『明祖彙删元人詞曲，偶見《琵琶記》而異之。後廉知其爲王四而作，遂執王四付之法曹。』二説與《留青日札》同。吾里徐坦庵則主牛僧孺事。余按：宋人詩云：『斜陽古柳趙家莊，負鼓盲翁正作場。死後是非誰管得，滿村聽説蔡中郎。』《輟耕録》所列雜劇之目，亦有《蔡伯喈》。意者，高則誠之作《琵琶》，當本于宋、元以來所相承，如《西厢》之本于《鶯鶯六幺》耳。僧孺之女，固爲適合；王四之諷，亦未足憑。《閒中今古録》云：『元末永嘉高明，字則誠，登至正元年進士，歷任慶元路推官，文行之名，重于時。見方谷珍來據慶元，避世于鄞之櫟社，以詞曲自娱。因劉後村有「死後是非誰管得，滿村聽唱蔡中郎」之句，因編《琵琶記》，用雪伯喈之耻。洪武中，徵辟，辭以心疾，不就。使復命，上曰：「朕聞其名，欲用之，原來無福！」既卒，有以其《記》進，上覽畢，曰：「《五經》、《四書》，如五穀，家家不可缺；高明《琵琶記》，如珍羞百味，富貴家豈可缺邪！」其見推許如此。』

《雕邱雜録》云：『則誠《琵琶記》，閉閣謝客，極力苦心，歌咏久則吐涎沫不絶，按節拍則脚點樓板皆穿。』《書影》云：『虎林昭慶寺僧舍中有高則誠爲「中郎傳奇」時几案，當拍處痕深寸許。』《在園雜志》云：『《琵琶記》，高東嘉撰於處州郡城之西姜山上懸藜閣中。』《静志居詩話》云：『則誠填詞，燒雙燭。至《喫糠》一齣，句云「糠和米本一處飛」，雙燭花交爲一。』《道聽録》云：『《琵琶》乃詞曲之祖。嘗見李中麓《寶劍記》序云：「永嘉高明初編《琵琶》時，坐高樓中，每夜秉二絳燭于前，詐云神助，以冀其傳。曲成自歌，叠足爲節，樓板至有足痕。」』

《茶餘客話》云：『蔣仲舒《堯山堂外紀》言：「撰《琵琶》者，乃高拭，字則成，别是一人。」按：涵虚子《曲譜》有高拭，無高明，蔣氏或别有據。』

《甌江逸志》云：『王十朋，字龜齡，年四十七魁天下，以書報其弟夢齡、昌齡曰：「今日唱名，蒙恩賜進士及第，惜二親不見，痛不可言！嫂及聞詩、聞禮，可以此示之。」詩、禮，其二子也。此二語者，上念二親而不以科名爲喜，特報二弟而不以妻子爲先，孝弟之意可見矣。爲御史，首彈丞相史浩。今世所傳《荆釵記》，玉蓮乃梅溪女孫，汝權乃梅溪同榜進士，史客故謬其説耳。又一説：「玉蓮實錢氏，本倡家女。初王與之狎，錢心許嫁。後王狀元及第歸，不復顧，錢憤，投江死。」《聽雨筆記》云：『孫汝權乃宋朝名進士，有文集行世。玉蓮則王十朋女也。十朋劾史浩八罪，乃汝權嗾之，理宗雖不聽，而史氏子姓怨兩人刺骨，遂作《荆釵記》。以玉蓮爲十朋妻，而汝權有奪配之事，其實不根之謗也。』《冬夜箋記》、《天禄識餘》與此略同。按：史載陳之茂嘗毁史浩，浩擬之茂進職，上曰：『卿以德報怨邪？』曰：『臣不知有怨。若以爲怨，而以德報之，是有心也。』莫濟詆浩尤甚，浩薦濟掌内制，上曰：『濟非議卿者乎？』浩曰：『臣不敢以私害人。』浩寬厚如此，何其容獨惡于龜齡而見諸詞曲耶？《書影》亦辨之，云：『《荆釵》，後人謂史之黨爲之以詈王者，宋時安得有傳奇也？』《南窗閒筆》云：『錢玉蓮，宋名妓，從孫汝權。某寺殿成，梁上題「信士孫汝權同妻錢玉蓮喜捨」。』此亦以玉蓮爲妓。而前則以爲王不顧而投江，此則以爲從孫而施寺，恐皆緣傳奇而傅會耳。《河上楮談》云：『或謂高作《琵琶》，陳留人多病之，乃作《荆釵》。蓋王梅溪、孫汝權皆永嘉人，故欲以報也。』《升庵集》云：『潛説友，宋之安撫使。今傳奇《王十朋》有此人，訛爲「錢」。』

宋楊文公才思敏給。北朝致祭皇后文，楊捧讀，空紙無一字，隨自撰曰：『惟靈：巫山一朵雲，閬苑一團雪，桃源一枝花，秋空一輪月。豈期雲散、雪消、花殘、月缺！』仁宗大喜。此數語謂之一時敏給則可，謂之是祭皇后文，輕褻失體矣。柯丹邱《荆釵記》曲中用之，作梅溪祭玉蓮，確當不可易。今坊本《荆釵記》無此祭文。《荆》、《劉》、《拜》、《殺》，爲劇中四大家。《荆釵》，柯丹邱作；《白兔》，即《劉》也；《拜月》，施君美作（君美名惠，元武林人），今名《幽閨記》；《殺狗》，俗名《玉環》，徐畛仲由作。（仲由，淳安人，洪武中徵秀才，至藩省，辭歸。有《巢雲集》。自稱曰：『吾詩、文未足品藻，惟傳奇、詞曲不多讓古人。』）

《譚輅》云：『《荆釵》相會處，不佳。後人改婦姑遇于舟中，愈于原本。』

《河上楮談》云：『高則誠《琵琶》，止于《書館相逢》。《賞月》、《掃松》，爲朱教諭所補。』

《莊嶽委談》云：『《琵琶記》「昆山有良璧」詩「黄允何其愚」，説者以漢末有二王允，一誅董卓，一乃棄妻再娶，非也。蓋謂黄允，非王也。黄允黜遣其妻，見《後漢書・黨錮傳》，今本多誤。又「正是此曲才堪聽，又被風吹别調間」，用高駢詩；曰「正是」者，其引用古人也。』

《新唐書》：『張士貴，虢州盧氏人，本名忽峠，彎弓百五十斤，左右射無空發。降唐，從征伐有功，又從平洛，封虢國公、右屯衛大將軍。貞觀七年，爲龔州道行軍總管，破反獠還。太宗聞冒矢石先登，勞之曰：「嘗聞以忠報國者不顧身，於公見之。」累遷左領軍大將軍。』然則士貴者，唐之良將也。元張國賓作《薛仁貴榮歸故里》雜劇，乃謂張士貴冒薛之功，經徐勣辨明，斥士貴爲民。史又稱：『薛仁貴，絳州龍門人，少貧賤，以田爲業。其妻柳，以天子自征遼東，求猛將，勸仁貴圖功名，仁貴乃往見將軍張士貴，應募，至安地。』雜劇言仁貴妻柳氏本莊農人，與史合；而士貴之冒功，則謬悠其説也。潘美，宋之功臣也。《宋史·楊業傳》云：『雍熙三年，大兵北征，以潘美爲雲應路都部署，命業副之，以西上閤門使王侁、軍器庫使劉文裕護其軍。師次桑乾河，會曹彬敗績，諸路班師。契丹國母蕭氏與耶律漢寧等領衆十萬陷寰州，業言不可與戰，侁斥其懦，令其直趨雁門北川中。業泣謂美曰：「此行必不利。」因指陳家谷口曰：「諸軍于此張步兵、强弩爲左右翼以待，俟業轉戰至此，即以步兵夾擊援之。不然，無遺類矣。」美與侁領麾下兵陳于谷口。自寅至巳，侁使人登托邏臺望之，以爲契丹敗走，欲争其功，領兵離谷口，美不能制。業力戰，自午至暮，至谷口，見無人，拊膺大慟。率帳下士再戰，身被數十創，士卒殆盡。業手刃數十百人，馬傷不能進。遂被擒，其子延玉亦没焉。業不食三日，死。帝聞之，痛惜甚，贈太尉，録其諸子。潘美降三官，王侁、劉文裕除名。』是役也，王侁争功，以致業敗，美之罪在不能制侁耳。元人朱凱作《孟良盗骨殖》，則云業與北番交戰，被圍虎口交牙谷，命第七兒楊延嗣乞師于潘，潘攢箭射死，業因不能脱。夫同没者延玉，此名延嗣。果以乞師而潘射之，則潘之惡甚矣。至今婦人、孺子，無不唾罵張士貴、潘美爲姦者，而史之所書則如此。若近來所演，則爲業報恨者，正爲王侁，尤與正史相反矣。然則殺業父子者，果侁不用命也？抑美殺之而移禍于侁耶？張士貴、潘美皆一代勳臣，史官爲之粉飾，未必不有之，則傳奇之事，故老相傳，或轉有如洛中隱士趙逸者耶？《洛陽伽藍記》載：『趙逸，晋武時人。晋朝舊事，多所記録。云：自永嘉以來，二百餘年，建國稱王者十有六君，皆遊其都邑，目見其事。國滅之後，觀其史書，皆非實録，莫不推過于人，引善自向。苻生雖好勇，嗜酒，亦仁而不殺。觀其治典，未爲凶報。及詳其史，天下之惡皆歸焉。』夫以潘美之才，豈不能制侁者？且侁與業之言，成敗顯然，美何聽侁而不聽業耶？業死時，大呼：『爲奸臣所害！』謂侁耶？謂美耶？吾詳録史文以證雜劇之誣，而不能無疑焉。

元人樂府有《村里迓鼓》之名，《琵琶記》中有此曲。《琵琶》白有『打十三』之説，元人常用之，本宋制：徒刑有五，徒一年者杖脊十三，杖刑有五，杖六十者折臀杖十三。《知新録》釋《西厢》疑義云：『「文魔秀士，風欠酸丁。」元人《蕭淑蘭》劇云：「改不了强文撇醋饑寒臉，斷不了詩云子曰酸風欠。」欠作「欠伸」之「欠」，亦可。張生寄書，有云「遂易前因」，因與「姻」通。《南史·王元規傳》：「姻不失親，古人所重，豈敢輒婚非類。」「量著這大小車如何載得起。」大小，謂「多少」也。《藍采和》劇：「出來的偌大小年紀。」北人鄉語盡然。邵康節云「程明道兄弟大小聰明」是也。「顛不剌的見萬千」，不剌，北人襯語。顛即「顛倒」，猶言「没頭緒」也。不剌二字，隨字可襯，如《舉案齊眉》劇「破不剌碗兒」是也。萬曆四年，張江陵當國，將太祖南京所藏寶玩取上京師，中有「顛不剌」寶石一塊，重七分，老米色，若照日只見石光，所以爲寶也。著《西厢》劇文，以「顛不剌」爲美女，不知何據。見《金陵瑣事》。「惹的心漾」，心蕩也。元詞「花柳中使人心漾」。「既不沙」，猶云「若不然」，如《勘頭巾》劇「既不沙怎無個收拾慈悲」，《黄粱夢》劇「既不沙可怎生蝶翅舞飄飄」。「湯他一湯」，湯，去聲，《金線池》劇「休想我指尖兒湯著你皮肉」，今俗亦有此語。「今夜淒涼有四星」，徐天池云「製秤之法，末稍存四星，隱語下梢也」，《兩世姻緣》劇「我比卓文君有了上梢，没有四星」，可證。「鶻伶渌老不尋常」。北詞伶俐謂之「鶻伶」，或作「胡伶」，或作「鶻鴒」。渌老，謂眼也，亦作「睩老」。老是襯字，如身爲「軀老」、手爲「爪老」是也。「鶻伶」二字不專指眼，隨在可用，如宋方壺詞「鶻伶惜惺惺」，王和卿詞「假聰明逞胡伶」，是也。』

《天香樓偶得》云：『兀剌赤，元人掌車馬者之稱。故《拜月》有云：「兀剌赤，兀剌門外等多時。」《山居新語》云：「中途有酒車百餘，乘其回車之兀剌赤，多無禦寒之衣。」此掌車馬者稱兀剌赤之證。』

《静志居詩話》云：『何元朗、臧晋叔皆精音律。元朗評《拜月》出《琵琶》上，王元美目爲好奇之過。晋叔謂《琵琶》【梁州序】、【念奴嬌序】二曲不類高則誠口吻，當是後人竄入；元美大不以爲然，津津稱詡不置。晋叔嘆曰：「是烏知所謂《幽閨》者哉！」嘗從黄州劉延伯借元人雜劇二百五十種，又購得楊廉夫《仙遊》、《夢遊》、《俠遊》、《冥遊》彈詞，悉鏤板以行。序言鄭若庸《玉玦》、張伯起《紅拂》等記，以類書爲傳奇；屠長卿《曇花》，道白終折無一曲；梁伯龍《浣紗》、梅禹金《玉合》，道白終本無一散語。均非是。且言：「汪伯玉南曲失之靡，徐文長北曲失之鄙，惟湯義仍庶幾近之而失于疏。」其持論斷斷不爽如是。』

明人南曲，多本元人雜劇：如《殺狗》、《八義》之類，則直用其事。玉茗之《還魂記》，亦本《碧桃花》、《倩女離魂》而爲之者也。又《睽車志》載：『士人寓三衢佛寺，有女子與合。其後發棺復生，遁去。達書于父母，父以涉怪，忌見之。』柳生、杜女始末，全與此合，知玉茗《四夢》皆非空撰，而有所本也。《齊東野語》言：『嘉、熙間有宰宜興者，縣齋前紅梅一樹，極美麗華粲。一夕酒散，見紅裳女子，自此恍然若有所遇。有老卒頗知其事，白曰：「昔聞某知縣之女有殊色，及笄未適而殂。其家遠在湖湘，因藁葬于此，樹梅以識之。」遂發之，其棺正蟠絡老梅根下，兩和微蝕，一竅如錢，若蛇鼠出入者。啓而視之，顔貌如玉。妝飾衣衾，略不少損。真國色也。令見，爲之心醉，舁至密室，加以茵藉，而四體亦和柔，非尋常僵屍之比，于是每夕與之接。既而氣息惙然，瘦茶不可治文書。其家憂之，乃乘間穴壁取焚之，令遂屬疾而殂。』《静志居詩話》云：『義仍填詞，妙絶一時，《牡丹亭》曲尤極情摯。世或相傳，云刺曇陽子而作。然太倉相君實先令家樂演之，且云：「吾老年人，近頗爲此曲惆悵。」相君雖盛德有容，必不反演之于家也。』按：《弇州史料》云：『女曇陽子，以貞節得仙，白日昇舉。』未必如俗所傳也。王師事仙子，湯或即以此詬王耶？《春浮園偶録》載：『婁江王相國偶出家樂演《牡丹亭》，周明行中丞曰：「吾老矣，近頗爲此曲惆悵。」』則非相君語也。吴江沈瓚《近事叢殘》一書，載曇陽事甚詳，謂：『太倉王學憲鼎爵于瓜洲，娶一婢，名曰瓜秀。學憲卒後，其家人某者，托他人名轉娶爲己妾，深藏于鄉莊邃屋中。久之，漸傳播于外，恐主知之，乃轉售于人，遂爲娼于浙中。有浙狂生某者與之狎，問知其鄉里，又能言相公家事，異之，曰：「子莫非即往年所稱曇陽乎？」曰：「是也。」于是狂生揚言于人，自稱爲王婿，且爲詩歌以彰之，遂有流言于世，可恨哉！』又云：『曇陽仙，太倉王相公之次女也，産時無血。少許聘徐少參廷祼子。方相公在朝時，時當乙亥、丙子間，徐氏子卒于家。未有信至，女已先知，取白衣服之。父母問其故，曰：「徐氏子某日死矣。」未幾，書至，大驗。因謂父母曰：「女欲學道求仙，不復從人間事矣。」父母聽之。每日有雲衣、鶴駕諸仙真從窗檻中入，與聚談，倏忽不見。能書蟲、魚、禽、鳥諸篆文。相公有所疑，從之質問，女爲開示，出人意表。公大信服，亦稱爲師。江陵公問之，公述其概。江陵公曰：「果爾，不特爲仙，且近佛矣。」公恐在京日久，宫中聞之，或有宣召，乃遣與母先歸。而次年丁丑，公忤江陵公，亦歸。女漸能出陽神，隨意所往。又有一蛇在旁，仙所至蛇必與俱，以「護龍」呼之。一日，至郡城南濠陸某家，謂爲可度，收爲弟子。其人市井，又行使僞銀，無他可取，後亦迄無所成。又一日，遣人持一緣送弇州公，曰：「公可學道。」弇州公欣然事爲師。久之，及門者漸衆，且欲翀舉以去。其父謂之曰：「汝爲女子，須留蛻以解人疑。」至庚辰九月重陽日，化去，送者萬人。拄劍瞑目而逝，年二十餘耳。龕隨髹鍵，迎置城隅，立庵尊奉之，號「曇陽庵」，蓋自謂蕭梁時曇鸞菩薩後身也。又先剪一頡以殉徐氏子之葬，故自稱「左髻曇陽子」云。傳有《八戒》二歌。弇州公爲立傳，傳于世。』

《黎瀟雲語》云：『內江一女子，自矜才色，不輕許人，讀《還魂》而悅之，逕造西湖訪焉，願奉箕帚。湯若士以年老辭，女不信。一日，若士湖上宴客，女往觀之，見若士皤然一翁，傴僂扶杖而行，女嘆曰：「吾生平慕才，將托終身；今老醜若此，命也！」因投于水。』張某《俞娘傳》云：『婁江俞娘，麗人也，行二，幼婉慧。體弱常不勝衣，迎風輒頓。十三，疽苦左脇，彌連數月。小差，而神愈不支，媚婉之容，不可逼視。年十七，夭。當俞娘之在牀褥也，好觀文史，父憐而授，且讀且疏，多父所未解。一日，授《還魂記》，凝睇良久，情色黯然，曰：「書以達意。古來作者，多不盡意而出，如生不可死，死不可生，皆非情之至。斯真達意之作矣！」飽研丹砂，密圈旁注，往往自寫所見，出人意表。如《感夢》一齣，注曰：「吾每喜睡，睡必有夢，夢則耳目未經涉者皆能及之。杜女故先我著鞭耳。」

俞娘有妹落風塵中，一時稱「仙子」。』《静志居詩話》云：『婁江女子俞二娘，酷嗜《牡丹亭》曲，斷腸而死，故義仍作詩哀之，云：「畫燭摇金閣，真珠泣繡窗。如何傷此曲，偏只在婁江？」』此三説，蓋一事而傳聞異詞也。又相傳：張江陵欲以鼎甲畀其子，羅海内名士以張之，令諸郎因其叔延致湯、沈兩生，湯臨川獨不往，而宣城沈君典遂與江陵子懋修偕及第。《邯鄲夢》中宇文，即指江陵也。兩夢中《吊打》、《欽定》諸劇，皆極詆訕，至云『狀元能值幾文來』，憤悵極矣。蔣心餘太史本此諸事，作《臨川夢》傳奇。

明武宗幸太原，取晋府樂工楊騰妻劉良女，大喜之，携以遊幸。江彬及八黨輩，皆以母事之。及南征，劉氏以一簪贈武宗爲信，馳馬失去。比至臨清，召劉氏，劉氏以無信不肯行；輕舸疾至潞河，挾以俱往。笠翁《玉搔頭》傳奇本此。胡纘宗亦有詩咏其事：『驚喜君王至，西華夜啓扉。後車三十乘，載得美人歸。』

《筆談》云：『魏良輔别號尚泉，居太倉南關，能諧聲律，若張小泉、季敬坡、戴梅川之類，争師事之。梁伯龍起而效之，考訂元劇，自翻新調，作《江東》、《白紵》、《浣紗》諸曲。又與鄭思笠精研音理，唐小虞、鄭梅泉五七輩雜轉之，金石鏗然。譜傳藩邸戚畹、金紫熠爚之家，取聲必宗伯龍氏，謂之「昆腔」。張進士新勿善也，乃取良輔校本，出青于藍，偕趙瞻雲、雷夷民與其叔小泉翁，踏月郵亭，往來倡和，號「南馬頭曲」。其實稟律于梁而自以其意稍爲韻節，「昆腔」之用不能易也。』

《蝸亭雜訂》云：『梁伯龍風流自賞，修髯，美姿容，身長八尺，爲一時詞家所宗。艷歌、清引，傳播戚里間；白金、文綺、異香、名馬、奇技淫巧之贈，絡繹于道。歌兒舞女，不見伯龍，自以爲不祥也。其教人度曲，設大案，西向坐，序列左右，遞傳疊和。所作《浣紗記》，至傳海外，然止此不復續筆。《浣紗》初出，梁遊青浦，時屠隆爲令，以上客禮之，即命優人演其新劇爲壽。每遇佳句，輒浮大白，梁亦豪飲自快。演至《出獵》，有所謂「擺開，擺開」者，屠厲聲曰：「此惡語，當受罰！」蓋已預儲污水，以酒海灌三大盂。梁氣索，强盡之，吐，委頓。次日，不別竟去。』《静志居詩話》云：『梁大伯龍填《浣紗記》，王元美詩所云「吴閶白面冶遊兒，争唱梁郎雪艷詞」是也。又有陸九疇、鄭思笠、包郎郎、戴梅川輩，更唱迭和，清詞艷曲，流播人間，今已百年。傳奇家别本，弋陽子弟可以改調歌之，惟《浣紗》不能，固是詞家老手。』《芳畬詩話》云：『梁辰魚，字伯龍，以例貢爲太學生。虬鬚，虎顴，好輕俠，善度曲。世所謂「昆山腔」，自良輔始，而伯龍獨得其傳。著《浣紗》傳奇，梨園子弟多歌之。同里王伯稠贈詩云：「彩毫吐艷曲，粲若春花開。斗酒清夜歌，白頭擁吴姬。家無擔石儲，出多年少隨。」』

《書影》云：『吕文穆公父龜圖，與母不相能，并文穆逐出之，羈流於外，衣食殆不給。龍門寺利涉院僧識其爲貴人，延至寺中，爲鑿山岩爲龕居之。文穆處其間九年，出而廷試第一。七年，爲參知政事，其後諸子即石龕爲祠堂，名曰「肄業」，富韓公爲作記。公既登第，攜其母見父，雖許納之，終不與相見，乃同堂異室而居。今所傳文穆傳奇，似影響於此，且以母事爲妻事，大可噴飯矣。』《譚輅》云：『吕蒙正母劉氏與父不睦。其妻自姓宋氏。』《莊嶽委談》、《邵氏見聞録》並載：『吕蒙正微時，于洛陽龍門利涉院土室中與温仲舒讀書。一日，行伊水上，見賣瓜者，意欲得之，無錢可買。其人偶遺一枚于地，公悵然取食之。後作相，買園洛城東南，下臨伊水，起亭以「饐瓜」名焉。』考《宋史》：吕實起寒微，土室、饐瓜多有之。《堯山堂外紀》云：『吕蒙正朝罷歸衙，偶片雪沾衣，欲斬執役人，夫人因舉《撥灰詩》諷之，乃已。又隨事諷諫，嘗題鴟吻云：「獸頭原是一團泥，做盡辛勤人不知。如今擡在青雲裏，忘却當年窑内時。」』《香祖筆記》云：『《避暑録》言：「父逐蒙正，龍門僧鑿龕以居。」今傳奇有破窑之説，亦沿俗論，但言窑而不言龕。』

《譚輅》云：『《紅線》一傳，雖《虞初》之談，其説本于《淮南》楚將子發事。友人梁伯龍據其傳作院本。』《湧幢小品》云：『《紅線》雜劇，乃梁伯龍所著，今時所用。不知胡懋禮已先之，更勝于梁。』《客座贅語》云：『胡秋宇先生在翰林日，以言忤政府，出爲藩參。先生文雅風流，不操常律。所著小説書數種，多奇艶，間亦有閨閣之靡，人所不忍言，如《蘭芽》等傳者，今皆秘不傳。所著《紅線》雜劇，大勝梁辰魚所作。』

張鳳翼伯起，長洲人，與其弟獻翼幼于并有才名。吴人語曰：『前有三皇，後有三張。』伯起老于公車，好度爲新聲。所著《紅拂記》，梨園子弟皆歌之。《游宦餘談》云：

『《虯髯客傳》，紀遇李衛公于靈右旅店，約往太原見州子于汾陽橋候之。余入太原初過靈石縣，次汾陽橋，無所謂「靈右」者。意傳奇中所云者，乃抄録相傳之誤，而張伯起《紅拂記》因之。』《曲藻》云：『張伯起《紅拂記》一佳句云「愛他風雪耐他寒」，不知爲朱希真詞也，其起句云：「檢盡曆頭冬又殘，愛他風雪耐他寒，拖條竹杖家家酒，上個籃輿處處山。」亦自瀟灑。』

《蝸亭雜訂》云：『張伯起少時作《紅拂記》，演習之者遍國中。丙戌上太夫人壽，作《祝髮記》，則年六十矣。播事奏效，大將楚人李應祥者以金求作傳奇，以侈大其勳，利其潤筆，而誇之過當，未免蛇足，今其曲亦不行。』

《麒麟閣》中《换簡》一折，亦有所本。秦瓊本傳云：『從秦王夾擊美良川，破尉遲敬德，功最居多。』蓋鄂公之驍勇，惟胡公能埒之。其後多病，常自云：『吾生平苦戰，出血不下數斗，焉能不病乎？』瓊善鋧。鋧，音『簡』，短兵也，形似小鑿。歐公《桑懌傳》云：『懌善劍及鐵簡，力過數人。』《歸潛志》言：『王副樞晦以鐵簡迎擊僧，腦出而斃。』《山居新語》云：『有以馬鞭獻文貞王者，製作精最。拔靶取之，一鐵簡在焉。』胡氏《筆叢》辨鞭、簡之説，絶爲不根。

《曲藻》云：『《明珠》，即《無雙傳》，陸天池采所成，乃兄浚明給事助之，亦未盡善。』《南音三籟》云：『陸天池作《南西厢》，悉以己意自創，不襲北劇一語，志可謂悍矣。然元調在前，豈易角勝耶！其所爲《明珠》，尖俊、宛轉處，在當時固爲獨勝，非梁梅派頭，故《南西厢》不及遠甚。』《芳畲詩話》云：『陸采，字子元，年十九作《王仙客無雙傳奇》。』《疑耀》云：『今俗演《繡襦》，鄭元和殺駿馬奉伎人李亞仙，乃元翰林學士王元鼎與妓人順時秀事也。』

《莊嶽委談》云：『《繡襦記》，事出唐人《李娃傳》，皆據舊聞，第傳止稱其父滎陽公，而鄭子無名字，後人增益之耳。』《静志居詩話》云：『鄭若庸字中伯，昆山人，曳裾王門，妙擅樂府。嘗填《玉玦》詞以訕院妓，一時白門楊柳，少年無繫馬者。群妓患之，乃醵金數百，行薛生近兖作《繡襦記》以雪之。秦淮花月，頓復舊觀。』《金陵瑣事》云：『徐霖填南北詞，大有才情，余所見戲文《繡襦》諸本行世。』然則鄭元和、李亞仙事，自元人石君寶作《曲江池》雜劇外，徐與薛兩人各有《繡襦記》矣。

《蝸亭雜訂》云：『鄭之文，字應尼，南城人。公車下第，薄遊長干曲中。馬湘蘭負盛名，與王百穀諸公爲文字飲，不禮應尼。應尼恨之，與吴非熊輩作《白練裙》雜劇，極爲譏訕，聚子弟演唱，召湘蘭觀之，湘蘭微笑而已。定湘傳司業清嚴訓士，一日召應尼跪東厢下，數之曰：「舉子當爲輕蛺蝶耶？」收以檟楚。後應尼舉進士，官南部郎，遷某郡太守。』《貫餘齋筆記》云：『馮開之爲南祭酒，東南名士，雲集金陵。屠長卿新奉恩詔復冠帶，亦作寓。公慕狹邪寇四兒之名，先以纏頭往。至日，具袍服頭踏，呵殿而至，踞廳事南面，呼媪出拜，令寇姬旁侍行酒。六院喧傳，以爲談柄。江右孝廉鄭豹先名之文者，素以才自命，遂作一傳奇，名曰《白練裙》，摹寫屠憨狀曲盡。時吴下王百穀亦在留都，曾召名妓馬湘蘭。馬已年將耳順，王則望七矣，兩人尚講衾裯之好。鄭亦串入其中，備列醜態，一時爲之紙貴。按：屠令青浦時，上海孝廉俞顯卿以事干謁之，屠不聽，且加侮慢。俞心恨甚，及爲刑部主事，論劾長卿云：「日中爲市，交易而退。翠館侯門，青樓郎署。」上覽之，大怒。得旨，兩人俱革職。此言其詔復冠帶後，仍有寇四兒之事。」

張孝祥于湖，宋紹興甲戌狀元，高宗謂爲『謫仙人』。天性倜儻，勇于爲義。每作詩文，輒問門人：『視東坡何如？』謝堯仁謂：『以先生筆力，讀書十年，吞東坡有餘矣。』高深甫作《玉簪》，假于湖以資談笑，當亦如《琵琶》之蔡邕、《荆釵》之王十朋耳。《古今女史》云：『宋女貞觀陳妙常尼，年二十餘，姿色出衆，詩文俊雅，工音律。張于湖授臨江令，宿女貞觀，見妙常，以詞調之，妙常亦以詞拒之。詞載《名媛璣囊》。後與于湖故人潘法成通，潘密告于湖，以計斷爲夫婦。』即今所傳《玉簪》也。此言陳爲尼，而《玉簪》作道姑。蓋以尼必削髮，于當場爲不雅，本元人鄭彩鸞作道姑耳。乃其曲云『從今孽債緇衣』，又云『姑娘在禪堂打坐』，則隱寓其爲尼也。笠翁譏之，非是。《西閣偶談》云：『涇陽有潘必正墓。』

斷殺狗勸夫之王翛然，《歸潛志》云：『金朝士大夫以政事著名者，曰王翛然，嘗同知咸平府，攝府事。時遼東路多世襲猛安謀克居焉，其人皆功臣子，驁亢奢縱不法，公思有以治之。會郡民負一世襲猛安者錢，貧不能償，猛安者大怒，率家僮强入其家，牽牛以去。公得其情，令一吏呼猛安者，猛安盛陳騎從以來。公朝服，召至廳事前，詰其事，趨左右械繫之，乃以强盜論，杖殺於市，一路悚然。後知大興府，素察僧徒多游貴戚家作過，乃下令：「午後僧不得出寺，街中不得見一僧。」有一長老犯禁，公械之。長老者，素爲貴戚所重，皇姑某國公主使人詣公請焉。公曰：「奉主命，即令出。」立召僧，杖一百死，自是京輦肅清。世宗深見知，故公得行其志也。至今人云：「過宋包拯遠甚。」』

《玉壺清話》云：『樊知古，江南人，無鄉里之愛。舉于鄉，不獲第，因謀北歸。以釣竿漁于采石江，凡數年。横長絚量江水之廣、深。絚或中沈，陰有物波底助起，心知其國之亡，遂仗策謁太祖，送學士院本科及第。遣湖南督匠造黄、黑龍船于荆南，破竹爲索，數千艦由荆南而下。舟既集，就采石磯試焉，密若胼脅，不差尺寸。』池陽聿雲氏作《量江記》傳奇，于《量江》一齣，用龍王、鬼卒助之，本此，非他傳奇假借鬼神之例也。史稱李後主送知古家口于樊，傳奇言後主執之，用爲劇中波瀾耳，然而誣後主矣。

《藝苑卮言》云：『正德間，有妓女失其名，于客所分咏，以骰子爲題云：「一片寒微骨，翻成面面心。自從遭點污，抛擲到如今。」元人關漢卿雜劇載錢可、謝天香事亦有之，特後人稍易其語耳。』

《南園漫録》云：『予郡有符、丁二姓，相友善。丁後病，而有子支漫不事生産，丁乃以白金若干託符，曰：「子支漫不事生産，恐身後即耗，煩爲密收，而訓使治生。改則畀之，不可改則君之物矣。」符許諾，日過其子，告以其父命之篤。子稍改悟，曰：「恨無資以營生計。」符許借之。借而叩之，果不費，則勖之焉。逾時，再詢而叩之，曰：「恨少耳。若多假焉，生彌遂矣。」則再借之。如是者三，子曰：「若得若干，業可成矣。」符知其可也，則曰：「汝當具牲醴來，吾爲汝轉假。」其子如命往，符則以其牲醴置丁之靈几前，爲文告曰：「君不鄙予，托予以子，而委我以財。今君之子克家矣，財凡若干兩，盡以付君之子，君可以無慮矣。」遂歸，時丁頗裕，而符更窶，財不相負而又能忠誨其子，俾可成，可謂難矣。郡人盡能道其事。』按：是書爲嘉靖間雲南永昌張志淳所撰，其事頗似元人秦簡夫《東堂老》雜劇。

《洞天元記》寫形山道人收昆侖六賊事，所以闡明老氏之旨；《歸元鏡》寫沈蓮池爲僧事，所以發攄禪氏之談，于傳奇中別一溪經。

《茶餘客話》云：『元人尚仲賢，真定人，工詞曲，嘗作《海神廟王魁負桂英》曲。所演《焚香記》，蓋藍本於此。』

《茶餘客話》又云：『石崇《明君詞》叙：「昔公主嫁烏孫，令琵琶馬上作樂，以慰其道路之思。其送明君用琵琶，不過爾爾。」觀此，則琵琶自是烏孫公主事。今人作詩，專以昭君爲故實，豈非雜劇誤之耶？』又云：『大業間，杜寶常修《水飾圖經》十五卷。煬帝觀於曲水，有神龜負八卦進伏羲，黄龍負圖、元龜銜符、大鱸銜籙授黄帝，丹甲靈龜銜書獻蒼頡，鳳皇負圖、赤龍載籙授堯，龍馬銜中赤文授舜，舜觀河渚五老人來告，帝期陶河濱，黄龍負黄文符璽之圖，禹濟江而黄龍負舟，元夷蒼水使者以《山海經》來……其類七十有二，以七十二航貯之，此水戲之始。元人關漢卿有《隋煬帝牽龍舟》樂府，即此。』

今村中演劇，有《清風亭・認子》，爲張繼保忘義父之恩，爲雷殛。按此事本之《北夢瑣言》：『張裼尚書典晉州，外貯所愛營妓，生一子。其内子妒忌，不敢取歸，乃與所善張處士爲子，居江津間，常致書題問其存亡。及漸成長，教其讀書。有人告以「非處士之子，爾父在朝官高」。因竊其父與處士緘劄，不告而遁。歸京國，名仁龜，有文，性好學修詞，應進士舉及第，歷侍御史。因奉使江浙，於候館自經而死，莫知所爲。先是，張處士悵恨而終，必有冥訴，罹此禍也。』

劇説卷三

演小青故事爲傳奇者，有《療妒羹》、《風流院》兩種，當以徐野君《春波影》爲最。《聞見卮言》云：『馮千秋，浙中名士，崇正乙亥拔貢，頗以詩文擅名。家素封，因無子，買妾維揚小青。後以妻妒，置之別室，似亦處之得當，不意小青才雋而年夭。時人詩傳傳奇，詩歌贊嘆。而吴石渠炳之《療妒羹》，朱价人京藩之《風流院》，易千秋爲馮致虚。以千秋之才，因小青而反没，不亦冤哉！松陵徐電發載酒放鶴亭，求小青墓不得，作詩云：「青青芳草瘞紅顔，愁對雙峰似翠鬟。多少西陵松柏路，銷魂一半是孤山。」注云：「小青，廣陵人，爲虎林某生妾，早卒。戔戔居士爲之作傳，而所録《天仙子》、《南鄉子》詞，多不可考。」所謂某生，即馮千秋也。千秋名延年，能詩，有文譽，名列復社。粲花主人演作褚大郎。吴某《紫雲歌·小序》云：「馮紫雲爲維揚小青女弟，歸會稽馬髦伯。」諸所謂小青者，歷歷可據；惟姓馮，則與千秋爲同姓矣。』《書影》云：『昔在秣陵，見支小白如增，以所刻《小青傳》遍貽同人。鍾陵支長卿語余曰：「實無其人，家小白戲爲之耳。」後王勝時語余：「小青之夫馮某，尚在虎林。」則實有其人矣。或云：「小青本無其人，其邑子譚生造傳及詩爲戲。」或曰：「小青者，離『情』字也。或言姓鍾，合成『鍾情』字也。」予意當時或有其人，以夫在，故諱其姓字。其詩文或亦有一二流傳者，衆爲緣飾之耳。但以爲出譚生手，而余適見小白持以貽人，其譚生爲之，小白梓之耶？抑竟出小白手耶？」

卓人月，字珂月，作《小青》雜劇，序云：『天下女子，飲恨有如小青者乎？小青之死未幾，天下無不知有小青者。而見之於聲歌，則有若徐野君之《春波影》、陳季方之《情生文》。斯豈非命耶？傳小青之事者，始於戔戔居士。居士之文，淋漓宛轉，已屬妙手。而野君復從而填北劇焉，季方復從而填南曲焉。』

《詞苑叢談》云：『吴玉川夫人麗小畹蕙纕，詩詞書法，擅絶當時，片紙隻字，莫不珍惜。有青蓮女伎小青者，色藝皆精，嘗演劇，入後堂，持扇叩唾香閣乞書，夫人即調《桂枝香》一闋，有「浪萍飛絮前生果，别是傷心一小青」之句。』

《繭甕閒話》云：『《琥珀匙》，吴門葉稚斐作。變名陶佛奴，即傳奇中翠翹故事。中有句云：「廟堂中有衣冠禽獸，緑林内有救世菩提。」爲有司所恚，下獄幾死。』《酒邊瓚語》云：『《琥珀匙·五般宜》云：「我的老骨頭應該作賤，他的嫩皮肉何堪抛閃！」又《會河陽》云：「叮寧聲到我喉間哽，灰心血到我胸前冷。」又《越恁好》云：「眼觀眼三兩兩相看定，手扣手一雙雙相持緊。」本色處，綺語艷詞退避三舍。』又云：『《後西厢》，葉稚斐作八折而病，朱雲從補成。稚斐所作傳奇，尚有七種：《三擊節》、《英雄概》、《開口笑》、《女開科》、《遜國疑》、《八翼飛》、《人中人》。』

邱文莊濬作《五倫全備》傳奇，王端毅謂：『理學大儒，不宜留心詞曲。』邱大恨之。又因南太宰王倎爲端毅作《大司馬生傳》，稱許太過，遂云：『若有豪傑駁之，禍且不測。』又端毅所刻疏稿，凡成化間留中疏，俱書不報。邱又謂：『王故彰先帝拒諫之失。』御醫劉文泰得邱語，因挾仇特疏，而王遂去位。所以報《五倫》之怨也。《南園漫録》云：『邱文莊所著《鍾情麗集》，雖以所私擬元稹，而浮猥鄙褻，尤倍於稹；所撰《五倫記》，雖法高明，而謔浪戲笑，尤甚高明。』

蘇州知府况鍾，字伯律，南昌靖安人。始由小吏事吕尚書震。吕薦其才，授禮部主事，進郎中。時仁廟初政，令在京五品以上舉所知，鍾舉左春坊左中允張宗璉。召問楊文貞公士奇曰：『人皆薦外任下僚，鍾何乃舉朕宫官？』楊對曰：『臣與王直方欲擬薦宗璉，不意遂爲鍾所先耳。』仁廟大喜，曰：『鍾知宗璉，亦可謂賢矣！』即日擢宗璉大理寺丞，蓋已有用鍾意。宣廟即位，大臣奏蘇州等九大郡繁劇難治，遂擢鍾等九人爲知府，皆授璽書以行。公至蘇廉察官吏，去太甚者四五人。嚴禁狡猾，而惠愛窮弱。執勢家侈恣不法者，立杖殺之。吏民大驚，奉行惟謹。又表除京運米二十餘萬，儒生孤寒者，多有所給，于是争獻詩頌。鄒亮獻二十詩，鍾獨稱賞，欲薦其才于朝。會有匿名書數亮過失，潜揭于府治大門者，鍾得書，笑曰：『彼欲阻吾薦，正速成亮名耳。』遂奏亮才學可用。召試，有驗，授吏、刑二部司務，轉監察御史。其勇于爲義，類如此。歲滿去，吏民叩闕請留者八萬人。有儒生爲歌曰：『況太守，民父母。早歸來，慰童叟。』又曰：『況青天，朝命宣。早歸來，在明年。』時已有代鍾者，竟易去。文貞公贈以詩云：『十年不愧趙清獻，七邑重迎張益州。』又數年，鍾卒，吏民多垂泣送柩歸。其政績具見張修撰洪所著傳，及楊穆《西墅雜記》。今所演《雙熊夢》劇，雜見稗官小説，而『況青天』實本于此，賓白詞曲，俱極當行，一名《十五貫》。

朱素臣《文星現》傳奇中事，多有據，唱蓮花落、乞酒，本《堯山堂外紀》；挾伎調文衡山，本《説圃識餘》；傭書宦家，本《蕉窗雜録》。

山陰孟稱舜，字子若。其《柳枝集》有《花前一笑》雜劇，即唐伯虎遇侍婢事。卓珂月本其事作《花舫緣》，改華爲沈，改秋香爲申慵來。《古夫于亭雜録》又謂係江陰吉道人，非伯虎；秋香乃上海大家，非吳興華學士。《桐下听然》云：『華學士鴻山，嘗艤舟吳門，見鄰舟一人，獨設酒一壺，斟以巨觥，科頭向之極罵。既而奮袂舉觴，作欲吸之狀，輒攢眉置之，狂叫拍案。因中酒欲飲不能故也。鴻山注目良久，曰：「此定名士。」詢之，乃唐解元子畏。喜甚，肅衣冠往謁，子畏科頭相對，談謔方洽，學士浮白屬之，不覺盡一觴，因大笑極歡。日暮，復大醉矣。當談笑之際，華有小姬隔簾窺之，子畏作《嬌女篇》貽鴻山，鴻山作《中酒歌》答之，後人遂有「傭書配秋香」之誣。小説傳奇，竟成佳話。』

《茶餘客話》云：『雜劇中《唐解元三笑姻緣》故事，王阮亭嘗辨爲江陰吉道人，非伯虎也。吉父爲御史，以建言譴謫。道人于洞庭遇異人，得幻術。遊虎邱時，有兄喪，上襲麻衣，内著紫綾褌。適上海某携宅眷遊山，有小婢秋香見吉衣紫，笑而顧。吉以爲悦己，變姓投爲僕。久之，竟得婢爲室。一日，遁去。某知爲吉，認爲翁婿。』

卓珂月《花舫緣》、《春波影》二劇序云：『友人有《唐解元》雜劇，易奴爲傭書，易婢爲養女，余以爲反失英雄本色，戲爲改正。野君見獵心喜，遂作《小青》雜劇，以見「幸不幸事，天地懸隔若此」！』

譚元春序《想當然》云：『盧柟，字次楩，作《想當然》，而託名于陸尚書。尚書始治濬令，出次楩于嘉胏中。陸歸，盧隨之，客于吴。書成得名，不復自珍，旋又棄去。次楩生平倚酒謾駡，無故人知己，遺文散而不收，至今始流傳，余見之吴人客楚者篋中。或曰：「此陸少年所爲，以其官久而高，不便以詞曲傳；得意之文，又不忍廢，詭云次楩耳。」』

《書影》云：『元人作劇，專尚規格，長短既有定數，牌名亦有次第。今人任意增加，前後互换，多則連篇，少惟數闋，古法蕩然矣。惟余邗江門人王漢恭光魯所作《想當然》，猶有元人體裁。其曲分視之則小令，合視之則大套，插入賓白則成劇，離賓白亦成雅曲，不似今人全賴賓白敷衍。《想當然》托盧次楩之名以傳，實出漢恭手。』

宋杜默下第夜歸，就項羽廟宿，以其文質神前痛哭，大呼曰：『千古如大王不能得天下，有才如杜默而見放于有司，豈非命哉！』神像淚出，泥界于面。《霸亭秋》雜劇，演其實也，見《和州志》。尤展成《鈞天樂》亦有《哭廟》一折，則易其名矣。《詞苑叢談》云：『吴江張倩倩，適同邑沈自徵。沈負才任俠，所著《霸亭秋》、《鞭歌伎》、《簪花髻》，名《漁陽三弄》，與徐文長並傳。』《古夫于亭雜録》云：『吴江沈君庸自徵作《霸亭秋》、《鞭歌伎》二劇，瀏灕悲壯，其才不在徐文長下。』《静志居詩話》云：『吴江沈氏多才：詞隱生訂正九宫譜，爲審音者所宗；副使珫子自徵，字君庸，亦善詞曲，所撰《霸亭秋》、《鞭歌伎》諸雜劇，慨當以慷，世有續《録鬼簿》者，當目之爲第一流。』

王辰玉《鬱輪袍》劇，考官故折摩詰詩曰：『香烟豈有情想？萬國定何名目？』維嘆曰：『詩豈如是論者！』毛大可譏東坡『鴨先知』之句，正不啻試官語。

《亦巢偶記》云：『張元鑒，名國經，嘉定婁塘人。少任俠，好拳勇，皆稱「婁塘張二」。偶爲青衿所斥，遂專心時藝，得補弟子員。與少年名士交，仍以俠氣著名。《西樓記》中胥長公，即其人也。所云「談笑起風波」者，指趙鳴陽也。』《秋田聞見録》載：『鳴陽，江南吴江人，明時孝廉，能文。以救隣鋪獲罪，戍雲南。明亡，遁迹桂嶺。孫延齡逆命召之，堅辭不赴。與渾融、性因爲方外交。』據此，則鳴陽人品，豈籜庵所可及！相傳《西樓記》初成，就正馮猶龍，馮不置可否。袁即席饋百金，爲入《錯夢》一折。乃《西樓》爲馮所改之本名《楚江情》，刻墨憨齋諸劇中，凡改處皆自標于闌上。如胥長公之妾輕鴻，改爲伎女鴻寶兒，本識池生，遂歸于池；又趙不將聞于叔夜登第，即至父處爲之作伐，娶素徽爲室，以贖前愆；皆勝籜庵原作。至《錯夢》一齣，極口贊其神化不可思議，未嘗有改易之説，則《錯夢》正出袁手，不可誣也。穆素徽相傳姓木，本名白美，有故址在吴門秀野園旁。貌不甚美，特工于韻語。

《曠園偶録》云：『袁于令生平得意在《金鎖》，而今人盛行《西樓》。文詞甚平，但叶調當行，當時無兩。』按：籜庵製四折雜劇，如《戰荆軻》之類，杜茶村甚之云：『舌本生硬，江郎才盡耶？』

袁籜庵作《瑞玉》傳奇，描寫逆璫魏忠賢私人巡撫毛一鷺及織局太監李實搆陷周忠介公事甚悉。甫脱稿，即授優伶唱演。是日諸公畢集，而袁尚未至。優人請曰：『李實登場，尚少一引子。』于是諸公各擬一調。俄而袁至，告以優人所請，袁笑曰：『幾忘之！』即索筆書《卜算子》云：『局勢趨東廠，人面翻新樣。織造頻添一段忙，待織造迷天網。』語不多，而句句雙關巧妙。諸公嘆服，遂各毁其所作。一鷺聞之，持厚幣倩人求袁改易，袁易一鷺曰『春鋤』。

曹銀臺子清撰《表忠記》，載明季忠烈及卑污諸臣極詳備。填詞五十餘齣，游戲皆示勸懲。以邊長白大綬爲終始，開場即演掘闖賊祖墳。掘墳事人皆知長白所爲，不知實賈煥成之也。當闖賊猖獗，其兄李自祥改姓張，仍爲米脂縣役。時長白爲令，一日方視事，有一人赴訴賣蒜爲兵所搶。當堂窮究，其人匍匐膝前，陽作哀訴，陰以手按令足，令解其意。呼至後堂，賣蒜者請屏左右，乃脱帽裂縫，出封函，曰：『吾實内監，此密旨也。』令拜讀，乃命掘闖賊祖墳之詔旨。隨揮之出，升堂，僞償其價而遣之。然闖賊祖墳實難尋問，又係密旨，不敢聲張。其時闖賊逆燄已熾，令憂形于色，寢食俱廢。門子賈煥，素所親信，乘間請曰：『竊見日來形色舉止，大異往常，似有大憂鬱而不能解者，曷不見告，或可效犬馬乎？』令察其辭色懇篤，且自念舍此無可告，遂詳吐前事。煥曰：『事未可驟圖也。今在官捕快張自祥者，本李姓，闖賊親兄。而縣役某某等二十人，皆歃血結盟，共約賊兵一至，即爲内應。煥實二十人之一也。令欲知彼祖墓，須與自祥結納，可徐察之。』詰旦，傳自祥入，笑問曰：『爾本姓李，何以易張？』彼方置辯，煥出謂曰：『吾已細陳底裏，不必遮掩。』令曳之起，曰：『時事已不可爲，天意有在。爾輩皆應時豪傑，予身家方賴保全，何必相隱？』遂偕煥結拜，入則弟兄，出則官役。久之，乘醉托言素曉堪輿，叩其墓所形勢。自祥乃以出獵爲名，邀之同往，盡知其所。越數日，闖賊將犯潼關，令出七千金付自祥先行投款軍前，『吾俟入關後即至』。復遣其黨十餘人，衛其輜重。自祥去，偕煥並家人潛往伐墓。墓上有大樹一株，紫藤垂滿。掘至棺，藤根包裹千匝。以巨斧斫斷其藤，棺開，有小白蛇一，頭角已成龍形，止一眼，其身尚未變。遍屍皆生黄毛，二三寸不等。枯骨，血潤如生。隨并蛇斫碎，焚之，揚灰訖。考剖棺之日，適闖賊兵敗河南，一目爲流矢所中。掘畢，焕曰：『此地不可久居。乘今闖賊新敗，縱有報聞，亦不暇及。今已爲朝廷立此大功，何不挂印歸山？』遂棄官，焕亦他適。越數年，長白間居京邸絨線胡同，一老僧叩門求見。長白出，僧即跪哭。長白訝其爲誰，僧曰：『公忘賈焕耶？』乃相持而泣。固留之，不可；與之金，亦不受。爲製衣裝，一痛而别，不知所終。出《在園雜志》，言親得之長白侄桂岩别駕聲威者，較長白自記《虎口餘生》，更爲詳備。吾郡郭于宫觀演《表忠記》詩云：『碧血餘威照管弦，忠臣劇賊兩流傳。笑他江左夷吾輩，一卷陰符《燕子箋》。』

相傳阮圓海作《燕子箋》，是刺倪鴻寶。

《越巢小識》云：『棟翁《七子緣》傳奇，亦名《詩緣記》，關白甚整。通部不用旦色，自是高手。七子，謂弘治時北地李夢陽、信陽何景明、武功康海、鄠杜王九思、吴郡徐徵卿、儀封王廷相、濟南邊貢。其間串合，以對山救空同爲主。而楊文襄與張永謀誅劉瑾，亦與其中。』

《茶餘客話》云：『《東林點將録》，乃吏部尚書陝人王紹徽所輯，魏忠賢乾兒也，當時稱爲「王媳婦」，都人撰《百子圖》傳奇刺之。』

《彙苑詳注》云：『劉瑾以擴清政務名，諸翰林悉出補部屬。鄠杜王敬夫，其鄉人也，獨爲吏部郎，不數月，掌文選。會瑾敗，謫同知壽州。敬夫有雋才，尤長于詞曲，而傲睨多疏脱。人或譏李文正，謂敬夫嘗譏其詩。御史追論敬夫，褫其官。敬夫編《杜少陵遊春》傳奇以譏文正。李聞之，益大恚。雖館閣諸公，亦謂敬夫輕薄。遂不復用。』《蝸亭雜訂》云：『長沙當國時，王九思以少年屏斥，永錮不用，無所發怒，作《杜甫遊春》雜劇，力詆西涯，流傳關、隴，群相和附。嘉靖初纂修《實録》，議起用九思。有言于朝曰：「《遊春記》李林甫固指西涯，楊國忠得非石齋，賈婆婆得非南塢耶？」吏部聞之，縮舌而止。或謂馮汝行《梁狀元不服老》雜劇，當在王渼陂《杜甫遊春》之上。《四友齋叢説》云：「渼陂《杜甫遊春》雜劇，雖金、元人猶當北面，何况近代？」』按：文人之意，往往托之填詞。王九思《杜甫遊春》指李西涯、楊石齋、賈南塢三相，康對山之《中山狼》則指李空同，李中麓之《寶劍記》則指分宜父子，王辰玉之《哭倒長安街》則指建言諸公。相傳湯若士之《紫簫》亦指當時秉國首揆，纔成其半，即爲人所議，因改爲《紫釵》。

康山在吾郡城内。相傳對山遊揚州時，于此地彈琵琶數曲，後人因壘土成山。種黄楊三五株，今尚存。董元宰書『康山草堂』扁。對山性孝友，親族待而舉火者，不可勝數。因救李空同，與劉瑾酬酢，遂罹清議。被放後，肆意詞曲，有《沈醉東風》曰：『裝幾車兒羊毛筆管，載幾車兒各樣花牋，鳳陽墨三兩房，天來大三台硯，請孔門弟子三千，一夜離情寫半年，添硯水盡都是離情淚點。』讀之可傷。吕柟作《對山墓表》，張治道作《對山行狀》，俱載對山救空同事。薛應旂《憲章録》，黄佐作《董大理傳》，亦載之，而説多異同。何元朗云：『李空同爲韓道貫草疏，極爲切直。劉瑾切齒，必欲置之于死，賴康滸西營救而脱。後滸西得罪，空同議論嚴刻，馬中錫作《中山狼》以詆之。』戒庵云：『《中山狼傳》，馬左都中錫撰，刺李空同悖德康對山脱劉瑾之害耳。刻者雜之唐、宋稗官諸傳之列，讀者豈了其意之所屬哉！』朱竹垞云：『《中山狼》乃東田馬中錫作，今載其集中。世傳訾獻吉者，數其負德涵也。考之，康、李未嘗隙末。黄才伯有《讀林見素救空同奏疏詩》云：「憐才不是云莊老，愁殺中山獵後狼。」然則當日所訾，乃負見素耳。』王阮亭云：『《中山狼傳》，見馬中錫《東田集》。東田，河間故城人。正德間，空同、對山，皆其門生也。按《對山集》有《讀中山狼傳》詩云：「平生愛物未籌量，那記當年救此狼！」則此傳爲刺空同無疑。』其説之不同如此。大抵對山意氣高邁，救李一事，尤爲獨絶，故士君子樂道之。小説載：『對山奔喪，過内邱，盜劫其資。劉瑾聞之，責捕甚急，詭言：「劫者，瑾所寄橐也。」有司懼，斂民財償之。』此事亦見《弇州史料》。《明史稿》載入《甯杲傳》。貧士被盜，有司往往視之漠然，至假權勢以致償，亦可慨矣。弇州謂其累有司，何哉？《静志居詩話》云：『德涵坐援獻吉，遂挂清議。歸田之後，耽心詞曲。其小令云：「真个是不精不細醜行藏，怪不得没頭没腦受災殃。從今後花底朝朝醉，人間事事忘。剛方，徯落了膺和滂；荒唐，周旋了籍與康。」論者原其心而悲之。殁時，家無長物，腰鼓多至三百副。』《藝苑卮言》云：『王敬夫將填詞，以厚貲募國工，杜門學按琵琶、三弦，習諸伎藝，而後出之。康德涵于歌彈尤妙，每敬夫曲成，德涵爲奏之，即老樂師無不擊節嘆賞。』又云：『康德涵既罷官，居鄠杜，葛巾槧服，自隱聲酒。時有楊侍郎廷儀者，少師之弟，以使事過康。康故契分不薄，大喜置酒。至醉，自彈琵琶，唱新詞爲壽。楊徐謂：「家兄居恒相念君，但得一書，吾爲道地史局。」語未畢，康大怒罵：「若伶人我耶！」手琵琶擊之，胡牀迸碎，楊踉蹌走免。康遂入，口咄咄，更不相見！』《蝸亭雜訂》云：『康德涵既罷免，以山水、聲伎自娱。間作樂府小令，使二青衣歌以侑觴。遊于四方，停驂命酒，自歌其曲。嘗生日，邀名伎百人爲百年會。酒闌，各書小令一闋，命送諸王邸，曰：「此差勝錦纏頭也。」』《四友齋叢説》云：「對山嘗與伎女同跨一蹇驢，令從人齎琵琶自隨，遊行道中，傲然不屑。」敬夫、德涵同里同官，以瑾黨放逐渼東鄠杜之間，相與過從談讌，徵歌度曲，以相娱樂。萬曆中，廣陵顧小侯所建遊長安，訪求曲中七十老妓，令歌康、王樂府。其流風遺韻，關西人猶能道之。』《弇州史料》中《楊忠愍公傳略》，與傳奇不合。相傳《鳴鳳》傳奇，弇州門人作，惟《法場》一折是弇州自填。詞初成時，命優人演之，邀縣令同觀。令變色起謝，欲亟去。弇州徐出邸抄，示之曰：『嵩父子已敗矣。』乃終宴。

分宜在相位，江右士大夫往往號之爲父。外省亦稍有效之者，趙文華其最也。文華既以父分宜位至尚書，得上寵眷，乃稍欲結知人主，不禀其命。一日，密進藥酒方，言：『授之仙，飲可不死。獨臣與嵩知之。』上曰：『嵩有此方不奏，文華奏我。』分宜聞之，大懼且恨，立召文華，問之曰：『若何所獻？』對曰：『無有。』分宜取進酒疏示之，文華長跽頓首。分宜怒叱之，不起。呼左右拽出，命門者無敢爲文華通。當時分宜一睚眦者，立族矣。文華日夜憂懼，不知所出，從世蕃乞哀。世蕃憐之，爲白夫人。夫人以其兒也，殊不忍其觳觫。一日，相君洗浴，諸義子皆來起居，置酒堂上。相君夫人上座，義子及世蕃列侍，惟文華不得入，乃曲賂左右，伏于軒櫺之間。酒中，夫人曰：『今日一家皆在目中，何少文華？』相君曰：『嘻！阿奴負人，那得在此！』夫人因宛轉白，相君色微和，文華遽走入，伏席前涕泣。相君不得已，遂留侍飲，盡歡而出。見于文定公《筆塵》。《鳴鳳記·上壽》一折，本此。

秦檜擅權久，大誅殺以脅善類。末年因趙忠簡之子汾以起獄，謀盡覆張忠獻、胡文定，論諸族。棘寺奏牘上矣，檜時已病，坐格天閣下，吏以牘進，欲落筆，手顫而汗，亟命易之，至再，竟不能字。其妻在屏後摇手曰：『勿勞太師！』見岳珂《桯史》。今傳奇《精忠記》有《奏本》一折，本此。

傳奇中有《雙忠廟》，係男生乳、女生鬚事，爲保孤佳話，雲間周冰持穉廉作。其男扮女、女扮男，大略與《贈書記》相似。

《甬上詩傳》云：『周朝俊，字夷玉，工填詞。所撰有詞曲十餘種，惟《紅梅苑》最傳。』

《毛西河先生傳》云：『崇禎末，士林好爲社。每社必集數百人，考鐘伐鼓。入社者爲名士，出則否。先生品目過嚴峻，人忌之。至是編輯郡人詩，作《越郡詩選》。會稽王庶常自超從賊中歸，投以詩。先生選其四，中有《郢城夜走》及《哭周介生赴西市題》，因以右丞、司户評其篇，實惜之。庶常父大恚，聚諸出社者歃血，首先生抗命，今又抗試。且以頭陀居士林歕壞名教，罪當死。讞者察其妄，不坐。順治八年，浙三舉鄉試，同社章貞登賢書，偕同籍舉人昌言：「毛生在江東抗命時，義不受職，故當時奪其籍。今是非已白，便當還其舊籍以旌之，使仍爲諸生，辮頂候試。」提學翟君是其言，而怨家洶洶。會布政司使張君以從賊歸，命爲今官，搆者謂先生評文時，曾及其六等，定罪狀授僞朝典例，君大恨。提學張君阿伺君意旨，仍奪其籍。先生工爲詞，取元人無名氏所傳《賣嫁》、《放偷》二劇而反之，曰《不賣嫁》、《不放偷》，作連厢詞，改其事，謂庶幾可正風俗，有裨于名教。提學購得之，誣謂：「放偷，縱從賊；賣嫁者，歸命本朝，不待聘而自呈其身也；反之者，我不然也。狂生失志，訕上官不敬。」上之制府，下寧紹分巡王君籍捕之。制府以爲冤，釋置不理。』

《雙塵談》云：『《芙蓉劍》傳奇，汪子雲樵作也。江名愷，江寧人，精研聲律之學。』

《雙塵談》又云：『徽歙間，某年月嫁娶日，適兩新婦輿同憩周道。一極貧女，一極富女。始而皆哭，久而貧女哭獨哀。富女曰：「遠父母，哭固當。若是其哀歟？」命伴媪與側叩之。貧女曰：「聞良人饑餓莫保，今將同併命耳，奚而不哀！」富女心惻，解荷包贈之，蓋上輿時祖母遺嫁物也。貧女止哭，未及道姓氏，各散以去。抵門，景況蕭索，新郎掩嘆迎婦人，忍淚告曰：「吾家固貧，填溝壑分也。今以累君，奈何？」婦以荷包付之。開視，則黄金二錠，重四兩許。易銀三十餘兩，以其零市錢米酒饌，行合巹禮。問金之所來，婦語以故。乃合夥經商，一歲中獲利數倍，凡貿遷無不如志。不十年，成巨富。苦不知贈金者何人，心懷歉恨。于宅後起樓，供荷包祀之，以志不忘。顧富家女于歸後，夫家、父家，連被回禄，繼以疾疫，屢遭破敗。十年以内，如水刷沙，貲財立盡。貧女財既豐，又得男，謀所以乳之者，遍覓無當意者。媒媪以富家女薦之，甚合。兩婦相見，彼此敬愛，誼如姊妹，都不知途中曩日事。越一歲，乳娘抱兒往後樓禮拜，見荷包，視之，所繡花物，類己針法，忽念舊事，不覺淚下。婢詞之，告主婦。問哭之故，則曰：「記嫁時途中曾以此物贈貧女，不料吾今日之貧。感慨今昔，故酸心耳。」主婦語其夫，明日請族長、四鄰，及乳媪之翁，奉酒安位，肅若上賓。夫婦再拜曰：「愚夫婦以待填溝壑之身，藉此享有今日。日思報德，靡道之從。今天誘其衷，幸賜識認。貲財若干物，皆荷包中物也。物歸原主，宜也。」乳媪曰：「是何言歟？發富是君家大福分，我何與焉？荷包倘在我家，亦同盡耳。必欲成君高誼，還荷包原贈物倍之，足矣。」衆賓曰：「前兹道旁之贈，仁也；

今茲傾家之還，義也。仁至義盡，加以辭讓，德之美也，衆賓與有光寵焉。願居間剖分之，俾仁義各不相傷，可乎？」乃依衆賓剖分之，而世爲婚姻，以仁義世其家。』朱青川云：『此事若付洪昉思、孔云亭諸君，佐以曲子、賓白，竟是一本絶好傳奇矣。』余嘗閲《桯史》中望江二翁事，及《輟耕録》所載釋怨結婚事，及此，思爲三院本，付之伶人，以寬鄙而敦薄。録二事于左，以待暇時獲此願也。

望江二翁事云：『舒之望江有富翁曰陳國瑞，以鐵冶起家。嘗爲其母卜地，青烏之徒輻集，莫適其意。有建寧王生者，以術聞，延之。逾年，始得吉于近村，爲張翁者之業。國瑞治家，未嘗問有無，一以誘其子。王生乃與其子計所以得地，且曰：「陳氏卜葬，環數百里莫不聞，若以實言，則壟斷取資，未易厭也。」于是僞使其冶之隷，如張翁家議圈冢，若以禱者，因眺其山木之美而譽之曰：「吾治方乏炭，此可窑以得貲，翁許之乎？」張翁固弗疑也，曰：「諾。」居數日，復來，遂以三萬錢成約。國瑞始來相其山，大喜，築垣繕廬，三閲月而大備，遂葬之。明年清明拜墓上，王與子偕，忽顧其子曰：「此山得之何人？厥直凡幾？」子以實告。又顧王曰：「使不以計勝，則爲直當幾何？」曰：「以時價商之，雖廉猶三十萬也。」國瑞亟歸，命治具鞁馬，謁張翁而邀之。至則館焉，盛殽醖，相與款洽者幾月，語不及他。翁既久留，將告歸，復張正堂而䜩之。酒五行，輦錢緡三百置之阼，實縑于篚，酌酒于斝而告之曰：「余葬余母，人謂其直之朘。請以此爲翁壽。」翁錯愕曰：「吾他日伐山而薪，不盈千焉。三萬過矣，此惡敢當？」國瑞曰：「不然。葬而買地，宜也；詭以爲冶，則非也。余子利一時之微，以是紿翁。人皆曰直實至是，用敢以爲請。凡余之爲，將以愧吾子之見利忘義者。」翁卒辭曰：「當時固已許之，實又過值。子欲爲君子，老夫雖賤，可强以非義之財耶？」固授之，往反撑拒。詰旦，拂衣去。國瑞乃怒其子曰：「汝實爲是，必爲我致之。」不得已，密召其子畀焉，曰：「是猶翁也。」翁竟不知。』

釋怨結姻事云：『揚州泰興縣馬駝沙農夫司大者，其里中富人陳氏之佃家也，家貧不能出租以輸主，乃將以所佃田轉質于他姓。陳氏田傍有李慶四者，亦業佃種，潛賂主家兒，約「能奪田與我，而不以與陳氏者，以所酬錢十倍之一分之」。家兒素用事，因以利啗其主。主聽，奪田歸李氏，司固無可奈何。既以穀田不相侔，輕其直十之一，司愈不平。會歸，而李與嘗所用力及爲券者殺雞飲酒，司因隨所之。李欲却司，輒先將一卮酒飲之。司忿恨去，對妻語所以與李怨仇之故，妻苦口諫曰：「吾之窮，命也，奈何仇人哉！」不聽，夜持炬火往燒其家，忽聞得內有人娩。司竊念：「吾所讐者，其家公也，何故殺其母子？」遂棄火溝中而歸。司無以爲養生計，即所償錢爲豆乳、釀酒、貨賣以給食。久之，不復乏絶，更自有餘。而李日益貧。更十年，李復出所佃田質陳氏，司還用李計復其田。過種之錢，比前又損其一。爲券悉值前人，相視驚嘆。司計爲李所辱時，今幸可一報復，遂具雞酒亦如之。李忘前過，不自責，反怨薄己，怒甚。歸，積膏火破盎中，夜抵司家，司妻方就蓐。李猶豫間，聞人啓户，懼事覺，遺火亟走。而司家實不有人。旦，得火器場中，驗器底有「李」字，因悟：昔我焚彼家，以其家人産子，不欲焚；今彼焚我家，而我之妻亦産子，而不被焚。此天也，非人也。持錢五千往李曰：「昨日小人無狀，失禮義，不得共飲。兹願少伸謝意，幸毋督過。」李疑，紿以疾，卧不起。强請不已，遂同之酒家，邀酤兒與飲。酒半，自起酌酒勸李曰：「子之孫某年月日夜子時生，而吾子亦夜者子時生。怨仇之事，慎勿復爲！」具白前所仇事，瀝酒爲誓。語酤兒曰：「子識之，試用此警世間人，不善慎勿爲也。」劇飲盡歡，乃更約爲婚姻。自是，李亦不貧，兩家至今豐給。』

自有《西厢》，續者不一而足矣。然關漢卿之續，乃補其未完之書，如《琵琶》、《拜月》，續者皆然。若《尋親記》又有《續尋親記》，必言張員外之發配，亦到金山，而爲其子誤殺。《一捧雪》又有《後一捧雪》，必言莫成、雪艷之登仙，莫昊之婚于戚少保。《牡丹亭》又有《後牡丹亭》，必説癩頭黿之爲官清正，柳夢梅以理學與考亭同貶。凡此者，果不可以已乎？乃余則欲爲《續邯鄲夢》以寫宋天保事。相傳：『宋天保者，紹興人。罷官過邯鄲，謁盧生廟，以詩題壁，有「要與先生借枕頭」之句。時年羹堯征青海，出都，亦過此，見詩，曰：「吾當借以枕頭。」即檄浙撫徵宋至軍前，閉扃一寺中，一軍將伴之，時其飲食，不容出閾。如是數年，憂疑已甚。問軍將，則不答。一日，忽啓門，言已得知府，即委署，令走馬即之任。至任所，則妻女奴婢先在，詫甚。問之，曰：「自君出門後，不時有家信寄銀歸，頗賴以温飽。今又得君書，言接來此上任。」宋益詫異，姑理知府事。署事數月，又署他所。凡三任，公廉辦事，甚得民譽。忽有摘印者至，鎖拿，不容與妻子别。執至軍前，有訊之者，責以誤軍事，當斬。宋茫然不知所措，亦不容辨，囚諸獄。凡數月，向者相伴之軍將來，放之使歸。有一字札封錮，屬其至家開視，先開視，恐得禍。宋乃歸紹興，則妻子奴婢已在家。問之，對曰：「自君被執去，一家倉皇無措。有持君書，言事已白，但罷官，令我等先歸也。」宋開札視之，則向年邯鄲題壁之詩耳，方恍然。十餘年，真不啻身在夢中。』

余嘗憾元人曲不及東方曼倩事，或有之，而不傳也。明楊升庵有《割肉遺細君》一折，又茅孝若撰《辟戟諫董偃》事，皆本正史演之。唯笨庵孫原文《餓方朔》四齣，以西王母爲主宰，以司馬遷、卜式、李陵、終軍、李夫人等串入，悲歌慷慨之氣，寓于俳諧戲幻之中，最爲本色。

明張佳允令滑，有巨盜任敬、高章僞稱錦衣使來謁。延入後堂，敬拉公左手，章擁背，同入室，坐炕上。敬掀髯笑曰：『我灞上來。聞公帑有萬金，願以相借。』遂出匕首置公頸。公不爲動，從容語曰：『即不匕首，吾書生能奈爾何？且既稱朝使，奈何自露本相？』賊以爲然，遂袖匕首。公曰：『爾兩人橐金，何策出此舍？』賊曰：『械公如逮故事，俟吾躍馬去，乃釋公。』公曰：『逮我晝行，人必困爾，不若夜行便。』又曰：『帑金易辨識，非爾利。願貸之富民，既不累吾官，爾亦安枕。』二賊益善公計。公屬章傳語召吏劉相來。相者，心計人也。相至，公謬語曰：『吾不幸遭意外事，若逮去，死無日矣。今錦衣公有大氣力，能免我。吾欲以五千金爲壽。吾令汝爲貸。』遂取紙筆，書某上户若干、某中户若干，共九人。九人，素善捕盜者也。又語相曰：『天使在此，宜使盛服謁見。』相會意，去。公以酒食酬酢，先自飲啖，以示不疑。酒半，九人各鮮衣爲富客，以紙裹鐵器，手捧之，陸續門外。公呼天平來。又嫌几小，索庫中長几，横之後堂。二僚亦至。公與敬隔几爲賓主，而章不離公左右。公乃持法馬，語章曰：『汝不當代較視輕重耶？』章稍稍就几，而九人者競前。公乘間脱走，大呼：『擒賊！』敬起撲公，不及，自刭樹下。生縛章。又得王保等三賊主名，爲上狀緹帥陸炳，盡捕誅之。事詳見《智囊》。《永團圓》劇中《設謀擒賊》一齣，全本此，而以蔡文英當張佳允，以張千當劉相，以任金剛當任敬。

《香祖筆記》云：『順治初，京師有賣水人趙逐者，未有室。同輩醵金，謀爲娶婦。一日，于市中買一婦人歸，去其帕，則髮毿毿白，居然嫗也。逐曰：「嫗長我且倍，何敢犯非禮？請母事之。」居數日，嫗感其忠厚，曰：「醵錢本欲得婦耳，今若此，反爲君累，且奈何？吾幸有藏珠一囊，紉衣中，當易金爲君娶婦，以報德。」越數日，于市中買一少女子，入門見嫗，相抱痛哭，則嫗之女也。蓋母子俱爲旗丁所掠而相失者，至是，皆歸逐所。嫗即爲之合巹成禮。嫗又自言洪洞人，家有二子，今尚存珠數顆，可鬻之爲歸計。乃携婿及女俱歸。二子者固無恙，一家大喜過望。嫗乃三分其産，同居終其身。』李笠翁演此事爲《奇團圓》。

《寄園寄所寄》載《耳談》云：『王生世名，武義人。父良爲其族俊毆死，已成訟，而傷暴殘父屍，從族尊者之議，割畝以謝，則受之。而歲必封識其畝值藏之，人不知也。仇以好來，亦好接之，不廢禮也。而已陰鑄劍，鏤曰「報仇」，自佩矣。其繪父像，亦繪持劍者在側，則已也。人問之，曰：「古人出必佩也。」凡四五載，得遊泮而兼抱子矣，始謂婦曰：「有此呱呱，王氏之先不餒。所以隱忍至此者，正有需也。今固死日。上有太夫人，下有嬰兒，責在汝。」遂仗劍出，斬仇頭于蝴蝶山下。歸拜母曰：「兒死父，不得侍母膝下矣！」盡出其所封識之值及劍，自造縣請罪。是日，邑中無不人人髮竪者。尹陳君傷之，令且就閑室，以聞于諸大吏。諸大吏以屬金華尹汪君大受決之。汪君廉得其狀，益用惋悼，曰：「法必觀其父屍。父傷重，則子罪緩。」蓋欲生之也。生曰：「始惟不忍殘暴父屍，故自死；不然，仇死耳。豈有造罪彌天而復失初志者？何愚也！今日宜自殺，造邑庭來受法耳。但母恩未斷，蘄歸別母。」汪君從之歸，而身隨之，猶欲伸法如前議。生友兩邑諸生數百人，皆慫恿之曰：「必如議。」乃生已不食，觸階死矣。兩尹皆爲下泣，諸生哭聲震天。當生之飲恨于嘻笑而誓必報也，他人不知，婦俞氏獨知之，曰：「君能爲孝子，妾能爲節婦。」生曰：「汝何易其言耶？」婦曰：「安見女子而非男子者！」及生且死，已欲從地下。生曰：「已屬汝堂上、裏中矣，何死爲？」婦曰：「爲君忍三歲。逾三年，非君所能禁也。」逾三歲，婦果絶食死。直指馬君以其事聞于朝，至下旌門之詔曰「孝烈」。』夏惺齋本此爲《杏花村》傳奇，而以汪大受出生之罪爲收場，亦傳奇家之恒事也。乃於婦之節，轉未克彰。予欲依此本事寫之，而以其子作團圓收場，當更生雄快耳。

毛西河作《擬元兩劇序》云：『蕭山王叔盧，曾譜唐人事，擬元詞兩劇，一傷蓮勺棄故劍，一慨武成主者並不識司空世族，皆有爲而發，原非泛泛。』西河又有《何孝子傳奇引》，言：『謝氏所作。馬玉起云舊有傳奇名《湘湖記》者，即此也。』西河作《何孝子傳》云：『孝子名競，蕭山人。父舜賓，成化己丑進士，擢南京、湖廣道監察御史。嘗理畿甸渠道，與權有力忤，謫戍廣西慶遠衛，遵赦還里。邑有湘湖，宋縣令楊時爲溉田作也，歲久浸湮。前此魏文靖驥已經擴復，而豪家不法，仍肆牟食。舜賓故文靖門下士也，至是，慨然曰：「吾不能治渠，吾當治湖。」遂發湖民私占者，揭縣具奏。當塗鄒魯，以御史謫宰蕭山。湖民憾者，争賂魯謀變其事。舜賓語侵魯，魯恨，誣以「盜署事官印妄奏，不經由署事官。且身絓戍逃，無遇赦牒，冒濫冠帶，應押解原衛廉理。」揭下所司治，所司不可。魯念舜賓終害己，且宿驕悍，惡舜賓敢枝柱，又詗舜賓陰具實封，將入奏。會舜賓門下士憂居訓導童君顯章知魯陰事，魯陷以他罪，論絞。獄上，憲司疑之，更下府覆驗。道舜賓家，魯嗾解人押顯章過舜賓，隨遣里老、皂隸、蒯捕等五百餘人尾而進，執器圍其家，曰：「舜賓篡取重囚。」毁門而入，剽所具實封，并成化二十三年原給敕牒，及緣例冠帶憑照。縛舜賓、顯章去，各箠四十。下顯章獄，立爲文解舜賓原衛廉理。不俟詳核，拲械舜賓，狼狽督蒯捕任觀等十一人，執器押就道。魯必欲置之死，續遣田敏、胡紀等十三人，諭意，追之三衢，屏去服食，驅侵之。過玉山，屏舟押之。步至餘干，宿昌國寺，反禿袖蒙面，氣絶，乃故爲白官相視，楬置而歸。此弘治十一年戊午七月日也。先是，舜賓就道時，魯捕其家人者四出。孝子方患癱，力疾負母朱，提其妻虞，入夜伏莽中。凡三夜，達其女兄夫福建僉事縣長山當玹家。既而捕者危及之，孝子仰天者再。念其父爲御史時，有同年友常熟王鼎爲南京刑曹，相親重，嘗于廣坐中指語人曰：「吾生平交滿天下，所可托妻孥、寄死生者，吾元勳一人而已。」元勳，鼎字也，至是已爲廣東布政司參政，歸里。孝子由龜山渡江，凡五日，達王鼎家。方是時，孝子思安置母妻，跳身扞父。及餘干問至，孝子乃擗踊頓絶。鼎號泣而讓之曰：「競！爾既死，如狗豕耳，誰爲汝復讎者耶？」孝子甦。既而孝子跪辭曰：「請歸復讎。」鼎曰：「孺子何言之易也？方翼虎而思批其爪，大難！且爾非其人也。」居久之，察孝子鷙可用。孝子晝侍母坦坦，夜閉一室，繞牀周遭行。枕匏褱蘆，雖就寢未嘗寐。第寐，從外呼之，未嘗不應。如是者數月。一日，孝子曰：「如競者，斯可以報讎矣乎？」鼎曰：「殆可也，顧有母在；爾兄懦，存亡未可知；壁中婦雖有娠，尚未分也，念誰爲何氏後者？且聖天子方在上，詎無國法乎？待之。」既而魯選山西按察司僉事，鼎乃曰：「可矣。」顧孝子曰：「交友之讐，視從父昆弟，吾當執兵以從爾，顧爾能不煩吾行也。」餞于庭。豫爲圜緋骰，投之，得六緋，遂行。弘治十二年四月二日，魯既已禪印，詣省取憑，藩輿而西。孝子先一日歸匿族父何寧家，假族父命，召故人親暱，飲之酒。酒行，謂曰：「魯酒將行，而御史獨飲恨未泄，邦植流落，報無所，奈何？」皆曰：「豈無共酬之者乎？」因相顧泣。再行，又曰：「酒至，則令行。脱邦植在，必欲甘心此魯酒將誰應之？」皆曰：「有令而爲之應，誰辭？」三行，主者出席跪，衆皆跪。遍釂以觴。既坐，又曰：「事急矣，吾與諸公決。脱邦植果在，云何？」曰：「在，即從之。」孝子躍出叩頭曰：「競在也！」于是除二室，請曰：「願從者左，否者右。幸勿歸！」皆左。至是，魯出，伏道傍園。導盡，將過輿，孝子手鐵尺直前，衆二十人白衣手杖皆前，騶從分散馳，掀魯仆輿，倮之，杖一齊下，呼號震天地。矐其目，剔其鬚髮，相更溺之，取食樏，盛溲灌中，偃篢登舟。孝子拔佩刀，呼曰：「殺吾父者，賊耶？」斫其左股。衆止之。抵渡，用鹹水濯其血，孝子與魯並項鏁，預令族父何澤二負黄袱赴闕訟冤。度出關，鼓鳴，控按察司。時鎮守司設監中，監巡按御史及布政分守諸司咸聞變，眙愕不知所爲。而按察司判狀發分巡僉事蕭翀簡閲。翀故黨魯，至是乃刑孝子，令其誣服。孝子不堪，蹶起大言曰：「必欲殺競，競固非畏死者也。顧人孰無父母耶！且競既已訟于朝，恐非爾所得擅殺者。」噬臂肉擲案上。魯引手摩案，若將厭肉。孝子乃大呼，含血噀翀面，一堂皆驚。翀亦拂拭動容，顧念魯已盲廢，絶助者望，而孝子氣直不可詘，乃視魯曰：「是肉非爾所能食矣。」遽起。于是鎮監御史各委司道等會質，孝子與魯各執詞不相下，審者不得決。獨布政司楊峻慨然具由，略曰：「伏讀律例：部民毆本屬長官，杖且徒，傷而後流，折傷而後絞；若毆非本管，則三品以上傷者徒，折傷而後絞；其五品以上，減二等矣。今鄒魯久禪印，何競之毆乃遲之給憑之際，此非本管也。且魯聞遷後，競母及競各出籲詞籲守巡所，特未理耳，則兩造而已，此非平人毆五品官也。所争者，施讐之由耳。」時鎮巡以下，聞者僂動，然終忌之，日參論，齗齗不已。而何澤一訟闕下者，遣郎中李時、給事中李舉會巡按治之。審者既各持兩端，而胡紀等亦私念罪重，隱其實，乃擬：「魯故屏人服食，至死。競部民，毆本屬長官篤疾。俱絞。」孝子不伏。其母朱赴鼓院撾鼓。復命大理寺寺正曹廉會巡按覆治。廉曰：「爾奈何毆縣官？」孝子曰：「競知父讐，不知縣官，況去任者也。但恨毆之，勿殺之耳！」言畢，涕淚俱下。廉爲之惻然，乃曰：「獨念致死無所踪，如何？」遣州前衛指揮僉事，同本縣知縣就楬櫝驗。孝子故疑櫝有詐，將易棺，已具斂具。至是，啓櫝，孝子號呼嚙指血瀝骨，驗其真。觀者皆哭。然後耤件易衣斂，報傷。而解人任觀慷慨檢實，具言其狀，且出舜賓臨命所付血書若干字，于是衆皆伏。左驗無異，乃改擬：「魯造意謀殺人，斬。競毆傷五品以上官，加凡人一等，徒三年。田敏、胡紀，絞。其助魯爲惡，及競親黨，當充軍者十人，擺站六人，贖徒杖及枷號五十人。餘所逮二百餘人，準徒贖杖有差。」獄上，上令法司議。刑部尚書閔珪等議：「魯罪當，獨競宜仿唐孝子梁悦例，充軍。其前審官舉、時等審勘不詳，各罰俸。」準擬。于是辟魯，戍孝子福建福建衛。或曰：「凡孝子所爲，一稟王鼎，如素定者。」正德改元，赦歸。又九年，甲戌，卒。孝子自復讐至是，凡十六年，服衰終其身。』

明末嵩明州牧錢房仲卒于滇，叔子美恭奉母居鄞，日夜號咷，告母欲求其父，而家無一錢，奮足出門。適有伶人演院本所云《尋親記》者，孝子曰：『是我也。』乃習之。業成，買鼓板一副，每逢市鎮輒唱之，宛轉哀動行路。稍稍得錢，則又前行。錢罄復住，望門唱記數日，則又得錢。聽者訝其度曲之神，不知其爲寫心也。遂展轉依人，得入粤中。而一病于廣東，再病于廣南，瀕于死者數矣。及至滇，踪迹茫然。遇土人之知者，始得使君死問及其葬地。而眷屬不知流落何所，哀哭無措。又遇土人之知者，得導至其舊僕所居，得展使君墓下，并求庶母、仲弟而見之。展轉乞哀告貸，又求爲人記室，以得傭值，凡閱七年，始得歸骨。嗣是以後，寧人演院本者，不忍復奏《尋親》之曲，比之王裒門下之廢蓼莪。事見全榭山《鮚埼亭續集》。

劇説卷四

近伶人所演《陳仲子》一折，向疑出《東郭記》，乃檢之，實無是也。今得楊升庵所撰《太和記》，是折乃出其中。甚矣，博物之難也。

《輟耕録》云：『千夫長李某戍天台縣日，一部卒妻郭氏有令姿，見之者無不嘖嘖稱賞，李心慕焉。去縣七八十里，有私盜出没處，李分兵往戍，卒遂在行。既而日至卒家，百計調之，郭氏毅然莫犯。經半載，夫歸，具以白。爲屬所轄，罔敢誰何。一日，李過卒門，卒邀入治茶，忽憶得前事，怒形于色，亟轉身持刃出，而李幸脱走，訴于縣。縣捕繫窮竟案，議「持刃殺本部官，罪死」，桎梏囹圄中。從而邑之惡少年與官之吏胥、皂隸輩，無不起覬覦之心者。郭氏躬饋食于卒外，閉户業紡績以資衣食，人不敢一至其家。久之，府檄調黄巖州一獄卒葉其姓者至，尤有意于郭氏，乃顧視其卒，日飲食之，情若手足，卒感激入骨髓。忽傳有五府官出，五府之官，所以斬決罪囚者。葉報卒知，且謂曰：「汝或可活，我與爲義兄弟；萬一不保，汝之妻尚少，汝之子若女纔八九歲耳，奚以依顧？我尚未娶，寧肯俾爲我室乎？若然，我之視汝子女，猶我子女也。」卒喜，諾。葉遂令郭氏私見卒，卒謂曰：「我死有日。此葉押獄性柔善，未有妻，汝可嫁。」郭氏曰：「汝之死，以我之色，我又能貳適以求生乎？」既歸，持二幼痛泣而言曰：「汝爹行且死，娘死亦在旦夕，我兒無所怙恃，終必死于飢寒。我今賣汝與人，娘豈忍哉？蓋勢不容已，將復奈何！汝在他人家，非若父母膝下比，毋仍如是嬌癡爲也。天苟有知，使汝成立，歲時能以卮酒奠父母，則是我有後矣。」其子女頗聰慧，解母語意，抱母而號，引裾不肯釋手。遂攜二兒出市，召人與之，行路亦爲之墮淚。邑人有憐之者，納其子女，贈錢三十緡。郭氏以三之一具酒饌，携至獄門，謂葉曰：「願與夫一再見。」葉聽入。哽咽不能語，既而曰：「君擾押獄多矣，可用此少禮答之。又有錢若干，可收取自給。我去一富家執作，爲口食計，恐旬日不及看君，故也相別。」垂泣而出。走至仙人渡溪水中，危坐而死。此處水極險惡，竟不爲衝激倒仆。人有見者，報之縣。縣官往驗視，得實，皆驚異失色。爲具棺斂，葬于死所之側山下。又爲申達上司，仍表其墓曰「貞烈郭氏之墓」，大書刻石墓上。至正丙戌，朝廷遣奉使宣撫循行列郡，廉得其事，原卒之情，釋之，人遂付還子女。終身誓不再娶。』此事描摹令人欲泣。《雙珠記》本此。

村中演劇，每演包待制勘雙釘事，一名《釣金龜》。此事亦見《輟耕録》：『姚忠肅爲遼東按察使，武平縣民劉義訟其嫂與其所私同殺其兄成。縣尹丁欽以成屍無傷，憂懣不食。妻韓問之，欽語其故。韓曰：「恐頂囟有釘，塗其迹耳。」驗之，果然。獄定，上讞，公召欽諦詢之，欽因矜其妻之能。公曰：「若妻處子耶？」曰：「再醮。」令有司開其夫棺，毒與成類，並正其辜。欽悸卒。時比公爲宋包孝肅公拯云。』

萊州閻瀾與柳某善，有腹昏之約。及誕，閻得男曰自珍，柳得女曰鸞英，遂結夙契。柳登進士，仕至布政；而瀾止歲貢，得教職以死，家貧不能娶。柳欲背盟，鸞英泣告其母曰：『身雖未往，心已相諾。他適之事，有死而已。』鸞英度父終渝此盟，乃密懇隣媪往告自珍：『妾有私蓄，請以某日至後圃，持歸，姻事可成。遲則爲他人先矣。』自珍與其師之子劉江、劉海言之。江、海設酒賀自珍，醉于學舍，如期詣柳氏。鸞英倚圃以望，以物付之，而小婢識非自珍，曰：『此劉氏子也。』鸞英詈曰：『狗奴何以詐吾財！速還則已，否則告官。』江、海恐事洩，遂殺鸞英及婢而去。自珍夜半醉醒，悔失約，黑夜直入圃中，踐血屍而躓。臭之腥氣，懼而歸，衣履沾血。達曙，柳氏覺女被殺，而不知主名。官爲遍詢，隣媪遂首女約。自珍至，血衣尚在，不容置辨，論死。會御史許公出巡至郡，夢一無首女子泣曰：『妾鸞英，身爲賊劉江、劉海所殺，反坐吾夫。幸公哀憐此獄，死且不朽！』明旦，召問自珍，具述江、海留飲事。許捕二凶訊之，具服，誅于市而釋自珍，爲女建坊以表之。《釵釧》傳奇所由作也。此見《湖海搜奇》。乃《釵釧記》以閻爲皇甫，以劉爲韓，以許御史爲李若水，轉令本事姓氏不彰，每爲之憾。

閩中洛陽橋圮，發石，有刻文云：『石頭若開，蔡公再來。』鄞人蔡錫者，永樂癸丑鄉試中式，仁廟時以學行授兵科給事中，陞泉州知府。錫至，欲修橋。橋跨海，工難施。錫無可爲計，欲以文檄海神。一醉卒趨而前曰：『我能齎檄往。』復乞酒飲，大醉，自投于海，若有神擎捧之者，俄而以『醋』字出。錫意必八月二十一日酉時也，遂于是日舉工。潮旬餘不至，工遂成。載錫本傳。此實事也，人不知，而以事附蔡端明，且以爲傳奇中戲妄之語，非也。

《冬夜牋記》云：『王曾少孤，鞠于叔氏，無子，以弟之子澤爲後。而《百順記》傳奇則載其具慶生子事。』

王阮亭奉命祭江瀆，方伯熊公設宴餞之，弋陽腔演《擺花張四姐》。問所本，阮亭默然。公語人曰：『誰謂王阮亭博雅？今日爲我難倒！』

稗畦居士洪昉思昇，仁和人，工詞曲。撰《長生殿》雜劇，薈萃唐人諸説部中事，及李、杜、元、白、温、李數家詩句，又刺取古今劇部中繁麗色段以潤色之，遂爲近代曲家第一。在京師填詞初畢，選名優譜之，大集賓客，是日國忌，爲臺垣所論。與會凡數人，皆落職。趙秋谷時官贊善，亦罷去。秋谷年二十三，典試山西，回時，騾車中惟携《元人百種曲》一部，日夕吟諷。至都門，值《長生殿》初成，因爲點定數折。昉思跌宕孤逸，無俗情。年五十餘，墮水死。毛西河《長生殿院本序》云：『洪君昉思，好爲詞。以四門弟子遨遊京師，初爲西蜀吟，既而爲大晟樂府，又既而爲金、元間人曲子。自散套、雅劇以至院本，每用作長安往來歌咏酬贈之具。嘗以不得事父母，作《天涯淚》劇以寓其思親之旨。應莊親王世子之請，取唐人《長恨歌》事，作《長生殿》院本，一時句欄多演之。越一年，有言日下新聞者，謂：「長安邸第，每以演《長生殿》曲，爲見者所惡。會國恤止樂，其在京朝官大紅小紅已浹日，而纖練未除。言官謂：遏密讀曲，大不敬。賴聖明寬之，第褫其四門之員，而不予以罪。然而京朝諸官，則從此有罷去者。」』

通州張孝廉巽資擢士，康熙初爲崖州知州，有感于寇萊公事，作《崖州路》傳奇，詞甚奇崛，賓白整齊。又作《麒麟夢》、《鴛鴦榜》、《黄金盆》三種。

元人吴昌齡《西遊詞》，與俗所傳《西遊記》小説小異。曹楝亭曰：『吾作曲多效昌齡，比于臨川之學董解元也。』

興化李吉四名棟，有《犢鼻褌》曲。

《池北偶談》云：『袁崇冕，字西野，工金、元詞曲，所著《春遊》、《秋懷》諸曲，足參康、王之座。同時有高應玘者，亦工詞曲，其《北門鎖鑰》雜劇，論者以爲詞人之雄。又有張國壽者，善金、元詞曲，所著有《脱穎》、《茅廬》、《章臺柳》、《韋蘇州》、《申包胥》等劇，在袁西野、李中麓伯仲間。皆章邱人。又有張自慎者，字敬叔，商河人，著金、元樂府三十餘種。太原萬伯修曰：「北曲一派，海内索解人眼中不得，獨見張就山耳。」就山，自慎別號也。』

《香祖筆記》云：『吾宗鶴尹兄抃，工于詞曲。作《籌邊樓》傳奇，一褒一貶，字挾風霜。至于維州一案，描摹情狀，可泣鬼神。傳奇小技，足以正史家論斷之謬誣也。鶴尹大父緱山先生，作《鬱輪袍》及《裴湛和合》二曲，詞曲家稱爲本色當行。』

周冰持，雲間才士，狂誕不羈，善填詞，時最稱其《珊瑚玦》。開場《西江月》云：『秀才之苦苦無加，黄蘗、黄連之下，作者偶然寄托，看官切莫疑嗟。周郎亦是秀才家，肯減了自家聲價？』《茶餘客話》云：『華亭周綸，字膺垂，才士不偶。有子名稚廉，字冰持，少年以《錢塘觀潮賦》知名。除夕署門云：「論家世如閣帖、官窑，可云舊矣；問文章似談箋、顧繡，換得錢無？」二物皆松江産。稚廉好食生蝸牛。』

《曠園雜誌》云：『錢塘沈孚中有《宰戍記》傳奇，直逼元人，爲明曲第一。』陸次雲作《沈孚中傳》云：『沈嵊，字孚中，居武陵北墅。填詞奪元人席，所存者獨《息宰河》、《綰春園》傳奇，尤爲詞場稱艷。』

《柳南隨筆》云：『予所居徐市，徐大司空聚族處也。前明之季，其族有二人並擅高貲：一最豪奢；一最吝嗇者，則爲諸生啓新，其族人陽初爲作《一文錢》傳奇以誚之，所謂盧至員外者，指啓新也。』又云：『徐復祚，字陽初，大司空栻之孫，工詞曲，若《紅梨》、《投梭》、《祝髮》、《宵光劍》、《一文錢》、《梧桐雨》，至今流傳于世。』按：《祝髮》見張伯起

《陽春六集》，非陽初作。《南音三籟》云：『《紅梨》，逸其名。』

《酒邊瓉語》云：『顧大典，字道行，吴江人，著《清音閣傳奇》四種：《青衫》、《葛衣》、《義乳》、《風教編》，而《葛衣》最傳。』

《知新録》云：『覆水事，乃姜太公少婿馬氏，已離矣，見太公封齊，妻拜求合，公取覆水云云。故《戰國策》姚賈對秦王曰：「太公望，齊之逐夫。」今以覆水爲買臣事，非也。』

吾邑鄭超宗《鴛鴦棒》題詞云：『香令先生遺書，以《夢花酣》、《鴛鴦棒》二劇屬予序。一爲至情者，一爲不及情者。嗟乎，人情百端俱假，閨房之愛獨真。至此愛復移，無復有性情者矣！覽薛季衡、錢媚珠事，使人恨男子不如婦人、達官不如乞兒、文人不如武弁，其重有感也夫？』又《夢花酣》題詞云：『《夢花酣》與《牡丹亭》情景略同，而詭異過之。如蕭斗南者，從無名、無象中結就幻緣，安如是，危如是，生如是，死如是，受欺、受謗如是，能使無端而生者死、死者生，又無端而彼代此死、此代彼生。《榆柳》一詩，千吟百諷。蛋和尚提放傀儡，碧桃花喬作轉輪，所謂「思之思之，鬼神通之」，未有如斯之如意者也。嗚呼！湯比部之傳《牡丹亭》，范駕部之傳《夢花酣》，皆以不合時宜，而所謂「寓言十九」者，非耶？』

《滿牀笏》，一名《十醋記》，合肥龔司寇門客作。中入龔節度十折，于本文無關，蓋爲横波出色煊染也。

明祁參政承㸁，集元、明傳奇八百餘部，益以本朝，則益多矣。其中三家所撰最多。朱良卿三十三本：《太極奏》、《四奇觀》、《五代榮》、《雙和合》、《九蓮燈》、《蓮花筏》、《快活三》、《玉數珠》、《青風寨》、《飛龍鳳》、《虎囊彈》、《建皇圖》、《黨人碑》、《龍燈賺》、《萬壽冠》、《照膽鏡》、《瑞霓羅》、《元宵鬧》、《御雪豹》、《石麟鏡》、《吉慶圖》、《漁家樂》、《乾坤嘯》、《寶曇月》、《纓絡會》、《牡丹圖》、《奪秋魁》、《血影石》、《一捧花》，餘四本未詳。李元玉一笠庵二十九本：《一捧雪》、《人獸關》、《永團圓》、《占花魁》、《五高風》、《雙龍鳳》、《昊天塔》、《兩鬚眉》、《三生果》、《牛頭山》、《武當山》、《麒麟閣》、《虎邱山》、《長生像》、《千里舟》、《眉山秀》、《連城璧》、《千忠會》、《挂玉帶》、《意中緣》、《鳳雲翹》、《洛陽橋》、《太平錢》、《萬里圓》、《風雲會》、《羅天醮》、《麒麟種》、《萬民安》、《禪真會》。元玉係申相國家人，爲申公子所抑，不得應科試，因著傳奇以抒其憤，而《一》、《人》、《永》、《占》尤盛傳于時。其《一捧雪》極爲奴婢吐氣，而開首即云：『裘馬豪華，恥争呼貴家子。』意固有在也。沈寧庵屬玉堂二十本：《紅渠》、《埋劍》、《十孝》、《分錢》、《雙魚》、《合衫》、《義俠》、《鴛衾》、《桃符》、《分柑》、《四異》、《鑿井》、《珠串》、《奇節》、《結髮》、《墜釵》、《博笑》、《翠屏山》、《望湖亭》、《耆英會》。寧庵字伯英，號詞隱生，吴江人。

《説楛》云：『邵宏治，荆溪人，作《香囊》傳奇，至「落日下平川」，不能續。其弟應聲曰：何不云「歸人争渡喧」乎？時邵方與弟争田，因大喜，割界之，今名「渡喧田」。』

《説楛》又云：『《玉簫》傳奇有云：「眼波眉黛不分明」，今教坊多作「眼皮眉黛」。何元朗嘗正之矣，而不知所謂。按南唐張泌《江城子》云：「浣花溪上見卿卿，眼波明，眉黛輕。」始知元人雜劇，無一字無來處也。』

《南音三籟》云：『《玉環記》「隔紗窗日高花弄影」，改元劇喬夢符筆也。喬《煞尾》末句云：「比及你見我那負心薄倖，多管我一靈先到雒陽城。」此等語不但慘戚，抑且以之作收，力有萬鈞。今以混入《猫兒墜》中，急腔唱過，大減分數矣。』

《浣水續談》云：『今傳奇有《三元記》，載馮當世父商還妾，歸生當世。將誕，閭里皆夢鼓吹迎狀元。然考之《方輿勝覽》：「馬涓，南部人，父從政歸妾，感上帝，得子。」而當世父名式，爲左侍禁以終，非商也。然則因馬氏事而誤以爲馮也？事載《鶴林玉露》，似爲失實。』按《鶴林玉露》云：『馮京，字當世，鄂州咸寧人。其父，商也，壯年無子。將如京師，其妻授以白金。京師買一妾，立券償錢矣，問妾所自來，泣涕言：「父有官，因綱欠折，鬻以爲賠償之計。」遂不忍犯，遣還其父，不索其錢。及歸，妻問買妾安在，具告以故。妻曰：「君用心如此，何患無子！」果生京。』

《金陵瑣事》云：『段炳，字虎臣，秀才，和元人馬東籬「百歲光陰」一套，足以壓倒東籬。』又云：『張四維，字治卿，號五山秀才，有《溪上閒情》藏于家，友人刊其《雙烈記》、《章臺柳》兩種。』

《簪陂繼世紀聞》云：『劉瑾奸險，素疾文臣，與同類屢在上前言：「弘治年間，朝權俱爲内閣文臣所掌，朝廷虚名而已。」每行諸戲劇。』《臺閣名言》云：『嘉靖甲辰，給事中吕時中劾順天鄉試主考浦應麒通賄，至形諸戲劇。』《譚輅》云：『《姜詩》傳奇，相傳是學究陳羆齊所作，雖粗淺，然填詞亦親切有味，且甚能感動人，似有裨于風化，不可以其膚淺而棄之。』

錢塘女史梁夷素，字孟昭，工詩畫，嘗作《相思硯》傳奇行世。錢御史石城《芙蓉峽》傳奇，亦其夫人林亞清作。婦人填曲，前代未有。林名以寧，有集，詩極工。

湯來賀云：『先年樂府如《五福》、《百順》、《四德》、《十義》、《躍鯉》、《卧冰》之類，皆取古人之善行譜爲傳奇，播諸聲容，使兒童婦女見而樂之，皆有所向慕而思爲善事。則是飲食歌舞，俱有益于風化，古人之用心如此，何其厚也！自元人王實甫、關漢卿作俑爲《西厢》，其字句音節，足以動人，而後世淫詞紛紛繼作。然聞萬曆中年，家庭之間猶相戒演此。近日若《紅梅》、《桃花》、《玉簪》、《緑袍》等記，不啻百種，皆杜撰詭名，絶無古事可考，且意俱相同，毫無可喜，徒創此以導邪，予不識其何心也。』説見《内省齋文集》。

顧景星《虎媒》劇序云：『封邵宣城太守不仁則化虎，左飛龍編工曹不職則化虎，鄭襲爲門下騶無狀則化虎，游章、范端爲里役等人受錢則化虎，譙平不孝則化虎，牛哀不弟則化虎，藺庭妹、袁州僧好竊盗則化虎，李積私嫞殺命則化虎。人之不忠孝、詐僞無厭者，往往形未化而心已獸矣。至于本虎也，反若知仁義。邑有賢吏，則渡江出境；有高士，則負篼受騎，銜鹿供食；襄陽秦孝子病，則往乳之。今黔峽間虎媒神祠者，相傳乾元初張鎬尚書女事也。又天寶末漳浦勤自勵妻杜氏；大曆中鄭元方妻盧氏，亳州人，聘舅氏女，皆父母奪志，磨笄待死，向非虎馱，必至玉碎。而鎬女不過遠謫愆期，何勞於菟？惟是時，豬龍作禍，士女仳离，墮虎狼之口，不可枚舉。而神靈變化，使人知虎狼中猶有仁義者，此造化之用心，而吾友卜子傳奇所由作也。』按《虎薈》載張鎬事云：『唐乾元初，吏部尚書張鎬貶辰州司户。先是，鎬在京，以次女德容與僕射裴冕第三子前藍田尉越客結婚，已尅迎日，而鎬左遷，遂改期來歲之春季。其年，越客速裝南邁。拒辰百里，鎬喜越客遵約而至，因命家族宴于花園，德容亦隨姑妹姊遊焉。山郡蕭條，竹樹荒密，忽有猛虎出自竹間，遂擒德容跳入翳薈。衆驚駭，奔告張。夜色已昏，計力俱盡，舉家號哭，莫知所爲。及曉，大發人徒，求骸骨山野。是夕之夜，越客行舟去郡三十二里，尚未知妻爲虎暴，召僕夫十數輩，登岸徐行，其船亦隨焉。不一二三里，遇水次板屋，屋内有榻，因憩焉。俄聞有物來自林木之間，微月之下，見猛虎負一物至，衆皆惶撓，共闞喝之。其虎徐行，俯于板屋側，留下所負物。共闞，是人，尚有餘喘。舁之登船，列燭熟視，乃十六七美女也。越客深異之，遣群婢看診，雖髻髮披散、衣服破裂，而身膚無少損。以湯飲灌之，即微微入口。久之，神爽安集，俄復開目。與之言語，莫有應。夜久，即有自郡至者，皆云：『張尚書次女昨夜春園爲暴虎所食，至今求其殘骸未獲。』聞者遽以之告于越客，即遣群婢具詢，然而德容因啼號不止。越客即具以其事告于鎬，鎬凌晨躍馬而至，既悲且喜。則與同歸，而婚媾果尅其期。自是，黔峽往往建立虎媒之祠焉。』又《白茅堂集》有《虎媒歌贈張子》一首云：『張郎感激何爲乎？燈前夜語長欷歔，新翻樂府調吳歈。』

《明詩綜》云：『梅鼎祚，宣城人。周見洽聞，兼精傳奇。所填《韓君平玉合記》，爲詞家所賞，有云：「風中絮，陌上塵，嘆韶光何曾戀人？」人盛稱之。』又云：『王翊介人，嘉興布衣，能詩。沈山子云：「介人所居，止破屋一間。種牽牛花小庭中，曉露未晞，對花吟咏，日課數詩。旁精詞曲，有《紅情言》、《榴巾怨》、《詞苑春秋》、《博浪沙》諸傳奇。」』

《明詩綜》又云：『黄孔昭，字含美，吴縣人。舉崇禎癸酉鄉試，選授大姚知縣。仳離天末，久不得還。其子向堅，字端木，有懷二人，眼枯足繭，蹈白刃尋之，卒御以歸吴中。好事者編《萬里圓》傳奇演之。』按黄端木有《尋親紀程》、《滇還紀程》，今刻《知不足齋叢書》中。昆山歸元恭節録其紀行，爲《黄孝子傳》。余苦其尚繁冗，更節之于左：『順治八年辛卯十二月朔，擔一囊、一蓋、一草屨，從吴江入浙，歷嚴、衢，入江西。至湖廣武岡州，觸冰雪風雨，陷泥淖，涉深溪峻嶺。手常擎蓋，酸楚不能舉；足重繭，痛不可忍，或血瘀赤腫，則刺血出之，復行。往往僵卧道旁。壬辰二月，由楚入黔。黔自丁亥以後，境内殘破。其地苗、獠雜處，耕者皆持矛負弩矢自衛。荒茅漲沙之中，每得虎迹。次平溪，有關帥府在焉，以孝子短髮吴音，疑爲奸細，執之。涕泣以情告，得免。以後凡遇官吏，無不盤詰。江南風俗變革六七載，忽睹此，如異國焉。自平溪，一路險如鬼窟。土人云：「往時苗常出爲行旅害，今十里立一塘，而塘兵又多爲虎所食。」孝子惴惴至貴陽，遇徽州人程姓者，得知父無恙，已挂冠五年矣。程姓導孝子至王府，給令票，復前。途中兵馬紛擁驗票，或擊破其蓋，自是不能蔽雨。登關索嶺，至半，喘甚，力盡而仆。有老僧飲以茶，久之强起，逾嶺而西。既下，則人馬旌旗遍野。一騎執之入營，驗票，爲設食。問之，曰：「安西前營也。」行數里，復遇後營，如前。遂入雲南之平夷衛，遇故陽宗知縣浙東錢士驌，于是知父在白鹽井。五月望日，至白鹽井，拜見父母。時所携弟之子從外負薪歸，兄弟相拜泣。昔日童僕，無復存矣。久之，孝子啓父母，作還家計。父曰：「乙酉秋，滇中猶鄉試，我分房得士八人，當累之爲行資。」孝子持父書詣諸門生家。歷楚雄，遇地震，幾不免。奔走四月，過者三人，皆贐贈，而未足。詣府，遞告歸文書。具籃輿，二親乘，己與弟步從。至黑鹽井，詣門生家，得資斧。時南北戰争不息，坐旅中度歲。詣將軍府，得給票，出歸化關。黔中雨雪四十日，雪深至馬腹，樹介如刀劍。已而雪消流潦，瘴霧蔽天。及平壩，有騎兵擄婦女數百千，從廣西來。又敗兵數千，擁一象，踉蹌散走，無復部伍，從四川來。蓋是時，安西戰勝于桂林，撫南敗于保寧，皆道黔中也。孝子慮貴陽有阻，乃迂道從龍場驛而北，渡烏江，入四川，及清浪，入湖廣界。所在潰兵暴掠，從間道行，及新化，方脱險。爲父改易服色，舍陸從水而歸，爲六月十八日。自始出門至是，越三年，計五百三十餘日，歷京、省七府，三十有三州、縣，計行二萬五千里有奇。』

屠長卿作《彩毫記》，以李太白自命，沈景倩譏之。

如皋黄振字瘦石，自號柴灣村農，以『張幼謙囼圄報捷』事演爲《石榴記》。

王龍光跋《雙報應》傳奇云：『吾友抱犢山農抱犢山農，無錫嵇留山也，名永仁，從范忠貞公死于難。詳見余《道聽録》中。著作甚富，尤留心經濟。與余同罹于難，慷慨犴狴之中，豪氣未除，文采散于筆墨。嘗作《續離騷》四折，以破千古未破之牢騷。同難林翁，因備述建寧城隍揭公、建寧郡守孫公，判斷貧生錢可貴、奸淫王文用二案：「陰陽互理，靈爽顯赫，此殆得之目睹，不可不亟爲表章之。」山農曰：「此固余之素志也。吾聞揭公節義昭著，英英千古。亡友袁參嵐受其國士之遇，曾托吾表著其事，而碌碌未能。今藉此以畢其素志，可乎？」乃援筆而敷陳其大概，曰《雙報應》。』今按：劇中孫名裔昌，字鹿園，山東沾化人；揭即揭公重熙。錢生以逋欠官銀，賣妻，得銀三十兩，失于縣堂，爲皂隷陳黑所拾。生禱于城隍，復訴于府。孫正持茗，有塵落碗中，茗爲之黑。檢縣中值日花名簿，得陳黑名，訊之，供拾銀狀。生妻賣張貢生家，張知爲錢生妻，不敢與宿，願還婦而不索其金。王文用者，以所私婦謀鴆其夫者也。城隍神示夢于孫，而冤賴以理，孫公真不愧爲民牧者矣。跋中言得之目睹，蓋非幻設。爲撮其大略，以俟考。

鈕玉樵記吴六奇將軍事云：『海寧查孝廉培繼，字伊璜，家居，歲暮命酒獨酌。一丐者避雪廡下，强直而立。孝廉異之，呼入坐而問曰：「我聞街市間有手不曳杖，口若銜枚，敝衣枵腹而無寒餓之色，人皆稱爲『鐵丐』者，是汝耶？」曰：「是也。」「能飲乎？」曰：「能。」傾甌與飲，立盡。又盡三十餘甌，無醉容。查醉，丐出，仍宿廡下。孝廉酒醒，謂家人曰：「鐵丐衣藍縷，何以禦寒？亟以我絮袍與之。」丐披袍去，亦不求見致謝。明年，孝廉寄寓杭之長明寺，遇前丐于放鶴亭側，露肘跣足，昂首獨行。詢以舊袍，曰：「已質付酒家矣。」孝廉奇其言。問：「曾讀書識字否？」曰：「不讀書識字，不至爲丐也。」孝廉悚然心動，薰沐而衣履之。諗其姓氏里居，丐曰：「僕系出延陵，心儀曲逆，家居粤海，名曰六奇。祇以早失父兄，性好博進，遂致落拓江湖，流轉至此。因念叩門乞食，昔賢不免，僕何人斯，敢以爲污！不謂獲遘明公，賞于風塵之外。僕雖非淮陰少年，然一飯之惠，其敢忘乎？」孝廉亟起而捉其臂曰：「吴生海内奇傑。以酒友目吴生，失吴生矣。」盤桓累月，贈以資，遣歸粤東。六奇世居潮州，爲吴觀察道夫之後。略涉詩書，寄身郵卒，於關河形勝，無不諳熟。維時天下初定，王師由浙入廣，六奇請見主帥，備陳：「粤中形勢，傳檄可定。奇有義結兄弟三十人，擁衆據土。請假游劄三十道，先往馳諭，近降遠應，不逾月而破竹之形成矣。」如其言行之，粤地悉平。由是征閩、討蜀，屢立奇功，數年之間位至通省水陸提督。康熙初，開府循州，即遣牙將持三千金存孝廉家，奉書幣致孝廉來粤。供帳舟輿，俱極腆備。將度梅嶺，吴公子已迎候道左，執禮甚恭。樓船簫鼓，由胥江順流而南。凡轄下文武僚屬，無不願見查先生。去州城二十里，吴躬自出迎。至府，則蒲伏泥首，自稱：「昔年賤丐，非遇先生，何有今日！」居一載。軍事傍午，凡得查先生一言，無不立應。義取之貲，幾至鉅萬。先是，苕中富人莊廷鉞購得朱相國《史概》，博求三吴名士增益修飾，刊行于世。前列參閲姓氏十餘人，以孝廉夙負重名，亦借列焉。未幾，私史禍發，凡有事于是書者，俱置極典。吴力爲孝廉奏辨，得免。孝廉嗣後益放情詩酒，盡出橐中金，買美鬟十二，教之歌舞。夫人亦妙解音律，親爲家伎拍板，正其曲誤。以此查氏女樂，遂爲浙中名部。孝廉之在幕府也，園林極勝。中有英石峰一座，高可二丈許，嵌空玲瓏，若出鬼製，孝廉極所心賞，題曰「縐雲」。閲旬往視，忽失此石，則已命載巨艦送至孝廉家矣。』鉛山蔣清容太史本此作《雪中人》傳奇。江都張山來云：『聞將軍乞食時，好以荻莖于地上判某日及草「封」字。』《雪中人》第二齣，吴云：『幾日不曾演習判字，待我在雪地上試寫一回。』本此。蔣太史又有《桂林霜》、《空谷香》、《香祖樓》、《四弦秋》、《一片石》、《第二碑》、《冬青樹》、《臨川夢》諸劇。

《菽園雜記》云：『高公穀無子，置一妾。夫人素悍，每間之，不得近。一日，陳學士循過焉，留酌。聚話及此，夫人于屏後聞之，即出詬罵。陳公掀案作怒而起，以一棒撲夫人，至不能興，且數之曰：「汝無子，法當棄汝。今置妾，汝復間之，是欲絶夫後也。汝不改，吾當奏聞，置汝于法！」自是妒少衰。生中書舍人峘，乃陳公一怒之力也。』馮猶龍本此作《萬事足》傳奇。余嘗謂：《萬事足》之陳循即《瑞筠圖》之陳循，一人而生、净各判，閱者參觀之，可以自警。然《萬事足》之末，繫以周約文一札云：『友生周禮拜上德遵賢契閣下：古云「器滿則欹，月盈則虧」。閣下位登首輔，恩寵已極，值此太平無事之時，久踞高巍，即使無忝其職，亦乖知足知止之義。老夫年逾八旬，足力未衰，尚冀閣下急流勇退，同尋山中之盟。伏爲熟思。』陳唱云：『知幾久讀疏生傳，但君恩未報暫流連。』按《清波雜志》載蔡京云：『京衰老宜去，而不忍遽乞身者，以上恩未報也。』此曲本之，蓋隱隱以蔡京比陳循矣。陳苟明知足之義，何至以粉面登場，如《瑞筠圖》之遺臭耶？

夏惺齋取忠、孝、節、義事爲六種曲：《無瑕璧》寫鐵氏二女事；《杏花村》寫王世名報父仇事，見《明史》；《瑞筠圖》寫章綸母守節，及綸直諫事；《南陽樂》言武侯相北地王諶，滅魏、吴，復興漢祚，蓋寓言也；《花蕚吟》寫鄭虎臣殺賈似道，亦本《宋史》；《廣寒梯》則言科場事，謂一生行善，一生行不善。善者夢中五名，語不善者，不善者訴于監臨。發榜時，監臨以所訴，令抽去五名，而別以一卷補之。抽者正不善生，補者則行善生也。此事亦有所本。然章綸母金節婦『誰云妾無夫』一詩，或謂爲高季迪作。鐵司馬二女入教坊，其長女詩鐵氏二女詩，見王鏊《震澤紀聞》。乃吴人范昌期《題老伎卷》作，見張士瀹《國朝文纂》。同時杜瓊用嘉亦有次韻詩。

《新齊諧》有《醫妬》一則，云：『軒轅孝廉，常州人，年三十無子。妻張氏，奇妒。其座主馬學士贈以一姬，張怒。會學士喪偶，張訪某村女世以悍聞，賄媒媪説馬娶爲夫人。馬知其意，欣然往娶。合巹畢，群姬拜見夫人。問：「何人？」曰：「妾也。」叱曰：「安有堂堂學士而置妾者乎？」即棒群姬。馬命群姬奪而毆之，夫人力不勝，罵且哭，群姬各擊鐃鼓亂之。夫人不得已，揚言將自盡，則侍者以一刀一繩進，群姬各敲木魚念《往生咒》嘈嘈然。夫人故女豪，自分虛疑，恫喝計已盡，乃轉作喜，正色曰：「君真丈夫，我服矣！請改事君，君亦宜待我以禮。」學士命群姬謝罪叩頭，以家事托夫人主之。一月之間，家政肅雍，内外無間言。居無何，學士手百金贈軒轅生曰：「明春將會試，宜早入都。」生然之。甫登舟，馬遣人迎至家，扃後園中，而陰遣媒説張氏乘軒轅生外出，賣其妾。張曰：「此吾心也，須賣之遠方。」有陝西布客，負三百金以姬去。姬大呼投水中，學士早備小舟迎至園，與軒轅生同室矣。張聞姬投河，方驚疑，而西客已罵于門，索原銀三百去。一日，有白髮藍縷男婦兩老人哭來，稱爲女之父母，與張索女命，隣佑勸解去。一日，武進縣捕役持牌來，言姬之父母告于縣，張愈恐。忽有白帽踉蹌奔呼至者，曰：「軒轅生死于路矣。我騾夫也，來報。」張氏大慟，成服治喪，且招訟師，謀緩其獄。訟事小停，而家已蕩然，日食不周矣。前媒媪又來，勸其改嫁，引一美少年，盛飾與觀。張大喜，即嫁少年。方合巹，房内一醜婦持大杖出，罵曰：「我正妻也！何處賤婢，敢來爲妾？」痛毆之。張悔被媒紿，飲泣不能聲。諸賓朋勸醜婦去，秉花燭引張氏入卧室。甫揭簾，見軒轅生坐牀上，大駭，以爲鬼，絶于地。軒轅生笑語以故，張大悟，慚且恨。于是修德改行，卒與某村女同爲賢妻。』按此即《伏虎韜》傳奇也。文人詭筆，非實有其事。簡齋得諸傳聞，未悉其所本耳。《槐西雜志》所載囊家誘少年賭，勒書鬻宅之券，其父償金焚券，發篋得紙鋌金事，此亦李笠翁《無聲戲》中一則，非實事也。

今戲劇演《時遷偷雞》，科諢有『皮包骨頭人』之語。按：宋張元嘗與客飲驛中，一客邂逅至，顧元曰：『彼何人斯？』元厲聲曰：『皮裹骨頭肉人斯！』應聲以鐵鞭鞭之而死。見王定國《聞見近録》。

萬樹，字紅友，爲粲花主人之甥。其所作傳奇，詳山陰吴秉鈞所作《風流棒序》，云：『余從紅友山翁遊，由閩而粤，耳其緒論。與家小阮雪舫共以學填詞，請探其篋，得觀所譜諸劇：幽秀若《空青石》，俊爽若《錦塵帆》，奇横若《念八翻》，新穎若《十串珠》，剪裁點綴若《黄金甕》、《金神鳳》。最後讀《資齊鑒》，以卷帙大重，急難開演，已請山翁節而傳之。其他小劇，若《珊瑚毬》、《舞霓裳》、《藐姑仙》、《青錢賺》、《焚書鬧》、《罵東風》、《三茅宴》、《玉山庵》，俱令家優試之氍毹上。余因操觚爲《電目書》一種，雪舫亦作《赤豆軍》、《美人丹》。惟時藥庵吕君，亦有《回頭寶》、《狀元符》、《雙猿幻》、《寶鏡緣》。藥庵令叔守齋，亦携《金馬門》曲出示。丙寅春，客有言某閨詞之僞者，余謂此可入劇，索山翁填之。

不半月，而《風流棒》曲成。茶郎之顛，林風之韻，菊人之摯，及連、霍之周圓，童、賴之醜報，刻畫畢肖，可稱觀止矣。』

劇中演趙太祖，每持棒，或侍臣持棒從之。按《鐵圍山叢談》云：『太上以政和六七年間，始講漢武帝期門故事。初出，侍左右官者，必携從二物以備不虞，其一玉拳，一則鐵棒也。鐵棒者，藝祖仄微時以至受命後所持鐵桿也。棒純鐵耳，生平持握既久，而爪痕宛然。

相傳有訟棍戴興邦者，年六十，止一子。適有諸少年殺姦婦死而姦夫逸去，謀于戴，戴曰：『何不静守村口，候孤身男子過，執而殺之，以姦報。』諸惡少大喜，挽入室，酬以酒肉。已而果有孤身者過，衆殺之，則正戴之子也。惺齋《杏花村》傳奇中訟棍單興邦，即戴興邦。『單』音『丹』，與『戴』正爲轉音耳。按：元人曲中，如良吏必包拯，公人用董超、薛霸，惡人用柳隆卿、胡子轉，伎女用王蠟梅，兒女用賽娘、僧住，蓋必實有其人。《杏花村》用單興邦，尚其遺意也。

劇之有所原本，名手所不禁也。王實甫之本董解元，尚矣。他如本《竇娥冤》而作《金鎖》，本《翠鸞女》而作《桃符》，本《曲江池》而作《繡襦》，本《合汗衫》而作《破羅衫》，本《張生煮海》、《柳毅傳書》而作《蜃中樓》，本《劉晨阮肇》而作《長生樂》。他如本元人而故變化出之者，則如《黄粱夢》之吕岩化爲盧生，《麗春堂》之四丞相化爲尉遲敬德。或有用其一節者，若《龐居士》之羅和，《長生殿》之唐明皇，雖不能青勝于藍，然亦各有所見。惟《彈詞》一齣。夫洪昉思襲元人《貨郎旦》之《九轉貨郎兒》，其末云『名喚春郎身姓李』，洪云『名喚龜年身姓李』，至《玉劍緣》又云『名喚珠娘身姓李』，生吞活剥，可稱笑柄。近則有《夢釵緣》一劇，直襲《西廂》、《西樓》而合之，已爲傖父可笑。又有《玉劍緣》者，亦有《富貴神仙》者，竟至襲《玉劍緣》，與《夢釵緣》之襲《西廂》、《西樓》同。若此，又何必爲之？聊舉一二于此，以爲之戒。

泰州張良御太史作《陸吴州墓碑》，云：『公以餘力作爲詞曲。《一帆》、《雙鴛》，流傳名部，皆取辦于杯茗立談之間。』

卓珂月作孟子塞《殘唐再創》雜劇小引，云：『作近體難於古詩，作詩餘難於近體，作南曲難於詩餘，作北曲難於南曲。總之，音調、法律之間，愈嚴則愈苦耳。北如馬、白、關、鄭，南如《荆》、《劉》、《拜》、《殺》，無論矣。入我明來，填詞者比比，大才大情之人，則大愆大謬之所集也，湯若士、徐文長兩君子其不免乎？減一分才情，則減一分愆謬，張伯起、梁伯龍、梅禹金，斯誠第二流之佳者。乃若彈駁愆謬，不遺錙銖，而無才無情，諸醜畢見，如臧顧渚者，可勝笑哉！必也具十分才情，無一分愆謬，可與馬、白、關、鄭，《荆》、《劉》、《拜》、《殺》頡之頏之者，而後可以言曲，夫豈不大難乎？求之近日，則袁鳧公之《珍珠衫》、《西樓夢》、《竇娥冤》、《鷫鸘裘》，陳廣埜之《麒麟罽》、《靈寶刀》、《鸚鵡洲》、《櫻桃夢》，斯爲南曲之最；沈君庸之《霸亭秋》、《鞭歌伎》、《簪花髻》，孟子塞之《花前笑》、《桃源訪》、《眼兒媚》，斯爲北曲之最。余平時定論蓋如此。今冬遘皃公、子塞於西湖，則皃公復示我《玉符》南劇，子塞復示我《殘唐再創》北劇，要皆感憤時事而立言者。皃公之作，直陳崔、魏事，而子塞則假借黄巢、田令孜一案，刺譏當世。夫北曲之道，聲止於三，齣止於四，音必分陰、陽，喉必用旦、末。他如楔子、務頭、襯字、打科、鄉談、俚諢之類，其難百倍於南。而子塞研討數年，其謹嚴又百倍於昔。至若釀禍之權璫，倡亂之書生，兩俱磔裂於片楮之中，使人讀之，忽焉嘐噓，忽焉號呶，忽焉纏綿而悱惻，則又極其才情之所之矣。於我所陳諸公十餘本之内，豈不又居第一哉！子塞將還會稽，别我於桃花巷中，酒杯在手，輿夫在旁，匆匆書此。』

卓珂月又有《百寶箱》傳奇，引云：『昔者《玉玦》之曲，風刺寓焉，刻畫青樓，殆無人色。嗣賴汧國一事，差爲解嘲，然後漸出墨池而登雪嶺。乃余覽白行簡所述李娃始末，頗多微詞者，何歟？歸自竹林，憩于姨宅，目笑手揮，以他語對蟬蜕之局，娃與聞之矣。迨夫雪中抱頸，擁入西厢，懼禍及身，非得已也。必可以生青樓之色，唾白面之郎者，其杜十娘乎？此事不知誰所睹記，而潘景升録之於《亘史》，宋秋士采之於《情種》，今郭彦深復演之爲《百寶箱》傳奇，蓋皆傷之甚也。』

詹允龍雷岸有《瓊花夢》雜劇，河陽趙士麟爲之序，見《讀書堂文集》。又作《詹允詩序》云：『雷岸未顯時，著有《瓊花夢》傳奇劇本。予早年讀之，訝曰：「此言夢也，而非夢者能言之也。」既而雷岸以博學宏詞薦，由檢討而宮允。文章、詞賦，冠絕一時。』

尤西堂《鈞天樂》自記云：『丁酉之秋，薄游太末。主人謝客，阻兵未得歸。逆旅無聊，追尋往事，忽忽不樂。漫填詞爲傳奇，率日一齣。齣成，則以酒澆之，歌呼自若。閲月而竣，題曰《鈞天樂》。家有梨園，歸則授使演焉。明年科場弊發，有無名子編爲《萬金記》。制府以聞，詔命進覽，其人匿弗出。臬司某，大索江南諸伶雜治之。適山陰姜侍御還朝，過吴門，亟徵予劇。同人宴之申氏堂中。樂既作，觀者如堵墻，靡不咋舌駭嘆。而邏者亦雜其中，疑其事類，馳白臬司。臬司以爲奇貨，即檄捕優人，拷掠誣服。既得主名，將窮其獄，且徵賄焉。會有從中解之者，而予已入都，事得寢。己亥大計，臬司以貪墨亡命，寘極典，籍其家，聞者快之。』西堂又有《讀離騷》、《弔琵琶》、《桃花源》、《黑白衛》、《李白登科記》五種。《李白登科記》：白狀元，杜甫榜眼，孟浩然探花，立格最奇。

西堂題《北紅拂記》云：『愚謂元人北曲，若以南詞關目參之，亦可兩人接唱，合場和歌，中間間以蘇白，插科打諢，無施不可，又爲梨園子弟别闢蠶叢。此意無人解者，今於荔軒先生遇之。唐人小説傳衛公、紅拂、虬髯客故事，吾吴張伯起新婚，伴房一月而成《紅拂記》，風流自許。浙中凌初成更爲北劇，筆墨排奡，頗欲睥睨前人。但一事分爲三記，有疊牀架屋之病。荔軒復取而合之，大約撮其所長，決其所短，又添《徐洪客采藥》一

《玉鏡臺》演温太真事，《投梭記》演謝幼輿事，《花筵賺》合太真、幼輿而演之。《投梭》筆墨雅潔，情詞婉妙爲勝。

偶于市間得一寫本《種鱗書屋外集》，兩劇：一《蓬島瓊瑶》，爲余本忠收服海寇事；一《花目題名》，則品題花目，以郁李爲狀元，海桐爲榜眼，紅梅爲探花，木樨爲傳臚，杜鵑下第，而以丁香配郁李，卷首題田民撰。

孫偀，字商聲，詩、古文簡潔有法度。性孤冷，不喜諧俗。每就研席，輒怒其館主，不合而去。所著《海棠緣》傳奇，痛詆傖父，蓋以此也。

劇説卷五

《戰國策》云：『齊軍破淖齒，殺閔王于鼓里，太子乃解衣免服，逃太史氏家，爲溉園。君王后，太史氏之女，知其貴人，善事之。田單復齊，遽迎太子于莒，立之以爲王，君王后以爲后。』《史記·田敬仲世家》云：『樂毅出臨淄，湣王出亡之衛，衛君辟宫舍之，稱臣而共具。湣王不遜，衛人侵之，湣王去，走鄒、魯。有驕色，鄒、魯君弗内，遂走莒。楚使淖齒將兵救齊，遂殺湣王，而與燕共分齊之侵地。湣王之遇殺，其子法章變名姓爲莒太史敫家庸。太史敫女奇法章狀貌，以爲非恒人，憐而嘗竊衣食之，而與私通焉。襄王既立，立太史氏女爲王后。太史敫曰：「女不取媒因自嫁，非吾種也，污吾世！」終身不睹君王后。君王后賢，不以不睹故失人子之禮。』張伯起全本此以作《灌園記》。馮猶龍刪改正之，序云：『奇如《灌園》，何可無傳？而傳奇如世所傳之《灌園》，則吾謂其無可傳，且憂其終不傳也。法章以亡國之餘，父死人手，身爲人奴，此正孝子枕戈、志士卧薪之日，不務憤悱憂思，而汲汲焉一婦人之是獲，少有心肝必不乃爾。且五六年間，音耗隔絶，驟爾黄袍加身，而父仇未報也，父骨未收也，都不一置問，而惓惓焉訊所思得之太傅，又謂有心肝乎？君王后千古女俠，一再見而遂失身，即史所稱陰與之私，談何容易！而王孫賈子母忠義，爲嗣君報終天之恨者，乃棄不録。若是，則灌園而已，私偶而已！灌園、私偶，何奇乎？而何傳乎？伯起先生云：「吾率吾兒試玉峰，舟中無聊，率爾弄筆，遂不暇致詳。」誠然歟？誠然歟？自余加改竄，而忠、孝、志、節，種種具備，庶幾有關風化而奇可傳矣。』馮氏此言，可爲傳奇之式，故録之。然太史敫可稱潔士，故《迎后登車》一折，寫君王后别母，而敫不與見，曲云：『只得遥拜著鐵錚錚的家主，恕饒了癡騃騃的女娃。』以脚色不足，故太史敫以净扮之耳。

《知新録》云：『元曲有吕布、貂蟬及奪戟争鬥事。按：《吕布傳》言：「布小失意，卓拔手戟擲布。布拳捷，避之。」又言：「布與卓侍婢私通，恐事發覺，心不自安。布因朝會，手刃刺卓。」想侍婢當即貂蟬也。元曲所云，必有所據。』

吕翁祠在邯鄲縣北二十里黄粱店。李長沙詩云：『舉世空中夢一場，功名無地不黄粱。馮君莫向癡人説，説與癡人夢轉長。』端溪王崇慶詩云：『曾聞世有盧生夢，只恐人傳夢未真。一笑乾坤終有歇，吕翁亦是夢中人。』乃元人馬致遠《黄粱夢》雜劇，爲鍾離度吕洞賓事，夢中吕作元帥，征吴元濟，則憲宗時事矣。湯若士本之作《邯鄲夢》，則爲吕度盧生，而爲開元時事。按：吕洞賓，關右人，唐咸通中舉，進士不第，值巢賊爲梗，携家隱終南山。《錦繡萬花谷》引此，言出見《雅言雜載》，則憲宗時已非，開元時尤非。《真仙通鑒》有盧生事，恐未然耳。

鄭庭玉作《後庭花》雜劇，只是本色處不可及。沈寧庵演爲《桃符》，排場、賓白、用意，遜鄭遠矣。

宫大用《范張雞黍》第一折，乃一篇經史道德大論，抵多少宋人語録。曲中用『隨邪』二字，乃玉茗所本。

《西河詞話》云：『宋孫明復髩白，李文定請以弟之女妻之，孫曰：「相女不以嫁公侯，乃以嫁山谷衰老，古無有之。」其曰「相女」者，相門之女，正以李復古曾爲相故也。《西厢》末劇有「自古相女配夫」，世多不解，烏知實本諸此。』又云：『《西厢》久爲人更竄。予求其原本正之，逐字核實，其書頗行。其中尚有不能詳處，如第四折内有「和尚們回施些幽期密約」句，予向所釋，但曰施僧曰「布施」，反乞僧施曰「回施」。後友人有論及者，堅謂「回」作「曲」解，是「委曲周旋」意，雜引「回」、「曲」二字作證。曾記《北史》：「北齊李庶無鬚，人謂天閹，崔諶嘗戲庶曰：教弟種鬚法：取錐刺面爲竅，而插以馬尾，當效。」是時崔族多惡疾，庶因答曰：「請先以方回施貴族，藝眉有效，然後種鬚。」然則「回施」，「反施」矣。蔡子伯曰：「施，音賜。今俗稱『回賜』者，即『回施』之謂。」尤較直捷。』

喬夢符《兩世姻緣》曲中云：『俺主人酒盃賺煞春風凹。』從唐人『酒凹疊心翻』出。

《桯史》云：『秦檜以紹興十五年四月丙子朔賜第望仙橋，丁丑賜銀絹萬匹兩，錢千萬，彩千縑。有詔就第賜宴，假以教坊優伶，宰執咸與。中席，優長誦致語退，有參軍者前，褒檜功德。一伶以荷葉交椅從之，詼語雜至。賓歡既洽，參軍方拱揖謝，將就倚，忽墜其幞頭，乃總髮爲髻，如行伍之巾，後有大巾環爲雙叠勝。伶指而問曰：「此何環？」一曰：「二勝環。」遽以朴擊其首曰：「爾但坐太師交椅，取銀絹例物，此環掉腦後可也。」一座失色。檜怒，明日下伶于獄，有死者。』又云：『胡給事既新貢院，嗣歲庚子，適大比，乃侈其事，命供帳考校者悉倍前規：鵠袍入試，茗卒饋漿，公庖繼肉，坐案寬潔。執事恪敬，誾誾于于，以𢀖于文，士論大愜。會初場賦題，出《孟子》「舜聞善若決江河」，而以「聞善而行沛然莫禦」爲韻。士既就案矣，蜀俗敬長而尚先達，每在廣場，不廢請益焉。晡後，忽一老儒摘《禮部韻》示諸生，謂沛字惟十四泰有之，一爲「顛沛」，一爲「沛邑」，注無「沛決」之義。惟它有「霈」字，乃從「雨」，爲可疑。衆曰是，哄然叩簾請。出題者偶假寐，有少年出酬之，漫不經意，亶云：「《禮部韻》注義既非，增一雨頭無害也。」揖而退，如言以登于卷。坐遠于簾者，或不聞知，乃仍用前字，于是試者用「霈」、「沛」各半。明日將試論，語籍籍傳，凡用沛字者皆窘，復扣簾。出題者初不知昨日之對，應曰：「如字。」廷中大嘩，浸不可制，譟而入曰：「試官誤我三年，利害不細！」簾前闈木如拱，皆折。或入于房，執考校者一人毆之。考校者惶遽，急曰：「有雨頭也得，無雨頭也得。」或又咎其誤，曰：「第二場更不敢也。」蓋一時祈脱之詞。移時稍定，試司申：「鼓譟場屋，胡以不稱于禮遇也？」怒，物色爲首者盡繫獄。韋布益不平。既拆號，例宴主司以勞還。畢三爵，優伶序進。有儒服立于前者，一人旁揖之，相與詫博洽，辯古今，岸然不相下，因各求挑試所誦憶。其一問：「漢四百載，名宰相凡幾？」儒服以蕭、曹而下枚數之，無遺。群優咸贊其能。乃曰：「漢相吾能言之矣，敢問唐三百載名將帥何人也？」旁揖者亦詘指英、衛以及季葉，曰：「張巡、許遠、田萬春。」儒服奮起争曰：「巡、遠是也；萬春姓雷，考史牒未有以雷爲田者。」揖者不服，撑拒滕口。俄一緑衣參軍自稱教授，前据几。二人敬質疑，曰：「是故雷姓。」揖者大詬，袒裼奮拳。教授遽作恐懼狀，曰：「有雨頭也得，無雨頭也得。」坐中方失色，知其風己也。忽優有黄衣者，持令旗躍出稠人中，曰：「制置太學給事台旨：試官在坐，爾輩安得無禮！」群優亟斂容趨下，喏曰：「第二場更不敢也！」俠戺皆笑。席客大慚，明日遁去，遂釋繫者。胡意其爲郡士所使，録優而詰之，杖而出諸境。然其語盛傳迄今。』

《續筆談》云：『元人《女狀元黄崇嘏春桃記》，今不傳，僅《輟耕録》有其目，大抵如《琵琶》等記。』

《詩辨坻》云：『《北西厢》古本，陳實庵點定者爲佳。别本多所改竄，如「東閣玳筵開」爲「帶烟開」，「馬兒迍迍行」爲「逆逆行」，穿鑿可笑。「請字兒不曾出聲，去字兒連忙

「梵王宫殿答應」，或謂「請未出聲，如何答應？」改作「請字兒方才出聲」，索然無味矣。「梵王宫殿夜撞鐘」，撞，平聲，田水月改作「聲鐘」。聲鐘是何等語！

《詞旨》載：『《西厢》警策，不下百十條，如「竹索纜浮橋」、「檀口揾香腮」等語，不知皆撰自董解元《西厢》。竹索上有「寸金」二字，「檀口」句則曰「檀口微微，笑吐丁香舌，被郎輕嗑，却更增人劣」，較漢卿奇麗、精采十倍。見黄嘉惠《董解元西厢記序》。案：王實甫《長亭送别》一折，稱絶調矣。董解元云：「莫道男兒心如鐵，君不見滿川紅葉，盡是離人眼中血。」實甫則云：「曉來誰染霜林醉？總是離人淚。」淚與霜林，不及血字之貫矣。又董云：「且休上馬，若無多淚與君垂，此條情緒你争知。」王云：「閣淚汪汪不敢垂，恐怕人知。」董云：「馬兒登程，坐車兒歸舍，馬兒往西行，坐車兒往東拽，兩口兒一步兒離得遠如一步也。」王云：「車兒投東，馬兒向西，兩處徘徊，落日山横翠。」董云：「我郎休怪强牽衣，問你西行幾日歸。著路裏小心呵，且須在意。省可裏晚眠早起，冷茶飯莫吃，好將息。我專倚著門兒專望你。」王云：「到京師服水土，趁程途，節飲食，順時自保揣身體。荒村雨露宜眠早，野店風霜要起遲。鞍馬秋風裏，最難調護，須要扶持。」董云：「驢鞭半裊，吟肩雙聳。休問離愁輕重，向個馬兒上馳也馳不動。」王云：「四圍山色中，一鞭殘照裏。人間煩惱填胸臆，量這大小車兒如何載得起！」董云：「帝里酒釅花濃，萬般景媚，休取次共别人便學連理。少飲酒，省遊戲。記取奴言語，必登高第。妾守空閨，把門兒緊閉，不拈絲管，罷了梳洗。你咱是必把音書頻寄！」王云：「你休憂文齊福不齊，我只怕停妻再娶妻。一春魚雁無消息，我這裏青鸞有信頻宜寄，你切莫金榜無名誓不歸。君須記：若見異鄉花草，再休似此處棲遲。」董云：「一個止不定長吁，一個頓不開眉黛。兩邊的心緒，一樣的愁懷。」王云：「他在那壁，我在這壁，一遞一聲長吁氣。」兩相參玩，王之遜董遠矣。若董之寫景語，有云「聽塞鴻，啞啞的飛過暮雲重」；有云「回首孤城，依約青山擁」；有云「柳堤兒上把瘦馬兒連忙解」；有云「一徑入天涯，荒凉古岸，衰草帶霜滑」；有云「駞腰的柳樹上有漁槎，一竿風旆茅簷上挂，澹烟消洒，横鎖著兩三家」；有云「淅零零地雨打芭蕉葉，急煎煎的促織兒聲相接」；有云「燈兒一點，甫能吹滅，雨兒歇，閃出昏慘慘的半窗月」；有云「披衣獨步在月明中，凝睛看天色」；有云「野水連天天竟白」；有云「東風兩岸緑楊摇，馬頭西接著長安道。正是黄河津，要用寸金竹索，纜著浮橋」。前人比王實甫爲詞曲中思王、太白，實甫何可當？當用以擬董解元。李空同云：「董子崔張劇，當直繼《離騷》。」』

《曲藻》云：『偶見歌《伯喈》者云：「浪暖桃香欲化魚，期逼春闈，詔赴春闈；郡中空有辟賢書，心戀親闈，難捨親闈。」頗疑兩下句意各重。後得一善本，乃「浪暖桃香欲化魚，期逼春闈，難捨親闈；郡中空有辟賢書，心戀親闈，難赴春闈」。意既不重，益見作者之工。』《談輅》云：『嘗見《琵琶記》草本，《醉扶歸》「彩筆本潤」二句，改作「詞源倒流」二句，今刻本已從之矣。又見一本，「三不從做成灾禍一似天來大」，改云「三不從把好事翻成禍」，惜未有從之者。改筆皆草書旁注，意必東嘉手筆。』《秦淮劇品》云：『曲引之有呼韻，自趙五娘之呼「蔡伯喈」始也；而無雙之呼「王家哥哥」，西施之呼「范大夫」，皆有悽然之韻。』

相傳臨川作《還魂記》，運思獨苦。一日，家人求之不可得；遍索，乃卧庭中薪上，掩袂痛哭。驚問之，曰：『填詞至「賞春香還是舊羅裙」句也。』

填詞高手如陳大聲、沈青門之屬，俱南北散套，不作傳奇；惟周憲王所作雜劇，名《誠齋樂府》，往往調入弦索，有金、元風範。南曲如《四節》、《連環》、《繡襦》之屬，出于成、弘間，稍爲當時所稱。嘉靖間，陸天池名采者，所撰有《王仙客明珠記》、《韓壽偷香記》、《陳同甫椒觴記》、《程德遠分鞋記》，惟《明珠記》行于世。鄭若庸《玉玦記》、《遊西湖》一套，當時膾炙人口。見《蝸亭雜訂》。

《南音三籟》云：『作曲須先識字，否則往往誤用。如梁伯龍《浣紗·金井水紅花》云：「波冷濺芹芽，濕裙靸。」「靸」字法用平聲。然「靸」，箭袋也，若衣衩之「衩」，屬去聲。李義山詩：「十歲去踏青，夫容作裙衩。」是爲明證。此其失自陳大聲散套《節節高》之「蓮舟戲女娃，露裙衩」始耳。湯臨川《懶畫眉》「荼蘼抓住裙衩線」，亦誤。僅陳玉陽《玉抱肚》云「打毬回，紛紛衩衣」，獨是。又《浣紗·劉潑帽》云：「娘行聰俊還嬌倩，勝江南萬馬千兵。」不知「倩」有二音：一「顧倩」之「倩」，作去聲讀；一作「茜」，即「巧笑倩兮」之「倩」，言美也，此曲字義當作「茜」音，今却押庚青韻中。他若癭之爲「穎」音，頸瘤也，鄭虚舟《玉玦記》「却教愧煞癭瘤婦」，是認作平聲矣。又《莊子》「藐姑射之山」，「射」音「亦」；「巾櫛」之「櫛」，音「率」；而汪南溟《高唐記》與「雪」、「滅」同押，至以「纖」、「殲」、「鹽」三字並押「車」、「遮」，是徽州土音也。又云「《招魂》未得，空歌楚些」，「些」音「蘇箇切」，惟「些少」之「些」乃作平聲，今以「楚些」作平聲，何也？伯龍以「些」與「飛」同押，又認「此」字作「西」字音，爲蘇州土音也。又有舉世皆誤而爲不可解之字者：今列戲目，而曰第一齣，字或作「折」，或作「出」，問從何來，則默不能對也。蓋字書從無此字，惟牛食已復出曰「齝」，音「笞」，傳寫者誤寫「台」爲「句」，以「齣」作「齝」。「齝」原作「齝」，以「齝」作「齣」，在屈筆毫釐之間，以致展轉傳誤，不若古劇第幾折爲妥也。』

《雋區》云：『傳奇當以張伯起爲第一，若《紅拂》、《竊符》、《灌園》、《祝髮》四本，巧妙悉敵。次則推梁伯龍《浣紗》、梅禹金《玉合》，當與《琵琶》、《西厢》分路揚鑣。若湯若士之《邯鄲夢》、屠緯真之《曇花》，别是傳奇一天地，然識者有患其才多之議。《裴淑英記》，彤管流馨，足風閫德。《彩毫》、《紫釵》、《南柯》三傳，俱出屠、湯手筆，而往往以學問爲長，徒令人驚雕繢滿眼耳。《虎符》亦屬張伯起作，而風致視四本大相懸絶，自是詞曲第二流之佳者。《幽閨》爲元人曲，淡而絶真。他如《明珠》、《繡襦》、《投筆》、《四節》、《紅梅》、《葛衣》、《玉環》、《玉玦》，點綴俱不入俗。《玉簪》幾于淫矣，而措詞亦有可觀。此外新聲如林，吾無暇概及矣。』

《繡襦記》中《鵝毛雪》一折，皆乞兒家常口頭語，鎔鑄渾成，不見斧鑿痕迹，可與古詩《孔雀東南飛》、《唧唧復唧唧》並驅。沈寧庵謂此爲元人筆，非鄭虚舟所能辦也。然元人《鄭元和》雜劇無此曲。

吴石渠十二三時，便能填詞。《一種情》傳奇乃其幼年作也，恐爲父呵責，托名粲花。粲花者，其司書小隸也。今所傳者四種：《療妬羹》、《畫中人》、《西園記》、《緑牡丹》。

務頭者，南北同法。苟遇緊要字句，須揭起其音而宛轉其調，如俗所謂『做腔』處，每曲或一句，或二三句，每句或一字，或二三字，即是務頭。宜施俊語，否則便爲『不分務頭』，非曲所貴。見《九宫譜定》諭説。《曲藻》云：『作詞之法：一、造語，二、用事，三、用字，四、陰陽，五、務頭，六、對偶，七、末句，八、去上，九、定格。』解務頭云：『要知某調、某句、某字是務頭，可施俊語于上。楊用修乃謂務頭是「部頭」，可發一笑。』

《古杭夢遊録》云：『唱賺：在京師只有「纏令」、「纏達」，中興後張五牛大夫遂撰爲「賺」。「賺」者，「悞賺」之意，令人正堪美聽，不覺已至尾聲。』

吾友談星符名泰，江寧人，乾隆丙午舉人，深于音律之學。生平愛《牡丹亭》，詳爲注釋。嘗語余曰：『《冥判》一齣用胡判官，蓋釋典中八月判官姓胡；杜小姐八月死，故用此也。』

《熙朝名劇》三種：《芙蓉樓》、《廣寒香》、《易水歌》。《芙蓉樓》題『雙溪鷹山填詞』，《廣寒香》題『蒼山子編』。

吾鄉徐又陵，號坦庵，填詞入馬東籬、喬夢符之室，所作有《大轉輪》、《買花錢》、《拈花笑》、《浮西施》、《胭脂虎》、《珊瑚鞭》、《九奇逢》。《詞評》云：『宋高宗在德壽宮，遊聚景園，偶步入一酒肆，見素屏有俞國寶書《風入松》一詞，嗟賞之。誦至「明日重携殘酒，來尋陌上花鈿」，曰：「未免酸氣！」改「明日重扶殘醉」，仍即日予釋褐。』坦庵《買花錢》雜劇本此。

《兩紗》雜劇，題元成子作。一爲《紅紗》，謂試官閲卷，紅紗照眼也；一爲《碧紗》，本唐王播木蘭院故事也。《紅紗》中試『若耶美人曉起梳頭詩』，主司之式，要翻空，取言外之神。故天字號秀才以『徵實描寫』被斥，地字號秀才以『筆意虛寫』見賞，脱盡應試科諢。毛西河作《來元成墓志銘》云：『君諱集之，字元成。自爲志云：「予所著有某書及雜劇之《兩紗》、《秋風三疊》而已。」案：《兩紗》、《三疊》，史志皆不載，顧予知君事。君以崇禎己巳赴童試，縣斥之，粘其文於門。庚午再試，再斥之。然而府試拔第一。時年二十七，始附學。于是作《兩紗劇》：一《紅紗》，謂以紗幛目眯五色也；一《碧紗》，則紗蒙其舊所爲詩，貴與賤易觀也。夫通塞之難憑如此！』

山水隣《四大癡》傳奇：《酒癡》爲姜應詔得不義之財，遂以酒敗家；《色癡》爲莊子扇墳，其妻劈棺事；《財癡》爲臭盧員外一文錢事；《氣癡》爲黄巢以不第造反事。《酒癡》，一名《酒懂》，爲武林李逢時撰。《一文錢》亦刻《名家雜劇》中，稱『破慳道人作』。《如是我聞》云：『吴雲巖家扶箕，其仙稱「邱長春」。一客問曰：「《西遊記》果仙師所作以演金丹奥旨乎？」曰：「然。」又問：「仙師作書于元初，其中祭賽國之『錦衣衛』，朱紫國之『司禮監』，滅法國之『東城兵馬司』，唐太宗之『大學士』、『翰林院』、『中書科』，皆同明制，何也？」』按：邱長春，登州棲霞人。元太祖自奈蠻國遣侍臣劉仲禄召詣行在，自東而西，故有《西遊記》，非演義之《西遊記》。演義之《西遊記》，本唐元奘《西域志》。白馬馱經，松枝西指，亦有所本；若猿、龍等，則《目連救母》戲中亦有之。今揆作者之意，則亦老于場屋者憤鬱之所發耳。黄袍怪爲奎宿所化，其指可見。尤西堂《鈞天樂》，奎星始扮鬼狀，如繪畫塑像形；後則白面扮之，稱『奎星之位，向爲鬼奪』，與《西遊記》黄袍怪用意正同。

《茶餘客話》云：『舊志稱：「吴射陽性敏多慧，爲詩文，下筆立成，復善諧謔。所著雜記幾種，名震一時。」今不知雜記爲何名，惟《淮賢文目》載先生撰《西遊通俗演義》。是書明季始大行里巷，細人皆樂道之，而前此亦未之有聞。世稱爲「證道書」，有合金丹大旨。』按：射陽去修志時不遠，未必以世俗通行之小説移易姓氏，其説當有所據。觀其中方言、俚語，皆淮之鄉音街談，巷弄市井童孺所習聞，而他方有不盡然者，其出淮人之手尤無疑。然此特射陽遊戲之筆，聊資村翁童子之笑謔；必求得修煉秘訣，亦鑿矣。

吴興董説，字若雨，後爲僧，號月涵。每一出遊，有書五十擔隨之。著《西遊補》一書，俱言孫悟空夢遊事。鑿天、驅山，出入莊老，而未來世界，曆日先晦後朔，尤奇。

《鬧門神》雜劇，爲茅僧曇孝若撰，謂除夕夜新門神到任，舊門神不讓相争也。曲中《紫花兒序》云：『誰將俺畫張紙裝的五彩？冷面皮意氣雄赳，堅劍眉闊口髹鬣；手擎著加冠進爵，刀斧彭排。奇哉！剛買就遍街人驚駭，盡道俺：龎兒古怪，滿腹精神，倜儻胸懷。』《金蕉葉》云：『俺且眼偷瞧桃符好乖。那戴頭盔將軍忒呆，只你幾年上都剥落了顔色，甚滋味全無退悔？』《小桃紅》云：『少不得將苕帚兒刷去塵埃，把舊門神摔碎，扯紙條兒滿地踹，化成灰。非俺没面情挈帶，只你風光過來，威權頹齗，到今日回避也應該。』

鄭西神，名瑜，有《汨羅江》、《黄鶴樓》、《滕王閣》三種。《黄鶴樓》末《收江南》一曲，柳問吕答，與徐文長《翠鄉夢》末同。《滕王閣》則全以王子安一序作曲。《汨羅江》則以《離騷》經作曲，讀原文一段，歌曲一段，立格甚奇，得未曾有。

《義俠》、《水滸》二傳，本施耐庵《水滸》小説，而施耐庵則本《宣和遺事》。其略云：朱勔運花石綱，分差楊志、李進義、林冲、王雄、花榮、柴進、張青、徐寧、李應、穆横、關勝、孫立十二人爲指使，搬運花石至京。楊志在潁州待孫立不來，貧餓，賣所佩刀，與惡少交口。志殺之，配衛州軍城，孫立等十一人于黄河岸上劫往大行山爲盗。又宣和二年五月，北京留守梁師寶以十萬貫金珠珍寶，使縣尉馬安國齎至京，爲蔡太師壽。至五花營堤上歇凉，遇大漢八人，有擔酒者，縣尉與衆買飲，被迷，失去所齎物。獲其酒桶，訴于知縣尹大諒。尹驗酒桶，上有『酒海花家』四字。捉事人王平捉花家名約者，付吏張大年勘問，花約供云：『三日前午時，有大漢八人來我家裏喫酒，道是往嶽廟燒香，借去此桶。八人爲首者鄆城縣石碣村晁蓋，帶領吴加亮、劉唐、秦明、阮進、阮通、阮小七、燕青等。』即下鄆城縣根捉。其押司宋江夜走報，晁蓋逃去，邀約楊志等往梁山濼爲盗。思宋押司之恩，使劉唐以金釵酬謝。宋江以釵予妓女閻婆惜，告以來歷。值因父病，給假歸家，遇捕魚人杜千、張岑與索超、董平飲酒。平因不獲晁蓋被杖，超故爲盗者。宋作書送四人于梁山濼晁蓋處入夥。已而父病愈，入城，至閻婆惜家，見閻女與吴偉打暖，憤取刀殺兩人而題其壁。巡檢王成帥大兵弓手至宋家莊上捉江，江走入屋後元女廟，于案上得一卷文書，寫云：『破國因山木，兵刀用水工。一朝充將領，海内聳威風。』又列三十六人：智多星吴加亮、玉麒麟李進義、青面獸楊志、混江龍李海、九紋龍史進、入雲龍公孫勝、浪裏白條張順、霹靂火秦明、活閻羅阮小七、立地太歲阮小五、短命二郎阮進、大刀關必勝、豹子頭林冲、黑旋風李逵、小旋風柴進、金鎗手徐寧、撲天雕李應、赤髪鬼劉唐、一直撞董平、插翅虎雷横、美髯公朱同、神行太保戴宗、賽關索王雄、病尉遲孫立、小李廣花榮、没羽箭張青、没遮攔穆横、浪子燕青、花和尚魯智深、行者武松、鐵鞭呼延綽、急先鋒索超、拚命三郎石秀、火船工張岑、摸著雲杜千、鐵天王晁蓋。後一行云：『天書付天罡院三十六員猛將，使呼保義宋江爲帥，廣行忠義，殄滅奸邪。』江乃同朱同、雷横、李逵、戴宗、李海奔梁山濼上。時蓋已死，遂以江爲首，殺牛大會。吴加亮稱晁蓋臨終時言：『政和年間，夢寨上得三十六數。若果應數，須助行忠義，衛護國家。』宋江言：『今會中但少三人，乃花和尚魯智深、一丈青李横、鐵鞭呼延綽。』于是劫掠州縣，攻奪淮陽、京西、河北三路二十四州八十餘縣。朝廷命呼延綽爲將，領投降海賊李横等出師收捕，屢戰屢敗。朝廷督責甚嚴，呼延綽、李横乃叛投江。江喜三十六人已足，遂往朝東嶽，賽取金爐心願。張叔夜招誘歸順，朝廷各授武功大夫，分注諸路巡檢使。後遣收方臘，有功，封節度使。

周密《癸辛雜識》載龔聖與所作《宋江等三十六贊》，聖與序云：『宋江事見于街談巷語，不足采著。雖有高如、李嵩輩傳寫，士大夫亦不見黜。余年少時壯其人，欲存之畫贊，以未見信書載事實，不敢輕爲。及異時見《東都事略》中載侍郎《侯蒙傳》，有書一篇，陳制賊之計，云：「宋江以三十六人横行河、朔，京東軍官數萬，無敢抗者，其才必有過人，不若赦過招降，使討方臘，以此自贖，或可平東南之亂。」余然後知江輩真有聞于時者。于是即三十六人，人爲一贊，而箴體在焉。』其所列三十六人，與《宣和遺事》小異：智多星吴加亮作吴學究，玉麒麟李進義作玉麒麟盧俊義，赤髮鬼劉唐作尺八腿，大刀關必勝作關勝，船火工張岑作船火兒張橫，没羽箭張青作張清，急先鋒索超作先鋒索超，金鎗手徐寧作金鎗班，短命二郎阮進作短命二郎阮小二，混江龍李海作李俊，賽關索王雄作楊雄；無入雲龍公孫勝、豹子頭林冲、一丈青張横，而有兩頭蛇解珍、雙尾蝎解寶。又《宣和遺事》三十六人不數宋江，此則連宋江爲三十六。在宋時所傳聞，異詞已如此。《宋史》于宣和三年書：『淮南盜宋江等犯淮陽軍，又犯京東、江北，入楚海州界，命知州張叔夜招降之。』又于是年書：『忠州防禦使辛興宗擒方臘于清溪。』《張叔夜傳》言『宋江降』而不言降後之事。《侯蒙傳》亦載其疏『詔宋江平方臘』語，而不詳其允否。則當時用蒙議，命張叔夜降之，使隸辛興宗平方臘于清溪，未可知也。史書：『建炎二年十二月，金人犯㳍南府，守臣劉豫以城降。』《劉豫傳》云：『金人攻㳍南，遣人説豫，豫殺守將關勝，率百姓降金。』關勝即大刀關勝耶？則已爲守將，非以功進秩歟？而爲豫所殺，則忠義以衛國家者，信矣。元人劇中多及宋江事：李致遠《風雨還牢末》劇中有宋江、劉唐、李逵、史進、阮小五五人，康進之《李逵負荆》劇中有宋江、吴學究、魯智深、李逵四人，李文蔚《燕青博魚》劇中有宋江、吴學究、燕青三人，無名氏《争報恩三虎下山》劇中有宋江、關勝、徐寧、花榮四人，皆三十六人贊中所有。高文秀作《黑旋風雙獻功》劇，宋江白云：『某，姓宋，名江，字公明，綽號及時雨。幼年爲鄆城縣司吏，因帶酒殺了閻婆惜，脊杖六十，迭配江州牢城，經過梁山濼，晁蓋救某上山。晁蓋因三打祝家莊身亡，衆拜某爲頭領。聚三十六大夥，七十二小夥。』施耐庵《演義》有一百八人及打祝家莊、配江州等事，蓋本此。又《録鬼薄》，高文秀雜劇《黑旋風雙獻頭》外，又有《黑旋風詩酒麗春園》、《黑旋風大鬧牡丹園》、《黑旋風敷衍劉耍和》、《黑旋風鬥雞會》、《黑旋風窮風月》、《黑旋風喬教學》、《黑旋風借屍還魂》；楊顯之有《黑旋風喬斷案》；紅字李二雜劇有《病楊雄》、《板踏兒黑旋風》、《折擔兒武松打虎》三種；康進之《李逵負荆》外，又有《黑旋風老收心》一種。《甕天脞語》載：『宋江潛至李師師家，題一詞于壁，云：「天南地北，問乾坤何處可容狂客？借得山東烟水寨，來買鳳城春色。翠袖圍香，鮫綃籠玉，一笑千金值。神仙體態，薄倖如何消得！想蘆葉灘頭，蓼花洲畔，皓月空凝碧。六六雁行連八九，只待金雞消息。義胆包天，忠肝蓋地，四海無人識。閒愁萬種，醉鄉一夜頭白。」』見《升庵詞品》所引。

王昭君事，見《漢書》。《西京雜記》有誅畫工事。元、明以來，作昭君雜劇者有四家。馬東籬《漢宫秋》一劇，可稱絶調，臧晋叔《元曲選》取爲第一，良非虚美。但《西京雜記》謂王嬙自恃容貌，不肯與工人，乃醜圖之。工人不專指毛延壽。所誅畫工，延壽而外，又有安陵陳敞，新豐劉白、龔寛，下杜陽望、樊育，同日棄市。東籬則歸咎毛延壽一人。又本青冢事，謂昭君死于江，而以元帝一夢作結。薛旦反此，作《昭君夢》，則謂已嫁單于，而夢入漢宫也。惟陳玉陽《昭君出塞》一折，一本《西京雜記》，不言其死，亦不言其嫁，寫至出玉門關即止，最爲高妙。尤西堂作《弔琵琶》，前三折全本東籬，末一折寫蔡文姬祭青冢，彈《胡笳十八拍》以弔之，雖爲文人狡獪，而別致可觀。元人張時起有《昭君出塞》劇，今不傳。

陳玉陽《文姬入塞》一折，南山逸史亦作《中郎女》雜劇，曹瞞不用粉面，以外扮，亦取其片善之意。

《江湖紀聞》云：『檜既殺武穆，向靈隱祈禱，有一行者亂言譏檜。檜問其居址，僧有「家在東南第一山」之句，檜令隸何立物色。立至宫殿，見僧坐決事。立問，答曰：「地藏王決檜殺岳飛事。」卒引檜至，身荷鐵枷，囚首垢面，呼告曰：「東窗事發矣。」』《邱氏遺珠》云：『有方士伏章，見檜與万俟卨俱荷鐵枷。檜囑方士曰：「傳語夫人，東窗事發矣。」』《湖壖雜志》云：『秦檜遇風僧于冷泉亭事，不載乘志，余于《鴻書》見之，亦非無因之説。至今厨中秦檜齋僧鍋尚存。』秦徵蘭《宫詞》注云：『天啓時，上設地炕于懋勤殿。御宴演戲，嘗演《金牌記》，至風魔和尚罵秦檜，魏忠賢趨匿壁後，不欲正視。』《點鬼簿》：『孔文卿有《秦太師東窗事犯》劇，金仁傑亦有之，惜不傳。』

黄醒狂有《陌花軒雜劇》，凡十折：曰《倚門》，四折；《再醮》，一折；《淫僧》，一折；《偷期》，一折；《督妓》，一折；《孌童》，一折；《懼内》，一折。皆舉市井敝俗，描摹出之。

武進蔣孝廉調，號竹塘，每日持《穢迹金剛咒》。咒云：『唵甕咈必咶哇啒孤吽利摩訶鉢般囉若摩訶鉢囉很恨那把嘚戲吻奴汁則吻醯嘻摩尼微咭既微摩那丫棲唵暗斫夕急雞那奴烏深暮摩崛孤啤利吽哄吽吽泮泮泮吽吽莎訶。』萬紅友作《空青石》傳奇，内有穢迹金剛登場，即念此咒。紅友又有《風流棒》第一齣荆茶郎登場，携考具，衣青氊，作鄉試入闈狀，此從來未有者。

徐文長本古樂府《木蘭歌》，演爲《雌木蘭》雜劇，與《狂鼓史》、《翠鄉夢》、《女狀元》爲《四聲猿》。然《木蘭歌》不詳木蘭之所終，而徐文長則有『王郎成親』之科白。考《商邱志》，有孝烈將軍祠，在城東南營郭鎮北，一名木蘭祠。元人侯有造作《孝烈將軍祠像辨正記》云：『將軍魏氏，本處子，名木蘭，亳之譙人也。世傳：可汗募兵，孝烈痛父耄羸，弟妹皆稚騃，慨然代行。服甲冑鞬櫜，操戈躍馬，馳神攻苦，鈍剉戎陣，膽氣不少衰，人莫窺非男也。歷年一紀，交鋒十有八戰，策勛十二轉。天子喜其功勇，授以尚書。隆寵不赴，懇奏省親。擁兵還譙，造父室，釋戎服，復閨妝，舉皆驚駭，咸謂自有生民以來，蓋未見也。以異事聞于朝，召復赴闕。欲納宫中，將軍曰：「臣無媲君禮制。」以死誓拒之。勢力加迫，遂自盡，所以追贈有「孝烈」之謚也。至治癸亥冬，歸德幕府官孫思榮來自完州，附郡儒韓彦舉所述《完志》，謂：古完廟貌凡五，今所存者四。歲遇四月八日，有司率耆士邦民，大享祀此。故太子贊善劉廷直所撰完碑：「睢陽郡南東距八十里曰營郭，即古亳方域，孝烈之故墟也，亦建祠像。土人亦以四月八日致祭，乃將軍生朝，沿習古老之云也。元統甲戌，曲陽梁君思温、尹睢陽力贊，耆老湯德等捐己財，礱石備工。」歸德府倅中山馬公德麟謂余言：「將軍家廟居完城東者，所謂五廟之一，孝烈遺骸安厝此。家距吾家九十里。其廟刊木爲像，烏帽紅顔，服紫腰金，神目電灼，儼然如在其上。遇旱澇，有禱即應。邦人輦致降神，盤桓水面，驅人風飛。吾目擊顯靈如此。」又云：「《木蘭詩》惟先尊縉山先生家藏。宋儒陳仁、王德翁《詩統》，列于隋詩之下。此詞唐朔方節度使韋元甫始得于民間。可汗之稱，始自突厥。突厥世居朔塞，將軍譙人，譙即今亳州也，校彼去此，何啻數千里之遥？詩稱『點兵』、『問欲』，皆云『可汗』。遍考國史，隋恭帝義寧，突厥立劉武周爲定陽可汗；立梁師都爲始畢可汗，國號梁，改元永隆，師都乃迎突厥居河南之地，故此境之兵稱隸可汗之繇也。」又云：「孝烈追贈，乃唐之謚；贊咏詩什，杜牧之首倡。决以將軍之爲隋人。」[二]按：此考辨精確，而所傳木蘭之烈，則未嘗適人者；傳奇雖多謬悠，然古忠、孝、節、烈之迹，則宜以信傳之。因文長有『王郎成親』之科白，而詳之于此。

《樂府雜録》云：『明皇朝，有韋青，本是士人，嘗有詩：「三代主綸誥，一身能唱歌。」官至將軍。開元中，内人有許和子者，本吉州永新縣樂家女也，選入宫，即以永新名之，籍于宜春院。既美且慧，善歌，能變新聲。明皇嘗獨召李謩吹笛逐其歌，曲終管裂，其妙如此。一日，賜大酺于勤政樓，觀者數千，萬衆喧嘩聚語，莫得魚龍百戲之音。上怒，欲罷宴。高力士請：「命永新出樓歌一曲，必可止喧。」上從之。永新乃撩鬢舉袂，直奏曼聲，至是廣場寂寂，若無一人。洎漁陽之亂，六宫星散，永新爲一士人所得。韋青避地廣陵，日夜憑闌于上河之上，忽聞舟中奏《水調》者，曰：「此永新歌也！」乃登舟，與永新對泣久之。青始亦晦其事。後士人卒，與其母之京師，竟殁于風塵。』此一事也。又云：『大曆中有才人張紅紅者，與其父歌于衢路匄食，過將軍韋青所居，在昭國坊南門里。青于街牖中聞其歌者喉音寥亮，仍有眉首，即納爲姬。其父舍于後户，優給之。乃自傳其藝，穎悟絶倫。嘗有樂工自撰歌，即古《長命西河女》也，加減其節奏，頗有新聲，未進聞，先侑歌于青。青召紅紅于屏風後聽之，紅紅乃以小豆數合記其拍。樂工歌罷，青入問紅紅何如，云：「已得矣。」青出云：「有女弟子久曾歌此，非新曲也。」即令隔屏風歌之，一聲不失。樂工大驚異，遂請相見，云：「此曲先有一聲不穩，今已正矣。」尋達上聽。翌日，召入宜春院，寵澤隆異，尋爲才人。一日，内史奏：「韋青卒。」上告紅紅，乃咽嗚奏云：「妾本風塵匄者，一旦老父死，有所歸，致身入内，皆自韋青。妾不忍忘其恩。」乃一慟而絶。上嘉嘆之，即贈昭儀。』此又一事也。汪廷訥作《廣陵月》雜劇，以張紅紅、許永新爲一人，名爲張永新，又以樂工爲李龜年。

杜牧之《竇烈女傳》云：『竇氏，小字桂娘。父良，建中初爲汴州户曹掾。李希烈破汴州，使甲士取桂娘以去。將出門，顧其父曰：「慎無戚。必能滅賊，使大人取富貴于天子。」桂娘既以才色在希烈側，復能巧曲取信，凡希烈之密，雖妻子不知者，悉皆得聞。希列歸蔡州，桂娘謂希烈曰：「忠而勇，一軍莫如陳先奇。其妻竇氏，先奇寵且信之，願得相往來，以姊妹叙齒，因徐説之，使堅先奇之心。」希烈然之。桂娘因以姊事先奇妻。嘗間曰：「爲賊凶殘不道，遲晚必敗，姊宜早圖遺種之地。」先奇妻然之。興元元年，希烈暴死，其子不發喪，欲盡誅老校以俾少者代之。計未決，有獻含桃者，桂娘白希烈子，請分遺先奇妻，且以示無事于外。因爲蠟帛書，曰：「前日已死，殯在後堂。欲誅大臣，須自爲計。」以朱染帛如含桃，先奇發丸見之，言于薛育，各以所部譟于牙門，請見希烈。希烈子迫出，拜曰：「願去僞號，一如李納。」先奇曰：「爾父悖逆，天子有命。」因斬希烈及妻子，函七首以獻，暴其尸于市。後兩月，吳少誠殺先奇，知桂娘謀，因亦殺之。』張來宗本此作《櫻桃宴》雜劇，然必謂桂娘扮男子爲希烈內官，蓋諱其爲賊寵耳。然桂娘自是息夫人一流，杜牧以權、智、烈贊之，是也。《唐書》稱『李希烈爲先奇毒藥死』，雜劇有『陳山甫進丸藥』科白，本此。

江東樂勝道人作《長命縷》傳奇，演單符郎與邢春娘重逢故事，本宋王明清《摭青雜説》。但春娘已落倡家作妓，而傳奇則有《懷貞》等齣，此亦勸善維持風俗之一端，固不必其事之實耳。按《雨村詩話》：江夏崔拙圃應階客東京時，亦本此事作《烟花債》傳奇，盛行於時。

紀伯紫見周樹所作《馮歡市義》雜劇，攫之行，曰：『合肥龔宗伯病渴甚，余戒其讀書，屏一切圖籍。然所以袪宗伯疾者，其在此書矣。』宗伯得而讀之，果霍然已，以謂孔璋之檄，能愈頭風，不是過也。事見《此木軒雜著》。

周延儒被召，阮大鋮以家優來演自所作《賜恩環》傳奇，跪泣求昭雪。延儒以『逆案難翻，而君意中人爲誰？』大鋮以馬士英對，遂于戍籍薦起爲鳳陽總督。事見《流寇長編》。

《謨觴閣破愁》四劇，周元公作，謂酒、色、財、氣也。沈湎者，酒化血；宣淫者，女化骷髏；慳吝者，銀化紙錠；健訟、行賄者，囚化木。事可解頤，詞頗醒世。

《吟風閣雜劇》中有《寇萊公罷宴》一折，淋漓慷慨，音能感人。阮大中丞巡撫浙江，偶演此劇，中丞痛哭，時亦爲之罷宴。蓋中丞亦幼貧，太夫人實教之；阮貴，太夫人久已下世，故觸之生悲耳。

《齊東野語》云：『三山蘇大璋，治《易》有聲。戊午鄉舉，夢爲第十一人，數爲人言之，以爲必如夢告。既試，將揭榜，同經人訴于郡，謂其「自許之確如此。必將與試官有成約。萬一果然，乞究治之」。及申號，至十一名，果《易》也。帥携此狀入院，遍示考官，謂：「設如此言，諸公將何以自解？不若以待補首卷易之。」衆皆以爲然。既折號，則自待補爲正解者，大璋也；由正解而易爲待補者，乃投牒之人也。』夏惺齋作《廣寒梯》，本此。

王澹人工詞曲，所著有《焚券記》、《太平園》、《吉慶釵》三種，皆寓微意。而《焚券》尤佳，曾在京集諸人陶然亭演之。

閨媛填傳奇，古人所少。長安女史王筠，幼閲書，以身列巾幗爲恨。嘗撰《繁華夢》傳奇，自抒胸臆。以女人王氏登場，生于二齣始出，六變例也。以上二條，出《雨村詩話》。

葉憲祖，字美度，別號六桐，明萬曆己未進士，生平至處在填詞。一時玉茗、太乙，人所膾炙，而粉筐黛器，高張絶絃，其佳者亦是搜牢元人成句。公古澹本色，街談巷語，亦化神奇，得元人之髓。如《鸞篦》，借賈島以發二十餘年公車之苦，固有明第一手。吴石渠、袁令昭，詞家名手。石渠院本求公詆訶，然後敢出。令昭，則檞園弟子也。花晨月夕，徵歌按拍，一詞脱稿，即令伶人習之，刻日呈伎，使人猶見唐、宋士大夫之風流。檞園，公填詞別號也，見黄梨洲作《外舅廣西按察使六桐葉公墓誌銘》。

劇説卷六

澗房《蛾術堂閒筆》云：『杭有女伶商小玲者，以色藝稱，於《還魂記》尤擅場。嘗有所屬意，而勢不得通，遂鬱鬱成疾。每作杜麗娘《尋夢》、《鬧殤》諸劇，真若身其事者，纏綿淒婉，淚痕盈目。一日演《尋夢》，唱至「待打併香魂一片，陰雨梅天，守得个梅根相見，盈盈界面」，隨聲倚地。春香上視之，已氣絶矣。臨川寓言，乃有小玲實其事耶？』

陸次云略通判撫州，半載挂冠，重建玉茗堂于故址。落成，大宴郡僚，出吳兒演《牡丹亭》雜劇二日，解纜去。四方名士，爲賦詩紀之。王漁洋詩云：『落花如夢草如茵，弔古臨川正暮春。玉茗又聞風景地，丹青長憶綺羅人。瞿塘回櫂三生石，迦葉聞筝累劫身。酒罷江亭帆已遠，歌聲猶繞畫梁塵。』

江斗奴演《西廂記》於句欄，有江西人觀之三日，登場呼斗奴曰：『汝虚得名耳！』指其曲謬誤，并科段不合者數處。斗奴恚，留之。乃約明旦當來。而斗奴不測，以告其母齊亞秀。明旦，俟其來，延坐，告之曰：『小女藝劣，勞長者賜教。恨老妾瞽，不及望見光儀。雖然，尚有耳在，願高唱以破哀愁。』客乃抱琵琶而歌。方吐一聲。亞秀即曰：『乞食漢非齊寧王教師耶，何以紿我？』顧斗奴曰：『宜汝不及也。』客亦大笑。命斗奴拜之。留連旬日，盡其藝而去。

一貴官爲母稱觴，演《辭朝》。始以爲曲文完美。伶人唱至『母死王陵歸漢朝』，忽怵然，遂當場易以『母在華堂兒在朝』七字，主人大悦，一時名重。今梨園盡宗此，殊不知改者一時權變，其本文固自妙耳。

《曠園雜志》云：『錢唐周通政詩，以嘉靖己酉領解浙闈，年才二十一。榜前一夕，人皆争踏省門候榜發，周獨從隣人觀劇。漏五下，周登場歌《范蠡尋春》。門外呼「周解元」者聲百沸，周若弗聞。歌竟下場，始歸。又龍游余太史恂，順治辛卯發解時，亦登場演《蔡邕别親》一齣，觀者謂蔡解元雖僞造，余已爲之兆也。』

《蕭齋日記》云：『赴龍幼玉山人招，供頓清饒，劇演《繡襦》。我輩消受一夜，不知山人忙却幾晝矣。座中楊邦彦，年六十餘，欲揮數百金買歌伎，自嘆「生死無常，爲歡幾何」。陳焕宇先生已及耋矣，每咏「可惜歡娱地，都非少壯時」，凄然久之。』

《筠廊偶筆》云：『袁籜庵于令以《西樓》傳奇得盛名，與人談及，輒有喜色。一日，出飲歸，肩輿月下過一大姓門，其家方燕客，演《霸王夜宴》。輿人曰：如此良夜何不唱「繡户傳嬌語」？籜庵狂喜，幾墮輿。』

宋景文公會賓客於廣厦中，外設重幕，内列寶炬，名曰『不夜天』。相傳阮大鋮長日演劇，亦用此法。阮所著傳奇有《牟尼合》、《忠孝環》、《桃花笑》、《井中盟》、《獅子賺》、《燕子牋》、《春燈謎》、《雙金榜》。《西陂類稿》云：『侯朝宗與貴池吴應箕、宜興陳貞慧善。阮大鋮者，故魏閹義兒，屏居金陵，謀復用。諸名士共爲檄，檄大鋮罪，應箕、貞慧實主之。大鋮愧且恚，然度無可如何。詗知朝宗與二人者相厚善也，私念得結交侯生，因侯生以結交於二人，事當已。乃屬其客，陰交歡朝宗。朝宗覺之，謝客不與通。而大鋮家故有伶一部，以聲伎擅名，能歌所演劇號《燕子箋》者。會諸名士以試事集金陵，朝宗置酒高會，趣徵阮伶。大鋮心竊喜，立遣伶往，而使他奴詗之。方度曲，四座互稱善。奴走告，大鋮心益喜。已而抗聲論天下事，箕踞叫呶，語稍及大鋮，遂戟手罵詈不絶口。大鋮聞之，乃大怒，而恨三人者尤刺骨。』

《菊莊新話》云：『王載揚《書陳優事》云：「陳優者，名明智，吴郡長洲縣甪直鎮人也，爲村優净色，獨冠其部中。居常演劇村里，無由至士大夫前，以故城中人罕知之。時郡城之優部以千計，最著者惟寒香、凝碧、妙觀、雅存諸部。衣冠讌集，非此諸部勿觀也。會有召寒香部演劇者，至期而净色偶闕。優之例，凡受值，劇十色各自往。一色或遘疾，或以事不得與，則專責諸司衣笥者，别徵一人以代，謂之『拆戲』。然優人徇名，每名部闕人，亦必更徵諸他名部，無濫拆者。是日也，適諸名部之爲净者胥匆暇再徵，諸次部亦然，司笥者汗面而奔於吴趨之坊，遇相識者具告之。而陳適在城中，相識者因以陳薦。笥者急索其人，則見衣藍縷，携一布囊，貿貿然來，笥者不暇審也，率之急走而已。至演劇家，則衣笥俱舁列兩廂，九色已先在矣。迎問笥者曰：『净已拆乎？今安在？』指陳曰：『此人是也。』群優皆愕眙。凡爲净者，類必宏嗓、蔚跂者爲之。陳形眇小，言復吶吶不出口，問以姓氏、里居及本部名，又俱無人識者。于是群詬笥者。陳弗敢置喙，默坐于衣笥，而置其布囊于旁。少頃，群優飯于廂。禮必遜拆色先坐，群優勿陳遜。笥者曰：『爾亦就坐共飽。』陳勿應。未幾，堂上張明燈，報客齊。主人安席訖，請首席者選劇，則《千金記》也。净色當演項王，爲《千金》要色，其嗚咽咄咤，轟霍騰擲，即名優頗難之，于是笥者亦惴恐。而闔部之鶻者、徠者、參軍者、狐旦者、弦管者、主檀板者、鳴鉦鼓者，環叩陳于衣笥前曰：『君能演楚霸王否？第以實告，吾等當共籲主人翁，諷客易他劇。笥人許君貲若干，明當悉與汝，勿汝吝也。』陳乃起曰：『固常演之，勿敢自以爲善。』衆曰：『若是，且速汝裝！』陳始胠其囊，出一帛抱肚，中實以絮，束于腹，已大數圍矣；出其鞾，下厚二寸餘，履之，軀漸高；援筆攬鏡，蘸粉墨，爲黑面，面轉大。群優乃稍釋，曰：『其畫面頗勿村！』既而兜鍪繡鎧，横稍以出，升氍毹，演《起霸》齣。《起霸》者，項羽以八千子弟渡江故事也。陳振臂登場，龍跳虎躍，傍執旗幟者咸手足忙蹙而勿能從；聳喉高歌，聲出鉦鼓鐃角上，梁上塵土簌簌墮肴饌中。座客皆屏息，顔如灰，静觀寂聽，俟其齣竟，乃更哄堂笑語，嗟嘆以爲絶技不可得。陳至廂，衆方驚謝，忽以盥水去粉墨，曰：『某止能爲此齣，恐敗君部名，勿敢竟矣。』于是鶻者、徠者、參軍者、狐旦者、弦管者、主檀板者、鳴鉦鼓者共告曰：『吾等負罪深矣，明當謝過。』陳乃竟其劇。明日，闔部醵金置酒爲陳壽，坐陳上座，固請其舍村部以就之，而却其故净。自此，陳遂爲寒香班净，復冠其部中，聲稱士大夫間。以其來自甪直也，謂之『甪直大净』云。居久之，聖祖南巡，江蘇織造臣以寒香、妙觀諸部承應行宫，甚見嘉獎。每部中各選一二三人，供奉内廷，命其教習上林法部，陳特充首選。越二十年，陳净以年老，乞骸南返，賜七品冠服。瀕行，請建普濟堂于吴之虎邱之半塘，上允其請，且預給『普濟群黎』扁額，載之以歸。大吏及薦紳皆助之，輸鏹、施田者恐後。陳用是更獲名，謂之『陳善人』。庚子秋，余偶至郡城，值陳于閶門友人家，見其須髪皓白，舉止方雅，殊不類優人也。友述其本末如是。」按吴中傳此事爲小金山。小金山者，優之名也，未識即陳否。周采岩言，小金山本吴中名優，出遊多年，落魄而歸。笥者故識之，而群優不知，而共誚其衣貌之不揚。及演項王，始驚異。優之老者曰：「此演法、唱法，非小金山不能，君得毋爲小金山耶？何一貧至此？」答曰：「然。」衆乃矜服。與王載揚傳小異，並記之。』

海鹽有優者金鳳，少以色幸于嚴東樓，晝非金不食，夜非金不寢也。嚴敗，金亦衰老，食貧里中。比有所謂《鳴鳳記》，金又塗粉墨身扮東樓矣。阮大鋮自爲劇，命家優演之。大鋮死，優兒散于他室。李優者，但有客命演阮所演劇，輒辭不能，復語其同輩勿復演。詢其故，曰：『阿翁姓字，不觸起尚免不得人説。每一演其劇，笑罵百端，使人懊惱竟日，不如辭以不能爲善也。』此人勝金鳳遠矣。漁洋云：『金鳳事，較《馬伶傳》更奇。』按：金優何足道，李優有類申文定公家優兒鐵墩，可以愧士大夫之寡廉鮮耻者。《周鐵墩傳》，鄭桐庵作。

侯朝宗《馬伶傳》云：『馬伶者，金陵梨園部也。金陵爲明之留都，梨園以技鳴者無論數十輩，而其最著者二：曰興化部，曰華林部。一日，新安賈合兩部爲大會，遍徵金陵之貴客、文人，與夫妖姬、静女，莫不畢集。列興化于東肆，華林于西肆，兩肆皆奏《鳴鳳》，所謂「椒山先生」者。迨半奏，引商刻羽，抗墜疾徐，并稱善也。當兩相國論河套，西肆之爲嚴嵩相國者曰李伶，東肆則馬伶。坐客乃西顧而嘆，或大呼命酒，或移坐更近之，首不復東。未幾，更進，則東肆不復能終曲。詢其故，蓋馬伶耻出李伶下，已易衣遁矣。馬伶者，金陵之善歌者也，既去，而興化部又不肯輒以易之，乃竟輟其技不奏，而華林部獨著。去後且三年，而馬伶歸，遍告其故侶，請于新安賈曰：「今日幸爲開讌，招前日賓客，願與華林部更奏《鳴鳳》，奉一日歡。」既奏，已而論河套，馬伶復爲嚴嵩相國以出，李伶忽失聲，匍匐前，稱弟子，興化部遂凌出華林部遠甚。其夜，華林部過馬伶，曰：「子天下之善技也，然無以易李伶。李伶之爲嚴相國，至矣，子又安從授之而掩其上哉？」馬伶曰：

「固然，天下無以易李伶，李伶即又不肯授我。我聞今相國某者，嚴相國儔也。我走京師，求爲其門卒，三年日侍相國于朝房，察其舉止，聆其語言，久乃得之，此吾之所爲師也。」華林部相與羅拜而去。馬伶名錦，字雲將，其先西域人，當時猶稱「馬回回」云。』

王弇州《史料》中《楊忠愍公傳略》，與傳奇不合。相傳《鳴鳳》傳奇，弇州門人作，惟《法場》一折是弇州自填。詞初成時，命優人演之，邀縣令同觀。令變色起謝，欲亟去。弇州徐出邸報，示之曰：『嵩父子已敗矣。』乃終宴。

相傳周忠介蓼洲先生初釋褐，選杭州司理，杭人在都者置酒相賀，演岳武穆事。至奸相東窗設計，先生不勝憤怒，將優人捶打而退，舉座驚駭，疑有開罪。明日托友人問故，先生曰：『昨偶不平打秦檜耳。』《極齋雜録》云：『吴中一富翁宴客，演《精忠記》。客某見秦檜出，不勝憤恨，起而捶打，中其要害而斃。衆鳴之官，官憐其義，得從末減。』《蓴鄉贅筆》云：『楓涇鎮爲江、浙連界，商賈叢積。每上巳，賽神最盛。築高臺，邀梨園數部，歌舞達旦。曰：「神非是不樂也。」一日，演秦檜殺岳武穆父子，曲盡其態。忽一人從衆中躍登臺，挾利刃直前，刺檜流血滿地。執縛見官，訊擅殺平人之故，其人仰對曰：「民與梨園從無半面，一時憤激，願與檜俱死，實不暇計真與假也。」』顧彩《髯樵傳》云：『明季吴縣洞庭山鄉有樵子者，貌髯而偉，姓名不著，絶有力，目不知書，然好聽人談古今事。常激于義，出言辨是非，儒者無以難。嘗荷薪至演劇所觀《精忠傳》，所謂秦檜者出，髯怒，飛躍上臺，捽秦檜毆，流血幾斃。衆驚救，髯曰：「若爲丞相，奸似此，不毆殺何待！」衆曰：「此戲也，非真檜。」髯曰：「吾亦知戲，故毆；若真檜，膏吾斧矣！」」

馮南谷，吴門博徒，善詼諧。嘗負博錢十萬，匄貸豪門。時王弇州在座，戲以優人風流帽襲其首，云：『能詩，當如所請。』馮即朗吟：『天下風流少，區區帽上多。髩邊齊拍手，恰似按笙歌。』弇州欣然贈十金，一時座客爲充囊而去。風流帽，亦稱『不倫帽』，圍如束帛，兩旁白翅不摇而自動，惟《白兔記》李洪義、《八義記》欒人戴之。此條見朱季美所作《桐下听然》。又相傳：張幼于門客某欲告貸于幼于，浼其兄伯起爲言。幼于諾之，復曰：『以不倫帽爲題，吟詩一首，能則與。』伯起復于客，客求伯起代作詩。明日，客見幼于，伯起在坐。客言其情，幼于初命題，毫不思索，隨口詩成。幼于曰：『非汝所能。』幾不與。伯起婉言，得如所請。恐即一事而傳聞異耳。

《宦遊紀聞》云：『嘉靖己丑，有遊食樂工乘騎者七人至綿州，未詳何省人。其所携服飾，整潔鮮明，抛戈擲甕，歌喉宛轉，腔調琅然，咸稱有遏雲之態。適余憲副至，舉城士大夫商賈無不忻悦，以爲奇遇，搬作雜劇，連宵達旦者數日，久而情洽。一日，浼衆曰：「今日改作雜劇，以新視聽。」遍索富室，陳列珍玩器具，衣著織金彩服，乃令綿城樂工代司鼓樂。至夜闌人静，催迫鼓樂喧震，作《雞鳴度關》。七人以次入甕，久之寂然。破甕索之，無所得。騙銀至數百兩，惟司鼓樂者枉受刑罰而已。』

張南垣精于壘石，而善滑稽。吴梅村起用，士紳餞之，演《爛柯山》傳奇。至張石匠，伶人以南垣在座，改爲李木匠。梅村以扇确几，曰：『有竅！』哄堂一笑。及演至買臣妻認夫，唱『切莫題起朱字』，南垣亦以扇确几，曰：『無竅！』滿堂爲之愕眙，而梅村失色。事見《黄梨洲文集》。

《板橋雜記》云：『丁繼之扮張驢兒，張燕筑扮賓頭盧，朱維章扮武大郎，皆妙絶。』

李如穀官武昌郡守，荆州曹叔方以所編樂府投之。會李坐黄堂上，立取《梁州序》親自度曲，以扇代拍。時隸役百十輩，皆屏息而聽，寂若無人。歌罷，即出千金贈曹。事見《今世説》。

《古夫于亭雜録》云：『掖縣張大司寇北海忻夫人陳，大學士文安公端母也。張與胡中丞爲姻家。胡故有優伶一部。一日，兩夫人宴會，張謂胡曰：「聞尊府梨園最佳。」胡古樸，不曉文藝，輒應曰：「如何稱梨園，不過老棗樹幾株耳。」同人因號胡氏班爲「老棗樹班」。』

《香祖筆記》云：『兖州陽穀縣西北有冢，俗呼「西門冢」。有大族潘、吴二氏，自稱是西門嫡室吴氏、妾潘氏之族。一日，社會登臺演劇，吴之族使演《水滸記》，潘族謂辱其姑，聚衆大哄，互控于縣令。令大笑，各扑一二人，荷校通衢，硃批曰：「無耻犯人！」然二氏終不悟也。』

順治戊子，有呼優人往鄉演戲者，至其地，已黄昏矣。座上賓主七人，皆峨冠博帶，非時服式。上座者爲楊解元廷樞、徐翰林汧，而主席則上方五通神也，爲次者將納寵而宴客。坐次談及其事，楊公正言力阻。長者曰：『舍弟敢不從命。』即命從人：『唤回迎親人役，不必到某家去矣！』其始，衆皆昏迷。乃大鳴金鑼，宫室人物皆不見，箱在曠野中，急收拾歸。迹至其家，女方大病，倏然而愈。事見《西橋野記》。又《邊州聞見録》云：『康熙初年，有延致伶人者，恍忽引入孟獲城。場上見男婦或無領，又或自揭其首，怪之，乃爲閻羅王及關帝狀，倏忽無所見。歌臺在萬木之顛，皆驚仆。嘔出蟲豸無算，其所與飲食也。』

涵虚子言：『雜劇有十二科：神仙道化、林泉邱壑、披袍秉笏、忠臣烈士、孝義廉節、叱奸罵讒、逐臣孤子、鏺刀趕棍、風花雪月、悲歡離合、烟花粉黛、神頭鬼面。』《雕邱雜録》云：『傳奇十二科，激勸人心，感移風化，非徒作，非苟作，非無益而作也。洪武初年，親王之國，必以詞曲一千七百本賜之。』

《新齊諧》云：『乾隆年間，廣東三水縣前搭臺演戲。一日，演包孝肅斷烏盆，净方扮孝肅坐，見有披髮帶傷人跪臺間作申冤狀，净驚起避之。臺下人相與嘩然，其聲達于縣署。縣令著役查問，净以所見對。令傳净至，囑：「仍如前裝。如再有見，可引至縣堂。」净領命。其鬼果又見，净云：「我僞作龍圖也，不若引汝至縣。」净起，鬼隨之。至堂，令不見鬼，怒欲責净。净見鬼起立外走，以手作招勢。净禀令，令即著净同皂役二名尾之，視往何處。净隨鬼行數里，見入一冢中，冢乃邑中富室王監生葬母處，净與皂將竹枝插地誌之。令乘輿往，嚴訊王監生，生請開墓以明己冤。開未二三尺，見一屍顔色如生。以詰監生，生云：「其時送葬人數百，共觀下土，並無此屍。即有此屍，必不能盡揜衆口，數年來何默默無聞，必待此净方白耶？」令韙其言。復問：「汝視封土畢歸家否？」監生曰：「視母棺下土後，即返家，以後事皆土工爲之。」令曰：「得之矣。速唤衆土工來！」見其狀貌凶惡，喝曰：「汝等殺人事發覺，毋庸再隱！」衆土工大駭服。蓋王監生歸家後，有孤客負囊乞火，利其囊中物，以鋤碎其首，埋王母棺上，加土填之。並無知者。令乃盡致之法。相傳謀命時，衆謂曰：「要得伸冤，除非包龍圖再世。」故藉净扮龍圖來伸冤云。』

《鄉嬛記》云：『絳樹一聲能歌兩曲。二人細聽，各聞一曲，一字不亂。人疑其一聲在鼻。竟不測其何術。』

王思任作《米太僕萬鍾傳》云：『出優童娱客，戲兀术，刀械悉真具，一錯不可知，而公喜以此驚坐客。』吾鄉江蔗畦恂作令清泉時，嘗請禁真刀演戲，云：『一、演戲擅用真刀之悍習，宜嚴禁也。查演戲雖非古禮，然民間迎神、報賽、宴客、娱賓，亦所不禁。第名之曰「戲」，衣冠笑語不必皆真，即遇有鬥武敵愾之劇，刀、鎗、劍、戟，均不過竹木爲質，裹以紙箔，存其形似。乃近日梨園子弟競尚新奇，多有搬演真刀，詡爲絶技，偶或失手，即致傷生。卑職前見邸報内：「四川省蔣天奇扮演蕭氏忤逆父母、破肚抽腸一齣，李榮貴扮鬼卒，持刀向戳，致刀尖誤傷胸膛殞命。」此演戲用真刀傷命之明證也。伏查私藏軍器，本有應禁之條，雖刀鎗不在禁限，但白刃利鋒，視爲兒戲，無論手足疏虞，戕人性命，死者枉遭慘斃，生者復罹重刑，民命所關，固當慎重。且搬演刀鎗類皆敵武之戲，若持此可以殺人之具，明助其凶猛之形，市井浮囂，炫異驚奇，適足以長其悍惡不馴之氣，揆之興感之義，亦有未合。况人心叵測，保無有懷挾私仇，藉此戕害，以妄希矜減者？是更不可不防其漸也。卑職見在出示曉諭，將各戲班内真刀等件，盡行追出銷毁，令其改用竹木，以免意外之虞，不致誤戕人命。如有仍行擅用者，即嚴拿重處。』

帝王聖賢之像不許扮演，律有明條。牛太守翊祖知徐州時，優有扮孔子者，牛立拿班頭重懲之。吾郡江大中丞蘭，每于公宴，見有演扮關侯者，則拱立致敬。嘉慶壬戌，余在京師，拜王君引之太夫人壽，適演劇，優冠珊瑚頂，扮顯貴。副憲陳公嗣龍立命褫去其頂，曰：『名器何可令優伶褻之！』

公宴時，選劇最難。相傳有秦姓者選《琵琶記》數齣，座有蔡姓者意不懌。秦急選《風僧》一齣演之，蔡意始平。歲乙卯，余在山東學幕，試完，縣令送戲，幕中有林姓者選《孫臏詐風》一齣，孫姓選《林冲夜奔》一齣，皆出無意，若互相誚者。主人阮公之叔阮北渚鴻解之曰：『今日演《桃花扇》可也。』懷寧粉墨登場，演《哄丁》、《鬧榭》二齣，北渚拍掌稱樂，一座盡歡。

《見聞録》云：『一梨園子弟腹漸膨大，時轉動，宛如懷孕。一日正演劇，痛甚，下一胞，中有肉長三四寸，似人形。其人以不勝痛楚，卒。』乾隆壬寅、癸卯間，吾邑優人范姓者亦有此事，但未死。事見趙觀察翼《甌北詩集》。

袁中郎云：『今人文字不佳，只爲喜人道好、畏人姍笑耳。昔有禪人爲老衲所姍笑，羞澀不能出一語。次日請益，老衲曰：「汝見登場傀儡乎？」曰：「見。」曰：「汝不及也。」禪者悚然問故，曰：「渠愛人笑，汝畏人笑耳。」』又云：『齊有優娥者，館于泰山之逆旅，龜蒙先生分室而寢。夜半，聞娥謂弟子曰：「予初入排場時，村叟有聚觀者，余面若塗血，心若累石，口嘘嘘不能終折。已遊三街六衢，與諸少年狎，視村叟之觀者蔑如也。又過達人貴官之家，分杯連席，謔浪終日，歸而見市井少年，猶奴隸也。已而入京師，隸籍樂部，出入掖廷，聲遍長安，王侯公子争爲挾箏負琴，視達官貴人猶家鶩庭鳥也。今余又出京十年餘，高賢大士，游公猥賈，閲歷既多，處萬人場有若幽室，籠指撚撥，隨手應歌，盤旋不拘本腔，人無不擊節者。何則？不見己焉耳，不見人焉耳。」』

乾隆二十九年，西洋貢銅伶十八人，能演《西厢》一部。人長尺許，身軀、耳目、手足，悉銅鑄成；其心、腹、腎、腸，皆用關鍵湊接，如自鳴鐘法。每齣插匙開鎖，有一定準程，誤開則坐、卧、行、止亂矣。張生、鶯鶯、紅娘、惠明、法聰諸人，能自行開箱著衣服，儼然如生，惟不能歌耳。一齣演畢，自脱衣卧倒箱中。臨值場時，自行起立，仍上戲毯。見《新齊諧》。

温引年坐李元仲席上，元仲置酒設劇，召賓客四十餘日。引年無所避，然竟不一觀劇。

趙孝子名希乾，字仲易，南豐河東人。家人嘗觀優爲劇，見安安事，即用呼希乾小字安安。

《板橋雜記》云：『嘉興姚壯若，用十二樓船，于秦淮招集四方應試知名之士百有餘人，每船選名伎四人佐酒，梨園一部，燈火笙歌，爲一時盛事。』

李于田縱横聲伎，放誕不羈。女伶登場，至雜伶人中持板按拍。主人知而延之上座，恬然不爲怪。又胡白叔幼而穎異，以狐旦登場，四座叫絶。並見《明詩綜》注。《板橋雜記》言：『沈公憲以串戲見長，同時推爲第一。王式之中翰、王恒之水部，異曲同工。』

周憲王者，定王子，好臨摹古書帖。曉音律，所作雜劇凡三十餘種，散曲百餘，雖才情未至，而音調頗諧。李獻吉《汴中元宵絶句》云：『齊唱憲王新樂府，金梁橋上月如霜。』又牛左史恒詩云：『唱徹憲王新樂府，不知明月下樊樓。』見《曲藻》及《堯山堂外紀》。

《丹鉛録》云：『陳大聲嘗爲武弁，以運事至都門，客召宴集，命教坊子弟度曲侑之。

大聲隨處雌黄，其人拒不服，蓋未知大聲之精于音律也。大聲乃手攬其琵琶，從座上快彈唱一曲，諸子弟不覺駭服，跪地叩頭曰：「吾儕未嘗聞且見也！」稱爲「樂王」。』

元費唐臣有《蘇子瞻貶黄州》傳奇。謝憲使朝鮮，正德初以御史陞浙之憲副。始上任，開宴，優人以前傳奇呈。未幾，謝入覲，以遺『徹宴疏』貶黄州判。見《真珠船》。

李訥尚書夜登越城樓，聞歌曰：『雁門關上雁初飛。』其聲激切。召至，乃去籍之伎盛小叢也，曰：『汝歌何善乎？』曰：『是梨園供奉南不嫌女甥所唱之音，乃不嫌教之。』見《閑居筆記》。

李衮善歌，名動京師。崔昭入朝，密載而至，乃廣延賓客以爲盛會。衮喉轉一聲，衆大驚，曰：『李八郎也！』盛會之名，實本于此。見《徐文長集》。

韓邦奇作其弟邦靖行狀，末云：『恨無才如司馬子長、關漢卿者以傳其事。』吾友葉霜林嘗云：『古人往矣，而賴以傳者有四：一敘事文，一畫，一評話，一演劇。道雖不同，而所以摹神繪色、造微入妙者，實出一轍。』霜林善評話，故有是云。

《亦巢偶記》云：『俗呼薰猪兒爲「俏冤家」，不知何所取，里巷至今傳之。一日，予同一二友至虎邱游行，久之，思飲甚切。然所携杖頭極菲，因思薰猪兒價輕，令僮買之佐酒，不至。一友忽唱云：「俏冤家何時還不到？」衆大噱。按《葦航紀談》云：「閱《烟花記》，冤家之説有六：情深意濃、彼此牽縈、寧死無二，一也；兩情相繫、阻隔萬端、心想魂飛、寢食俱廢，二也；長亭短亭、臨岐分袂、黯然魂銷、悲泣良苦，三也；山遥水遠、魚雁無憑、夢寐相思、柔腸寸斷，四也；憐新棄舊、辜恩負義、恨切惆悵、怨深刻骨，五也；觸景悲傷、抱恨成疾，六也。」余謂冤家，猶呼「奴家」、「哀家」、「咱家」，方言如是，非有義理可尋。』

《已瘧編》云：『丞相胡惟庸畜猢猻十數，衣冠如人，客至則令供茶行酒。能跪拜、揖讓。吹竹笛，聲尤佳。又能執干戚舞蹈。人稱之爲「孫慧郎」。』

何元朗早歲入南都，隨顧東橋游讌，多習舊聞。東橋每宴集，輒用教坊樂，以箏、琶侑觴。當康陵南巡日，樂工頓仁隨駕至北京，得金、元人雜劇。元朗妙解音律，令家中小鬟盡傳之。置酒留賓，恒自度曲。有李節者，善箏歌，元朗品爲教坊第一，于時名彦，賦詩留贈，黄淳父詩所云『十四樓中第一聲』也。其後引歸，海上倭亂，避地青溪，然文酒之會，未嘗廢絲竹。其買宅句云：『一須焦革鄰舍，二要秦青對門。』

唐荆川半醉作文，先高唱《西廂》惠明『不念法華經』一齣，手舞足蹈，縱筆伸紙，文乃成。見《操觚十六觀》。

《露書》云：『琉球居常所演戲文，則閩中子弟爲多。其宫眷喜聞華音，每作，輒從簾中窺。讌天使，恒跪請典雅題目。如《拜月》、《西廂》之類，皆不演；即岳武穆破金，班定遠破虜，亦以爲嫌。惟《荆釵》、《姜詩》、《王祥》之屬，則所常演，每嘖嘖嘆華人之節孝云。』

相傳徐文真之兄少司寇隲假歸，朝貴會送，江陵與焉。酒酣，各乘騎而行。少司寇以扇叩江陵肩云：『去時還有張老來相送。』江陵深銜之。又松江郡守生日，郡紳集賓館稱祝。有一年少太學與座，衆不識，共問之，答曰：『當朝宰相爲岳父。』又金給諫士希，本西域人，失偶再娶，科中相賀曰：『這回好个風流婿。』《諧史》云：『有公會，而分宜子世蕃後至，坐間問曰：「何爲來遲？」世蕃曰：「偶傷風耳。」王元美唱《琵琶》曲曰：「爹居相位，怎説得傷風！」』

崇禎癸巳，吳中諸公子習武，爲江南撫臣朱鑒塘所訐，謂諸公子且反。其贈答詩云：『君實有心追季布，蓬門無記托朱家。』爲謀反確證。給事趙完璧因據以上聞。時三相皆吳、越人，疏請行撫按會勘虛實。有代爲解者，云：『此《拜月》傳奇中陀滿興福投蔣世隆，蔣因有此句。』因取坊間刻本證之，果然。諸公子獄始漸解。按：今本《拜月》，即《幽閨記》，無此兩句。

《曠園雜志》云：『袁籜庵與數客謁合肥公，久之不出，使人報曰：「平昔未相識，不便接見。」袁大不懌。少頃，公出，長揖曰：「從來不認得于叔夜。」舉座絶倒。相傳籜庵在荆州時，某巡道謂曰：「貴府衙中有二聲：棋子聲，唱曲聲。」對曰：「老大人也有二聲：天平聲，竹片聲。」某默然。未幾，籜庵遂挂彈章罷歸，流寓金陵，落魄不得意。吳梅村贈以詩云：「詞客開元擅盛名，蕭條鶴髮可憐生。劉郎浦口潮初長，伍相祠邊月正明。擊筑悲歌燕市恨，彈絲法曲楚江情。善才已死秋娘老，濕盡青衫調不成。」』

康熙朝，靳文襄議開十字河，督臣董默庵知其不便，難以片言而析。有山陽鄒公子者，豪華喜結納公卿，董公令其得開河不便狀。公子用訟師徐北山之計，遣黠奴通靳幕中人，陰竊摘由號簿。蓋時赴河臣呈告不便者七千餘人，其狀皆具於簿。董公見此，大喜曰：『是不須口舌争矣。』次日，會議郡庠尊經閣下，先演劇《楊椒山寫本》一齣，伶唱至『烈烈轟轟做一場』，董公拍案大笑，點首自唱『烈烈轟轟做一場』。四座瞪目愕眙。將弁行酒者，相視失色。事詳《茶餘客話》。

《玉劍尊聞》云：『高則誠居崇儒里。弟名誠，字則明，亦有文名。時號「兩難」。』

《堯山堂外紀》云：『楊邃翁壽日，嘉定沈練塘作《還帶記》以侑觴，曲中有「昔掌天曹，今爲地主」等語，邃翁喜，圈此八字。』

楊文襄在正德末，以次揆少傅居丹陽。適武宗南巡，以征寧庶人爲名，幸其第，留車駕，凡三至焉。上賦絶句十二首賜之，楊以絶句如數賀上。又有應制篇，刻爲《車駕幸第録》。吴中王文恪侈其事，最後一律云：『漫衍魚龍看未了，梨園新部出《西厢》。』

邱瓊山過一寺，見四壁俱畫《西厢》，曰：『空門安得有此！』曰：『老僧于此悟禪。』見《談芬》。又相傳：『明弘治末，泉州府學教授，南海人，頗立崖岸。一日，設宴明倫堂，搬演《西廂記》雜劇。翼日，有無名子書一聯于學門，云：「斯文不幸，明倫堂上除來南海先生；學校無光，教授館中搬出西廂雜劇。」某出見之，赧然，故態頓去。』

《耳新》云：『熊潮善戲術，凡梨園子弟至其地，必先禮謁，始多獲利市。否則，登場時以手指之，雖善歌者，啞然失聲。明日來謝過，再四懇求，潮笑曰：「偶然耳。曲在若口，他人安能使緘邪？」歌者聲即如故。』

《夢蕉詩話》云：『優工以鬃塑爲神鬼面像，而戴之以弄，叫嘯踊躍，百狀惟怪，望之可爲辟易。然其本來面目，終莫得而揜焉。李若虛嘗于席間戲爲吟云：「鐵面虬髯戟似霜，人人道是四金剛。一回戲臉都拋却，仍是郎當老郭郎。」』

吾里中徐坦庵作《珊瑚鞭》傳奇成，邀袁籜庵觀之，作《拂霓裳》詞云：『儘商量，人生萬事熟黃粱，收拾在春風錦繡一奚囊。英雄啼有淚，兒女笑生香。杜韋娘，趁當筵歌舞拂霓裳。風流況，是客座上有周郎。摧拍了，不教弦管誤宫商。調高人語静，燭短酒杯長。謾端相，繡簾開，明月繞歌梁。』

坦庵侄元美題其叔《買花錢》雜劇，作《風流子》詞，云：『千秋同抱怨，風流事，知否幾人經？羡座上酒豪，佳人意許；樓前詩句，天子情傾。相逢處，眼波嬌欲溜，眉宇韻偏生。雅調唱酬，債償閨閣；才華灩瀲，價重墀庭。借于生佳話，傳幽憤、不覺彩筆縱横。意近叩壺王子，擊筑荆卿。愛清商響若，九皋唳鶴，新詞柔似，百囀流鶯。咳唾盡成珠玉，高調誰賡？』

吳薗次題尤悔庵《清平調》雜劇《減字木蘭花》云：『仙才供奉，豈藉尋常科第重？失却珊瑚，只笑唐家結網疏。　知君寄托，掃盡里兒容做作。爛醉沈香，此後誰堪七寶牀？』題《讀離騷》雜劇《采桑子》云：『瀟湘千古傷心地，歌也誰聞？怨也誰聞？我亦江邊憔悴人！　青山剪紙歸來晚，幾度招魂？幾度銷魂？不及高唐一片雲！』題《醉桃園》雜劇《清平樂》云：『山空石古，遮斷桃花櫓。采菊東籬杯自舉，獨把義熙留取。　門生兒子籃輿，有時直上匡廬。人道賢哉隱者，不知禪也仙乎？』

田山薑《新秋雨夕，卞司寇齋中觀尤展成〈李白登科〉傳奇》詩云：『四條弦動第三廳，一闋霓裳酒未停。偶爾清歌天便妒，秋鐙寒雁雨淋鈴。』

新安呂履恒字元素，《夢月巖詩餘》有《念奴嬌》題《秣陵春》傳奇云：『六朝如夢，誰解道、野老江頭歌哭？海思雲愁還寄托，舊部霓裳法曲。　瑤水筵前、翠微宮裏，夙世仙緣卜。非空非色，個中人自如玉。　争奈身作虚舟，心同明鏡，形影交相逐。劫火雖燒蓮性在，不怕罡風顛撲。撥盡鵾弦，撾殘羯鼓，淚斷聲難續。曲終人遠，數峰江上猶綠。』

龔合肥邀顧黄公看丁繼之演《水滸·赤髪鬼》，丁年已八十。顧即席贈以詩云：『左右看君正少年，翠鬟紅袖並花前。按歌傳遍青樓曲，作使當場白打錢。酒態慣撩監史罰，舞腰猶博善才憐。貞元朝士今無幾，却有民間地上仙。』

韓山子朱潮遠《四本堂座右編》云：『豫督張公自德，先巡鹽淮揚，以「黄粱夢」徵詩。予偶投句云：「從前熟讀爛柯經，不免邯鄲此道行。桃葉洞中過漢魏，白雲枕上建功名。十年宰相身原在，一夢河山飯未成。蛙市蜂衙烏兔疾，金鞭指我過蓬瀛。」公一見，即折節造謝。』

吾郡閨秀徐淑則《觀演〈長生殿〉詩》云：『鈿合金釵事渺然，徒勞瀛海問神仙。可憐空有他生誓，何處重逢七夕緣？宫監歸來頭似雪，梨園老去散如烟。今宵聽奏霓裳曲，誰賜開元舊寶錢？』

花部農譚

梨園共尚吴音。『花部』者，其曲文俚質，共稱爲『亂彈』者也，乃余獨好之。蓋吴音繁縟，其曲雖極諧於律，而聽者使未睹本文，無不茫然不知所謂。其《琵琶》、《殺狗》、《邯鄲夢》、《一捧雪》十數本外，多男女猥褻，如《西樓》、《紅梨》之類，殊無足觀。『花部』原本於元劇，其事多忠孝節義，足以動人；其詞直質，雖婦孺亦能解；其音慷慨，血氣爲之動盪。郭外各村，於二、八月間，遞相演唱，農叟、漁父，聚以爲歡，由來久矣。自西蜀魏三兒倡爲淫哇鄙謔之詞，市井中如樊八、郝天秀之輩，轉相效法，染及鄉隅。近年漸反於舊。余特喜之，每攜老婦、幼孫，乘駕小舟，沿湖觀閲。天既炎暑，田事餘閒，群坐柳陰豆棚之下，侈譚故事，多不出花部所演，余因略爲解説，莫不鼓掌解頤。有村夫子者筆之於册，用以示余。余曰：『此農譚耳，不足以辱大雅之目。』爲芟之，存數則云尔。嘉慶己卯六月十八日立秋，雕孤樓主人記。

鐵邱墳

花部所演有《鐵邱墳》者，一名《打金冠》，爲薛剛打殺僞太子，夷其三族，逮其兄薛猛於陽河誅之。僞太子者，武氏私幸薛懷義所生，所爲驢頭太子者也。徐勣閔薛氏之鬼餒而，乃自以其子易薛之子而撫育之。其《觀畫》一齣，竟生吞《八義記》。乃《八義》之程嬰，本諸太史公之《晋世家》，嬰乃趙氏家臣，以己子易趙子，見其忠於所事。若勣於薛氏，既非故主，亦非深交，而公然以己之子易薛之子，在己大爲不仁，於薛亦不足爲義，豈非無稽之至者哉！而何苦爲之？及細究其故，則妙味無窮，有非《八義記》所能及者。《觀畫》之後，薛氏子去之韓山，起義師，直入長安討武氏。韓山者，邗上也，即徐敬業起兵之事也。今則不曰徐敬業而曰薛交，若曰：以徐勣之人，豈得有此忠義之子，能起義兵爲國討亂？當日所謂徐敬業，實薛氏子薛交也。是徐勣之子也，而非徐勣之子也。徐勣之人，焉得有此忠義之子！作此戲者，假《八義記》而謬悠之，以嬉笑怒罵於勣耳。彼《八義記》者，直抄襲太史公，不且板拙無聊乎？

龍鳳閣

《龍鳳閣》慷慨悲歌，此戲當出於明末。《擊宫門》一齣，即隱移宫之事也。李娘娘，即選侍也；楊波即楊漣，漣之爲波，其意最明；徐量即是徐養諒。但故謬爲神宗事耳，神宗太后雖亦姓李，其父李偉有賢稱。

兩狼山

陳家谷口之敗，楊無敵與子延玉並死於難，其端由於王侁忌功不救。時督師者潘美。業本欲待時而動，美不能用其謀。及侁遁，美不能禁，美亦沿河而去。業力戰谷口，見無人，乃大呼：『奸臣誤我！』還戰，遂死。則美之陷業可知，不盡關乎侁也。美，良將也，豈一王侁不能制？自此敗之後，國威大損。宋之弱，實由於美矣。後太宗以足創甚，召寇準於青州，而壽王之位定。澶州一役，庶洗從前之恥。花部有《兩狼山》劇，演楊業死事，則全歸獄於美。延昭訴枉於朝，召寇準讞定其獄，而潘之害賢，寇之嫉惡，淋漓慷慨，豪髮畢露。若曰：業之死，向令得準斷之，則美之罪當不止於奪官而已。宋之於遼，自潘而弱，自準而振，且恨當時未有忘身徇國、秉道嫉邪如準者訊之，杖之，大聲指罵之，假鬼神嬲弄之，乃使美得逃其咎也。尤謬悠者，則潘方統重師，朝廷遣官逮之，莫敢動，適王侁怨美殺其兄，乃擒美致檻車，而侁即統其軍。蓋美陷業而委其罪於侁，史如其所委者書爾。而特於楊業口中出『奸臣』二字，美之爲奸臣，實以此互見之，有《春秋》之嚴焉。爲此戲者，直並將侁洗去，使罪專歸於美，與史筆相表裏焉。侁，音莘，演者或誤爲仈聲，非是。

清風亭

唐張仁龜，本張尚書之庶子，其嫡不容，尚書乃使遠爲張處士之子，有手書爲據。仁龜稍長，漸知其爲尚書子，乃竊據而逃之京師。既登第，仕爲官，遂忘處士養育之義。處士以無據，鬱恨而死。已而仁龜出使，自縊於驛亭，相傳爲張處士冥訴陰譴之。事載《北夢瑣言》。花部中演爲《清風亭》劇，張處士仍姓張，仁龜則謬爲薛氏子。其本末略同：處士夫婦以織扉磨豆爲生，拾得此子，有血書乞人收養，處士力貧撫育，得存活。至十數歲，適其生母過此，乃竊血書逃去，登第，出使矣。張自此子出逃，其婦日詬，以思兒得疾，不復能磨豆。張日扶其病婦至清風亭望此兒歸。蓋年皆七十許矣。久之，愈衰老，困苦行乞，而食暇則仍延頸於清風亭。一日，傳有貴官至，將憩於亭。坊甲洒掃見二老人，因曰：『吾昨見此官，殊與翁媪之逃子面相似。明日官憩此，翁媪其潛於近處，吾驗視誠然，來爲翁媪告也。』二老人喜甚。明日，坊甲驗視不錯，乃欣然招二老人。二老人欣然至，入亭視之，良是。往呼兒，其子怒曰：『是何乞兒，妄謬至此。』翁媪乃歷述十數年養育事，仍不動，惟曰：『持據來。』據則已竊去，固無有也。於是二老人乃蒲伏叩頭曰：『公貴人，我小民豈敢以撫育微勞冒認父子。但十數年相依，姑作一家僕乳婢，携我兩人，生食之，死棺之，免餓斃於路，他無敢望矣。』其侍從奴僕感動，跪代爲乞。此子曰：『此兩乞丐，得二百錢足矣。』乃以錢二百給之，揭於亭外。媪讓翁曰：『兒恨爾，爾素督責其讀書過切；我則保持之，雖長，未嘗一日離諸懷也。爾姑退，我獨求之，伊當憐念我。』媪復入，此子怒詈益甚。媪大哭，以錢擊其面，觸亭而死。翁見媪久不返，往視，見媪死，亦大慟，以首觸地死。此子轉訶斥坊甲勾引，坊甲亦强項不服。此子竟揭騶從去。乃作天雷雨狀，而此坊甲者冒雨至亭下，見有披髮跪者，乃雷殛死人也。視之，則前之貴官，右手持錢二百，左手持血書。坊甲乃大聲數其罪而責之。此即張處士鬱恨而死、仁龜得陰譴之所演也。鬱恨而死，淋漓演出，改自縊爲雷殛，以悚懼觀者，真巨手也。據昆腔劇中，雷殛二事：一爲《雙珠》之李克成、張有得。克成以營長謀姦營卒之婦，羅致卒死罪，致其婦以死明節，此事見《輟耕録》。卒雖因婦死得釋，所賣子亦歸，惟營長未有報，故思得天雷殛之爲快耳。然作《雙珠》劇者，營卒妻賣子、投淵之後，既得神救不死，父子夫妻後俱完聚，則李克成固亦天所不必誅也，故《雙珠》之李克成、張有得雖遭雷殛，尚不足以警動觀者。至《西樓》之趙不將，祇以口筆之嫌構其父，父禁于叔夜不許私妓，在趙固泄私忿，而其言非不讜正，以是而遭雷殛，真爲枉矣。蓋袁于令與趙鳴陽素隙，心恨之，思得雷殛乃快。《西樓》之趙不將，即指鳴陽也。鳴陽人品學問，豈袁所及，故馮猶龍删改《西樓》，毅然删去此折，是也。余憶幼時隨先子觀村劇，前一日演《雙珠·

天打》，觀者視之漠然。明日演《清風亭》，其始無不切齒，既而無不大快。鐃鼓既歇，相視肅然，罔有戲色；歸而稱説，浹旬未已。彼謂花部不及昆腔者，鄙夫之見也。

王霸

王霸之子王英，既邂逅郭后，迎奉於山。后命往市中招集義兵，市中人欣然從之，争延王將軍酒食。此從王霸遭市人揶揄反面搬演。英往説姚剛，辭嚴氣直，百挫不撓，作人忠義之氣。

司馬師

《魏氏春秋》云：『夏侯元、何晏名盛於時，司馬景王亦預焉。晏嘗曰：「惟深也，故能通天下之志，夏侯泰初是也；唯幾也，故能成天下之務，司馬子元是也；惟神也，不疾而速，不行而至，吾聞其語，未見其人。」盖欲以神況諸己也。』子元即司馬師也。師在正始間與泰初、平叔並稱名士，則其風流元謐，可想見矣。今平叔《論語集解》高列學官，與聖經同不朽；而泰初所爲《樂毅論》，得王右軍書之，學僮稍能習字，皆旦夕撫臨，無不知有夏侯泰初者；而子元則花部中大净爲之，粉墨青紅，縱横於面，雄冠劍佩，跋扈指斥於天子之前，居然高洋、爾朱榮一流，所謂『幾能成務』之風，莫之或識矣。《晋書·景帝紀》稱子元『饒有風采，沈毅多大略』，設令準此而以生、末爲之，幅巾鶴氅，白面疏髭，誰復信爲司馬師乎？

賽琵琶

花部中有劇名《賽琵琶》，余最喜之。爲陳世美棄妻事。陳有父、母、兒、女。入京赴試，中狀元，登第，贅爲郡馬，遂棄其故妻，並不顧其父母。於是父母死。妻生事、死葬，一如《琵琶記》之趙氏。已而挈其兒女入都，陳不以爲妻，並不以爲兒女，皆一時艷羡郡馬之貴所致。盖既爲郡馬，則斷不容有妻，有兒女也。妻在都，彈琵琶乞食，即唱其爲夫棄之事，爲王丞相所知。適陳生曰，王往祝，曰：『有女子善彈琵琶，當呼來爲君壽。』至，則故妻也。陳彷徨，强斥去之，乃與王相詬。王盡退其禮物，令從人送旅店與夫人、公子，陰謂其故妻曰：『爾夫不便於廣衆中認爾，余當於昏夜送爾去，當納也。』果以王相命，其閽人不敢拒。陳亦念故，乃終以郡主故，仍强不納。妻跪曰：『妾當他去，死生唯命；兒女則君所生，乞收養之耳。』陳意亦愴然動。再三思之，竟大詈，使門者搗之出。

念妻在非便，即夜遣客往旅店刺殺妻及兒女。幸先知之，店主人縱之去，匿於三官堂神廟中。妻乃解衣裙覆其兒女，自縊求死。三官神救之，且授兵法焉。時西夏用兵，以軍功，妻及兒女皆得顯秩。王丞相廉知陳遣客殺妻事，甚不平，竟以陳有前妻欺君事劾之，下諸獄。適妻帥兒女以功歸，上以獄事若干件令决之，陳世美在焉。妻乃據皋比高坐堂上。陳囚服縲紲至，匍匐堂下，見是其故妻，慚怍無所容。妻乃數其罪，責讓之，洋洋千餘言。説者謂：《西廂·拷紅》一齣，紅責老夫人爲大快，然未有快於《賽琵琶·女審》一齣者也。蓋《西廂》男女猥褻，爲大雅所不欲觀；此劇自《三官堂》以上，不啻坐淒風苦雨中，咀荼齧櫱，鬱抑而氣不得申，忽聆此快，真久病頓甦，奇癢得搔，心融意暢，莫可名言。《琵琶記》無此也。然觀此劇者，須於其極可惡處，看他原有悔心。名優演此，不難摹其薄情，全在摹其追悔。當面詬王相，昏夜謀殺子女，未嘗不自恨失足。計無可出，一時之錯，遂爲終身之咎，真是古寺晨鐘，發人深省。高氏《琵琶》，未能及也。

義兒恩

《義兒恩》之兒，爲其母前夫之子。母携來爲人妾，而思以毒藥謀殺其嫡。值妾兒至，嫡以妾所饋酒肉食之，兒中毒死，妾乃稱嫡殺其兒。爲此兒者，誠難自處矣，黨其親母則枉殺嫡，嗚嫡枉則殺其親母，乃自認毒殺其舅。此子真孝子也，故曰『義兒』。行刑日，與一大盜同縛，盜斬而赦至。其嫡持敝席來收兒屍，見盜首大慟。此本元人《趙頑驢偷馬殘生送》。

雙富貴

《雙富貴》之藍季子，以母苦其嫂，潛代嫂磨麥。又潛入都爲嫂尋兄，行李匱乏，赤身行乞，叫化於街。觀之令人痛哭。

紫荆樹

紫荆樹之枯死，竟爲田三之妻斧斤所致。田大士人也，二則胥吏耳。樹死鴉散，終不肯析居，在田二尤難得者矣。

《仲軒詞》

《紅薇翠竹詞》

《易餘籥録》

《憶書》

駱紅爾校點

仲軒詞

擬古十二首

南歌子

妾是河邊柳，春風夜夜歸。柳葉待風吹。風吹春又老，絮飛飛。

楊柳枝

枝上鶯聲慢囀，儂唱新歌較鶯善。郎聽儂歌莫聽鶯，啼落楊花柳花片。

漁　父

鐵馬金戈擁七騶，故人百戰得封侯。氊笠子，破羊裘，年年歲歲荻花洲。

清平調

愁倚疏欞歌惱公，可憐花亦夢魂中。人間盡解懸幡事，無那風吹匝地紅。

長相思　徐孝穆體

長相思，在千里。南北迢迢大河水。河水深，妾無葦。曉鵲報佳音，春燈結丹穗。欲迓遠歸人，奩前快梳洗。

天仙子

門裏青苔門外草，郎騎白馬何時到？阿郎專愛弄琱弓，早縛狼，晚放鷂，不管深閨鬢絲老。

踏歌詞

鶯老春誰妬？鴻孤夜莫憐。裙垂扃繡襪，釵彈壓花肩。但愿長如綀，上繡並頭蓮。

謝秋娘

江南好，江北更風流。柳絮池塘歌女渡，枳花籬落酒家樓。緩緩理歸舟。

瀟湘神

山有髽，山有髽，西風吹落白蘋花。蛇子擊鐘鱓擊鼓，雲中推出七香車。

甘州子

甘州城畔草青青，春燒盡，又重生。三更有夢未能成，釵落令人驚。山下路，夢裏亦難行。

蕃女怨

祁連萬丈雪積處，今日馳去馬徐行。君進酒白日未酉，醉時莫撥舊琵琶。恐思家。

南鄉子

門外秋瓜，將軍六郡舊良家。夕釀蒲桃，朝得酒盈斗，郎換涼州印懸肘。

訴衷情

鷗白如玉相對宿，藕花紅。江水淺。舟轉趁西風。人遠唱聲通。聲中依稀訴語懮，訴難窮。

一葉落

一葉落，秋風作，有人策馬向南郭。霜鋒鈍未磨，雄心懷京雒。懷京雒。那處妻兒託。

一點春

三月三旬後，老梅緑葉新。闌邊芍藥逐風盡，何處根尋一點春。

三　臺

大散關前雪白，桃葉渡頭草緑。等閒一樣春風，却有來遲來速。

荷葉杯

幾日相思，如醉，垂淚，心事强遮瞞。忽看郎戴惠文冠，歡麼歡，歡麼歡。

望江怨

東風顰，十幅蒲帆過如馬。船頭旌色赭，去年曾置郎家廝。是誰假，亦是熟郎人，魚書不來下。

水龍吟・記水災

馮夷爲甚鴟張，洪濤百丈憑空至。傷人稼穡，殘人墳墓，毀人宅第。自堰而湖，自湖而閘，遂盈平地。既珠湖蓄急，荷塘莫保，知棠埭，今宵潰。盛世亦逢百六，記今年，歲交丁未。孟秋之晦，仲秋之朔，曁於初二。三日之間，幾千人死，幾千家毀。我歸從郭里，人屍滿目，與牛屍比。

采桑子・無題

一番疎雨窗前過，送到新涼，涼到繩牀，秋在眉尖愁在腸。琵琶一曲誰家院，又弄新腔，酷似儂郎，莫是天涯風送將？

浪淘沙・立秋前二日

冷雨落閒庭，衫上涼生，寒蛩淅淅向牀鳴。兩夜不長須不得，便弄秋聲。階下幾流螢，空自飄零。醉來小膽不知驚，坐到井梧聲不滴，已是三更。

賀新郎・七夕夜泛舟虹橋丁未七月，與汪晉蕃掌庭，江定甫同作。

落日秋天暮，驚輕舟，秦淮渡口，緑楊城塢。天上今宵逢七夕，傳説牽牛織女，此夜效，人間夫婦。橋外游船燈似晝，都笙歌，鬧向紅蓮浦。要一盼，雙星晤。一年别緒如何訴？想當是，牽裾執手，各伸情愫。小櫂撑來更已半，翹首無雲無霧。尚不見，誰迎誰赴。醉眼矇矓烟共水，見熒熒，忽過天河渡。却還是，流螢誤。

摸魚兒・步月辛丑七月十四日黄春谷、羅養齋汪掌庭同作。

要非他，玉輪光潔，緣何今夜尋訪？浮雲一角噴如水，頃刻瀉成秋浪。蟾影漾，恰做得，江天空處浮孤舫，嫦娥未往。甚丹桂香濃，此中寂寂，根幹可無恙？　笑今夜，《水調歌頭》未唱，中秋方共瞻仰。不隨人熱先相賞，徐步長吟而望。因自想，我亦是，神寒骨淡同君況，愁眸漫傍。怕見魄圓時，家家再拜，拍掌練光上。

蘭陵王·壬子在金陵見薙工諸少年于朝天宫祀羅祖像問何神曰羅隱秀才也感而作此

噫昭諫，潦倒終身憤懣。庚寅後，青草洞庭，流落江湖壯心散。開元豈敢訕？鍛鍊風流罪案。讒書盛，容得禰衡，除却錢塘孰青眼。　千年，市朝換。果苑桂香稠，江膾紅滿。萬千變化將人看。論是非死後，幾人香瓣？江南甲乙十國冠，此儔却冰炭。燦燦，衮衣焕。憶舊日奇讒，成讖非幻，鬚眉醜記焚詩慣。數死生知己，令人嗟嘆！屠沽何礙，甚顯榮，甚褻嫚。

醉垂鞭·雨後馬上望華不注

一朵碧芙蓉，芙蓉碧，春雲白。浮起接晴空，山因霽色濃。　方纔風雨劇，催行客，趱花驄。人在畫圖中，鞭稍遥向東。

江神子・藕神 泲南大明湖皆藕田，種藕者祀藕神，甚恭敬。

大明湖是藕花田。敬神虔，要神憐。萬朵千枝，開作並頭蓮。結得蓮蓬中有子，都的礫，似珠圓。阿郎船接阿儂船。住東偏，讓郎先。今歲蓮花，開處勝前年。要折紅衣簪兩鬟，須禱祝，向神前。

賀新郎・爲鄭新甫贈别與江補僧同作

同是傷心客。早相逢，蘇小秋墳，林逋故宅，不語低頭何故也？只此膩人心魄。抵多少，燈紅酒碧。到曉方眠眠又語，恨河橋，明日孤帆白。才見面，旋教隔。重來有約無多夕，怎經得，緩雨敲窗，亂螢繞澤。人似浮萍何足定，莫要飄零鴻迹。懷淼淼，天涯咫尺。若泛揚州橋畔月，急偷閒，寄我魚書赤。好歸護，連城璧。

水調歌頭・苕溪泛舟作

山色道場遠，一棹破溪烟。行來半灣秋水，左右是菱田。爲問蘋花消息，當日吴興太守，心眷却何緣？昨夜城頭月，清影向人憐。　晋唐宋，游此地，有名賢。我今憑弔，古人何在水依然。墨妙空懷亭子，六十年前尋訪，片石已無傳。何用鐫名字，爪雪見鴻翩。

河傳・岳墳鐵人

爾鐵污巇。檮杌饕餮，囚者伊誰？長脚長舌曁萬俟。卨循王，鐵山張。　黄金留鑄將軍骨。兹何物，也費鑪錘出？東窗煆煉打錯成。弗無言，摑三千。

河　傳

江補僧家書，皆用篆體，其尊人艮庭先生生平不作正書也。

蟲尾盈紙。米鹽瑣事，往來書字，家人婦子總能通。江公傳家，慎與沖。壁中蝌蚪臨非誤。又兼取，天竺先生古。今文書，古文書，浮圖寫曾波磔殊。艮庭先生所著《尚書集注音疏》，自書篆文刻之，補僧有手寫佛經數十卷。

木蘭花慢・齋前玉蘭

嘆年來落魄，借游興，去鄉園。只魯道春吟，吳山旅夢，兩載馳奔。今春閉門家處，見庭前，玉樹白無痕。果是瓊瑶千尺，分明破我羈魂。先人手植悵今存，花比舊時蕃。記客集鄰翁，杯擎春酒，笑舞兒孫，飄蕭，白頭親族，總一邱黄土綠楊村。對此花光明潔，幾回淚滴芳樽。

滿江紅・朱米山四十初度以詞索和

歷遍交游，不如理，田農拙業。記當年，鷓兹灘口，賀蘭山脅。歲月愁從征路過，人間青紫由他拾。問先生，瓮内酒如何？休教乏。萬里路，君何怯？一介儒，君何屈？嘆消磨骨肉，松棺瓦匣。積毁自枯肌内血，報仇莫買街頭鍤。更誰知，海上有蟲兒，蚊之睫。

南歌子・半九書塾四咏

杯酒年來斷，清茶日日烹。松毛帶濕燧烟青。一片輕雲裊裊，隔疏欞。舊壁蝸薰迹，新鐺蟹呃聲。斜穿花外出檐甍。引得鄰翁扶杖，過閒評。茶烟

寒月秋窗外，春陽午砌初。隨他密密與疏疏。任是萬千紅紫，總糢糊。非彼原無此，看他不似渠。梅花修到又何如？似我夢中蝴蝶，化蘧蘧。花影

叫月何知冷，鳴春不解愁。曉來消得一庭幽。試問啾啾唧唧，爲誰謀？鼓吹殊堪代，呼名各一儔，桃蟲辛螫喙如鈎。我道不妨隨意，學鶯求。鳥語

地僻經過少，無煩苦送迎。天機乙乙静中生。又聽兒曹燈下，讀書聲。倦眼花前白，殘壇雪後青。休因科舉廢農耕。甫里先生耒耜，有遺經。書聲

英臺近

槐子河之南路旁凸處，土人相傳爲祝英臺墓。余在山東，曾見英臺墓碑。後在甬東，

則鄞又有之，或謂槐子河南之壟，實煬帝葬處而託之英臺者也。

鄴中兒，曹氏祖，七十二疑冢。何代家人，分葬數邱壠？不如寺外真娘，橋邊蘇小，舊時事，有人傳誦。　土誰擁，難憑巷語街談，真同射覆蛹。曾戀江都，化作玉鈎夢。從知樂器埋屍，木蘭送紼，遜揉入，鶯花無縫。

御街行・種樹擬張子野

柴門何物能招鳥？多種垂楊好。縱橫顛倒插皆宜，潑屋三間周繞。藏雞塒内，招豚笠裏，莫教傷殘了。　五株寧襲淵明稿，誰肯邱園老？此間無有别離情，不怕撩人煩惱。初春舒眼，暮春飛絮，消去春多少。

瀟湘夜雨・荻花

千里蒼涼，三秋景況，自然不比陽春。寒江何處著花神？天影淡，鷗飛不見，夜籟静，潮信空聞。轉彰得，漁莊蟹舍，柏葉如焚。　青青何在？昨宵孤月，照滿烟濱。説飄零殘絮，誰辨非真。愁片片，花生倦眼，笑歷歷，蓬轉羈身。秋江上，芙蓉老了，惆悵白頭人。

金盞子・黄葵『向日』即此。俗稱金枓菊爲向日葵，誤。《齊民要術》一稱鴨脚葵，今俗稱雞脚葵。

天上秋雲，在流黄枓裏，漬成羅羃。敷弄作秋花，纔晨露，微沾恁般輕薄。甚輕甚薄如他，趁金風蕭索。剛覷得，池邊褪殘紅芰，便舒雞脚。偏作意兒弱，禁不得，黄昏月半落。聊將意兒攏起，懨懨地，容顔似有所縛。若言命是菖蒲，又朝昏顛錯。還冤是，多少向日心腸，被那偷却。

繡停鍼・翦秋羅

細毿裏。又濺滿猩紅，甚時飛上。傳是閨中，將者箇兒，翦出犬牙新樣。半枝初放。便見爾，蓑蓑相向。未知二月春風，可曾費他裁量？分明恨淚染，或寄到關山，戰痕斑漾。零碎吴淞，誰想醉來，一簇五銖衣絳。舊紈無恙。夜静矣，并刀聲傍。面旁朱暈，守宫臏來情狀。

瓜茉莉・紫末利俗名啞巴花。

那個禪心，指名叫素柰。因何地，此情無賴。殘陽墜了，倒染出，胭脂一帶。正疑是，淚簇啼鵑，却丟丟羞尚害。　春花妒狠，魏家兒，甚驕泰。潛避住，土階籬外。無言到老，等回光，何時會？要訪儂，莫道晚來人怠。粉兒換，儂面在。

念奴嬌・送袁雲樓歸東吴

先生歸去，正吴中，花鳥陽春時節。短簿祠旁銷盡了，前此淒風酷雪。白髮高堂，紅裙穉女，左右牽裾説，昨宵夢得，有人來送雙璧。　天意玉女于成，先教卧游罷，揚州烟月。皓首儒冠成底事，换得肝腸如鐵。冷鑄青松，霆剿惡竹，拭眼看他折。喜君歸矣，又愁明日君别。

壽樓春·題六十唱和詩寄秋平黄丈

追高蹤鴻萊。共春風鬢影，桐帽荆釵。兩地郵筒封寄，費人疑猜。拈寸管，心徘徊，計到時，窗前梅開。看泗水詩來，邗江句往，驄背送相催。知還否？居幽哉？有苔紋布石，花影侵階。恰稱書餐蟫字，舞延仙胎。將進酒，流霞杯。貴洛陽，抄傳瑷瑰。愿千里加餐，先生自舒羈旅懷。

古調笑

春月，春月，不應者番奇熱。分明幕四朝三，頃刻風吹雨寒。寒雨，寒雨，一夜不眠因汝。

紅薇翠竹詞

一萼紅

叢竹數畝中，辟一逕，逕盤曲處搆小亭，植紅薇十餘本，六月間盛開，竹環花外，紅裏翠表，至八月不輟，歌以寫之。

景熹微，見幾叢絳雪，面面翠雲圍。弱要絲牽，輕非縠翦，朶朶疑化烟霏。一枝較桃花更好，破淒寂、濃豔嚲斜暉。記得春初，閒從竹裏，種此紅薇。　何事吟詩白老，道絲綸坐對，曾伴黃扉。官舍潯陽，僧庭興善，秋風兩眼依稀。恰共我，疎櫺木榻，深谷中、長夏覺春歸。看到天寒日暮，尚有餘菲。

《説文》：『朶，樹木垂朶朶也。』李鼎祚《周易集解》引鄭氏云：『朶，動也。鼎祚按：「朶頤垂下，動之貌。」』李賀昌谷詩：『竹香滿淒寂。』白香山詩：『絲綸閣下文書静，鐘鼓樓中刻漏長。獨坐黄昏誰是伴，紫薇花對紫薇郎。』又：『潯陽官舍雙高樹，興善僧庭一大叢。何似蘇州安歇處，木蘭堂下月明中。』蘇東坡《次韻錢穆父紫薇花二首》云：『虚白堂前合抱花，秋風落日照横斜。閲人此地知多少，物化無涯生有涯。折得芳蕤兩眼花，題詩相報字傾斜。筐中尚有絲綸句，坐覺天光照海崖。』劉後村《咏紫薇》云：『風標雅合對詞臣，映硯窺窗伴演綸。忽發一枝深谷裏，似知茅屋有詩人。』杜詩：『天寒翠袖垂，日暮依修竹。』

一叢花

向從阮侍郎在湖州，共咏蘋花。越十數年，今秋倚徙湖濱，見白花摇動秋風中，即昔年吴興所見也。因賦一闋。

西風幾夜拂池塘，露白晚烟涼。蕭蕭木葉微波面，月明裏、一片清霜。童子報余，蘋花開了，老眼視蒼茫。　故人何處憶瀟湘，苕水記聯牀。倏然十五年前矣，竹亭外、别路初長。輕槳盪來，分明小語，又是賽神忙。

柳惲《江南曲》：『汀洲采白蘋，日暖江南春。洞庭有歸客，瀟湘逢故人。』又《贈吴均詩》云：『相思白露亭，永望秋風渚。心知别路長，誰謂若燕楚。』吴均有《送柳吴興竹亭集》詩。唐于鵠詩：『偶向江邊采白蘋，還隨女伴賽江神。衆中不敢分明語，暗擲金錢卜遠人。』

眉峰碧・鴨蹠草俗名淡竹葉。

兩瓣秋雲碧，幾縷魚鬚白。鳳味雞舌乍開時，可愛者，花顔色。　隨意偎階石，雨後鋪如簀。寂寂黄昏唤小青，名兒窈窕無人識。

《證類本草》：『鴨蹠草，葉如竹，高一二尺，花深碧，有角如鳥嘴，北人呼爲雞舌草。一名碧竹子，花好爲色。』《花鏡》：『淡竹葉，一名小青。』

蝴蝶兒

一種蝴蝶花，葉極似蘭草，花如良薑而小，色淡無文，五月始開。余愛其雅致，以胡蝶蘭名之，别於春末之胡蝶花，亦别於良薑也。

蝴蝶兒，獨開遲。藕絲輕染淡妝時，當門别有姿。　照眼榴如火，闌邊放一枝。不將香氣殢人思，佳人韻致宜。

探春令・誦芬莊看梅呈楊竹廬都尉

今年春半，梅花書屋，梅花纔破。共先生、閒向花邊坐。剛片片、風吹墮。　呼童拾入杯中和。早濃濃香插。嚼冰霜、醉卧來朝，酒醒味尚餘殘唾。

都尉自東山歸於莊内，植梅數十本，自名其齋閣爲梅花書屋。

惜雙雙令·金雀花

不棲殿角觚稜處，恰傍野田門户。求友啼聲誤。毿毿何日飛將去。　黄衣年少花邊遇。欲采黄花調護。莫問螳螂怒。摘來正恐衣沾露。

《西都賦》：『上觚稜而棲金雀。』

望梅花·牛角花

紫花五出，大如豆，蕚後一角上，喬穿破趺，足作簪狀，趺倒擎角上。清明時，開滿田野間。去歲移數本，栽丁香花下，至是盛開。

潛向鼃蠙衣畔匿，遍野青濃紫密。爲觸爲蠻誰得力，戴上牧童兒笠。　紅藥枝頭方繭栗，風物揚州非一。

一斛珠·珍珠花

一名孛婁花。

一春花了，翠叢花發珍珠皎。寂寥誰慰紅窗曉，不是江梅、幾簇江梅小。　孛婁吐出星多少，夜闌明月清香裊。青光暈匝寒霜峭，蝴蝶花邊，認得蜻蜓腦。

唐梅妃江采蘋句：『何必珍珠慰寂寥。』《博物志》：『五月五日，取蜻蜓埋於西向正中門下，三日化成真青珠。』

洛陽春·石竹

如火如荼赤白。句蘴蘧麥。昨宵一瓣雨中開，錦繡蝥弧擘。　譜作東籬別色。園官何識？怕他纖弱不禁風，插細竹相扶掖。

史鑄《菊譜》載《石菊》詩云：『花美雖堪寫團扇，豔妖未必入東籬。犯名何取他山物，遍問園官總不知。』鑄又云：『石菊，即古之大菊也。花瓣五出，有紫色者，有深紅色者，有深花粉緑者。其萼長而小，其莖有節，其葉亦頗類竹，故又名石竹。』按：俗以石竹單葉者爲蘧麥，一名洛陽花，或又以千葉者爲洛陽花，單葉者爲石竹。總之一名，有單葉、千葉二種，名不必以種分也。史氏所稱，似未見千葉者。《群芳譜》言其花將開，如展旗用蝥弧，本此。

定西番・鐵綫蓮一名番蓮，或云即威靈仙，非是。

素面中攢紺髮花，兩兩脉抽抽。翠句句。　麀眼籬邊牽處，化爲繞指柔。試問金絲荷葉，一家不？

宋史鑄《菊譜》載《桃花菊》詩：『崔護詩章陶令酒，兩家混作一家風。』金絲荷葉，虎耳別名。

山花子・郁李

五六尺高排葉密，二三月盡見花嬌。昔種官園今驛路，傍溪橋。　田舍食時兼燕薁，野人摘處比甖桃。生怕年年霜落後，供山樵。

《毛詩》：『六月食鬱及薁。』傳云：『鬱，棣屬。薁，蘡薁也。』郭璞《上林賦》注：『鬱，車下李也。』吴普《本草》：『郁李，一名車下李。』陸璣《草木疏》：『樹如李而小，子如櫻桃，今官園種之。』『蘡薁』，《廣雅》謂之『燕薁』。《本草圖經》：『郁李生高山川谷及邱陵上，木高五六尺，子小若櫻桃，色赤。』按：郁李，田野高處多生之，野人呼爲秧柳，即郁李之轉聲也。

郁李又鬱之緩聲。每年五六月子熟，紅赤可愛，秋後率刈爲薪，不知惜也。去年移二本植書塾中，華實並茂，摘其子，弄孫爲嬉。城中人來，且詫以爲含桃之大者也。

碧牡丹・荷包牡丹

若舞青猊，彩儂繫緋。魚袋自泣殘陽，並是葉深英褪。翠幙晨張，正一般綽態，誰分誰小誰大？　舊闌外串串紅蘇，挂紅絲倒懸輕蒂雁齒排來，漸長漸添成隊。應贈騷人連芰裳，蘿帶何須雕玉爲珮。

《亳州牡丹志》有大紅舞青猊，桃紅舞青猊，紫舞青猊，白舞青猊。元微之詩：『牡丹經雨泣殘陽。』李義山《牡丹》詩：『垂手亂翻雕玉珮。』按：此花一名魚兒牡丹，余鄉大橋、嘶馬等處沙土中最宜。去歲買得二本，今年生四芽葉，與牡丹齊發，未花時竟莫能辨。

纏枝牡丹

未學天香染粉重，胭脂淺，數縷青苗，絞作一莖。嬌軟合聚千頭也。彩雲爛炫，梅風偏又吹散。　筋根旋，鼓子名非謬。溝西碧衣秋見，恨別經年。太息天彭春遠，看到兒孫，虧此花蕃衍。誰云叢脞宜翦？

《大觀證類本草·草部上品》『旋花』，唐本《注》云：『此即生平澤旋葍花也。其根似筋，故一名筋根。旋，徐兖切。』《圖經》云：『旋，徐願切，俗謂鼓子花也。下品有旋復花，旋，徐元切，與此殊别。』按：旋復花，古稱夏菊，今俗稱六月菊，又名滴滴金者是也。鼓子花有千葉、單葉兩種。單葉者，俗呼爲打碗花，其狀似牽牛而小。千葉者，則纏枝牡丹也。羅鄴《牡丹》詩：『看到子孫能幾家。』《天彭牡丹志》，陸游撰。《牡丹榮辱志》以鼓子花爲花叢脞。謝皋羽《晞髮集·鼓子花詩》云：『塵濕西風淚，溝西影見君。碧衣羞遠日，天夢冷秋雲。蔓引山精徑，籬依楚女墳。海邊逢賣藥，采實故應分。』向疑『秋雲』句，以爲非此鼓子花，今春蒔數本引蔓於丁香樹上，四、五月開罷，六月葉枯，更生新葉，七月又開，與夏菊相映而旋葍旋復，一時並呈。適有醫者至，余指語之曰：『盍觀此活《本草》圖。』然則晞髮處士于於秋時見之，正此花耳。《淮南》『纏以朱絲』，『纏』讀如戰，今呼此花正作戰音。

秋牡丹

記自歐公，作便小草。多依託紫瓣黄心，也破閑庭蕭索。溽暑初開，到九秋未落，馬蘭花狀相若。質雖薄，説是東籬葶觀音。淡妝非錯。縱買胭脂，畫工何處堪著。不慕陶家慕石家，薰灼侂名兒，那知却。

歐陽公作《洛陽牡丹記》。史鑄《菊譜》『假名』一類有觀音菊，云：『天竺花是也。此非南天竺。或呼爲落帚花，亦非落帚，别是一種。觀音菊自五月開至七月，花頭細小，其色純紫，枝葉如嫩柳，其幹之長與人等。』按：秋牡丹即史鑄所云『觀音菊』也。花與馬蘭無二。馬蘭莖堅，葉細密無齒，七、八月始花，即所謂落帚也。此花初生，葉大有齒，近似牡丹、芍藥，故有是名。又謂之秋芍藥，四月起莖柔而長，葉疎小似柳，如史鑄觀音菊云云。王象晋《群芳譜》云：『秋色寂寥，花間植數枝，足壯秋色。』李義山《牡丹》詩：『石家蠟燭何曾翦？』《亳州牡丹志》有石家紅。

臨江仙

背篷

艮其背，不見其人，奄奄兂兂而行。蓋之真以笠爲天，揹圓剛半，連著小均輪。

歸向瓜，牛廬外脱，負從雨岸烟濱。嵩胡前後弁靁靈。分明黽甲，恰道織江筠。

《左氏·襄公十七年·傳》：『不如蓋之。』《松陵集》皮日休《背篷》詩云：『儂家背篷樣，似個大龜甲。雨中蹋蹐時，一向聽霎霎。甘從魚不見，亦任鷗相狎。深擁竟無言，空成睡齁鮯。』陸龜蒙《和詩》云：『敏手劈江筠，隨身織烟殼。沙禽固不知，釣伴猶初覺。閒從翠微拂，静唱滄浪擢。見説萬山潭，漁童盡能學。』

不借

稻葉編成金縷夫，須撚出青絲。村孃白足著來宜，有絇剛挍趾，無複且拖泥。皆取宮中而用㪇，余又改爲兮。百年喬木好棲遲。稯鉏誰德色，莫教老兵知。

《古今注》：『「不借」者，草履也。以其輕賤易得，人人自有，不假借於人，故名。』《方言》、《釋名》亦云云。今吾里中農人編稻藁爲鞖，但有一底首出絇，作兩環繫足趾旁，以莎作細，紐貫繩，著足後，未知與古合否。然爲『不借』則一也。賈子《新書·時變篇》：『假父稯鉏杖彗耳，慮有德色矣。』班固括其文於《漢書》云：『借父稯鉏，慮有德色。』今村塾所誦之《治安策》，乃班氏采《新書》財合而成。古人叙事，於一人著作不苟如此。俗人好爲人作傳，概以市語了之。置其人之著作不閲，縱閲亦不能識其義，此不知而作者也。偶有所見，誌之於此。老兵，用宋人草鞋大王事。

雨中花・咏牽牛花用遠春詞韻

篏篏茅籬疎雨滴。猛窺見，一枝嫩碧。蟋蟀聲中，巴蕉影外，透出秋消息。插竹今宵剛七夕。可繫與、匏瓜共食。昧旦纔開，黄昏到合，如蕣顔堪惜。

《遠春詞》，同年生張君輿鏞作也。内有《咏牽牛花七孃子》一首，情韻幽妙，余愛而效之，不能及也。録於左：

蒂深花薄嬌無力。映窗紗、點綴新秋色。珠露三宵，金風七夕，芳名只有天孫識。年年冷蕊籬邊坼。又怎能、開到銀河側。豆雨分凉，梧雲流碧，《宵來添》個蟲催織。

遠春，字金冶，華亭人。皇侃《論語疏》引一説云：『匏瓜，星名也。言人有才智，宜佐時理務，爲人所用，豈得如匏瓜繫天而不可食耶？』按：匏，瓠也。以匏瓜爲星名，謂瓠瓜星也。余里中人以瓠瓜星爲織女，一稱麻疏塊星。皇侃所引亦里俗之類，不可爲典要。然用諸詩詞，固不嫌耳。《洛神賦》：『嘆匏瓜之無匹兮，咏牽牛之獨處。』

憶舊遊

黄春谷新卜油坊巷，宅即汪晋蕃舊居也。春谷舊居在雙橋巷，其尊人仰岑先生有一石一梅花書屋，余日夕賦詩飲酒其中，晋蕃亦與焉。仰岑先生殁後，春谷作令粤西。前年罷歸，而晋蕃已前殁。余老病村居，偶念曩昔，即爲泣下，賦此以寄叔震，並及春谷。嘉慶辛未七月二十四日。

欲相從雪後，緩步街西，又訪風騷。二十年前事，記汪倫住此，幾載蓬蒿。暖香正飛梨葉，終夕醉蘭苕。嘆短命消亡，微官隱退，都是蕭寥。　雙橋，憶當日，有瘦石孤梅，鶴髮仙標。宋玉臨江宅，更何人開府，荒徑誅茅。莫問水流花落，存殁總云交。省遠寄昭州，魂來好共先故招。

春谷，名承吉，戊午解元，乙丑進士。始令恭城，調興安，以誤失公事罷歸。尊甫仰岑先生，長者也。春谷兄次和，孝友爲鄉里所稱。晋蕃，名光爔，廩膳生，余嘗撰《亡友汪晋蕃别傳》，存《雕菰集》中。叔震，名光恒，字掌庭，晋蕃弟，候選司務。杜牧之《雪晴訪趙嘏街西所居》詩：『命代風騷將，誰登李杜壇。少陵鯨海動，翰苑鶴天寒。今日訪君還有意，二條冰燭獨來看。』李賀《南園》詩：『熱杏暖香梨葉老，草梢竹栅鎖池痕。鄭公鄉老開酒尊，坐泛楚奏吟《朝魂》。』又云：『杜若已老蘭苕春。』蘇東坡題《傅堯俞濟源草堂》詩：『微官共有田園興，老罷方尋隱退廬。』庾信《哀江南賦》：『誅茅宋玉之宅，穿徑臨江之府。』李義山《宋玉》詩：『可憐庾信尋荒徑，猶得三朝托後車。』温飛卿《宿城南亡友别墅》詩：『水流花落嘆浮生，又伴游人宿杜城。還似昔年殘夢裏，透簾斜日獨聞鶯。』杜甫《追酬故高蜀州人日見寄》詩《序》云：『開交書帙中，檢所遺亡，因得故高常侍適往居在成都時高任蜀州刺史

《人日相憶》見寄詩，淚灑行間，讀終篇末，自枉詩已十餘年，莫記存殁又六七年矣。老病懷舊，生憶可知。今海内忘形故人，獨漢中王瑀與昭州敬使君超先在，愛而不見，情見乎辭。大曆五年正月二十一日，却追酬高公此作，因寄王及敬弟。』詩尾句云：『長笛誰能亂愁思，昭州詞翰與招魂。』《楚辭·招魂》：『人有所極，同心賦些。酎飲盡歡，樂先故些。』王逸《注》：『先祖及故舊之人也。』『先』謂仰岑先生，『故』指晋蕃。江文通撰《袁叔明傳》云：『與余有青雲之交，非直銜盃酒而已。』

玲瓏玉·酬汪庭基刻印

千古英賢，祇爭此、一個名兒。豐功苦節，多少述異稱奇。却是錕鋙切處，抵銘鐫公鼎，文勒生碑。昭垂。甚雕蟲、揚子不爲。　羡得君家妙技，已遥宗周史，精到秦斯。幼子神仙，馬頭人、繆篆無差。巍巍腰懸金印，可嗤我、迂疎䙰襶，豈稱鼅鼄。好憑此，記圖書、耕讀盛時。

河傳·賈育仁妹婿以扇頭鸜鵒捕螳螂畫屬題

鸜鵒鸜鵒。喙鈎脚跼。不過遇之，强食弱肉，曾記焦尾聲邊，赴赴侮暮蟬。　當年怒臂當車轍，誇奇節，難喻鳩之性拙。問誰能容汝？向紅葉西風，弔雞蟲。

『鸛鴿鸛鴿』，用《左傳》句。『不過遇之』，用《易》句。《爾雅》：『不過蟷蠰舍人。』注云：『不過名蟷蠰，今之螳蜋也。』

臨江仙

李濱石既殁，夢中語余曰：『我未死，傳之者訛也。』已而朗吟曰：『同是歸來情太惡，桐棺三寸逐風行。』醒而倚聲歌之。

同是歸來情太惡，夢中字字分明。桐棺三寸逐風行。曲終人不見，陰雨一燈青。

若個書生侯萬户，男婚三十功名。長安春草又青青。車如流水至，君作未歸魂。

濱石，名鍾泗，辛酉與余同舉於鄉，已卒於京邸。余作《兩君詩》，謂濱石與黄春谷也。蓋是時濱石死、春谷罷官，故悲之。時值修《揚州府志》，余佐姚秋農先生司其事，李君冠三屬以濱石入《文苑》，因撰《行狀》一篇呈姚先生，已獲載入。

蝶戀花·黄蝴蝶花即射干。

葉比青蒲無劍脊。春雪剛融，直上長三尺。冒暑開花黄雜赤，迎秋又結離離實。

烏扇鳶頭慵考核。小蝶飛來，羼入無蹤迹。日在簾鈎霏欲夕，蝶還歸去花收色。

喝火令・金燈花即山慈姑，一名忽地笑，俗呼爲龍爪花。

五萼攢秋露，孤莖挺夕風。分明如火綴釵蟲，果是西明仙子冉冉月明中。戢足曾塗鴨，伸鬚見燭龍。等閑花葉不相逢，忽地通紅，忽地寂無蹤，忽地晚霜時節，寒翠發蓬茸。

《證類本草》：『山慈姑，一名金燈花。』《異聞録》：『楊穆見紅裳女子誦詩，言明皇封妾爲西明夫人，賜珊瑚寶帳。後驗之，乃經幡中燈也。』江文通《金燈草賦》：『既艷溢於時暮，方炤麗於霜分。』

惜黄花・階下決明

茅亭秋雨，翠摇鸞羽。憶當年，嘆金錢少陵之杜。階下獨鮮明，句裏添愁苦。道爛盡、野田禾黍。吾今傲古，豐年樂土。任閒身，卧湖濱，自親場圃。結習未忘書，老眼時防瞽。早種得、馬蹄三五。

《本草》：『馬蹄決明，治目疾。』

瀟湘逢故人慢・汪孝嬰自石埭爲余書紅薇翠竹亭扁作此遠寄酬之

鯉魚飛到，兼斯冰妙篆，縈曳方新。芳名錫孤亭。便疎竹閒卉，幾許精神。金臺數載，算文章、不負生平。江南好、一官雖冷，青山日伴行吟。弧三角、盈不足，更何時、酒邊高論天人。憶策馬湖村，適秋雨瀟瀟，雞黍留賓。而今畫裏，又添多、翠葉紅英。敲門處、夢魂驚覺，正舒兩翅思君。

孝嬰，名萊，歙人。嘉慶丁卯以優貢生入京，廷試，值修《國史》、《天文》、《儀象》等志，以孝嬰佐其事。志稿成，天子嘉其通曉算學，即選石埭訓導。庚午赴任時，爲黄山之遊，有《黄山遊記》一卷。孝嬰精天算，能思人所不及思，與吴中李尚之鋭論天元一不相下，嘗至半九書塾與余共議此事。孝嬰有《北湖訪焦圖》，余亦記其事，刻孝嬰所著《衡齋算學》中。孝嬰於經學無不通，工六書、小篆，非徒算博士也。韓昌黎《寄皇甫湜》詩：『敲門驚晝睡，問報睦州吏。手把一封書，上有皇甫字。拆書放牀頭，涕與淚垂四。昏昏還就枕，惘惘夢相值。悲哉無奇術，安得生兩翅。』

夢遊仙 辛未元日，戲作七首。

天官

天官像，高展畫堂中。面目喜含春澹蕩，衣裳采映日曈曨。福降五方同。

竈王

竈王好，灑豆是芻糧。媚禱居然成老婦，提携或者作中郎。許願有黄羊。

臘月二十四日，送竈神上天，以大麥、黄豆灑於地，鄉人以彩色紙作高帽舞於門，呼云：『竈王來得好。』一人應聲云：『好。』謂之跳竈王。竈下養中郎將，見《後漢書》。

門神

門之上，神亦有移遷。赫奕冠裳猶去歲，飄零風雨又經年。何忮亦何憐。

鍾　馗

鍾馗者，假借即終葵。老我頭顱尖似筆，輪他心事鈍於椎。無地立身欹。

俗置鍾馗於後門上斜其紙貼之。《藝文類聚》引《語林》：『祖約謂梅陶、鍾雅曰：「君利如錐，我純如椎，持我鈍椎，捶君利錐。」』《漢書・食貨志》：『貧者無立錐之地。』

牀公牀母

公和母，筦簟兩棲情。足下龜兒春獻壽，座間獅子夜無聲。偕老慶長庚。

晝一叟一媪並坐，元旦置之簀間十五日，婦女以香花、餅餌供養拜之，隨即焚去。佛座地爲獅子牀。

坑三姑

三姑子，落溷惜花英。交士不羈唯是赤，將軍有幸孰如青。多矣閲人明。

《梁書・儒林傳》：『范縝在齊世，嘗侍竟陵王子良。子良精信佛教，而縝盛稱無佛。子良曰：「君不信因果，世間何得有富貴貧賤？」縝曰：「譬如一樹花，隨風而墮，自有拂簾幌墜於茵席之上，即有關籬牆落於溷糞之側。」』

井泉童子

兼山下，泉水發童蒙。蓬矢桑弧先射鮒，驂駒咫角好雕龍。養正有神功。

繪一井、一龍、一童子持弓矢。

糖多令・題阮梅叔秦淮餞秋圖

江外月華明，江南老雁聲。縱蕭疎、到也怡人。我要留渠還不肯，那却去、促他行。涼暵倏然更，秋行春漸生。洛城邊、早有人迎。記得秦淮橋畔水，大古里、只般平。

梅叔，名亨，芸臺先生弟也。向來曾從余學時文。

惜紅衣・題汪榆谷冷香水榭填詞圖步原韻

竹外虛亭，蓮邊曲榭，柳絲蕉影。寂寂闌干，緣何自憑凭。相羊不已，閑寫罷、花間新韻。秋暝。歌付小紅，把簫兒君品。　殘衣未盡。鷗鷺相看，溪風半吹鬢。今宵夢裏，脉脉動歸興，試問夕陽菰菜，究竟甚人能醒。只冷香吟處，時見野橋烟艇。

榆谷，名保孫，字肯堂，歙人，客於揚。工於填詞，著《桃潭漁唱譜》。其原作云：『寫景酬思，爲圖紀夢，夢中形影。水榭風來，何曾曲闌凭。紅情緑意，煩譜出、凌波丰韻。花暝。香逗彩箋，憶詞仙閒品。雄心耗盡，涼雨凄風，添愁上霜鬢。蓮房露冷，倦客賦秋興。故國昨宵歸去，懊惱杜鵑啼醒。問與君何日？同泛昉溪漁艇。』按：榆谷以此《圖》乞飲泉汪君作詞，飲泉應以《惜紅衣》，榆谷和之如此。飲泉，名潮生，乙卯副榜。姜堯章《念奴嬌咏吴興荷花》云：『冷香飛上。』詩句『冷香』二字本此。姜本詞有『留我花間住』之句，『花間新韻』謂此，非指唐人《花間集》也。陸務觀《真珠簾》詞：『看夕陽歐鷺，菰菜鱸魚都棄了。』張玉田《病中懷歸》詞：『歐鷺相看如瘦，近來不是傷春病。嗟流景，竹外野橋，猶繫烟艇。』

好女兒

階下自生鳳仙花，紅白各爲一叢，天豔頗類桃花，内一株獨高，亭亭一萼，大如酒琖，尤異觀也。

占滿牆陰，紅到秋深。整銷魂、羽化隨他意。甚飛身上頂，葉底根旁，縮本桃林。真是亭亭仙骨，彩雲内、九苞禽。始何人、派作黄花婢，看從來未許。陶潜私把，杜甫偷簪。

醜奴兒令・秋柳

輕盈記得春時候，花撲香車。翠滿津途，才見秋風影便疏。　休因摇落生惆悵，删盡繁蕪。寂寂吾廬，蝶弄鶯嘲一個無。

『蝶弄鶯嘲』，用劉叔安詞。

虞美人・羅養齋過余村舍以詩句見贈作此酬之

餘生又是三年過，萬卷羞言破。問余今歲事何如？答道湖邊地吉、草新鋤。　幽棲地僻經過少，病骨催人老。喜君走馬到茅堂，語我雷公鍼法《鬼遺方》。

『湖邊地吉草新鋤』，用姜白石詩。養齋名浩，海州人，爲吾友凌仲子表侄。乾隆己酉，偕仲子來揚，遂作客至今，托業於醫卜。性情疏澹，放懷棋酒間，於經史能窺見其藴，而不暇深求。詩古文詞，皆當行有識。或以醫人目之，非其志也。所咏《醫林雜詩》三十首，自仲景以及本朝喻嘉言、張石頑諸君，人置一評，極爲允協，於醫亦非淺云。

秋夜月

乾隆丁未，余與顧小謝同館於郡城，小謝令其弟仲嘉讀書羊䩞巷僧寺。每月夜，小謝招余至其處，啜苦茗，齩菱角，縱言爲樂。明年，小謝歿。越二十年，仲嘉又歿。辛未仲秋，月下食菱，感而賦此。

依然秋月，照寒窗，穿碧樹，依然光潔。記得僧寮更永，茗香人熱。却熊羆掀雷電，廣言霏屑哀樂。一瞬沫消燈滅。頭顱霜雪。到離群，惟往事縈縈心結。獨坐籬邊蕉影，幾聲蜻蛚問。遺編探幽鬱，蠹魚殘齧。揭車曉落，木蘭春折。

小謝名鳳毛，字超宗，長余一歲。劉文清公督學江蘇科試，小謝試經學，説『騶虞』千數百言，余亦以駢儷選體文試，文清公大獎進，同入學，爲學生。超宗興化人，父文子先生，名九苞，以經學名一時。超宗得諸家學。余得交超宗，始知天地間有經學，乃盡棄舊習，從事於經，就正超宗，超宗每直言道其是非。雖交友，余實以師事之。甲辰，嘉善謝東墅少宰督學江蘇，余與超宗同以經學往試，因同補廩膳生。戊申鄉試，超宗已中式，以策中斥《尚書孔傳》爲僞，抑置副榜。時超宗久病痁，適遠出，中寒，是冬遂没於郡城。仲嘉名麟瑞，辛酉選拔貢生。沈約撰《任昉墓志銘》：『幽光忽斷，窮燈黯滅。』司空圖《題柳柳州集後》云：『韓吏部歌詩累百首，其驅駕氣勢，若掀雷抉電。』陳子昂《寄東方虬書》：『洗心收視，發揮幽鬱。』

河傳・波斯雞冠

承露常住。杉樹鬱瑟尼沙，秋風紫綺隔窗。斜羅差、寶鬘華。六師外道瞿曇幻，刹那念、髮共恒河變。雄冠又學聖人徒，侏儒魌頭，七丈殊。

《太平御覽》引《江表傳》：『南郡獻長鳴承露雞。』又引《臨海異物志》：『彩雞黄冠青綬，常住杉樹下。』《一切經音義》：嗢瑟尼沙，一作鬱瑟尼沙。此云『髻』，即《無上依經》云：『鬱尼沙，頂角涌起，自然成髻是也。』又，『羅差』，譯云紫色也。』又，『西國結鬘師，多用蘇摩那華，行列結之以爲條貫。無問男女貴賤，皆以此莊嚴。』李白詩：『秋風吹落紫綺冠。』《涅槃經》：佛詣王舍城，受王供養，外道六師相與集聚，詣舍衛城。舍衛城中，須達多長者買祇陀園林，造立精舍，請佛居住。六師心生嫉妒，共集波斯匿王言：『唯願大王聽我等與彼瞿曇惒其道力。』波斯匿王即敕嚴駕來至佛所，白言：『世尊，六師向來求惒道力。』佛于爾時爲六師故，從初一日至十五日，現大希有神通變化。六師徒衆其數無量，破邪見心，正法出家。爾時六師内心慚愧，相與圍繞至婆枳多城，教彼人民信受邪法。佛時爲母處忉利天波羅質多樹下安居説法，六師心大歡喜，唱言瞿曇幻術今已滅没，復教無量衆生增長邪見。爾時頻婆娑王、波斯匿王及四部衆白目連言，此閻浮提邪見增長，衆生可愍，唯願大德，至彼天上稽首世尊，哀愍衆生，還來此住。《楞嚴經》：波斯匿王言：『我昔孩孺，膚腠潤澤，年至長成，血氣充滿。而今頹齡，迫於衰耄，形色枯悴，精神昏昧，髮白面皺，殆將不久，如何見此充盛之時。我年二十，雖號年少，顏貌已老初十歲時，於今六十又過於二。觀五十時，宛然强壯，沈思諦觀，刹那刹那，念念之間，不得停住。故知我身，終從變滅。』佛言：『我今示汝不生滅性，大王，汝年幾時見恒河水？』王言：『我生三歲，慈母携我謁耆婆天，經過此流，爾時即知是恒河水。』佛言：『大王，如汝所説，二十之時，衰于十歲，乃至六十，日月歲時念念遷變，則汝三歲見此河時，至年十三，其水云何？』王言：『如三歲，宛然無異。乃至於今年六十二，亦無有異。』佛言：『汝今自傷髮白面皺，必定皺于童年，則汝今時觀此恒河，與童時觀河之見，有童耄否？』王言：『否也。』佛言：『大王，汝面雖皺，此情性未嘗皺。皺者爲變，不皺非變。變者受滅，彼不變者，元無生滅。云何於中受汝生死，而猶引彼未加梨等，都言死後此身全歿。』王聞此言，信知身後捨生趣生，得未曾有。《神異經》：『東南方有人焉，周行天下，身長七丈，頭戴雞父魌頭，以鬼爲飯，以露爲漿，名曰尺郭，一名赤黄父。』《注》云：『魌，頭髮煩亂也。雞父未詳。』按：『雞父』，謂雞之雄者也。冠『雞父』，猶《史記》列傳稱子路『冠雄雞』。

六州歌頭

《府志》之役，余分得《忠義》、《孝友》、《篤行》、《隱逸》、《老釋》、《藝術》六傳，又《秩官志》，自漢迄明，用力最深，賦以記其事。

忠臣孝子，攟拾敢教遺。肝腸鐵，頭顱血，綴狐皮，寸心知。痛我雙親没，臂有肉，偏自惜，伊能割，真天性，允吾師。季主倉公，異術須詳叙，辨贗存疑。羨江湖茶竈，幽興接東籬，仙障禪空，慎書之。讀《張叔傳》，塞侯巧，周仁謟，不殊辭。祖腐史，載篤行，豈無稽？别醇疵。筆削風霜厲，過而廢，轉懷私。沿革地，核吴楚，析陳齊。誰道張遼官此，建安世、已棄江西。把拜除歲月，苦苦細尋思，馬迹蛛絲。

嘉慶丙寅，甯化伊公秉綬守郡，以《郡志》八十年不修，命余佐其事。明年，公以憂去。已巳，直指阿公復有事於此，請歸安姚秋農殿撰主其事，余分得若干卷。向議以直録史書原文，不加增損而注其所從出，然史書中無傳，或附於他傳，或散見别籍者，焉能守此議？余乃搜集連綴，如樂鳳附《明史・胡大海傳》，則考汪廣洋《鳳池吟稿》，知其以架閣直中書省，督運宣、徽。考《宋文憲集・故諸暨陳府君墓碣》，知其知諸全師，禮事陳大倫，他皆放此。舊志於孝子之割股者多删棄，而割肝之蕭孝子則不削。余謂割肝割股，正是孝之實迹，非他虛譽可比，乃悉登之不敢遺。興化陳嘉謨以父枉繫獄，齧指作血書，投運使白公，沉水死，舊志不載此書，於張符驤《依歸草》中録得其半，亟載之。高郵孔應試割肉救父母三十二處，父病瘧，或令其摘冥官眼，立止曰：『神目不可抉，當以吾目代之。』曰：『與其令鬼畏，不若令鬼憐也。』應試、農夫，可稱奇孝，舊志以爲愚，删之，真腐儒之見也。篤行之名，本於太史公。醇篤如萬石君固載，即謟佞如周文，以其一端可録即録之，而稱爲『篤行君子』。『篤行』二字，原非如聖神明哲，必不可假借者。余用此義，凡有一事可稱長者，悉録之。同事者或以爲濫，芟去十分之六七。余作書與姚先生，而姚先生不能違同事者之口，竟芟去。然芟者固不必芟也。余存稿本，以爲《揚州篤行録》。太史公載扁鵲、倉公，司馬季主最詳，以『術藝』非泛言所可盡也。詳載其術，且亦明其非虛譽，而其術可傳也。余於此傳最詳。而舊志所載殷渠針孕婦事，則全襲《宋史》龐安常，而改易至於無理。又，高郵袁班長於醫，頗爲喻嘉言所許，舊志稱其按脉極捷。顧明醫按脉以細求，乃得其精，惟市井醫本不知脉，手下僞作持脉狀，而口談他務，一診即止，此輩余深惡之，乃用以稱道，不啻痛詈之矣。若此者，俱辨而芟之。官制全憑沿革，舊志疎舛不勝指，余鈎討久之，凡周、漢以來疆域，稍得其概。於漢廣陵太守，晋徐、兖、青刺史，宋、齊、梁、陳南兖刺史，北齊東廣州刺史，周、隋吴州總管，唐揚州長史，皆考得其次序，視舊志爲核。杜佑《通典》以廣陵爲魏地，舉文帝幸廣陵、張遼屯海陵爲證，不知孫策攻陳登於匡琦城，操遷登於東城。建安十八年，曹公攻濡須口，不克，民自廬江至廣陵户十餘萬，皆東渡江，江西遂虛，吴以孫韶爲廣陵太守，遥領之，其地何得爲魏有？余别撰《邗記》五卷，載所考辨之事。

霜天曉角 半九書塾八咏。

嘉慶己巳，纂修《郡志》，得修脯金五百，以少半買地五畝，在雕菰淘中，其形盤曲若嬴，以爲生壙，其太半於書塾之乙方，起小樓方丈許，四旁置窗，面柳背竹。黄玨橋在東北半里許，橋外即白茆湖，行人往來趨市，帆檣出没，遠近漁燈牧唱，春秋耕穫，盡納於牖。樓下置櫝，以生平著述草稿貯之，以爲殁後神智所棲託。壙以藏骨，樓以息魂，取淘之名以名樓，曰雕菰樓。樓北二老桑，翳骩四布，編竹作籬。籬下種蕉數本，設石案一，石墩二，曰柘籬。籬外舊有竹數畝，於竹中闢一徑，隨其勢曲直，以達于後扉。逕東有邱，因邱築小亭。亭外植紅薇十數本，薇表於亭，竹表於薇，長夏花發竹中，晨起坐闌楯間，衆鳥作聲，不知有人，曰紅薇翠竹之亭。徑以西隤而下，置屋鋭兩桀，東嚮面竹，其南黄梅一株，先曾祖父手植也。歷百餘年，舊幹已萎，肄櫱復成樹，扶疎負書塾後，以垣圍其左，不令梅與竹雜生，曰蜜梅花館。梅右啓小門通塾，塾故四楹，西一楹，余幼時讀書所在，修葺使明潔，讀《易》其中。近年悟得天元一、正負如積之術，全乎《易》理，以數窮《易》，以《易》倚數，日坐室中，苦思寂索，别有撰述，或賦詩詞不在此，曰倚洞淵九容數注《易》室。室外書塾，先人遺構也。塾前故有木蘭，高數丈，花時如玉琢浮圖，前年槁於水，不忍去也。又不忍見凋落狀，斷其上枝，存橛株數尺，覆土作邱，與昔邱邇，標以石峰，高七尺，植雜卉奇石，曰木蘭冢。冢東海棠一株，木犀一株，牡丹一株。在昔邱上面木犀，舊有屋作舫狀，雕菰樓在其東北，石鐫仲长统像，並《樂志論》嵌於壁，曰仲軒。軒南即塾門，軒面西，門面東，門外高柳十數株，間以桃。樓俯其北，啓南窗，緑影滿牀，不見其外，柳下多木夫容水蘋，夏月烏犍卧樹側，犨然作聲。木蘭冢而南，山茶一株，與牡丹、木犀、海棠、黄梅、二老桑歲相若，東西各生一小株，垂二十年，春時能隨老本發花，自二月至於四月不歇。連書塾右室有廊，引而申之，帶於山茶。南廊端稍闊，可坐以向花，用蘇長公句名之，曰花深少態簃。或曰：少態，誚詞也。余曰：『非也，物之有態者必妖媚。妖媚，非典也。長公又稱其後凋耐寒，直以松柏比之矣。彭城劉蒙《論菊》云：「或問菊奚先？曰：先色與香，而後態。」又云：「安有君子而可以態乎？」以此證坡詩，則少態非誚詞也。』

雕菰樓

春蠶自裹，有地埋藏我。我有心肝歐出，却何地，將渠妥。學天隨像麽，學文泉冢麽。起個小樓收貯，也唤做，雕菰可。

陸魯望建祠堂塑己像，咸淳中，有盛氏子醉，仆其像於水，腹中皆其生平詩文稿。見《湧幢小品》。

柘籬

吾非杜五，日坐蒲蘇處。編得竹籬長短，更種得巴蕉樹。一春春已暮，一天天又午，幾個鶺鴒飛起，一陣陣，花如雨。

《宋史·隱逸傳》：『杜生潁昌人，人呼爲「杜五郎」，所居去縣三十里，黎陽尉孫軫訪之，問何以三十年不出門？笑指門外桑樹曰：「憶十五年前，曾納涼其下，何謂不出？」』何休《公羊傳》注：『暴桑，蒲蘇桑也。』

紅薇翠竹之亭

郁李甘棠，鳩鳴都不芳。那比紅薇依竹，好耐久，又生涼。小亭，花外長，雜花亭外香。睡一覺茶方熱，看放鶴，聽鳴榔。

蜜梅花館

澹黃依舊，不與南枝鬥。還怕竹枝非偶，牆一段，圍孤瘦。歲久香不朽，先人遺澤厚。永念惠和虛止，瞻弗及，冀我後。

張文潛《蠟梅花詞》：『鵝黃初吐，無數蜂兒飛不去，別有香風，不與南枝鬥淺紅。』洪覺範詞：『孤根來自水雲鄉，風味天然醞釀。』李士舉詞：『冰霜相與瘦。』李易安詞：『纖枝瘦綠天生嫩。』

倚洞淵九容數注易室

病軀求自適，閉户窮《周易》。悟得《洞淵》微妙，冥思處，當敲奕。　非甘勞七尺，情性惟斯癖。恐怕頭撞徐勉，繩床上，坐穿席。

《魏書·李景珍傳》：『每休閑之際，閉門讀書，不交人事。嘗謂人曰：「吾所以好讀書，不求身後之名，但異見異聞，心之所願，是以孜孜搜討，欲罷不能，豈爲聲名勞七尺也？此乃天性，非爲力强。」』『頭撞徐勉』，用祖暅之事。『繩牀』、『坐穿』，用魏收『板牀』事。

木蘭冢

如此凋零，窗前無白雲。葬得駒株幾尺，教何處，覓花身。　冢東春草青，冢西春鳥鳴。他日但存培塿，休誤認，女郎墳。

仲　軒

我訝仲長子，達生論《樂志》。既要卜居清曠，曹公辟，爲何起？　不必號高士，無容尋老氏。最是兼珍飴母，賫斯願，念公理。左右兩小本，恰與兒女同。君不見桃李樹，惟有態，怯霜風。

花深少態簃

木犀青翠裏，金攢菜椀紅。四十九回看到，花如昔，我成翁。菜椀心。

楊廷秀《山茶》詩：『樹子團團映碧岑，初看喚作木犀林。誰將金粟銀絲膾？簇飣朱紅菜椀心。春早横招桃李妬，歲寒不受雪霜侵。題詩畢竟輸坡老，葉厚有稜花色深。』王安中《山茶》詩：『看到婆娑鬢已華。』蘇長公詩：『長明燈下石闌干，長共杉松鬥歲寒。葉厚有稜犀甲健，花深少態鶴頭丹。久陪方丈曼陀雨，羞對先生苜蓿盤。雪裏盛開知有意，明年歸後更誰看？』又云：『蕭蕭南山松，黄葉殞勁風。誰憐兒女花？散火冰雪中。能傳歲寒姿，古來惟邱翁。趙叟得其妙，一洗膠粉空。掌中調丹砂，染此鶴頂紅。何須誇落墨？獨賞江南工。』張志淳《水昌二芳志》：一杜鵑，一山茶也。山茶共三十六種，皆志永昌所出。其説云：『花於窮冬萬彙凋傷之時，節也；緑陰歷歲不改，貞也；花謝即結蕊，結蕊竟歲始花，厚也；色應於離明，文也；端麗而不媚，有君子之容，德矣。世謂其少態，態之少，節之符也；又謂其似癡，癡之蘊，貞之發也；又謂其葉重如犀甲，甲之重，厚之徵也。譬之人焉，他花如戚夫人矣，如籍孺、閎孺矣，兹其周勃之倫乎？君子於是果孰尚諸必有別矣。』按：此志作於嘉靖六年。志淳，進士出身，官南京户部右侍郎。余塾中所植，其《志》中謂之野大葉次弟十八，然其花兩蒂相併，花傭云此名鐵殼，他種可烘令早放，惟此不能，必俟其自開，蓋山茶中最健傲者，書此以補志淳《志》所未及。時嘉慶辛未九月二十一日。

婆羅門引・題慶葊和尚名山行脚圖

如來若見，坐禪習定總皆非。塵埃拂拭何爲？可以閉關不出，可以出忘歸。便清涼歷過，又到峨眉。孤雲自飛，任來去，任東西，一杖一瓶一鉢，影共身隨。百年故紙，誰鑽得、空教學蠅癡。休更問、月黑山危。

阮芸臺先生《送慶庵和尚往峨眉山記》：「嘉慶庚午秋八月，慶葊和尚將由京師往峨眉，和尚乃吾鄉人，極有志行，出家之雄者也。歲丙寅，余過揚州隆慶葊，時太守伊墨鄉同年亦來共蔬飯，庵西箱北壁有小門，方徑尺，僧小石言有僧閉關此中寫經者數年矣。叩之，門乃開，慶葊據門與客語，且觀其所寫經，經字精嚴，千畫如一。和尚所居室方丈許，盥食皆門入。後牆略有隙，爲厠而已。不薙髮，髮垂至要。和尚故善寫經，自嘉慶八年發願，以臘八日閉關，手寫四十二章《法華》、《楞嚴》、《涅槃》、《楞伽》、《維摩》、《菩薩戒》諸經，數十百種。太守與余共異之，且肅容敬之。葊中有大銀杏二株，數百年樹也。太守將改書葊額，思易其名，余名之曰「雙樹葊」，太守以隸古書之。次年，太守以父憂去官，余服除入都。

庚午夏，和尚來京師，余見之於龍泉寺。和尚自謂嘗兩拜普陀，一拜九華，歸而閉關六年，寫諸經三百餘卷。在關，夜持瑜伽熖口，一千八十臺，己巳臘八日出關。庚午春，由揚州登五臺，六月至京師少住，茲又將拜峨眉矣。余曰：『和尚志行，可謂精進堅定者矣。夫天下事當爲其難者，釋家亦何獨不然？余與諸鄉人親見和尚苦行如此，此出家之雄者，可謂難矣。於其行也，鄉人共送之，余且爲記之如此。和尚名明本，揚州甘泉西山人，姓沈氏。』《東坡詩集》：『愈上人以詩名嶺外，將訪南岳，留詩壁上云：「閒伴孤雲自在飛。」』守清禪師，有僧問如何是和尚家風？曰：『一瓶一鉢，到處是生涯。』古云見窗上蠅，曰：『空門不肯出，投窗也太癡。百年鑽故紙，未見出頭時。』僧那禪師謂門人曰：『不明本心，則如月黑夜履險。』薛簡問能禪師曰：『京師禪德，皆云欲得慧道，必須坐禪習定。』能曰：『道由心悟，豈在坐也。經云若如來，若坐若卧，是行邪道。』又，能偈云：『菩提本非樹，明鏡亦非臺。本來無一物，何假拂塵埃。』以上四條，俱《傳燈録》。楊竹廬都尉與慶萚爲方外交，慶萚歸自京師，以此圖付都尉，即由揚州往蜀。辛未秋，慶萚自峨眉歸。是冬十二月送竈神日，黃玨橋人焦循作此詞並跋。

漁家傲·題黃竹雲舟隱圖

蹇産蟬媛聲帶郢，風波歷盡扁舟穩。倦客天涯誰共隱。閒繫艇，蕭蕭白髮孤鴻影。

村酒自酤隨量飲，名言不惜相持贈。言者醉兮聽者醒。休再問，從來不告人名姓。

吴穀人先生《舟隱圖詩序》：『嘉慶丙寅夏五，黄生盛修有江上之行，見操舟者年約七十餘，須髮皓然，舉止越俗，異而問之，則楚人也。家世讀書，遭兵變，兄弟妻子相失，孑身來江南，業此者十餘載矣。歷叙生平，言甚凄楚，且謂盛修曰：「吾子有可爲，當以難進易退爲主，幸勿忘。」邀與之飲，量極豪，至月上潮生，興盡始罷。臨别，出竹扇贈，盛修辭之，則曰：「聊以寄吾志耳。」問其姓名，笑而不答，鼓櫂夷猶而去。嗚乎！翁蓋熟於世路風波之險，故風波無以入其胸，而遂不惜以風波老也。然則翁非舟人，翁殆隱于舟者歟？』

臨江仙·喜晴

風雨纏綿半月，閉門跧縮如蝸。今朝喜見日痕斜。滿階如意草，一樹合歡花。
砍取窗邊老竹，呼童補好籬笆。牀頭有酒不須賒。此間無熱客，同醉到漁家。

西江月·丁丑二月初三日作

檻外紅英窈窕，鏡中白髮鬔鬙。十年前已作枯僧，不道看花有興。著得新書幾尺，思穿奥境千層。自家删改自抄謄，閒把詩詞手訂。

浣溪紗・丁丑六月雜咏四首

獨坐黄昏兩鬢鬆，豆花搖處覺西風，嘶嘶有個翦刀蟲。一片烏雲螢影外，幾回細雨竹聲中，無端秋已到簾櫳。

枕上鑼聲過四更，桑顛膈膈又雞鳴，老年筋骨不勝横。殘月半痕星數點，槐花如雪曉光明，起來閒對一天晴。

撤盡窗櫺向竹叢，萬竿青翠小庭東，薇花忽露一枝紅。策杖老僧新寂去，諷書稚子日相從，别無人到有薰風。

湖水新添幾尺泉，野航閒繫柳陰邊，移他前去共鷗眠。快折殘荷烹芰角，莫驚孤鳥立魚筌，歸來才上月輪圓。

易餘籥録

卷一

吾鄉處士王大名先生，諱方魏。承其先觀濤吏部之學，以《易》教授于里中。余祖母，大名先生之女孫也。故先祖、先父俱好《易》。先父嘗云：『歷來講《易》者，多不能使《易》辭了然明暢厭人意，惟於辭之同處思而貫之，當得其解。如「密雲不雨，自我西郊」，《小畜》言之矣，何以《小過》又言之？「帝乙歸妹」，言于歸妹宜矣，又何以言於泰？「先甲三日，後甲三日」言於蠱矣，何以巽又言「先庚三日，後庚三日」？於此求之，庶有途徑可入。』循奉此教，凡四十年而成《易學三書》，未知能當先父之意。然先父所示學《易》可入之途徑，固賢人所不能易也。

《履齋示兒編》以唐董貝爲『《易》聖』，貝未考何人，疑是董穎。然穎非唐人，其爲『《易》聖』亦不可考。《唐書・隱逸傳》：『衛大經邃於《易》，人謂之「《易》聖」。』

《易》以艱爲吉，以既憂之爲無咎。按：《書多方》：『有夏誕厥逸，不肯㦨言於民。』謂安樂而不知憂也。安而不憂，則不克終日勸于帝之迪，此艱所以吉，而憂所以無咎也。

《召誥》：『無疆惟休，亦無疆惟恤。』『休』即休否、休復之『休』，『恤』即勿恤之『恤』。不恤則休，不休則恤，可以《書》解《易》。

《書梓材》：『惟其塗塈茨。』《説文》：『塈，仰涂也。』説者謂在高處多須仰。按：《釋名》：『塗，杜也，杜塞孔穴也。』『塈猶煟，煟細澤貌也。』蓋先以粗泥杜塞墻垣之孔穴，使之平實爲塗，因而如以粉飾，使細澤爲塈。故馬融直以塈爲墍色，屋上施履名仰角。亦見《釋名》。則粗泥之上，加以細澤之泥爲仰塗，又加以白蜃則爲墍。《書》單言塈，包墍在内，故以墍訓之。其實塗、塈、墍自分三次工矣。兩物相合在上而冒者爲俯，在下而承者爲仰。因而在表之承乎裏，猶在下之承乎上，亦得以仰稱之。

《左傳》例以弑君稱君，君無道，稱臣，臣之罪。杜預《春秋釋例》申廣其説云：『天生民而樹之君，使司牧之，群物所以繫命也。故戴之如天地，親之如父母，仰之如日月，事之如神明。其或受雪霜之嚴，雷電之威，則奉身歸命，有死無貳。故《傳》曰：「君，天也，天可逃乎！」此人臣所執之常也。然本無父子自然之恩，未有家人愛玩之習，高下之隔懸殊，壅塞之否萬端。是以居上者降心以察下，表誠以感之，然後能相親也。若亢高而自肆，群下絶望，情義圯隔，是謂路人，非君臣也。人心苟離，則位號雖存，無以自固。』按：杜預爲司馬懿女婿，司馬師、司馬昭之妹夫，親見成濟之事。司馬氏之于高貴鄉公，真否隔壅塞者矣。杜預假《左氏傳》以爲司馬氏解耳。與孔子懼作《春秋》之旨大相悖謬。自師、昭而下，若劉裕、蕭道成、蕭衍、陳霸先、石虎、苻堅、高歡、宇文泰、楊堅之流，真視君如路人，宜杜預之學獨行江表，真邪説誣民也。余别有專書詳之。

劉表以女妻王凱，生業，業生二子，長宏，次弼。凱爲王粲族兄。粲二子既誅，業爲粲嗣。然則王弼爲劉表外曾孫，而王粲之嗣孫也。劉表爲荆州牧，開立學官，博求儒士，使宋衷等撰定《五經章句》。表撰《易章句》五卷，衷注易九卷。弼兄宏，字正宗，亦撰易義。見《釋文》。王氏之于易，蓋淵源于劉表，而表則受學于王暢，暢爲粲之祖父。劉表、王業皆山陽高平人，漏高貴鄉公謀于司馬昭以成弑君之惡者，此又一王業。

王羲之《誓墓文》：『常恐斯亡無日。』『斯』同『澌』，死者，澌也。《周易》『斯其所』、『朋至斯孚』，皆『澌』字之省，晋時尚明此義。

《唐書》言楊綰『經誥微趣，學家疑晦者，一見即詣其極』。『經誥』，猶云經典。

成伯瑜《毛詩指説》云：『六言成句者，「昔者先王受命」、「有如召公之臣」是也；七言成句者，「如彼築室于道謀」、「不敢效我友自逸」、「我生之初尚無造」是也。今《毛詩正義》本作「有如召公」，無「之臣」二字，「我不敢效我友自逸」有「我」字。』又云：『句之少者，《芣苢》止於二句耳。今《芣苢》三章，每章四句。』成氏以爲六章也。孔穎達《正義舉》六言，亦引『有如召公之臣』，而七言但引『如彼築室于道謀』、『尚之以瓊華乎而』，八言則引『我不敢效我友自逸』，其有『我』字，與今本同。《有兔爰爰》每章七句，則成氏以『我生之初尚無造』七字爲句，亦與鄭不同。

張平子著《周官訓詁》，崔瑗以爲不能有異於諸儒也，又欲繼孔子説《彖》、《象》殘缺者，竟不能就。夫訓詁周官，且不能異於諸儒，而乃欲繼孔子説《彖》、《象》，亦不自量矣，宜其不能就。且《彖》、《象》何以見其殘缺，殊不可解。

杜詩薦伏湛疏云：『湛容貌堂堂，國之光輝。』『堂堂』，即用《論語》『堂堂乎張』之義，然則『堂堂』非失德也。

《西京雜記》言：『正月上辰，出池邊盥濯，食蓬餌，以祓妖邪。』按：《論語》『莫春浴沂』，亦正指建寅之月，夏之正月也。天初燠猶寒，故料理春服。若是夏正之三月莫春，則已春末，將料理絺綌夏衣矣，不宜此時始成春服也。説者舉此謂《論語》用夏正，然行夏之時，聖人論爲邦如是，豈遂令諸門弟子改時王正朔而皆以夏正爲説乎？浴乎沂，即所云『池邊盥濯』耳。『蓬餌』，未知何物。近人餅餌類有所稱燒賣者，撮其首蓬蓬然，或其遺制與？

《詩王風》：『中谷有蓷，暵其乾矣。』《毛傳》云：『暵，菸貌。陸草生於谷中，傷于水。』《正義》曰：『蓷，草，宜生高陸之地，今乃生於谷中，爲谷水浸之，故乾燥而將死。』按：水浸宜菸於濕，何得乾燥將死？殊不可解。自壬戌家居，棲遲湖水之間，每歲水溢，凡花草蔬稻之類，水溢滅頂者即爛盡，惟高出於水者，枝葉浮於水外，華而秀，秀而實，隨水而生，不遽爛死。俟水退，踣於泥中，值秋陽暴之，立時枯槁。目驗數年，乃嘆詩人之工于咏物如此。暵其濕，謂其漬於水中也。暵其脩，謂其隨水而生，其長倍也。暵其乾，謂水退而槁於日也。

《爾雅釋詁》：『於，代也。』於，此『於』字，乃《堯典》『黎民於變』之『於』，『於變』猶云更變，代即更也，訓『於』爲語詞，非是。邵氏撰《爾雅正義》引《孟子》『女其于予治』，于與於通，不如『於變』本文，即以變字連放字爲義。

《後漢書》《樊準傳》：『一人開門，徒衆百數。』注云：『開門，謂開一家之説。』

唐邱光庭《兼明書》云：『大中年中，《毛詩》博士沈朗進《新添毛詩四篇表》云：「《關鴡》後妃之德，不可爲《三百篇》之首。蓋先儒編次不當耳。今别撰二篇爲堯、舜詩，取《虞人之箴》爲禹詩，取《大雅》、《文王》之篇爲文王詩，請以此四篇置《關鴡》之前，所以先帝而後后妃，尊卑之義也。」朝廷嘉之。』按：沈朗可謂妄矣，宋人删改經文，皆朗之識也。光庭斥爲狂謬妄作，誠然。

趙宋儒者改易經文最爲惡習，惟胡氏『以誠不以富，亦祇以異』當移在『齊景公有馬千駟』章『其斯之謂與』句上，恰非無見者。

《毛詩》標興

《關鳩》首章弟二句。
《樛木》首章弟二句。
《麟之趾》首章弟二句。
《行露》首章末。
《何彼穠矣》首章弟二句。
《終風》首章弟二句。
《匏有苦葉》首章弟二句。
《泉水》首章弟二句。
《柏舟》首章弟二句。
《竹竿》首章弟二句。
《揚之水》首章弟二句。
《葛藟》首章弟二句。
《蘀兮》首章弟二句。

《葛覃》首章弟三句。
《桃夭》首章弟二句。
《鵲巢》首章弟二句。
《摽有梅》首章弟二句。
《柏舟》首章弟二句。
《凱風》首章弟二句。
《谷風》首章弟二句。
《北門》首章弟二句。
《牆有茨》首章弟二句。
《芄蘭》首章弟二句。
《中谷有蓷》首章弟二句。
《采葛》首章末。
《風雨》首章弟二句。

《卷耳》首章弟二句下云：「憂者之興也。」
《漢廣》首章弟四句。
《草蟲》首章弟二句。
《江有汜》首章弟一句。
《绿衣》首章弟二句。
《雄雉》首章弟二句。
《旄邱》首章弟二句。
《北風》首章弟二句。
《淇澳》首章弟二句。
《有狐》首章弟二句。
《兔爰》首章弟二句。
《山有扶蘇》首章弟二句。
《野有蔓草》首章弟二句。

《東方之日》首章弟三句。
《敝笱》首章弟二句。
《揚之水》首章弟二句。
《杕杜》首章弟二句。
《葛生》首章弟二句。
《蒹葭》首章弟二句。
《晨風》首章弟二句。
《東門之楊》首章弟二句。
《月出》首章弟一句。
《蜉蝣》首章弟二句。
《鳲鳩》首章弟二句。
《鹿鳴》首章弟二句。
《杕杜》首章弟二句。
《湛露》首章弟二句。
《鴻雁》首章弟二句。
《黄鳥》首章弟三句。

《南山》首章弟二句。
《園有桃》首章弟二句。
《椒聊》首章弟二句。
《鴇羽》首章弟二句。
《采苓》首章弟二句。
《終南》首章弟二句。
《無衣》首章弟二句。
《墓門》首章弟二句。
《澤陂》首章弟二句。
《鳲鳩》首章弟二句。
《九罭》首章弟二句。
《常棣》首章弟二句。
《南山有台》首章二句。
《菁菁者莪》首章弟二句。
《沔水》首章弟二句。
《斯干》首章弟二句。

《甫田》首章弟二句。
《山有樞》首章弟二句。
《綢繆》首章弟二句。
《有杕之杜》首章弟二句。
《車鄰》次章弟二句。
《黄鳥》首章弟二句。
《東門之池》首章弟二句。
《防有鵲巢》首章弟二句。
《隰有萇楚》首章弟二句。
《下泉》首章弟二句。
《狼跋》首章弟二句。
《伐木》首章弟二句。
《蓼蕭》首章弟二句。
《采芑》首章弟三句。
《鶴鳴》首章弟二句。
《節南山》首章弟二句。

《小宛》首章弟二句。《小弁》首章弟二句。《巷伯》首章弟二句。
《谷風》首章弟二句。《蓼莪》首章弟二句。《大東》首章弟二句。
《瞻彼洛矣》首章弟二句。《裳裳者華》首章弟二句。《桑扈》首章弟二句。
《鴛鴦》首章弟二句。《采菽》首章弟二句。《角弓》首章弟二句。
《菀柳》首章弟二句。《頍弁》首章弟二句。《車舝》首章弟二句。
《青蠅》首章弟二句。《采綠》首章弟二句。《黍苗》首章弟二句。
《隰桑》首章弟二句。《白華》首章弟二句。《綿蠻》首章弟二句。
《苕之華》首章弟三句。《綿首》章弟三句。《棫朴》首章弟二句。
《卷阿》首章弟二句。《桑柔》首章弟四句。《振鷺》首章弟四句。

鄭康成謂：『比，見今之失。』『興，見今之美。』觀毛於《雄雉》、《芄蘭》諸刺詩，皆標興，則康成説非也。鄭司農謂：『比者，比方於物；興者，托事於物。』孔穎達謂『托事於物，爲取譬引類，起發己心，詩文諸舉草木鳥獸以見意者，皆興辭』是也。而謂諸言如者皆比辭則不然。《斯干》言『如竹苞』、『如松茂』，毛亦標興云：『如，正所謂取譬也。標興多在首章，惟《車鄰》標于次章。然則一詩之中，不必全篇皆興也。於《振鷺》標興明不獨《風》、《雅》有之，《頌》亦有之也。』

王楙《野客叢書》譏人稱母爲北堂，本《毛詩》『焉得諼草，言樹之背』。《詩》意謂君子爲王前驅，過時不返，家人思念之切，安得諼草種此北堂，以忘其憂，蓋北堂幽陰之地，可以種萱，未嘗言母也。不知何以遂相承爲母事？與以鄉里爲桑梓之謬同。《詩》意謂桑梓人賴其用，猶不敢殘毁，寓恭敬之意，而况父子相與，非直桑梓而已，非謂桑梓爲鄉里也。余按：《易》言『不事王候，高尚其事』，説者以爲巢由之隱遁。『王臣蹇蹇，匪躬之故』，説者以爲諸葛孔明之鞠躬盡瘁，與萱草爲母、桑梓爲鄉里何異？

《太玄》准《易》，詳見《漢上易傳》，本孟喜、京房卦氣以爲之序也。中、《中孚》。周、《復》。礥閑、《屯》。少、《謙》。戾、《睽》。上干、《升》。狩羨，《臨》。此冬至至大寒之氣也；差、《小過》。童、《蒙》。增、《益》。鋭、《漸》。達交、《泰》。耎徯、《需》。從進、《隨》。釋、《解》。格夷、《大壯》。樂、《豫》。争、《訟》。務事、《蠱》。更、《革》。斷毅，《夬》。此立春至穀雨之氣也；裝、《旅》。衆、《師》。密親、《比》。斂、《小畜》。强晬、《乾》。盛、《大有》。居、《家人》。法、《井》。應、《離》。迎、《咸》。遇、《姤》。竈、《鼎》。大廓、《豐》。文、《涣》。禮、《履》。逃唐、《遯》。常，《恒》。此立夏至大暑之氣也；永、《恒》。度、《節》。昆、《同人》。減、《損》。唫守、《否》。翕、《巽》。聚、《萃》。積、《大畜》。飾、《賁》。疑、《震》。視、《觀》。沈、《兑》。内、《歸妹》。去、《无妄》。晦瞢、《明夷》。窮、《困》。割，《剥》。此立秋至霜降之氣也；止堅、《艮》。成、《既濟》。闞、《噬嗑》。失劌、《大過》。馴、《坤》。將、《未濟》。難、《蹇》。勤養。《坎》。胡雙湖《啓蒙易傳》載王薦玄《圖發微》，所刻《准易圖》，視《漢上》爲詳。其不同者，羨爲《小過》，進爲《晋》，應爲《咸》，永爲

《節》，疑爲《賁》，沈爲《歸妹》，勤爲《蹇》，此是也。朱彝尊《經義考》采鄭樵《通志略玄圖發微》三卷，不注作者姓名，以胡氏所載考之，則王薦作也。晁説之《易元星紀譜自序》云：『得康節先生《玄圖》。』然則薦所撰《玄圖發微》，蓋即發康節《元圖》之微。晁云古今諸儒之失多矣，如羨準《小過》，而以準《臨》則失之；夷準《豫》，而以準《大壯》則失之；應準《咸》，而非《離》，沈準《觀》，而非《兑》。惟《震》、《離》、《坎》、《兑》，是四正卦，《易》所不用，則《玄》亦無所準矣。且《玄》既不準《坎》，《震》而乃獨準《離》、《兑》邪？永準《同人》而非《恒》，疑準《賁》而非《巽》，或以疑準《震》，尤非是。按：此所駁皆據《漢上》所有，所易者多與薦同。然薦以沈準《歸妹》不準《觀》，夷準《大壯》與《漢上》同。永準《節》不準《同人》則非。緣晁破而更者，晁所破似即康節之圖，乃稱不準《坎》、《震》，而《漢上》則勤準《坎》，疑準《震》，疑之準《震》，晁所舉之或説也。《漢上》勤，《坎》也，《坎》當是《頤》之僞，頤，不宜無準也。常準《恒》在夏末，不應又永準《恒》在秋初。然永宜準《恒》，不宜準《節》，《恒》之義爲久，久則永也。準《同人》，則隔一《節》卦矣。此又《漢上》是而王、晁非也。卦氣之説，余所深屏。《太玄》準之，本不足議。惟其以訓詁相準，頗可考證。夷之準《豫》是也。迎與遇義同，當是準姤，闞當是噉字之通借，故準《噬嗑》，旅人取行裝，否塞則呻吟，巽順則翕合，似以此取義，然而鄙矣。勤之準《頤》，格之準《大壯》，疑之準《賁》，則不可解。

周丹如嘗述其師常先生云：『《梁惠王下篇》「莊暴」章《集注》，凡「樂」字讀「洛」者，皆明注之。如「獨樂樂」則云「樂樂下字音洛」，「孰樂」亦音「洛」，「不與民同樂」則云「同樂之樂，音洛」。其下節「與民同樂」則亦必云「同樂之樂，音洛」。然則此外「樂」字皆讀「岳」，不讀「洛」也。末節云「今王與百姓同樂」，此「樂」字不音「洛」，則與好樂、今之樂、古之樂、獨樂、與人樂、與少樂、與衆樂、爲王言樂、鼓樂等「樂」字同。故引范氏云：但與民同樂之意，則無古今之異耳。明以同樂即與人樂，與衆樂也。今讀末節「樂」字作「洛」，非《集注》義。』周又云：『「爲阱于國中」，《集注》，阱，才性反，則讀爲青之去聲。俗以由高蹶下爲阱下，去正呼青，去聲即此阱字。』常先生名鴻儀，丹如名玉桂，皆甘泉北湖人。

《公羊傳》云：『言我者，非獨我也。』用此解《論語》，則云：『何有於我哉？』『是吾憂也。』『我』、『吾』二字，不必泥屬孔子身上。『止吾止也』，『進吾往也』，兩『吾』字正同。《大雅》：『韓侯顧之』，《毛傳》云：『顧之，曲顧道義也。』惠定宇引《列女傳》：『齊孝公迎華氏之長女孟姬，於其父母，三顧而出，親授之綏，自御輪三，曲顧，姬輿遂納於宫。』《淮南子・泛論訓》高誘《注》：『蒼梧繞，乃孔子時人，以妻美，好推與長兄，於兄則愛矣，而違親迎曲顧之義。』段懋堂《詩經小學》引惠所引而補之云：『按：《白虎通》亦曰：必親迎御輪三周，下車曲顧者，防淫泆也。』按：楊慎《升庵外集》已及之，云：『親迎御輪三周，下車曲顧，即《詩》所謂「韓侯顧之」是也。』此即引《白虎通》説，惟不明標所出，則明人習氣，而惠氏蓋以楊氏及之，故不引也。

《易睽六三》：『其牛掣』，王弼讀如字，子夏作『契』，一角仰也。荀爽作『觭』，虞翻作『掣』。而解爲一低一仰。鄭康成云：『牛角皆踊曰㸷。』劉氏云：『觢，牛角皆踊也。』《爾雅》、《説文》並有觭、觢二字，其訓『觭』者云角一俯一仰，其訓『觢』，則《爾雅》同于康成，《説文》等於子夏。竊按：角有二，一仰則必一俯，是觢之一角仰，即是觭之角一俯一仰。觭觢，猶《荀子》言掎契。見《議兵篇》。《説文》：『齮，齧也。觭之於觢猶齮之於齧。』《釋名》：齧，挈也。觭、觢，義同於掣，故或讀爲契，或讀爲觭，或以爲一角仰，或以爲一俯一仰，其義本同。惟鄭、劉以爲皆踊則異。説文兼采經訓，用一仰一俯訓觭，用一角仰訓觢。爾雅中多有後人附益。蓋亦取諸經訓，以一俯一仰訓觭，以皆踊訓觢，此《説文》與《爾雅》所以不同耳。

記云：『屬辭比事，《春秋》教也。』《後漢書》陳忠『奏上二十三條，爲《決事比》』。注云：『比，例也。』然則比事即例事，《春秋》之有例，《經解》言之矣。

卷二

英大冢宰石刻劉文清公手迹內，書《周禮》、《大司樂》六變天神降，八變地示出，九變人鬼禮一段，《大司徒》以五均之法辨五物九等一段，跋其後云：『《尚書》、《周官》，乃僞書耳，辨古今文者詳矣。《周禮》。非作僞者所能泥，其迹固不可行師，其意則誠可法，但不能通曉處，時代爲之强解，則惑矣。』凡五十二字，真通儒之言，亦真宰相之言。

《廣雅釋訓》云：『管管，浴也。』《詩·大雅板》篇『靡聖管管』，《箋》云：『無聖人之法度，管管然以心自恣。』錢少詹事謂浴爲恣字之訛，固也。余按：浴與欲通。《易損》卦《象辭》『窒欲』，《釋文》云：『欲，孟作浴。』以心自恣，即私欲也。

《論語》：『舜有天下，選於衆，舉皋陶。』按：馮衍《顯志賦》云：『皋陶釣於靁澤兮，賴虞舜而後親。』舜漁於雷澤矣，然則皋陶與舜，爲漁釣時故交。

《商頌》傳于正考父，孔子次諸三百篇之末，即《太史公自序》之先聲也。

《左傳》以鯀爲檮杌，列於四凶。按：堯典始則僉舉之，繼則四岳獨薦之，使誠凶人，何至盈廷稱道如此？堯謂其『方命圮族』，鄭氏讀『方』爲放，與《孟子》『方命虐民』趙岐《注》同。然則不用帝命，故解者謂其逆命，顧逆命之人，亦豈容於朝乎？孔傳謂鯀以方直自名，余謂此説當是也。《楚辭離騷》經云：『女嬃之嬋媛兮，申申其詈予。曰鯀婞直以亡身兮，終然殀乎羽之野。汝何博謇而好修兮，紛獨有此姱節？』女嬃以鯀之婞直比屈原。大抵婞直之人，自命爲方正，多絶物違衆。聖人之道，善與人同，爲國之要，在乎禮讓。觀禹垂益，伯夷之讓，殳斨、朱虎、熊羆之諧，正與方命、圮族相反，可知鯀之所以得罪，惟其婞直，故當時在廷諸臣，皆信其爲賢而群相推服，惟帝堯能知人，知其『方命圮族』，必不可以有功。宋、明之人自命爲正人君子，動與世忤，國事日敗而事功不成，正鯀之『方命圮族』而九載績用不成也。

『黎民阻飢』，馬融作『祖』。按：祖字即且字。且字，《説文》訓薦。『黎民阻飢』猶言饑饉薦臻，天方薦瘥而已。

王莽依《周書》作《大誥》，猶揚雄依《易》作《太玄》也。説經者或以《太玄》解《易》，又或以莽《誥》解《周書》。余嘗以莽所作與《周書》、《大誥》較之。『王若曰』；『惟居攝二年十月甲子，攝皇帝若曰。』『《大誥》猷爾多邦』；『《大誥》，道諸侯王、三公、列侯。』『越爾御事』；『于汝卿大夫、元士御事。』『弗弔天降害于我家，不少延』；『不弔天降喪于趙、傅、丁、董。』『洪惟我幼沖人，嗣無疆大曆服』；『洪惟我幼沖孺子，當承繼嗣無疆大曆服事。』『弗造哲』；『子未遭其明哲。』『迪民康』；『能道民于安。』『矧曰其有能格知天命』；『況其能往知天命。』『已』；『熙。』『予維小子，若涉淵冰』；『我念孺子，若涉淵水。』『予惟往求朕攸濟』；『予惟往求朕所濟度。』『敷賁』；『奔走。』『敷前人受命』；『以傳近奉承高皇帝所受命。』『兹不忘大功，予不敢閉』；『予豈敢自比於前人乎？』』『于天降威，用寧王』；『天降威明，用寧帝室。』『遺我大寶龜』；『遺我居攝寶龜。』『紹天明』；『太皇太后以丹石之符，乃紹天明意。』『即命』；『詔予即命居攝踐阼，如周公故事。』『曰有大艱於西土，西土人亦不靖』；『反虜故東郡太守翟義擅興師動衆，曰有大難於西土，西土人亦不靖。』『越兹蠢』；『于是動。』『殷小腆』；『嚴鄉侯信。』『誕敢紀叙』；『誕敢犯祖亂之叙。』『天降威，知我國有疵』；『天降威，遺我寶龜，固知我國有呰災。』『民不康』；『民不安。』『曰予復反鄙我周邦』；『是天反復右我漢國也。』『今蠢今翼，日民獻有十夫』；『粵其聞日，宗室之儁有四百人，民獻儀九萬夫。』『予翼以于敉寧、武圖功』；『予敬以終於此謀繼嗣圖功。』『我有大事，休，朕卜并吉』；『我有大事，休，予卜并吉。』『肆予告我友邦君越尹氏、庶士、御事曰：予得吉卜』；『故我出大將告郡太守、諸侯相、令長曰：予得吉卜。』『予惟以爾庶邦』；『予惟以汝。』『于伐殷逋播臣』；『于伐東郡嚴鄉逋播臣。』『爾庶邦君，越庶士御事』；『爾國君。』『罔不反曰：艱大』；『或者無不反曰：難大。』『民不静』；『民亦不静。』『亦惟在王宫、邦君室』；『亦惟在帝宫、諸侯宗室。』『越予小子考，翼不可征』；『於小子族父，敬不可征。』『王害不違卜』；『帝不違卜。』『肆予沖人永思艱，曰：嗚呼！』『故予爲沖人長思厥難，曰：嗚呼！』『允蠢鰥寡哀哉』；『義，信所犯，誠動鰥，寡哀哉！』『予造天役』；『予遭天役。』『遺大投艱于朕身』；『遺大解難于予身。』『越予沖人，不卬自恤』；『以爲孺子，不身自恤。』『義爾邦君越爾多士、尹士、御事綏予曰：「無毖於恤，不可不成乃寧考圖荔。」』『予義彼國君泉陵侯上書曰：「成王幼弱，周公踐天子位，以治天下。六年，朝諸侯于明堂，制禮樂，班度量，而天下大服。太皇太后承順天心，成居攝之義。皇太子爲孝平皇帝，子年在繦褓，宜且爲子，知爲人子道，今皇太后得加慈母恩，畜養成就，加元服，然後服子明辟。」』『巳』；『熙。』『予惟小子，不敢替上帝命』；『爲我孺子之故，予惟趙、傅、丁、董之亂，遏絶繼嗣，變剥嫡庶，危亂漢朝，以成三厄，隊極厥命。烏乎！害其可不旅力同心戒之哉！予不敢僭上帝命。』『天休於寧王』；『天休于安帝室。』『興我小邦周』；『興我漢國。』『寧王惟卜用克綏受兹命』；『惟卜用克綏受兹命。』『今天其相民，矧亦爲卜用』；『今天其相民，況亦惟卜用。』『嗚呼！天明畏，弼我丕丕基』；『烏虖！天用威，輔漢始而大大矣。』『王曰：爾雅惟舊人。』『爾有惟舊人泉陵侯之言。』『爾丕克遠省，爾知寧王若勤哉！』『爾不克遠省，爾豈知太皇太后若此勤哉！』『天閟毖我成功所』；『天毖勞我成功所。』『予不敢不極卒寧王圖事』；『予不敢不極卒安皇帝之所圖事。』肆予大化誘我友邦君』；『肆予告我諸侯、王公、列侯、卿大夫、元士、御事。』『天棐忱辭』；『天輔誠辭。』『其考我民』；『天其累我以民。』『予曷其不於前寧人圖功攸終』；『予害敢不於祖宗安人圖功所終。』『天亦惟用勤毖我民』；『天亦惟勞我民。』『若有疾，予曷敢不于前寧人攸受休畢』；『若有疾，予害敢不於祖宗所受休輔。』『王曰：「若昔朕其逝，朕言艱日思。若考作室，既底法，厥子弗肯堂，矧肯構？厥父菑，厥子乃弗肯播，矧肯穫厥考翼其肯曰：予有後，弗棄基。」』『予聞孝子善繼人之意，忠臣善成人之事，予思若考作室，厥子堂而構之，厥父菑，厥子播而獲之。』『肆予曷敢不越卬敉寧王大命？』『予害敢不於身撫祖宗之所受大命？』『若兄考，乃有友伐厥子，民養其勸弗救？』『若祖宗乃有效湯、武伐厥子，民長其勸弗救？』『王曰：嗚呼！肆哉！』『烏虖！肆哉！』『爾庶邦君，越爾御事。』『諸侯、王公、列侯、卿大夫、元士、御事。』『爽邦由哲』；『助國道民。』亦惟十人』；『亦惟宗室之俊，民之表儀。』『迪知上帝命』；『迪知上帝命。』『越天棐忱，爾時罔敢易法，矧今天降戾于周邦？』『况今天降定于漢國。』『惟大艱人誕鄰胥伐于厥室』；『惟大囏人翟義、劉信大逆，欲相伐於厥室。』『爾亦不知天命不易』；『豈亦知命之不易乎？』『予永念曰』；『予永念曰。』『天惟喪殷』；『天惟喪翟義、劉信。』『若穡夫，予曷敢不終朕畝？』『若嗇夫，予害敢不終予晦？』『天亦惟休於前寧人』；『天亦惟休於祖宗。』『予曷其極卜？敢弗于從。』『予害其極卜？害敢不卜從。』『率寧人有旨疆土』；『率寧人有旨疆土。』『矧今卜并吉』；『况今卜并吉。』『肆朕誕以爾東征，天命不僭』；『故予大以爾東征，命不僭差。』『卜陳惟若兹』。『卜陳惟若此。』按：此莽誥以『造』爲『遭』，以『已』爲『熙』，以『賁』爲『奔』，以『敷』爲『傅』，以『卬』爲『身』，以『閉』爲『比』，『蠢』爲『動』，以『紀』爲『犯』，以『鄙』爲『右』，以『翼』爲『敬』，以『静』爲『諍』，以『曷』爲『害』，以『投』爲『解』，以『替』爲『僭』，以『考』爲『累』，以『休畢』爲『休輔』，以『指』爲『旨』，以『基』爲『始』，以『爾丕』爲『爾不』，尚可考見西漢時之句讀。『弗造哲，迪民康』。即謂不遭遇明哲安康之時也。『敷賁敷前人受命』，兩『敷』字謂傅相，即下『不敢比』之意。言輔佐爲奔走，輔佐前人所受之命，前人奔走勤勞以成大功，我不敢忘，然亦惟傅佐之，非敢即與前比也。『比』、『閉』音近，『閉』音『閟』，『閟』同『毖』，『毖』同『比』，『閉』爲『比』之假借。『誕敢紀其叙』，直是『紀』爲犯字之訛，解作大敢紀其王業，欲復之，終迂滯不達。『天降威，知我國有疵，民不康』。『天降威』三字，與前『天降威，用寧王』相應，天降明威，俾我用安王室。天所以降明威者，知我國有疵，知我民不安而反復佑庇我周邦。蓋『鄙』爲『庇』之假借。若云禄父知我有疵，鄙易我，則是以禄父爲天義，不可貫矣。以『畢』爲輔者，讀『畢』爲『弼』也。『弼』，古通作『弗』。『畢』之爲『弗』，猶『滭』之於『沸』，『韠』之於『韍』。《詩·生民》箋云：『弗之言祓也。』『弗』之爲『祓』，猶『茀』之爲『紱』也。莽擬大誥以喻民，必依用天下人所習之義，於此固可考求西漢時所習也。惟當時以周公攝位稱『王踐天子之位』，故莽依『王若曰』爲『攝皇帝若曰』。鄭康成猶延其説，不如王肅謂稱成王命。故稱王。西漢人不善説經，遂啓王莽之禍。近人抑王右鄭，不知其悖謬，不特禍於經耳。盛鐸按：「迪知上帝命下，宋、元本，汪文盛本漢書並有。「粵天輔誠，爾不得易定」兩句，焦君蓋據通行本。」

高誘正《孟子》章句，故其注《呂氏春秋》、《淮南子》、《戰國策》多引《孟子》。余嘗摘録之，未載入《孟子正義》，存於此。

《呂氏春秋·至忠篇》：『人主無不惡暴劫者，而日致之，惡之何益？』《注》云：『致，爲暴劫之政也。《孟子》曰「惡濕而居下」，故曰「惡之何益也」。』《論大篇》：『及匡章之難惠子以王齊王也。』《注》云：『匡章乃孟軻所謂通國稱不孝者。』《本味篇》：『已成爲天子成。』《注》云：『已成仁義之道而成爲天子。《孟子》曰：「得乎邱民而爲天子。」』《慎人篇》：『百里奚之未遇時也，亡虢而虜晋。』《注》云：『虢當爲虞。《孟子》曰「百里奚，虞人也。晋人以垂棘之璧，假道于虞以伐虢。宮之奇諫之。」百里奚知虞公之不可諫也，而去之秦。此云亡虢，誤矣。』《去私篇》：『堯有子十人。』《注》云：『《孟子》曰：「堯使九男二女事舜。」此篇曰「十子」，殆丹朱爲胄子，不在數中。』《當染篇》：『湯染於伊尹、仲虺。』《注》云：『《孟子》曰：「王者，師臣也。」』《盡數篇》：『故凡養生，莫若知本，知本則疾無由生矣。』《注》云：『《傳》曰「人受天地中以生」，所謂命也。《孟子》曰：「人性無不善。」本其善性，閉塞利欲，疾無由生矣。』《論人篇》：『凡論人，通則觀其所禮。』《注》云：『通，達也。《孟子》曰：「達則兼善天下。」故觀其所賓禮。』《用衆篇》：『今使楚人長乎戎，戎人長乎楚，則楚人戎言，戎人楚言矣。』《注》云：『《孟子》曰：「有楚大夫於此，欲其子之齊言也，使一齊人傅之，衆楚人咻之，雖日撻而求其齊也，不可得矣。引而置之莊嶽之間數年，雖日撻而求其楚，亦不可得矣。」此之謂也。』《懷寵篇》：『誅國之民望之若父母，行地滋遠，得民滋衆。』《注》云：『所誅國之民，睎望義兵之至，若望其父母。滋，益。衆，多也。《孟子》曰「有百姓簞食壺漿以迎王師，奚爲後子？」此之謂。』《驕恣篇》：『齊宣王爲大室，大益百畝。』《注》云：『宣王，齊威王之子。孟子所見易釁鐘之牛也。』《開春篇》：

『魏惠王死，葬有日矣。』《注》云：『孟子所見梁惠王也。秦伐魏，魏徙都大梁，梁在陳留浚儀西，大梁城是也。』《壹行篇》：『强大之國誠可知，則其王不難矣。』《注》云：『《孟子》曰「以齊王猶反手也」。故曰不難矣。』《自知篇》：『鑽荼、龐涓、太子申不自知而死。』《注》云：『鑽荼、龐涓，魏惠王之將。申，魏惠王之太子也，與龐涓東伐齊，戰于馬陵，齊人盡殺之。故惠王謂孟子曰：「晋國，天下莫强焉，叟之所知也。及寡人之身，東敗于齊，長子死。」此之謂也。』《樂成篇》：『賢者得志則可，不肖者得志則不可。』《注》云：『賢臣得志則忠，故曰可也；不肖得志則驕，驕則亂，故曰不可。公孫丑曰：「伊尹放太申於桐宫，太申賢，又反之。賢者之爲人臣，其君不賢，則可放與？」孟子曰：「有伊尹之志則可，無伊尹之志則篡也。」』又：『中山以之哅哅也止善，賢主以之哅哅也立功。』《注》云：『孟子見梁襄王出，語人曰：「望之而不似人君，就之而不見所畏焉。」何能決善哉？此言復謬也。』《審應篇》：『魏惠王使人謂韓昭侯。』《注》云：『惠王，武侯子也。孟子所見梁惠王也。』《淫辭篇》：『惠子爲魏惠王爲法。』注云：『孟子所見梁惠王也。』《不屈篇》：『匡章謂惠子於魏王之前。』《注》云：『匡章，孟子弟子。』

《淮南子·原道訓》：『若夫楊、墨、申、商之於治道。』《注》云：『墨，墨翟也，其術兼愛、非樂，摩頂放踵而利國者爲之。楊，楊朱，其術全性、保真，雖拔骭一毛而利天下弗爲也。』又：『是故聖人之學，欲以返性于初。』《注》云：『人受天地之中以生。孟子曰：「性無不善，而情欲害之。」故聖人能返其性于初也。』《脩務訓》：『今夫毛嬙、西施，天下之美人。若使之銜腐鼠，蒙蝟皮，衣豹裘，帶死蛇，則布衣韋帶之人，過者莫不左右睥睨而掩鼻。』《注》云：『言雖有美姿，人惡聞其臭，故睥睨掩其鼻。孟子曰「西子蒙不潔，則人皆掩鼻而過之」，是也。』《主術訓》：『故握劍鋒，以離北宮子。』《注》云：『北宮子，齊人，孟子所謂北宮黝也。』《繆稱訓》：『魯以偶人葬，而孔子嘆。』《注》云：『偶人，相人也。嘆其象人而用之。』《齊俗訓》：『豈必鄒、魯之禮。』《注》云：『鄒，孟軻邑。』《説山訓》：『此全其天器者。』《注》云：『器猶性也。《孟子》曰：「人性善。」故曰全其天性。』《泛論訓》：『舜不告娶，非禮也。』《注》云：『堯知舜賢，以二女妻舜，不告父。父頑，常欲殺舜，舜知告則不得娶也。不孝莫大於無後，故孟子曰舜不告猶告耳。』又：『全性、保真，不以物累形，楊子之所立也，而孟子非之。』《注》云：『全性、葆真，謂不拔骭毛以利天下，弗爲，不以物累己身形也。孟子受業子思之門，成唐、虞、三代之德，叙詩、書，孔子之意，塞楊、墨淫辭，故非之也。』又：『堯無百户之郭，舜無置錐之地，以有天下；禹無十人之衆，湯無七里之分，以王諸侯；文王處岐、周之間，地方不過百里，而立爲天子者，有王道也。』注云：『堯、舜、禹、湯、文王，皆王有天下。孟子曰「以德行仁者王，王不待大」是也。』又：『夏桀、殷紂之盛也，人迹所至，舟車所通，莫不爲郡縣，然而身死人手，而爲天下笑者，有亡形也。』《注》云：『《孟子》曰：「惡死亡，樂不仁。」不仁必死亡，故曰「有亡形也」。』又：

『故溺則捽父，祝則名君。』《注》云：『《孟子》曰：「嫂溺而不拯，是豺狼也。」而況父兄乎？』又：『季襄、陳仲子立節抗行，不入洿君之朝，不食亂世之食，遂餓而死。』《注》云：『季襄，魯人，孔子弟子；陳仲子，齊人，孟子弟子，居於陵。』《戰國策·齊策》：『威王薨，宣王立。』《注》云：『宣王，孟軻所見以羊易釁鐘之牛者也。』又：『田忌爲齊將，梁太子申禽龐涓。』《注》云：『申，梁惠王太子也。龐涓，魏將也。田忌與戰於馬陵而係獲之也。故梁惠王謂孟子曰：「寡人東伐，敗于馬陵，太子死，龐涓禽。」此之謂也。』又：『攻燕三十日，而舉燕國。』《注》云：『孟子曰：「子噲無王命而與子之國。子之無王命擅受子噲國，故齊宣王伐而取之也。」』《秦策》：『四國爲一，將以攻秦，秦王召群臣賓客六十人而問曰，姚賈對曰云云。』《注》云：『姚賈譏周公誅管、蔡不仁不知者，在《孟子》之篇也。』

卷三

晉劉兆撰《周易訓注》，以正動二體互通其文。按：正謂本卦，如《乾》之《初九》、《九二》、《九三》、《九四》、《九五》、《上九》是也。動謂每爻之變，如《乾·初九》動，則爲《姤》；《九二》動，則爲《同人》；《九三》動，則爲《履》。《初九》動至《九二》，則爲《遯》；《初九》動至《九三》，則爲《否》是也。

崔駰仲《山文鼎銘》云：『足勝其任，公餗乃珍，於高思危，在滿戒溢，可以永年，天之大律。』以此『溢』釋『形渥』之『渥』。《後漢書》稱駰年十三，能通《詩》、《易》、《春秋》，通古今訓詁百家之言，此可見其通《易》之一班。

《檀弓》：『瓦不成味。』《注》云：『味，當作沫。沫，靧也。』《正義》云：『味，猶黑光也。今世亦呼黑爲沫。瓦不善沫，謂瓦器無光澤也。靧謂靧面，證沫有光澤。』又：『孔子之故人曰原壤，其母死，夫子助之沐槨。』《注》云：『沐，治也。』此『治』，蓋木工鑢鐊之後，夫子爲之磨澤。木曰沐，猶瓦曰沫。

虞仲翔注《易・繫辭》云：『耜止所踰，因名曰耜。』解者以爲未詳。按：『耜』從『目』，『目』與『已』通，『已』之義爲止。『耜止所踰』，蓋取已止之義。田各有疆域，彼此耕耨及界而止，余每於秋月觀農户種麥，有一田在而兩家共者，犂之所至，恰及其域。若田中有小徑，犂偶過之，必争。仲翔所謂『止所踰』者，即此義也。

朱子注《參同契》，自稱鄒訢。按：鄭氏注《樂記》云：『訢讀爲熹』朱子蓋此本。

鄭康成注《易》『旅瑣瑣』云：『瑣瑣』，小小也。』注《禮運》『是謂大假』云：『是謂大大也。』大大小小，語奇。《論語》：『敢昭告於皇皇后帝。』孔安國亦訓『皇皇』爲大大。

揚子雲《法言》説《易》者十一。《學行篇》云：『或問「鴻漸」，曰：「非其往不往，非其居不居，漸猶水乎！請問「木漸」。曰：「止于下而漸於上者，其木也哉！亦猶水而已。」』一也。《吾子篇》云：『聖人虎，别其文炳也；君子豹，别其文蔚也；辯人貍，别其文萃也。貍變則豹，豹變則虎。』二也。《問神篇》云：『或曰：「龍必欲飛天乎？」曰：「時飛則飛，時潛則潛，既飛且潛，食其不妄，形其不可得而制也與？」』三也。《問明篇》云：『亨龍潛升，其貞利乎？或曰：「龍何可以貞利而亨？」曰：「時未可而潛，不亦貞乎？可而升，不亦利乎？潛升在己，用之以時，不亦亨乎？」』四也。《先知篇》云：『先甲一日易，後甲一日難。』五也。又云：『剛則甈，柔則坯。龍之潛亢，不獲其中矣。是以過中則惕，不及中則躍，其近於中乎！聖人之道，譬猶日之中矣。』六也。《重黎篇》云：『守失其微，天下睽孤。』七也。《修身篇》云：『聖人樂天知命，樂天則不勤，知命則不憂。』八也。《問神篇》云：『或曰：「經可損益與？」曰：「《易》始八卦，文王六十四，其益可知也。」』九也。《問明篇》云：『文王淵懿也，重易六爻，不亦淵乎？』十也。《寡見篇》云：『説天者莫辨于易。』十一也。細按之，皆與易學無異。子云，文章之士，第假易爲文藻耳。惟《問道篇》云：『或曰：「太上無法而治，法非所以爲治也。」曰：「洪荒之世，聖人惡之，不是以法始乎伏羲，而成乎堯。匪伏匪堯，禮義哨哨，聖人不取也。」』是爲知言。

《晉語》：『公子親筮之，曰：「尚有晉國。」得貞《屯》、悔《豫》，皆八。』韋昭注曰：『内曰貞，外曰悔，《震》在《屯》爲貞，在《豫》爲悔。八謂震兩陰爻在貞，在悔皆不動，故曰皆八。』余按：韋説非也。在一卦，以下三爻爲貞，上三爻爲悔。僖十五年傳『《蠱》之貞風也，其悔山也』是也。在兩卦，則以本卦爲貞，之卦爲悔。此言『貞《屯》、悔《豫》』是也。『貞《屯》』者，本卦爲《屯》，其初、四、五動而之《豫》，所謂『悔《豫》』也。二、三、上皆陰爻不動，故云：『皆八』。筮史以不動之三爻占，故云不吉。司空季子以兩卦彖辭占之，故云『利建侯』。韋氏泥於下卦爲貞，上卦爲悔，第即一卦言之，遂謂震兩陰爻在《屯》、在《豫》皆不動，顧《屯》動成《豫》，明以《九五》動而成，是動而後成悔之《震》，不得謂《震》在《豫》不動。《晉語》本文自明也。

朱錫鬯釋『齊必變食』，引周禮膳夫『王齊日三舉』，本諸宋周密《齊東野語》。《野語》

又引胡明仲論梁武云：『祭祀之齊，居必遷坐，必變服，必變食，食爲盛饌。一其心志，潔其氣體，以與神明交，未嘗不飲酒，不茹葷也。晦庵釋「齊必變食」亦取莊子，而黄氏亦兼取之。朱又謂「葷是五辛」，又曰「今致齊有酒，何也？」然禮中乃有「飲不至醉」之説，何邪？』唐薛仁貴有《周易新注本義》十四卷，或疑其武人。按：《漢書》：丁寬爲項生從者，項從田何授《易》，寬材過項生，遂事何，學成東歸。又從周王孫受古義。景帝時，寬爲梁孝王將軍拒吴、楚，號丁將軍，作《易説》三萬言。此在薛前。又《後漢・賈復傳》注：『《東觀記》曰：「復闔門養威重，授《易經》，起大義。」』《僖公四年》：『遂伐楚，次於陘。』《公羊傳》云：『言其次于陘，何有俟也？孰俟？俟屈完也。』《注》云：『生事有漸，故敏則有功。』《疏》云：『敏、審也。言舉事敏審則有成功矣。』然則敏於事而慎於言，敏與慎正同一義。敏則有功，正所謂臨事而懼，好謀而成也。事未有苟且倉卒而能成者。何氏《論語集解》引孔氏以敏爲疾，不及訓審爲善。審其宜疾，乃疾之，審其不宜疾，乃俟之。不宜疾而疾，吾見其敗，未見其成也。

明王文成告諭頑民云：『前此官府免爾租税，蠲爾債負，除爾罪名，而遂謂爾可以安居復業，是終非所以生爾。吾今則不然。不免租賦，不蠲爾債負，不除爾罪名，爾能聽吾言，改惡從善，惟免爾一死。』按：《書多士》云：『今爾又曰：「夏迪簡在王庭，有服在百僚。」予一人惟聽用德，肆予敢求爾于天邑商，予惟率肆矜爾。』又云：『告爾殷多士，今予惟不爾殺。』不許其簡在王庭，服在百僚，而惟矜憐之不殺，即不免、不蠲、不除，而惟免爾一死也。文成能讀書，蓋本乎古聖人之言，而以至誠惻怛出之故能感人。學姚江者，徒拾其致良知之言而不讀書，難矣哉！

《左傳》：衛獻公使子鮮與甯喜言曰：『苟反，政由甯氏，祭則寡人。』按：《洛誥》：『王若曰：「惟公德明，光於上下，勤施于四方，旁作穆穆，迓衡不迷。文武政教，予沖子夙夜毖祀。」』孔《傳》云：『言政化由公而立，我童徒早起夜寐，慎其祭祀而已，無所能。』《正義》云：『我欲惟典祀，以政事委公。』引《左傳》此文，言亦猶是也。然則子鮮辭令，本諸《洛誥》有如此耳。魏禧謂子鮮能幹巧利，終必以此敗事，鄙俚可厭。

何休作《公羊解詁》，覃思不闚門十有七年。又注《訓孝經》、《論語》、風角七分，皆經緯典謨，不與守文同說。蔡邕《薦邊讓》，稱其『初涉諸經，見本知義，授者不能對其問，章句不能逮其意』。然則守文執章句不能自得者，誠俗儒矣。

《大戴禮記・武王踐阼》篇載《机銘》云：『皇皇惟敬，口生垢，口戕口。』《注》云：『言口能害口也。机者，人君出令所依，故以言語爲戒。』然則三『口』字，皆口舌之口矣。垢，口韻也。或謂三『口』字乃闕文，寫者以方記之，譏鍾竟陵爲謬，相傳注者爲後周盧辨。然則鍾氏固非無本，而譏者轉未考盧氏注矣。

《禹貢》『淮海惟揚州』，俗稱廣陵爲維揚。按，《搜神記》云：『彭蠡湖側有鄉人李進劾者，以販彭蠡湖魚爲業，常以大船滿載其魚於金陵及維揚肆中。』此時，揚州屬丹陽、壽春等地，未知所指也。而維揚之名則已有之，《晋書・明帝贊》云：『維揚作寓，憑帶洪流。』

《論語》：『不有祝鮀之佞，而有宋朝之美。』『而』猶如也，如猶若也。《漢書・天文志》云：『月去中道，移而東北人箕，若東南人軫。』此『若』字與『而』字正同，上下平列之辭也。

宋伯熊《書説》云：『舜嗣位之初，巡守既畢，即首制刑書，何也？曰：始輕刑也。古之時，惟肉刑而已，聖人之於斬割殺戮，豈忍也哉？民習乎重不遽輕者，勢也。時雍之世，刑措不用，於是制爲輕典，五流以宥，其大者爲鞭爲朴，以待其小者，猶以爲未也。又爲贖刑，以恕其情之可矜與法之有可疑者。肉刑蓋將無用矣，而不敢廢也，以示民，使終知所避耳。』按：此説雖於聖人變通神化之妙，未能闡發，而於舜制刑之意，實深得之。

僖公十六年《公羊傳・注》云：『石者，陰德之専者也。鷁者，鳥中之耿介者也。宋襄欲行霸事，不納公子目夷之謀，事事耿介自用，卒以五年見執，六年終敗，如五石六鷁之數。天之與人，昭昭著明，甚可畏也。』按：古人不重耿介如此。蓋耿介猶云婞直，所以泄治直諫。孔子以爲人之多辟，無自立辟。明之士大夫，惟熟習八股高頭講章而外，屏經史不觀，相率而以耿介，婞直爲賢，國遂以壞。《楚辭》、《離騷》經云：『彼堯、舜之耿介兮』，王逸《章句》云：『耿，光也；介，大也。』此又一義。

蕭山毛大可解『子畏于匡』，以爲獨得。按：《吕氏春秋・勸學篇》嘗言之矣：『曾點使曾參，過期而不至，人皆見曾點曰：「無乃畏邪？」曾點曰：「彼雖畏，我存，夫安敢畏？」孔子畏于匡，顔淵後，孔子曰：「吾以汝爲死矣。」顔淵曰：「子在，回何敢死？」顔淵之於孔子，猶曾參之事父也。』然，則顔淵之所以不敢死者，以其畏也，曾點之言可以證之。

乾隆乙卯鄉試，同號生刺刺談經，大約祖鄭康成而左朱考亭。明日題下，爲『旅酬下爲上』，是生則深斥朱注之非，以爲賓弟子兄弟之子各舉觶於其長非古義。予詰之曰：『此正鄭氏注，而朱子依之未易也。』其人默然。君謂鄭氏爲學者所當守而不可易，然則此獨千慮之一失而宋子偶拾之邪？適見馮山公駁閻百詩譏朱注『岑蔚』二字杜撰，不知朱子正本鄭氏大學注，因憶乙卯闈中事，書於此。

禹娶塗山，塗山在今懷遠縣，舜殛鯀於羽山，羽山在今海州，皆淮水旁之國，東西相去數百里耳。蓋鯀得罪，安置羽山，仍不失一小國之君，與塗山聯爲昏姻，當正在此時娶於塗山。蓋禹是時居羽山，自塗親迎至羽，時鯀之存亡未可知，三過其門，則禹之經營於淮、泗者，可謂勞矣。

管仲奪伯氏駢邑三百，飯疏食，没齒無怨言。『奪』即『奪以馭其貧』之『奪』，謂籍没其家財。蓋伯氏有罪，而管仲治之以法也。諸葛孔明廢廖立爲民，徙汶山郡。立聞諸葛亮卒，垂泣嘆曰：『吾終爲左衽矣。』又嘗廢李平爲民，徙梓潼郡。十二年，平聞亮卒，發病死。習鑿齒曰：『昔管仲奪伯氏駢邑三百，没齒而無怨言。聖人以爲難。諸葛亮之死，廖立垂泣，李平致死，豈徒無怨言而已哉！』管仲奪伯氏之事，當時與諸葛比儗，則孔子舉此一事，以見管仲之爲人不可及也。裴玄《新言》云：『管仲奪伯氏駢邑三百，使之飯疏食，没齒無怨言。若管仲取以營私，則一邑不可奪也。』見《太平御覽》八百四十九。明成化時，陳選爲廣東布政使，吏張褧有罪，以法罷黜之。其後中官韋眷陷選，引褧使誣，證其貪墨，褧不從，執褧，拷掠無異辭。選既被害，褧哀悼上書訟選擇之冤。事載《明史》。如陳選者，不愧於管、葛者矣。《先賢行狀》云：『裴瑜字雉璜，聰明敏達，觀物無滯。清論所加，必爲成器。醜議所指，没齒無怨。』

《大學》：『故好而知其惡，惡而知其美。』屬上作一頓言，於『親愛』等能譬，故如是。『天下鮮矣』四字，爲下引諺張本，乃承上之轉語，言天下鮮能譬者，故諺云云。古人節奏頓挫如此。上諸辟字，自是能近取譬之譬。

謝少宰金圃先生墉督學江蘇，以『禹思天下有溺者由己溺之也稷思天下有飢者由己飢之也』命題，士人皆讀『由』爲『猶』，以爲己雖未溺之，猶己溺之；己雖未飢之，猶己飢之。少宰以爲非是，『由』當讀如字，謂己既爲司空，則天下之溺由於己，己既爲后稷，則天下之飢由於己。此真得古聖人之心，而《孟子》立言之本義。

《論語》：『管種之器小哉！』按：《管子中匡》云：『施伯謂魯侯曰：「管仲者，天下之賢人也，大器也。」』然則孔子稱管仲之器小，蓋因施伯以大器稱之，而糾正其謬也。

《國語・晉語》：杜原欵告申生云：『死不遷情，强也；守情説父，孝也；殺身以成志，仁也；死不忘君，敬也。』申生依其言而死。然當時但稱申生爲共，而秦穆公則以重耳爲仁。《論語》：『志士仁人，有殺身以成仁，無求生以害仁。』述杜原欵之言，而許申生爲志士仁人也。

《素問・天元紀大論》，鬼臾區曰：『臣積考太史始天元册文曰：太虚寥廓，肇基化元。萬物資始，五運終天。布氣真靈，總統坤元。九星懸朗，七曜周旋。曰陰曰陽，曰柔曰剛。幽顯既位，寒暑弛張。生生化化，品物咸章。』此文與《易・彖傳》相近。蓋生孔子後者，剌取孔子言爲之也。林億等以爲《陰陽大論》，王砅補入《素問》者。

《晉語》：『丕鄭使屠岸夷告公子重耳曰：「子盍入乎？吾請爲子鉥。」』韋昭《注》云：『鉥，道也。』又，郭偃曰：『魄意之術也。』注云：『術，導也。』韋昭讀鉥爲術，故皆以道釋之。《説文》：『逹先道也。』鉥，蓋逹之假借。《説苑・脩文篇》：『知天道者冠鉥。』盧學士云：『鉥當與術同。』術氏冠，見《續漢・輿服志》。

僖公四年《左傳》：『陳轅濤塗謂鄭申侯曰：「師出於陳、鄭之間，國必甚病。若出於東方，觀兵於東夷，循海而歸，其可也。」申侯曰：「善。」濤塗告齊侯，許之。申侯見曰：「師老矣。若出東方而遇敵，懼不可用也。若出於陳、鄭之間，共其資糧屝屨，其可也。」齊侯悦，與之虎牢，執轅濤塗。』按：唐玄宗欲進朔方節度使牛仙客實封，張九齡約李林甫固争，林甫許諾。及進見，九齡極論，而林甫抑嘿，退又漏其言。見林甫傳。陸贄約趙憬共執退，裴延齡既對，贄極言其姦。帝色變，憬不爲助，遂罷贄，憬乃當國。見憬傳。正人見欺於奸匪，如合一轍，故君子立志獨行，不必求助於人。謀之不慎，遂禍貽軍國，誰之咎與？吾鄉王狀元式丹與同年趙晋約賀座師某公妾生日，趙曰：『此妾也，可勿賀。』王信之。而是日，趙獨往賀，某公者遂疏王而戚趙，王由是不振。見王懋竑《白田集》。彼以巧詐賣我者，固不足道，而我被其賣，亦我之疏也。

卷四

近嘉定錢學淵教授塘。欲離析《説文》，系之以聲。按：宋王觀學林云：『盧者，字母也，加金則爲鑪，加火則爲爐，加瓦則爲甗，加目則爲矑，加黑則爲黸。凡省文者，省其所加之偏旁，俱用字母，則衆義該矣。如田字，字母也，或爲畋獵之畋，或爲佃田之佃，若用省文，惟以田字該之。』又，沈括《夢溪筆譚》云：『王聖美治字學，演其義以爲右文。古之字書，皆從左文。凡字，其類在左，其義在右。如木類，其左皆從木。所謂右文者，如戔，小也，水之小者曰淺，金之小者曰錢，歹而小者曰殘，貝之小者曰賤。如此之類，皆以戔爲義。』張世南《游宦紀聞》云：『自《説文》以字畫左旁爲類，而《玉篇》從之，不知右旁亦多以類相從。如戔爲淺小之義，故水之可涉者爲淺，疾而有所不足者爲殘，貨而不足貴重者爲賤，木而輕薄者爲棧。青字有精明之義，故日之無鄣蔽者爲晴，水之無溷濁者爲清，目之能明見者爲睛，米之去粗皮者爲精。』是皆錢氏系聲之説也，特未精耳。蓋聲同，則義得相通，是六書造微之學，宋人固已見及之。

丁丑冬，偶以完糧米入城，飲于友家。座間有舉肴饌中有以讓爲名者，皆以他物實之於此物之中。如以肉入海參中，則名讓海參。凡讓雞、讓鴨、讓藕，無非以物實其中。或笑曰：『讓當與瓤通，謂以物入其中，如瓜之有瓤也。』説者固以爲戲言，而不知古者聲音假借之義，正如此也。瓜之内何以稱瓤？瓤從襄者也。瓤從襄，猶釀從襄。《説文》：『釀，醖也。』醖與緼通。《穀梁傳》：『地緼于晋，謂地入于晋也。』《論語》：『衣敝緼袍。』謂絮入於袍也。醖爲包裹於内之義，而釀同之，此所以名瓤名、讓也。《説文》：『鑲，作型中腸也。』《釋名》云：『中央曰鑲。』皆以在中者爲義。囊，裹物者也，從襄省聲，即亦與讓同聲。然則讓取包裹緼入之義明矣。夫讓猶容也，容即包也，争則分，讓則合矣。故四馬駕車，兩服在兩驂之中，而詩曰『上襄』。水圍於陵，而書曰『懷山襄陵』，俱包裹之義也，不争則退遜，退遜則却，故襄有却義。穰、攘與讓通，皆訓却。能讓，則附合者衆，故穰之訓盛，瀼之訓盛，衆則盛也。緼入其中，則相因。故馬氏注《皋陶謨》云：『襄，因也。』《爾雅·釋詁》云：『儴，因也。』鄭氏注《吕刑》云：『有因而盗曰攘。』攘取義於因，即襄之爲因也。《史記·趙世家正義》云：『襄，上也，舉也。』鄭氏注《堯典》云：『推賢尚善曰讓。』尚與上通，上善即舉善也。《廣雅》云：『尚，舉也，高也。』高誘注《吕氏春秋》云：『尚，曩也。』又，『尚，久也。』《爾雅·釋詁》云：『曩，久也。』讓爲尚善，則通於襄，爲推賢，則通於攘。《説文》云：『攘，推也。』推之義近却。《曲禮》：『左右攘辟。』《注》云：『攘，却也。』《風俗通義》云：『禳，却也。』却之即所以謝之，亦所以除之。故《廣雅》云：『禳，除也。』王逸《離騷章句》云：『攘，除也。』『禳，謝也。』皆引申之義也。

汪晋蕃文學光燨之少子延琛初學《説文》，叩及奪、敓二字。按：《説文》『奪』在奞部，云：『奪，手持隹失之也。』『敓』在攴部，云：『敓，强取也。』《周書》曰：『敓攘矯虔。』从攴，兑聲。《周書》即《吕刑》，今《吕刑》作『奪』。奪與攘連文，宜是强取，是借奪爲敓。奪爲手持隹失之，隹，小鳥也，持之而失去，即脱去。奪爲脱之正字矣。乃近皆以奪爲敓，以脱爲奪。《爾雅》：『肉曰脱之。』李巡注云：『肉去其骨曰脱。』義與奪近，但奪爲隹離手之名，脱爲肉離骨之名。《廣雅》訓『脱』爲離，韋昭注《國語》，訓『脱』爲解，《漢書注》訓『脱』爲免，《後漢書注》訓『脱』爲失，《隗囂傳》。皆與奪同。後漢《鄭泰傳》《注》：『奪謂易其常分者也。』即《左氏・僖五年》傳『無禮則脱』，《注》訓『脱』爲易也。《廣雅》：『奪，敓也。』敓即易也。《素問・腹中論》：『勿動亟奪。』《注》云：『奪，去也。』又通評。《虚失論》：『精氣奪則虚。』《注》云：『奪，謂精氣减少，如奪去也。』精氣之離身，猶皮之離肉，肉之離骨，此奪之正訓也。《廣雅》：『奪，誤也。』《荀子・正名》注：『説，誤也。』説即脱，脱誤爲奪誤也。《廣雅》：『敓，取也。』《淮南》本經『子之與奪也』《注》云：『奪，取也。』《大學》『争民施奪』《注》云：『施其刼奪之情。』《荀子・臣道篇》『奪然後義』《注》云：『奪者，不義之名。』《吕氏春秋・慎行篇》『無極勸王奪』《注》云：『奪，取也。』此『奪』皆敓之假借也。《禮記・内則》『肉曰脱之』《注》云：『脱，治擇之名也。』易兑爲澤，脱猶兑，擇猶澤也。脱之訓爲解，解之義爲釋，釋、擇亦通也。《説文》云：『説，説釋也。』《西京賦》：『願聞所以辨之之説。』薛綜注云：『説猶分別解説也。』《漢書・賈誼傳》：『莫如先審取舍。』《注》云：『取，謂所擇用也。』敓之爲取，亦脱之爲擇。《魯語》：『求説其侮。』《注》云：『説，古脱字。脱，猶除也。』《禮記正義》引皇氏云：『治肉除去筋骨。』是脱爲除去之義。凡事急則困，解則舒，舒猶除而推焉者也。《周語》『王孫説』，《古今人表》作『王孫閲』。《左傳》『南宫説』，《昭七年》。《檀弓》作『南宫閲』，『閲』即説也。《廣雅》：『説，數也。』《淮南・俶真訓》：『此皆生一父母而閲一和也。』《注》云：『閲，總也。』總，亦數也，總、數義皆爲積。《史記・高帝功臣年表》注云：『積日曰閲。』《後漢・章帝紀》注云：『積其功曰閲。』積之義與聚同。《荀子・議兵篇》：『兑則若莫邪之利鋒。』《注》云：『兑，猶聚也。』聚與取同。襄三十年《公羊傳》：『諸侯相聚。』《注》云：『聚，斂也。』《荀子・富國篇》：『其於貨財取與計數也。』《注》云：『取，謂賦斂。』税亦斂也。《毛詩》：『松柏斯兑。』《傳》云：『兑，易直也。』兑之易，即奪之易，易則不崎嶇艱於行，故行道兑矣。《傳》訓『兑』爲『成蹊』，成蹊則易直而不艱也。《釋名》云：『生瀹葱薤曰兑。言其柔滑兑兑然也。』柔滑易脱，故兑兑然。兑兑，即『舒而脱脱兮』之『脱脱』。《詩》：『説于農郊。』《箋》云：『説，當爲襚。』《説文》：『贈終者衣被曰襚。』《史記・酈生傳》集解引韋昭云：『裞，當作襚。』襚即裞，故説當作襚，即當作裞，説、裞同也。《檀弓》：『齊公襲莒于奪。』《注》云：『隧、奪聲相近，或爲兑。』《爾雅》：『桷直而遂謂之閲。』閲之於遂，猶奪之於隧，即猶説之於襚也。《後漢・孔奮傳》注云：『説，猶今之疏也。』疏爲分别之義，故脱爲疏略。《史記・禮書》：『凡禮始乎脱。』《索隱》云：『脱，猶疏略也。』《周語》：『無禮則脱。』《注》云：『脱，簡脱也。』簡脱即疏略，易之訓爲簡，故説之爲易，即閲之爲簡易，亦和也，《論語》：『喪與其易也。』包氏注。樂也，《漢書・楊雄傳》李奇注。故説通悦，悦之義爲樂，爲和，心有所憂，則不樂、不和，憂解，故和樂，此悦之爲樂，又即脱之爲解也。釋爲解，即爲服，《爾雅》。爲舍、爲除，『三年問』注。爲遺，《士虞禮》注。説訓釋，故脱。爲舍、爲除、爲遺、爲悦，即爲服。《爾雅》。擇之義爲取，《吕覽・驕恣篇》『存其所擇』注。《淮南・俶真訓》『錯擇利名』注。亦爲别，《吕覽・簡選篇》『與惡劍無擇』注。《説文》：『擇，柬選也。』柬即簡，故脱有擇義，即閲之爲簡，脱失也。而《吕覽・審應篇》『在於上奚擇』《注》訓『擇』爲『失』，擇之失即脱之失也。懌之爲悦，即釋之爲説。《廣雅》云：『懌，更也。』更即易也。《顧命》：『王不懌。』馬注云：『不懌，疾不解。』以『解』訓『懌』，則懌即釋也。故《詩》『説懌女美』《箋》云：『説懌，當作説釋。』閲之訓爲歷，《文選・登徒子好色賦》：『齞脣歷齒』《注》云：『歷，猶疏也。』歷之爲疏，即歷之爲閲，閲之爲歷，即説之爲疏矣。《禮記》：『給奪慈仁。』《注》訓『奪』爲『亂』。《大戴記》：『子張問入官。』《注》云：『歷歷，亂也。』歷即同爲閲，閲即同敚，奪之亂，即歷之亂也。亂猶分也，分即疏也。脱離，故分，分由於數。分其所數則疏，積其所數則聚。數之爲術，猶説之爲述，數之爲責，猶閲之爲積。《毛詩》：『與子成説。』《傳》云：『説，數也。』凡訓詁之相轉注，其引申之妙，蹤迹之可得其故。《説文》：『周，密也。』故字之從周者，稠，訓多也；鵰，訓發多也。賈子《道術篇》云：『合得密周謂之調。』《毛詩·鹿鳴傳》云：『周，至也。』《考工記》『函人』《注》云：『周，密緻也。』至同致，稠密則聚，故《王制注》云：『州，聚也。』州通於周。襄二十三年《左傳》『華周』，《古今人表》作『華州』。《風俗通》云：『州，周也。』州有長使之相周足也。周亦通舟，《説文》云：『匊，匝遍也。』《檀弓》注：『周，匝也。』《詩·崧高》箋云：『周，徧也。』《鄉飲酒》義注云：『酬之言周也。』《釋名》云：『船又曰舟，言周流也。』《楚辭·九辨》注云：『幬，帷帳也。』帳周匝於四面，故名幬。帳稱幬，於是帳亦稱惆。《廣雅》。是則相因而爲轉注也。《春秋繁露·三代改制質文篇》云：『禹生髮於背，形體長，長足肵疾。』按：《爾雅·釋獸》：『兔其迹远絶有力，欣。』兔以善逃爲有力，其名欣，猶狼之名迅，謂其行之疾也。『肵疾』之『肵』，即是此『欣』。足長，故行步欣疾。『肵疾』連文，肵即疾矣。

《漢書·律曆志》云：『東，動也。』《説文》同。《説文》云：『動，作也。』《吕覽·知士篇》高誘《注》云：『動，變也。』作之義爲始，天道始於東，由北方而變化，終則有始。《説卦傳》云：『震，動也。』動從重聲，重從東聲，震、重，一聲之轉，故震爲東方也。震從辰得聲，辰之於振，猶重疊之重，與厚重之重其實重疊，故厚重音雖分而義則一。《説文》：『辰，震也。三月陽氣動，雷電振，民農時也。』天道始於東，一日始於晨，晨從辰，亦取動作之義。於是，婦人有身爲娠。《爾雅・釋詁》云：『娠，動也。』《詩》、《左傳》通作震，人之生始於娠，猶春之生始於東也。惟振之義爲作、爲始，故《詩》『振古如兹』，《毛傳》云：『振，自也。』自之義與始近。《楚辭・遠遊》章句云：『辰星，房星也。』東方之宿，蒼龍之體也。辰即震，故東方之宿名之。

《爾雅》：『暴雨謂之涷。』《説文》：『暴，疾有所趨也。』《爾雅・釋言》：『振，訊也。』《廣雅》：『奮，振也。』『奮，訊也。』訊即迅，與疾同義。涷之爲暴，猶振之爲迅，迅速則早，故晨爲早也。《説文》：『棟，極也。』《爾雅》：『北極謂之北辰。』《魏都賦》劉逵《注》云：『振，屋宇檼也。』棟亦名檼，棟之於辰，猶東之於震。《説文》：『洞，疾流也。』洞之爲疾，通於涷之爲暴。又，『駧，馳馬洞去也』。『洞去』即疾去。然則從同之字，與從東相通。《爾雅・釋言》：『恫，痛也。』《釋名》：『通洞也。無所不貫洞也。』又：『辰，伸也。物皆伸舒而出也。』《廣雅》：『湧，出也。』『慂，動也。』《説文》：『湧，滕也。』極之義近於甚，《漢書注》：『痛，甚也。』《論語》馬氏《注》：『慟，哀過也。』皇侃《疏》云：『哀，甚也。』甚亦近於重。《召南・毛傳》云：『振振，信厚也。』振之爲厚，即重之爲厚。

《周書·大武篇》：『冬凍其葆。』孔晁《注》云：『凍，謂髮露其葆聚。』『髮露』，猶舉動也，凍即動耳。

《左傳》：『日月之會謂之辰。』《説文》『同，會合也。』『詷，共也。』《左傳》：『鍾，聚也。』聚、會義同。

崧與嵩同。《爾雅·釋詁》云：『嵩，高也。』《釋名》云：『嵩，竦也。亦高稱也。』《白虎通》云：『松者，所以自竦動。』木之高者莫如松，猶山之高者莫如崧，稱松、稱崧，皆謂其竦也。竦同悚。《廣雅》云：『悚，懼也。』懼即竦也。《説文》：『竦，敬也。從立從束。』束自申也。敬之義爲祗，祗通於震，竦之爲敬，猶震之爲驚。申、竦，一聲之轉。公之義爲共。《禮運》法。共則通，《白虎通》。通則廣，《釋名》。廣則寬，故容之義爲寬，寬則高大，故崧爲高，鴻爲大，鴻與洪通。洪從共，鴻從江。《釋名》：『江，公也。諸水流入其中，所公共也。』

康之義爲空，穀舂去實，僅存其皮曰糠，糠亦空之義。

陸賈《新語·輔政篇》：『天道以大制小，以重顛輕。』此『顛』字乃鎮字之假借，如《説文》：『天，顛也。』《白虎通》云：『天之爲言鎮也。』顛與鎮通。

起字，《説文》從辰巳之巳。《禮記·月令》：『其日戊己。』鄭康成《注》云：『己之言起也。其含秀者抑屈而起。』本《白虎通·五行篇》。《内則》：『起敬起孝。』《注》云：『起，猶更也。』惟從己之字，乃有更别之義。如紀爲絲别，記爲分疏，改爲更易是也。疑起字古從已，汗簡載古《尚書》『起』字作迡，《費汎碑》起字作䟓。

《説文・目部》云：『睽，目不相聽也。』今汲古閣本如此，宋本《釋文》引《説文》如此。董真卿《周易會通》引呂東萊《音訓》中所引《釋文》引《説文》，亦作『目不相聽』，惟通志堂所刻《釋文》改爲『目不相視』。盧學士召弓《考正》云：『作「視」，乃妄人所改。』是也。或以『目不司聽』徑改《説文》『聽』作『視』，或以聽爲順從，不作耳聽解，或以睽從目者，訓目少精，睽從耳者，訓耳不相聽，皆非也。《玉篇・目部》：『睽，乖也。目少精。』《耳部》：『睽，耳不相聽也。』《廣韻・十二齊》列『睽』於前云：『異也，乖也，外也。』引《説文》云：『目少精。』又列『聧』字於後，引《説文》云：『耳不相聽。』引《方言》云：『聾之甚者，秦、晋之間謂之聧。』説者據此所引，以爲説文本有睽、聧兩字，後人脱去《耳部》聧字，而以聧字之訓訛入睽字下，固改『耳不相聽』爲『目不相聽』。循按：《玉篇》字之次叙，大率本之《説文》，耳部『聶』字以上用《説文》者，必明標『《説文》曰』三字，較他部爲最詳，獨『聧』字不標説文，且遠附『聶』字之後，其目部『睽』字與《説文・目部》『睽』字次叙相等。又考《説文・目部》云：『矔，目多精也』；『瞵，目精也』；『眊，目少精也』；『矘，目無精，直視也』。此於目之有精無精，詳備罔缺，而目少精之訓，已有『眊』字，不得又有『睽』字，至《廣韻》所引《方言》今在《方言》弟六卷云：『聾之甚者，秦、晋之間謂之矙，吳、楚之外郊無耳者亦謂之矙。其言『矙』者，若秦、中土謂墒耳者，聑也。『矙』字，《説文・耳部》中亦有之，引《方言》吴、楚句與《玉篇》同，而《玉篇》目部於「瞵」字用《説文》，於「矔」字，則改爲「轉目貌」；「眊」字，改爲「目不明貌」，遂以「目少精」之訓移於「睽」字矣。蓋《玉篇》自宋末孫强之後，屢經增改，此必見「目不相聽」語晦難解，不用《説文》别尋他説，原非《説文》本如是也。《説文》自在，固不可誣。《廣韻》自引《玉篇》而誤爲《説文》，其書之增改出諸詞人、釋氏，本不足爲典要，學者喜新而不耐推究，信爲説文原本，其誤甚矣，愚謂《説文》中訓詁，每深合乎《易》象之精微。「坎爲耳」，「離爲目」，《説卦傳》云：「離也者，明也。萬物皆相見，南方之卦也。聖人南面而聽天下，嚮明而治蓋取諸此也。」離目故相見聖人面南，則立於北，北方爲坎，以坎聽離，以離見坎，正是以目相聽。《蹇》兩《坎》，《睽》兩《離》，在《蹇》通《睽》，《睽》所以相《蹇》。凡卦之《坎》在上，必孚於《離》。在上之卦爲之輔相，即南面聽天下之義。以目相聽則治，目不相聽則睽違。謂失道成《損》、成《大壯》、成《泰》也。此必古經師説《易》之遺文，而許氏采之，以爲「睽」字之訓，若作「目不相視耳不相聽」，顧耳自司聽，目自司視，何以云相矣。

程伊川言：「雹字從雨，從包，是這氣包住，所以爲雹。」此即六書同聲同義之指。但宋人蹈空，以臆爲説，遂成荆公《字説》一派。

《宋史》：吴淑「取《説文》有字義者千八百餘條，撰《説文互義》三卷」。此在荆公《字説》之前，惜乎其不傳。今所傳者，惟《事類賦》最顯，而《江淮異人傳》鮑氏《叢書》刻之。

《焦氏筆乘》載吴元滿説《左傳》：『「莊公寤生，驚姜氏」。杜預《注》：「寤生，難産也。」不言其詳。據文理，「寤」當作啎，啎者，逆也。凡婦人産子，首先出者爲順，足先出者爲逆。莊公蓋逆生，所以驚姜氏。』近臧子在東刻其高祖玉琳《經義雜記》，内説：『寤生』與元滿同。《筆乘》云：『新安吴敬甫，名元滿，博雅士也。精意字學，所著有《六書正義》十二卷。』余家有《六書總要》五卷、《諧聲指南》一卷，爲吴元滿撰，趙用賢《序》言：『吴慎之山人，世以貲雄裡中，而山人獨四壁，居常于于，結小樓，積書數千卷，坐卧其中，足不窺户外，里中有拘，得山人居間，每以一言爲重輕，輒復罷去，多魯連之風。有諷以游大人成名者，輒掉臂而去。』其《自序》云：『裒集諸家所長，述《六書泝原》十六卷，以注疏浩瀚，無力鋟板，乃删而爲此二書。』閲其《諧聲指南》，本揚桓《六書統》，以聲爲綱。如以公聲爲綱，而系以鬆、蚣、翁、伀、松、訟、頌、甕；以户聲爲綱，而系以雇、昈、扈、妒、所。雖未能精，而在明人中，可謂錚錚，實近時段氏《六書音韻表》、孔氏《詩聲類》之先聲也。分平上去入，以功、攻、攻從工爲正聲，以貢從工而不讀平聲，讀去聲爲協聲；紅、鴻運從工，與工同韻。不同聲，則爲音，江、釭從工，而讀如岡，爲轉聲。此以後世之聲音爲分別於古音，則未能考矣。

《説文》小字每與大字連文，如『偓，佺也』；『離黄，倉庚也』；『巂周，燕也』。『偓』、『離』、『巂』皆作大篆字。或以『黄倉庚』、『周燕』爲句，則失之矣。最明者，『鶴鳴九皋，聲聞于天』，『鶴』字作大篆字，『鳴九皋，聲聞于天』作小字。蓋古人著書多有體。《白氏六帖》中半皆此格。若謂『鶴』、『離』等字爲後人所芟，亦非。

《北齊書》：馬敬德妻夢敬德『立超叢棘，妻伏地不敢動。敬德占曰：「吾當爲大官。超棘，過九卿也；爾伏地，夫人也。」』按：『伏』與『夫』一聲，故以『伏』爲『夫』。夫，扶也。扶服，即匍匐。

里人購一詩集，作詩者，以『㾄』字爲號。按：『㾄亭』見《元次山集》，次山用『峿』、『浯』、『㾄』之類以寓吾字，其實古無此字也。唐林慎思《伸蒙子》『峍崒』、『洑湝』、『硦砨』、『弢敀』、『麴䴷』、『甗㼽』亦然。

《説文》云：『欠，張口氣悟性也。』『嚏，悟解氣也。』或以兩『悟』字疑説文以『欠』爲欠，爲嚏。嚏之不可爲欠，夫人而知之矣，豈許氏而誤乎？按《素問·宣明五氣篇》：『腎爲欠，爲嚏。』《甲乙經》：『黄帝問曰：「人之欠者，何氣使然？」岐伯對曰：「衛氣晝行於陽，夜行于陰。陰主夜，夜主臥，陽主上，陰主下。故陰氣積于下，陽氣未盡，陽引而上，陰引而下，陰陽相引，故數欠。陽氣盡，陰氣盛，則目瞑；陰氣盡，陽氣盛，則寤。」曰：「人之嚏何？」曰：「陽氣和利，滿於心，出於鼻，故爲嚏。」』王砯曰：『氣郁於胃，故欠生焉。太陽之氣和利而滿於心，出於鼻則生嚏。』此本岐伯。因其説『欠』文繁，故括爲『氣郁於胃』四字。『陽引而上』，『陰引而下』，而能和利，是鬱也。欠由於鬱，嚏由於和，兩氣正相反。説文『悟』字，蓋牾字之假借。牾，逆也。氣牾即是氣鬱，加以『張口』以明『欠』之情狀。太陽和利，則牾逆之氣已通，故云『牾解』。兩者固不相混。若『悟』之訓爲『覺』，『氣覺』將何所謂？以『覺』解『爲欠，爲嚏』，皆不明矣。

戴東原吉士《答江昚修先生書論六書》轉注云：『以今人語言，猶云互訓，轉相爲注，互相爲訓，古今語也。説文於「考」字，訓之曰「老也」，於「老」字，訓之曰「考也」。是以序中論轉注舉之。按徐鍇《説文繫傳》上字注云：「轉注者，建類一首，同意相受。謂老之別名，有耆、有耋、有壽、有耄，又孝子養老是也。一首者，謂此孝、耆諸字，皆取類於老，則皆從老。若松、柏等，皆木之別名，皆同受意於木，故皆從木。」又云：『轉注謂耆、耋、耄、壽皆老也，凡五字，試依《爾雅》之類言之。耆、耋、耄、壽，老也，考、壽、耋、耆，可同謂之老，老亦可同謂之耆，往來皆通，故曰轉注。』按，往來皆通，即戴氏所云互相爲訓。然則戴氏所見，徐鍇固先發之。

《山居賦》注：『鰻音優，鱧音禮，鮒音付，鱮音敘，鱒音寸衮反，鯇音睆，鰱音連，鯿音毖仙反，魴音房，鮪音痏，魦音沙，鱖音居綴反，鱨音上羊反，鯔音比之反，鱣音竹㕣反。皆《説文》、《字林》音。』按：《隋書・經籍志》：『《説文音隱》四卷。』無撰人名氏；『《字林音義》五卷，宋揚州督護吴恭撰。』靈運的慎，未詳所出。

卷五

劉熙《釋名》云：『天，豫、司、兖、冀以舌腹言之。天，顯也，在上高顯也。青、徐以舌頭言之。天，坦也，坦然高而遠也。』『風，兖、豫、司、冀横口合脣言之。風，氾也，其氣薄氾而動物也。青、徐言風，踧口開脣推氣言之。風，放也，氣放散也。』舌腹、舌頭、横口、合脣、踧口、開脣之分，甚造於微。三十六字母，宫音疑母所轄，即舌腹也；徵音泥母所轄，即舌頭也。又如知、蚩等字，可讀徵音，則舌縮而音出於齶，可讀商音，則舌抵齒而音出於齒。風之讀横口合脣，蹴口開脣，則皆羽音耳。

《封氏聞見記》言顔真卿撰《韻海鏡源》三百六十卷，於陸法言《切韻》外增出一萬四千七百六十一字。先起《説文》作篆字，次作今文隸字，仍是别體爲證，然後注以諸家字書。解釋既畢，徵《九經》。兩字以上，取其句末字編入本韻，爰及諸書皆仿此。按：陰氏《韻府羣玉》蓋本諸此，至《佩文韻府》乃大備矣。

四聲平、上、去、入，周德清分平聲爲陰、陽，於是聲有五，此天地自然之聲，不可增減者也。説者謂上、去、入亦各有陰、陽，余向在《浙》，嘗作《四聲陰陽辨》以明其謬亦詳矣。偶閲毛先舒《韻學通指》，則本范善溱《中州全韻》，謂有七聲，平、去、入皆有陰、陽，惟上聲無陰、陽，列爲圖表，余爲核之，仍差謬不足爲訓，今列其圖於左：

陰平聲　种該箋腰　陽平聲音　篷陪全潮

上　聲　無陰陽

陰去聲　貢玠霰釣　陽去聲　鳳賣電廟

陰入聲　穀七妾鴨　陽入聲　孰亦爇鑞

按：聲之有五，乃一氣自然轉接，不俟更端者也。如公、拱、貢、穀四字一氣，而公爲陰平，其下實有陽平字相承轉，其字有音無字，試即以陰、陽兩字言之。陰、影、映、益，四聲也，陰字下實有吟字，一轉乃到影字，爲陰、吟、影、映、益五聲。陽、養、漾、藥四聲也，陽字上實有央字起頭，乃到陽字，爲央、陽、養、漾、藥五聲。此不俟更端，自然承接。周捨、沈約定四聲，未能悟此。至元周德清悟得，因有陽平、陰平，實足補周捨、沈約之所未及也。其目以陰陽者，仍以聲明聲，如天、子、聖、哲之爲平、上、去、入，非平有陰、陽，上、去，入亦有陰、陽也。如謂去、入有陰、陽，則陰、吟、影、映、益之閒，當有兩聲自然承接矣，而無之也。大抵毛氏認輕重内外爲陰陽，故以貢爲陰，鳳爲陽，穀爲陰，孰爲陽，不知此等不獨去、入有之，上亦有之，陽平、陰平亦各有之，乃更端而得分輕重之聲，非一氣自然轉落之聲。聲止有五，無有七也。陰、陽二字皆平聲，陰之陽聲爲吟，陽之陰聲爲央，陰即聲之如陰者也，陽即聲之如陽者也。當日平之陰平之陽，今稱陽平、陰平尚可，若云陽去陰去、陽入陰入，是不異稱平去、平入矣。既去矣，何又爲平？既入矣，何又爲平？既去矣，入矣，何又爲陰爲陽？蓋認陰陽爲高下之名，如脉之有陰脉、陽脉，畫之有陰面、陽面，不知聲之有陰平、陽平，乃以聲明聲，可稱陰陽，亦可稱央、吟。即毛氏所列，亦可稱种、篷，稱該、陪，稱箋、全，稱要、潮，平字是陽聲，當日若不用陰、陽二字，但於平字上加一陰聲之字，則無毛氏等之惑矣。

吴人徐靈胎名大椿，工於醫者也，亦善唱曲，有《樂府傳聲》一卷。謂曰聲各有陰陽，《中原音韻》只平聲有陰陽，餘三聲皆不分陰陽。或又以爲去入有陰陽，上聲獨無陰陽。此更悖理之極者。蓋四聲之陰陽，皆從平聲起，平聲一出，則四呼皆來，一貫到底，不容勉强，亦不可移易。豈有平聲有陰陽，而三聲無陰陽者？亦豈有平去入有陰陽，而上聲獨無陰陽者？如宗字爲陰，宗、總、縱、足皆陰也，戎字爲陽，戎、冗、誦、族皆陽也，豈可宗、戎有陰陽，而下六字無陰陽？豈可縱、足與誦、族有陰陽，而總與冗無陰陽？余嘗欲以《中原音韻》四聲之陰陽每字皆爲分定，尚未遑而有待。但作曲者能别平聲之陰陽，已屬難事。若並三聲而分之，則尤難於措筆。以上皆徐氏説。按：徐氏謂平聲一出，則四呼皆來，一貫到底是也。既知此義，則不得謂上去入亦有陰陽。玩其舉宗、戎二字，蓋於平聲之有陰陽尚未了然，故云作曲者能知平聲之陰陽已屬難事也。坐不知陰陽二字以聲明聲，以陰陽上去入爲五聲，自於此義了然矣，宗字爲陰聲是矣。不知宗、總、縱、足，宗字下自有陽聲，有音無字，非無此聲也，戎字爲陽聲是矣。不知戎、宂、誦、族，戎字上自有陰聲，亦有音無字，非無此聲也。總、縱、足三聲共陰陽兩平，非單貫一宗字，宂、誦、族三聲亦共陰陽兩平，非單貫一戎字，試以陰陽二字言之。陰、吟、影、映、益，影、映、益三字貫陰，亦貫吟，則此影、映、益三字爲陰乎？爲陽乎？央、陽、養、漾、藥，養、漾、藥三字貫陽，亦貫央，則此養、漾、藥三字爲陰乎？爲陽乎？所以『艱於措筆』者，正于此未能了然也。宗之於戎，猶烹之於同，烹爲陰而其陽自有彭字，同爲陽，而其陰自有通字，貫之爲烹、捧、摚、撲可也，爲彭、捧、摚、撲亦可也，其實爲烹、彭、捧、摚、撲之五聲也。貫之爲同、統、痛、秃可也，爲通、統、痛、秃亦可也，其實爲通、同、統、痛、秃之五聲也。陰陽如春夏，去入如秋冬，上如中央土，不可減一，不可增一者也。

嚴粲《詩輯》謂凡上聲濁音讀如去聲，又云：『平上去入四聲，其平聲爲全清者，其上去入皆爲全清，其次清、全濁、不清、不濁者亦然。』録其圖於左：

全清	東弓包居逋鳩金顛邊賓知
次清	通穹胞胠鋪邱欽天篇繽癡
全濁	同窮庖渠酺求琴田駢頻持

不清不濁　農谷茅魚模牛吟年眠珉尼

動奉棒是兕婢被否市恃士仕祀俟涘似巳祀耜汜姒巨秬虡距炬叙緒嶼鱮芧藇伫竚杼紓羜輔父腐柱簿部杜户怙祜岵扈陛蟹亥待逮殆怠倍在牝混但緩踐俴善趙肇兆袉紹皓昊顥鎬浩皞抱道稻阜造坐象丈蕩杏荇靜靖迥洞舅婦阜厚後甚儉貢簟檻范範犯軓以上竝是上聲，全濁，讀如去聲。

平	東 全清	通 次清	同 全濁	農 不清不濁
上	董	桶	動讀如去聲	䵒
去	涷	痛	洞	齈
入	督	禿	獨	○有聲無字

四聲惟上聲全濁者，讀如去聲，謂之重道。如同、動、獨、洞是重道。蓋四聲皆全濁也。動字雖是上聲，以其爲上聲濁音，只讀如洞字。今人調四聲者，誤云同、桶、痛、禿，不知同爲全濁，其桶、痛、禿皆爲次清，清濁不倫矣。

按：宋時未分陰平、陽平，故以通爲次清，同爲全濁。如嚴氏説，同、動、洞、獨不爲通之陽聲，而爲東之陽聲矣。以陰陽爲清濁，而不知東、通各有陽聲，農亦自有陰聲也。至謂上聲重讀即如去聲，此亦非也。上自是上，去自是去，若輕重讀之，則不特上如去，平亦可似去，入聲唱之，可爲平上去三聲，自不得爲四聲之本聲也。動、奉等字讀爲去聲者，自是誤上爲去，非上聲似去。余謂聲定有五：陰、陽、上、去、入是也。音定有七：宮、商、角、徵、羽、半宮、半徵是也。每聲以三爲貫，如公、空、翁、宗、聰、松是也。其貫不能以三者，音蹇澀不可調者也。東、通、農讀作陰。三聲相貫，於通下增一同字，不知同、通爲陰陽，東、通、農讀作陰。三聲貫，東、讀作陽。同、農三聲亦貫，而董、桶、鬞三聲，動、痛、弄三聲，督、秃、搙三聲亦無不貫，無所爲上聲如去也。近時金壇段氏謂古無去聲，嘉定錢氏謂古無輕脣音，余不謂然。古無平上去入等名目，非無此聲也，未分陰陽之前，人但知有四聲，然不可謂無陰陽之聲也，古今同此，喉舌齒腭，未容於紙上尋之。

《召旻》第四章，顧氏《詩本音》以爲無韻，第五章末句，《詩本音》亦以爲無韻。按：四章末句『無不潰止』，『止』字與下章首『維昔之富不如時』『時』字爲韻，五章末句『職況斯引』，『引』字與下章『池之竭矣，不云自頻』『頻』字爲韻，『如彼歲旱』，『旱』疑與上章末句『我位孔貶』『貶』字爲韻。章雖分而韻則蟬聯而下，舊時存此說以俟考。近於阮壽昌處借孔檢討《詩聲類》、《詩聲分例》閲之，有《續韻例》，謂『池之竭矣，不云自頻』，故上章『引』字爲韻，與余舊説合。又以《穀風》『維山崔嵬』，與上『頹』、『懷』、『遺』爲韻。正月『又有嘉殽』，與上『沼』、『樂』、『虐』爲韻。又證之以《急就章》『伊嬰齊，翟回慶』等句，在上章之尾，韻句爲下章之首。

合韻二字，見顏師古《漢書敘傳·注》述《文紀》第四云：『農不供貢，辠不收孥，宮不新館，陵不崇墓。』師古曰：『墓合韻音謨。』述《王子侯表》第三云：『侯王之祉，祚及宗子，公侯蕃滋，支葉傾茂。』師古曰：『茂，合韻音莫口反。』述《魏豹田儋韓信傳》第三云：『三枿之起，本根既朽。枯楊生華，曷惟其舊。』師古曰：『舊，合韻音臼。』述《楚元王傳》第六云：『其在于京，奕世宗正，劬勞王室，用侯陽城。』師古曰：『正，合韻音征。』述《張陳王周傳》第十云：『留侯襲秦，作漢腹心，圖折武關，解阸鴻門。推齊銷印，驅致越、信，招賓四老，惟寧嗣君。』師古曰：『信，合韻音新。』述《酈陸朱婁叔孫傳》第十三云：『叔孫奉常，與時抑揚，稅介免冑，禮義是創。』師古云：『創，合韻音初良反。』述《賈誼傳》第十八云：『賈生矯矯，弱冠登朝。』師古曰：『矯，合韻音驕。』又，『暴秦之戒，三代是據。建設蕃屏，以强守圉。』師古云：『圉，合韻音禦。』述《景十三王傳》第二十三云：『景十三王，承文之慶。』師古曰：『慶，合韻音卿。』又『魯恭館室，江都訬輕。趙敬險詖，中山淫醟』。師古曰：『醟，音咏，合韻音榮。』述《衛青霍去病傳》第二十五云：『票騎冠軍，猋勇紛紜。長驅六舉，電擊雷震。』師古曰：『震，合韻音之人反。』述《武五子傳》第三十三云：『孝武六子，昭齊亡嗣。燕刺謀逆，廣陵祝詛。昌邑短命，昏賀失據。』師古曰：『嗣，合韻音祚。』又，『戾園不幸，宜承天序』。師古曰：『序，合韻音似豫反。』述《霍光金日磾傳》第三十八云：『秺侯狄孥，虔恭忠信，奕世載德，貤于子孫。』師古曰：『信，合韻音新。』述《王貢兩龔鮑傳》第四十二云：『吉困于賀，涅而不緇，禹既黄髮，以德來仕。』師古曰：『緇，合韻音側仕反。』述《韋賢傳》第四十三云：『漢之宗廟，叔孫是謨。革自孝元，諸儒變度。』師古曰：『謨，合韻音慕。』述《宣元六王傳》第五十云：『宣之四子，淮陽聰敏。』師古曰：『敏，合韻音美。』述《匡張孔馬傳》第五十一云：『樂安褏褏，古之文學，民具爾瞻，困于二司。安昌貨殖，朱雲作娸，博山惇慎，受莽之疚。』師古曰：『學，合韻音下教反；司，合韻音先寺反；娸，音欺，合韻音邱吏反。』述《遊俠傳》第六十二：『開國承家，有法有制，家不藏甲，國不專殺。』師古曰：『殺，合韻音所例反。』述《匈奴傳》第六十四云：『大漢初定，匈奴强盛，圍我平城，寇侵邊境。』師古曰：『境，合韻音竟。』章懷注范《書》諸《贊》以爲協韻，如杜根等傳《贊》云：『黄寇方熾，子奇有識，武謀允臧，瑜亦協志。』《注》云：『識，協韻音式待反。』崔駰《達旨》云：『古者陰陽始分，天地初制，皇綱云緒，帝紀乃設。』《注》云：『制，協韻音之設反。』張衡《思玄賦》云：『冀一年之三秀兮，遒白露之爲霜。時亹亹而代序兮，疇可與乎比伉。』《注》云：『伉，協韻音苦郎反。』宋吴棫説《毛詩》有協音，近段若膺作《六書音韻表》，於《毛詩》韻之不通者爲合韻，即協音也。

茶字即荼字，荼從余而讀六麻，猶斜從余而讀六麻也。余，姓，今尚讀如蛇。舍亦從余而與雅韻。後人于荼字中減一畫，爲七虞六麻之别，不啻於行字中增一點，爲七陽八庚之别。行字，市人用之。茶字則入詩文久矣。角字上減一筆作甪，而讀爲六，乾字下增一畫作乹，而讀爲干，不知屋沃通覺而寒山通仙也。

十二律以五音旋之，則有六十；以七音旋之，則有八十四。隋、唐以來，僅有二十八調，元、明用六宮十一調而已。或疑八十四、六十之數非其實，然不必疑也。如以喉舌齒牙脣各依等韻，則必有若干音，然其中有重複者，有蹇澀不可以音者，有風土各地之不同者，以理排之，有此數，以口調之，則不足矣。制之爲字，又不及其音之半。《說文》九千餘字，便於用人共識之者，又不及其半。《玉篇》以下，字日增而有音無字者仍多，不得以所用者少，遂疑古之字本少，亦不得以字不及音之數，遂疑並無此音。聲調之有八十四論，其理如是也。其相習而便於口中於耳，固無幾何。古音不盡悦耳，後世既求其悦耳，又取其便於肄習，故日減日少，無可疑也。姜白石《徵招序》云：『予嘗考唐田畸《聲律要訣》云：徵與二變之調，咸非流美，故自古少徵調曲也。徵爲去母調，如黃鐘之徵，以黃鐘爲母，不用黃鐘乃諧。故隋、唐舊譜不用母聲，琴家無媒調、商調之類，皆徵也，亦皆具母弦而不用。然黃鐘以林鐘爲徵，住聲于林鐘。若不用黃鐘聲，便自成林鐘宮矣。故大晟樂府徵調兼母聲，一句似黃鐘均，一句似林鐘均，所以當時有落韻之語。余嘗使人吹而聽之，寄君聲於臣民事物之中，清者高而亢，濁者下而遺，萬寶常所謂宮離而不附者是已。因再三推尋唐譜並琴弦法而得其意。黃鐘徵雖不用母聲，亦不可多用變徵蕤賓、變宮應鐘聲，不若用黃鐘而用蕤賓，應鐘即是林鐘宮矣。餘十一均徵調放此。其法可謂善矣。然無清聲，只可施之琴瑟，難人燕樂。故燕樂缺徵調，不必補可也。』按：白石此

《序》甚詳明。不用母聲，不用二變，其音不中於耳，故不用此調也。譬如入聲，一涉永嘆，便非本字，故北曲派入三聲。南曲雖有入聲，而其腔全是平聲矣。蓋入聲出口戛然便止，若直如其聲，便質樸無音節，不中聽矣。無徵調亦以此也。徵調之所以缺如是，則宋、元不用羽角，不用高宫，可知其故。然則八十四調止用二十八，又止用十七，可類推矣。

盧召弓學士《鐘山劄記》辨字義不隨音區别，是也。適有謂應對之應仄聲，應當之應平聲者，不知當即對也。有以當之，即有以對之，相當即是相對，應對之應，自宜從言作譍，通借應字。亦以譍之義本取于應，非應一字而有對與當兩義，分平聲、仄聲以分任之也。然陸德明《釋文》已據音分義，則相沿已久，學究不能察耳。

姜白石，《宋史》無傳。相傳獻樂爲太常所譏，不盡其用。宋張仲文《白獺髓》云：『慶元間，有士人姜夔，上書乞正奉常雅樂，京仲遠承祖主此議，送赴太常，同寺官挍正。斯人詣寺，與寺官列坐，如樂師賫出太樂，首見錦瑟，姜君問曰：「此是何樂？」衆官已有謾文之嘆，正樂不識樂器。斯人又令樂師曰：「語云鼓瑟希，未聞彈之。」衆官咸笑而散去，其議遂寢。』至今其書流行於世，但據文而言耳。刻姜白石集者，摭拾説部諸書中遺事，此條不采。

卷六

《論衡》云：『日月不圓，視若圓者，人遠也，何以驗之？日者，火之精；月者，水之精。在地水火不圓，在天何故獨圓？日月在天猶五星，五星猶列星，列星不圓，光耀若圓，去人遠也。何以明之？春秋之時，星隕宋都，就而視之，石也，不圓。以星不圓，知日月五星亦不圓也。』長洲徐大臨《畏壘筆記》引此，辨之云：『日月非列星可比，此非篤論。』余按：日月不可以水火例也，試以人與地言之。地氣凝結處必圓，人之頭腹亦圓，亦氣之所旋也。日月者，陰陽之至精，進退留行，明明成一旋象，何爲而不圓也？水火猶金木也，木不圓，其實則圓；金不圓，鎔而釘之，其絲必圓。何也？粗而雜則不圓，精而純則必圓也。水不圓，其流之紋往往成圓，其精輕而上浮故圓。火不圓，而雷火則成團作圓狀，俗謂之火毬，是水火亦未嘗不圓，況日月乎？星隕，乃星之精氣下泄，非全星墜也。如人之首圓，其涕洟所垂則不必圓。旋則圓，散則不能圓，墜則散矣。隕石之不圓，亦不足以證星體之不圓。

雲隨風爲東西，有時雲忽東忽西，此風亂，將雨也。亦有雲東西相對行者，此風旋於地之上，天之下，雲隨風而旋，人目望之，見其高者東，而低者西，或高者西，而低者東，實一氣上下回繞作圓耳。

西洋人蔣友仁，乾隆二三十年間進《坤輿全圖》，謂日月五星不動而地球動。錢少詹事大昕奉旨潤色，爲《地球圖説》一卷，而友仁之圖，卷中佚去。嘉慶辛酉，阮撫部屬元和李尚之按其説中所云補之，原有二十一圖，尚之補得二十，尚缺其弟十圖。壬戌秋，余自京師歸，復爲浙遊，撫部以尚之所補，令余詳之。余既校正其二十圖，而更爲補撰一圖，以明地輪内外之理。撫部並刊入卷内，且屬爲《補説》以明之，今録于左：

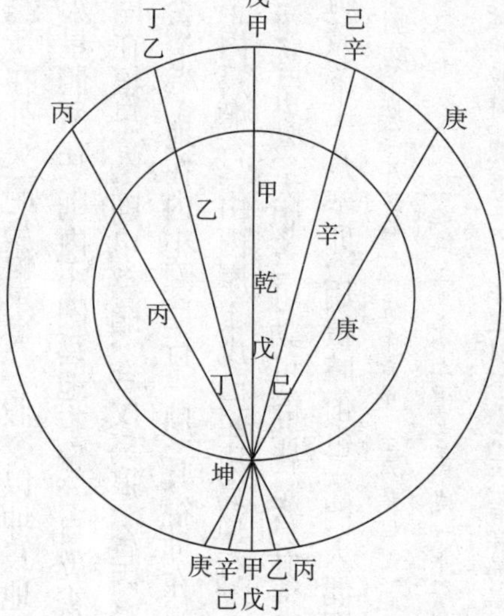

《補説》曰：『乾爲日，所在外大圈爲恒星天。假令以坤爲地所在，則内小圈爲金水本輪。假令以坤爲土木火星體所在，則内小圈爲地本輪。自乾視甲乙丙丁戊己庚辛，皆見其順行；自坤視内小圈在恒星天，則甲爲順，合戊爲退，合丙爲前，留庚爲後，留庚辛甲乙丙爲順，丙丁戊己庚爲退。地在内小圈運行一周，其視坤在恒星天，亦甲戊爲合，庚丙爲留。由庚歷辛甲乙至丙爲順行，由丙歷丁戊己至庚爲逆行。余爲此圖，雖明蔣友仁地動太陽静之説，而地之可静可動、太陽之可動可静，皆足見其通矣。

閻百詩《古文尚書疏證》推十月辛卯，用授時術也。門人偶問及之，爲詳疏《疏證》云：上推周幽王六年乙丑歲，距至元辛巳二千五十六年，至元辛巳，上距魯僖公五年一千九百三十五算。僖公五年，上距幽王六年百二十六年。並之得二千零五十七年，減一年得此數。中積七十五萬零九百四十二日六十九刻。用授時，歲實三百六十五日二四二五，百年而益一分二，千年約益二十分，爲三百六十五日二千四百四十五分，乘積年二千零五十六，得七十五萬零九百四十二日六千九百二十分。每百分爲一刻，故以六千九百分爲六十九刻。冬至一十二日三十六刻，丙子日辰冬至。置中積分減至元氣應五十五日零六，得七十五萬零八百八十七日六三二，滿紀法六十去之，存不滿者四十七日六三二。置紀法減之，得一十二日三千六百八十分，是爲一十二日三十六刻。自甲子歷十二日爲乙亥三十六刻，適當丙子，中積分小餘尚有二十分，冬至小餘尚有八十分。百詩皆删去也。步至十月建酉，朔日得定朔二十七日三十七刻，辛卯日辰正四刻合朔。置中積分七十五萬零九百四十二日六千九百二十，減閏應二十日一千八百五十分，得閏積七十五萬零九百二十二日五千零七十。以朔策二十九日五千三百零五九三除之，餘不滿朔策之數一十八日五八八零九六。（積朔二萬五千四百二十八。）轉減朔策，餘一十日九千四百二十四九七爲閏餘分，置冬至分一十二日三六八，減閏餘分，得一日四千二百五十五五零三，爲天正經朔。乙丑日歷加朔策至酉月，共得二百六十七日二千零零八四，自甲子數之，爲辛卯日經朔，又置半歲，實一百八十二日六千二百二十二五，減閏餘分一十日九千四百二十四九七，得天正縮律一百七十一日六千七百九十七五三，歷加朔策至酉月，得四百三十七日四千五百五十零九，内減歲實，餘七十二日二千一百零五九，是爲酉月經朔縮律。乃以縮律小餘二千一百零五九乘本日，（七十三日）加分一百一十八分四三一一，得二十四萬九千三百零零分四零五三四九，以萬分除之，爲二十四分九三零四零五三四九，與本日縮積二萬二千七百二十七分九四四一相加，爲二萬二千七百五十二分八七四五零五三四九，爲酉月辛卯朔縮差。又置中積分七十五萬零九百四十二日六千九百二十，減轉應一十三日一千九百零四分，得七十五萬零九百二十九日五千零一十六分，加閏餘分一十日九四二四九七，得七十五萬零九百四十日四千四百四十六分九七，以轉終二十七日五千五百四十六分除之，得二十二日四千八百四十八分九七，減轉中一十三日七千七百七十零分，餘八日七千零七十五分九七，爲天正疾律。以轉差一日九千七百五十九分九三歷加至酉月，減去轉中，餘一十二日七千一百四十二分三四，爲酉月經朔遲律。用梅氏捷法，檢立成中稍弱之日率一十二日七千一百一十二分，得一百五十五限，與遲律相減，餘三十零分三四，以損分一千零二十五分五零七五爲法乘之，得三萬一千一十三分八九七五五，以八百二十分爲法除之，得三十七分九四三七七七五，與一百五十五，限之積度一萬三千八百九十六分七零七五，相減得一萬三千八百五十八分七六三七二二五，爲酉月經朔遲差。以縮差二萬二千七百五十二分八七四五零五三四九減遲差，得八千八百七十六分五零二二五五三四八，以八百二十分乘之，得八十七萬八千七百三十一分一八四九三八五三六，爲實。以遲度一萬一千九百八十八爲法除之，得七十三分三三零零八九八，（一七七一四五三六不盡。）爲減差。以經朔二百六十七日二千零零八四内減，減差餘二百六十七日一千九百三十五分零九九一一，以紀法減之，爲二十七日一十九刻三十五零十九秒九一一。是爲十月建酉辛卯日寅正二刻六十六分四十三秒定朔。閻氏推之，有不同者，彼刪去中積及冬至小餘分數，則所得閏積七十五萬零九百二千二百五十零分五，不滿朔策之數一十八日六千八百六十一分九六，轉減朔策，餘一十日七千四百四十三分九七，爲閏餘，分置冬至減之，得經朔一日六千二百八十四分三九七，推至酉月，得酉月經朔二十七日三千九百九十七分三四，經朔乙丑酉月，經朔辛卯雖同，而小餘遂異。於是置半周減閏餘分，得天正縮律一百六十一日八千七百七十八分五三，加至酉月總朔策二百六十五日七千七百五十三分三七，並爲四百二十七日六千五百三十一分九，減去歲實，餘六十二日四千零八十六分九，爲酉月縮律。以小餘四千零八十六分九，乘本日加分一百七十九一六八七，得一十七萬九千一百九十六分五四六零零三，以萬分除之，與本日期縮積二萬一千零五十八分九九四四相加，得二萬一千零七十六分九一四零五四六零零三，爲酉月朔縮差。又以中積分減轉應加閏餘分一零七四四三九七，得七五零九四零二四三九九七，以轉終除之，餘二十二日二八四七九七，減轉中，餘八日五零七七九七，爲天正疾律，歷加轉差至酉月，得一十二日五千一百四十四分三四，爲酉月朔遲律，檢立成日率十二日四千六百五十二，相減得四百九十二分三四，（百五十二限。）以損分一千零零四五七乘之，得四十九萬二千五百六十五分二四五五五，以八百二十除之，得六十零分零六八九三二三七。（四四不盡。）與積度一萬六千九百二十三分五二相減，得一萬六千八百六十三分四五一零六七六，爲酉月朔遲差。遲差與縮差異名，相減得四千二百一十三分四六二九八七零零三，以八百二十乘之，得三百四十五萬八千三百一十九分六四九三，以遲度一萬一千九百六十三除之，得二百八十八分四六四八，（五二七六不盡。）爲減差。於經朔二十七日三千九百九十七分三四内減去減差之數，餘二十七日三千七百零八分八六五二，刪去零

八分六五二，以時刻推之，爲二十七日三十七，刻辰正四刻也。交泛一十四日五十七刻入日食限，

是日辰時日食。授時推幽王六年十月辛卯朔，泛交十四日五千七百零九分入食限。閻氏與之同。乃以授時法之中積七十五萬零九百四十二日六千九百二十分，加閏餘分一零日九千四百二十四分七十七秒，得七十五萬零九百五十三日六千三百四十四分九十七秒，内減交應二十六日零一百八十七分八十六秒，餘七十五萬零九百二十七日六千一百四十七分一十一秒，滿交終二十七日二千一百二十分二十四秒，去之餘不滿交終之數六日二千九百三十四分三十一秒，與交終相減，餘二十零日九千一百八十七分九十三秒，歷加交差至十月，（交差二日三千一百八十三分六十九秒，加至十月，共得二十日零八千六百五十三分二十一秒。）得四十一日七千八百四十一分一十四秒，減交終，餘一十四日五千七百一十八分九十秒。（授時術本以望筴歷加而減交終，梅勿庵用交差歷加，蓋交差即兩望筴減交終也。）依閻氏所推中積分推之，以中積七十五萬零九百四十二日六千九百分，（刪去小餘二十。）加閏餘餘分一十日七千四百四十三分九十七秒，爲七十五萬零九百五十三日四千三百四十三分九十七秒，内減交應，餘七十五萬零九百二十七日四千一百五十六分一十一秒，滿交終去之，餘不滿交終之數六日零九百四十三分四十秒，與交終相減，餘二十一日一千一百七十八分八十四秒，加交差至十月，得四十一日九千八百三十二分零五秒，減交終，餘一十四日七千七百零九分八十一秒。以余所推一十四日五十七刻一十八分九十秒，與閻氏刻數合，與授時小餘微異。（閻氏刻下無分數，授時零九分，與一十八分九十秒異。）以閻氏推法所推，當得一十四日七十七刻零九分八十一秒，與授時分數合而刻數訛二十刻。以余揆之授時，推得辰時（見邢雲路説）則宜如閻氏刪中積分數之所推，蓋訛七作五。百詩承其訛，未之審耳。

嘉慶戊午，高郵沈皛村鈁。語余云：『六月下弦，歲星交於月星，貫弧背，自兩角間

出，使月本圓，則星宜爲魄所蔽，木星高於月，今從兩角間出，絶無所蔽，則月之體非圓者矣。』按《白虎通》云：『日之爲言實也，常滿有節。月之爲言闕也，有滿有闕也。所以有闕何？歸功於日也。』其在《説文》作月，云：『月，闕也。太陰之精，象形。』蓋日之形如球，月之形如釜，常受日之光，以爲平圓，故其弧背常向於日，陰承陽之義也。月，猶水也，水隨月而潮，月隨日而滿。陰主凝，得陽則起而充焉。弧背所以向日，日之氣充之而弧也。然不必星之交月而知之矣。魄而有形，則當其弦也，必半明而半黑矣。今其半不著其黑也，弦之外蒼蒼者，天也，初生明時，有圓影，一規漸至上弦，轉無此影，尤可見矣。皃村然之。

《曝書亭詩集》卷十八，有《送梅定九》詩云：『持籌計長曆，制器窺圓靈。削木驗日晷，繪圖准方程。』按：方程在《九章》中，無可繪圖，玩詩意，似以方程爲程式之義，故謂繪圖准之耳。又云：『東楚抱衾裯，觀象乃宵征。畢雨箕風揚，武人解辨形。』此亦未知梅氏之學。今世農夫俱識參昴宵征觀象，詎獨古人？竹垞飾爲淹博，而事事皆未入門。曆數之學，非沈思渺慮十年，不能得其門徑，亦欲假借宣城以詩自見其博，殊乖君子蓋闕之道也。豈僅『月落參横』貽譏于《容齋隨筆》乎？

《天問》：『康回馮怒，地何故以東南傾？』《淮南子·天文訓》云：『天傾西北，故日月星辰移焉；地不滿東南，故水潦塵埃歸焉。』高誘《注》云：『傾者，高也。原道言「地東南傾」，傾者，下也。此先言傾西北，明其高也。』按：天地皆渾圓，地居天中，北極、南極爲樞，赤道爲要，二十八宿繞北極而行。唯中國去北極四十餘度，偏於西北，故八卦乾居西北。傾即偏也，中國東南多水，西北多山，目之所見，東南爲下，故『不滿東南』。地偏于東南，則天偏於西北，俱就中國而言之也。傅會於共工觸山，則謬悠矣。

卷七

《唐闕史》記青州楊尚書損觀風陝郊，一日，使院闕局司有吏兩人，合授不能決。楊曰：『爲吏莫先於書算，姑聽吾言。有夕道於叢林間者，聆群盜評竊賄之數，且曰：人六匹，則長五匹；人七匹，則短八匹。不知幾人復幾匹？』令俯階下籌之，先達者勝。少頃，一吏果以狀先，遂授闕。以上《闕史》，見《知不足齋叢書》。按：此《九章》盈不足假令術也。唐以此取士，故楊損設題以試吏耳。撰《闕史》者不明算術，未讀劉徽、張邱建、孫子等書，故詫爲奇，以比『絳縣老人』之事，殊擬不於倫矣。

全謝山《鮚埼亭集》有答李嶧陽問開方法，蓋嶧陽不明『方百里者爲方十里者百』之語，謝山自詡曰：『開方法自鄭康成後，鮮有洞然言之者。』而漫罵古今之學者，誠妄也。集中極詆毀毛奇齡，至於不堪。此文説開方，則引述毛氏之言。是以康成以後所不能洞然言之者，惟毛氏能之矣。不知十之自乘爲百，百之自乘爲萬，此乘法，非開方法。開方法載在《九章·少廣篇》，以積求邊，此則以邊求積耳。毛氏於算法本不明，全氏且不及毛氏，况孔穎達《正義》中言之甚詳，何謂康成而後無洞言之者？

《文淵閣書目演算法》有《全能集》，又有《詳明算法》、《通源算法》、《算學源流》、楊輝《九章算學補缺》、《抄録算法》、《通變算寶》、《摘奇算法》、《捷用算法》、《算法透簾》、《算法百顆珠》。按：今鮑氏《知不足齋叢書》刻有《透簾細草》、《續古摘奇》算法二種。《透簾》五十二條，不知誰何所作？《摘奇算法》，題宋楊輝撰，前有輝《自序》云：『夫六藝之設，數學居其一。昔黄帝時，大夫隸首創此藝。繼得周公署《九章》。戰國則有魏劉徽撰《海島》，至漢甄鸞注《周髀》、《五經》，唐李淳風校正諸家演算法，自昔歷代名賢，皆以此藝爲重。迄於我宋，設科取士，亦以《九章》爲算經之首。輝所以尊尚此書，留意詳解。或者有云：無啓蒙之術，初學病之。又以乘除加爲法，稱斗尺田爲問，目之曰《日用算法》。而學者粗知加減歸借之法，而不知變通之用，遂易代乘代除之術，增續新條目，曰《乘除通變本末》。及見中山劉先生益撰《議古根源》演段鎖積，有超古人神之妙。其可不爲發揚，以裨後學，遂集爲《田畝算法》。通前共刊四集，自謂斯願滿矣。一日，忽劉碧澗、邱虚谷携諸家算法奇題及舊列遺忘之文，求成爲集，願助工板刊行。遂添遮諸家奇題與夫繕本及可以續古法草，總爲一集，目之曰《續古摘奇算法》，與好事者共之，觀者幸勿罪其僭時。德祐改元冬至壬辰日，錢塘楊輝謹識。』按此《序》，則輝所撰有五種，然則《文淵書目捷用算法》以上皆輝撰也。《捷用算法》，即《序》所云《日用算法》也；《通變算寶》，即《序》所云《乘除通變本末》也；《抄録算法》，當即所發揚劉先生之妙，所爲《田畝算法》也。其《九章算法補缺》，蓋即《詳解九章》者也。是爲四集，並《摘奇》而五矣。《摘奇算法》有《正斛法》云：『輝伏睹京城，見用官斗，號「杭州百合」，浙郡一體行用，未較積尺，積寸者，蓋斗勢上闊下狹，維板凸突，又有提梁，難以取用，況栲栳藤斗循習爲之。今將官升與市尺較訂，少補日用萬一。每立方三寸，積二十七寸。受粟一升；每方五寸，深五寸四分，積一百三十五寸。受粟五升；每方一尺，深二寸七分，積二百七十寸。受粟一斗；每方一尺，深一尺三寸五分，受粟五斗。』以上楊輝《正斛法》。嘉慶壬戌，余在浙江撫署，值海鹽倉盤量倉穀，其法以立方七寸一分爲斗法，海鹽令不知算，其所呈册云：『初字號積粟深一丈三尺六寸，寬一丈五尺，直六尺四寸，穀三百五十石。』余復算之，每斗立方七寸一分，再乘爲三百五十七寸九分一釐一豪，是爲斗法，以深、寬、直相乘，得九十七萬三千九百二十寸，是爲初字號所存實積。以斗法除實積，得二千五百五十三斗零。以石收之，爲二百五十五石三斗，較原册少九十四石七斗。阮撫部以爲爲令者多不諳九章，不能知胥吏幕客之作弊，屬爲簡明之法。余因爲依斗定尺議云：『依斗定尺之法，極精於理，且便於用。天文家用一萬分爲日周，通法即此義也。其法仍用通分，依斗之方以爲尺，分一尺爲十寸，即以一寸爲勺，十寸爲合，百寸爲升，千寸爲斗，萬寸爲石。以此尺量倉廪，得修若干，厚若干，廣若干，三者連乘，通分得寸數，隨萬千百十收之，即爲石、斗、升、合。稍識九九者，皆能算之。不用通分，則以立方一尺爲斗，廣尺、修尺、高丈爲石，廣丈、修丈、高丈爲十石，立方一丈爲百石，廣丈、修丈、高十丈爲千石。大約十丈以上，寸數紛繁，可用此立方不及十丈者，通分寸數爲便。』此法以七寸一分爲一尺，故量得立方一尺，即是一斗，芟去奇零，但見整數，可免乘除多位之繁矣。撫部以爲然，依此定爲丈尺，一存藩署，一存撫署，每縣給以一令，每縣令習此量法，俾不爲胥吏所欺也。壬申十一月，阮公爲漕帥，是月二十一日，專使來，屬爲丈量簡明法。因立小尺、大尺二法。小尺者，今布尺之度也，以布尺量粟，立方一尺，得部斛五斗，若以此五斗爲石法，量得小尺通分一千寸爲一石，既得總而半之，此一法也。小尺一千寸爲五斗，倍之二千寸爲一石，因少廣求之，則立方小尺一尺二寸五分九厘九豪，得部斛一石。於是即以小尺一尺二寸五分九厘九豪爲一尺，是爲大尺立方，大尺一尺即是一石，其舊法以縱横一丈、高二寸五分爲一石，推之當得立方一尺者二十有五，以布尺準之，則是二十五斛，爲石十二有零矣。惟木尺較布尺八折，則木尺二十五，得布尺二十，則縱横一丈、高二寸五分，得布尺二十斛，既得二十斛，又必退位爲二斛，乃合部斛一石。而向來漕吏用一乘四，因殊不可解。明年春，晤撫部，撫部語余曰：『依君以小尺一尺二寸五分九厘九豪爲一尺，令胥吏量而算之，殊爲便。』按揚氏正斛之法正其數，尚未便於用。適閲楊氏書，而記舊事如此。

賈亨《演算法全能集》有《求一法》云：求一者，是一分法也。法以錢物各置一停，謂如下一停爲分數二，因得一，上一停亦用二，因將上爲實，以下爲法定身除之，其折半四，因求一皆放此。但此法未免重複下算，終不若今人用歸除法爲捷。既有歸除，本不用此求，然古有是法，又不容不載，以廣算者之知耳。歌云：『求一明教置兩停，二三折半四三因。五之以上二因見，去一除今要定身。』按：其法以一數乘爲因，如以二乘二十四爲四十八，四乘三十六爲一百三十八是也。以二數以上乘爲乘，如以二五乘三六五，爲九一二五，以三七五乘二四，爲九零零是也。以一除爲減除，亦名定身除，如一十九除六七九八，得三五七七九也。此求一之法，謂求得一數爲法也。二非一也，折半則爲一；三非一也，折半則爲一五。故云『二三折半』也。四折半爲二，仍非一也，故不用折半而用三因，三四得一十二，故云『四三因』也。五二因爲一十，六二因爲一十二，七二因爲一十四，八二因爲一十六，九二因爲一十八，故云『五之以上二因見』也。既求得一，則用定身除，定身除，即俗所謂一歸幾，除一歸，不須歸，故云『去一除今要定身』也。乘除二法，本無分於一數多數，二數以上，皆用求一，以省去除法。後人用加減代乘除，其理正如是。賈氏謂不若用歸除，未知變化之用者也。亨字季亨，長沙人。《算法全能集》，見明《文淵閣書目》。賈亨，未詳何時人。

吾友汪孝嬰萊。《衡齋算學》弟三卷，有平圓内若干之通弦，求其度五分之一之通弦，讀者苦其不易明。余以甲乙丙丁等字標其圖，復於每句下注明，又補一六率圖。時孝嬰官石埭教諭，未及寄去，而孝嬰已歿，因録而存之。

法曰：取所有若干度之通弦，五分之一爲弟一數。於弟一數首位加一數爲弟二數。弟二數自乘再乘得數，以半徑自乘之數除之，得數爲弟三數。弟三數自乘，得數以弟二數除之，是爲六率。得數取其五分之一，爲弟四數。以弟二數加入弟四數，減去弟三數，爲弟五數，與弟一數恰合。則弟二數即爲五分之一之通弦密數矣。若弟五數少於弟一數，則如前法更加之，求之視之。若弟五數多於弟一數，則首位所加之數，不可加而還其本數，待次位之加次位三位以下，若有多位，皆如前法定之。

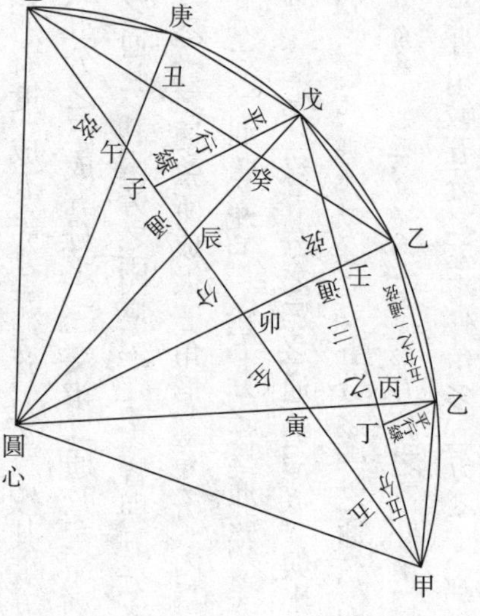

解曰：平圓形内任截所有度，成五全分一通弦，甲乙。按其度五平分截之，成五分之一五通弦。又依兩旁互截其五分之三，成五分之三，交錯二通弦，一甲戊，一辛己。按五平分度作四半徑割之，此五分之三之通弦，其兩旁之兩截，如甲丙。皆與五分之一通弦等。甲乙。蓋兩半徑一心甲，一心乙。與五分之一之通弦所成大三角形，心甲乙。内爲五分之三通弦，所截成一小三角形，甲乙丙。而五分之一通弦，甲乙。與五分之三通弦，甲戊。其中所夾之角，乙丙。必與大形五分之一之度等。心甲乙。緣五分之三之通弦，甲戊。與半徑所夾之角，得五分之三外角之半。五分之三外角，爲心戊己，其半爲心庚己。五分之一之通弦，與半徑所夾之角，得五分之一外角之半，五分之一外角爲心乙己，其半爲心乙戊。五分之三外角，較五分之一外角少五分之二，即心戊己。五分之一半外角較五分之三半外角多五分之一，即心庚己。五分之一通弦與五分之三通弦所夾之角，適當此所多之度也。此度既等五分之一，而其餘兩角半徑與五分之一通弦所夾之一角小形，既與大形共之，則小形之又一角亦不得不得於大形。凡大小兩三角形二角等者，三角必等。且三邊之比例必等，所謂同式形也。今大形夾五分一之角，爲相等之兩半徑，則小形夾五分之一之角，有不爲相等之兩邊乎？此五分之三通弦爲半徑所截者，甲丙。兩旁兩截，一甲丙，一壬戊。必與五分之一通弦相等也。甲乙與甲丙等，辛戊與壬戊等。至其中一截，丙壬。與所當五分之一通弦平行，乙辛。同爲兩半徑所夾，而較五分之一通弦爲近於圓心，自小於五分之三中一分通弦之一端，乙。與又一端之半徑，辛心。作平行綫，乙丁。以截五分之三之通弦，則兩綫之間所截者，壬丁。必與五分之一通弦等。辛乙。蓋五分之三通弦，既與五分之三中一分之通弦平行，今一端所作之綫，又與又一端之半徑平行，凡四邊形四綫，一乙丁，一辛壬，一乙辛，一丁壬。兩兩平行者，必兩兩相等勢也。又試以半徑爲一率，甲心。五分之一通弦爲二率，甲乙。則半徑爲五分之三通弦所截於外者，乙丙。必爲連比例之三率，五分之三通弦中一截，丙壬。少於五分之一通弦之數，丁丙。必爲連比例之四率。蓋前與半徑平行綫乙丁。於小三角形內，甲乙丙。截成一又小三角形，乙丙丁。此形一角爲半徑，與五分之三通弦相交之角，丙角。此角緣二通弦一乙辛，一甲戊。平行半徑之交之也，必成相等之角。丙乙兩角相等。故即爲五分之一之半外角一角，爲與又一端之半徑平行綫，與五分之三通弦相交之角，即丁角。兩半徑之交通弦也。形内外之角恒相等，此綫既與之平行，故此角亦爲五分之一半外角。夫三角形二角等者，三角必等，故又小三角形，乙丙丁。亦爲與大三角形同式之形。甲乙心。夫半徑，大三角形之要也，要謂兩邊。如甲乙心三角形，甲乙爲底，甲心爲右邊之要，乙心爲左邊之要。五分之一之通弦，甲乙。大三角形之底，甲乙心。而小三角形之要也。甲丙乙。半徑爲五分之三通弦所截於外者，乙丙。則小三角形之底，乙丙爲甲乙丙之底。爲又小三角形之要也。又小三角爲乙丁丙。五分之三通弦中一截，少於五分之一通弦之數，丁丙。又小三角形之底也，丁丙爲乙丁丙之底。要底相襌，比例必連，故以半徑爲一率，甲心。五分之一通弦爲二率，甲乙。自合以半徑爲五分之三通弦所截於外者爲三率，乙丙。五分之三通弦中一截少於五分之一通弦之數，爲四率也。丁丙。於是知五分之三通弦，較五分之一通弦爲三倍而少一半徑，爲一率，五分之一通弦爲二率之四率。以上發明三分取一之理。然則有五全分度之通弦，何以求之乎？曰：五全分度之通弦，甲乙。爲四半徑所割成五截，一甲寅，二寅卯，三卯辰，四辰午，五午己。五分之三二通弦，一甲戊，一辛己。爲四半徑所割成六截，右一丙甲，二丙壬，三壬戊。左一己丑，二丑癸，三癸辛。去其中交錯之二截，辛癸與壬戊交錯。其餘兩旁之四截總數，壬甲與癸己。與五全分通弦兩旁之四截總數等，甲壬與甲卯等，己癸與己辰等。蓋五分之三二通弦六截内一旁兩截總數，甲丙與丙壬。及五全分通弦五截内一旁兩截總數，甲寅與寅卯。與割五全分中一分之半徑中截成次設三角形，甲壬卯與己癸辰。而五分之三通弦與五全分通弦所夾之角，壬卯與癸辰。必與五分之一之度等，心辛戊。緣五全分之通弦與半徑所夾之角，爲五全分之半外角；五分之三通弦半徑所夾之角，爲五分之三半外角，五全分外角，較五分之三外角，少五分之二；五分之三半外角，較五全分半外角，多五分之一。五分之三通弦與五全分通弦所夾之角，適當此所多之數也。此角既同五分之一，甲戊子三角形，同於甲乙心三角形。其餘一爲割五全分中一分之半徑，交五全分通弦之角。此角按三角形並二餘角爲外角之理，即爲五全分半外角，及五分之二總數恰合。五分之一半外角，一爲割五全分中一分之半徑，交五分之三通弦之角，亦必爲五分之一半外角，是與前三三角形，又爲同式而兩要之夾五分之一之角者，亦必相等。故五分之三二通弦六截内一旁之兩截總數，與五全分通弦五截内一旁之兩截總數等也。甲寅、寅卯不可例甲丙、丙壬、己午、午辰不可例己丑、丑癸，故以總數例總數也。準前論五分之三通弦中一截，丙壬。較五分之一通弦少一四率，丁丙。旁一截，甲丙。恰合五分之一通弦，甲乙。合二截爲二率，甲壬。五分之一通弦之二倍，而少一四率。於是知五全分之通弦兩旁四截之總數，爲二率之四倍而少二四率。更觀五全分通弦中一截，卯辰。亦與其所當五分之一通弦辛戊。爲平行而更近圓心，其數更少。然試於五全分中一分通弦之一端，與又一端之半徑作平行綫，戊子。以截五全分之通弦所截之數，截於子。亦必與五分之一通弦等，亦由四邊形兩兩平行，勢如此也。癸辰即壬卯，戊子與壬卯平行，即與癸辰平行。而次設三角形之底，己癸辰。即截此又一端之半徑所成，癸辰。原與後作之平行綫平行，而其兩要之餘綫，壬戊與卯子。又分抵於平行綫之兩端，即戊子。即成同式後設大三角形，甲戊子。而此作平行綫之一端，戊。原有抵圓心之半徑，戊心。即截後設大三角形内成小三角形，戊子辰。此形半徑截於五全分通弦者，戊辰。原與又一端之半徑，辛卯。截于五全分通弦者等，又一端之半徑截於五全分通弦者，辛卯。原與後作平行綫等，戊子。是此形兩要相等。與大三角形同矣。夫兩要相等形中，易底爲要，復截成兩要相等之形，必與大形同式，是此形爲後設同式小三角形。試以後設大三角形之要，當前設之二率，甲乙。則後設小三角形之要，戊子。當前之三率，乙丙。而其底子辰。當前之四率，丁丙。而後設大三角形之要，甲戊。即五分之三通弦，原爲前設二率之三倍而少一四率，則後設小三角形之底當前四率者，即爲前四率之三倍而少一六率。甲子比甲丙之三倍而少一丁丙，子辰比丁丙之三倍而少一丙未。而後設小三角形之底，子辰。即五全分通弦中一截，卯辰。少於五分之一通弦之數，合辰子、卯辰與辛戊等。於是知以半徑爲一率，甲心。五分之一通弦爲二率，甲乙即辛戊。則五全分之通弦甲己。爲五分之一通弦之五倍，而少五四率，多一六率，甲卯較甲乙、乙辛少一丁丙，己辰較巳庚、庚戊少一丁丙，卯辰較辛戊少一子辰，子辰比三倍丁丙少一丙未，今少一子辰，是少丁未之三位中而多一丙未，合前所少二丁丙是少五個丁丙，多一個丙未。五分五全分之通弦，較五分之一通弦少一四率，多六率五分之一也。乃以五全分通弦五分之一爲第一數，二率爲第二數，四率爲第三數，六率五分之一爲第四數，既加既減以合五全分通弦五分之一者，爲弟五數。借空求實，斷遠取近，不煩言而解也。

補六率圖：原圖不標六率，特以此補之。

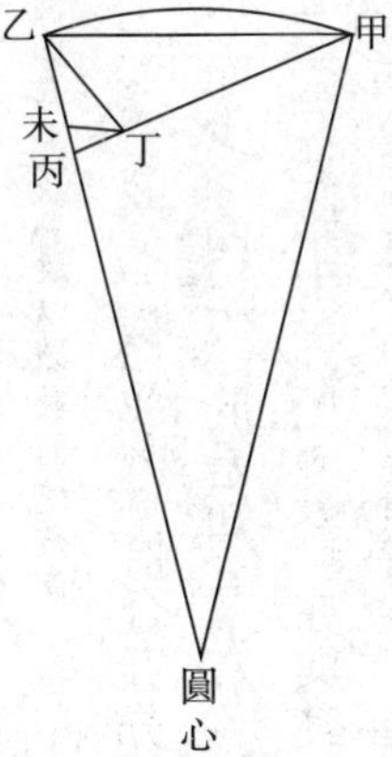

丁未與甲乙平行

甲心　一率

甲乙　二率

乙丙　三率　以乙丙例丁丙，求得乙丙丁三角。

丁丙　四率　中小三角爲六率。

丙丁　五率

丙未　六率

右六率表。

心甲乙　前設

甲乙丙　前設

乙丙丁　前設

丙丁未　六率之三角

甲壬卯　後設

甲戊子　後設

戊子辰　後設

右七三角形同度表。

卷八

翟義謂姊子上蔡陳豐曰：『設令時命不成，死國埋名，猶可以不慙於先帝。』顔師古《注》云：『埋名，謂身埋而立名。』按：埋名謂污以惡名也。事成，則忠義之名明於天下；事不成而身死，則莽必加以惡名，故曰『埋名』也。《淮南・俶真訓》：『塵垢薶山林。』高誘《注》云：『薶，污也。』薶即埋字。

《北史・儒林傳》：游雅與陳奇論《典》、《誥》，至《易訟卦》天與水違行，雅曰：『自葱嶺以西，水皆西流，推此而言，自葱嶺西，豈南向天望哉？』雅性護短，因以爲嫌。按《魏書》載此事云：『雅讚扶馬、鄭，至於《易訟卦》天與水違行，雅曰：「自葱嶺以西，水皆西流，推此而言，易之所及，自葱嶺以東耳。」奇曰：「《易》理綿廣，包含宇宙。若如公言，自葱嶺以西，豈東向望天哉？」奇執義非雅，每如此類，終不苟從。雅性護短，因以爲嫌。』此文自暢達。蓋是時馬、鄭之學行於河北，遊雅株守馬、鄭者也。陳奇於經，常非馬融、鄭元解經失旨，所注《論語》，其義多異鄭元，故志意不相合。正如南宋朱晦庵宗陳摶、邵雍之言以説《易》，林黄中非斥陳、邵，因而成隙。林之劾朱，遊之殺奇，其事相類。李延壽删去『游贊扶馬、鄭』五字，情事遂不明。又誤以『東向望天』爲『南向望天』，而合併爲遊雅一人之言，其意遂不可明。明王文成公非斥程、朱，其時贊扶程、朱者，與爲仇敵，即奇、雅之流類也。『《易》之所及』以下二十四字，或延壽本有而寫書，刻書者落之，俟考諸善本。

《後漢書·崔寔傳》：『寔從兄列，因傅母入錢五百萬，得爲司徒。於是時譽衰減。』其子鈞且以『銅臭』譏之。按《獻帝紀》：初平三年，李傕、郭汜等反攻京師，六月戊午，陷長安城，太常种拂，太僕魯旭，大鴻臚周奂，城門校尉崔烈，越騎校尉王頎，並戰殁。烈雖以賄得官，而能禦難而死，固不愧北州名士，未可以『銅臭』誚也。前漢黄霸入錢賞官，補侍郎謁者，有罪劾免。又入穀沈黎郡，補左馮翊二百石卒史，馮翊以霸入財爲官，不署右職。則其以財入官，與崔烈等，史亦列之循吏。

北齊厙狄士文，性孤直清苦，仕隋，爲貝州刺史。其子嘗噉官厨餅，士文枷之於獄累日，杖之二百，送還京。僮隸無敢出門，所買鹽菜，必於外境。凡有出入，皆封署其門，親故絶迹，慶弔不通。法令嚴肅，無所寬貸，得千人。奏之，悉配防嶺南。親戚相送，哭聲遍於州境。至嶺南，遇瘴厲死者十八九，於是父母妻子唯哭士文。士文聞之，令捕搦捶楚盈前而哭者彌甚。時人以猛獸比之。竟坐免。死後，家無餘財，有三子，朝夕不繼，親朋無贍之者。按：以清苦如彼，而失民心如此，自恃廉潔而無惠於民者，非政也。子噉餅而枷杖之，其所厚者薄矣，而其所薄者厚，未之有也。書之史册，徒爲戒耳。

元燕帥孛赤臺譖張柔於中都行臺，行臺名柔，幽之土室。孛赤臺施帳寢其上，環以甲騎，明日將殺之。孛赤臺一夕暴死，柔得免。天之殲凶保善，誠有如此之捷於景響者。

王僧辯遇害於陳霸先，僧辯之子頒在隋獻平陳之策，從韓擒虎先鋒夜濟，力戰被傷。及陳滅，密召父時士卒，得千餘人，發霸先陵，剖棺，見陳武帝須並不落，其本皆出自骨中。頒遂焚骨取灰，投水而飲之。説者比之伍員鞭楚平王屍，非也。王僧辯，梁之忠臣。陳霸先，簒梁者也。頒戮霸先之屍，不特報父仇，亦所以討叛賊也。若伍氏，世爲楚臣，君雖不道，詎可與爲仇？伍員鞭平王屍，未可爲訓。是時春秋未作，邪説暴行，敢以仇君，故有鞭屍之事。頒之孝勇，非員可比也。宋孟珙與元合攻蔡州，金亡，分得金哀宗殘骨，歸，埋於大理寺獄，差可雪徽、欽之辱，庶與王頒事可相比附。

太史公作《萬石君張叔傳》贊云：『塞侯微巧，周文處諂，君子譏之，爲其近於佞也。然斯可謂篤行君子矣！』後世篤行之名始於此，然巧佞實居之。則篤行之名，原非極詣。後史或稱獨行，或稱一行，或稱卓行，其所取與太史公小異。獨行與篤行，固自有别。《北齊書》列傳多稱人表字，如李鉉字寶鼎，於馮偉、鮑季詳傳中稱李寶鼎；鄭頤字子默，於《宋欽道傳》中稱鄭子默，此類甚多。

秦檜謚忠獻，温體仁謚文忠，而史皆入奸臣傳。

《左氏傳》載鬼怪夢卜之事，汪明經容甫中。以爲古史官之職有如是也。《宋史》每及之。略録數條。祖士衡兒時，有僧相之，語人曰：『年過四十當位極人臣。』年三十九，卒於官。張洞自幼開悟，父惟簡抱以訪里之卜者，曰：『郎君生甚奇，必在策名，後當以文學政事顯。』洞知棣州時，夢人稱敕召者，既出，如拜官然，顧視旌旗吏卒羅於庭。至是，夢之如初。自以年不能永，教諸子部分家事，未幾卒。杜杞誘廣西賊區希範降，又醢之，以殺降失信奪官。一日，據厠，見希範與趕在前訴冤，未幾卒。梅詢在濠州，夢人告曰：『吕丞相至矣。』既而吕夷簡通判州事，其後援詢於廢斥中，以至貴顯，皆夷簡力。魚周詢在安州時，園吏見大蛇垂闌梢，即視之，乃周詢醉而假寐，曹潁叔夢之官府，見『潁叔』名，遂更名潁叔，進士及第。楊億將生，其祖文逸夢一道士，自稱懷玉山人來謁。未幾，億生，有毛被體，長尺餘，經月乃落。貝州趙咸雍叛逆，周審玉禽，磔於市。晉天福中，咸雍父鏻嘗誘契丹屠州城，至是五十年，而其子戮於都市，舊老猶記其事。章得象母方孕，夢登山，遇神人，授以玉像。及生，父奂復夢家庭積笏如山。富弼母有孕，夢旌旗鶴雁降其庭，云有天赦，已而生弼。

宋掌禹錫考試開封學進士，命題皆奇奥，士子憚之，目爲『難題掌公』。按《歸潛志》載：趙秉文爲省試，有司得李欽叔賦，大愛之，擢爲弟一人，擢麻知幾爲策論魁。於是舉子嘩然。訴於臺省投狀，陳告趙公壞了文格。後欽叔復爲省試，有司得史學優賦，大愛之，亦擢爲弟一人。於是舉子輩復大譟，賦中多用禽獸屬對，衆言可號學優爲『百獸家』。掌公，正秉文、欽叔一流人，乾隆甲午、乙未間，彭雲楣尚書時以詹事督學江蘇，以經解詩賦取士，《四書》題多取一二字，虚仄枯寂，不能預爲擬者，時多苦之。然吾郡讀書，實由此起。前此學究詆賦爲雜學，《周禮》、《公羊》、《穀梁》，未有見全書者，至是，書肆賣《爾雅》，日行數十部。掌公以難題試士，何可譏邪？《宋史》撰自元人，元人空疏，本不足知此耳。

《史記》、《漢書》不爲紀信立傳，附見項羽、高帝兩紀中亦寥寥，不特筆出色，頗爲之不快。及閲董子《春秋繁露》，乃知其故。當時重《公羊》學，《公羊》家以逄丑父爲欺三軍，當斮，董子凡三言之：一以爲不如祭仲之知權；《竹林》弟三。一以爲不如轅濤塗之不宜執；《精華》弟五。一以比楚子虔之殺蔡世子。《觀德》弟三十三。謂獲虜逃循者，君子所甚賤。丑父措其君於人所甚賤，以生其君，《春秋》以爲不知權而簡之。前正而後有枉者，謂之邪道。雖能成之，《春秋》不愛。欺三軍，爲大罪於晉，其免頃公，爲辱宗廟于齊，由法論之，則丑父欺而不中權，忠而不中義。按：漢之紀信，即齊之逄丑父也。當時之論丑父如此，則不滿於紀信可知。方以紀信爲邪道，司馬氏與董子同時，其習聞此論矣。此叙述信事所以寥寥也。乃《公羊》欺三軍之言出自晉，晉江斮之也固宜，亦未嘗有譏丑父爲邪道之言。董子據晋人之言，以爲丑父欺三軍，則是以司寇據原告之片言，以入被誣者之罪。若謂丑父是時宜與頃公同死社稷，見《竹林》。尤爲迂論。頃公歸，而賓媚人成盟，而晋師退矣。頃公發憤有爲，齊且大振，若與丑父同死靡笄之下，晋率魯、衛之軍直入徐閎，國已無主，其辱更不可測。孔子微服不爲辱，頃公何辱之有？紀信之於沛公，關係尤大。當時無信誑楚，高帝安危正不可知，漢且由是滅矣。謂漢四百年天下，紀信實與之，可也。余謂逢丑父、紀信，千古之大忠。非身死於國亡事敗之際，無補於君父者可較也。董仲舒以爲不如祭仲，失之甚矣。況《左氏》述丑父之言，晋人實免之，晋人固以爲忠，《左氏》亦以爲忠者也。《公羊》序事不實，而漢儒從而傅會之，不亦倒乎？

《三國志》稱，王粲觀人圍棋，局壞，粲爲覆之，棋者不信，以帊蓋局，使更以他局爲之用，相比較，不誤一道。按：此凡奕之稍習者，皆能之。粲之奕，固高於此棋者。棋者不能覆，且不信粲之能覆，必帊蓋試之，此棋者技亦庸劣矣。陳壽不知覆棋之不足稱述，而詡爲强記默識，傖矣。余謂爲人作傳志，必無一藝不通，乃能勝任也。此其一端矣。《宋史·汪伯彦傳》全用羅願《新安志》，故無甚醜辭。《唐書·牛僧孺傳》本《杜樊川集》亦然。

魏莊帝追崇武宣王爲文穆皇帝，元彧上表請去帝名，直稱皇號。見《魏書》。明世宋加興獻帝、後以『皇』字，楊廷和言若加『皇』字，是忘所後而重本生，任私恩而棄大義。見《明史》。一争『皇』字，一争『帝』字。

萬季野書《宋史》魏了翁後稱，其本高氏之子，冒魏姓，譏其亂常滅理。按：了翁冒姓事，不見本傳，見高定子傳，言定子辟丹稜令，以同產魏了翁守眉，改監資州酒務。又知長寧軍，伯兄稼以權利路提刑上印而歸，了翁亦自靖州，過定子於綿，定子爲築棣鄂堂，飲酒賦詩爲樂，一時以爲美談。高稼，見《忠義傳》。

遼太祖以春正月即皇帝位，是年夏四月丁未，朱全忠廢其主，自立爲帝。是天以遼繼唐也，與其以朱温繼唐，不若以遼繼唐。

金太祖之傳位於太宗，猶宋太祖之傳位於太宗也。乃金太宗終傳位於太祖之子，是爲熙宗。宋太宗則迫太祖之子德昭自殺，且逼廷美矣。宋之君臣，不及金之君臣遠甚。《宋史·太宗紀贊》舉此，謂『後世不能無議』。而《金太宗紀贊》云：『聽大臣計，傳位熙宗，使太祖世嗣不失正緒，可謂行其所甚難矣！』兩《贊》遥相照應，不愧良史之筆也。

《宋史·種放傳》：『王嗣宗守京兆，放嘗乘醉謾罵之。嗣宗屢遣人責放不法，仍條上其事。詔工部郎中施護推究，會赦恩而止。四月，求歸山，又賜宴遣之。所居山林，細民多縱樵采，特詔禁止。放遂表徙居嵩山天封觀側。』又：『嘗曲宴令君臣賦詩，杜鎬以素不屬辭，誦《北山移文》以譏之。上嘗語近臣曰：「放爲朕言事甚衆，但外廷無知者。」因出所上《時議》十三篇，其目曰：《議道》、《議德》、《議刑》、《議器》、《議文武》、《議制度》、《議教化》、《議賞罰》、《議官司》、《議軍政》、《議訟獄》、《議軍賦》、《議邪正》。』按：王明清《玉照新志》載種事云：『宋咸《茂譚録》云：「祖宗以來，殿試用三題，爲以先納卷子、無難犯者爲魁。開寶八年廷考，王嗣宗與陳識齊納賦卷，藝祖命二人角力以争之，而嗣宗勝焉，嗣宗遂居弟一名，而以識爲弟二人。其後嗣宗帥長安，种放自從官歸終南山舊隱。一日嗣宗往訪之，放命諸侄羅拜，而嗣宗倨受之，放以爲非而誚焉。嗣宗怒云：「舍人教牧牛兒時，嗣宗已狀無及弟矣。」放曰：「吾豈與角力兒較曲直邪？」遂至忿争。事既上聞，詔放徙居洛川以避之。』此乘醉謾罵之事也。嗣宗實先倨先罵，且因忿争而以不法謀害放，嗣宗之强妄傾險，誠如《宋史》所言。王嗣宗傳亦載此事云：『种放得告歸山，嗣宗逆於傳舍，禮之甚厚。放既醉，稍倨，嗣宗怒，以語譏放，放曰：「君以手搏得狀元耳，何足道也！」初，嗣宗就試講武殿，搏趙昌言帽，擢首科，故放及之。嗣宗愧恨，因上疏言：「所部兼併之家，侵漁衆民，凌暴孤寡，凡十餘族，而放爲之首。放弟侄無賴，據林麓樵采，周回二百餘里，奪編甿厚利。願以臣疏下放，賜放終南田百畝，徙放嵩山。」疏辭極於詬辱，至目放魑魅。真宗方厚待放，令徙嵩陽避之。』此與明清所記合，而不詳嗣宗之先倨，而以爲禮之甚厚，放醉，稍倨。夫嗣宗果禮之厚，放雖醉，何致忿争？而放傳稱放因細民縱樵采，表請徙居，則賜徙亦因放請，非專由嗣宗之劾也。明清又云：『章聖朝，种明逸抗疏辭歸終南舊隱。上命設燕禁中，令廷臣賦詩以寵其行。獨翰林學士杜鎬辭以素不習詩，誦《北山移文》一遍。明逸不懌，曰：「野人焉知大丈夫之出處哉？」』史不載種放此言，而載真宗云云。又云：『上曰：「每所詢問，皆據經以對，頗多裨益。」』又詔諭之云：『每所諮詢，備詳理道，載觀敷納，蔚有材謀，深簡朕懷。頗思大用。』然則放之出，誠非苟矣。惟明清又稱：『盧多遜門下士，有種英、蘇冠者，平生最器重之。得罪之後，賓客雲散，獨英、冠二人徒步送抵天涯而還。英後易名放，即明逸。』多遜得罪在太平興國七年，蓋放是時改名，避匿終南豹林。淳化三年，陝西轉運宋惟幹言其材行，詔使召之，相去八九年耳。其母曰：『嘗勸汝勿聚徒講學，果爲人知而不得安處。』蓋其母懲於盧氏之事，恐其累及也。至咸平四年止二十年。張齊賢言，放隱居三十年，則前居多遜門下，固當時已不復深悉矣。然則放原非隱士也。學者於宋史，多欲删改之。如陳允錫之改本，殊不及原本遠甚。余思仿裴松子注補《三國志》之法，注補《宋史》，苦無多書籍，姑於種放一傳明其略而已。至王嗣宗與角力者，爲陳識，非趙昌言，史仍司馬公《涑水紀聞》之誤。明清云昌言乃太平興國四年胡旦榜弟二人，嗣宗是歲以橋梁渡長江爲賦題，蓋當年下江南，一時勝捷故耳。此亦足以正史傳之誤。

童貫與黄經臣用事，鄞人陳禾爲左正言，除給事中，未拜命，抗疏劾貫、經臣，請竄之遠方。奏未終，上拂衣起。禾引上衣，請畢其説，衣裾落。上曰：『正言碎朕衣邪！』禾言：『陛下不惜碎衣，臣豈惜碎首？』言愈切。上變色曰：『卿能如此，朕復何憂？』内侍請上易衣，上卻之，曰：『留以旌直臣。』此與朱雲折檻事同。乃雲以槐里故令，請斬張禹，位卑言高，不若禾自盡其言官之職。而徽宗留衣以旌直臣，視漢成帝待辛慶忌保救而後悔，尤爲英敏過之。禾著《易傳》九卷，《春秋傳》十二卷，《論語》、《孟子傳》各十卷，惜未見。

唐太宗謂進士科『英雄盡入吾彀中』。當時，有『賺得英雄盡白頭』之句。乃末年黄巢以下第而叛，李振以屢舉進士不第，助朱全忠殺朝士，成其篡逆。蘇楷且以黜落之怨致駁昭宗之謚。李振、蘇楷事見《北夢瑣言》。歐陽永叔取楷事入《五代史·唐六臣傳》。《新唐書·韓退之傳》在一百弟一，以爲唐弟一人也。《劉蕡傳》居百三，以爲次退之者，蕡耳。

《宋史》分《道學》於《儒林》，最精最善。《道學》乃宋儒特創一門户，異乎唐以前之儒，分之是也。且鄭丙立『道學』之名，以斥諸儒，即用其名以爲傳，猶范史之有《黨錮》也。惟蔡元定不入《道學》，則未畫一。

吾郡興化吴甡，可比唐之韓偓，宋之王應麟、馬廷鸞。

李延壽抄襲諸史，作《南》、《北史》，删去每人之年壽，未知何義。

宋尹拙、田敏歷仕唐、唐、晋、漢、周、宋凡六朝，較馮道尤甚。崔頌亦仕唐、晋、漢、周、宋，《宋史》俱入《儒林傳》。唐虞世南始仕陳，又仕隋。竇建德後乃仕唐。

《魏氏春秋》：『鄭小同詣司馬文王，文王有密疏，未之屏也。如廁還，謂之曰：「卿見吾疏乎？」對曰：「否。」文王猶疑而鴆之卒。』或以此爲小同惜。然足見小同平日不阿附司馬氏，故昭疑而鴆之耳。斯正足爲鄭氏光矣。

元修《宋史》，立《三臣傳》。傳《明史》，亦立《元三臣傳》，廓陳友定、梁王傳。

《唐書》：『劉辟嘗病，見諸問疾者必以手行入其口，闢即裂食之。惟盧文若至，如平常，故益與之厚。』此叙説不明，殊不可解。注韓昌黎《元和聖德詩》者，以此即所謂『血人於牙，不肯吐口』。余按《唐書》之義，蓋闢病中，所見幻象如此。故惟盧文若不然，而與之厚，他人倒行，送與之食，故輕賤之。非諸問疾者真入其口而裂食之也。《澠水燕談録》載：王彦升以戰功至防禦使，『性極殘忍，俘獲戎人，則置酒宴飲，以手捉其耳，對客咀嚼，徐飲巵酒。戎人血流被面，彦升笑語自若。前後噉數十百人』。此則真食人者。

唐《李宗閔傳》：帝謂宗閔曰：『爾嘗詆鄭覃爲妖氣，今自爲妖邪？』明季二十四氣，以吴昌時爲妖氣。杜甫詩：『社稷纏妖氣。』

《漢書·霍光傳》：光廢昌邑王，太后被珠襦，盛服坐武帳中。如淳曰：『以珠飾襦也。』晉灼曰：『貫以爲襦，形若今革襦矣。』按：此太后即昭帝上官皇后也。外戚傳言六歲入宫，立爲皇后。昭帝崩時，后年十四五。當昌邑王廢時，去昭帝崩未遠。然則太后僅年十四五耳，故衣珠襦。讀詔至中，太后遽曰：『止！』全是描摹童稚光景。説者以爲班氏效左氏魏絳和戎篇『後羿何如』之筆法，尚景響之見也。晉靈公立於文公六年，穆嬴尚抱之。至宣公二年，亦僅十四五耳，從臺上彈人而觀其辟丸，熊蹯不熟，殺宰夫寘諸畚，皆童稚所爲。故讀史必旁覽博證，其事乃見。僅就一處觀之，則珠襦之太后，以爲老婦人；嗾獒之靈公，且以爲長君。以老婦而著珠襦，以長君而棄人用犬，遂出情事之外矣。

《史記·韓世家》：『不如出兵以到之。』索隱云：『到，欺也。猶俗云「張到」。』然按到即倒字，謂顛倒之也。顛倒，即欺詐之。

後漢東海恭王臨終上疏云：『息政，小人也。猥當襲臣後，必非所以全利之也。誠願還東海郡。天恩滑哀，以臣無男之故，處臣三女小國侯。』按：漢人稱子爲息，故云『息政』，政，其名也。政既爲小人，不足以嗣位，故云『無男』。猶司馬牛與桓魋爲兄弟，而云『人皆有兄弟，我獨無也』。章懷《注》云：『無男，無多男也。』非是。

《三國志》注引《魏略孫賓石傳》：趙岐『絮巾布袴』。又《管寧傳》云：『寧常著皂帽、布襦袴、布裙，隨時單復，出入閨庭，能自任俠，不須扶持。四時祠祭，輒自力强，改加衣服，著絮巾。』按《説文巾部》：『帤，巾帤也。』方言：『幏，巾也。大巾謂之帉。嵩岳之南，陳、潁之間謂之帤。』巾絮，不可爲巾絮，巾即帤巾也。《書大傳》：『下刑墨幪。』鄭注云：『使不得冠飾以恥之。』

卷九

《史記·魏世家》：惠王三十六年，襄王十六年，哀王二十三年，竹書紀年則以襄王十六年，上繫于惠成王，以爲其改元後之年，而自癸卯以後二十年，謂之『今王』，杜預以『今王』爲哀王，是竹書有哀王無襄王，《史記》有襄王，又有哀王，《世本》則又有哀王，無襄王。見閻百詩《孟子生卒年月考》。按：《西京雜記》記廣川王發古冢，有魏襄王冢、哀王冢，然則《史記》爲可信矣。

《元史·許衡傳》：泰和九年九月生於新鄭縣。按：金章宗泰和止有八年，此云九年，若是八年之僞，則生當宗寧宗嘉定元年戊辰。若指大安元年，則生當嘉定二年己巳。元太宗六年甲午滅金，衡年二十七。甲寅世祖出王秦中，召衡爲京兆提學，年四十七。中統元年庚申，世祖即皇帝位，召至京師，年五十三。乙卯滅宋，年七十二。史稱其七十三卒，則滅宋之明年也。衡爲金人而仕元，於宋無與也。或以仕元爲衡責，考之如此。且衡世爲農，非如李俊民在金中進士，爲翰林文字。故俊民不仕元，而衡固無礙於仕元也。

錢少詹事《養新録》謂《宋史·瀛國公紀》：德祐元年五月，『加婺州處士何基謚文定，王柏承事郎。』此下當有『謚文憲』三字，史脱之也。兩人賜謚，出於國子祭酒楊文仲之請，不應有書有不書。錢氏蓋據《儒林傳》，謂國子祭酒楊文仲請於朝，謚曰『文憲』也。

按：金履祥《告謚文》云：『國子祭酒楊公文仲列請於朝，乞謚北山何先生，追贈先生。仍乞一體賜謚公。朝敷奏，特贈承事郎，仍同賜謚事下太常，以一德一心，踐行不爽，謚北山曰「定」，以廣聞多能、行善可記，謚先生曰「憲」。事上，得可，已劄付其家照應矣。然北山先生有累命之爵，故謚告即下，先生歿，有始贈之命，故贈告先下。又以一字之謚，乃七先生節一之例，而文公師生上自羅、李，下逮黄、陳，例從二謚，上悉連文，所以明一原盡衆美，故再加北山曰「文定」。已形誥辭，亦再加先生曰「文憲」。將頒後命而警告日急，大勢阽危，禮文之事未遑變故之來已極。』核此，則文仲之請雖報可，其時止謚『憲』一字，第有劄照應其家而實未有明誥。蓋北山之謚『定』、謚『文定』俱有誥辭。魯齋雖兄賜謚，第先有贈承事郎之誥，其謚『憲』、謚『文憲』俱未有誥。謚『憲』有劄，謚『文憲』且並未有劄照應也。故仁山文又云：『謹依省劄謚「憲」之明文，述朝旨加「文」之餘意，敬謚先生曰「文憲」。』是『文憲』二字，乃仁山等所加，非文仲所請也。瀛國公紀於何基書賜謚『文定』，於王柏書贈承事郎，乃憑宋誥之實，與仁山文合。《儒林傳》未能分别詳之，錢氏轉《儒林傳》以《瀛紀》有缺文，失所考矣。

閻百詩《尚書古文疏證》引王荆公注《周禮》『贊牛耳』云：『取其順聽。』有人引一牛來與荆公，辨牛之聽不以耳，蓋以鼻。荆公遂易前注。按：耳司聽，鼻司臭，人與物同。寧有聽不以耳而以鼻之理乎？凡人耳之聽者，聲入即通矣。性鈍之人，聽人之言，往往凝目蹙頷以相向。牛性鈍，故聞聲則翹其鼻，其聽仍司以耳，不司以鼻也。

《宋史·道學傳》言朱晦翁將劾韓侂胄，筮得《遯》之《家人》，蔡元定阻之，遂止。李穆堂、胡滄曉兩侍郎以是爲朱子疵瑕。按：葉紹翁《四朝聞見録》云：『考亭先生嘗勸忠定，既已用韓，當厚禮陳謝之，意欲忠定處以節鉞，居之國門外，忠定猶豫未決而禍作。』韓後聞其説，故禍公者蓋輕。嘉定初，號爲更化先生之子在，乃謂公嘗草數千言攻韓之惡，疏未上，門人蔡元定持蓍以入，卜得遯卦，力止先生勿上。又謂考亭之子在趨媚時好，遂階法從。然則晦翁劾韓以筮止之事，乃其子在所僞造。宋史不能識别而載之列傳，晦翁本無是事也。

談者謂田文好客，孟子在齊未嘗與相接，何也？按：《戰國策》云：『靖郭之交，大不善於宣王，辭而之薛。齊貌辨見宣王曰：「靖郭君曰：薛受於先王，且先王之廟在薛。」』此『先王』指威王。齊威王以薛封田嬰，孟子時，田文即稱薛公。孟子于薛『饋七十鎰而受』，此正是孟嘗君饋之。則不特相接，且通財矣。斯時齊饋兼金而無處，孟嘗於有戒心時，以『聞戒』爲辭。則孟嘗君之接孟子不特通之以財，且善以處之矣。

唐太宗縱囚，歐陽公非之。《元史》：『世祖以天下獄囚滋多，敕諸路自死以下，縱遣歸家，期秋八月，悉來京師聽決。因如期至，帝惻然憐之，盡原其罪。他日，命詞臣作詔，戒諭天下，皆不稱旨意。王磐獨以縱囚之意命辭，帝喜曰：「此朕所欲言而不能者，卿乃能爲朕言之。」嘉獎不已，取酒賜之。』此與唐事先後一轍。

布魯海牙爲燕南廉訪使，有民誤毆人死，吏論以重法，其子號泣，請代死。布魯海牙戒吏使擒於市，懼則殺之。既而不懼，乃曰：『誤毆人死，情有可宥。子而能孝，義無可誅。』遂並釋之，使出銀以資葬埋，且呼死者家諭之，其人悦從。事見元史。而相傳明太祖亦有此事。又，布魯海牙使真定，真定富民出錢貸人者，不逾時倍取其息，正其罪，使償者息如本而止，後定爲令。然耶律楚材奏令本利相侔而止，永爲定例，則此法不始於布魯海牙矣。

王光禄鳴盛《十七史商榷》極辨裴行儉論王、楊、盧、駱爲非，謂：『四傑風概迥出流輩，何得以浮躁斥之？』勃慕諸葛武侯之功；照鄰隱居具茨山下，不肯詭隨狗俗；炯坐從父弟神讓爲徐敬業起兵，謫梓州司法參軍；賓王與敬業共舉義旗，所爲檄文，至今讀之，凛凛有生氣。錢少詹事大昕作《何晏王弼傳》，亦極爲晏表揚。按：錢唐毛先舒有覽古詞十首，第七咏何晏云：『奸臣獸睡，曹爽真奴輩。何、鄧風流非附勢，應是乃心於魏。

虚名難壓英雄，遂令駢首羅凶。寧作粉郎寃鬼，不爲啓事山公。』第八咏駱賓王云：『士先器識，此語良非激。討武不成真可惜，駱豈三君之匹？　包羞肯事妖狐，裴生無乃癡乎？一檄乾坤動色，比卿器識如何？』調《清平樂》。

楊綰始輔政，中書令郭子儀地邠州行營，方大會，除書至，音樂散五之四。見《唐書》列傳六十七。楊升庵撰太和雜劇，謂此爲郭令公善於成人之美。雖戲言，實爲要論。綰，一書生耳。汾陽豈真畏之？是時功高望重，莫如汾陽，以綰相而自貶損若是，所以爲天下倡者至矣。崔寬、黎幹非真畏綰，蓋因汾陽之畏而畏也。汾陽且畏，况他人乎哉？汾陽，直千古純臣！升庵能指而表之，可謂卓矣。不然，桓温之於殷浩，何如哉？異日者蘇端、常衮持異議，綰豈真能使汾陽畏乎？

王銍《默記》稱趙韓王普，乃滁州村中學究，多智計，村民有争訟者多詣以決曲直。太祖訪之，學究教以奇計，擒皇甫暉。由是佐太祖受天命，卒爲宗臣。余見村僻中往往有此，陽以訓蒙，陰實佐訟，其詭詐狡猾，致令淳樸變爲囂争，實風俗人心之蠹也。値太平有道之世，無以大逞。如趙學究者，特遇合之偶耳。宋太祖常謂普不讀書，普亦自謂以『半部《論語》佐』，太祖真村學究口吻。李氏國中不能防閑此輩，遂失皇甫暉，失滁州而江南遂弱，以至於滅亡。宋祖用以篡周，太宗即用以攘兄位，殺兄子，殺弟，村學究何能與人家國？太祖恃爲宗臣，本亦誤矣。異日，金山之役，韓世忠力可擒完顔宗弼，而闒人王姓者，獻海舟之計，宗弼遂循去。此閩人王姓者，亦李氏之趙學究矣夫。

《宋史·儒林傳》稱鄭樵『成書雖多，大抵博而寡要。平生甘枯淡，樂施與，獨切切於仕進，識者以是少之』。後附林霆傳，謂其『力詆秦檜和議之非，即挂冠去，當世高之』。附霆者，所以形樵嘗上書干宰相也。按：鄭樵上書宰相云：『樵以一介之士，見盡天下之圖書，識儘先儒之閫奥，山林三十年著書千卷，以鉛槧之業甫就，汗簡之功已成，既無子弟可授，又無名山石室可藏，每誦白樂天「恐君百歲後，泯没人不聞。賴中藏秘書，百代無湮淪」之句，未嘗不嗚咽流涕。會兹天理不負夙心，仰荷鈞慈，果得就秘書省投納，蓬山高迥，自隔塵埃，芸草芬香，永離蠹朽，百代之下復何憂焉』云云。然則樵出而干宰相，爲所著述計，非切切於仕進也。

史稱宋太宗問樊知古何以名若水？樊舉倪若水以對。當時以倪名若冰譏樊不知書。按：《玉壺清話》謂知古舊名若冰，太祖以其聲近弱兵，故改之。然則樊本名若冰，與倪若冰正同，非不知書也。

鈕玉樵《觚賸》云：程孟陽薦黄陶庵先生于錢牧齋家，教其子，『居浹月，孟陽出海棠小箋示黄。黄詢唱者爲誰？孟陽曰：「宗伯如君柳夫人作也。」子於帖括之暇，試點筆焉。」陶庵變色曰：「忝居師席，可與小君酬唱乎？」孟陽曰：「此何傷？我亦偕諸君子和之矣。」陶庵曰：「先生耆年碩德，與主人爲老友，固可無嫌。諸君亦非下帷於此者，若淳耀則斷不可。」孟陽慚退』。此事未知然否。夫陶庵剛正所不必言，而孟陽之爲人於是乎可知矣。蓋此輩本無他長，惟假風雲月露之詞，雷同抄襲，以干貴人之門。又曲諂其寵妾愛子，而貴人憐之，假以顔色，世之乞憐於貴人者，又先乞交於貴人所假顔色之人，而輾轉以通聲氣。於是孟陽之詩傳，且相傳以爲高人逸士矣。嗚呼！天下有高人逸士而曲媚於貴人之寵妾者乎？或傳之非其真與？朱竹垞稱孟陽詩『格調卑卑，才庸氣弱』，或亦因其人故薄之與？

《唐書·逆臣黄巢傳》：皮日休與沈雲翔、裴渥爲巢翰林學士。《北夢瑣言》稱其『黄寇中遇害，其子爲錢尚父吴越相』。陸遊《老學庵筆記》特爲洗拔之云：『《該聞録言》：皮日休陷黄巢，爲翰林學士，巢敗，被誅。今唐書取其事。』按：尹師魯作《大理寺丞皮子良墓志》稱：『曾祖日休，避廣明之難，徙籍會稽，依錢氏，官太常博士，贈禮部尚書。祖光業，爲吴越丞相。父璨，爲元帥府判官，三世皆以文雄江東。』據此，則日休未嘗陷賊爲其翰林學士被誅也。光業，見《吴越備史》，頗詳。孫仲容在仁廟時，仕亦通顯。乃知小説謬妄，無所不有，師魯文章傳世，且剛直有守，非欺後世者，可信不疑也。故予表而出之，爲襲美雪謗於泉下。按趙吉士寄園寄所寄云：『死事之表章固矣。其不死者，責以大義可矣。世俗流傳，好用私意相增飾，如甲申紀事者，出於小説家之口，尤失實不經。項水心煜者，居家無循行，爲公論所薄，在朝累以詭激市伉直聲。賊本三月十九日破京師，水心於四月十八日已到陪都，嗣君即位，身與拜舞之列，因向朝士述在途毁形易服狀，爲東臺陳禦史所糾，其月日可考據。當日欲以污僞署殺之，以彼棄妾與孥，萬死南還，三千餘里之遥，不一月重繭而至，不知更有何地何日可以從賊？余親聞其語，深服以爲篤論。周介生鍾者，才不足以副其名，爲人乃友弟篤厚，不死，實大負生平，與衆同罪，更復何辭？乃元、宋紅巾，堯、舜、湯、武等語，見載《輟耕録》，遽以之入爰書，行大法，讒口嗷嗷，此何説乎？迹其禍本，劉澤清曾金幣聘之，不應。介生有季弟曰鎔，嘗同飲阮懷寧家，懷坐大駡，介考不爲謝，以此兩人切齒，衆傳成其獄。李舒章雯爲詩弔之云：「亂世身名可自由，恨君不及鄭台州。劇秦新論何曾草？月旦家評總世仇。」汝南群從兄弟，晚歲睚眦，不合急難，乃緣飾訛傳，外人遂指爲左驗，舒章之詩，蓋實録也。野史錯亂甚多，不可枚舉。後世論其事者，宜加詳考焉。』吾鄉陸太史舜亦作周鍾論評之。夫周鍾、項煜之於李自成，正同皮日休之於黄巢。偶見陸遊爲日休雪，因連類及此。錢柏園《時文序》云：『錢本一字一士，又字柏園，嘗從周鍾遊。嘗言鍾館其家時，雞初鳴即起，析銖兩作小封無數，至晨粥，猶未息。自午及暮，饋贄紛然，乃視其厚薄，以小封勞來力，日以爲率。鍾之敗節戮身，蓋成于小封云。』

張稷若《蒿庵閑話》記靳公事云：『靳公維賢，自沛陽知縣升德州知府。上任日，見山西巡撫楊順坊，即停輿問曰：「此賊尚未死邪？」左右曰：「死矣。」「尚人子孫邪？」曰：「微弱不能自立矣。」曰：「便宜却老賊。」即遣人剔取其銜名以下，大書曰：「殺人媚人。」奸賊一名楊某，押送州獄，特作一押狀盛之。楊氏子孫皆逃避，一時奸豪爲之咋指斂迹。公治縣多著能績，然疾惡太嚴，大致如此。所謂「殺人媚人」，蓋沈氏事也。』田山薑《長河志籍考》云：『南門内進士楊順一坊，嘉靖中，分宜事敗，州守某改「殺人媚人」坊以辱之。按《明史》：「嘉靖三十六年冬十月，楊順、路楷殺前錦衣衛經歷沈鍊。初，鍊既編保安，即孑身至。里長老問知鍊狀，咸大喜，遣其子弟從學。鍊亦大喜，日相與詈嵩父子以爲常。嘗束芻爲偶人三，目爲林甫、檜爲鍊詈嵩以快鍊。鍊稍與語忠義大節，乃争及嵩而射之。語聞，嵩父子銜之，而侍郎楊順來爲總督，故嵩黨也。應州之役，多殺邊民掩敗。鍊怒讓之，且爲樂府以誚順。順大恚，以其私人經歷金紹魯、指揮羅鎧走世蕃所白之，且謂『鍊結死士，擊劍習射，將以問而取若父子』。世蕃曰：『吾固知之。』即以屬巡按御史李鳳毛，鳳毛謬爲謝曰：『有之，竊陰已解散其黨矣。』鳳毛得代歸。而御史路楷來，又嵩黨也。世蕃爲酒壽楷，而使謂順曰：『幸爲我除吾瘍。』楷至，則與順合策，捕諸白蓮教通叛者，竄煉名籍中，以叛聞，下兵部議，尚書許論不爲申理，嵩竟殺之，籍其家。嵩乃予順一子錦衣千户，楷遷太常卿。順猶怏怏曰：『丞相猶有所不足乎？』謀之楷，復取鍊二子，杖殺之，並擊其長子襄。順、楷敗，乃得脱。其遺事，余竊疑之。州人謝重輝考順之生平，嘉靖三十六年冬，順已罷官家居，何至有殺鍊一事？恐流傳附會之説，初非實録，聞諸道路，便生穿鑿，其爲信史難矣。』按：田氏所引《明史》，未定之《明史稿》也。今考《明史》云：『順取鍊子褒、衮，杖殺之，更移檄逮襄。襄至，掠訊方急，會順、楷以他事逮，乃免。』蓋殺鍊在三十六年九月，而順之罷官在是年冬，即逮襄掠訊得免之時也。若非冬罷官，則襄亦杖殺矣。順之殺鍊，固無可疑。

萬季野、閻百詩俱説鄭所南《心史》乃海鹽姚叔祥所依託全榭山言，厲樊榭則謂叔祥豈能爲此詩文？按：朱潮遠《四本堂右續編》載此事云：『辛巳歲，予督漕姑蘇。值承天寺僧浚井，得一鐵函，隨上之，撫軍張公國維啓之甚輕，函内蠟封，封内紙裹悉啓，乃宋德祐年鄭思肖所藏詩文，所言皆亡國事。四百餘年，始傳人間。』潮遠字卓月，流寓楊州，自述其所目睹如此，則非姚氏所依托矣。《困學紀聞》載鄧肅之言曰：『崇寧以來，蔡京辟天下之學者，納之黌舍，校其文藝，等爲三品，飲食之給，因而有差。旌别人才，止付魚肉銖兩間，學者不以爲羞。』按：飲食之給，即今書院膏火分正課、附課，隨課爲膏火之多寡，即所云『等爲三品』，因而有差也。

《四朝聞見録》云：『宣、政盛時，宫中以河陽花蠟燭無香爲恨，遂用龍涎、沈腦屑灌蠟燭，列兩行，數百枝，焰明而香滃，鈞天之所無也。建炎、紹興久不能進此，惟太后旋鑾沙漠，復值稱壽。上極天下之養，故用宣、政故事，然僅列十數炬。太后陽若不聞。上奉卮白太后：以燭頗愜聖意否？太后謂上曰：「你爹爹每夜嘗設數百枝，諸人閤分亦然。」上因太后起更衣，微謂憲聖曰：「如何得比爹爹富貴！」』又齊東野語云：『秦檜當國，四方饋遺日至，方滋德帥廣東，爲蠟炬以衆香實其中，遣使卒持詣相府，厚遺主藏吏，期必達。吏使俟命。一日，守閤吏曰：「燭盡，適廣東方經略送燭一掩，未敢啓。」乃取而用之。俄而異香滿坐，察之，則自燭中出也。亟命藏其餘枚，數之，適得四十九。呼馹卒問故，則曰：「經略專造此燭，供獻僅五十條，既成，恐不佳，試爇其一，不敢以他燭充數。」秦大喜。』按：韋太后北還，正秦檜當國時，上極天下之養，僅列十數枝，檜所知也。方探知之，作此以取媚，故檜喜，喜其爲天子奉母所不能多列，而外官乃以此奉己也。合二事觀之，乃知滋德取媚之巧。若徒以香灌燭，且止四十九枚，何以遂必致檜之喜？讀書而不以博，欲知人論古，難矣！

近有《拜經樓詩話》，内一條云：『查堯卿上舍謂《分甘餘話》稱：儀徵西地名仙人掌，有柳耆卿墓。考今儀徵並無其他，不知漁洋何所據。』按：仙人掌在郡城西門外十里，今地屬甘泉，王漁洋時屬江都，漁洋蓋目驗之，而誤記爲儀徵也。

卷十

有若與三百人從微虎，吴子聞之，一夕三遷。見《左傳》。魯仲連説辛垣衍，秦將聞之，爲却軍五十里。見《戰國策》。儒者之勇如是。

王文考年二十餘溺水死，可謂夭折矣。然《魯靈光賦》蔡邕稱之，張載注之，昭明收入《文選》。至今稍知讀書者，無不成誦，又何其壽！然則人患不能作《魯靈光賦》耳。雖夭折，不逾於耆期邪？

劉向新《序》，文筆最佳，其《節士》一篇，論斷尤爲平充。論晋太子不拜蛇而伏劍云：『爲一愚御過言之，故至於死，廢子道，絶祭祀，不可謂孝，可謂遠嫌一節之士也。』論申包胥逃賞，終身不見云：『申子之不受命赴秦，忠矣；七日七夜不絶聲，厚矣。不受賞，不伐矣。然賞所以勸善也，辭賞，亦非常法也。』論申徒狄非其世負石投於河云：『廉矣乎，如仁與智，吾未見也。』論鮑焦棄蔬而立槁死於洛水之上云：『山鋭則不高，水狹則不深。行特者，其德不厚；志與天地疑者，其爲人不祥。鮑子可謂不祥矣。』論程嬰云：

『程嬰、公孫杵臼，可謂信交厚士矣。嬰之自殺下報亦過矣。』論張胥鄙、譚夫吾前交而後絶，張胥鄙有罪當死，夫吾合徒而取之。胥鄙知其爲夫吾，遂觸牆而死，譚夫吾亦絶頸而死，云：『譚夫吾，其以失士矣。張胥鄙，亦未爲得也。可謂剛勇矣，未可謂得節也。』右諸人之事，當時必稱以爲節，故中壘列而斷之。抑詭異而歸中正，此書有焉。曾鞏校新序，謂向不免爲衆説之蔽，而不知有折衷，何哉？惟許世子不嘗藥，以爲《春秋》義之，《春秋》固以惡名特書矣，未義之也。

元姚樞上言：自中統至今，五六年間，能使官離債負，民安賦役。可見當時仕者，不能免於負債。

《晉書》：『劉真長爲丹陽尹時，百姓頗有訟官長者，諸郡往往有相舉正。真長嘆曰：「夫居下訕上，此敝道也。古之善政，司契而已，豈不以其敦本正原，鎮静流末乎？君雖不君，下安可以失禮。若此風不革，百姓將往而不返。」』《周書》樂遜云：『夫政之於民，過急則刻薄，傷緩則弛慢。是以周失舒緩，秦敗急酷。民非赤子，當以赤子遇之。宜在舒疾得衷，不使勞擾。』按：百姓訟長官，至於往而不返，則傷緩之弊也。父母之於赤子，宜愛護之，又宜收束之，少縱則習慣成性，將不可教。如保赤子，固非徒姑息之謂。

《檀弓》：『季子皋葬其妻，犯人之禾，申祥以告，曰：「請庚之。」子皋曰：「孟氏不以是罪予，朋友不以是棄予，以吾爲邑宰於斯也。買道而葬，後難繼也。」』賈誼《新書·審微篇》：『宓子治亶父，於是齊人攻魯，道亶父。始父老請曰：「麥已熟矣，今迫齊寇，民人自艾傅郭者，歸可以益食，且不資寇。」三請，宓子不聽。俄而麥畢資乎齊寇。季孫聞之，怒，使人讓宓子曰：「豈不可哀哉？民乎寒耕熱耘，曾不得食也。弗知猶可，聞或以告，而夫子弗聽。」宓子蹴然曰：「今年無麥，明年可樹。令不耕者得獲，是樂有寇也。且一歲之麥，於魯不加强，喪之不加弱。令民有自取之心，其創必數年不息。」』聖門爲政，淵深遠大如此，所以異乎俗吏所知。

北齊廢帝爲太子，問國子助教許散愁曰：『先生在世，何以自資？』對曰：『散愁自少不登變童之床，不入季女之室，服膺簡策，不知老之將至。平生素懷，若斯而已。』太子曰：『顏子縮屋稱貞，柳下嫗而不亂，未若此翁白首不娶者也。』賚絹百匹。按：北齊儒林，若馬敬德、張雕之流，皆不足稱列，遜散愁遠矣。散愁名亦奇，時又有刺史劉殺鬼。

王文成《答儲柴墟書》云：『往時僕與王寅之、劉景素同遊太學，每季考，寅之恒居景素前列，然寅之自以爲講貫不及景素，一旦執弟子禮師之。僕每嘆服，以爲如寅之者，真可謂豪傑之士。』余按：學者不以講貫之淺深爲是非，而以考列之高下爲是非。初學之士應歲科試，偶然列高等，遂以師道自居矣，其亦聞文成之稱寅之者哉？《老學庵筆記》：『張芸叟過魏文正公舊莊，居者猶魏氏而已，爲農，爲賦，詩曰：「破屋居人少，柴門春草長。兒童不識字，耕稼鄭公莊。」神宗夜讀《宋璟傳》，賢其人，召訪其後，得於河朔，有裔孫曰宋立，遺像、譜牒、告身皆在，然宋立者，已投軍矣。欲與一武官，而其人不願，乃賜田十頃，免徭役雜賦。其微又過於魏氏，言之可爲流涕。』余謂古云一姓不再興，固然。然回環往復，氣機所必然，盛而衰，衰而盛，亦視乎其根本之深淺耳。今之農工賤隸，其祖未始非公卿名流，特譜牒不存，莫可考耳。故以門閥自詡，或輕其寒微者，率十數世之間，竹過茂則華，華則合林皆枯死，不鋤去其根，數十年後發而復成竹。盛衰之際，可勝感哉！惟視乎其根之存否耳。

廣陵先生王令，《墨莊漫録》極稱之不容口，而費衮之《梁溪漫志》譏其顛倒可笑，好惡毀譽之間，誠何足據？或稱竹爲君子，以爲一日不可無；或欲斬去萬竿，因有作剕竹記者。人亦自立耳，人言何足據？

張浚殺曲端，人以比秦檜之殺岳穆，非也。浚在陝，親見李彦仙、邵雲等之死節，實由曲端嫉忌不救，故憤恨之耳。浚願直有餘，故疾惡不能容人，人但見曲端之死而閔之，未見彦仙之死而閔之也。閱南霽雲乞師事，無不欲滅賀蘭。曲端，正彦仙之賀蘭矣。

邵亢被召對策入等，除建康節度判官。或言邵所對策字少，不應式，宰相張士遜與之姻家，故得與選，遂報罷。而士遜子實取他邵，與亢同姓耳。士遜既不能與直，亢亦不自言。余於此每三復而嘆，市井娼嫉之心，見人有所得，必曰彼所攀緣者若何，彼所倚賴者若何，而居位者亦遂以嫌疑自白。乃士不自立，又每以攀緣，倚賴爲幸，何哉？

禹病偏枯，足不相過，而巫者效之，爲禹步。孔子有姊之喪，尚右，二三子亦共而右。郭林宗巾偶折角，時人效之爲墊角巾。不善述者如此。

皇甫謐《甲乙經序》云：『張仲景見侍中王仲宣，時年二十餘。謂曰：「君有病，四十當眉落，眉落半年而死。」令服五石湯可免。仲宣嫌其言忤，受湯勿服。居三日，見仲宣，謂曰：「服湯否？」仲宣曰：「已服。」仲景曰：「色候固非服湯之診，君何輕命也？」仲宣猶不信。後二十年，果眉落，後一百八十七日而死。』按：粲年十七，司徒辟詔除黄門侍郎，以西京擾亂，皆不就，而之荆州，依劉表，表以其貌寢而體弱，通侻不甚重也。仲景，南陽人，蓋粲是時在荆州，故爲之診。粲死于建安二十二年，距見仲景時二十年，則仲景令服五石湯在建安三年。粲卒年四十一，是時年二十一也。《傷寒論・自序》謂：『宗族素多，向餘二百，建安紀年以來，猶未十稔，其死亡者三分有二。乃勤求古訓，博采衆方，爲《傷寒雜病論》。』然則診仲宣時尚未著書，而診候之精已如是。然而仲宣輕忽其言，固仲宣少年輕侻。而古來賢智之才，往往輕於當時而重於後世，如仲景者，曷勝嘆哉！

衛侯占夢，嬖人求酒於大叔僖子不得，與卜人比而告曰：『君有大臣在西南隅，弗去，懼害。』乃逐大叔遺。見哀十六年《左傳》。中郎將董越嘗鞭一筮人，越就董卓女婿牛輔。輔使筮人筮之，得《兑》下《離》上，筮者曰：『火勝金，外謀内之卦也。』即時殺越。見《三國志・董卓傳》注。醫卜之士，權詐不可測，宜善遇之也。

《魏略》：『許攸自恃勳勞，與太祖戲，至呼小字曰某甲，以是被誅。』《山陽公載記》：『馬超嘗呼備字，關公怒，請殺之。張飛請示之以禮。明日大會，請超入關，張並杖刀立直，超顧大驚，遂不復呼備字。』超幸遇先生，優容示之禮，攸不幸遇曹阿瞞，遂被收戮。余見以風雅自處者，每好呼人字及小字，奈何不以此爲戒乎？

唐李道元爲幽州長史，佐都督王君廓。君廓入朝，道元寓書房玄齡，君廓發其書，不識草字，疑以謀己，遂反，坐是流巂州。好以草書作札，及以書札托人寄者，宜以此爲戒。

魏武述《令》云：『欲孤便爾委捐所典兵衆，以還執事，歸就武平侯國，實不可也。誠恐已離兵，爲人所禍也。』李林甫之子岫嘗戒其父曰：『大人仇怨滿天下，一旦欲爲役夫，不可得。』林甫曰：『勢已如此，將若子何？』劉一清《錢塘遺事》記韓侂胄當國，一故人來謁，夜闌酒罷，韓問外間議論何如？客言其危，且爲之策曰：『輔佐新君，涣然與海内更始，曩時諸賢，死者贈恤，生者召還。遣使聘北，釋怨請和，以安邊境。優犒諸軍，厚恤死士，除苛解撓，盡去軍興無名之賦，使百姓有更生之意。然後選擇名儒，遜以相位，乞身告老，爲緑野之游，則易危而安，轉禍爲福矣。』以此爲韓策者，爲曹、李策，豈不可爲？乃韓不能聽。甚矣！改過之未易也。

顧黄公《白茅堂文集·書徐文長遺事》云：『文長之椎殺繼室也，雪天有僮踞竈下，婦憐之，假以褻服，文長大詈，婦亦詈。時操欋取冰，欋音瞿。《釋名》云：『四齒杷也。』怒擲婦，誤中婦死。縣尉人驗，惡聲色問「櫂」字作何書？文長笑曰：「若不知書，生未出頭地耳。」蓋俗書「櫂」作「乍」也。尉怒報云：「用乍殺。」文長遂下獄。他日，御史欲出文長，慮獄詞久具。一老吏云：「改用乍作甩乍，便屬誤殺。」蓋俗書「拋」作「甩」也。文長遂得出。』入出皆一俗字，甚矣！俗書之弊也！李西垣嘗在嘉興府幕中，聞一事云：甲乙約遊西湖，甲以柬招乙，戲曰：『糧草已備，就此起兵。』乙得帖，持借銀千兩。甲不可，乙執帖首之官，受其理矣。甲求計於老訟師，訟師思良久，令以千金賂幕友取原呈並原柬帖。如其計，以原呈原柬帖付出，訟師覓一善挖補者，剜落『兵』字，仍以『兵』字補之無迹，即交入幕。已而廷訊，甲曰：『本相約游西湖，曾有札：「糧草已備」，就此起身前去，未曾言起兵也。』官以柬帖擲示甲，甲曰：『未嘗寫「兵」字，何「兵」字居然余所書也？』以示乙，乙曰：『字字皆係汝書，尚何辨？』甲固執爲『身』字，官徐以水類『兵』字，上以火熨之，字隨火起，乃大恚，詰乙，乙無能辨，竟坐誣。皆訟師之謀也。訟師老吏狡詐可畏，然文長實由誤傷，非老吏之狡，幾不可活。至甲乙既相約出遊，則素交好可知，乃以偶然戲筆，遂起欲心，欲心不遂，則陷以大辟。以此人獸心，原甲而坐乙固宜。則訟師之狡，又適足以補刑法之平。故狡詐得其宜，亦能濟事，慎謹失其機，亦足亂謀，是在馭之者耳。

明末温于石璜。以徽州推官，一家殉難，已列《明史》矣。于石爲温體仁之從弟。體仁以崇禎十一年罷，于石以十六年第進士，未嘗憑厥兄勢力也。體仁家書云：『閣中自携飯榼，一肉一蔬，守門中貴啓視，以爲談柄。』于石寄體仁書云：『獨清，何足庇民？百凡節省，要是計無復之。鄉愚謬目以廉，亦足以當學乎？』又云：『奸黨無足以難兄。男子忠肝義膽，決不從功名富貴尋討出路，要將精神意趣夷猶瀟灑，一旦白麻到手，任意指撝。不然，青山白雲無恙，安能以彼之所忌，爲我之所冀？』往來手札甚多，見温氏《文集》中。體仁徒以清苦，不受苞苴，取容於思陵，而置流寇不問，惟日尋報復於異己者。于石兩書，真藥石也。《唐書》稱竇懷貞衣服羸儉，不爲輿馬豪侈事，生平所得俸禄，悉散親族無留者，敗時，家惟粗米數石而已。廉儉至此，而不免爲鄙夫。

明王子充撰《御史嚴天祥墓銘》云：『嚴君方在絳縣時，恒以役至夏縣，道經傅説祠側，必入拜，徘徊瞻望。一日復過，屬有急，不得入拜，憩其側短亭中。坐見二青衣持檄伏堂下，白云：「傅丞相邀公。」嚴君謝，不往。顧左右賜使者食，左右實無所見，以爲嚴君作鬼語，然不敢詰，第應曰：「食使者矣。」嚴君乃語二青衣曰：「還報傅公，異日俟我爲御史時，乃往矣。」言訖就寢。頃之寤呼，左右大驚，汗出。述夢中事，左右曰：「自未寢時有之，非夢也。」嚴君默然。嘉靖己酉，選爲四川道監察御史，遂殁。』按：此事詳書墓志，非他小説可比，必實有之矣。鬼神本與人遠，人日近之，則鬼亦近人。故禍福休咎之靈，必出於素信鬼物之人，遠之則不靈矣。孔子所謂『敬鬼神而遠之』，非徒不惑於虛而已。故與之親，與與之忤，皆不可。此遠與敬所以相因也。

《潛夫論·贊學篇》云：『是故君子之求豐厚也，非爲嘉饌、美服、淫樂、聲色也，乃將以底其道而邁其德也。夫道成於學而藏於書，學進於振而廢於窮。是故董仲舒終身不問家事，景君明經年不出户庭，得鋭精其學而顯昭其業者，家富也。』然則董子非貧士矣。陸魯望甫里先生傳自稱『有田奇十萬步』，注云：『吴田一畝當二百五十步。』則是有田四百畝矣，亦非貧士。

李百藥幼多病，祖母趙以百藥名之。後杜伏威欲殺之，飲以石灰酒，因大利，瀕死。既而宿病皆愈。伏威貽書輔公祏，使殺之，以王雄誕保護，得免。公祏反，或謂百藥與同反。唐高祖大怒，既平，得伏威與公祏書，乃解。年八十四，以壽終。石灰酒，貽公祏書，所以殺之，不知適所以生之。閱史至此，疑忌之心，一旦頓釋。

晋庾衮與諸兄過邑人陳準兄弟，諸兄友之，皆拜其母，衮獨不拜。準弟徽曰：『子不拜吾親何？』衮曰：『未知所以拜也。夫拜人之親者，將自同於人之子也，其義至重。衮敢輕之乎？』遂不拜。準、徽嘆曰：『古有直亮之士，君近之矣。』近人好聯聲氣，動輒以父事人之親，蓋未覽此。衮固直亮，準、徽能嘆服，亦非凡士矣。

黄東發《日抄言》：劉元城終身未嘗草書，書尺未嘗使人代。應瑒《報龐惠恭書》云：『行人子羽，朝夕相繼，曾不枉咫尺之路，問蓬室之舊，過意賜書，辭不半紙，慰藉輕於繒縞，譏望重於邱山，是角弓之詩，所以爲刺也。』

《九州春秋》：『司隸馮方女，國色也，避亂揚州。袁術登城，見而悅之，遂納焉，甚愛幸。諸婦妬其寵，紿之曰：「將軍貴人有志節，當時時涕泣憂愁，必長見敬重。」馮氏以爲然，後見術輒垂涕。術果以有心志，益哀之。諸婦因是共絞殺之，懸之厠梁。術誠以爲不得志而死，厚加殯焉。』馮氏，女子，不足責。學者讀此，可以自惕矣。我處得意，有爲我謀者，非諂以求我，即詐以餌我也。平心思之，當知所處矣。

《近事叢殘》記張孚敬未第時，謁一郡守。門子施坐具於下，張改移於上，頗崛傲不相下，已而去。郡守適以金賮他宦，胥隸誤送於張。守知其誤，未追而別具金送他宦。張深感之，以爲此守能知己。不數年，張作相而此守已罷歸，張特起用至卿貳。《茶餘客話》記一巡撫憎淮安某令，將黜之。適引見，上問：『爾部下何令最善？』巡撫不記他令名，惟記此令，即舉此令以對。此令遂陞用。二事相類，可見人各有命，非私好私惡所能定也。亦見凡事宜存厚，設郡守因誤送怒責胥隸索退，則張之含恨又當何如？

《後漢書》：周燮『不讀非聖之書，不修賀問之好』。史書稱之。又王充『閉門潛思，絶慶弔之禮』。學者乃以應酬交接爲榮，何也？

《申屠蟠傳》：『同郡緱氏女玉爲父報仇，殺夫氏之黨，吏執玉以告外黄令梁配，配欲論殺玉。蟠時年十五，爲諸生，進諫曰：「玉之節義，足以感無恥之孫，激忍辱之子，不遭明時，尚當旌表廬墓，况在清聽，而不加哀矜！」配善其言，乃爲讞，得減死論。鄉人稱美之。』按：章懷《注》引《續漢書》曰：『同縣大女緱玉爲從父報仇，殺夫之從母兄李士，姑執玉以告吏。從父之仇，不應女報之。蟠奏記於縣云：「伏聞大女緱玉爲父報仇，獄已決，不生感悼之情，敢陳所聞。昔太原周黨感《春秋》義，辭師復仇，當時論者猶高其節。況玉女弱，耳無所聞，心無所激，内無同生之謀，外無交遊之助，直推父子之情，奮發怒之心，手刃刺仇，僵屍流血。當時聞之，人無勇怯，莫不强膽增氣，輕身殉義，攘袂高談稱羨。令聞玉幽執穽檻，罪名已定，當心低氣沮，悵悵長嘆。蟠雖愚昧，以爲玉之節義，歷代未有，足以感無恥之孤，激忍辱之子。假玉不值明時，尚望追旌閭墓，顯其後嗣。況事在清聽，不加入議哀矜之貸，誠爲朝廷痛之。」』明歸有光於張節婦，楊慎於唐貴梅，不憚口舌筆墨，使節烈明於萬世。處士居山林，外事不可與，而事關倫紀風化者，正未可以緘默自葸，宜以申屠子龍爲之例矣。

漢翟酺四世傳《詩》。酺好《老子》，尤善圖緯、天文、曆算。拜議郎，遷侍中時，尚書有缺，詔將大夫六百石以上試對政事、天文、道術，以高第者補之。酺自恃能高，而忌太史令孫懿，恐其先用，乃候懿。既坐，言無所及，惟涕泣流連。懿怪而問之，酺曰：『圖書有漢賊孫登，將以才智爲中官所害。觀君表相，似當應之。酺受恩接，悽愴君之禍耳！』懿憂懼，移病不試。由是酺對弟一，拜尚書。翟酺者，可謂奸險匪人矣。余憶向時應一小試，有同試者力言試之無益有損，且自稱必不往，又約余明日同遊某所，其言殊可聽，甚以爲然。已而思翟酺此事，黎明竟往試，而其人已先在矣，相見愕然。余對之稱漢賊孫登，其人淺陋，固不知有史書。然奸巧往往與古合。讀經史熟，則能知人之奸詐。亦惟能讀經史熟，則不敢自用其奸詐。

《史記·貨殖傳》云：『不窺市井，不行異邑，坐而待收，身有處士之義而取給焉。至若身貧親老，妻子軟弱，歲時無以祭祀進醵，飲食被服不足以自通，如此不慙恥，則無所比矣。』又云：『無巖處奇士之行，而長貧賤，好語仁義，亦足羞也。』按：口不言錢者，卑視貨殖，不知養生爲儒者所急，太史公所説，真正論也。曾子，大賢也，其養曾皙及受曾元之養，皆必有酒肉，豈曰『吾親乃廉士，可粗糲食之乎？』明經汪容甫先生嘗云：『儒者，固不可得非義之利。然養父母，畜妻子，詎可不講生財之計？譬如老母病，醫者云須服人參，得則生，不得則死。設力不能得參，親竟死，爲人子者，遂心安而忍之乎？念及此，何可不知養生。』

李夫人病篤，上自臨候之，夫人蒙被謝，上不悦而起。夫人姊妹讓之曰：『貴人獨不可一見上，屬託兄弟邪？何爲恨上如此？』夫人曰：『所以不欲見帝者，乃欲以深託兄弟也。我以容貌之好，得從微賤愛幸於上。夫以色事人者，色衰而愛弛，愛弛則恩絶。上所以攣攣顧念我者，乃以平生容貌也，今見我毀壞，顏色非故，必畏惡吐棄我，意尚肯復追思閔録其兄弟哉？』《外戚傳》。王邑、嚴尤謂桓譚曰：『子嘗稱揚雄書，豈能傳於後世乎？』譚曰：『必傳，顧君與譚不及見也。凡人賤近而貴遠，親見揚子雲禄位容貌不能動人，故輕其書。昔老聃著虚無之言兩篇，薄仁義，非禮學，然後世好之者尚以爲過於五經，今揚子書，文義至深，而論不詭於聖人，若使遭遇時君，更閲賢智，爲所稱善，則必度越諸子矣。』《楊雄傳》。以上二説，俱造於微，而義則互相貫。

郅惲恥以軍功取位，郎宗恥以占驗見知。

《漢書・兩龔傳》《贊》云：『清節之士，大率多能自治而不能治人。』《後漢》：『宗均常以爲吏能宏厚，雖貪污放縱，猶無所害。至於苛察之人，身或廉法，而巧黠刻削，毒加百姓，災害流亡所由而作。』宗均今訛作『宋均』，辨詳惠徵士《後漢書補注》。

梁冀既誅，求李固後嗣，李燮還鄉里，其姊文姬戒燮曰：『先公正直，爲漢忠臣。今弟幸而得濟，宜杜絶衆人，勿妄往來，慎無一言加於梁氏。加梁氏則連主上，禍重至矣。惟引咎而已。』燮謹從其誨。明嚴世蕃既敗，法司具稿填楊繼盛、沈鍊下獄爲詞，相國徐階閲畢，屏左右語曰：『諸君子謂嚴公子當死乎？生乎？』曰：『用沈、楊正欲抵死。』階徐曰：『楊、沈事誠犯天下公惡，然楊以計中上所諱，取特旨；沈暗入招中，取泛旨。上英明，豈肯自引爲過？一入覽，疑法司借嚴氏歸過於上，必震怒，在事者皆不免，嚴公子騎款段出都門矣。』《寄園寄所寄》引《快心録》。階之識，頗似藍本於文姬，然文姬以女子而明達過人，難矣。

卷十一

《韓非子》云：『堯欲傳天下於舜。鯀諫曰：「不祥哉！孰以天下而傳之於匹夫？」堯不聽，舉兵而誅殺鯀於羽山之郊。共工又諫曰：「孰以天下而與之匹乎？」堯不聽，又舉兵而誅共工於幽州之都。於是天下莫敢言。』王符《潛夫論・賢難篇》云：『虞舜之所以放殛，子胥之所以見誅，上聖大賢猶不能免於嫉妒。』用此事。

《老子》云：『前識者，道之華也，而愚之首也。』《韓非・解老》云。然則老子以『前識』爲『愚』，後之爲道家，則以能前識惑人，非老氏之教矣。

《韓非・内備篇》引《桃左春秋》云：『人主之疾死者不能處半，人主弗知則亂多資。』《桃左春秋》不知何書。

向見歸安茅氏所刻《淮南子》，將高誘《注》中音讀悉删去，殊可怪。及閲衛湜《禮記集説》，如《中庸》注『素讀如攻城攻其所傃之傃』，『仁者，人也，讀如相人偶之人』，此類云云，俱删去，乃知此弊自宋人啓之。顧應祥於李冶《測圓海鏡》，不解所以立天元一之故，遂删去之。學術之淺陋，至明人而極，心粗膽大，自以爲是，恃其理，執其心，傾軋於同官，詆侮于君父，國遂以亡。

《管子・君臣下》云：『古者未有君臣上下之别，未有夫婦妃匹之合，獸處群居，以力相征。』房玄齡注云：『若野獸之處以群，而居力强者徵於弱也。』《晏子春秋諫上》云：『禽獸以力爲政，强者犯弱，故日易主。今君去禮，則是禽獸也。群臣以力以政，强者犯弱，而日易主，君將安立矣！』《商子開塞》篇云：『天地設而民生之，當此之時也，民知其母而不知其父。』陸子《新語道基篇》云：『先聖仰觀天文，俯察地理，圖畫乾坤以定人道，民始開悟，知有父子之親，君臣之義，夫婦之道，長幼之序。於是百官立，王道乃生。』然則管子所云，指伏羲未畫乾坤之前，獸處群居，則不知夫婦之道，故知母而不知父也；以力相徵，則不知君臣之義，故以强犯弱而日易主也。有夫婦而後有父子，有父子而後有君臣。然則父子相傳而家，天下爲君臣之常而伏羲所制也。唐、虞之禪轉爲君臣之變，故禹仍傳子。蓋君臣由父子而定，始不以力爲政而日易主。伏羲以前未有夫婦，即無父子，則以力徵而日易主，曾何世紀之可言？故孔子繫《易》，自伏羲言之。伏羲始定人道，伏羲以前無君臣之道也。凡緯書所載天皇、地皇、人皇、九頭、五龍等，均不足信。

《吕氏春秋・應同篇》：『黄帝曰「芒昧」，因天之威。』高誘《注》云：『「芒芒昧昧」，廣大之貌。』以『芒芒昧昧』解『芒昧』，猶《樂記》以『肅肅雝雝』解『肅雝』，《毛詩・傳》以『洸洸潰潰』解『有洸有潰』也。校者據《注》，謂本文宜作『芒芒昧昧』，非是。

《荀子·宥坐篇》：『孔子論少正卯云：「順非而澤。」』楊倞《注》云：『澤有潤澤也。』王制亦有此文，注不詳。按：澤即釋也。自知其非，而强辭解釋之。

《管子·任法篇》云：『所謂仁義禮樂者，皆出於法。此先聖之所以一民者也。《周書》曰：「國法，法不一，則有國者不祥；民不道法，則不祥；國更立法以典民，則祥；群臣不用禮義教訓，則不祥；百官服事者離法而治，則不祥。」故曰：法者不可恒也，存亡治亂之所從出，聖君所以爲天下大儀也。君臣上下貴賤皆發焉。』按《易傳》：『制而用之謂之法。』管子言法不可恒，正制而用之之義也。管子八十六篇，列於道家，不列於法家，以其言法殊乎商君、申不害之所言法也。杜瑛語元世祖曰：『漢、唐以還，人主所恃以爲國者，法與兵、食三事而已。國無法不立，人無食不生，亂無兵不守。今宋皆蔑之，殆將亡矣。』

老子云：『亭之毒之。』按：『亭』者，立之義；『毒』者，苦之義。愛之能勿勞，則苦之，正所以安之，安之即所以厚之。孟子言天降大任於人，必先勞其筋骨，餓其體膚。老氏『毒之』之義，固如是乎？《莊子·人間世》云：『無門無毒，一宅而寓於不得已。』郭象《注》云：『毒，治也。』蓋本於馬融之注《易·師》卦《象傳》『毒天下而民從之』。干寶説『所以荼毒奸凶之人，使服王法』。毒與安相反，善用其毒，則毒以成安，不善用其安，則安以致毒。醫師聚毒藥，以供醫事。臧武仲曰：『美疢不如惡石。石猶生我，疢之美，其毒滋多。』以師攻亂，以藥攻疾，所以毒之而從也。『無門』，猶云無方；『無毒』，猶云無苦。不立規格以繩束人，任其自然，故曰『寓於不得已』。道家者流，殊於聖人輔相裁成之道也。既曰『以佚道使民』，又曰『擇可勞而勞之』，則『毒天下而民從』，不獨征伐之事然矣。

《列子》：『用志不分，乃疑於神。』張湛《注》以爲『與神相似』。按：《管子・内業》云：『思之思之，又重思之，思之而不通，鬼神將通之。非鬼神之力也，其精氣之極也。』思之又思，用志不分也；鬼神將通之，疑於神也。

《晏子春秋》云：『歌人虞，變齊音。晏子退朝，命宗祝修禮而拘虞。公聞之而怒。』按：此歌人名虞，『拘虞』絶句，《文選注》云：『虞公善歌，以新聲感景公，晏子退朝而拘。』誤連『拘虞公』爲句，誤演之如此。

《韓詩外傳》：『周公一沐三握髮，一飯三吐哺，猶恐失天下之士。』《淮南・氾論訓》稱：『禹一饋而十起，一沐而三握髮，以勞天下之民。』然則『吐哺』、『握髮』，乃極形其勤耳，非真有如是事也。《金樓子》云：『吾於天下亦不賤也，所以一沐三握髮，一食再吐哺者，正以名節未樹也。』梁孝元亦豈真有握髮吐哺之事哉？後見《黄氏日鈔》，已如是説。

《淮南子・精神訓》：『天有四時五行九解。』高誘《注》云：『「九解」謂九十爲一解。

一說,「九解」,六一所解合也;一說,八方中央,故曰「九解」。』按九十爲十解,蓋四分三百六十,每分得九十。解者,分也。其六一之所解合,未詳其義,當是九宫六一八七五三二九四之數,舉六一二字,以例其餘。『解合』猶云分合。天一生水,地六成之;地二生火,天七成之;天三生木,地八成之;地四生金,天九成之。一六二七三八四九,本合也,分而爲九宫,則分一六於西北,三八於東北,四九於東南,二七於西南,並中宫五爲九,仍『八方中央』之説也。然則九宫之説,古又以爲九解。宋人則以合數爲《河圖》,分數爲《洛書》。

玄玄,指民庶,亦指天。《淮南子·本經訓》:『玄玄至碭而運照。』高誘《注》云:『玄,天也。元,氣也。』

《吕氏春秋·異寶篇》:『今以百金與摶黍以示兒子,兒子必取摶黍矣;以龢氏之璧與百金示鄙人,鄙人必取百金矣;以龢氏之璧與道德之至言以示賢者,賢者必取至言矣。』《春秋繁露·精華篇》:『握棗與錯金以示嬰兒,必取棗而不取金也;握一斤金與千萬之珠以示野人,野人必取金不取珠也。』《抱朴子·官理篇》:「髫孺背千金而逐蛺蜨,越人棄八珍而甘鼃黽。」』以『握棗』例『摶黍』,則黍爲黄米,以『蛺蜨』例之,則『摶黍』亦可爲黄鳥矣。

《金樓子·立言篇》:『鋸齒不能咀嚼,箕口不能別味,榼耳不能理音樂,屩鼻不能達芬芳。晝月不能撝望舒之景，牀足不能有尋常之步。』此本諸《抱朴子·博喻篇》，『箕口』作『箕舌』，『榼耳』作『壺耳』，『晝月』作『釜目』是也。《金樓》又云：『魏勰之善畫，綏明之善棋。』《抱朴子·辨問篇》云：『善圍棋之無比者，謂之棋聖，故嚴子卿、馬綏明至今有「棋聖」之名焉。善史書之絶時者，則謂之書聖，故衛協、張墨於今有「書聖」之名焉。』

《鹽鐵論·非鞅篇》：文學曰：『夫梅李實多者，來年爲之衰；新穀熟者，舊穀爲之虧。自天地不能兩盈，而況於人事乎？故利於彼者必秏於此，猶陰陽之不並曜，晝夜之有短長也。』此本《吕氏春秋·博志篇》，彼云：『冬與夏不能兩刑，草與稼不能兩成，新穀熟而陳穀虧，凡有角者無上齒，果實繁者木必庳，用智偏者無遂功，天之數也。故天子不處全，不處極，不處盈，全則必缺，極則必反，盈則必虧。先王知物之不可兩大，故擇務當而處之。』董子《對策》言：『予之齒者去其角，傅之翼者兩其足。』以喻受大不得取小。受禄之家，食禄而已，不與民争業，然後利可均布，民可家足，與文學之説相成而尤暢。

《淮南·俶真訓》：『是故形傷於寒暑燥濕之虐者，形苑而神壯。』高誘《注》云：『苑，枯病也；壯，傷也。』按：下云『神傷乎喜怒思慮之患者，神盡而形有餘』，此『神傷』而『形有餘』，彼『形傷』而『神壯』，『壯』與『有餘』一例，高氏訓『傷』，非是。

鎮洋畢制軍挍刻子史諸書而爲之注。偶閲其《墨子注》，於《親士篇》『文公出走而正天下』注云：『正讀如征。』按：下云『桓公去國而霸諸侯』，此『正天下』，猶云一匡天下耳，與『霸諸侯』三字一例。若讀作『征』，以爲征行天下，即歷諸國，則複上『出走』與下『霸諸侯』不例矣。以爲征伐天下，晋文固未嘗征伐天下，不如作匡正天下解爲當也。下云『越王句踐遇吴五之醜，而尚攝中國之賢君。三子之能達名成功於天下也，皆於其國抑而大醜也。』『抑』謂屈抑，指晋文出走，齊桓去國；『大醜』即指『遇吴王之醜』，醜，猶辱也。『達名成功』，即上『正天』，下『霸諸侯』。『尚攝中國之賢君』，承上三事而明之，本不必注。畢引《廣雅》：『抑，安也。』謂『猶曰安其大醜』，『安其大醜』與『抑而大醜』不合，『而』字不容作『其』字解也。書此示子孫，知訓詁之學未易易也。

《韓非子·初見秦》云：『世有三亡，而天下之得之。』『天下』二字，即上『天下陰燕陽魏，連荆固齊，收韓而成從』之『天下』也，言『天下』有此三亡也。舊注云『知三亡者，得天下』，此等注，轉令本文不暢。

《列子·仲尼篇》：『回能仁而不能反。』張湛《注》云：『反，變也。』《論語》稱『顔子不貳過』，易傳稱『顔子有善未嘗不知，知而未嘗複』，爲是顔子惟能變通，乃能仁。列子不知顔子。

《淮南·原道訓》：『射者扞烏號之弓，彎棋衛之箭。』《注》云：『棋，美箭所出地名，衛，利也。』《列子》作『棋衛』。按：『棋衛』，蓋即『淇衛』，謂淇園之竹耳。《兵略訓》云：『夫括淇衛箘簬。』《注》云：『括，箭括也，淇衛箘簬，箭之所出也。』

《泰族訓》：『雖有腐髊流漸，弗能污也。』《注》云：『腐髊，骨也；漸，水也。』校者云：《太平御覽》『漸』作『澌』，『澌』字爲是。按：『漸』爲『沮洳』，謂泥塗之流者，『澌』爲澌竭之名，與污不涉矣。非是。

《氾論訓》：『文王舍伯邑考而用武王。』《注》云：『伯邑考，武王之兄。廢長立聖，以庶代嫡，聖人之權也。』按：文王舍伯邑考而立武王，武王舍管叔而相周公，即太王舍泰伯、仲雍而立王季之家法，傳子而兼傳賢，周家立法之良也。范祖禹《唐鑒》云：『立子以長不以有功，以德不以有衆，古之道也。秦王有定天下之功，高祖苟欲立之，能爲泰伯，不亦善乎？』按：以德是也。乃德即功，而見云以長不以功，爲古之道何處乎王季、武王？

《原道訓》：『于越生葛絺。』注云：『于，吴也；絺，細葛也。』按：『于越』，猶云『於越』。茅本作『於越』。《注》云：『於，發聲，「於越」，夷言也。』越産細葛，當以茅本爲是。又：『秋風下霜，到生挫霜。』《注》云：『草木首地而生，故曰「到生」。』按：《曾子·天圓》云：『天之所生上首，地之所生下首。』草木首地而生，所謂下首也。盧氏以下生爲足，非也。孔巽軒《補注》云：『上首謂動物，下首謂植物。』於《淮南》高《注》爲合。

《俶真訓》云：『是故傷死者其鬼嬈，時既者其神漠。是皆不得形神俱殁也。』《注》云：『道家養形養神，皆以壽終，形神俱殁，不但漠而已也。《老子》曰「以道涖天下，其鬼不神」此謂俱歿也。』按：高氏解《老》極精。人之殀折傷害而死，其氣不消，乃行爲鬼祟，均以壽終，故其鬼不神。然則道家養形養神，所以期其形神俱歿，死而不神也，而後世道家言神仙、言靈異，何哉？

《韓非子·外儲説左》：『以罪受誅，人不怨上，跀危生子皋。』又云：『齊有狗盜之子，與刖危子戲而相誇。』是『刖』之稱『危』，爲通名。按：危，即跪也，刖者以膝行，故云刖跪。注者云『刖者，行步危，故曰刖危』，説未明。

《商子·禁使篇》云：『今夫騶虞，以相監，不可，事合而利異也。若使馬能言，則騶虞無所逃其惡矣。』此『騶虞』，爲主馬之官。《韓詩説》云：『騶虞，天子掌鳥獸官。』用以説詩。賈誼《新書·禮論篇》云：『禮者，臣下所以承其上也。故詩云：「一發五豝，吁嗟乎騶虞。」騶者，天子之囿也；虞者，囿之司獸者也。』分『騶虞』爲二，與《商子》微異。

《莊子·讓王篇》云：『原憲華冠縰履，杖藜而應門。』『曾子曳縰而歌《商頌》。』《釋文》云『縰，《三蒼解詁》作躧，雲躡也。《聲類》作屣。《通俗文》云：「履不著跟曰屣。」李云「縰履」，謂履無跟也。』按《説文》：『鞻，鞮屬。』『躧，舞履也。』《周禮》『鞮鞻氏』《注》云：『鞻讀如屨。鞮屨，四夷舞者所屝也。今時倡蹋鼓沓行者，自有屝。』《史記·貨殖傳》：『爲倡優女子，則鼓鳴、瑟、跕屣。』又云：『今夫趙女鄭姬，設形容，揳鳴琴，揄長袂，躡利屣。』徐廣曰：『躡，一作跕。跕音吐協反。屣，舞屨也。』然則『躧』爲舞履，原憲、曾子何爲曳之？蓋在原憲、曾子，則爲貧者之屣；在趙女鄭姬，則爲舞者之屣。蓋屣，今謂之撒，躧踐，其跟不納而拖曳之。撒與屣，一音之轉也。履敝不可納足，因而躧曳之，此貧者之履也。《呂氏春秋》注直以屣爲敝履《觀表篇》。是也。舞者不納履，其履或不爲跟。今倡伎優伶多著此，即謂之撒鞋，此舞者之屣也。故徐廣直以『屣』爲『舞屣』也。同一屣，而《莊子》所云『曳縰』，與《史記》所云『跕屣』，迥乎別矣。今小兒履以五彩爲之，亦稱撒鞋。按：此即《説文》之靸。《説文》云：『靸，小兒履也。讀若沓，穌合切。』穌合正是撒音。此撒自爲靸，與無跟之屣又異也。

《鶡冠子・天則篇》云：『文武交用而不得事實者，法令放而無以梟之謂也。』陸佃《注》云：『梟，斬刑也。』按：《後漢書・張衡傳》載《應閒》云：『得人則梟，失士則尤。』李賢《注》云：『梟，猶勝也。猶六博得梟則勝。』『梟』字當如此解，陸氏非也。

《鸐子》云：『有天然後有地，有地然後有別，有別然後有義，有義然後有教，有教然後有道，有道然後有理，有理然後有數。日有冥，有亘，有晝，有夜，然後以爲數。月一盈，一虧，月合，月離，以數紀。』此自本孔子《易繫辭傳》而推衍之，然古義可以考見。一陰一陽爲道，由陰陽而分之爲冥旦、晝夜，則理也。別而爲理，乃有數。道、理二字之義，了然明白。其云『萬物生而人爲政焉』，『人化而爲善，獸化而爲惡』，人而不善謂之獸，與孟子言性善同。

《鬼穀子·捭闔篇》云：『粤若稽古，聖人之在天地間也。爲衆生之先，觀陰陽之開合以命物，知存亡之門户，籌策萬類之終始，達人心之理，見變化之朕焉。變化無窮，各有所歸，或陰或陽，或柔或剛，或開或閉，或弛或張。是故聖人一守司其門户，審察其所先後，度權量能，校其伎巧短長。夫賢不肖、智愚、勇怯、仁義有差，乃可捭，乃可闔，乃可進，乃可退，乃可賤，乃可貴，無爲以牧之。』此深得乎周易之指，發明無爲而治是也。惟聖人用以爲通變神化，所以篤恭而天下平。縱横者流，則用以揣摩當世，爲飛箝抵巇之術，勝者所用，即敗者之棋。迂拘於道學者，未足以語此。

《尹文子·大道下篇》云：『仁義禮樂名法刑賞，凡此八者，五帝三王治世之術也。仁者，所以摶施於物，亦所以生偏孤；義者，所以立節行，亦所以成革僞；禮者，所以行恭謹，亦所以生惰慢；樂者，所以和情志，亦所以生淫放；名者，所以正尊卑，亦所以生矜篡；法者，所以齊衆異，亦所以争分；刑者，所以威不服，亦所以生陵暴；賞者，所以勸忠能，亦所以生鄙争。凡此八術，用得其道，則天下治；失其道，則天下亂。』按：凡立一法，建一議，皆兼利害有之。舜執兩端，即權度乎此而用中也。執一者，見其利而不能知其害，懦弱者，疑其害而不能趣其利，皆不明聖人執兩端之權也。

卷十二

周濂溪《太極圖》説：『無極而太極。』『無極』二字，或駁之，或辨之。先君子曰：『此二字出詩頌「維天之命」《傳》中引孟仲子之説。孔子删《詩》，授卜子夏，子夏爲之序，以授魯人曾申，申授魏人李克，克授魯人孟仲子。「無極」二字，孟仲子言之，非出道家。』循按：宋儒謂『性即理』，此鄭康成氏亦言之。《樂記》：『人生而静，天之性也；感於物而動，性之欲也。物至知知，然後好惡形焉。好惡無節於内，知誘於外，不能反躬，天理滅矣。』《注》云：『理猶性也。』宋儒又謂『天即理』，按《淮南·原道訓》云：『故達於道者，不以人易天。』高誘《注》云：『天，性也。不以人事易其天性也。』既以『性』訓『理』，以『天』訓『性』，則理即可訓天。《鶡冠子》云：『天者，物理情者也。』此『理』訓治。

《荀子·非相篇》云：『人之所以爲人者，何已也？曰：以其有辨也。飢而欲食，寒而欲暖，勞而欲息，好利而惡害，是之所生而有也，是無待而然者也，是禹、桀之所同也。然而人之所以爲人者，非特以二足而無毛也，以其辨也。夫禽獸有父子，而無父子之親，有牝牡而無男女之别。人道莫不有辨，辨莫大於分，分莫大於禮，禮莫大于聖王。』《王制篇》云：『水火有氣而無生，草木有生而無知，禽獸有知而無義。人有氣、有生、有知，亦且有義，故最爲天下貴也。』按：有『辨』有『義』，此人性所以善。右二條可引爲孟子道『性善』之證。乃荀子則偏云『性惡』，不過因孟子言『性善』而故反之耳。荀氏之驕傲，亦可見古人立言不肯同人。

《甲乙經》分别陰陽二十五人形狀，血氣不同，性亦因之不同，蓋本諸《鍼經》，合《素問》爲《黄帝内經》，今稱《靈樞》者也。古聖先辨形，形辨則性辨。此性有移有不移。聖之清，聖之任，聖之和，聖有不同，即性有不同也。惟人之形狀、血氣雖有不同，以較之物，則人與人之形相近，故性亦相近。與牛犬之形異，則與牛犬之性殊。人形所不同者，藏府之小大、長短、高下、厚薄耳。爲人之形，即爲人之性。人之性則無不善，故盡性亦謂之踐形。舍形而言性，則人、牛、犬之性將同矣。形氣偏則性病，而身亦病，病各視其形與氣焉，乃鍼之可治其身之病，抑教之可治其性之病，不必皆爲仁者之見仁，智者之見智，而日用不知，百姓與能，所謂不可使知之者，未有不可使由之者也。《白虎通》云：『五藏六府，此性情所由出入也。』《公是先生弟子記》云：『性不同也而善均，善不同也而性均。』又云：『智愚非善惡也，雖有下愚之人，不害於善。善者，親親、尊尊而已矣。』近時通儒戴東原先生云：『孟子不曰「性無有不善」，而曰「人無有不善」。性善者，論人之性也。』

宋范浚作《性論》云：『古人之不善者，無逾桀、紂。』桀、紂，誠惡矣。龍逢、比干言其不善，則諱而怒之，是知不善之可恥者，固自善也。性豈本惡哉！

晋周顗荒醉失儀，爲有司所奏，詔曰：『顗必能克己復禮者。』按：『克己復禮爲仁』屬顔子，顔子不貳過，有不善未嘗不知，知而未嘗復行，故以『克己復禮』爲改過也。

李德裕稱李訓小人，不宜引致左右。帝曰：『人誰無過，當容其改。』對曰：『聖賢則有改過，若訓天資奸邪，尚何能改？』帝語王涯别與官，德裕摇手止涯，帝適見，不懌，訓、注皆怨，即使復宗閔輔政。按：德裕可謂愚而好自用矣。文宗言『人誰無過，當容其改』是也。且鄭注、李訓固能改過者也。二人皆王守澄門下，而王守澄與陳宏志等共弑憲宗者也。當時大臣如裴度等，巨儒如韓愈等，不聞申討賊之義，所諄見之言者，僅一劉蕡之對策，而訓、注特能殺守澄、弘志等，元和之大義賴之以申。若訓、注者，所謂能改過，而唐之大臣所不及也。德裕使能通之，則仇士良、魚志弘等何難誅戮？則唐之王室由是復振。乃以爲小人過何能改，既以構怨，遂成甘露之禍。

毁譽之際，難言也。宋范文正公、包待制，婦人孺子皆知其賢。而毁范者，則有宋庠、吕夷簡，挫抑之使不得伸；謗包者，則有歐陽修。修非蔡京、秦檜之比也，而當時昧昧如此。毁譽之際，又何足深論！

人莫患乎以聖人自居，亦莫患乎以聖人視人。以聖人自居，心一步不能行；以聖人視人，必一人不可用。

一人生平馭下極寬，後騎馬獨行，爲人刺殺。罪人既得，則三年前之僕也，有司問曰：『然則爾何恨爾主？是爾主曩嚴以待爾耳？』曰：『主人待我，甚於待其子。』曰：『然則爾主吝耳？』曰：『未也。主人錢任我出入，未嘗或稽也。』曰：『然則爾何恨於爾主？』曰：『我本農家子，原可耕以自活。自隨主人，主人一切寬我，灑掃之事，主人或自爲之，不我責也。每早主人先起，我猶高卧。及暝，我先卧，主人不我驅使。從主人十幾年，不知天下尚有何事可爲。前歲，主人忽驅遣我，我退不能耕，進而服事他人，皆謂我惰慢不中使令。不得已，從於盜。今盜夥皆破捕人索我急，我思使我至於此極者，主人寬縱誤我也，不時憤恨，故殺之耳。』此事盛蔭堂向我説，曾舉主僕姓名，今不記矣。

孔子言：見義不爲，無勇也，然往往慷慨任事而誤，須知見義二字，乃幾經審慎而真知其必當者，非一見即自任也。一見自任每不能終其事。又，孟子所云：『其進鋭者，其退速也。』

孤兒寡婦顛連無告，或有所周給，必告之曰：『我止有此數，止此一次，不可恃我。』蓋不忍之心，人皆有之。我第倡其端，人自欣然共應。衆力易舉，若以一人獨任，不特力有不能，萬一始勤終怠，則人因其有所倚賴，皆不復顧。且或忌我之慷慨自任，甘於視其困以形我之不終。此其誤人也，較隔膜視之者更甚。孔子教仲弓曰：『舉爾所知。爾所不知，人豈舍諸？』何獨舉賢爲然？博施於民而能濟衆，堯、舜其猶病諸？『性靈』二字，見鍾嶸《詩品》及《顔氏家訓·文章篇》。

先君子嘗曰：『人生不過飲食男女。非飲食無以生，非男女無以生生，惟我欲生，人亦欲生，我欲生生，人亦欲生生。孟子好貨、好色之説，盡之矣。不必屏去我之所生、我之所生生，但不可忘人之所生、人之所生生。』循學《易》三十年，乃知先人此言聖人不易。

毛大可所著書，余最愛其《聖門釋非録》，能言人所不能言，而皆人所不可不言。按《檀弓》：『曾子弔於負夏，主人既祖填池，推柩而反之。從者曰：「禮與？」曾子曰：「夫祖者，且也。且胡爲其不可以反宿也？」』鄭氏《注》譏曾子爲『給説』。又『季子皋葬其妻，犯人之禾』云云，鄭氏直斥子皋爲『恃寵虐民』。然則非毁聖門，自康成已然，不獨宋儒也。高郵孫邃人撰《檀弓論文》云：『犯禾乃偶然之誤，且葬道所必經，非得已也。邑宰尚償禾，則將來效尤者，必視爲奇貨可居。風俗偷薄，無所底矣。議論正大，深達政體，而語意婉遜，尤有仁人長者之風。反以爲子皋詬病，何邪？』孫氏此言，亦可爲聖門釋非矣。

《四十二章經》：『十事爲惡：身三，口四，意三。身三者，殺、盗賊、淫；口四者，兩舌、惡駡、妄言、綺語；意三者，嫉、恚、癡。』綺語與妄言並稱，謂淫靡之語也，非謂讀書作詩。佛之偈語，即詩也。二十難以廣學博究，與見性學道得睹佛經並舉，則佛非不讀書也。或以綺語爲語言文字，此彼教中空疏淺陋者所藉口也。

葉紹翁《四朝聞見録》言：考亭之門人劉黻，字季文，號静春，大不取其師之説，其自爲論曰：『惟人受天地之中以生，故謂之性，豈物之所得而擬哉？凡混人物而爲一者，必非識性者也。孟子道性善，亦只謂人而已。』著爲《就正録》曰：『昔子思作《中庸》，篇端有曰：「天命之謂性，率性之謂道。」是專言乎人而不雜乎物也。而或者必謂此兩句兼人物而言，嗟夫，言之似是而差也！假如「天命之謂性，率性之謂道」，或兼人物而言，則犬之性猶牛之性，牛之性猶人之性，當如告子之説。』按静春子言性，了然明白。蓋深有所得，故毅然不取其師之説耳。若黻者，真朱子之忠臣矣。村居，客至，飲以村醪，佐以鱻魚鰕蟹，秋菘春韭，烹煮使甘香，將以誠意自可樂賓，不必具山海之味，徒費錢，轉失本意。如留客宿，不妨草榻布被，必須温煖；夏必張帳避蚊，授以高枕、溺盆，問以所便，使之安適如意。客不能飲者，不必强之以酒，以致於醉。客不欲留者，亦不必苦留。情意不足，但事虚文自豪而已，非道也。

『一陰一陽之謂道』，偏陰偏陽即爲非道，道全在兩『一』字上。一陰一陽，則寒往而暑來，暑往而寒來，是爲道也。故『陰陽』二字，以爲形氣不可，竟以爲道亦不可。朱晦庵以『陰陽』爲『形器』，陸象山以『陰陽』爲『形而上』，各得其一偏。

晋恭帝、宋彭城王義康皆云：『佛教自殺不復人身。』佛之爲此言，足以補政教之不備。愚民不畏死而輕生者多矣。有此言，足以救之。聖人神道設教，正以民可使由，不可使知也。儒者高言心性，未足以語此。

《淮南子》雜取諸子九流之言，其中有深得聖人精義者。《泰族訓》云：『民有好色之性，故有大婚之禮；有飲食之性，故有大饗之誼；有喜樂之性，故有鐘鼓管弦之音；有悲哀之性，故有衰絰哭踊之節。故先王之制法也，因民之所好而爲之節文者也。因其好色而制婚姻之禮，故男女有別；因其喜音而正《雅》、《頌》之聲，故風俗不流；因其寧家室、樂妻子，教之以順，故父子有親；因其喜朋友而教之以悌，故長幼有序。然後修朝聘以明貴賤，饗飲習射以明長幼，時搜振旅以習用兵也。入學庠序以修人倫，此皆人之所有於性，而聖人之所匠成也。故無其性，不可教訓；有其性，無其養，不能遵道。』又云：『人之性有仁義之資，非聖人爲之法度而教道之，則不可使鄉方。故先王之教也，因其所喜以勸善，因其所惡以禁奸，故刑法不用而威行如流，故令約省而化燿如神。故因其性則天下聽從，拂其性則法縣而不用。』《修務訓》云：『夫天之所覆，地之所載，包於六合之內，託於宇宙之間，陰陽之所生，血氣之精。含牙戴角，前爪後距，奮翼攫肆，蚑行蟯動之蟲，喜而合，怒而鬥，見利而就，避害而去，其情一也。雖有好惡，其與人無以異。然其爪牙雖利，筋骨雖强，不免制於人者，知不能相通，才力不能相一也。』此蓋古聖人之遺言，非漢、唐以後儒者所能道。

元僧圓至《筠溪牧潛集·方蛟峰祠堂記》云：『儒、佛之門古無有，其禍始於韓愈、歐陽修之好名。然二子競於外而事其末，故争止於教而不及道。伊、洛學出，始竊吾意以飾堯、舜、孔子之言，其建號立名，又二子之智所不及。既竊之，則諱之絶之。』筠溪雖以沙門詆儒士，然謂伊、洛竊其意，則得之。

服硫黄者，精神强健，飲食加餐，惟久之，一脱即絶。蓋操持其陽氣一旦失其所持，則陽氣即脱去。因悟僧之自知其死者，其理近是。平日强持其陽氣，一旦欲其絶而自抑之，則竟脱矣，無他巧也。

乾隆庚子、辛丑間，甘泉姚先生聚徒講書於縣學之崇聖祠，偶舉宋儒張子厚之言云：『天地之始先未有人，人固有化而生者，蓋天地之氣生之也。』時坐上客詰之曰：『何近世之人不見有化生者？』姚無以答。余時在坐，因曰：『張子之言是也。《易》曰：「天地絪緼，萬物化醇。」必「絪緼」乃能化，故蛇蝎蚤虱之屬，必生於人迹不到之處、人目不見之地。人迹所到之處，人目所見之地，其氣已爲人所動，不能絪緼矣。且物所生之地，或壁隙，或樹穴，或塵垢狼籍之處，蓋著則氣易散，藏則氣易聚。洪荒之世，山水木石相混，其爲地也，大抵多叢雜攢坳而少寬平廣闊，其氣易聚，故人物由氣化而生。後世人物既繁，作息飛走既有以動其氣，山水之界亦判，寬平廣闊，又無以藏其氣，故但有形化而不見有氣化。物有氣化，人遂不見有氣化也。』四坐俱以爲然。姚先生亦深許之，其徒徐復，明旦乃問學於余。

元明善譏虞集治諸經，惟朱子所定者耳。自漢以來，先儒所嘗盡心者，考之殊未博。明善之識，視集爲卓矣。乃虞集語同列曰：『國家科目之法，諸經傳注各有所主者，將以一道德，同風俗，非欲使學者專門擅業，如近代《五經》學，究之固陋也。聖經深遠，非一人之見可盡。』集此説，異乎元氏所譏，蓋學識後有所進與！

北史蕭正表『雖貌質豐美，而性理短暗』。此『性理』二字，猶云神智也。《南史·謝述傳》：『述有心虚疾，性理時或乖謬。』

《列子·力命篇》云：『東門吴曰：「吾常無子，無子之時不憂。今子死，乃與嚮無子同，臣奚憂焉？」農赴時，商趣利，工追術，仕逐勢，勢使然也。然農有水旱，商有得失，工有成敗，仕有遇合，命使然也。』唐盧重元注云：『夫士農工商，各趣利而逐勢者，力所爲也。水旱成敗否泰者，力所不能成，則委命以自安之。世人皆以無可奈何，乃推之於命耳。東門吴，善安於命者也，非謂善於知命者也。若生者有生生者，是得夫所以造吾命者，復安肯委命於生者。若知命者，當委命而任力焉。』按：盧氏破東門吴之説是也。知命之説，詳於孔、孟，而皆本於《易》。命有宜順者，口目耳鼻四體是也；命有宜改者，仁義禮智天道是也。順則不任力，改則任力，豈至無可奈何而推之於命乎？委命而任力，能聖人之權也；順命而不任力，亦聖人之權也。或順或改，惟聖人之心主宰而斡旋之。用命，不爲命所用，是爲知命。

卿大夫歿而家無餘財，良臣也；庶人歿而家無餘財，惰民也。

《列子·楊朱篇》引周諺云：『田父可坐殺。』余則云：『學究可譽殺。』飲食男女，人之大欲存焉；死亡貧苦，人之大惡存焉。學究矯情，實違其本心，於是耳食者共以爲聖賢，遂居之不疑，忍其欲，制其情，氣血日戾，痰湧胸塞以死，不異置農夫于柔毛綈幕、粱肉蘭橘也。

衣之縮蹙者，以火炭貯銅斗中，熨之立舒；筆豪爲墨所膠，入水不能卒解，醮以沸湯，立即柔散；物之有孔者，窒不能通，以錐置火中熾令赤，刺之立通。陽之能利物也如此。腹有否滯，不用温而用涼，鮮有能通者也。事之不可解者，亦惟光明磊落處之可耳。

沈作喆《寓簡》云：『人臣脩身植德以俟天命，窮達得喪付之於天，是曰「有命焉」，惟人主不可言命。與亡治忽存乎一身，罔敢責命於天而歸過於數，故人主而至於言命之地，則是人事已去矣。』按：唐德宗謂李泌曰：『建中之亂，卿亦知桑道茂語乎？乃命當然。』對曰：『夫命者，已然之言。主相造命，不當言命。言命，則不復賞善而罰惡矣。桀曰：「我生不有命自天。」武生數紂曰：「謂己有天命。」君而言命，則桀、紂矣。』帝曰：『朕請不復言命。』見李泌傳。德宗又謂陸贄曰：『自古興衰，其亦有天命乎？今之厄運，恐不在人也。』贄上書曰：『《書》曰：「天視自我民視，天聽自我民聽。」則天所視聽皆因於人，非人事外自有天命也。紂之辭曰：「我生不有命在天。」此舍人事推天命，必不可之理也。《易》曰：「自天祐之。」仲尼以謂「祐者，助也。天之所助者順也，人之所助者信也，履信思乎順，是以祐之」。《易》論天人祐助之際，必先履行，而吉凶之報象焉。此天命在人，蓋昭昭矣。人事治而天降亂，未之有也；人事亂而天降康，亦未之有也。』見《陸贄傳》。贄所對，不及泌之切直。泌質言之，似激而誠；贄文飾之，似暢而窒。明人黄禹金《謏詅》云：『柳子厚文章優於退之，平津清約嚴於君實，鄴侯忠諫深於宣公。』

性善之句驗者有三：乍見孺子入井，必有怵惕惻隱之心，一也；臨之以雷霆，加之以神鬼禍福，未有不悔而禱者，二也；利害之際，急訟諠囂，無不自引於理義，無不自飾以忠孝友悌，三也。

吴草廬云：『堯、舜而上，道之元也；堯、舜而下，其亨；洙、泗、鄒、魯，其利；濂、洛、關、閩，其貞。分而言之，上古則羲、黄其元，堯、舜其亨，禹湯其利，文、武、周公其貞；中古之統，仲尼其元，顔、曾其亨，子思其利，孟子其貞乎！近古之統，周子其元，程、張其亨，朱子其利，孰爲今日之貞乎？』蓋草廬自任爲周、程、張、朱子貞也。按：羲、農、黄帝、堯、舜、文王、周公、孔子，皆備『元亨利貞』四德，所以與天地合德，四時同化，詎各專一德乎？孟子學孔子聖之時，則亦豈屬於貞？余謂三代以後，漢如春，六朝、隋、唐如夏，宋人之學則秋矣，而明人則冬也。草廬乘秋氣，尚未冬耳。

李中孚承明人習氣，以虚明寂定爲學，每日静坐，昧爽、中午、戌亥三時各坐香一炷，居然僧矣。所云：『無事讀經注，取其明白正大簡易直截，其支離纏繞穿空鑿巧者，斷勿寓目。』又云：『道理從聞見而入，皆古董填塞以障靈原者也，皆與孔子好古敏求之教相悖，邪説也。』又云：『周、程、張、朱、薛、胡、羅、吕、顧、高、馮、辛，乃孔門曾、卜流派，其爲學也，則古稱先篤信聖人；陸、吴、陳、王、心齋、龍溪、近溪、海門，乃鄒、孟流派，其爲學也，反己自認，不靠見聞，亦不離見聞。吾儒學術之有此兩派，猶異端禪家之有南能北秀。』此以孟子之學異於曾子，而同於陸、王諸人，真妄言也。無論三省吾身，自反而縮，曾子之反己，正孟子之所師。而孟子通《五經》，長於《詩》、《書》，博學詳説，其論性善，稱堯、舜，無非述古從先，何云『不靠見聞』？二曲拾明末之唾餘者也，妄分兩派以比異端，真孔、孟之蟊賊與。

休寧蔡廷治僑寓揚州，自序其《大易觀玩》云：『廷治自兒時有志學易，嘗泛濫程、邵諸書，及雜老雜佛、參同術數以談易者，皆涉獵以求其趣，久而知其於《易》，皆無當也。偶於友人家見吾鄉雲莊程夫子《大學定序》一編，論説迥非群儒所及。聞李德音先生有《程子講易》諸書，因渡江求之。李先生，吴縣人，名三蕡，號蘋圃。事雲莊程子，結易墅於蘇州齊門外陸墓之東，盡以雲莊《大衍極數》、《一四》、《三兩》諸書相授。歸而伏讀，稍得端緒，嘆曰：「孟子後，聞而知者，其在斯乎！」其精旨在極數定序數，分三門曰辨塵、辨色、辨物，學者必從真參乃得，非語言所及。上下兩經、兩《繫》，僅有乾卦與「天尊地卑」一章，廷治不自量，自坤卦至《未濟》及「聖人設卦觀象」以下，悉本其意，衍而補之。』蔡氏稱雲莊如此。余方學《易》於里中，求蔡氏所著書不得，求雲莊之書亦不可得，而於所如『必從真參乃得』云云，心殊訝之。久之得全謝山《文集》，内有《書程雲莊語録後》云：『南雷先生嘗言，同時有程雲莊者，倡教吴鄣之門，以《一四》篇言佛，《二三》篇言道，《三兩》篇言儒，乃修師林三教之餘術，而別自出頭地者。雍正甲寅，長洲徐編修澄齋出其遺書示予，三篇之外，尚有《守白論》，其言以公孫龍子爲宗。蓋參會釋、老子言，附會之以成其説者也。雲莊之傳如熊如灝、金貞輩不甚著名，而正希先生爲最大弟子，正希晚年禪學，蓋得於雲莊，其遺書又有《易數定序》及《蓍法定序》十目。雲莊名智，字子上，一字極士。』然則雲莊之《易》，雜釋、老而爲言者也。大抵明人以空疏不讀書爲家法，非持理即守心。嘉、隆而後，仕者以此訌於朝，處者以是惑於野，明祚遂坐是而亡。如鹽丁、樵夫、窑匠、賣油傭、網巾匠、戍卒、農夫、商賈、胥吏，皆一介細民，不讀書者也。一旦講學，以師道自居，而當時貴官大吏，均俯首事之，天下洶洶，舉國若狂，真亡國之祥，當入五行志者也。如程雲莊之流，其餘枘與？

《漢書・劉歆傳》：『歆治《左氏》，引傳文以解經，轉相發明，由是章句義理備焉。』『義理』二字，漢人有之。桓譚《時政疏》云：『今可令通義理。』

卷十三

李西垣炳。習黄帝、岐伯之術，五十年悟得肝之本在右。余向舉《周禮》『疾醫』鄭《注》賈《疏》之説以遺之，西垣益自信其説不孤。按『疾醫』《注》：『五氣、五藏所出氣也。肺氣熱，心氣次之，肝氣涼，脾氣温，腎氣寒。』《疏》云：『肝氣涼者，肝在心下近右，其位當秋。』其説見於《淮南・精神訓》，云：『萬物背陰而抱陽。十月而生，形體以成，五藏乃形。是故肺主目，腎主鼻，膽主口，肝主耳。』高誘《注》云：『肺象朱雀，朱雀，火也；腎象龜，龜，水也。』肝，金也，以肺腎推之，則肝爲白虎，白虎在右，是爲肝在右之證。《月令》：春祭先脾，夏祭先肺，中央祭先心，秋祭先肝，冬祭先腎，正以其所屬祭之耳。然則脾，木也；青，龍也；心，土也；如招摇之運爲一身之樞也。《月令》疏引許慎《五經異義》云：『今文《尚書》歐陽説：肝，木也；心，火也；脾，土也；肺，金也；腎，水也。古《尚書》謂：脾，木也；肺，火也；心，土也；肝，金也；腎，水也。』謹按：《月令》春祭脾，夏祭肺，季夏祭心，秋祭肝，冬祭腎，與古《尚書》説同。鄭康成駁云：『《月令》祭四時之位，及其五藏之上下次之耳。冬位在後而腎在下，夏位在前而肺在上，春位小前故祭先脾，秋位小却故祭先肝。腎也，脾也，俱在高下；肺也，心也，俱在高上。祭者必三，故有先後焉，不得同五行之氣。今醫病之法，以肝爲木，心爲火，脾爲土，肺爲金，腎爲水，則有瘳也。若反其術，不死爲劇。』按：許、鄭兩説甚明。鄭謂肝金、脾木，爲五藏所生上下左右之位；肝木，脾土，則五藏之氣，醫所用以治病，兩者固不相礙。高誘注吕氏《十二紀》及《淮南》時，則訓並存兩説，以肝木、脾土爲用其所勝，肝金，脾木爲自用其藏，而以自用其藏爲後一説。然春木勝脾土，夏火勝肺金，秋金勝肝木，以爲用所勝，誠然矣。而中央土何以勝心火？至冬水宜用所勝之心火，而反用腎水，則又自用其藏。以此論之，宜依許氏異義之説，皆爲各用其藏也。《精神訓》又云：『天有風雨寒暑，人亦有取與喜怒。故膽爲雲，肺爲氣，肝爲風，腎爲雨，脾爲雷，而心爲之主。』高誘《注》云：膽，金也；肺，火也；肝，木也；腎，水也；心，土也。脾爲雷，無所屬。此雲氣風雨雷，似不必配以五行，雲爲金，而謂金石出雲，亦未確。蓋高氏雖取兩説强配之，不可爲典要也。論其位，則脾木、肺火、心土、肝金、腎水；論其氣，則肝木、心火、脾土、肺金、腎水。病之在上屬肺，在下屬腎，在右屬肝，在左屬脾，故右痛主肝虚，依肝木治之則瘥，依肺治之必劇。蓋按肝之所在，必以右爲歸，而治肝之藥，仍以木爲義。合許、鄭兩説，足以補《素問》、《甲乙》所未備。西垣不知有古《尚書》之説，以五十年親驗知之，實仲景以來未發之秘也。西垣歿十數年矣，惜不能起而相證也。

《管子·水地篇》云：『人，水也。男女精氣合，而水流形。三月如咀。咀者何？曰五味。五味者何？曰五藏。酸主脾，鹹主肺，辛主腎，苦主肝，甘主心。五藏已具，而後生肉。脾生隔，肺生骨，腎生腦，肝生革，心生肉。五肉已具，而後發爲九竅。脾發爲鼻，肝發爲目，腎發爲耳，肺發爲竅。五月而成，十月而生。』此謂『男女精氣』中具五味，五藏本五味而生，酸生脾，甘生心，與《月令》合，而肺主咸水、腎主辛金、肝主苦火，與《月令》不合，與《素問》亦不合。乃肺通大小腸，凡大小便閉塞者，開通肺氣則利，此肺所以發爲竅，竅蓋謂前後便處也。肺既發爲竅，竅在下，故主鹹也。腎惡燥急，食辛以潤之，則腎宜於辛。肝盛則火上炎，則肝主苦，亦有義可尋。

陽左行，陰右行之説，《周禮·春官》：『大師掌六律、六吕，以合陰陽之聲。陽聲：黄鐘，太簇，姑洗，蕤賓，夷則，無射；陰聲：大吕，應鐘，南吕，函鐘，小吕，夾鐘。』賈氏《疏》云：『合陰陽之聲，即言陽聲黄鐘、太簇、姑洗等，據左旋而言。云陰聲大吕、應鐘、南吕等，據右而轉。』一也。『占夢，觀天地之會』，《注》云：『建厭所處之日辰。』賈氏《疏》云：『建謂斗柄所建，謂之陽建。故左旋於天厭謂日，前一次謂之陰建。故右旋於天。』引堪輿天老曰正月，陽建於寅，陰建於戌，此即《淮南·天文訓》所云：『北斗之神有雌雄，十一月始建於子，月從一辰，雄左行，雌右行，五月合午，十一月合子。』二也。《京氏易》：『《乾》六爻自子納寅、納辰、納午、納申、納戌，爲左旋；《坤》六爻，自未納巳、納卯、納丑、納亥、納酉，爲右旋。』三也。《乾鑿度》：『乾貞十一月子，左行陽時六；坤貞於六月未，右行陰時六。其歲終，次從於屯蒙主歲。屯爲陽，貞於十二月丑，其爻左行，以間時而行六辰；蒙爲陰，貞於正月寅，其爻右行，亦間時而行六辰。歲終則從其次卦。』此本京房而推之，諸卦與京房又異，四也。《説文》『包』字，《注》云：『元氣起於子。』男左行三十，女右行二十，俱立於巳，男起巳至寅，女起巳至申。故男年始寅，女年始申，五也。董子《陰陽出入上下篇》：『初薄大冬，陰陽各從一方來，而移於後，陰由東方來西，陽由西方來東，至中冬之月，相遇北方，合而爲一，謂之曰至。别而相去，陰適右，陽適左，適左者其道順，適右者其道逆。逆氣左上，順氣右下，下暖而上寒。冬月盡而陰陽俱南還，陽南還出於寅，陰南還入於戌。至中春之月，陽在正東，陰在正西，謂之春分。陰日損而隨，陽日益而鴻，故爲暖熱。初得大夏之月，相遇南方，合而爲一，謂之曰至。别而相去，陽適右，陰適左，適左由下，適右由上，上暑而下寒。夏月盡而陰陽俱北還，陽北還入於申，陰北還出於辰。至中秋之月，陽在正西，陰在正東，謂之秋分。陽日損而隨，陰日益而鴻。』此與『建厭』之説同。但彼謂『北斗之神』，此謂天之道，陽位春夏，陰位秋冬，陽左行，至東當春，至南當夏，至西當秋，至北當冬，所至皆當令，故云陽居實。又云『陽出實入實』秋爲陰位，而陰當秋，而行至東，故不當令。陰行至未午巳，正當夏日，乃是時陽則行至巳而午而未，夏本陽位，陽來居之，陰雖在其地而無位無權，故云『夏入守虚地於下』。陰行至丑子亥，正當冬日，是陰正位之時，乃北爲萬物收藏之地，雖有位，無所用，故云『出守虚位於上』。陽得位於春夏，又乘陰不在西而位於秋，是自孟春至孟冬，故得三時，陰止有一冬而已。今堪輿家用十二長生，以左行爲陽局，以右行爲陰局，用以測候山水之氣。偶有以是來問余者，舉此以告。

《史記·天官書》：『歲陰左行在寅，歲星右行在丑。』《淮南·天文訓》稱：『太陰在寅，歲名攝提格，其雄爲歲星，舍斗、牽牛。』斗牛爲星紀，即丑，此則陰左行，陽右行矣。王砅注《天元紀大論》亦云『地氣左行，天氣東轉』。

董子《陰陽終始篇》云：『春，少陽東出就木，與之俱生。至夏，太陽南出就火，與之俱暖。火木相稱，各就其正。至於秋時，少陰興而不得以秋從金，從金而傷火功，亦以秋出於東方，俛其處而適其事，以成歲功。陰之行，固常居虚，而不得居實。至於冬，而止空虚，太陽乃得北就其類，而與水起寒。』按此云太陽『北就其類』者，即《素問》『太陽爲寒水之氣』也。《六元政紀大論》以太陽之政爲首，其位，太陽司天居南，太陰在泉居北，少陽在東北，陽明在東南，厥陰在西南，少陰在西北。此陰陽之定位，而少陽爲初氣，陽明爲二氣，太陽爲三氣，厥陰爲四氣，少陰爲五氣，太陰爲終氣，此陽氣左旋之常。《六微旨大論》所謂少陽之右，陽明治之；陽明之右，太陽治之；太陽之右，厥陰治之；厥陰之右，少陰治之；少陰之右，太陰治之；太陰之右，少陽治之，南面待之。則三陰在三陽之右也。而論『地理之應』，則顯明之右爲少陰君火，少陰之右爲少陽，少陽之右爲太陰，太陰之右爲陽明，陽明之右爲太陽，則太陽居北，厥陰居東北，少陰居東南，少陽居南，太陰居西南，陽明居西北。少陰居東南者，即董子所云『陰氣始出東南』也。太陽居北者，即董子所云『太陽北就其類』，太陽爲寒水，故北就與北起寒也。厥陰居東北，即陰出於辰而行寅卯丑也。陽明居西北，即陽入於未而位於申酉戌也。太陰居西南者，陰行至未而陽巳位於南，故少陽居午而太陰不能正位，所謂虚地也。且太陰爲坤，故處未也。董子論天道全本《素問》，以『寒水爲太陽所就』一語觀之可見。蓋五運六氣之説，講災異者不能外也。

三合之説，見於王砯《素問》注者有二。《六微旨大論》：『寅午戌歲氣會同，卯未亥歲氣會同，辰申子歲氣會同，巳酉丑歲氣會同，終而復始。』王砯注云：『陰陽法以是爲三合者，緣其氣會同也。不爾，則各在一方，義無由合。』一也。《天元紀大論》：『應天符，承歲爲歲直，三合爲治。』王砯注云：『三合，謂火運之歲，上見少陰，年辰臨午上；土運之歲，上見太陰，年辰臨丑未；金運之歲，上見陽明，年辰臨酉。天氣、運氣與年辰俱會，故云「三合爲治」。』二也。按：天氣、運氣、年辰俱會，爲太乙天符貴人，見《六微旨大論》。而《天元紀大論》但云『三合爲治』，不云即『太乙天符貴人』，王砯以其次於天符歲直，故以貴人當之耳。余按：『三合爲治』，即『歲氣會同』之『三合』，故云『爲治』。天符歲直太乙貴人，寒專於寒，熱專於熱，燥專於燥，濕專於濕，故中之輒病危。惟三合治之，則有以和其專一之氣。如辰戌爲寒水，而合之以子午之君火、申寅之相火則治矣；丑未爲濕土，合之以巳亥之風木、卯酉之燥金則治矣。有合則和，和則治，治則中之不致於病危。三合則生，專一則死，聖人所以調燮，而醫藥所以治療，均可由是推矣。

建厭八會之術，見於《占夢》注，賈疏引鄭《志》張逸問，云：『日月在辰尾，夏之九月，辰在房，末有尾星。季秋，日在房，日月會於大火，尾在析木，故云未有。建戌厭寅，寅與申對，辰與戌對，申近庚，故知庚辰。』問：『何知有此厭對之義？』答曰：『按《堪輿》黄帝問天老事云：「四月，陽建於巳，破於亥。陰建於未，破於癸。」是爲陽破陰，陰破陽，故四月有癸亥，爲陰陽交會。十月丁巳，爲陰陽交會。言未破癸者，即是未與丑對而近癸也。交會惟有四月、十月。若有變異之時，十二月皆有建厭對配之義。』陽左行爲建陰，右行爲厭固矣。其申近庚，丑近癸，何也？蓋即羅經二十四山相兼之義也。十二支而配以八千四維，以子左旋而兼也，則子近癸，寅近甲，卯近乙，巳近丙，午近丁，申近庚，酉近辛，亥近壬；以子右旋而兼也，則子近壬，戌近辛，酉近庚，未近丁，午近丙，辰近乙，卯近甲，丑近癸。鄭言『申近庚』者，據左旋言之也；言『丑近癸』者，據右旋言之也。

《堪輿》謂大會有八，小會有八。《淮南·天文訓》云：『數從甲子始，子母相求，所合之處爲合，十日十二辰，週六十日，凡八合。甲戌，燕也；乙酉，齊也；丙午，越也；丁巳，楚也；庚申，秦也；辛卯，戎也；壬子，代也；癸亥，胡也。』丁巳、癸亥，即鄭《志》所舉庚申，乃庚辰之訛，亦鄭所舉也。推子建子厭子，丙午對之；建卯厭酉，乙酉對之；建辰厭申，甲戌對之；建巳厭未，癸亥對之；建午厭午，壬子對之；建酉厭卯，辛卯對之；建戌厭寅，庚辰對之；建亥厭丑，丁巳對之。其建丑厭亥，建寅厭戌，建未厭巳，建申厭辰無對者，蓋對者兩兩相沖也。厭子建子，宜以午午沖之，因午兼丙，故用丙午；厭酉建卯，宜以卯酉沖之，因卯兼乙，故用乙酉；厭申建辰，宜以寅戌沖之，因寅兼甲，故用甲戌；厭未建巳，宜以丑亥沖之，因丑兼癸，故用癸亥；厭午建午，宜以子子沖之，因子兼壬，故用壬子；厭卯建酉，宜以酉卯沖之，因酉兼辛，故用辛卯；厭寅建戌，宜以申辰沖之。因申兼庚，故用庚辰；厭丑建亥，宜以未巳沖之，因未兼丁，故用丁巳。其厭亥建丑，宜以巳未沖之，巳與丙兼而丙不能加未；厭戌建寅，宜以辰申沖之，辰與乙兼而乙不能加申；厭巳厭未，宜以亥丑沖之，亥與壬兼而壬不能加丑；厭辰建申，宜以戌寅沖之，戌與辛兼而辛不能加寅。故子母相求，合止有八。母謂干，子謂支，可加者，合而沖之；不可加者，不合而沖之也。今《堪輿》以此爲陰陽大會，又以己酉、戊辰、己巳、戊午、己卯、戊戌、己亥、戊子爲小會，乃以大會甲戌爲正月，庚辰七月，乙酉二月，辛卯八月，丙午五月，壬子十一月，丁巳六月，癸亥十二月，小會己酉二月，戊辰三月，己巳四月，戊午五月，己卯八月，戊戌九月，乙亥十月，戊子十一月。然鄭氏明以癸亥當四月，丁巳當十月，庚辰當九月，則以爲十二月、六月、七月者，與鄭義殊矣。推之甲戌當三月，非正月也。《淮南》取燕、齊，明甲乙在東；越、楚，明丙丁在南；秦、戎，明庚申在西；代、胡，明壬癸在北。又以戊戌、己亥爲韓，己酉、己卯爲魏，戊午、戊子，八合天下也。此有缺文，遺戊辰、己巳，此即所云小會也。韓、魏在中，故以戊己當之。推其義，土居中央，又寄於寅申，而丑未則本屬土，丑寅、未申既無會，則以己巳會丑月，戊辰會寅月，己亥會未月，戊戌會申月。何也？十二月建厭丑厭亥，亥破於己，丑破於未，以己土代未，故用己巳；正月建寅厭戌，戌破於辰，寅破於申，以戊土代申，故用戊辰；六月建未厭巳，巳破於亥，未破於丑，以己土代丑，故用己亥；七月建申厭辰，辰破於戌，申破於寅，以戊土代寅，故用戊戌。此以丑寅、未申兼戊己也。戊己既位中央，而子午、卯酉，則中也。故以己卯破卯酉，當八月，以己代酉也；以己酉破酉卯，當二月，以己代卯也；以戊子破丙午，當五月，以戊代壬也；以戊午破壬子，當十一月，以戊代丙也。以干破厭，以支破建，建屬陽，陽大故爲大會；以干破建，以支破厭，厭屬陰，陰小故爲小會也。《淮南》言二十四時之變，斗冬至指子，小寒指癸，大寒指丑，故丑與癸近；立春指報德之維，雨水指寅，驚蟄指甲，春分指卯，清明指乙，穀雨指辰，立夏指常羊之維，小滿指巳，芒種指丙，夏至指午，小暑指丁，大暑指未，故丁近未；立秋指背陽之維，處暑指申，白露指庚，故庚近申；秋分指西，寒露指辛，霜降指戌，立冬指蹏通之維，小雪指亥，大雪指壬，冬至又指子。此八幹四維，與羅經合，而四維爲乾、巽、坤、艮，則本《説卦傳》，而坤、艮當丑寅、申未之間，則固戊己所居也。以支會支言之，而會於厭爲小，會於建爲大。其實小會，專以土會耳。

《抱朴子》引《玉策記》、《開名經》之説云：『子午屬庚，卯酉屬己，寅申屬戊，丑未屬辛，辰戌屬丙，己亥屬丁。』此即京房納甲見於《火珠林》者也。又云：『一言得之者，宫與土也；三言得之者，徵與火也；五言得之者，羽與水也；七言得之者，商與金也；九言得之者，角與木也。』按《南齋書樂志》：『納音數，一言得土，三言得火，五言得水，七言得金，九言得木。』然則此即納音之所由起也，試推其大略。如庚子、庚午，一言即得庚；戊子、戊午，三言而得庚；戊、己、庚爲三言。丙子、丙午，五言而得庚；丙、丁、戊、己、庚爲五言。甲子、甲午，七言而得庚；甲、乙、丙、丁、戊、己、庚爲七言。壬子、壬午，九言而得庚。壬、癸、甲、乙、丙、丁、戊、己、庚爲九言。其卯酉之得己，寅申之得戊，丑未之得辛，辰戌之得丙，巳亥之得丁，所爲一言、三言、五言、七言、九言放此。甲子、乙丑，甲七言得庚，乙七言得辛，故納商，爲海中金。丙寅、丁卯，丙三言得戊，丁三言得己巳，故納徵，爲爐中火。戊辰、己巳，戊九言得丙，己九言得丁，故納角，爲大林木。庚午、辛未，庚一言得之，辛一言得之，故納宫，爲路旁土。壬申、癸酉，納商，爲劍鋒金。申屬戊，酉屬己，壬七言得戊，與甲七言得庚同；癸七言得己，與乙七言得辛同。甲戌、乙亥，納徵，爲山頭火。戌屬丙，亥屬丁，甲三言得丙，與丙三言得戊同。乙三言得丁，與丁三言得己同。丙子、丁丑，子屬庚，丑屬辛，丙五言得庚，丁五言得辛，故納羽，爲澗下水。戊寅、己卯以下放此。沈括《補筆談》既以納音爲本，律吕之娶妻生子，又别列此數，以爲不可推考。沈氏未考《南齊書》，不識此即納音數也。近見隋蕭吉《五行大義》所載納音之數即此。《玉策記》、《開名經》之説吉言一三五七九之數，本之《樂緯》，緯起於西漢哀、平時，蓋造緯者本京房納甲而傅會於五音，故謂之納音吉，又謂五行有生、壯、老三數，本生數三，壯數八；火生數二，壯數七；土生數五，壯數十；金生數四，壯數九；水生數一，壯數六。即天地生成之數也。金尅木，木以九老；火尅金，金以七老；土尅水，水以五老。以老爲數，故木以九、金以七、水以五是矣。土宜老於木三，火宜老於水一，乃土之數一，火之數三。蕭吉謂宫爲君，宜主於一，火屬禮，宜依所生，恐未必然。吾友汪孝嬰嘗撰《歲名改竄説》，以《史記》太初元年年名焉逢攝提格，是爲甲寅，而《漢書》述《三統》，推太初元年歲名丙子。《三統》，劉歆所作。王莽以火德消盡，土德當代，太初元年甲寅，數至建國元年，則爲丙午，莽急欲即真，不能待戊己之年，故更元年爲己巳，則冠土於火之上，遂改太初甲寅爲丙子。又僞爲超次之法，遠托諸十四萬三千二百三十九年之前，以爲太極上元起於丙子，超若干法至建國元年，恰爲己巳，此與即位之日用戊辰，令天下以戊子代甲子意同，以孝嬰此説推之，則納音之作，即起於莽時。莽自以爲黄德，故首以土而爲一言得之。土德方興，不可以三數之。尅土者爲土數，因變而爲一，一者元也，明土德之元也。一屬土，則不得不以三互屬於火，此數之所由謬悠耳。且以明上與火爲代興也。

《素問·天紀大論》岐伯引《大始天元册》文云：『丹天之氣，經於牛女戊分；黅天之氣，經於心尾己分；蒼天之氣，經於危室柳鬼；素天之氣，經於亢氐昴畢；元天之氣，經於張翼婁胃。所謂戊己分者，奎壁角軫，則天地之門户也。』引此以明五運，甲己土，乙庚金，丙辛水，丁壬木，戊癸火。按：二十八宿，即十二支爲屬也。角、亢，辰也；氐、房、心，卯也；尾、箕，寅也。在心、尾之間，即寅卯之間也；乙在亢、氐之間，即卯辰之間也。井、鬼，未也；柳、星、張，午也；翼、軫，巳也。丙在張、翼之間，即巳午之間也；丁在柳、鬼之間，即午未之間也。奎、婁，戌也；胃、昴、畢，酉也；觜、參，申也。庚宜在觜、畢之間，云在昴、畢者，古以畢合觜、參爲申也。在昴、畢之間，即申酉之間也；辛在婁、胃之間，即酉戌之間也。斗牛，丑也；女，虚、危，子也；室、壁，亥也。壬在危、室之間，即亥子之間也；癸在牛、女之間，即子丑之間也。舉此十六宿，即爲八干所在，而四維皆土之所王，惟戊在奎、壁之間，即戌亥之間也；巳在角、軫之間，即辰巳之間也。册文稱『戊分』、『己分』，而岐伯以奎、壁、角、軫之間明之，其義甚析。所謂丹天即火，黅天即土，蒼天即木，素天即金，元天即水。甲乙自在東，丙丁自在南，庚辛自在西，壬癸自在北，戊己自在幹巽。此定位也，乃運則錯綜其位，運從土起，甲年土，則乙年金，丙年水，丁年木，戊年火，己年土，庚年金，辛年水，壬年木，癸年火，十干周流復始，故甲己之年爲土運，乙庚之年爲金運，丙辛之年爲水運，丁壬之年爲木運，戊癸之年爲火運。一年自春起，則木火土金水五運自土起，則土金水火木。其義本不殊，亦無艱奥也。岐伯以奎、壁、角、軫爲天地之門户，故戊己不屬井、參、箕、斗而在是也。沈存中謂黅素丹蒼元五氣，皆經角、軫而成五運，如戊辰、己巳爲土運，庚辰、辛巳爲金運，甲辰、乙巳爲木運，丙辰、丁巳爲火運，壬辰、癸巳爲水運，正未必然。

卷十四

孟子引《書》若『藥不瞑眩，厥疾不瘳』，趙岐以瞶亂解之。《楚語》白公子張述傅説之言，亦有此二句，韋昭注云：『瞑眩頓瞀，攻已急也。』按：《金匱要略・痓濕暍病脉篇・白術附子湯》下云：『一服覺身痺，半日許再服，三服都盡，其人如冒狀，勿怪，即術、附並走皮中，逐水氣，未得除故耳。』『如冒』，即『頓瞀』也。金匱此條，可作此書文注解所云『厥疾』，謂此風濕相搏，身體疼煩，不能自轉側之疾也。非凡疾服藥，皆必瞑眩也。金嘗病臂痺，服烏頭，如昏醉，良久汗出，痺乃漸愈。瞑即眠字。

《月令》：季夏之月，『水潦盛昌，神農將持功，舉大事，則有天殃。』《注》云：土神稱曰神農。土以受天雨澤，安静養物爲功，動之則致害。按：六月土王用事，術家避之，本此。因推而避戊己，避辰戌、丑未，謂之『都天』。俗祀都天神，『都天』，蓋即古神農之遺與？

《青囊・序》有『元空』、『小元空』。按：此即水法也。元爲水色，司空則水官。『元空』二字，隱一水字。『小元空』則小水法耳。

術家九星以廉貞爲凶，以貪狼爲吉，以文曲爲凶，以武曲爲吉，何其重貪而輕廉？上武而卑文？名實相謬，一至於此？《漢書》：『翼奉上封事云：「北方之情，好也，好行貪狼，申子主之；東方之情，怒也，怒行陰賊，亥卯主之。貪狼必待陰賊而後動，陰賊亦待貪狼而後用。二陰並行，是以王者忌子卯也。《春秋》諱焉，《禮經》避之。南方之情，惡也，惡行廉貞，寅午主之；西方之情，喜也，喜行寬大，巳酉主之。二陽並行，是以王者吉庚午也。《詩》云：『吉日庚午。』上方之情，樂也，樂行奸邪，辰未主之；下方之情，哀也，哀行公正，戌丑主之。辰未屬陰，戌丑屬陽，萬物各以其類。」』按：此則貪狼屬水爲凶，廉貞屬火爲吉，《韓詩外》傳：『曾子曰：「夫子瑟聲恐有貪狼之志，邪辟之行。」』《淮南子·本略訓》：『秦國之俗，貪狼强力。』董子《賢良策》云：『秦師申、商之法，行韓非之說，憎帝王之道，以貪狼爲俗，非有文德以教訓於下也。』《鹽鐵論·論菑篇》云：『智伯以貪狼亡其身。』《後漢·蔡邕傳》注引《漢名臣奏》：張文上疏，略云：『貪狼之人，蠶食百姓。』皆不以貪狼爲善。

相人者，以方面大耳爲貴。周世宗見諸將方面大耳者，皆殺之。

《金匱要略·腹滿篇》用『白汗』二字，或以爲『自汗』。羅君養齋引《素問·經脉別論》『發爲白汗』證之，精而當矣。按《戰國策》：汗明見春申君曰：『白汗交流。』鮑彪注云：『白汗，不緣暑而汗也。』吴師道云：『白，言其色。』乃《淮南子・修務訓》：『挈一石之尊，則白汗交流。』又，《精神訓》云：『鹽汗交流。』高誘《注》云：『白汗鹹如鹽，故曰鹽汗。』則不以『色』言矣。《晋書・夏統傳》：『寒毛盡戴，白汗四匝。』鄭樵《投宇文樞密書》云：『色寒盡戴，白汗四匝，胸中覺無膏肓疾。』語本於統。

《素問・平人氣象論》：『死心脉來，前曲後居，如操帶鉤。』『居』爲倨之通借字，『曲』即句也；『帶鉤』之狀近交鈕。處句曲，欲其固尾後，則舒而倨矣。王冰注『居』爲『不動』，非是。又，《五藏生成篇》：『色見青如草兹者死。』王冰注云：『兹，滋也。言如草初生之青色。』按：《史記・倉公傳》云：『望之殺然黄，察之如死青之兹。』『兹』爲『死青』，非初生明矣。

《潛邱札記》云：『元人葛恒齋，即可久諸父行也，嘗立説以爲醫，當視時之盛衰爲損益，劉守真、張子和輩值金人强盛，民悍氣剛，故多用宣洩之法。及其衰也，兵革之餘，饑饉相仍，民勞志困，故張潔古、李明之輩多加補益。至宋之季年，醫者大抵務守護元氣而已。』汪鈍翁《類稿》亦述此一段。此説實發《内經》之所未備。余在浙，與吴醫薛公望晤於撫軍節署，薛有所撰述，自宋麗安，嘗歷金、元之劉守真、李明之，及明之朱丹溪、張景岳、吴又可，各爲年表，以時事繫之。其或温或涼，或攻或補，皆合其時之天運、人事。蓋本恒齋之説而廣之者也。然則吴又可謂『陰證世間罕有』，張景岳痛詆劉、朱，不啻南人不夢車、北人不夢船也。余謂天運固然，又必權之以地，參之以人，合三才而討論之，陰陽虛實庶幾不忒。趙閑閑《滏水文集》有《醫説》一篇，遺太醫張子和云：『往時吴、楚之人喜温藥，本朝大定間河間劉守真者，號精於《素問》，多用涼藥，以矯一時之弊。施之於膏粱之族，飲食厚而腠理密，頗得其效，而昧者用之，至於殺人者多矣。』太醫張子和其人者，嘗以炮附子七枚，以糖卷餅餌而食之，佐以古蒸熨之法，以起人痓病，用意健矣。論者以爲喜用涼藥，未必然也。然則劉、張時，亦非盡用寒涼取效。

《元史·李杲傳》全襲元遺山所撰《傷寒會要序》，故其篇獨長而精詳，可與太史公《扁鵲倉公傳》並矣。

陽虛侯趙章病風，倉公決五日死，十日乃死。倉公曰：『其人嗜粥，故中藏實，中藏實，故過期。』《酉陽雜俎》言井冢有毒者，當以泔數斗澆之，方可入。米穀之氣爲益如是，勝參術多矣。

《五代史補》：陳黯年十三，袖卷謁本郡牧，時面上有斑瘡新愈，其痕炳然。郡牧戲之曰：『藻才而花貌，何不咏歌？』黯應聲曰：『玳瑁寧堪比，斑犀詎可加。天嫌未端正，敷面作裝花。』按：錢乙《小兒直訣》以出自肺者爲膿疱，出自肝者爲水皰，出自心者爲斑，出自脾者爲疹。膿疱即今之豆，俗作痘水疱，則水豆也；斑即痧也，然痧不能令人面有斑痕。蓋黯所患斑瘡即豆，《本草別録》謂之豌豆瘡，當時通謂之斑耳。《北史》：『崔瞻經熱病，面多瘢痕。』此『熱病』，亦豌豆瘡也。

《魏志》：管輅過毌邱儉墓下，倚樹哀吟曰：『玄武藏頭，蒼龍無足，白虎銜屍，朱雀悲哭，四危以備，法當滅族。』世所傳郭璞《葬書》：『虎蹲謂之銜屍，龍踞謂之嫉主，玄武不垂頭拒屍，朱雀不翔舞騰去。』本輅説衍之。

堪輿家以金星爲貴，蓋《乾》爲金、爲圓，故圓則稱金，取於《乾》，非取於五行之金也。大抵術家多隱曲之語，不知者以金爲五行之金，遂亦有取於土形之方者，方爲《坤》，象純陰，乃死氣，豈可用？

宋朱彧《可談》稱：初虞世，字和甫，名士，善醫。公卿争邀致，而性不可馴狎，往往尤忽權貴。每貴人求治病，必重銖求之，至於不可堪。其所得賂，旋以施貧者。最愛黄庭堅，常言：『黄孝於其親，吾愛重之。』每得佳墨精楮奇玩，必歸魯直。《宋史》不詳其履歷，惟《藝文志》云：『初虞世《古今録驗生養必用方》，三卷。』考之《大觀本草》引《古今録驗》十五條，初虞世方十五條，以當時人所著書，與古書並引之，則其時尊重其人可知，厥技固不在錢乙、龎安時之下也。乃史不詳其人，而賴説部記載之，猶秦九韶不見於《宋史》，而見於周密之《癸辛雜識》也。觀《證類本草》所引，則《古今録驗》與《養生必用方》自是兩書，而史志統之以三卷，叙載不明甚矣。而《證類本草》但稱初虞世方，即是《生養必用方》，又可以《宋史》互證之矣。《齊東野語》言：初虞世所集《養生必用方》，戒人不可妄服金虎碧霞丹。狀元王俊民得狂疾，勢已平復，起居飲食如故，但愔愔不樂。醫以爲有痰，以碧霞金虎丹吐之。或謂心藏有熱，勸服治心經諸冷藥。積久，爲夜中洞泄，氣脱内消，飲食不前而死。此云《養生必用方》又可證《宋史》『生』、『養』二字倒誤。

《漢書·藝文志》有《房中八家》，托之於黄帝、三王、堯、舜、湯、盤庚、天老等。後世但傳容成之術，其末一家名《三家内房有子方》。然則所云陰道者，爲有子言之也。古聖人重生，則成男成女之道，必有講明之，不憚宣示萬民，使天下知所以有子之道，及有子所以分男女之道，以蕃嗣續而增丁壯也，乃古人造微之學，與《素問》、《本草》同一經濟。黄帝以下，其所爲陰道者不傳，度傳之必有由也。古人重生民嗣續，則凡所以保胎育嬰之術，宜無不詳。今有種痘之術，以爲傳自天姥，余嘗謂天姥即天老，種痘蓋傳自黄帝之臣天老，實爲房中之一術，今訛天老爲天姥，以爲婦人，亦杜拾遺爲『杜十姨』之訛傳耳。

《世説》：殷覬病困，殷荆州『屬以消息所患』。按：『消息』二字，二王帖中多有之。右軍帖云：『知君如常，吴興轉勝，甚慰，想得此涼日佳，患散乃委頓，耿耿。且以佳興消息。』又云：『可令謝長史且消息。』又云：『疾人甚憂，耿耿消息比佳耳。』又云：『知君故乏劣，腹痛，甚懸情。災雨比日，復何似？善消息遲後問。』又云：『想散患得差，餘當以漸消息耳。』又云：『昨紫石散未佳，卿先羸甚，羸甚好消息。』《大令帖》云：『衛軍猶未平和而哀勞，殊未得盡消息理，常以不寧。』此帖『消息理』三字斷句，言因哀苦勞瘁，未能盡消息之道，所以不得安好。又，帖云：『獻之白：兄静息應佳，何以後復小惡邪？伏想比消息理，盡轉勝耳。礜石深是可疑事，兄熹患散，輒發癰，熱爲積乃不易。願復更思。獻之惟賴消息。内外極生冷，而心腹中恒無他。』前云『未得盡消息理』，此云『比消息理，盡轉勝』，兩可互明。又，帖云：『得五日告知，君轉勝，甚慰！甚慰！雨過，此復何如？想消息日平復耳。』又，帖云：『消息亦不可不恒以經心，向秋冷疾下，亦應防也。』又，帖云：『不審尊體復何如？昨夜眠多少？願盡寬喻理，憂馳可復言，若得消息者。』二王諸帖，凡稱『消息』皆問疾，蓋即調養之意。故『哀勞』則未盡消息理，『盡寬喻理』，則『得消息』。而右軍以『佳興』爲『消息』，則『消息』不專言醫藥服食也。又《晋書》：謝幼度移鎮東陽城，於道疾篤，上疏，詔遣醫一人，令自消息。《北史·彭城王勰傳》：『勰以帝神力虚弱，唯令以食味消息。』均可與《世説》相證。按：《金匱瘧病篇》云：『以飲食消息之謂風瘧，輕不必治以藥，但飲食調養之而已。』醫士不讀書，不能博覽，『消息』二字不知何解。又按《鹽鐵論·申韓篇》，文學曰：『所貴良醫者，貴其審消息而退邪氣也。』昭十九年《公羊傳》云：『樂正子春之視疾也，復加一飯，則脱然愈，復損一飯，則脱然愈；復加一衣，則脱然愈，復損一衣，則脱然愈。』何休《注》云：『脱然，疾除貌也。言消息得其節。』荀悦《申鑒》云：『故喜怒哀樂，思慮必得其中，所以養神也；寒暄虚盈，消息必得其中，所以養體也。』阮籍《達莊論》云：『心氣平治，消息不虧。』右諸條，皆宜引爲仲景《金匱》之注，而歷來注《金匱》者不知。《金匱·婦人雜病篇》云：『婦人病飲食如故，煩熱不得卧，而反倚息者，何也？師曰：此名轉胞不得溺也，有胞系了戾，故致此病。』按：嵇康《與山巨源絶交書》云：『每常小便而忍不起，令胞中略轉乃起耳。』然則『轉胞』者，由忍小便，『不得溺』三字，即謂忍小便也。『略轉』猶『了戾』，『了』與『略』一聲之轉。《方言》云：『軫，戾也。』郭璞《注》云：『相了戾也。』《廣雅》以『轉戾』釋『軫軳』，是轉即軫也。軫既訓戾，則轉亦戾矣。《淮南·説林》高誘《注》云：『膀胱，胞也。』

鄞縣全太史祖望信《宅經》而斥《葬經》。余按：風水之術，朱晦翁最信，亦最精。年譜：孝宗隆興六年庚寅春正月，葬祝孺人；秋七月遷韋齋先生墓；光宗紹熙五年，上孝宗《山陵議狀》，《朱子文集·遷墓記》云：『初，府君將歿，欲葬崇安之五夫，卒之明年，遂窆其里靈梵院側。熹幼未更事，卜地不詳，既懼體魄之不獲其安，乃以乾道六年七月五日遷於里之白水鵝子峰下。』《吏部行狀》云：『卒之明年，熹奉其柩，葬於建寧府崇安縣五夫里之西塔山，而碩人别葬建陽縣崇泰里之後山鋪東寒泉塢。然公所藏地勢卑濕，懼非久計，乃卜以慶元某年某月某日奉而遷於武夷鄉上梅里寂歷山中峰，僧舍之北。』《祝孺人壙記》云：『距府君白水之兆百里而遠。』其上孝宗《山陵議》云：『壽皇聖德神功，宜得吉土，以奉衣冠之藏，當廣求術士，博訪名山。』若非深信而精之，何敢議壽皇之墓地爲不吉?既再遷其父骨,又分父母之骨於百里之外,轉不如已與劉令人合葬於唐石大林谷也。沈繼祖彈文稱:奪崇安弓手墓地儲用,移孔子於護國寺,爲他日可得之地。雖屬誣辭,而晦翁之信風水,於是可驗。余嘗謂宋儒道學中,如濂溪、二程、張横渠,皆先晦翁而爲晦翁所宗法者也。其所著述之顯不及晦翁,然則晦翁之道學固足千古,亦未始非風水有以蔭之者邪!則風水之説,未可爲不足信也。

《袁安傳》:『安父殁,母使安訪求葬地,道逢三書生,問安何之?安爲言其故,生乃指一處云:「葬此地,當世爲上公。」須臾不見,安異之,於是遂葬其所占之地,故累世隆盛焉。』此事在管輅、郭璞之前。

《傷寒論·太陽篇》云:『傷寒五六日,中風,往來寒熱,胸脇苦滿,默默不欲飲食,心煩喜嘔,或胸中煩而不嘔,或渴,或腹中痛,或脇下痞鞕,或心下悸,小便不利,或不渴,身有微熱。咳者,小柴胡湯主之。血弱氣盡,腠理開,邪氣因入,與正氣相搏,結於脇下,正邪分争,往來寒熱,休作有時,默默不欲飲食。藏府相連,其痛必下,邪高痛下,故使嘔也,小柴胡主之。』按:『血氣盡弱』以下五十九字,所以申明前一節之意也。傷寒五六日,則麻黄承氣,或已試之,所以『血弱氣盡』,謂營衛皆虚也。復又中風,乃見諸證。云『腠理開,邪氣因入,與正氣相搏,結於脇下,正邪分争,往來寒熱,休作有時,默默不欲飲食』,所以申明『中風,往來寒熱,胸脇苦滿,默默不欲飲食』數語也。中風之證,原是桂枝湯主之，本無寒熱往來，胸脇苦滿，默默不欲飲食等證，但此時中風，在傷寒六七日之後，值氣血弱竭之時，邪不在太陽之表，不徒有頭痛、項强、惡風、發熱、汗出而已。既當此腠理開而邪氣深入，搏結脇下，所以有往來寒熱，默默不欲飲食之證也。『休作有時』，所以申明『往來寒熱』之狀。其云『藏府相連，其痛必下，邪高痛下，故使嘔也』，此則申明『心煩喜嘔』之故也。仲景立柴胡湯，反復申明柴胡證，可謂明白了然。乃俗醫誤以爲柴胡證爲少陽證，且竟將『血弱氣盡』一節移至他處，作熱入血室解，仲裁景之書乃紊矣。

近見兒醫有所謂羊毛痧者，相傳自楚來。其治法用粢餻醮火酒拭之，或用針挑，有細毛如蛛絲狀，長可二寸許。按《名醫類案》載：前明萬曆丁亥，金台有婦人以羊毛遍鬻於市，忽不見。繼而都人身生泡瘤，漸大，痛死者甚衆。瘤内惟有羊毛。有道人傳一方，以黑豆、莜麥爲粉，塗之，毛落而愈。名羊毛疔。此災異世不常有。瘤骨有羊毛，大痛，與今之所稱羊毛痧者不同矣。於是遍考之古書，則《千金方》已有之，非羊毛痧也。《千金方》云：『小兒中客之爲病，吐下青黄色汁，腹中痛及反倒偃側喘似癇狀，但目不上插，少睡，耳面變五色，脉弦急，若失時不治，少久則難治。治之法，以水和豉擣令熟，丸如雞子大，以轉摩兒顖上及手足心各五遍，又摩心腹臍上下行轉摩之，食頃破，視其中有細毛，棄丸道中，病瘉矣。』然則今之所謂羊毛痧，即古之所謂客忤也，蓋其由來久矣。客忤者，惡氣所忤也。雖父母從外來，衣服經履鬼神粗惡暴氣，或牛馬之氣，皆爲忤。乳母執作，喘息未定，及酒後、房勞後，乳兒最劇。凡白衣青帶、青衣白帶，諸遠行未沐浴易衣，兒受其氣，皆爲客忤。以上俱見《千金》。顧以人身氣息乖異，即足忤兒爲病。推之寒暑之不時，雨暘之失順，其氣息之乖異，忤兒爲病，亦如是也。其氣本濁，中於皮毛，故迫窄而成形。其氣既濁而成形，則非湯藥所能敺，故必恃摩拭拔去之，拔去則表通而汗解矣。表不通，則陽郁成熱，故有煩渴喘逆之象。大抵小兒此病最多，自小兒醫目不知書，古來客忤一證，莫有能道者，坐令表錮熱積，搐痙昏危，則群然吠以爲驚。幸而得知摩拭之法，又不知其爲古人治客忤之常法，漫以羊毛痧名之，而共吒以爲新出之奇證。嗚呼！《千金》非僻書，而乃汶汶至此乎！

卷十五

商之詩，僅存《頌》，周則備《風》、《雅》、《頌》，載諸《三百篇》者尚矣。而楚騷之體，則《三百篇》所無也，此屈、宋爲周末大家。其韋元成父子以後之四言，則《三百篇》之餘氣遊魂也。漢之賦，爲周、秦所無，故司馬相如、揚雄、班固、張衡爲四百年作者，而東方朔、劉向、王逸之騷，仍未脱周、楚之科臼矣。其魏、晉以後之賦，則漢賦之餘氣遊魂也。楚騷發源於《三百篇》，漢賦發源於周末，五言詩發源於漢之《十九首》，及蘇、李而建安。而後歷晉、宋、齊、梁、周、隋，於此爲盛。一變於晉之潘、陸，宋之顔、謝，易樸爲雕，化奇作偶。然晉、宋以前，未知有聲韻也。沈約卓然創始，指出四聲，自時厥後，變蹈厲爲和柔。宣城、水部，冠冕齊、梁，又開潘、陸、顔、謝所未有矣。齊、梁者，樞紐於古律之間者也。至唐遂專以律傳。杜甫、劉長卿、孟浩然、王維、李白、崔顥、白居易、李商隱等之五律七律，六朝以前所未有也，若陳子昂、張九齡、韋應物之五言古詩，不出漢、魏人之所範圍。故論唐人詩以七律五律爲先，七古七絶次之，詩之境至是盡矣。晚唐漸有詞，興於五代，而盛於宋，爲唐以前所無。故論宋宜取其詞。前則秦、柳、蘇、晁，後者周、吴、姜、蔣，足與魏之曹，劉，唐之李、杜相輝映焉。其詩人之有西崑、西江諸派，不過唐人之緒餘，不足評其乖合矣。詞之體，盡於南宋，而金、元乃變爲曲，關漢卿、喬夢符、馬東籬、張小山等爲一代鉅手。乃談者不取其曲，仍論其詩，失之矣。有明二百七十年，鏤心刻骨於八股，如胡思泉、歸熙父、金正希、章大力數十家，洵可繼楚騷、漢賦、唐詩、宋詞、元曲，以立一門户。而李、何、王、李之流，乃沾沾於詩，自命復古，殊可不必者矣。夫一代有一代之所勝，舍其所勝，以就其所不勝，皆寄人籬下者耳。余嘗欲自楚騷以下至明八股，撰爲一集：漢則專取其賦；魏、晋、六朝至隋，則專録其五言詩；唐則專録其律詩；宋專録其詞；元專録其曲；明專録其八股。一代還其一代之所勝，然而未暇也，偶與人論詩，而記於此。

楊升庵謂：『詩「兩驂如舞」，此驗語所謂花踏羊行也；「兩驂如手」，此驗語所謂熟使唤也。』升庵可謂善言詩矣。《三百篇》每以一字描寫物態，如『采采芣苢』之『掇』、『捋』、『袺』、『襭』，《小弁》之『伐木掎矣，折薪杝矣』，《綿》之『削屢馮馮』，代後人多少筆墨，淺人判詞章、訓詁爲二，何足與言詩？

杜牧之有《趙縱與黨項戰中箭而死》詩，唐書不載此事，賴牧之詩而傳。然則詩之不可已也如此夫！

《吕氏春秋・首時篇》：『秋霜既下，衆林皆羸』高誘《注》：『羸，葉盡也。』『羸』字妙，杜少陵詩『力稀經樹歇』、『東林竹影薄』。『薄』字、『稀』字，與此『羸』字用法同。羸，瘠也，瘦也。樹葉盡而謂之羸，筋力倦而謂之稀。古人詩文，其用字精妙若是。

崔顥以詩獻李邕，首章曰『十五嫁王昌』，邕叱之曰：『小兒無禮！』不與接而去。見《唐書・文藝傳》。然此詩風格最佳，其用意與朱可久『畫眉深淺』之句同，邕遽斥之，非矣。其詩云：『十五嫁王昌，盈盈人畫堂。自矜年最少，復倚婿爲郎。舞愛前溪緑，歌憐子夜長。閑來斗百草，度日不成妝。』

王季友詩：『相逢問姓名亦存，別時無子今有孫。』陸龜蒙詩：『五年重别舊山村，樹有交柯犢有孫。』兩『孫』字句，令人黯然。

陳思王《感婚賦》云：『春風起兮蕭條，蟄蟲出兮悲鳴。顧有懷兮妖嬈，用騷首兮屏營。』李長吉《感春詩》：『日暖自蕭條，花悲北郭騷。』全襲之。

應璩《百一詩》：『漢末桓帝時，即有馬子侯。自謂識音律，請客鳴笙竽。爲作《陌上桑》，反言《鳳將雛》。左右僞稱善，亦復自摇頭。』按《列子・湯問篇》：『頷其頤，則歌合律。』張湛《注》云：『五感反。頷，猶摇頭也。』盧舍人本作『頷』。《説文》：『頷，低頭也。』『低頭』，今所謂點頭也。應詩本《列子》，以頷爲摇頭，摇頭即點頭也。今人以稱善爲點頭，以不稱善爲摇頭，與應詩之義異。

余嘗作古詩云：『白雲羃寒月，開門乍翹首。不見雲東行，却道月西走。』後見賈島詩云『走月逆行雲』，則已先我而言，且簡鍊精妙，乃嘆詩之獨造未易言。而談者刺刺短長中晚者，皆井蛙也。

明人遊用之《夢蕉詩話》云：『曾見方士所述體道。《通鑒》載云，宋張虛靖、林靈素二道士，同徽宗夜静禮斗，至一閣下，見碑，題曰《元祐奸黨之碑》，林因作詩以獻，云：「蘇、黃不作文章客，童、蔡翻爲社稷臣。三十年來無定論，不知奸党是何人？」帝明日以示蔡京，京惶恐乞去，仍勉留之。』按：此詩乃馬子卿題壁詩也，見元遺山《中州集》，方士傅會爲二道士所作，遊氏不考，直以二道士比石工安民矣。特爲正之。

宋工部侍郎劉朝美酷嗜書，翻録數百萬卷。言者以其書癖廢事論罷，蜀人關壽卿餞之以詩云：『清議久不作，世無公是非。祇因翻故紙，不覺蹈危機。東壁夢初斷，西山蕨正肥。十年成底事，赢得載書歸。』按：唐仲友刻荀、楊、王、韓四子書，朱晦翁亦見之彈章；施武子刻其父《蘇詩注》致罪，南宋習俗如是。

唐人選詩，不選杜少陵，惟高仲武《中興閒氣集》選杜甫《哭長孫侍御》一首云：『杜君詩調不失，如「流水生涯盡，浮雲世事空」，得生人始終之理，故編之。』然則他詩失調者多矣。少陵在唐，其七律七古及長五古等篇，俱一空六朝、初唐之格，爲唐詩大家。其時泥古而不能自拔者，宜乎其未之知也。余嘗謂李白五古尚未脱前人窠臼，張曲江、陳拾遺益無足取。故論唐詩，必以杜少陵爲首。在當時得未曾有，人安於習，故仲武輩鮮克知之。

唐以後，作詩者多矣。於是嚴滄浪之徒造爲空悟之説，於不學者爲尤便矣。而風雲月露之流，遂敢上論《三百篇》，凡作詩話，輒以《三百篇》裝首，妄肆評説，已爲可哂。其間至庸妄，莫如王世貞直膽敢批摘《三百篇》，以爲『有太拙者，「載獫歇驕」是也；有太直者，「昔也每食四簋，今也每食不飽」；有太促者，「抑罄控忌」，「既亟只且」；有太累者，「不稼不穡，胡取禾三百廛兮」；有太庸者，「乃如之人也，懷昏姻也，大無信也，不知命也」；其用意有太鄙者，如前「每食四簋」之類也；有太迫者，「宛其死矣，他人入室」；有太直者，「人而無儀，不死何爲」之類也。』狂瞽至此，竟不知天之高，地之厚。明人高頭講章之害，至於如此。

余六七歲時，從表兄范秋帆先生，名征麟。先生出一對句云：『秧針柳線，穿不起露水珠兒。』近見《月山詩話》，稱其幼詩，塾師殷尊一出對云：『木筆蕉箋，畫不成雲山障子。』月山以此對，乃知范先生所出，蓋有所本。余時無以對，請於先生，先生對云：『雁字雲箋，勝得過雪花銀子。』『雪花銀子』對『露水珠兒』，可云工妙。

《中州集》周馳《戴子》詩：『勿以微才棄，安危任不輕。誰憐一片小，能使四方平。几案由吾正，槃盂免爾傾。何嘗過夷坦，沈默更何營。』《注》云：戴，私盍反，支起也。

按：『㪍』字見《字林》，云：『𥩟起也。』今俗呼若薩，蓋即塞之轉聲。木工於鑿枘處必用木片塞入，亦謂之㪍，即此㪍也。

王西莊光禄鳴盛。《十七史商榷》，力爲王叔文、鄭注、李訓三人表白，其説是也。按：前人爲叔文表者多矣。罕有爲注、訓表者。金太常博士劉鐸有《讀鄭注李訓傳詩》云：『誰教奄宦作權臣，肅代優遊到敬文。三子謀疏誰不道，泄機也合罪劉蕡。棋醫入侍本防猜，偶失機權亦可哀。陳寶至今佳傳在，莫從成敗論人材。』王文簡跋《清江三孔集》云：『經文孔文仲字。論李訓，義不顧難，忠不避免死，而惜其情鋭而氣狹，志大而謀淺。』足破群瞽拍肩之論。

晋傅咸有《孝經詩》二章，《論語詩》二章，《毛詩詩》二章，《周易詩》一章，《周宫詩》二章，《左傳詩》一章，集各經中句，貫之以義，協之以韻，如後人集唐詩也。

《尚書·微子》：『我其發出狂。』《正義》云：『狂生於心而出於外，故以出狂爲生狂。』應璩詩云：『積念發狂癡。』此其事也。古人原本經籍以爲詩，故詩可證經。

《史記》稱酈生入謁，沛公方倨床，使兩女子洗足，既聞酈生語，於是輟洗，起攝衣，延酈生上坐，謝之。方沛公倨床洗足，必僅衣褻服，此時輟洗起敬，更整外衣，猶弟子職早起盥漱後攝衣。吴志：凌統已卧，聞盛暹至，攝衣出門。攝衣即是著衣，早起夜卧，衣無長服，故攝也。王仲宣《七哀》詩：『獨夜不能寐，攝衣起撫琴。』傅休奕《雜詩》云：『志士惜日短，愁人知夜長。攝衣步前庭，仰觀雁南翔。』此『攝衣』與凌統正同，蓋時已卧矣，緣抱愁不寐，更起而攝衣，步於前庭。云『攝衣』，則先已脱衣可知；云『步前庭』，則先已卧於内室可知。『攝衣』二字從上，『知夜長』申言之。古人作詩不苟如此。若未卧，本未脱衣，此時步前庭，何用攝衣？

韓昌黎《和歸工部送僧約》詩云：『汝既出家還擾擾，何人更向死前休？』余里人吴薗次綺。客羊城，有僧大汕者，日以酬應爲苦，吴笑謂曰：『如此擾擾，何不出了家？』語謔，却本自昌黎。

唐人濮陽瓘《出籠鶻》詩云：『玉簇分花袖。』紀氏《唐人試律説》作『玉鏃』云，二字未作詳考。李賀《追賦畫江潭苑》詩曰：『剪翅小鷹斜，縚根玉鏇花。』疑是飾鷹之具。按：《李長吉詩》卷三有此詩，作『縚根玉鏇花』，注者云：『縚，所以系根盡處；玉鏇花，以玉簇花其上。杜甫「縚鏇光堪摘」。』上二句完鷹之飾云云，此紀氏所本也。『縚鏇光堪摘』，乃杜甫《畫鷹》詩，亦作『鏇』，不作『鏃』。鏃爲箭鏑之名；《廣雅》。鏇爲圓罏之名。《説文》。兩不相合。周成《雜字》云：『鏇作摋，同因絹反，謂以繩裁木爲器曰鏇。《一切經音義》所引。旋者，圓也。《莊子》司馬《注》。鏇既與摋通，摋爲穿著之名，音宣。《顔氏家訓·書證篇》。蓋鏇即環，以縚貫之，故云縚根。玉鏇花以玉作環，貫於縚之根耳。』與縚是兩物，故杜詩『縚鏇』平列，與『軒楹』作對。濮陽詩『玉鏃』，乃『玉鏇』之訛，又訛『鏃』作『簇』耳。

《春秋繁露·治水五行》：『日冬至，七十二日木用事，其氣燥濁而青；七十二日火用事，其氣慘陽而赤；七十二日土用事，其氣濕濁而黄；七十二日金用事，其氣慘淡而白；七十二日水用事，其氣清寒而黑。』《説文》云：『慘，毒也。』『毒，厚也。』『慘陽』爲厚陽，猶云酷暑。《西京賦》『冰霜慘烈』薛綜注：『慘烈，寒也。』『慘烈』，猶云酷寒，『慘淡』者，蓋淡之甚也。慘即曾，曾即層，亦加厚之義。杜少陵《丹青引贈曹將軍霸》云：『意匠慘經營中。』『慘淡』二字本此。以『意』爲『匠』而『經營』之，謂其專意經營，盡屏他慮，其心意如秋天之慘淡而白也。用『慘淡』二字，以明其經營之專壹也。『中』字，與下『出』字相應，謂『九重真龍』出於『意匠慘淡經營』之中，所以『一洗萬古凡馬空』也。

孟郊《送遠吟》：『離杯有淚飲，别柳無枝春。』言飲所以爲歡，乃爲『離杯』，故『有淚』而『飲』，柳經春則有枝矣，乃折者多，故『無枝』於春也。奥折得周、秦古意。《越中山水》云：『越水浄難污，越天陰易收。氣鮮無隱物，目視遠更周。』鮮，明也。陰收則天氣鮮明，故物遠亦可視也。《咏薔薇花》云：『天霞落地攢紅光，風枝嫋嫋時一颺。』又云：『醉紅不自力，狂豔如索扶。』

壬申之秋雨後，闌外金燈、玉簪、秋芍藥、鴨蹠雜開，紅白相間，偶取李獻吉《文集》觀之，所爲《駁何氏論文書》盛氣呵辯，不可嚮邇。夫一詩耳，可此可彼，何關重輕而刺刺至此？其言誠未足議。因取何大復《文集》，檢所爲《與李空同論詩書》觀之，其論李之短，固無取乎爾。然而其言曰：『僕觀堯、舜、周、孔、思、孟氏之書，皆不相沿襲而相發明，是故德日新而道廣，此實聖聖傳授之心也。後世俗儒專守訓詁，執其一説，終身莫解相傳之意，背矣！』嘻！是言也，非空同所能及也。『不相沿襲而相發明』，此深得乎立言之指者矣。

吴均《結客少年場》詩：『顧看草元者，功名終自微。』杜甫《秋興》詩：『匡衡抗疏功名薄，劉向傳經心事違。』

王維《老將行》：『今日垂楊生左肘。』用《莊子至樂篇》『柳生其左肘』，以『垂楊』釋柳，是柳爲木也。元稹詩亦云：『乞我杯中松葉酒，遮渠肘上柳枝生。』林希逸民謂《莊子》之柳乃瘍。毛稚黄、沈歸愚因譏右丞爲誤。近武進湯大令大奎《炙硯瑣談》並譏元微之。仁和孫侍御志祖《讀書脞録》云：『柳訓瘍，《釋文》無此説，他書亦無以柳爲瘍者。《南華》本寓言，即謂垂楊生肘，何害乎？《抱朴子·論仙篇》：「支離爲柳，秦女爲石。」亦以柳爲楊柳。』按：侍御辨是也。《莊子》此篇上文云：『支離叔與滑介叔觀於冥伯之邱，昆侖之墟，黄帝之所休，俄而柳生其左肘。』謂邱、墟爲葬處。『肘』，司馬本作『胕』，謂『足胕上』。人之葬也，首後足前，當其邱墓之前，有楊柳生焉，支離叔感於幽冥生死之故，故其意蹷蹷然惡之。滑介叔云：『子何惡？生者，假借也。假之而生生者，塵垢也。死生爲晝夜。且吾與子觀化而化及我，我又何惡焉？』『惡』者，惡死埋於邱中而墓生木也；

『俄而』者，言死生一瞬間也。解作『瘍生於肘』，失其義矣。右丞《胡居士卧病遺米》詩云：『徒言蓮花目，豈惡楊枝肘。』《能禪師碑碣》云：『蓮花承足，楊枝生肘。』皆以柳爲楊枝，右丞固不誤。

蘇子瞻《太皇太后挽詞》有『允矣才難十亂臣』之句。按：魏張普惠以後父胡國珍贈太上秦公，表白：『皇太后稱令以繫敕下，蓋取三從之道，遠同文母，列於十亂。』

余嘗見人書對聯賀人云：『天上碧桃和露種，日邊紅杏倚雲栽。』不知此乃唐高蟾下第詩，未可用以賀。

潘逍遥《觀華山》詩有『昂頭吟望倒騎驢』之句，魏野贈詩云：『從此華山圖籍上，更添潘閬倒騎驢。』然則『倒騎驢』乃潘閬，俗傳以爲張果老，未知何謂。

韓昌黎《效玉川子月蝕》詩，修飾太過，玉川之逸氣横流，不可得矣。如李白《咏鳳皇臺》效崔顥《黄鶴樓》詩，崔詩之逸氣横流，終不可得也。

《寄園寄所寄》載，明太祖誅藍玉，籍其家，隻字往來，皆連罪。孫蕡與玉題一畫，故殺之，臨刑口占云：『鼉鼓三聲近，西山日又斜。黄泉無客舍，今夜宿誰家？』按：此詩見於陶岳《五代史補》，云：『江爲，建州人，工於詩。乾祐中，福州王氏國亂，有故人任福州官屬，恐禍及，一旦亡去，將奔江南，乃間道謁爲，經數日，爲且與草《投江南表》。其人未出境，遭邊吏所擒，仍於囊中得所撰表章，於是收爲與奔者，俱械而送。爲臨刑，詞色不撓，且曰：「嵇康之將死也，顧日影而彈琴，吾今琴則不暇彈，賦一篇可矣。」乃索筆爲詩曰：「衙鼓侵人急，西傾日欲斜。黄泉無旅店，今夜宿誰家？」」大抵古事流傳，巷市俗人不察，往往傅會於當世人，如江爲、孫賁者，不一而足也。

韓偓詩『窗外日光飛野馬』，冬日所見也；『案頭筠管長蒲蘆』，夏日所有也。一詩而冬夏相錯，蓋句非一時所成。如『獨行潭底影，數息樹邊身』，『鶴盤遠勢投孤嶼，蟬曳殘聲過別枝』，皆數年而後得也。

初夏之交，郭公鳥飛繞村閭，自南徂北，自東及西，鳴聲不絶，俗呼爲刮鍋蟲是也。梅聖俞詩：『南隴鳥過北隴叫，高田水入低田流。』寫四月間景物如畫，歐陽永叔所以誦之不去口也。黄魯直：『野水自添田水滿，晴鳩却唤雨鳩來。』情事既非，神味亦遠不及，竹坡謂其語意高妙，善學前人，謬矣。

余幼年誦杜甫詩：『犬迎曾宿客，鴉護落巢兒。』心不滿其對句。已而見吴融《書懷》詩，有『見多鄰犬遥相認，來慣幽禽近不驚』之句，大愜意，因言於先君子曰：『杜詩晦澀，不及吴之明爽也。』先子笑曰：『汝之識，但能及吴，尚未能知杜。』

『不才明主棄，多病故人疏』。《襄陽集》中得意句也。天子問之，舉此以對。當是時，惟欲傾吐其奇，忌諱榮辱，原所不計也。

應璩《百一詩》：『田家無所有，酌醴焚枯魚。』『焚』即燒也。今人稱烹肉爲燒肉，稱烹魚爲燒魚。

『鴟鴞鴟鴞』，蓋即鶹鵂之聲也。托鳥言，故首作此鳥自呼之聲。後世作鳥言詩者，首爲鳥聲，如『姑惡姑惡』之屬，正此類。

漢樂府《孤兒行》：『足下無菲，愴愴履霜，中多蒺藜。拔斷蒺藜腸月中，愴欲悲。』毛稚黄《詩辨坻》云：『「月」是肉字是也。』按：腸，腓也，謂脚上腿肚。

王阮亭跋《李泰伯集》云：『李泰伯覯，文章皆談經濟，在北宋歐、蘇、曾、王間，别成一家。每病其不能詩，長夏借讀《盱江集》，絶句乃頗有似義山者，而録其《王方平》、《璧月》、《梁帝》、《送僧遊廬山》、《憶錢塘》數首。』余謂泰伯詩尚不盡此。其絶句《思鄉》云：『人言落日是天涯，望極天涯不見家。已恨碧山相阻隔，碧山還被暮雲遮。』讀《長恨歌》云：『蜀道如天夜雨淫，亂鈴聲裏倍沾襟。當時更有軍中死，自是君王不動心。』《索酒》云：『不醉多愁醉多病，幾回愛酒又停杯。死生若是有天命，莫放愁來任病來。』《謝傅神平上人》云：『蕞陋徒煩妙筆傳，呼兒看了獨悽然。丹青不解隨人老，相似都來得幾年。』《七夕》云：『無奈家家乞巧何，豈知天上拙人多。笑他烏鵲辛勤殺，纔得扶舁渡淺河。』《寄祖秘丞》五古一首，凡一千六百言，自叙其生平沈郁頓挫而古質澹雅，非經術之深不能。杜工部《北征》詩尚瞠乎後也。其五言云：『水寒吞日氣，樹老慣霜威。』『月暗先成暈，蟲吟不識名。』『坐多渾易厭，夢好欲重尋。』『有月樹陰黑，無風山氣涼。』『世情輕近事，見慣即常人。』

《雨村詩話》載：楊誠齋子長孺，嘉定間爲湖州守，百姓以長孺與戴尚書少望並祠小像於學宫。楊值有浙東廣庾節之除，故卷己像以行，自題其上云：『面有憂民色，天知報國心。三年風月少，兩髩雪霜深。更莫留形迹，何曾廢古今。不如隋我去，相伴老山林。』按：明人羅洪先嘗入鄉賢祠，見其父神主與衆主雜列，即奉主而歸，亦長孺卷像之意。吾友元和李尚之鋭客浙江撫署，時有吴澹川刻《南野堂筆記》，尚之長揖，乞其去己名。

范秋帆先生好苦吟，一日得句，未有對，沈思數日，忽躍起曰：『得矣！』平日詩稿，皆細字如蟻，此五字，忽作大書云：『日晴蠅擊窗。』時余八歲耳。其出句遂未見。先生殁於乾隆癸丑，其後無人，詩稿散失。余每欲對此五字而未得，偶閲《雨村詩話》載錢塘李雪樵句云：『樹涼團鳥夢，窗曙觸蠅癡。』次句意相近，然一寫曙景，一寫午景，確分兩象而音節亦殊。

余題汪小魯《百尺梧桐閣》云：『達人知有後，坐客且無前。』或疑『無前』二字，門人謝文英曰：『韓昌黎《潮州謝上表》：「揚厲無前之偉績。」「前無」謂勝過前人也。』以告余，余頷之，然不始此。《漢書·王莽傳》：『奮無前之威。』師古曰：『無前謂無有敢當之者。』《論衡·儒增篇》：『干將、莫邪，所刺無前，所擊無下。』昌黎本此。

史有一人之傳重複兩見者，如《宋史》之程師孟，《元史》之完者都。蓋衆人同修，總纂者疏忽不察也。近人選《唐詩別裁》，五律中《泊楊子岸》一首，一刻祖咏，一刻鮑溶，並見一帙之中。

唐之詩人，有不爲律詩而戛戛得未曾有者，惟孟郊之生奥，李賀之奇詭。他若盧仝《月蝕》，僅一詩而已，未能成家。

《中州集》載異人擬栩先生王中立云：『予嘗從先生學，問作詩究竟當如何。先生舉秦少游《春雨》詩云：「有情芍藥含春淚，無力薔薇卧晚枝。」此詩非不工，若以退之「芭蕉葉大梔子肥」之句校之，則春雨爲婦人語矣。』按：元遺山《論詩絶句》，以少游此作爲女郎詩者，乃述中立此語也。

卷十六

昭明太子作《陶淵明傳》云：『陶淵明，字元亮，或云潛，字淵明。』《宋書·隱逸傳》云：『陶潛字淵明，或曰淵明，字元亮。』昭明所作《傳》中皆稱淵明，《宋書傳》中皆稱潛，則昭明主淵明，而《宋書》主潛也。觀《祭妹文》自稱淵明，則淵明爲名而非字，審矣。《宋書傳》與昭明所作《傳》大略相同，《宋書》惟增入《歸去來辭》及《戒子書》二篇而已。《宋書》成於齊武帝時，昭明生於中興年間，不知何以抄録《宋書》而爲此。

司空表聖題《柳柳州集後》云：『今於華下方得柳詩，味其探搜之致，亦深遠矣。俾其窮而克壽，抗思極精，則固非瑣瑣者輕可擬議其優劣。』『窮而克壽』四字造於微，非窮則心不壹，非壽則思不練。

明人歸有光、章世純皆以八股鳴於時，所謂王、唐、歸、胡、金、陳、章、羅者也。歸之言曰：『天下之學者，莫不守國家之令式以求科舉，然行之已二百年，人益巧而法益弊，相與剽剥竊攘，以壞爛熟軟之詞爲工，而《六經》聖人之言直土梗矣。』《震川文集陸允清墓志》

銘》。章之言曰：『中産以上之家，無不教子，六歲即延師，教以對偶，取一對二，取青對白，取山對水，取仄對平，牽此扯彼，使整齊可觀，高下可誦，此何爲也？積之可爲表聯判語也，演之則八股法也，他無用也。數歲而教以應試之文，又可笑矣。割截聖賢之全言，斬頭斷脚以爲題目，因以爲文，必使上下不犯，則是必使言意不屬也。而又取同類之言之散在他處者，聚集配偶以爲此題之説，勢不得足，則重複敷衍以成篇，勢不得異，則換字易位以見巧。藏頭露脚，見端匿全，大略皆如奏疏中「庚癸飽騰」之類耳。言無米麥，人知之也；言呼庚癸，其誰知之？是與爲端也。聖人治天下，將使普天之下，言語可通，而此欲其不通，相與爲侏離鴂舌。使日用飲食之人，視聖賢之道，若有深微難解而甘於自外，而不知特文士之口吃也。覆閉聖賢之道術，而沈陰一世之人心，孰過於此？』《治平要續爵禄篇》。

《後漢・文苑傳》：『酈炎遭母喪，病甚發動。妻始産而驚死，妻家訟之，收繫獄。因病不能理對，熹平六年，遂死獄中。』《古文苑》載其獄中《遺令書》四篇，其一《白嚴考之神坐》；其二《白老母》；其三《白興讓》；其四《白其子止戈》。其《白父》云：『某荷天之罪，以致於死。名没身弊。神而有知，炎之歸覲，在旦夕之間耳；若其無知，將何面目少見靈魂哉！』其《白母》云：『白老母無懷憂，懷憂何爲？無增悲，增悲何施？寒必厚衣，無炎，誰爲母厚衣？暑必輕服，無炎，誰爲母輕服？』其《白興讓》云：『考喪早葬，玄讓之等元昆勉之。以老母相累，不可使老母無曹也。加供養，謝嫂，以老母相托，若死者復知，必使其言不愧。』玩此，則所居者父喪，母尚未殁，蓋父喪未葬，故曰『神坐』，即殯前也；勉興讓等早葬其考喪，尤爲明白，興讓，蓋其從兄弟耳。章樵《注》謂炎病不省母已死，恐未然，范蔚宗誤耳。其遺子止戈云：『汝之孤也，曾未滿兩旬。』然則即其妻所産兒，作此書時，熹平六年冬十二月，是年即死，而兒方未滿二旬，蓋入獄未幾即死也。讀其遺令，悽惋明白，不似病風人語。且病風鷩其妻死，何至收繫獄而致死獄中？殊不可解。

薛子瞻《答張文潛書》云：『王氏之文，未必不善，而患在於好使人同己。自孔子不能使人同，顔淵之仁，子路之勇，不能以相移，而王氏欲以其學同天下。地之美者同於生物，不同於所生。惟荒瘠斥鹵之地，彌望皆黄茅白葦，此則王氏之同也。』余按王氏之文，獨成一家，其善正在不與人同，其經術學問皆然。當時韓魏公、司馬温公必欲其同於己，所以不合耳。聖人之道，同歸而殊途，一致而百慮，惟其不同，所以通天下之志。己爲其異，而欲人之同，王氏之不善，亦諸人之不善也。

劉蜕獻《海南崔尚書書》云：『謹貢舊拔剌書一卷，以其最近於情；雜歌詩共二卷，以其頗有逸事。』然則詩以紀事，唐人固如是。

劉軻《與馬植書》云：『歷數歲，自洙、泗渡於淮，達於江，過洞庭、三苗，逾郴而南，沿湞江，浮滄溟，抵羅浮，始得師於壽春楊生。楊生以傳書爲道者也。始得三代聖王死，而其道盡留於《春秋》，《春秋》之道，某以不下牀而求之，求之必謀吾所傳不失其指。每問一卷，講一經，説一傳，疑周公、孔子、左邱明、公羊高、穀梁赤，若回環在坐，似假生之日以達其心也。』楊生，未知何人。

《齋東野語》云：『晏尚書景初作一士大夫墓詩志，以示朱希真。希真曰：「甚妙。但似欠四字，然不敢以告。」景初苦問之，希真指「有文集十卷」下曰：「此處欠。」又問：「欠何字？」曰：「當增『不行於世』四字。」景初遂用「藏於家」三字，實用希真意也。』按：此則『藏於家』三字，乃隱諷之辭。今之作人墓志者，往往用『藏於家』三字，不知其爲贊之邪？抑諷之邪？果無文集，則不必僞言之。人之善否，不在文集之有無也。果有之，必索視之，自首至尾，究其用意之所在，必一一發揮其精處而表章之，不必顧其行於世否也。班孟堅於楊雄，范蔚宗於仲長統、王符，皆節録其著書之大略，而司馬相如、張衡等備載其所爲賦，此叙事載文之例也。若虚辭稱道，徒載其著書名目、卷數，令後人疑之信之，撰文者之過也。劉知幾不明馬、班史筆之善，動譏其載文之不當，真瞽説耳。

楊鐵崖《史義拾遺》，論斷史事多特見。有《或問帝王師》一篇云：『或問：「漢有帝王之師乎？」抱遺老人曰：「有。新城董鉅公是也。」又問曰：「穀城軍國之師廣武李左軍，亦黄石之次也。穀城，張良事之；廣武，韓信師之。獨新城間出洛陽，以討賊大義遮說漢王，而漢王不能留，漢王不足責也，蕭相國獨不能以參之舍，蓋公者舍之乎？誠使相國得若人師之，相國之開迹於漢者，不必以秦府之圖書計籍爲治也。相國徒知東陵侯邵平，而不知新城鉅公也，惜哉！」』按：此義唐皮日休已發之，見《皮氏文藪》。《新城三老董公讀序》云：『在漢之取天下也，三傑而已矣，蕭何苦民力以給兵，韓信殺民命以騁戰功，留侯設詭策以離秦、項。當其時，未聞仁義說於君者，而董公乃諭之以喪義帝，至使天下宗漢者，爲其喪義帝也。夫漢祖以曹參雖有攻城野戰之功，不如蕭何也，信矣。焉至於苦民力、殺民命、設詭策，反不若董公之功也哉？如高祖爲天子，以公爲師友，行其道於時，其利可知矣。公之道已行於漢，而不睹封賞之禮，又當時史氏無一字以褒者，因爲讚以旌之。』《困學紀聞》云：『董公未說漢王以前以强弱角勝，所謂以燕伐燕也。三軍縞素之後，則爲天吏矣。董公一言而漢，楚之興亡決焉，可謂豪傑之士。』

柳柳州《報袁君書》云：『大都文以行爲本，在先誠其中。其外者當先讀《六經》，次《論語》、孟軻書，皆經言。《左氏》、《國語》、莊周、屈原之辭，稍采取之。』此以《孟子》與《論語》並稱，則伸《孟子》者，不自皮日休始。

《北齊書·儒林傳》：『劉晝作《六合賦》，以呈魏收，收謂人曰：「賦名六合，其愚已甚，見其賦，又愚於名。」』賦名『六合』，何以遂愚？蓋是時天下三分，晝此賦必有感於此，而思周、漢一統之盛，故名《六合》。高齊霸業，天保以後，自固不暇，詎能囊括西秦，席捲江、漢，收以爲愚，謂其不知世故也。故見其賦名，已識其意，及見賦，果爾，故以爲又愚，非其賦不佳也。今人言語著作，或不合於世故者，輒以爲呆，即《六合賦》愚之謂也。此賦必有可觀，惜不傳。

《容齋二筆》謂《孟子》『齊人有一妻一妾』云云，反復數十百語，而以『今若此』三字結之，比諸《左傳》『叔孫、武叔使郈馬正侯犯殺郈宰』云云，末以『使如之』三字結之。按《孟子》叙事，前云：『其良人出，則必厭酒肉而後反。其妻問所與飲食者，則盡富貴也。其妻告其妾曰：「良人出，必厭酒食而後反；問所與飲食者，盡富貴也。」』複上文不嫌煩也。下云：『蚤起，施從良人之所之，遍國中無與立談者。卒之東郭墦間，之祭者，乞其餘；不足，又顧而之他，此其爲厭足之道也。其妻歸，告其妾。』此乃倒裝文法，『蚤起』下四十四字，上承『吾將瞯良人之所之』也，下接『其妻歸，告其妾』，所瞯於目中者如此，所歸而告於妾者亦如此。用『其妻歸，告其妾』六字，倒煞上四十四字，不須複述也。既告之後，乃復曰：『良人者，所仰望而終身者也，今若此。』『此』字指上四十四字，已歸而告，故用『此』字指之。其下原有訕詈之辭，不便行之於文，故於『今若此』三字下云『與其妾訕其良人』，『今若此』，非結語也。此節叙事述妻之言，或複或倒，或明或暗，隨手落墨，神變不測，真文章之逸品也。容齋尚未足知之。

明漳浦黄道周撰《貴飾尚利論》，立説似詭而實見道之語，非腐儒所知也。其略云：

聖人之教貴飾，帝王之道尚利，君臣相辨飾去而分夷，畛庶交親利衰則澤息。今使聖人去利，則仁智屯其雉膏；帝王去飾，則禮義窮於豹鞹矣。不飾則上不尊，不利則下不順。上不尊則下疑，下不順而上絀。飾在則裸國擬於尊神，利窮則民萌賤於鳥鼠。紘綖加於土木，則過之者搶頭，王后值其臲危，則當之者攘臂。取飾益高，則禮儀益著，出利加普，而仁智斯大矣。以飾取義謂之禮，以利行仁謂之智。乃若鷸冠之滅臧氏，寶劍之亡虞公，榮夷死於好利，檜君衰於好飾，維玩天之大寶，故卒犯其大患耳。善卷爲帝，不復反於茅茨；石户理民，亦究心乎利澤。苴屨之儒，日輕黼黻；元心之士，口絶金玉，果不足以談乎經緯而通於世用也。

《北史》孫韶上表云：『道不可久，須文質以換情；權不可恒，隨污隆以牧物。』明王守仁《寄楊邃庵書》云：『古之君子，洞物情之向背而握其機，察陰陽之消長以乘其運，是以動必有成而吉無不利。』

黄淳耀八股《人而無信》一章題文云：『朝廷之上，詐諼者時起而有功，然急則用之，緩則棄之，彼其君非得已也。忠悃不孚於平日，明王早疑其心，故其後雖無可指之罪，而辱戮有所必及。友朋之際，權譎者亦力能相濟，然或盛禮貌以謝之，戒子弟以遠之，彼其友非得已也。反復已見於他人，智士必危其繼，故其後雖無身受之禍，而責斥有所必加。』曹勳《敬鬼神而遠之》題文云：『我不操君子之心，而徒挾勝小人之氣，則百物之厲，皆能乘人懈而竊其修悖之權，我第知奥竈之求，而不顧陰陽之忌，則一事之中皆似有物，憑以亂其趨避之路。』八股中如此一類，何遜乎漢賦唐詩？

八股惟肖乎題，題有虛縮不完，則文亦必肖其虛縮不完，此有明二百七十年，惟金聲一人。題之至虛縮不完難於措手者，莫如『豈不曰以位』五字，而金文之深曲盤折，真宇宙未有之奇。而後之作虛縮不完，題者變化轉换，不出乎此。今全録之：『君所挾傲士者，皆士所籌及者也。破題。夫以友士爲異者，以千乘耳。位果可以衡士也，子思豈未念及此，而漫爲是不悦也哉？承題。嘗謂古之賢王好善而忘勢者也。今人不能自忘，以之輕天下士，又若惟恐人之忘己貴焉，而漫以草野倨侮應也。夫分位之懸，此人所共知，亦人所共守。獨至於自重之士，爲不知而出此也耶？則子思之不悦於繆公者，大可怪矣。起講。友之不足安責以事，似未有從旁示以分位，而使之瞿然自失也。乃友實未足應極之事，即繆公固明與之言「千乘之國」，而不能無拂然於中也。二起股。天下之勢之所各伸，即兩者不能以相屈。士偏持所伸而其出所伸以與我持者，固未有以低昂也。君之所伸於士者，位也。子思豈不於此一量度其不可屈之勢也哉？天下勢之所偏屈，即傲者不能以强伸，士持其所以屈人而必破人之所屈我者，使之茫然盡失所持也。君之所以屈士者，位也。子思豈以量度夫勢所不必伸者哉？二中股。以爲士必置位弗論，而後士得以行其志，則亦無以見士矣。明知有位在而不可以位讓也，乃可以定士之重。不然，友士之千乘，有以驕語貧賤責子思者，子思其亦何辭以對？是子思固亦以餘地授人指摘也。即以爲君必置位弗論，而後得以下其身於士，則亦無以見君矣。明見有位在而不敢以位肆也，乃見士之不得不重。不然，去其位以友士，且有忽念其位而中淡者，位自不礙謙主，是子思固不妨以位較量也。二後股。以位則不敢與君友，而實不足以勝士，則繆公者，亦奚必斤斤於千乘之位而以友士自賢哉！落下。」

八股有小題，或枯窘，或遊戲，如詩之咏物，宜出以古雅，令人解頤。明末王遂東最工於此。其『曾元養曾子』云：『沂水舞雩，備童子之列，從其祖以敖以遊。將徹請與，含羊棗之餘，弄其孫以嬉以笑。』『馮婦』二字題云：『人以婦名，即知其不丈夫矣。破題。血氣用事，略無剛腸，其巾而幗者邪？身爲妾矣，驕悍存心，隨人愚弄，其鳩而笄者邪？』『人盡夫矣人莫知其子之惡』云：『本愚也，而以爲誠篤；本狂也，而以爲高明；本不才也，亦且初恨之而終原之。總之一事之偶長，即可以蓋終身之多過。譽言至則惟恐其不詳，毁言至則惟恐其太盡。即正言至，亦且陽感之而陰忌之。總之千百人之昌言，不若其子之飾説。』『許子冠乎』云：『許子尊神農以上之教，則未必冠。許子係黄帝以後之人，則未必不冠。解衣而作，茁髮而遊，畝畝泥塗耦俱者皆無猜之野人，而冠誠可省。然許子力田之時少，治家之日多也。顧影自思，眉目何以不愧？戟手而語，脱巾而呼，蓽路藍縷，往來者無責禮之君子，而冠不必施。然許子居鄉之時少，入市之日多也。衆咻難避，而椎結不能自安。』

耿争光『又稱貸而益之』題文云：『貸之而無所得，今日何以償？官府貸之而有所得，他日何以償？豪右得亦憂，失亦憂，民誠無可奈何。由前而觀，刈穫方歸，而公家之催科者已擾其門；由後而觀，歲額方完，而私家之責逋者復嘩其室。前亦困，後亦困，民卒無時休息。』八股如此，何異唐、宋人古文！

吴之彦『脅肩諂笑』題文云：『肩卑乎首，脅之而肩反高乎首；肩附乎背，脅之而肩忽遠乎背。笑發乎心，諂則違心而僅諧於面；笑因乎事，諂則無事而强柔於色。』

叙事文，《左傳》、《史記》尚矣。而《莊子》、《列子》、《荀子》、《韓非子》、《吕氏春秋》、《賈誼新書》、《淮南子》、《説苑》、《新序》、《烈女傳》，其中記一事，述一人，摹寫刻畫之妙，人多忽之。余每思録爲一帙，詳爲注説，以質諸作者。

《吕氏春秋·明禮篇》云：『未有蚩尤之時，民固剥林木以戰矣。勝者爲長。則猶不足治之，故立君。君又不足以治之，故立天子。天子之立也出於君，君之立也出於長，長之立也出於争。』此柳州《封建論》所本，而精簡勝於柳。

丹徒蔣春農舍人爲人作家傳稱：『嫡母視庶子如己子。』當時頗譏誚之，以爲宜云『如己出』。舍人無以辨也。按《唐書·藩鎮田季安傳》云：『母微賤，公主命爲己子。』『公主』，其嫡母也。則舍人固不誤。

古人文多用倒。王吉説詩云：『是非古之風也，發發者；是非古之車也，揭揭者。』顔師古曰：『今之發發然者，非古有道之風也；今之揭揭然者，非古有道之車也。』古文欲其倒，時文欲其順，故習時文者爲古文，多不成句。

《西京雜記》言：『司馬相如爲《上林》、《子虚賦》，意思蕭散，不復與外事相關，控引天地，錯綜古今，忽然如睡，焕然而興，幾百日而後成。』古人作文，壹志如此！『忽然如睡，焕然而興』，體會入神，非身親驗，不足以知之。

一學友作文，稱人兄之子爲侄，凌仲子譏之，謂侄娣乃女子之稱，未有通諸男子。男子稱侄，宋以後之俗稱也。按《後漢書・鄧後傳贊》云：『愛侄微愆，髡剔謝罪。』李賢注云：『太后兄隲子鳳愛遺事洩，隲遂髡妻及鳳，以謝天下。』是『愛侄』指鄧鳳，鳳固男也。男子稱侄，不必自宋後。

歐陽玄《文集》有《補正水經序》云：『説者疑欽爲東漢順帝以後人，近代宇文氏以爲經傳相淆者，此説近之也。』按：近人戴東原釐訂《水經注》，使注不淆於經，蓋古人已言之。

明人鄧以讚『夫子欲寡其過而未能也』題文，提比云：『過者，心之違也。』對比云：『過者，幾之微也。』違、微二字同音。李安溪『當仁不讓於師』提比云：『天地之心，於我乎寄。』對云：『聖人之學，於我乎繼。』寄、繼二字亦同音。余幼時誦而效之，嘗作《鄢人與楚人戰》，後比云：『其戰也，蓋有所試。』對云：『其戰也，蓋有所恃。』

卷十七

談者多謂詞不可學，以其妨詩、古文，尤非説經尚古者所宜。余謂非也。人禀陰陽之氣以生，性情中所寓之柔氣，有時感發，每不可遏，有詞曲一途分洩之，則使清純之氣長流行於詩古文。且經學須深思默會，或至抑塞沈困，機不可轉，詩詞足以移其情而豁其趣，則有益於經學者正不淺。古人一室潛脩，不廢嘯歌，其旨深微，非得陰陽之理，未足與知也。朱晦庵、真西山俱不廢詞，詞何不可學之有？

詞不難於長調，而難於長句；詞不難於短令，而難於短句。短至一二字，長至九字十字，長須不可界斷，短須不致牽連，短不牽連尚易，長不界斷雖名家有難之者矣。萬氏《詞律》任意斷句，吾甚不以爲然。

詞調愈平熟，則其音急；愈生拗，則其音緩。急則繁，其聲易淫，緩則庶乎雅耳。如蘇長公之『大江東去』及吴夢窗、史梅溪等調往往用長句。同一調而句或可斷若此，亦可斷若彼此者，皆不可斷。而其音以緩爲頓挫，字字可頓挫，而實不必斷。倚聲者易於爲平熟調，而艱於爲生拗調，明乎緩急之理而何爲生拗之有？

詞韻無善本，以《花間》、《尊前》詞核之，其韻通叶甚寬，蓋寄情托興，不比詩之嚴也。余嘗取唐詞，盡擇其韻考之，爲《唐詞韻》考，以未暇成就。然如杜牧之《八六子》，上下皆有韻，上以深、沈、衾、信、扃爲韻，下以侵、禁、整、臨、陰爲韻，論者謂其韻不可考。蓋以宋之《八六子》準之也。夫據宋以定唐，可乎？吴夢窗自度《金盞子》調云『新雁又無端送人江上，短亭初泊』，上九字句，余所謂緩調，字字可停頓也。乃或據蔣竹山詞讀『又』字爲頓，竹山固本諸夢窗，乃據竹山以衡夢窗，可乎？

毛大可稱詞本無韻，是也。偶檢唐宋人詞，如杜安世《賀聖朝》用計齊、媚寘、待賄、愛隊，姜夔《鬲溪梅令》用人鄰真、陰尋侵、雲文、盈庚，陸遊《雙頭蓮》用寄驥寘、氣未、水裏紙、逝齊，顔博文《品令》用落薄藥、角覺，秦觀《品令》用得織職、喫錫、日質、不物、惜陌，韋莊《應天長》用語午語、否有，晁補之《梁州令》用淺銑、遍霰、臉儉、緩旱、願願、盞潸、遠阮，劉過《竹香子》用快卦、在賄、賽隊、蓋泰，蔣捷《探春令》用處去御、淚寘、指紙、住過，蘇軾《瑶池燕》陣震、困願、問問、粉吻，柳永《引駕行》用暮遇、舉語、睹慶、處去御、負有，辛棄疾《東坡引》用怨願、面霰、雁諫、斷翰、滿旱，王安中《步蟾宫》用闕月、葉葉，節屑、業洽，方千里《側犯》用靚敬、定徑、静梗、迥迥，晁補之《陽關引》用噎屑、葉葉、月月、闊曷，柳永《鎮西》用八黠、絶屑、月月，蘇軾《皁羅特髻》用得職、客陌、結屑、合合、滑黠、覓錫，石孝友《驀山溪》用燕霰、散旱、軟銑、染儉、半翰、盼諫、晚阮，柳永《秋夜月》用散旱、面霰、嘆翰、限潛、怨願、遠阮，周紫芝《感皇恩》用會泰、繫齊、子紙、地寘，吕渭老《握金釵》用趂震、盡軫、粉吻、損阮、永梗，趙德仁《醉春風》用近吻、問問、信震、穩阮、恨願，蘇軾《勸金船》用客陌、識職、月月、却藥、節屑、插洽，吴文英《淒涼犯》用闊曷、葉葉、濕緝、合合、骨月、怯洽，王沂孫《露華》用格陌、色職、拂物、骨月、出質，林安世《玉蘭干》用景梗、盡軫、浸沁、信震、定徑，晁補之《尾犯》用隱吻、興徑、韻問、映敬、信震、景梗、艇迥，吴文英《垂絲釣》用掩儉、黯黯、澹勘、鑑陷、減豏，晁補之《下水船》用繫齊、起紙、墜寘、珮隊，毛滂《于飛藥》用林侵、樽元、清庚、春真，柳永《引駕行》用征庚、村元、亭青、凝蒸。唐人應試用官韻，其非應試，如韓昌黎《贈張籍》詩，以城、堂、江、庭、童、窮一韻，則庚、青、江、陽、東、冬、通協，不拘拘如律詩也。至於詞，更寬可知矣。秦觀《品令》云：『掉又曜，天然箇品格，于中壓。一。簾兒下，時把鞋兒踢。語低低，笑咭咭。』柳永《迎春樂》云：『近來憔悴人驚怪，爲別相思噉。』劉過《竹香子》亦用『噉』字，云：『匆匆去得忒噉，這鏡兒、也不曾蓋。千朝百日不曾來，没這些兒個采。』蔣捷《秋夜雨》云：『黄雲水驛秋笳噎，吹人雙鬢如雪。愁多無賴處，漫碎把、寒花輕撚。』凡此皆用當時鄉談里語，又何韻之有？『撚』字見元曲。《蝴蝶夢》云：「撓腮撚耳。」音釋云：「『撚』，疽且切。」

《老學庵筆記》言山谷在戎州作樂府云：『老子平生江南江北，愛聽臨風笛。孫郎微笑，坐來聲噴霜竹。』今俗本改『笛』爲『曲』以協韻，非也。然亦疑『笛』字太不入韻。及居蜀久，習其語，乃知瀘戎間謂『笛』爲『獨』，此亦詞無韻之證。

秦少遊《品令》：棹又𪗋，天然箇品格。此正秦郵土音。用『箇』字作語助，今秦郵人皆然也。三百篇如『其虚其邪，狂童之狂』也，且古人自操土音，北宋如秦、柳尚有此種，南宋姜白石、張玉田一派，此調不復有矣。

《温公詩話》：陳亞有《乞雨詩》云『不雨若令過半夏，定應嗽作胡盧巴』。此用作『𪗋』字也，詞中用作語助，則土音也。

周密《絶妙好詞》所選皆同於己者，一味輕柔潤膩而已。黄玉林《花庵絶妙詞選》不名一家，其中如劉克莊諸作磊落抑塞，真氣百倍，非白石、玉田輩所能到，可知南宋人詞不盡草窗一派也。近世朱彝尊所選《詞綜》，規步草窗，學者不復周覽全集，而宋詞遂爲朱氏之詞矣。王阮亭選唐五七言詩亦然。

李白《連理枝》詞云：『望水晶簾外，竹枝寒守，羊車未至。』萬樹《詞律》云：『《圖譜》將「望水晶簾外」作五字句，「竹枝寒守」作四字句，「羊車未至」作四字句，可嘆無論句字長短參差，致誤學者。試問「竹枝寒守」，有此文理乎？蓋萬氏以「竹枝寒」三字連上作一句，「守羊車未至」作一句，以爲即宋詞《小桃紅》之半也。』按：太白此詞有二首，其一云：『麝烟濃馥，紅銷翠被』，與『竹枝寒守，羊車未至』正同。『守』字下屬，豈『馥』字亦下屬邪？且『竹枝寒守』四字甚佳，『守羊車未至』，成何語句乎？

柳屯田《醉蓬萊》詞以篇首『漸』字與『太液波翻』『翻』字見斥，有善詞者問余，余曰：詞所以被管弦，首用『漸』字起調，與下『亭皋落葉，隴首雲飛』字字響亮，嘗欲以他字易之，不可得也。至『太液波翻』，仁宋謂何不云『波澄無論』？『澄』字前已用過，而『太』爲徵音，『液』爲宫音，『波』爲羽音，若用『澄』字，商音則不能協，故仍用羽音之『翻』字。兩『羽』相屬，蓋宫下於徵，羽承於商，而徵下於羽。『太液』二字由出而入，『波』字由入而出，再用『澄』字而入，則一出一入，又一出一入，無復節奏矣。且由『波』字接『澄』字，不能相生，此定用『翻』字，『波』『翻』二字同是羽音，而一軒一輊，以爲俯仰，此柳氏深於音調也。余爲此論，客不甚以爲然。已而秦太史敦夫以新刻張玉田《詞源》見遺，内一條記其先人賦《瑞鶴仙》，有『粉蝶兒撲定落花不去』，『撲』字不協，遂改爲『守』字始協。又作《惜花春早起》云：『瑣窗深深』，字意不協，改爲『幽』字，又不協，再改爲『明』字，歌之始協。此三字皆平聲，胡爲或協或不協？蓋五音有喉、齒、脣、舌、鼻，所以有輕清重濁之分，故平聲字可爲上入者，此也。『撲』『深』二字何以不協？『守』『明』二字何以協？蓋『粉』爲羽音，『蝶』爲徵音，『兒』爲變徵，由外而入，若用『撲』字，羽音突然而出，則不協矣。故用『守』字仍從内轉接，直至『不』字乃出爲羽音，『瑣窗』二字皆商音，又用『深』字商音，則專壹矣。故用『明』字作羽音，自商而出乃協。以此例之柳詞，乃自信前説可存，因録於此以質諸世之爲詞者。此不可以譜定，惟從口舌上調之耳。

《長笛賦》『察度於句投』，李善《注》：『《説文》曰：「逗，止也。」投與逗，古字通，音豆，投句之所止也。』郭璞《方言》注云：『逗即今「住」字。』皇甫湜《答李生書》：「讀書未知句度，下視服鄭。」」句度即句投。『度』字，本察度之義也。今人謂之句讀，或作句斷。萬樹《詞律》以『豆』字注之。

《詞綜》選張可久《風入松》一首，咏《九日》首四句云：『哀箏一抹十三弦，飛雁隔秋烟。携壺莫道登臨樂，雙雙燕爲我留連。』按：《小山樂府》載此，作『雙雙爲我留連』，無『燕』字。雙雙，即指上『飛雁』，雁與燕不當雜出。且九日不復有燕矣。蓋雁指箏上所有，雙雙即此雁也。程易疇先生遊盤山，親閲《道宗舍利碑》，爲王洙撰，因校朱彝尊《吉金貞石志》録此碑文，内中妄增一語。詳見《通藝録》。《小山樂府》世不多有，余適有之，乃得校出增多『燕』字。又《人月圓》一首云：『片時春夢，十年往事，一點詩愁。』彝尊改作『閑愁』。又『故人何在，前程那裏，心事誰同』，彝尊改作『前程莫問』。又『白家亭館，吴宫花草，長似坡詩。可人憐處，啼鳥夜月，猶怨西施』，彝尊改作『可似當時最憐人處』，以音調推之，可謂削圓方竹杖矣。

《雲麓漫抄》云：『唐之舉人，先藉當世顯人以姓名達之主司，然後以所業投獻，逾數日又投，謂之温卷。如《幽怪録》、《傳奇》等皆是也。蓋此等文備衆體，可以見史才、詩筆、議論，至進士，則多以詩爲贄。今有唐詩數百種行於世者是也。』按：此則唐人傳奇小説，乃用以爲科舉之媒，此金、元曲劇之濫觴也。詩既變爲詞曲，遂以傳奇小説；譜而演之，是爲樂府雜劇。又一變而爲八股，舍小説而用經書，屏幽怪而談理道，變曲牌而爲排比，此文亦可備衆體，史才、詩筆、議論。其破題開講，即引子也；提比、中比、後比，即曲之套數也；夾入領題、出題、段落，即賓白也。習之既久，忘其由來，莫不自詡爲聖賢立言。不知敷衍描摹，亦仍優孟之衣冠。至摹寫陽貨、王驩、太宰、司敗之口吻，叙述庾斯抽矢、東郭乞餘，曾何異傳奇之局段邪？而莊、老、釋氏之指，文人藻績之習，無不可入之。第借聖賢之口以出之耳。八股出於金、元之曲劇，曲劇本於唐人之小説傳奇，而唐人之小説傳奇，爲士人求科第之温卷，緣迹而求，可知其本。

元人曲，止正旦、正末唱，餘不唱。其爲正旦、正末者，必取義夫貞婦、忠臣孝子厚德有道之人，他宵小市井不得而干之。余謂八股入口氣，代其人論説，實原本於曲劇。而如陽貨、臧倉等口氣之題，宜斷作不宜代其口氣。吾見工八股者，作此種題文，竟不啻身爲孤裝、邦老，甚至助爲訕謗口角，以逼肖爲能是，當以元曲之格爲法。

周密《武林舊事》所載官本雜劇之名，有所謂『爨』者，如《鍾馗爨》、《天下太平爨》之類；有所謂『孤』者，如《思鄉早行孤》、《迓鼓孤》之類；有所謂『妲』者，如《襤哮店休妲》、《老姑遺妲》之類；有所謂『酸』者，如《襤哮負酸》、《眼藥酸》之類。按《輟耕録》云：『孤裝，又謂之五花爨弄。或曰宋徽宗見爨國人來朝，衣裝鞋履中〔一〕裹傅粉墨，舉動如此，使優人效之，以爲戲。』然則爨與孤裝爲一。然所載孤、酸、旦等名，屬諸雜大小院本。而諸雜院爨别爲一類，有所謂《三跳澗爨》、《開山五花爨》、《變二郎爨》等目。考元人劇中，其題目正名有云『還牢末』者，則正末當場也；有云『貨郎旦』者，則正旦當場也。《録鬼簿》：關漢卿有《擔水澆花旦》、《中秋切鱠旦》；吳昌齡有《貨郎末泥》，尚仲賢有《没興花前秉燭旦》，楊顯之有《跳神師婆旦》，其義亦同。孤謂官，酸謂秀士，旦即旦。蓋宋時以裝官者爲孤，以傅粉墨者爲爨。元以傅粉墨者裝官，故孤裝、爨弄混而爲一。究之，官不必皆傅粉墨，故孤、爨仍分兩目。觀其爲鍾馗、爲二郎，變則不特傅粉墨，並傅五采，故稱五花爨。今優人以五采塗面爲鬼神、魔魅及武士、賊寇者，皆爨也。凡稱酸，謂以正末扮秀士當場也。至有云『酸孤旦』者，則三色當場；有云『變旦降黄龍』者，則兩旦當場。其稱爨者，則以五采塗面，倬刀夾棒相打鬧也。

《莊嶽委談》云：『世謂秀才爲措大，元人以秀才爲細酸。《倩女離魂》首折，末扮細酸王文舉是也。』按：元曲《倩女離魂》劇中，無『細酸』二字。

元曲皆四折，或加楔子，惟《趙氏孤兒》五折，又有楔子。

〔一〕中，《輟耕録》作『巾』。

生旦净丑，元曲無生之稱，末即生也。今人名刺，或稱晚生，或稱晚末、眷末，或稱眷生。然則生與末通稱，爲元人之遺與？元曲有正末，又有沖末、副末、小末，《任風子》劇中，沖末扮馬丹陽，正末扮任屠；《碧桃花》沖末扮張珪，副末扮張道南；《貨郎旦》沖末扮李彦和，小末扮李春郎是也。小末亦稱小末尼。《東堂老》『正末同小末尼上』是也。沖末又稱二末，《神奴兒》沖末扮李德義，後稱李德義爲二末是也。旦有正旦、老旦、大旦、小旦、貼旦、色旦、搽旦、外旦、旦兒諸名，《中秋切鱠》正旦扮譚記兒，旦兒扮白姑姑；《碧桃花》老旦扮張珪夫人，正旦扮碧桃，貼旦扮徐端夫人；張天師《夜斷辰句月》搽旦扮封姨，旦兒扮桃花仙，正旦扮桂花仙；《救風塵》外旦扮宋引章；《貨郎旦》外旦扮張玉娥；《玉壺春》貼旦扮陳玉英；《神奴兒》大旦扮陳氏；《陳摶高卧》『鄭恩引色旦上』、《悮入桃源》『小旦上云「小妾是桃源仙子侍從的」』是也。有單稱旦者，《抱粧盒》正旦扮李美人，旦扮劉皇后，旦兒扮寇承御；《倩女離魂》旦扮夫人，正旦扮倩女是也。丑、净、外三色，名與今同，乃《碧桃花》外扮薩真人，外又扮馬、趙、温、關天將，是同場有五外。《陳州糶米》外扮韓魏公、吕夷簡；《争報恩》外扮趙通判，外又扮孤；《楚昭王疏者下船》外扮孫武子、伍子胥；《小尉遲認父歸朝》外扮徐茂公、房玄齡，皆同場有二外。《謝金吾詐折清風府》外扮焦贊、孟良、岳勝，是同場有三外。《百花亭》二净扮雙解元、柳殿試開上；《舉案齊眉》二净扮張小員外、馬舍上；《殺狗勸夫》、《東堂老》並二净扮柳隆卿、胡子傳；合汗衫净扮卜兒、净扮陳虎；《陳州糶米》净扮劉衙内，净扮小衙内，皆同場有二净。副净之名，見《竇娥冤》之張驢兒；《牆頭馬上》『沖末扮裴尚書引老旦扮夫人上』，第二折『夫人同老旦嬷嬷上』，是同場有二老旦。《蝴蝶夢》『外引沖末扮王大、王二』，范張雞黍『正末扮范巨卿同沖末扮孔仲仙、張元伯』，是當場有二沖末。《桃花女》小末扮石留住，又小末扮增福，第四折石留住、增福同場，是當場有二小末。《陳州糶米》丑扮楊金吾，又二丑扮二斗子，是同場有三丑。其末、旦、净、丑之外，又有孤、俫兒、孛老、邦老、卜兒等目。《貨郎旦》沖末扮孤，《殺狗勸夫》外扮孤，《勘頭巾》净扮孤，扮孤者無一定也。《金線池》搽旦扮卜兒，《秋胡戲妻》、《王粲登樓》，並老旦扮卜兒，《合汗衫》净扮卜兒，是扮卜兒者無一定也。《貨郎旦》净扮孛老，《瀟湘雨》外扮孛老，《薛仁貴榮歸故里》正末扮孛老，《硃砂擔》沖末扮孛老，是扮孛老者無一定也。蓋孤者，官也；卜兒者，婦人之老者也；孛老者，男子之老者也。俫兒多不言何色扮之，惟《貨郎旦》李春郎前稱俫兒，後稱小末，則前以小末扮俫兒。蓋俫兒者，扮爲兒童狀也。春郎前幼，當扮爲兒童，故稱俫兒；後已作官，則稱小末耳。邦老之稱，一爲《合汗衫》之陳虎，一爲《盆兒鬼》之盆罐趙，一爲《硃砂擔》之鐵旛竿白正，皆殺人賊，皆以净扮之。然則邦老者，蓋惡人之目也。邦老即鮑老之轉聲。《輟耕録》有諸雜砌之目，未知所謂。按：元曲《殺狗勸夫》『祇從取砌末上』，謂所埋之死狗也；《貨郎旦》『外旦取砌末付净科』，謂金銀財寶也；《梧桐雨》『正末引宫娥挑燈拿砌末上』，謂七夕巧筵所設物也；《陳摶高卧》『外扮使臣引卒子捧砌末上』，謂詔書纁幣也；《冤家債主》『和尚交砌末科』，謂銀也；《誤人桃源》『正末扮劉晨、外扮阮肇各帶砌末上』，謂行李包裹，或采藥器具也；又，『净扮劉德引沙三、王留等將砌末上』，謂春社中羊酒紙錢之屬也。

《殺狗勸夫》不題作者姓氏，《點鬼簿》有王翛然斷《殺狗勸夫》，爲蕭德祥作，今此曲中孤自稱王翛然，蓋即蕭作。裴少俊《牆頭馬上》，白仁甫作，《點鬼簿》作《鴛鴦簡牆頭馬上》，便宜行事。虎頭牌，李直夫作，《點鬼簿》作《武元皇帝虎頭牌》。《李素蘭風月玉壺春》，武漢臣作，《點鬼簿》武有《鄭瓊娥梅雪玉堂春》，無此目。《陶學士醉寫風光好》，戴善夫作，《點鬼簿》無此目。《翠紅鄉兒女兩團圓》，楊文奎作，《點鬼簿》無此人。《半夜雷轟薦福碑》，馬致遠作，《包待制三勘胡蝶夢》，關漢卿作，《點鬼簿》馬、關無此目。《河南府張鼎勘頭巾》，孫仲章作，《點鬼簿》陸登善有此目，孫仲章無此目。《李太白匹配金錢記》，喬夢符作，《點鬼簿》題爲《唐明皇御斷金錢記》，别有《柳眉兒金錢記》，平陽人石君寶作。《張天師斷風花雪月》，吴昌齡作，《點鬼簿》作《張天師夜祭辰鈎月》。《趙盼兒風月救風塵》，關漢卿作，《點鬼簿》作《烟月舊風塵》，『舊』，蓋救之訛，兩『風』字相複，則『烟』字爲是。《同樂院燕青博魚》，李文蔚作，《點鬼簿》題有《報冤台燕青撲魚》及《燕青射雁》二目，無《燕青博魚》。

王實甫《西厢記》不標浄、旦、丑之名，曰紅，曰鶯，曰本，曰夫，曰惠，曰杜，曰飛。然則曰生者，謂張生，非優人脚色之名爲生也。

虞兆隆《天香樓偶得》云：『兀剌赤，元人掌車馬者之稱，故《拜月》有云「兀剌赤，兀剌門外等多時。」』按：楊瑀山居新話云：『中途有酒車百餘乘，其回車之兀剌赤，多無禦寒之衣。』此掌車馬者爲兀剌赤之證。

王實甫《西厢記》全藍本於董解元，談者未見董書，遂極口稱道實甫耳。如《長亭送别》一折，董解元云：『莫道男兒心如鐵，君不見滿川紅葉，盡是離人眼中血。』實甫則云：『曉來誰染霜林醉，總是離人淚。』『淚』與『霜林』，不及『血』字之貫矣。又董云：『且休上馬，苦無多淚與君垂，此際情緒你争知？』王云：『閣淚汪汪不敢垂，恐怕人知。』董云：『馬兒登程，坐車兒歸舍；馬作往西行，坐車兒往東拽，兩口兒一步兒離得遠如一步也。』王云『車兒投東，馬兒向西，兩處徘徊，落日山横翠。』董云：『我郎休怪强牽衣，問你西行幾日歸？著路裏小心呵，且須在意。省可裏晚眠早起，冷茶飯莫吃，好將息，我專倚著門兒專望你。』王云：『到京師，服水土，趲程途，節飲食順時自保揣身體。荒村雨露宜眠早，野店風霜要起遲。鞍馬秋風裏，最難調護，須要扶持。』董云：『驢鞭半裊，吟肩雙聳。休問離愁輕重，向个馬兒上馳也馳不動。』王云：『四圍山色中，一鞭殘照裏。人間煩腦填胸臆，量這大小車兒如何截得起。』董云：『帝里酒釅花濃，萬般景媚，休取次共别人，便學連理。少飲酒，省遊戲，記取奴言語，必登高第。妾守空閨，把門兒緊閉，不拈絲管，罷了梳洗，你咱是必，把音書頻寄。』王云：『你休憂文齊福不齊，我只怕停妻再娶妻，一春魚雁無消息，我這裏青鸞有信頻宜寄，你切莫金榜無名誓不歸，君須記。若見異鄉花草，休再似此處棲遲。』董云：『一箇止不定長吁，一箇頓不開眉黛。兩邊的心緒，一樣的情懷。』王云：『他在那壁，我在這壁，一遞一聲長吁氣。』兩相參玩，王之遜董遠矣。若董之寫景語，有云『聽塞鴻，啞啞的飛過暮雲重』；有云『回首孤城，依約青山擁』；有云『柳堤兒上把瘦馬兒連忙解』；有云『一徑入天涯，荒涼古岸，衰草帶霜滑』；有云『駞腰的柳樹上有魚槎，一竿風旆茅簷上挂，澹烟消灑，横鎖著兩三家』；有云『淅零零地雨打芭蕉葉，急煎煎的促織兒聲相接』；有云『燈兒一點甫能吹滅，雨兒歇，閃出昏慘慘的半窗月』；有云『披衣獨步在月明中，凝睛看天色』；有云『野水連天天竟白』；有云『東風兩岸緑楊摇，馬頭西接著長安道。正是黄河津，要用寸金竹索，纜著浮橋』。前人比王實甫爲『詞曲中思王太白』，實甫何敢當？當用以擬董解元。王實甫止有四卷，至《草橋店夢鶯鶯》而止，其後一卷乃關漢卿所續，詳見王弇州《曲藻》及都穆《南濠詩話》，關所續亦依董，惟董以張珙用法聰之謀，携鶯奔於杜太守，關所續，則杜來普救寺也。

元人孟漢卿有《張孔目智勘魔合羅》，孫仲章有河南府張鼎勘頭巾，皆云『張鼎字平叔』，又云『具表申奏。加張鼎縣令之職』。其申枉發伏，與包待制、王翛然同。王翛然，見《歸潛志》，《金史》有傳。張鼎之名，見於《元史本記》：『世祖中統十四年，鄂州總管府達魯花赤張鼎參知政事；十五年，近侍劉鐵木兒言：「阿里海牙屬吏張鼎，今亦參知政事。」詔即罷去。』蓋即此人。

卷十八

《爾雅》云：『余，身也。舍人云：余，卑謙之身也。』郭璞云：『今人亦自呼爲身。』按：《三國志》張飛曰：『身是張翼德也。』稱『身』，固不卑。今俗以稱身爲卑，稱余爲傲，不知古義也。《北史》：穆紹讓元順曰：『老身二十年侍中。』然則男子亦自稱老身，不必婦人也。

鄭氏駁《五經異義》云：『言姓則在上，言氏則在下。』言姓在上，如云姓張、姓李，言氏在下，如云趙氏、錢氏，此古今之通稱也。《春秋》書『夫人子氏』，不云氏子也。子路云『自孔氏』，不云氏孔也。余見近時稱母者，不曰某氏，而曰氏某，未詳所謂。

今人名之外有字，又有號，又有別號。按：文十八年『莒紀公』，杜預云：『紀，號也。莒夷無謚，故有別號。』

自今日豫言次日爲明日，自今月豫言次月爲明月。明月二字，見昭七年《左傳》。檀弓：『是月禫，徙月樂。』《注》云：『言禫，明月可以用樂。』

《荀子·不苟篇》云：『君子大心則天而道，小心則畏義而節；小人大心則慢暴，小心則淫而傾。』俗人但知教人小心而不知大心，又不知小心、大心爲君子、小人所共有，非一概小心，遂爲善也。今人亦以大意爲戒，乃指小人之大心，又不知有君子之大心也。春秋宋有樂大心，宋儒張載作《正蒙》有《大心篇》，《管子·内業篇》：『大心而敢。』

今人爲詩文草稿，於頌揚處每以圈記之。按《元史》：『孛术魯翀爲禮儀使，詳記行禮節文於笏，遇至尊不敢直書，必識以兩圈。帝偶取笏視之，曰：「此爲皇帝字乎？」因大笑，以笏還。』

裱背者以麪爲漿，名麪糊。按《左傳》正義云：『今人以薄鬻塗物謂之糊紙、糊帛。』

今人占雨，有云早看東南，晚看西北。按王砯《素問注》云：『戊土屬乾，巳土屬巽。遁甲經曰：「六戊爲天門，六巳爲地户。晨暮占雨，以西北東南。」義取此。雨爲土用，濕氣生之，故此占焉。』

《魏書》言徐遵明『頗好聚斂，有損儒者之風』。北史詳之云：『懸納絲粟，留衣物以待之，名曰影質。』按：『影質』，蓋以絲粟質人衣物，納於人而仍責其償，故云『懸納』，謂非實與之也。存留其衣物，以待其償，如今市井之小押。

《北史·儒林熊安生傳》載：『齊任城王湝鞭宗道暉，道暉徐呼安偉，安偉。』按：『安偉』，猶上梁文之稱『兒郎偉』，被鞭負痛，急呼爲『安偉』，荷重舒力，緩呼爲『兒郎偉』，俗寫疾苦呻吟之聲爲『阿育唯』者，即此『安偉』也。《史記》：陳涉之鄉人曰：『夥頤。』按：此方言也。今人開口作豔羨語，多先有此聲，俗寫作阿咦，或作蛙由聲者，即此『夥頤』也。

《燕策》：昭王謂蘇代云：『寡人甚不喜訑者言也。』蘇代云：『周人賤媒，爲其兩譽也。之男家曰女美，之女家曰男美。』按《説文》：『訑，欺也。』其音太和切，讀如鼉。按：此方言，今尚有之。凡人以虚語欺人者謂之跳駝子，其巧甚虚甚者，則爲飛駝。大抵以諛語謾語鈎致人飲食財物，而人賤之，誠有如蘇代所稱媒人者。今則共稱曰某人善駝，蓋即燕王所謂『訑』也。

李繪六歲便求入學，家人以偶年俗忌，不許。按：今小兒率以六歲入學讀書，古之所忌，今以爲吉。

今村學訓蒙，以朱點字之四隅，以識平上去入。按：《禮記釋文》云：『毋字與父母字不同，俗本多亂，讀者皆朱點其母字以爲無者，非也。』朱點之法，自古已然。

今人稱小兒不馴者爲搴姑。按《匡謬正俗》云：『或問曰：「小兒羸病謂之搴姑，何也？」曰：「此謂巫蠱耳，轉爲搴姑。病未即殞斃而惙惙不除，有似巫祝厭蠱之狀，故祭酬出之。」』然則唐初即有此語。但今以小兒多病爲摩折，則又搴姑之轉語也。

俗以牲畜臟腑爲雜碎，或曰：『二字有出乎？』按：仲長統詩云：『百空雜碎。』杜預

《左傳後序》云：『多雜碎怪妄，不可訓。』宇文愷《明堂議》云：『其餘雜碎一皆除之。』又，《易繫辭傳》：『雜而不越。』《正義》云：『辭理雜碎。』雖非里語所出，然『雜碎』二字，古有之矣。孟郊《寒溪》詩云：『凍飆雜碎號。』

俗稱物爲東西，按：東西二字，乃底字之切，急則曰底，緩則曰東西。如云『甚東西』，即云『甚底也』。底，俗亦寫作『的』，均語助詞耳。

《四朝聞見録》：高宗稱韋太后爲『大姐姐』。按：《廣雅釋親》云：『姐，母也。』《説文》：『蜀謂母爲姐。』《北齊書》：『文宣李後兒紹德稱其母爲姊。』

鄭氏《禮器》注云：『秦二世時，趙高欲作亂，或以青爲黑，黑爲黄，民言從之，至今語猶存。』按：今民間稱布之黑色者爲足青，其猶沿秦語與！

《表記》正義云：『今經文爲大壹之字，鄭恐爲均同之理，故讀爲小。』按：今俗以壹貳叁肆伍等爲大，以一二三四五等爲小，其來久矣。

《漢書·廣川王傳》：『其殿門有成慶畫，短衣大絝長劍。』晋灼曰：『成慶，荆軻也。衛人謂之慶卿，燕人謂之荆卿。』師古曰：『成慶，古之勇士也。事見《淮南子》，非荆卿也。』按：《戰國策·趙策》：『鄭同云：「内無孟賁之威，荆慶之斷。」』《注》云：『荆，成荆。』《范雎傳》注：古勇士。應訓荆有佽非斬蛟，孔子聞之。《博物志》以爲荆軻，非也。按：殿門畫此，即是今之門神。《禮記·喪大記》：『大夫之喪，將大斂，君至，君釋菜。』

《注》云：『釋菜，禮門神也。』『門神』二字見此。其武裝者，俗傳爲秦叔寶、尉遲敬德，蓋即古畫成慶之遺。

今俗以物繫人爲敲。按：定二年《左傳》：『奪之杖以敲之。』《注》云：『奪閽杖以敲閽頭。』《釋文》云：『敲，苦學反。』今俗正爲此音。

《左傳》：『南蒯枚卜。』《正義》云：『謂枚雷總卜。』按：今酒筵間爲猜枚戲，一云打雷。

崔駰《達旨》云：『獨木不林。』今俗諺稱獨樹不成林，本此。獨則不林，此『林』所以訓衆也。

道士、道人，皆爲賢人之稱，文子二十五人，道人居弟三。京房《封事》云：『道人始去。』《新序·節士篇》云：『介子推曰：「謁而得位，道士不居也。」』蓋尊崇其人而稱之耳，六朝時崇尚僧人，故以此名歸之，不必爲道士之定稱，亦不必爲僧之定稱。譬之先生之稱，今且徧及醫卜胥吏，道人、道士之稱，其移而屬諸二氏，亦此例耳。《論衡·道虚篇》云：『世以文摯爲道人也，則爲虚生不死之人矣。』文摯，醫之有道者，稱『道人』。第五倫客河東，變名姓，自稱王伯齊，載鹽往來太原、上黨，所過輒爲糞除而去陌上稱爲『道士』，謂有道之士也。

連年水溢，沿湖之民屋宇漂没，用木三莖，聚其一頭，撑架於地，周以草而棲之，謂之三乂子。『乂』讀雲聲。按：此古代倚廬之狀也。《喪服》：『居倚廬，寢苫枕塊。既虞，翦屏柱楣，寢有席。既練，舍外寢。』鄭《注》云：『楣謂之梁，柱楣所謂梁闇。舍外寢，於中門之外，屋下壘墼爲之。不塗，塈所謂堊室也。』賈《疏》云：『《既夕》記「居倚廬」，鄭注云「倚木爲廬，在中門外東方，北户」。三虞之後，乃改舊廬，西向開户，翦去户傍兩廂屏之餘草。柱楣者，前梁謂之楣，楣下兩頭豎柱，施梁乃夾户傍之屏。』夫既虞之廬，始有楣有柱，未葬以前，但以梁斜倚，以草爲屏，故名『倚廬』。有柱有楣，則梁正，無柱無楣，故斜倚也。

今以奴僕爲家人。按《漢書·儒林傳》：『竇太后好《老子》書，召問轅固。固曰：「此家人言耳。」』師古曰：『家人，言僮隸之屬。』

程曉《嘲熱客》詩：『只今褦襶子，觸熱到人家。』按：古以不爽豁爲『褦襶』，音耐戴，今人作平聲，又合爲一聲，而變其字爲䵄。又《魏書》：崔『楷性嚴烈，能〔摧〕挫豪强，故時人語曰：「莫猸獬，付崔楷。」』『猸』，都買切；『獬』，孤楷切。今俗稱黠奡者爲歹㮴，正是此『猸獬』。

今人訶人之鄙野者輒作阿人，反呼作『恩』字之陽平聲，不知作何字。或云即『硬』字長言之也。按：《封氏見聞記》：天寶中，宋昌藻爲滏陽尉，有中使至州，房琯使昌藻郊外接候。須臾却還，曰『彼頟』有參軍斂笏封曰：『查名該訶爲頟。』房悵然曰：『道頟者已成可笑，識額者更是奇人。』近代流俗呼婦人縱放不拘禮度者爲『查』，此『額』與『硬』同爲阿人，反之去入。俗語流傳，蓋有可根尋者。『查』則今俗所稱『叉』上聲，尺賈反也。

北齊時，童戲者好以兩手持繩拂地而却上跳。按：今俗小兒有跳索戲正如是，蓋其遺也。

祖珽至膠州刺史司馬世雲家飲酒，遂藏銅疊二面。按：『疊』，今俗作『碟』。

今正月節下，小兒女有逍遥旗之戲。按：此戲見《鐵圍山叢談》云：『近世兒女戲有消夜圖者，多爲博路以競勝負，而作『消』字，或謂可消長夜，非也，乃元宵夜圖耳。吾待罪西清時，嘗得見宵夜圖者，皆象牙局，爲元宵夜起，自端門及諸寺觀，作遊行次弟。』今逍遥旗畫龍虎仙人雜器物，尚存『端門』二字，逍遥，『宵夜』之訛也。

《尚書大傳》云：『大夫七十而致仕，老其鄉里。大夫爲父師，士爲少師，耰耡已藏，新穀已入，歲事已畢，餘子皆入學。距冬至四十五日，始出學，傅農事。』按：今田間農户子弟入村塾，以十月始，至明年二月出學力田，謂之短學。此殊近於古。然爲師者，大率藉以餬口，稍温飽者恥爲之，詎知古士大夫致仕者所爲邪？

《韻語陽秋》解堯時老人擊壤而歌，引《藝經》云：『壤以木爲之，前廣後鋭，長尺四寸，闊三寸，其形如履。將戲，先側一壤於地，遠三四十步，以手中壤擊之，中者爲上。』蓋古戲也。余謂『壤』即土塊，以土相擊，後人以木爲之，仍名曰『壤』，非堯時即以木爲之也。今鄉市小兒以碎瓦遠近相擊，或用錢，謂之『料牆拙』。正古擊壤之遺。

張耒《明道雜志》記錢穆語云：『安能霹靂手，僅免葫蘆蹄。』謂『葫』音忽。按：今人稱葫蘆正作『忽蘆』。《元史》有『禿忽魯嘗從許衡學，爲一代名臣』，『忽魯』即葫蘆。

俗誚人云一竅不通。按《列子》：文摯謂龍叔曰：『嘻！吾見子之心矣，方寸之地虛矣，幾聖人也！子心六孔流通，一孔不達。』

今俗罵人云不知人事。按《表記》：『近而不諫則尸利也。』鄭氏《注》云：『尸謂不知人事，無辭讓也。』

文十二年《左傳》：『兩君之事皆未憖也。』《注》云：『憖，缺也。』《釋文》：『魚轄切。』《正義》云：『憖者，缺之貌。輸贏隊猶謂缺爲憖也。』按：今人正呼物之有缺者爲憖子，讀如押。

僖二十六年展喜犒齊師曰：『使下臣犒執事。』注云：『言執事，不敢斥尊。』按：今人書札稱人爲執事，本此意。

俗稱人之儇黠者，每曰此人甚鬼，或書作詭，非也。按：《方言》：『趙、魏之間或謂慧曰鬼。』《廣雅》云：『鬼，慧也。』

《淮南說林訓》：『曹氏之裂布，蛷者貴之，然非夏后氏之璜。』高誘《注》：『楚人名布爲曹，今俗間以始織布繫著其旁，謂之曹布，燒以傅蛷蝚瘡則愈，故蛷者貴之。』又，《氾論訓》：『羿除天下之害而死爲宗布。』高誘《注》：『羿，古之諸侯，河伯溺殺人，羿射其左目。風伯壞人屋室，羿射中其膝。又誅九嬰、窫窳之屬，有功於天下，故死托祀於宗布。』祭田爲『宗』，『布』謂出也。惠半農《禮説》引此以證『司巫』所掌之『道布』云：『布猶酺也，步也，族師祭酺，校人祭步，所謂布也。』引《説林》注説之云：『俗祭司命以始織布繫著其旁。』又引《風俗通》『取新斷織，夏至以繫户』。此所引《太平御覽》，謂：『夏至，著五彩，辟兵，題曰「遊光」，厲鬼知其名者。無温疾，人取新斷織繫户，亦此類也。』又云：『織取新斷二三寸帛，綴著衣衿，以已織告成於諸姑也。後世彌文，易以五彩。永建中，京師大疫，云厲鬼字野重、遊光，其後歲有病，人情愁怖，復增題之，冀以脱禍。』按：《風俗通》所云『斷新織二三寸』，蓋即高誘所稱『曹布』之屬。至『道布』掌於司巫，鄭《注》言《中霤禮》『以功布爲道布，功布用之喪葬』，見《儀禮》。乃旌纛之類，所以祓除凶惡。以此爲道布，則道布亦旌纛之類矣。高誘以『宗布』爲祭田所用，蓋謂因祭祀、田獵而出用此旌纛之類，祓除不祥。羿能除害，故托祀於此。司命之神，今人尚祀之，所謂文昌神是也。又以爲張仙執弓仰射，正古羿托宗布之遺意也。繪神於絹，裱而懸之，即古旌纛之遺耳。此與用『新斷織二三寸』者迥别。今俗新有營造，亦用五彩二三寸懸之，以祓除不祥，則『曹布』之意也。惟五彩二三寸，故可燒以治蛈，若旌纛之類，詎可漫然燒用邪？

《方言》云：『所以刺船謂之檣。』『維之謂之鼎。』郭璞《注》云：『繫船爲維。』按：今俗以船到岸爲頂岸，頂，蓋即鼎。船到岸則維而繫之，故曰鼎岸。越人繫船不用纜索，其船首有一孔，用篙插入，謂之下定。此定，亦鼎之遺聲也。

唐蘇鶚《演義》云：『俗呼奴爲邦。今人奴拜多不全其禮，邦字從半拜，因以此呼之。』按：『半拜』即今之半跪，俗謂之打千。

謝康樂《酬惠連》詩云：『末路值令弟。』稱惠連爲『令弟』也。今俗用以稱人之弟。有自呼其弟爲令弟者，共噱之。余舉此詩爲之解。

俗以磁器有裂痕爲璺，即『璺』字也。周禮三卜，一曰『原兆』，《注》云：『兆之璺罅，有似原田。』劉越石《答盧諶詩》：『舋璺仍彰。』李善《注》引杜預云：『璺，瑕隙也。』俗以木之裂縫爲『呵』，呵即『呼』之轉聲，即『罅』字也。

俗語云葉落歸根。按《文選·雜詩》注引翼奉《風角》云：『木落歸本，水流歸末。』

余里中上諺有回來之云，猶云遲遲也。余向在北方，偶言此，人不解所謂。按《北史》：李集面諫高洋，言有甚於桀、紂，洋令縛置流中，沈没久之，復令引出，謂曰：『吾何如桀、紂？』集曰：『回來彌不及矣。』此『回來』之義，正與余里諺同。

古制之稱，有傳於今者，如拈鬮，即古龜也。龜，古讀若舊，亦讀若邱，所用卜法不同，而稱則沿於古耳。市井擲八子之戲，或用八錢，以三幕五面，或三面五幕爲斷，即五木之犢，犢與斷一聲之轉。葉子戲稱壺、稱馬，皆本之投壺。如書字於紙，仍稱簡筴，憑坐於案，尚呼筵席也。

俗云：人求福於佛於神，故畏之，而不畏孔子，以孔聖人不管人間求福事也。按《封氏見聞記》云：『流俗婦人多於孔廟祈子，殊爲褻慢，有露形登夫子之榻者。後魏孝文詔孔子廟不聽婦人合雜，祈非望之福。然則流俗所爲，有自來矣。』是則雖經孝文詔後，至唐時尚有祈子求福者，則當時世俗之求福於孔聖人，何嘗不若求佛求神也！蓋聖道愈尊，人不敢褻，久而相忘耳。

《晋書・王承傳》：有犯夜者爲吏所拘，承問其故，答曰：『從師家受書還，不覺日暮。』承曰：『鞭撻甯越以立威名，非政化之本。』使吏送令歸家。按：今人犯夜，輒曰『自師友家會文』，蓋亦有所本。

《顔氏家訓・勉學篇》云：『鹿獨戎馬之間。』鹿獨，今俗稱作『捋奪』。

《論衡・順鼓篇》云：『雨不霽，祭女媧。』按，今久雨不霽，俗間兒女翦紙作女子形，貼壁上求晴，謂之『掃晴娘』，蓋即祭女媧之遺也。

《方言》：『自關而西，秦、晋之間，凡大人小兒泣而不止謂之唴。哭極音絶，亦謂之唴。平原謂啼極無聲謂之唴哴。』按：今小兒哭不止，因而無聲，若痙厥狀，俗以爲僵，蓋即唴也。蟲之蜣蜋，每於昏時作聲，聲極而觸壁頓止，與啼極音絶正同，此蜣蜋即取『唴哴』之義也。

《方言》：『楫謂之橈，或謂之櫂，所以隱櫂謂之和槳，所以縣櫂謂之揖。』《楚辭・湘君篇》：『蓀橈兮蘭旌。』王逸《注》云：『橈，船小楫也。』《後漢書・岑彭傳》：『樓船、冒突露橈數千艘。』李賢《注》云：『橈，小檝也。露橈，謂露橈在外，人在船中。』又，《吴漢傳》：『裝露橈船。』《注》云：『橈，短檝也。人遥反。』按《淮南・主術訓》云：『夫七尺之橈而制船之左右，皆以水爲資。』今行舟者駛帆篷，或風不正、水逆，則用短木板作櫂形，而闊如戚斧狀，以繩繫於船側，隨左右爲轉移，舟人呼此板爲敲，亦爲鋬敲。鋬與橈音近，蓋橈之訛也。懸此板，則舟曲折行如之字，橈者，曲也。以此板爲舟行之曲折，故名爲橈，揖、櫂，人持而用之。此橈繫於舟側，故謂之『露橈』。如舟東北行，而值東北風，繫橈於左，則舟向東南，繫橈於右，則舟向西北。舟不能直行，左右互持而宛轉以達，所謂『制船之左右，以水爲資也』。高誘云：『橈，刺船棹也。』『棹』即篙，以竹爲之，與楫已爲二物。橈爲楫類而短小，故爲小楫、短楫耳。《方言》以『隱櫂』者爲槳，然則今之所謂槳，乃楫之類。而所謂槳椿者，正槳之本物也，長僅尺許，用革繫於楫上，依於櫂，故云『隱櫂』。『隱』之言依也。

《史記・吴王濞列傳》：『使中大夫應高誂膠西王。』《索隱》曰：『誂，音徒鳥反。』按：今人誘人作姦，正稱爲徒鳥反。

《史記・陳平世家》：『邑中有喪，平貧侍喪，以先往後罷爲助。』按：吾郡城中有所謂寒生者，每於喪家往爲之趨蹌送迎，漫以成俗，蓋即陳平所爲也。

《後漢書·后妃傳》：『何皇后生皇子辨，養於史道人家，號曰史侯。』李賢《注》云：『獻帝春秋曰：「靈帝數失子，不敢正名，養道人史子助家，號曰史侯。」』按：今人生子，寄爲他姓之子，使他人名之，謂之寄名，或亦寄於僧人、道士名下，即此類也。

《劉盆子傳》：『爲制絳單衣，半頭赤幘。』《注》云：『幘巾，所以覆髻也。』《續漢書》曰：『童子幘無也，示未成人也。』半頭幘，即空頂幘也。《東宫故事》曰：『太子有空頂幘一枚，即半頭幘之謂也。』按：半頭幘，即今小兒帽箍。

莊十二年《公羊傳》云：『萬臂搬仇牧，碎其首。』《注》云：『側手曰搬。』《釋文》云：『搬，素葛反。』然則搬音讀若色，今俗稱繫人，尚云搬人，正是此音。

卷十九

《焦氏筆乘》謂《毛詩》『投我以木瓜』、『投我以木桃』、『投我以木李』，『按《詩》之意，乃以木爲瓜、爲桃、爲李，如今所謂假果者，亦畫餅土飯之義耳』。按：此條本之姚寬《西溪叢話》。姚寬此書，頗考訂經史詩文，間及六書。然如此解經，鑿空俚俗，洵宋儒之科臼也。弱侯不知其謬，而録取之，且不標所本，竟似出自己，又明人之惡習也。

畫工畫天官像於紗帽，上置一花。按《開元遺事》：『汝陽王璡嘗戴砑綃帽打曲，上自摘紅槿花一朵，置於帽上笪處，二物皆極滑，久之方安。遂奏《舞山香》一曲，而花不墜。上大喜，賜金器一厨，曰：「花奴資質明瑩，必是神仙中謫墜來也。」』畫工或本此邪？謝皋羽《晞髮集》有《槿樹》詩云：『宮花入帽頻。』正用璡事。評者以爲遊戲語，非是。

《松陵集·看辛夷花》詩，皮云：『一枝拂地成瑶圃。』陸云：『若得千株便雪宮。』皆言其色之白，似通玉蘭爲辛夷。今則以白者爲玉蘭，紫者爲辛夷。

《韓詩外傳》：『南假子過程本子，本子爲之烹鱺魚。南假子曰：「吾聞君子不食鱺魚。」』按：『鱺』，《廣雅》云：『鮦也。』《説文》鱧、鮦二字轉注。是鱺即鱧，一通作鱧。《埤雅》云：『今元鱧是也。鱗細有花，文其首，戴星夜則北向。』然則鱧魚即今之烏魚，一名黑魚，一名七星魚。近人有不食者，蓋由來久矣。或云道家所厭。

王禹偁以錦帶花名俗，改爲海仙。余謂海仙名未見雅，錦帶名未見其俗也。杜甫詩『香聞錦帶羹』，《焦氏説楛》謂錦帶花初生葉柔脆，可作羹。錦帶，今俗呼爲糙葉，西府又名芝蔴鈴。

射干葉如羽扇，故一名烏扇，又名烏翅，其挺抽出直上五六尺，不撓於風雨，其發如矢，故名射干。干之義，亦同於升。

方語以草木之茂盛勃然而生長爲呼關切。按：此音即是豥字，《漢皋詩話》舉劉夢得詩『盃前膽不豥』。俗斥人之雄粗者，亦曰豥也。

田野間有俗稱老鼠花者，即芫花也。去年移數本植書塾庭下，已而葉落，僅存枯莖，不與他草同朽。至春，枯莖上發芽生蕊，開紫花，滿於莖上。按《爾雅》：『杬，魚毒。』即此物所以列於釋木者，以其莖不朽也。《證類本草》芫花亦在木部，郭璞以『杬』爲『大木』，誠誤矣。芫花與郁李、枸杞同類，雖草而莖不朽。枸杞有高丈許者，郁李有高四五尺者，芫花至高三四尺耳，非大木也。其花之繁盛鮮好亦同郁李，兩相掩映，殊佳，惜植之者罕也。

《抱朴子·仙藥篇》云：『茯苓名木威喜。』今以茯苓、黄蠟爲丸，名威喜丸。以此，薛雪《掃葉山房詩話》以詩之澹而無味者爲如服威喜丸。雪素習醫，世所傳薛生白，即其字。以威喜丸中有蠟，謂如嚼蠟耳。

蘇東坡《咏山茶》云：『花深少態鶴頭丹。』説者以『少態』爲譏詞，非也。東坡既稱其後凋，耐寒，開於霜雪之中，直以松柏比之，則『少態』者，正贊其無妖媚之色也。史鑄《百菊譜》載：彭城劉蒙云：『或問：「菊奚先？」曰：「先色與香而後態。」或曰：「花以豔媚爲悦，而子態爲後與？」曰：「吾嘗聞於古人矣，妍卉繁花爲小人，而松竹蘭菊爲君子，安有君子而以態爲悦乎？」』又云：『菊有名龍腦者，具香與色。而態不足者也。』余以此爲菊者，亦君子貴其質焉。此可引以證坡詩。

王龜齡取莊園花卉目爲十八香，以菊爲冷香，有詩云：『佳節逢吹帽，黄金染菊叢。淵明何處飲？三徑冷香中。』又作《點絳唇》云：『霜蕊鮮鮮，野人開徑親栽植。冷香佳色，趁得重陽摘。預約比鄰，有酒須相覓。東籬側，爲花辭職，古有陶彭澤。』姜白石《荷花詞》云：『冷香飛上。』詩句則以冷香爲蓮花。高青邱《梅花九首》，其三云：『冷香狼籍倩誰收？』則又以冷香爲梅矣。或繪冷香圖，作水亭曲沼，繞以紅蕖，蓋僅見姜詞耳。

王世懋《學圃雜疏》云：『山礬，一名海桐樹，婆娑可觀，花碎白而香。宋人灰其葉造，黝紫色，今人不知也，以山谷詩遂得兄梅，幸矣。』按山谷詩序云：『江南野中一種小白花，高數尺，春開極香，野人謂之鄭花，王荆公欲作詩而陋其名，余請名曰山礬。蓋野人采鄭葉以染黄，不借礬而成色，故名山礬。』陸深《春風堂隨筆》云：『予家海上，園亭中喜種雜花，最佳者爲海棠，每欲取名花填小詞，使僮歌之，有海紅花、海榴花，更欲采一種爲四闋。辛丑南歸，訪舊至南浦，見堂盆中有樹，婆娑鬱茂，問之，曰海桐花，即山礬也。』然則今之海桐，即山谷時之鄭花，乃山谷時無海桐之名。山礬名海桐，不知起何時也。

《離騷》：『夕餐秋菊之落英。』或援《爾雅》，訓『落』爲始，謂『始生之英』。然屈子此文，『落英』與『墜露』作對，『落』與『墜』，正一義耳。

優鉢羅花，形如牽牛而大，色白如玉，長三四寸，極難開而易萎，清香襲人。按《一切經音義》：『憂鉢剌，又作漚鉢羅，此譯云黛花也。』又，『嗢鉢羅，烏没反』。此云黛花，舊云優鉢羅，或作漚鉢羅，黛花名甚佳，未知即此否也。《西溪叢語》以此花爲惡友，豈以其爲迷藥與？

《秦始皇本紀》言其：『浮江而下，觀藉柯。』從來無注者。竊謂『藉柯』猶言藉卉。藉卉，見《世説》。《左傳》：琅邪『藉稻』，正如此『藉』，孫綽《蘭亭後序》云：『藉芳草，鑑清流，覽卉物，觀魚鳥。』

《南史·恩倖傳》云：『宮中訛云：「趙鬼食鴨鸘，諸鬼盡著調。」俗間以細剉肉糅以薑桂，曰鸘。』按：今細剉肉，讀爲思照切，正即此『鸘』字也。《禮記·少儀》注云：『先藿葉切之，復報切之，則成膾。』『藿葉』者，切肉成薄片，如藿葉也。又將所片細切成條，謂之『報切』。報與燥音近，今稱爲肉燥子，燥即報也。南史假『鸘』字爲『報』耳，與調韻協。

《説文·麥部》：『䴭，礦麥也，从差。』按：『差』有釵聲，今俗作『粞』字，讀上聲。

《淮南子》：『一葉落而知秋。』吴淑《事類賦》引《遁甲書》謂：桐樹立秋日一葉落。余驗之，殊不然。吾園圃之梧桐，九月霜降後，葉漸枯乃落，或至十月，猶有未落者。立秋後，其中心尚生新葉，乃知《淮南》第泛言，而後人傅會耳。

《中州集》：『馮壁居嵩山龍潭，山中多蘭，每中春作華，山僧野客，人持數本，諸公以香韻清絶爲勝，少劣則有罰，謂之「鬥蘭」，遂爲山中故事。』按：乾隆間，郡人有『鬥樹』之會，以楓榆松柏之類，長僅三四寸，瓦斗如拳，可籠袖中，以較量優劣。相傳此風始自吴中，蓋『鬥蘭』之遺意也。

《道古堂詩集》有《粖域聯句序》云：『粖域者，形圓如璧，徑四寸，以象牙爲之。面平，鏤以樹石人物，丹碧粲然。背微隆起，作坐龍蟠屈狀，旁刻「粖域」二字，楷法精謹。當背中央凸處，置鐵鍼，僅及寸。界以局，手旋之，使鍼卓立，轉輪如飛，復以袖拂，則久久不能停。逾局者有罰。相傳爲前代宮人角勝之戲。如《武林舊事》所載「千千」，《日下舊聞》之「放空鐘」之類。蓋藉以銷吹花永晝，閟題葉閑思，所謂粉域者也。』按：此物在江定甫安家，乾隆丁未、戊申间，每酒酣，定甫取出示客，謂杭堇浦、厲太鴻所聯咏者即此。其凸面雕鏤一貨郎擔，工細絶倫，試轉之，運旋几上。今小兒戲具有所謂『撚篆子』，即此遺製也。古之彈棋，蓋此類耳。《日下舊聞》引《浮山集》，言擊太平鼓，放空鐘。京師小兒雜戲也。空鐘，今謂之地翁子。

余愛石，每見壘石作假山，以石灰彌縫其隙，强不合而使之合，心則惡之。余愛花樹，每見矯揉牽繫，縮大爲小，蹙直爲曲，囚之盆中，故作謬態，心則惡之。余植花樹，脩剔其繁枝，去其蟲蟄，時其澆灌，任其生機自長，愈極野率，愈有逸致，以天生之狀，益我胸中所及。何得以我胸中之死稿，强天地之生物乎？數年村居，親戚朋友間遺我以石，合埶中舊有，約百餘个，隨意置之，稍一移動，其性情意致隨即變换。注《易》之暇，或思路鬱塞，時向而玩之，即爲移置，使其變態百出，日日可得生機。較諸以威合之，謬作俗狀，一成而不能化，真有死生仙鬼之判也。

《癸辛雜志》載：金龜集游童衣袂，大如榆筴，丁謂以獻真宗。上命中使齎示群臣。周密因言：『草莽中多有此物。有甲能飛，其色如金，絶類小龜，小兒多取以爲戲。鶴相善佞欺君，乃遽指爲祥瑞，載之史册，可發後世一笑。』按：密所言金龜之狀，蓋即今所謂金媽媽、樗雞之類也。以此爲瑞物，誠可笑也。

甲戌，四五月不雨，筍尖雖出土數寸，而不能上發，亦不枯。至立秋後得雨，諸尖怒出。八月末，新篁滿林，殊爲奇觀。乃明年四月，凡去秋所發之竹，大半黄萎。又，甲戌秋，農種蕎麥多不出。明年乙亥初夏，盡出於土，且在刈麥之後，然旋即有花盈畦，如雪而不實，乃知物之不時者，固不可久耳。憶乙卯七月，書塾中玉蘭忽大放花，與春月無異。人以爲奇，余竊憂之。已而花落，玉蘭遂萎。此花先人手植，高數丈，圍二尺許，至今惜之。時截其上半，存根株，壅土作邱，名之曰木蘭塚，通人名士爲詩咏之。

鼈之爲言罷也，其狀顳頏而行若罷敝然，故鼈又名能。能，即罷也。鼈之猶言邱也，其脊高聳，有如邱者。《左傳》：『射麋麗龜。』『龜』，指『麋』之脊，知龜取義於高，故又名賁。賁者，墳也，亦高義也。《爾雅》以『三足』者分釋之，其實能與賁，仍鼈與龜，於『三足』之義無涉。

湖田之稻没於水，其頂不滅，皆不死，滅頂，過三日則死，三日内尚可生也。山田之稻初生，及開花時不可旱，未生節之前，雖久不雨，葉黄槁，一遇雨即蘇。凡稻，老根不枯爛，復蘇生葉，穗即隨起，仍可得實。惟秋分後則有穗而不實矣。若秧之未插者，插於小暑後則不實。插秧必芒種後、夏至前，則耐旱耐水。余躬耕十年，所驗如此。書之，以補《齊民要術》。

余居湖，與漁爲鄰，暇日與漁人語，嘗記其事於《北湖小志》。近又得數事：一曰出縱。在冬月以簿圍茭草，自數里外束之，以推鐮推茭根如畝許，簿隨束而下，魚驚於鐮，自投簿門内，所獲盈箱累囤。一曰張鈎。以葦數千百插水中，置鈎於端，傅以餌，所得多白魚。秋深，餌用蟋蟀，用土狗爲餌，得魚尤佳。一曰鱖把。以茭爲之，置水草交處，鱖魚入宿，以划鍬驚之，承以罟。又有鰺把，同於鱖把，取法但鱖愿而鰺黠，少不如法則逸去。故非至捷，不能得鰺魚也。鱖居洞中，見人則鼓其鱗刺探者，徐徐搔之，則鱗刺漸斂，然後就擒。鯉至冬月則瞽，以鬚爲目，取之者不可觸其鬚。春分後，目漸明了，遂不可致。故冬多獲鯉，以其瞽也。鯔魚不卵生，肥則自瘞於泥中而死，久之肉化爲脂，脂散，每一珠復成一魚。蟹生子則死。穀雨日雨，則多魚，俗云『一滴入湖生一魚』。

今之金燈花，即山茨菇也，一名忽地笑。八月先出挺開花，莖端一簇五枝大赤如爪，故俗稱龍爪花。江淹有《金燈草賦》云：『山華綺錯，陸葉錦名。金燈麗草，鑄氣含英。碧莖凌露，玉根升霜。翠葉暮媚，紫榮晨光。非錦罽之可學，詎瓊瑾之能方。御秋風之獨秀，值秋露之餘芬。出萬枝而更明，冠衆花而不群。既豔溢於時暮，方炤麗於霜分。』又云：『炎萼耀天，朱英亂目。』今此方每千百爲叢，花開一片如火，誠有然者，惟花盡葉乃出。此賦稱『翠葉暮媚，紫榮晨光』，似花葉一時俱有，抑或晨喻在先，暮喻在後，正指先花後葉耶？其花未放，色紫，既開，大赤，賦云『紫榮』，謂其未開者邪？楊竹廬都尉嘗謂余：有大吏遊九華山，極稱山多仙草，叩其狀，則金燈也。按：封演《聞見記》云：『西門寰爲邯鄲令，入寺行香，見金燈花，不識，以爲芝草，遽於脩狀申使司。使司差官就檢，僧徒亦不之識，但云：「此芝草宿根，春時生葉，至夏生花，秋乃死。見來如此，不記種蒔年歲。」檢官具上其事。使司知其誤。』仙草之稱先後一，輒惟寺僧言春生葉，夏花，秋死，則與金燈花異。蓋指枯亭而言。姚寬《西溪叢語》：花中三十客，以『孤燈』爲『窮客』，枯亭，蓋『孤燈』之訛。稱其花有淡紅、淡黄二色，不似金燈之紅。又有銀燈，其色黄，類枯亭。然枯亭冬生葉，歷春至夏，葉枯而花發，金燈、銀燈皆秋花，花枯而葉發，歷冬及春葉乃枯，有不同也。

《世説·賞譽篇》：『簡文』曰：「劉尹茗柯有實理。」劉峻《注》云：『柯，一作打，一作仃。』按：作『打』，『仃』是也。《任誕篇》載，山季倫歌云：『日莫倒載歸，茗艼無所知。』『茗仃』，即『茗艼』，言無所知而有實理，如酒醉無所知稱酩酊。打，撞也。今俗寫作釘。去聲。而讀打爲大，上聲。而以打撞爲頂撞。乃釘字古爲金銀之稱，今俗作錠，即釘字也。茗打，茗艼，則皆當日方言而假借爲文耳。或解作茶茗之枝柯，則戾矣。

謝靈運《山居賦》：『參核六根。』自注云：『六根者，苟七根、五茄根、野葛根、葛根。』汲古閣十七史本此下缺二字，下云『根也』。按：所缺兩根，不止缺二字。『苟七根』當作『苟巳根』，枸杞之省文也。『五茄』即五加皮。

凡地下有水者，上所生草葉蕈之色帶白。習堪輿者，以此測地下之有水。常浴川言聞之老匠人。

《本草》：芍藥不分赤白。今人分之。相傳赤花者，爲赤芍藥；白花者，爲白芍藥。然驗之，殊不然。問之采藥者，則曰：『芍藥煮一過則白，未煮則赤也。』按：《焦氏説楛》云：『劚土取芍藥根，濯而暴之，天晴日烈，抵暮中，邊皆燥，斷之雪如也。偶陰雲，信宿後，乾色正赤矣。蓋得至陽之氣，則色白善補。受陽氣不全者，則色赤善瀉。』醫不知也。《説楛》，弱侯太史次子，名周，字孝茂，嘗舉於鄉。此書不載所出書名，後閲沈喆寓簡，乃知其本此。

嘉慶庚午正月十七日，大風，風中有小黑豆，自吾家而西十數里皆有之，拾而驗之，非豆也，乃槐子。黑色中尚帶青，驗之，十里外亦如是。明是槐子，斷非天上有豆也。今尚有數粒，存之篋中。

《後漢・章帝紀》有『黄龍見於泉陵』。《伏候古今注》云：『見零陵泉陵湘水中，相與戲。其二大如馬，有角；六枚大如駒，無角。』按：『如馬』、『如駒』，何以知是龍？史書『黄龍』，誣矣。

宋袁子龍取蟲魚有得於五常之性者，類之爲書，名之曰《坊雅》，見黄東發《日抄》。

《雲仙散録》引《浣花旅地志》：『杜甫在蜀，日以七金買黄米兒半籃，細子魚一串，籠桶衫、柿油巾，皆蜀人奉養之粗者。』按：余幼時，見老輩夏月紗葛上用柿漆染漬，即以柿漆名之，杜所買『柿油巾』，當即此。三四十年來，里中無衣此者。

《大觀證類本草·草部上品》『旋花』，唐本注云：『此即生平澤旋蕾花也。其根似筋，故一名筋根。』旋，徐究反。《圖經》云：旋，徐願反。俗謂鼓子花也。下品有旋復花。旋，徐元反。與此殊別。按：旋復花，古作夏菊，今俗稱六月菊，又名滴滴金者是也。鼓子花，有千葉、單葉兩種。單葉者，俗呼爲打碗花，其狀似牽牛而小；千葉者，一名纏枝牡丹。謝皋羽《晞髮集·鼓子花詩》云：『塵濕西風淚，溝西影見君。碧衣羞遠日，天夢冷秋雲。蔓引山精徑，籬依楚女墳。海邊逢賣藥，采實故應分。』向疑『秋雲』句，以爲非此鼓子花。今春蒔數本，引蔓於丁香樹上，四五月開罷，六月葉枯，更生新葉，七月又開，與夏菊相映，而旋蕾、旋復一時並呈。適有其醫者至，余指之曰：『盍觀此活本草圖？』然則晞髮處士于秋時見之，正此花耳。《淮南子》：『纏以朱絲。』『纏』，讀如戰，今呼花正作戰音。

史鑄《菊譜假名》一類，有觀音菊，云：『天竺花是也。此非南天竺。或呼爲落帚花，亦非。落帚別是一種。觀音菊自五月開至七月，花頭細小，其色純紫，枝葉如嫩柳，其幹之長與人等。』按：觀音菊即今之秋牡丹也，花與馬蘭花無二。馬蘭莖堅細密，無齒，七八始花，即所謂落帚也。此花初生，葉大有齒，近似牡丹、芍藥，故有是名。又名爲秋芍藥。四月起，莖柔而長，葉疏小似柳，正如史鑄所云觀音菊之狀。王象晉《群芳譜》云：

『秋色寂寥，花間植數枝，足壯秋色。』

農人種麥，驗來年之盛否，視麥芽自背出者，麥稀而實少，芽自縫出者，麥稠而實多。又揀麥三十粒，早種十粒，午種十粒，晚種十粒，記識其處，知宜早宜晚。如早間之十粒出芽多，晚間之十粒出芽少，則早種者宜矣；如早間之十粒出芽少，晚間之十粒出芽多，則早種者不宜矣；如早晚之十粒出芽俱少，午間之十粒出芽多，則早晚皆不宜，中者宜。三時出芽皆多，則來年麥必大盛。老農之説如此。又云：大麥之盛者，一粒可出九芽，謂之九頭麥。

王右軍帖：『蒜條四千二百。』按：『蒜條』，即今之蒜苗，以一根爲一條也。俗相傳九頭鳥者，其大如席，九首，兩翼，夜飛，鳴甚惡。周采巖云其戚嘗於蘆灘得一鳥窠，窠中有九雛，目閉，無毛，如蝙蝠，携之於家。一日，夜陰雨，九雛忽飛，開目齊鳴，即九頭鳥之聲也。乃知九頭鳥非真一鳥九頭也。

《齊民要術》：『治牛疫氣方，取人參一兩，細切，水煮，取汁五六升，灌口中。』按：此可知當時人參之賤。

鯉魚子最多不下千萬，然止得鯉三十六，餘爲雜魚，此漁師所説也。又黄鲫鱤多力，每散子，急遊而前，必百二十里乃止。散子之先，必開除所趨之路，去其草之礙行者。漁人識之，設網俟之，所獲輒大數十斤。

卷二十

《抱朴子》引陳仲弓《異聞記》云：『某郡人張廣定遭亂，常避地。有一女子，年四歲，不能步涉，又不可擔負，計棄之固當餓死，不欲令其骸骨之露。村口有古大冢，上顛先有穿穴，乃以器盛縋之，下此女於冢中，以數月許乾飯水漿與之而捨去。候此平定，其間三年，廣定乃得還鄉里，欲收冢中所棄女骨，更殯埋之。廣定往視，女故坐冢中。見其父母，猶識之，甚喜。而父母初猶恐其鬼也，入就之，乃知其不死。問之從何得食？女言糧初盡時，甚飢，見冢角有一物，伸頸吞氣，試效之，轉不復飢，日日爲之，以至於今。廣定乃索女所言物，乃是一大龜耳。女出食穀，初小腹痛，嘔逆，久許乃習。』蘇軾《志林》亦云：『富彦國在青社，河北大饑，民争歸之。有夫婦襁負一子，未幾，迫於飢困，不能皆全，棄之道左空冢中而去。歲定歸鄉，過此冢，欲收其骨，則兒尚活，肥健愈於未棄時，見父母，匍匐來就。視冢中空無有，惟有一竅滑易，如蛇鼠出入，有大蟾蜍如車輪，氣咻咻然出穴中，意兒在冢中常呼吸此氣，故能不食而健。自爾遂不食，年六七歲，肌膚如玉。

其父抱兒來京師，以示小兒醫張荆筐。張曰：「物之有氣者能蟄，燕蛇蝦蟆之類是也。能蟄則能不食，不食則壽，此千歲蝦蟆也。決不當與藥，聽其不食不娶，長必得道。」父喜，携去，今不知所在。張與余言，蓋嘉祐六年也。』此事與前事同，當是張荆筐之訛言，東坡未見《抱朴子》，受其欺耳。陳仲弓《異聞記》，漢人小説，書久佚。《抱朴子·論仙篇》又引董仲舒撰《李少君家録》，《至理篇》引孔安國《秘記》。

《西陽雜俎》載：『大定初，士人隨新羅使。風吹至一處，人皆長須，語與唐言通，號長須國，地曰扶桑洲。士人尚其王之女，久之，王令士人謁龍王，乞命，龍王令速勘，則境内並無此國。士人哀訴，言長須國在東海第三汊第七島，龍王復勘，使者曰：「此島鰕合供大王此月食料。」龍王笑曰：「客固爲鰕所魅耳。」』按《唐書》：『蝦夷國，海島中小國也。其使須長四尺。尤善弓矢。插箭於首，令人戴瓠而立數十步，射之無不中者。明慶四年十月〔一〕，隨倭使人入朝。』蓋因其須而以蝦名之，非即蝦也。段柯古得之傳聞傅會耳。

《晋書·王祥傳》：『母常欲生魚，時天寒水凍，祥解衣將剖冰求之，冰忽自解，雙鯉躍出。』按：『解衣』者，將用力擊開冰凍，冬月衣厚，不便用力也，非必裸至於赤體。俗傳

〔一〕 明，《太平御覽》作『顯』。

爲卧冰，無此事也。

《鶴林玉露》言：陸象山在臨安市肆觀棋，如是者累日，乃買棋局一副，歸而懸之室中，卧而仰視之者兩日，忽悟曰：『此《河圖》數也。』遂往與棋對。棋工連負二局，乃起謝曰：『某是臨安第一手棋，凡來著者，俱饒一先。今官人之棋，反饒得某一先，天下無敵手矣。』此妄説也。天下事，一技之微，非習之不能精，未有一蹴便臻其極者。至云『《河圖》數』尤妄。《河圖》與棋局絶不相涉，且《河圖》當時傳自陳希夷者，無甚深奥，以此悟之於棋，遂無敵天下，尤妄説也。此等不經之談，最足誤人，所關非細故也。

《西陽雜俎》記一行事，言幼時家貧，鄰終濟之。後鄰母兒有罪，求救於一行。一行徙大瓮於空室，授奴以布囊，屬以『從午至昏，有物入來，其數七，可盡掩之』。奴如言往。有豕至，悉獲，置瓮中。詰朝，中使叩門急召，至便殿，玄宗問曰：『太史奏昨夜北斗不見，何祥也？』一行請大赦天下。從之。其夕，太史奏北斗一星見，凡七日而復。按：一行精於天算，所撰《大衍術》最精，然非迂怪之士也。當時不學之徒，不知天算之術，妄爲此言耳。近時婺源江慎修通西術，撰《翼梅》等書，亦一行之儔也。有造作《新齊諧》者，稱其以筒寄音於人，以口向筒言，遠寄其處，受者以耳承之，尚聞其聲。又稱其一日自沈於水，或救之，起曰：『吾以代吾子也。』是日，其子果溺死。此傳會誣衊，真令人髮指。

嘉慶庚申六月，阮撫部在浙，拒洋盜於松門，有神風、神火事，余別有記。記之在《雕菰集》。遂有傳李尚之借風者。尚之精天算，爲一行之學者也。余時在浙署，與尚之同處誠本堂，尚之實未從至松門。大抵街談巷議，本屬無稽，而不學者道聽塗説，因成怪妄耳。《宋史》：龐安常治已絶婦人，用鐵鍼其腹，腹中子下而婦甦。子下，子手背有鍼迹。舊《揚州府志》乃以此事屬諸儀徵醫士殷榘，而牽合更過其實。前年余修府志，乃芟去而明辨之。又有一事與此相類。相傳高郵老醫袁體庵家有一僕，病咳喘，袁爲診視曰：『不起矣！宜急歸。』其僕丹徒人，歸而求治於何澹庵，何令每日食梨，竟愈。明年，復到袁所。袁大驚異云云。按：此事見於《北夢瑣言》，亦如龐安常事傅會於殷也，今録於此。梁新爲奉尚醫奉，一朝士詣之，新曰：『風疾深矣，請歸，處置家事。』朝士皇遽，策馬而歸。時鄜州馬醫趙鄂新到京師，自榜姓名云『攻醫術』，朝士下馬告之，鄂亦言疾已危，與梁生所説同，謂曰：『只有一法，請官人惟吃消梨，不限多少，或希萬一。』朝士到家，旬日惟吃消梨，疾遂已。又訪梁奉御，具言得趙生教也。所傳袁、何之事，正是從此傅會。余每聽人傳説官吏斷獄之事，或妖鬼，大抵皆從古事中轉販而出，久之忘其所從來。偶舉此一端，以告世之輕信傳聞者。

王阮亭《分甘餘話》云：『廣州有妖僧大汕者，字石濂，游方嶺南，居城西長壽庵，日伺候諸當事貴人之門。畫《素女秘戲圖》，官粵西者，落其圈繢十人而九。余甲子奉使至粵，聞而心惡之。後聞其私販往安南，致犀象、珠玉、珊瑚、珍寶之屬，連舶以歸，地方官亦無誰何之者。今河南布政使遷福建巡撫許中丞嗣興爲按察使，獨惡之，輒逮治，詰其前後奸狀，押發江南原籍，死於道路，粵人快之。余不識許中丞，即此一事，真頹波中砥柱也。』按：潘稼堂《遂初堂文集》有《與長壽庵僧石濂書》兩篇，共四十九頁，約近二萬言，斥其奸而辨其僞，至詳至悉；又有《致粤東當事書》、《與梁藥亭書》。石濂之敗，實由稼堂。蓋其所刻書狂悖，傷國體而害名教，既經稼堂揭出，故當事不敢不逐之耳。如稼堂書中云云，雖梟斬不爲重，僅押發原籍，尚未盡法。阮亭蓋未詳。

僧文瑩《玉壺清話》言：『王輿爲江南楊氏軍中小校，少從軍，圍潤州，中巨弩射右耳，其矢穿左耳而去，旁二人中矢死。輿卧百日乃愈，至老不聾，亦無瘢迹。』按：嘉慶庚申，余客浙撫節署名中，一奴王姓子忿其同輩者謗己，以利刃自，刺由右耳下，穿出左耳下，或爲抽去之，數日創復如常，無瘢。此余親目所見，與王輿事殊合，然則耳下本非經脉穴道，故雖刃刺弩穿，可以不死與！

村俗相傳羅隱秀才之智，嘗爲飯店女子所困。敷衍其説，殊鄙俚無稽。按陶岳《五代史補》稱，隱在科場，恃才傲物，尤爲公卿所惡，故六舉不第。相者勸其罷舉東歸，隱懵然不知所措。鄰居有賣飯媪嘆曰：『秀才何自迷甚邪？天下皆知羅隱，何須一第然後爲得哉？』隱聞之，遂釋然歸。然則街談巷議，亦有所本，非無影響。

張世南《游宦紀聞》記僧張鋤柄事云：『張一日遊白面村，有少婦隨衆往謁，張命至前，痛嘬其頸，婦號呼，觀者哄堂大哂。婦語其夫，夫怒，奮臂勇往，詬罵。僧笑曰：「子毋怒。公案未了，宜令再來。」罵者不聽，居亡何，婦以他恚投繯以死。』此即世所傳僧濟顛事，大約街談巷議，轉相販易，不可究詰。乾隆己酉、庚戌間，郡城西方寺有遊僧名蘭谷者，出外數十年歸，共傳其異，舉國若狂。余亦往視之，但語言不倫，無他異。未幾即死，至今傳其事者，尚籍籍人口，大抵張冠李戴。要之，濟顛嘬頸之事，販自張鋤柄，而張鋤柄之嘬頸，不知又販自何人？俗人耳食多，張世南往往傳諸口、筆之書，遂成故事矣。宋牧仲《筠廊偶筆》記揚州水月庵杉木上儼然白衣大士像，鸚鵡、竹樹、善才皆具，江都費滋衡親驗此木，但節間蟲蝕，影響略似人形，作文辨其訛。

李季可《松窗百説》云：『世説有誤到仙家者，時不頃刻，及反鄉，間人已死亡，世事改易。至於觀棋局未云終，斧柯已爛，覓路還家，海變桑田。人間所以慕神仙者，以其快樂無惱、長生久視耳。今斯須便過百年，朝夕已經千載，亦何謂壽考邪？』按：吾鄉費滋衡《三山解》云：『事有不可名言而秘載於書者，其術用讔。史記載三神山，皆方士之讔也。曰蓬萊者，蓬蒿草萊之間也；曰方壺、曰方丈者，棺之形也；曰圓嶠者，墓之象也；曰瀛洲、曰弱水者，黄泉也。至則溺焉，故曰反居水下；曰其物盡白者，喪之儀也。蓋言世之好神仙者，必至是而後甘心。其未至是，則可望不可即也。未至是者，可望不可即；及其至是，則又與世人絶，是生人終不可至也。』由費氏此言推之，所謂山中七日，世上千年者，亦猶是耳。余以嘉慶丁卯三月十八日夜昏絶，甦時開目前見紙窗日色，以爲十九日，天始明耳。家人則告曰二十四日矣。蓋昏絶已越七日，至今思之，此七日真不異片時。由此七日推之，設不甦而竟死，則越千年亦片時矣。前哲深悟死生之理，而以死爲仙作讔語，誠造微之語也。非余親嘗死趣者七日，不知此言之妙，而深嘆費氏爲知言，季可作疑辭，尚未了也。

稗官小説每及鬼神妖怪，前人爲此而不廢者，莊語讜論，非婦孺所能通，故假神怪而以鄙俚出之，所以備觀感之一端也。近時紀氏諸小説，有《灤陽消夏録》、《槐西雜志》、《姑妄聽之》、《如是我聞》數種，余最取之，蓋以忠孝節義之訓，寓於談諧鬼怪之中也。其他誨淫海鬥譏謗失實之書，不特可焚，且宜斥絶矣。鮑廷博《知不足齋叢書》或苦其取擇不精，然廷博以販賣起見，若僅采精華，無以媚悦庸衆，苦不能遍售，故廣取博收，俾此有所愛，彼亦有所喜，牽連罔利生計之巧也。松江近有《藝海珠塵》一刻，内多華亭、上海等地之書，而雜以唐、宋經史子集，則藉以表揚其桑梓耆舊，亦用心之美善者也。

《如是我聞》記京師有富室娶婦者，次日天曉，門不啓，呼之，皆不應，窺之，則左右相對縊，視其衾已合歡矣。以爲此獄雖皋陶不能聽。按：戊辰、己巳間，淮安有一家，翁媪二人，一寡媳，又一兒一媳。一日，闔家同縊。死前一日，翁自買棺五口，先斂其四，而後自死。官驗之，訊其鄰，絶無他故。其家素稱良善，無負欠於人，亦從不與人相怨。逾年，大吏又檄他處，守令往驗，亦無別故。其孀媳平日自守嚴肅，人所共信。驗屍時，其母家求勿驗。强驗之，而白骨無瑕，竟莫從讞訊。時甘泉有吏役親見之，一老吏私語人云：『此邪教也。迷惑至此，至以一家生命爲徇。』則邪説之惑深矣，可慮哉！未數年，而有滑縣之事。然則謂皋陶不能聽者，非也。近者甘泉縣代書徐崇禮，吾北湖坦庵先生之裔也，僱一奴甚馴謹，忽辭歸婚娶。奴既娶，乃日與妻盛服遊於河濱，其妻之母時伺之。一日，門扃甚固，壞其闔，入視之，夫妻俱縊死。此事亦與《如是我聞》所載同。

《如是我聞》又記：吴冠賢令安定，有幼男、幼女年十六七，男曰：『此我童養之婦，父母亡，欲棄我别嫁。』幼婦曰：『我故其胞妹，欲佔我爲妻，父母俱流丐，皆亡，不知何許人。』有老吏曰：『斷合斷離，皆難保不誤。然斷離而誤，不過誤破婚姻，其失小；斷合而誤，則誤亂人倫，其失大矣。』遂依老吏言。按：斷離是也。女已欲别嫁，即是童養，豈能强合？然農家往往招夫養子，即以前妻之兒女與前夫之兒女相配，謂之爹公娘母，稱則兄妹，誼則夫妻，女或心有他屬，亦每借口同胞兄妹，惟憑鄉鄰居媒證，而奸謀詭詐輾轉百出，余目見多矣。

庚午三月，里人相驚有狼，草木深雜，或駭，集多人，喧而就之，實無有也。此地傳狼在彼，彼地又傳狼在此，而兩地皆無之。或曰：『此宜防盗六畜。賊先播此語，使孤村零户夜不敢出。且失去六畜，可委之於狼也。』此説頗切情事，亦造微之論也。録而記之。

凌稚隆《萬姓統譜》：焦氏，僅舉焦延壽、焦僉、焦先三人。按《後漢書》：『樂恢好經學，事博士焦永。永爲河東太守，恢隨之官，閉廬精誦，不交人物。後永以事被考，諸弟子皆以通關被繫，恢獨皦然不污於法。』又，《鄭宏傳》：『宏，會稽山陰人，師同郡河東太守焦貺。楚王英謀反發覺，以疏引貺，貺被收捕，疾病於道亡没，妻子閉繫詔獄，掠考連年。諸生故人懼相連及，皆改變姓名以逃其禍，宏獨髡頭負鈇鑕，詣闕上章，爲貺訟罪。顯宗覺悟，即赦其家屬，宏躬送貺喪及妻子還鄉里。』袁宏《漢紀》稱：『貺嘗爲博士，後爲河東太守。』蓋永即貺也。以事被考，即指楚王英事也。《袁安傳》：『楚王英辭所連及繫者數十人，顯宗怒甚，吏案之急迫，痛自誣死者甚衆。』焦貺即誣累之一也，故鄭宏爲貺訟罪，顯宗即覺悟。觀樂恢好經學而師事之，則貺之經學可知矣。鄭康成弟子有焦氏名喬，《月令》正義引鄭《志》焦喬答王權問高禖云：『先契之時，必自有禖氏，祓除之祀，位在於南郊，蓋以玄鳥至之日祀之矣。然其禋祀，乃於上帝也。娀簡狄吞鳳子之後，後王爲禖官嘉祥，祀之以配帝，謂之高禖。』《詩·生民疏》亦引。又，崇精問焦氏曰：『鄭云三王同六卿，殷應六卿，此云五官，何也？』焦氏答曰：『殷立天官，與五行其取象異耳。是司徒以下法五行，并此太宰，即爲六官也。』《曲禮》疏。崇精問曰：『獄，周曰圜土，殷曰羑里，夏日均臺。囹圄，何代之獄？』焦氏答曰：『《月令》，秦書，則秦獄名也。漢曰若盧，魏曰司空是也。』《月令》疏。又，張逸答焦氏問三苗，見《檀弓》疏：焦氏問張逸『鳩化爲雍』，見《月令》疏。焦氏以經學顯於西漢者，有延壽一人；以經學顯於東漢者，有貺、喬二人，凌氏未知采。

趙閑閑《滏水集》有《題萊州像》詩，自注云：『王倏然知府、焦明鏡運使。』云：『當年二老趙張儔，獨許先生弟一流。異政曾聞山鬼伏，直聲須向古人求。從來走卒知司馬，到處兒童誤細侯。惆悵當年舊遊處，羊曇不肯過西州。』按金史：焦旭，字明锐，『锐』當是『鏡』字之訛，宜以滏水此詩正之。

憶書

憶書一

楊鑄字怡齋，昭武將軍孫，以廩膳生襲世職，官古北口總兵，聖祖以其嘗習文，命誦《大學》，鑄誦至半，偶忘之，奏曰：臣數年理軍務，致疎舊業。上曰：朕一日萬幾，尚不忘，乃自首朖誦至末。鑄叩頭曰：皇上天縱，豈小臣所能及。上又問：能詩否？對曰：尚能。因賦詩一章而退。嘉慶戊辰秋，楊竹廬都尉招於誦芬莊看桂，偶述此事，都尉爲怡齋曾孫。

近世論書，以周、劉、梁、王並稱，然劉文清公非三家能匹，周山茨觀察、王夢樓太守當並稱周王。梁文山巘規模李北海而不能自變，又出周王下矣。吾師英大冢宰，以劉文清公書與成親王書並刻，可稱盛朝二妙。文清雜臨衆家，而各授以評，皆極精簡韻逸。有録《周禮·大司樂》、《大司徒》兩篇而跋之云：《尚書》、《周官》乃僞書耳。辨古今文者詳矣。《周禮》非作僞者所能，泥其迹固不可行，師其意則誠可法，但不能通曉處時，代爲之强解則惑矣。僅五十二字，爲經生所不能道。《尚書》、《周官》僞，《周禮》不僞，尤足以平衆儒之論。泥其迹不可行，師其意誠可法，真宰相語也。英大冢宰跋云：諸城劉文清公，由乾隆辛未會試迴避卷成進士，卷即先伯父文恭公所閲進，特賞之。嗣與先文莊公同直内廷有年，相友善。余壬子癸丑鄉、會試，皆出公門。執經請業者又十三年，若子弟然。以故父子夫婦間，得公所惠翰墨甚夥，謹選工排次，刊成四册。公名迹流傳遍海内，何有於此刻，聊志一家淵源之厚云耳。嘉慶乙亥仲夏月，英和識。

成親王書化度寺碑跋云：嘉慶乙亥春，吏部尚書英公以所哀輯《唐化度寺僧邕禪師舍利塔銘》全文，屬余書册，所注吴本則南海吴榮光荷屋氏藏本，今歸余矣。榮府本則余昔得諸商邱陳崇本伯恭氏，後以畀三侄榮郡王。今春王薨，謚榮恪矣。其餘注本之流傳，及諸本字數之多寡，詳見《尚書記》中。夏六月十三日，成親王並識。英大冢宰記云：歐陽率更書，以化度寺碑爲最佳，而難得善本。歲戊辰，前侍御南海吴荷屋出顧氏玉泓館所藏宋慶曆間范氏書樓原石拓本見示，豐腴悦澤，綿裹裹鍼凡得六百八字，爲平生僅見。時方搜輯唐文，據以著録。復借翁覃溪先生四百六字，宋拓本；洪鈐庵脩撰二百六十字，宋拓本；成邸九百三十字，宋翻本；趙謙士少農八百八十二字，宋翻本，與及門孫平叔、徐星伯兩編修互相證校，以吴本爲主，闕者補以成邸本。又以三本參補之，平叔手録成册，具注諸本於下。首行十二字，銜名十五字，俱不缺。文存一千十六字，闕四十二字，其中有可意會得之者，皆不敢增益，存其真也。乙亥春，取平叔所録底本，求成邸重書一通，摹勒上石，以公同好，並識其緣起如此。首行化度寺故僧邕禪師舍利塔銘，吴本次行右庶子李百藥製文，率更令歐陽詢書。吴三行以下：蓋聞人靈吴之榮府本貴，天象攸憑。稟仁義之和，感山川之秀。窮理盡性，通幽洞微。研其慮者百端，宗其道者三教。殊源異軫，類聚群分。或博而吴無翁本功，勞而寡要。文勝則史，禮煩斯黷。或控鶴乘鸞，有繫風之論；飡霞御氣，致捕影之譏。至於察吴報應之榮府方，窮死生之變，大慈□運，宏濟群品，極衆妙而爲言，冠元宗以立德，其唯真如吴之設榮府教焉。若夫性與天道，契協神交，貽照靈心，澄神禪觀，則有化度寺僧邕禪師者矣。吴禪榮府師俗姓郭氏，太原介吴休人。榮府有周氏積德累功，慶流長世。分星判野，大啓藩維。蔡伯喈云：虢者，郭也。虢叔，乃文吴王所榮府咨。吴郭榮府泰，則人倫攸屬。聖賢遺烈，奕葉其昌。祖憲，荆州刺史，早擅風猷。父韶，博陵太守，深明典禮。禪師含靈福地，擢秀華宗。爰自弱齡，神識沈静，率由至道，冥符上德。因戲成塔，發自髫年；仁心救蟻，始於丱歲。世傳儒業，門多貴仕。時方小學，齒胄上庠。始自趨庭便觀，入室精勤不倦。聰敏絶倫，博覽群吴書，尤明《老》《易》。然榮府雅有志尚，高吴邁榮府俗情。時遊僧寺，伏膺釋典。風鑒竦朗，豁然開悟。聞法海吴之微妙，毛髮同喜；榮府瞻滿月之圖像，吴身榮府心俱净。于吴是榮府錙銖軒冕，糟粕邱墳。年十有三，違吴親入道於鄴西榮府雲門寺，依止稠禪師。稠吴公榮府禪吴慧通榮府□，戒行勤苦，道標方外，聲溢吴區中。□睹暗投，欣然榮府驚異，即授受禪法，數吴日便榮府詣幽深。吴稠公榮府嘗撫禪師而謂諸門徒曰：五吴亭翁□念，盡在此矣。頭榮府陁蘭若，畢志忘疲，仍吴來榮府往趙本林吴慮山趙中，榮府栖托遊處。後屬周武平齊像吴往翁林慮，入白榮府鹿深山，避時削迹。藏聲戢吴曜，枕石漱流；□巖之下，榮府葺茅成室。蘿裳吴薜帶，榮府□唯翁糞榮府□之翁衣；餌榮府术餐松，嘗無麻麥之吴飯。三徑斯絶，百榮府□爲群。猛鷙毒螫吴之徒，潛形榮府匿翁影；白鹿青鸞榮府之輩，效社呈祥。每梵音展吴禮，焚香讀榮府□□□，奇禽異獸攢集庭宇，俱絶吴□倚畢來俛伏，貌榮府如恭敬，心疑聽受。及開皇吴之初，宏□釋教。榮府於時有魏州信行禪師，吴□明佛性，犬轉法榮府輪，實命世之異人，爲元門吴之益榮府□。以翁道隱榮府□之辰，習當根之業。知禪吴師遁世幽居，遣人告榮府曰：脩道立行，宜以濟度吴爲先。□善其身，非榮府所聞也。宜盡宏益之方，吴昭示流俗。禪師乃榮府出山，吴與信行榮府禪趙□□修苦行。吴開皇翁九年，信行禪榮府師被敕徵召，乃相隨吴入京。京師道俗，莫不遵榮府奉。吴信行禪榮府□□□之翁□□持徒衆，以貞榮府觀五年吴十一月十榮府六日洪本終於化度寺，春秋八十有九。聖上崇敬□□，贈帛榮府追洪福。即榮府以趙其月廿二榮府日，奉送吴靈塔翁於終南山下、鵄鳴垍，禪师之荣府遺令吴也。徒衆榮府□收翁其舍利，起塔於榮府信行禪師吴靈榮府塔洪之翁左。禪師風範凝正，行業精勤。十二榮府部吴經，嘗甘露榮府而翁俱盡；五百具戒，凌榮府嚴洪霜而未凋。榮府雖翁托迹禪林，避心定水。涉無爲榮府之境，絶有待吴之累。

榮府□寓洪形巖穴，高步京華；榮府常洪卑辭屈己，吴體道藏器。未若道安之遊樊沔，榮府對鑿吴齒而自伐彌天；慧遠之在廬山，折桓榮府元之致洪敬人主。乃遷吴神净土，委質陁林，四部奔馳，十方號慕，豈止寢歌輟相，榮府捨趙佩捐珠榮府而吴已。式昭洪景行，乃述吴銘云：榮府綿邈神理，希洪夷法性。自吴有成空，從凡入聖。於昭大士，遊□□正。德潤慈雲，心懸飛鏡。榮府□蒙悟道，洪捨俗歸真。累吴明成照，積智爲津。行識非想，禪□□□。觀盡三昧，情鎖六塵。榮府結趙構翁窮巖，留洪運齒谷。靈吴應無像，神行匪速。敦彼開導，去兹榮府□□。□絶翁有憑，群生仰福。風火榮府□妄，洪泡電同奔。達人忘吴己，真宅斯存。刹榮府那赵□□，涬域□□。□□□樂，永謝重昏榮府。

程易田先生臨《董思翁王氏御書樓記》卷子，自跋云：此卷真迹。吾友方仰松所藏者，皆以爲贋本，惟方密翁謂的真無疑，爲之跋尾。乾隆癸卯，余客江夏，仰松亦來作楚遊，出此見示，與方晞原同觀於漢皋寓齋。余謂是思翁得意書，晞原亦以爲然。余跋之曰：運之以神，故筆近牽，愈率愈神；出之以真，故貌似陋，愈陋愈真。佳處多意到筆不到，此則意或不必到，而筆無不到也。題竟，携以渡江，歸江夏寓中，反復把玩，輒意臨之，此其三也。九月六日朝食後，瑶田臨又跋云：臨書之明年，歲在甲辰三月十日，應南宫試，第一場出，得家書。大兒子培年四十一，於正月二十五日始生一子，喜而名之曰錫用，適此卷在案頭，因寄與之。又云錫用爲培兒之長子，於余諸孫行則第三。今年五月朔，又生第四孫，爲璽兒之次子。行二者，則茗兒之長子也。四孫雁行之曰錫露、錫才、錫用、錫官。八月二十五日，余六十生日，宿房山之雲居寺，寺僧爲稻米飯、粱米粥，佐以野蔌食之，同遊者老友汪依堂、友弟汪育民。又云錫用生時，以此卷付之，於今十八年矣。嘉慶六年六月十七日午時，錫用生子名之曰汝成，蓋余第四曾孫也。長曾孫汝興，生於己未歲五月初一日丑時。第二曾孫汝諧，生於庚申歲七月二十一日午時。其時十月初七日寅時，則第三曾孫汝爲生也。汝興、汝爲，皆錫卣子。汝諧，錫才子也。喜而有感，繫以五詩。第一首云：劃然辨喻須令早，第一先教降利魔。自注云：今人發蒙，惟以科第期之，不教之喻義而令喻利，師道不振，官法衰微久矣。魔之言迷，無人不迷，良可慨也。第二首云：莫匪其人鑒車覆，人其匪是救時方。自注云：時有匪警，余以爲匪始皆人，匪其人，由官邪也。辛官賢，則人其匪矣。時年七十七。

易田先生又臨《思翁王氏御書樓記》真本跋云：汪仿亭藏此卷墨迹，蓋《王氏御書樓記》之正書也。方仰松所藏者，乃其作是記初成時之稿書。仰松之來漢皋，假榻於仿亭客齋，兩卷得合觀，真奇逢也。仰松既歸，余於十月五日亦將北往山右，與仿亭叙别，因假臨一通。又云董公來仲樓帖中，亦刻是記，乃楷書也。三本有一二異同處，兩墨迹作密若同室，來仲樓本作同堂，稿書及來仲樓作時唯文肅，正書本作時微文肅，一則室字是，一則微字是也。於臨正書之明日，得見來仲樓帖，故又并記之於此。

《隱居通議》三十一卷，宋末南豐劉壎起潛氏撰，十三世孫冠寰輯，十四世孫凝訂，十九世孫烒核刻，烒今爲浙江藩司，宦迹不愧祖風。書分理學、詩文、經史、禮樂、造化、地理、鬼神，卷末雜録、折獄、龜鑑等書，又附宋同年小録。辛酉，余在浙，值此書刻成。

馬登華字瑤楓，善八分書。余乙巳丁内外艱，喪事中所用瑤楓書甚多。丁巳，瑤楓丁艱，余以二絶句唁之云：北馬南船兩鬢秋，幾年湖海寄窮愁。如何知己無多輩，大半傷心死病憂。林下清風嗣昔賢，表揚知自有名篇。不堪相對西風夜，血淚遥酬十二年。

江習隅所藏《黄庭經後跋》云：右軍書黄庭，有飛仙之致，真迹淪於五季，惟臨本入宋鐫矣，隨唐人皆從真迹臨摹，去右軍才一間，故宋刻爲足寶也。此卷筆致，如凌空鐵笛吹過洞庭水，和妙即在是，又何論隨唐臨手，尚有一間也。辛亥十月，山陰潘甯爲墨癡題。又西嶽華山亭碑跋云：華山西嶽廟漢隸三碑，皆光和二年立，聞漫滅久矣。昔曹秋岳先生於戚畹家見郭香察書本，稱爲至寶。今余叠見樊君本，又豈在郭香下邪？歐陽公言，此碑乃即時所立，立之遽者，爲文必牽。宜乎有云河南、南河者，不分郡邑而叠言之也。《隸釋》載全文，此闕若干字，并爲虞泉録文，備考訂焉。辛亥歲六月二日，平野居士潘甯識。甯於金石之學最核，客邗上，嘗主江氏，故習隅所藏，多其手跋也。

宋僧寫法華經全部，皆用藏經紙，每卷後署云：大中祥符，寺賢聖藏院釋迦遺教比邱其正，發心刺血寫此妙法華經一部，奉答四恩三有者。時熙寧三年庚戌十月望日題。

憶書二

安定書院一老卒，乾隆庚子，余初入肄業，卒尚在，每日灑掃庭院，年九十餘矣。自云梁文莊公未第時，居書院中，嘗如厠短牆外，有大首人向之笑，叱之不去。如厠畢，隨之，魁星樓下没。後江秋史中榜眼，大首人亦出。

楊總廳廷璧言，韓生者善制馬，隸江寧督標，號之曰閻王。有馬蹄齧人莫敢近，以授韓，韓睆嬉曰：是馬外强者也。左手束其韁，馬嘶，旋轉於身四周，韓釋手，馬躍而起，隨勢飛上其背。適有馳馬者僨於前，觀者囂譁，韓方銜烟筒口中，去僨者十餘步，以手回撥其繮，若倒墜者，馬四蹄伏不動，復大吼鞭之，馬騰十丈，越僨者而逸焉。自是江寧標馳馬者，咸推韓生爲第一。

邵伯鎮城隍神最靈顯，某男子素不孝其母。一日，偶疾，曰城隍召我，乃趨至廟，匍匐自服罪。鄰媪隨之，亦跪曰神令我掌之，遂批其頰數十。忽起行，至糞窖，索碗舀食之，曰神罰我也。此乾隆戊申年事。

乾隆庚戌四月間，儀徵大風，東門外船舵吹入城，縣署前擊殺一老人，共傳此人爲訟師，適又以唆訟至縣前也。

辛亥正月十五日早晨，大雷，午後大雪。

鍊筆録之術，相傳以前輩能文者一人爲主，齋戒持符祝四十九日，其鬼即來附於腕下。甘泉朱生嘗爲之於古寺中，久之言語舉動皆異，蓋形是而人非矣。其家求張天師禳之，天師曰：此鬼奪人舍，比他罪爲大。乃焚炭火一盆，書符數日，用手從朱背上攫之，擲火中作聲。朱遂昏卧，醫治百日方痊，書此以爲學者戒。張甲，老訟師也。嘗爲校官，以代人作詞訟。罷官，仍歸而佐訟，其子庠生也。素賢而文，自遠方持雨蓋歸，行至水塘邊，見一孺子陷水中，水僅没膝，孺子呼救。張之子憐其將没也，植蓋水中，脱屣入水，救孺子上。張之子轉陷於水，竟死淺水中。甘泉代書陶昭亭，見有佐人訟者，每述此事戒之。

舒城張姓者，富賈也。有妻，蓄一妾於别室。賈死妾所，臨終謂妾曰：汝嫁則已，不嫁，吾有閒田五百畝，當遺筆給汝。妾泣涕自誓不肯嫁，賈度其心堅，如所許，載筆而卒。妾携其所書詣大婦，訴其心志，與大婦共處，事之甚謹，大婦甚愛之。先是，大婦有弟某甲，賈託以家事，甲故無賴，手有資糧，費用不可止，其姊惡之，乃奪弟之柄以與妾。甲銜之入骨。縣令周某，懦懦也，凡政事多聽其弟之謀，邑人不知有縣主，惟知有縣主之弟，共目之曰周三太爺。甲既憤不能平，謀諸周，乘姊不在，假姊名告妾之姦，周立差拘訊之。五木之慘，誣鍊其罪，發官媒賣。皂役豔妾之色，私賂媒媪，謀通之。妾堅拒不可，役大恚，謀之馬兵周某。周某者，其兄爲守備，邑人亦稱爲周三太爺，素淫虐不法。役以妾之色動之，周心動，與乙謀，至夜往脅之。妾之弟賤丈夫也，遠歸，聞姊冤繫，詣媒處探之，適聞周三太爺至，避諸覆壁中，聞壁外淫謔之語，不可耐。久之寂然，出視之，姊已縊死。明日，媒媪以縊報縣令，適往省中鄰邑，令檢之無傷，而目瞋視，七竅出血，三十人舁之不能舉。妾弟泣呼曰：姊之冤憤，我悉知之，姊速入棺，弟當以身命鳴姊之冤。語訖，屍輕若蜕。署令者問何冤？妾弟曰：前後事小人皆不知，惟小人探姊時，聞周三太爺與皂役某至，急避之。其强姦致死之狀，實親聞之也。乃備述所聞，署令不知有馬兵之周三太爺也，以爲令弟。曰：此事我不便受理，可并我告諸郡，冤可得而理矣。遂訴諸府，拘縣令弟周三太爺，問其强姦狀，五木之慘與周所以脅妾者等，後均伏罪。乾隆乙卯，與周已山同試於省，已山聞之舒城人以語余。

崇明縣田父入縣報旱，令問曰歲之棉花若干，曰三分，稻若干，曰三分，高粱若干，曰三分。令怒曰：此九分矣。有九分而爲災者乎？命笞之。田父曰：吾年過七十，不可笞。令益怒，命笞其子。田父大呼曰：吾子尤不可笞。問何也？曰吾子九十歲矣。令怒甚，詰其七十父、九十子也。田父徐曰：吾三子，每子三十，共得九十也。令默然。此事亦乙卯在江寧聞諸崇明人，此田父亦可謂滑稽矣。

常州水車用九人軸，咫尺之地，至用三道。農人踏車者不著褌，足不著屧。蘇州水車坐而踏之，或上無蓬屋，自地樹杙作樞，置輞于上，以黄牛運之，目之曰鬼車。

彭芝庭大司馬家居時，有薙頭鋪假其名，書聯懸於室。公子偶見，呼而訶斥之，令毁去。公知之，呼薙工至，始畏縮不敢前，公迎揖且謝曰：吾子誤犯尊鄰，老夫之咎也。官爵之大，以在朝言，居鄉甯論爵乎？謹親書雙款聯奉贈，幸勿怨也。時人服公之量，且得教子法。嘉慶丙辰，元和江補僧與余同舟過七里瀧，偶談及此。

康熙乙巳丁未間，閩中有牛産犢，腹下有白起二字。又江寧學雷震大成殿不已，有巨膽者趨視之，則見一蝍蛆，長尺有咫，附先聖木主上，因撥諸地，遂爲雷擊死，腹間有白起二字。余輯《淮南英靈集》於儀徵，張抑、高沼詩集中見此事。又云黄靖南麾下張某，遼東人，能挺腕當車輪，時號爲鐵膊張，又號爲黑張，順治初，卒於儀邑，葬馮家營。

震澤張棟字鴻勳，戊辰十月，客揚州，作論畫詩一百首，名《看雲吟草》。江補僧以五十錢買得雲麾將軍碑，碑係黏貼書本上，補僧移碑他處，露出此本。

儀封張大中丞撫吴，清勤嚴肅，爲一時名臣。嘗怒一令，將置之法。令私於公之左右戚好而謀之，其人曰：公不可干以私，然生平酷好理學書，能於半月盡刻某某書，事乃克濟。令唯諾，羅致梓人，不半月書成。已而中丞果召而讓之，歷指某事之謬誤，令對以不知，公益怒，令免冠叩頭曰：數月來，以刻書親自讎校，某某事偶未之察也。公問刻何書？令曰：刻某某書，晝夜讎校耳。公曰成乎，曰成矣。令乃以所刻呈之，公意大悦，竟解釋其罪。李冠三説。

程中之言，某宦出其妾，值父没，妾入奔喪，拜泣不起。宦以既出不可復留，告於江都縣懋公。懋坐堂上訊之，宦執父命不可違。懋訊妾，令改嫁，妾泣不肯，正色曰：妾之事夫，猶公之事君也。公不能事二君，令妾嫁兩夫乎？懋色動曰：爾既爲某家人，何以著颜色服？妾曰：此服老主母賞我，雖出，未嘗一日舍之，老主人之喪久持之矣。乃解其外衣，盡露衰麻之服。適宦之子至，妾所生也。見母相抱泣，哀不忍聞。直斷之曰：婦性雖烈，守志足嘉。父命難違，子恩難斷。飭宦迎之歸。懋名圖，滿州人，陞南掣廳，卒於官。

張某爲廣東巡撫，有番禺令按事於鄉，鄉民聚衆逐之。勢甚急，一老人叱退衆民，禮待令而送之歸，令訪其姓名，則一鄉所稱張善人也。令深感之，言於撫軍，撫軍深思良久，謂令曰：爾爲之欺，爾思民不畏令而畏張善人者，其故何也？遂擒善人一家以叛論，置於法。決之明日，撫軍方坐堂上，忽大呼門外有冠帶者五人至矣，衆人不見，已而曰升階矣，已而曰至前矣，兩手亂舞，大呼莫擊我，少頃死於公座上。以暴疾聞，實爲鬼殺也。高郵沈皛村言聞之王石臞先生。

裔瑞符言一馬快獲賊，錮之月餘，賊羸病，身如枯木，語言如蒼蠅聲。馬快憐其將死，釋去。九日後，復以盜被擒，則已肥白强壯。問以何術，賊言用豬大腸熬汁置瓮内，坐入其中，露首於外。復以大腸煨如膏食之，汁冷則换，所費豬大腸數十，凡五日則肥壯如是矣。嘉慶丁卯七月，揚州郡城内埂子上，雷擊死一人，先是，此人在錢店傭工，於樓上竊銀一封，置牆隙中，外塗以泥。久之，主人稽銀，知所失，遍問在店之人，各無以白。僉曰：請發誓。如竊銀，天雷擊之。衆誓畢，主人亦誓曰：若我以銀自用，而冤諸人，則請以子爲報。主人止一子，才三歲也。其人暗以鍼置兒臍中，兒痛哭徹日夜，醫者不能識病之所在，用藥均莫效，且視其死矣。忽其人挑錢行門外，若癡狂狀，呼之稍應，置錢店中，奔樓上，久之不下。聞雷聲自地起，殷殷不甚震，共上樓瞷之，其人已擊死，跪而不仆，以手指牆不下。主人循其指以視牆，則牆有泥迹，啓其泥，銀固在也。衆乃知銀爲是人竊矣。因曰：縱竊銀罪不至死，臆兒之病，必由此人。遍於兒身求之，乃於臍見鍼迹，以語醫。醫曰：是有治法。用磁石引之，鍼隨石出，兒得不死。鍼長寸許，置臍中不死，非有鬼神，奚能若是？是日楊石堂在城，親見此異，次日歸以語余。

余丁卯三月大病後，不能行走者百餘日。六月間，肩輿入城，在北門外街市偶步行，見一少年按一老媪於地，拳毆之，衆人環繞視。媪呼救，衆畏少年力，莫敢勸也。余問媪何人？衆曰，其母也。頓忘病軀，奮前以手摑其頰，應手而踣，躍起，又踣之，衆乃救媪去。余連擱少年十數，少年不敢動，至今不知少年何人，少年亦不知余何人也。既往，余頹弱如故，不知先此力從何來。其鬼神惡不孝，余平日力不能如是也。

黄榮木之父黄天保，患噎病，百治不效。偶見食落花生者，取食之，竟不噎，於是恣食之。或煮食當飯，凡飲食内以落花生入之，食即安適，凡半載，病遂愈。榮木舊名甲，與弟庚同爲學中弟子員，有文名，性情和藹，人樂與親。乃庚以自縊死，甲痛弟，改名榮木。然未幾亦自縊死，同人惜之。二黄與余善，其以縊死，不解何謂。

林枝蕃字盈升，江都人。居家孝友，與人交以信，里黨中有無力婚嫁喪葬者，恒首事倡義以成全之。境愈貧，行之愈力。少習舉子業，不售，遂專精堪輿之學。嘗自卜地葬其親，曰：吾依宰相，豈尚有貧賤子孫！其地鄰戴氏祖墳，越五十年而蓮士先生果相，其術之驗如此。與進士李道南友善，李贈句云：我愛林公，有古人風。無諾不信，無行不忠。我與之友，行合趣同。同在陋巷，一畝之宫。望衡對宇，其樂融融。既不榮通，亦不醜窮。囊無半文，濟物必空。他人有憂，其心忡忡。仁而不佞，德類仲弓。但以技名，是不知翁。

庚午正月十七日午刻，大風從西來，飄去民間草屋甚多，雨黑豆如槐子狀，内緑色，大儀一帶最多。

吴縣石遠梅名鈞，善吟詩，曾刻詩集，亦倜儻人也。以販珠爲業，每至揚州，未三十里，迓者如州縣之接督撫，争致於家，極珍味美饌以享之，優伶歌舞以娱之，名人詩酒以縶之。遠梅携一琴師，一畫工，蕭然寂處。日以吟詩寫字爲事，而鹽賈日候其門，遠梅出一小匣，錦囊緼，裹以赤金作丸，破之，則大珠在焉。重者一粒價二萬，輕者或一萬，至輕者亦八千，争買之，惟恐不可得。余嘗以問遠梅，遠梅曰：所以獻和中堂也。中堂每日清晨，以珠作食，服此珠則心竅靈明，過目即記。一日之内，諸務紛沓，其胸中了然不忘，雖百手登記，不能如是也。珠之舊者與已穿孔者不中用，故海上采珠之人，不憚風濤，雖死不恤，今日之貨無如此物之奇也。遠梅有一珠塔，高尺許，以珠結成。其頂上天生一珠，成葫蘆形，誠異寶也。適和敗，無有買此者矣。今不知所在。

歙人吴鴻渚，薄遊廣陵，所謀不合，素知星命之術。戊午春，爲黄春谷推算曰：子命正行魁，度今秋必得解元。始以其泛語耳。至九月將放榜，鴻渚促黄打點報録賞錢，以必解元也。或以爲戲，曰：必然。且必非第二人。若第二人，則不中矣。明日榜發，春谷果第一，於是邑人大驚異。鴻渚緣是得資累千金，然此後推人命皆不驗。他術士推春谷是年亦無以必其即成解元，不知鴻渚果何所據而云然。或曰鴻渚生命當於是年得千金資，故不啻鬼神來告耳。抑其術真有神奇歟。

徐閬齋以殺教匪六人得功，陞蘄州知州，交代赴任。途中宿客寓，寓屋三間，層而上，最後者屋在山上。厨屋在山下，時徐兩目病，需人掖而後行。是夕令從者五人皆宿，云將發書與某戚，獨秉燭坐。明旦，從者興，不見主人，覓至山下厨屋，則已縊死。時夏月，僅衣小單衫，袴間有便袋，内貯有所殺教匪六人之名，則昨夕新書也。有知者云，六人中一薙工，乃隨徐在軍營者，實非賊也。此李穆卿説。然閬齋何至殺無辜以覬覦一州官，穆卿得之傳聞，恐未必然。夫孤身與諸僕同行，烏知非諸僕所爲，而誣以鬼物之説也，是不可知。閬齋豪士，或亦脱略失防，至成不白之死歟。吾以爲孤身親奴僕者戒。

憶書三

顧超宗嘗咏白丁香花詩云：清到梅花知尚未，香於楝子恰相丁。越二十餘年矣。庚午三月，偶見此花，不禁泫然。

李濱石殁於京邸，己巳冬，夢濱石向余曰：人謂我死，我實未死也。朖吟二句曰：同是歸來情太惡，桐棺三寸逐風行。

庚午三月，里人相驚有狼，草木深雜，或駭集多人，喧而就之，實無有也。先傳狼在方家巷，方家巷又傳狼在廟頭鎮，而兩地皆無之。或曰：此宜防盜，必有盜六畜賊，先播此語，使孤村零户，夜不敢出，且失去六畜，可委之於狼也。此説頗切事情，亦造微之論也。録而記之。

楊石堂住屋東南隅，被雷火所焚。有老媪卧其側，聞聲以被蒙首不敢視，少時見火氣，乃知一柱震碎，尚有烟焰，以水澆之即息。柱側有三鼠震死，是時灌園王叟家草屋土垣上，亦破一穴，大如盂，垣内紙焚去，他物無傷損。

戊申鄉試，八月十二日進二場，夢一卒持刺來，視之，字徑半守許，曰年愚弟章世純。是時余年二十六，鋭於進取，或曰刺字稱年，今科必獲中式矣。榜發被黜，越十有四年辛酉科，始獲鄉舉，余年已三十九，始悟章柳州亦辛酉舉人，夢之奇驗，無過於此。然柳州終不成進士，以縣令終，余仕進之心，亦從此澹矣。

阮中丞撫浙時，有一術士説人生平事無不中，人稱其神，自藩臬道府以下，俱延之。乃爲余推算終日，不能置一辭。拱手曰：君生命奇奥，前生非仙即魔，非吾術所能盡也。此庚申年事，乃推歸安郡君葆初，稱其清貴而不永年。數年後邵舉浙江省第二名，明年會試，病殁於淮上。

庚午四月初七日，夜雷雹並至，三里庵以南最盛，槐子橋雹大如雞子，傷麥，傷新秧。一朱姓者早起，見其田中禾麥盡損，憤而自縊，其村後一家亦有因雹自殺者。朱姓小名穩子，住卞家嘴。

升秀班伶人在一村演戲，夜歇廟中，有大盜掠村外一富户，村人莫敢救。諸伶聞知，湧出與盜鬥，盜遺逸去。已而有招諸伶演戲者，諸伶往，其地在水中，達必以舟，殊僻則向之群盜藪也。合班數十人俱遇害，惟一旦名智官者，赴水逃出。此乾隆三十四年事。明年智官在湖中親語人，余時八歲，側聞之，今相隔四十許年。偶觀劇，村叟述此事，與余向所聞合。

丁巳館于湯莊，籬外池中洋蓮花，其瓣萬千相抱，力不能自舒，每晨起課僮代舒之。因誦王右丞西子詩所云：要人傳香粉，不自著羅衣。目之爲西子蓮，越十三年矣。階下鳳仙頂上作苞，往往不能自放，致菸萎，蓋衆葉攢蔟，力不能自舒也。

《松陵集》有背篷詩，以爲漁具，余湖中有之，乃不用於漁而用於農，余向亦有詩。

庚午七月十二日，雷震楊獸醫壩，一家三婦死。其長婦利口，善詈其翁姑，雷自口出，舌唇齒頰盡焚。又聞是日邵伯鎮郭姓浴堂，雷震其後牆，有麻雀數百，或死者或活者。

廟頭賈氏齋閣前一老柏，百餘年物也。屋已圮，而柏存。柏上一孔，内有鳩巢。賈姓小兒梯上探鳩卵，手入不能出，强拔之如刀刺，痛徹心肺，視之其孔實大倍於腕，無阻礙。於是同行衆童子跪乞之不可，鄰里親戚焚香乞之不可，最後其父踉蹌來，蒲伏泥首默禱，兒手忽脱出無他苦。其父曰：數日前吾將賣此樹作浴室梁，實未語人，樹神有知，苦吾兒以示我也。謝不敢賣，兒手乃得出耳。衆乃知此樹之有神也。嘉慶辛未年事。

楚人張無波者，德安人。辛未客揚州，自稱向年教匪横發時，伊曾爲鄉勇守城，因説軼事數件，頗資笑談。一鄉人爲教匪所得，時已四月，匪尚披裘，因以裘與鄉人易夾衣而釋之。鄉人以夾衣易狐裘，大得利歸，而誇耀於人，其鄰人羡之。明日，亦取夾衣數襲往獻，匪聚山上，寨門閉，叩之，稱獻衣者，匪大怒，執而殺之。一教匪乘大白騾，負一囊，囊中有金，入一村，村人皆遁竄，止一人在，被執令煮茶，村人以茶獻，且延入坐。匪入屋飲茶，村人曰：騾亦渴矣，宜飲以水，牽於前溪中飲之可乎？匪頷之。村人牽至村口溪邊，忽躍身上，鞭之，急驅去。匪追之，溪路盤紆，匪不能及，騾及囊金皆失。有二匪驅一人，有一人卧於地，見匪至，以石子向匪面擲之，中口鼻，破流血，大駭退去。一匪得一婦人將姦之，婦仰卧，以小刀貫其腹而死。一匪入一村家，令具酒飯，村家以酒獻，暗置毒酒中，少頃匪死。一村塾學究聞匪至，端坐以待，匪執問何如人，學究曰：讀書教學者也。匪曰：爾讀書教學，寒士也。不殺汝。學究正色以大義責之，匪怒以矛搘，一日夜乃死。嗚呼！此學究者，可謂枉死矣。

史大郎者邵埭鄉間人，年十三，遇道人授以古篆文，能識矣。乃授以書，書上皆古篆也。大郎乃於堂前用几案木板，架一臺，又收零星鐵於鐵工處，造二器，每重十八斤，如椎而有四鋭牙，牙上貫以環，名曰娑羅楔，每夜登臺上習此器。三月初一日夜半，道士至，切責曰：吾戒汝勿向人言，何洩我語？今不能傳汝道，當俟六月初一日也。遂去。時大郎母適聞之，明日宣告諸族人，族人搜得鐵器毁之，尋其書不可得，錮大郎，時時防閑之。陳兆山館其地，去史不遠，述以語余，言邵伯有其所書篆文，多作圓圈如螺文，此壬申年事。癸酉二月朔，嘗語阮芸臺漕帥於秦太史座上，或曰此篆文乃回回書。

邵伯鄉間有卞孝子者，貧居，母子相依，母殁已葬矣。每夕必往卧墓所，適大雪，以身伏冢上。邵伯巡司弓手巡夜，認爲盜，擒之。巡司訊問不答，笞之亦不答，此辛未冬十二月事也。壬申春，有請乩仙者，仙稱卞孝子云云。乃踪迹得之，值三月二十八日賽東嶽神會，乃以轎迎孝子，鼓吹導之，隨神後，遍遊於市鎮中。紳士追隨轎後，事雖近於戲，而足爲鄉里風焉。

學師李公，寶山人。乾隆壬寅來任府學教授，至嘉慶辛未陞國子監博士去，學中人作一扁送之曰：以道得民。壬申八月，舁至學署。其時教授易公送考試在泰州，易公之婿不許懸於堂，因改上於明倫堂東間後簷梁上，明代進士題名扁之下，牆上有明代舊石碑。舁者借碑置梯，碑忽中斷，梯上之人與扁並蹶。上一人頭破，下二人足折，外甥裔向之親見之。學書錢叙曰：歲許不敢有人再來，上若有鬼焉。

癸酉正月宿相墩，邵伯鎮人云徐侍御寅亮之兄行四，於嘉慶十六年請箕仙皇甫真人問水。仙判云：七月欠一，水過屋脊，桂子飄香，謹防地突。蓋淮水每年漲溢，邵埭適當其衝也。於是徐氏大懼，兄弟分析，半移居於浙之嘉興，半移居大橋。邵埭大宅封鍵，是年七月二十九日，其屋被焚，救火者用水炮擊之，水高於屋，説者謂：七月欠一水過屋脊至此驗矣。八月十四日，其子侄赴院試，有入學者，或以爲第三句之驗。是冬侍御歿於浙，説者曰：此地突之驗也。地者，弟也。壬申冬，余在城，聞蘇州客載銀於車，至南門外，車上銀失去一千三百兩，鳴於江都縣潘公。潘遣蒯手胡愷於馬王廟卜之，渡江，到江寧，投一捕人安姓者。安年三十許，問其來，胡告之故。安禮胡甚恭，稱之曰五叔，胡愕不敢當。安曰：吾父嘗稱揚州胡五叔，爲人有俠氣，久欲識叔，今幸至，勿訝也。蓋胡素輕財好結納，凡他處捕至揚，必厚贈，豐以酒食，安之父蓋嘗受其厚遺，胡實不憶也。乃殺雞庖牛置酒款胡，曰：姑飲，叔之事吾爲踪迹之。少選，壯士四五輩至，立安前，問何事。安以目熟視，留二人耳語，良久去。乃與胡歡飲，胡不測，且飲且疑。飲未已，二人踉蹌至，又耳語良久，退去。安謂胡曰：叔之事已有踪迹矣。叔急歸，换大批來。揚州南門有枷犯某某乎？胡曰：有之。曰：歸問此人，當得其名姓，更來捕也。胡如言問枷犯，枷犯曰：果有之。是日伊四人得手後，曾以數百錢與我，因告以姓名，建平人也。胡復渡江語安，安曰：非小盜，當慎致之。以數人翼胡去，得其三，其一人在蘇州矣。胡素善拳擊，聞其黨衆，胡使安之人立門外，大聲呼曰：如止三五十人，不煩諸公也。獨身入黨，竟不敢動，擒致建平縣訊之。曰：是日得銀，遇甘泉縣捕人楊乂、宋四者，分以五百金，餘八百金四人分之，今僅存一百矣。胡以三人歸，並致楊、宋二捕人，付之獄。

余幼年作咏史事時，多不記，止記骨醉一首：冤矣王皇后，香魂繞榼銷。劍飛寧當麯，葬地已爲陶。慘固同人彘，心惟願作貓。君王春夢裏，應帶醉來朝。

門人金嘉芬之妹，於癸亥二月胸間有氣上撞，寒熱不食。余令服當歸、巴戟天，有微汗，漸能食，而胸中時時痛，忽嘔一物如蜈蚣，能行而兩目未開。

郁李，一種單瓣白色，與李花絶似，此郁李所以名也。開傍石邊，清韻絶倫。

癸酉秋，集市後圃人種瓜，一番瓜，藤扁，闊六七寸，長丈許，近根處生鬚，鬚上生二小瓜如眼，其形蟠曲如龍，遂相傳爲番瓜龍。日來看者多人，圃人大懼，急斬去之。遠處相傳，或附會其説非也。書其實於此，此七月初間事。

從曾祖衛水公宅在市中，公生四子，叔出嗣，已絶。季居右屋，已久售他姓。惟伯仲兩房尚居舊宅，伯之曾孫藍田居左，仲之曾孫伊蒲、春元居右。後有樓，亦久拆毁，惟存一堂屋，一廳屋，一門樓。伊蒲、春元，其曾祖兄弟也。春元居廳屋，伊蒲居堂屋。春元貧甚，將售屋，而伊蒲僅温飽，力不能買，唯藍田力可得而不敢。余壬申春力任其事，爲之説合，賣與藍田。蓋自門樓以後，乃衛水公之正宅也。其廳屋有公之封誥匣及諸扁額，一旦售之他姓，非所宜，此慫恿藍田之本意也。乃小人播弄，曲折甚多，余實不避謗毁，不恤勞力，爲春元籌畫安居，得貿易於市。又爲依蒲典質族人德致之屋，春元既可餬口，並德致之屋亦仍吾族居之。書其大略，以明此舉之用意如此。

孫矮，姚氏奴也。嘗來湖中，爲姚氏收稻租。姚爲曹縣令，嘉慶十八年八月，賊匪殺之，及其家口數十人，孫矮已竄出，念牀頭有金，不忍舍，復入取之，亦見殺。

甲戌正月晦日，登閣公墓。公名士，選明萬曆庚辰進士，官至山西右布政使。一老農云：墓前小田，十年前，有兩牧兒挑菜拾得銀二錠，又一牧兒與争，遂棄於塘水中。其父兄知之，涸塘求之不得。明年，浚塘深二三尺，仍不得，衆以爲閣公之靈。

憶書四

全椒金進士兆燕，嘗於市得一印，文曰棕亭，因以爲號，莫不稱棕亭先生矣。秉鐸揚州，乃搆一亭於學署之右，即扁曰棕亭，作《棕亭詩》云：廣文官舍如蓬科，數椽新搆安樂窩。繞屋花樹交枝柯，小亭容膝堪婆娑。妻孥婢僕紛譏訶，何異琢玉爲飛墒。傳舍寢食年豈多，徒爲後人作巢窠。遷官他日奈此何？安能車載兼馬馱。先生但喜居有那，此語勿聽姑言他。好友一室同吟哦，軒窗晴日烘簾波。斗酒且喜衰顔酡，安問頌禱哭與歌。

江寧蔡芷衫，名元春，老詩人也。其形如鶴，動必合禮。儀徵施小銕先生，少與爲詩交，施貴，遂不一見。施聞其遊於儀，步行訪至其寓，歡論三月，而蔡終不至其門也。或以札託其便寄江寧余秋農，屬其至秋農家面致之。蔡歸，適遇秋農，示以書而不與曰：某屬某屬我送至君家也。明日，蔡詣秋農家，適秋農他出，見其子，又示以書而不與曰：某屬我面致秋農也。履轉數月而後達。又有遠客至，叩門，蔡啓扉見之，驚訝失聲，復閉門不容客，入良久，開門出，已盛服矣。蓋先此未衣冠，恐褻遠客也。戊午，余在江寧，會於快園，傳其事者甚以爲拘。然古道日漓，得此一老，亦可以諷矣。

嘉慶九年三月末，霜黑色，著白衣有斑，蝗子盡化爲蚊，齧人。五月間，泗水者言水面微温，五寸之下，寒澈於骨，未幾水至。

裔德紅言，凡花五月前開者，皆可烘令冬開。五月五日後之花，則不可烘，烘之即枯瘁。蓋五月一陰生，陰生之物，發以陰氣烘之，以陽助陽，不可以陽助陰也。烘之法，掘一地窖，置花於内之四周，中置一鑊，盈以水，用炭火徐徐煮之，窖上覆以土，不漏一隙，水氣升滿，窖中暖而兼潤，樹即生葉生蕊，漸移近，日即開。如牡丹、芍藥、桃、杏、石榴之類，皆可於十二月烘之。蓋獨陰不生，獨陽不生，水火相交而後孳也。佛手、香櫞之類，冬月窖之，用陶器爲外，以木作桶，貯陶器中，周以炭屑，裹以紙，可至夏月不壞。菊之初蕊者，用蟬翼裹之，至正月去其蟬翼，菊即有花。

楊竹廬都尉言，其先人嘗在口外見一馬行水上，四蹏踏水面如有載之者。又一馬蹏齧甚，军校殺之。其腹皮内生鱗甲，皆龍马也。

《庭聞州世説》六卷，泰州宫紫懸太史撰言，十年前後，以重價購求正德錢一二文，可值一金云。正德爲遊龍，佩之渡江河，無波濤之厄。近遂有僞爲求售者，甚或錢背鑄一龍，前此未聞，此康熙年間事也。余幼時尚見有以正德錢佩於腰者，近則無之矣。乾隆戊戌己亥間，擇康熙錢，幕有漢字者十枚，爲同、福、寧、東、江、漳、臺、廣、薊、浙十字，每十錢可换千錢。

浙江某縣，偶忘之。有母子者，家甚貧，子夜出曉歸，則母之頭失去數日，後得之碉門。碉門離所居百餘里，報官理之，不可得其故。以爲姦，則是媼六十餘，且多病老醜而尫，斷無姦理。以爲盜，則窮無長物，亦未失一物，况盜不必盜其頭也。以爲仇殺，則無仇，村人憫其貧，多周之，母子方感惠不暇，何仇爲？於是遷延歲餘，有里正出首，始得其事。蓋兇手某甲者，素有仇家，思有以害之。知是媼夜獨宿，居在路側，又老病易殺，乃自籬入斷其頭，行數十里，將置於所仇者之門。適仇家有病人，門夜啓，燈火往來不息，甲不能遂所欲。又思離此數里有里正者，亦其仇也。乃置頭於里正之門，里正之子晨起見之，驚告其父。父曰：此必仇我者，彰之則墮其計，姑匿之。三日後陰送於碉門，此頭之所以在碉門也。歲許，某甲者忽持一帖詣里正，恐嚇之云：適在碉門得此帖，言向來人頭，乃爾所置。吾與爾厚，特潛送爾，當報我。里正餌以重謝，得其帖。明日，持以自首，是事之情乃畢見。此嘉慶庚申年事，余在浙撫署，親見其事。帖即甲所書，文義佶厥，多不可句。細審其文，大抵多别字，似歌詩云。此帖今存案卷中，天下事多有無情無理，出人意外者，如此是也。記之以告法家者流。

張竹軒名葆光，滁州詩人也。嘗客揚州，館牛太守家。見人有鼻烟瓶，亦購得之，以高糧酒貯入，時時嘔之。將試於省，苦省中錢價不一，恐受其欺，在滁置錢二十千，買二驢負錢。至省，僅携一僕人，每日放驢城外，飯食灑埽，乃自爲之，而每夜飼驢以穀。時省中錢價賓賤於滁，計買驢養驢之費甚多，方大悔，其性趨風味類如是。有二人各質以詩，竹軒閱畢，指甲曰此短，指乙曰此長，其實甲優而乙劣也。問其何以短，何以長，乃曰：甲之短，譬如黄馬褂。乙之長，譬如黄外褂上有皇恩欽賜四字。其詼諧之妙，令人解頤。

嘉慶十年，大水，民饑，商人於下河諸邑設廠賑粥。泰州廠在光孝寺前，初開廠時，有孺子牽其母衣，泣涕而出。既出，母問其故，孺子曰：適入門，見兩巨人麻冠麻衣，面目兇惡，寧不食粥，以避之也。母方詰其妄，忽門内數百人，一齊傾踣，死者九十四人。

乾隆初年，堰橋鄉一人被殺。甘泉令賀公，廉吏也。私訪於人。其人曰：江江一蒲鍬。揚州土語，呼確確爲江江。又讀江若姜，賀誤聽以爲姜家一蒲鍬，被殺者之鄰適姓姜，素無賴，乃鍛鍊成獄，竟抵命。至今里人冤之，特記於此，以見私訪之不可恃，而各風俗土語，尤長吏所當察也。

周金聲患頭痛，醫治不愈。李翁西垣名炳。診之曰：脉有鬼氣，非尋常頭痛可比。他醫咻之，以爲翁之怪也。越半年，目中見鬼，始而見形，既而能言，則張姓者。云前世爲周之僕，爲周所殺，周乃大奇李翁之診，復請治之。李曰：痛可以藥去，鬼不可以藥去。雖然，古人有治鬼之方，請求其理以試之。鬼之所託，必在陰藏，惟肝能匿之，故痛見於頭，而狀形於目。余思鬼畏風，試以風藥驅之。乃署防風、荆芥、獨活、羌活、白芷、川芎、藁本、細辛，而重用甘松作末藥，使周朝夕服。初不甚效，久之鬼漸蒠縮，謂周曰：姑遲十年更來。鬼形頓寂，周疾亦愈。周神李翁之技，遂學醫於李。余撰《李翁醫記》，嘗載此事。時乙丑夏月，周方以醫噪於時。是年秋七月，李翁歿。至明年丙寅，去周病愈正值十年，鬼復至，嬲擾萬狀，周竟死矣。方周之既愈也，每病，李翁治之，皆以通利之劑，令時服百勞丸，丸中有大黄、䗪蟲等，皆破血之品。翁戒之曰：鬼非血不凝，血破，則鬼無以宅，異日慎勿以陰虚用補血之藥也。翁既歿，周昏瞀，忘翁之言，用他醫説，服地黄，而鬼至，翁之治鬼，可謂神矣。然鬼期以十年復來，蓋預知翁之死，而驅治者無人也。鬼亦靈矣哉。或言金聲有兄，嗣其伯父爲子，伯父久歿，嗣母不相能。有養媳未成禮，而是子私之有身，他醫以爲蠱脹，獨李翁決其爲男胎。母大恚，以爲有他私，是子跪自承，明其爲己所私也。母不聽，已而生男，殺之。是子乃憤縊死，金聲實有力焉。鬼既其兄也。諱稱張姓耳。李翁精於脉，辨胎之有無、男女不少爽，自悔以診殺二命，此技遂不肯傳於于人。是嗣母者，鄰里不齒之，今飢寒爲乞丐云。

北湖江起堂之兄子，嘉慶十四年八月，病痢月餘，一日氣絶。家人備棺衾，未即殮，一晝夜忽甦，呼起堂曰：兒不死矣。見白面王，細詰姓氏里居，曰誤也，責役三板，釋回其家云。胸尚温，喉有微息，實不盡死也。三十年前，有水夫徐大六者，死三日，胸已不温，家貧無棺，忽起，又二十餘年乃死。古人死不即殮，升屋而呼，原有深意，慎終者宜知之也。

郡城小東門外多子街戴家染坊對門，開茶罏者，三鼓時，忽聽門外瑟瑟有聲。窺之，則數人鎖一染工，牽之行，後一人以棓抵其腰，向大街東去。故識其人，忖曰：此人素謹愿無過，何罹此。出視染房之門，則緊閉焉。明日，趨問此染工，適不在店，已疑之，久之始悉其事。是夜衆染工皆睡，聞呻吟聲，衆起視，則此染工自投湯鑊中，下半已糜爛，人無知者，不知其何咎也。

吴西齡，杭之老懦也。李鶴峰先生督學兩浙，時慕其人，嘗步行訪之。所著有《説文理董》，依原卷數，前有前編，後有後編。丙辰，余在杭州見其寫本。

丙辰，在浙見沈石田《野翁莊圖》，繫以詩云：野翁未見見新莊，石子回階引石梁。高樹隔牆烟寺近，亂雲拖雨晚山長。自春載酒應無度，每日留詩定幾章。絶與輞川標致似，我爲裴迪亦何妨。跋云：向歲雨中過野翁莊，北野固不在，余得逕造，成題以歸，兹爲圖並録前言，用抵覿面云。浙東楊子器次韻云：第一泉頭一草堂，鄉人稱是野翁莊。簞瓢有味功名淡，塵穴無緣夢寐長。荷篠行看雲影散，脩琴歸去月昏黄。杏花春雨園林好，藥品風吹繞屋香。小屋如龕蓋薄茅，野翁投作寄身巢。家常有酒依方釀，村僻無書借本鈔。認主雞豚渾解語，忘機鷗鳥類深交。白雲滿地山周匝，俗客柴門未許敲。李庶飲野翁泉，是日秋亭携苦節君與俱。因用匏庵太史韻一首云：山瓢新汲野翁泉，揹石澄來信手煎。詩侶一時皆出右，茶仙秋亭別號。六事更無前。乘風北野先歸去，抱被西巖暫借眠。奈得相如病消渴，暮年水遞賴君全。晉庵陳賓詩云：放舟赴飲野翁莊，喜有諸公共舉觴。淑景尚如前日好，老懷不似少年狂。來衝小雨穿山徑，歸戴斜陽出寺塘。一日陰晴猶未定，世途何必計興亡。詔許歸田慰暮年，野翁莊上任留連。尊前常儘平時量，心遠多因此地偏。天上風雲曾際會，山中猿鶴且隨緣。流行山坎非由命，自有吾儒舊簡編。跋云：丙辰夏四月，望前一日，辱北野先生又招飲於此，酒酣得二律，遂書，俾從者黏於壁，以紀一時佳會，且爲後會張本云。姚文灝詩並跋云：野翁莊近體用晉庵先生之高韻，不避補綴，良可笑也。怪底野翁詩似唐，十年高卧慧山堂。巖邊積雪當墐户，樹裏鳴泉繞石廊。雞黍每邀方伯過，江湖應笑使君忙。朝來避暑閒相訪，坐到東林缺月光。懷玉山人姚文灝稿拜。北野老叟宣城石經詩云：山莊初至剩歡然，稅駕堂臨翠嶺鱗。萬壑松聲送琴筑，一泓泉影盪雲烟。旋栽梧竹傍牆隙，巧甃階墀取石圓。境固清幽人更美，午橋何必慕前賢。曲曲回廊繞澗亭，品泉嘗茗我非能。倦來就榻時一卧，喜極携筇山載登。午席款扉俄得伴，夜談折簡故招僧。欲酬吟句難摹寫，更向松陰倚翠藤。跋云：戊午十一月八日，訪北野先生於山莊。杯酒盤桓，遂蒙留宿，匡牀石枕，夜不能寐，爰賦俚句，以寫妙境。薛憲章詩云：高懷壯歲已歌唐，錫麓曾開北野堂。仕不出門還井邑，隱仍醫國謝巖廊。自非説劍遑多暇，除是揮毫更底忙。水部詩篇勞寄似，驪珠璀錯坐生光。卷首有祝允明書，野翁莊三大字。後則錢籜石侍郎載跋云：野翁周姓，名佩，字鳴玉，號北野，南直華亭人。弘治庚戌進士，授水部主事，遷郎中，值内豎李廣用事，拂衣歸。築莊錫麓，嘯歌自娱。沈啓南寫此圖，並繫以詩。祝枝山爲題其額，而野翁莊之名嘖嘖詞壇矣。卷後諸咏，啓南實倡之，而和者多知名士。按陳賓字朝用，無錫人。天順甲申進士，以藩伯致仕。李庶，福清人。成化辛丑進士。姚文灝，貴溪人。成化甲辰進士，任湖廣提學，風節凛然。嘗自謂所能者三，毁譽不入，請託不行，賄賂不通而已。楊子器，字名甫，慈溪人。成化丁未進士，仕終河南右藩。爲詩敏捷，下筆數百言，不屬草，嘗與楊君謙集都元敬齋，名甫立成數律。君謙曰：子才堪使外國，驚倒番人。名甫曰：我詩不行於中國，僅可驚番人乎？史經，宣城人。薛憲章，字堯卿，江陰諸生。博學工詩，元敬序其集，謂可繼王原吉、張希尹後塵。子甲，嘉靖己丑進士，並一時名筆。惟匏庵詩，不知何時佚去，感慨係之矣。計此流傳幾三百年，曾無表彰之者。今詳訂始末，俾後之覽者，瞭如指掌云。乾隆己酉嘉平，籜石老人錢載識。時年八十有二。

吴縣周瓚，號采巖，工畫白描人物。乾隆庚戌，自京師歸，遂家於揚州。嘗爲阮大中丞作校書圖卷子，爲余作《焦公像》，與《焦孝然像》。程竹广太史爲余書跋於上，又作《諸葛武侯出師像》。林庚泉小楷書《出師表》，又作《仲長子像》。曲阜桂未谷八分書仲長子像四字，皆傳作也。其白描人物，皆出以心思，自先起草改定，然後揮筆於幅上描之，不似他人必假舊稿爲藍本也。其論畫云：凡人或坐或卧，或行或立，須如生人得自然之態，手足衣服，稍有做作，便是優人身段，土木形骸矣。辛亥、壬子、癸丑，相處最密。乙卯同遊於越，曾娶妾生一子，今復歸吴中矣。阮中丞貢上墨模，采巖所畫。

憶書五

《南史·循吏傳》邱師施臨安還，惟有二十籠簿書，并是倉庫券帖。余乙卯丙辰佐學幕於浙，歸携廢卷紙兩擔，至揚關，守關者以爲絲物，當投税，啓鑰驗之，色沮。

總廳朱公元龍，家住郡城内游府轅門前，有妖擾之。既守泛北湖，遷家口來避之。已而妖亦至，其子十一二齡耳，妖獨擾之爲甚。是月割肉，刀忽舞空中有聲曰，十五日以飛刀來殺汝，舉宅大恐，朱乃與其子避之。時甘泉山下坎頭巷有胡姓者亦有妖擾之，焚其屋至盡，俱甲戌年事。

余生平最忌夢蛇，癸卯甲辰間，屢夢大蛇，乙巳遂丁先父先嫡母憂。戊辰二月，夢大蛇，黄色，壞廳屋右壁。越一月，而仲弟叶六病殁。丙辰，在衢州，夢蛇盤榻下，明日姑母訃至。其餘凡夢蛇，大則有死喪，小則亦必疾病，未有爽也。甲戌二月，又夢二蛇甚小，一在丁香樹下，一在書塾階下，昂其首相向，張口若求食，余婦以勺取盂中物，傾入其口中良多而後去，心甚惡之。閏二月十一日，廷琥自城歸而病甚危，至月菓方安。而二十九日兒婦厥不知人，張口不能聲。余婦以參粥傾入其口，儼然夢中蛇狀也。病治數月方好。

甲戌年四月二十五日丙戌，《素問》所謂天符也。天氣甚寒肅，是年五月，族中一婦人洗浴，死於浴盆中。又聞一女洗於水，立死。一婦人踏水車即死。

乾隆乙巳四月，先子咯血，疾發，數日小愈，但倦怠欲卧，二十五六日遂卧不起。然每歲疾發，多如是。適縣有牌示，五月初一日試童子。循時方補廩膳生，例於前一日在明倫堂公押保結，而二十八日則書院課期。二十七日，先子命入城課文，且應公押，曰可初二日歸也。督家人治角黍爲午節用，然福氣殊倦，語言聲不揚。循二十七日遂入城，明日在書院作文。更許，家中傭工張眇來曰：今早公道橋黄醫來視，稱不治。聞之魂喪，急行不及，火策驢，驢不行，乃步歸。三鼓半，先子已氣絶，臨絶，呼大兒不已。蓋余入城，有張醫進以丸藥，即神昏，旋延黄，已不可爲，仲弟以治棺往仙女廟買木，故終時惟三弟在側，三弟始十二齡耳。先母哭謂循曰：汝父待汝歸，有要語付汝。屢問，曰：不可待矣。究不知所付何如語也。言至此，痛心不可爲人。計離先子僅一日半耳。一保結，一課文，有何大緊要，而必入城，致此終天之恨。時欲自殺，餓三日，婦翁阮公賡堯來曰：爾父有語欲付汝，是可思而得也。爾惟於事之宜盡者，皆盡之，即父所欲語也。爾死，何以體父之所欲付？今已距三十年，生平第一大咎，夢寐中所不能安也。嘉慶壬戌，自京師歸，阮中丞又有書相約，買舟行矣。吾母忽泣下，以鮮鯽魚養水中付之曰：爾帶於舟中，烹而食也。時竟行，十月心時動，適母有信來云，得曾孫，遂辭歸，從此不復出。乙丑會試不赴，而吾母竟終於是年。洪賓華輓詩云：忍教千里絶温裾。此知我者，而余實心痛於先君之終，不獲侍側，尚不致再抱此痛耳。

甲戌秋，里中有父子之訟，訟師陳姓者實主之。十一月二十五日，陳早起，俟沐完有所謀。忽大呼若有攫之者，暴死。聞者稱快，人誰不死，死而必令人稱快，亦危矣。又有丁姓者，亦訟師也。人以虎呼之。壬申，二子偶病，丁忽於藥中目加葛根，二子遂不食，三日相繼死。丁後爲大吏訪拿，死獄中。

甲戌夏四月，大旱，竹筍出土尺許，遂不復上。至秋雨後，皆復成竹，余爲《秋竹吟》云：百日不雨赤日烈，草枯樹黄秃無葉。立秋三日乃聞雷，電光徐徐催雨來，犀角滿地篁生箬。一日一尺長，十日長一丈。一月未窺園，青接雲霄上。西風漸冷蟬無聲，親篁弄影秋窗横。木堇方榮，半夏始生。陰陽之氣，有時而不誠，吁嗟乎！田中禾，秀而不實可奈何？又爲《青頭稻歌》云：天上不雨，地下水來。天上不雨山田乾，地下水來水田漫。湖水八月刺骨寒，泗水刈稻稻未老。一半沾沾不離稾，或春或揄要青頭。晨炊作飯香悠悠，婦子嘻嘻幾日食，只恐完糧完不得。

戊申，在江寧買一絲帶，繫至庚申年。又在江寧買之，始換去舊者，又繫至乙亥始換，蓋已斷裂不可結矣。憶向在浙署，有馬張者哂曰：一帶值幾何？余慨然曰：設余得新者，以此贈爾，爾欲之乎？曰：不也。然則以贈他人，有欲之者乎？曰：不也。然則將棄之矣。吾正慮夫新者至，此鶉結歷録者將不存也，余以戀之者存之也。

先王父鑑千公，望子孫讀書，時吾父以咯血不復能應考試，先王父甚望有孫能讀書。是時里中有文昌會，意欲與焉，而衆不許，以爲既無應試之人，且俟若生孫能應試時，請君入會可也。王父無可奈何，憤鬱而已。故吾父後有請入此會者，不許也。乃余竟以二月三日生，而向之在會者，今轉不必有能應試者，然則讀書不讀書，不在文昌會與否也。偶憶而書此。

乙亥五月十九日癸卯，阮梅叔著人來云：伊墨卿先生在揚，欲下鄉奉候不便，又不敢請先生入城，相約二十一日會於雷陂之阮公樓。二十一日乙巳，早起，冒雨到雷塘。尚早，先過吴生立和家。吴生留飯，飯罷，城中人方來，乃趨到阮公樓，伊公鬚髮頗蒼蒼矣。言數年在家讀書授徒，本不欲出，因見外間教匪滋肆，不敢自安，故出以報國。且數年讀書，將出而自試其學，先生真不愧儒吏。因同到隋煬帝陵，眺望久之，共飲於阮公樓。飲方訖，大風雨從西來，滿樓皆涼。少時，予先行，先生以所刻《雷翠庭集》見贈。先生作《雷塘話雨詩》，余撰《雷塘話雨記》，梅叔亦有詩。是秋，先生以病卒於揚州。九月末，公子少沂以柩歸。少沂名念曾，有札寄湖，屬作誄文。余以賤不敢誄貴，效《雁門太守歌》，猶以弔之。

憶先生乙丑守揚，丁卯以憂去，至此九年。郡胥韓奇云：伊公儒吏也，嘗行部至高郵，呼州吏某某至市口曰：吾自下車以來，訴爾者不一人，然止杖罪，若提訊爾，恐累百姓，姑杖於是，爾輩宜更新改悔。遂杖之，民大快，其吏頗知悔。又至泰州，一州胥著新襪，履尤燦麗。公曰：爾一胥乃自侈如是。罰其隨輿後行。凡趨一日，胥跪乞改過從儉，乃釋之。

丁卯，余在昭忠祠修輯府志，太守伊公所召也。時同一人往見某令，其一人長跪，余長揖而已，令色若不豫，此余有傲名所由來也，甚悔不當往。壬戌四月，謁朱文正公於白池，不過長揖而已。

農人以芒種後爲梅天，夏至後爲時天，頭時七日，中時五日，下時三日。小暑後爲浪蕩時，必至大暑不雨，乃種豆。諺云：六月六，種紅緑。是也。乙亥，梅天方過，才交時，亦非無雨，特不大耳。山農以爲旱，争種豆，豆種昂貴，每斗至五百錢。農人稱貸買豆，而以稻秧賣與湖農。五月二十五六日大雨田，田滿足，溝澮皆盈。而田已種豆，欲耕去，栽插稻秧，而秧又賣去。豆不宜雨，皆爛損，於是雖得雨，仍不啻旱年矣。人情不安分以待天時，浮躁之弊，至於如此。

鮑惜分之子均，年六歲，其塾師授以《爾雅》。惜分遍問人，皆曰善，最後問余，余力阻之。又作文一篇，暢言其害，惜分深以爲然，後語人曰焦某通達不迂，指此事也。憶循初入學時，先子命授《毛詩》，後讀四子書，謂不必讀注。時頗有言宜連朱注讀者，先子曰：兒若不能讀書，朱注何用讀？若能讀書，單靠記得朱注，爲不怕歲考記耶？先師范秋帆先生言《左傳》不可不念，念時即講，不啻看演義，真足以舒小兒之性靈。後見章進士《文史通義》，亦言小兒宜先讀《左傳》。

乙亥六月，閱邸報石御史承藻參劾王樹勛，已革職研審，爲之大快。樹勛，邵伯鎮無賴子也。嘗依江書海作奴，隨江入京師。書海死，王遂爲僧於宣武門廣慧寺，法名明心，妖言詭誕，交通要津。乾隆時，事犯，一時被累者多矣，舉人章宗原其一也。見孫淵如觀察所作傳。潛歸，蓄髮居小街，仍以結交當事爲聲氣，後以修石塔寺又漸起，遂捐同知，卒升知府，前年歸郡伯鎮。雖自冒稱巨族，而本鄉士大夫無與酬接者，除往來貴官外，日與市井間無賴酒食笑樂，其坐間客或帶小枷，或繫鋃梏，或面刺字，鄰里頗傳爲笑談云。

徐心仲，西鄉農家子，讀書西門外都天廟中，師事甘泉老儒姚雨田。在廟甚苦，僧亦薄之，余以其有志也。乾隆癸卯請於先君，邀至家塾，彼所知者高頭講章，明人八股而已。余乃令看諸經注疏，其師嘗面責余，謂余害之，不令學時文而從事於經也。戊申府試第一，明年入學，頗以學結交當時名士，遂力詆余之短，余不校也。一日，又於人衆中詆我，適黄春谷在坐，不平，訶之曰：焦某原可短，但子獨不可出諸口，子非焦，何得至此。余時在浙，已而李濱石語我，余亦頷之，待之如故。未幾病死，其妻盡賣其所蓄之書，而嫁余於書賈葉翁處。見其書中竟有詆我而大書特書者，不以爲謬，即斥爲妄，余始甚恚之，既而轉以自省，悉以其詆語付諸火，且擇其善爲作《江都兩生傳》，汪孝廉孟慈修江都志，徵事於余，且以傳付之。

李西垣精於醫，不善逢迎，故不行於城，常往來於淮，而往邵伯鎮者最久。每乘舟過我，則沿湖之人邀之以小舟，相接如蟻，翁於貧窮無力者，用心力活之。乙丑秋歿後，邵伯人集其十數年來所用方藥，各依脉安，分門類居之成簿，有疾則設位禱於翁，檢簿中方案相合者服之，頓愈，愈則謝以紙錢。此楊君贊齡爲余言，云聞之朱培五，朱、楊皆以醫鳴者。

余八歲時，在公道橋梓潼祠時，未與阮氏結姻，以拜壽往也。賓客甚多，内一人誇其子聰雋，令當衆人誦壁上詩。其子長余一二歲，詩中有馮夷二字，伊讀作縫。讀已，余叔祖續園翁顧余曰：子亦能誦乎？余笑曰：余固能誦，當不致似若讀馮爲縫耳。其子不服曰：此百家姓馮、陳、褚、衛之馮，何誤邪？余益笑不已，曰：吾生實不讀百家姓，而嘗讀楚詞，此字音皮冰切，乃憑字也。旁一髯者大稱奇，又一人私語曰：區區者而夸若是，非令器也。乃太學公阮賡堯先生竟以此深契，遂結婚姻，至今四十餘年，偶憶及之，録於此。蓋余三歲隨嫡母謝孺人，即日識數字，時母妗范氏、表叔王丈容若，皆以字音反切相授，故能知耳。

憶書六

余生平最善容人，每於人之欺詐，不肯即發，而人遂視爲何欺可詐，每積而至於不可忍，遂猝以相報。或見余之猝以相報也，以余爲性情卞急，不知余之病不在卞急，而正坐姑息。故思曰容容，作聖必合，作肅作乂，作哲作謀，否則徒容而轉至於不能容矣。自知其病，乃至今未能改。

先曾祖母卞孺人幼時，卞公無子，深愛之，延師教以詩畫，遂工山水，詩畫外無他好也。曾祖父行五，上有三兄，皆年長，析箸，分以瘠田，且以先世欠債委之曾祖父。曾祖父少懦，日咿唔於書塾中，性情醇篤，莫知争也。然追呼日號於門，卞孺人乃盡以妝奩變易償欠，焚去詩畫，專事田畝，時年未三十也，壽九十乃終。晚年深戒婦女作詩，自言幾爲詩畫所累，所爲詩畫，遂無存者。

卞孺人既力於農事，家稍稍饒裕，諸侄侈惰，多貧乏，以田售於曾祖父。或阻之，謂此不宜受，爲將來口舌。卞孺人曰：不然，此先業宜歸於我家。且伊售於他姓必遭迫胥，以賤其值，我受之價可稍豐也，口舌不在產之受否也。已而諸侄饔飧或不繼，卞孺人即以田所出米，時假與之，而必取契帖，曰：使知爲借，庶不浪用。凡數十年不衰，而未以索爲口舌。

卞孺人晚年，每早起必梳頭作高髻，莊肅儼然，子孫女孺見之，不敢妄言笑。

王右軍帖云：僕脚中不堪沈陰重痛，不可言，不知何以治之。沈陰重痛四字，寫狀精確。余患此十數年，深知之也。余之疾乃與右軍同。

與農叟乘柴車，衣田間之衣，登甘泉山靈雨臺，飯於市。市有二人，正高論當時人物而及余，一指摘余之不善，一稱譽歷舉余之善，至於囂爭。余恐其識我也，欹笠掩頰而出，欣欣然自得也。叟曰：子喜夫人之稱譽邪？而其一人之謗毁也何如？焦子曰：否否，人之有不善也，實而指，愧必生焉。此指摘余不善者不及余之實，而稱譽者則過焉。余方虞其實指余之不善也，乃歷舉無一及之，所以喜也。時方讀史，爲史論，歸而焚其稿，鑰其帙，門人怪問之，焦子曰：今如市，聞指摘余者不及也，稱譽者又過乎吾之實也，夫此二人者，與生同時，共居數十里之中，而未能得余之實也。余生古人後，又烏能知古人之實而稱譽之指摘之乎？吾恐吾指摘之古人，不以爲愧而轉自得也。

曾祖父於屋後手植十榆，余生初全見之。十歲時去其八，僅存二株，嘉慶甲子，其一株流血頓萎，乙丑遂丁先母憂。

乙巳丙午間，余迭遭大故，又值凶荒，債負所迫，至於不堪。遂購肥鴨烹之，治酒，約一素相習者，將謀之也。俟至二鼓，其人始至，至則驕佚之氣不可嚮邇。余小勝自悼，而所欲與謀者，自禁不復言，亦自誓從此不輕與人謀緩急也。二十年來，其人亦衰落矣。盛衰豐歉，一瞬間耳，書此以戒子孫。

乾隆二十六年，大水，二十七年，先君於樓後造住房五間。時從伯父亦造住房，伯素與木工殷姓交好，是時待之益恭，豐其膳飲，防其厭也。先君則招一江南黄姓匠人，或以爲不可信，先君曰：吾生平至誠待人，不知其他也。伯屋成後七年而伯物故，又六年遂拆毁，灰尚白，釘尚剡利，拆至中危，得一瓶，瓶内一針，一雍正錢，計之恰十三年。而余家之屋，至今獨存，已五十餘年矣。先君造屋時，所以待工匠者率如常，并時時督策其事，而工匠皆欣然。黄姓者後遂爲主客，每來必主余家，凡有器物及起造，皆黄也。黄戒其人曰：焦公長者，我輩爲之造物，宜堅緻，不可欺也。先是，先君未有子，造屋之次年，余即生。黄每至，必抱持歡笑，余呼之曰黄蠻。

謝姓木工，亦江南人。嘉慶庚申爲兒納婦，令置一木牀。數年以來，不存小口，生兩孫俱次第殤，余未及疑此牀也。謝甚貧，每有以周之。一日，此牀忽裂，於中得草人一，顛倒僢卧，乃悟向來小口不存者，此爲祟也。焚而去之，此後遂存小口，然所以待謝者如故也。謝感激慚愧之，至今謝父子並殁。

乾隆甲午正月十五日，余在市見肩輿四五，喧囂而來，集於族祖倫士翁之門，未知所謂也。而觀者如堵，少遲，肩輿之夫漸散去，而保甲劉元入，良久出。蓋倫士翁治家素嚴，生平簡直，人多怪之。適有小婢，其父母居城，有訛言於其父母者，稱婢已爲翁殺死，其父母故牽多人來争鬧也。而婢實無恙，翁見此洶洶者，故匿其婢於後室，俟諸人肆横，而出其婢，憑保甲使驗。衆寂然，悔爲訛言所紿也，叩頭伏罪乃已。衆空手自城中來，不能得一飯，彼此相怨，輿夫向索食索錢，窘萬狀。翁曰：即此處分已足，無容鳴官也。

汪容甫先生居玉井巷内，鄰人數侮之，知先生惡雞聲，故畜雄雞以譊之。且時發不孫之言，先生乃於左衛街别賃一屋避之。余是年假於壽寧之家，去其賃屋不遠，遂數往來。余問何以避？曰：鄰人小人也。送官甚不難，然用昆吾刀切豆腐，殊爲無味，故避之耳。偶因横逆之來，憶及此。

余十九歲時，嘗夜卧楊觀察宅之雙松堂，其廳屋兩進相連爲六間，有二松在西邊。此屋素傳有妖鬼，極西一間，有屏間之，中存空棺。余榻於棺之南，此六間中别無一人宿矣。時膽大氣豪，中夜醒，聞窗外足步聲，已而推門入，已而坐椅上作咳聲。在屏外，去余榻甚近，余躍起大喝，趨而迫之，則一老狗徐徐行去，乃知所云妖鬼者即此。又未幾此屋中梁忽折，是年觀察卒於官，時任湖南郴桂道也。

曾祖母卞孺人善詩畫，余幼時見櫝門上泥金寫一詩云：雙雙燕子舞樓臺，隔岸桃花映水開。春水浸橋人過渡，柳陰撑出小舟來。卞孺人筆也。相傳即孺人所作。近閱後村千家詩，載徐東湖絶句云：雙飛燕子幾時回，夾岸桃花醮水開。春雨斷橋人不渡，小舟撑出柳陰來。乃知孺人蓋録此詩，而稍改潤之，然韵度已過原本。

里中有會試公費，辛未余未入都，而江文叔、壽寧之、張開虞諸君，亦將此項遺我。余乃用以治木，解其表爲修屋之用，其木之裏存爲棺料，風之七年燥矣。丁丑七月，延匠人十二名，造成二棺，因吟一詩云：生憎蠅蚋怕狐狸，羸葬王孫亦太奇。無分疆場依馬革，何人江水學鴟夷。瓜犀蔗節徒增慨，白髮青山自有詩。莫道司空能作達，吾生如寄總如斯。

戴相國蓮士未遇時，值困乏，揚州孫叟者，辦鹽事，客江西，嘗有所贈遺。叟後歸揚，莫有顧者，頗亦困乏。時戴公已大拜，假歸過揚，謁祖墓，首邀孫見之，與道舊事，情款甚洽，鹺吏共驚豔之，孫至今賴以活。因憶宫保阮公幼時，往儀徵應縣試，縣吏索錢五百，始與結狀。宫保時貧無以給，止得錢二百，吏衆咻之。一吏獨毅然讓諸吏曰：觀此君寒士，與二百錢買一張紙，不爲負矣，何惡狀至此。衆吏並呵叱此吏，此吏自益錢三百，以結狀與宫保。宫保後督學兩浙，過里門，首見此吏，厚酬之。戴相國祖本揚州人，其墓在甘泉山南。

閉阮恭者，安南人，字共水，號林溪，閉阮其姓也。事黎氏，官户部總理財永定侯，本世襲，公自以功得侯。其國既爲阮光平所奪，隨黎維祺内附，安置閉阮恭於江寧。余每應省試與晤，其人短小，微髭鬚而黑齒。彼地貴者，必漆其齒，使黑也已。遵本朝服色，而氣度閑雅，間亦能爲詩。十年前，嘗有江寧人貿易至安南，爲伊地人所欺侮致訟。時閉阮恭官彼地，正赫赫，頗右江寧人，厚送之使歸，至是遠徙江南，客每厚報之，而得所安。余親目其事，深嘆其一爲安南之貴官，一爲中國之商賈，地之相隔也萬里，當閉阮聽訟時，不過以其爲中國人，尊敬之耳。不謂十年後遂受其答，事雖適然，録之以爲戒。

劉文清公於乾隆戊戌、己亥間督學江蘇，不設閽人，一村童衣藍布袍隨之。後循齋先生督學兩浙，亦不設閽人，時以爲怪，不知其守家法也。余時在浙，以文清舊事言之，人乃嘆服。戊戌秋九月，文清按試揚州、通州，試訖，已十一月，天寒。過揚時，公尚未有裘，鹺使者遺以輕毳，公不受，僅於某官借一羊裘去，明日即返之。

胡文恪公督學江蘇，往來未嘗上岸拜客。曰：施鐵如尚在朝，能不畏之。施，儀徵人，蓋嘗建言及是。

余十四五歲時，先子與論史事，説東漢黨錮諸賢，余曰：願爲楊植，不爲范滂。

丙寅九月，西門白瓦巷民家，産一物，三首、六臂、四足，收生媪見之，驚駭欲絶。金君士英聞之俞君鳴鹿，俞住居近白瓦巷，知之最真也。

湖州陳蘭生，丙寅五月來揚州，言三月二十一日，湖州有龍與犼鬥，沿湖歸安、烏程、吴江三縣，損傷民居千餘家，墳墓俱拔起，破棺，衆屍合一處。

庚申科岳大中丞監臨考簾官題云：温故而知新，可以爲師矣。僅取八人，溧水縣黎君文最荒疏，竟記過三次。撫軍來所帶吏役僅八人，自騎馬，接者不知也。自備供給，而以應用之費分給諸生飯食。嘗一人夜巡，或親至大厨房，嘗試飯肉，以故提調以下，無不悚然自厲。

紅豆極難種，種十餘年乃花，又三年乃實。花白色，心中一絲如縷，赤色，結角，角内實正紅色，如扁豆子大。或以藥中赤小豆爲紅豆，蓋未見此也。新安方氏家園産此，或訛爲娑羅樹，其實爲紅豆也。方雨村名如川以豆見遺，因説其狀。

登州一種魚，似石首魚而小，異其地，呼爲家雞魚。

吴興蘋花葉亦類荇，但莖較荇爲强。花白色四出，穚弱可憐，於李時珍所稱四葉菜者頗殊。四葉菜即田字菜，非此狀也。

乾隆丙申二月，余家竹園中生一草，闊六七寸，長六七寸，厚小半寸，色黄赤，上作細葉，稠密碧緑可愛。余移栽書塾前牡丹之側，未知何草也。至五月而枯萎。庚戌，郡城蒼頡廟，庭左生一芝。

江玉屏先生名立，得側理紙於錢唐鮑以文，而售諸江鶴亭方伯。方伯呈鹺使以備貢，上見之喜曰：此必在江春之手，他人未知有此也。紙如桷無端，厚半寸許，江習隅説。

江習隅又言，徽州許含中好獵，敬五昌神，於神廟後造小花園一所，大如二畝田，內池臺樓閣皆備。遊揚州，不欲見人，每日分令僮僕遊各工段，歸以語之，録成一帙。好養牛，嘗買一牯愛之，每日犂其廳屋磚石俱碎，其他癖類如此。

尹公壯圖有所書李白感秋詩，筆力遒勁，想見其爲人，吾於錢丈可廬處見之。臨清大佛寺有米芾書寶藏二大字，教匪王倫叛，焚毁，不可得。翁覃溪先生爲山東學政時，於諸生王顯文家求得拓本，摹刻石，立於試院堂上。

馬遜圃，秋玉徵士孫也。家藏三琴，其二宋斲，背井中刻慎齋朱遠。其一唐琴，背井中刻唐開元二年雷霄斲，滿體朱殷，斷紋若雲，真寶物也。

宋拓多寶塔，江秋史侍御所藏也。巴慰祖得之漢皋，以贈江蔗畦太守，後有梁巘跋，惜偈文不全。其化、期、室、界、創、精、於、刻等字，俱模糊，而鑿字獨完好。旁有江恂小印，風骨雋瘦，稜稜如切玉，迥異今時拓本禿而肥也。侍御没，其弟文叔持售，索價三百金，苦不能得，展玩八九日，爲寫其梗概如此，時壬子夏月。